L
Anci

La Bible

Ancien
Testament
2

Traduction œcuménique
de la Bible

Le Livre de Poche

INTRODUCTION

Le lecteur trouvera dans l'INTRODUCTION au *Volume I,* une brève présentation de la BIBLE dans son ensemble, et de ses deux grandes sections traditionnelles : *ANCIEN TESTAMENT* et *NOUVEAU TESTAMENT,* ainsi que de la valeur que leur reconnaissent les Eglises chrétiennes.

Il pourra s'y reporter également pour tout ce qui concerne le *canon* (liste officielle des livres qui constituent l'Ancien Testament) ainsi que pour une brève présentation des livres de la *loi* et des livres *prophétiques.*

Ce *volume II* contient les autres livres de l'Ancien Testament.

Les AUTRES ÉCRITS, troisième partie de l'Ancien Testament, regroupent des livres de genres très divers. D'abord les *PSAUMES,* recueil de poèmes chantés en usage dans le culte d'Israël. On les classe en *louanges* (hymnes, chants du Règne du Seigneur, cantiques de *Sion, psaumes royaux), en *prières* personnelles ou communautaires (appel au secours, confiance, reconnaissance) et en *instructions* (évocation de l'histoire sainte, liturgie de l'entrée au sanctuaire, exhortations prophétiques, instructions proprement dites). Le livre de *JOB* est un long poème sous forme de dialogue entre Job et ses amis. Il pose la question de savoir si un homme peut être fidèle à Dieu *pour rien* (1.9), c'est-à-dire sans y trouver aucun avantage. — Le livre des *PROVERBES* rassemble plusieurs collections de sentences destinées à enseigner la sagesse, c'est-à-dire l'art de se conduire conformément à la volonté du Seigneur dans les diverses circonstances de la vie. Selon le livre des Proverbes cette conduite « sage » est d'ailleurs la seule réellement profitable.

Suivent *les cinq Rouleaux,* livres relativement brefs, dont on fait lecture lors des principales fêtes juives : *RUTH* raconte comment une jeune femme moabite est devenue la bisaïeule du roi David. — *LE CANTIQUE DES CANTIQUES* se présente comme une collection de poèmes d'amour. Son interprétation reste très controversée. Les traditions catholiques et orthodoxes l'ont lu comme une allégorie, le sens étant caché sous des symboles à interpréter; aujourd'hui la plupart des protestants et bon nombre de catholiques s'en tiennent au sens naturel. — *QOHÉLETH* est le nom hébreu, de sens incertain, du livre traditionnellement appelé *l'Ecclésiaste.* Il présente une réflexion non conformiste sur le sens de la vie humaine. — Le livre des *LAMENTATIONS* comprend cinq poèmes déplorant devant Dieu la ruine de Jérusalem.

— Le livre d'*ESTHER* raconte comment une jeune Juive de la déportation devint reine de Perse, et comment elle parvint à déjouer un complot visant à l'extermination des Juifs.

Il y a deux parties distinctes dans le livre de *DANIEL;* d'abord des *récits* dont le genre s'apparente à la parabole : le but visé est d'aider les fidèles persécutés à tenir bon dans la foi. Ensuite des *visions,* chargées de nombreux motifs symboliques et dévoilant le plan de Dieu à travers les bouleversements de l'Histoire; ici encore le but visé est de rendre au lecteur l'espérance de la victoire définitive de Dieu.

Les deux livres d'*ESDRAS* et de *NÉHÉMIE* forment un tout qui représente la suite normale des deux livres des *Chroniques.* Utilisant les mémoires d'Esdras et de Néhémie et des documents officiels, ils s'intéressent au retour des exilés et aux efforts entrepris pour restaurer le culte à Jérusalem (Esdras) ou reconstruire les murailles de la ville (Néhémie). Les livres des *CHRONIQUES* présentent un vaste panorama historique, depuis la création du monde jusqu'à l'exil à Babylone.

Se différenciant du Judaïsme et du Protestantisme, le Catholicisme considère comme appartenant aussi à l'Ancien Testament une quatrième série de livres, les *Ecrits Deutérocanoniques* (voir Introduction au premier volume).

Les ÉCRITS DEUTÉROCANONIQUES appartiennent eux aussi à des genres très divers. *JUDITH* et *TOBIT,* comme Ruth, Esther ou Daniel 1-6, sont des récits populaires montrant comment la fidélité au Dieu d'Israël peut se manifester en des circonstances difficiles. — Les deux livres des *MACCABÉES* ne forment pas une suite. Tous deux cependant rapportent les épisodes marquants du long conflit qui opposa, au deuxième siècle avant J. C., les Juifs de Palestine aux souverains grecs Séleucides, qui tenaient le pays sous leur domination. — Les livres de la *SAGESSE* et du *SIRACIDE* appartiennent au même genre que celui des *Proverbes.* A l'intention des membres du peuple de Dieu ils développent un enseignement sur les problèmes de la destinée humaine et de la conduite quotidienne. — Le livre de *BARUCH,* assez composite, semble adressé par des Juifs encore exilés à leurs compagnons revenus à Jérusalem. — *LA LETTRE DE JÉRÉMIE* se présente comme un avertissement adressé aux Judéens qui vont être déportés, et les met en garde contre le culte idolâtrique qu'ils vont découvrir à Babylone. — Enfin les *COMPLÉMENTS GRECS AU LIVRE DE DANIEL* comprennent d'abord *la prière d'Azaria* et *l'hymne des trois jeunes gens dans la fournaise,* que la version grecque a insérés dans le chapitre 3 du livre de Daniel; ensuite trois récits édifiants : *l'histoire de Suzanne, Daniel et les prêtres de Bel, Daniel et le dragon.*

— Le TEXTE de l'Ancien Testament a une longue histoire, dont beaucoup de points sont encore à découvrir. Il est cependant indispensable d'en connaître les grandes lignes, pour comprendre certaines difficultés rencontrées dans le travail de traduction et mentionnées dans les notes, ainsi que les solutions adoptées pour les résoudre.

On ne possède aucun original des livres de l'Ancien Testament, mais seulement des copies, les *manuscrits*. Les plus anciens manuscrits hébreux complets qui ont été conservés datent du neuvième ou du dixième siècle après J. C. Ils reproduisent un texte traditionnel, que des savants juifs, les « Massorètes », ont soigneusement inventorié pour s'assurer qu'il ne subirait pas de changement. Comme à leur époque l'hébreu biblique était devenu depuis longtemps une langue morte, comprise seulement des spécialistes, ils ont muni le texte de signes facilitant la lecture, en particulier de marques indiquant les voyelles et la ponctuation[1]. Du même coup ils fixaient définitivement la manière de comprendre les phrases. En effectuant ce travail ils n'innovaient pas, mais fixaient une tradition restée jusqu'alors simplement orale.

Le texte dont se sont occupés les Massorètes avait déjà bénéficié du travail d'un autre groupe de savants, des Docteurs de la Loi (voir au glossaire LÉGISTES), à la fin du premier siècle de notre ère. Ceux-ci avaient constaté que les manuscrits dont ils disposaient n'étaient pas strictement identiques. Pour remédier à cet inconvénient ils établirent un texte officiel, en procédant par comparaison de quelques manuscrits existants. Après quoi ils firent détruire les manuscrits non conformes au texte qu'ils avaient retenu.

En 1947 cependant on a retrouvé près de la mer Morte quelques manuscrits antérieurs au travail des Docteurs de la Loi (les textes de Qumrân). D'autre part le Pentateuque samaritain de même que certaines versions anciennes, version grecque dite des Septante (voir p. 14), certaines versions araméennes ou targoums, attestent un état du texte plus ancien. On a pu constater que les différences avec le texte traditionnel, bien que parfois relativement nombreuses, étaient pour la plupart de faible portée. Mais dans certains cas ces formes plus anciennes du texte proposent un sens plus clair.

C'est en recourant à ces formes plus anciennes du texte hébreu que les traducteurs ont pu surmonter un certain nombre de difficultés du texte traditionnel, s'appuyant alors sur telle version ancienne du texte de Qumrân. Devant une très grande difficulté et quand ces formes anciennes du texte n'offraient pas de solution satisfaisante, il est même arrivé qu'ils recourent à une traduction « conjecturale. » Dans ce cas ils ont proposé de lire le texte hébreu soit avec d'autres voyelles que celles du texte traditionnel, soit selon un autre découpage des mots. Ces solutions extrêmes sont restées exceptionnelles et sont toutes signalées dans les notes.

D'une façon générale cependant les responsables de la Traduction Oecuménique de la Bible ont pris le *texte traditionnel* comme base de leur travail, indiquant en note les points sur lesquels ils croyaient devoir s'en écarter. Dans l'état présent de la science des textes de l'Ancien Testament, c'est en effet le seul texte hébreu disponible. Par

---

1. Tant que l'hébreu biblique est resté une langue vivante, les Israélites se sont contentés de noter les consonnes des mots. Cela suffisait en général, mais entraînait parfois des ambiguïtés, les mots (non séparés dans l'écriture) pouvant être découpés autrement ou lus avec d'autres voyelles, ce qui pouvait changer le sens.

ailleurs c'est aussi le texte officiel du Judaïsme. En lui donnant la priorité les responsables de la TOB ont placé un jalon sur la route d'une traduction encore plus « oecuménique », puisqu'elle pourrait être entreprise conjointement par des spécialistes juifs et chrétiens.

Le cas des *livres deutérocanoniques* est différent. Etant donné qu'ils n'ont pas été retenus dans la liste officielle des livres saints du Judaïsme, ils n'ont pas bénéficié comme eux des mêmes garanties de conservation. Ils ne nous sont parvenus complets qu'en grec, bien que la plupart aient été rédigés en hébreu. Pour certains d'entre eux (le Siracide en particulier) on possède une partie du texte hébreu. La traduction a cependant été faite sur le grec; on n'a recouru à l'hébreu que pour éclairer les passages trop obscurs du grec.

Les livres de la Bible peuvent certes être lus comme les documents d'une histoire, celle du peuple d'Israël. Mais, pour beaucoup d'hommes et de femmes, la Bible, témoin privilégié des relations de Dieu et de ceux qu'il appelle à entrer dans son grand dessein, est et restera la source de leur foi, le lieu où ils découvrent et retrouvent sans cesse à nouveau le sens de leur vie.

ABRÉVIATIONS ET SIGLES UTILISÉS

DANS LE TEXTE

Sous-titres

Ils n'appartiennent pas au texte biblique, mais sont proposés par la rédaction. On y a parfois ajouté une ou plusieurs références à des passages parallèles.

Appels de notes

Exemple : J'avais consacré mon premier livre [1]... Le chiffre [1] renvoie à une *note en bas de page,* qu'on trouvera en face du chiffre 1.

Renvois au glossaire

Exemple : ... et non pas comme leurs *scribes...
Un astérisque* devant un mot renvoie au *glossaire en fin de volume.* Les mots expliqués dans le glossaire sont classés par ordre alphabétique.

Citations d'un texte biblique

Il arrive qu'un livre biblique cite tel ou tel passage d'un autre livre biblique. Le cas est surtout fréquent dans le Nouveau Testament, qui cite l'Ancien. Dans tous les cas le passage cité est noté en *caractères italiques.* La référence exacte du texte cité est indiquée, à la fin du Nouveau Testament, dans la Table des textes de l'Ancien Testament cités dans le Nouveau Testament.

RÉFÉRENCE A UN PASSAGE BIBLIQUE

Lc 5.12

renvoie à l'Évangile selon Luc, chapitre 5, verset 12.

Jr 1.4-10

renvoie au livre de Jérémie, chapitre 1, du verset 4 au verset 10 inclus.

Es 36—39

renvoie aux chapitres 36 ; 37 ; 38 ; 39 du livre d'Esaïe.

Jn 18.28—19.16

renvoie, dans l'Évangile selon Jean, au passage qui commence au chapitre 18, verset 28, et s'achève au chapitre 19, verset 16.

Divers passages bibliques cités successivement sont séparés par un *point-virgule.*
Ainsi Rm 6.15-20 ; 15.18
   Ph 2.9 ; 1 P 1.21

A.T.	Ancien Testament
ap. J.C.	après Jésus-Christ
av. J.C.	avant Jésus-Christ
chap.	chapitre
litt.	littéralement
N.T.	Nouveau Testament
v.	verset. Exemple : v. 13 signifie *verset 13*

ABRÉVIATIONS POUR LES LIVRES BIBLIQUES

ANCIEN TESTAMENT

Ab	Abdias	Jos	Josué
Ag	Aggée	Jr	Jérémie
Am	Amos	Lm	Lamentations
1 Ch	Premier livre des Chroniques	Lv	Lévitique
		Mi	Michée
2 Ch	Deuxième livre des Chroniques	Ml	Malachie
		Na	Nahoum
Ct	Cantique des Cantiques	Nb	Nombres
Dn	Daniel	Ne	Néhémie
Dt	Deutéronome	Os	Osée
Es	Esaïe	Pr	Proverbes
Esd	Esdras	Ps	Psaumes
Est	Esther	Qo	Qohéleth (Ecclésiaste)
Ex	Exode	1 R	Premier livre des Rois
Ez	Ezéchiel	2 R	Deuxième livre des Rois
Gn	Genèse	Rt	Ruth
Ha	Habaquq	1 S	Premier livre de Samuel
Jb	Job	2 S	Deuxième livre de Samuel
Jg	Juges	So	Sophonie
Jl	Joël	Za	Zacharie
Jon	Jonas		

Livres deutérocanoniques ou apocryphes

Ba	*Baruch* •	*1 M*	*Premier livre des Maccabées*
Dn grec	*Daniel grec*	*2 M*	*Deuxième livre des Maccabées*
Est grec	*Esther grec*	*Sg*	*Sagesse*
Jdt	*Judith*	*Si*	*Siracide (Ecclésiastique)*
Lt-Jr	*Lettre de Jérémie*	*Tb*	*Tobit*

Ac	Actes des Apôtres	Lc	Évangile selon Luc
Ap	Apocalypse	Mc	Évangile selon Marc
1 Co	Première épître aux Corinthiens	Mt	Évangile selon Matthieu
		1 P	Première épître de Pierre
2 Co	Deuxième épître aux Corinthiens	2 P	Deuxième épître de Pierre
		Ph	Épître aux Philippiens
Col	Épître aux Colossiens	Phm	Épître à Philémon
Ep	Épître aux Éphésiens	Rm	Épître aux Romains
Ga	Épître aux Galates	1 Th	Première épître aux Thessaloniciens
He	Épître aux Hébreux		
Jc	Épître de Jacques	2 Th	Deuxième épître aux Thessaloniciens
Jn	Évangile selon Jean		
1 Jn	Première épître de Jean	1 Tm	Première épître à Timothée
2 Jn	Deuxième épître de Jean	2 Tm	Deuxième épître à Timothée
3 Jn	Troisième épître de Jean	Tt	Épître à Tite
Jude	Épître de Jude		

LES AUTRES ÉCRITS

LES PSAUMES

PREMIER LIVRE (PS 1-41)

Psaume 1

1 Heureux l'homme
qui ne prend pas le parti des méchants,
ne s'arrête pas sur le chemin des pécheurs
et ne s'assied pas au banc des impies;
2 mais qui se plaît à la loi du S\ *Seigneur*
et récite[1] sa loi jour et nuit !

3 Il est comme un arbre planté près des ruisseaux :
il donne du fruit en sa saison
et son feuillage ne se flétrit pas;
il réussit tout ce qu'il fait.

4 Tel n'est pas le sort des méchants :
ils sont comme la bale que disperse le vent[2].
5 Lors du jugement, les méchants ne se relèveront pas,
ni les pécheurs au rassemblement des justes.
6 Car le S\ *Seigneur* connaît le chemin des justes,
mais le chemin des méchants se perd.

---

1. Chez les anciens la lecture se pratiquait à haute voix ou à mi-voix (voir Ac 8.28-30).
2. La bale est l'enveloppe du grain de blé; après avoir battu le blé on projetait en l'air le mélange de bale et de grain; celui-ci, plus lourd, retombait sur place, tandis que le vent emportait la bale, plus légère.

Psaume 2

1 Pourquoi cette agitation des peuples,
  ces grondements inutiles des nations ?
2 Les rois de la terre s'insurgent
  et les grands conspirent entre eux,
  contre le S<small>EIGNEUR</small> et contre son *messie :
3 « Brisons leurs liens[1],
  rejetons leurs entraves. »

4 Il rit, celui qui siège dans les cieux;
  le Seigneur se moque d'eux.
5 Alors il leur parle avec colère,
  et sa fureur les épouvante :
6 « Moi, j'ai sacré mon roi
  sur *Sion, ma montagne sainte. »

7 Je publierai le décret :
  le S<small>EIGNEUR</small> m'a dit :
  « Tu es mon fils;
  moi, aujourd'hui, je t'ai engendré[2].
8 Demande-moi,
  et je te donne les nations en héritage,
  en propriété les extrémités de la terre.
9 Tu les écraseras avec un sceptre de fer,
  et, comme un vase de potier, tu les mettras en pièces. »

10 Et maintenant, rois, soyez intelligents;
   laissez-vous corriger, juges de la terre !
11 Servez le S<small>EIGNEUR</small> avec crainte,
   exultez en tremblant;
12 — rendez hommage au fils[3] —;
   sinon il se fâche, et vous périssez en chemin,
   un rien, et sa colère s'enflamme !
   Heureux tous ceux dont il est le refuge.

Psaume 3

1 *Psaume de David. Quand il fuyait devant son fils Absalom.*

2 S<small>EIGNEUR</small>, que mes adversaires sont nombreux :
  nombreux à se lever contre moi,
3 nombreux à dire sur moi :
  « Pas de salut pour lui auprès de Dieu ! »   *Pause.*

---

1. Brisons leurs liens ... : paroles des rois révoltés.
2. Je publierai le décret ... : c'est le roi, désigné comme messie au v. 2, qui parle — tu es mon fils ... : formule d'adoption; voir aussi 2 S 7.14.
3. rendez hommage au fils ou donnez un baiser au fils : le baiser était un signe d'hommage. Le texte hébreu du début du v. 12 est obscur.

4 Mais toi, Seigneur, tu es un bouclier pour moi;
   tu es ma gloire, celui qui relève ma tête.
5 À pleine voix, j'appelle le Seigneur :
   il m'a répondu de sa montagne sainte.   *Pause.*

6 Je me suis couché et j'ai dormi;
   je me suis réveillé : le Seigneur est mon appui.
7 Je ne crains pas ces gens si nombreux
   postés autour de moi.

8 Lève-toi, Seigneur ! Sauve-moi, mon Dieu !
   Toi qui frappes tous mes ennemis à la mâchoire
   et casses les dents des méchants.

9 Auprès du Seigneur est le salut,
   sur ton peuple, la bénédiction !   *Pause.*

Psaume 4

1 *Du *chef de choeur, avec instruments à cordes.*
   Psaume de David.

2 Quand j'appelle réponds-moi, Dieu, ma justice !
   Dans la détresse tu m'as soulagé;
   par pitié, écoute ma prière.

3 Hommes, jusqu'où irez-vous dans le mépris de ma gloire,
   l'amour du vide
   et la poursuite du mensonge[1] ?   **Pause.*
4 Sachez que le Seigneur a mis à part son fidèle;
   quand j'appelle le Seigneur, il m'écoute.

5 Frémissez et ne péchez pas;
   sur votre lit[2] réfléchissez, et taisez-vous.   *Pause.*
6 Offrez les *sacrifices prescrits,
   et comptez sur le Seigneur.

7 Ils sont nombreux à dire : «Qui nous fera voir le bonheur ?»
   — Fais lever[3] sur nous la lumière de ta face, Seigneur ! —
8 Tu m'as mis plus de joie au coeur
   qu'au temps où abondaient leur blé et leur vin.

---

1. *vide* et *mensonge* sont peut-être ici des images désignant les idoles (voir Am 2.4).
2. ou *votre natte* (voir Ps 149.5).
3. *Fais lever* : traduction incertaine.

9 Pareillement comblé, je me couche et m'endors,
   car toi seul, Sᴇᴊᴏᴊᴇᴜʀ, me fais demeurer en sécurité[1].

Psaume 5

1 *Du *chef de choeur, pour flûtes. Psaume de David.*

2 Prête l'oreille à mes paroles, Sᴇᴊᴏᴊᴇᴜʀ;
   perçois mes gémissements.
3 Sois attentif à ma voix et à mes cris,
   mon roi et mon Dieu,
   c'est toi que je prie.
4 Sᴇᴊᴏᴊᴇᴜʀ, le matin, tu entends ma voix;
   le matin, je prépare tout pour toi[2]
   et j'attends … !

5 Tu n'es pas un dieu ami du mal;
   le méchant n'est pas reçu chez toi,
6 l'insolent ne se présente pas devant tes yeux.
   Tu détestes tous les malfaisants;
7 tu fais périr les menteurs.
   L'homme fourbe et sanguinaire,
   le Sᴇᴊᴏᴊᴇᴜʀ l'exècre.
8 Mais moi, grâce à ta fidélité,
   j'entre dans ta maison;
   avec crainte je me prosterne
   vers ton temple saint.
9 Sᴇᴊᴏᴊᴇᴜʀ, conduis-moi par ta justice
   malgré ceux qui me guettent;
   aplanis devant moi ton chemin.

10 Rien dans leur bouche n'est sûr,
   leur coeur est plein de crimes;
   leur gosier est une tombe béante
   et leur langue une pente glissante.
11 Dieu, fais-les expier !
   Que leurs projets causent leur chute !
   Pour toutes leurs fautes, expulse-les,
   puisqu'ils te sont rebelles.

12 Et tous ceux qui t'ont pour refuge se réjouiront,
   toujours ils exulteront; tu les abriteras,
   tu feras crier de joie ceux qui aiment ton nom.

---

1. Autre traduction du début du v. 9 *En paix je me couche et m'endors aussitôt — car toi seul … en sécurité* : autre traduction *car toi, SEIGNEUR, tu me fais demeurer en sécurité dans la solitude.*
2. Autres traductions possibles : *je prépare pour toi ma prière* ou *mon sacrifice* (comparer Lv 6.5).

13 C'est toi, Seigneur, qui bénis le juste;
    tu l'entoures de ta faveur comme d'un bouclier.

Psaume 6

1   *Du *chef de choeur, avec instruments à huit cordes.*
    Psaume de David.

2   Seigneur, châtie-moi sans colère,
    corrige-moi sans fureur[1] !
3   Pitié, Seigneur, je dépéris;
    guéris-moi, Seigneur, je tremble de tous mes os,
4   je tremble de tout mon être.

    Alors, Seigneur, jusqu'à quand ... ?
5   Reviens, Seigneur, délivre-moi,
    sauve-moi à cause de ta fidélité !
6   Car, chez les morts, on ne prononce pas ton nom.
    Aux enfers, qui te rend grâce ?

7   Je suis épuisé à force de gémir.
    Chaque nuit, mes larmes baignent mon lit,
    mes pleurs inondent ma couche.
8   Mes yeux sont rongés de chagrin,
    ma vue faiblit tant j'ai d'adversaires.

9   Ecartez-vous de moi, vous tous, malfaisants,
    car le Seigneur a entendu mes sanglots.
10 Le Seigneur a entendu ma supplication,
    le Seigneur accueille ma prière.
11 Que mes ennemis, honteux et tout tremblants,
    s'en retournent tous, soudain couverts de honte !

Psaume 7

1   *Confession; de David. Il chanta au Seigneur,*
    sur Koush le Benjaminite[2].

2   Seigneur mon Dieu, tu es mon refuge;
    sauve-moi de tous mes persécuteurs et délivre-moi !

---

1. Autre traduction *ne me châtie pas dans ta colère, ne me corrige pas dans ta fureur.*
2. *Koush le Benjaminite :* personnage non identifié.

3 Sinon, comme des lions, ils m'égorgent,
  ils arrachent, et nul ne délivre.

4 S<small>EIGNEUR</small> mon Dieu, si j'ai fait cela :
  si j'ai un crime sur les mains,
5 si j'ai mal agi envers mon allié
  en laissant échapper mon adversaire[1],
6 qu'un ennemi me poursuive et me rattrape,
  qu'il me piétine tout vif à terre,
  et qu'il roule mon honneur dans la poussière !   *Pause.

7 Lève-toi, S<small>EIGNEUR</small>, avec colère !
  Surmonte la furie de mes adversaires,
  veille à mon côté, toi qui dictes le droit !
8 Une assemblée de peuples t'entoure;
  là-haut, reprends place au-dessus d'elle !
9 Le S<small>EIGNEUR</small> juge les nations :
  juge-moi, S<small>EIGNEUR</small>,
  selon ma justice et mon innocence.

10 Que cesse la méchanceté des impies !
   Affermis le juste !
   Car celui qui examine les coeurs et les reins[2],
   c'est le Dieu juste.
11 Mon bouclier est près de Dieu,
   le sauveur des *coeurs droits.
12 Dieu est le juste juge,
   un Dieu menaçant chaque jour.

13 S'il ne se reprend pas[3],
   il aiguise son épée,
   tend son arc et le tient prêt.
14 Il apprête des engins de mort
   et, de ses flèches, fait des brandons[4].

15 Qui conçoit un méfait et porte le crime
   enfante la déception.
16 Qui creuse un trou et l'approfondit,
   tombe dans la fosse qu'il a faite.
17 Son crime lui revient sur la tête,
   sa violence lui retombe sur le crâne.

1. Autre traduction *si j'ai dépouillé sans raison mon adversaire.*
2. *qui examine les coeurs et les reins :* c'est-à-dire qui connaît ce qu'il y a de plus secret dans la personne humaine (pensées, intentions, sentiments).
3. *S'il ne se reprend pas :* autre traduction *Si on ne se convertit pas.*
4. ou *il lance des flèches enflammées.*

18 Je rendrai grâce au Seigneur pour sa justice,
et je chanterai le nom du Seigneur, le Très-Haut.

Psaume 8

1   *Du *chef de choeur, sur la guittith[1]. Psaume de David.*

2   Seigneur, notre Seigneur,
que ton nom est magnifique
par toute la terre !
Mieux que les cieux, elle chante ta splendeur[2] !

3   Par la bouche des tout-petits et des nourrissons,
tu as fondé une forteresse[3]
contre tes adversaires,
pour réduire au silence l'ennemi revanchard.

4   Quand je vois tes cieux, oeuvre de tes doigts,
la lune et les étoiles que tu as fixées,
5   qu'est donc l'homme pour que tu penses à lui,
l'être humain pour que tu t'en soucies ?

6   Tu en as presque fait un dieu[4] :
tu le couronnes de gloire et d'éclat;
7   tu le fais régner sur les oeuvres de tes mains;
tu as tout mis sous ses pieds :
8   tout bétail, gros ou petit,
et même les bêtes sauvages,
9   les oiseaux du ciel, les poissons de la mer,
tout ce qui court les sentiers des mers.

10   Seigneur, notre Seigneur,
que ton nom est magnifique
par toute la terre !

Psaume 9

1   *Du *chef de choeur; almouth labbén[5]. Psaume de David.*

2   Seigneur, je rendrai grâce de tout mon coeur,
je redirai toutes tes merveilles.

---

1. guittith : mot inconnu. Certaines versions anciennes y ont vu un instrument de musique, originaire de la ville de Gath; les autres un chant pour les vendanges.

2. Le texte de la fin du v. 2 est obscur. L'ancienne version grecque a compris parce que ta splendeur a été exaltée au-dessus des cieux; *les versions syriaque, araméenne et latine* parce que tu as placé ta splendeur au-dessus des cieux — *autre traduction possible* ton nom redit ta majesté céleste par la bouche des tout-petits et des nourrissons.

3. tu as fondé une forteresse : l'ancienne version grecque a compris *tu t'es préparé une louange.* C'est sous cette dernière forme que ce verset est cité en Mt 21.16.

4. Les versions anciennes ont compris tu l'abaissas quelque peu par rapport aux anges. *C'est sous cette forme que ce verset est cité en He 2.7.*

5. almouth labbén : transcription de deux mots dont on ne connaît pas le sens. L'ancienne version grecque a compris *sur les secrets du fils;* l'ancienne version araméenne *sur la mort du fils.* Certains estiment plutôt que cette expression désigne des instruments de musique (sans qu'on puisse aujourd'hui préciser lesquels).

3   Tu me fais danser de joie,
    et je chante ton nom, Dieu Très-Haut.

4   Mes ennemis, qui battent en retraite,
    trébuchent et périssent devant toi,
5   car tu as défendu mon droit et ma cause;
    tu t'es assis sur ton trône, juste juge.

6   Tu as menacé des nations, fait périr l'infidèle,
    effacé leur nom à tout jamais.
7   L'ennemi est achevé, ruiné pour toujours;
    tu as rasé des villes, le souvenir en est perdu.

8   Mais le SEIGNEUR siège pour toujours,
    il affermit son trône pour le jugement.
9   C'est lui qui gouverne le monde avec justice
    et juge les peuples avec droiture.

10 Que le SEIGNEUR soit une citadelle pour l'opprimé,
    une citadelle pour les temps de détresse !
11 Qu'ils comptent sur toi, ceux qui connaissent ton nom,
    car tu n'abandonnes pas ceux qui te cherchent, SEIGNEUR !

12 Chantons pour le SEIGNEUR qui siège à Sion,
    proclamez parmi les peuples ses exploits !
13 Lui qui recherche le meurtrier, il se souvient,
    il n'oublie pas le cri des malheureux.
14 Pitié, SEIGNEUR ! Vois comme mes adversaires m'ont humilié,
    toi qui me tires des portes de la mort[2],
15 pour que je redise toutes tes louanges,
    aux portes de la fille de Sion,
    et que j'exulte à cause de ton salut.

16 Les nations ont sombré dans la fosse qu'elles avaient creusée,
    leur pied s'est pris au filet qu'elles avaient caché.
17 Le SEIGNEUR s'est fait connaître, il a rendu la sentence,
    il prend l'infidèle à son propre piège.   *Sourdine*[3], *Pause

---

2. *les portes de la mort :* expression imagée qui désigne le domaine de la mort.
3. *sourdine :* indication liturgique (la musique doit jouer plus doucement).

18 Que les infidèles retournent aux enfers,
   toutes ces nations oublieuses de Dieu.
19 Non, le pauvre ne sera pas toujours oublié,
   ni l'espoir des malheureux à jamais perdu.

20 Debout, Seigneur ! Que l'homme ne triomphe pas !
   Que les nations soient jugées devant ta face !
21 Seigneur, répands sur elles la terreur,
   et que les nations se reconnaissent mortelles.   *Pause.*

Psaume 10 (9 suite)

1 Pourquoi[1], Seigneur, rester éloigné
  et te cacher dans les temps de détresse ?
2 L'arrogance de l'impie consume les malheureux,
  ils sont pris aux ruses qu'il a combinées.
3 Aussi l'impie se loue d'avoir atteint son but;
  ayant gagné, il bénit[2] — non, il nargue — le Seigneur.

4 Dans sa suffisance, l'impie ne cherche plus :
  « Il n'y a pas de Dieu[3] », voilà toute son astuce.
5 Sa réussite se confirme en tout temps,
  là-haut tes sentences sont trop loin de lui;
  il crache sur tous ses adversaires.

6 Il se dit : « Je suis inébranlable,
  il ne m'arrivera jamais malheur. »
7 Sa bouche est pleine de malédiction,
  de tromperie et de violence;
  il a sous la langue forfait et méfait.

8 Il se tient à l'affût près des hameaux;
  bien caché, il tue l'innocent :
  ses yeux épient le faible,
9 il est à l'affût, bien caché comme un lion dans son fourré;
  il est à l'affût pour attraper le malheureux;
  il attrape le malheureux en l'entraînant dans son filet;
10 il rampe, il se tapit,
   et de tout son poids tombe sur les faibles[4].
11 Il se dit : « Dieu oublie,
   sa face est cachée, il n'y voit jamais rien. »

---

1. Dans les anciennes versions grecque et latine les Ps 9 et 10 sont considérés comme formant un seul psaume; d'où un décalage dans la numérotation des psaumes qui suivent.
2. Autre traduction *il maudit* (comme en 1 R 21.10, 13; Jb 1.5, 11; 2.5, 9). Pour éviter une tournure choquante (maudire le Seigneur), l'auteur a préféré s'exprimer d'une façon détournée.
3. *Il n'y a pas de Dieu* : autre traduction *Dieu est incapable d'agir* (voir v. 11 et 13).
4. *et de tout son poids tombe sur les faibles* : autre traduction *écrasés, les faibles s'affaissent et tombent en son pouvoir.*

12 Debout, Seigneur ! Dieu, lève la main !
   N'oublie pas les malheureux !

13 Pourquoi l'impie a-t-il nargué Dieu,
   en se disant : « Tu n'iras pas me chercher ? »

14 Pourtant, tu as vu les forfaits et la souffrance,
   et tu veilles à tout prendre en main.
   Le faible s'abandonne à toi,
   tu viens en aide à l'orphelin.

15 Casse le bras de l'impie,
   et si tu cherches l'impiété du méchant,
   tu ne trouveras rien.
16 Le Seigneur est roi à tout jamais;
   les nations ont disparu de son pays.

17 Seigneur, tu as exaucé le désir des humbles,
   tu rassures leur coeur, tu prêtes une oreille attentive,
18 pour faire droit à l'orphelin et à l'opprimé;
   et plus un mortel sur terre ne se fera tyran[1].

Psaume 11 (10)

1   *Du *chef de choeur. De David.*

    J'ai fait du Seigneur mon refuge.
    Comment pouvez-vous me dire :
    Filez dans votre montagne, petits oiseaux[2] !
2   Voici que les méchants tendent l'arc,
    ajustent leur flèche sur la corde,
    pour tirer dans l'ombre sur les *coeurs droits.
3   Quand les fondements sont démolis,
    que peut faire le juste ?

4   Le Seigneur est dans son temple saint;
    le Seigneur a son trône dans les *cieux.
    Ses yeux observent,
    du regard il apprécie les humains.
5   Le Seigneur apprécie le juste;
    il déteste le méchant et l'ami de la violence.

6   Qu'il fasse pleuvoir des filets sur les méchants !
    Feu, soufre et tourmente,

1. Autre traduction *on ne continuera plus à terroriser l'homme issu de la terre.*
2. *Psaume 11 (10)* le nombre indiqué entre parenthèses correspond au numéro du psaume dans les anciennes versions grecque et latine. Voir Ps 10.1 et la note — *filez dans votre montagne* : autre traduction *fuyez votre montagne.*

telle est la coupe qu'ils partagent[1] !
7   Car le SEIGNEUR est juste;
    il aime les actes de justice,
    et les hommes droits le regardent en face[2].

Psaume 12 (11)

1   *Du *chef de choeur, avec instruments à huit cordes.*
    Psaume de David.

2   Au secours, SEIGNEUR ! Il n'y a plus de fidèle;
    toute loyauté a disparu parmi les hommes;
3   entre eux ils disent du mal,
    les lèvres flatteuses, le *coeur double.

4   Que le SEIGNEUR coupe toutes ces lèvres flatteuses
    et la langue arrogante
5   de ceux qui disent : « Par notre langue nous vaincrons;
    nos lèvres sont avec nous; qui sera notre maître ? »

6   — « Devant l'oppression des humbles et la plainte des pauvres,
    maintenant je me lève, dit le SEIGNEUR,
    je mets en lieu sûr celui sur qui l'on crache[3]. »

7   Les paroles du SEIGNEUR sont des paroles claires,
    de l'argent affiné dans un creuset de terre[4],
    et sept fois épuré.
8   Toi, SEIGNEUR, tu tiens parole.

    Tu nous protégeras toujours de cette engeance-là.
9   Partout rôdent des impies,
    et le vice gagne parmi les hommes[5].

Psaume 13 (12)

1   *Du *chef de choeur. Psaume de David.*

2   Jusqu'à quand SEIGNEUR ? M'oublieras-tu toujours ?
    Jusqu'à quand me cacheras-tu ta face ?
3   Jusqu'à quand me mettrai-je en souci,

---

1. *des filets :* autre traduction (soutenue par une version grecque) *des charbons enflammés — telle est la coupe qu'ils partagent* ou *tel est le sort auquel ils ont part.*
2. *et les hommes droits le regardent en face :* autre traduction (soutenue par plusieurs versions anciennes) *sa face regarde la droiture.*
3. *celui sur qui l'on crache :* autre traduction possible *celui qui le désire.*
4. *dans un creuset de terre :* traduction incertaine.
5. Le texte de la fin du psaume est obscur.

le chagrin au coeur chaque jour ?
Jusqu'à quand mon ennemi aura-t-il le dessus ?

4　Regarde, réponds-moi, Seigneur mon Dieu !
　Laisse la lumière à mes yeux, sinon, je m'endors dans la mort,
5　mon ennemi dira : « Je l'ai vaincu »,
　et mes adversaires jouiront de ma chute.

6　Moi, je compte sur ta fidélité :
　que mon coeur jouisse de ton salut,
　que je chante au Seigneur pour le bien qu'il m'a fait !

Psaume 14 (13)

(cf. Ps 53)

1　*Du *chef de choeur. De David.*

　Les fous se disent :
　« Il n'y a pas de Dieu[1] ! »
　Corrompus, ils ont commis des horreurs;
　aucun n'agit bien.

2　Des cieux, le Seigneur s'est penché
　vers les hommes,
　pour voir s'il en est un d'intelligent
　qui cherche Dieu.

3　Tous dévoyés, ils sont unis dans le vice;
　aucun n'agit bien,
　pas même un seul.

4　Sont-ils ignorants tous ces malfaisants,
　qui mangeaient mon peuple, en mangeant leur pain,
　et n'invoquaient pas le Seigneur !
5　et voilà qu'ils se sont mis à trembler,
　car Dieu était dans le camp des justes.
6　Vous bafouez les espoirs du malheureux,
　mais le Seigneur est son refuge.

7　Qui donne, depuis *Sion, la victoire à Israël ?
　Quand le Seigneur ramène les captifs de son peuple[2],
　Jacob exulte, Israël est dans la joie.

---

1. *Il n'y a pas de Dieu* ou, comme l'a compris l'ancienne version araméenne, *Dieu n'a aucun pouvoir sur terre*; voir aussi Ps 10.4 et la note.
2. *ramène les captifs de son peuple* : autre traduction *change le sort de son peuple* (voir Os 6.11).

Psaume 15 (14)

1 *Psaume. De David.*

S<small>EIGNEUR</small>, qui sera reçu dans ta tente[1] ?
Qui demeurera sur ta montagne sainte ?

2 L'homme à la conduite intègre,
   qui pratique la justice
   et dont les pensées sont honnêtes[2].
3 Il n'a pas laissé courir sa langue,
   ni fait tort aux autres,
   ni outragé son prochain.

4 À ses yeux, le réprouvé est méprisable;
   mais il honore ceux qui craignent le S<small>EIGNEUR</small>.
   Se fait-il tort dans un serment, il ne se rétracte pas.
5 Il n'a pas prêté son argent à intérêt,
   ni rien accepté pour perdre un innocent.

Qui agit ainsi reste inébranlable.

Psaume 16 (15)

1 *Miktâm[3] de David.*

Dieu, garde-moi, car j'ai fait de toi mon refuge.
2 Je dis[4] au S<small>EIGNEUR</small> : « C'est toi le Seigneur !
   Je n'ai pas de plus grand bonheur que toi ! »

3 Les divinités de cette terre,
   ces puissances qui me plaisaient tant[5],
4 augmentent leurs ravages; on se rue à leur suite.
   Mais je ne leur offrirai plus de libations[6] de sang,
   et mes lèvres ne prononceront plus leurs noms.

---

1. *La tente* du Seigneur désigne d'une manière poétique le temple de Dieu à Jérusalem (voir Ps 76.3), soit en souvenir de la *tente de la rencontre à l'époque de l'Exode (Ex 33.7), soit en souvenir de la tente dressée par David pour abriter l'*arche de l'alliance (2 S 6.17).
2. ou *qui dit la vérité comme il la pense.*
3. *Miktâm* : on a renoncé à traduire ce terme probablement technique, dont le sens est perdu. On le retrouve dans la suscription des Ps 56-60.
4. *Je dis :* d'après quelques manuscrits hébreux, ainsi que les anciennes versions grecque et latine. La plupart des manuscrits hébreux lisent *tu dis* (au féminin singulier).
5. Le texte hébreu du v. 3 est obscur. Au lieu de *les divinités de cette terre* certains traduisent *les fidèles qui sont dans le pays.*
6. *on se rue à leur suite :* autre traduction *on achète un autre (dieu)* — *libations :* voir au glossaire SACRIFICES.

5 Seigneur, toi mon héritage et ma part à la coupe[1],
 mon destin est dans ta main.
6 Le sort qui m'échoit est délicieux,
 le lot que j'ai reçu est le plus beau.

7 Je bénis le Seigneur qui me conseille,
 même la nuit, ma conscience[2] m'avertit.
8 Je garde sans cesse le Seigneur devant moi,
 comme il est à ma droite, je suis inébranlable.

9 Aussi mon coeur se réjouit, mon âme exulte
 et ma chair demeure en sûreté,
10 car tu ne m'abandonnes pas aux enfers,
 tu ne laisses pas ton fidèle voir la *fosse.

11 Tu me fais connaître la route de la vie;
 la joie abonde près de ta face,
 à ta droite, les délices éternelles.

Psaume 17 (16)

1 *Prière. De David.*

Justice, Seigneur ! Ecoute,
sois attentif à ma plainte;
prête l'oreille à ma prière
qui ne vient pas de lèvres trompeuses.
2 Que mon jugement ressorte de ta face,
 que tes yeux voient où est le droit !

3 Tu as examiné mon coeur; la nuit, tu as enquêté;
 tu m'as soumis à l'épreuve, tu n'as rien trouvé.
 Ce que j'ai pensé n'a pas franchi ma bouche.
4 Pour agir comme les hommes
 qui suivent les paroles de tes lèvres,
 j'ai gardé les routes prescrites[3];
5 j'ai marché sur tes traces,
 mes pieds n'ont pas chancelé.

6 Je t'appelle car tu me répondras, mon Dieu.
 Tends l'oreille vers moi, écoute ma parole !
7 Fais éclater ta fidélité, sauveur des réfugiés

---

1. *ma part à la coupe* ou *la part qui me revient* (voir Dt 18.2) ou encore *mon sort* (voir Ps 11.6 et la note).
2. *ma conscience* (héb. *mes reins*) : Les Israélites situaient parfois dans *les reins* le siège des pensées et des sentiments secrets (voir Jr 12.2; Ps 7.10 et note).
3. *qui suivent les paroles de tes lèvres* : le texte hébreu correspondant est peu clair. Autre traduction *l'homme étant rétribué selon la parole de tes lèvres, j'ai gardé ...* — *les routes prescrites :* traduction incertaine.

qui, par ta droite, échappent aux agresseurs.
8 Garde-moi comme la prunelle de l'oeil,
   cache-moi à l'ombre de tes ailes,
9 loin des méchants qui m'ont pillé
   et des ennemis mortels[1] qui me cernent.

10 Ils sont bouffis de graisse[2],
    leur bouche parle avec arrogance.
11 Les voici sur nos talons[3]; maintenant ils m'entourent,
    l'oeil sur moi pour me terrasser.
12 Ils sont pareils au lion impatient de déchirer,
    au fauve placé en embuscade.

13 Lève-toi, SEIGNEUR ! Affronte-le, fais-le plier !
    Par ton épée, libère-moi du méchant !
14 Que ta main, SEIGNEUR, les chasse de l'humanité,
    hors de l'humanité et du monde[4].
    Voilà leur part pendant cette vie !
    Gave-les de ce que tu tiens en réserve !
    Que leurs fils en soient rassasiés
    et qu'ils en laissent pour leurs nourrissons.

15 Moi, et c'est justice, je verrai ta face;
    au réveil, je me rassasierai de ton image.

Psaume 18 (17)

(cf. 2 S 22.2-51)

1   *Du *chef de choeur. Du serviteur du SEIGNEUR, de David. Il*
    adressa au SEIGNEUR les paroles de ce chant, le jour où le
    SEIGNEUR le délivra de la poigne de tous ses ennemis et de la
    main de Saül.
2   *Il dit :*

Je t'aime, SEIGNEUR, ma force.
3 Le SEIGNEUR est mon roc, ma forteresse et mon libérateur.
   Il est mon Dieu, le rocher où je me réfugie,
   mon bouclier, l'arme[5] de ma victoire, ma citadelle.
4 Loué soit-il ! J'ai appelé le SEIGNEUR,
   et j'ai été vainqueur de mes ennemis.

---

1. *ennemis mortels :* autres traductions *des ennemis qui me cernent avec animosité* ou *avec voracité.*
2. *bouffis de graisse :* traduction incertaine.
3. *sur nos talons :* le texte hébreu correspondant est peu clair.
4. *hors de l'humanité et du monde :* le texte hébreu correspondant est peu clair.
5. Le terme traduit ici par *arme* désigne habituellement la *corne,* symbole de puissance.

5　Les liens de la mort m'ont enserré,
　　les torrents de Bélial[1] m'ont surpris,
6　les liens des enfers m'ont entouré,
　　les pièges de la mort étaient tendus devant moi.

7　Dans ma détresse, j'ai appelé le S<small>EIGNEUR</small>
　　et j'ai crié vers mon Dieu.
　　De son temple, il a entendu ma voix;
　　le cri jeté vers lui est parvenu à ses oreilles.

8　Alors la terre se troubla et trembla[2];
　　les fondations des montagnes frémirent
　　et furent troublées quand il se mit en colère.
9　De son nez monta une fumée,
　　de sa bouche un feu dévorant
　　avec des braises enflammées.

10　Il déplia les cieux et descendit,
　　un épais nuage sous les pieds.
11　Il chevaucha un *chérubin[3] et s'envola,
　　planant sur les ailes du vent.
12　Il fit des ténèbres sa cachette,
　　de leurs replis son abri :
　　ténèbres diluviennes, nuages sur nuages !

13　Une lueur le précéda et ses nuages passèrent :
　　grêle et braises en feu !
14　Dans les cieux, le S<small>EIGNEUR</small> fit tonner,
　　le Très-Haut donna de la voix :
　　grêle et braises en feu !
15　Il lança ses flèches et les dispersa;
　　il décocha des éclairs et les éparpilla.
16　Le lit des eaux apparut
　　et les fondations du monde furent dévoilées,
　　par ton grondement, S<small>EIGNEUR</small>,
　　par le souffle exhalé de ton nez.

17　D'en haut, il m'envoie prendre,
　　il me retire des grandes eaux[4].

---

1. Au lieu de *les liens* on trouve dans le texte correspondant de 2 S 22.5 *les vagues* — *Bélial* (c'est-à-dire ce qui ne vaut rien) apparaît ici comme le nom propre de la mort personnifiée. Sous la forme *Béliar* le N. T. utilise ce même terme pour désigner le diable (2 Co 6.15).

2. *se troubla et trembla* : la traduction essaie ici de rendre deux verbes hébreux aux consonances voisines.

3. *Il chevauche un chérubin* : la traduction essaie de rendre ici deux termes hébreux aux consonances voisines.

4. *les grandes eaux* : expression imagée désignant un grand danger auquel on semble ne pas pouvoir échapper.

18 Il me délivre de mon puissant ennemi,
   de ces adversaires plus forts que moi.
19 Le jour de ma défaite, ils m'affrontaient,
   mais le Seigneur s'est fait mon appui.
20 Il m'a dégagé, donné du large;
   il m'a délivré, car il m'aime.

21 Le Seigneur me traite selon ma justice,
   il me traite selon la pureté de mes mains,
22 car j'ai gardé les chemins du Seigneur,
   je n'ai pas été infidèle à mon Dieu.
23 Toutes ses lois ont été devant moi,
   et je n'ai pas répudié ses commandements.
24 J'ai été intègre avec lui,
   et je me suis gardé de toute faute.
25 Alors le Seigneur m'a rendu selon ma justice,
   selon la pureté qu'il a vue sur mes mains.

26 Avec le fidèle, tu es fidèle;
   avec l'homme intègre, tu es intègre.
27 Avec le pur, tu es pur;
   avec le pervers, tu es retors.

28 C'est toi qui rends vainqueur un peuple humilié,
   et qui fais baisser les regards hautains.
29 C'est toi qui allumes ma lampe[1].
   Le Seigneur mon Dieu illumine mes ténèbres.
30 C'est avec toi que je saute le fossé[2],
   avec mon Dieu que je franchis la muraille.

31 De ce Dieu, le chemin est parfait,
   la parole du Seigneur a fait ses preuves.
   Il est le bouclier de tous ceux qui l'ont pour refuge.
32 Qui donc est dieu sinon le Seigneur ?
   Qui donc est le Roc hormis notre Dieu ?

33 Ce Dieu me ceint de vigueur,
   il rend mon chemin parfait
34 et mes pieds comme ceux des biches.
   Il me maintient sur mes hauteurs.
35 Il entraîne mes mains pour le combat,

---

1. *tu allumes ma lampe :* expression figurée signifiant sans doute que Dieu maintient un descendant de David comme roi à Jérusalem (voir Ps 132.17; 2 S 21.17; 1 R 11.36 et la note).
2. *je saute le fossé :* autre traduction, soutenue par l'ancienne version grecque *j'échappe à une troupe* (de pirates).

et mes bras plient l'arc de bronze.
36 Tu me donnes ton bouclier vainqueur,
    ta droite me soutient, ta sollicitude[1] me grandit.
37 Tu allonges ma foulée,
    et mes chevilles ne fléchissent pas.

38 Je poursuis mes ennemis, je les rattrape,
    je ne reviens pas avant de les avoir achevés.
39 Je les massacre, ils ne peuvent se relever,
    ils tombent sous mes pieds.
40 Tu me ceins de vigueur pour le combat,
    tu fais plier sous moi les agresseurs.
41 De mes ennemis, tu me livres la nuque[2],
    et j'extermine mes adversaires.
42 Ils crient, mais nul ne secourt;
    ils crient vers le Seigneur, mais il ne répond pas.
43 J'en fais de la poussière pour le vent,
    je les balaie comme la boue des rues.

44 Tu me libères des séditions du peuple,
    tu me places à la tête des nations.
    Un peuple d'inconnus se met à mon service;
45 au premier mot il m'obéissent;
    des étrangers deviennent mes courtisans;
46 des étrangers s'effondrent,
    ils évacuent leurs bastions[3].

47 Vive le Seigneur ! Béni soit mon Roc !
    Qu'il triomphe, le Dieu de ma victoire !
48 Ce Dieu m'accorde la revanche
    et me soumet des peuples.
49 Tu me libères de mes ennemis;
    bien plus, tu me fais triompher de mes agresseurs
    et tu me délivres d'hommes violents.
50 Aussi je te rends grâce parmi les nations, Seigneur !
    Et je chanterai en l'honneur de ton nom :
51 Il donne de grandes victoires à son roi,
    il agit avec fidélité envers son *messie,
    envers David et sa dynastie, pour toujours.

---

1. ta (main) droite : c'est la main favorable (voir Ps 17.7) — *ta sollicitude me grandit :* autre traduction
en *t'abaissant jusqu'à moi* (voir v. 10) *tu me grandis.*

*2. Manière imagée de décrire les adversaires en fuite (on aperçoit leur nuque) ou complètement vaincus
(le vainqueur pose le pied sur la nuque du vaincu).*

3. ils évacuent leurs bastions : traduction incertaine. Autres textes : anciennes versions grecque et
syriaque *ils boitent hors de leurs chemins;* ancienne version araméenne *ils décampent ...*

Psaume 19 (18)

1   *Du *chef de choeur. Psaume de David.*

2   Les *cieux racontent la gloire de Dieu,
    le firmament proclame l'oeuvre de ses mains.

3   Le jour en prodigue au jour le récit,
    la nuit en donne connaissance à la nuit.

4   Ce n'est pas un récit, il n'y a pas de mots,
    leur voix ne s'entend pas.
5   Leur harmonie éclate sur toute la terre
    et leur langage jusqu'au bout du monde.

    Là-bas[1], Dieu a dressé une tente pour le soleil :
6   c'est un jeune époux sortant de la chambre,
    un champion joyeux de prendre sa course.
7   D'un bout du ciel il surgit,
    il vire à l'autre bout,
    et rien n'échappe à sa chaleur.

8   La loi du Seigneur est parfaite,
    elle rend la vie;
    la *charte du Seigneur est sûre,
    elle rend sage le simple.
9   Les préceptes du Seigneur sont droits,
    ils rendent joyeux le coeur;
    le commandement du Seigneur est limpide,
    il rend clairvoyant[2].
10 La crainte du Seigneur est chose claire,
    elle subsiste toujours;
    les décisions du Seigneur sont la vérité,
    toutes elles sont justes.

11 Plus désirables que l'or
    et quantité d'or fin;
    plus savoureuses que le miel,
    que le miel nouveau !

12 Ton serviteur lui-même en est éclairé[3];
    il trouve grand profit à les garder.
13 Qui s'aperçoit des erreurs ?
    Acquitte-moi des fautes cachées !
14 Eloigne aussi ton serviteur des orgueilleux :

---

1. *Leur harmonie* (c'est-à-dire les sons harmonieux qu'ils produisent) : traduction incertaine; autre traduction *Leur écriture* (représentée par les constellations) *est lisible sur toute la terre — là-bas :* c'est-à-dire *dans les cieux* (v. 2) ou *au bout du monde* (v. 5a).
2. *il rend clairvoyant :* autre traduction *il rend le regard brillant.*
3. *est éclairé :* autre traduction *en devient avisé.*

qu'ils n'aient pas d'emprise sur moi,
alors je serai parfait
et innocent d'un grand péché.
15 Que les paroles de ma bouche
et le murmure de mon coeur
soient agréés en ta présence,
S<small>EIGNEUR</small>, mon roc et mon défenseur !

Psaume 20 (19)

1 *Du *chef de choeur. Psaume de David.*

2 Que le S<small>EIGNEUR</small> te réponde[1] au jour de la détresse;
que le *nom du Dieu de Jacob te protège !
3 Du *sanctuaire, qu'il t'envoie de l'aide,
et depuis *Sion, qu'il te soutienne !

4 Qu'il se rappelle toutes tes offrandes;
qu'il apprécie ton holocauste[2] !   *Pause.*
5 Qu'il te donne ce que tu veux,
et qu'il accomplisse tout ton projet !

6 Alors nous acclamerons ta victoire,
en pavoisant au nom de notre Dieu.
Que le S<small>EIGNEUR</small> accomplisse toutes tes demandes !

7 Maintenant je le sais :
le S<small>EIGNEUR</small> donne la victoire à son *messie;
il lui répond de son sanctuaire *céleste,
par les prouesses victorieuses de sa droite.

8 Aux uns les chars,
aux autres les chevaux,
mais à nous le nom du S<small>EIGNEUR</small> notre Dieu :
c'est lui que nous invoquons.
9 Eux, ils plient, ils tombent,
et nous, debout, nous résistons.

10 S<small>EIGNEUR</small>, donne la victoire !
Le roi nous répondra[3]
le jour où nous l'appellerons.

---

1. Cette bénédiction est prononcée sur le roi de Jérusalem (voir v. 6, 7, 10).
2. Voir au glossaire SACRIFICES.
3. *Donne la victoire ! le roi nous répondra* : autre traduction, appuyée sur l'ancienne version grecque, *donne la victoire au roi et réponds-nous !*

Psaume 21 (20)

1 *Du *chef de choeur. Psaume de David.*

2 S<small>EIGNEUR</small>, le roi se réjouit de ta force :
quelle joie lui apporte ta victoire !
3 Tu as satisfait le désir de son coeur,
tu n'as pas repoussé le souhait de ses lèvres.   **Pause.*

4 Tu prends les devants pour le bénir de bienfaits;
tu poses sur sa tête une couronne d'or.
5 Il t'a demandé la vie, tu la lui as donnée :
de longs jours qui ne finiront pas.

6 Par ta victoire, grande est sa gloire;
tu places sur lui la splendeur et l'éclat.
7 Tu fais de lui une bénédiction pour toujours,
près de ta face, tu lui donnes la joie.
8 Oui, le roi compte sur le S<small>EIGNEUR</small>,
et la fidélité du Très-Haut le rend inébranlable.

9 Tu mettras la main sur tous tes ennemis[1],
et ta droite sur tes adversaires.
10 Tu en feras un brasier
quand ta face paraîtra.
Avec colère, le S<small>EIGNEUR</small> les engloutira,
et un feu les dévorera.

11 Tu aboliras leur postérité sur la terre
et leur race parmi les hommes.
12 S'ils prétendent te faire du mal
et méditent un complot, ils ne peuvent rien;
13 car tu les mets sur le dos,
avec ton arc, tu les vises en pleine face.

14 Dresse-toi, S<small>EIGNEUR</small>, dans ta force !
Chantons ta prouesse par un psaume !

Psaume 22 (21)

1 *Du *chef de choeur, sur « Biche de l'aurore[2]. »*
Psaume de David.

2 Mon Dieu, mon Dieu, pourquoi m'as-tu abandonné ?
J'ai beau rugir, mon salut reste loin.

---

1. *Tu mettras la main ...* : les paroles des v. 9-13 semblent adressées au roi.
2. *sur « Biche de l'aurore »* : probablement premiers mots d'un air connu, sur lequel on devait chanter ce psaume.

3 Le jour, j'appelle, et tu ne réponds pas, mon Dieu;
   la nuit, et je ne trouve pas le repos.

4 Pourtant tu es le *Saint;
   tu trônes, toi la louange d'Israël[1] !
5 Nos pères comptaient sur toi;
   ils comptaient sur toi, et tu les libérais.
6 Ils criaient vers toi, et ils étaient délivrés;
   ils comptaient sur toi, et n'étaient pas déçus.

7 Mais moi, je suis un ver et non plus un homme,
   injurié par les gens, rejeté par le peuple.
8 Tous ceux qui me voient, me raillent;
   ils ricanent et hochent la tête :
9 « Tourne-toi vers le SEIGNEUR !
   Qu'il le libère, qu'il le délivre,
   puisqu'il l'aime ! »

10 Toi, tu m'as fait surgir du ventre de ma mère
   et tu m'as mis en sécurité sur sa poitrine.
11 Dès la sortie du sein, je fus remis à toi;
   dès le ventre de ma mère, mon Dieu c'est toi !
12 Ne reste pas si loin
   car le danger est proche
   et il n'y a pas d'aide.

13 De nombreux taureaux me cernent,
   des bêtes de Bashân[2] m'encerclent.
14 Ils ouvrent la gueule contre moi,
   ces lions déchirant et rugissant.

15 Comme l'eau je m'écoule;
   tous mes membres se disloquent.
   Mon coeur est pareil à la cire,
   il fond dans mes entrailles.
16 Ma vigueur est devenue sèche comme un tesson,
   la langue me colle aux mâchoires.
   Tu me déposes dans la poussière de la mort.

17 Des chiens me cernent;
   une bande de malfaiteurs m'entoure :
   comme au lion[3] ils me lient les mains et les pieds.
18 Je peux compter tous mes os;
   des gens me voient, ils me regardent.

---

1. *toi, la louange d'Israël* : autre traduction *tu trônes au milieu des louanges d'Israël.*
2. *le Bashân* : région célèbre par ses élevages de gros bétail; elle est située au nord de la Transjordanie
3. *comme au lion* : le texte hébreu correspondant est peu clair.

19 Ils se partagent mes vêtements
   et tirent au sort mes habits.

20 Mais, toi, Seigneur, ne reste pas si loin !
   O ma force, à l'aide ! Fais vite !
21 Sauve ma vie de l'épée
   et ma personne des pattes du chien;
22 arrache-moi à la gueule du lion,
   et aux cornes des buffles ...

   tu m'as répondu !
23 Je vais redire ton nom à mes frères
   et te louer en pleine assemblée :
24 Vous qui craignez le Seigneur, louez-le !
   Vous tous, race de Jacob, glorifiez-le !
   Vous tous, race d'Israël, redoutez-le !

25 Il n'a pas rejeté ni réprouvé un malheureux dans la misère;
   il ne lui a pas caché sa face;
   il a écouté quand il criait vers lui.

26 De toi vient ma louange ! Dans la grande assemblée,
   j'accomplis mes voeux devant ceux qui le craignent :
27 Les humbles mangent à satiété;
   ils louent le Seigneur, ceux qui cherchent le Seigneur :
   « À vous, longue et heureuse vie ! »

28 La terre tout entière se souviendra et reviendra vers le Seigneur;
   toutes les familles des nations se prosterneront devant sa face :
29 Au Seigneur, la royauté ! Il domine les nations.
30 Tous les heureux[1] de la terre ont mangé : les voici prosternés !
   Devant sa face, se courbent tous les moribonds :
   il ne les a pas laissé vivre.

31 Une descendance servira le Seigneur;
   on parlera de lui à cette génération;
32 elle viendra proclamer sa justice,
   et dire au peuple qui va naître ce que Dieu a fait.

Psaume 23 (22)

1 *Psaume de David.*

   Le Seigneur est mon *berger,
   je ne manque de rien.
2 Sur de frais herbages il me fait coucher;

---

1. *tous les heureux* : le texte hébreu des v. 30-32 est peu clair et la traduction incertaine.

près des eaux du repos il me mène,
3 il me ranime.

Il me conduit par les bons sentiers,
pour l'honneur de son nom.
4 Même si je marche dans un ravin d'ombre et de mort,
je ne crains aucun mal, car tu es avec moi :
ton bâton et ta canne, voilà qui me rassure.

5 Devant moi tu dresses une table,
face à mes adversaires.
Tu parfumes d'huile ma tête,
ma coupe est enivrante[1].

6 Oui, bonheur et fidélité me poursuivent
tous les jours de ma vie,
et je reviendrai[2] à la maison du SEIGNEUR,
pour de longs jours.

Psaume 24 (23)

1 *Psaume. De David.*

Au SEIGNEUR, la terre et ses richesses,
le monde et ses habitants !
2 C'est lui qui l'a fondée sur les mers
et la tient stable sur les flots.

3 Qui gravira la montagne du SEIGNEUR ?
Qui se tiendra dans son saint lieu ?
4 — L'homme aux mains innocentes et au coeur pur,
qui ne sert pas de Dieu pour le mal[3]
et ne jure pas pour tromper.

5 Il obtient du SEIGNEUR la bénédiction,
et de son Dieu sauveur la justice.
6 Telle est la race de ceux qui le cherchent,
qui recherchent ta face : c'est Jacob[4] !   **Pause.*

7 Portes, levez la tête !
élevez-vous, portails antiques !

1. *tu parfumes d'huile ma tête :* usage de l'hospitalité orientale (voir Lc 7.46) — *ma coupe est enivrante :* autre traduction *ma coupe déborde.*
2. *je reviendrai :* certaines traductions suivent les versions anciennes et lisent *j'habiterai* (voir Ps 27.4).
3. *qui ne se sert pas de Dieu pour le mal :* autre traduction, appuyée sur les versions anciennes, *qui ne s'élève pas lui-même vers le mal.*
4. *c'est Jacob :* autrement dit ce sont de véritables Israélites — Autres textes : ancienne version grecque *qui recherchent la face* (c'est-à-dire la présence) *du Dieu de Jacob :* ancienne version syriaque *qui recherchent ta face, ô Dieu de Jacob.*

qu'il entre, le roi de gloire !
8   — Qui est le roi de gloire ?
    — Le Seigneur, fort et vaillant,
    le Seigneur, vaillant à la guerre.

9   Portes, levez la tête !
    Levez-la, portails antiques !
    Qu'il entre, le roi de gloire !
10 — Qui est-il, ce roi de gloire ?
    — Le Seigneur, le tout-puissant,   *Pause.
    c'est lui le roi de gloire.

Psaume 25 (24), alphabétique[1]

1   *De David.*

    Seigneur, je suis tendu vers toi.
2   Mon Dieu, je compte sur toi; ne me déçois pas !
    Que mes ennemis ne triomphent pas de moi !
3   Aucun de ceux qui t'attendent n'est déçu,
    mais ils sont déçus, les traîtres avec leurs mains vides.

4   Fais-moi connaître tes chemins, Seigneur;
    enseigne-moi tes routes.
5   Fais-moi cheminer vers ta vérité et enseigne-moi,
    car tu es le Dieu qui me sauve.
    Je t'attends à longueur de jours.

6   Seigneur, pense à la tendresse et à la fidélité
    que tu as montrées depuis toujours !
7   Ne pense plus à mes péchés de jeunesse ni à mes fautes;
    pense à moi dans ta fidélité,
    à cause de ta bonté, Seigneur.

8   Le Seigneur est si bon et si droit
    qu'il montre le chemin aux pécheurs.
9   Il fait cheminer les humbles vers la justice
    et enseigne aux humbles son chemin.
10 Toutes les routes du Seigneur sont fidélité et vérité,
    pour ceux qui observent les clauses de son *alliance.

11 Pour l'honneur de ton nom, Seigneur,
    pardonne ma faute qui est si grande !
12 Un homme craint-il le Seigneur ?

---

1. Dans le texte hébreu de ce psaume chaque verset commence par une consonne différente (Aleph, Beth, Guimel, etc. ...) d'où le nom de « psaumes alphabétiques » donné aux psaumes composés selon ce principe : 34; 37; 111; 112; 119; 145 et, en partie, l'ensemble formé par les Ps 9 et 10. Voir aussi Pr 31.10-31; Lm 1-4; Na 1.2-11; *Si* 51.13-30.

Celui-ci lui montre quel chemin choisir.
13 Il passe des nuits heureuses,
et sa race possédera la terre.
14 Le SEIGNEUR se confie à ceux qui le craignent,
en leur faisant connaître son alliance.

15 J'ai toujours les yeux sur le SEIGNEUR,
car il dégage mes pieds du filet.
16 Tourne-toi vers moi; aie pitié,
car je suis seul et humilié.

17 Les malheurs m'ont ouvert l'esprit[1];
dégage-moi de mes tourments !
18 Vois ma misère et ma peine,
enlève tous mes péchés !
19 Vois mes ennemis si nombreux,
leur haine et leur violence.

20 Garde-moi en vie et délivre-moi !
J'ai fait de toi mon refuge, ne me déçois pas !
21 Intégrité et droiture me préservent,
car je t'attends.

22 O Dieu, rachète Israël !
Délivre-le de tous ses malheurs !

Psaume 26 (25)

1 *De David.*

Rends-moi justice, SEIGNEUR,
car ma conduite est intègre
et j'ai compté sur le SEIGNEUR sans fléchir.
2 Examine-moi, SEIGNEUR, soumets-moi à l'épreuve,
passe au feu mes reins et mon coeur[2].

3 Ta fidélité est restée devant mes yeux;
je me suis conduit selon ta vérité.
4 Je n'ai pas été m'asseoir chez des imposteurs;

je ne suis pas entré chez des hypocrites;
5 j'ai pris en haine la bande des malfaiteurs;
je n'ai pas été m'asseoir chez des impies.

---

1. Le texte hébreu de ce verset est peu clair — versions anciennes *les angoisses de mon coeur se sont multipliées.*
2. *mes reins et mon coeur :* voir Ps 7.10 et la note.

6 Je lave mes mains en signe d'innocence,
    pour faire le tour de ton *autel, Seigneur,
7 en clamant l'action de grâce,
    et en redisant toutes tes merveilles.

8 Seigneur, j'aime la maison où tu résides,
    et le lieu où demeure ta gloire.
9 Ne lie pas mon sort à celui des pécheurs,
    ne me rends pas solidaire des assassins.
10 Ils ont de l'ordure sur les mains,
    leur droite est pleine de pots-de-vin.

11 Ma conduite est intègre,
    libère-moi, par pitié !
12 Mon pied se tient sur du solide,
    et dans les assemblées, je bénirai le Seigneur.

Psaume 27 (26)

1 *De David.*

    Le Seigneur est ma lumière et mon salut,
    de qui aurais-je peur ?
    Le Seigneur est la forteresse de ma vie,
    devant qui tremblerais-je ?

2 Si des malfaiteurs m'attaquent
    pour me déchirer[1],
    ce sont eux, mes adversaires et mes ennemis,
    qui trébuchent et tombent.

3 Si une armée vient camper contre moi,
    mon coeur ne craint rien.
    Même si la bataille s'engage,
    je garde confiance.

4 J'ai demandé une chose au Seigneur,
    et j'y tiens :
    habiter la maison du Seigneur
    tous les jours de ma vie,
    pour contempler la beauté[2] du Seigneur
    et prendre soin de son temple.

5 Car il me dissimule dans son abri
    au jour du malheur;

---

1. *pour me déchirer* ou *pour dévorer ma chair :* l'expression désigne peut-être la calomnie.
2. *la beauté* ou *la douceur* (voir Ps 90.17).

il me cache au secret de sa tente[1],
il m'élève sur un rocher.

6 Et maintenant ma tête domine
les ennemis qui m'entourent.
Dans sa tente je peux offrir
des sacrifices avec l'ovation
et chanter un psaume pour le S<small>EIGNEUR</small>.

7 S<small>EIGNEUR</small>, écoute mon cri d'appel !
Par pitié, réponds-moi !
8 Je pense à ta parole[2] :
« Cherchez ma face ! »
Je cherche ta face, S<small>EIGNEUR</small>.

9 Ne me cache pas ta face !
N'écarte pas avec colère ton serviteur !
Toi qui m'as secouru,
ne me quitte pas, ne m'abandonne pas,
Dieu de mon salut.
10 Père et mère m'ont abandonné,
le S<small>EIGNEUR</small> me recueille.

11 Montre-moi, S<small>EIGNEUR</small>, ton chemin,
et conduis-moi sur une bonne route
malgré ceux qui me guettent.
12 Ne me livre pas à l'appétit de mes adversaires,
car de faux témoins se sont levés contre moi,
en crachant la violence.

13 Je suis sûr de voir les bienfaits du S<small>EIGNEUR</small>[3]
au pays des vivants.
14 Attends le S<small>EIGNEUR</small>[4] ;
sois fort et prends courage ;
attends le S<small>EIGNEUR</small>.

Psaume 28 (27)

1 *De David.*

S<small>EIGNEUR</small>, je fais appel à toi.
Mon roc, ne sois pas sourd !
Si pour moi tu restes muet,
je ressemblerai aux moribonds.

---

1. la *tente* de Dieu : voir Ps 15.1 et la note.
2. *je pense à ta parole* : texte hébreu obscur ; autre traduction *mon coeur dit de ta part*.
3. Le début du v. 31 est signalé comme obscur dans les manuscrits hébreux.
4. Dans le v. 14 on peut penser que l'auteur du psaume se parle à lui-même.

2   Ecoute ma voix suppliante
    quand je crie vers toi,
    quand je lève les mains[1]
    vers le fond de ton *sanctuaire.

3   Ne me traîne pas avec les méchants
    ni avec les malfaisants :
    aux autres ils parlent de paix,
    mais le mal est dans leur coeur.

4   Traite-les selon leurs actes
    et selon leurs méfaits !
    Traite-les selon leurs oeuvres,
    rends-leur ce qu'ils méritent !
5   Ils ne prennent pas garde aux actes du Seigneur,
    ni à l'oeuvre de ses mains :
    qu'il les démolisse et ne les reconstruise plus !

6   Béni soit le Seigneur,
    car il a écouté ma voix suppliante.
7   Le Seigneur est ma forteresse et mon bouclier;
    mon coeur a compté sur lui et j'ai été secouru.
    J'exulte de tout mon coeur
    et je lui rends grâce en chantant :

8   Le Seigneur est la force de son peuple,
    la forteresse qui sauve son *messie[2].
9   Sauve ton peuple,
    bénis ton héritage,
    sois leur *berger et porte-les toujours !

Psaume 29 (28)

1   *Psaume. De David*[3].

Donnez au Seigneur, vous les dieux,
donnez au Seigneur gloire et force !
2   Donnez au Seigneur la gloire de son nom !
Prosternez-vous devant le Seigneur, quand éclate sa sainteté[4] !

---

1. *je lève les mains* : geste de la prière (voir Ne 8.6; Esd 9.5 et la note).
2. *la force de son peuple* : d'après deux versions anciennes et quelques manuscrits hébreux — autre traduction possible du v. 8b *la force qui sauve, c'est son messie.*
3. La version grecque précise ici *Pour conclure la fête des Tentes* (voir Dt 16.13-15). Selon Za 14.13-19, pendant cette fête on priait pour obtenir la pluie.
4. *quand éclate sa sainteté* : traduction incertaine d'un texte obscur; versions grecque et syriaque *dans la cour de son *sanctuaire*; version latine *en ornements sacrés.*

3 La voix du Seigneur domine les eaux
   — le Dieu de gloire fait gronder le tonnerre —
   le Seigneur domine les grandes eaux.

4 La voix puissante du Seigneur,
   la voix éclatante du Seigneur,
5 la voix du Seigneur casse les cèdres,
   le Seigneur fracasse les cèdres du Liban.

6 Il fait bondir le Liban comme un veau,
   et le Sirion[1] comme un jeune buffle.
7 La voix du Seigneur taille des lames de feu[2].

8 La voix du Seigneur fait trembler le désert,
   le Seigneur fait trembler le désert de Qadesh[3].
9 La voix du Seigneur fait trembler les biches en travail;
   elle dénude les forêts[4].

   Et dans son temple, tout dit : « Gloire ! »
10 Le Seigneur trône sur le déluge[5],
   le Seigneur trône comme roi éternel.
11 Le Seigneur donnera de la force à son peuple,
   le Seigneur bénira son peuple par la prospérité.

Psaume 30 (29)

1 *Psaume : chant pour la dédicace de la maison de David*[6].

2 Je t'exalte, Seigneur, car tu m'as repêché;
   tu n'as pas réjoui mes ennemis à mes dépens.
3 Seigneur mon Dieu,
   j'ai crié vers toi, et tu m'as guéri;
4 Seigneur, tu m'as fait remonter des enfers,
   tu m'as fait revivre quand je tombais dans la *fosse[7].

5 Chantez pour le Seigneur, vous ses fidèles,
   célébrez-le en évoquant sa *sainteté :
6 Pour un instant sous sa colère,
   toute une vie dans sa faveur.

---

1. Le *Sirion* : nom donné par les Cananéens au mont Hermon (Dt 3.9).
2. *des lames de feu* : c'est-à-dire *des éclairs*.
3. *le désert de Qadesh* : voir Nb 20.1.
4. *elle dénude les forêts* : le texte hébreu est obscur et la traduction incertaine. Autre traduction *elle pousse les gazelles à mettre bas prématurément.*
5. *sur le déluge* ou *depuis le déluge* ou encore *sur le grand océan* (masse d'eau qui entourait la terre selon les conceptions anciennes).
6. *la maison de David* : ou bien le palais royal (voir 2 S 5.11), comme l'a compris l'ancienne version grecque; ou bien le Temple, comme l'a compris l'ancienne version araméenne. La liturgie juive utilise ce psaume pour célébrer l'anniversaire de la dédicace de l'autel du Temple (voir *1 M* 4.52-59).
7. *quand je tombais dans la fosse* : autre traduction *loin de ceux qui descendent dans la fosse.*

Le soir s'attardent les pleurs,
mais au matin crie la joie.

7   Et moi, tranquille, je disais :
    « Je resterai inébranlable.
8   Seigneur, dans ta faveur,
    tu as fortifié ma montagne[1]. »

Mais tu as caché ta face,
et je fus épouvanté.
9   Seigneur, j'ai fait appel à toi;
    j'ai supplié le Seigneur :
10 « Que gagnes-tu à mon sang[2]
    et à ma descente dans la fosse ?
    La poussière peut-elle te rendre grâce ?
    Proclame-t-elle ta fidélité ?
11 Ecoute, Seigneur ! Par pitié !
    Seigneur, sois mon aide ! »

12 Tu as changé mon deuil en une danse,
    et remplacé mon *sac par des habits de fêtes.
13 Aussi, l'âme te chante sans répit;
    Seigneur mon Dieu, je te rendrai grâce toujours.

Psaume 31 (30)

1   *Du *chef de choeur. Psaume de David.*

2   Seigneur, j'ai fait de toi mon refuge,
    que je ne sois jamais déçu !
    Libère-moi par ta justice;
3   tends vers moi l'oreille !
    Vite ! Délivre-moi !
    Sois pour moi le rocher fortifié,
    le château-fort qui me sauvera.

4   C'est toi mon roc et ma forteresse.
    Pour l'honneur de ton nom, tu me conduiras et me guideras.
5   Tu me dégageras du filet tendu contre moi,
    car c'est toi ma forteresse.

6   Dans ta main je remets mon souffle.
    Tu m'as racheté, Seigneur, toi le Dieu vrai.

---

1. texte incertain. Autre traduction *tu as établi une forteresse sur ma montagne.*
2. *mon sang* : expression figurée fréquente en hébreu pour désigner la *mort.*

7 Je hais ceux qui tiennent aux vaines chimères[1];
   moi, je compte sur le Seigneur.

8 Je danserai de joie pour ta fidélité,
   car tu as vu ma misère
   et connu ma détresse.
9 Tu ne m'as pas livré aux mains d'un ennemi,
   tu m'as remis sur pied, tu m'as donné du large.

10 Pitié, Seigneur ! Je suis en détresse :
   le chagrin me ronge les yeux,
   la gorge et le ventre.
11 Ma vie s'achève dans la tristesse,
   mes années dans les gémissements.
   Pour avoir péché, je perds mes forces
   et j'ai les os rongés.

12 Je suis injurié par tous mes adversaires,
   plus encore, par mes voisins;
   je fais peur à mes intimes :
   s'ils me voient dehors, ils fuient.

13 On m'oublie, tel un mort effacé des mémoires,
   je ne suis plus qu'un débris.
14 Et j'entends les ragots de la foule :
   « Il épouvante les alentours[2] ! »
   Ils se sont mis d'accord contre moi,
   ils conspirent pour m'ôter la vie.

15 Mais je compte sur toi, Seigneur.
   Je dis : « Mon Dieu, c'est toi. »
16 Mes heures sont dans ta main;
   délivre-moi de la main d'ennemis acharnés !
17 Fais briller ta face sur ton serviteur,
   sauve-moi par ta fidélité !

18 Seigneur, que je ne sois pas déçu de t'avoir appelé !
   Mais que les impies soient déçus
   et réduits au silence des enfers !
19 Qu'elles soient muettes, ces lèvres menteuses
   qui parlent contre le juste avec insolence,
   arrogance et mépris !
20 Qu'ils sont grands les bienfaits
   que tu réserves à ceux qui te craignent !
   Tu les accordes à tous ceux dont tu es le refuge,

1. *vaines chimères* : expression péjorative pour désigner les idoles.
2. Autre traduction possible *j'entends les ragots de la foule, alentour c'est la terreur* (voir Jr 6.25).

devant tout le monde.
21 Tu les caches là où se cache ta face,
   loin des intrigues[1] des hommes.
   Tu les mets à l'abri
   des attaques de la langue.

22 Béni soit le Seigneur,
   car sa fidélité a fait pour moi un miracle
   dans une ville retranchée.
23 Et moi, désemparé, je disais :
   « Je suis exclu de ta vue. »
   Mais tu as entendu ma voix suppliante
   quand j'ai crié vers toi.

24 Aimez le Seigneur, vous tous ses fidèles !
   Le Seigneur préserve les croyants,
   mais à l'arrogant, il rend avec usure.
25 Soyez forts et prenez courage,
   vous tous qui espérez dans le Seigneur !

Psaume 32 (31)

1   *De David. Instruction.*

   Heureux l'homme dont l'offense est enlevée
   et le péché couvert !
2 Heureux celui à qui le Seigneur ne compte pas la faute,
   et dont l'esprit ne triche pas !

3 Tant que je me taisais, mon corps s'épuisait
   à grogner tout le jour,
4 car, jour et nuit, ta main pesait sur moi,
   ma sève s'altérait aux ardeurs de l'été[2]   *Pause.*

5 je t'ai avoué mon péché,
   je n'ai pas couvert ma faute.
   J'ai dit : « Je confesserai mes offenses au Seigneur »,
   et toi, tu as enlevé le poids de mon péché.   *Pause.*

6 Ainsi tout fidèle te prie
   le jour où il te rencontre.
   Même si les grandes eaux[3] débordent,
   elles ne l'atteignent pas.

---

1. *loin des intrigues :* certains pensent que l'auteur fait ainsi allusion à des pratiques magiques.
2. Le texte de la deuxième partie du v. 4 est obscur et la traduction incertaine.
3. *le jour où il te rencontre* ou, en suivant l'ancienne version grecque, *au moment favorable* (comme en Es 49.8 ; Ps 69.14) — *les grandes eaux :* voir Ps 18.17 et la note.

7 Tu es pour moi un abri,
   tu me préserves de la détresse,
   tu m'entoures de chants de délivrance[1].
8 Je vais t'instruire, t'indiquer la route à suivre,
   et te donner un conseil, en veillant sur toi :
9 N'imite pas le cheval ou la mule stupides,
   dont mors et bride doivent freiner la fougue,
   et il ne t'arrivera rien[2] !

10 Beaucoup de douleurs attendent l'impie,
   mais la fidélité entoure celui qui compte sur le Seigneur.
11 Exultez à cause du Seigneur,
   réjouissez-vous, les justes,
   et criez de joie, vous tous les *coeurs droits !

Psaume 33 (32)

1 Justes, acclamez le Seigneur !
   La louange convient aux hommes droits.
2 Rendez grâce au Seigneur sur la cithare[3];
   sur la harpe à dix cordes, jouez pour lui !
3 Chantez pour lui un chant nouveau,
   jouez de votre mieux[4] pendant l'ovation.

4 Car la parole du Seigneur est droite,
   et toute son oeuvre est sûre.
5 Il aime la justice et l'équité;
   la terre est remplie de la fidélité du Seigneur.

6 Par sa parole, le Seigneur a fait les cieux,
   et toute leur armée par le souffle de sa bouche.
7 Il amasse et endigue les eaux de la mer;
   dans des réservoirs il met les océans.

8 Que toute la terre ait la crainte du Seigneur,
   que tous les habitants du monde le redoutent :
9 c'est lui qui a parlé, et cela arriva;
   lui qui a commandé, et cela exista[5].

10 Le Seigneur a brisé le plan des nations,
   il a anéanti les desseins des peuples.
11 Le plan du Seigneur subsiste toujours,

---

1. Le texte hébreu de la dernière partie du v. 7 est obscur.
2. *il ne t'arrivera rien* : le texte hébreu correspondant est obscur; les versions anciennes ont compris (*pour qu'il* (s) *ne s'approche* (nt) *pas de toi.*
3. Voir Ps 92.4 et la note.
4. *jouez de votre mieux* ou *pincez bien vos cordes* (il s'agit des instruments de musique nommés au v. 2).
5. Autre traduction *C'est lui qui parle, et cela arrive, lui qui commande et cela existe.*

et les desseins de son coeur, d'âge en âge.
12 Heureuse la nation qui a le Seigneur pour Dieu !
Heureux le peuple qu'il s'est choisi pour héritage !

13 Des cieux, le Seigneur regarde
et voit tous les hommes.
14 Du lieu où il siège, il observe
tous les habitants de la terre,
15 lui qui leur modèle un même coeur,
lui qui est attentif à toutes leurs oeuvres.
16 Il n'est pas de roi que sauve une grande armée,
ni de brave qu'une grande vigueur délivre.
17 Pour vaincre, le cheval n'est qu'illusion,
toute sa force ne permet pas d'échapper.

18 Mais le Seigneur veille sur ceux qui le craignent,
sur ceux qui espèrent en sa fidélité,
19 pour les délivrer de la mort
et les garder en vie durant la famine.

20 Nous, nous attendons le Seigneur :
Notre aide et notre bouclier, c'est lui !
21 La joie de notre coeur vient de lui,
et notre confiance est en son *nom très saint.
22 Que ta fidélité, Seigneur, soit sur nous,
comme notre espoir est en toi !

Psaume 34 (33), alphabétique[1]

1 *De David. Quand il se déprécia aux yeux d'Abimélek qui le chassa, et David s'en alla*[2].

2 Je bénirai le Seigneur en tout temps,
sa louange sans cesse à la bouche.
3 Je suis fier du Seigneur;
que les humbles se réjouissent en m'écoutant :
4 Magnifiez avec moi le Seigneur,
exaltons ensemble son nom.

5 J'ai cherché le Seigneur, et il m'a répondu,
il m'a délivré de toutes mes terreurs.
6 Ceux qui ont regardé vers lui sont radieux,
et leur visage n'a plus à rougir.
7 Un malheureux a appelé : le Seigneur a entendu
et l'a sauvé de toutes ses détresses.

1. Voir Ps 25.1 et la note.
2. Allusion à l'épisode rapporté en 1 S 21.14-15 (où le roi Philistin est d'ailleurs nommé Akish).

8 L'*ange du Seigneur campe
   autour de ceux qui le craignent, et il les délivre.
9 Voyez et appréciez combien le Seigneur est bon.
   Heureux l'homme dont il est le refuge !
10 Craignez le Seigneur, vous qu'il a consacrés[1],
   car rien ne manque à ceux qui le craignent.
11 Les lions[2] connaissent le besoin et la faim,
   mais rien ne manque à ceux qui cherchent le Seigneur.

12 Fils, venez m'écouter !
   Je vous enseignerai la crainte du Seigneur.
13 Quelqu'un aime-t-il la vie ?
   Veut-on voir des jours heureux ?
14 Garde ta langue du mal
   et tes lèvres des médisances.
15 Evite le mal, agis bien,
   recherche la paix et poursuis-la !

16 Le Seigneur a les yeux sur les justes,
   et l'oreille attentive à leurs cris.
17 Le Seigneur affronte les malfaisants
   pour retrancher de la terre leur souvenir.
18 Ils crient[3], le Seigneur entend
   et les délivre de toutes leurs détresses.
19 Le Seigneur est près des coeurs brisés,
   et il sauve les esprits abattus.

20 Le juste a beaucoup de malheurs,
   chaque fois le Seigneur le délivre.
21 Il veille sur tous ses os,
   pas un seul ne s'est brisé.
22 Le malheur fera mourir le méchant,
   les ennemis du juste seront punis.

23 Le Seigneur rachète la vie de ses serviteurs :
   aucun de ceux qui l'ont pour refuge ne sera puni.

Psaume 35 (34)

1 *De David.*

O Seigneur, accuse mes accusateurs,
attaque ceux qui m'attaquent !
2 Saisis bouclier et cuirasse,

---

1. *vous qu'il a consacrés* : autre traduction *vous qui lui êtes consacrés.*
2. *Les lions* : les anciennes versions grecque et syriaque ont cru reconnaître ici un langage imagé et ont traduit *les riches.*
3. *ils crient* : il s'agit des *justes*, mentionnés au v. 16.

et lève-toi pour me secourir !
3 Dégaine la lance, barre la route[1]
   à mes poursuivants,
   et dis-moi : « Je suis ton salut ! »

4 Qu'ils soient déçus et déshonorés,
   ceux qui en veulent à ma vie !
   Qu'ils reculent couverts de honte,
   ceux qui préméditent mon malheur !
5 Qu'ils soient comme la bale[2] en plein vent
   quand l'*ange du Seigneur les refoulera !
6 Que leur chemin soit sombre et glissant
   quand l'ange du Seigneur les poursuivra.

7 Sans motif[3], ils ont caché une fosse sous un filet;
   sans motif, ils l'ont creusée pour moi.
8 Qu'un désastre sans précédent les surprenne,
   que le filet caché par eux les attrape,
   et qu'ils succombent[4] dans ce désastre !
9 Alors j'exulterai à cause du Seigneur
   et je danserai, joyeux d'être sauvé.
10 Tout mon être dira :
    « Seigneur, qui est comme toi ?
    Tu délivres l'humilié d'un plus fort que lui,
    l'humilié et le pauvre de leur exploiteur. »

11 De faux témoins se lèvent
    et m'interrogent sur ce que je ne sais pas.
12 Ils me rendent le mal pour le bien;
    me voici tout seul.

13 Pendant leurs maladies, moi je revêtais un *sac,
    je m'humiliais en *jeûnant
    et je ruminais ma prière.
14 Comme pour un ami ou pour mon frère, j'allais et venais.
    Comme en deuil d'une mère, j'étais sombre et prostré.

15 Et quand j'ai trébuché, ils se sont attroupés joyeux :
    des estropiés se sont attroupés contre moi,
    je ne sais pas pourquoi[5];
    ils déchirent sans répit,

---

1. Autre traduction possible pour le début du v. 3 *dégaine la lance et la hache devant mes poursuivants.*
2. *la bale* : voir Ps 1.4 et la note.
3. Autre traduction *sans succès.*
4. Ou *qu'un désastre ... le surprenne, que le filet caché par eux l'attrape, et qu'il succombe ...* (le v. 8 exprimerait alors une malédiction prononcée contre l'auteur du psaume par ses ennemis).
5. *des estropiés* : traduction incertaine — *je ne sais pas pourquoi* ou *je ne les connais pas.*

16 et en cercle, ces impurs, ces moqueurs[1]
   grincent des dents contre moi.

17 Seigneur, comment peux-tu voir cela ?
   Soustrais ma vie à ce désastre
   et ma personne à ces lions.
18 Je te rendrai grâce dans la grande assemblée,
   au milieu de la foule, je te louerai.

19 Que je ne fasse pas la joie de ceux qui m'en veulent injustement,
   qu'ils ne clignent pas de l'oeil, ceux qui me détestent sans motif !
20 Ils n'ont jamais un mot de paix;
   contre les gens tranquilles du pays,
   ils inventent des calomnies.
21 La bouche grande ouverte contre moi,
   ils disent : « Ah, ah ! notre oeil l'a vu. »

22 Tu as vu, Seigneur ! Ne sois pas sourd !
   Seigneur, ne t'éloigne pas de moi !
23 Réveille-toi et lève-toi pour défendre mon droit
   et ma cause, ô mon Dieu et mon Seigneur !
24 Selon ta justice, défends mon droit, Seigneur mon Dieu,
   et que je ne fasse pas leur joie !

25 Qu'ils ne se disent pas :
   « Ah, ah ! Nous n'en ferons qu'une bouchée. »
   Qu'ils ne disent pas : « Nous l'avons avalé. »
26 Qu'ensemble ils rougissent de honte,
   ceux qui se réjouissaient de mon malheur !
   Qu'ils soient vêtus de honte et de déshonneur,
   ceux qui triomphaient de moi !
27 Ceux qui voulaient pour moi la justice crieront de joie,
   ils diront sans cesse : « Le Seigneur triomphe,
   lui qui a voulu le bonheur de son serviteur. »
28 Alors ma langue redira ta justice
   en te louant tous les jours.

Psaume 36 (35)

1 *Du *chef de choeur, du serviteur du Seigneur, de David.*

2 L'oracle impie de l'infidèle me vient à l'esprit;
   à ses yeux, il n'y a pas à trembler devant Dieu.
3 Car il se voit d'un oeil trop flatteur
   pour trouver sa faute et la détester.

---

1. *ces moqueurs :* la traduction du v. 16 est incertaine.

4 Il n'a que méfait et tromperie à la bouche,
   il a perdu le sens du bien.
5 Sur sa couche, il prémédite un méfait;
   il s'obstine dans une voie qui n'est pas bonne,
   il ne rejette pas le mal.

6 SEIGNEUR, ta loyauté est dans les cieux,
   ta fidélité va jusqu'aux nues.
7 Ta justice est pareille aux montagnes divines[1],
   et tes jugements au grand *Abîme.

   SEIGNEUR, tu sauves hommes et bêtes.
8 Dieu, qu'elle est précieuse ta fidélité !
   Les hommes se réfugient à l'ombre de tes ailes.
9 Ils se gavent des mets plantureux de ta maison
   et tu les abreuves au fleuve de tes délices[2].

10 Car chez toi est la fontaine de la vie,
   à ta lumière nous voyons la lumière.
11 Prolonge ta fidélité pour ceux qui te connaissent
   et ta justice pour les *coeurs droits.

12 Que l'arrogant ne mette pas le pied chez moi,
   que la main des infidèles ne me chasse pas !
13 Là sont tombés les malfaisants :
   renversés, ils n'ont pu se relever.

Psaume 37 (36), alphabétique
(cf. Ps 49; 73; Jb 21.1-26)

1 *De David.*

   Ne t'enflamme pas contre les méchants,
   ne fais pas de zèle contre les criminels[3],
2 car ils se faneront aussi vite que l'herbe,
   et comme la verdure, ils se flétriront.

3 Compte sur le SEIGNEUR et agis bien
   pour demeurer dans le pays et paître en sécurité.
4 Fais tes délices du SEIGNEUR,
   il te donnera ce que ton coeur demande.

---

1. *aux montagnes divines* ou *aux plus hautes montagnes.*
2. Le mot hébreu traduit par *délices* évoque le jardin d'*Eden* (Gn 2.8).
3. *Alef :* voir Ps 25.1 et la note — *ne fais pas de zèle contre les criminels* ou *ne sois pas jaloux des criminels.*

5 Tourne tes pas[1] vers le SEIGNEUR,
 compte sur lui : il agira,
6 il fera paraître ta justice comme l'aurore
 et ton droit comme le plein midi.

7 Reste calme près du SEIGNEUR, espère en lui;
 ne t'enflamme pas contre celui qui réussit,
 contre l'homme qui agit avec ruse.

8 Laisse la colère, abandonne la fureur,
 ne t'enflamme pas; cela finira mal[2],
9 car les méchants seront arrachés,
 mais ceux qui attendent le SEIGNEUR posséderont le pays.

10 Encore un peu et il n'y a plus d'impie;
 tu examines sa place, il n'y a plus rien.
11 Mais les humbles posséderont le pays,
 ils jouiront d'une paix totale.

12 L'impie intrigue contre le juste;
 contre lui il grince les dents.
13 Mais le SEIGNEUR rit de lui,
 car il voit venir son jour[3].

14 Les impies ont dégainé l'épée et tendu l'arc
 pour abattre l'humble et le pauvre,
 pour égorger celui qui marche droit[4].
15 Mais leur épée entrera dans leur coeur
 et leurs arcs se casseront.

16 Le peu qu'a le juste vaut mieux
 que la fortune de nombreux impies,
17 car les bras des impies casseront,
 mais le SEIGNEUR soutient les justes.

18 Le SEIGNEUR connaît les jours des hommes intègres,
 et leur héritage subsistera toujours.
19 Ils ne seront pas déçus au temps du malheur,
 aux jours de famine ils seront rassasiés.

---

1. *tes pas* ou *ton chemin* (c'est-à-dire ta conduite) ou *ton sort* — ancienne version grecque *Révèle ton chemin au Seigneur.*
2. *cela finira mal* : autres traductions *cela ferait mal* ou *ce serait mal faire.*
3. *il voit venir son jour* : le texte hébreu ne précise pas s'il s'agit du *jour du Seigneur* (voir Es 2.12) ou du *jour de l'impie*, c'est-à-dire du jour où celui-ci devra supporter les conséquences de ses méfaits (voir Ez 21.30).
4. *celui qui marche droit* : l'expression hébraïque correspondante est unique dans l'A. T.; l'ancienne version grecque l'a remplacée par *les hommes au coeur droit* (voir Ps 7.11).

20 Ils périront les impies;
    et les ennemis du Seigneur,
    pareils à la parure des prés,
    sont partis, partis en fumée.
21 L'impie emprunte, il ne rend pas;
    le juste a pitié et il donne.
22 Oui, ceux qu'il bénit[1] posséderont le pays,
    et ceux qu'il maudit seront arrachés.

23 Grâce au Seigneur, les pas de l'homme sont assurés,
    et son chemin lui plaît.
24 S'il trébuche, il ne tombe pas,
    car le Seigneur le tient par la main.

25 J'ai été jeune et j'ai vieilli
    sans jamais voir un juste abandonné,
    ni ses descendants mendier leur pain.
26 Tous les jours le juste a pitié, il prête,
    et sa descendance est une bénédiction.

27 Evite le mal, agis bien,
    et tu auras toujours une demeure,
28 car le Seigneur aime le droit,
    il n'abandonne pas ses fidèles.

    Il les garde toujours,
    mais la descendance des impies est arrachée.
29 Les justes posséderont le pays,
    ils y demeureront toujours.

30 La bouche du juste répète la sagesse,
    et sa langue énonce le droit.
31 La loi de son Dieu est dans son coeur,
    ses pas ne fléchiront point.

32 Les impies guettent le juste
    et cherchent à le faire mourir;
33 mais à leurs mains, le Seigneur ne l'abandonne pas;
    il ne le laisse pas condamner s'il est jugé.

34 Attends le Seigneur et garde son chemin;
    il t'érigera en possesseur du pays,
    et tu verras les impies arrachés.

---

1. *ceux qu'il bénit* : le texte hébreu ne permet pas de préciser si l'on doit comprendre *ceux que Dieu bénit* ou *ceux que le juste bénit*.

35 J'ai vu l'impie abuser de sa force
   et se déployer comme une plante vivace.
36 Mais il a passé : il n'est plus;
   je l'ai cherché, il était introuvable.

37 Regarde l'homme honnête, vois l'homme droit[1] :
   il y a une postérité pour l'homme pacifique.
38 Mais les rebelles sont exterminés tous ensemble,
   et la postérité des impies est arrachée.

39 Le salut des justes vient du Seigneur :
   il est leur forteresse au temps du danger.
40 Le Seigneur les aide et les libère;
   il les libère des impies et il les sauve,
   car ils l'ont pris pour refuge.

Psaume 38 (37)

1 *Psaume de David, en mémorial[2].*

2 Seigneur, châtie-moi sans courroux,
  corrige-moi sans fureur[3].
3 Tes flèches se sont abattues sur moi,
  ta main s'est abattue sur moi.
4 Rien d'intact dans ma chair, et cela par ta colère,
  rien de sain dans mes os, et cela par mon péché !
5 Car mes fautes ont dépassé ma tête,
  comme un pesant fardeau, elles pèsent trop sur moi.

6 Mes plaies infectées suppurent,
  et cela par ma sottise.
7 Je suis courbé et tout prostré;
  sombre, je me traîne tout le jour,
8 car mes reins sont envahis par la fièvre,
  plus rien n'est intact dans ma chair.

9 Je suis engourdi, tout brisé;
  mon coeur gronde, je rugis.
10 Seigneur, tous mes soupirs sont devant toi,
   et mes gémissements ne te sont pas cachés.
11 Mon coeur palpite, les forces m'ont abandonné,
   j'ai perdu jusqu'à la lumière de mes yeux.

1. *Regarde l'homme honnête, vois l'homme droit :* autre traduction, soutenue par les versions anciennes *regarde à l'honnêteté, vois la droiture.*
2. L'ancienne version grecque rattache ce *mémorial* à la célébration du sabbat, d'après Lv 24.7-8. Au Ps 70.1 la version araméenne le rattache à l'offrande d'encens, d'après Lv 2.2.
3. Voir Ps 6.2 et la note.

12 Mes amis, mes compagnons reculent devant mes plaies,
   mes proches se tiennent à distance.
13 Ceux qui en veulent à ma vie ont tendu des pièges,
   ceux qui cherchent mon malheur ont parlé pour me perdre,
   en murmurant chaque jour des perfidies.

14 Mais moi, comme un sourd, je n'entends pas;
   je suis un muet qui n'ouvre pas la bouche.
15 Je suis un homme qui n'entend pas
   et qui n'a pas de réplique à la bouche.
16 C'est en toi, SEIGNEUR, que j'espère :
   tu répondras, Seigneur mon Dieu !

17 Je disais : « Que je ne fasse pas la joie
   de ceux qui triomphent de moi quand je vacille »,
18 et me voici prêt à défaillir,
   ma douleur m'est sans cesse présente.
19 Oui, je proclame ma faute
   et je m'effraie de mon péché.

20 Mes ennemis, pleins de vie, sont puissants;
   ils sont nombreux ceux qui me haïssent injustement.
21 Ceux qui me rendent le mal pour le bien
   m'accusent pour le bien que je poursuivais.
22 SEIGNEUR, ne m'abandonne pas.
   Mon Dieu, ne reste pas si loin.
23 Vite ! À l'aide !
   toi, Seigneur, mon salut !

Psaume 39 (38)

1 *Du *chef de choeur, de Yedoutoun*[1]. *Psaume de David.*

2 Je disais : « Dans ma conduite je me garderai
   des écarts de langage;
   je garderai un bâillon à la bouche
   tant qu'un infidèle sera en ma présence. »

3 Je me suis enfermé dans le silence,
   et plus qu'il n'était bon[2], je me suis tu.
   Ma douleur devint insupportable,
4   mon coeur brûlait dans ma poitrine.
   Obsédé, et brûlé par un feu,
   j'ai laissé parler ma langue :

---

1. *Yedoutoun* ou *Yeditoun* : d'après 1 Ch 16.38-42, *Yedoutoun* est l'ancêtre d'un groupe de *lévites, chargé du chant pendant le culte et de la surveillance des portes du Temple.
2. *plus qu'il n'était bon* : autres traductions *sans profit*, ou *pour de bon*, ou *à cause de son bonheur*.

5 Seigneur, fais-moi connaître ma fin
et quelle est la mesure de mes jours,
que je sache combien je suis éphémère !

6 Voici, tu as donné à mes jours une largeur de main,
et ma durée[1] n'est presque rien devant toi.
Oui, tout homme solide n'est que du vent !   *Pause.*
7 Oui, l'homme va et vient comme un reflet !
Oui, son agitation c'est du vent !
Il entasse, et ne sait qui ramassera.

8 Dès lors, que puis-je attendre, Seigneur ?
Mon espérance est en toi :
9 délivre-moi de tous mes péchés,
ne m'expose pas à l'insulte des fous.
10 J'ai fermé la bouche, je ne l'ouvrirai plus,
car c'est toi qui agis.

11 Détourne de moi tes coups,
je succombe sous l'attaque de ta main.
12 En punissant la faute, tu corriges l'homme,
comme une teigne tu corromps ce qu'il chérit :
Oui, tout homme c'est du vent !   *Pause.*

13 Écoute ma prière, Seigneur, et mon cri;
prête l'oreille à mes larmes, ne reste pas sourd,
car je ne suis qu'un invité chez toi,
un hôte comme tous mes pères.
14 Ne me regarde plus, je pourrai enfin sourire,
avant de m'en aller et de n'être plus rien.

Psaume 40 (39)

(14-18 : cf. Ps 70.2-6)

1   *Du *chef de choeur. De David, psaume.*

2 J'ai attendu, attendu le Seigneur :
il s'est penché vers moi, il a entendu mon cri,
3 il m'a tiré du gouffre tumultueux,
de la vase des grands fonds.
Il m'a remis debout, les pieds sur le rocher,
il a assuré mes pas.

4 Il a mis dans ma bouche un chant nouveau,
une louange pour notre Dieu.
Beaucoup verront, ils craindront

---

1. En hébreu il y a un jeu de mots entre les termes rendus ici par *ma durée* et au v. 5 par *éphémère.*

et compteront sur le Seigneur :

5 Heureux cet homme qui a mis sa confiance dans le Seigneur,
et ne s'est pas tourné vers les hommes de Rahav[1]
ni vers les suppôts du mensonge !

6 Qu'ils sont grands, Seigneur mon Dieu,
les projets et les miracles que tu as faits pour nous !
Tu n'as pas d'égal.
Je voudrais l'annoncer, le répéter,
mais il y en a trop à dire.

7 Tu n'as voulu ni *sacrifice ni offrande,
— tu m'as creusé des oreilles pour entendre[2] —
tu n'as demandé ni holocauste ni expiation.
8 Alors j'ai dit : « Voici, je viens
avec le rouleau d'un livre écrit pour moi[3].
9 Mon Dieu, je veux faire ce qui te plaît,
et ta loi est tout au fond de moi. »

10 Dans la grande assemblée, j'ai annoncé ta justice;
non, je n'ai pas retenu mes lèvres,
Seigneur, tu le sais !
11 Je n'ai pas caché ta justice au fond de mon coeur,
j'ai parlé de ta loyauté et de ton salut,
je n'ai pas dissimulé ta fidélité et ta vérité
à la grande assemblée.
12 Toi, Seigneur, tu ne retiendras pas loin de moi ta miséricorde,
ta fidélité et ta vérité me préserveront toujours.

13 Des malheurs sans nombre allaient me submerger,
mes fautes m'ont assailli, et j'en ai perdu la vue;
j'en ai plus que de cheveux sur la tête, et le coeur me manque.

14 Seigneur, daigne me délivrer !
Seigneur, viens vite à mon aide !
15 Qu'ensemble ils rougissent de honte,
ceux qui cherchent à m'ôter la vie !
Qu'ils reculent déshonorés,
ceux qui désirent mon malheur !
16 Qu'ils soient ravagés, talonnés par la honte,
ceux qui font « ah ! ah ! »

1. *les hommes de Rahav* : traduction incertaine. *Rahav* (voir Ps 89.11) : un des monstres du chaos primitif; comparer avec Jb 9.13 — Anciennes versions grecque et syriaque : *et ne s'est pas tourné vers les vaines (idoles).*

2. *des oreilles pour entendre* (que le Seigneur ne réclame pas de sacrifices) — Autre texte (version grecque et psautier romain) *tu m'as formé un corps;* c'est sous cette dernière forme que le verset est cité en He 10.5.

3. Traduction incertaine. Autre traduction *au rouleau du livre il m'est prescrit de faire ta volonté* — Versions anciennes *avec le rouleau d'un livre écrit à mon sujet* (voir Jn 5.39; He 10.7).

17 Qu'ils exultent de joie à cause de toi,
   tous ceux qui te cherchent !
   Qu'ils ne cessent de dire : « Le Seigneur est grand »,
   ceux qui aiment ton salut !

18 Je suis pauvre et humilié,
   le Seigneur pense à moi.
   Tu es mon aide et mon libérateur;
   mon Dieu, ne tarde pas !

Psaume 41 (40)

1 *Du *chef de choeur. Psaume de David.*

2 Heureux celui qui pense au faible !
   Au jour du malheur, le Seigneur le délivre,
3 le Seigneur le garde vivant et heureux sur la terre.
   Ne le livre pas à la voracité de ses ennemis !
4 Le Seigneur le soutient sur son lit de souffrance,
   en retournant souvent sa couche de malade[1].

5 Je disais : « Seigneur, par pitié, guéris-moi,
   car j'ai péché contre toi. »
6 Mes ennemis disent du mal de moi :
   « Quand mourra-t-il, que son nom disparaisse ? »
7 Si quelqu'un vient me voir, il pense à mal,
   il fait provision de méchancetés;
   sorti, il en parle dans la rue.
8 Réunis chez moi, tous ces adversaires chuchotent,
   et chez moi, ils évaluent mon malheur :
9 « Il a attrapé une sale affaire,
   une fois couché, on ne s'en relève pas ! »

10 Même l'ami sur qui je comptais,
   et qui partageait mon pain, a levé le talon sur moi.
11 Mais toi, Seigneur, par pitié, relève-moi,
   que je prenne ma revanche !

12 Voici à quoi je reconnais ta bienveillance :
   mon ennemi ne crie plus victoire.
13 Tu m'as soutenu à cause de mon innocence[2],
   et pour toujours tu m'as rétabli devant toi.

---

1. Le Seigneur est comparé à un ami qui prend soin du malade.
2. Autre traduction *tu m'as maintenu dans mon innocence.*

14 Béni soit le S<small>EIGNEUR</small>, le Dieu d'Israël,
   depuis toujours et pour toujours !
   *Amen et amen[1] !

1. Ce dernier verset sert de conclusion au premier livre du psautier (Ps 1-41). Voir Ps 72.18-19; 89.53.

DEUXIÈME LIVRE (PS 42-72)

Psaume 42 (41)

1   *Du *chef de choeur. Instruction des fils de Coré[1].*

2   Comme une biche se penche
    sur des cours d'eau,
    ainsi mon âme penche
    vers toi, mon Dieu.
3   J'ai soif de Dieu,
    du Dieu vivant :
    Quand pourrai-je entrer
    et paraître face à Dieu ?

4   Jour et nuit,
    mes larmes sont mon pain,
    quand on me dit tout le jour :
    « Où est ton Dieu ? »
5   Je me laisse aller
    à évoquer le temps
    où je passais la barrière,
    pour conduire[2] jusqu'à la maison de Dieu,
    parmi les cris de joie et de louange,
    une multitude en fête.

6   Pourquoi te replier, mon âme,
    et gémir sur moi ?
    Espère en Dieu !
    Oui, je le célébrerai encore,
    lui et sa face qui sauve.

1. D'après 1 Ch 6.22; 9.19; 26.1; 2 Ch 20.19 les descendants de *Coré* étaient chantres ou portiers au Temple. Les Ps 42-49; 84-85; 87-88 appartenaient à leur répertoire.
2. *je passais la barrière :* traduction incertaine — *pour conduire :* la traduction suit ici l'ancienne version grecque.

7 Mon âme s'est repliée contre moi, ô mon Dieu,
  c'est pourquoi je t'évoque
  depuis le pays du Jourdain, des cimes de l'Hermon,
  et du mont Micéar[1].

8 Les flots de l'*abîme s'appellent l'un l'autre,
  au fracas de tes cataractes.
  En se brisant et en roulant,
  toutes tes vagues ont passé sur moi.

9 Le jour, le SEIGNEUR exerçait sa fidélité;
  la nuit, je le chantais,
  et je priais Dieu qui est ma vie[2].

10 Je veux dire à Dieu mon rocher :
   « Pourquoi m'as-tu oublié ?
   Pourquoi m'en aller, lugubre
   et pressé par l'ennemi ? »

11 Mes membres sont meurtris,
   mes adversaires m'insultent
   en me disant tout le jour :
   « Où est ton Dieu ? »

12 Pourquoi te replier, mon âme,
   pourquoi gémir sur moi ?
   Espère en Dieu !
   Oui, je le célébrerai encore,
   lui, le salut de ma face et mon Dieu.

Psaume 43 (42)

1 Dieu, rends-moi justice[3]
  et plaide ma cause
  contre des gens infidèles.
  Libère-moi de l'homme trompeur et criminel.
2 Dieu, toi ma forteresse,
  pourquoi m'as-tu rejeté ?
  Pourquoi m'en aller, lugubre
  et pressé par l'ennemi ?

3 Envoie ta lumière et ta vérité :
  elles me guideront,

---

1. *l'Hermon* : imposante montagne située au nord de la Palestine — le *mont Micéar* (ou *Petit-Mont*) n'a pas pu être identifié.
2. *la nuit ... ma vie* : traduction incertaine.
3. La reprise de certains versets (43.2b : 42.10b) et surtout du même refrain (43.5 : 42.6, 12) permet de penser que les Ps 42 et 43 formaient à l'origine un psaume unique.

me feront parvenir à ta montagne sainte
et à tes *demeures.
4 Je parviendrai à l'autel de Dieu,
au Dieu qui me fait danser de joie,
et je célébrerai sur la cithare[1],
Dieu, mon Dieu !

5 Pourquoi te replier, mon âme,
pourquoi gémir sur moi ?
Espère en Dieu !
Oui, je le célébrerai encore,
lui, le salut de ma face et mon Dieu.

Psaume 44 (43)

(cf. Ps 74; 79; 80)

1 *Du *chef de choeur, des fils de Coré[2], instruction.*

2 Dieu, nous avons entendu de nos oreilles,
nos pères nous ont raconté
l'exploit que tu fis en leur temps,
au temps d'autrefois.

3 Pour les implanter, de ta main, tu as dépossédé des nations,
et pour les déployer, tu as maltraité des peuples.
4 Ce n'est pas leur épée qui les a rendus maîtres du pays,
ce n'est pas leur bras qui les a fait vaincre,
mais ce fut ta droite, ton bras, et la lumière de ta face,
car tu les aimais.
5 Ô Dieu, toi qui es mon roi,
commande, et Jacob vaincra[3].

6 Grâce à toi, nous avons encorné nos adversaires,
par ton *nom, nous avons piétiné nos agresseurs.
7 Je ne comptais pas sur mon arc,
mon épée ne me donnait pas la victoire.
8 C'est toi qui nous a fait vaincre nos adversaires,
et tu as déshonoré nos ennemis.
9 Tous les jours nous chantions les louanges de Dieu
en célébrant sans cesse ton nom.   *Pause.*

10 Pourtant, tu nous as rejetés et bafoués,
tu ne sors plus avec nos armées.

---

1. Voir Ps 92.4 et la note.
2. *fils de Coré* : voir Ps 42.1 et la note.
3. *Jacob,* ancêtre du peuple d'Israël, personnifie ici ce peuple tout entier; voir Ps 14.7.

11 Tu nous fais reculer devant l'adversaire,
et nos ennemis ont emporté le butin.

12 Tu nous livres comme agneaux de boucherie,
tu nous as dispersés parmi les nations.
13 Tu cèdes ton peuple sans bénéfices,
et tu n'as rien gagné à le vendre.

14 Tu nous exposes aux outrages de nos voisins,
à la moquerie et au rire de notre entourage.
15 Tu fais de nous la fable des nations,
et devant nous les peuples haussent les épaules[1].

16 Tout le jour, j'ai devant moi ma déchéance,
et la honte couvre mon visage,
17 sous les cris d'outrage et de blasphème,
face à un ennemi revanchard.

18 Tout cela nous est arrivé, et nous ne t'avions pas oublié,
nous n'avions pas démenti ton *alliance;
19 notre coeur ne s'était pas repris,
nos pas n'avaient pas dévié de ta route,
20 quand tu nous as écrasés au pays des chacals[2],
et recouverts d'une ombre mortelle.

21 Si nous avions oublié le nom de notre Dieu,
tendu les mains vers un dieu étranger,
22 Dieu ne l'aurait-il pas remarqué,
lui qui connaît les secrets des *coeurs ?
23 C'est à cause de toi[3] qu'on nous tue tous les jours,
qu'on nous traite en agneaux d'abattoir !

24 Réveille-toi, pourquoi dors-tu, Seigneur ?
Sors de ton sommeil, ne rejette pas sans fin !
25 Pourquoi caches-tu ta face
et oublies-tu notre malheur et notre oppression ?
26 Car notre gorge traîne dans la poussière,
notre ventre est cloué au sol.

27 Lève-toi ! À l'aide !
Rachète-nous au nom de ta fidélité !

1. *haussent les épaules :* l'hébreu exprime ce signe de mépris par l'expression équivalente *ils hochent la tête.*
2. *au pays des chacals :* c'est-à-dire *au désert.*
3. *à cause de toi :* autre traduction possible *contre toi,* c'est-à-dire *en t'offensant.*

Psaume 45 (44)

1   *Du *chef de choeur, sur les lis; des fils de Coré. Instruction;*
    chant d'amour[1].

2   Le coeur vibrant de belles paroles,
    je dis mes poèmes en l'honneur d'un roi.
    Que ma langue soit la plume d'un habile écrivain !

3   Tu es le plus beau des hommes,
    la grâce coule de tes lèvres;
    aussi Dieu t'a béni à tout jamais.

4   Ô brave, ceins ton épée au côté,
    ta splendeur et ton éclat.
5   Avec éclat, chevauche et triomphe
    pour la vraie cause
    et la juste clémence.

    Que ta droite lance la terreur[2] :
6   tes flèches barbelées.
    Sous toi tomberont des peuples,
    les ennemis du roi en plein coeur[3].

7   Ô Dieu[4], ton trône est éternel,
    ton sceptre royal est un sceptre de droiture.
8   Tu aimes la justice, tu détestes le mal,
    aussi Dieu, ton Dieu, t'a *oint d'une huile de joie,
    de préférence à tes compagnons.

9   Tes vêtements ne sont que myrrhe, aloès et cannelle.
    Sortant des palais d'ivoire, des mélodies[5] te réjouissent.
10 Des filles de roi sont là avec tes bijoux,
    et debout à ta droite, la dame avec de l'or d'Ofir[6].
11 Ecoute, ma fille[7] ! regarde et tends l'oreille :

---

1. *sur les lis : les lis* représentent peut-être les premiers mots d'un chant connu sur l'air duquel on devait chanter ce psaume. Certains cependant pensent que le terme traduit par *lis* désigne plutôt un instrument de musique — *fils de Coré :* voir Ps 42.1 et la note — *chant d'amour :* autre traduction *chant des bien-aimés.*

2. *que ta (main) droite lance la terreur :* traduction incertaine; autre traduction possible *que ta (main) droite te fasse lancer des coups terribles* — s. Jérôme (version latine) et Ibn Ezra (ancien commentateur juif) ont compris *que ta (main) droite t'enseigne des coups terribles.* — Ancienne version grecque *ta (main) droite te guidera miraculeusement.*

3. *en plein coeur :* on peut sous-entendre : les ennemis du roi *sont frappés* en plein coeur.

4. L'A. T. applique parfois le terme *dieu* à des humains (Ps 82.6; Ex 4.16; voir Jn 10.34-35). Il semble ici appliqué au roi. Les anciennes versions ont traduit le v. 7 comme s'adressant au Seigneur; He 1.8-9 l'applique au Fils — Les traducteurs modernes proposent parfois *ton trône est celui de Dieu* (voir 1 Ch 29.23), ou *ton trône est comme celui de Dieu.*

5. *myrrhe, aloès, cannelle :* des parfums d'origine végétale — *des mélodies :* traduction incertaine.

6. *la dame :* le terme hébreu correspondant ne se retrouve ailleurs qu'en Ne 2.6; il désigne peut-être la reine mère — *Ofir :* voir 1 R 9.28 et la note; l'or importé de ce pays était particulièrement réputé.

7. Les v. 11-17 paraissent s'adresser à la reine, le jour de son mariage.

oublie ton peuple et ta famille;
12 que le roi s'éprenne de ta beauté !
C'est lui ton seigneur,
prosterne-toi devant lui.
13 Alors, fille de Tyr[1], les plus riches du peuple
te flatteront avec des présents.

14 Majestueuse, la fille de roi est à l'intérieur
en robe brochée d'or.
15 Parée de mille couleurs, elle est menée vers le roi;
les demoiselles de sa suite, ses compagnes,
sont introduites auprès de toi.
16 En un joyeux cortège,
elles entrent dans le palais royal.

17 Tes fils remplaceront tes pères,
tu en feras des princes sur toute la terre.
18 Je rappellerai ton *nom dans tous les âges;
aussi les peuples te célébreront à tout jamais.

Psaume 46 (45)

1 *Du *chef de choeur; des fils de Coré; al-alamôth[2]; chant.*

2 Dieu est pour nous un refuge et un fort,
un secours toujours offert dans la détresse.
3 Aussi nous ne craignons rien quand la terre bouge,
et quand les montagnes basculent au coeur des mers.

4 Leurs eaux grondent en écumant,
elles se soulèvent et les montagnes tremblent.   *Pause.
5 Mais il est un fleuve dont les bras réjouissent la ville de Dieu,
la plus sainte des demeures du Très-Haut.

6 Dieu est au milieu d'elle; elle n'est pas ébranlée.
Dieu la secourt dès le point du jour :
7 Des nations ont grondé, des royaumes se sont ébranlés;
il a donné de la voix et la terre a fondu.

8 Le SEIGNEUR, le tout-puissant, est avec nous.
Nous avons pour citadelle le Dieu de Jacob.

---

1. *fille de Tyr :* selon certains cette expression ferait allusion à Jézabel, princesse tyrienne qu'épousa le roi Akhab d'Israël (1 R 16.31). Plus probablement *fille de Tyr* est une expression figurée qui souligne la richesse de la fiancée royale.
2. *fils de Coré :* voir Ps 42.1 et la note — *al-alamôth :* certaines versions anciennes ont compris *pour les jeunes filles;* l'ancienne version grecque *pour les secrets.* De toute façon il s'agirait des premiers mots d'un chant connu. Certains ont voulu rapprocher ce terme du titre *almouth* qu'on trouve au Ps 9.1 (voir la note).

9 Allez voir les actes du Seigneur,
  les ravages qu'il a faits sur la terre.
10 Il arrête les combats jusqu'au bout de la terre,
  il casse l'arc, brise la lance,
  il incendie les chariots[1].
11 Lâchez les armes ! Reconnaissez que je suis Dieu !
  Je triomphe des nations, je triomphe de la terre.

12 Le Seigneur, le tout-puissant, est avec nous.
  Nous avons pour citadelle le Dieu de Jacob.   *Pause.*

Psaume 47 (46)

(cf. Ps 93; 96-99)

1   *Du *chef de choeur; des fils de Coré[2]; psaume.*

2 Peuples, battez tous des mains,
  acclamez Dieu par un ban joyeux.
3 Car le Seigneur, le Très-Haut, est terrible;
  il est le grand roi sur toute la terre.

4 Il nous soumet des peuples
  et met des nations sous nos pieds.
5 Il choisit pour nous un héritage,
  fierté de Jacob[3] son bien-aimé.   **Pause.*

6 Dieu a monté parmi les ovations,
  à la sonnerie du cor, lui le Seigneur.
7 Chantez Dieu, chantez !
  Chantez pour notre roi, chantez !

8 Car le roi de toute la terre, c'est Dieu.
  Chantez pour le faire savoir.
9 Dieu règne sur les nations;
  Dieu s'est assis sur son trône sacré.

10 Les princes des peuples se sont rassemblés :
  c'est le peuple du Dieu d'Abraham[4].
  Car les boucliers[5] de la terre sont à Dieu,
  qui est monté au-dessus de tout.

---

1. Au lieu de *chariots* les versions grecque et araméenne ont lu *boucliers.*
2. *fils de Coré :* voir Ps 42.1 et la note.
3. *Jacob :* voir Ps 44.5 et la note.
4. Les anciennes versions grecque et syriaque ont traduit *les princes des peuples se sont réunis au Dieu d'Abraham.*
5. Comme en Ps 84.10 et 89.19 les *boucliers* sont ici une appellation imagée des *rois.*

Psaume 48 (47)

1   *Chant, psaume. Des fils de Coré*[1].

2   Il est grand le S<small>EIGNEUR</small>, il est comblé de louanges,
    dans la ville de notre Dieu, sa montagne sainte.
3   Belle et altière, elle réjouit toute la terre.
    L'Extrême-Nord[2], c'est la montagne de *Sion,
    la cité du grand roi.
4   Dans les palais de *Sion,
    Dieu est connu comme la citadelle.
5   Voici, des rois s'étaient donné rendez-vous;
    ensemble ils avançaient.
6   Ils ont vu : aussitôt, stupéfaits,
    épouvantés, ils détalèrent.

7   Un tremblement les cloua sur place,
    tordus comme femme en travail.
8   C'était le vent d'est,
    quand il fracasse les bateaux de Tarsis[3].

9   Ce que nous avions entendu dire, nous l'avons vu
    dans la ville du S<small>EIGNEUR</small>, le tout-puissant,
    dans la ville de notre Dieu :
    Dieu l'affermit pour toujours.   **Pause.*

10   Dieu, nous revivons ta fidélité
    au milieu de ton temple.
11   Ta louange, comme ton nom, Dieu,
    couvre l'étendue de la terre.
    Ta droite est pleine de justice;
12   la montagne de Sion se réjouit,
    les villes de Juda exultent
    à cause de tes jugements.

13   Défilez sur les murailles de Sion;
    comptez-en les tours.
14   Admirez son rempart,
    dénombrez ses palais,
    pour annoncer à la génération suivante

---

1. *fils de Coré* : voir Ps 42.1 et la note.
2. *L'Extrême-Nord* : en Es 14.13 cette même expression fait allusion à la mythologie cananéenne; elle désigne la montagne où s'assemblent les dieux cananéens, le centre où, selon cette mythologie, sont prises les décisions concernant la terre. Sous forme imagée le Ps 48 affirme ici que ce centre est en réalité à Sion, la cité de Dieu.
3. *les bateaux de Tarsis* sont probablement des navires capables d'effectuer de longs trajets; voir Ps 72.10; Jon 1.3 et les notes.

15 que ce Dieu est notre Dieu à tout jamais.
   Il nous mène[1] ...

Psaume 49 (48)

   1 *Du *chef de choeur; des fils de Coré*[2], *psaume.*

   2 Peuples, écoutez tous ceci;
      habitants de l'univers, prêtez tous l'oreille,
   3 gens du peuple, gens illustres,
      riches et pauvres, tous ensemble.

   4 Ma bouche dit des paroles de sagesse,
      mon coeur murmure des propos de bon sens.
   5 L'oreille attentive au proverbe,
      sur ma cithare[3], je résous une énigme.

   6 Pourquoi craindre, aux mauvais jours,
      la malice des fourbes qui me cernent[4],
   7 et ceux qui comptent sur leur fortune
      et se vantent de leur grande richesse ?

   8 Un homme ne peut pas en racheter un autre,
      ni payer à Dieu sa rançon[5].
   9 Quel que soit le prix versé pour une vie,
      elle devra cesser pour toujours[6].

   10 Il vivrait encore, indéfiniment ?
      Jamais il ne verrait la fosse ?
   11 Alors qu'on voit les sages mourir,
      périr avec l'imbécile et la brute,
      en laissant à d'autres leur fortune.

   12 Ils croyaient leurs maisons éternelles,
      leurs demeures impérissables,
      et ils avaient donné leurs noms à des terres[7] !

---

1. La fin du verset est difficilement compréhensible. Les anciennes versions proposent des sens très divers : grec *pour toujours;* latin *dans la mort;* syriaque *au-delà de la mort;* araméen *comme au temps de notre jeunesse.*

2. *fils de Coré :* voir Ps 42.1 et la note.

3. *cithare :* voir Ps 92.4 et la note.

4. *la malice des fourbes qui me cernent :* texte hébreu obscur et traduction incertaine.

5. *sa rançon :* l'hébreu ne permet pas de savoir si l'on doit comprendre *sa propre rançon* (ainsi l'ancienne version grecque) ou *la rançon de l'autre* (ainsi la version latine de s. Jérôme).

6. Autre traduction possible du v. 9 *La rançon de leur vie est coûteuse; il manquera toujours (de l'argent pour la payer).*

7. *Ils croyaient leurs maisons éternelles :* traduction incertaine; les versions anciennes ont compris *leur tombe est leur demeure pour toujours — Donner son nom à une terre :* expression imagée qui signifie qu'on se considère comme le propriétaire éternel de cette terre. Voir une expression analogue en 2 S 12.28.

13 L'homme avec ses honneurs ne passe pas la nuit :
   il est pareil à la bête qui s'est tue.

14 Voici le destin de ceux qui ont une folle confiance en eux,
   l'avenir de ceux qui se plaisent à leurs discours :   **Pause.*

15 Ils sont parqués aux enfers comme des brebis;
   la Mort les mène paître.
   Le lendemain, des hommes droits les piétinent,
   leurs traits[1] s'effacent aux enfers,
   ils sont loin de leurs palais.

16 Mais Dieu rachètera ma vie au pouvoir des enfers;
   oui, il me prendra.   *Pause.*

17 Ne crains plus quand un homme s'enrichit
   et quand la gloire de sa maison grandit.

18 Car en mourant, il n'emporte rien,
   et sa gloire ne descend pas avec lui.

19 De son vivant, il se félicitait :
   « On t'applaudit, car tout va bien pour toi ! »

20 Il rejoindra le cercle de ses pères
   qui plus jamais ne verront la lumière.

21 L'homme avec ses honneurs, mais qui n'a pas compris[2],
   est pareil à la bête qui s'est tue.

Psaume 50 (49)

1   *Psaume; d'Asaf[3].*

    Le Dieu des dieux[4], le Seigneur, a parlé;
    il a convoqué la terre,
    du soleil levant au soleil couchant.

2   De *Sion, beauté parfaite,
    Dieu resplendit.

3   Qu'il vienne, notre Dieu,
    et ne se taise pas !
    Devant lui un feu dévore,
    autour de lui, c'est l'ouragan.

---

1. *leurs traits :* d'après le texte hébreu « écrit »; texte hébreu que la tradition juive considère comme « à lire » *leur rocher,* c'est-à-dire leur secours (ainsi l'ancienne version grecque) ou bien *leur dieu* (comme en Dt 32.31) — le texte hébreu de la fin du verset est obscur.

2. *mais qui n'a pas compris :* en hébreu cette partie du v. 21 fait jeu de mots avec la partie correspondante du v. 13 *(il) ne passe pas la nuit.* Les versions anciennes traduisent les deux versets de la même manière.

3. *Asaf* est l'ancêtre d'une famille de *lévites chargée du chant dans le Temple (1 Ch 6.16-17, 24; 2 Ch 35.15). Les Ps 73-80 faisaient partie de son répertoire.

4. *Le Dieu des dieux* ou *Le plus grand des dieux,* ou *Le Dieu suprême.*

4 Il convoque les *cieux d'en haut
   et la terre pour le jugement de son peuple :
5 Rassemblez mes fidèles,
   qui ont fait *alliance avec moi par un *sacrifice.
6 Et les cieux proclament sa justice :
   Le juge, c'est Dieu !   *Pause.

7 Ecoute mon peuple, je vais parler;
   Israël, je vais témoigner contre toi :
   « C'est moi Dieu, ton Dieu ! »

8 Ce n'est pas pour tes sacrifices que je t'accuse;
   à perpétuité, tes holocaustes sont devant moi.
9 Je ne prendrai pas un taureau dans ta maison,
   ni des boucs dans tes enclos;
10 car tous les animaux des forêts sont à moi,
   et les bêtes des hauts pâturages[1].
11 Je connais tous les oiseaux des montagnes,
   et la faune sauvage m'appartient.

12 Si j'avais faim, je ne te le dirais pas,
   car le monde et ce qui le remplit est à moi.
13 Vais-je manger la viande des taureaux
   et boire le sang des boucs ?

14 Offre à Dieu la louange comme *sacrifice[2]
   et accomplis tes voeux envers le Très-Haut.
15 Puis appelle-moi au jour de la détresse,
   je te délivrerai, et tu me glorifieras.

16 Dieu dit à l'impie :
   Pourquoi réciter mes commandements
   et avoir mon alliance à la bouche,
17 toi qui détestes la correction
   et rejettes mes paroles ?

18 Si tu vois un voleur, tu deviens son complice,
   tu prends ta place chez les adultères.
19 Tu livres ta bouche à la méchanceté,
   tu associes ta langue au mensonge.
20 Tu t'assieds, tu parles contre ton frère,
   tu salis le fils de ta mère.

   1. *les bêtes des hauts pâturages :* les anciennes versions grecque et syriaque ont lu *les bêtes des montagnes et les boeufs.*
   2. *la louange comme sacrifice :* traduction soutenue par l'ancienne version araméenne — autre traduction *offre à Dieu le sacrifice de louange;* même possibilité au v. 25.

21 Voilà ce que tu as fait, et je me tairais ?
   Tu t'imagines que je suis comme toi[1] ?
   Je t'accuse, j'étale tout sous tes yeux.
22 Comprenez-le, vous qui oubliez Dieu !
   Sinon je déchire, et nul ne délivrera.

23 Qui offre la louange comme *sacrifice me glorifie,
   et il prend le chemin[2] où je lui ferai voir le salut de Dieu.

Psaume 51 (50)

1 *Du *chef de choeur. Psaume de David.*
2 *Quand le prophète Natan alla chez lui, après que David fut allé
  chez Bethsabée.*

3 Aie pitié de moi, mon Dieu, selon ta fidélité;
  selon ta grande miséricorde efface mes torts.
4 Lave-moi à grande eau de ma faute
  et purifie-moi de mon péché.

5 Car je reconnais mes torts,
  j'ai sans cesse mon péché devant moi.
6 Contre toi, et toi seul, j'ai péché,
  ce qui est mal à tes yeux, je l'ai fait,
  ainsi tu seras juste quand tu parleras,
  irréprochable quand tu jugeras[3].

7 Voici, dans la faute j'ai été enfanté
  et, dans le péché, conçu des ardeurs de ma mère.
8 Voici, tu aimes la vérité dans les ténèbres[4],
  dans ma nuit, tu me fais connaître la sagesse.
9 Ote mon péché avec l'hysope[5] et je serai *pur;
  lave-moi, et je serai plus blanc que la neige.

10 Fais que j'entende l'allégresse et la joie,
   et qu'ils dansent, les os que tu as broyés.
11 Devant mes péchés, détourne-toi,
   toutes mes fautes, efface-les.

1. Le texte hébreu fait ici difficulté; il semble avoir conservé côte à côte deux formes possibles de ce vers : 1) *tu t'imagines que je suis comme toi* (forme confirmée par les versions anciennes); 2) *tu t'imagines être « Je suis »* (« Je suis » étant le nom par lequel Dieu se désigne en Ex 3.14).
   2. Au lieu de *et il prend le chemin* les anciennes versions grecque et syriaque ont lu *là est le chemin où* ...; une autre version grecque et la version latine ont lu *à celui dont la conduite est intègre je ferai voir* ...
   3. Les versions grecque et syriaque ont un texte différent : *ainsi tu seras reconnu juste dans tes paroles, et tu triompheras lorsqu'on te jugera.* C'est sous cette dernière forme que le verset est cité en Rm 3.4.
   4. *ténèbres* : le sens du terme ainsi traduit est incertain.
   5. Voir Lv 14.4 et la note.

12 Crée pour moi un coeur pur, Dieu;
   enracine en moi un esprit tout neuf.

13 Ne me rejette pas loin de toi,
   ne me reprends pas ton esprit saint;
14 rends-moi la joie d'être sauvé,
   et que l'esprit généreux me soutienne !

15 J'enseignerai ton chemin aux coupables,
   et les pécheurs reviendront vers toi.
16 Mon Dieu, Dieu sauveur, libère-moi du *sang[1];
   que ma langue crie ta justice !
17 Seigneur, ouvre mes lèvres,
   et ma bouche proclamera ta louange.

18 Tu n'aimerais pas que j'offre un *sacrifice,
   tu n'accepterais pas d'holocauste.
19 Le sacrifice voulu par Dieu, c'est un esprit brisé;
   Dieu, tu ne rejettes pas un coeur brisé et broyé.

20 Fais du bien à *Sion,
   rebâtis les murs de Jérusalem.
21 Alors tu aimeras les sacrifices prescrits,
   offrande totale[2] et holocauste;
   alors on offrira des taureaux sur ton autel.

Psaume 52 (51)

1   *Du *chef de choeur. Instruction de David.*
2   *Quand Doëg l'Edomite vint annoncer à Saül : « David est
    entré dans la maison d'Ahimélek. »*

3   Pourquoi, bravache, te vanter de faire le mal ?
    La fidélité de Dieu est pour tous les jours !

4   Ta langue prémédite des crimes;
    elle est perfide comme un rasoir aiguisé;
    elle est habile à tromper.
5   Au bien tu préfères le mal,
    et à la franchise le mensonge.   *Pause.
6   Tu aimes toute parole qui détruit,
    langue perfide !

---

1. *libère-moi du sang* : autres traductions *dispense-moi du sang (des sacrifices);* ou *fais que mon sang ne soit pas versé;* ou encore *purifie-moi du sang (que j'ai versé),* voir 2 S 11.14-17.
2. *offrande totale* : voir Lv 6.15-16.

7   Dieu lui-même te ruinera pour toujours,
     il te tirera, t'arrachera de la tente,
     il te déracinera du pays des vivants.   *Pause.*

8   Alors les justes verront et craindront;
     ils riront de lui :

9   Le voici ce brave[1],
     qui ne prenait pas Dieu pour forteresse,
     mais qui comptait sur sa grande richesse,
     fort de ses crimes !

10   Mais moi, comme un olivier verdoyant
     dans la maison de Dieu,
     je compte sur la fidélité de Dieu
     à tout jamais.

11   Toujours je te rendrai grâces, car tu as agi;
     j'attends que ton nom soit dit, car il est bon,
     en présence de tes fidèles.

Psaume 53 (52)

(*cf. Ps 14*)

1   *Du *chef de chœur, al-mâhalath[2]. Instruction de David.*

2   Les fous se disent[3] :
     « Il n'y a pas de Dieu ! »
     Corrompus, ils se sont pervertis dans des horreurs;
     aucun n'agit bien.

3   Des cieux, Dieu s'est penché
     vers les hommes,
     pour voir s'il en est un d'intelligent
     qui cherche Dieu.

4   Tous fourvoyés, ils sont unis dans le vice;
     aucun n'agit bien,
     pas même un seul.

5   Sont-ils ignorants, ces malfaisants,
     qui mangeaient mon peuple en mangeant leur pain,
     et n'invoquaient pas Dieu !

---

1. *brave* : les versions anciennes ont traduit *homme;* mais la traduction a essayé ici de reproduire un jeu de mots que l'hébreu fait entre *guibbôr* au v. 3 (bravache, fanfaron) et *guèbèr* (v. 9), rendu par *brave.*
2. *al-mâhalath* : terme technique de sens inconnu, qu'on retrouve au Ps 88.1. L'ancienne version grecque l'a traduit comme un nom propre (voir Gn 28.9); les autres versions grecques et la version latine ont compris *en chœur.*
3. Le Ps 53 reproduit le Ps 14 à quelques détails près : il possède une suscription (v. 1); le nom *Dieu* remplace l'appellation *le Seigneur;* enfin le contenu du v. 6 diffère de celui des versets correspondants dans le Ps 14 — Pour les notes voir au Ps 14.

6 Et là où ils se sont mis à trembler,
   il n'y avait pas de quoi trembler,
   car Dieu a éparpillé les os de tes assiégeants.
   Tu les as bafoués, car Dieu les a repoussés.

7 Qui donne, depuis Sion, des victoires à Israël ?
   Quand Dieu ramène les captifs de son peuple,
   Jacob exulte, Israël est dans la joie.

Psaume 54 (53)

1 *Du *chef de choeur, avec instruments à cordes. Instruction de David.*
2 *Quand les Zifites[1] vinrent dire à Saül : « David n'est-il pas caché parmi nous ? »*

3 Dieu, sauve-moi par ton nom;
   par ta bravoure, rends-moi justice.
4 O Dieu, écoute ma prière,
   prête l'oreille aux paroles de ma bouche.

5 *Car* des étrangers m'ont attaqué
   et des tyrans en veulent à ma vie.
   Ils n'ont pas tenu compte de Dieu.   *Pause.*

6 Voici, Dieu est mon aide,
   le Seigneur est mon seul appui[2].
7 Qu'il rende le mal à ceux qui m'espionnent !
   Par ta fidélité, extermine-les.

8 De bon coeur je t'offrirai des *sacrifices;
   Seigneur, je célébrerai ton nom car il est bon :
9 Il m'a délivré de toute détresse,
   et je toise mes ennemis.

Psaume 55 (54)

1 *Du *chef de choeur, avec instruments à cordes. Instruction de David.*

2 Ô Dieu, prête l'oreille à ma prière;
   quand je supplie, ne te dérobe pas.
3 Fais attention à moi et réponds-moi.
   Bouleversé, je me plains et je divague,

---

1. *Les Zifites* sont les habitants du village de Zif, dans le sud du territoire de Juda; ils dénoncèrent à Saül la cachette de David (1 S 23.19).

2. *mon seul appui* : autre traduction *le Seigneur est parmi ceux qui me soutiennent.*

4 aux cris d'un ennemi
   et sous la pression d'un impie;
   car ils déversent sur moi des méfaits
   et m'attaquent avec colère.

5 Mon coeur se crispe dans ma poitrine;
   des frayeurs mortelles sont tombées sur moi,
6 crainte et tremblement me pénètrent,
   et je suis couvert de frissons.
7 Alors j'ai dit : « Ah, si j'avais des ailes de colombe !
   Je m'envolerais pour trouver un abri.
8 Oui, je fuirais au loin
   pour passer la nuit au désert.   *Pause.*
9 Je gagnerais en hâte un refuge
   contre le vent de la tempête. »

10 Seigneur, mets la brouille
    et la division dans leur langage.
    Car j'ai vu la violence
    et la discorde dans la ville.
11 Jour et nuit, elles rôdent
    sur ses murailles.
    À l'intérieur, il y a méfait et forfait;
12 à l'intérieur, il y a des crimes;
    brutalité et tromperie
    ne quittent pas ses rues.

13 Ce n'est pas un ennemi qui m'insulte,
    car je le supporterais.
    Ce n'est pas un adversaire qui triomphe de moi,
    je me déroberais à lui.
14 Mais c'est toi, un homme de mon rang,
    mon familier, mon intime.
15 Nous échangions de douces confidences,
    et nous marchions de concert dans la maison de Dieu.

16 Que la ruine fonde sur eux !
    Qu'ils descendent vivants aux enfers,
    car la méchanceté est chez eux[1], elle est en eux.

17 Moi, je fais appel à Dieu,
    et le Seigneur me sauvera.
18 Le soir, le matin, à midi,
    bouleversé, je me plains.
    Il a entendu ma voix,

1. *Que la ruine fonde sur eux !* Traduction incertaine — *la méchanceté est chez eux* : autre traduction *quand les malheurs viendront chez eux.*

19 il m'a libéré, gardé sain et sauf,
   quand on me combattait,
   car il y avait foule auprès de moi.
20 Que Dieu entende et qu'il les humilie,
   lui qui trône dès l'origine !   *Pause.*
   Ils ne changeront pas,
   ils ne craignent pas Dieu.

21 Cet homme[1] a porté la main sur ses amis,
   il a profané son *alliance.
22 L'onction glisse de sa bouche,
   mais son coeur fait la guerre.
   Ses paroles sont plus douces que l'huile,
   mais ce sont des poignards.

23 Rejette ton fardeau, mets-le sur le Seigneur,
   il te réconfortera,
   il ne laissera jamais chanceler le juste[2].

24 Et toi, Dieu, tu les feras descendre
   dans un charnier béant.
   Les hommes sanguinaires et trompeurs
   ne vivront pas la moitié de leurs jours.
   Mais moi, je compte sur toi.

Psaume 56 (55)

1 Du *chef de choeur. Al yônath élèm rehôqîm. De David,
  miktâm[3]. Quand les Philistins le saisirent à Gath.

2 Pitié, Dieu ! Car un homme me harcèle;
  tout le jour il combat, il m'opprime.
3 Des espions me harcèlent tout le jour,
  mais là-haut, une grande troupe combat pour moi.
4 Le jour où j'ai peur, je compte sur toi.

5 Sur Dieu, dont je loue la parole,
  sur Dieu je compte, je n'ai pas peur :
  que ferait pour moi un être de chair ?

---

1. *cet homme* : l'auteur semble désigner ici un de ses adversaires en particulier, peut-être un de ses anciens amis.
2. *ton fardeau* : le terme hébreu correspondant ne se trouve nulle part ailleurs dans l'A. T. Il est traduit ici d'après le sens qu'il a dans les commentaires juifs traditionnels (Talmud); la traduction reste incertaine — *il ne laissera jamais chanceler le juste* : autre traduction *il ne laissera pas le juste chanceler à jamais*.
3. *Al yônath élèm rehôqîm* : la traduction a renoncé à rendre ces quatre mots hébreux, qui indiquaient peut-être le titre d'une mélodie sur laquelle on devait chanter le Ps 56. En modifiant quelque peu le texte certains proposent de traduire *sur « la colombe des dieux lointains »* — *miktâm* : voir Ps 16.1 et la note.

6 Tout le jour ils me font souffrir[1],
   ils ne pensent qu'à me nuire.
7 À l'affût ils épient
   et ils observent mes traces
   pour attenter à ma vie.
8 Pour ce méfait, échapperaient-ils ?
   Dieu, que ta colère abatte ces gens !

9 Tu as compté mes pas de vagabond;
   dans ton outre recueille mes larmes.
   N'est-ce pas écrit dans tes comptes[2] ?

10 Mes ennemis battront en retraite
   le jour où j'appellerai;
   je le sais, Dieu est pour moi.

11 Sur Dieu, dont je loue les paroles,
   — sur le Seigneur, dont je loue les paroles —
12 sur Dieu je compte, je n'ai pas peur :
   que feraient pour moi les hommes ?

13 Dieu, je suis tenu par mes voeux;
   j'accomplis pour toi les *sacrifices de louange.
14 Car tu m'as délivré de la mort.
   N'as-tu pas préservé mes pieds de la chute,
   pour que je marche devant Dieu
   à la lumière de la vie ?

Psaume 57 (56)

(8-12 : cf. Ps 108.2-6)

1 Du *chef de choeur, Al-tashehéth. De David, miktâm[3]. Quand,
   dans la caverne, il fuyait Saül.

2 Pitié, Dieu ! Aie pitié de moi,
   car je t'ai pris pour refuge;
   et je me réfugie à l'ombre de tes ailes,
   tant que dure le malheur.
3 Je fais appel à Dieu, le Très-Haut,
   au Dieu qui fera tout pour moi :
4 Que, des cieux, il m'envoie le salut !
   Celui qui me harcèle a blasphémé,   *Pause.
   que Dieu envoie sa fidélité et sa vérité !

---

1. *ils me font souffrir* : traduction conjecturale.
2. *dans tes comptes* ou *dans ton livre.*
3. *Al-tashehéth* (ne détruis pas) est peut-être le titre d'une mélodie sur laquelle on devait chanter les Ps 57; 58; 59; 75 — *miktâm* : voir Ps 16.1 et la note.

5 Je suis au milieu de lions,
   et gisant parmi des êtres qui crachent du feu[1].
   Ces hommes ont pour dents des lances et des flèches,
   et pour langue, une épée acérée.

6 Dieu, dresse-toi sur les cieux;
   que ta gloire domine toute la terre !

7 Sur mon passage, ils ont préparé un filet :
   J'ai baissé la tête.
   Devant moi, ils ont creusé une trappe :
   ils sont tombés en plein milieu.   *Pause.*

8 Le cœur rassuré, mon Dieu,
   le cœur rassuré,
   je vais chanter un hymne :
9 Réveille-toi, ma gloire;
   réveillez-vous, harpe et cithare[2],
   je vais réveiller l'aurore.

10 Je te rendrai grâces parmi les peuples, Seigneur;
   je te chanterai parmi les nations.
11 Car ta fidélité s'élève jusqu'aux cieux
   et ta vérité jusqu'aux nues.

12 Dieu, dresse-toi sur les cieux;
   que ta gloire domine toute la terre !

Psaume 58 (57)

1 *Du *chef de chœur, al-tashehéth. De David, miktâm*[3].

2 C'est vrai ! Quand vous parlez, la justice est muette[4].
   Fils des hommes, jugez-vous avec droiture ?
3 Non ! Sciemment, vous commettez des crimes :
   sur la terre, vous propagez[5] la violence de vos mains.
4 À peine conçus, les méchants sont dévoyés,
   les menteurs divaguent dès leur naissance.
5 Ils ont un venin pareil au venin du serpent;
   ils sont comme la vipère sourde, qui se bouche l'oreille,
6 qui n'obéit pas à la voix des enchanteurs
   et du charmeur le plus habile aux charmes.

---

1. *qui crachent du feu* ou *qui dévorent comme une flamme.*
2. Voir Ps 92.4 et la note.
3. *Al-tashehéth* : voir Ps 57.1 et la note — *miktâm* : voir Ps 16.1 et la note.
4. La traduction des premiers mots de ce psaume est incertaine; autre traduction (conjecturale) : *est-il vrai, vous les dieux, que vous disiez la justice ?*
5. *Vous propagez* : traduction incertaine. Autre traduction *vous pesez* (allusion à la balance, image de la justice). Les anciennes versions grecque et syriaque ont compris *vos mains tissent l'injustice.*

7 Dieu ! Casse-leur les dents dans la gueule;
   Seigneur, démolis les crocs de ces lions.
8 Qu'ils s'écoulent comme les eaux qui s'en vont !
   Que Dieu ajuste ses flèches, et les voici fauchés[1] !
9 Qu'ils soient comme la limace qui s'en va en·bave !
   Comme le foetus avorté, qu'ils ne voient pas le soleil !
10 Avant que vos marmites ne sentent la flambée d'épines,
   aussi vif que la colère[2], il les balayera.
11 Le juste se réjouira en voyant la vengeance;
   il lavera ses pieds dans le sang des méchants.
12 Et les hommes diront : « Oui, le juste fructifie;
   oui, il y a un Dieu qui juge sur la terre. »

Psaume 59 (58)

1 *Du *chef de choeur, al-tashehéth. De David, miktâm*[3]. *Quand
   Saül envoya garder la maison pour le faire mourir.*

2 Dieu, délivre-moi de mes ennemis;
   protège-moi de mes agresseurs.
3 Délivre-moi des malfaisants
   et sauve-moi des hommes sanguinaires.

4 Car les voici en embuscade contre moi,
   des puissants m'attaquent,
   sans que j'aie commis de faute ou de péché, Seigneur !
5 Je ne suis pas coupable, et ils courent se poster.
   Sors du sommeil ! Viens à ma rencontre et vois !
6 Toi, Seigneur Dieu, le tout-puissant, Dieu d'Israël,
   réveille-toi pour punir toutes ces nations;
   sois sans pitié pour tous ces traîtres de malheur.   **Pause.*

7 Le soir, ils reviennent,
   grondant comme des chiens;
   ils rôdent par la ville.
8 Les voici, de la bave plein la gueule,
   des épées sur les babines :
   « Qui donc entend ? »

9 Et toi, Seigneur, tu ris d'eux,
   tu te moques de toutes ces nations.
10 Je regarderai vers toi, la force.
   Ma citadelle, c'est Dieu.

---

1. *les voici fauchés* : traduction conjecturale.
2. *aussi vif que la colère* : traduction conjecturale.
3. *Al-tashehéth* : voir Ps 57.1 et la note — *miktâm* : voir Ps 16.1 et la note.

11 Le Dieu fidèle vient au-devant de moi;
   Dieu me fait toiser ceux qui m'espionnent.

12 Ne les massacre pas, sinon mon peuple oubliera.
   Que ta vigueur les secoue et les rabaisse,
   Seigneur notre bouclier !
13 Dès qu'ils parlent, ils ont le péché à la bouche;
   qu'ils soient pris à leur orgueil,
   pour la malédiction et le mensonge qu'ils profèrent !
14 Achève avec fureur;
   achève, et qu'il n'en reste rien !
   Et qu'ils sachent que Dieu
   est le souverain de Jacob[1],
   jusqu'aux extrémités de la terre.   *Pause*

15 Le soir, ils reviennent,
   grondant comme des chiens;
   ils rôdent par la ville.
16 Ils errent en quête de nourriture;
   s'ils ne sont pas repus,
   ils passent la nuit à geindre[2].

17 Et moi je chante ta force,
   le matin, j'acclame ta fidélité,
   car tu as été pour moi une citadelle,
   un refuge au jour de ma détresse.
18 Je te chanterai, toi ma force.
   Ma citadelle, c'est Dieu,
   le Dieu qui m'est fidèle !

Psaume 60 (59)
(7-14 : cf. Ps 108.7-14)

1 *Du *chef de chœur; al-shoushân édouth. Miktâm[3] de David.*
  Pour enseigner.
2 *Quand il combattait les *Araméens de Mésopotamie et ceux de*
  Çova. Et Joab revint et battit Edom,
  soit 12000 hommes, dans la vallée du Sel.

3 Dieu, tu nous as rejetés, disloqués;
  tu t'es irrité : rétablis-nous !
4 Tu as fait trembler la terre, tu l'as crevassée :

---

1. *Jacob :* voir Ps 44.5 et la note.
2. Texte hébreu *ils passent la nuit;* trois versions anciennes *ils geignent.* En hébreu les deux verbes correspondant à ces traductions ont des formes très voisines. La traduction suppose que le texte hébreu est intentionnellement ambigu.
3. *al-shoushân édouth* indique sans doute le titre d'un chant de même mélodie que le Ps 60. Le sens de ce titre est inconnu — *miktâm :* voir Ps 16.1 et la note.

réduis ses fractures, car elle chancelle !
5 Tu as fait voir de durs moments à ton peuple,
tu nous as fait boire un vin qui saoule.

6 À ceux qui te craignent, tu as donné le signal
pour fuir devant l'archer. *Pause.*
7 Pour que tes bien-aimés soient délivrés,
sauve par ta droite et réponds-nous.

8 Dieu a parlé dans le *sanctuaire :
J'exulte; je partage Sichem
et je mesure la vallée de Soukkoth[1].
9 Galaad est à moi; Manassé est à moi;
Ephraïm est le casque de ma tête;
Juda est mon sceptre;
10 Moab, la cuvette où je me lave.
Sur Edom, je jette ma sandale;
Philistie, brise-toi contre moi en criant[2] !

11 Qui me mènera à la ville retranchée ?
Qui me conduira jusqu'en Edom ?
12 sinon toi, le Dieu qui nous a rejetés,
le Dieu qui ne sortait plus avec nos armées ?
13 Viens à notre aide contre l'adversaire,
car le secours de l'homme est illusion.
14 Avec Dieu nous ferons des exploits :
c'est lui qui piétinera nos adversaires.

Psaume 61 (60)

1 *Du *chef de choeur, sur l'instrument à cordes de David.*

2 Ô Dieu, écoute mes cris,
sois attentif à ma prière.
3 Du bout de la terre,
je fais appel à toi
quand le *coeur me manque.

Sur le rocher trop élevé pour moi
tu me conduiras.
4 Car tu es pour moi un refuge,
un bastion face à l'ennemi.

---

1. *dans le sanctuaire* ou *selon sa sainteté* — *Sichem* (en Palestine centrale) et *Soukkoth* (en Transjordanie) sont deux étapes de Jacob à son retour en Palestine (voir Gn 33.17-18).
2. *jeter sa sandale :* geste signifiant qu'on prenait possession d'un terrain (comparer Dt 25.9; Rt 4.7) — *en criant :* autre traduction *pousse des cris de joie contre moi.*

5 Je voudrais être reçu sous ta tente pour des siècles,
   et m'y réfugier, caché sous tes ailes.   *Pause.*
6 C'est toi, Dieu, qui as exaucé mes voeux,
   et donné leur héritage à ceux qui craignent ton nom[1].

7 Aux jours du roi, ajoute des jours;
   que ses années soient des siècles !
8 Qu'il siège toujours en face de Dieu !
   Charge la fidélité et la vérité de le préserver.
9 Alors je chanterai sans cesse ton nom,
   pour accomplir chaque jour mes voeux.

Psaume 62 (61)

  1 *Du *chef de choeur, d'après Yedoutoun[2], psaume de David.*

2 Oui, mon âme est tranquille devant Dieu;
   mon salut vient de lui.
3 Oui, il est mon rocher, mon salut,
   ma citadelle; je suis presque inébranlable.

4 Allez-vous longtemps vous ruer tous ensemble
   contre un homme, pour l'abattre
   comme un mur qui penche
   ou une clôture branlante ?
5 Oui, à cause de son rang,
   ils projettent de le bannir;
   ils se plaisent au mensonge :
   de la bouche ils bénissent,
   mais au fond d'eux-mêmes, ils maudissent.   *Pause.*

6 Oui, sois tranquille près de Dieu, mon âme;
   car mon espoir vient de lui.
7 Oui, il est mon rocher et mon salut,
   ma citadelle; je suis inébranlable.

8 Mon salut et ma gloire sont tout près de Dieu;
   mon rocher fortifié, mon refuge sont en Dieu.
9 Comptez sur lui en tout temps, vous, le peuple !
   Epanchez devant lui votre coeur;
   Dieu est pour nous un refuge.   *Pause.*

10 Oui, les gens du peuple sont un souffle,
   les gens illustres, un mensonge.

---

1. Autre traduction possible *tu m'as donné en héritage ceux qui craignent ton nom.*
2. *Yedoutoun* : voir Ps 39.1 et la note.

Quand on soulève la balance[1],
à eux tous, ils pèsent moins qu'un souffle.

11 Ne comptez pas sur la violence;
   ne vous essoufflez pas en rapines.
   Si votre fortune augmente,
   n'y mettez pas votre coeur.

12 Dieu a dit une chose,
   deux choses que j'ai entendues,
   ceci : que la force est à Dieu,
13 et à toi, Seigneur, la fidélité;
   et ceci : que tu rends à chacun selon ses oeuvres.

Psaume 63 (62)

1 *Psaume de David. Quand il était dans le désert de Juda.*

2 Dieu, c'est toi mon Dieu ! Dès l'aube je te désire[2];
  mon âme a soif de toi;
  ma chair languit après toi,
  dans une terre desséchée, épuisée, sans eau.

3 Oui, je t'ai contemplé dans le *sanctuaire
  en voyant ta force et ta gloire;
4 ta fidélité valant mieux que la vie,
  mes lèvres te célébraient.

5 Oui, je te bénirai ma vie durant,
  et à ton nom, je lèverai les mains[3].
6 Comme de graisse et d'huile, je me rassasierai,
  et la joie aux lèvres, ma bouche chantera louanges.

7 Quand sur mon lit je pense à toi,
  je passe des heures à te prier.
8 Car tu as été mon aide,
  à l'ombre de tes ailes j'ai crié de joie.
9 Je m'attache à toi de toute mon âme,
  et ta droite me soutient.
10 Qu'ils aillent à la ruine, ceux qui en veulent à ma vie !

---

1. *quand on soulève la balance :* les balances de l'époque avaient un fléau suspendu; autre traduction *en montant sur la balance.*

2. *je te désire :* en hébreu les termes traduits par *aube* et *je te désire* comportent les mêmes consonnes; le texte joue sur cette ressemblance.

3. *à ton nom :* autre traduction *en entendant prononcer ton nom* ou *en ta présence* — *je lèverai les mains :* voir Ps 28.2 et la note.

Qu'ils rentrent dans les profondeurs de la terre !
11 Qu'on les passe au fil de l'épée !
Qu'ils soient la part des chacals !
12 Et le roi se réjouira de Dieu;
quiconque jure par lui[1] n'aura qu'à s'en louer;
car la bouche des menteurs sera close.

Psaume 64 (63)

1 *Du *chef de choeur. Psaume de David.*

2 Dieu ! écoute ma plainte;
préserve ma vie d'un ennemi terrifiant;
3 cache-moi loin du complot des scélérats,
loin des malfaisants qui se concertent.

4 Ils ont affûté leur langue comme une épée;
ils ont ajusté leurs flèches, leurs paroles venimeuses,
5 pour tirer en cachette sur un homme intègre :
ils tirent soudain, sans rien craindre[2].
6 Ils se forgent une parole maligne;
ils calculent pour dissimuler des pièges;
ils disent : « Qui s'en apercevra ? »
7 Ils combinent des crimes :
« Nous avons bien combiné notre affaire;
au fond de l'homme, le coeur est impénétrable ! »

8 Mais Dieu leur a tiré dessus;
soudain, voici la flèche :
ce sont leurs propres coups,
9 leur langue s'est retournée contre eux.

En les voyant, chacun hoche la tête;
10 tout homme est saisi de crainte,
il proclame ce que Dieu a fait,
et de cet acte, il tire la leçon.

11 Que le juste se réjouisse du Seigneur,
qu'il le prenne pour refuge,
et tous les *coeurs droits s'en loueront.

---

1. Le contexte ne permet pas de préciser s'il s'agit d'un serment fait en invoquant le nom du roi ou celui de Dieu.
2. Le texte hébreu joue ici sur la ressemblance des verbes traduits par *tirer* et *craindre*.

Psaume 65 (64)

1 *Du *chef de choeur, psaume. De David, chant.*

2 Dieu qui es en *Sion,
la louange te convient[1],
et pour toi on accomplit des voeux.
3 Jusqu'à toi qui entends la prière,
tout être de chair peut venir.
4 Les fautes ont été plus fortes que moi,
mais tu effaces nos péchés.
5 Heureux l'invité que tu choisis,
il demeurera dans tes *parvis.
Nous serons rassasiés des biens de ta maison,
des choses *saintes de ton temple.

6 Avec justice, tu nous réponds par des merveilles,
Dieu notre sauveur,
sécurité de la terre entière
jusqu'aux mers lointaines.

7 Il affermit les montagnes par sa vigueur;
il se ceint de bravoure.
8 Il apaise le vacarme des mers,
le vacarme de leurs vagues
et le grondement des peuples.

9 Au bout du monde, on s'émerveille de tes *signes[2],
tu fais crier de joie les régions du levant et du couchant.

10 Tu as visité la terre, tu l'as abreuvée;
tu la combles de richesses.
La rivière de Dieu regorge d'eau,
tu prépares le froment des hommes.
Voici comment tu prépares la terre :
11 Enivrant ses sillons,
tassant ses mottes,
tu la détrempes sous les averses,
tu bénis ce qui germe.

12 Tu couronnes tes bienfaits de l'année,
et sur ton passage la fertilité ruisselle.
13 Les pacages du désert ruissellent,
les collines prennent une ceinture de joie,

---

1. *la louange te convient* : traduction incertaine, mais soutenue par les anciennes versions grecque et syriaque. D'après d'autres versions anciennes : *pour toi le silence est une louange* ou *à toi une louange silencieuse.*
2. *on s'émerveille* ou *on s'effraie.*

14 les prés se parent de troupeaux;
   les plaines se drapent de blé :
   tout crie et chante.

Psaume 66 (65)

1   *Du *chef de choeur; chant, psaume.*

   Acclamez Dieu, toute la terre;
2 chantez la gloire de son nom,
   glorifiez-le par la louange[1].
3 Dites à Dieu : « Que tes oeuvres sont terribles !
   Devant ta grande force, tes ennemis se font courtisans.
4 Toute la terre se prosterne devant toi,
   elle chante pour toi, elle chante ton nom. »   *Pause.
5 Venez, vous verrez les actes de Dieu,
   qui terrifie les hommes par son exploit :
6 Il changea la mer en terre ferme,
   on passait le fleuve à pied sec;
   là, nous lui faisons fête.
7 Par sa bravoure il domine à tout jamais,
   ses yeux surveillent les nations;
   que les rebelles ne se redressent pas !   Pause.

8 Peuples, bénissez notre Dieu;
   faites résonner sa louange.
9 Celui qui nous fait vivre
   n'a pas laissé nos pieds chanceler.

10 Dieu, tu nous as examinés,
   affinés comme on affine l'argent.
11 Tu nous as menés dans un piège,
   tu as surchargé nos reins;
12 tu as permis qu'on nous traite en bête de somme[2].
   Nous sommes entrés dans le feu et dans l'eau,
   mais tu nous as fait sortir pour un banquet.

13 J'entre dans ta maison avec des holocaustes[3];
   envers toi, j'accomplis les voeux
14 qui ont ouvert mes lèvres
   et que ma bouche a prononcés dans ma détresse.
15 Je t'offre des bêtes grasses en holocauste,

---

1. La traduction de la fin du v. 2 est incertaine; certains proposent *c'est votre gloire que de le louer*.
2. La traduction du début du v. 12 est incertaine. Toutes les versions anciennes ont discerné ici une image de l'oppression subie par Israël.
3. Voir au glossaire SACRIFICES.

avec le fumet des béliers;
j'apprête des taureaux et des boucs. *Pause.*

16 Venez, vous tous qui craignez Dieu,
vous m'entendrez raconter
ce qu'il a fait pour moi.
17 Quand ma bouche l'appelait
la louange soulevait ma langue.

18 Si j'avais pensé à mal,
le Seigneur n'aurait pas écouté.
19 Mais Dieu a écouté,
il a été attentif à ma prière.
20 Béni soit Dieu,
qui n'a pas écarté de lui ma prière,
ni de moi sa fidélité.

Psaume 67 (66)

1 *Du *chef de choeur, avec instruments à cordes. Psaume, chant.*

2 Que Dieu nous prenne en pitié et nous bénisse !
Qu'il fasse briller sa face parmi nous,   **Pause.*
3 pour que, sur la terre, on connaisse ton chemin,
et parmi tous les païens[1], ton salut.

4 Que les peuples te rendent grâce, Dieu !
Que les peuples te rendent grâce, tous ensemble !

5 Que les nations chantent leur joie,
car tu gouvernes les peuples avec droiture,
et sur terre tu conduis les nations.   *Pause.*

6 Que les peuples te rendent grâce, Dieu !
Que les peuples te rendent grâce, tous ensemble !

7 La terre a donné sa récolte :
Dieu, notre Dieu, nous bénit.
8 Que Dieu nous bénisse,
et que la terre tout entière
le craigne !

---

1. *ton chemin* : expression figurée fréquente dans l'A. T.; elle sert ici à désigner la conduite de Dieu à l'égard d'Israël — *tous les païens* : autre traduction *toutes les nations.*

Psaume 68 (67)

1 *Du *chef de choeur, de David; psaume, chant.*

2 Dieu se lève, ses ennemis se dispersent
   et ses adversaires fuient devant lui.
3 Comme se dissipe la fumée, tu les dissipes;
   comme la cire fond au feu,
   les infidèles périssent devant Dieu.

4 Mais les justes se réjouissent,
   ils exultent devant Dieu,
   ils dansent de joie :
5 Chantez pour Dieu, chantez son nom;
   exaltez[1] celui qui chevauche dans les steppes.
   Son nom est : LE SEIGNEUR; exultez devant lui.

6 Père des orphelins, justicier des veuves,
   tel est Dieu dans sa sainte demeure.
7 Aux isolés, Dieu procure un foyer :
   il fait sortir les captifs par une heureuse délivrance[2],
   mais les rebelles habitent des lieux arides.

8 Dieu, quand tu sortis à la tête de ton peuple,
   quand tu t'avanças dans les solitudes,   **Pause.*
9 la terre trembla, les cieux mêmes ont ruisselé,
   devant Dieu — celui du Sinaï —
   devant Dieu, le Dieu d'Israël.

10 Dieu, tu répandais une pluie généreuse;
   ton héritage était épuisé, tu l'as rétabli.
11 Ton domaine où ils se sont installés,
   c'est toi, Dieu, qui l'établis
   dans ta bonté pour le pauvre[3].

12 Le Seigneur donne un ordre,
   et ses messagères sont une grande armée.
13 Rois et armées détalent, détalent,
   et tu partages comme butin les parures[4] des maisons.
14 Resteriez-vous couchés au bivouac ?

   Les ailes de la colombe sont lamées d'argent,
   et son plumage d'or pâle.

---

1. *exaltez* : autre traduction *louez* ou *préparez une route pour* ...
2. *une heureuse délivrance* : le terme hébreu ainsi traduit est unique dans l'A. T. et sa traduction incertaine. Dans la littérature cananéenne d'Ougarit le même terme désignait les sages-femmes du monde des dieux.
3. Autre traduction *c'est toi, Dieu, qui l'établit pour le pauvre, dans ta bonté.*
4. *parures* : traduction incertaine; le terme ainsi rendu ne se retrouve qu'en Jb 8.6 au sens de *splendeur.*

15 Lorsqu'en ce lieu le Souverain dispersa des rois,
   il neigeait sur le Mont-Sombre[1].·

16 Montagne divine, montagne du Bashân[2],
   montagne bossue, montagne du Bashân,
17 pourquoi loucher, montagnes bossues,
   sur la montagne où Dieu a désiré habiter ?
   Mais oui ! Le Seigneur y demeurera toujours.

18 La cavalerie de Dieu a deux myriades d'escadrons flamboyants.
   Le Seigneur est parmi eux; le Sinaï est dans le *sanctuaire[3].
19 Tu es monté sur la hauteur; tu as fait des prisonniers,
   tu as pris des dons[4] parmi les hommes, même rebelles,
   pour avoir une demeure, Seigneur Dieu !

20 Béni soit le Seigneur chaque jour !
   Ce Dieu nous apporte la victoire.   *Pause.*
21 Ce Dieu est pour nous le Dieu des victoires,
   et les portes de la mort[5] sont à Dieu le Seigneur.
22 Mais Dieu écrase la tête de ses ennemis,
   le crâne chevelu de celui qui vit dans ses crimes.

23 Le Seigneur a dit : « J'en ramène du Bashân,
   j'en ramène des gouffres de la mer,
24 afin que tu les piétines dans le sang,
   et que la langue de tes chiens ait sa ration d'ennemis. »

25 Dieu, ils ont vu tes cortèges,
   les cortèges de mon Dieu, de mon roi, dans le sanctuaire :
26 en tête les chanteurs, les musiciens derrière,
   parmi des filles jouant du tambourin.

27 Dans les assemblées, bénissez Dieu,
   le Seigneur, à la source d'Israël[6].
28 Il y a là Benjamin, le cadet ...,
   les princes de Juda[7] ...,
   les princes de Zabulon, les princes de Nephtali.

1. Cette montagne n'a pas été identifiée.
2. *le Bashân* : voir Ps 22.13 et la note.
3. Autre texte, suivi par les versions grecque et latine *Le Seigneur est parmi eux, dans le Sinaï, dans le sanctuaire.*
4. Les versions syriaque et araméenne ont lu *tu as fait des dons aux hommes* (ce serait alors une allusion à la loi donnée par Dieu à Israël lors du séjour au pied du Sinaï). C'est sous cette dernière forme que le verset est cité en Ep 4.8.
5. *les portes de la mort* ou *les moyens d'échapper à la mort.* Certains traducteurs anciens ont compris *les portes qui conduisent à la mort.*
6. *la Source d'Israël* : peut-être la source du *Guihôn*, proche des murailles de Jérusalem, à l'est de la ville, et d'où partaient certains cortèges (voir 1 R 1.33-40).
7. *le cadet ...* : la traduction a renoncé à rendre ici un terme inintelligible qui termine cette première phrase du verset; les versions anciennes proposent des sens trop divers pour être de quelque utilité — *de Juda ...* : même remarque pour un autre terme à la fin de cette deuxième phrase du verset.

29 Ton Dieu a décidé que tu serais fort :
   montre ta force, Dieu[1] ! toi qui as agi pour nous.
30 À la vue de ton palais qui domine Jérusalem,
   des rois t'apporteront leurs présents.

31 Menace la bête des roseaux,
   la harde des taureaux
   avec ces peuples de veaux,
   ceux qui rampent avec leurs pièces d'argent[2].

   Il a éparpillé des peuples belliqueux;
32 de riches étoffes arrivent d'Egypte;
   la Nubie accourt vers Dieu, les mains pleines[3].

33 Royaumes de la terre,
   chantez pour Dieu;
   jouez pour le Seigneur[4],   *Pause.*
34 celui qui chevauche au plus haut des cieux antiques.
   Voici qu'il donne de la voix, une forte voix.
35 Donnez à Dieu la force.

   Sa majesté est sur Israël,
   sa force est dans les nuées.
36 Dieu, tu es terrifiant depuis tes sanctuaires.
   C'est le Dieu d'Israël,
   qui donne au peuple force et puissance.
   Béni soit Dieu !

Psaume 69 (68)

1   *Du *chef de choeur, sur les lis[5], de David.*

2 Dieu, sauve-moi :
   l'eau m'arrive à la gorge.
3 Je m'enlise dans un bourbier sans fond,
   et rien pour me retenir.
   Je coule dans l'eau profonde,
   et le courant m'emporte.

---

1. L'appellation *dieu* s'applique peut-être ici au roi (voir Ps 45.7).
2. *la bête des roseaux* : peut-être l'hippopotame ou le crocodile. Certains pensent que cette expression fait allusion à l'Egypte — *ceux qui rampent avec leurs pièces d'argent* : traduction incertaine.
3. *de riches étoffes* : le mot ainsi traduit ne se trouve nulle part ailleurs et sa traduction reste incertaine. Autres textes *des ambassadeurs* (ancienne version grecque); *en hâte ils arrivent* (une autre version grecque et la version latine) — *les mains pleines* : traduction incertaine; anciennes versions grecque et syriaque l'*Ethiopie avance sa main vers Dieu.*
4. *jouez pour le Seigneur* ou *faites de la musique pour le Seigneur* (voir Ps 144.9; 149.3).
5. *sur les lis* : probablement titre d'une mélodie sur laquelle on devait chanter le Ps 69.

4 Je m'épuise à crier,
   j'ai le gosier en feu;
   mes yeux se sont usés
   à force d'attendre mon Dieu.

5 Ils sont plus nombreux que les cheveux de ma tête,
   ceux qui me détestent sans motif;
   ils sont puissants, ces destructeurs
   qui m'en veulent injustement.
   — Ce que je n'ai pas volé,
   puis-je le rendre ? —

6 Dieu, tu connais ma sottise,
   et mes fautes ne te sont pas cachées.
7 Seigneur Dieu tout-puissant,
   que je ne sois pas la honte
   de ceux qui espèrent en toi,
   ni le déshonneur
   de ceux qui te cherchent,
   Dieu d'Israël !
8 C'est à cause de toi que je supporte l'insulte,
   que le déshonneur couvre mon visage,
9 et que je suis un étranger pour mes frères,
   un inconnu pour les fils de ma mère.
10 Oui, le zèle pour ta maison m'a dévoré[1];
   ils t'insultent, et leurs insultes retombent sur moi.

11 J'ai pleuré et *jeûné,
   cela m'a valu des insultes.
12 J'ai revêtu le *sac du deuil,
   je suis devenu leur fable.
13 Les gens assis à la porte jasent sur moi,
   et je suis la chanson des buveurs.

14 Seigneur, voici ma prière;
   c'est le moment d'être favorable;
   Dieu dont la fidélité est grande,
   réponds-moi, car tu es le vrai salut.

15 Arrache-moi à la boue; que je ne m'enlise pas;
   que je sois arraché à ceux qui me détestent
   et aux eaux profondes !
16 Que le courant des eaux ne m'emporte pas,
   que le gouffre ne m'engloutisse pas,
   que le puits ne referme pas sa gueule sur moi !

---

1. *m'a dévoré* : le texte hébreu est grammaticalement ambigu; on peut comprendre *le zèle que j'éprouve pour ta maison* ... ou *la jalousie que ta maison éveille (chez mon adversaire)* ...

17 Réponds-moi, Seigneur, car ta fidélité est bonne;
   selon ta grande miséricorde, tourne-toi vers moi,
18 et ne cache plus ta face à ton serviteur.
   Je suis dans la détresse; vite, réponds-moi;
19 viens près de moi, sois mon défenseur;
   j'ai des ennemis, libère-moi.

20 Tu me sais insulté,
   déshonoré, couvert de honte;
   tous mes adversaires sont devant toi.
21 L'insulte m'a brisé le coeur et j'en suis malade[1];
   j'ai attendu un geste, mais rien;
   des consolateurs, et je n'en ai pas trouvé.

22 Ils ont mis du poison dans ma nourriture;
   quand j'ai soif, ils me font boire du vinaigre.
23 Que leur table devienne pour eux un piège,
   et pour leurs amis, un traquenard !
24 Que leurs yeux s'obscurcissent et ne voient plus;
   fais-leur sans cesse ployer les reins.

25 Répands sur eux ta fureur;
   que ton ardente colère les atteigne !
26 Que leur campement soit ravagé,
   que nul n'habite sous leurs tentes,
27 car celui que tu avais frappé, ils l'ont persécuté;
   ils comptent[2] les coups subis par tes victimes.

28 Impute-leur faute sur faute;
   qu'ils n'aient plus accès à ta justice !
29 Qu'ils soient effacés du livre de vie,
   qu'ils ne soient pas inscrits avec les justes !

30 Et moi, humilié et meurtri,
   ton salut, Dieu, me mettra hors d'atteinte.
31 Je pourrai louer le nom de Dieu par un chant
   et le magnifier par des actions de grâces.

32 Voilà qui plaît au Seigneur plus qu'un boeuf,
   qu'un taureau avec cornes et sabots.
33 En voyant cela, les humbles se réjouissent :
   « À vous qui cherchez Dieu,
   à vous, longue vie ! »
34 Car le Seigneur exauce les pauvres,
   il ne rejette pas les siens quand ils sont captifs.

1. *j'en suis malade :* traduction incertaine (le verbe hébreu correspondant ne se retrouve nulle part ailleurs).
2. *ils comptent* ou *ils racontent.*

35 Louez-le, cieux, terre,
   mers et tout ce qui y grouille.
36 Car Dieu sauvera *Sion
   et rebâtira les villes de Juda.
   On les possédera, on y habitera;
37 la race de ses serviteurs en héritera,
   et ceux qui aiment son nom y feront leur demeure.

Psaume 70 (69)

(2-6 : cf. Ps 40.14-18)

  1 *Du *chef de choeur : de David, en mémorial[1].*

2 Ô Dieu, viens me délivrer,
   Seigneur, viens vite à mon aide !

3 Qu'ils rougissent de honte,
   ceux qui cherchent ma mort;
   qu'ils reculent déshonorés,
   ceux qui désirent mon malheur !
4 Qu'ils repartent sous le poids de la honte,
   ceux qui font : « Ah ! ah ! »

5 Qu'ils exultent de joie à cause de toi,
   tous ceux qui te cherchent !
   Qu'ils disent sans cesse : « Dieu est grand »,
   ceux qui aiment ton salut !

6 Je suis pauvre et humilié;
   Dieu, viens vite à moi !
   Tu es mon aide et mon libérateur :
   Seigneur, ne tarde pas !

Psaume 71 (70)

1 Seigneur, je t'ai pris pour refuge;
   que jamais plus je ne sois humilié !
2 Tu vas me délivrer, me libérer, dans ta justice.
   Tends l'oreille vers moi, sauve-moi.
3 Sois le rocher où je m'abrite,
   où j'ai accès à tout instant :
   tu as décidé de me sauver.
   Oui, tu es mon roc, ma forteresse.

4 Mon Dieu, délivre-moi des mains du méchant,
   de la poigne des criminels et des violents.

---

1. *mémorial* : voir Ps 38.1 et la note — le Ps 70 reproduit à quelques détails près le Ps 40.14-18.

5 Tu es mon espérance, Seigneur D<small>IEU</small>,
   ma sécurité dès ma jeunesse.
6 Je m'appuie sur toi depuis ma naissance,
   tu m'as séparé[1] du ventre maternel.
   À toi sans cesse va ma louange !

7 Pour beaucoup, je tenais du prodige;
   tu étais mon refuge fortifié.
8 Je n'avais que ta louange à la bouche,
   que ta splendeur, au long des jours.

9 Ne me rejette pas, maintenant que je suis vieux;
   quand mes forces déclinent, ne m'abandonne pas.
10 Car mes ennemis parlent de moi,
   ceux qui me surveillent se sont entendus.
11 Ils disent : « Dieu l'a abandonné;
   traquez-le, attrapez-le,
   personne n'ira le délivrer ! »

12 Dieu, ne t'éloigne pas de moi,
   mon Dieu, viens vite à mon aide !
13 Qu'ils aillent se perdre dans la honte,
   ceux qui s'en prennent à ma vie !
   Qu'ils se couvrent de déshonneur et d'infamie,
   ceux qui cherchent mon malheur !

14 Pour moi, je ne cesse pas d'espérer
   et je persiste à chanter tes louanges.
15 J'ai tout le jour à la bouche les récits
   de ta justice et de ton salut,
   et je n'en connais pas le nombre[2].

16 J'ai part aux prouesses[3] du Seigneur D<small>IEU</small>;
   de toi seul j'évoque la justice.
17 Dieu, tu m'as instruit dès ma jeunesse,
   et jusqu'ici, j'ai proclamé tes merveilles.
18 Malgré ma vieillesse et mes cheveux blancs,
   ne m'abandonne pas, Dieu :
   que je puisse proclamer les oeuvres de ton bras à cette génération,
   ta vaillance à tous ceux qui viendront.
19 Si haute est ta justice, Dieu !
   Toi qui as fait de grandes choses,
   Dieu, qui est comme toi ?

1. *tu m'as séparé* : le terme hébreu correspondant est unique et son sens incertain.
2. *je n'en connais pas le nombre* : traduction conjecturale, d'après une version grecque et la version araméenne.
3. *j'ai part aux prouesses du Seigneur* ou *j'en viens au récit de tes prouesses, Seigneur ...*

20 Toi qui nous as tant fait voir
   de détresses et de malheurs,
   tu vas à nouveau nous laisser vivre[1].
   Tu vas à nouveau m'élever
   hors des *abîmes de la terre.
21 **Tu rehausseras ma dignité,**
   et à nouveau tu me réconforteras.

22 Alors je m'accompagnerai de la harpe
   pour te célébrer, mon Dieu, et ta fidélité;
   sur la cithare[2], je jouerai pour toi,
   *Saint d'Israël !
23 Je jouerai pour toi,
   mes lèvres chanteront de joie,
   car tu as racheté ma vie.
24 Et ma langue, tout le jour,
   redira ta justice,
   car c'est la honte et l'infamie
   pour ceux qui cherchaient mon malheur.

Psaume 72 (71)

1   *De Salomon.*

    Dieu, confie tes jugements au roi,
    ta justice à ce fils de roi.
2   Qu'il gouverne ton peuple avec justice,
    et tes humbles selon le droit.

3   Grâce à la justice, que montagnes et collines
    portent la prospérité pour le peuple !
4   Qu'il fasse droit aux humbles du peuple,
    qu'il soit le salut des pauvres,
    qu'il écrase l'exploiteur !

5   Que l'on te craigne,
    tant que soleil et lune brilleront,
    jusqu'au dernier des siècles !
6   Qu'il descende, comme l'averse sur les regains,
    comme la pluie qui détrempe la terre !
7   Pendant son règne, que le juste soit florissant,
    et grande la prospérité,
    jusqu'à la fin des lunaisons !

---

1. La traduction suit ici le texte « écrit »; texte que la tradition juive considère comme « à lire » : *toi qui m'as tant fait voir ... à nouveau me laisser vivre.*
2. Voir Ps 92.4 et la note.

8   Qu'il domine d'une mer à l'autre,
    et du Fleuve jusqu'au bout de la terre¹ !
9   Les nomades s'inclineront devant lui,
    ses ennemis lécheront la poussière.
10 Les rois de Tarsis et des Iles
    enverront des présents;
    les rois de Saba et de Séva²
    paieront le tribut.
11 Tous les rois se prosterneront devant lui,
    toutes les nations le serviront.

12 Oui³, il délivrera le pauvre qui appelle,
    et les humbles privés d'appui.
13 Il prendra souci du pauvre et du faible;
    aux pauvres, il sauvera la vie :
14 Il les défendra contre la brutalité et la violence,
    il donnera cher de leur vie⁴.

15 Qu'il vive ! On lui donnera l'or de Saba,
    on priera pour lui sans relâche,
    on le bénira tout le jour !

16 Qu'il y ait dans le pays,
    et jusqu'au sommet des montagnes,
    une étendue de champs,
    dont les épis ondulent comme le Liban,
    et de la ville, on ne verra qu'un pays de verdure⁵.

17 Qu'il se fasse un nom éternel,
    qu'il le propage⁶ sous le soleil,
    afin qu'on se bénisse l'un l'autre en le nommant
    et que toutes les nations le disent bienheureux.

18 Béni soit le Seigneur Dieu, le Dieu d'Israël,
    le seul qui fasse des miracles !
19 Béni soit à jamais son nom glorieux !

1. *qu'il domine* : le terme hébreu ainsi traduit fait jeu de mots avec le verbe rendu par *qu'il descende* (v. 6) — *le Fleuve* : voir Ps 80.12 et la note.
2. *Tarsis* désigne peut-être l'Espagne (voir aussi la note sur Jon 1.3) — *les Iles* désignent habituellement les pays situés au-delà de la mer Méditerranée — *Saba* est sans doute situé dans le sud de l'Arabie et *Séva* au nord de l'actuel Soudan (voir Es 43.3).
3. Autre traduction *Car*.
4. *il donnera cher de leur vie* : on sous-entend *quand il jugera leur meurtrier.*
5. *une étendue de champs* : traduction incertaine — *et de la ville, on ne verra qu'un pays de verdure* : traduction traditionnelle *ils fleuriront depuis la ville comme l'herbe de la terre.*
6. *qu'il le propage* : d'après le texte « écrit »; texte que la tradition juive considère comme « à lire » *qu'il croisse*; ancienne version grecque (pour tout le début du v. 17) *Que son nom soit béni à jamais, qu'il persiste devant le soleil.*

Que toute la terre soit remplie de sa gloire !
*Amen et amen[1] !

20 Fin des prières de David fils de Jessé[2].

---

1. Les v. 18-19 forment à la fois la conclusion du psaume et la conclusion de la deuxième partie du psautier (Ps 42-72); voir Ps 41.14 et la note.
2. Ces derniers mots indiquent peut-être la fin d'une des collections de Psaumes portant le titre *de David*.

TROISIÈME LIVRE (PS 73-89)

Psaume 73 (72)

1 *Psaume. D'Asaf[1].*

En vérité, Dieu est bon pour Israël,
pour les hommes au coeur pur.

2 Pourtant, j'avais presque perdu pied,
un rien, et je faisais un faux pas,
3 car j'étais jaloux des parvenus[2],
je voyais la chance des impies.
4 Ils ne se privent de rien jusqu'à leur mort,
ils ont la panse bien grasse.
5 Ils ne partagent pas la peine des gens,
ils ne sont pas frappés avec les autres.

6 Alors, ils plastronnent avec orgueil,
drapés dans leur violence.
7 Leur oeil apparaît-il malgré leur graisse,
les visées de leur coeur y sont transparentes[3].

8 Ils ricanent, ils parlent d'exploiter durement,
et c'est de haut qu'ils parlent.
9 Ils ouvrent la bouche jusqu'au ciel,
et leur langue balaie la terre.

---

1. Voir Ps 50.1 et la note.
2. *les parvenus* : le sens du terme hébreu correspondant n'est pas certain; ancienne version araméenne *les railleurs*; ancienne version grecque *les transgresseurs*.
3. ou *ce que leur coeur convoite y est parfaitement visible*.

10 Aussi, le peuple de Dieu se tourne de ce côté[1],
    où on lui verse de l'eau en abondance.
11 Ils disent : « Comment Dieu saurait-il ?
    Y a-t-il un savoir chez le Très-Haut ? »
12 Et les voilà ces impies,
    qui, toujours tranquilles, accroissent leur fortune !

13 En vérité, c'est en vain que j'ai gardé mon coeur pur
    et lavé mes mains en signe d'innocence.
14 J'étais frappé chaque jour,
    corrigé chaque matin.
15 Si j'avais dit : « Je vais calculer comme eux »,
    j'aurai trahi la race de tes fils.

16 Je réfléchissais pour comprendre
    ce qui m'était pénible à voir,
17 jusqu'au jour où, entrant dans le *sanctuaire de Dieu,
    j'ai saisi quel serait leur avenir :

18 En vérité, tu les mets sur un terrain glissant
    pour les précipiter vers la ruine.
19 Soudain, quel ravage !
    les voici finis, anéantis par l'épouvante.
20 Tu chasses de la ville, Seigneur, jusqu'à leur image[2],
    comme un songe au réveil.

21 Tant que j'avais le coeur aigri,
    les reins déchirés,
22 moi, stupide, ne comprenant rien,
    j'étais comme une bête[3], mais j'étais avec toi.

23 Car j'ai toujours été avec toi :
    tu m'as saisi la main droite,
24 tu me conduis selon tes vues,
    tu me prendras ensuite, avec gloire[4].

25 Qui aurai-je au ciel,
    si, étant avec toi,
    je ne me plais pas sur terre ?
26 J'ai le corps usé, le coeur aussi ;

1. La traduction suit ici le texte que la tradition juive considère comme « à lire » ; texte « écrit » *il fait revenir son peuple ici.*

2. Autres traductions : *tu chasses leurs images* (leurs idoles) *de la ville, Seigneur ...;* ou *Comme un songe, Seigneur, en t'éveillant tu chasses jusqu'à leur image* (en hébreu le terme traduit par *en t'éveillant* s'écrit et se prononce comme celui qu'on a traduit par *de la ville).*

3. *comme une bête* : le texte hébreu exprime cette idée d'une manière plus particulière *comme l'hippopotame* (voir Jb 40.15 et la note).

4. Autre traduction, appuyée sur les versions latine de s. Jérôme et grecque de Symmaque, *tu me prendras derrière ta gloire* (voir voir Es 58.8).

mais le soutien de mon coeur, mon patrimoine,
c'est Dieu pour toujours.

27 Voici donc : qui s'éloigne de toi périra;
   tu détruis qui te laisse et se prostitue[1].
28 Mon bonheur à moi, c'est d'être près de Dieu;
   j'ai pris refuge auprès du Seigneur Dieu,
   pour annoncer toutes tes actions.

Psaume 74 (73)

1 *Instruction. D'Asaf[2].*

Pourquoi, Dieu, ce rejet sans fin,
cette colère qui fume contre le troupeau de ton pâturage ?
2 Rappelle-toi la communauté que tu acquis dès l'origine,
  la tribu que tu revendiquas pour héritage,
  la montagne de *Sion où tu fis ta demeure.

3 Porte tes pas vers ces ruines sans fin :
  dans le *sanctuaire, l'ennemi a tout saccagé,
4 tes adversaires ont hurlé là même où tu nous rencontrais;
  comme signes ils ont mis leurs enseignes[3].

5 On les aurait crus dans un taillis,
  levant la cognée,
6 quand ils ont brisé toutes les sculptures
  à coups de hache et de masse[4].
7 Ils ont livré au feu ton sanctuaire,
  abattu et profané la *demeure de ton nom.
8 Leur engeance unanime s'est concertée
  pour brûler dans le pays tout lieu de rencontre avec Dieu.

9 Nous ne voyons plus nos signes,
  il n'y a plus de *prophètes,
  et parmi nous, nul ne sait jusqu'à quand !

10 Ô Dieu, jusqu'où iront les blasphèmes de l'adversaire ?
   L'ennemi en finira-t-il d'outrager ton nom ?
11 Pourquoi retirer ta main, ta main droite,
   et la retenir contre toi[5] ?

---

1. Comme en Os 1.2b et de nombreux autres passages des livres prophétiques, le verbe *se prostituer* es employé ici en un sens figuré; il équivaut à *rendre un culte à d'autres dieux*.
2. voir Ps 50.1 et la note.
3. On peut penser que ces *enseignes* sont les symboles ou les statues des faux dieux que les envahisseurs ont placés dans le Temple de Jérusalem.
4. Le texte hébreu des v. 5 et 6 est obscur.
5. *ta main droite* : la main bienfaisante — *contre toi* : d'après le texte que la tradition juive considère comme « à lire ».

12 Toi pourtant, Dieu, mon roi dès l'origine,
   et l'auteur des victoires au sein du pays,
13 tu as maîtrisé la mer par ta force,
   fracassant la tête des dragons sur les eaux[1];
14 tu as écrasé les têtes de Léviathan,
   le donnant à manger à une bande de chacals[2].

15 C'est toi qui as creusé les sources et les torrents,
   et mis à sec des fleuves intarissables.
16 À toi le jour, à toi aussi la nuit :
   tu as mis à leur place la lune et le soleil;
17 tu as fixé toutes les bornes de la terre;
   l'été et l'hiver, c'est toi qui les as inventés !

18 Rappelle-toi : l'ennemi a blasphémé le SEIGNEUR.
   Un peuple de fous outrage ton nom.
19 Ne livre pas à la bête la gorge de ta tourterelle[3],
   n'oublie pas sans fin la vie des tiens dans le malheur.

20 Regarde à l'*alliance :
   on s'entasse dans les cachettes du pays,
   devenu le domaine de la violence.
21 Que l'opprimé ne soit plus déshonoré,
   que le pauvre et le malheureux louent ton nom !

22 Lève-toi, Dieu ! Défends ta cause !
   Rappelle-toi le blasphème continuel de ces fous.
23 N'oublie pas les clameurs de tes adversaires,
   le vacarme sans cesse grandissant de tes agresseurs.

Psaume 75 (74)

1   *Du *chef de choeur. Al-tashehéth; psaume, d'Asaf* [4]*, chant.*

2   Dieu, nous te célébrons,
    nous célébrons ton nom, car il est proche,
    tes merveilles sont annoncées.
3   Quand je donne rendez-vous[5],
    moi, je juge avec droiture.
4   La terre s'effondrera avec tous ses habitants.
    N'est-ce pas moi qui en ai fixé les colonnes ?   ***Pause.*

---

1. des dragons ou des monstres marins.
2. Les poèmes cananéens trouvés à Ougarit décrivent Léviatan comme un monstre marin à sept têtes
— à une bande de chacals ou aux habitants du désert.
3. Autre traduction ne livre pas ta tourterelle à la bête affamée.
4. Al-tashehéth : voir Ps 57.1 et la note — Asaf : voir Ps 50.1 et la note.
5. Les v. 3-6 rapportent les paroles de Dieu.

5 J'ai dit aux prétentieux : « Plus de prétention ! »
  Et aux impies : « Ne levez pas le front !
6 Ne levez pas si haut votre front;
  ne parlez pas ainsi, la nuque insolente. »

7 Non, il ne vient ni de l'est ni de l'ouest,
  il ne vient pas du désert le relèvement[1].
8 C'est Dieu qui juge :
  il abaisse l'un, il relève l'autre.

9 Le Seigneur tient en main une coupe,
  il verse un vin âpre et fermenté :
  ils le boiront, ils en laperont même la lie,
  tous les impies de la terre.

10 Pour moi, je proclamerai toujours,
   en chantant pour le Dieu de Jacob :
11 « Je vais briser le front de tous les impies,
   mais le front du juste se relèvera. »

Psaume 76 (75)

1 *Du *chef de choeur, avec instruments à cordes.*
  Psaume, d'Asaf[2], chant.

2 En Juda, Dieu s'est fait connaître;
  son nom est grand en Israël.
3 Sa tente s'est fixée à Salem[3],
  et à *Sion, sa demeure.

4 Là, il a brisé les foudres de l'arc,
  le bouclier et l'épée, la guerre.
5 Tu resplendis, magnifique,
  à cause des montagnes de butin[4].

6 Ils ont été dépouillés,
  ces coeurs indomptables pris par le sommeil,
  tous ces hommes valeureux qui ne trouvaient plus leurs mains.
7 Sous ta menace, Dieu de Jacob,
  le char et le cheval se sont figés :
8 C'est toi qui es terrifiant;
  qui tiendrait devant toi

---

1. *il ne vient pas du désert, le relèvement* : d'après quelques manuscrits hébreux et l'ancienne version grecque il faudrait traduire *il ne vient pas non plus du désert des montagnes.*
2. Voir Ps 50.1 et la note.
3. *Salem* : nom abrégé de Jérusalem. En hébreu *Salem* s'écrit presque comme le terme qui désigne la paix (voir He 7.2); d'où la traduction de l'ancienne version grecque *dans la paix.* Voir aussi Ps 122.6.
4. *montagnes de butin* : le sens de l'expression hébraïque est incertain; autre traduction possible *plus que des montagnes de butin.*

lors de ta colère ?
9 Des cieux, tu énonces le verdict :
   terrifiée, la terre se calme,
10 quand Dieu se lève pour le jugement,
   pour sauver tous les humbles de la terre.   *Pause.*
11 Même la fureur des hommes[1] fait ta gloire;
   ceux qui échappent à cette fureur, tu te les attaches.

12 Faites des voeux et accomplissez-les pour le SEIGNEUR votre Dieu;
   apportez vos présents à ce Dieu terrible, vous tous qui l'entourez,
13 car il coupe le souffle aux princes,
   il terrifie les rois de la terre.

Psaume 77 (76)

  1 *Du *chef de choeur, sur Yeditoun; d'Asaf*[2], *psaume.*

2 C'est Dieu que j'appelle et je crie;
   c'est Dieu que j'appelle, il m'écoutera.
3 Au temps de ma détresse, je cherche le Seigneur.
   Dans la nuit, les mains tendues[3] sans faiblir,
   je refuse tout réconfort.

4 Je me rappelle Dieu et je gémis;
   plus j'y reviens, plus mon esprit s'embrouille;   **Pause.*
5 tu tiens mes paupières ouvertes,
   je suis troublé, je ne sais que dire :
6 je réfléchis aux jours d'autrefois,
   aux années de jadis.
7 La nuit, je me rappelle mon refrain,
   mon coeur y revient,
   et mon esprit s'interroge :

8 Le Seigneur va-t-il rejeter pour toujours ?
   Ne sera-t-il plus jamais favorable ?
9 Sa fidélité a-t-elle tout à fait disparu ?
   La parole s'est-elle tue pour des siècles ?
10 Dieu a-t-il oublié de faire grâce ?
   De colère, a-t-il fermé son coeur ?   *Pause.*
11 Je le dis, mon mal vient de là :
   la droite du Très-Haut a changé !

---

1. Les mots hébreux traduits par *fureur* et *hommes* peuvent évoquer, par jeu de mots, les noms propres de *Hamat* (ville de Syrie) et d'*Edom*, ennemis traditionnels du peuple d'Israël.
2. *Yeditoun* : voir Ps 39.1 et la note. — *Asaf* : voir Ps 50.1 et la note.
3. *mains tendues* : voir Ps 28.2; 88.10 et les notes.

12 Je rappelle les exploits du Seigneur[1];
   oui, je me rappelle ton miracle d'autrefois.
13 Je me redis tout ce que tu as accompli,
   j'en reviens à tes exploits :

14 Dieu, ton chemin n'est que sainteté !
   Quel dieu est aussi grand que Dieu ?
15 C'est toi le dieu qui a fait le miracle,
   et ta force, tu l'as montrée parmi les peuples.
16 Par ton bras, tu as affranchi ton peuple,
   les fils de Jacob et de Joseph.   *Pause.*

17 Les eaux t'ont vu, Dieu,
   les eaux t'ont vu, elles tremblaient,
   l'*abîme lui-même frémissait.

18 Les nuages ont déversé leurs eaux,
   les nuées ont donné de la voix,
   et tes flèches volaient de tous côtés.

19 Au roulement de ton tonnerre,
   les éclairs ont illuminé le monde,
   la terre a frémi et tremblé.

20 Dans la mer tu fis ton chemin,
   ton passage dans les eaux profondes,
   et nul n'a pu connaître tes traces.

21 Tu as guidé ton peuple comme un troupeau,
   par la main de Moïse et d'Aaron.

Psaume 78 (77)

1   *Instruction; d'Asaf[2].*

   O mon peuple, écoute ma loi,
   tends l'oreille aux paroles de ma bouche.
2 Je vais ouvrir la bouche pour une parabole
   et dégager les leçons du passé.

3 Ce que nous avons entendu et connu,
   ce que nos pères nous ont transmis,
4 nous ne le tairons pas à leurs descendants,
   mais nous transmettrons à la génération suivante

---

1. *Je rappelle les exploits du Seigneur* : d'après le texte hébreu « écrit »; texte hébreu que la tradition juive considère comme « à lire » et versions anciennes *je me souviens des exploits du Seigneur.*
2. Voir Ps 50.1 et la note.

les titres de gloire du Seigneur,
sa puissance et les merveilles qu'il a faites.

5 Il a fixé une règle en Jacob[1],
    établi une loi en Israël.
    Elle ordonnait à nos pères
    d'enseigner ces choses à leurs fils,
6 afin que la génération suivante les apprenne,
    ces fils qui allaient naître :

    Qu'ils se lèvent et les transmettent à leurs fils;
7 qu'ils mettent leur confiance en Dieu,
    qu'ils n'oublient pas les exploits de Dieu,
    qu'ils observent ses commandements
8 pour ne pas être comme leurs pères,
    la génération indocile et rebelle,
    la génération au *coeur inconstant,
    dont l'esprit ne se fiait pas à Dieu.

9 Si les fils d'Ephraïm[2], archers bien équipés,
    ont détalé le jour du combat,
10 c'est qu'ils n'avaient pas gardé l'*alliance de Dieu,
    refusant de suivre sa loi.
11 Ils avaient oublié ses exploits
    et les merveilles qu'il leur avait montrées :

12 Devant leurs pères, il avait fait le miracle,
    au pays d'Egypte, dans la région de Tanis[3].
13 Il fendit la mer pour les faire passer,
    dressant les eaux comme une digue.
14 Le jour, il les guidait par la nuée,
    et chaque nuit, par la lumière d'un feu.

15 Il fendait des rochers au désert,
    pour les faire boire comme à la source du grand *Abîme.
16 Du roc il fit jaillir des ruisseaux
    et couler l'eau comme des fleuves.

17 Or ils continuèrent à pécher contre lui,
    à se rebeller contre le Très-Haut dans la steppe.
18 Sciemment, ils mirent Dieu à l'épreuve
    et demandèrent de manger selon leur appétit.

1. *Jacob :* voir Ps 44.5 et la note.
2. *les fils d'Ephraïm : Ephraïm* est l'un des fils de Joseph (Gn 48.1) et l'ancêtre d'une des principales tribus constituant le royaume du nord ou royaume d'Israël; voir Os 4.17 et la note. *Les fils d'Ephraïm :* tournure hébraïque qui désigne les descendants d'Ephraïm, c'est-à-dire les membres de la tribu qui porte son nom.
3. *Tanis :* ville égyptienne, symbolisant ici l'Egypte tout entière (voir Nb 13.22).

19 Ils s'en prirent à Dieu
   en disant : « Dieu est-il capable
   de dresser la table dans le désert ?
20 Oui, il a frappé le rocher,
   l'eau a coulé en torrents abondants,
   mais peut-il aussi fournir le pain
   et préparer la viande pour son peuple ? »

21 Alors entendant cela, le Seigneur s'emporta :
   un feu s'alluma contre Jacob,
   la colère monta contre Israël,
22 car ils ne s'étaient pas fiés à Dieu,
   ils ne croyaient pas qu'il les sauverait.

23 Il commanda aux nuées d'en haut,
   il ouvrit les portes des cieux.
24 Pour les nourrir, il fit pleuvoir la manne,
   il leur donna le blé des *cieux :
25 chacun mangea le pain des Forts[1];
   il leur envoya des vivres à satiété.
26 Dans le ciel, il éloigna le vent d'est;
   par sa puissance, il amena le vent du sud.
27 Il fit pleuvoir sur eux de la viande, abondante comme la poussière,
   des oiseaux nombreux comme le sable de la mer.
28 Il les jetait au milieu de leur camp,
   tout autour de leurs demeures.

29 Ils mangèrent et se gavèrent :
   il avait accédé à leur désir.
30 Leur désir n'était pas assouvi,
   ils avaient encore la bouche pleine,
31 que la colère de Dieu les assaillit,
   et qu'il tua parmi eux les plus importants,
   terrassant la jeunesse d'Israël.

32 Malgré cela, ils péchaient toujours,
   ils ne se fiaient pas à ses merveilles.
33 Il réduisit leurs jours à du vent
   et leurs années à l'épouvante.

34 Quand Dieu les tuait, eux le cherchaient;
   ils se reprenaient, ils se tournaient vers lui,
35 se souvenant que Dieu était leur rocher,
   que le Dieu Très-Haut était leur défenseur.

1. les *Forts* : appellation exceptionnelle des *anges* (voir Ps 103.20). Le *pain des Forts* est la *manne* (v. 24), appelée aussi pain des cieux en Ps 105.40; voir *Sg* 16.20.

36 Mais leur bouche le trompait,
   leur langue lui mentait;
37 leur coeur n'était pas fermement avec lui,
   et ils ne se fiaient pas à son alliance.

38 Et lui, le miséricordieux,
   au lieu de détruire, il effaçait la faute.
   Souvent il retint sa colère,
   il ne réveilla pas toute sa fureur,
39 se souvenant qu'ils n'étaient que chair,
   un souffle qui s'en va sans retour.

40 Que de fois ils lui furent rebelles dans le désert,
   ils l'offensèrent dans les solitudes !
41 De nouveau ils mirent Dieu à l'épreuve,
   attristant le *saint d'Israël.
42 Ils ne se rappelaient plus ce que sa main avait fait,
   le jour où il les avait rachetés à l'adversaire :

43 Il impose ses *signes à l'Egypte,
   ses prodiges aux habitants de Tanis.
44 Il change en sang leurs canaux
   et leurs ruisseaux, pour les empêcher de boire.
45 Il leur envoie une vermine qui les dévore,
   des grenouilles qui les infestent.

46 Il livre leurs récoltes aux sauterelles,
   le fruit de leur travail aux criquets.
47 Il ravage leurs vignes par la grêle,
   leurs sycomores[1] par le gel.
48 Il abandonne leur bétail aux grêlons,
   leurs troupeaux à la foudre.

49 Il lâche sur eux son ardente colère :
   fureur, rage, suffocation,
   *anges de malheur en mission.
50 Livrant passage à sa colère,
   il ne les préserve plus de la mort,
   il abandonne leur vie à la peste.
51 Il frappe tous les fils aînés de l'Egypte,
   les prémices de la maturité sous les tentes de Cham[2].

52 Il fait partir son peuple comme un troupeau,
   il les mène au désert comme des brebis;

1. Voir Am 7.14 et la note.
2. *Cham* : ancêtre de la population égyptienne d'après Gn 10.6; *les tentes de Cham* : expression figurée désignant les habitations des Egyptiens.

53 il les guide avec sûreté, ils n'ont pas à trembler
   quand la mer recouvre leurs ennemis.

54 Il les amène à son domaine sacré,
   à la montagne acquise par sa droite.
55 Il chasse devant eux des nations,
   il leur distribue par lots un héritage,
   il installe sous leurs tentes
   les tribus d'Israël.

56 Rebelles, ils mirent à l'épreuve le Dieu Très-Haut,
   ne gardant pas ses institutions.
57 Ils désertèrent, ils trahirent comme leurs pères,
   ils se retournèrent comme un arc vicieux.
58 Ils l'indignaient avec leurs *hauts lieux;
   leurs idoles excitaient sa jalousie.

59 Dieu entendit et s'emporta,
   il rejeta complètement Israël;
60 il quitta la *demeure de Silo,
   la tente qu'il avait dressée[1] parmi les hommes.
61 Il livra sa force[2] à la captivité,
   sa majesté à des mains ennemies.

62 Il abandonna son peuple à l'épée,
   il s'emporta contre son héritage.
63 Un feu dévora les jeunes gens,
   pour les jeunes filles, on ne chanta plus l'éloge.
64 Les prêtres tombèrent sous l'épée,
   et les veuves ne firent pas les lamentations.
65 Tel un dormeur, le Seigneur s'éveilla,
   tel un brave que le vin ragaillardit.
66 Il frappa ses ennemis par derrière[3],
   leur infligeant un outrage éternel.

67 Il écarta la famille de Joseph,
   il refusa de choisir la tribu d'Ephraïm[4].
68 Il choisit la tribu de Juda,
   la montagne de *Sion qu'il aime.

---

1. *la demeure de Silo* est l'ancien *sanctuaire des Israélites, situé en Palestine centrale; on y avait entreposé l'*arche de l'alliance jusqu'à l'époque du jeune Samuel (1 S 4.3) — *la tente qu'il avait dressée:* autre texte (suivi par les anciennes versions) *la tente qu'il avait habitée; la tente* désigne ici sans doute le sanctuaire de Silo (comparer Ps 15.1 et la note).
2. *sa force ... sa majesté:* ces mots désignent parfois l'*arche de l'alliance (comparer 1 S 4.22; Ps 96.6).
3. Allusion probable aux malheurs des Philistins racontés en 1 S 5.6-12.
4. *la famille de Joseph ... la tribu d'Ephraïm:* voir v. 9 et la note.

69 Il bâtit son *sanctuaire pareil aux cimes,
   et comme la terre[1], il l'a fondé pour toujours.

70 Il choisit David son serviteur,
   le prenant dans une bergerie :
71 de derrière ses brebis, il le fit venir;
   il en fit le berger de Jacob son peuple,
   d'Israël son héritage.
72 *Berger au coeur irréprochable,
   il les guida d'une main avisée.

Psaume 79 (78)

1 *Psaume; d'Asaf*[2].

   Dieu, les nations ont envahi ton héritage,
   souillé ton temple saint,
   et mis en ruines Jérusalem.
2 Elles ont livré les cadavres de tes serviteurs
   en pâture aux oiseaux du ciel,
   la chair de tes fidèles aux bêtes de la terre,
3 et elles ont versé leur sang à flots
   tout autour de Jérusalem,
   les privant de sépulture[3].

4 Nous voici, outragés par nos voisins,
   la moquerie et la risée de ceux qui nous entourent.
5 Jusqu'où ira, SEIGNEUR, cette colère qui n'en finit pas,
   cette jalousie qui brûle comme un feu ?

6 Répands ta fureur sur les nations qui t'ignorent,
   sur les royaumes qui n'invoquent pas ton nom,
7 car ils ont mangé Jacob, ravagé son domaine[4].

8 N'invoque pas contre nous les fautes anciennes.
   Vite ! Que ta pitié vienne au-devant de nous,
   car nous sommes au plus bas.
9 Aide-nous, Dieu notre sauveur,
   pour la gloire de ton *nom.
   Délivre-nous, efface nos péchés
   pour l'honneur de ton nom.

---

1. *et comme la terre* : autre texte (plusieurs manuscrits hébreux, anciennes versions grecque et syriaque) *et sur la terre.*
2. Voir Ps 50.1 et la note.
3. Etre *privé de sépulture* était considéré comme un très grand malheur (voir Jr 14.16; Qo 6.3), et même comme un châtiment divin (Jr 36.30).
4. *Jacob* : voir Ps 44.5 et la note — *son domaine* : autre traduction *ils ont ravagé le domaine de Dieu.*

10 Pourquoi laisser dire aux nations :
« Où est leur dieu ? »
Que les nations apprennent, sous nos yeux,
qu'il y a une vengeance pour le meurtre de tes serviteurs !

11 Que la plainte des prisonniers parvienne jusqu'à toi;
ton bras est grand, maintiens donc en vie des condamnés.
12 Rends sept fois à nos voisins, en plein cœur,
l'outrage qu'ils t'ont fait, Seigneur.
13 Et nous, ton peuple, le troupeau de ton pâturage,
nous pourrons te célébrer toujours,
et proclamer tes louanges d'âge en âge.

Psaume 80 (79)

1 *Du *chef de choeur, èl-shôshannîm. Témoignage d'Asaf* [1],
psaume.

2 *Berger d'Israël, écoute.
Toi qui mènes Joseph comme un troupeau,
toi qui sièges sur les *chérubins, révèle-toi,
3 devant Ephraïm, Benjamin, et Manassé [2].
Réveille ta vaillance,
viens pour nous sauver.

4 Dieu, fais-nous revenir;
que ton visage s'éclaire et nous serons sauvés.

5 Seigneur Dieu, le tout-puissant,
jusqu'à quand t'enflammer contre les prières de ton peuple [3],
6 le nourrir d'un pain pétri de larmes
et l'abreuver d'une triple mesure de larmes ?
7 Tu fais de nous la querelle de nos voisins,
et nos ennemis ont de quoi rire.

8 Dieu le tout-puissant, fais-nous revenir;
que ton visage s'éclaire et nous serons sauvés.

9 · La vigne que tu as retirée d'Egypte,
tu l'as replantée en chassant des nations;

---

1. *èl-shôshannîm* pourrait être traduit *vers les lis* (voir Ps 45.1) — *Asaf* : voir Ps 50.1 et la note.
2. *Ephraïm et Manassé* : tribus descendant des deux fils de Joseph (voir Gn 41.50-52); avec *Benjamin* elles rassemblent les descendants *de Rachel* (Gn 30.22-23; 35.16-20).
3. *contre les prières de ton peuple* : autre traduction possible *quand ton peuple prie.*

10 tu as déblayé le sol devant elle,
    pour qu'elle prenne racine
    et remplisse le pays.

11 Son ombre couvrait les montagnes,
    et ses pampres, les cèdres divins.
12 Elle déployait ses sarments jusqu'à la mer,
    et ses rejets jusqu'au Fleuve[1].
13 Pourquoi as-tu défoncé ses clôtures,
    que tous les passants y grappillent ?
14 Le sanglier venu de la forêt la ravage,
    les bêtes des champs la broutent.

15 Dieu le tout-puissant, reviens donc;
    regarde du haut des cieux et vois.
    Interviens pour cette vigne,
16 pour la souche plantée par ta droite,
    — et sur le fils qui te doit sa force[2].

17 La voici incendiée, coupée :
    devant ton visage menaçant ils[3] périssent.
18 Pose ta main sur l'homme qui est à ta droite,
    et sur le fils d'homme qui te doit sa force.
19 Alors, nous ne te quitterons pas;
    tu nous feras vivre et nous invoquerons ton nom.

20 Seigneur Dieu, le tout-puissant, fais-nous revenir;
    que ton visage s'éclaire et nous serons sauvés.

Psaume 81 (80)

1   *Du *chef de chœur, sur la guittith, d'Asaf[4].*

2 Criez de joie pour Dieu notre force,
    acclamez le Dieu de Jacob.
3 Mettez-vous à jouer, faites donner le tambour,
    avec la cithare mélodieuse, avec la harpe[5].

---

1. Le *Fleuve* est une appellation habituelle de *l'Euphrate* (Gn 15.18), limite de l'empire de David et de Salomon (1 R 5.1, 4).
2. Autre traduction *et sur le fils que tu as rendu fort pour toi.* Certains pensent que ce *fils* désigne un rejeton de la vigne, symbole traditionnel du peuple de Dieu (voir Es 5.1-7); d'autres, avec l'ancienne version araméenne, voient ici une allusion au roi-*messie — la fin du v. 16 semble empruntée au v. 18.
3. *ils* : le texte hébreu est ambigu; on ne peut déterminer s'il s'agit ici des ravageurs décrits aux v. 13-14 ou des Israélites représentés par la vigne.
4. *sur la guittith* : voir Ps 8.1 et la note — *Asaf* : voir Ps 50.1 et la note.
5. *cithare, harpe* : voir Ps 92.4 et la note.

4 Sonnez du cor au mois nouveau,
   à la pleine lune, pour notre jour de fête[1].

5 C'est là pour Israël une loi,
   une décision du Dieu de Jacob,
6 une règle qu'il a imposée à Joseph
   quand il sortit[2] contre le pays d'Egypte :

   J'entends un langage que je ne connais pas[3];
7 j'ai ôté la charge de son épaule[4]
   et ses mains ont déposé le fardeau.
8 Quand tu criais sous l'oppression, je t'ai délivré,
   je t'ai répondu dans le secret de l'orage;
   je t'ai mis à l'épreuve près des eaux de Mériba.   *Pause.*

9 Ecoute, mon peuple, je t'en adjure !
   Israël, si tu m'écoutes,
10 il n'y aura pas chez toi de dieu étranger,
   tu ne te prosterneras pas devant un dieu différent.
11 C'est moi, le SEIGNEUR ton Dieu,
   qui t'ai fait monter du pays d'Egypte.
   Ouvre grand la bouche, et je la remplirai !

12 Mais mon peuple n'a pas écouté ma voix,
   Israël n'a pas voulu de moi,
13 et je les ai renvoyés à leur coeur endurci :
   qu'ils suivent donc leurs projets !

14 Ah ! si mon peuple m'écoutait,
   si Israël suivait mes chemins,
15 j'aurais vite fait d'humilier leurs ennemis,
   de détourner ma main contre leurs oppresseurs.

16 Ceux qui haïssent le SEIGNEUR le courtiseraient,
   ce serait leur destin pour toujours[5].
17 Il nourrirait Israël de fleur de froment,
   et de miel sauvage il le rassasierait.

---

1. Dans le calendrier israélite le début du *mois nouveau* coïncidait avec la nouvelle lune; il était marqué par une *fête* chômée (Lv 23.24; Nb 29.1-6); voir au glossaire NÉOMÉNIE.
2. *Joseph* personnifie ici le peuple d'Israël quand il était en Egypte — *il sortit* ... : c'est-à-dire *Dieu* sortit (voir cependant la note suivante).
3. L'ancienne version grecque rattache cette dernière ligne du v. 6 à la précédente; elle a compris : *Quand Joseph sortit d'Egypte, il entendit un langage qu'il ne connaissait pas.* Quant au texte hébreu, il peut être compris soit comme une remarque de l'auteur du psaume annonçant la déclaration de Dieu (v. 7 et suivants), soit comme le début de cette déclaration elle-même.
4. *son épaule :* Dieu parle d'Israël en le personnifiant sous les traits d'un homme épuisé. Au verset suivant il s'adresse directement à son peuple.
5. *ce serait leur destin pour toujours :* traduction incertaine d'un texte obscur — ancienne version syriaque *ce serait leur terreur pour toujours.*

Psaume 82 (81)

1   *Psaume; d'Asaf.*

Dieu s'est dressé dans l'assemblée divine,
au milieu des dieux[1], il juge :

2   Jusqu'à quand jugerez-vous de travers
    en favorisant les coupables ?   *Pause.*
3   Soyez des juges pour le faible et l'orphelin,
    rendez justice au malheureux et à l'indigent;
4   libérez le faible et le pauvre,
    délivrez-les de la main des coupables.

5   Mais ils ne savent pas, ils ne comprennent pas,
    ils se meuvent dans les ténèbres,
    et toutes les assises de la terre sont ébranlées.

6   Je le déclare, vous êtes des dieux,
    vous êtes tous des fils du Très-Haut,
7   pourtant vous mourrez comme les hommes,
    vous tomberez tout comme les princes.

8   *Lève-toi, Dieu ! Sois le juge de la terre,*
    car tu as toutes les nations en héritage.

Psaume 83 (82)

1   *Chant, psaume d'Asaf[2].*

2   Ô Dieu, sors de ton silence;
    Dieu, ne reste pas inerte et muet.
3   Voici tes ennemis qui grondent,
    tes adversaires qui relèvent la tête.

4   Contre ton peuple, ils trament un complot,
    ils intriguent contre ton trésor :
5   ils disent : « Allez ! Supprimons leur nation,
    que le nom d'Israël ne soit plus mentionné ! »

6   D'un commun accord ils ont intrigué
    pour faire alliance contre toi :
7   les gens d'Edom et les Ismaélites,
    Moab et les enfants d'Hagar,
8   Gueval, Ammon, Amaleq,

---

1. *Asaf :* voir Ps 50.1 et la note — *au milieu des dieux :* autres traductions *au milieu des anges*
(anciennes versions grecque et syriaque); *au milieu des juges (terrestres)* (ancienne version araméenne).
2. *Asaf :* voir Ps 50.1 et la note.

la Philistie avec les habitants de Tyr.
9 Même Assour s'est joint à eux,
  prêtant main-forte aux fils de Loth[1].   **Pause.*

10 Traite-les comme Madiân,
   comme Sisera et Yavîn au torrent du Qishôn.
11 Ils furent anéantis à Ein-Dor,
   ils ont servi de fumier à la terre.
12 Leurs princes, rends-les comme Orev et Zéev
   et tous leurs chefs, comme Zèvah et Çalmounna,
13 eux qui disaient : « Emparons-nous
   des domaines de Dieu ! »

14 Mon Dieu, fais-les tourbillonner
   comme de la paille en plein vent.
15 Tel un feu qui dévore la forêt,
   telle une flamme qui embrase les montagnes,
16 poursuis-les de ta tempête,
   épouvante-les par ton ouragan.

17 Couvre de confusion leur visage,
   et qu'ils cherchent ton nom, Seigneur !
18 Frappés pour toujours d'épouvante et de honte,
   qu'ils périssent, déshonorés,
19 qu'ils sachent que tu portes le nom du Seigneur, toi seul,
   le Très-Haut sur toute la terre !

Psaume 84 (83)

1   *Du *chef de choeur; sur la Guittith[2].*
    Des fils de Coré, psaume.

2 Comme elles sont aimées tes demeures,
  Seigneur tout-puissant !
3 Je languis à rendre l'âme
  après les *parvis du Seigneur.
  Mon coeur et ma chair crient
  vers le Dieu vivant.

4 Le moineau lui-même trouve une maison,
  et l'hirondelle un nid pour mettre sa couvée,

---

1. *Edom* (v. 7) : population installée au sud de la Palestine — les *Ismaélites* et les *enfants d'Hagar* (v. 7) : tribus arabes (voir Gn 21.9-21; 1 Ch 5.19-20) — *Moab* (v. 7) et *Ammon* (v. 8) : deux petits royaumes, à l'est du Jourdain et de la mer Morte; ce sont les *fils de Loth* (Gn 19.30-38) — *Gueval* (v. 8) : population installée au sud de la mer Morte — *Amaleq* (v. 8) : peuple nomade de la région du Néguev, souvent présenté comme l'ennemi traditionnel d'Israël (Ex 17.8-16) — *Philistie* et *Tyr* désignent ici toutes les populations habitant la côte méditerranéenne de la Palestine — *Assour* : soit une tribu transjordanienne (Gn 25.3, 18; 2 S 2.9), soit l'empire assyrien.

2. *sur la guittith* : voir Ps 8.1 et la note — *fils de Coré* : voir Ps 42.1 et la note.

près de tes *autels[1], Seigneur tout-puissant,
mon roi et mon Dieu.
5 Heureux les habitants de ta maison :
ils te louent sans cesse !   *Pause.

6 Heureux l'homme qui trouve chez toi sa force :
de bon coeur il se met en route[2];
7 en passant par le val des Baumiers
ils en font une oasis[3],
les premières pluies le couvrent de bénédictions.
8 Toujours plus ardents, ils avancent
et se présentent devant Dieu à *Sion.

9 Seigneur Dieu tout-puissant,
écoute ma prière;
prête l'oreille, Dieu de Jacob.   Pause.
10 Ô Dieu, vois celui qui est notre bouclier[4],
regarde le visage de ton *messie.

11 Puisqu'un jour dans tes parvis
en vaut plus de mille,
j'ai choisi :
plutôt rester au seuil de la maison de mon Dieu
que de loger sous les tentes des infidèles.

12 Oui, le Seigneur Dieu est un soleil et un bouclier;
le Seigneur donne la grâce et la gloire,
il ne refuse pas le bonheur
à ceux qui vont sans reproche.

13 Seigneur tout-puissant,
heureux l'homme qui compte sur toi !

Psaume 85 (84)

1   *Du *chef de choeur, des fils de Coré[5], psaume.*

2 Tu as montré ton amour pour ton pays, Seigneur !
Tu as fait revenir les captifs de Jacob[6];
3 tu as enlevé la faute de ton peuple,

---

1. *près de tes autels, Seigneur ... : autre traduction ... couvée. Tes autels, Seigneur ... !*
2. *en route : on sous-entend pour le pèlerinage qui les mènera vers Jérusalem.*
3. *Le baumier (ou micocoulier) : arbre à sève abondante, poussant dans les vallées sèches. Le val des Baumiers permettait d'accéder à la porte ouest de Jérusalem — une oasis : ou une fontaine — le texte hébreu de la fin du v. 7 est obscur.*
4. *Autre traduction : Vois, ô Dieu qui es notre bouclier — voir aussi Ps 47.10 et la note.*
5. *fils de Coré : voir Ps 42.1 et la note.*
6. *tu as fait revenir les captifs de Jacob : autre traduction tu as changé le sort de Jacob — Sur Jacob, voir Ps 44.5 et la note.*

tu as couvert tout son péché.
4 Tu as mis fin à ton emportement,
    tu es revenu de ton ardente colère.

5 Fais-nous revenir, Dieu notre sauveur !
    Renonce à ta rancune envers nous.
6 Seras-tu toujours irrité contre nous,
    prolongeant ta colère d'âge en âge ?

7 N'est-ce pas toi qui reviendras nous faire vivre
    et qui seras la joie de ton peuple ?
8 Montre-nous ta fidélité, Seigneur,
    et donne-nous ton salut.

9 J'écoute ce que dit Dieu, le Seigneur;
    il dit : « Paix », pour son peuple et pour ses fidèles,
    mais qu'ils ne reviennent pas à leur folie !
10 Son salut est tout proche de ceux qui le craignent,
    et la gloire va demeurer dans notre pays.

11 Fidélité et Vérité se sont rencontrées,
    elles ont embrassé Paix et Justice[1].
12 La Vérité germe de la terre
    et la Justice se penche du ciel.

13 Le Seigneur lui-même donne le bonheur,
    et notre terre donne sa récolte.
14 La Justice marche devant lui,
    et ses pas tracent le chemin[2].

Psaume 86 (85)

1   *Prière; de David.*

    Seigneur, tends l'oreille, réponds-moi,
    car je suis un malheureux et un pauvre.
2 Garde-moi en vie, car je suis fidèle.
    Toi mon Dieu, sauve ton serviteur
    qui compte sur toi.

3 Prends pitié de moi, Seigneur,
    c'est toi que j'appelle chaque jour.
4 Réjouis le coeur de ton serviteur,
    car, Seigneur, je suis tendu vers toi.

.1. Autre traduction (soutenue par les versions anciennes) : *Paix et Justice se sont embrassées.*
2. Autre traduction (soutenue par l'ancienne version latine) *il* (c'est-à-dire Dieu, ou *elle,* c'est-à-dire la Justice) *mettra ses pas sur le chemin.*

5 Seigneur, toi qui es bon et qui pardonnes,
   riche en fidélité pour tous ceux qui t'appellent,
6 prête l'oreille à ma prière, Seigneur !
   Sois attentif à ma voix suppliante !
7 Au jour de la détresse je t'appelle,
   et tu me réponds.

8 Nul n'est comme toi parmi les dieux, Seigneur !
   Ce que tu fais est incomparable.
9 Toutes les nations que tu as faites
   viendront se prosterner devant toi, Seigneur,
   et glorifier ton nom.
10 Car tu es grand, tu fais des miracles,
   tu es Dieu, toi seul !

11 Seigneur, montre-moi ton chemin
   et je me conduirai selon ta vérité.
   Unifie mon coeur[1]
   pour qu'il craigne ton *nom.

12 Seigneur mon Dieu, je veux te célébrer de tout mon coeur,
   et glorifier ton nom pour toujours,
13 car ta fidélité est grande envers moi
   et tu m'as délivré des profondeurs des enfers.

14 Dieu ! des orgueilleux m'ont attaqué
   et une ligue de tyrans en veut à ma vie;
   ils ne tiennent pas compte de toi :

15 Mais toi, Seigneur, Dieu miséricordieux et bienveillant,
   lent à la colère, plein de fidélité et de loyauté,
16 tourne-toi vers moi; prends pitié de moi,
   donne ta force à ton serviteur
   et sauve le fils de ta servante.
17 Agis avec éclat en ma faveur,
   alors mes ennemis seront confondus en voyant
   que toi, Seigneur, tu me secours et me consoles.

Psaume 87 (86)

1 *Des fils de Coré[2], psaume, chant.*

   Le Seigneur a fondé Sion sur les montagnes saintes,
2 il en aime les portes

---

1. *Unifie mon coeur* : expression condensée, à peu près équivalente à *fais que mes pensées, mes décisions (et mes sentiments) n'aient qu'un seul but ...* — autre traduction appuyée sur les anciennes versions grecque et syriaque *réjouis mon coeur.*
2. *fils de Coré* : voir Ps 42.1 et la note.

plus que toutes les demeures de Jacob[1].

3 On fait sur toi des récits de gloire,
 ville de Dieu !   **Pause.*

4 Je mentionne Rahav et Babylone
 parmi ceux qui me connaissent[2].
 Certes, c'est en Philistie, à Tyr ou en Nubie,
 que tel homme est né.

5 Mais on peut dire de *Sion[3] :
 « En elle, tout homme est né,
 et c'est le Très-Haut qui la consolide ! »

6 Le Seigneur inscrit dans le livre des peuples :
 « À cet endroit est né tel homme »,

7 mais ils dansent et ils chantent :
 « Toutes mes sources sont en toi ! »

Psaume 88 (87)

1 *Chant, psaume; des fils de Coré. Du *chef de chœur, al-mâhalath le-hannôth[4]. Instruction; d'Hémân l'Ezrahite.*

2 Seigneur, mon Dieu sauveur !
 Le jour, la nuit, j'ai crié vers toi.

3 Que ma prière parvienne jusqu'à toi;
 tends l'oreille à ma plainte.

4 Car ma vie est saturée de malheurs
 et je frôle les enfers.

5 On me compte parmi les moribonds;
 me voici comme un homme fini,

6 reclus parmi les morts,
 comme les victimes couchées dans la tombe,
 et dont tu perds le souvenir
 car ils sont coupés de toi.

7 Tu m'as déposé dans les profondeurs de la *Fosse,
 dans les Ténèbres, dans les gouffres.

8 Ta fureur s'est appesantie sur moi;
 de chacune de tes vagues tu m'accables.   **Pause.*

---

1. *Jacob :* voir Ps 44.5 et la note.
2. *Comme en Es 30.7 Rahav* est sans doute ici une désignation symbolique de l'Egypte (voir aussi Ps 40.5 et la note) — *qui me connaissent :* le texte hébreu ne permet pas de reconnaître si c'est Dieu ou Jérusalem personnifiée qui parle ici.
3. *Autre traduction (soutenue par les versions latine et araméenne) mais on dira à Sion* — Autre texte (ancienne version grecque) *Mère Sion, dira l'homme* (voir Ga 4.26).
4. *fils de Coré :* voir Ps 42.1 et la note — *al-mâhalath :* voir Ps 53.1 et la note — *le-annôth* peut signifier *pour répondre* ou *pour affliger.*

9 Tu as éloigné de moi mes intimes;
   à leurs yeux, tu as fait de moi une horreur.
   Enfermé, je n'ai pas d'issue.
10 Mes yeux sont épuisés par la misère.
   Je t'ai appelé tout le le jour, Seigneur !
   Les mains ouvertes vers toi[1].

11 Feras-tu un miracle pour les morts ?
   Les trépassés se lèveront-ils pour te célébrer ?   *Pause.*
12 Dans la Tombe peut-on dire ta fidélité,
   et dans l'*Abîme[2] dire ta loyauté ?
13 Ton miracle se fera-t-il connaître dans les Ténèbres,
   et ta justice au pays de l'Oubli ?

14 Mais moi, je crie vers toi Seigneur !
   Le matin, ma prière est déjà devant toi.
15 Seigneur, pourquoi me rejeter,
   me cacher ton visage ?

16 Malheureux, exténué dès l'enfance,
   j'ai subi tes épouvantes et je suis hébété[3].
17 Tes fureurs ont passé sur moi,
   tes terreurs m'ont anéanti.

18 Tous les jours elles m'ont cerné comme les eaux,
   elles m'ont encerclé de partout.
19 Tu as éloigné de moi compagnons et amis;
   pour intimes, j'ai les ténèbres.

Psaume 89 (88)

1 *Instruction; d'Etân l'Ezrahite.*

2 Je chanterai toujours les bontés du Seigneur.
   Ma bouche fera connaître ta loyauté pour des siècles.
3 Oui, je le dis : « Ta bonté est édifiée pour toujours;
   dans les cieux, tu établis ta loyauté. »

4 — J'ai conclu une *alliance avec mon élu[4],
   j'ai juré à David mon serviteur :
5 j'établis ta dynastie pour toujours,
   je t'ai édifié un trône pour tous les siècles. —   **Pause.*

---

1. *les mains ouvertes vers toi :* c'est le geste de la prière (comparer Ps 28.2 et la note).
2. *l'Abîme* ou *le lieu de la perdition :* désignation imagée du *Séjour des morts (comparer Jb 26.6; Ap 9.11).
3. *je suis hébété :* le terme hébreu ne se trouve nulle part ailleurs; la traduction est incertaine.
4. *Les v. 4-5 résument la déclaration de Dieu faite à David par l'intermédiaire du prophète Natan (voir 2 S 7.11-16).*

6 Que les cieux célèbrent cette merveille, SEIGNEUR !
   Et ta loyauté dans l'assemblée des saints[1].
7 Qui donc là-haut est égal au SEIGNEUR ?
   Qui ressemble au SEIGNEUR parmi les dieux ?

8 Dans le conseil des *saints, Dieu est grandement redoutable,
   plus terrible que tous ceux qui l'entourent.
9 SEIGNEUR, Dieu des puissances !
   qui est fort comme toi, SEIGNEUR ?
   Ton entourage, c'est ta loyauté.

10 C'est toi qui maîtrises l'orgueil de la Mer;
   quand ses vagues se soulèvent, c'est toi qui les apaises.
11 C'est toi qui as écrasé le cadavre de Rahav[2],
   qui as dispersé tes ennemis par la force de ton bras.

12 À toi les cieux ! à toi aussi la terre !
   Le monde et ses richesses, c'est toi qui les fondas.
13 Le Nord et le Midi, c'est toi qui les créas;
   le Tabor et l'Hermon[3] crient de joie à ton *nom.
14 À toi ce bras plein de vaillance,
   cette main puissante, cette droite levée !
15 La justice et le droit sont les bases de ton trône;
   la fidélité et la vérité précèdent ta face.

16 Heureux le peuple qui sait t'acclamer !
   il marchera à la lumière de ta face, SEIGNEUR !
17 À ton nom, ils danseront de joie tout le jour,
   à cause de ta justice ils se redressent.

18 Oui, tu es leur force éclatante;
   tu redresses notre front par ta faveur[4].
19 Notre bouclier[5] dépend du SEIGNEUR,
   et notre roi, du *saint d'Israël.

20 Un jour, dans une apparition, tu parlas ainsi à tes fidèles :
   J'ai accordé mon aide à un brave,
   j'ai exalté un jeune homme de mon peuple.
21 J'ai trouvé David mon serviteur,
   je l'ai sacré avec mon huile sainte.

---

1. Les *saints* désignent ici les anges qui entourent Dieu comme les membres de sa cour royale (voir Jb 5.1; 15.15).
   2. *Rahav* : voir Ps 40.5 et la note; voir aussi Jb 7.12 et la note.
   3. Le *Tabor* : montagne isolée située en Galilée — l'*Hermon* : voir Ps 42.7 et la note.
   4. *tu redresses notre front par ta faveur* : la traduction suit ici le texte hébreu « écrit », suivi par la version latine de s. Jérôme et la version araméenne — le texte hébreu que la tradition juive considère comme « à lire », suivi par les versions grecque et syriaque, a compris *notre front se redresse à cause de ta faveur.*
   5. *notre bouclier* : voir Ps 47.10 et la note.

22 Solide, ma main sera près de lui
   et mon bras le rendra fort.

23 L'ennemi ne pourra le surprendre,
   le rebelle ne pourra l'humilier,
24 car j'écraserai devant lui ses adversaires,
   je frapperai ceux qui le haïssent.

25 Ma loyauté et ma fidélité seront près de lui,
   et à mon nom, il redressera le front.
26 Je mettrai la mer sous sa main,
   les fleuves sous sa droite.

27 Lui m'appellera : « Mon père !
   mon Dieu ! le rocher qui me sauve ! »
28 Et moi, je ferai de lui l'aîné,
   le très-haut parmi les rois de la terre.

29 Pour toujours je lui garderai ma fidélité ;
   mon *alliance lui sera assurée.
30 J'établirai sa dynastie à jamais,
   et son trône pour la durée des cieux.

31 Si ses fils abandonnent ma loi,
   et ne suivent pas mon droit,
32 s'ils violent mes préceptes
   et ne gardent pas mes commandements,
33 je punirai leur rébellion par la trique
   et leur faute par des coups,
34 mais sans lui retirer ma fidélité[1]
   ni démentir mon alliance.
35 Je ne violerai pas mon alliance,
   je ne changerai pas ce qui est sorti de ma bouche.
36 Une fois pour toutes, je l'ai juré sur ma *sainteté :
   non ! Je ne tromperai pas David !
37 Sa dynastie durera toujours ;
   et son trône sera devant moi, comme le soleil,
38 comme la lune, toujours là, solide,
   en témoin fidèle dans les nues[2].   *Pause.*

39 C'est toi pourtant, qui as rejeté, méprisé ton *messie,
   qui t'es emporté contre lui.
40 Tu as renié l'alliance avec ton serviteur,
   jeté à terre et profané son diadème.

1. Autre texte, présenté par quelques manuscrits hébreux et soutenu par les versions syriaque et latine *mais sans briser ma fidélité à son égard.*
2. autre traduction (son trône sera) solide comme la lune, toujours là ; il y aura un témoin fidèle dans les nues.

41 Tu as défoncé toutes ses clôtures,
   démantelé ses forteresses;
42 tous les passants l'ont pillé;
   le voici outragé par ses voisins.

43 Tu as relevé la puissance de l'ennemi,
   tu as réjoui tous ses adversaires;
44 et même, tu as émoussé le tranchant de son épée[1],
   tu ne l'as pas appuyé pendant le combat.

45 Tu as mis fin à sa splendeur
   et renversé à terre son trône.
46 Tu as abrégé le temps de sa jeunesse,
   tu l'as couvert de honte.   *Pause.*

47 Jusqu'à quand Seigneur ? Te cacheras-tu constamment ?
   Laisseras-tu flamber ta colère ?
48 Pense à ce que dure ma vie :
   tu as créé l'homme pour une fin si dérisoire !
49 Quel homme vivrait sans voir la mort,
   échappant à l'emprise des enfers ?   *Pause.*

50 Seigneur ! Où sont tes bontés d'autrefois ?
   Tu avais juré à David sur ta fidélité !

51 Seigneur ! Pense à tes serviteurs outragés,
   à tout ce peuple dont j'ai la charge[2].
52 Tes ennemis l'ont outragé, Seigneur !
   en crachant sur les pas de ton messie[3].

53 Béni soit le Seigneur pour toujours !
   *Amen et amen[4] !

---

1. *tu as émoussé le tranchant de son épée* : traduction incertaine.
2. *à tout le peuple dont j'ai la charge* : traduction incertaine. D'autres proposent *j'ai supporté les persécutions de tous les peuples.*
3. Le sens du v. 52 est incertain.
4. Le v. 53 constitue à la fois la conclusion du psaume et la conclusion du troisième livre du psautier (Ps 73-89). Voir Ps 41.14; 72.19.

QUATRIÈME LIVRE (PS 90-106)

Psaume 90 (89)

1   *Prière, de Moïse l'homme de Dieu.*

Seigneur, d'âge en âge
tu as été notre abri.

2   Avant que les montagnes naissent
et que tu enfantes la terre et le monde,
depuis toujours, pour toujours, tu es Dieu.

3   Tu fais retourner l'homme à la poussière,
car tu as dit : « Fils d'Adam, retournez-y ! »
4   Oui, mille ans, à tes yeux,
sont comme hier, un jour qui s'en va,
comme une heure de la nuit.

5   Tu les balayes[1], pareils au sommeil,
qui, au matin, passe comme l'herbe;
6   elle fleurit le matin, puis elle passe;
elle se fane sur le soir, elle est sèche.

7   Oui, nous avons été achevés par ta colère,
épouvantés par ta fureur.
8   Tu as placé nos fautes en ta présence,
nos secrets à la clarté de ta face.

9   Oui, devant ta fureur s'effacent tous nos jours;
le temps d'un soupir, nos années s'achèvent :
10 70 ans c'est la durée de notre vie,
80, si elle est vigoureuse.
Son agitation n'est que peine et misère;
c'est vite passé, et nous nous envolons.

11 Qui peut connaître la force de ta colère ?
Plus on te craint, mieux on connaît ton courroux !

---

1. *tu les balayes* : il s'agit sans doute des *fils d'Adam* (v. 3), c'est-à-dire des humains.

12 Alors, apprends-nous à compter nos jours,
et nous obtiendrons la sagesse du *coeur[1].

13 Reviens, Seigneur ! Jusqu'à quand ?
ravise-toi en faveur de tes serviteurs.
14 Dès le matin, rassasie-nous de ta fidélité,
et nous crierons de joie nos jours durant.

15 Rends-nous en joie tes jours de châtiment,
les années où nous avons vu le malheur.
16 Que ton action soit visible pour tes serviteurs,
et ta splendeur pour leurs fils !

17 Que la douceur du Seigneur notre Dieu soit sur nous !
Consolide pour nous l'oeuvre de nos mains,
oui, consolide cette oeuvre de nos mains.

Psaume 91 (90)

1 Celui qui habite là où se cache le Très-Haut
passe la nuit à l'ombre du Dieu-Souverain.

2 — Je dis du Seigneur[2] : « Il est mon refuge, ma forteresse,
mon Dieu : sur lui je compte ! » —

3 C'est lui qui te délivre du filet du chasseur
et de la peste pernicieuse.
4 De ses ailes il te fait un abri
et sous ses plumes tu te réfugies.
Sa fidélité est un bouclier et une armure.

5 Tu ne craindras ni la terreur de la nuit,
ni la flèche qui vole au grand jour,
6 ni la peste qui rôde dans l'ombre,
ni le fléau qui ravage en plein midi.

7 S'il en tombe mille à ton côté
et 10.000 à ta droite,
toi, tu ne seras pas atteint.
8 Ouvre seulement les yeux
et tu verras comment sont payés les infidèles.

9 Oui, Seigneur, c'est toi mon refuge !
— Tu as fait du Très-Haut ta demeure,

---

1. *nous obtiendrons la sagesse du coeur* : le texte hébreu est obscur et la traduction incertaine.
2. *Je dis du SEIGNEUR* : ce psaume se déroule comme un dialogue entre un catéchète et un fidèle ; aux
v. 2 et 9a le fidèle exprime son assentiment à l'enseignement qu'il reçoit.

10 il ne t'arrivera pas de malheur,
   aucun coup ne menacera ta tente,
11 car il chargera ses *anges
   de te garder en tous tes chemins.

12 Ils te porteront dans leurs bras
   pour que ton pied ne heurte pas de pierre;
13 tu marcheras sur le lion et la vipère,
   tu piétineras le tigre et le dragon.

14 — Puisqu'il s'attache à moi, je le libère[1],
   je le protégerai car il connaît mon nom.
15 S'il m'appelle, je lui répondrai,
   je serai avec lui dans la détresse;
   je le délivrerai et le glorifierai;
16 je le comblerai de longs jours
   et je lui manifesterai mon salut.

Psaume 92 (91)

   1 *Psaume, chant; pour le jour du *sabbat.*

2 Qu'il est bon de célébrer le SEIGNEUR
  et de chanter pour ton nom, Dieu Très-Haut !
3 De proclamer dès le matin ta fidélité
  et ta loyauté durant les nuits,
4 sur le luth et sur la harpe,
  au son de la cithare[2].
5 Car ton action me réjouit, SEIGNEUR !
  et devant les oeuvres de tes mains, je crie de joie.
6 Que tes oeuvres sont grandes, SEIGNEUR,
  et insondables tes desseins !

7 L'homme stupide n'y connaît rien,
  l'esprit borné n'y comprend rien.
8 Si les infidèles poussent comme l'herbe,
  si tous les malfaisants fleurissent,
  c'est pour être supprimés à tout jamais.

9 Mais toi, là-haut,
  tu es pour toujours le SEIGNEUR.
10 Voici que tes ennemis, SEIGNEUR !
   Voici que tes ennemis vont périr,
   et tous les malfaisants se disperser.

---

1. *je le libère* ou *je l'ai libéré;* à partir du v. 14 c'est Dieu qui prend la parole; il parle du fidèle qui s'est exprimé aux v. 2 et 9a.
2. *luth, harpe, cithare :* ces noms traduisent approximativement trois termes hébreux désignant des nstruments de musique à cordes..

11 Tu as relevé mon front comme la corne du buffle,
  et je baigne dans l'huile fraîche[1].
12 Mon oeil repère ceux qui m'espionnent[2];
  et les méchants qui m'attaquent,
  mon oreille les entend.

13 Le juste pousse comme un palmier,
  s'étend comme un cèdre du Liban :
14 planté dans la maison du Seigneur,
  il pousse dans les *parvis de notre Dieu.

15 Même âgé, il fructifie encore,
  il reste plein de sève et de verdeur,
16 proclamant la droiture du Seigneur :
  « Il est mon rocher ! En lui pas de détours ! »

Psaume 93 (92)

1 Le Seigneur est roi.
  Il est vêtu de majesté.
  Le Seigneur est vêtu,
  avec la force pour baudrier.

  Oui, le monde reste ferme, inébranlable.
2 Depuis lors ton trône est ferme;
  depuis toujours tu es.

3 Les flots ont enflé, Seigneur !
  Les flots ont enflé leur voix;
  les flots enflent leur fracas.

4 Plus que la voix des grandes eaux,
  et des vagues superbes de la mer,
  superbe est le Seigneur dans les hauteurs !

5 Tes décrets sont vraiment sûrs.
  La *sainteté est l'apanage[3] de ta maison,
  Seigneur, pour la suite des temps.

---

1. *la corne du buffle* : l'image symbolise la force que Dieu a rendue au fidèle — *je baigne dans l'huile fraîche* : image de la prospérité retrouvée.
2. *ceux qui m'espionnent* : on traduit ainsi un terme qui ne se retrouve nulle part ailleurs dans l'A. T. et que les anciennes versions grecque et syriaque ont compris comme signifiant *mes ennemis*.
3. *tes décrets* : un des termes utilisés pour désigner les commandements de Dieu — *l'apanage* ou *le privilège*.

Psaume 94 (93)

1 S<small>EIGNEUR</small>, Dieu qui venges !
   Révèle-toi, Dieu qui venges !
2 Lève-toi, juge de la terre,
   rends leur dû aux orgueilleux.

3 Pour combien de temps, S<small>EIGNEUR</small>, ces impies ?
   Combien de temps les impies vont-ils triompher ?
4 Ils fanfaronnent, ils disent des insolences,
   ils se vantent, tous ces malfaisants.

5 Ils écrasent ton peuple, S<small>EIGNEUR</small> !
   ils humilient ceux de ton héritage;
6 ils massacrent la veuve et l'immigré,
   ils assassinent les orphelins.

7 Ils disent : « Le S<small>EIGNEUR</small> n'y voit rien;
   le Dieu de Jacob ne sait rien ! »
8 Gens stupides entre tous, sachez-le;
   esprits bornés, comprendrez-vous un jour ?

9 Il a planté l'oreille, ne peut-il pas entendre ?
   Il a façonné l'oeil, ne peut-il regarder ?
10 Il a corrigé des nations, ne peut-il punir ?
   Lui qui a donné à l'homme la connaissance,
11 le S<small>EIGNEUR</small> connaît la vanité des projets de l'homme.

12 Heureux l'homme que tu corriges, S<small>EIGNEUR</small>,
   que tu enseignes par ta loi,
13 pour le reposer des mauvais jours
   pendant que se creuse une fosse pour les impies.

14 Car le S<small>EIGNEUR</small> ne délaisse pas son peuple,
   il n'abandonne pas son héritage :
15 on jugera de nouveau selon la justice,
   et tous les coeurs droits s'y conformeront.

16 Qui va plaider ma cause contre ces méchants,
   prendre mon parti contre ces malfaisants ?
17 Si le S<small>EIGNEUR</small> ne m'avait secouru,
   le Silence[1] devenait bientôt ma demeure.

18 Quand je disais : « Je vais tomber ! »,
   Ta fidélité, S<small>EIGNEUR</small>, me soutenait.

---

1. *le Silence* : désignation poétique du *séjour des morts, comme en Ps 115.17.

19 Quand mille soucis m'envahissaient,
   je savourais ton réconfort.

20 Serait-il ton complice, ce trône criminel
   qui crée la misère au mépris des lois[1] ?
21 Ils s'attaquent à la vie du juste,
   ils déclarent coupable une victime innocente.

22 Mais le SEIGNEUR est devenu ma forteresse;
   mon Dieu est le rocher où je me réfugie.
23 Il leur a rendu leur crime;
   il les anéantit par leur propre méchanceté;
   il les anéantit, le SEIGNEUR notre Dieu.

Psaume 95 (94)

1 Venez ! Crions de joie pour le SEIGNEUR,
  acclamons le rocher qui nous sauve;
2 présentons-nous devant lui en rendant grâce,
  acclamons-le avec des hymnes.

3 Car le SEIGNEUR est le grand Dieu,
  le grand roi au-dessus de tous les dieux.
4 Il tient dans sa main les gouffres de la terre;
  les crêtes des montagnes sont à lui.
5 À lui la mer, c'est lui qui l'a faite,
  et les continents que ses mains ont formés !

6 Entrez ! allons nous incliner, nous prosterner;
  à genoux devant le SEIGNEUR qui nous a faits !

7 Car il est notre Dieu;
  nous sommes le peuple qu'il fait paître,
  le troupeau qu'il garde.

  — Aujourd'hui, pourvu que vous obéissiez à sa voix !
8 Ne durcissez pas votre cœur comme à Mériba,
  comme au jour de Massa dans le désert,
9 où vos pères m'ont défié et mis à l'épreuve[2],
  alors qu'ils m'avaient vu à l'œuvre.

10 Pendant 40 ans cette génération m'a écœuré,
   et j'ai dit : « C'est un peuple à l'esprit égaré;
   ils ne connaissent pas mes chemins. »

---

1. Autre traduction possible *qui crée des peines contraires aux lois.*
2. *défié* et *mis à l'épreuve* : en hébreu ces deux verbes évoquent les noms de *Mériba* (discorde, contestation) et *Massa* (tentation, épreuve) mentionnés au v. 8.

11 Alors, dans ma colère, je l'ai juré :
« Non, ils n'entreront pas dans mon lieu de repos ! »

Psaume 96 (95)

(cf. Ps 105; 106; 1 Ch 16.23-33)

1 Chantez au Seigneur un chant nouveau,
chantez au Seigneur, terre entière;
2 chantez au Seigneur, bénissez son *nom !

Proclamez son salut de jour en jour;
3 annoncez sa gloire parmi les nations,
ses merveilles parmi tous les peuples !

4 Car le Seigneur est grand et comblé de louanges,
il est terrible et supérieur à tous les dieux :
5 toutes les divinités des peuples sont des vanités[1].

Le Seigneur a fait les cieux.
6 Splendeur et éclat sont devant sa face,
force et majesté[2] dans son *sanctuaire.

7 Donnez au Seigneur, familles des peuples;
donnez au Seigneur gloire et force;
8 donnez au Seigneur la gloire de son nom.

Apportez votre offrande, entrez dans ses *parvis;
9 prosternez-vous devant le Seigneur, quand éclate sa *sainteté[3];
tremblez devant lui, terre entière.

10 Dites parmi les nations : « Le Seigneur est roi.
Oui, le monde reste ferme, inébranlable.
Il juge les peuples avec droiture. »

11 Que les *cieux se réjouissent, que la terre exulte,
et que grondent la mer et ses richesses !
12 Que la campagne tout entière soit en fête,
que tous les arbres des forêts crient alors de joie,
13 devant le Seigneur, car il vient,
car il vient pour gouverner la terre.

---

1. *divinités … vanités* : la traduction essaie de rendre ainsi le jeu de mots que l'on trouve en hébreu entre les deux termes correspondants, et qu'on pourrait aussi traduire *dieux … insignifiants.*
2. *force et majesté* : l'ensemble de ces deux termes abstraits peut désigner ici l'*arche de l'alliance* (voir Ps 78.61 et la note).
3. *quand éclate ta sainteté* : traduction incertaine (voir Ps 29.2 et la note).

Il gouvernera le monde avec justice
et les peuples selon sa loyauté.

Psaume 97 (96)

1 Le Seigneur est roi.
   Que la terre exulte,
   que tous les rivages se réjouissent !

2 Ténèbres et nuée l'entourent;
   la justice et le droit sont les bases de son trône.
3 Un feu marche devant lui,
   dévorant à l'entour ses adversaires.

4 Ses éclairs ont illuminé le monde;
   la terre l'a vu, elle a tremblé;
5 les montagnes, comme la cire,
   ont fondu devant le Seigneur,
   devant le Seigneur de toute la terre.

6 Les *cieux ont proclamé sa justice,
   et tous les peuples ont vu sa gloire :
7 « Honte à tous les idolâtres,
   qui se vantent des vanités;
   prosternez-vous devant lui,
   vous toutes les divinités[1] ! »

8 *Sion l'a entendu, elle se réjouit;
   les villes de Juda exultent
   à cause de tes jugements, Seigneur !
9 Car c'est toi, Seigneur,
   le Très-Haut sur toute la terre,
   dominant de haut tous les dieux.

10 Vous qui aimez le Seigneur, haïssez le mal.
    Il garde la vie de ses fidèles,
    les délivrant de la main des impies.

11 Pour le juste une lumière est semée;
    et c'est une joie pour les *coeurs droits.
12 Justes, réjouissez-vous à cause du Seigneur,
    célébrez-le en évoquant sa *sainteté.

1. *Qui se vantent ... vanités ... divinités* : on a ici un jeu de mots analogue à celui du Ps 96.5 (voir ce passage et la note) — *toutes les divinités* : l'ancienne version grecque a compris *tous les anges*, et c'est sous cette dernière forme que le verset est cité en He 1.6.

Psaume 98 (97)

1 *Psaume.*

Chantez au Seigneur un chant nouveau,
car il a fait des merveilles.
Sa droite, son bras très saint
l'ont rendu vainqueur.

2 Le Seigneur a fait connaître sa victoire;
aux yeux des nations il a révélé sa justice.
3 Il s'est rappelé sa fidélité, sa loyauté,
en faveur de la maison d'Israël[1].
Jusqu'au bout de la terre, on a vu
la victoire de notre Dieu.

4 Acclamez le Seigneur, terre entière;
faites éclater vos chants de joie et vos musiques;
5 jouez pour le Seigneur sur la cithare[2],
sur la cithare, au son des instruments.
6 Avec les trompettes, au son du cor,
acclamez le roi, le Seigneur.

7 Que grondent la mer et ses richesses,
le monde et ses habitants !
8 Que les fleuves battent des mains,
qu'avec eux les montagnes crient de joie
9 devant le Seigneur, car il vient
pour gouverner la terre.
Il gouvernera le monde avec justice
et les peuples avec droiture.

Psaume 99 (98)

1 Le Seigneur est roi :
Que les peuples tremblent !
Il siège sur les *chérubins :
que la terre frémisse !

2 Le Seigneur est grand dans *Sion,
et il domine tous les peuples :
3 qu'ils célèbrent ton nom grand et terrible !
Il est saint !

---

1. *la maison d'Israël* : expression sémitique fréquente dans l'A. T. et qui désigne ici l'ensemble du peuple
d'Israël, considéré comme une grande famille.
2. *cithare* : voir Ps 92.4 et la note.

4 La force d'un roi c'est d'aimer le droit.
   C'est toi qui as établi l'ordre.
   Le droit et la justice en Jacob[1],
   c'est toi qui les as faits :
5 Exaltez le SEIGNEUR notre Dieu,
   prosternez-vous devant son piédestal !
   Il est *saint !

6 Moïse et Aaron parmi ses prêtres,
   et Samuel parmi ceux qui invoquaient son *nom,
   faisaient appel au SEIGNEUR,
   et il leur répondait.
7 Dans la colonne de nuée il leur parlait.
   Ils ont gardé ses institutions,
   et les lois qu'il leur avait données.

8 SEIGNEUR notre Dieu, tu leur répondis toi-même,
   tu fus pour eux un Dieu patient
   mais qui se vengeait de leurs méfaits[2] :

9 Exaltez le SEIGNEUR notre Dieu;
   prosternez-vous vers sa montagne sainte,
   car il est saint, le SEIGNEUR notre Dieu !

Psaume 100 (99)

1 *Psaume pour l'action de grâce.*

   Acclamez le SEIGNEUR, terre entière;
2 servez le SEIGNEUR avec joie;
   entrez devant lui avec allégresse.

3 Reconnaissez que le SEIGNEUR est Dieu.
   Il nous a faits et nous sommes à lui[3],
   son peuple et le troupeau de son pâturage.

4 Entrez par ses portes en rendant grâce,
   dans ses *parvis en le louant;
   célébrez-le, bénissez son nom.

---

1. *Jacob* : voir Ps 44.5 et la note.
2. *de leurs méfaits* : il s'agit sans doute des méfaits commis par le peuple. Voir pourtant Nb 20.12, 24; 27.14; on pourrait alors penser que le psaume fait allusion aux fautes commises par Moïse et Aaron.
3. *à lui* : autre texte (manuscrits hébreux, anciennes versions grecque et syriaque) *c'est lui qui nous a faits, ce n'est pas nous.*

5   Car le SEIGNEUR est bon :
    sa fidélité est pour toujours,
    et sa loyauté s'étend d'âge en âge.

Psaume 101 (100)

1   *De David. Psaume.*

    Je veux chanter la fidélité et le droit
    et jouer pour toi, SEIGNEUR[1] !
2   Je veux progresser dans l'intégrité :
    quand viendras-tu vers moi[2] ?
    En ma maison je saurai me conduire,
    le coeur intègre.

3   Je n'aurai de regard
    pour aucune chose funeste[3].
    Je haïrai l'apostasie,
    elle n'aura pas prise sur moi.
4   Loin de moi le *coeur tortueux;
    le mal, je ne veux pas le connaître.

5   Celui qui diffame les autres en secret,
    je le réduirai au silence.
    Le regard hautain, le coeur ambitieux,
    je ne puis les tolérer.

6   Je distinguerai les hommes sûrs du pays
    pour qu'ils siègent à mes côtés.
    Celui qui a une conduite intègre,
    celui-là sera mon ministre.

7   Il ne siégera pas en ma maison,
    l'homme habile à tromper.
    Le diseur de mensonges
    ne tiendra pas devant mon regard.

8   Chaque matin je réduirai au silence
    tous les méchants du pays,
    en extirpant de la ville du SEIGNEUR
    tous les malfaisants.

---

1. *jouer pour toi* : voir Ps 68.33 et la note.
2. Autre traduction *quand viendras-tu pour moi ?*
3. *Chose funeste* : autres traductions possibles *mauvais procédé* ou *agissement de vaurien* ou encore *pratique démoniaque.*

Psaume 102 (101)

1   *Prière du malheureux qui défaille et se répand en plaintes*
    devant le SEIGNEUR.

2   SEIGNEUR, écoute ma prière,
    que mon cri parvienne jusqu'à toi !
3   Ne me cache pas ton visage
    au jour de ma détresse.
    Tends vers moi l'oreille.
    Le jour où j'appelle,
    vite, réponds-moi.

4   Car mes jours sont partis en fumée,
    mes os ont brûlé comme un brasier.
5   Comme l'herbe coupée,
    mon coeur se dessèche;
    j'en oublie de manger mon pain.
6   À force de gémir,
    je n'ai plus que la peau sur les os.

7   Je ressemble au choucas du désert,
    je suis comme le hibou des ruines.
8   Je reste éveillé, et me voici
    comme l'oiseau solitaire sur un toit.

9   Tout le jour mes ennemis m'outragent,
    furieux contre moi, ils jurent sur ma tête.
10 Comme pain je mange de la cendre,
    et je mêle des larmes à ma boisson.

11 Par ton indignation et ton courroux
    tu m'as soulevé et rejeté.
12 Mes jours s'en vont comme l'ombre,
    et je me dessèche comme l'herbe.

13 Mais toi, SEIGNEUR, tu sièges pour toujours,
    et tous les âges feront mention de toi.
14 Tu te lèveras, par amour pour *Sion,
    car il est temps d'en avoir pitié :
    oui, le moment est venu !
15 Tes serviteurs tiennent à ses pierres,
    et sa poussière leur fait pitié.

16 Les nations craindront le nom du SEIGNEUR,
    et tous les rois de la terre, ta gloire,
17 quand le SEIGNEUR rebâtira Sion
    et deviendra visible dans sa gloire,

18 quand il se tournera vers la prière des spoliés
   et cessera de les repousser.

19 Que cela soit écrit pour la génération suivante,
   et un peuple recréé louera le Seigneur :
20 Il s'est penché du haut de son *sanctuaire;
   le Seigneur, depuis les cieux, a regardé la terre,
21 pour écouter le gémissement des prisonniers
   et relâcher les condamnés à mort.

22 On publiera le *nom du Seigneur dans Sion
   et sa louange dans Jérusalem,
23 quand se réuniront peuples et royaumes
   pour servir le Seigneur.

24 Il a réduit mes forces[1] en pleine course;
   il a abrégé mes jours.
25 Mon Dieu, ai-je dit[2],
   ne m'enlève pas au milieu de mes jours !

   Tes années couvrent tous les siècles.
26 Autrefois tu as fondé la terre,
   et les cieux sont l'oeuvre de tes mains.
27 Ils périront, toi tu resteras.
   Ils s'useront tous comme un vêtement,
   tu les remplaceras comme un habit,
   et ils céderont la place.

28 Voilà ce que tu es, et tes années ne finissent pas.
29 Les fils de tes serviteurs s'établiront,
   et leurs descendants se maintiendront devant toi.

Psaume 103 (102)

1 *De David.*

   Bénis le Seigneur, ô mon âme,
   que tout mon coeur bénisse son saint *nom !
2 Bénis le Seigneur, ô mon âme,
   et n'oublie aucune de ses largesses !

3 C'est lui qui pardonne entièrement ta faute
   et guérit tous tes maux.
4 Il réclame ta vie à la *fosse

---

1. *mes forces* : d'après le texte hébreu que la tradition juive considère comme « à lire » et plusieurs versions anciennes — texte hébreu « écrit » et ancienne version grecque : *sa force.*

.2. Les versions grecque et syriaque ont lié la fin du v. 24 et le début du v. 25; elles ont compris *la brièveté de mes jours, fais-la moi savoir.*

et te couronne de fidélité et de tendresse.
5 Il nourrit de ses biens ta vigueur[1],
   et tu rajeunis comme l'aigle.

6 Le Seigneur accomplit des actes de justice,
   il fait droit à tous les exploités.
7 Il révèle ses chemins à Moïse
   et aux fils d'Israël ses hauts faits.

8 Le Seigneur est miséricordieux et bienveillant,
   lent à la colère et plein de fidélité.
9 Il n'est pas toujours en procès
   et ne garde pas rancune indéfiniment.
10 Il ne nous traite pas selon nos péchés,
   il ne nous rend pas selon nos fautes.

11 Comme les cieux dominent la terre,
   sa fidélité dépasse ceux qui le craignent.
12 Comme le levant est loin du couchant,
   il met loin de nous nos offenses.

13 Comme un père est tendre pour ses enfants,
   le Seigneur est tendre pour ceux qui le craignent;
14 il sait bien de quelle pâte nous sommes faits[2],
   il se souvient que nous sommes poussière.

15 L'homme ! Ses jours sont comme l'herbe;
   il fleurit comme la fleur des champs :
16 Que le vent passe, elle n'est plus,
   et la place où elle était l'a oubliée[3].

17 Mais la fidélité du Seigneur,
   depuis toujours et pour toujours,
   est sur ceux qui le craignent,
   et sa justice pour les fils de leurs fils,
18 pour ceux qui gardent son *alliance
   et pensent à exécuter ses ordres.

19 Le Seigneur a établi son trône dans les cieux,
   et sa royauté domine tout.
20 Bénissez le Seigneur, vous ses *anges,
   forces d'élite au service de sa parole,
   qui obéissez dès que retentit sa parole.

---

1. *ta vigueur* : traduction incertaine; ancienne version grecque *ton désir*; autres versions *ton corps*, ou *ta parure*, ou *ta durée* ou encore *ta vieillesse*.
2. Le mot rendu par *de quelle pâte nous sommes faits* (ou *façonnés*) évoque l'action du potier, qui a façonné son ouvrage, comme en Gn 2.7; autre traduction possible *il connaît nos penchants*.
3. ou *et la place où l'homme était l'a oublié*.

21 Bénissez le Seigneur, vous toutes ses armées,
   vous ses ministres qui faites sa volonté.
22 Bénissez le Seigneur, vous toutes ses oeuvres,
   partout dans son empire.
   Bénis le Seigneur, ô mon âme.

Psaume 104 (103)

1 Bénis le Seigneur, ô mon âme !

  Seigneur mon Dieu, tu es si grand !
  Vêtu de splendeur et d'éclat,
2 drapé de lumière comme d'un manteau,
  tu déploies les cieux comme une tenture.

3 Il étage ses demeures au-dessus des eaux[1];
  des nuages il fait son char;
  il marche sur les ailes du vent.
4 Des vents il fait ses messagers,
  et des flammes, ses ministres.

5 Il a fondé la terre sur ses bases,
  elle est à tout jamais inébranlable.
6 Tu l'as couverte de l'Océan comme d'un habit;
  les eaux restaient sur les montagnes.

7 À ta menace elles ont fui,
  affolées par tes coups de tonnerre :
8 escaladant les montagnes, descendant les vallées
  vers le lieu que tu leur avais fixé.
9 Tu leur as imposé une limite à ne pas franchir;
  elles ne reviendront plus couvrir la terre.

10 Il envoie l'eau des sources dans les ravins :
   elle s'en va entre les montagnes;
11 elle abreuve toutes les bêtes des champs,
   les ânes sauvages étanchent leur soif.
12 Près d'elle s'abritent les oiseaux du ciel
   qui chantent dans le feuillage.

13 Depuis ses demeures il abreuve les montagnes,
   la terre se rassasie du fruit de ton travail :
14 tu fais pousser l'herbe pour le bétail,
   les plantes que cultive l'homme,

---

1. *au-dessus des eaux* : il s'agit ici de la masse d'eau que l'on situait au-dessus de la voûte du ciel (voir Gn 1.7; Ps 148.4). C'est une manière poétique d'exprimer que le Seigneur est au-dessus de tout ce qui existe.

tirant son pain de la terre.
15 Le vin réjouit le *coeur des humains
en faisant briller les visages plus que l'huile.
Le pain réconforte le coeur des humains.

16 Les arbres du Seigneur se rassasient,
et les cèdres du Liban qu'il a plantés.
17 C'est là que nichent les oiseaux,
la cigogne a son logis dans les cyprès.
18 Les hautes montagnes sont pour les bouquetins,
les rochers sont le refuge des damans[1].

19 Il a fait la lune pour fixer les fêtes,
et le soleil qui sait l'heure de son coucher.
20 Tu poses les ténèbres, et c'est la nuit
où remuent toutes les bêtes des bois.
21 Les lions rugissent après leur proie
et réclament à Dieu leur nourriture.

22 Au lever du soleil ils se retirent,
se couchent dans leurs tanières,
23 et l'homme s'en va à son travail,
à ses cultures jusqu'au soir.

24 Que tes oeuvres sont nombreuses, Seigneur !
Tu les a toutes faites avec sagesse,
la terre est remplie de tes créatures.

25 Voici la mer, grande et vaste de tous côtés,
où remuent, innombrables,
des animaux petits et grands.
26 Là, vont et viennent les bateaux,
et le Léviatan[2] que tu as formé pour jouer avec lui.

27 Tous comptent sur toi
pour leur donner en temps voulu la nourriture :
28 tu donnes, ils ramassent;
tu ouvres ta main, ils se rassasient.

29 Tu caches ta face, ils sont épouvantés;
tu leur reprends le souffle, ils expirent
et retournent à leur poussière.
30 Tu envoies ton souffle, ils sont créés,
et tu renouvelles la surface du sol.

---

1. Le *daman des rochers* est un petit mammifère herbivore de la taille d'un lapin, appartenant à la même famille que les espèces africaines (daman des arbres et daman des steppes); il vit en colonies.
2. *Léviatan* : à la différence de Ps 74.14, ce terme désigne ici, semble-t-il, les grands animaux marins (baleines, dauphins ...).

31 Que la gloire du Seigneur dure toujours,
   que le Seigneur se réjouisse de ses oeuvres !
32 Il regarde la terre, et elle tremble;
   il touche les montagnes, et elles fument.

33 Toute ma vie je chanterai le Seigneur,
   le reste de mes jours je jouerai pour mon Dieu[1].
34 Que mon poème lui soit agréable !
   Et que le Seigneur fasse ma joie !

35 Que les pécheurs disparaissent de la terre,
   et que les infidèles n'existent plus !
   Bénis le Seigneur, ô mon âme !
   Alléluia[2] !

Psaume 105 (104)

(1-15 : cf. 1 Ch 16.8-22)

1 Célébrez le Seigneur, proclamez son nom,
   faites connaître ses exploits parmi les peuples.
2 Chantez pour lui, jouez pour lui[3];
   redites tous ses miracles.

3 Soyez fiers de son saint nom
   et joyeux, vous qui recherchez le Seigneur.
4 Cherchez le Seigneur et sa force,
   recherchez toujours sa face.

5 Rappelez-vous les miracles qu'il a faits,
   ses prodiges et les jugements sortis de sa bouche,
6 vous, race d'Abraham son serviteur,
   vous, fils de Jacob[4], ses élus !

7 C'est lui le Seigneur notre Dieu
   qui gouverne toute la terre.
8 Il s'est toujours rappelé son alliance,
   mot d'ordre pour mille générations,
9 celle qu'il a conclue avec Abraham,
   confirmée par serment à Isaac,
10 qu'il a érigée en décret pour Jacob,
   *alliance éternelle pour Israël,
11 quand il a dit : « Je te donne la terre de Canaan;
   c'est le lot dont vous héritez ! »

---

1. *je jouerai :* Voir Ps 68.33 et la note.
2. *Alléluia ! :* Exclamation qui pourrait être traduite par *louez le Seigneur* ou encore *vive le Seigneur !*
3. *Jouez pour lui :* voir Ps 68.33 et la note.
4. *fils de Jacob :* expression sémitique pour désigner les Israélites.

12 Alors on pouvait les compter,
   c'était une poignée d'immigrants.
13 Ils allaient et venaient de nation en nation,
   d'un royaume vers un autre peuple.

14 Mais il ne laissa personne les opprimer,
   il châtia des rois à cause d'eux :
15 « Ne touchez pas à mes *messies[1],
   ne faites pas de mal à mes *prophètes ! »

16 Il appela la famine sur le pays;
   il coupa tous les vivres.
17 Il envoya devant eux un homme,
   Joseph, qui fut vendu comme esclave.
18 On lui entrava les pieds,
   on lui passa un collier de fer;
19 jusqu'à l'accomplissement de sa prédiction
   la parole du Seigneur l'éprouva[2].

20 Le roi ordonna de le délier,
   le maître des peuples le fit relâcher.
21 Il l'établit seigneur de sa maison
   et maître de toutes ses possessions,
22 pour qu'il attache les princes à sa personne,
   et qu'il donne aux *anciens la sagesse.

23 Et Israël entra en Egypte,
   Jacob émigra au pays de Cham[3].
24 Dieu rendit son peuple très prolifique
   et plus puissant que ses adversaires.
25 Il changea leur coeur, les fit haïr son peuple
   et traiter ses serviteurs avec perfidie.

26 Il envoya Moïse son serviteur
   et Aaron qu'il avait choisi.
27 Leur parole imposa des *signes en Egypte,
   les prodiges de Dieu dans le pays de Cham[4].

28 Il envoya les ténèbres, et les ténèbres vinrent,
   et sa parole ne fut pas contestée.
29 Il changea les eaux en sang
   et fit mourir leurs poissons.

1. *messies* (c'est-à-dire ceux qui ont reçu l'*onction d'huile; voir Ps 133.2) : habituellement ce terme s'applique aux rois (voir 1 S 10.1) ou aux prêtres (Ex 29.7); il est utilisé ici au sens figuré (ceux que Dieu a choisis) et semble s'appliquer aux ancêtres du peuple d'Israël (voir Gn 20.6; 26.11).
2. Autre traduction *jusqu'à ce que le Seigneur eût prouvé son innocence.*
3. Voir Ps 78.51 et la note.
4. La traduction du v. 27 est incertaine; autre traduction *ils imposèrent chez eux les signes dont il avait parlé et des prodiges dans le pays de Cham.*

30 Leur pays grouilla de grenouilles
   jusque dans les chambres de leurs rois.
31 Il parla, et vinrent la vermine
   et les moustiques sur tout leur territoire.

32 Au lieu de pluies, il leur donna la grêle,
   du feu et des flammes sur leur pays.
33 Il frappa leurs vignes et leurs figuiers,
   et brisa les arbres de leur territoire.

34 Il parla, et vinrent les sauterelles
   et les larves innombrables.
35 Elles mangèrent toute l'herbe du pays,
   elles mangèrent les fruits du sol.

36 Il frappa tous les aînés du pays,
   prémices de leur maturité.
37 Il fit sortir son peuple[1] avec de l'argent et de l'or,
   et nul ne chancela parmi ses tribus.

38 L'Egypte se réjouit de leur sortie,
   car la terreur était tombée sur elle.
39 Il étendit une nuée pour servir de rideau,
   et un feu pour illuminer la nuit.

40 À leur demande[2] il fit venir les cailles;
   il les rassasia du pain des cieux.
41 Il ouvrit le rocher, l'eau ruissela
   et s'écoula dans les steppes comme un fleuve.

42 Il s'est rappelé sa sainte parole
   envers Abraham son serviteur.
43 Il a fait sortir son peuple dans l'allégresse,
   ses élus avec des cris de joie.

44 Il leur a donné les terres des nations,
   et ils recueillent le travail des peuples,
45 pourvu[3] qu'ils gardent ses décrets
   et qu'ils observent ses lois.

Alléluia !

---

1. *son peuple :* la traduction suit ici le texte d'un manuscrit des Psaumes trouvé à Qoumrân, près de la mer Morte; voir aussi v. 43 et Ps 78.52; texte hébreu traditionnel *il les fit sortir.*
2. *A leur demande :* la traduction suit ici le texte des anciennes versions; texte hébreu traditionnel *à sa demande* (c'est-à-dire à la demande d'Israël).
3. Les versions anciennes ont compris *afin qu'ils gardent* (ancienne version araméenne *parce qu'ils gardent …).

Psaume 106 (105)

(1, 47-48 : cf. 1 Ch 16.34-36)

1 Alléluia !

   Célébrez le Seigneur, car il est bon.
   Car sa fidélité est pour toujours.
2 Qui peut dire les prouesses du Seigneur
   et faire entendre toutes ses louanges ?

3 Heureux ceux qui observent le droit
   et pratiquent la justice en tout temps !
4 Quand tu seras favorable à ton peuple,
   pense à moi, Seigneur !
   Lorsque tu le sauveras, occupe-toi de moi,
5 que je puisse voir le bonheur de tes élus,
   me réjouir de la joie de ton peuple
   et partager la fierté de tes héritiers.

6 Tout comme nos pères, nous avons péché,
   nous avons dévié, nous avons été coupables.
7 Nos pères, en Egypte,
   n'ont rien compris à tes miracles.
   Ils ont oublié tes nombreuses bontés,
   ils se sont révoltés près de la mer, la *mer des Joncs.
8 Mais il les sauva à cause de son nom,
   pour montrer sa puissance.
9 Il menaça la *mer des Joncs, et elle sécha;
   il les fit marcher dans les *abîmes comme dans le désert.

10 Il les sauva des mains hostiles,
   il les défendit contre la main de l'ennemi :
11 les eaux recouvrirent leurs adversaires,
   il n'en resta pas un.
12 Et ils ont cru en ses paroles,
   ils chantaient sa louange.

13 Bien vite ils ont oublié ses actes,
   ils n'ont pas attendu la suite de son dessein :
14 dans le désert ils se sont pris de convoitise,
   dans les solitudes ils ont mis Dieu à l'épreuve.
15 Il leur donna ce qu'ils demandaient,
   mais il envoya trop peu pour leur appétit[1].

16 Dans le camp ils ont jalousé Moïse,
   et Aaron l'homme consacré au Seigneur.

---

1. Autre traduction *et il leur envoya le dépérissement;* autre texte (anciennes versions grecque et syriaque) *et il leur envoya de quoi manger à satiété.*

17 La terre s'ouvrit et engloutit Datân,
   elle recouvrit la bande d'Abirâm.
18 Un feu consuma leur bande,
   une flamme dévora les impies.

19 À l'Horeb[1] ils ont façonné un veau;
   ils se sont prosternés devant du métal,
20 et ils ont troqué leur Gloire[2]
   contre la copie d'un boeuf, d'un herbivore !

21 Ils ont oublié Dieu, leur sauveur,
   qui avait fait de grandes choses en Egypte,
22 des miracles au pays de Cham[3],
   des actes terribles près de la mer des Joncs.

23 Il décida de les exterminer,
   mais Moïse son élu,
   se tenant sur la brèche[4] devant lui,
   détourna sa fureur destructrice.

24 Ils ont méprisé un pays merveilleux,
   ils n'ont pas cru à sa parole,
25 ils ont récriminé sous leurs tentes
   et n'ont pas obéi à la voix du Seigneur.

26 La main levée, il jura
   de les abattre dans le désert,
27 de disperser leurs descendants dans tous les pays,
   de les abattre chez les païens.

28 Puis ils se sont accouplés[5] au *Baal de Péor,
   ils ont mangé les sacrifices des morts,
29 ils ont ulcéré Dieu par leurs agissements
   et un fléau fit irruption parmi eux.

30 Alors Pinhas se tint debout, il trancha[6],
   et le fléau fut enrayé.
31 Cela lui fut compté comme acte juste,
   d'âge en âge, pour toujours.

1. *A l'Horeb* : c'est-à-dire *au mont Horeb* (autre nom du mont Sinaï).
2. *leur Gloire* : on retrouve cette même appellation du Seigneur en Jr 2.11; Os 4.7; voir aussi Rm 1.23.
3. *le pays de Cham* : voir Ps 78.51 et la note.
4. *se tenant sur la brèche* : comme en Ez 22.30 l'expression est à prendre ici au sens figuré : Moïse est présenté comme le seul défenseur d'Israël devant Dieu (allusion à l'intercession de Moïse pour Israël en Ex 32.11-14).
5. *ils se sont accouplés* : autre traduction *ils se sont mis sous le joug du Baal de Péor* (voir Nb 25.3).
6. voir Nb 25.7-13.

32 Ils ont irrité Dieu près des eaux de Méríba
   et causé le malheur de Moïse,
33 en étant indociles à son esprit[1],
   et Moïse parla sans réfléchir.

34 Ils n'ont pas supprimé les peuples
   dont le Seigneur leur avait parlé.
35 Ils ont eu commerce avec les païens
   et se sont initiés à leurs pratiques.

36 Ils ont servi leurs idoles
   qui devinrent un piège pour eux.
37 Ils ont *sacrifié leurs fils
   et leurs filles aux *démons.

38 Ils ont répandu un *sang innocent,
   le sang de leurs fils et de leurs filles
   qu'ils sacrifièrent aux idoles cananéennes,
   et le pays fut sali par des flots de sang.
39 Ils se sont souillés par leurs pratiques
   et prostitués par leurs agissements[2],

40 la colère du Seigneur s'enflamma contre son peuple
   et il prit en horreur son héritage.
41 Il les livra aux mains des nations,
   et leurs adversaires les ont dominés;
42 l'ennemi les a opprimés,
   et ils ont fléchi sous sa main.

43 Bien des fois il les a délivrés,
   mais ils s'obstinaient dans leur révolte
   et s'enfonçaient dans leur faute.
44 Il regarda leur détresse
   quand il entendit leurs cris.
45 Il se souvint de son alliance avec eux,
   et dans sa grande fidélité il se ravisa.
46 Il les fit prendre en pitié
   par tous ceux qui les avaient déportés.

47 Sauve-nous, Seigneur notre Dieu :
   rassemble-nous du milieu des nations.
   Alors nous célébrerons ton saint *nom
   en nous glorifiant de te louer.

---

1. *son esprit* : le texte hébreu ne permet pas de préciser s'il s'agit de l'Esprit *de Dieu* ou de l'esprit *de Moïse.*
2. *ils se sont prostitués* : voir Os 1.2 et la note.

48 Béni soit le Seigneur, le Dieu d'Israël,
   depuis toujours et pour toujours.
   Et tout le peuple dira :
   « Amen ! Alléluia[1] ! »

1. Le v. 48 sert à la fois de conclusion au Ps 106 et au quatrième livre du psautier (voir Ps 41.14 ; 72.19 ; 89.53 ; 150).

CINQUIÈME LIVRE (PS 107-150)

Psaume 107 (106)

1 Célébrez le Seigneur car il est bon,
   car sa fidélité est pour toujours,

2 qu'ils le redisent, ceux que le Seigneur a défendus,
   ceux qu'il a défendus contre la main de l'adversaire,
3 qu'il a rassemblés de tous les pays,
   du levant et du couchant,
   du nord et de la mer[1].

4 Certains s'égarèrent dans les solitudes
   par un chemin désert, sans trouver de ville habitée.
5 Affamés, assoiffés, la vie les abandonnait.

6 Ils crièrent vers le Seigneur dans leur détresse,
   et il les a délivrés de leurs angoisses :
7 il leur a fait prendre un chemin direct
   pour aller vers une ville habitée.

8 Qu'ils célèbrent le Seigneur pour sa fidélité
   et pour ses miracles en faveur des humains :
9 car il a désaltéré le gosier avide
   et bien rempli le ventre affamé.

10 Certains habitaient dans les ténèbres et l'ombre mortelle,
   prisonniers de la misère et des fers,
11 car ils s'étaient révoltés contre les ordres de Dieu,
   ils avaient nargué le dessein du Très-Haut.
12 Il dompta leur coeur par la souffrance,
   ils flanchèrent et nul ne les aidait.

1. L'ancienne version araméenne précise ici *la mer Rouge*.

13 Ils crièrent vers le Seigneur dans leur détresse,
   et il les a sauvés de leurs angoisses :
14 il les a tirés des ténèbres et de l'ombre mortelle,
   il a rompu leurs liens.

15 Qu'ils célèbrent le Seigneur pour sa fidélité
   et pour ses miracles en faveur des humains;
16 car il a brisé les portes de bronze
   et fait sauter les verrous de fer.

17 Certains, abrutis par leurs dérèglements,
   avilis par leurs péchés,
18 étaient dégoûtés de toute nourriture
   et touchaient aux portes de la mort.

19 Ils crièrent vers le Seigneur dans leur détresse,
   et il les a sauvés de leurs angoisses :
20 il a envoyé sa parole pour les guérir
   et les soustraire à la *fosse.

21 Qu'ils célèbrent le Seigneur pour sa fidélité
   et pour ses miracles en faveur des humains.
22 Qu'ils offrent des *sacrifices de louange
   et proclament ses oeuvres en criant leur joie.

23 Ceux qui partent en mer sur des navires
   et exercent leur métier sur les grandes eaux,
24 ceux-là virent les oeuvres du Seigneur
   et ses miracles en haute mer.

25 À sa parole se leva un vent de tempête
   qui soulevait des vagues.
26 Ils montent aux cieux,
   descendent aux abîmes,
   sont malades à rendre l'âme;
27 ils roulent et tanguent comme l'ivrogne
   et toute leur adresse est engloutie.

28 Ils crièrent au Seigneur dans leur détresse,
   et il les a tirés de leurs angoisses :
29 il a réduit la tempête au silence,
   et les vagues se sont tues.
30 Ils se sont réjouis de ce retour au calme
   et Dieu les a guidés au port désiré.

31 Qu'ils célèbrent le Seigneur pour sa fidélité
   et pour ses miracles en faveur des humains.

32 Qu'ils l'exaltent dans l'assemblée du peuple
   et le louent à la séance des *anciens.

33 Il peut changer les fleuves en désert,
   les sources en pays de la soif,
34 une terre fertile en saline,
   à cause de la méchanceté de ses habitants.

35 Il peut changer le désert en nappe d'eau
   et la steppe en source.
36 Il y fait habiter des affamés
   qui fondent une ville habitable.
37 Ils ensemencent des champs,
   plantent des vignes,
   ils en récoltent les fruits.

38 Dieu les bénit :
   ils se multiplient de plus en plus,
   et Dieu ne laisse pas leur cheptel s'amoindrir.
39 Puis ils diminuent et déclinent
   sous les privations, le malheur et la douleur.

40 Il répand le mépris sur les nobles
   et les égare dans un maquis sans chemin.
41 Mais il protège le pauvre de la misère
   et rend les familles aussi nombreuses que des troupeaux.

42 À cette vue, les hommes droits se réjouissent,
   et toute injustice ferme la bouche.
43 Qui veut être sage ?
   Qu'il prenne garde à tout cela,
   et que l'on discerne les bontés du S !

Psaume 108 (107)
(2-6 : cf. Ps 57.8-12; 7-14 : cf. Ps 60.7-14)

1 *Chant, psaume de David.*

2 Le cœur rassuré, mon Dieu,
   je vais chanter un hymne :
   voilà ma gloire !
3 Réveillez-vous, harpe et cithare[1],
   je vais réveiller l'aurore.

4 Je te rendrai grâces parmi les peuples, Seigneur,
   je te chanterai parmi les nations;

1. Voir Ps 92.4 et la note.

5 car ta fidélité est plus grande que les cieux
   et ta vérité va jusqu'aux nues.

6 Dieu, dresse-toi sur les cieux,
   et que ta gloire domine toute la terre.

7 Pour que tes bien-aimés soient délivrés,
   sauve par ta droite, et réponds-moi.

8 Dieu a parlé dans son *sanctuaire :
   J'exulte ! Je partage Sichem
   et je mesure la vallée de Soukkoth[1].
9 Galaad est à moi; Manassé est à moi;
   Ephraïm est le casque de ma tête;
   Juda est mon sceptre;
10 Moab, la cuvette où je me lave.
   Sur Edom je jette ma sandale[2].
   Je crie contre la Philistie.

11 Qui me mènera à la ville fortifiée ?
   Qui me conduira jusqu'en Edom ?
12 Sinon toi, le Dieu qui nous a rejetés,
   le Dieu qui ne sortait plus avec nos armées !

13 Viens à notre aide contre l'adversaire,
   car le secours de l'homme est illusion.
14 Avec Dieu nous ferons des exploits :
   c'est lui qui piétinera nos adversaires.

Psaume 109 (108)

1 *Du *chef de choeur; de David, psaume.*

   Dieu que je loue, ne reste pas muet,
2 car ils ont ouvert contre moi
   une bouche méchante et trompeuse,
   ils m'ont parlé avec une langue menteuse;
3 des paroles de haine m'ont cerné,
   et ils m'ont combattu sans motif.

4 Pour prix de mon amitié ils m'ont accusé;
   et moi je suis en prières.
5 Ils m'ont rendu le mal pour le bien
   et la haine pour l'amitié.

---

1. Pour *sanctuaire, Sichem* et *Soukkoth,* voir Ps 60.8 et la note.
2. *jeter sa sandale :* voir Ps 60.10 et la note.

6 — Désigne contre lui un accusateur[1],
   un méchant, qui se tienne à sa droite.

7 De son procès, qu'il sorte coupable,
   que sa prière devienne un péché,

8 que ses jours soient réduits,
   qu'un autre prenne sa charge,

9 que ses fils soient orphelins,
   que sa femme soit veuve,

10 que ses fils soient vagabonds et suppliants,
   qu'ils mendient[2] hors de leurs ruines,

11 qu'un usurier saisisse tous ses biens,
   que des étrangers raflent ses gains,

12 que personne ne lui reste loyal,
   que personne n'ait pitié de ses orphelins,

13 que ses descendants soient supprimés,
   qu'en une génération leur *nom[3] soit effacé,

14 qu'on rappelle au SEIGNEUR le péché de ses pères,
   que la faute de sa mère ne soit pas effacée !

15 Que tout cela reste présent au SEIGNEUR
   et qu'il supprime de la terre leur souvenir ! —

16 Attendu qu'il ne s'est pas soucié d'agir avec loyauté,
   qu'il a persécuté à mort un pauvre,
   un malheureux, frappé au coeur,

17 qu'il aimait la malédiction,
   et qu'elle est venue à lui,
   qu'il ne voulait pas la bénédiction,
   et qu'elle s'est éloignée de lui,

18 qu'il a revêtu la malédiction comme un manteau,
   et qu'elle a pénétré en lui comme de l'eau,
   et dans ses membres comme une huile :

19 Qu'elle soit donc le vêtement dont il se couvre,
   la ceinture qu'il portera toujours !

20 Voilà comment le SEIGNEUR paiera mes accusateurs[4]
   et ceux qui disent du mal de moi !

21 Et toi, DIEU, Seigneur,
   agis pour moi à cause de ton nom.
   Ta loyauté est bienfaisante, délivre-moi.

---

1. Les v. 6-19 citent les paroles de malédiction que les adversaires ont prononcées contre l'auteur du psaume.
2. *qu'ils mendient* ou *qu'ils soient poursuivis.*
3. Plusieurs manuscrits hébreux et trois versions anciennes ont lu *son nom.*
4. *comment le Seigneur paiera mes accusateurs* : l'ancienne version grecque a compris *voilà le travail de mes accusateurs auprès du Seigneur.*

22 Pauvre et malheureux, je le suis,
et au fond de moi, le coeur est blessé[1].
23 J'ai dû m'en aller comme l'ombre qui s'évanouit,
on me chasse[2] comme les sauterelles.

24 J'ai tant *jeûné que mes jambes flageolent;
privé d'huile je suis décharné.
25 Pour eux je suis devenu abject;
en me voyant, ils hochent la tête.

26 À l'aide, Seigneur mon Dieu !
Sauve-moi selon ta fidélité;
27 qu'ils reconnaissent là ta main
et ton oeuvre, Seigneur !

28 Eux maudissent, toi tu bénis.
Ils s'étaient dressés, ce fut leur honte,
et ton serviteur se réjouit.
29 Que mes accusateurs soient vêtus de déshonneur
et couverts de leur honte comme d'un manteau !

30 Je célébrerai le Seigneur à voix haute,
je le louerai au milieu de la multitude.
31 Car il se tient à la droite[3] du pauvre
pour le sauver de ses juges.

Psaume 110 (109)

1 *De David. Psaume.*

Oracle du Seigneur à mon seigneur :
« Siège à ma droite[4],
que je fasse de tes ennemis
l'escabeau de tes pieds ! »

2 Que le Seigneur étende de *Sion
la puissance de ton sceptre !
Domine au milieu de tes ennemis !

3 Ton peuple est volontaire
le jour où paraît ta force.
Avec une sainte splendeur,

---

1. *le coeur est blessé* : d'après trois versions anciennes; autre texte (d'après les anciennes versions grecque et syriaque) *le coeur est troublé.*

2. *on me chasse* : le verbe hébreu évoque le geste de *secouer* un arbre ou un vêtement pour en faire tomber les sauterelles.

3. *à la droite* : la droite était considérée comme le côté honorifique (Ps 110.1) ou favorable (ici et Ps 110.5).

4. *mon seigneur* : titre respectueux donné au roi — *ma droite* : voir Ps 109.31 et la note.

du lieu où naît l'aurore
te vient une rosée de jouvence[1].

4 Le SEIGNEUR l'a juré,
il ne s'en repentira pas :
« Tu es prêtre pour toujours,
à la manière de Melkisédeq. »

5 Le Seigneur est à ta droite[2] :
il a écrasé des rois au jour de sa colère;
6 il juge les nations; les cadavres s'entassent :
partout sur la terre, il a écrasé des têtes.
7 En chemin il boit[3] au torrent,
aussi relève-t-il la tête.

Psaume 111 (110), alphabétique
(cf. Ps 112)

1 Alléluia.

De[4] tout coeur je célébrerai le SEIGNEUR
au coeur des hommes droits et dans l'assemblée.
2 Grandes sont les oeuvres du SEIGNEUR !
Tous ceux qui les aiment les étudient.

3 Son action éclate de splendeur
et sa justice subsiste toujours.

4 Il a voulu qu'on rappelle[5] ses miracles;
le SEIGNEUR est bienveillant et miséricordieux.
5 À qui le craint il a donné le butin[6],
il se rappelle toujours son alliance.
6 À son peuple il a montré la puissance de ses oeuvres,
en lui donnant l'héritage des nations.
7 Les oeuvres de ses mains sont vraies et justes,
tous ses préceptes sont sûrs,
8 établis à tout jamais,
faits de droiture et de vérité[7].
9 À son peuple il a envoyé la délivrance,

1. Au lieu de *avec une sainte splendeur*, certains manuscrits hébreux, ainsi qu'une version grecque et la version latine de s. Jérôme ont compris *sur les montagnes saintes — du lieu où naît l'aurore* : traduction conjecturale — *une rosée de jouvence* : traduction conjecturale; ancienne version grecque *je t'ai engendré* (voir Ps 2.7).
2. Voir Ps 109.31 et la note.
3. Il s'agit du roi; peut-être a-t-on ici une allusion à l'un des épisodes du couronnement; celui-ci se déroulait en effet près d'une source (voir 1 R 1.33-35).
4. Voir Ps 25.1 et la note.
5. *il a voulu qu'on rappelle ...* ou *il laisse un mémorial de ...* : voir Ex 12.14; 13.9 et les notes.
6. *le butin* : autre traduction *la nourriture*.
7. Autre traduction *faits avec droiture et vérité*.

prescrit pour toujours son *alliance.
Son *nom est *saint et terrible.
10 Le principe de la sagesse c'est de craindre le Seigneur :
tous ceux qui font cela[1] sont bien avisés.

Sa louange subsiste toujours.

Psaume 112 (111), alphabétique[2]

(cf. Ps 111)

1 Alléluia.

Heureux l'homme qui craint le Seigneur
et qui aime ses commandements :

2 Sa lignée est puissante sur la terre,
la race des hommes droits sera bénie.
3 Il y a chez lui biens et richesses,
et sa justice subsiste toujours.
4 Dans l'obscurité se lève une lumière pour les hommes droits.
Il est juste, bienveillant et miséricordieux[3].
5 L'homme fait bien de compatir et de prêter :
il gérera ses affaires selon le droit :
6 pour toujours il sera inébranlable,
on gardera toujours la mémoire du juste[4].
7 Il ne craindra pas les rumeurs méchantes[5];
le cœur assuré, il compte sur le Seigneur;
8 le cœur ferme, il ne craindra rien,
et il peut toiser ses ennemis.
9 Il a donné largement aux pauvres :
sa justice subsiste toujours,
son front se relève avec fierté.
10 L'impie le voit, il enrage,
il grince des dents et s'effondre;
les souhaits des impies sont réduits à néant.

Psaume 113 (112)

1 Alléluia.

1. *qui font cela* ou *qui appliquent* (les préceptes du Seigneur, voir v. 7); autre texte (anciennes versions grecque, syriaque et latine) *qui suivent* (le principe de la sagesse).
2. Voir Ps 25.1 et la note.
3. *juste, bienveillant et miséricordieux* : une formule traditionnelle que l'A. T. réserve habituellement à Dieu (voir Ex 34.6). Certains manuscrits de l'ancienne version grecque ont donc ici *le Seigneur Dieu est juste, bienveillant et miséricordieux* ..., dans le même sens que Ps 111.4.
4. C'est-à-dire : le juste restera toujours présent, non seulement par le souvenir qu'il laissera, mais aussi par l'exemple qu'il aura donné et les actions qu'il aura faites.
5. Autre traduction *il n'aura pas peur devant une mauvaise nouvelle* (voir Jr 49.23) ou *il ne craindra pas qu'une mauvaise nouvelle lui arrive.*

Serviteurs du S<small>EIGNEUR</small>, louez,
louez le *nom du S<small>EIGNEUR</small>.
2 Que le nom du S<small>EIGNEUR</small> soit béni
dès maintenant et pour toujours !
3 Du soleil levant au soleil couchant[1],
loué soit le nom du S<small>EIGNEUR</small> !

4 Le S<small>EIGNEUR</small> domine toutes les nations,
et sa gloire est au-dessus des cieux.
5 Qui ressemble au S<small>EIGNEUR</small> notre Dieu ?
Il siège tout en haut
6 et regarde tout en bas
les cieux et la terre.

7 Il relève le faible de la poussière,
il tire le pauvre du tas d'ordures,
8 pour l'installer avec les princes,
avec les princes de son peuple.
9 Il installe au foyer la femme stérile,
en joyeuse mère de famille.

Alléluia !

Psaume 114 (113 A)

1 Quand Israël sortit d'Egypte,
quand la famille de Jacob quitta un peuple barbare,
2 Juda devint son *sanctuaire,
et Israël son domaine.

3 À cette vue, la mer s'enfuit,
le Jourdain reflua,
4 les montagnes bondirent comme des béliers,
les collines comme des cabris.

5 Mer, pourquoi t'enfuir ?
Jourdain, pourquoi refluer ?
6 Montagnes, pourquoi bondir comme des béliers,
et vous collines, comme des cabris ?
7 Terre, tressaille devant le Maître,
devant le Dieu de Jacob,
8 lui qui change le roc en étang
et le granit en fontaine.

1. Ou *depuis le lever jusqu'au coucher du soleil.*

Psaume 115 (113 B)

1 Non pas à nous, Seigneur, non pas à nous,
  mais à ton *nom rends gloire,
  pour ta fidélité, pour ta loyauté.
2 Pourquoi les nations disent-elles :
  « Où donc est leur Dieu ? »
3 Notre Dieu est dans les cieux;
  tout ce qu'il a voulu, il l'a fait.

4 Leurs idoles sont d'argent et d'or,
  faites de main d'homme :
5 Elles ont une bouche, et ne parlent pas;
  elles ont des yeux, et ne voient pas;
6 elles ont des oreilles, et n'entendent pas;
  elles ont un nez, et ne sentent pas;
7 des mains, et elles ne palpent pas;
  des pieds, et elles ne marchent pas;
  elles ne tirent aucun son de leur gosier.
8 Que leurs auteurs leur ressemblent,
  et tous ceux qui comptent sur elles !

9 Fils d'Israël[1] ! Comptez sur le Seigneur.
  — Leur aide et leur bouclier, c'est lui !
10 Maison d'Aaron[2] ! Comptez sur le Seigneur.
  — Leur aide et leur bouclier, c'est lui !

11 Vous qui craignez le Seigneur[3] ! Comptez sur le Seigneur.
  — Leur aide et leur bouclier, c'est lui !

12 Le Seigneur se souvient de nous; il bénira :
  il bénira la maison d'Israël[4],
  il bénira la maison d'Aaron,
13 il bénira ceux qui craignent le Seigneur,
  les petits comme les grands.
14 Que le Seigneur vous fasse prospérer,
  vous et vos enfants !

15 Soyez bénis par le Seigneur,
  l'auteur des cieux et de la terre.

1. *Fils d'Israël* : expression sémitique, fréquente dans l'A. T. pour désigner ceux qui forment le peuple d'Israël.
2. *Aaron*, frère de Moïse (Ex 4.14) est considéré dans l'A. T. comme l'ancêtre des prêtres d'Israël (voir Ex 28.1). L'expression *maison d'Aaron* désigne l'ensemble de ses descendants, c'est-à-dire les prêtres en fonction.
3. *ceux qui craignent le Seigneur* : après l'exil cette expression a désigné plus particulièrement les non-juifs convertis à la foi d'Israël.
4. *maison d'Israël* : voir Ps 98.3 et la note.

16 Les cieux sont les cieux du Seigneur,
   mais la terre, il l'a donnée aux hommes.
17 Ce ne sont pas les morts qui louent le Seigneur,
   eux qui tous descendent au Silence[1].
18 Mais nous, nous bénissons le Seigneur,
   dès maintenant et pour toujours.

   Alléluia !

Psaume 116 (114-115)

1 J'aime le Seigneur,
   car il entend ma voix suppliante,
2 il a tendu vers moi l'oreille,
   et toute ma vie je l'appellerai.

3 Les liens de la mort m'ont enserré,
   les entraves des enfers m'ont saisi;
   j'étais saisi par la détresse et la douleur,
4 et j'appelais le Seigneur par son nom :
   « Eh bien ! Seigneur, libère-moi ! »

5 Le Seigneur est bienveillant et juste;
   notre Dieu fait miséricorde.
6 Le Seigneur garde les gens simples;
   j'étais faible, et il m'a sauvé.
7 Retrouve le repos, mon âme,
   car le Seigneur t'a fait du bien.

8 Tu m'as délivré de la mort,
   tu as préservé mes yeux des larmes
   et mes pieds de la chute,
9 pour que je marche devant le Seigneur,
   au pays des vivants.

10 J'ai gardé confiance même quand je disais[2] :
   « Je suis très malheureux ! »
11 Désemparé, je disais :
   « Tous les hommes sont des menteurs. »
12 Comment rendrai-je au Seigneur
   tout le bien qu'il m'a fait ?

13 Je lèverai la coupe de la victoire
   et j'appellerai le Seigneur par son nom;

---

1. *le Silence* : voir Ps 94.17 et la note; voir aussi Ps 6.6.
2. Autre texte (ancienne version grecque) *j'ai cru, c'est pourquoi j'ai parlé* : c'est sous cette forme que le verset est cité en 2 Co 4.13.

14 j'accomplirai mes voeux envers le Seigneur,
   et en présence de tout son peuple.

15 Il en coûte au Seigneur
   de voir mourir ses fidèles.
16 Eh bien ! Seigneur, puisque je suis ton serviteur,
   ton serviteur, le fils de ta servante,
   tu as dénoué mes liens.

17 Je t'offrirai un *sacrifice de louange
   et j'appellerai le Seigneur par son nom;
18 j'accomplirai mes voeux envers le Seigneur,
   et en présence de tout son peuple,
19 dans les *parvis de la maison du Seigneur,
   au milieu de toi, Jérusalem !

   Alléluia[1] !

Psaume 117 (116)

1 Nations, louez toutes le Seigneur.
  Peuples, glorifiez-le tous.
2 Car sa fidélité nous dépasse,
  et la loyauté du Seigneur est pour toujours.

  Alléluia !

Psaume 118 (117)

1 Célébrez le Seigneur, car il est bon,
  et sa fidélité est pour toujours.

2 Qu'Israël le redise :
  « Sa fidélité est pour toujours ! »
3 Que la maison d'Aaron[2] le redise :
  « Sa fidélité est pour toujours ! »
4 Que ceux qui craignent le Seigneur[3] le redisent :
  « Sa fidélité est pour toujours ! »

5 Quand j'étais assiégé, j'ai appelé le Seigneur;
  le Seigneur m'a répondu en me mettant au large.
6 Le Seigneur est pour moi, je ne crains rien,
  que me feraient les hommes[4] ?

1. *Alléluia* : voir Ps 104.35 et la note.
2. Voir Ps 115.10 et la note.
3. Voir Ps 115.11 et la note.
4. *que me feraient les hommes ?* Autre traduction *que feraient pour moi les hommes ?* (voir Ps 56.12).

7 Le Sֵigneur est pour moi, il me vient en renfort[1],
   et je toise mes ennemis.

8 Mieux vaut se réfugier près du Seigneur
   que compter sur les hommes !
9 Mieux vaut se réfugier près du Seigneur
   que compter sur les princes !
10 Toutes les nations m'avaient encerclé :
   au *nom du Seigneur, je les pourfendais[2].
11 Elles m'ont encerclé :
   au nom du Seigneur, je les pourfendais.

12 Elles m'ont encerclé comme des guêpes;
   elles se sont éteintes comme un feu d'épines,
   au nom du Seigneur, je les pourfendais.

13 Tu m'avais bousculé[3] pour m'abattre,
   mais le Seigneur m'a aidé.
14 « Ma force et mon cri de guerre, c'est Lui ! »
   « Je lui dois la victoire ! »
15 Clameur de joie et de victoire
   dans les tentes des justes :
   « La droite du Seigneur fait un exploit !
16 La droite du Seigneur est levée !
   La droite du Seigneur fait un exploit ! »

17 Non, je ne mourrai pas, je vivrai
   pour raconter les oeuvres du Seigneur :
18 Certes le Seigneur m'a corrigé,
   mais il ne m'a pas livré à la mort.
19 Ouvrez-moi les portes de la justice,
   j'entrerai pour célébrer le Seigneur.
20 — C'est la porte du Seigneur;
   que les justes entrent !

21 Je te célèbre car tu m'as répondu,
   et je te dois la victoire.
22 La pierre que les maçons ont rejetée
   est devenue la pierre angulaire.
23 Cela vient du Seigneur :
   c'est une merveille à nos yeux !

---

1. *il me vient en renfort :* autre traduction *il est le seul aide que j'aie* (Ps 54.6).
2. *je les pourfendais :* traduction incertaine; versions anciennes *je les ai repoussées* (grec); *je me suis vengé d'elles* (latin); *je les extermine* (araméen).
3. *tu m'avais bousculé :* le texte hébreu ne permet pas de reconnaître à quel interlocuteur le psaume s'adresse ici. Anciennes versions *on m'a poussé pour que je tombe.*

24 Voici le jour que le Seigneur a fait :
   qu'il soit notre bonheur et notre joie !
25 Donne, Seigneur, donne la victoire[1] !
   Donne, Seigneur, donne le triomphe !

26 Béni soit celui qui entre, au *nom du Seigneur !
   — Nous vous bénissons depuis la maison du Seigneur.
27 Le Seigneur est Dieu et il nous a donné la lumière :
   Formez le cortège, rameaux en main,
   jusqu'aux cornes de l'*autel[2].
28 — Tu es mon Dieu ! Et je te célèbre,
   mon Dieu, et je t'exalte.

29 Célébrez le Seigneur, car il est bon
   et sa fidélité est pour toujours.

Psaume 119 (118), alphabétique[3]

(cf. *Ps 19.8-15; Si 2.16*)

1 Heureux ceux dont la conduite est intègre
  et qui suivent la Loi du Seigneur.
2 Heureux ceux qui observent ses édits,
  de tout coeur ils le cherchent.
3 Ils n'ont pas commis de crime,
  ils ont suivi ses chemins.
4 C'est toi qui as promulgué tes préceptes
  pour qu'on les garde avec soin.
5 Que ma conduite s'affermisse
  pour garder tes décrets;
6 alors je ne serai pas déçu
  en contemplant tous tes commandements.
7 Je te célébrerai d'un coeur droit
  en étudiant tes justes décisions.
8 Tes décrets, je les garde,
  ne m'abandonne pas complètement !

9 Comment un jeune homme aura-t-il une conduite pure ?
  C'est en prenant garde selon ta parole.
10 De tout mon coeur je t'ai cherché,
   ne me laisse pas errer loin de tes commandements.
11 Dans mon coeur je conserve tes ordres
   afin de ne pas pécher contre toi.

---

1. *donne la victoire* : autre traduction *sauve donc*. Le terme correspondant, transposé en *Hosanna* dans les milieux grecs, est devenu plus tard une acclamation (voir Mt 21.9).
2. *Formez le cortège* : traduction incertaine; le sens du v. 27 est discuté — *les cornes de l'autel* : voir Ex 27.2 et la note.
3. voir Ps 25.1 et la note sur les psaumes alphabétiques. Le Ps 119 comprend 22 strophes de 8 versets; chacun d'eux mentionne un des nombreux termes synonymes désignant les commandements de Dieu : *loi, édits, chemins, préceptes*, etc.

12 Béni sois-tu, SEIGNEUR !
   enseigne-moi tes décrets.
13 Mes lèvres ont récité
   toutes les décisions de ta bouche.
14 À suivre tes édits, j'ai trouvé la joie
   comme au comble de la fortune.
15 Tes préceptes, je les méditerai
   et je contemplerai tes voies.
16 Je me délecte de tes décrets,
   je n'oublie pas ta parole.

17 Agis en faveur de ton serviteur : je vivrai
   et je garderai ta parole.
18 Dessille mes yeux, et je verrai
   les merveilles de ta Loi.
19 Je suis un étranger sur la terre,
   ne me cache pas tes commandements.
20 J'aime avec passion
   tes décisions de chaque instant.
21 Tu as menacé ces maudits orgueilleux
   qui s'égarent loin de tes commandements.
22 Débarrasse-moi de l'insulte et du mépris,
   car j'ai observé tes édits.
23 Même si des princes siègent pour discuter contre moi,
   ton serviteur médite tes décrets.
24 Tes édits eux-mêmes font mes délices,
   ils sont mes conseillers.

25 Me voici collé à la poussière,
   selon ta parole, fais-moi revivre.
26 Je t'ai décrit mes chemins et tu m'as répondu,
   enseigne-moi tes décrets.
27 Fais-moi discerner le chemin de tes préceptes
   et je méditerai tes merveilles.
28 Le chagrin a fait couler mes larmes;
   relève-moi selon ta parole.
29 Ecarte de moi le chemin du mensonge
   et fais-moi la grâce de ta Loi.
30 J'ai choisi le chemin de la loyauté,
   je me suis aligné sur tes décisions.
31 À tes édits, je me tiens collé;
   SEIGNEUR, fais que je ne sois pas déçu.
32 Je cours sur le chemin de tes commandements
   car tu m'ouvres l'esprit.

33 Seigneur, indique-moi le chemin de tes décrets,
   et ma récompense sera de les observer[1].
34 Rends-moi intelligent, j'observerai ta Loi
   et je la garderai de tout coeur.
35 Conduis-moi sur le sentier de tes commandements,
   car je m'y plais.
36 Incline mon coeur vers tes édits,
   et non vers le profit.
37 Détourne mes yeux de l'illusion,
   fais-moi revivre dans tes chemins.
38 Pour ton serviteur réalise[2] tes ordres,
   et l'on te craindra.
39 Détourne l'insulte que je redoute,
   car tes décisions sont bonnes.
40 Oui, j'aime tes préceptes;
   par ta justice fais-moi revivre.

41 Que viennent sur moi tes bontés, Seigneur,
   le salut conforme à tes ordres.
42 Et j'aurai une parole pour qui m'insulte,
   car je compte sur ta parole.
43 N'ôte pas de ma bouche toute parole de vérité,
   car j'espère en tes décisions.
44 Je garderai sans cesse ta Loi,
   et à tout jamais.
45 Je marcherai à l'aise,
   car je recherche tes préceptes.
46 Devant des rois je parlerai de tes édits,
   et je n'aurai pas honte.
47 Je me délecte de tes commandements
   que j'aime tant.
48 Je lève les mains vers tes commandements que j'aime tant,
   et je méditerai tes décrets.

49 Rappelle-toi la parole dite à ton serviteur,
   en laquelle tu me fis espérer.
50 C'est ma consolation dans la misère,
   car tes ordres m'ont fait revivre.
51 Les orgueilleux se sont bien moqués de moi,
   mais je n'ai pas dévié de ta Loi.
52 Je me rappelle tes décisions de toujours, Seigneur,
   elles sont ma consolation.
53 La rage m'a saisi devant les infidèles
   qui abandonnent ta Loi.
54 Tes décrets sont devenus mes cantiques

---

1. Voir v. 112; autre traduction *je les garderai avec profit* (voir Ps 19.12); ancienne version grecque *je
les garderai continuellement.*
2. *réalise* ou *confirme.*

dans la maison où je ne fais que passer.
55 La nuit, je me rappelle ton nom, Seigneur,
pour garder ta Loi.
56 Ce qui m'appartient,
c'est d'observer tes préceptes.

57 Ma part, Seigneur, ai-je dit,
c'est de garder tes paroles.
58 J'ai mis tout mon coeur à détendre ton visage,
fais-moi grâce selon tes ordres.
59 J'ai réfléchi à ma conduite
et je ramène mes pas vers tes édits.
60 Sans perdre un instant je me suis hâté
de garder tes commandements.
61 Les cordes des infidèles m'ont ligoté,
ta Loi, je ne l'ai pas oubliée.
62 En pleine nuit je me lève pour te célébrer
à cause de tes justes décisions.
63 Je m'associe à tous ceux qui te craignent
et qui gardent tes préceptes.
64 De ta fidélité, Seigneur, la terre est comblée;
enseigne-moi tes décrets.

65 Tu as fait le bonheur de ton serviteur,
selon ta parole, Seigneur.
66 Enseigne-moi les bienfaits[1] du jugement et de la science,
car je me fie à tes commandements.
67 Avant d'être humilié, je m'égarais;
à présent je garde tes ordres.
68 Tu es bon et bienfaisant,
enseigne-moi tes décrets.
69 Des orgueilleux m'ont sali de leurs mensonges,
moi, de tout coeur, j'observe tes préceptes.
70 Leur coeur s'est figé comme de la graisse;
moi je me délecte de ta Loi.
71 Il me fut bon d'être humilié
pour étudier tes décrets.
72 La Loi sortie de ta bouche vaut mieux pour moi
que des millions d'or et d'argent.

73 Tes mains m'ont fait et affermi;
rends-moi intelligent et j'étudierai tes commandements.
74 En me voyant, ceux qui te craignent se réjouissent,
car j'espère en ta parole.
75 Je reconnais, Seigneur, que tes décisions sont justes,

1. *Enseigne-moi les bienfaits du jugement ... :* autre traduction *enseigne-moi ce qu'il y a de bien dans le jugement et la science;* anciennes versions grecque et syriaque *enseigne-moi la bonté, la correction et la science.*

et que tu avais raison de m'humilier.

76 Que ta fidélité me console,
   comme tu l'as ordonné pour ton serviteur.

77 Que ta miséricorde me pénètre et je vivrai,
   car ta Loi fait mes délices.

78 Honte aux orgueilleux qui m'ont accablé de mensonges;
   moi je médite tes préceptes.

79 Que reviennent à moi ceux qui te craignent,
   ils connaîtront[1] tes édits.

80 Que je suive parfaitement tes décrets,
   pour ne pas éprouver la honte.

81 Je me suis usé à attendre ton salut,
   j'ai espéré en ta parole.

82 Mes yeux se sont usés à chercher tes ordres,
   et je dis : « Quand me consoleras-tu ? »

83 J'étais pareil à une outre racornie[2],
   mais je n'ai pas oublié tes décrets.

84 Combien ces jours dureront-ils pour ton serviteur ?
   Quand prendras-tu une décision contre mes persécuteurs ?

85 Contre moi des orgueilleux ont creusé des fosses,
   au mépris de ta Loi.

86 Tous tes commandements sont fidélité;
   on me poursuit avec perfidie, aide-moi.

87 Usé et presque terrassé,
   je n'ai pas abandonné tes préceptes.

88 Selon ta fidélité, fais-moi revivre,
   et je garderai ce que ta bouche édicte.

89 À jamais, Seigneur,
   ta parole se dresse dans les cieux.

90 Ta fidélité dure d'âge en âge :
   tu as fixé la terre, et elle tient;

91 selon tes décisions, tout tient jusqu'à ce jour,
   car l'univers est ton serviteur.

92 Si ta Loi n'avait pas fait mes délices,
   j'aurais péri de misère.

93 Jamais je n'oublierai tes préceptes,
   car par eux tu m'as fait revivre.

94 Je suis à toi ! sauve-moi,
   car j'ai cherché tes préceptes.

95 Des infidèles ont espéré me perdre,
   moi, je reste attentif à tes édits.

1. *ils connaîtront* : d'après le texte hébreu « écrit »; texte hébreu que la tradition juive considère comme
« à lire » et versions anciennes *et qui connaissent.*

2. *outre* : voir Mc 2.22 et la note; *une outre racornie* : l'hébreu exprime cette idée en précisant *une outre
qui a été exposée à la fumée.*

96 À toute perfection j'ai vu une limite,
   mais ton commandement est d'une ampleur infinie.

97 Combien j'aime ta Loi,
   tous les jours je la médite.
98 Ton commandement me rend plus sage que mes ennemis,
   je le fais mien pour toujours.
99 Je suis plus avisé que tous mes maîtres,
   car j'ai médité tes édits.
100 J'ai plus de discernement que les *anciens,
    car j'ai observé tes préceptes.
101 J'ai évité toutes les routes du mal
    afin de garder ta parole.
102 Je ne me suis pas détourné de tes décisions,
    car c'est toi qui m'as instruit.
103 Que tes ordres sont doux à mon palais,
    plus que le miel à ma bouche !
104 Grâce à tes préceptes, j'ai du discernement,
    aussi je déteste toutes les routes du mensonge.

105 Ta parole est une lampe pour mes pas,
    une lumière pour mon sentier.
106 J'ai juré, et je le confirme,
    de garder tes justes décisions.
107 Je suis bien trop humilié,
    SEIGNEUR, fais-moi revivre selon ta parole.
108 Agrée, SEIGNEUR, l'offrande de mes prières,
    enseigne-moi tes décisions.
109 Au constant péril de ma vie
    je n'ai pas oublié ta Loi.
110 Des infidèles m'ont tendu un piège
    mais je n'ai pas erré loin de tes préceptes.
111 Tes édits sont à jamais mon héritage;
    ils sont la joie de mon cœur.
112 Je m'applique à pratiquer tes décrets;
    c'est à jamais ma récompense.

113 Je déteste les cœurs partagés
    et j'aime ta Loi.
114 Mon abri et mon bouclier, c'est toi !
    J'espère en ta parole.
115 Méchants, détournez-vous de moi,
    et j'observerai les commandements de mon Dieu.
116 Selon tes ordres, sois mon appui et je vivrai;
    ne déçois pas mon attente.
117 Soutiens-moi, et je serai sauvé,
    et je ne perdrai pas de vue tes décrets.

118 Tu as rejeté tous ceux qui s'égaraient loin de tes décrets,
   car leurs manœuvres n'étaient que mensonge.
119 Tu as réduit en scories tous les infidèles du pays,
   aussi j'aime tes édits.
120 Ma chair frissonne de terreur devant toi
   et de crainte devant tes décisions.

121 J'ai agi selon le droit[1] et la justice;
   ne me livre pas à mes oppresseurs.
122 Garantis le bonheur de ton serviteur;
   que les orgueilleux ne m'oppriment pas.
123 Mes yeux se sont usés à attendre ton salut
   et à chercher les ordres de ta justice.
124 Agis envers ton serviteur selon ta fidélité
   et enseigne-moi tes décrets.
125 Je suis ton serviteur; donne-moi du discernement,
   et je connaîtrai tes édits.
126 Pour le SEIGNEUR, il est temps d'agir[2] :
   on a violé ta Loi.
127 Aussi j'aime tes commandements
   plus que l'or, même le plus fin.
128 Aussi je trouve justes en tous points tous les préceptes;
   je déteste toutes les routes du mensonge.

129 Tes édits sont des merveilles,
   aussi je les observe.
130 La découverte de tes paroles illumine,
   elle donne du discernement aux simples.
131 La bouche grande ouverte, j'aspire,
   avide de tes commandements.
132 Tourne-toi vers moi et fais-moi grâce,
   comme il en est décidé pour ceux qui aiment ton nom.
133 Affermis mes pas par tes ordres
   et ne laisse aucun mal me dominer.
134 Libère-moi de l'oppression des hommes,
   et je garderai tes préceptes.
135 Pour ton serviteur que ton visage s'illumine;
   enseigne-moi tes décrets.
136 Des larmes ont ruisselé de mes yeux,
   car on ne garde pas ta Loi.

137 SEIGNEUR, tu es juste,
   et tes décisions sont droites.
138 Tu as promulgué tes édits, c'est la justice
   et la pleine fidélité.

---

1. *le droit* : partout ailleurs dans le psaume le terme hébreu correspondant figure au pluriel et a été rendu par *décisions*.
2. On peut comprendre *il est temps d'agir en faveur du Seigneur* ou *il est temps que le Seigneur agisse*.

139 Mon zèle m'a consumé
   quand mes adversaires oubliaient tes paroles.
140 Tes ordres sont à toute épreuve[1],
   et ton serviteur les aime.
141 Même chétif et méprisé
   je n'ai pas oublié tes préceptes.
142 Ta justice est la justice éternelle,
   et ta Loi est la vérité.
143 La détresse et l'angoisse m'ont saisi,
   mais tes commandements sont mes délices.
144 Tes édits sont la justice éternelle;
   donne-moi du discernement et je vivrai.

145 J'ai appelé de tout cœur, réponds-moi, Seigneur;
   j'observerai tes décrets.
146 Je t'ai appelé, sauve-moi
   et je garderai tes édits.
147 J'ai devancé l'aurore et je crie;
   j'espère en tes paroles.
148 Avant l'heure j'ai ouvert les yeux
   pour méditer tes ordres.
149 Selon ta fidélité écoute ma voix;
   Seigneur, selon tes décisions, fais-moi revivre.
150 Ils approchent ces persécuteurs infâmes
   qui s'éloignent de ta Loi.
151 Toi, tu es proche, Seigneur,
   et tous tes commandements sont la vérité.
152 Tes édits, je sais depuis longtemps
   que tu les as établis pour toujours.

153 Vois ma misère et délivre-moi,
   car je n'ai pas oublié ta Loi.
154 Soutiens ma cause et défends-moi;
   par tes ordres fais-moi revivre.
155 Le salut est loin des infidèles,
   car ils n'ont pas recherché tes décrets.
156 Seigneur, tes miséricordes sont nombreuses,
   selon tes décisions, fais-moi revivre.
157 Nombreux sont mes persécuteurs et mes adversaires,
   mais je ne me suis pas écarté de tes édits.
158 J'ai vu des traîtres et je suis écœuré,
   car ils n'ont pas gardé tes ordres.
159 Vois combien j'aime tes préceptes,
   selon ta fidélité, Seigneur, fais-moi revivre.

---

1. *Tes ordres sont à toute épreuve :* l'hébreu exprime cette idée d'une manière imagée : *ta parole est bien affinée au feu* (sous-entendu *comme un métal précieux);* voir Ps 12.7.

160 Le principe de ta parole, c'est la vérité;
toute décision de ta justice est éternelle.

161 Des princes m'ont persécuté sans motif,
mon cœur ne redoute que tes paroles.

162 Je me réjouis de tes ordres
comme celui qui trouve un grand butin.

163 Je déteste le mensonge, je l'abhorre,
c'est ta Loi que j'aime.

164 Sept fois par jour je t'ai loué
pour tes justes décisions.

165 Grande est la paix de ceux qui aiment ta Loi :
pour eux plus d'obstacle !

166 Seigneur, j'ai attendu de toi le salut
et j'ai accompli tes commandements.

167 J'ai gardé tes édits,
je les aime vraiment.

168 J'ai gardé tes préceptes et tes édits,
tous mes chemins sont devant toi.

169 Que mon cri parvienne en ta présence, Seigneur,
donne-moi du discernement selon ta parole !

170 Que ma supplique arrive en ta présence;
selon tes ordres délivre-moi !

171 Que mes lèvres prodiguent la louange,
car tu m'enseignes tes décrets.

172 Que ma langue chante tes ordres,
car tous tes commandements sont la justice.

173 Que ta main me vienne en aide,
car j'ai choisi tes préceptes.

174 De toi, Seigneur, je désire le salut,
et ta Loi fait mes délices.

175 Que je puisse vivre pour te louer,
et tes décisions me viendront en aide.

176 Je suis errant comme une brebis perdue :
recherche ton serviteur,
car je n'ai pas oublié tes commandements.

Psaume 120 (119)

1   *Chant des montées*[1].

Dans ma détresse, j'ai appelé
le Seigneur, et il m'a répondu.

---

1. *Chant des montées :* Titre commun aux Ps 120-134. On pense qu'il s'agit des psaumes chantés par les pèlerins qui *montaient* à Jérusalem (voir Es 2.3; Jr 31.6; Ps 84) en particulier pour les trois grandes fêtes prescrites en Ex 25.14-17. Les versions grecque et latine ont traduit *chant des degrés,* c'est-à-dire des quinze marches qu'il fallait gravir pour accéder à la cour d'Israël dans le Temple de Jérusalem.

2 « SEIGNEUR, délivre-moi des lèvres fausses,
  d'une langue à mensonge ! »

3 Que te donner, que t'infliger de plus,
  langue à mensonge ?
4 Des flèches de guerre, barbelées,
  avec des braises de genêt[1].

5 Malheur à moi ! J'ai dû émigrer à Mèshek,
  rester parmi les tentes de Qédar[2].
6 Je suis trop resté
  chez ceux qui détestent la paix.
7 Je suis la paix ! mais si je parle[3],
  ils sont pour la guerre.

Psaume 121 (120)

1 *Chant. Pour les montées*[4].

  Je lève les yeux vers les montagnes :
  d'où le secours me viendra-t-il ?
2 Le secours me vient du SEIGNEUR,
  l'auteur des cieux et de la terre.

3 — Qu'il ne laisse pas chanceler ton pied,
  que ton gardien ne somnole pas ! —
4 Non ! Il ne somnole ni ne dort,
  le gardien d'Israël.

5 Le SEIGNEUR est ton gardien,
  le SEIGNEUR est ton ombrage.
  Il est à ta droite[5].

6 De jour, le soleil ne te frappera pas,
  ni la lune pendant la nuit.
7 Le SEIGNEUR te gardera de tout mal.
  Il gardera ta vie.
8 Le SEIGNEUR gardera tes allées et venues,
  dès maintenant et pour toujours.

---

1. *des flèches ... avec des braises de genêt :* certains pensent qu'il s'agit de flèches incendiaires.
2. *Mèshek* (Gn 10.2; Ez 27.13; 38.2) : situé en Asie Mineure — *Qédar* (Gn 25.13); tribu nomade d'Arabie.
3. Autre traduction (avec la version latine) *moi, je parle de paix, mais ils ...*
4. *montées :* voir Ps 120.1 et la note.
5. Voir Ps 109.31 et la note.

Psaume 122 (121)

1   *Chant des montées*[1]. *De David.*

Quelle joie quand on m'a dit :
« Allons à la maison du SEIGNEUR ! »

2   Nous nous sommes arrêtés
à tes portes, Jérusalem !
3   Jérusalem, la bien bâtie,
ville d'un seul tenant[2] !

4   C'est là que sont montées les tribus,
les tribus du SEIGNEUR,
selon la règle en Israël[3],
pour célébrer le nom du SEIGNEUR.
5   Car là sont placés des trônes pour la justice,
des trônes pour la maison de David.

6   Demandez la paix pour Jérusalem :
Que tes amis vivent tranquilles;
7   que la paix soit dans tes remparts
et la tranquillité dans tes palais[4] !
8   À cause de mes frères et de mes compagnons,
je dirai : « La paix soit chez toi ! »
9   À cause de la maison du SEIGNEUR notre Dieu,
je veux ton bonheur.

Psaume 123 (122)

1   *Chant des montées*[5].

J'ai levé les yeux vers toi
qui sièges dans les cieux :
2   Oui, comme les yeux des esclaves
vers la main de leurs maîtres,
et les yeux d'une servante
vers la main de sa maîtresse,
ainsi nos yeux sont levés
vers le SEIGNEUR notre Dieu,
dans l'attente de sa pitié.

1. Voir Ps 120.1 et la note.
2. *ville d'un seul tenant :* traduction incertaine d'un texte obscur.
3. *la règle en Israël :* autre texte (manuscrit hébreu des Psaumes trouvé à Qumrân) *la communauté d'Israël.*
4. *tes amis ... (v. 6), tes remparts, ... tes palais :* les v. 6b et 7 représentent la prière réclamée aux fidèles au v. 6a. La ville de Jérusalem est interpellée ici comme une personne.
5. Voir Ps 120.1 et la note.

3 Pitié, Seigneur, pitié !
   Car nous sommes saturés de mépris,
4 nous en sommes saturés, nous en sommes gorgés.

   Les repus ne sont qu'une plaisanterie[1] !
   Aux arrogants le mépris !

Psaume 124 (123)

1   *Chant des montées*[2]. *De David.*

   Sans le Seigneur qui était pour nous,
   — qu'Israël le redise — !
2 Sans le Seigneur qui était pour nous
   quand des hommes nous attaquèrent,
3 alors, dans leur ardente colère contre nous,
   ils nous avalaient tout vifs,
4 alors des eaux nous entraînaient,
   un torrent nous submergeait;
5 alors nous submergeaient
   des eaux bouillonnantes.

6 Béni soit le Seigneur
   qui n'a pas fait de nous
   la proie de leurs dents !
7 Comme un oiseau, nous avons échappé
   au filet des chasseurs;
   le filet s'est rompu,
   nous avons échappé.

8 Notre secours, c'est le *nom du Seigneur[3],
   l'auteur des cieux et de la terre.

Psaume 125 (124)

1   *Chant des montées*[4].

   Ceux qui comptent sur le Seigneur
   sont comme le mont *Sion :
   il est inébranlable,
   il demeure toujours.

---

1. L'ancienne version grecque a compris *Honte aux hommes repus !*
2. Voir Ps 120.1 et la note.
3. *c'est le nom du SEIGNEUR :* autre traduction (soutenue aussi par la version grecque) *notre secours est dans le nom* (ou *la personne*) *du SEIGNEUR.*
4. Voir Ps 120.1 et la note.

2 Jérusalem ! des montagnes l'entourent !
   Ainsi le Seigneur entoure son peuple
   dès maintenant et pour toujours.
3 Non, un sceptre[1] indigne ne pèsera pas
   sur le domaine des justes,
   et les justes ne tendront pas la main
   vers le crime.

4 Sois bon, Seigneur, pour qui est bon,
   pour l'homme au *coeur droit.
5 Mais les dévoyés aux menées tortueuses,
   que le Seigneur les chasse
   avec les malfaisants !

   La paix sur Israël !

Psaume 126 (125)

1 *Chant des montées.*

   Quand revint le Seigneur avec les revenants de *Sion,
   nous avons cru rêver[2].
2 Alors notre bouche était pleine de rires
   et notre langue criait sa joie;
   alors on disait parmi les nations :
   « Pour eux le Seigneur a fait grand ! »

3 Pour nous le Seigneur a fait grand
   et nous étions joyeux.
4 Seigneur, reviens avec nos captifs,
   comme les torrents du Néguev[3].

5 Qui a semé dans les larmes
   moissonne dans la joie !
6 Il s'en va, il s'en va en pleurant,
   chargé du sac de semence.
   Il revient, il revient avec joie,
   chargé de ses gerbes.

---

1. le *sceptre* : emblème de la royauté, il désigne ici, au sens figuré, la royauté elle-même.
2. *montées* : Voir Ps 120.1 et la note — *Quand revint ...* : Autre traduction possible, soutenue par les versions anciennes *Quand le Seigneur ramena les captifs ...* ou *Quand le Seigneur changea le sort de Sion — nous avons cru rêver* : autre traduction possible (soutenue par l'ancienne version araméenne) *nous étions comme des gens guéris.*
3. *reviens avec nos captifs* ou *ramène nos captifs* ou encore *change notre sort* — le *Néguev* : région semi-désertique du sud de la Palestine. Quand une pluie soudaine remplit ses torrents, ceux-ci apportent la fertilité tout au long de leur cours.

Psaume 127 (126)

1   *Chant des montées. De Salomon.*

Si le S<small>EIGNEUR</small> ne bâtit la maison[1],
ses bâtisseurs travaillent pour rien.
Si le S<small>EIGNEUR</small> ne garde la ville,
la garde veille pour rien.

2   Rien ne sert de vous lever tôt,
de retarder votre repos,
de manger un pain pétri de peines !
À son ami qui dort, il donnera tout autant[2].

3   Mais oui ! des fils sont un héritage du S<small>EIGNEUR</small>,
et la progéniture un salaire.
4   Telles des flèches aux mains d'un guerrier,
tels sont les fils de votre jeunesse.

5   Heureux l'homme qui en a rempli son carquois !
Il ne perdra pas la face s'il doit affronter
l'adversaire aux portes de la ville[3].

Psaume 128 (127)

1   *Chant des montées*[4].

Heureux tous ceux qui craignent le S<small>EIGNEUR</small>
et suivent ses chemins !
2   Tu te nourris du labeur de tes mains.
Heureux es-tu ! À toi le bonheur !
3   Ta femme est une vigne généreuse
au fond de ta maison;
tes fils, des plants d'oliviers
autour de ta table.
4   Voilà comment est béni l'homme
qui craint le S<small>EIGNEUR</small>.

5   Que le S<small>EIGNEUR</small> te bénisse depuis *Sion,
et tu verras la prospérité de Jérusalem

---

1. *montées* : voir Ps 120.1 — Certains ont vu dans la *maison* mentionnée ici une allusion au Temple de Jérusalem (interprétation que pourrait suggérer la mention de *Salomon* dans le titre du Psaume; voir 1 R 5.15-7.51); d'autres pensent que le psaume énonce ici une phrase en forme de proverbe.
2. Autre traduction (soutenue par les versions anciennes) *alors qu'il donnera à son ami le sommeil.*
3. *aux portes de la ville* : il s'agit des portes ménagées dans le mur de défense qui entourait la ville. La place qui se trouvait devant ces portes servait pour le marché et pour les séances du tribunal (Dt 25.7; Am 5.12; Pr 22.22; 31.23).
4. Voir Ps 120.1 et la note.

tous les jours de ta vie,
6 et tu verras les fils de tes fils.

La paix sur Israël !

Psaume 129 (128)

1 *Chant des montées*[1].

Que de fois, dès ma jeunesse, on m'a combattu,
— qu'Israël le redise ! —
2 Que de fois, dès ma jeunesse, on m'a combattu,
sans rien pouvoir contre moi.

3 Des laboureurs[2] ont labouré mon dos,
ils ont tracé leurs longs sillons.
4 Le Seigneur est juste,
il a brisé les cordes des infidèles.

5 Qu'ils perdent la face, qu'ils reculent
tous ceux qui détestent *Sion !
6 Qu'ils soient comme l'herbe des toits
qui est sèche avant de grandir[3].

7 Le moissonneur n'en remplit pas sa main,
le javeleur n'en fait pas une brassée,
8 et les passants ne disent pas :
« Le Seigneur vous a bénis ! »

Nous vous bénissons au nom du Seigneur.

Psaume 130 (129)

1 *Chant des montées*[4].

Des profondeurs je t'appelle, Seigneur :
2 Seigneur, entends ma voix;
que tes oreilles soient attentives
à ma voix suppliante !

3 Si tu retiens les fautes, Seigneur !
Seigneur, qui subsistera ?

1. Voir Ps 120.1 et la note.
2. *des laboureurs :* autre texte (manuscrit hébreu trouvé à Qumrân et ancienne version grecque) *des infidèles;* l'image du labour fait allusion aux mauvais traitements longtemps subis par le peuple de Dieu.
3. *avant de grandir :* traduction incertaine; autre traduction possible (soutenue par l'ancienne version grecque) *avant qu'on ne l'arrache.*
4. Voir Ps 120.1 et la note.

4 Mais tu disposes du pardon
   et l'on te craindra.

5 J'attends le S<small>EIGNEUR</small>,
   j'attends de toute mon âme
   et j'espère en sa parole.

6 Mon âme désire le Seigneur,
   plus que la garde ne désire le matin,
   plus que la garde le matin.

7 Israël, mets ton espoir dans le S<small>EIGNEUR</small>,
   car le S<small>EIGNEUR</small> dispose de la grâce
   et, avec largesse, du rachat.

8 C'est lui qui rachète Israël
   de toutes ses fautes.

Psaume 131 (130)

1 *Chant des montées*[1]. *De David.*

S<small>EIGNEUR</small>, mon coeur est sans prétentions :
mes yeux n'ont pas visé trop haut.
Je n'ai pas poursuivi ces grandeurs,
ces merveilles qui me dépassent.

2 Au contraire, mes désirs se sont calmés
   et se sont tus,
   comme un enfant sur sa mère.
   Mes désirs sont pareils à cet enfant[2].

3 Israël, mets ton espoir dans le S<small>EIGNEUR</small>,
   dès maintenant et pour toujours.

Psaume 132 (131)

1 *Chant des montées*[3].

S<small>EIGNEUR</small>, souviens-toi de David,
rappelle-toi toute sa peine.

1. Voir Ps 120.1 et la note.
2. *cet enfant :* le terme employé par l'hébreu désigne *l'enfant sevré* (c'est-à-dire âgé déjà de plusieurs
années); l'image est celle du jeune enfant que la mère porte encore sur le dos.
3. Voir Ps 120.1 et la note.

2 C'est lui qui jura au Seigneur,
  et fit ce voeu au Taureau de Jacob[1] :

3 « Jamais je ne rentrerai sous ma tente,
  jamais, je n'irai m'étendre sur mon lit,
4 jamais je ne laisserai mes yeux se fermer
  ni mes paupières céder au sommeil,
5 avant d'avoir trouvé une place pour le Seigneur,
  une demeure pour le Taureau de Jacob ! »

6 Nous avons appris qu'elle était à Ephrata,
  nous l'avons trouvée dans la campagne de Yaar[2] :
7 « Allons à sa demeure,
  prosternons-nous devant son piédestal.
8 Lève-toi, Seigneur, viens à ton lieu de repos,
  toi et l'*arche où réside ta force !
9 Que tes prêtres soient vêtus de justice,
  que tes fidèles crient leur joie !
10 À cause de David ton serviteur,
  ne congédie pas ton *messie ! »

11 Le Seigneur l'a juré à David;
  c'est la vérité, il ne la reniera pas :
  « C'est quelqu'un sorti de toi
  que je mettrai sur ton trône.
12 Si tes fils gardent mon alliance
  et les exigences que je leur enseignerai,
  leurs fils aussi
  siégeront à perpétuité sur ton trône. »
13 Car le Seigneur a choisi *Sion,
  il l'a voulue pour résidence :
14 « Elle sera toujours mon lieu de repos,
  j'y résiderai; c'est elle que j'ai voulue.

15 Je bénirai, je bénirai ses ressources,
  je rassasierai de pain ses pauvres.
16 Je revêtirai du salut ses prêtres,
  et ses fidèles crieront leur joie.

17 Là, je ferai germer la vigueur de David,
  et je préparerai une lampe[3] pour mon messie.

---

1. Le *Taureau de Jacob* : cette ancienne désignation symbolique de Dieu soulignait en particulier la force du Seigneur; voir Gn 49.24; Es 49.26; 60.16, où le même titre est traduit *l'Indomptable de Jacob*.
2. *elle* désigne ici l'*arche de l'alliance* (v. 8), qui resta un certain temps à Qiryath-Yéarim après son séjour chez les Philistins (voir 1 S 7.2) — *Ephrata* : désigne ici probablement une localité de la tribu d'Ephraïm (voir 1 S 1.1) — *Yaar* : sans doute nom abrégé de *Qiryath-Yéarim*.
3. Voir Ps 18.29 et la note; 1 R 11.36 et la note.

18 Je revêtirai de honte ses ennemis,
   et sur lui son diadème fleurira. »

Psaume 133 (132)

1 *Chant des montées. De David.*

Oh ! quel plaisir, quel bonheur
de se trouver entre frères[1] !
2 C'est comme l'huile qui parfume la tête,
   et descend sur la barbe,
   sur la barbe d'Aaron[2],
   qui descend sur le col de son vêtement.

3 C'est comme la rosée de l'Hermon[3],
   qui descend sur les montagnes de *Sion[4].
   Là, le Seigneur a décidé de bénir :
   c'est la vie pour toujours !

Psaume 134 (133)

1 *Chant des montées[5].*

Allons ! Bénissez le Seigneur,
vous tous, serviteurs du Seigneur,
qui vous tenez dans la maison du Seigneur
pendant les nuits.

2 Levez les mains vers le *sanctuaire
   et bénissez le Seigneur.
3 Qu'il te bénisse depuis *Sion, le Seigneur,
   l'auteur des cieux et de la terre.

Psaume 135 (134)

1 Alléluia[6] !
   Louez le nom du Seigneur.
   Louez-le, serviteurs du Seigneur,

---

1. *Chant des montées :* voir Ps 120.1 et la note — *de se trouver entre frères* ou *que des frères habitent ensemble.*
2. *Aaron,* ancêtre des prêtres d'Israël, personnifie ceux-ci (voir Ps 115.10 et la note) — *l'huile qui parfume la tête* est l'huile qui était répandue sur la tête des prêtres au moment de leur consécration (voir Ex 29.7).
3. *l'Hermon :* voir Ps 42.7 et la note.
4. *les montagnes de Sion :* appellation poétique des collines sur lesquelles étaient bâtis Jérusalem et le Temple.
5. Voir Ps 120.1 et la note.
6. Voir Ps 104.35 et la note.

2 qui vous tenez dans la maison du Seigneur,
   dans les *parvis de la maison de notre Dieu.

3 Alléluia ! que le Seigneur est bon !
   Chantez son nom, qu'il est aimable !
4 Car le Seigneur s'est choisi Jacob,
   il a fait d'Israël son apanage[1].

5 Oui, je le sais : le Seigneur est grand;
   notre Seigneur surpasse tous les dieux.
6 Tout ce qu'a voulu le Seigneur, il l'a fait,
   dans les cieux et sur la terre,
   dans les mers et dans tous les *abîmes.

7 Du bout de la terre, soulevant les nuées,
   il a fait les éclairs pour qu'il pleuve;
   il tire le vent de ses réservoirs.

8 C'est lui qui frappa les aînés d'Egypte,
   depuis l'homme jusqu'au bétail.
9 Au nilieu de toi, Egypte,
   il envoya *signes et prodiges
   contre *Pharaon et tous ses serviteurs.

10 C'est lui qui frappa des nations nombreuses,
   et tua des rois puissants :
11 Sihôn, le roi des *Amorites,
   Og, le roi du Bashân[2],
   et tous les royaumes de Canaan.
12 Puis il donna leur pays en héritage,
   en héritage à Israël, son peuple.

13 Seigneur, on dira toujours ton nom.
   Seigneur, on fera mention de toi d'âge en âge.
14 Car le Seigneur rend justice à son peuple,
   il se ravise en faveur de ses serviteurs.

15 Les idoles des nations sont d'argent et d'or,
   faites de main d'homme.
16 Elles ont une bouche, et ne parlent pas;
   elles ont des yeux, et ne voient pas;
17 elles ont des oreilles, et n'entendent pas;
   pas le moindre souffle dans leur bouche[3] !
18 Que leurs auteurs leur ressemblent,

---

1. *son apanage* ou *sa part personnelle* (comme en Ex 19.5).
2. *le Bashân* : voir Ps 22.13 et la note.
3. *pas le moindre souffle dans leur bouche* : autre traduction possible *(elles ont) un nez mais pas de souffle dans leur bouche.*

et tous ceux qui comptent sur elles !
19 Maison d'Israël, bénissez le S_EIGNEUR_.
   Maison d'Aaron[1], bénissez le S_EIGNEUR_.
20 Maison de Lévi, bénissez le S_EIGNEUR_.
   Vous qui craignez le S_EIGNEUR_[2], bénissez le S_EIGNEUR_.
21 Depuis *Sion, béni soit le S_EIGNEUR_
   qui demeure à Jérusalem !

Alléluia !

Psaume 136 (135)

1 Célébrez le S_EIGNEUR_, car il est bon
  et sa fidélité est pour toujours[3].
2 Célébrez le Dieu des dieux,
  car sa fidélité est pour toujours.
3 Célébrez le Seigneur des seigneurs,
  car sa fidélité est pour toujours.

4 Il est le seul auteur de grands miracles,
  car sa fidélité est pour toujours.
5 l'auteur intelligent des cieux,
  car sa fidélité est pour toujours,
6 affermissant la terre sur les eaux,
  car sa fidélité est pour toujours.
7 Il est l'auteur des grandes lumières[4],
  car sa fidélité est pour toujours,
8 le soleil qui règle les jours,
  car sa fidélité est pour toujours,
9 la lune et les étoiles qui règlent les nuits,
  car sa fidélité est pour toujours.

10 Frappant l'Egypte dans ses aînés,
   car sa fidélité est pour toujours,
11 il en fit sortir Israël,
   car sa fidélité est pour toujours,
12 à main forte et à bout de bras,
   car sa fidélité est pour toujours.
13 Coupant en deux la *mer des Joncs[5],
   car sa fidélité est pour toujours,
14 il fit passer Israël au milieu,
   car sa fidélité est pour toujours,

1. *maison d'Israël* : voir Ps 98.3 et la note — *maison d'Aaron* : voir Ps 115.10 et la note.
2. *maison de Lévi* : les *lévites* comprenaient diverses familles de prêtres subalternes; sur l'expression *maison de* — voir Ps 115.10 et la note — *Vous qui craignez le SEIGNEUR* : voir Ps 115.11 et la note.
3. D'après 2 Ch 7.3 il est probable que le refrain *car il est bon* ... était repris en chœur par l'assemblée réunie pour le culte.
4. Pour *les grandes lumières* voir v. 8-9.
5. Voir Ex 13.18.

15 précipita *Pharaon et son armée dans la mer des Joncs,
    car sa fidélité est pour toujours.

16 Menant son peuple à travers le désert,
    car sa fidélité est pour toujours,
17 frappant de grands rois,
    car sa fidélité est pour toujours,
18 il tua des rois superbes,
    car sa fidélité est pour toujours.
19 Sihôn, le roi des *Amorites,
    car sa fidélité est pour toujours,
20 et Og, le roi du Bashân[1],
    car sa fidélité est pour toujours.

21 Puis il donna leur pays en héritage,
    car sa fidélité est pour toujours,
22 en héritage à Israël, son serviteur,
    car sa fidélité est pour toujours.
23 Dans notre abaissement, il se souvint de nous,
    car sa fidélité est pour toujours,
24 il nous arracha à nos adversaires,
    car sa fidélité est pour toujours.

25 Il donne du pain à toute créature,
    car sa fidélité est pour toujours.
26 Célébrez le Dieu des *cieux,
    car sa fidélité est pour toujours.

Psaume 137 (136)

1 Là-bas, au bord des fleuves de Babylone,
    nous restions assis tout éplorés
    en pensant à *Sion.
2 Aux saules du voisinage
    nous avions pendu nos cithares[2].

3 Là, nos conquérants nous ont demandé des chansons,
    et nos bourreaux[3] dès airs joyeux :
    « Chantez-nous quelque chant de Sion. »

4 Comment chanter un chant du Seigneur
    en terre étrangère ?
5 Si je t'oublie, Jérusalem,

---

1. Sur *le Bashân*, voir Ps 22.13 et la note.
2. Voir Ps 92.4 et la note.
3. *nos bourreaux* : traduction incertaine (le mot hébreu correspondant est inconnu par ailleurs); anciennes versions grecque et syriaque *ceux qui nous affligeaient*; ancienne version araméenne *celui qui nous pille*.

que ma droite oublie[1] ... !
6 Que ma langue colle à mon palais
   si je ne pense plus à toi,
   si je ne fais passer Jérusalem
   avant toute autre joie.

7 SEIGNEUR, pense aux fils d'Edom,
   qui disaient au jour de Jérusalem[2] :
   « Rasez, rasez jusqu'aux fondations ! »

8 Fille de Babylone[3], promise au ravage,
   heureux qui te traitera
   comme tu nous as traités !
9 Heureux qui saisira tes nourrissons
   pour les broyer sur le roc !

Psaume 138 (137)

1 *De David.*

   Je te célèbre[4] de tout mon coeur;
   face aux dieux[5] je te chante.
2 Je me prosterne vers ton temple saint
   et je célèbre ton nom,
   à cause de ta fidélité et de ta loyauté,
   car tu as fait des promesses
   qui surpassent encore ton nom.

3 Le jour où j'ai appelé et où tu m'as répondu,
   tu as stimulé mes forces.
4 Que tous les rois de la terre te célèbrent, SEIGNEUR,
   car ils ont entendu les promesses de ta bouche.
5 Qu'ils chantent sur les routes du SEIGNEUR :
   « Grande est la gloire du SEIGNEUR !
6 Si haut que soit le SEIGNEUR,
   il voit le plus humble
   et reconnaît de loin l'orgueilleux. »

7 Si je marche en pleine détresse,
   tu me fais revivre,

---

1. Sans doute faut-il sous-entendre : (oublie) *elle aussi l'art de jouer;* anciennes versions : syriaque *m'oublie;* grecque et latine *soit oubliée.* Certains supposent que deux consonnes du texte hébreu ont été inversées et traduisent *se dessèche.*
2. *jour de Jérusalem :* allusion au jour où Jérusalem succomba devant l'assaut des Babyloniens (2 R 25). Sur l'intervention des Edomites à cette occasion, voir Ab 11.
3. *fille de Babylone :* manière hébraïque de désigner la population de Babylone.
4. Après *je te célèbre* certains manuscrits ajoutent *SEIGNEUR.*
5. *les dieux :* on sous-entend *des nations.* Certaines versions anciennes ont interprété autrement : grecque *les anges;* araméenne *les juges;* syriaque *les rois.*

tu envoies ton poing
sur le nez[1] de mes adversaires,
et ta droite me rend vainqueur.
8 Le SEIGNEUR fera tout pour moi.
SEIGNEUR, ta fidélité est pour toujours !
N'abandonne pas les oeuvres de tes mains[2].

Psaume 139 (138)

1 *Du *chef de choeur; de David, psaume.*

SEIGNEUR, tu m'as scruté et tu connais,
2 tu connais mon coucher et mon lever;
de loin tu discernes mes projets;
3 tu surveilles ma route et mon gîte,
et tous mes chemins te sont familiers.

4 Un mot n'est pas encore sur ma langue,
et déjà, SEIGNEUR, tu le connais.
5 Derrière et devant, tu me serres de près[3],
tu poses la main sur moi.
6 Mystérieuse connaissance qui me dépasse,
si haute que je ne puis l'atteindre !

7 Où m'en aller, pour être loin de ton souffle ?
Où m'enfuir, pour être loin de ta face ?
8 Je gravis les cieux, te voici !
Je me couche aux enfers, te voilà !
9 Je prends les ailes de l'aurore
pour habiter au-delà des mers[4],
10 là encore, ta main me conduit,
ta droite me tient.

11 J'ai dit : « Au moins que les ténèbres m'engloutissent,
que la lumière autour de moi soit la nuit ! »
12 Même les ténèbres ne sont pas ténébreuses pour toi,
et la nuit devient lumineuse comme le jour :
les ténèbres sont comme la lumière !

---

1. *sur le nez* : autre traduction, soutenue par les anciennes versions grecque, syriaque et latine *contre la colère* (le même terme hébreu sert à désigner *le nez* ou *la colère*).
2. Autre traduction *ne relâche pas l'oeuvre de tes mains.*
3. *derrière et devant* : toutes les versions anciennes sauf l'araméenne rattachent ces mots à la fin du v. 4 et interprètent *tu connais ce qui est derrière et ce qui est devant* (c'est-à-dire le passé et l'avenir) — *tu me serres de près* : autre texte (versions anciennes sauf l'araméenne) *tu m'as créé.*
4. *au-delà des mers* : autre traduction *aux limites de l'Occident.*

13 C'est toi qui as créé mes reins;
   tu m'abritais[1] dans le sein maternel.
14 Je confesse que je suis une vraie merveille[2],
   tes oeuvres sont prodigieuses :
   oui, je le reconnais bien.

15 Mes os ne t'ont pas été cachés
   lorsque j'ai été fait dans le secret,
   tissé dans une terre profonde[3].

16 Je n'étais qu'une ébauche et tes yeux m'ont vu.
   Dans ton livre ils étaient tous décrits,
   ces jours qui furent formés
   quand aucun d'eux n'existait[4].

17 Dieu ! que tes projets sont difficiles pour moi,
   que leur somme est élevée[5] !
18 Je voudrais les compter, ils sont plus nombreux que le sable.
   Je me réveille, et me voici encore avec toi.

19 Dieu ! Si tu voulais massacrer l'infidèle !
   Hommes sanguinaires, éloignez-vous de moi.
20 Tes adversaires disent ton nom pour tromper,
   ils le prononcent pour nuire[6].

21 SEIGNEUR, comment ne pas haïr ceux qui te haïssent ?
   Comment ne pas vomir ceux qui te combattent ?
22 Je les hais d'une haine parfaite,
   ils sont devenus mes propres ennemis.

23 Dieu ! scrute-moi et connais mon *coeur;
   éprouve-moi et connais mes soucis.

24 Vois donc si je prends le chemin périlleux,
   et conduis-moi sur le chemin de toujours[7].

---

1. *tu m'abritais* : autres traductions *tu m'as tissé* (version latine de s. Jérôme; voir Jb 10.11); *tu m'as pris* (versions grecque et syriaque).
2. Autre traduction *je te remercie d'avoir fait de moi une vraie merveille.*
3. L'intérieur de la terre est ici une image poétique du sein maternel (voir v. 13; Jb 1.21 et la note; *Si* 40.1).
4. *ébauche* : traduction incertaine d'un terme qui ne se trouve qu'ici dans l'A. T. — *quand aucun d'eux n'existait* : traduction incertaine.
5. *que leur somme est élevée* : autre traduction *que leurs principes sont élevés* !
6. Le texte hébreu est obscur; la traduction (incertaine) est inspirée d'Ex 20.7.
7. *le chemin périlleux* : on peut comprendre aussi, avec la version latine de s. Jérôme, *le chemin des idoles*, ou avec la version syriaque *le chemin du mensonge* — *le chemin de toujours* : on peut comprendre soit *le chemin qui a toujours été le tien* (c'est-à-dire la conduite qui est enseignée traditionnellement en Israël; voir Jr 6.16; 18.15); soit *le chemin de l'éternité* (avec les versions grecque et syriaque).

Psaume 140 (139)

1 *Du *chef de choeur. Psaume de David.*

2 S<small>EIGNEUR</small>, délivre-moi de l'homme mauvais,
   préserve-moi de l'homme violent,
3 de ceux qui ont prémédité le mal,
   qui provoquent des guerres chaque jour.
4 Ils ont dardé leur langue comme le serpent,
   ils ont du venin d'aspic[1] entre les lèvres.   *Pause.

5 S<small>EIGNEUR</small>, garde-moi des mains de l'impie,
   préserve-moi de l'homme violent,
   de ceux qui ont médité ma chute.
6 Des orgueilleux ont dissimulé des pièges devant moi,
   ils ont tendu des cordes, un filet au bord du chemin,
   ils m'ont posé des traquenards.   *Pause.*

7 J'ai dit au S<small>EIGNEUR</small> : « Tu es mon Dieu ! »
   S<small>EIGNEUR</small>, prête l'oreille à ma voix suppliante.
8 Dieu, Seigneur, la force qui me sauve,
   tu as protégé ma tête le jour du combat.

9 S<small>EIGNEUR</small>, ne cède pas aux désirs de l'impie,
   ne laisse pas réussir leurs intrigues,
   car ils se redresseraient.   *Pause.*

10 Que le crime de leurs lèvres recouvre
   mes assiégeants jusqu'à la tête !
11 Que des braises se déversent sur eux,
   qu'il les précipite[2] dans le feu,
   dans des gouffres d'où ils ne se relèveront pas !

12 Les mauvaises langues ne resteront pas dans le pays;
   l'homme violent et méchant,
   on le pourchassera sans répit[3].
13 Je sais que le S<small>EIGNEUR</small> fera justice aux malheureux,
   qu'il fera droit aux pauvres.
14 Oui, les justes célébreront ton nom
   et les hommes droits habiteront en ta présence.

1. aspic : le sens du terme hébreu correspondant n'est pas connu; on l'a traduit ici d'après les anciennes versions grecque, syriaque et latine. Mais les manuscrits hébreux de Psaumes trouvés à Qumrân et la version araméenne ont compris qu'il s'agissait de *l'araignée.*

2. qu'il les précipite : le texte hébreu laisse hésiter entre deux interprétations possibles *que Dieu les précipite ...,* ou *que le crime les précipite ...;* les anciennes versions grecque et latine ont lu *tu* (c'est-à-dire Dieu) *les précipiteras ...*

3. sans répit : traduction incertaine; version araméenne *dans la Géhenne;* versions grecque, syriaque et latine *pour la perdition.*

Psaume 141 (140)

1   *Psaume. De David.*

Seigneur, je t'ai appelé; vite ! à moi !
Prête l'oreille à ma voix quand je t'appelle.
2   Que ma prière soit l'*encens placé devant toi,
et mes mains levées[1] l'offrande du soir.

3   Seigneur, mets une garde à ma bouche,
surveille la porte de mes lèvres;
4   retiens mon coeur sur la pente du mal,
que je ne me livre pas à des pratiques impies
avec des hommes malfaisants :
alors je ne goûterai pas de leurs régals[2].

5   Que, par fidélité, le juste me frappe et me reprenne !
Que l'huile parfumée n'enduise pas ma tête[3],
mais que dure ma prière face à leurs méchancetés !

6   Leurs chefs ont été précipités sur le rocher,
eux qui s'étaient régalés de m'entendre dire :
7   « Comme on laboure et défonce le sol,
on a dispersé nos os à la gueule des enfers. »

8   Les yeux sur toi, Dieu Seigneur,
je me suis réfugié près de toi; ne me laisse pas rendre l'âme;
9   garde-moi du filet qu'on m'a tendu
et des prières des malfaisants !
10 Les infidèles tomberont dans leur trappe,
tandis que moi, je passerai outre.

Psaume 142 (141)

1   *Instruction de David. Prière quand il était dans la caverne.*
2   À pleine voix, je crie vers le Seigneur;
à pleine voix, je supplie le Seigneur.
3   Je répands devant lui ma plainte,
devant lui j'expose ma détresse.

4   Quand je suis à bout de souffle,
c'est toi qui sais où je vais :
sur la route où je marche,
on m'a tendu un piège.

1. geste de la prière (voir Ps 28.2 et la note).
2. *leurs régals* : traduction incertaine.
3. Le texte des v. 5-7 est obscur et la traduction incertaine — *l'huile parfumée* : voir Ps 23.5 et la note.

5 Regarde à droite et vois :
   personne qui me reconnaisse !
   Plus de refuge pour moi,
   personne qui ait souci de ma vie !

6 J'ai crié vers toi, Seigneur !
   En disant : « C'est toi mon asile,
   ma part sur la terre des vivants ! »

7 Sois attentif à mes cris,
   car je suis si faible !
   Délivre-moi de mes persécuteurs,
   car ils sont plus forts que moi.

8 Sors-moi de ma prison
   pour que je célèbre ton nom.
   Autour de moi les justes feront cercle
   quand tu m'auras fait du bien.

Psaume 143 (142)

1 *Psaume. De David.*
   Seigneur, écoute ma prière,
   prête l'oreille à mes supplications,
   par ta fidélité, par ta justice, réponds-moi !
2 N'entre pas en jugement avec ton serviteur,
   car nul vivant n'est juste devant toi.

3 L'ennemi m'a persécuté,
   il m'a terrassé, écrasé;
   il m'a fait habiter dans les ténèbres,
   comme les morts des temps passés[1].

4 En moi le souffle s'éteint,
   la désolation est dans mon coeur.
5 J'évoque les jours d'autrefois,
   je me redis tout ce que tu as fait,
   je me répète l'oeuvre de tes mains.
6 Je tends les mains vers toi[2];
   me voici devant toi, comme une terre assoiffée.   *Pause.

7 Vite ! réponds-moi, Seigneur !
   Je suis à bout de souffle.

---

1. *comme les morts des temps passés* : autre traduction possible *comme ceux qui sont morts pour toujours.*
2. Voir Ps 28.2 et la note.

Ne me cache pas ta face,
sinon je ressemble à ceux qui descendent dans la *fosse.

8 Dès le matin, annonce-moi ta fidélité,
   car je compte sur toi.
   Révèle-moi le chemin à suivre
   car je suis tendu vers toi.
9 Seigneur, délivre-moi de mes ennemis;
   j'ai fait un abri[1] près de toi.
10 Enseigne-moi à faire ta volonté
   car tu es mon Dieu.
   Ton esprit est bon,
   qu'il me conduise sur un sol uni !

11 À cause de ton nom, Seigneur, tu me feras vivre;
   par ta justice tu me sortiras de la détresse;
12 par ta fidélité tu extermineras mes ennemis
   et tu feras périr tous mes adversaires,
   car je suis ton serviteur.

Psaume 144 (143)

1 *De David.*

   Béni soit le Seigneur, mon rocher,
   qui entraîne mes mains pour le combat,
   mes poings[2] pour la bataille.
2 Il est mon allié, ma forteresse,
   ma citadelle, et mon libérateur,
   mon bouclier, et je me réfugie près de lui;
   il range mon peuple[3] sous mon pouvoir.

3 Seigneur, qu'est-ce que l'homme, pour que tu le connaisses,
   ce mortel pour que tu penses à lui ?
4 L'homme ressemble à du vent,
   et ses jours à une ombre qui passe.

5 Seigneur, déplie les cieux et descends.
   Touche les montagnes et qu'elles fument.
6 Lance les éclairs, disperse-les,
   envoie tes flèches, éparpille-les[4].

---

1. *j'ai fait un abri* : autres textes *je me suis réfugié* (ancienne version grecque); *j'ai été protégé* (ancienne version latine).
2. *mes poings* ou *mes doigts*.
3. *mon allié* : d'autres traduisent *mon amour* ou *ma force* — *mon peuple* : certains manuscrits hébreux (dont un trouvé à Qumrân) et plusieurs versions anciennes ont lu ici *les peuples* (voir Ps 18.48).
4. *éparpille-les* : le texte hébreu est ambigu; il peut s'agir des *éclairs (disperse-les)* et des *flèches (éparpille-les)*, ou des ennemis du roi et du peuple d'Israël. Les anciennes versions ont choisi ce dernier sens; dans ce cas on pourrait aussi traduire ainsi la fin du verset *mets-les en déroute.*

7 D'en haut, tends la main pour me sauver,
  pour me délivrer des grandes eaux,
  des mains d'une race étrangère,
8 dont la bouche est menteuse
  et la droite parjure[1].

9 Dieu, je te chanterai un chant nouveau,
  et pour toi je jouerai de la harpe à dix cordes :
10 c'est toi qui donnes la victoire aux rois,
   qui sauves ton serviteur David
   de l'épée meurtrière.
11 Sauve-moi et délivre-moi
   des mains d'une race étrangère,
   dont la bouche est menteuse
   et la droite parjure.

12 Ainsi nos fils sont comme des plantes,
   bien venus dès leur jeune âge;
   et nos filles sont des cariatides[2],
   des modèles pour un palais.

13 Nos greniers sont pleins,
   regorgeant de toutes sortes de choses.
   Nos troupeaux multiplient par milliers,
   par dizaines de mille dans nos campagnes.

14 Nos alliés portent le fardeau[3];
   plus de brèche ni de sortie,
   plus d'alerte sur nos places.

15 Heureux le peuple qui a tout cela !
   Heureux le peuple qui a pour Dieu le Seigneur !

Psaume 145 (144), alphabétique

1 *Louange. De David.*

Mon Dieu, mon roi, je t'exalterai
et je bénirai ton nom à tout jamais[4].
2 Tous les jours je te bénirai
et je louerai ton nom à tout jamais.

1. *la (main) droite* est *parjure :* c'est elle, en effet, que l'on a levée pour prêter serment (Dn 12.7), alors que ce serment n'a pas été tenu.
2. *Ainsi :* le sens du terme hébreu correspondant, qui introduit cette deuxième partie du psaume, est peu clair — *cariatides :* figures féminines sculptées dans la pierre et servant de colonnes; autre traduction *angles sculptés.*
3. Autre traduction *nos boeufs sont gras* ou encore *nos boeufs sont chargés.*
4. *Alef :* voir Ps 25.1 et la note — Dans un manuscrit des psaumes trouvé à Qumrân chaque verset du Ps 145 est suivi de ce refrain *le Seigneur est béni et son nom est béni à tout jamais.*

3 Le SEIGNEUR est grand, comblé de louanges;
   sa grandeur est insondable.

4 D'une génération à l'autre on vantera tes oeuvres,
   on proclamera tes prouesses.
5 Je répéterai le récit de tes miracles,
   la gloire éclatante de ta splendeur.
6 On dira la puissance de tes prodiges
   et je raconterai tes hauts faits.
7 On célébrera le souvenir de tes immenses bienfaits,
   on acclamera ta justice.

8 Le SEIGNEUR est bienveillant et miséricordieux,
   lent à la colère et d'une grande fidélité.
9 Le SEIGNEUR est bon pour tous,
   plein de tendresse pour toutes ses oeuvres.
10 Toutes ensemble, tes oeuvres te loueront, SEIGNEUR,
   et tes fidèles te béniront.
11 Ils te diront la gloire de ton règne
   et parleront de ta prouesse,
12 en révélant aux hommes tes prouesses
   et la gloire éclatante de ton règne.
13 Ton règne est un règne de tous les temps
   et ton empire dure à travers tous les âges.
13b (Dieu est véridique
   fidèle en tous ses actes[1]).

14 Le SEIGNEUR est l'appui de tous ceux qui tombent,
   il redresse tous ceux qui fléchissent.
15 Les yeux sur toi, ils espèrent tous,
   et tu leur donnes la nourriture en temps voulu;
16 tu ouvres ta main
   et tu rassasies tous les vivants que tu aimes.

17 Le SEIGNEUR est juste dans toutes ses voies,
   fidèle en tous ses actes.
18 Le SEIGNEUR est proche de tous ceux qui l'invoquent,
   de tous ceux qui l'invoquent vraiment.
19 Il fait la volonté de ceux qui le craignent[2],
   il écoute leurs cris et les sauve.
20 Le SEIGNEUR garde tous ses amis,
   mais il supprimera tous les infidèles.
21 Ma bouche dira la louange du SEIGNEUR,

1. Ce verset 13 bis, omis dans le texte hébreu traditionnel, a été conservé par les versions anciennes; il figure aussi dans un des manuscrits des Psaumes trouvé à Qumrân.
2. Autre traduction *il exerce sa faveur envers ceux qui le craignent.*

et toute chair bénira son saint *nom,
... à tout jamais[1] !

Psaume 146 (145)

1 Alléluia[2] !

O mon âme, loue le S<small>EIGNEUR</small> !
2 Toute ma vie je louerai le S<small>EIGNEUR</small>,
le reste de mes jours, je jouerai pour mon Dieu[3].

3 Ne comptez pas sur les princes,
ni sur les hommes incapables de sauver :
4 leur souffle partira, ils retourneront à leur poussière,
et ce jour-là, c'est la ruine de leurs plans.

5 Heureux qui a pour aide le Dieu de Jacob,
et pour espoir le S<small>EIGNEUR</small>, son Dieu !

6 Auteur de la terre et des cieux,
de la mer, de tout ce qui s'y trouve,
il est l'éternel gardien de la vérité :
7 il fait droit aux opprimés,
il donne du pain aux affamés;
le S<small>EIGNEUR</small> délie les prisonniers,
8 le S<small>EIGNEUR</small> ouvre les yeux des aveugles,
le S<small>EIGNEUR</small> redresse ceux qui fléchissent,
le S<small>EIGNEUR</small> aime les justes,
9 le S<small>EIGNEUR</small> protège les émigrés,
il soutient l'orphelin et la veuve,
mais déroute les pas des méchants.

10 Le S<small>EIGNEUR</small> régnera toujours.
Il est ton Dieu, *Sion, d'âge en âge !

Alléluia !

Psaume 147 (146-147)

1 Alléluia[4] !

Qu'il est bon de chanter notre Dieu,
qu'il est agréable de le bien louer !

---

1. *... à tout jamais :* ces mots, en excédent dans le dernier vers, proviennent probablement du refrain que le texte hébreu traditionnel n'a pas conservé (voir v. 1 et la note).
2. Voir Ps 104.35 et la note.
3. *je jouerai pour mon Dieu :* voir Ps 68.33 et la note.
4. Voir Ps 104.35 et la note.

2 Le Seigneur, qui rebâtit Jérusalem[1],
   rassemblera les bannis d'Israël.
3 C'est lui qui guérit les coeurs brisés
   et panse leurs blessures.

4 Il dénombre les étoiles;
   sur chacune il met un nom.
5 Notre Seigneur est grand et plein de force;
   son intelligence est infinie.
6 Le Seigneur soutient les humbles,
   jusqu'à terre il abaisse les infidèles.

7 Entonnez pour le Seigneur l'action de grâce,
   jouez pour notre Dieu sur la cithare[2];
8 c'est lui qui couvre les cieux de nuages,
   qui prépare la pluie pour la terre
   et fait pousser l'herbe sur les montagnes;
9 il donne la nourriture au bétail
   et aux petits du corbeau qui réclament.

10 Il n'apprécie pas les prouesses du cheval,
   il ne s'intéresse pas aux muscles[3] de l'homme.
11 Mais le Seigneur s'intéresse à ceux qui le craignent,
   à ceux qui espèrent en sa fidélité.

12 Glorifie le Seigneur, Jérusalem !
   *Sion, loue ton Dieu.
13 Car il a renforcé les verrous de tes portes[4];
   chez toi il a béni tes fils.
14 Lui qui donne la paix à ton territoire,
   il te rassasie de fleur de froment.

15 Il envoie ses ordres à la terre,
   et aussitôt court sa parole.
16 Il répand la neige comme des flocons de laine,
   il éparpille le givre comme de la cendre.
17 Il jette ses glaçons comme des miettes;
   devant ses gelées qui résistera ?
18 Il envoie sa parole, c'est le dégel;
   il fait souffler le vent, les eaux s'écoulent.

---

1. La reconstruction de Jérusalem, en particulier des murailles de la ville, s'est effectuée principalement au temps de Néhémie (après l'année 445 avant Jésus-Christ). Voir Ne 3-4.
2. Voir Ps 92.4 et la note.
3. *aux muscles* ou *aux jambes* (c'est-à-dire *à l'agilité*).
4. *tes portes* : il s'agit des portes de la ville, aménagées dans les murs de défense qui la protégeaient des agressions extérieures.

19 Il proclame sa parole à Jacob,
     ses décrets et ses commandements à Israël.
20 Cela, il ne l'a fait pour aucune des nations,
     et elles ne connaissent pas ses commandements.

     Alléluia !

Psaume 148

1   Alléluia[1] !

     Louez le Seigneur depuis les cieux :
     louez-le dans les hauteurs;
2   louez-le, vous tous ses *anges[2];
     louez-le, vous toute son armée[3];
3   louez-le, soleil et lune;
     louez-le, vous toutes les étoiles brillantes;
4   louez-le, vous les plus élevées des *cieux,
     et vous les eaux qui êtes par-dessus les cieux.

5   Qu'ils louent le nom du Seigneur,
     car il commanda, et ils furent créés.
6   Il les établit à tout jamais;
     il fixa des lois qui ne passeront pas[4].

7   Louez le Seigneur depuis la terre :
     dragons et vous tous les abîmes[5],
8   feu et grêle, neige et brouillard,
     vent de tempête exécutant sa parole,
9   montagnes et toutes les collines,
     arbres fruitiers et tous les cèdres,
10 bêtes sauvages et tout le bétail,
     reptiles et oiseaux,
11 rois de la terre et tous les peuples,
     princes et tous les chefs de la terre,
12 jeunes gens, vous aussi jeunes filles,
     vieillards et enfants !

13 Qu'ils louent le *nom du Seigneur,
     car son nom est sublime, lui seul,
     sa splendeur domine la terre et les cieux.
14 Il a relevé le front de son peuple.

---

1. Voir Ps 104.35 et la note.
2. *ses anges* : autre traduction *ses messagers.*
3. *toute son armée* : d'après le texte hébreu « écrit.» Le texte hébreu que la tradition juive considère
comme « à lire » et les versions anciennes ont compris *toutes ses armées.*
4. *qui ne passeront pas* : autre traduction *et il ne les transgressera pas.*
5. *dragons* : ou *monstres marins* — *les abîmes* semblent personnifier ici les puissances de la nature
     ...ses pour l'homme.

Louange pour tous ses fidèles,
les fils d'Israël, le peuple qui lui est proche !

Alléluia !

Psaume 149

1   Alléluia[1] !

Chantez pour le Seigneur un chant nouveau;
chantez sa louange dans l'assemblée des fidèles.
2   Qu'Israël se réjouisse de son Auteur,
que les fils de *Sion[2] fêtent leur roi.

3   Qu'ils louent son nom par la danse;
qu'ils jouent pour lui du tambour et de la cithare[3].
4   Car le Seigneur favorise son peuple;
il pare de victoire les humbles.

5   Que les fidèles exultent en rendant gloire,
que sur leurs nattes ils crient de joie,
6   exaltant Dieu à plein gosier,
tenant en main l'épée à deux tranchants.
7   Tirer vengeance des nations
et châtier les peuples,
8   enchaîner leurs rois
et mettre aux fers leurs élites,
9   exécuter contre eux la sentence écrite,
c'est l'honneur de tous ses fidèles !

Alléluia !

Psaume 150

1   Alléluia[4] !

Louez Dieu dans son *sanctuaire;
louez-le dans la forteresse de son firmament.
2   Louez-le pour ses prouesses;
louez-le pour tant de grandeur.

---

1. Voir Ps 104.35 et la note.
2. *les fils de Sion :* expression hébraïque désignant les habitants de Jérusalem.
3. Voir Ps 92.4 et la note.
4. *alléluia ! :* Voir Ps 104.35 et la note — le Ps 150 sert de conclusion à l'ensemble du psautier comme
41.14; 72.19; 89.53; 106.48 servaient successivement de conclusion aux quatre premiers livres du psautier.

3 Louez-le avec sonneries de cor;
  louez-le avec harpe et cithare¹;
4 louez-le avec tambour et danse;
  louez-le avec cordes et flûte;
5 louez-le avec des cymbales sonores;
  louez-le avec les cymbales de l'ovation².

Que tout ce qui respire loue le SEIGNEUR !

Alléluia³ !

1. Voir Ps 92.4 et la note.
2. *cymbales sonores ... cymbales de l'ovation :* ou *petites et grosses cymbales.*
3. L'ancienne version grecque de l'A. T. a retenu un psaume qui ne figure pas dans les manuscrits hébreux. Il semble consister en extraits de deux psaumes non canoniques, dont certaines parties (en hébreu) ont été découvertes à Qumrân. En voici le texte : 1 Psaume écrit spécialement pour David et hors du compte. Quand il livra à Goliath le combat singulier. *J'étais le plus petit d'entre mes frères, le plus jeune des fils de mon père. Je menais paître le troupeau de mon père.* 2 *Mes mains ont fabriqué une flûte, mes doigts ont confectionné une harpe.* 3 *Qui l'annoncera à mon Seigneur ? Le Seigneur lui-même, en personne, entend.* 4 Il a envoyé son messager, il m'a pris au milieu du troupeau de mon père et m'a donné l'onction de son huile. 5 Mes frères étaient beaux et grands, pourtant le Seigneur ne les a pas préférés. 6 *Je suis allé affronter le Philistin. Il m'a maudit par ses idoles.* 7 *Mais moi, j'ai arraché son épée, je l'ai décapité et j'ai lavé de l'affront les enfants d'Israël.*

JOB

Première épreuve de Job

1 ¹ Il y avait au pays de Ouç¹ un homme du nom de Job. Il était, cet homme, intègre et droit, craignait Dieu et s'écartait du mal. ² Sept fils et trois filles lui étaient nés. ³ Il possédait 7.000 moutons, 3.000 chameaux, 500 paires de boeufs, 500 ânesses et une très nombreuse domesticité. Cet homme était le plus grand de tous les fils de l'Orient².

⁴ Or ses fils allaient festoyer les uns chez les autres à tour de rôle et ils conviaient leurs trois soeurs à manger et à boire. ⁵ Lorsqu'un cycle de ces festins était achevé, Job les faisait venir pour les *purifier. Levé dès l'aube, il offrait un holocauste³ pour chacun d'eux, car il se disait : « Peut-êtremes fils ont-ils péché et maudit Dieu dans leur *coeur ! » Ainsi faisait Job, chaque fois.

⁶ Le jour advint où les Fils de Dieu se rendaient à l'audience du Seigneur. L'Adversaire⁴ vint aussi parmi eux. ⁷ Le Seigneur dit à l'Adversaire : « D'où viens-tu ? »

— « De parcourir la terre, répondit-il, et d'y rôder. » ⁸ Et le Seigneur lui demanda : « As-tu remarqué mon serviteur Job ? Il n'a pas son pareil sur terre. C'est un homme intègre et droit qui craint Dieu et s'écarte du mal. » ⁹ Mais l'Adversaire répliqua au Seigneur : « Est-ce pour rien que Job craint Dieu ? ¹⁰ Ne l'as-tu pas protégé d'un enclos, lui, sa maison et tout ce qu'il possède ? Tu as béni ses entreprises, et ses troupeaux pullulent dans le pays. ¹¹ Mais veuille étendre ta main et touche à tout ce qu'il possède. Je parie qu'il te maudira en face ! » ¹² Alors le Seigneur dit à l'Adversaire : « Soit ! Tous ses biens sont en ton pouvoir. Évite seulement de porter la main sur lui. » Et l'Adversaire se retira de la présence du Seigneur.

¹³ Le jour advint où ses fils et ses filles étaient en train de manger et de boire du vin chez leur frère aîné. ¹⁴ Un messager arriva auprès de Job et dit : « Les boeufs étaient à labourer et les ânesses paissaient auprès d'eux. ¹⁵ Un rezzou de Sabéens¹ les a enlevés en massacrant tes serviteurs. Seul j'en ai réchappé pour te l'annoncer. » ¹⁶ Il parlait encore quand un autre survint qui disait : « Un feu de Dieu est tombé du ciel, brûlant moutons et serviteurs. Il les a consumés, et seul j'en ai

1. District du pays d'Edom, au sud-est de la mer Morte; voir Lm 4.21.
2. L'expression *fils de l'Orient* désigne en général les nomades qui vivent à l'est de la Palestine.
3. Voir au glossaire SACRIFICES.
4. *Fils de Dieu* : tous les êtres dont Dieu est entouré, comme un roi est entouré de sa cour et de ses conseillers. — *Adversaire* : le mot hébreu (qu'on peut traduire aussi par *Accusateur*) est devenu par la suite le nom propre *Satan* (voir 1 Ch 21.1).

1. *rezzou* : bande de nomades pillards. — *Sabéens* (et *Chaldéens*, v. 17) : diverses populations nomades.

réchappé pour te l'annoncer. »
17 Il parlait encore quand un
autre survint qui disait : « Des
Chaldéens formant trois bandes
se sont jetés sur les chameaux et
les ont enlevés en massacrant tes
serviteurs. Seul j'en ai réchappé
pour te l'annoncer. » 18 Il parlait
encore quand un autre survint qui
disait : « Tes fils et tes filles
étaient en train de manger et de
boire du vin chez leur frère aîné
19 lorsqu'un grand vent venu
d'au-delà du désert a frappé les
quatre coins de la maison. Elle
est tombée sur les jeunes gens. Ils
sont morts. Seul j'en ai réchappé
pour te l'annoncer. »

20 Alors Job se leva. Il *déchira
son manteau et se rasa la tête.
Puis il se jeta à terre, adora 21 et
dit :

« Sorti nu du ventre de ma
   mère,
nu j'y retournerai[1].
Le Seigneur a donné, le Seigneur a ôté :
Que le nom du Seigneur soit
   béni ! »

22 En tout cela, Job ne pécha
pas. Il n'imputa rien d'indigne à
Dieu.

Seconde épreuve de Job

2 1 Le jour advint où les fils
de Dieu se rendaient à l'audience du Seigneur. L'Adversaire
vint aussi parmi eux à l'audience
du Seigneur. 2 Le Seigneur dit à
l'Adversaire : « D'où est-ce que tu
viens ? » — « De parcourir la
terre, répondit-il, et d'y rôder. »
3 Et le Seigneur lui demanda :
« N'as-tu remarqué mon serviteur

Job ? Il n'a pas son pareil sur
terre. C'est un homme intègre et
droit qui craint Dieu et se garde
du mal. Il persiste dans son intégrité et c'est bien en vain que tu
m'as incité à l'engloutir. » 4 Mais
l'Adversaire répliqua au Seigneur : « Peau pour peau[1] ! Tout
ce qu'un homme possède; il le
donne pour sa vie. 5 Mais veuille
étendre ta main, touche à ses os
et à sa chair. Je parie qu'il te
maudira en face ! » 6 Alors le Seigneur dit à l'Adversaire : « Soit !
Il est en ton pouvoir; respecte
seulement sa vie. »

7 Et l'Adversaire, quittant la
présence du Seigneur, frappa Job
d'une *lèpre maligne[2] depuis la
plante des pieds jusqu'au sommet
de la tête. 8 Alors Job prit un
tesson pour se gratter et il s'installa parmi les cendres[3]. 9 Sa
femme lui dit : « Vas-tu persister
dans ton intégrité ? Maudis Dieu,
et meurs ! » 10 Il lui dit : « Tu
parles comme une folle. Nous ac-
ceptons le bonheur comme un
don de Dieu. Et le malheur, pourquoi ne l'accepterions-nous pas
aussi ? » En tout cela, Job ne pécha point par ses lèvres.

Trois amis de Job viennent le consoler

11 Les trois amis de Job apprirent tout ce malheur qui lui était
advenu et ils arrivèrent chacun de
son pays, Elifaz de Témân, Bil-

---

1. *Peau pour peau :* proverbe, inconnu par ailleurs; la fin du verset en donne certainement le
sens.
2. Autre traduction *inflammation mauvaise.* Il
s'agit probablement d'une maladie tropicale de la
peau, autre que la lèpre proprement dite.
3. Job est allé s'installer hors de la ville (voir Lv
13.46), près de l'endroit où l'on déverse les ordures.

...*urnerai :* la tombe est comparée au

dad de Shouah et Çofar de Naama[1]. Ils convinrent d'aller le plaindre et le consoler. 12 Levant leurs yeux de loin, ils ne le reconnurent pas. Ils pleurèrent alors à grands cris. Chacun *déchira son manteau et ils jetèrent en l'air de la poussière qui retomba sur leur tête. 13 Ils restèrent assis à terre avec lui pendant sept jours et sept nuits. Aucun ne lui disait mot, car ils avaient vu combien grande était sa douleur.

3 1 Enfin, Job ouvrit la bouche et maudit son jour[1].

---

1. *Témân* : ville édomite, renommée pour la sagesse de ses habitants (voir Jr 49.7); *Shouah* et *Naama* : localités ou régions non identifiées.

1. *son jour* désigne le jour de sa naissance, voir v. 3.

DIALOGUE ENTRE JOB ET SES AMIS

Job regrette d'être né

2 Job prit la parole et dit :

3 Périsse le jour où j'allais être enfanté
et la nuit qui a dit : «Un homme a été conçu !»

4 Ce jour-là, qu'il devienne ténèbres,
que, de là-haut, Dieu ne le convoque pas,
que ne resplendisse sur lui nulle clarté !

5 que le revendiquent la ténèbre et l'ombre de mort,
que sur lui demeure une nuée,
que le terrifient les éclipses !

6 Cette nuit-là, que l'obscurité s'en empare,
qu'elle ne se joigne pas à la ronde des jours de l'année,
qu'elle n'entre pas dans le compte des mois !

7 Oui, cette nuit-là, qu'elle soit inféconde,
que nul cri de joie ne la pénètre;

8 que l'exècrent les maudisseurs du jour,
ceux qui se préparèrent à éveiller le Tortueux[1];

9 que s'enténèbrent les astres de son aube,
qu'elle espère la lumière — et rien !
Qu'elle ne voie pas les pupilles[2] de l'aurore !

10 Car elle n'a pas clos les portes du ventre où j'étais,
ce qui eût dérobé la peine à mes yeux.

11 Pourquoi ne suis-je pas mort dès le sein ?
À peine sorti du ventre, j'aurais expiré.

12 Pourquoi donc deux genoux m'ont-ils accueilli,
pourquoi avais-je deux mamelles à téter ?

---

1. Autre traduction *le Léviathan*, voir 40.25 — 41.26. C'est un animal fabuleux, décrit sous les traits du crocodile. On pensait que, sous l'influence des magiciens, il pouvait provoquer des éclipses de soleil (v. 9).
2. Lorsque *les pupilles de l'aurore* s'entrouvrent, le soleil apparaît.

13 Désormais, gisant, je serais au calme,
   endormi, je jouirais alors du repos,

14 avec les rois et les conseillers de la terre,
   ceux qui rebâtissent pour eux des ruines,

15 ou je serais avec les princes qui détiennent l'or,
   ceux qui gorgent d'argent leurs demeures,

16 ou comme un avorton enfoui je n'existerais pas,
   comme les enfants qui ne virent pas la lumière.

17 Là, les méchants ont cessé de tourmenter,
   là, trouvent repos les forces épuisées.

18 Prisonniers, tous sont à l'aise,
   ils n'entendent plus la voix du garde-chiourme.

19 Petit et grand, là, c'est tout un,
   et l'esclave y est affranchi de son maître.

20 Pourquoi donne-t-il[1] la lumière à celui qui peine,
   et la vie aux ulcérés ?

21 Ils sont dans l'attente de la mort, et elle ne vient pas,
   ils fouillent à sa recherche plus que pour des trésors.

22 Ils seraient transportés de joie,
   ils seraient en liesse s'ils trouvaient un tombeau.

23 Pourquoi ce don de la vie[2] à l'homme dont la route se dérobe ?
   Et c'est lui que Dieu protégeait d'un enclos !

24 Pour pain je n'ai que mes sanglots,
   ils déferlent comme l'eau, mes rugissements.

25 La terreur qui me hantait, c'est elle qui m'atteint,
   et ce que je redoutais m'arrive.

26 Pour moi, ni tranquillité, ni cesse, ni repos.
   C'est le tourment qui vient.

Dieu est digne de confiance

4   1 Alors Elifaz de Témân prit la parole et dit :

2 Te met-il pour une fois à l'épreuve, tu fléchis !
  Mais qui peut contraindre ses paroles ?

3 Tu t'es fait l'éducateur des foules,
  tu savais rendre vigueur aux mains lasses.

4 Tes paroles redressaient ceux qui perdent pied,
  tu affermissais les genoux qui ploient.

5 Que maintenant cela t'arrive, c'est toi qui fléchis.
  Te voici atteint, c'est l'affolement.

6 Ta piété ne tenait-elle qu'à ton bien-être,
  tes espérances fondaient-elles seules ta bonne conduite ?

7 Rappelle-toi : quel innocent a jamais péri,
  où vit-on des hommes droits disparaître ?

8 Je l'ai bien vu : les laboureurs de gâchis
  et les semeurs de misère en font eux-mêmes la moisson.

---

[1] Le sujet sous-entendu est *Dieu*.
[2] ...mots *Pourquoi ce don de la vie*, sous-entendu... le texte original, constituent une re-...de du v. 20.

9 Sous l'haleine de Dieu ils périssent,
   au souffle de sa narine ils se
   consument.

10 Rugissement de lion, feulement
   de tigre ;
   les dents des lionceaux mordent à vide.
11 Le guépard périt faute de
   proie,
   les petits de la lionne se dé-
   bandent.

12 Une parole, furtivement, m'est
   venue,
   mon oreille en a saisi le murmure.
13 Lorsque divaguent les visions
   de la nuit,
   quand une torpeur écrase les
   humains,
14 un frisson d'épouvante me sur-
   prit
   et fit cliqueter tous mes os :
15 un souffle passait sur ma face,
   hérissait le poil de ma chair.
16 Il se tenait debout, je ne le
   reconnus pas.
   Le spectre restait devant mes
   yeux.
   Un silence, puis j'entendis une
   voix :

17 « Le mortel serait-il plus juste
   que Dieu,
   l'homme serait-il plus *pur que
   son auteur ?
18 Vois : ses serviteurs, il ne leur
   fait pas confiance,
   en ses *anges même il trouve
   de la folie.
19 Et les habitants des maisons
   d'argile, alors,
   ceux qui se fondent sur la
   poussière !

On les écrase comme une
teigne.
20 D'un matin à un soir ils seront
   broyés.
   Sans qu'on y prenne garde, ils
   périront à jamais.
21 Les cordes de leurs tentes ne
   sont-elles pas déjà arrachées ?
   Ils mourront, faute de sagesse. »

5 ¹Fais donc appel ! Existe-
   t-il quelqu'un pour te répondre ?
   Auquel des *saints t'en prendras-tu ?
2 Oui, l'imbécile, c'est la rogne
   qui l'égorge,
   et le naïf, la jalousie le tue.
3 Je l'ai bien vu, l'imbécile, qui
   poussait ses racines,
   mais j'ai soudain maudit sa demeure :
4 « Que ses fils échappent à tout
   secours,
   qu'ils soient écrasés au tribunal
   sans que nul n'intervienne,
5 et lui, ce qu'il a moissonné, que
   l'affamé s'en nourrisse,
   qu'on s'en saisisse malgré les
   haies d'épines
   et que les assoiffés engouffrent
   son patrimoine ! »

6 Car le gâchis ne sort pas de
   terre
   et la misère ne germe pas du
   sol.
7 Oui, c'est pour la misère que
   l'homme est né,
   et l'étincelle¹ pour prendre son
   essor.
8 Quant à moi, je m'adresserais
   à Dieu,

---

1. Autre traduction *l'aigle.* Le texte hébreu parle
de *fils de l'éclair (étincelle)* ou de *fils de Resheph,*
dieu cananéen de l'orage *(aigle).*

c'est à Dieu que j'exposerais ma cause.

9 L'ouvrier des grandeurs insondables,
dont les merveilles épuisent les nombres,

10 c'est lui qui répand la pluie sur la face de la terre,
qui fait ruisseler le visage des champs,

11 pour placer au sommet ceux qui gisent en bas
et pour que les assombris se dressent, sauvés.

12 C'est lui qui déjoue les intrigues des plus roués.
Pour leurs mains point de réussite.

13 C'est lui qui prend les sages au piège de leur astuce,
et qui devance les desseins des fourbes.

14 En plein jour ils se buttent aux ténèbres,
à midi ils tâtonnent comme de nuit.

15 Mais il a sauvé de leur épée, de leur gueule,
de leur serre puissante, le pauvre.

16 Il y eut pour le faible une espérance,
et l'infamie s'est trouvée muselée.

17 Vois : Heureux l'homme que Dieu réprimande !
Ne dédaigne donc pas la semonce du Puissant.

18 C'est lui qui, en faisant souffrir, répare,
lui dont les mains, en brisant, guérissent.

19 De six angoisses il te tirera
et à la septième, le mal ne t'atteindra plus.

20 Lors de la famine, il te racheta à la mort
et en plein combat au pouvoir de l'épée.

21 Du fouet de la langue[1], tu seras à l'abri ;
rien à craindre d'un désastre à venir.

22 Désastre, disette, tu t'en riras,
et des bêtes sauvages, n'aie pas peur !

23 Car tu as une alliance avec les pierres des champs,
et l'on t'a concilié les fauves de la steppe.

24 Tu découvriras la paix dans ta tente ;
inspectant tes pâtures, tu n'y trouveras rien en défaut.

25 Tu découvriras que ta postérité est nombreuse
et que tes rejetons sont comme la verdure de la terre.

26 Tu entreras dans la tombe en pleine vigueur,
comme on dresse un gerbier en son temps.

27 Vois, cela, nous l'avons étudié à fond : il en est ainsi,
écoute et fais-en ton profit.

Dieu ferait mieux de me tuer

6 1 Alors Job prit la parole et dit :

2 Si l'on parvenait à peser ma hargne,
si l'on amassait ma détresse sur une balance !

3 Mais elles l'emportent déjà sur le sable des mers.
C'est pourquoi mes paroles s'étranglent.

---

1. Le *fouet de la langue* est une image de la calomnie.

4 Car les flèches du Puissant
   sont en moi,
   et mon souffle en aspire le venin.
   Les effrois de Dieu s'alignent
   contre moi.

5 L'âne sauvage se met-il à
   braire auprès du gazon,
   le boeuf à meugler sur son
   fourrage ?
6 Ce qui est fade se mange-t-il
   sans sel
   et y a-t-il du goût à la bave du
   pourpier[1] ?
7 Mon gosier les vomit,
   ce sont vivres immondes.

8 Qui fera que ma requête s'accomplisse,
   que Dieu me donne ce que j'espère ?
9 Que Dieu daigne me broyer,
   qu'il dégage sa main et me
   rompe[2] !
10 J'aurai du moins un réconfort,
   un sursaut de joie dans la torture implacable :
   je n'aurai mis en oubli aucune
   des sentences du *Saint.

11 Quelle est ma force pour que
   j'espère ?
   Quelle est ma fin pour persister à vivre ?
12 Ma force est-elle la force du
   roc,
   ma chair est-elle de bronze ?
13 Serait-ce donc le néant, ce secours que j'attends ?
   Toute ressource m'a-t-elle
   échappé ?

14 L'homme effondré a droit à la
   pitié de son prochain ;
   sinon, il abandonnera la
   crainte du Puissant.

15 Mes frères ont trahi comme un
   torrent,
   comme le lit des torrents qui
   s'enfuient.
16 La débâcle des glaces les avait
   gonflés
   quand au-dessus d'eux fondaient les neiges.
17 À la saison sèche ils tarissent ;
   à l'ardeur de l'été ils s'éteignent
   sur place.
18 Les caravanes se détournent de
   leurs cours,
   elles montent vers les solitudes
   et se perdent.
19 Les caravanes de Téma les
   fixaient des yeux ;
   les convois de Saba[1] espéraient
   en eux.
20 On a honte d'avoir eu
   confiance :
   quand on y arrive, on est
   confondu.

21 Ainsi donc, existez-vous ?
   Non !
   À la vue du désastre, vous avez
   pris peur.

22 Vous ai-je jamais dit : «Faites-moi un don !
   De votre fortune soyez prodigues en ma faveur
23 pour me délivrer de la main
   d'un ennemi,
   me racheter de la main des
   tyrans ?»
24 Éclairez-moi, et moi je me tairai.

---

1. *bave du pourpier* : sève d'une plante comes-
tible. Autre traduction *blanc d'oeuf.*
2. *qu'il dégage sa main et me rompe* : geste du
tisserand qui coupe la trame lorsqu'il a terminé
son ouvrage ; voir Es 38.12.

1. *Téma* : oasis de l'Arabie septentrionale ; *Saba* :
région de l'Arabie méridionale.

En quoi ai-je failli? Mon-
trez-le-moi!

25 Des paroles de droiture se-
raient-elles blessantes?
D'ailleurs, une critique venant
de vous, que critique-t-elle?

26 Serait-ce des mots que vous
prétendez critiquer?
Les paroles du désespéré s'a-
dressent au vent.

27 Vous iriez jusqu'à tirer au sort
un orphelin,
à mettre en vente votre ami.

28 Eh bien! daignez me regarder:
vous mentirais-je en face?

29 Revenez donc! Pas de perfidie!
Encore une fois, revenez! Ma
justice est en cause.

30 Y a-t-il de la perfidie sur ma
langue?
Mon palais ne sait-il pas discerner la détresse?

7 1 N'est-ce pas un temps de
corvée que le mortel vit sur
terre,
et comme jours de saisonnier
que passent ses jours?

2 Comme un esclave soupire
après l'ombre,
et comme un saisonnier attend
sa paye,

3 ainsi des mois de néant sur
mon partage
et l'on m'a assigné des nuits
harassantes:

4 À peine couché je me dis:
« Quand me lèverai-je? »
Le soir n'en finit pas,
et je me saoule de délires jusqu'à l'aube.

5 Ma chair s'est revêtue de vers
et de croûtes terreuses,
ma peau se crevasse et sup-
pure.

6 Mes jours ont couru, plus vite
que la navette,
ils ont cessé, à bout de fil[1].

7 Rappelle-toi que ma vie n'est
qu'un souffle,
et que mon oeil ne reverra plus
le bonheur.

8 Il ne me discernera plus, l'oeil
qui me voyait.
Tes yeux seront sur moi, et
j'aurai cessé d'être.

9 Une nuée se dissipe et s'en va:
voilà celui qui descend sous
terre pour n'en plus remonter!

10 Il ne fera plus retour en sa
maison,
son foyer n'aura plus à le reconnaître.

11 Donc, je ne briderai plus ma
bouche;
le souffle haletant, je parlerai;
le coeur aigre, je me plaindrai:

12 Suis-je l'Océan ou le Monstre
marin[2]
que tu postes une garde contre
moi?

13 Quand je dis: «Mon lit me
soulagera,
ma couche apaisera ma
plainte»,

14 alors, tu me terrorises par des
songes,
et par des visions tu m'épouvantes.

15 La pendaison me séduit.
La mort plutôt que ma car-
casse!

16 Je m'en moque! Je ne vivrai
pas toujours.

---

1. *navette :* instrument utilisé pour tisser l'étoffe;
même image qu'en 6.9 – *à bout de fil :* autre
traduction *sans espérance.*
2. Allusion à de vieux récits de création, où
l'Océan et le *Monstre marin* symbolisaient des
puissances mauvaises maîtrisées par le dieu de
l'ordre.

Laisse-moi, car mes jours s'ex-
halent.

17 Qu'est-ce qu'un mortel pour en
faire si grand cas,
pour fixer sur lui ton attention

18 au point de l'inspecter chaque
matin,
de le tester à tout instant ?

19 Quand cesseras-tu de m'épier ?
Me laisseras-tu avaler ma sa-
live ?

20 Ai-je péché ? Qu'est-ce que
cela te fait,
espion de l'homme ?
Pourquoi m'avoir pris pour
cible ?
En quoi te suis-je à charge[1] ?

21 Ne peux-tu supporter ma révolte,
laisser passer ma faute ?
Car déjà me voici gisant en
poussière.
Tu me chercheras à tâtons :
j'aurai cessé d'être.

Dieu est absolument juste

8 1 Alors Bildad de Shouah
prit la parole et dit :

2 Ressasseras-tu toujours ces
choses
en des paroles qui soufflent la
tempête ?

3 Dieu fausse-t-il le droit ?
Le Puissant fausse-t-il la justice ?

4 Si tes fils ont péché contre lui,
il les a livrés au pouvoir de
leur crime.

5 Si toi tu recherches Dieu,
si tu supplies le Puissant,

6 si tu es honnête et droit,

alors, il veillera sur toi
et te restaurera dans ta justice.

7 Et tes débuts auront été peu de
chose
à côté de ton avenir florissant.

8 Interroge donc les générations
d'antan,
sois attentif à l'expérience de
leurs ancêtres.

9 Nous ne sommes que d'hier,
nous ne savons rien,
car nos jours ne sont qu'une
ombre sur la terre.

10 Mais eux t'instruiront et te
parleront,
et de leurs mémoires ils tireront ces sentences :

11 « Le jonc pousse-t-il hors des
marais,
le roseau peut-il croître sans
eau ?

12 Encore en sa fleur, et sans
qu'on le cueille,
avant toute herbe il se dessèche. »

13 Tel est le destin de ceux qui
oublient Dieu;
l'espoir de l'impie périra,

14 son aplomb sera brisé,
car son assurance n'est que
toile d'araignée.

15 S'appuie-t-il sur sa maison, elle
branle.
S'y cramponne-t-il, elle ne résiste pas.

16 Le voilà plein de sève sous le
soleil,
au-dessus du jardin il étend ses
rameaux.

17 Ses racines s'entrelacent dans
la pierraille,
il explore les creux des rocs.

18 Mais si on l'arrache à sa demeure,

1. *En quoi te suis-je à charge?* : D'après une
ancienne tradition juive et l'ancienne version
grecque; hébreu : *En quoi me suis-je à charge?*

celle-ci le renie : « Je ne t'ai
jamais vu ! »

19 Vois, ce sont là les joies de son
destin,
et de cette poussière un autre
germera.

20 Vois, Dieu ne méprise pas
l'homme intègre,
ni ne prête main-forte aux
malfaiteurs.

21 Il va remplir ta bouche de rires
et tes lèvres de hourras.

22 Tes ennemis seront vêtus de
honte,
et les tentes des méchants ne
seront plus.

Dieu refuse de discuter avec moi

9 1 Alors Job prit la parole et
dit :

2 Certes, je sais qu'il en est ainsi.
Comment l'homme sera-t-il
juste contre Dieu ?

3 Si l'on veut plaider contre lui,
à mille mots il ne réplique pas
d'un seul.

4 Riche en sagesse ou taillé en
force,
qui l'a bravé et resta indemne ?

5 Lui qui déplace les montagnes
à leur insu,
qui les culbute en sa colère,

6 il ébranle la terre de son site,
et ses colonnes[1] chancellent.

7 Sur son ordre le soleil ne se
lève pas,
il met les étoiles sous scellés.

8 À lui seul il étend les cieux
et foule les houles des mers.

9 Il fabrique l'Ourse, Orion,

et les Pléiades et les Cellules
du Sud[1].

10 Il fabrique des grandeurs insondables,
ses merveilles épuisent les
nombres.

11 Il passe près de moi et je ne le
vois pas ;
il s'en va, je n'y comprends
rien.

12 S'il fait main basse, qui l'en
dissuade,
qui lui dira : que fais-tu ?

13 Dieu ne refrène pas sa colère,
sous lui sont prostrés les alliés
du Typhon[2].

14 Serait-ce donc moi qui répli-
querais,
me munirais-je de paroles
contre lui ?

15 Si même je suis juste, à quoi
bon répliquer ?
C'est mon accusateur qu'il me
faut implorer.

16 Même si j'appelle, et qu'il me
réponde,
je ne croirais pas qu'il ait
écouté ma voix.

17 Lui qui dans l'ouragan m'é-
crase
et multiplie sans raison mes
blessures,

18 il ne me laisse pas reprendre
haleine
mais il me sature de fiel.

19 Recourir à la force ? Il est la
puissance même.
Faire appel au droit ? Qui
m'assignera ?

20 Fussé-je juste, ma bouche me
condamnerait ;

---

1. *Ses colonnes :* allusion à une conception ancienne selon laquelle la terre ferme reposait sur
des *colonnes.*

1. *l'Ourse, Orion, les Pléiades, les Cellules du
Sud :* identification probable de quatre noms de
constellations mentionnées en hébreu.

2. Ou *de Rahav* personnification de *l'Océan*
(voir 7.12 et la note).

innocent, elle me prouverait pervers.

21 Suis-je innocent ? je ne le saurai moi-même.
Vivre me répugne.

22 C'est tout un, je l'ai bien dit : l'innocent, comme le scélérat, il l'anéantit,

23 quand un fléau jette soudain la mort,
de la détresse des hommes intègres il se gausse.

24 Un pays a-t-il été livré aux scélérats, il voile la face de ses juges;
si ce n'est lui, qui est-ce donc ?

25 Mes jours battent à la course les coureurs,
ils ont fui sans avoir vu le bonheur.

26 Avec les barques de jonc[1], ils ont filé,
comme un aigle fond sur sa proie.

27 Si je me dis : Oublie ta plainte, déride ton visage, sois gai,

28 je redoute tous mes tourments; je le sais : tu ne m'acquitteras pas.

29 Il faut que je sois coupable ! Pourquoi me fatiguer en vain ?

30 Que je me lave à l'eau de neige,
que je décape mes mains à la soude,

31 alors, dans la fange tu me plongeras,
et mes vêtements me vomiront.

32 C'est qu'il n'est pas homme comme moi, pour que je lui réplique,

et qu'ensemble nous comparaissions en justice.

33 S'il existait entre nous un arbitre
pour poser sa main sur nous deux,

34 il écarterait de moi la cravache de Dieu,
et sa terreur ne m'épouvanterait plus.

35 Je parlerais sans le craindre. Puisque cela n'est pas, je suis seul avec moi.

10 1 La vie m'écoeure, je ne retiendrai plus mes plaintes;
d'un coeur aigre je parlerai.

2 Je dirai à Dieu : Ne me traite pas en coupable,
fais-moi connaître tes griefs contre moi.

3 Prends-tu plaisir à m'accabler, à mépriser la peine[1] de tes mains
et à favoriser les intrigues des méchants ?

4 Aurais-tu des yeux de chair, serait-ce à vue d'homme que tu vois ?

5 Est-ce la durée d'un mortel que la tienne
et tes années sont-elles celles d'un humain

6 pour que tu recherches mon crime
et que tu enquêtes sur mon péché,

7 bien que tu saches que je ne suis pas coupable
et que nul ne m'arrachera à ta main ?

— 1. *barques de jonc* : embarcations légères et rapides en usage sur le Nil.

1. *la peine* : tournure imagée pour désigner *l'homme*, produit de l'effort créateur de Dieu.

8 Tes mains, elles m'avaient
   étreint;
   ensemble, elles m'avaient façonné de toutes parts et tu
   m'as englouti.
9 Rappelle-toi : tu m'as façonné
   comme une argile,
   et c'est à la poussière que tu
   me ramènes.

10 Ne m'as-tu pas coulé comme
   du lait,
   puis fait cailler comme du fromage ?
11 De peau et de chair tu me
   vêtis,
   d'os et de nerfs tu m'as tissé.
12 Vie et fougue tu m'accordes
   et ta sollicitude a préservé mon
   souffle.

13 Or voici ce que tu dissimulais
   en ton coeur,
   c'est cela, je le sais, que tu tramais :
14 Si je pèche, me prendre sur le
   fait
   et ne me passer aucune faute.
15 Suis-je coupable — malheur à
   moi !
   Suis-je juste — je ne lève pas
   la tête,
   gorgé de honte, ivre de ma misère.
16 Si je me relève, tel un tigre tu
   me prends en chasse.
   Et tu répètes contre moi tes
   exploits,
17 tu renouvelles tes assauts
   contre moi,
   tu redoubles de colère envers
   moi,
   des armées se relaient contre
   moi.

18 Pourquoi donc m'as-tu fait
   sortir du ventre ?

J'expirais. Aucun oeil ne m'aurait vu.
19 Je serais comme n'ayant pas
   été,
   du ventre à la tombe on m'eût
   porté.

20 Mes jours sont-ils si nombreux ? Qu'il cesse,
   qu'il me lâche, que je m'amuse
   un peu,
21 avant de m'en aller sans retour
   au pays de ténèbre et d'ombre
   de mort,
22 au pays où l'aurore est nuit
   noire,
   où l'ombre de mort couvre le
   désordre,
   et la clarté y est nuit noire.

Dieu est parfait et insaisissable

11 1 Alors Çofar de Naama
   prit la parole et dit :

2 Un tel flot de paroles res-
   tera-t-il sans réponse ?
   L'homme éloquent aura-t-il
   raison ?
3 Tes hâbleries laissent les gens
   bouche bée,
   tu railles sans qu'on te fasse
   honte.
4 Et tu as osé dire : « Ma doctrine est irréprochable,
   et je suis *pur à tes yeux ! »

5 Ah ! si seulement Dieu interve-
   nait,
   s'il desserrait les lèvres pour te
   parler,
6 s'il t'apprenait les secrets de la
   sagesse
   — car ils déroutent l'entendement —
   alors tu saurais que Dieu oublie une part de tes crimes.

7 Prétends-tu sonder la profondeur de Dieu,
   sonder la perfection du Puissant ?
8 Elle est haute comme les cieux
   — que feras-tu ?
   Plus creuse que les enfers[1]
   — qu'en sauras-tu ?
9 Plus longue que la terre elle
   s'étend,
   et plus large que la mer.
10 S'il fonce, emprisonne
   et convoque le tribunal, qui
   fera opposition ?
11 Car lui connaît les faiseurs de
   mensonge,
   il discerne les méfaits sans effort d'attention;
12 tandis que l'homme accablé
   perd le jugement
   et que tout homme, à sa naissance, n'est qu'un ânon sauvage.

13 Toi, quand tu auras affermi
   ton jugement,
   quand tu étendras vers lui les
   paumes de tes mains,
14 s'il y a des méfaits dans tes
   mains, jette-les au loin,
   et que la perversité n'habite
   pas sous ta tente.
15 Alors tu lèveras un front sans
   tache,
   purifié des scories, tu ne craindras plus.
16 Car tu ne penseras plus à ta
   peine,
   tu t'en souviendras comme
   d'une eau écoulée.
17 La vie se lèvera, plus radieuse
   que midi,
   l'obscurité deviendra une aurore.
18 Tu seras sûr qu'il existe une
   espérance;

même si tu as perdu la face, tu
dormiras en paix.
19 Dans ton repos nul n'osera te
   troubler
   et beaucoup te caresseront le
   visage[1].
20 Quant aux méchants, leurs
   yeux se consument
   et tout refuge leur fait défaut.
   Leur espérance, c'est de rendre
   l'âme.

Dieu me traite en ennemi

12 [1] Alors Job prit la parole et
       dit :

2 Vraiment, la voix du peuple
   c'est vous,
   et avec vous mourra la sagesse.
3 Moi aussi, j'ai une raison, tout
   comme vous,
   je ne suis pas plus déchu que
   vous.
   Qui ne dispose d'arguments
   semblables ?
4 La risée de ses amis, c'est moi,
   moi qui m'époumonne vers ce
   Dieu qui jadis répondait.
   La risée des hommes, c'est le
   juste, le parfait.

5 Mépris à la guigne ! c'est la
   devise des chanceux,
   celle qu'ils destinent à ceux
   dont le pied glisse.
6 Elles sont en paix, les tentes
   des brigands,
   ils sont tranquilles, ceux qui
   provoquent Dieu,
   et même celui qui capte Dieu
   dans sa main[2].

---

1. Voir au glossaire SÉJOUR DES MORTS.

1. *caressent le visage :* geste de flatterie.
2. *celui qui capte ... :* allusion à des pratiques
magiques et idolâtriques.

7 Mais interroge donc les bestiaux, ils t'instruiront,
les oiseaux du ciel, ils t'enseigneront.

8 Cause avec la terre, elle t'instruira,
et les poissons de la mer te le raconteront.

9 Car lequel ignore, parmi eux tous,
que « c'est la main du Seigneur qui fit cela. »

10 Lui qui tient en son pouvoir l'âme de tout vivant
et le souffle de toute chair d'homme.

11 « L'oreille, dit-on, apprécie les paroles,
comme le palais goûte les mets;

12 la sagesse serait chez les hommes mûrs;
l'intelligence siérait au grand âge. »

13 Or, sagesse et puissance l'accompagnent,
conseil et intelligence sont à lui.

14 Ce qu'il détruit ne se rebâtit pas,
l'homme qu'il enferme ne sera pas libéré.

15 S'il retient les eaux, c'est la sécheresse,
s'il les déchaîne, elles ravagent la terre.

16 Force et succès l'accompagnent,
l'homme égaré et celui qui l'égare sont à lui.

17 Il fait divaguer les experts
et frappe les juges de démence.

18 Il desserre l'emprise des rois
et noue un pagne[1] à leurs reins.

19 Il fait divaguer les prêtres
et renverse les inamovibles.

20 Il ôte la parole aux orateurs
et ravit le discernement aux vieillards.

21 Il déverse le mépris sur les nobles
et desserre le baudrier[2] des tyrans.

22 Il dénude les abîmes de leurs ténèbres
et expose à la lumière l'ombre de mort.

23 Il grandit les nations, puis les ruine,
il laisse s'étendre les nations, puis les déporte.

24 Il ôte la raison aux chefs de la populace
et les égare dans un chaos sans issue.

25 Ceux-là tâtonnent en des ténèbres sans lumière,
et Dieu les égare comme des ivrognes.

13

1 Oui, tout cela mon oeil l'a vu;
mon oreille l'a entendu et compris.

2 Ce que vous savez, je le sais, moi aussi.
Je ne suis pas plus déchu que vous.

3 Mais moi, c'est au Puissant que je vais parler,
c'est contre Dieu que je veux me défendre.

4 Quant à vous, plâtriers de mensonge,

---

1. *pagne :* seul vêtement accordé à un prisonnier ou à un déporté.

2. Autre traduction *la ceinture* (à laquelle on accrochait l'épée ou le poignard). *Desserrer le baudrier* de quelqu'un, c'est faire tomber ses armes, donc le priver de ce qui fait sa force.

vous n'êtes tous que des guérisseurs de néant.

5 Qui vous réduira une bonne
fois au silence ?
Cela vous servirait de sagesse.

6 Écoutez donc ma défense,
au plaidoyer de mes lèvres,
prêtez l'oreille.

7 Est-ce au nom de Dieu que
vous parlez en fourbes,
en sa faveur que vous débitez
des tromperies ?

8 Est-ce son parti que vous prenez,
est-ce pour Dieu que vous plai-
dez ?

9 Serait-il bon qu'il vous scru-
tât ?
Vous joueriez-vous de lui
comme on se joue d'un
homme ?

10 Il vous reprocherait sûrement
d'avoir pris parti en secret !

11 Sa majesté ne vous épou-
vante-t-elle pas,
sa terreur ne s'abat-elle pas sur
vous ?

12 Vos rabâchements sont des
sentences de cendre,
vos retranchements sont devenus d'argile.

13 Taisez-vous !   Laissez-moi !
C'est moi qui vais parler,
quoi qu'il m'advienne.

14 Aussi saisirai-je ma chair entre
mes dents[1]
et risquerai-je mon va-tout.

15 Certes, il me tuera. Je n'ai pas
d'espoir[2].
Pourtant, je défendrai ma
conduite devant lui.

16 Et cela même sera mon salut,

car nul hypocrite n'accède en
sa présence.

17 Écoutez, écoutez ma parole,
que mon explication entre en
vos oreilles.

18 Voici donc : j'ai introduit une
instance,
je sais que c'est moi qui serai
justifié !

19 Qui donc veut plaider contre
moi ?
Car déjà j'en suis à me taire et
à expirer.

20 Épargne-moi seulement deux
choses
et je cesserai de me cacher devant toi.

21 Éloigne ta griffe[1] de dessus
moi.
Ne m'épouvante plus par ta
terreur.

22 Puis appelle, et moi je répli-
querai,
ou bien si je parle, réponds-
moi.

23 Combien ai-je de crimes et de
fautes ?
Ma révolte et ma faute, fais-
les-moi connaître.

24 Pourquoi dérobes-tu ta face
et me prends-tu pour ton ennemi ?

25 Veux-tu traquer une feuille qui
s'envole,
pourchasser une paille sèche,

26 pour que tu rédiges contre moi
d'amers verdicts
en m'imputant les crimes de
ma jeunesse,

27 pour que tu mettes mes pieds
dans les fers
et que tu épies toutes mes démarches

---

1. *Saisir sa chair entre ses dents* : probablement
expression proverbiale signifiant *risquer sa vie*.
2. *Je n'ai pas d'espoir* : autre traduction, suggérée par une ancienne tradition juive *j'espère en lui*.

1. Ou *ta main*.

en scrutant les empreintes de
mes pas ?

28 — Et pourtant l'homme s'effrite comme un bois vermoulu,
comme un vêtement mangé
des mites.

14 1 L'homme enfanté par la
femme est bref de jours et
gorgé de tracas.

2 Comme fleur cela éclôt puis
c'est coupé,
cela fuit comme l'ombre et ne
dure pas.

3 Et c'est là-dessus-que tu ouvres
l'oeil,
et c'est moi que tu cites avec
toi en procès !

4 Qui tirera le *pur de l'impur ?
Personne.

5 Puisque sa durée est fixée,
que tu as établi le compte de
ses mois
et posé un terme qu'il ne peut
franchir,

6 regarde ailleurs : Qu'il ait du
répit
et jouisse comme un saisonnier
de son congé.

7 Car il existe pour l'arbre un
espoir;
on le coupe, il reprend encore
et ne cesse de surgeonner.

8 Que sa racine ait vieilli en
terre,
que sa souche soit morte dans
la poussière,

9 dès qu'il flaire l'eau, il bourgeonne
et se fait une ramure comme
un jeune plant.

10 Mais un héros meurt et s'évanouit.
Quand l'homme expire, où
donc est-il ?

11 L'eau aura quitté la mer,

le fleuve tari aura séché,

12 les gisants ne se relèveront pas.
Jusqu'à ce qu'il n'y ait plus de
cieux,
ils ne s'éveilleront pas
et ne surgiront pas de leur
sommeil.

13 Si seulement tu me cachais
sous terre,
si tu m'abritais jusqu'à ce que
reflue ta colère,
si tu me fixais un terme où te
souvenir de moi ...

14 — mais l'homme qui meurt
va-t-il revivre ? —
tout le temps de ma corvée,
j'attendrais,
jusqu'à ce que vienne pour moi
la relève.

15 Tu appellerais, et moi je te ré-
pondrais,
tu pâlirais pour l'oeuvre de tes
mains.

16 Alors que maintenant tu dé-
nombres mes pas,
tu ne prendrais pas garde à ma
faute.

17 Scellée dans un sachet serait
ma rébellion,
et tu aurais maquillé mon
crime.

18 Et pourtant une montagne
croule et s'effrite,
un roc émigre de son lieu;

19 l'eau peut broyer des pierres,
son ruissellement ravine la
terre friable,
l'espérance de l'homme aussi tu
l'as ruinée.

20 Tu le mets hors de combat et il
s'en va,
l'ayant défiguré, tu le chasses.

21 Ses fils sont honorés, il ne le
sait,
sont-ils avilis, il l'ignore.

22 Pour lui seul souffre sa chair,

pour lui seul son *coeur s'endeuille.

Job est un insensé et un orgueilleux

15 [1] Alors Elifaz de Témân prit la parole et dit :

2 Est-ce d'un sage de répondre
par une science de vent,
de s'enfler le ventre de sirocco,

3 d'argumenter avec des mots
sans portée,
avec des discours qui ne servent à rien ?

4 Tu en viens à saper la piété,
et tu ruines la méditation devant Dieu.

5 Puisque ton crime inspire ta
bouche
et que tu adoptes le langage
des fourbes,

6 c'est ta bouche qui te
condamne, ce n'est pas moi,
tes propres lèvres témoignent
contre toi.

7 Es-tu Adam, né le premier[1],
as-tu été enfanté avant les collines ?

8 Aurais-tu écouté au conseil de
Dieu
pour y accaparer la sagesse ?

9 Que sais-tu que nous ne sachions ?
Qu'as-tu compris qui ne nous
soit familier ?

10 Vois parmi nous un ancien, un
vieillard,
et l'autre plus chargé d'ans que
ne le serait ton père.

11 Sont-elles indignes de toi, les
consolations de Dieu,

et les paroles si modérées que
nous t'adressons ?

12 Pourquoi la passion t'emporte-t-elle
et pourquoi ces yeux qui clignent,

13 lorsque tu tournes ta rancoeur
contre Dieu
et que ta bouche pérore ?

14 Qu'est-ce donc que l'homme
pour jouer au *pur,
celui qui est né de la femme,
pour se dire juste ?

15 Même à ses *saints Dieu ne se
fie pas
et les *cieux ne sont pas purs à
ses yeux.

16 Combien moins le répugnant,
le corrompu,
l'homme qui boit la perfidie
comme de l'eau !

17 Je vais t'instruire, écoute-moi.
Ce que j'ai contemplé, je le
rapporterai,

18 ce que les sages, sans en rien
cacher, relatent comme reçu de
leurs ancêtres,

19 de ceux à qui le pays fut
donné en propre,
quand aucun étranger ne s'était infiltré parmi eux.

20 Voici : pendant toute sa vie, le
méchant se tourmente.
Quel que soit le nombre des
ans réservés au tyran,

21 les voix de l'effroi hantent ses
oreilles :
En pleine paix le démolisseur
ne va-t-il pas l'attaquer ?

22 Il n'ose croire qu'il ressortira
des ténèbres,
lui que guette le glaive.

23 Il erre pour chercher du pain,
mais où aller ?

1. *Es-tu Adam ...* : autre traduction *Es-tu le premier homme qui soit né.*

Il sait que le sort qui l'attend,
c'est le jour des ténèbres.

24 La détresse et l'angoisse vont
le terrifier,
elles se ruent sur lui comme un
roi prêt à l'assaut.

25 C'est qu'il a levé la main
contre Dieu,
et qu'il a bravé le Puissant.

26 Il fonçait sur lui tête baissée,
sous le dos blindé de ses boucliers.

27 C'est que la graisse a empâté
son visage
et le lard a alourdi ses reins[1].

28 Il avait occupé des villes détruites,
des maisons qui n'étaient plus
habitables
et qui croulaient en éboulis.

29 Mais il ne s'enrichira pas, sa
fortune ne tiendra pas,
son succès ne s'étalera plus sur
la terre.

30 Il ne fuira pas les ténèbres,
une flamme desséchera ses rameaux
et il fuira sa propre haleine.

31 Qu'il ne mise pas sur la duperie, il ferait fausse route,
car la duperie sera son salaire.

32 Cela s'accomplira avant sa fin
et sa ramure ne reverdira plus.

33 Il laissera tomber, comme une
vigne, ses fruits encore verts,
et perdra, comme un olivier, sa
floraison.

34 Oui, l'engeance de l'impie est
stérile
et un feu dévore les tentes de
l'homme vénal.

35 Qui conçoit la peine enfante le
malheur,

1. *alourdi ses reins* : l'embonpoint était considéré
comme un signe de réussite matérielle; voir 21.24.

et son ventre mûrit la déception.

J'en appelle à Dieu pour qu'il me protège

16 [1] Et Job prit la parole et
dit :

2 J'en ai entendu beaucoup sur
ce ton,
en fait de consolateurs, vous
êtes tous désolants.

3 Me dire : «Sont-elles finies, ces
paroles de vent ?»
Et : «Qu'est-ce qui te contraint
à répondre encore ?»

4 Moi aussi je parlerais à votre
façon
si c'était vous qui teniez ma
place.
Je composerais contre vous des
discours
et je hocherais la tête contre
vous.

5 Je vous réconforterais par ma
bouche
et l'agilité de mes lèvres serait
un calmant.

6 Moi, si je parle, ma douleur
n'en est point calmée,
et si je me tais, me quittera-
t-elle ?

7 Mais c'est que maintenant il
m'a poussé à bout :
Oui, tu as ravagé tout mon
entourage,

8 tu m'as creusé des rides qui
témoignent contre moi,
ma maigreur m'accuse et me
charge.

9 Oui, pour me déchirer, sa colère me traque,
contre moi il grince des dents,
mon ennemi darde sur moi ses
regards.

10 Gueule béante contre moi,

on me gifle d'insultes,
on s'ameute contre moi.

11 Dieu m'a livré au caprice d'un gamin,
il m'a jeté en proie à des crapules.

12 J'étais au calme. Il m'a bousculé.
Il m'a saisi par la nuque et disloqué,
puis m'a dressé pour cible.

13 Ses flèches m'encadrent.
Il transperce mes reins sans pitié
et répand à terre mon fiel.

14 Il ouvre en moi brèche sur brèche,
fonce sur moi, tel un guerrier.

15 J'ai cousu un *sac sur mes cicatrices[1]
et enfoncé mon front dans la poussière.

16 Mon visage est rougi par les pleurs
et sur mes paupières est l'ombre de mort.

17 Pourtant, il n'y avait pas de violence en mes mains,
et ma prière était *pure.

18 Terre, ne couvre pas mon *sang,
et que ma clameur ne trouve point de refuge.

19 Dès maintenant, j'ai dans les *cieux un témoin,
je possède en haut lieu un garant.

20 Mes amis se moquent de moi,
mais c'est vers Dieu que pleurent mes yeux.

21 Lui, qu'il[2] défende l'homme contre Dieu,
comme un humain intervient pour un autre.

22 Mais le nombre de mes ans est compté,
et je m'engage sur le chemin sans retour.

17 1 Mon souffle s'affole, mes jours s'éteignent, à moi la tombe !

2 Ne suis-je pas entouré de cyniques ?
Leurs insolences obsèdent mes veilles.

3 Engage-toi donc, sois ma caution auprès de toi !
Qui consentirait à toper dans ma main[1] ?

4 Vraiment, tu as fermé leur *coeur à la raison,
aussi, tu ne toléreras pas qu'ils triomphent.

5 Tel convoque ses amis au partage,
alors que languissent les yeux de ses fils.

6 On a fait de moi la fable des peuples.
Je serai un lieu commun de l'épouvante[2].

7 Mon oeil s'éteint de chagrin
et tous mes membres ne sont qu'une ombre.

8 Les hommes droits en seront stupéfaits,
et l'homme intègre s'indignera contre l'hypocrite.

9 Mais que le juste persiste en sa conduite,
et que l'homme aux mains *pures redouble d'efforts !

10 Quant à vous, revenez tous, venez donc !

---

1. Ou *sur ma peau*; il s'agit de toute façon de signes de deuil; voir Mi 4.14 et la note.
2. Il s'agit probablement du *témoin* et *garant* évoqué au v. 19, sans que l'on sache pourtant qui il est exactement.

1. *Toper dans la main* : geste juridique par lequel on s'engage à porter la responsabilité qui pourrait peser sur une autre personne.
2. Autre traduction *Je suis celui à qui l'on crache au visage*.

Parmi vous je ne trouverai pas
un sage.

11 Mes jours ont passé, ce que je
tramais s'est rompu,
l'apanage de mon désir[1].

12 Ils prétendent que la nuit c'est
le jour,
ils disent que la lumière est
proche,
quand tombe la ténèbre.

13 Qu'ai-je à espérer ? Les enfers[2]
sont ma demeure.
De ténèbres j'ai capitonné ma
couche.

14 Au charnier, j'ai clamé : « Tu es
mon père ! »
À la vermine : « Ô ma mère, ô
ma soeur ! »

15 Où donc est passée mon espérance ?
Mon espérance, qui l'entre-
voit ?

16 Au fin fond des enfers elle
sombrera,
quand ensemble nous nous
prélasserons dans la poussière.

Job mérite le sort des méchants

18 [1] Alors Bildad de Shouah
prit la parole et dit :

2 Jusques à quand vous retien-
drez-vous de parler ?
Réfléchissez, et ensuite nous
prendrons la parole.

3 Pourquoi nous laisser traiter
d'abrutis ?
Pourquoi passerions-nous pour
bornés à vos yeux[3] ?

4 Ô toi qui te déchires dans ta
colère,
faut-il qu'à cause de toi la
terre devienne déserte
et que le roc émigre de son
lieu ?

5 Oui, la lumière du méchant va
s'éteindre
et la flamme de son foyer va
cesser de briller.

6 La lumière s'assombrit sous sa
tente
et sa lampe au-dessus de lui va
s'éteindre.

7 Ses pas, jadis vigoureux, se feront courts,
et il trébuchera dans ses propres intrigues,

8 car ses pieds le jettent dans un
filet
et il chemine sur des mailles.

9 Un piège lui saisira le talon,
un lacet s'emparera de lui.

10 Pour lui un cordeau se cache à
terre,
une trappe sur son chemin.

11 De toutes parts des terreurs l'é-
pouvantent,
elles le suivent pas à pas.

12 La famine le frappera en
pleine vigueur.
La misère se tient à son côté,

13 elle dévorera des lambeaux de
sa peau,
et le premier-né de la mort[1]
dévorera ses membres.

14 On l'arrachera à la sécurité de
sa tente,
et tu pourras le mener vers le
roi des terreurs[2].

15 Tu pourras habiter la tente qui
n'est plus à lui,

---

1. *l'apanage de mon désir* ou *les espoirs que je chérissais.*
2. Voir au glossaire SÉJOUR DES MORTS.
3. Bildad s'adresse au public, après avoir inter-pellé ses deux amis. D'après l'ancienne version grecque, il s'adresse à Job dès le v. 2.

1. *le premier-né de la mort :* expression poétique pour désigner *le pire des fléaux.*
2. *le roi des terreurs :* autre expression poétique pour désigner *le souverain du monde des morts.*

on répandra du soufre[1] sur son domaine.

16 En bas, ses racines sécheront,
en haut, sa ramure sera coupée.

17 Son souvenir s'est perdu dans le pays,
son nom ne figure plus au cadastre.

18 On le repousse de la lumière dans les ténèbres,
on le bannit de l'univers.

19 Il n'a ni lignée ni postérité dans son peuple,
aucun survivant dans sa demeure.

20 Son destin stupéfie l'Occident,
l'Orient en est saisi d'horreur :

21 « Il ne reste que cela des repaires du brigand :
le voilà, ce lieu où l'on ignorait Dieu ! »

Je sais que Dieu aura le dernier mot

19 [1] Et Job prit la parole et dit :
Jusques à quand me tourmenterez-vous
et me broierez-vous avec des mots ?

3 Voilà dix fois que vous m'insultez.
N'avez-vous pas honte de me torturer ?

4 Même s'il était vrai que j'aie erré,
mon erreur ne regarderait que moi.

5 Si vraiment vous voulez vous grandir à mes dépens,
en me reprochant ce dont j'ai honte,

6 sachez donc que c'est Dieu qui a violé mon droit
et m'a enveloppé dans son filet.

7 Si je crie à la violence, pas de réponse,
si je fais appel, pas de justice.

8 Il a barré ma route pour que je ne passe pas,
et sur mes sentiers, il met des ténèbres.

9 Il m'a dépouillé de ma gloire,
il a ôté la couronne de ma tête.

10 Il me sape de toutes parts et je trépasse,
il a arraché l'arbre de mon espoir[1].

11 Sa colère a flambé contre moi,
il m'a traité en ennemi.

12 Ses hordes arrivent en masse,
elles se fraient un accès jusqu'à moi
et mettent le siège autour de ma tente.

13 Mes frères, il les a éloignés de moi,
ceux qui me connaissent se veulent étrangers.

14 Mes proches ont disparu,
mes familiers m'ont oublié.

15 Les hôtes de ma maison et mes servantes me traitent en étranger,
je suis devenu un intrus à leurs yeux.

16 J'ai appelé mon serviteur, il ne répond pas
quand de ma bouche je l'implore.

17 Mon haleine répugne à ma femme,
et je dégoûte les fils de mes entrailles[2].

---

1. Procédé de désinfection des lieux après la mort de quelqu'un, ou symbole d'anéantissement.

1. Ou *il a arraché mon espoir comme un arbre.*
2. *les fils de mes entrailles :* l'expression désigne vraisemblablement ceux qui sont sortis des mêmes entrailles que lui, c'est-à-dire *ses frères.*

18 Même des gamins me méprisent;
   quand je me lève, ils jasent sur
   moi.
19 Tous mes intimes m'ont en
   horreur,
   même ceux que j'aime se sont
   tournés contre moi.
20 Mes os collent à ma peau et à
   ma chair,
   et je m'en suis tiré avec la peau
   de mes dents[1].

21 Pitié pour moi, pitié pour moi,
   vous mes amis,
   car la main de Dieu m'a touché.
22 Pourquoi me pourchassez-vous
   comme Dieu ?
   Seriez-vous insatiables de ma
   chair ?

23 Ah ! si seulement on écrivait
   mes paroles,
   si on les gravait en une inscription !
24 Avec un burin de fer et du
   plomb[2],
   si pour toujours dans le roc
   elles restaient incisées !
25 Je sais bien, moi, que mon rédempteur[3] est vivant,
   que le dernier, il surgira sur la
   poussière.
26 Et après qu'on aura détruit
   cette peau qui est mienne,
   c'est bien dans ma chair que je
   contemplerai Dieu.
27 C'est moi qui le contemplerai,
   oui, moi !

Mes yeux le verront, lui, et il
ne sera pas étranger[1].
Mon *coeur en brûle au fond
de moi.

28 Si vous dites : «Comment le
   torturer afin de trouver contre
   lui prétexte à procès ? »
29 Alors redoutez le glaive pour
   vous-mêmes,
   car l'acharnement est passible
   du glaive.
   Ainsi vous saurez qu'il existe
   un jugement.

Le triomphe des méchants est bref

20 1 Alors Çofar de Naama
   prit la parole et dit :

2 Voici à quoi mes doutes me
  ramènent
  et cette impatience qui me
  prend :
3 J'entends une leçon qui m'outrage,
  mais ma raison me souffle la
  réplique.
4 Ne sais-tu pas que, depuis toujours,
  depuis que l'homme a été mis
  sur la terre,
5 le triomphe des méchants fut
  bref ?
  La joie de l'impie n'a duré
  qu'un instant.
6 Quand sa taille s'élèverait jusqu'au ciel
  et sa tête toucherait aux nues,
7 comme son ordure il disparaîtra sans retour;
  ceux qui le voyaient diront :
  Où est-il ?

1. *avec la peau de mes dents* : peut-être expression proverbiale dont le sens précis nous échappe.
2. Le *plomb* pouvait servir à noircir les lettres
gravées dans le rocher.
3. *rédempteur* : celui à qui la loi israélite confiait
la responsabilité d'aider un parent en difficulté. Il
s'agit peut-être du même personnage anonyme
qu'en 16.19, 21.

1. *Mes yeux ...* : autre traduction *C'est bien mes
yeux qui le verront, et non ceux d'un étranger.* Le
texte des versets 25-27 est parfois obscur et la
traduction incertaine.

8 Comme un songe il s'envolera
  — qui le trouvera
   quand il est mis en fuite
   comme une vision de la nuit ?
9 L'oeil qui l'apercevait ne le
  verra plus,
   même sa demeure l'aura perdu
   de vue.
10 Ses fils devront indemniser les
   pauvres,
   ses propres mains restitueront
   son avoir.
11 Ses os regorgeaient de jeunesse,
   mais elle couchera avec lui
   dans la poussière.
12 Puisque le mal est si doux à sa
   bouche
   qu'il l'abrite sous sa langue,
13 le savoure sans le lâcher
   et le retient encore sous son
   palais,
14 son aliment se corrompt dans
   ses entrailles
   et y devient un venin d'aspic.
15 La fortune qu'il avait avalée, la
   voilà vomie :
   à son ventre, Dieu la fera rejeter.
16 C'est un venin d'aspic qu'il su-
   çait,
   la langue de la vipère le tuera.
17 Il ne verra plus les ruisseaux,
   les fleuves, les torrents de miel
   et de crème.
18 Il rend ce qu'il a gagné et ne
   peut l'avaler,
   quoi que lui aient rapporté ses
   échanges, il n'en jouira pas.
19 Puisqu'il a écrasé et délaissé les
   pauvres,
   qu'il a volé une maison au lieu
   de la bâtir,
20 puisque son ventre n'a pas su
   se contenter,
   il ne sauvera aucun de ses trésors.

21 Rien n'échappait à sa voracité,
   aussi son bonheur ne durera
   pas.
22 Au comble de l'abondance, la
   détresse va le saisir,
   la main de tous les misérables
   s'abattra sur lui.
23 Il en sera à se remplir le ventre
   quand Dieu déchaînera sur lui
   sa colère.
   Elle pleuvra sur lui en guise de
   nourriture.
24 Fuit-il l'arme de fer,
   l'arc de bronze le transperce.
25 Il arrache la flèche, elle sort de
   son corps,
   et dès que la pointe quitte son
   foie
   les terreurs sont sur lui.
26 Des ténèbres se dissimulent en
   toutes ses caches,
   un feu les dévore que nul n'attise,
   le malheur frappe ce qui subsiste en sa tente.
27 Les cieux dévoilent son crime
   et la terre se soulève contre lui.
28 Les richesses de sa maison s'en
   vont
   comme des eaux qui s'écoulent
   au jour de la colère.
29 Le voilà, le sort que Dieu réserve à l'homme méchant,
   la part d'héritage que Dieu a
   décrétée pour lui.

Les méchants ont souvent une vie heureuse

21 1 Et Job prit la parole et
        dit :

2 Écoutez, écoutez mes paroles.
  C'est ainsi que vous me conso-
  lerez.
3 Supportez-moi, et moi je parlerai.

Et quand j'aurai parlé, tu te
moqueras.

4 Moi, est-ce d'un homme que je
me plains ?
Alors, pourquoi ne perdrais-je
pas patience ?

5 Tournez-vous vers moi. Vous
serez stupéfaits
et mettrez la main sur votre
bouche.

6 Moi-même, ce souvenir me
bouleverse
et un frisson saisit ma chair :

7 Pourquoi les scélérats vi-
vent-ils ?
Vieillir, c'est pour eux accroître leur pouvoir.

8 Leur postérité s'affermit en
face d'eux, en même temps
qu'eux
et ils ont leurs rejetons sous
leurs yeux.

9 Leurs maisons en paix ignorent la peur.
La férule de Dieu les épargne.

10 Leur taureau féconde sans fail-
lir,
leur vache met bas sans avor-
ter.

11 Ils laissent leurs gamins s'é-
battre en troupeaux
et leur marmaille danser.

12 On improvise sur le tambourin
et la harpe,
on se divertit au son de la
flûte.

13 Ils consument leurs jours dans
le bonheur,
en un instant ils descendent
sous terre.

14 Or ils avaient dit à Dieu :
« Écarte-toi de nous,
connaître tes voies ne nous
plaît pas.

15 Le Puissant vaut-il qu'on se
fasse son esclave ?
Et que gagne-t-on à l'invoquer ? »

16 Le bonheur n'est-il pas en leurs
mains ?
Pourquoi dire alors : Loin de
moi, les intrigues des scélérats !

17 Est-ce souvent que la lampe
des scélérats s'éteint,
que leur ruine fond sur eux,
que Dieu leur assigne pour lot
sa colère ?

18 Et pourtant l'on dit : « Qu'ils
soient comme paille au vent,
comme bale qu'emporte la
tempête ! »

19 Dieu, dira-t-on, réserve aux fils
le châtiment du père ?
Qu'il pâtisse lui-même, il le
sentira !

20 Qu'il voie de ses yeux sa ruine
et qu'il s'abreuve à la fureur du
Puissant !

21 Que lui importe, en effet, sa
maison après lui,
une fois que le nombre de ses
mois est tranché ?

22 Est-ce à Dieu qu'on enseignera
la science,
lui qui juge le *sang versé[1] !

23 L'un meurt en pleine vigueur,
tout heureux et tranquille;

24 ses flancs sont lourds de
graisse[2],
la moelle de ses os est encore
fraîche.

25 L'autre meurt, le *cœur aigre,
sans avoir goûté au bonheur.

26 Ensemble, ils s'étendent sur la
poussière,
et les vers les recouvrent.

27 Oh ! je connais bien vos pensées

1. *le sang versé* : autre texte hébreu *les êtres
supérieurs* (la cour céleste, voir 1.6 et la note).
2. Voir 15.27 et la note.

et les idées que vous vous
faites sur mon compte.

28 Car vous dites : «Où est la
maison du tyran,
qu'est devenue la tente où gî-
taient les bandits ?»

29 N'avez-vous pas interrogé les
voyageurs,
n'avez-vous pas su interpréter
leur langage ?

30 Au jour du désastre le méchant
est préservé,
au jour des fureurs il est mis à
l'abri.

31 Qui lui jettera sa conduite à la
face
et ce qu'il a fait, qui le lui
paiera ?

32 Lui on l'escorte au cimetière
et on veille sur son tertre.

33 Douces lui sont les mottes de
la vallée
et derrière lui toute la population défile.
L'assistance est innombrable.

34 Pourquoi donc vous perdre en
consolations ?
De vos réponses, il ne reste que
fausseté.

Confesse tes péchés
et Dieu te pardonnera

22 1 Alors Elifaz de Témân
prit la parole et dit :

2 Est-ce à Dieu qu'un brave peut
être utile,
alors que le sage n'est utile
qu'à lui-même ?

3 Le Puissant s'intéresse-t-il à ta
justice,
que gagne-t-il si tu réformes ta
conduite ?

4 Est-ce par crainte pour toi[1]
qu'il te présentera sa défense,
qu'il ira avec toi en justice ?

---

1. *par crainte pour toi* ou *à cause de ta piété.*

5 Vraiment ta méchanceté est
grande,
il n'y a pas de limites à tes
crimes.

6 Tu prenais sans motif des
gages à tes frères,
tu les dépouillais de leurs vêtements jusqu'à les mettre nus.

7 Tu ne donnais pas d'eau à
l'homme épuisé,
à l'affamé tu refusais le pain.

8 L'homme à poigne possédait la
terre
et le favori s'y installait.

9 Tu as renvoyé les veuves les
mains vides,
et les bras des orphelins
étaient broyés.

10 C'est pour cela que des pièges
t'entourent,
que te trouble une terreur soudaine.

11 Ou bien c'est l'obscurité, tu n'y
vois plus,
et une masse d'eau te sub-
merge.

12 Dieu n'est-il pas en haut des
*cieux ?
Vois la voûte étoilée, comme
elle est haute.

13 Tu en as conclu : «Que peut
savoir Dieu ?
Peut-il juger à travers la nuée
sombre ?

14 Les nuages lui sont un voile et
il n'y voit pas,
il ne parcourt que le pourtour
des cieux. »

15 Veux-tu donc suivre la route
de jadis,
celle que foulèrent les hommes
pervers ?

16 Ils furent emportés avec le
temps;

leurs fondations, c'est un
fleuve qui s'écoule.

17 Eux qui disaient à Dieu : « Dé-
tourne-toi de nous ! »
Car, que pourrait leur faire le
Puissant ?

18 C'était pourtant lui qui avait
rempli leurs maisons de bonheur.
— Loin de moi, les intrigues
des scélérats ! —

19 Les justes verront et se réjouiront,
l'homme honnête se moquera
d'eux :

20 « Voilà nos adversaires anéantis,
le feu a dévoré leurs profits ! »

21 Réconcilie-toi donc avec lui et
fais la paix.
Ainsi le bonheur te sera rendu.

22 Accepte donc de sa bouche
l'instruction
et fixe ses sentences en ta
conscience.

23 Si tu reviens vers le Puissant,
tu seras rétabli,
si tu éloignes la perfidie de ta
tente.

24 Jette ensuite à la poussière les
lingots
et aux cailloux du torrent l'or
d'Ofir[1].

25 C'est le Puissant qui te tiendra
lieu de lingots
et de monceaux d'argent.

26 Car alors tu feras du Puissant
tes délices
et tu élèveras vers Dieu ton
visage.

27 Quand tu le supplieras, il
t'exaucera,
et tu n'auras plus qu'à t'acquitter de tes voeux.

1. Voir 1 R 9.28 et la note; *l'or d'Ofir* était
réputé pour sa qualité.

28 Si tu prends une décision, elle
te réussira
et sur ta route brillera la lumière.

29 Si certains sont abattus, tu
pourras leur dire : « Debout ! »
Car il sauve l'homme aux yeux
baissés.

30 Il délivrera même celui qui
n'est pas innocent;
oui, celui-ci sera délivré par la
*pureté de tes mains.

Dieu sait que je n'ai pas péché

23 1 Alors Job prit la parole et
dit :

2 Aujourd'hui encore ma plainte
se fait rebelle,
quand ma main pèse sur mon
gémissement.

3 Ah ! si je savais où le trouver,
j'arriverais jusqu'à son trône.

4 J'exposerais devant lui ma
cause,
j'aurais la bouche pleine d'arguments.

5 Je saurais par quels discours il
me répondrait,
et je comprendrais ce qu'il a à
me dire.

6 La violence serait-elle sa plai-
doirie ?
Non ! Lui au moins me prête-
rait attention.

7 Alors un homme droit s'expli-
querait avec lui
et j'échapperais, victorieux, à
mon juge.

8 Mais si je vais à l'orient, il n'y
est pas,
à l'occident, je ne l'aperçois
pas.

9 Est-il occupé au nord, je ne
peux l'y découvrir,

se cache-t-il au midi, je ne l'y
vois pas.

10 Pourtant il sait quel chemin est
le mien,
s'il m'éprouve, j'en sortirai pur
comme l'or.

11 Mon pied s'est agrippé à ses
traces,
j'ai gardé sa voie et n'ai pas
dévié,

12 le précepte de ses lèvres et n'ai
pas glissé.
J'ai prisé ses décrets plus que
mes principes.

13 Mais lui, il est tout d'une pièce.
Qui le fera revenir ?
Son bon plaisir, c'est chose
faite.

14 Aussi exécutera-t-il ma sentence
comme tant d'autres qu'il
garde en instance.

15 Voilà pourquoi sa présence me
bouleverse.
Plus je réfléchis, plus j'ai peur
de lui.

16 Dieu a amolli mon courage,
le Puissant m'a bouleversé,

17 car je n'ai pas été anéanti
avant la tombée des ténèbres
mais il ne m'a pas épargné
l'obscurité qui vient.

24 1 Pourquoi le Puissant
n'a-t-il pas des temps en
réserve,
et pourquoi ses fidèles ne
voient-ils pas ses jours[1] ?

2 On déplace les bornes,
on fait paître des troupeaux
volés,

3 c'est l'âne des orphelins qu'on
emmène,
c'est le boeuf de la veuve qu'on
retient en gage.

4 On écarte de la route les indigents,
tous les pauvres du pays n'ont
plus qu'à se cacher.

5 Tels des onagres[1] dans le désert,
ils partent au travail dès
l'aube, en quête de pâture.
Et c'est la steppe qui doit
nourrir leurs petits.

6 Dans les champs ils se coupent
du fourrage,
et ils grappillent la vigne du
méchant.

7 La nuit, ils la passent nus,
faute de vêtement,
ils n'ont pas de couverture
quand il fait froid.

8 Ils sont trempés par la pluie
des montagnes,
faute d'abri, ils étreignent le
rocher.

9 On arrache l'orphelin à la ma-
melle,
du pauvre on exige des gages.

10 On le fait marcher nu, privé de
vêtement,
et aux affamés on fait porter
des gerbes.

11 Dans les enclos des autres, ils
pressent de l'huile,
et ceux qui foulent au pressoir
ont soif.

12 Dans la ville les gens se lamen-
tent,
le râle des blessés hurle
et Dieu reste sourd à ces infamies[2] !

13 Leurs auteurs sont en révolte
contre la lumière,
ils en ont méconnu les voies,
ils n'en ont pas fréquenté les
sentiers.

---

1. Les *temps* et les *jours* de Dieu sont les moments fixés par lui pour exercer la justice.

1. *onagres* : ânes sauvages.
2. *à ces infamies* : autre texte hébreu *à leur*
prière.

14 Le meurtrier se lève au point
du jour,
il assassine le pauvre et l'indigent,
et la nuit, il agit en voleur.

15 L'oeil de l'adultère épie le cré-
puscule.
« Nul oeil ne me verra », dit-il
et il se met un masque.

16 C'est dans les ténèbres que celui-là force les maisons.
De jour, on se tient claque-
muré
sans connaître la lumière.

17 Pour eux tous, l'aube c'est
l'ombre de mort.
Mais le pillard est habitué aux
épouvantes de l'ombre de mort

18 il surnage comme sur des eaux,
son domaine est maudit par les
gens du pays.
Mais lui ne prend pas le chemin des vignes.

19 « Le sol altéré et la chaleur engloutissent l'eau des neiges.
Ainsi, dit-on, les enfers[1] engloutissent celui qui a péché.

20 Le sein qui le porta l'oublie,
mais la vermine fait de lui ses
délices
on ne se souvient plus de lui.
La perfidie a été brisée comme
un arbre. »

21 En fait, quelqu'un entretient
une femme stérile qui n'enfante pas
mais il ne donne pas la joie à
la veuve[2].

22 Alors Dieu qui par force a emporté les puissants
se dresse, et notre homme ne
compte plus sur la vie.

23 Pourtant Dieu lui accorde de
s'affermir dans la tranquillité,

tandis que ses yeux surveillent
la conduite des autres.

24 Eux sont élevés pour un peu
de temps,
et puis plus rien.
Ils se sont effondrés comme
tous ceux qui sont moissonnés,
ils seront coupés comme une
tête d'épi.

25 S'il n'en est pas ainsi, qui me
démentira,
qui réduira mon discours à
néant ?

**On ne discute pas avec le
Tout-Puissant**

25 1 Alors Bildad de Shouah
prit la parole et dit :

2 À lui l'empire et la terreur,
lui qui fait paix dans ses hauteurs.

3 Peut-on compter ses légions ?
Sur qui sa lumière ne se lève-
t-elle pas ?

4 Et comment l'homme serait-il
juste contre Dieu,
comment jouerait-il au *pur,
celui qui est né de la femme ?

5 Si même la lune perd sa bril-
lance,
et si les étoiles ne sont pas
pures à ses yeux,

6 que dire de l'homme, ce ver,
du fils d'Adam, cette larve !

**Dieu est plus puissant
qu'on ne l'imagine**

26 1 Alors Job prit la parole et
dit :

2 Comme tu assistes l'homme
sans force,
et secours le bras sans vigueur !

1. Voir au glossaire SÉJOUR DES MORTS.
2. Allusion probable à la loi de Dt 25.5-10.

3 Comme tu conseilles l'homme
   sans sagesse
   et dispenses le savoir-faire !
4 À qui tes paroles s'adressent-
   elles,
   de qui vient cette inspiration
   qui émane de toi ?
5 Plus profond que les eaux et
   que ceux qui les habitent,
   tremblent les trépassés.
6 Les enfers sont à nu devant
   lui[1],
   et le gouffre n'a point de voile.
7 C'est lui qui étend l'Arctique
   sur le vide,
   qui suspend la terre sur le
   néant,
8 qui stocke les eaux dans ses
   nuages,
   sans que la nuée crève sous
   elles,
9 qui dérobe la vue de son trône
   en étendant sur lui sa nuée.
10 Il a tracé un cercle sur la face
   des eaux,
   aux confins de la lumière et
   des ténèbres.
11 Les colonnes des cieux[2] vacillent,
   épouvantées, à sa menace.
12 Par sa force, il a fendu l'O-
   céan,
   par son intelligence, il a brisé
   le Typhon.
13 Son souffle a balayé les cieux,
   sa main a transpercé le Serpent fuyard[3].
14 Si telles sont les franges de ses
   oeuvres,
   le faible écho que nous en per-
   cevons,

qui donc comprendrait le tonnerre de ses exploits ?

Je n'ai pas péché
et je ne pécherai pas

27 1 Alors Job continua de
        prononcer son poème et
        dit :

2 Par la vie du Dieu qui me dénie justice,
   par le Puissant qui m'a aigri le
   *coeur,
3 tant que je pourrai respirer
   et que le souffle de Dieu sera
   dans mes narines,
4 je jure que mes lèvres ne diront
   rien de perfide
   et que ma langue ne méditera
   rien de fourbe.
5 Malheur à moi, si je vous donnais raison.
   Jusqu'à ce que j'expire, je
   maintiendrai mon innocence.
6 Je tiens à ma justice et ne la
   lâcherai pas !
   Ma conscience ne me reproche
   aucun de mes jours.
7 Qu'il en soit de mon ennemi
   comme du méchant,
   de mon adversaire comme du
   malfaiteur !
8 Ne dites-vous pas : « Quel profit peut espérer l'impie
   alors que Dieu va le dépouiller
   de la vie ?
9 Dieu entendra-t-il son cri
   quand la détresse le surpren-
   dra ?
10 S'il s'était délecté auprès du
   Puissant,
   il aurait invoqué Dieu à tout
   moment. »

1. *enfers :* voir au glossaire SÉJOUR DES
MORTS — *devant lui,* c'est-à-dire *devant Dieu.*
2. Les *colonnes des cieux* sont les montagnes de
l'horizon sur lesquelles le ciel semble reposer.
3. *Océan, Typhon* (v. 12), *Serpent fuyard :* voir
7.12 ; 9.13 et les notes.

11 Je vais vous la prouver, la maîtrise de Dieu,
   je ne cacherai pas la pensée du
   Puissant.
12 Puisque vous tous l'avez constatée,
   pourquoi vous être évanouis en
   vanité ?
13 Voici le lot que Dieu réserve à
   l'homme méchant,
   l'héritage qu'un tyran recevra
   du Puissant :
14 « Si ses fils se multiplient, ce
   sera pour le glaive,
   et ses descendants manqueront
   de pain.
15 Ses survivants seront enterrés
   par la male mort,
   sans que ses veuves puissent les
   pleurer.
16 S'il amasse l'argent comme de
   la poussière,
   s'il entasse les vêtements
   comme de la glaise,
17 qu'il entasse, c'est le juste qui
   s'en vêtira,
   quand à l'argent, c'est l'homme
   honnête qui le touchera.
18 Il a bâti sa maison comme le
   fait la mite[1],
   comme la hutte qu'élève un
   guetteur.
19 Riche il se couche, mais c'est la
   fin;
   il ouvre les yeux : plus rien.
20 Les terreurs l'atteignent comme un flot.
   En une nuit, un tourbillon l'enlève.
21 Le sirocco[2] l'emporte et il s'en
   va,
   le vent l'arrache de chez lui.
22 Sans pitié on tire sur lui,
   et il s'efforce de fuir la main
   de l'archer.

23 On applaudit à sa ruine,
   de sa propre demeure on le
   siffle. »

Où peut-on trouver la sagesse ?

28 1 Certes, des lieux d'où ex-
traire l'argent
   et où affiner l'or, il n'en
   manque pas.
2 Le fer, c'est du sol qu'on l'extrait,
   et le roc se coule en cuivre.

3 On a mis fin aux ténèbres
   et l'on fouille jusqu'au tréfonds
   la pierre obscure dans l'ombre
   de mort.
4 On a percé des galeries loin
   des lieux habités,
   là, inaccessible aux passants,
   on oscille, suspendu loin des
   humains.
5 La terre, elle d'où sort le pain,
   fut ravagée en ses entrailles
   comme par un feu.
6 Ses rocs sont le gisement du
   saphir
   et là se trouve la poussière
   d'or.
7 Les rapaces en ignorent le sentier
   et l'oeil du vautour ne l'a pas
   repéré.
8 Les fauves ne l'ont point foulé
   ni le lion ne l'a frayé.
9 On s'est attaqué au silex,
   on a ravagé les montagnes par
   la racine.
10 Dans les rochers on a percé
   des réseaux de galeries,
   et tout ce qui est précieux,
   l'oeil de l'homme l'a vu.
11 On a tari les sources des
   fleuves
   et amené au jour ce qui était
   caché.

1. La comparaison avec *la mite*, qui détruit, doit
montrer le caractère précaire de cette construction.
2. *sirocco* : vent du sud-est, chaud et sec.

12 Mais la sagesse, où la trouver ?
   Où réside l'intelligence ?
13 On en ignore le prix chez les
   hommes
   et elle ne se trouve pas au pays
   des vivants.
14 L'Abîme déclare : « Elle n'est
   pas en moi. »
   Et l'Océan : « Elle ne se trouve
   pas chez moi. »
15 Elle ne s'échange pas contre de
   l'or massif,
   elle ne s'achète pas au poids de
   l'argent.
16 L'or d'Ofir ne la vaut pas,
   ni l'onyx précieux, ni le saphir.
17 Ni l'or ni le verre n'atteignent
   son prix,
   on ne peut l'avoir pour un vase
   d'or fin.
18 Corail, cristal n'entrent pas en
   ligne de compte.
   Et mieux vaudrait pêcher la
   sagesse que les perles.
19 La topaze d'Ethiopie n'atteint
   pas son prix.
   Même l'or pur ne la vaut pas.

20 Mais la sagesse, d'où vient-elle,
   où réside l'intelligence ?
21 Elle se cache aux yeux de tout
   vivant,
   elle se dérobe aux oiseaux du
   ciel.
22 Le gouffre et la mort déclarent :
   « Nos oreilles ont eu vent de sa
   renommée. »
23 Dieu en a discerné le chemin,
   il a su, lui, où elle réside.
24 C'était lorsqu'il portait ses regards jusqu'aux confins du
   monde
   et qu'il inspectait tout sous les
   cieux
25 pour régler le poids du vent,
   et fixer la mesure des eaux.

26 Quand il assignait une limite à
   la pluie
   et frayait une voie à la nuée
   qui tonne,
27 alors il l'a vue et dépeinte,
   il l'a discernée[1] et même scru-
   tée.
28 Puis il a dit à l'homme :
   « La crainte du Seigneur, voilà
   la sagesse.
   S'écarter du mal, c'est l'intelligence ! »

Job regarde son passé

29 [1] Alors Job continua de
        prononcer son poème et
        dit :

2 Qui me fera revivre les lunes
  d'antan,
  ces jours où Dieu veillait sur
  moi,
3 quand sa lampe brillait sur ma
  tête,
  et dans la nuit j'avançais à sa
  clarté;
4 tel que j'étais aux jours féconds de mon automne[2],
  quand l'amitié de Dieu reposait sur ma tente,
5 quand le Puissant était encore
  avec moi
  et que mes garçons m'entouraient,
6 quand je lavais mes pieds dans
  la crème
  et le roc versait pour moi des
  flots d'huile[3].
7 Si je sortais vers la porte de la
  cité,

1. Autre texte hébreu *il l'a fondée.*
2. En Israël, l'*automne* est la saison marquée par
la célébration de la fête de la Récolte, voir Ex
23.16.
3. *crème, flots d'huile* : symboles de la richesse
du pays de Job. Les pressoirs pour l'extraction de
l'huile d'olive étaient creusés à même *le roc.*

si j'installais mon siège sur la place,

8 à ma vue les jeunes s'éclipsaient,
les vieillards se levaient et restaient debout.

9 Les notables arrêtaient leurs discours
et mettaient la main sur leur bouche.

10 La voix des chefs se perdait,
leur langue se collait au palais.

11 L'oreille qui m'entendait me disait heureux,
l'oeil qui me voyait me rendait témoignage.

12 Car je sauvais le pauvre qui crie à l'aide,
et l'orphelin sans secours.

13 La bénédiction du mourant venait sur moi,
et je rendais la joie au coeur de la veuve[1].

14 Je revêtais la justice, c'était mon vêtement.
Mon droit me servait de manteau et de turban.

15 J'étais devenu les yeux de l'aveugle,
et les pieds de l'impotent, c'était moi.

16 Pour les indigents, j'étais un père,
la cause d'un inconnu, je la disséquais.

17 Je brisais les crocs de l'injuste,
et de ses dents, je faisais tomber sa proie.

18 Je me disais : « Quand j'expirerai dans mon nid,
comme le phénix[2] je multiplierai mes jours.

19 L'eau accède à ma racine,

20 la rosée passe la nuit sur ma ramure.
Ma gloire retrouvera sa fraîcheur,
et dans ma main mon arc rajeunira. »

21 On m'écoutait, dans l'attente.
On accueillait en silence mes avis.

22 Quand j'avais parlé, nul ne répliquait,
sur eux goutte à goutte tombaient mes paroles.

23 Ils m'attendaient comme on attend la pluie.
Leur bouche s'ouvrait comme à l'ondée tardive.

24 Je leur souriais, ils n'osaient y croire,
et recueillaient avidement tout signe de ma faveur.

25 Leur fixant la route, je siégeais en chef,
campé, tel un roi, parmi ses troupes,
comme il console des affligés.

Job regarde son présent

30 ¹ Et maintenant, je suis la risée de plus jeunes que moi,
dont j'eusse dédaigné de mettre les pères
parmi les chiens de mon troupeau.

2 Qu'aurais-je fait des efforts de leurs bras ?
Toute leur vigueur avait péri.

3 Desséchés par la misère et la faim,
ils rongeaient la steppe,
lugubre et vaste solitude.

---

1. Voir 24.21 et la note.
2. Oiseau mythologique dont on croyait qu'il vivait plusieurs siècles, et que, brûlé, il pouvait renaître de ses cendres. Autre traduction *mes jours seront nombreux comme des grains de sable.*

4 Ils cueillent l'arroche[1] sur les
   buissons,
      ils ont pour pain la racine des
      genêts.
5 Bannis de la société des
   hommes
      qui les hue comme des voleurs,
6 ils logent au flanc des préci-
   pices,
      dans les antres de la terre et
      les cavernes.
7 Ils beuglent parmi les broussailles
      et s'entassent sous les ronces,
8 fils de l'infâme, fils de l'homme
   sans nom,
      chassés du pays à coups de
      bâton.

9 Et maintenant je sers à leur
   chanson,
      me voici devenu leur fable.
10 Ils m'ont en horreur et s'éloignent.
      Sans se gêner, ils me crachent
      au visage.
11 Puisque Dieu a détendu mon
   arc et m'a terrassé,
      ils perdent toute retenue en ma
      présence.
12 Ils grouillent à ma droite,
      ils me font lâcher pied,
      ils se fraient un accès jusqu'à
      moi pour me perdre.
13 Ils me coupent la retraite
      et s'affairent à ma ruine,
      sans qu'ils aient besoin d'aide.
14 Ils affluent par la brèche[2],
      ils se bousculent sous les dé-
      combres.
15 L'épouvante fonce contre moi.
      En coup de vent, elle chasse
      mon assurance.

   Mon bien-être a disparu
   comme un nuage.
16 Et maintenant la vie s'écoule
   de moi,
      les jours de peine m'étreignent.
17 La nuit perce mes os et m'é-
   cartèle;
      et mes nerfs n'ont pas de répit.
18 Sous sa violence, mon vêtement s'avilit,
      comme le col de ma tunique il
      m'enserre.
19 Il m'a jeté dans la boue.
      Me voilà devenu poussière et
      cendre.
20 Je hurle vers toi, et tu ne réponds pas.
      Je me tiens devant toi, et ton
      regard me transperce.
21 Tu t'es changé en bourreau
   pour moi,
      et de ta poigne tu me brimes.
22 Tu m'emportes sur les chevaux
   du vent
      et me fais fondre sous l'orage.
23 Je le sais : tu me ramènes à la
   mort,
      le rendez-vous de tous les vi-
      vants.
24 Mais rien ne sert d'invoquer
   quand il étend sa main,
      même si ses fléaux leur arra-
      chent des cris.
25 Pourtant, n'ai-je point pleuré
   avec ceux qui ont la vie dure ?
      Mon cœur ne s'est-il pas serré
      à la vue du pauvre ?
26 Et quand j'espérais le bonheur,
   c'est le malheur qui survint.
      Je m'attendais à la lumière ...
      l'ombre est venue.

27 Mes entrailles ne cessent de
   fermenter,
      des jours de peine sont venus
      vers moi.

---

1. Plante symbolisant, selon une vieille tradition juive, la nourriture des temps de famine.
2. Dans les versets 12-14, Job présente les atta-ques dont il est l'objet sous l'image de l'assaut porté contre une ville fortifiée.

28 Je marche bruni, mais non par
le soleil.
En pleine assemblée, je me
dresse et je hurle.

29 Je suis entré dans l'ordre des
chacals
et dans la confréries des effraies[1].

30 Ma peau noircit et tombe,
mes os brûlent et se dessè-
chent.

31 Ma harpe s'accorde à la
plainte,
et ma flûte à la voix des pleu-
reurs.

Job en appelle à la justice de Dieu

31 1 J'avais conclu un pacte
avec mes yeux :
ne pas fixer le regard sur une
vierge.

2 Quelle part, en effet, Dieu assi-
gne-t-il d'en haut,
quel héritage le Puissant fixe-
t-il depuis les *cieux ?

3 N'est-ce pas la ruine pour le
pervers,
l'adversité pour les malfaiteurs ?

4 Ne voit-il pas, lui, ma
conduite ?
Ne tient-il pas le compte de
tous mes pas ?

5 Alors, ai-je fait route avec le
mensonge,
mon pied s'est-il hâté vers la
fraude ?

6 Qu'il me pèse à de justes balances
et Dieu reconnaîtra mon intégrité.

7 Si mes pas ont dévié,
si mon coeur a suivi mes yeux,
si une souillure imprègne mes
mains,

8 alors, ce que je sème, qu'un
autre le mange,
mes rejetons, qu'on les déra-
cine !

9 Si mon coeur fut séduit par
une femme,
si j'ai fait le guet à la porte du
voisin,

10 que pour un autre ma femme
tourne la meule,
et que sur elle d'autres se couchent,

11 car ç'aurait été une infamie,
un forfait que punit mon juge.

12 Un feu m'eût dévoré jusqu'à la
perdition,
ruinant tout mon fruit jusqu'à
la racine.

13 Si j'ai méconnu le droit de
mon serviteur ou de ma servante
dans leurs litiges avec moi,

14 que faire quand Dieu se lèvera ?
Quand il enquêtera, que lui répondre ?

15 Celui qui m'a fait dans le
ventre, ne les a-t-il pas faits
aussi ?
C'est le même Dieu qui nous a
formés dans le sein.

16 Est-ce que je repoussais la demande des pauvres,
laissais-je languir les yeux de
la veuve ?

17 Ma ration, l'ai-je mangée seul,
sans que l'orphelin en ait eu sa
part,

18 alors que dès mon enfance il a
grandi avec moi comme avec
un père,

---

1. Autre traduction *autruches*. De toute façon, il
s'agit d'animaux (*chacals*, *effraies* ou *autruches*)
souvent associés aux régions désertiques et aux
ruines.

et qu'à peine sorti du ventre de
ma mère je fus le guide de la
veuve ?

19 Voyais-je un miséreux privé de
vêtement,
un indigent n'ayant pas de
quoi se couvrir,

20 sans que ses reins m'aient béni
et qu'il fût réchauffé par la
toison de mes brebis ?

21 Si j'ai brandi le poing contre
un orphelin,
me sachant soutenu au tribunal,

22 que mon épaule se détache de
mon dos
et que mon bras se rompe au
coude.

23 Non, le châtiment de Dieu
était ma terreur,
je ne pouvais rien devant sa
majesté.

24 Si j'ai placé dans l'or ma
confiance,
si j'ai dit au métal fin : « Tu es
ma sécurité »,

25 si j'ai tiré joie de l'abondance
de mes biens,
de ce que mes mains avaient
beaucoup gagné,

26 si, en voyant la lumière resplendir
et la lune s'avancer radieuse,

27 mon cœur en secret s'est laissé
séduire,
et si ma main s'est portée à ma
bouche pour un baiser[1],

28 cela aussi aurait été un forfait
que punit mon juge,
car j'aurais renié le Dieu d'en
haut.

1. Geste d'adoration, dans la religion
assyro-babylonienne.

29 Me suis-je réjoui de la ruine de
mon ennemi,
ai-je tressailli de joie quand le
malheur l'a frappé ?

30 Moi qui ne permettais pas à
ma bouche de pécher
en le vouant à la mort par une
imprécation !

31 Mes hôtes même n'ont-ils pas
dit :
« Qui n'a-t-il pas rassasié de
viande ? »

32 L'étranger ne passait pas la
nuit dehors :
j'ouvrais mes portes au voyageur.

33 Ai-je comme Adam dissimulé
mes révoltes,
caché dans mon sein ma
faute ?

34 Et cela parce que j'aurais redouté l'opinion des foules
et que le mépris des familles
m'eût terrorisé,
réduit à me taire et à ne plus
franchir ma porte ...

35 qui me donnera quelqu'un qui
m'écoute ?
Voilà mon dernier mot. Au
Puissant de me répondre !

36 Quant au réquisitoire écrit par
mon adversaire,
eh bien, je le porterai sur mon
épaule,
je m'en parerai comme d'une
couronne.

37 Oui, je lui rendrai compte de
mes pas,
je lui ferai un accueil princier !

38 Si ma terre a protesté contre
moi,
si ses sillons ont fondu en
larmes,

39 si j'ai dévoré sa vigueur sans
avoir payé,

ayant fait rendre l'âme à son maître,

40 alors qu'au lieu du froment l'épine y croisse

et au lieu d'orge, l'herbe puante.

Ici finissent les paroles de Job.

L'INTERVENTION D'ELIHOU

Elihou se met en colère

32 1 Alors ces trois hommes cessèrent de répondre à Job, puisqu'il s'estimait juste. 2 Mais Elihou se mit en colère. Il était fils de Barakéel le Bouzite[1], du clan de Ram. Il se mit en colère contre Job parce que celui-ci se prétendait plus juste que Dieu. 3 Il se mit en colère aussi contre ses trois amis parce qu'ils n'avaient plus trouvé de réponse et avaient ainsi reconnu Dieu coupable[2]. 4 Or Elihou s'était retenu de parler à Job parce que les autres étaient plus âgés que lui. 5 Mais quand Elihou vit que ces trois hommes n'avaient plus de réponse à la bouche, il se mit en colère.

Elihou se présente

6 Alors Elihou, fils de Barakéel le Bouzite, prit la parole et dit :

Je suis un jeune, moi,
et vous, des vieux.

Aussi craignais-je et redoutais-je
de vous exposer mon savoir.

7 Je me disais : « L'âge parlera,
le nombre des années enseignera la sagesse. »

8 Mais en réalité, dans l'homme, c'est le souffle,
l'inspiration du Puissant, qui rend intelligent.

9 Être un *ancien ne rend pas sage,
et les vieillards ne discernent pas le droit.

10 C'est pourquoi je dis : « Écoute-moi
et je t'exposerai mon savoir, moi aussi. »

11 Voyez, je comptais sur vos discours,
je prêtais l'oreille à vos raisonnements,
à votre critique de ses propos.

12 Je vous ai suivis avec attention,
mais aucun de vous n'a répondu à Job,
aucun de vous n'a réfuté ses dires.

13 Et ne dites pas : « Nous avons trouvé la sagesse :
Dieu seul peut triompher de lui, non un homme. »

14 Ce n'est pas à moi qu'il a adressé ses discours,

1. D'après Gn 22.21, Bouz était frère d'Ouç (1.1). Elihou se sent donc plus intimement lié à Job que ne l'étaient les trois autres amis.

2. Hébreu : *reconnu Job coupable;* mais la tradition juive reconnaît qu'il s'agit d'une correction volontaire du texte par les copistes, pour éviter de placer le nom de *Dieu* à côté du verbe *reconnaître coupable.*

et ce n'est pas avec vos déclarations que je lui répondrai.

15 Les voilà interdits, ils ne ré-
pondent plus,
ils ont la parole coupée.
16 J'aurais beau attendre, ils ne
parleront pas,
car ils ont cessé de donner la
réplique.
17 Cette réplique, c'est moi qui la
donnerai, pour ma part,
j'exposerai mon savoir, moi
aussi.
18 Car je suis plein de mots
et le souffle de mon ventre me
presse.
19 En mon ventre, c'est comme un
vin qui ne trouve pas d'issue.
Comme des outres neuves qui
vont éclater !
20 Que je parle donc pour respirer à l'aise.
J'ouvrirai les lèvres et je répli-
querai.
21 Je m'interdis de favoriser personne
et de flatter qui que ce soit.
22 D'ailleurs, je ne sais pas flatter,
sinon celui qui m'a fait m'aurait vite anéanti.

**Elihou accuse Job d'être orgueil-
leux**

33 ¹ Veuille donc entendre, ô
Job, mes discours,
prête l'oreille à toutes mes paroles.
2 Voici donc que j'ouvre la
bouche,
que ma langue parle en mon
palais.
3 C'est la rectitude de ma
conscience qui parlera,
et mes lèvres diront la vérité
pure.

4 C'est le souffle de Dieu qui m'a
fait,
l'inspiration du Puissant qui
me fait vivre.
5 Si tu le peux, réponds-moi,
argumente contre moi, prends
position !
6 Vois, devant Dieu je suis ton
égal,
j'ai été pétri d'argile, moi
aussi !
7 Voyons, la terreur de moi n'a
pas à t'épouvanter,
et mon autorité n'a pas à t'accabler.

8 Mais tu as bien dit à mes
oreilles
et j'entends encore le son des
paroles :
9 « Je suis *pur, sans péché[1].
Je suis net, moi, exempt de
faute.
10 Mais Dieu invente contre toi
des griefs,
il me traite en ennemi.
11 Il me met les pieds dans les
fers
et il épie toutes mes traces ! »
12 Voyons, en cela tu n'as pas
raison,
te dirai-je.
Car Dieu est bien plus que
l'homme.
13 Pourquoi lui as-tu intenté un
procès,
à lui qui ne rend compte d'aucun de ses actes ?

14 Pourtant Dieu parle d'abord
d'une manière
et puis d'une autre, mais l'on
n'y prend pas garde :
15 dans le songe, la vison nocturne,

---

1. Nulle part Job ne prononce précisément les
paroles rapportées dans les versets 9-11, mais Elihou y résume la teneur générale de ses propos.

lorsqu'une torpeur accable les humains,
    endormis sur leur couche,
16 alors il ouvre l'oreille des humains
    et y scelle les avertissements
        qu'il leur adresse,
17 afin de détourner l'homme de ses actes,
    d'éviter l'orgueil au héros.
18 Ainsi il préserve son existence de la fosse
    et l'empêche d'offrir sa vie au javelot.

19 Parfois, il le réprimande dans son lit par la douleur
    et la lutte n'a de cesse dans ses os.
20 Le pain lui donne la nausée,
    il n'a plus d'appétit pour la bonne chère.
21 Il dépérit à vue d'œil,
    ses os qu'on ne voyait pas deviennent saillants.
22 Alors son existence frôle la fosse,
    et sa vie est livrée aux exterminateurs.
23 Mais s'il se trouve pour lui un *ange,
    un interprète entre mille
    pour faire connaître à l'homme son devoir,
24 qu'il ait compassion de lui et dise :
    « Exempte-le de descendre dans la fosse,
    j'ai découvert une rançon ! »
25 Alors sa chair retrouve la sève de la jeunesse,
    il revient aux jours de son adolescence,
26 il invoque Dieu qui se plaît en lui,
    criant de joie il voit la face de celui qui rend à l'homme sa justice;
27 il chante devant les hommes en disant :
    « J'avais péché, j'avais violé le droit,
    mais lui ne s'est pas conduit comme moi.
28 Il a racheté mon existence au bord de la fosse
    et ma vie contemplera la lumière ! »

29 Vois, tout cela Dieu l'accomplit,
    deux fois, trois fois pour l'homme,
30 pour retirer son existence de la fosse,
    pour l'illuminer de la lumière des vivants.
31 Sois attentif, Job, écoute-moi;
    tais-toi, c'est moi qui parlerai.
32 Si tu as des mots pour répondre,
    parle, car je voudrais te trouver juste;
33 sinon, c'est à toi de m'écouter.
    Tais-toi, je vais t'apprendre la sagesse.

Elihou considère les sages comme incompétents

34 1 Alors Elihou reprit et dit :
2 Écoutez, sages, mes discours,
    et vous, savants, prêtez-moi l'oreille.
3 Car c'est à l'oreille d'apprécier les discours
    comme au palais de goûter les mets.
4 À nous de discerner ce qui est juste;
    reconnaissons donc entre nous ce qui est bien.

5 Job n'a-t-il pas dit : « Je suis
   juste[1],
   mais Dieu me dénie justice;
6 quand je cherche justice, je
   passe pour menteur.
   Une flèche m'a blessé à mort,
   sans que j'aie péché ? »
7 Y a-t-il un brave comme Job ?
   Il boit le sarcasme comme de
   l'eau.
8 Il chemine de pair avec les
   malfaiteurs
   et fait route avec les méchants.
9 N'a-t-il pas dit : « L'homme ne
   gagne rien
   à se plaire en Dieu ? »

10 Écoutez-moi donc, hommes
   sensés !
   Loin de Dieu la méchanceté,
   loin du Puissant la perfidie.
11 Car il rend à l'homme selon ses
   oeuvres
   et traite chacun selon sa
   conduite.
12 Non, en vérité, Dieu n'agit pas
   méchamment,
   le Puissant ne viole pas le
   droit.
13 Est-ce quelqu'un d'autre qui lui
   a confié la terre,
   est-ce quelqu'un d'autre qui l'a
   chargé du monde entier ?
14 S'il ne pensait qu'à lui-même,
   s'il concentrait en lui son
   souffle et son haleine,
15 toute chair expirerait à la fois
   et l'homme retournerait en
   poussière.
16 Puisque tu as de l'intelligence,
   écoute ceci,
   prête l'oreille au son de mes
   discours.
17 Un ennemi de la justice pourrait-il régner ?

Oses-tu condamner le Juste, le
   Très-Noble ?
18 Dit-on au roi : « Vaurien ? »
   Traite-t-on les grands de criminels ?
19 Lui seul ne favorise pas les
   princes
   et ne fait pas plus de cas du
   richard que du pauvre,
   car tous sont l'oeuvre de ses
   mains.
20 En un instant, ils meurent en
   pleine nuit,
   le peuple s'agite et ils disparaissent,
   on écarte un potentat sans
   qu'une main se lève.
21 Car Dieu a les yeux sur la
   conduite de l'homme,
   il observe tous ses pas.
22 Ni les ténèbres ni l'ombre de
   mort
   ne peuvent dissimuler les malfaiteurs.
23 Il n'a pas besoin d'épier longtemps l'homme
   pour que celui-ci comparaisse
   devant lui en jugement.
24 Sans enquête, il brise les nobles
   et en met d'autres à leur place.
25 C'est qu'il évente leurs manoeuvres;
   en une nuit il les renverse, les
   voilà écrasés.
26 Comme des criminels, il les
   soufflette en public.
27 C'est qu'ils n'ont plus voulu le
   suivre,
   qu'ils ont ignoré tous ses chemins,
28 jusqu'à faire monter vers lui le
   cri du pauvre;
   et le cri des opprimés, lui l'entend.
29 Mais s'il reste impassible, qui
   le condamnera,

1. Voir 33.9 et la note.

s'il cache sa face, qui le percera
à nu ?

Il veille pourtant sur les nations comme sur les hommes,

30 ne voulant pas que règne l'impie,
ni que l'on tende des pièges au
peuple.

31 Mais si quelqu'un dit à Dieu :
« J'ai expié, je ne ferai plus le
mal.

32 Ce qui échappe à ma vue,
montre-le-moi toi-même;
si j'ai agi en pervers, je ne réci-
diverai pas. »

33 Selon toi, devrait-il punir ? ...
je sais que tu t'en moques[1].
Ainsi en as-tu décidé, toi, mais
pas moi.
Dis quand même ce que tu en
sais.

34 Les hommes sensés me diront,
comme tout homme sage qui
m'écoute :

35 « Ce grand parleur de Job n'y
connaît rien,
il discourt sans rime ni raison. »

36 Je veux qu'on soumette Job à
la question, jusqu'à ce qu'il
cède,
sur ses propos dignes d'un mé-
créant;

37 car à sa faute il ajoute la révolte,
il sème le doute parmi nous
et accumule ses remontrances
contre Dieu.

Elihou accuse Job d'être insensé

35 1Alors Elihou reprit et dit :
2Prétends-tu être dans ton

droit quand tu dis : « Je suis
plus juste que Dieu[1] ? »

3 Puisque tu déclares : «Que
t'importe, et quel profit pour
moi à ne pas pécher ? »

4 Moi je te réfuterai par mes
discours,
toi et tes amis du même coup.

5 Considère les *cieux et vois,
contemple les nues, comme
elles te dominent !

6 Si tu pèches, le touches-tu ?
Multiplie tes révoltes, que lui
fais-tu ?

7 Si tu es juste, en profite-t-il,
reçoit-il de toi quelque chose ?

8 Ta méchanceté n'atteint que
tes semblables,
ta justice ne profite qu'à des
hommes.

9 On gémit sous les excès de
l'oppression,
on crie sous la poigne des
grands.

10 Mais nul ne dit : «Où est Dieu
qui m'a fait ?
Lui qui inspire des chants dans
la nuit,

11 qui nous dresse mieux que les
bêtes de la terre
et nous rend plus sages que les
oiseaux du ciel. »

12 Alors on crie, mais lui ne répond pas,
à cause de l'orgueil des méchants.

13 Il n'y a que les paroles creuses
que Dieu n'écoute pas,
que le Puissant ne perçoit pas.

14 Or, tu oses dire que tu ne l'a-
perçois pas,
que ta cause lui est soumise et
que tu es là à l'attendre.

---

1. Voir 7.16.

1. Cette fois, Elihou dépasse la pensée et les
paroles de Job (voir 33.9 et la note).

15 Mais maintenant, si sa colère
   n'intervient pas
   et s'il ignore cette débauche de
   paroles,
16 c'est que Job ouvre la bouche à
   vide
   et accumule des discours insensés.

Elihou exalte la toute-puissance de Dieu

36 1 Puis Elihou continua et
dit :

2 Supporte-moi un moment, je
   vais t'instruire.
   Il y a d'autres choses à dire en
   faveur de Dieu.
3 Je vais tirer ma science de loin
   pour justifier celui qui m'a fait.
4 Car certes mes discours ne
   mentent pas,
   et c'est un homme au savoir
   sûr qui est près de toi.

5 Vois la noblesse de Dieu ! Lui
   ne dirait pas : « Je m'en
   moque[1] »,
   il est Très-Noble par la fermeté de ses décisions.
6 Il ne laisse pas en vie le méchant
   mais fait justice aux opprimés.
7 Il ne détourne pas ses yeux des
   justes.
   Sont-ils avec les rois sur le
   trône
   où il les a établis pour toujours ? Eux s'en grisent.
8 Et s'ils se trouvent prisonniers
   dans les chaînes,
   s'ils sont pris dans les liens de
   l'oppression,
9 c'est qu'il a voulu dénoncer devant eux leurs oeuvres

et leurs révoltes quand ils
   jouaient au héros.
10 Il a ouvert leur oreille à sa
   semonce
   et leur a dit de se détourner du
   désordre.
11 S'ils écoutent et se soumettent,
   ils achèveront leurs jours dans
   le bonheur
   et leurs années dans les délices.
12 Mais s'ils n'écoutent pas, ils
   s'offriront au javelot
   et expireront sans s'en rendre
   compte.
13 Quant aux impies endurcis
   dans leur colère,
   eux n'implorent pas, lorsqu'il
   les enchaîne.
14 Leur existence s'éteint en
   pleine jeunesse
   et leur vie s'achève parmi les
   prostitués[1].
15 Mais l'opprimé, il le sauve par
   l'oppression,
   et par la détresse il lui ouvre
   l'oreille.

16 Toi aussi, il a voulu te faire
   passer de la contrainte
   aux grands espaces où rien ne
   gêne,
   et la table qu'on t'y servira
   sera chargée de mets savou-
   reux.
17 Mais si tu encours un verdict
   de condamnation,
   verdict et jugement l'emporte-
   ront.
18 Que la menace du châtiment
   ne te pousse pas à la révolte !
   Tu peux en soudoyer beaucoup ? Ne te fourvoie pas !
9 Tes richesses suffiront-elles ?
   Les lingots pas plus,
   ni toutes les ressources de la
   force.

1. Voir 7.16 et 34.33.   1. Voir 1 R 14.24 et la note.

20 Ne soupire pas après cette nuit
   où les peuples seront déracinés.
21 Garde-toi de te tourner vers le
   désordre
   que tu préférerais à l'oppression[1].

22 Vois, Dieu est souverain dans
   sa puissance,
   quel maître enseignerait
   mieux ?
23 Quelqu'un inspecte-t-il sa
   conduite,
   quelqu'un lui dit-il : «Tu commets le mal ?»
24 Songe à célébrer son oeuvre
   que chantent les hommes.
25 Tous les humains la contemplent,
   de loin le mortel la distingue.

26 Vois, Dieu est grand et nous ne
   comprenons pas.
   Le nombre de ses ans est incalculable.
27 Il attire les gouttes d'eau,
   puis les filtre en pluie pour son
   déluge
28 que les nues déversent
   et répandent sur les foules des
   hommes.
29 Qui prétendrait comprendre le
   déploiement des nuages,
   et le tonnerre de sa voûte ?
30 Vois, il a déployé sur eux sa
   foudre
   et il a submergé les fondations
   de l'océan.
31 C'est par eux qu'il juge[2] les
   peuples
   et donne la nourriture en
   abondance.

32 Ses deux paumes, il les a cou-
   vertes de foudre,
   et à celle-ci il a assigné une
   cible.
33 Son tonnerre annonce sa venue,
   les troupeaux même pressen-
   tent son approche.

37

1 Mon coeur aussi en fré-
   mit
   et bondit hors de sa place.
2 Écoutez, écoutez donc vibrer
   sa voix,
   et le grondement qui sort de sa
   bouche.
3 Sous tous les cieux il le réper-
   cute
   et sa foudre frappe les extrémités de la terre.
4 Puis son rugissement retentit,
   sa majesté tonne à pleine voix,
   et il ne retient plus les éclairs
   dès que sa voix s'est fait entendre.
5 Dieu tonne à pleine voix ses
   miracles,
   il en fait de grandioses qui
   nous échappent.

6 Quand il dit à la neige :
   «Tombe sur la terre»,
   quand il déclenche les averses,
   les averses torrentielles,
7 il met sous scellés la main de
   chacun[1]
   pour que les hommes qu'il a
   faits prennent conscience.
8 La bête rentre en sa tanière
   et se tapit dans son gîte.
9 L'ouragan, lui, sort de sa cel-
   lule,
   et de la bise vient le gel.
10 Au souffle de Dieu se forme la
   glace

1. Le texte des versets 18-21 est obscur et la
traduction incertaine.
2. Autres traductions *il dirige* ou *il gouverne*; les
nuages et la pluie sont des moyens que Dieu utilise
pour montrer qu'il domine le monde (voir 1 R
17.1).

1. *il met sous scellés ...* : autre traduction *il para-
lyse l'activité des hommes.*

et les étendues d'eau se prennent.
11 Puis le beau temps emporte les
nuages
et disperse les nuées chargées
d'éclairs.
12 C'est lui qui les fait tournoyer
en cercles
pour qu'elles accomplissent, selon ses desseins,
tout ce qu'il leur commande
sur tout l'univers.
13 Qu'il s'agisse d'accabler ou
d'arroser la terre
ou de la bénir, c'est eux qu'il
délègue.

14 Prête l'oreille à cela, Job,
arrête-toi et considère les miracles de Dieu.
15 Lorsque Dieu les projette, le
sais-tu ?
Sais-tu quand il fait briller la
foudre dans sa nuée ?
16 Sais-tu l'équilibre des nuages,
merveilles d'un savoir sûr ?
17 Toi dont les vêtements sont
trop chauds
quand la terre s'alanguit sous
le vent du midi,
18 l'assistais-tu pour laminer les
nues,

solides comme un miroir de
métal[1] ?

19 Apprends-moi ce que nous
pourrions lui dire !
— Mais nous ne pourrons argumenter à cause des ténèbres.
20 Quand je parle, faut-il qu'on
l'en avise ?
Faut-il le lui dire pour qu'il en
soit informé ?

21 Soudain, on ne voit plus la lumière,
elle est obscurcie par les nues,
puis un vent a soufflé et les a
balayées.
22 Du Nord arrive une clarté d'or,
autour de Dieu, une effrayante
splendeur.
23 C'est le Puissant que nous ne
pouvions atteindre,
suprême en force et en équité,
il n'opprime pas celui en qui la
justice abonde.
24 C'est pourquoi les hommes le
craignent,
mais lui ne tient pas compte de
ceux qui se croient sages.

1. Allusion à une conception ancienne selon laquelle le ciel était une voûte solide.

DIALOGUE ENTRE DIEU ET JOB

38 1 Le Seigneur répondit alors à Job du sein de l'ouragan et dit :

2 Qui est celui qui dénigre la providence
par des discours insensés ?

3 Ceins donc tes reins[1], comme un brave :
je vais t'interroger et tu m'instruiras.

Les merveilles de la création

4 Où est-ce que tu étais quand je fondai la terre ?
Dis-le moi puisque tu es si savant.

5 Qui en fixa les mesures, le saurais-tu ?
Ou qui tendit sur elle le cordeau ?

6 En quoi s'immergent ses piliers[2],
et qui donc posa sa pierre d'angle

7 tandis que les étoiles du matin chantaient en chœur
et tous les Fils de Dieu[3] crièrent hourra ?

8 Quelqu'un ferma deux battants sur l'Océan
quand il jaillissait du sein maternel,

9 quand je lui donnais les brumes pour se vêtir,
et le langeais de nuées sombres.

10 J'ai brisé son élan par mon décret,
j'ai verrouillé les deux battants

11 et j'ai dit : « Tu viendras jusqu'ici,
pas plus loin;
là s'arrêtera l'insolence de tes flots ! »

12 As-tu, un seul de tes jours, commandé au matin,
et assigné à l'aurore son poste,

13 pour qu'elle saisisse la terre par ses bords
et en secoue les méchants[1] ?

14 La terre alors prend forme comme l'argile sous le sceau,
et tout surgit, chamarré[2].

15 Mais les méchants y perdent leur lumière
et le bras qui s'élevait est brisé.

16 Es-tu parvenu jusqu'aux sources de la mer,
as-tu circulé au fin fond de l'*abîme ?

17 Les portes de la mort te furent-elles montrées ?
As-tu vu les portes de l'ombre de mort ?

18 As-tu idée des étendues de la terre ?

---

1. *Ceindre ses reins* signifie se préparer à affronter quelque chose (en particulier un combat).
2. Voir 9.6 et la note.
3. *les Fils de Dieu* : voir 1.6 et la note.

1. *en secoue les méchants* : comme la maîtresse de maison qui, au matin, secoue une couverture ou un tapis pour en chasser les parasites.
2. Autre traduction *en habit* (de cérémonie).

Décris-la, toi qui la connais tout entière.

19 De quel côté habite la lumière, et les ténèbres, où donc logent-elles

20 pour que tu les accueilles dès leur seuil
et connaisses les accès de leur demeure ?

21 Tu le sais bien puisque tu étais déjà né
et que le nombre de tes jours est si grand !

22 Es-tu parvenu jusqu'aux réserves de neige,
et les réserves de grêle, les as-tu vues,

23 que j'ai ménagées pour les temps de détresse,
pour le jour de lutte et de bataille ?

24 De quel côté se diffuse la lumière,
par où le sirocco[1] envahit-il la terre ?

25 Qui a creusé des gorges pour les torrents d'orage
et frayé la voie à la nuée qui tonne,

26 pour faire pleuvoir sur une terre sans hommes,
sur un désert où il n'y a personne,

27 pour saouler le vide aride,
en faire germer et pousser la verdure ?

28 La pluie a-t-elle un père ?
Qui engendre les gouttes de rosée ?

29 Du ventre de qui sort la glace ?
Qui enfante le givre des cieux ?

1. Voir 27.21 et la note.

30 Alors les eaux se déguisent en pierre[1]
et la surface de l'abîme se prend.

31 Peux-tu nouer les liens des Pléiades
ou desserrer les cordes d'Orion ?

32 faire apparaître les signes du zodiaque en leur saison,
conduire l'Ourse[2] avec ses petits ?

33 Connais-tu les lois des cieux,
fais-tu observer leur charte sur terre ?

34 Te suffit-il de crier vers les nuages
pour qu'une masse d'eau t'inonde ?

35 Est-ce quand tu les lâches que partent les éclairs
en te disant : Nous voici ?

36 Qui a mis dans l'ibis la sagesse,
donné au coq l'intelligence[3] ?

37 Qui s'entend à dénombrer les nues
et incline les outres des cieux

38 tandis que la poussière se coule en limon
et que prennent les mottes ?

Les merveilles du monde animal

39 Est-ce toi qui chasses pour la lionne une proie
et qui assouvis la voracité des lionceaux

40 quand ils sont tapis dans leurs tanières,
ou s'embusquent dans les fourrés ?

1. C'est-à-dire que l'eau devient glace.
2. *les Pléiades, Orion* (v. 31), *l'Ourse :* voir 9.9 et la note.
3. En Egypte, l'*ibis* était l'oiseau considéré comme capable d'annoncer la crue du Nil; quant au *coq,* on pensait qu'il prédisait l'arrivée des pluies d'automne.

41 Qui donc prépare au corbeau
sa provende
quand ses petits crient vers
Dieu
et titubent d'inanition ?

39 1 Sais-tu le temps où en-
fantent les bouquetins ?
As-tu observé les biches en travail,
2 as-tu compté les mois de leur
gestation,
et su l'heure de leur délivrance ?
3 Elles s'accroupissent, mettent
bas leurs petits
et sont quittes de leurs douleurs.
4 Leurs faons prennent force et
grandissent à la dure,
ils partent et ne leur reviennent plus.

5 Qui mit en liberté l'âne sauvage,
qui délia les liens de l'onagre[1]
6 auquel j'ai assigné la steppe
pour maison,
la terre salée pour demeure ?
7 Il se rit du vacarme des villes
et n'entend jamais l'ânier voci-
férer.
8 Il explore les montagnes, son
pâturage,
en quête de la moindre verdure.

9 L bison consentira-t-il à te
servir,
passera-t-il ses nuits à ton
étable ?
10 L'astreindras-tu à labourer,
hersera-t-il derrière toi les val-
lons ?

11 Est-ce parce que sa force est
grande que tu lui feras
confiance `
et que tu lui abandonneras ta
besogne ?
12 Compteras-tu sur lui pour rentrer ton grain,
pour engranger ta récolte ?

13 L'aile de l'autruche bat allègrement,
mais que n'a-t-elle les pennes
de la cigogne[1] et ses plumes ?
14 Quand elle abandonne par
terre ses oeufs,
et les laisse chauffer sur la
poussière,
15 elle a oublié qu'un pied peut
les écraser,
une bête sauvage les piétiner.
16 Dure pour ses petits comme
s'ils n'étaient pas les siens,
elle ne s'inquiète pas d'avoir
peiné en pure perte.
17 C'est que Dieu lui a refusé la
sagesse
et ne lui a pas départi l'intelligence.
18 Mais dès qu'elle se dresse et
s'élance,
elle se rit du cheval et du cavalier.

19 Est-ce toi qui donnes au cheval
la bravoure,
qui revêts son cou d'une cri-
nière,
20 qui le fais bondir comme la
sauterelle ?
Son fier hennissement est terreur.
21 Exultant de force, il piaffe
dans la vallée

1. *onagre* : autre nom de l'*âne sauvage*.

1. En hébreu, le nom de *la cigogne* signifie aussi
la fidèle; le Seigneur l'oppose à *l'autruche*, qui
abandonne ses oeufs (v. 14).

et s'élance au-devant des armes.

22 Il se rit de la peur, il ignore l'effroi,
il ne recule pas devant l'épée.

23 Sur lui résonnent le carquois,
la lance étincelante et le javelot.

24 Frémissant d'impatience, il dévore l'espace,
il ne se tient plus dès que sonne la trompette.

25 À chaque coup de trompette, il dit :
Aha !
De loin, il flaire la bataille,
tonnerre des chefs et cri de guerre.

26 Est-ce par ton intelligence que s'emplume l'épervier
et qu'il déploie ses ailes vers le sud[1] ?

27 Est-ce sur ton ordre que l'aigle s'élève
et bâtit son aire sur les sommets ?

28 Il habite un rocher et il gîte sur une dent de roc inexpugnable.

29 De là, il épie sa proie,
il plonge au loin son regard.

30 Ses petits s'abreuvent de sang,
là où il y a charnier, il y est.

40 1 Le SEIGNEUR apostropha alors Job et dit :

2 Celui qui dispute avec le Puissant a-t-il à critiquer ?
Celui qui ergote avec Dieu, voudrait-il répondre ?

Première réponse de Job

3 Job répondit alors au SEIGNEUR et dit :

4 Je ne fais pas le poids, que te répliquerai-je ?
Je mets la main sur ma bouche.

5 J'ai parlé une fois, je ne répondrai plus,
deux fois, je n'ajouterai rien.

Le Seigneur interroge de nouveau Job

6 Le SEIGNEUR répondit alors à Job du sein de l'ouragan et dit :

7 Ceins donc tes reins, comme un brave.
Je vais t'interroger et tu m'instruiras.

8 Veux-tu vraiment casser mon jugement,
me condamner pour te justifier ?

9 As-tu donc un bras comme celui de Dieu,
ta voix est-elle un tonnerre comme le sien ?

10 Allons ? pare-toi de majesté et de grandeur,
revêts-toi de splendeur et d'éclat !

11 Épanche les flots de ta colère,
et d'un regard abaisse tous les hautains,

12 d'un regard fais plier tous les hautains,
écrase sur place les méchants.

13 Enfouis-les pêle-mêle dans la poussière,
bâillonne-les dans les oubliettes.

14 Alors moi-même je te rendrai hommage,

---

1. Allusion aux migrations annuelles des oiseaux *vers le sud*; ou au fait, encore observé au moyen âge, que l'épervier s'exposait au vent du *sud* pour que la chaleur facilite le renouvellement de son plumage.

car ta droite t'aura valu la victoire.

Le « Bestial » ou l'hippopotame

15 Voici donc le Bestial[1]. Je l'ai
fait comme je t'ai fait.
Il mange de l'herbe, comme le
bœuf.
16 Vois quelle force dans sa
croupe
et cette vigueur dans les muscles de son ventre !
17 Il raidit sa queue comme un
cèdre,
ses cuisses sont tressées de tendons.
18 Ses os sont des tubes de
bronze,
ses côtes du fer forgé.
19 C'est lui le chef-d'oeuvre de
Dieu,
mais son auteur le menaça du
glaive.
20 Aussi est-ce du foin que lui
servent les montagnes,
et autour de lui se jouent les
bêtes des champs.
21 Il se couche sous les jujubiers,
sous le couvert des roseaux et
des marais.
22 Les jujubiers[2] le protègent de
leur ombre,
les peupliers de la rivière l'entourent.
23 Le fleuve se déchaîne, mais lui
ne s'émeut pas.
Un Jourdain lui jaillirait à la
gueule sans qu'il bronche.
24 Quelqu'un pourtant lui fera
front et s'emparera de lui,

l'entravera et lui percera le naseau.

Le « Tortueux » ou le crocodile

25 Et le Tortueux[1], vas-tu le pêcher à l'hameçon
et de ta ligne le ferrer à la
langue ?
26 Lui passeras-tu un jonc dans le
naseau,
perceras-tu d'un croc sa mâchoire ?
27 Est-ce toi qu'il pressera de
supplications,
te dira-t-il des tendresses ?
28 S'engagera-t-il par contrat envers toi,
le prendras-tu pour esclave à
vie ?
29 Joueras-tu avec lui comme
avec un passereau,
le teindras-tu en laisse pour tes
filles ?
30 Vous associez-vous pour le
mettre aux enchères ?
Le débitera-t-on entre marchands ?
31 Vas-tu cribler sa peau de
dards,
puis sa tête de harpons ?
32 Pose donc la main sur lui;
au souvenir de la lutte, tu ne
recommenceras plus !

41 [1] Vois, devant lui l'assurance n'est qu'illusion,
sa vue seule suffit à terrasser.
2 Nul n'est assez téméraire pour
l'exciter.
Qui donc alors oserait me tenir
tête ?
3 Qui m'a fait une avance qu'il
me faille rembourser ?

---

1. Animal fabuleux, décrit sous les traits de
l'hippopotame. Il symbolise la force brutale, et
souligne ainsi la toute-puissance de son créateur.
2. *jujubier* : buisson épineux et fourni qui prospère dans les lieux humides.

1. Autre animal fabuleux (monstre crachant du
feu, 41.13), décrit sous les traits du crocodile. Il
sert aussi à souligner la toute-puissance de son
créateur. Comparer 3.8 et la note.

Tout ce qui est sous les cieux
est à moi !

4 Je ne tairai pas ses membres,
le détail de ses exploits, la
beauté de sa structure.

5 Qui a ouvert par devant son
vêtement,
qui a franchi sa double den-
ture ?

6 Qui a forcé les battants de son
mufle ?
Autour de ses crocs, c'est la
terreur !

7 Quel orgueil ! de si solides
boucliers[1] !
bien clos, scellés, pressés !

8 L'un touche l'autre,
et un souffle ne s'y glisserait
pas.

9 Chacun colle à son voisin,
ils s'agrippent, inséparables.

10 De ses éternuements jaillit la
lumière,
ses yeux sont comme les pupilles de l'aurore.

11 De sa gueule partent des
éclairs,
des étincelles de feu s'en
échappent.

12 Une fumée sort de ses naseaux,
comme d'une marmite bouil-
lante ou d'un chaudron.

13 Son haleine embrase les
braises,
de sa gueule sortent des
flammes.

14 Dans son cou réside la force,
devant lui bondit l'épouvante.

15 Les fanons de sa chair sont
massifs,
ils ont durci sur lui, inébranla-
bles.

16 Son cœur a durci comme la
pierre,

il a durci comme la meule de
dessous[1].

17 Quand il se dresse, les dieux
prennent peur,
la panique les débande.

18 L'épée l'atteint sans trouver
prise.
Lance, javeline, flèche ...

19 il tient le fer du chaume
et le bronze pour du bois
pourri.

20 Les traits de l'arc ne le font
pas fuir,
pour lui, les pierres de fronde
se changent en paille.

21 La massue lui semble une
paille
et il se rit du sifflement des
sagaies.

22 Il a sous lui des tessons aigus,
comme une herse, il se traîne
sur la vase.

23 Il fait bouillonner le gouffre
comme une chaudière,
il change la mer en brûle-parfums.

24 Il laisse un sillage de lumière,
l'*abîme a comme une toison
blanche.

25 Sur terre, nul n'est son maître.
Il a été fait intrépide.

26 Il brave les colosses,
il est roi sur tous les fauves.

Seconde réponse de Job

42 1 Job répondit alors au Seigneur et dit :

2 Je sais que tu peux tout
et qu'aucun projet n'échappe à
tes prises.

3 «Qui est celui qui dénigre la
providence

---

1. Il s'agit des écailles du crocodile.

1. *la meule de dessous* : partie inférieure du
moulin familial servant à moudre le grain; elle
était faite d'une pierre très dure.

sans y rien connaître ? »
Eh oui, j'ai abordé, sans le savoir,
des mystères qui me confon-
dent.
4 « Écoute-moi », disais-je, « à
moi la parole,
je vais t'interroger et tu m'instruiras. »
5 Je ne te connaissais que par
ouï-dire,
maintenant, mes yeux t'ont vu.
6 Aussi, j'ai horreur de moi et je
me désavoue
sur la poussière et sur la
cendre.

Le Seigneur réprimande les amis de Job

7 Or, après qu'il eut adressé ces
paroles à Job, le SEIGNEUR dit à
Elifaz de Témân : « Ma colère
flambe contre toi et contre tes
deux amis, parce que vous n'avez
pas parlé de moi avec droiture
comme l'a fait mon serviteur Job.

8 Maintenant prenez pour vous
sept taureaux et sept béliers, allez
trouver mon serviteur Job et of-
frez-les pour vous en holocauste[1]
tandis que mon serviteur Job
intercédera pour vous. Ce n'est
que par égard pour lui que je ne
vous traiterai pas selon votre folie, vous qui n'avez pas parlé de
moi avec droiture comme l'a fait
mon serviteur Job. » 9 Elifaz de
Témân, Bildad de Shouah et Çofar de Naama s'en furent exécuter l'ordre du SEIGNEUR, et le SEI-
GNEUR eut égard à Job.

Le Seigneur rétablit la situation de Job

10 Et le SEIGNEUR rétablit les affaires de Job tandis qu'il était en
intercession pour son prochain.
Et même, le SEIGNEUR porta au
double tous les biens de Job.

11 Ses frères, ses soeurs et ses
connaissances d'autrefois vinrent
tous alors le visiter. Ils mangèrent
le pain avec lui dans sa maison.
Ils le plaignirent et le consolèrent
de tout le malheur que lui avait
envoyé le SEIGNEUR. Et chacun lui
fit cadeau d'une pièce d'argent et
d'un anneau d'or.

12 Le SEIGNEUR bénit les nouvelles années de Job plus encore
que les premières. Il eut 14.000
moutons et 6.000 chameaux,
mille paires de boeufs et mille
ânesses. 13 Il eut aussi sept fils et
trois filles. 14 La première, il la
nomma Tourterelle, la deuxième
eut nom Fleur-de-cannelle et la
troisième   Ombre-à-paupière[1].
15 On ne trouvait pas dans tout le
pays d'aussi belles femmes que les
filles de Job, et leur père leur
donna une part d'héritage[2] avec
leurs frères.

16 Job vécut encore après cela
140 ans, et il vit ses fils et les fils
de ses fils jusqu'à la quatrième
génération. 17 Puis Job mourut
vieux et rassasié de jours.

---

1. En hébreu les trois noms sont *Yemima, Qecia*
et *Qérén-Happouk* — L'ombre-à-paupière (ou
kohl) est une crème grasse, de couleur sombre,
utilisée pour se farder les paupières, les cils et les
sourcils.
2. Selon le droit israélite, les filles ne recevaient
une *part d'héritage* que s'il n'y avait pas de fils,
voir Nb 27.1-11.

---

1. Voir au glossaire SACRIFICES.

LES PROVERBES

But du livre

1 1 Proverbes de Salomon,
fils de David, roi d'Israël,
2 destinés à faire connaître la
sagesse, à donner l'éducation[1]
et l'intelligence des sentences
pleines de sens,
3 à faire acquérir une éducation
éclairée :
justice, équité, droiture[2];
4 à donner aux naïfs la prudence,
aux jeunes, connaissance et
discernement;
5 — que le sage écoute et il augmentera son acquis,
l'homme intelligent, et il acquerra l'art de diriger —
6 destinés à donner l'intelligence
des proverbes et énigmes,
des propos des sages et de
leurs charades[3].
7 La crainte du SEIGNEUR est le
principe du savoir[4];
sagesse et éducation, seuls les
fous s'en moquent.

Mise en garde contre les mau-
vais garçons

8 Mon fils, observe la discipline
que t'impose ton père

et ne néglige pas l'enseignement de ta mère;
9 car ce sera pour ta tête une
couronne gracieuse,
des colliers autour de ton cou.
10 Mon fils, si des mauvais garçons veulent t'entraîner,
n'accepte pas !
11 S'ils disent : « Viens avec nous,
embusquons-nous pour verser
le sang !
Par plaisir nous allons surprendre l'innocent !
12 Nous l'avalerons tout vif
comme fait le Monde-d'en-
bas[1],
tout entier, tels ceux qui descendent dans la fosse.
13 Nous trouverons toutes sortes
de biens précieux.
Nous remplirons nos maisons
de butin.
14 Tu tireras ton lot[2] avec nous
car il n'y aura qu'une bourse
pour nous tous ! »,
15 Mon fils, ne chemine pas avec
eux,
évite soigneusement les ruelles
où ils se tiennent;
16 car leurs pieds courent vers le
mal,
se hâtent pour verser le sang.
17 — Oui, il est bien inutile de
tendre le filet

---

1. *l'éducation :* autre traduction *un
enseignement.*
2. Autre traduction *à faire acquérir des leçons
de bon sens, de justice, d'équité et de droiture.*
3. Après l'exhortation du v. 5 qui interrompt le
cours de la phrase, le v. 6 reprend le développement commencé au v. 2.
4. Ou *Respecter le Seigneur est le point de départ de la connaissance.*

1. Ou le **séjour des morts.*
2. Autre traduction *Tu tireras ta part au sort.*

quand toute la gent ailée le
voit[1] ! —

18 Mais eux, c'est à leur propre
sang qu'ils tendent une embuscade,
c'est à leur propre vie qu'ils
attentent.

19 Ainsi en va-t-il de quiconque
pratique la rapine.
Elle prendra la vie de qui en
use.

Appel et avertissement de la Sagesse

20 La Sagesse[2], au-dehors, va clamant,
le long des avenues elle donne
de la voix.

21 Dominant le tumulte elle appelle;
à proximité des portes, dans la
ville elle proclame[3] :

22 « Jusques à quand, niais, aime-
rez-vous la niaiserie ?
Jusques à quand les moqueurs[4]
se plairont-ils à la moquerie
et les sots haïront-ils la
connaissance ?

23 Rendez-vous à mes arguments !
Voici, je veux répandre pour
vous mon esprit,
vous faire connaître mon message.

24 Puisque j'ai appelé et que vous
vous êtes rebiffés,
puisque j'ai tendu la main et
que personne n'a prêté attention;

25 puisque vous avez rejeté tous
mes conseils
et que vous n'avez pas voulu
de mes arguments,

26 à mon tour je rirai de votre
malheur,
je me moquerai quand l'épouvante viendra sur vous.

27 Quand l'épouvante tombera
sur vous comme une tempête,
quand le malheur fondra sur
vous comme un typhon,
quand l'angoisse et la détresse
vous assailliront ...

28 alors ils m'appelleront, mais je
ne répondrai pas,
ils me chercheront mais ne me
trouveront pas.

29 Puisqu'ils ont haï la connaissance
et n'ont pas choisi la crainte
du Seigneur;

30 puisqu'ils n'ont pas voulu de
mes conseils
et ont méprisé chacun de mes
avis,

31 eh bien ! ils mangeront du fruit
de leur conduite
et se repaîtront de leurs propres élucubrations.

32 C'est leur indocilité qui tue les
gens stupides
et leur assurance qui perd les
sots.

33 Mais qui m'écoute repose en
sécurité,
tranquille, loin de la crainte du
malheur. »

1. Ce verset fait ressortir la stupidité de l'attitude des mauvais garçons. Il lui oppose l'attitude
du chasseur qui connaît l'inutilité du piège lorsque
ceux à qui il est destiné le voient.

2. Ici comme souvent ailleurs la sagesse est personnifiée (voir 8.1-9.6; Si 24.1-22).

3. *Dominant le tumulte* : autre traduction *A
l'angle des carrefours* — les *portes* d'une ville
étaient l'endroit où l'on rendait la justice et traitait
des affaires publiques.

4. Le terme désigne tous ceux qui croient pouvoir se passer des enseignements de la sagesse et
tournent en dérision ceux qui les écoutent.

La sagesse, un trésor caché

2 1 Mon fils, si tu acceptes mes paroles,
si mes préceptes sont pour toi un trésor,

2 si, prêtant une oreille attentive à la sagesse
tu soumets ton *coeur à la raison;

3 oui, si tu fais appel à l'intelligence,
si tu invoques la raison,

4 si tu la cherches comme l'argent,
si tu la déterres comme un trésor,

5 alors tu comprendras ce qu'est la crainte du Seigneur,
tu trouveras la connaissance de Dieu.

6 Car c'est le Seigneur qui donne la sagesse,
et de sa bouche viennent connaissance et raison.

7 Aux hommes droits il réserve le succès.
Tel un bouclier pour qui se conduit honnêtement,

8 il protège celui qui chemine selon le droit,
il garde la conduite de ses fidèles.

9 Alors tu comprendras ce que sont justice, équité, droiture :
toutes choses qui conduisent au bonheur.

La sagesse préserve du mal

10 Ainsi la sagesse pénétrera ton *coeur
et la connaissance fera tes délices.

11 Le discernement te préservera, la raison sera ta sauvegarde,

12 t'arrachant à la mauvaise conduite,
à quiconque tient des propos pervers,

13 à ceux qui délaissent le droit chemin
pour emprunter des chemins obscurs,

14 qui prennent plaisir à faire le mal,
qui exultent dans leurs affreuses perversions :

15 eux dont le comportement est dépravé
et les chemins tortueux.

16 Tu t'arracheras ainsi à la femme dévergondée[1],
à l'étrangère aux paroles enjôleuses,

17 qui a délaissé l'ami de sa jeunesse
et oublié l'*alliance de son Dieu[2].

18 Oui, sa maison bascule vers la mort
et ses menées conduisent chez les Ombres[3].

19 Quiconque va chez elle n'en revient plus
et n'atteint pas les chemins de la vie.

20 Ainsi, ta conduite sera celle des braves gens,
tu observeras celle des justes.

21 Les hommes droits habiteront la terre[4],
les hommes intègres y resteront,

---

1. Ou *étrangère*. En hébreu le terme est synonyme de celui du v. 16b; il renvoie à une femme mariée à un autre (v. 17) et par conséquent *étrangère* à l'homme qu'elle tente.
2. Le mariage est dans la Bible un des symboles de l'*alliance* du peuple d'Israël avec Dieu. Cela explique le parallélisme établi ici entre l'adultère et la rupture de l'alliance (voir Os 2.4).
3. Il s'agit des morts qui habitent dans le Monde-d'en-bas'ou *séjour des morts.
4. C'est-à-dire le pays donné par Dieu aux ancêtres du peuple d'Israël.

22 tandis que les méchants seront
   retranchés de la terre
   et que les perfides en seront
   arrachés.

Sagesse et respect du Seigneur

3 1 Mon fils, n'oublie pas
     mon enseignement
   et que ton coeur observe mes
   préceptes.
2 Ils sont longueur de jours et
   années de vie
   et pour toi plus grande paix[1].
3 Que fidélité et loyauté ne te
   quittent pas.
   Attache-les à ton cou,
   écris-les sur la table de ton
   coeur[2].

4 Tu trouveras la faveur et seras
   bien avisé
   aux yeux de Dieu et des
   hommes.
5 Fie-toi au Seigneur de tout ton
   coeur
   et ne t'appuie pas sur ton intelligence.
6 Dans toute ta conduite sache
   le reconnaître
   et lui dirigera tes démarches.
7 Ne sois pas sage à tes propres
   yeux,
   crains plutôt le Seigneur[3] et
   détourne-toi du mal.
8 Ce sera un remède pour ton
   corps,
   un rafraîchissement pour tes
   membres.

9 Honore le Seigneur de tes
   biens,
   des *prémices de tes revenus,
10 et tes greniers seront remplis
   de blé
   tandis que le vin débordera de
   tes pressoirs.
11 Ne rejette pas, mon fils, l'éducation du Seigneur,
   et ne te lasse pas de ses avis.
12 Car le Seigneur réprimande
   celui qu'il aime
   tout comme un père le fils qu'il
   chérit.

La sagesse, un bien plus pré-
cieux que l'or

13 Heureux qui a trouvé la sagesse,
   qui s'est procuré la raison !
14 Car sa possession vaut mieux
   que possession d'argent
   et son revenu est meilleur que
   l'or.
15 Elle est plus estimable que le
   corail
   et rien de ce que l'on peut désirer ne l'égale.
16 Dans sa droite, longueur de
   jours,
   dans sa gauche[1], richesse et
   gloire.
17 Ses voies sont des voies déli-
   cieuses
   et ses sentiers sont paisibles.
18 L'arbre de vie[2] c'est elle
   pour ceux qui la saisissent,
   et bienheureux ceux qui la
   tiennent !

19 Le Seigneur a fondé la terre
   par la sagesse,

---

1. Ou *Ils augmenteront la durée de tes jours et
ton bien-être.*
2. *la table* ou *la tablette* (pour écrire). L'expression équivaut donc à *inscris-les dans ton coeur.*
Elle évoque les tables de pierre que Dieu avait
données à Moïse et sur lesquelles étaient gravés ses
commandements (voir Ex 24.12).
3. *crains plutôt le Seigneur* ou *respecte plutôt le
Seigneur.*

1. C'est-à-dire *Dans sa main droite ... dans sa
main gauche ...*
2. Allusion à *l'arbre de vie* mentionné en Gn 2.9
et 3.22.

affermissant les cieux par la raison.

20 C'est par sa science que se sont ouverts les *abîmes
et que les nuages ont distillé la pluie[1].

Le Seigneur protège le sage

21 Mon fils, que prudence et discernement
ne s'éloignent pas de tes yeux : observe-les !
22 Ils seront vie pour ta gorge et grâce pour ton cou.
23 Alors tu iras ton chemin en sécurité
et ton pied n'achoppera pas[2].
24 Si tu te couches, ce sera sans terreur;
une fois couché, ton sommeil sera agréable.
25 Ne crains pas une terreur soudaine,
ni l'irruption des méchants, quand elle viendra;
26 car le SEIGNEUR sera ton assurance
et du piège il gardera tes pas.

Aimer son prochain

27 Ne refuse pas de faire du bien à qui en a besoin
quand tu peux le faire.
28 Ne dis pas à ton prochain : « Va-t'en ! tu reviendras demain,
alors je te donnerai », quand tu as ce qu'il faut.
29 Ne manigance rien de mal contre ton ami

alors qu'il est assis en toute confiance près de toi.
30 Ne te querelle pas sans motif avec quelqu'un
alors qu'on ne t'a rien fait de mal.
31 Ne jalouse pas le violent et n'adopte aucun de ses procédés;
32 car le pervers est en horreur au SEIGNEUR
qui réserve son intimité aux hommes droits.

33 La malédiction du SEIGNEUR est sur la maison du méchant
mais il bénit la demeure des justes.
34 S'il se moque des moqueurs[1], il accorde sa faveur aux humbles.
35 Les sages hériteront la gloire alors que les insensés porteront la honte.

Acquérir et garder la sagesse

4 1 Ecoutez, fils, la leçon d'un père,
appliquez-vous à connaître ce qu'est l'intelligence.
2 Oui, c'est une bonne doctrine que je vous ai transmise,
ne répudiez pas mon enseignement.
3 Moi aussi, j'ai été un bon fils pour mon père,
et ma mère me chérissait comme un fils unique.
4 Mon père m'enseigna en ces termes :
Que ton coeur saisisse mes paroles;
garde mes préceptes et tu vivras.

---

1. Au moment de la création (Gn 1.7) Dieu a séparé les eaux d'en-bas *(abîmes)* des eaux d'en-haut *(pluie).*
2. Ou *ton pied ne trébuchera pas sur un obstacle.*

1. Voir 1.22 et la note.

5 Acquiers la sagesse, acquiers
l'intelligence.
N'oublie pas mes propos et ne
t'en détourne pas.

6 N'abandonne pas la sagesse et
elle te gardera,
aime-la et elle te préservera.

7 Principe de la sagesse : acquiers la sagesse
et, au prix de tout ce que tu as
acquis,
acquiers l'intelligence.

8 Étreins-la et elle t'élèvera,
elle t'ennoblira si tu l'embrasses.

9 Elle placera sur ta tête une
couronne gracieuse,
elle te gratifiera d'un diadème
de splendeur[1].

Eviter le chemin des méchants

10 Écoute, mon fils, recueille mes
paroles
et tes années de vie se multiplieront.

11 Je t'ai dirigé dans la voie de la
sagesse,
je t'ai fait cheminer dans les
sentiers de la droiture.

12 Tu ne seras pas handicapé
dans ta marche
et tu ne trébucheras pas si tu
cours.

13 Tiens-toi fermement à ton
éducation,
ne l'abandonne pas ;
conserve-la, elle est ta vie !

14 Ne t'avance pas sur la piste des
méchants
et ne t'engage pas sur le chemin des malfaiteurs.

15 Laisse-le, n'y passe pas !
Evite-le et passe outre !

16 Ils ne s'endorment pas avant
d'avoir commis le mal,
ils perdent le sommeil s'ils
n'ont fait tomber quelqu'un.

17 Ils mangent un pain gagné
malhonnêtement,
le vin qu'ils boivent est le fruit
de la violence.

18 Au contraire, le chemin des
justes est une lumière d'aurore
dont la clarté grandit jusqu'au
plein jour.

19 Le chemin des méchants c'est
l'obscurité,
ils ne savent pas sur quoi ils
vont trébucher.

Garder une conduite ferme

20 Mon fils, prête attention à mes
paroles,
tends l'oreille à mes propos.

21 Qu'ils ne s'éloignent pas de tes
yeux ;
garde-les au fond de ton coeur.

22 Car ils sont vie pour qui les
recueille
et santé pour tout son être.

23 Garde ton coeur en toute vigi-
lance
car de lui dépendent les limites
de la vie.

24 Proscris loin de toi le langage
pervers,
éloigne de toi la médisance.

25 Que tes yeux fixent bien en
face
et que ton regard aille droit
devant toi.

26 Fraye un sentier pour tes pieds
et que tes routes soient fermes.

27 Ne te détourne ni à droite ni à
gauche.
Eloigne tes pieds du mal.

1. Aux v. 8 et 9 la sagesse est de nouveau
personnifiée (voir 1.20 et la note).

Mise en garde contre
la femme dévergondée

5 ¹ Mon fils, sois attentif à ma sagesse
et tends l'oreille à ma raison
2 pour conserver la clairvoyance.
Alors ton langage gardera le savoir.
3 Oui, les lèvres de la dévergondée¹ distillent le miel
et sa bouche est plus onctueuse que l'huile.
4 Mais, en fin de compte, elle est amère comme l'absinthe,
acérée comme une épée à double tranchant.
5 Ses pieds descendent vers la mort.
C'est le Monde-d'en-bas² qu'atteignent ses pas.
6 Loin de frayer une voie vers la vie,
ses sentiers se perdent elle ne sait où.
7 Et maintenant, fils, écoutez-moi.
Ne vous détournez pas de mes propos.
8 Éloigne d'elle ta route
et ne t'approche pas du seuil de sa maison,
9 de peur qu'elle ne livre à d'autres ton honneur
et tes années à un homme implacable;
10 de peur que des étrangers ne se rassasient de ta force,
que le fruit de ton labeur ne passe aux mains d'un inconnu
11 et que finalement tu ne rugisses
quand seront épuisés ton corps et ta chair.

12 Tu dirais alors : « Comment ai-je pu détester l'éducation ?
Comment mon coeur a-t-il pu mépriser les avis ?
13 Pourquoi n'ai-je pas écouté la voix de mes maîtres
et n'ai-je pas prêté l'oreille à ceux qui m'instruisaient ?
14 Ainsi, peu s'en faut que je ne sois au comble du malheur,
au milieu de l'assemblée et de la communauté¹ ! »

La femme de ta jeunesse

15 Bois l'eau de ta propre citerne
et celle qui sourd au milieu de ton puits².
16 Tes sources s'épancheraient-elles au-dehors
ou tes ruisseaux dans les rues ?
17 Qu'elles soient pour toi seul
et pas pour des étrangers avec toi.
18 Que ta fontaine soit bénie
et jouis de la femme de ta jeunesse,
19 biche amoureuse et gracieuse gazelle.
Que ses seins te comblent en tout temps.
Enivre-toi toujours de son amour.
20 Pourquoi t'enivrerais-tu, mon fils, d'une dévergondée³
et embrasserais-tu le sein d'une étrangère ?
21 Oui, la conduite de chacun tombe sous les yeux du Seigneur
et il examine tous ses sentiers⁴.
22 Ses propres crimes prendront au piège le méchant

---

1. Voir 2.16 et la note.
2. Ou le *séjour des morts.

1. Sous-entendu : de mon peuple.
2. Ces images font allusion à la femme légitime (v. 18b).
3. Voir 2.16 et la note.
4. Ou *ses agissements*.

et il sera enserré dans les liens
de son péché.

23 Il mourra faute d'éducation,
enivré de l'excès de sa folie.

Le cautionnement imprudent

6 1 Mon fils, si tu t'es porté
garant envers ton pro-
chain,

si, pour un étranger, tu as topé
dans la main[1],

2 si tu t'es jeté dans le filet par
les paroles de ta bouche,
si tu t'es piégé par les paroles
de ta bouche,

3 fais donc ceci, mon fils, pour te
libérer :
puisque tu es tombé aux mains
de ton prochain,
va, insiste, importune ton prochain.

4 N'accorde pas de sommeil à
tes yeux
ni d'assoupissement à tes paupières.

5 Libère-toi du piège, comme le
cerf,
du piège tendu, comme l'oiseau.

Le paresseux et la fourmi

6 Va vers la fourmi[2], paresseux !
Considère sa conduite et deviens un sage.

7 Elle n'a pas de surveillant,
ni de contremaître, ni de pa-
tron.

8 En été elle assure sa provende[3],

pendant la moisson elle
amasse sa nourriture.

9 Jusques à quand, paresseux,
resteras-tu couché ?
Quand surgiras-tu de ton sommeil ?

10 Un peu dormir, un peu somno-
ler,
un peu s'étendre, les mains
croisées,

11 et comme un rôdeur te viendra
la pauvreté,
la misère comme un soudard[1].

Portrait du fourbe

12 C'est un vaurien, un malfaiteur,
celui qui marche la fausseté à
la bouche !

13 Il cligne de l'oeil, appelle du
pied,
fait signe des doigts.

14 La perversité au coeur
il manigance le mal en tout
temps,
il suscite des querelles.

15 C'est pourquoi sa ruine sera
brutale,
soudain il sera brisé, sans remède !

Ce que le Seigneur déteste

16 Il y a six choses que hait le
Seigneur
et sept lui sont en horreur[2] :

17 des yeux hautains, une langue
menteuse,
des mains qui répandent le
sang innocent,

1. *toper dans la main* : geste indiquant que l'on s'engage envers quelqu'un. Le cautionnement par lequel on s'engage à répondre de l'attitude de quelqu'un ou — comme ici — à honorer ses dettes était une vieille coutume en Israël.
2. Dans bien des cultures *la fourmi* est considérée comme un symbole du travail et de la prévoyance.
3. Ou *elle fait ses provisions* (sous-entendu pour l'hiver).

1. Ou *un soldat pillard*. La comparaison suggère que la pauvreté viendra d'une manière soudaine et imprévue.
2. Ces formules numériques parallèles constituent un procédé d'enseignement, comparer Pr 30.15-31.

18 un coeur qui machine des plans pervers,
des pieds empressés à courir vers le mal,
19 un faux témoin qui profère des mensonges
et celui qui suscite des querelles entre frères.

Mise en garde contre l'adultère

20 Mon fils, observe les préceptes de ton père
et ne néglige pas l'enseignement de ta mère.
21 Attache-les toujours à ton coeur,
fixe-les autour de ton cou.
22 Dans tes allées et venues ils te guideront,
près de ton lit ils veilleront sur toi
et à ton réveil ils dialogueront avec toi.
23 Car le précepte est une lampe,
et l'enseignement une lumière,
un chemin de vie, les leçons d'une sage éducation,
24 pour te garder de la femme funeste
et de la langue enjôleuse de l'étrangère[1].
25 Ne désire pas sa beauté en ton coeur
et qu'elle ne te captive pas par ses oeillades.
26 Car la prostituée se contente d'un quignon de pain
mais l'adultère prend en chasse une vie précieuse.
27 Quelqu'un prend-il sur lui du feu
sans que son vêtement s'enflamme ?
28 Ou, s'il marche sur des braises, ses pieds ne brûleront-ils pas ?

29 Ainsi en est-il de qui va vers la femme de son prochain :
quiconque la touche n'en sortira pas indemne.
30 On ne méprise pas le voleur de ce qu'il a volé
pour remplir son estomac affamé.
31 Si cependant il est découvert, il rendra sept fois plus,
il donnera tous les biens de sa maison.
32 Qui commet l'adultère avec une femme est un dément,
il fait d'elle la ruine de sa vie.
33 Il récoltera les coups et l'infamie
et son ignominie ne s'effacera pas.
34 Car la jalousie met le mâle en fureur
et il sera sans pitié au jour de la vengeance.
35 Il n'envisagera aucune compensation.
Il n'en voudra pas, même si tu multiplies les offres.

La femme adultère séduit un jeune homme

7 1 Mon fils, garde mes paroles,
que mes préceptes soient pour toi un trésor.
2 Si tu veux vivre, garde mes préceptes
et mon enseignement comme la prunelle de tes yeux.
3 Attache-les à tes doigts.
Ecris-les sur la table de ton coeur[1].
4 Dis à la sagesse : « Tu es ma soeur »
et réclame l'intelligence pour parente ;

1. Voir 2.16 et la note.

1. Voir 3.3 et la note.

5 cela te gardera de la femme dévergondée[1],
de l'étrangère aux propos enjôleurs.

6 Comme j'étais à ma fenêtre,
j'ai regardé par le treillis.

7 Je vis un de ces niais,
j'aperçus, parmi les jeunes, un adolescent dénué de sens.

8 Passant dans la rue marchande, près du coin où elle[2] se trouvait,
il prit le chemin de sa maison.

9 Que ce soit à la brune, à la tombée du jour,
que ce soit au coeur de la nuit et de l'obscurité,

10 voilà cette femme qui va à sa rencontre,
mise comme une prostituée, pleine d'audace.

11 Tourbillonnante[3] et sans retenue,
ses pieds ne tiennent pas en place chez elle.

12 Tantôt sur la place, tantôt dans les rues,
à tous les coins elle fait le guet.

13 Et voilà qu'elle le saisit, le couvre de baisers,
lui dit d'un air effronté :

14 « Je devais des *sacrifices d'action de grâces.
Aujourd'hui, je suis quitte de mes voeux[4].

15 C'est pourquoi je suis sortie à ta rencontre
pour te chercher. Et je t'ai trouvé.

1. Voir 2.16 et la note.
2. Il s'agit de la femme décrite dans les versets suivants.
3. Ou *agitée, excitée.*
4. La femme ayant offert les *sacrifices* qu'elle avait promis à Dieu (ses *voeux*) invite celui qu'elle veut séduire à participer au repas qui clôt la cérémonie sacrificielle.

16 J'ai recouvert mon lit de couvertures,
d'étoffes multicolores, de lin d'Egypte.

17 J'ai aspergé ma couche de myrrhe,
d'aloès, de cinnamome[1].

18 Viens, enivrons-nous de volupté jusqu'au matin.
Jouissons ensemble de l'amour.

19 Car mon mari n'est pas à la maison.
Il est parti en voyage, bien loin.

20 Il a emporté l'argent dans un sac.
Il ne reviendra qu'à la pleine lune. »

21 Par ses propos flatteurs, elle le fait fléchir.
Elle l'entraîne de ses paroles enjôleuses.

22 Il la suit aussitôt,
comme un boeuf va à l'abattoir.
Ainsi ligoté il va au châtiment, le fou !

23 Jusqu'à ce qu'un trait lui traverse le corps.
Et comme un oiseau qui se hâte vers le filet,
il ne sait pas qu'il y va de sa vie.

24 Et maintenant, fils, écoutez-moi
et soyez attentifs aux paroles de ma bouche.

25 Que ton coeur ne s'engage pas dans ses voies.
Ne t'égare pas sur ses sentiers.

26 Car nombreux sont ceux que, blessés, elle a fait tomber
et vigoureux tous ceux qu'elle a tués !

1. Voir Ct 4.14 et la note.

27 Sa maison est le chemin du
   Monde-d'en-bas[1].
   Il descend vers les sombres de-
   meures de la mort.

Nouvel appel de la Sagesse

8 1 N'est-ce pas la Sagesse[2]
       qui appelle ?
   et l'intelligence qui donne de la
   voix ?
2 Au sommet des hauteurs qui
   dominent la route,
   à la croisée des chemins, elle se
   dresse;
3 près des portes qui ouvrent sur
   la cité,
   sur les lieux de passage, elle
   crie :
4 « C'est vous, braves gens, que
   j'appelle
   — ma voix s'adresse à vous, les
   hommes[3].
5 Niais, apprenez la prudence,
   insensés, apprenez le bon sens.
6 Ecoutez, c'est capital ce que je
   vais dire;
   et la parole de mes lèvres est la
   droiture même.
7 Oui, ma bouche profère la vérité
   car la méchanceté est abominable à mes lèvres.
8 Toutes les paroles de ma
   bouche sont justes,
   en elles, rien de retors ni de
   pervers.
9 Toutes sont franches pour qui
   sait comprendre
   et simples pour qui a découvert la connaissance.
10 Acceptez ma discipline et non
   l'argent,

la connaissance plutôt que l'or
de choix. »
11 — Car la sagesse est meilleure
   que le corail
   et rien n'est plus désirable.

La Sagesse se présente

12 Moi, la Sagesse, j'ai pour demeure la prudence.
   J'ai découvert la science de
   l'opportunité[1].
13 — Craindre le Seigneur[2] c'est
   haïr le mal. —
   L'orgueil, l'arrogance, le chemin du mal
   et la bouche perverse, je les
   hais.
14 Je détiens conseil et succès;
   à moi l'intelligence, à moi la
   puissance.
15 Par moi règnent les rois
   et les grands fixent de justes
   décrets.
16 Par moi les princes gouvernent
   et les notables sont tous de
   justes juges[3].
17 Moi, j'aime ceux qui m'aiment
   et ceux qui sont en quête de
   moi me trouveront.
18 Richesse et gloire sont avec
   moi,
   fortune séculaire et prospérité.
19 Meilleur est mon fruit que l'or,
   que l'or fin,
   et mon produit que l'argent de
   choix.
20 Sur un chemin de justice je
   m'avance,
   dans le sentier du droit.
21 Pourvoyant de ressources ceux
   qui m'aiment,
   je remplis leurs trésors.

---

1. Ou *séjour des morts.
2. Voir 1.20 et la note.
3. Ou *les humains.*

1. Ou *l'art d'agir avec discernement.*
2. Ou *respecter le Seigneur.*
3. Autre traduction *ainsi que les notables et tous
les juges de la terre.*

22 Le S<small>EIGNEUR</small> m'a engendrée[1]
   *prémice de son activité,
   prélude à ses oeuvres anciennes.
23 J'ai été sacrée[2] depuis toujours,
   dès les origines, dès les premiers temps de la terre.
24 Quand les *abîmes n'étaient
   pas, j'ai été enfantée,
   quand n'étaient pas les sources
   profondes des eaux.
25 Avant que n'aient surgi les
   montagnes,
   avant les collines, j'ai été enfantée,
26 alors qu'Il n'avait pas encore
   fait la terre et les espaces
   ni l'ensemble des molécules[3] du
   monde.
27 Quand Il affermit les cieux,
   moi, j'étais là,
   quand Il grava un cercle[4] face
   à l'abîme,
28 quand Il condensa les masses
   nuageuses en haut
   et quand les sources de l'abîme
   montraient leur violence;
29 quand Il assigna son décret à
   la mer
   — et les eaux n'y contrevien-
   nent pas[5] —,
   quand Il traça les fondements
   de la terre.
30 Je fus maître d'oeuvre[6] à son
   côté,

1. Autres traductions *Le Seigneur m'a acquise*
ou *Le Seigneur m'a créée.*
2. Comme reine.
3. *la terre et les espaces :* autre traduction *la
terre et les champs* — *molécules,* c'est-à-dire les
plus petits éléments matériels qui composent le
monde.
4. Il s'agit du *cercle* de l'horizon, considéré ici
comme la limite que Dieu impose aux eaux
d'en-bas.
5. Autre traduction *lorsqu'Il imposa à la mer ses
limites pour que les eaux n'en franchissent pas le
bord.*
6. *maître d'oeuvre :* le sens du mot hébreu ainsi
traduit est incertain. Autre traduction *architecte.*
Certains conjecturent un autre mot que l'on peut
traduire par *enfant chéri.*

objet de ses délices chaque
jour,
jouant en sa présence en tout
temps,
31 jouant dans son univers terrestre;
et je trouve mes délices parmi
les hommes.

Heureux l'homme qui écoute la Sagesse

32 Et maintenant, fils, écoutez-moi.
   Heureux ceux qui gardent mes
   voies !
33 Ecoutez la leçon pour être
   sages
   et ne la négligez pas.
34 Heureux l'homme qui m'é-
   coute,
   veillant tous les jours à ma
   porte,
   montant la garde à mon seuil !
35 Car celui qui me trouve a
   trouvé la vie
   et il a rencontré la faveur du
   S<small>EIGNEUR</small>.
36 Mais celui qui m'offense se
   blesse lui-même.
   Tous ceux qui me haïssent aiment la mort.

La Sagesse et ses invités

9 1 Sagesse a bâti sa maison,
      elle a taillé ses sept co-
      lonnes[1],
2 elle a tué ses bêtes, elle a mêlé
   son vin,
   et même elle a dressé sa table.
3 Elle a envoyé ses servantes, elle
   a crié son invitation

1. *Sagesse :* voir 1.20 et la note — Par ses *colonnes* la maison de la Sagesse fait penser à un
palais royal ou à un temple — Dans la Bible le
nombre *sept* est souvent symbole de perfection.

sur les hauteurs de la ville :
4 « Y a-t-il un homme simple ?
Qu'il vienne par ici ! »
À qui est dénué de sens elle
dit :
5 « Allez, mangez de mon pain,
buvez du vin que j'ai mêlé.
6 Abandonnez la niaiserie et
vous vivrez !
Puis, marchez dans la voie de
l'intelligence. »

Le sceptique et le sage

7 Qui reprend un sceptique[1] n'en
reçoit que mépris
et qui reprend un méchant
n'obtient que ses outrages.
8 Ne reprends pas un sceptique,
sinon il te haïra ;
mais si tu reprends un sage, il
t'en aimera.
9 Donne au sage, et il deviendra
plus sage,
instruis le juste, et il augmentera son acquis.

10 La crainte du Seigneur est le
commencement de la Sagesse
et l'intelligence est la science
des *saints[2].

11 Oui, grâce à moi[3] tes jours seront nombreux
et les années de ta vie se multiplieront.
12 Si tu es sage, tu es sage pour
toi
et si tu es sceptique, tu en es
seul responsable.

La Folie et ses invités

13 Dame Folie est tapageuse,
niaise et n'y entendant rien.
14 Elle s'assied à la porte de sa
maison
sur un siège, sur les hauteurs
de la ville
15 pour interpeller les passants
qui vont droit leur chemin.
16 « Y a-t-il un homme simple ?
Qu'il vienne par ici ! »
À qui est dénué de sens elle
dit :
17 « Les eaux dérobées sont
douces
et les mets clandestins, délicieux ! »
18 Et il ne sait pas que les Ombres sont là ;
et ses invités, dans les plaines
du Monde-d'en-bas[1] !

Collection de proverbes sur la vie morale

10 [1] Proverbes de Salomon.
Un fils sage réjouit son père,
un fils insensé chagrine sa
mère.

2 Des trésors iniques ne profi-
tent pas,
mais la justice libère de la
mort.

3 Le Seigneur ne permet pas que
le juste ait faim,
mais il repousse les appétits
des méchants.

4 Paume indolente appauvrit,
main diligente enrichit.

---

1. Ou *moqueur* : voir 1.22 et la note.
2. *La crainte du Seigneur* ou *Respecter le Seigneur — l'intelligence est la science des saints* :
autre traduction *connaître le Saint* (Dieu) *procure
l'intelligence.*
3. C'est encore la Sagesse personnifiée qui parle
ici.

1. *Ombres* : voir 2.18 et la note — *Monde-d'en-
bas* ou *séjour des morts.*

5 Qui recueille en été est un
  homme avisé;
  qui dort à la moisson est méprisable !

6 Bénédiction sur la tête du
  juste !
  mais la bouche des méchants
  dissimule la violence.

7 Le souvenir du juste est en bénédiction[1]
  tandis que le nom des méchants pourrira.

8 Un esprit sage accepte les préceptes,
  mais l'homme aux propos stupides court à sa perte.

9 Qui marche dans l'intégrité
  marche en sécurité,
  mais celui qui suit des voies
  tortueuses sera puni.

10 Celui qui cligne de l'oeil causera du tourment
   et l'homme aux propos stupides court à sa perte[2].

11 La bouche du juste est une
   fontaine de vie
   mais celle des méchants dissimule la violence.

12 La haine provoque les querelles,
   mais l'amour dissimule toutes
   les fautes[3].

13 On trouve la sagesse dans les
   propos de l'homme intelligent;
   mais, pour le dos de l'insensé,
   le bâton !

14 Les sages thésaurisent le savoir[1];
   le propos du fou c'est la ruine
   prochaine !

15 Les biens du riche sont sa ville
   forte
   tandis que la pauvreté des petites gens est leur ruine.

16 Le salaire du juste conduit à la
   vie,
   le revenu du méchant, au péché.

17 Celui qui observe la discipline
   chemine vers la vie,
   mais celui qui méprise l'avertissement s'égare.

18 Qui dissimule sa haine parle
   hypocritement,
   qui propage la calomnie est un
   fou.

19 Où abondent les paroles le péché ne manque pas,
   mais qui réfrène son langage
   est un homme avisé.

20 La langue du juste est un argent de choix,
   le *coeur des méchants ne vaut
   pas grand-chose.

21 Les propos du juste repaissent
   les foules,
   mais les fous mourront du
   manque de sens.

1. C'est-à-dire les hommes se souviendront de
l'homme juste avec reconnaissance (comparer Ps
112.6).
2. *Cligner de l'oeil* est une attitude qui trahit la
fausseté (voir 6.13) — la deuxième partie du verset
répète 8b. L'ancienne version grecque porte ici
*mais celui qui reprend (son prochain) avec fran-
chise procure la paix.*
3. Ou *ne tient pas compte des fautes*, comparer
17.9. Le verbe *dissimuler* a ici un sens positif en
contraste avec le sens négatif des v. 6, 11 et 18.

1. Ou *les sages amassent un trésor de
connaissances.*

22 C'est la bénédiction du Seigneur qui enrichit
et le tourment n'y ajoutera
rien.

23 La pratique de l'infamie est un
sport pour l'insensé,
de même la sagesse pour
l'homme raisonnable.

24 Ce que craint le méchant, c'est
ce qui lui arrive;
ce que désirent les justes, On le
leur accordera[1].

25 Le typhon passé, le méchant
n'est plus !
Le juste est une fondation im-
muable.

26 Comme le vinaigre pour les
dents et la fumée pour les
yeux,
tel le paresseux pour ceux qui
l'emploient.

27 La crainte du Seigneur[2] accroît les jours,
mais les années des méchants
seront raccourcies.

28 L'attente des justes, c'est la
joie;
quant à l'espérance des méchants, elle périra.

29 La voie du Seigneur est une
citadelle pour l'homme intègre,
mais pour les malfaisants, c'est
une ruine.

30 Le juste ne sera jamais
ébranlé,

mais les méchants n'habiteront
pas la terre[1].

31 La bouche du juste produit la
sagesse,
mais la langue aux propos pervers sera coupée.

32 Les paroles du juste sauront
plaire,
mais la langue des méchants
n'est que propos pervers.

11 1 Une balance faussée est
en horreur au Seigneur,
mais un poids exact a sa faveur.

2 Que vienne l'orgueil, viendra le
mépris,
mais la sagesse est avec les
humbles.

3 L'intégrité des hommes droits
les guidera,
mais la ruse des perfides les
ruinera.

4 La richesse est inutile au jour
de la colère,
mais la justice libérera de la
mort.

5 La justice de l'homme intègre
rend droite sa conduite,
mais le méchant succombe
dans sa méchanceté.

6 La justice des hommes droits
les libère,
mais les perfides sont pris au
piège par leur convoitise.

7 Quand meurt le méchant, son
espoir périt,

---

1. *On le leur accordera* ou *cela leur sera accordé*
(sans doute par Dieu), voir Mt 7.2 et la note.
2. *La crainte du Seigneur* ou *Respecter le
Seigneur*.

1. Voir 2.21, 22 et la note.

et l'espoir mis en ses richesses
périt aussi.

8 Le juste a été délivré de l'angoisse
et le méchant y est tombé à sa
place.

9 L'impie ruine son prochain par
sa bouche[1],
mais les justes seront sauvés
par le savoir.

10 La ville se réjouit du bonheur
des justes,
pour la perte des méchants elle
pousse un cri de joie.

11 Une cité s'élève par la bénédiction due aux hommes droits[2],
elle disparaît par la bouche
des méchants.

12 Qui méprise son prochain
manque de sens;
l'homme raisonnable garde le
silence.

13 Qui se répand en commérages
dévoile les secrets;
l'homme loyal n'en souffle
mot.

14 Faute de politique[3] un peuple
tombe;
le salut est dans le nombre des
conseillers.

15 On se trouve fort mal de se
porter garant pour un étranger;

1. *sa bouche* ou *ses paroles.*
2. *par la bénédiction due ...* ou *par les bienfaits
que Dieu accorde aux hommes droits.*
3. *Faute de politique* ou *Faute d'être bien dirigé.*
Le terme *politique* désigne ici l'art de conduire les
affaires publiques.

qui répugne aux engagements
s'assure la tranquillité.

16 La femme gracieuse acquiert
la gloire[1]
et les forts acquièrent la richesse.

17 Un homme fidèle se fait du
bien à lui-même,
qui se tracasse se rend malheureux.

18 Le méchant recueille un salaire
décevant,
une récompense est assurée à
qui sème la justice.

19 Oui, la justice mène à la vie,
mais qui poursuit le mal va à
la mort.

20 Les *coeurs tortueux sont en
horreur au SEIGNEUR,
les gens intègres ont sa faveur.

21 En fin de compte le méchant
ne restera pas impuni,
mais la race des justes sera
sauve.

22 Un anneau d'or au groin d'un
porc,
telle la femme belle mais dis-
solue.

23 Les justes ne peuvent attendre
que le bien,
les méchants ne peuvent espérer que la colère[2].

24 Tel fait des largesses et s'enrichit encore,
tel autre épargne plus qu'il ne
faut et connaît l'indigence.

1. *la gloire* ou *une situation enviable.*
2. Sous-entendu *de Dieu.*

25 Une personne généreuse sera
   comblée,
   et qui donne à boire sera
   lui-même désaltéré.

26 Le peuple maudit l'accapareur
   de blé[1]
   mais bénit celui qui le met sur
   le marché.

27 Qui poursuit le bien cherche
   aussi la faveur[2],
   qui recherche le mal, le mal
   l'atteindra.

28 Celui qui se confie en sa richesse tombera,
   mais les justes, tel un feuillage,
   s'épanouiront.

29 Qui jette le trouble chez lui
   héritera le vent,
   le fou deviendra l'esclave du
   sage.

30 L'arbre de vie est le fruit du
   juste[3]
   et le sage captive les gens.

31 Le juste, certes, a sa rétribution
   sur terre;
   que dire du méchant et du pécheur !

12 [1] Qui   aime   l'éducation
   aime la science,
   qui déteste les avis est stupide.

2 L'homme de bien s'attire la faveur du Seigneur,

1. Il s'agit de spéculateurs qui refusent de
vendre leur blé en temps normal et le stockent
pour en tirer davantage de bénéfices en période de
pénurie.
2. Bien que le texte ne le précise pas, il s'agit
sans doute de la *faveur* de Dieu.
3. C'est-à-dire les actes du juste entretiennent la
vie.

l'astucieux[1], le Seigneur le
condamne.

3 Personne ne s'affermit par la
   méchanceté,
   mais la racine des justes ne
   sera pas ébranlée.

4 Une femme de caractère est
   une couronne pour son mari,
   mais une femme éhontée est
   une carie dans ses os.

5 Les justes ne songent qu'au
   droit,
   les méchants qu'à la fausseté.

6 Les paroles des méchants sont
   des embûches meurtrières,
   mais la bouche des hommes
   droits les sauve.

7 Renverse les méchants, ils ne
   sont plus !
   Mais la maison des justes tient
   debout.

8 On loue quelqu'un pour son
   bon sens,
   qui a l'esprit tordu est voué au
   mépris.

9 Il vaut mieux être méprisé et
   avoir un serviteur
   que faire l'homme important
   quand on manque de pain.

10 Le juste connaît les besoins de
   son bétail,
   mais lès entrailles des méchants sont cruelles.

11 Qui cultive sa terre sera rassasié de pain,

1. ou *l'homme malintentionné.*

qui poursuit des chimères manque de sens.

12 L'impie convoite la proie des méchants,
mais c'est la racine des justes qui rapporte.

13 Des lèvres criminelles recèlent un piège funeste,
mais le juste échappe à l'angoisse.

14 Du fruit de ses paroles, chacun tire du bien en abondance
et recueille le salaire de son travail.

15 Le fou juge droit son comportement,
mais qui écoute un conseil est un sage.

16 Le fou laisse éclater sur l'heure sa colère,
mais l'homme prudent avale l'injure.

17 Qui profère la vérité fait éclater la justice;
le faux témoin, la fausseté.

18 Où il y a un bavard, il y a des coups d'épée !
mais la langue des sages est un remède.

19 L'homme véridique subsiste à jamais;
le menteur : le temps d'un clin d'oeil !

20 Dans le *coeur des artisans de mal, il,y a la fausseté;

mais pour ceux qui conseillent la paix, c'est la joie !

21 Aucune misère n'atteint le juste,
mais les méchants sont remplis de maux.

22 Les lèvres mensongères sont en horreur au Seigneur,
il se complaît en ceux qui pratiquent la vérité.

23 L'homme prudent cache ce qu'il sait,
le coeur des sots crie leur folie.

24 Les mains actives commanderont,
la paresse mène au travail forcé.

25 Un souci dans le coeur de l'homme le déprime,
mais une bonne parole le réjouit.

26 Le juste explore la voie pour autrui[1],
mais la route des méchants les égare.

27 L'indolent ne fait pas rôtir son gibier,
mais c'est un bien précieux qu'un homme actif.

28 Sur la route de la justice se trouve la vie,
un sentier battu va vers la mort[2].

1. Le sens du texte hébreu est incertain. Autre traduction *Le juste évite ce qui est un danger pour lui.*
2. *Sur la route de la justice* ou *Là où l'on pratique la justice — un sentier battu :* le texte hébreu est peu clair. L'ancienne version grecque porte *le chemin des pervers.*

13 1 Un fils sage reflète l'éducation du père[1],
l'esprit fort n'écoute pas le reproche.

2 Du fruit de ses paroles chacun tire une bonne nourriture,
mais la vie des perfides n'est que violence.

3 Qui surveille sa bouche protège sa vie,
qui ouvre trop large ses lèvres se ruine.

4 Le paresseux convoite, mais sans âme[2];
par contre le désir des gens énergiques sera comblé.

5 Le juste déteste une parole mensongère;
le méchant répand honte et ignominie.

6 Si la justice protège celui dont la voie[3] est intègre,
le péché cause la ruine des méchants.

7 Tel fait le riche qui n'a rien du tout,
tel fait le pauvre qui a de grands biens.

8 Ce qui garantit la vie d'un homme, c'est sa richesse;
mais l'indigent n'entend pas de menaces[4].

9 La lumière des justes brillera gaiement,
la lampe des méchants s'éteindra[1].

10 Par l'orgueil, on n'obtient que contestation,
la sagesse se trouve chez ceux qui admettent les conseils.

11 Une richesse acquise à la hâte s'amenuisera,
mais celui qui l'amasse petit à petit l'augmentera.

12 L'espoir différé rend le coeur malade,
le désir comblé, c'est un arbre de vie !

13 Qui méprise la parole[2] se perd,
qui respecte le commandement sera récompensé.

14 L'enseignement du sage est une fontaine de vie
pour se détourner des pièges de la mort.

15 Un solide bon sens procure la faveur,
mais le chemin des perfides est interminable[3].

16 Tout homme prudent agit en connaissance de cause,
mais le sot fait éclater sa folie.

17 Un messager méchant tombera dans le malheur,
un ambassadeur fidèle est un remède.

---

1. ou *tient compte des avertissements de son père.*
2. *sans âme,* c'est-à-dire qu'il ne fait rien pour obtenir ce qu'il convoite.
3. Ou *la conduite.*
4. Ou *mais le pauvre ne risque pas d'être menacé.*

1. La *lumière* et la *lampe* sont des symboles de la vie et de la joie.
2. Sous-entendu *d'avertissement* ou *de commandement.*
3. *la faveur :* sans doute celle des autres hommes — *le chemin des perfides est interminable* indique que les perfides n'arrivent jamais à ce qu'ils désirent.

18 Misère et honte à qui fait fi de
l'éducation;
qui tient compte de l'avertissement sera honoré.

19 Un désir réalisé est agréable à
l'âme;
les sots en ont horreur de se
détourner du mal.

20 Qui chemine avec les sages
sera sage,
qui fréquente les sots s'en trouvera mal.

21 Le mal poursuit les pécheurs
et le bien récompense les
justes.

22 L'homme de bien transmet son
héritage aux fils de ses fils,
mais la fortune du pécheur est
mise en réserve pour le juste.

23 Les sillons des pauvres abondent de nourriture,
mais tel périt faute d'équité[1].

24 Qui épargne le bâton n'aime
pas son fils,
mais qui l'aime se hâte de le
châtier.

25 Le juste mange à satiété,
mais le ventre des méchants
est vide.

14 1 Une femme sage a construit sa maison,
mais une folle peut la renverser de ses propres mains.

2 Qui se conduit avec droiture
craint le SEIGNEUR[2],
qui se dévoie le méprise.

3 Dans les paroles du fou bourgeonne l'orgueil,
mais les propos des sages les
protègent.

4 Qui n'a point de bétail a certes
des gerbes dans la mangeoire[1],
mais la force des boeufs procure des revenus abondants.

5 Un témoin véridique ne
trompe pas,
le faux témoin respire le mensonge.

6 L'esprit fort cherche-t-il la sagesse ? Il ne trouve rien;
mais pour l'homme intelligent
le savoir est aisé.

7 Eloigne-toi du sot !
Tu ne reconnaîtrais chez lui
aucun propos savant.

8 Rendre compréhensible sa
conduite, c'est sagesse d'homme prudent,
mais la fourberie est la folie
des sots.

9 Les fous se moquent de la
faute;
mais la faveur divine est parmi
les hommes droits[2].

10 Le coeur connaît sa propre
amertume
et aucun étranger ne peut s'associer à sa joie.

11 La maison des méchants sera
détruite

---

1. *faute d'équité* ou *parce qu'il n'est pas juste.*
2. *craint le Seigneur* ou *respecte le Seigneur.*

1. Autre traduction *En l'absence de boeufs la
mangeoire est vide.*
2. Le texte hébreu n'est pas clair. Autres traductions *Les fous se moquent de réparer un tort mais
la faveur ...* ou *Les fous se moquent du péché mais
seuls les hommes droits éprouvent du
contentement.*

tandis que la tente des hommes droits sera florissante.

12 Tel juge droite sa conduite, mais en fin de compte elle mène à la mort.

13 Même dans le rire le coeur s'attriste et la joie finit en chagrin.

14 Le dévoyé sera vite rassasié de sa conduite, en cela l'homme de bien lui est supérieur.

15 Le naïf croit tout ce qu'on dit, mais l'homme prudent avance avec réflexion.

16 Le sage craint le mal et s'en détourne, le sot s'emporte, plein d'assurance.

17 Qui est prompt à la colère fait des sottises et l'homme astucieux[1] se rend odieux.

18 Les naïfs ont en partage la folie, la science est la couronne des gens avisés.

19 Les mauvais s'abaisseront devant les bons et les méchants feront antichambre chez les justes.

20 L'indigent est haï même de son camarade, mais les amis du riche sont nombreux !

21 Qui méprise son prochain pèche, mais qui a pitié des humbles est heureux.

22 Ne s'égarent-ils pas ceux qui forgent le mal ? Mais fidélité et loyauté chez ceux qui forgent le bien !

23 Tout labeur donne du profit, mais le bavardage n'aboutit qu'au dénuement.

24 Leur richesse est la couronne des sages, la folie des sots n'est que folie.

25 Un témoin véridique sauve des vies, mais qui respire le mensonge égare.

26 Il y a une puissante assurance dans la crainte du SEIGNEUR, pour ses enfants il est un refuge.

27 La crainte du SEIGNEUR est fontaine de vie[1] ! Elle détourne des pièges de la mort.

28 Un peuple nombreux est l'honneur d'un roi mais la dépopulation est la perte d'un prince.

29 Qui est lent à la colère est très raisonnable, l'homme irascible étale sa folie.

30 Un coeur paisible est vie pour le corps, mais la jalousie est une carie pour les os.

1. Ou *malintentionné*.

1. Ou *respecter le Seigneur procure la vie*.

31 Qui opprime le faible outrage
son Créateur,
mais qui a pitié du pauvre
l'honore.

32 Le méchant est terrassé par sa
malice,
mais, dans la mort même, le
juste garde confiance.

33 La sagesse repose dans le
coeur intelligent,
mais parmi les insensés
sera-t-elle reconnue ?

34 La justice grandit un peuple,
mais le péché est la honte des
nations.

35 La faveur du roi ira au serviteur avisé,
mais sa colère sera pour qui
est source de honte.

15 1 Une réponse douce fait
rentrer la colère
mais une parole blessante fait
monter l'irritation.

2 La langue des sages rend la
science aimable,
mais la folie fermente dans la
bouche des sots.

3 Les yeux du Seigneur sont
partout,
observant les méchants et les
bons.

4 Une parole réconfortante est
un arbre de vie !
La perversité s'en mêle-t-elle ?
C'est la consternation.

5 Un fou méprise l'éducation de
son père,

qui tient compte de l'avertissement est bien avisé.

6 C'est un grand trésor que la
maison du juste
mais le revenu du méchant est
trouble[1].

7 Les lèvres du sage diffusent le
savoir,
le coeur des sots, c'est tout
autre chose !

8 Le *sacrifice des méchants est
en horreur au Seigneur,
il se complaît à la prière des
hommes droits.

9 La conduite des méchants est
en horreur au Seigneur,
mais il aime qui aspire à la
justice.

10 Sévère correction pour qui
abandonne le chemin[2],
qui déteste l'avertissement
mourra.

11 Le Monde-d'en-bas[3] et l'*A-
bîme sont devant le Seigneur,
combien plus les *coeurs des
humains !

12 L'esprit fort n'aime pas qui l'a-
vertit,
il ne va pas vers les sages.

13 Un coeur joyeux rend aimable
le visage,
mais dans le chagrin l'esprit
est abattu.

1. Autre traduction *le revenu des méchants est
une source de troubles.*
2. Il s'agit du *chemin* (la conduite) du juste et du
sage (voir v. 24).
3. Ou *séjour des morts.*

14 Un coeur intelligent recherche
le savoir,
mais la bouche des sots broute
la folie !

15 Tous les jours du malheureux
sont mauvais,
mais la vie de l'homme heureux est un festin perpétuel !

16 Mieux vaut peu de biens avec
la crainte du Seigneur[1]
qu'un grand trésor avec du tracas.

17 Mieux vaut un plat de légumes
là où il y a de l'amour
qu'un boeuf gras assaisonné de
haine.

18 L'homme irascible provoque la
querelle,
qui garde son sang-froid
apaise l'altercation.

19 Le chemin du paresseux n'est
jamais qu'un roncier,
mais la route des hommes
droits est bien frayée.

20 Un fils sage réjouit son père,
mais un sot méprise sa mère.

21 La folie fait la joie de l'insensé,
mais qui est intelligent va droit
son chemin.

22 Les projets avortent faute de
délibération,
avec de nombreux conseillers
ils tiendront.

23 Joie pour un homme dans ses
réparties !

Un mot dit à propos, comme
c'est bon !

24 Le chemin de vie mène en haut
l'homme avisé,
le détournant du Monde-d'en-
bas[1].

25 Le Seigneur renverse la maison des orgueilleux
mais affermit la borne de la
veuve[2].

26 Les calculs pervers sont en
horreur au Seigneur
mais les paroles bienveillantes
sont pures.

27 Qui pratique la rapine jette le
trouble chez lui,
mais qui déteste les pots-de-
vin vivra.

28 Le juste réfléchit avant de répondre,
mais les méchants vomissent
des insanités.

29 Le Seigneur se tient à distance
des méchants
mais il écoute la prière des
justes.

30 Un regard lumineux donne une
joie profonde,
une bonne nouvelle donne des
forces.

31 Qui prête une oreille attentive
à un avertissement salutaire
habitera parmi les sages.

1. avec la crainte du Seigneur ou en respectant
le Seigneur.

1. Ou *séjour des morts.
2. La *borne* est celle qui marque la limite d'un
champ. La loi interdisait de déplacer de telles
bornes (voir Dt 19.14). Dieu exige tout particulièrement le respect de cette règle à l'égard des gens
sans défense tels que l'étranger, l'orphelin et la
veuve.

32 Qui rejette l'éducation se méprise lui-même,
mais qui écoute l'avertissement
acquiert du bon sens.

Le Seigneur dans la vie quotidienne

33 La crainte du Seigneur est une
discipline de sagesse;
avant la gloire : l'humilité.

16 1 À l'homme les projets;
au Seigneur la réponse[1].

2 Toutes les voies de l'homme
sont pures à ses yeux[2],
mais c'est le Seigneur qui pèse
les *coeurs.

3 Expose ton action au Seigneur
et tes plans se réaliseront.

4 Le Seigneur a tout fait avec
intention,
même le méchant pour le jour
du malheur.

5 Tout orgueilleux est en horreur
au Seigneur,
en fin de compte il ne restera
pas impuni.

6 La faute est effacée par la fidélité et la loyauté,
et on se détourne du mal par
la crainte du Seigneur[3].

7 Quand le Seigneur prend plaisir à la conduite de quelqu'un,
il lui concilie même ses ennemis.

8 Mieux vaut peu de bien avec
la justice
qu'abondants revenus sans
équité.

9 Le coeur de l'homme étudie sa
route,
mais c'est le Seigneur qui affermit ses pas.

A propos des rois

10 Oracle sur les lèvres du roi[1],
quand il jugera ce sera sans
parti-pris.

11 Au Seigneur un fléau et des
balances justes,
et tous les poids sont son affaire.

12 Faire le mal est en horreur aux
rois
car un trône s'affermit par la
justice.

13 La faveur des rois va aux lèvres justes;
ils aiment ceux qui parlent
avec droiture.

14 Fureur du roi, envoi des
tueurs[2] !
mais un sage peut l'apaiser.

15 Quand le visage du roi est radieux, c'est la vie !

---

1. Ce verset est l'équivalent du proverbe français
l'homme propose, Dieu dispose.
2. C'est-à-dire *l'homme trouve toujours qu'il a
correctement agi.*
3. *par la crainte du Seigneur* ou *quand on respecte le Seigneur.*

1. Ou *Le roi prononce un oracle.*
2. Ou *la colère du roi peut entraîner mort
d'hommes.*

et sa faveur est comme un nuage de pluie printanière[1].

La vie sociale et morale

16 Acquérir la sagesse vaut mieux que l'or fin,
   acquérir l'intelligence est préférable à l'argent.

17 La route des hommes droits se détourne du mal;
   qui veut protéger sa vie prend garde à sa conduite.

18 Avant la ruine, il y a l'orgueil;
   avant le faux pas, l'arrogance[2].

19 Mieux vaut se situer modestement avec les humbles
   que de partager le butin avec les orgueilleux.

20 Qui réfléchit mûrement à une affaire s'en trouvera bien;
   qui se confie dans le Seigneur, heureux est-il !

21 Qui a un jugement sage peut être appelé intelligent;
   des paroles douces sont plus persuasives[3].

22 Le bon sens est source de vie pour qui en a;
   mais le châtiment des fous, c'est la folie.

23 Le jugement du sage rend ses paroles avisées;

sa conversation en est plus persuasive.

24 Des paroles aimables sont un rayon de miel;
   c'est doux au palais, salutaire au corps.

25 Tel juge droite sa conduite qui, en fin de compte, mène à la mort.

26 C'est la faim qui fait travailler le travailleur,
   c'est sa bouche qui l'y pousse.

27 Le vaurien fomente le mal, il y a sur ses lèvres un feu dévorant.

28 L'homme pervers suscite des querelles
   et le calomniateur divise les amis.

29 Le violent circonvient son camarade
   pour le conduire dans une mauvaise voie.

30 Qui, machinant de mauvais tours, ferme les yeux
   et clôt les lèvres[1], a déjà accompli le mal.

31 Les cheveux gris sont une couronne magnifique;
   on les rencontre sur les chemins de la justice[2].

32 Qui est lent à la colère vaut mieux qu'un héros,

---

1. En Israël les pluies cessent normalement vers la fin avril et elles sont accueillies avec reconnaissance après cette date.
2. Ou *L'orgueil entraîne la ruine, l'arrogance entraîne la chute.*
3. *plus persuasives* ou *particulièrement persuasives*.

1. *Fermer les yeux* et *clore les lèvres :* ces attitudes permettent de mieux réfléchir aux mauvais coups que l'on prépare.
2. *sur les chemins de la justice :* ceux qui pratiquent la justice bénéficient d'une longue vie *(les cheveux gris).*

qui est maître de soi vaut mieux qu'un conquérant.

33 On agite les dés dans le gobelet[1]
mais quelle que soit leur décision, elle vient du Seigneur.

17 1 Mieux vaut un morceau de pain sec et la tranquillité
qu'une maison pleine de festins à disputes.

2 Un serviteur avisé supplantera un fils qui fait honte
et il héritera avec les frères.

3 Il y a un creuset pour l'argent et un four pour l'or,
mais c'est le Seigneur qui éprouve les *coeurs.

4 Le malfaisant est suspendu aux lèvres iniques,
le menteur prête l'oreille à la langue pernicieuse.

5 Qui se moque de l'indigent insulte son Créateur;
qui se réjouit d'un malheur ne le fera pas impunément.

6 La couronne des grands-parents, c'est leurs petits-enfants
et la parure des fils, leur père.

7 Un langage avantageux ne convient pas à un homme stupide,
à plus forte raison un langage mensonger à un notable.

8 Un cadeau est une pierre magique[1] aux yeux de qui en dispose;
où qu'il se tourne, c'est la réussite.

9 Qui recherche l'amitié oublie les torts;
y revenir sépare de l'ami.

10 Un reproche fait plus d'effet à un homme intelligent
que cent coups à un sot.

11 Le méchant ne cherche que la révolte,
mais contre lui un messager cruel sera déchaîné[2].

12 Mieux vaut tomber sur une ourse privée de ses petits
que sur un sot en pleine folie.

13 Celui qui rend le mal pour le bien,
le malheur ne quittera pas sa demeure.

14 Commencer une querelle c'est ouvrir une vanne[3] :
avant que s'exaspère la dispute, abandonne !

15 Justifier un coupable ou faire passer pour coupable un juste
sont tous deux en horreur au Seigneur.

16 À quoi bon de l'argent dans la main d'un sot ?
pour acquérir la sagesse ? Mais son intelligence est nulle !

1. *pierre magique* ou *porte-bonheur*. Allusion aux pouvoirs magiques attribués à certaines pierres précieuses.
2. Ou *le Seigneur enverra contre lui un ange cruel* (voir Ex 12.23; Ps 78.49).
3. C'est-à-dire libérer une force que l'on ne peut pas contrôler.

1. Allusion à la coutume consistant à utiliser les dés sacrés pour connaître la volonté de Dieu (voir Ex 28.30 et la note).

17 Un ami aime en tout temps,
mais un frère est engendré
pour celui de l'adversité[1].

18 C'est un insensé celui qui tope
dans la main[2]
pour se porter garant envers
son prochain.

19 Qui aime la querelle aime le
péché;
qui surélève sa porte[3] recherche la ruine.

20 L'esprit pervers ne trouvera
pas le bonheur,
et qui s'entortille en ses propos
tombera dans le malheur.

21 Qui engendre un sot, à lui la
peine,
et le père d'un fou n'aura pas à
s'en réjouir.

22 Un coeur joyeux favorise la
guérison,
un esprit attristé dessèche les
membres.

23 Le méchant accepte un pot-de-
vin en cachette
pour faire dévier le droit de
son cours.

24 La sagesse se lit sur le visage
d'un homme intelligent
mais les yeux du sot fixent le
bout de la terre[4] !

25 Un fils insensé est le chagrin
de son père,

l'amertume de celle qui l'a enfanté.

26 Punir le juste n'est pas bien du
tout;
frapper les gens honorables va
contre le droit.

27 Qui met un frein à ses paroles
est plein de savoir;
et qui garde son calme est un
homme raisonnable.

28 Même un fou, s'il se tait, peut
être pris pour un sage,
pour quelqu'un d'intelligent s'il
garde les lèvres closes.

18 1 L'égoïste ne suit que ses
désirs;
il s'exaspère contre tout
conseil.

2 Le sot ne se complaît pas dans
la raison,
mais bien à faire étalage de
son opinion.

3 Vienne le méchant, viendra
aussi l'infamie,
et avec le mépris, l'insulte.

4 Les paroles humaines sont des
eaux profondes,
un torrent débordant, une
source de sagesse[1] !

5 Ce n'est pas bien de réhabiliter
le méchant
en égarant le juste lors du jugement.

6 Les lèvres du sot provoquent la
querelle,
sa bouche appelle les coups.

---

1. Ou *et un frère existe pour le temps de
l'adversité*.
2. Voir 6.1 et la note.
3. C'est-à-dire *qui s'élève au-dessus de sa place
par orgueil*.
4. *fixent le bout de la terre* ou *s'évadent hors du
réel*.

1. *un torrent débordant, une source de sagesse* :
autre traduction *la source de la sagesse est un
torrent débordant*.

7 La bouche du sot est sa ruine,
ses lèvres sont un piège pour
lui-même.

8 Les paroles du calomniateur
sont comme des friandises;
elles coulent jusqu'au tréfonds
des entrailles.

9 Celui qui se relâche dans son
travail
est déjà le frère du destructeur.

10 Le *nom du Seigneur est un
puissant bastion;
le juste y accourt et s'y trouve
en sécurité.

11 Les biens du riche sont sa ville
forte;
dans son imagination c'est un
rempart inaccessible.

12 Avant la ruine, l'esprit humain
est plein d'orgueil;
mais avant la gloire, il y a
l'humilité.

13 Qui répond avant d'écouter :
pure folie, et honte pour lui !

14 Le moral de l'homme surmonte la maladie;
mais si ce moral est brisé, qui
le relèvera ?

15 Un *coeur intelligent acquiert
la connaissance,
et l'oreille des sages la recherche.

16 Le cadeau d'un homme le met
à l'aise
et l'introduit auprès des
grands.

17 Le premier à parler dans son
procès paraît juste;
vienne la partie adverse, elle le
contestera.

18 Les dés jetés font cesser les
querelles[1],
ils tranchent entre les puissants.

19 Un frère offensé est plus inaccessible qu'une ville forte;
et les querelles sont solides
comme un verrou de donjon.

20 Du fruit de ses paroles chacun
tire sa nourriture;
son langage lui rapporte de
quoi se rassasier.

21 La mort et la vie dépendent du
langage,
qui l'affectionne pourra manger de son fruit.

22 Qui a trouvé une femme a
trouvé le bonheur;
il a obtenu une faveur du Seigneur.

23 L'indigent parle en suppliant,
le riche répond avec dureté.

24 Qui a beaucoup de camarades
en sera écartelé[2];
mais tel ami est plus attaché
qu'un frère.

19 [1] Mieux vaut un indigent
qui se conduit honnête-
ment
qu'un homme au langage tortueux qui n'est qu'un sot.

1. Voir 16.33 et la note.
2. Autre traduction *il y a des compagnons qui
mènent à la ruine.*

2 Dans un désir irréfléchi, il n'y
a sûrement rien de bon
et qui précipite ses pas commet une faute.

3 La folie d'un homme brise-
t-elle sa destinée
qu'il s'en prend rageusement
au Seigneur !

4 La richesse multiplie le
nombre des amis,
mais le faible est coupé même
de son ami.

5 On n'est pas faux témoin impunément,
et qui profère des mensonges
n'échappera pas.

6 Nombreux ceux qui flattent en
face un notable,
et tout le monde est l'ami de
qui fait des cadeaux.

7 Tous ses frères détestent l'indigent,
à plus forte raison ses amis
s'éloignent-ils de lui.
Tandis qu'il poursuit ses discours, ils ne sont plus là[1] !

8 Qui acquiert du jugement
s'aime soi-même;
qui garde la raison s'en trouvera bien.

9 On n'est pas faux témoin impunément,
et qui profère des mensonges
se perd.

10 Il ne convient pas au sot de
vivre dans le plaisir,

encore moins à l'esclave de
commander à des princes.

11 Le bon sens de l'homme re-
tarde sa colère
et sa gloire, c'est de passer par-
dessus une offense.

12 La colère du roi est comme un
rugissement de lion,
mais sa faveur comme la rosée
sur l'herbe.

13 Un fils insensé est une calamité pour son père;
les querelles de femmes : une
gouttière qui ne cesse de couler.

14 Une maison et des biens sont
un héritage des pères,
mais une femme avisée est un
don du Seigneur.

15 La paresse plonge dans la torpeur,
et l'estomac du nonchalant a
faim.

16 Qui garde les préceptes se
garde lui-même,
qui est indifférent à sa propre
conduite mourra.

17 Celui qui a pitié du faible
prête au Seigneur
qui le lui rendra.

18 Corrige ton fils car il y a de
l'espoir[1],
mais ne t'emporte pas jusqu'à
le faire mourir.

1. *Tandis qu'il ..., ils ne sont plus là* : le sens du texte hébreu est peu clair et la traduction incertaine.

1. Autre traduction *Corrige ton fils tant qu'il y a de l'espoir.*

19 Une violente colère comporte
une amende;
si tu en exemptes, tu incites à
recommencer.

20 Ecoute le conseil, accepte la
discipline,
pour qu'enfin tu deviennes
sage.

21 Nombreux les projets dans le
coeur humain !
mais seul le dessein du SEI-
GNEUR tiendra.

22 Ce qu'on désire d'un homme,
c'est la fidélité;
aussi, mieux vaut un indigent
qu'un menteur.

23 La crainte du SEIGNEUR[1] mène
à la vie
et, comblé, on passera des
nuits sans la visite du malheur.

24 Le paresseux plonge sa main
dans le plat,
mais il ne la ramène pas à la
bouche.

25 Tape sur le moqueur[2], le niais
en deviendra prudent;
reprends l'homme intelligent, il
comprendra ce qu'est le savoir.

26 Il fait violence à son père et
fait fuir sa mère,
le fils qui cause honte et déshonneur.

27 Cesse, mon fils, d'obéir à une
discipline :

ce sera pour errer hors des
propos du savoir[1].

28 Un vaurien appelé en témoignage se moque du droit;
la bouche des méchants se re-
paît d'iniquité.

29 Les châtiments sont établis
pour les moqueurs,
et les coups pour le dos des
sots.

20 [1] Le vin est moqueur, l'alcool tumultueux;
quiconque se laisse enivrer par
eux ne pourra être sage.

2 Comme fait un rugissement de
lion, ainsi la peur du roi[2];
qui l'irrite met sa vie en péril.

3 S'abstenir des disputes est un
honneur pour l'homme,
mais tous les fous ont la tête
près du bonnet[3].

4 Comme c'est l'hiver, le paresseux ne veut pas labourer,
mais à la moisson il cherchera
et ne trouvera rien.

5 Les pensées dans le *coeur humain sont des eaux profondes !
l'homme raisonnable y puisera.

6 Il y a beaucoup d'hommes
dont on proclame la fidélité :
mais un homme sûr, qui le
trouvera ?

---

1. *La crainte du Seigneur* ou *Respecter le
Seigneur.*
2. Voir 1.22 et la note.

1. Ou *Mon fils, si tu cesses d'obéir à une discipline, tu erreras ...* Le sens du texte hébreu est
incertain. Autre traduction *Mon fils, cesse d'écouter l'instruction si celle-ci t'éloigne de l'enseignement des sages.*
2. Ou *la peur qu'inspire le roi.*
3. *ont la tête près du bonnet* ou *se mettent
facilement en colère.*

7 Le juste va honnêtement son
    chemin,
    heureux ses fils après lui !

8 Le roi, quand il siège au tribu-
    nal,
    discerne tout mal du regard.

9 Qui peut dire : J'ai purifié mon
    coeur,
    je suis net de mon péché ?

10 Deux poids, deux mesures
    sont l'un et l'autre en horreur
    au Seigneur.

11 On reconnaît, certes, le jeune
    homme à ses actes,
    si son oeuvre est pure et si elle
    est juste.

12 L'oreille pour entendre, l'oeil
    pour voir,
    c'est le Seigneur qui les a faits
    tous deux.

13 N'aime pas le sommeil pour ne
    pas t'appauvrir;
    tiens tes yeux ouverts si tu
    veux te rassasier de pain.

14 L'acheteur dit :   « Mauvais,
    mauvais ! »
    mais en s'en allant il se félicite.

15 L'or et le corail abondent;
    mais un langage plein de sa-
    voir, quelle chose rare !

16 Saisis son manteau[1] car il s'est
    porté garant d'un étranger;
    retiens-lui un gage car il a cau-
    tionné une étrangère.

17 On trouve agréable le pain du
    mensonge :
    mais une fois la bouche pleine,
    c'est du gravier !

18 Fais tes projets avec réflexion,
    tu seras sûr de toi;
    conduis la guerre en calculant
    bien.

19 Qui dévoile des secrets commet
    une trahison;
    n'aie donc pas de relation avec
    qui parle trop.

20 Qui maudit père et mère,
    sa lampe[1] s'éteindra au milieu
    des ténèbres.

21 Une propriété obtenue avec
    trop de hâte au début
    ne saurait être bénie par la
    suite.

22 Ne dis pas : « Je rendrai le mal
    qu'on m'a fait ! »
    Espère plutôt dans le Seigneur
    et il te sauvera.

23 Poids et poids[2] sont en horreur
    au Seigneur;
    des balances faussées, ce n'est
    pas bon.

24 Grâce au Seigneur, les pas de
    l'homme sont assurés;
    mais lui, comment pourrait-il
    comprendre où il va ?

25 C'est un piège pour l'homme
    de dire étourdiment : C'est sa-
    cré[3] !
    Comme, après des voeux, d'y
    réfléchir.

---

1. Sous-entendu *en gage*. Il s'agit d'un conseil
donné au créancier dont le débiteur s'est impru-
demment porté garant d'un inconnu.

1. Voir 13.9 et la note.
2. Comparer 20.10.
3. *C'est sacré :* il s'agit d'une formule de voeu
signifiant « je consacre ceci à Dieu. »

26 Un roi sage disperse les méchants
et fait passer sur eux la roue[1].

27 Le souffle de l'homme est une
lampe du Seigneur
qui explore les tréfonds de
l'être[2].

28 Fidélité et loyauté garderont le
roi;
son trône s'affermit par la fidélité.

29 La force est la parure des
jeunes gens,
les cheveux gris sont l'honneur
des vieillards.

30 Les plaies d'une blessure sont
un remède au mal[3],
de même les coups pour le tréfonds de l'être.

21 1 Le *coeur du roi est un
cours d'eau dans la main
du Seigneur,
il le dirige vers tout ce qui lui
plaît.

2 Toutes les voies de l'homme
sont droites à ses yeux,
mais c'est le Seigneur qui pèse
les coeurs.

3 Pratiquer la justice et le droit
est préféré par le Seigneur au
*sacrifice.

4 Les yeux hautains, le coeur
gonflé,

l'éclat des méchants : tout cela
est péché !

5 Les calculs de l'homme actif
sont un profit assuré,
mais l'impatience mène sûrement à l'indigence.

6 Une fortune acquise grâce à
des paroles frauduleuses :
illusion fugace de gens qui
cherchent la mort !

7 La violence des méchants les
emporte
car ils refusent de pratiquer le
droit.

8 La conduite du criminel est
tortueuse
mais l'activité de l'honnête
homme est droite.

9 Mieux vaut habiter en un coin
sous les toits
que partager la maison d'une
femme querelleuse.

10 Tout l'être du méchant aspire
au mal,
même son ami ne trouve pas
grâce à ses yeux.

11 Le niais deviendra sage par la
punition du sceptique
et il acquerra la science par la
formation donnée au sage.

12 Le juste porte attention au
clan des méchants,
les poussant dans le malheur.

13 Qui se bouche les oreilles au
cri du faible
appellera lui aussi sans obtenir
de réponse.

---

1. Allusion à un procédé de battage qui utilise
des sortes de chariots.
2. *Le souffle de l'homme* ou *l'esprit de l'homme*
— ce verset signifie sans doute que l'esprit humain
est une lumière donnée par Dieu et permettant à
l'homme de se connaître et de se juger.
3. Le sens du texte hébreu est incertain.

14 Fait discrètement, un cadeau
   éteint la colère;
   glissé dans la poche, un présent éteint une violente fureur.

15 L'exercice du droit est une joie
   pour le juste,
   mais c'est une calamité pour le
   malfaiteur.

16 Quiconque s'écarte du chemin
   du bon sens
   ira se reposer dans la communauté des Ombres[1].

17 L'amateur de plaisir est voué
   au dénuement,
   qui aime le vin et la bonne
   chère ne s'enrichit pas.

18 Le méchant est une rançon
   pour le juste
   et le perfide pour les hommes
   droits.

19 Mieux vaut habiter une région
   déserte
   qu'avoir une femme querelleuse et chagrine.

20 Il y a un trésor précieux et de
   l'opulence chez le sage :
   tout cela le sot l'engloutit !

21 Qui poursuit justice et fidélité
   trouvera vie, justice, honneur.

22 Un sage peut s'emparer d'une
   ville fortement défendue
   et démanteler la citadelle, son
   espoir[2].

23 Qui garde sa bouche et sa
   langue
   se protège des angoisses.

24 Un orgueilleux insolent, c'est
   cela un sceptique :
   il agit dans un débordement
   d'orgueil.

25 La convoitise du paresseux le
   fera mourir
   car ses mains refusent d'agir.

26 Toute la journée il est en proie
   à la convoitise !
   — Mais le juste donne sans
   rien réserver.

27 Le sacrifice des méchants est
   une horreur
   d'autant plus qu'ils l'offrent
   avec malice.

28 Le faux témoin périra,
   mais qui sait écouter saura
   toujours parler.

29 Le méchant prend un air effronté
   mais l'homme droit donne une
   base solide à sa conduite.

30 Il n'est ni sagesse ni raison
   ni réflexion en face du Seigneur[1].

31 On prépare une cavalerie pour
   le jour du combat,
   mais en définitive la victoire
   dépend du Seigneur.

22 [1] Bonne renommée vaut
     mieux que grande richesse,
   faveur est meilleure qu'argent
   et or.

2 Le riche et l'indigent se rejoignent,

---

1. Voir 2.18 et la note.
2. *son espoir*, c'est-à-dire le dernier espoir des
assiégés.

1. Ou *Aucune sagesse, intelligence ou réflexion
humaines ne peuvent prévaloir contre le Seigneur*.

le Seigneur les a faits tous
deux.

3 Voit-il poindre le malheur,
l'homme prudent se cache,
mais les niais passent outre et
en portent la peine.

4 La conséquence de l'humilité,
c'est crainte du Seigneur,
richesse, honneur et vie[1].

5 Des épines, des pièges jonchent
la route du tortueux,
qui veut garder sa vie s'en
éloigne.

6 Donne de bonnes habitudes au
jeune homme en début de car-
rière;
même devenu vieux, il ne s'en
départira pas.

7 Le riche domine les indigents
et le débiteur est esclave de son
créancier.

8 Qui sème l'injustice récolte la
calamité;
l'aiguillon de sa passion s'é-
moussera[2].

9 Qui a le regard bienveillant
sera béni
pour avoir donné de son pain
au pauvre.

10 Chasse le moqueur et la querelle s'en ira :
plus de disputes ni d'outrages !

11 Celui qui aime l'homme au
coeur pur

et dont les paroles sont bienveillantes,
le roi est son ami.

12 Les yeux du Seigneur veillent
sur le savoir;
il confond les paroles du perfide.

13 Le paresseux dit : « Il y a un
lion dehors,
en pleine rue ! Je vais être
tué ! »

14 La bouche[1] des femmes déver-
gondées est une fosse profonde;
celui que le Seigneur réprouve
y tombera.

15 La folie est liée au coeur des
jeunes,
le bâton qui châtie les en éloignera.

16 On exploite le faible : finalement il en sort grandi;
on donne au riche : finalement
ce n'est qu'appauvrissement[2].

Mises en garde diverses

17 Tends l'oreille pour entendre
les paroles des sages
et porte ton attention à mon
expérience;
18 tu auras plaisir à les garder au
fond de ton être,
elles seront toutes ensemble
prêtes sur tes lèvres.
19 Pour que ta confiance soit
dans le Seigneur,
je vais t'instruire aujourd'hui
toi aussi.

---

1. Autre traduction *L'homme humble qui respecte le Seigneur a pour récompense la richesse,
l'honneur et la vie.*
2. C'est-à-dire qu'il se lassera de commettre des
injustices. Mais le sens du texte hébreu est
incertain.

1. *La bouche* ou *les paroles.*
2. Sous-entendu : pour celui qui donne.

20 Voici que j'ai écrit à ton intention 30 maximes[1]
en matière de conseil et de savoir
21 pour que tu fasses connaître la
réalité des paroles de vérité,
et que tu rapportes des paroles, en toute fidélité, à ceux
qui t'envoient.

22 Ne dépouille pas le faible :
c'est un faible[2]!
Et n'écrase pas l'homme
d'humble condition en justice;
23 car le SEIGNEUR plaidera leur
cause
et ravira la vie de leurs ravis-
seurs.

24 Ne te fais pas l'ami d'un
homme irascible
et ne va pas avec l'emporté,
25 pour ne pas t'habituer à son
travers
et ne pas laisser prendre ta vie
au piège.

26 Ne sois pas de ceux qui topent
dans la main[3],
qui se portent garants d'un
emprunt;
27 car tu n'auras peut-être pas de
quoi rembourser !
Pourquoi devrait-on saisir ton
lit quand tu es dessus[4] ?

28 Ne déplace pas une borne[5] ancienne
que tes pères ont posée.

29 As-tu aperçu quelqu'un d'habile dans ce qu'il fait ?

Il pourra se présenter devant
les rois
au lieu de rester parmi les gens
obscurs.

23 [1] Si tu es à table avec un
puissant,
fais bien attention à celui qui
est devant toi.
2 Mets un couteau sur ta gorge[1]
si tu es un glouton !
3 Ne convoite pas ses bons
plats !
Après tout, c'est une nourriture
décevante !

4 Ne te fatigue pas pour acquérir la richesse,
cesse d'y penser.
5 Tes regards se seront à peine
posés sur elle
qu'elle aura disparu.
Car elle sait se faire des ailes !
Comme un aigle elle s'envolera
vers les cieux.

6 Ne mange pas le pain de
l'homme au regard mauvais
et ne convoite pas ses bons
plats;
7 car il est comme quelqu'un qui
a déjà pris sa décision[2];
« mange et bois », te dit-il,
mais son coeur n'est pas avec
toi !
8 La bouchée que tu viens d'avaler, tu la vomiras
et toute ton amabilité aura été
en pure perte.

9 Ne parle pas aux oreilles d'un
sot,
il mépriserait le bon sens de
tes propos.

1. *trente maximes* : le texte hébreu est obscur.
Autres traductions *à plusieurs reprises* ou *depuis
longtemps*.
2. Ou *sous prétexte qu'il est faible*.
3. Voir 6.1 et la note.
4. Sous-entendu : pour le prendre en gage.
5. Voir 15.25 et la note.

1. Ou *réfrène ton appétit*.
2. C'est-à-dire, probablement, il ne pense pas ce
qu'il dit.

10 Ne déplace pas une borne ancienne
et n'entre pas dans le champ
des orphelins[1] ;

11 car leur défenseur[2] est puissant,
c'est lui qui plaidera leur cause
contre toi !

12 Dirige ton coeur vers l'éducation
et tes oreilles vers les paroles
de l'expérience.

13 N'écarte pas des jeunes le châtiment !
si tu les frappes du bâton, ils
n'en mourront pas !
14 Bien plutôt, en les frappant du
bâton,
tu les sauveras du Monde-d'en-
bas[3].

Conseils d'un père à son fils

15 Mon fils, si ton *coeur est sage,
mon coeur à moi aussi se réjouit.
16 Tout mon être exultera
quand tu t'exprimeras avec
droiture.

17 Ne jalouse pas intérieurement
les pécheurs,
mais toute la journée aie la
crainte du Seigneur[4].
18 Car, assurément, il y a un avenir
et ton espérance ne sera pas
fauchée.

19 Et toi, mon fils, écoute et deviens sage
et tu iras droit ton chemin.

20 Ne te range pas parmi les buveurs
ni parmi ceux qui se gavent de
viande.
21 Car, qui boit et se gave, tombe
dans la misère
et la somnolence habille de
haillons !
22 Ecoute ton père, lui qui t'a engendré,
et ne méprise pas ta mère
parce qu'elle a vieilli.

23 Acquiers la vérité, n'en fais pas
commerce,
de même pour la sagesse, l'é-
ducation et l'intelligence.

24 Le père d'un juste sautera de
joie,
qui met au monde un sage se
réjouira.
25 Puissent-ils se réjouir, ton père
et ta mère,
sauter de joie, celle qui t'a mis
au monde !

26 Mon fils, donne-moi ta
confiance
et que tes yeux se réjouissent
de mon exemple[1].
27 Oui, la prostituée est une fosse
profonde
et l'étrangère un puits étroit[2] !
28 Elle aussi, comme un brigand,
elle fait le guet,
elle multiplie les perfidies
parmi les hommes.

---

1. Au sujet de la *borne* et du droit des *orphelins*
voir 15.25 et la note.
2. Il s'agit de Dieu lui-même, comparer 22.23.
3. Ou *séjour des morts.
4. *aie la crainte du Seigneur* ou *respecte le
Seigneur.*

1. Ou *prends plaisir à observer mon exemple.*
2. *une fosse* et *un puits étroit* : ces deux images
indiquent des pièges mortels — *l'étrangère* : voir
2.16 et la note.

Portrait de l'ivrogne

29 Pour qui les : « Ah ! » ? Pour
qui les : « Hélas ! » ?
Pour qui les querelles ? Pour
qui les plaintes ?
Pour qui les disputes sans raison ?
Pour qui les yeux qui voient
double ?

30 Pour ceux qui s'attardent au
vin,
pour ceux qui recherchent les
boissons capiteuses.

31 Ne regarde pas le vin qui rou-
geoie,
qui donne toute sa couleur
dans la coupe
et qui glisse facilement.

32 En fin de compte il mord
comme un serpent,
il pique comme une vipère.

33 Tes yeux verront des choses
étranges
et ton esprit te fera tenir des
propos absurdes.

34 Tu seras comme un homme
couché en pleine mer,
couché au sommet d'un mât.

35 « On m'a frappé ... ! Je n'ai pas
mal !
On m'a battu ... ! Je n'ai rien
senti !
Quand m'éveillerai-je ... ?
J'en redemanderai encore ! »

Le sage et le méchant

24 1 Ne jalouse pas les méchants,
ne désire pas leur compagnie ;

2 car ils ne pensent qu'à faire
des ravages
et leurs lèvres ne parlent que
de forfaits.

3 Avec la sagesse on peut bâtir
une maison,

avec la raison on la rend solide,

4 avec l'expérience on en remplit
les chambres
de toutes sortes de biens précieux et agréables.

5 Un homme viril et sage est
tout énergie
et l'homme d'expérience
double sa puissance.

6 Aussi tu mèneras la guerre en
calculant bien :
la victoire vient du grand
nombre des conseillers.

7 Les données de la sagesse sont
une montagne pour le fou,
au Conseil[1] il est incapable
d'ouvrir la bouche.

8 Celui qui combine le mal,
on l'appelle un malin !

9 La folie n'a qu'une pensée : le
péché !
et l'esprit fort est en horreur à
l'humanité.

10 Tu t'effondres au jour de la
détresse ?
Ton énergie est donc bien
mince !

11 Sauve les condamnés à mort,
et ceux qui vacillent en allant
au supplice, épargne-les[2].

12 Tu diras sans doute : « Voilà,
nous ne l'avons pas su ! »
N'y a-t-il pas quelqu'un qui
pèse les *coeurs ? Lui, il comprend.
Et celui qui t'observe, il sait,
lui,

---

1. *au Conseil* : il s'agit de l'assemblée où l'on
traite des affaires publiques et rend la justice.
2. Les sages exhortent ici à tout faire pour
éviter que des injustices ne soient commises.

et il rendra à chacun selon ses oeuvres !

13 Mange du miel, mon fils, c'est bon;
   un rayon de miel sera doux pour ton palais.
14 Telle sera pour toi la sagesse, sache-le bien !
   Si tu la trouves, tu auras un avenir
   et ton espérance ne sera pas fauchée.

15 Méchant, ne dresse pas d'embûche à la demeure du juste,
   ne ravage pas sa retraite;
16 car le juste pourra tomber sept fois[1],
   il se relèvera,
   tandis que les méchants perdent pied dans le malheur.

17 Ne te réjouis pas de la chute de ton ennemi,
   ne saute pas de joie quand il perd pied
18 de peur que le Seigneur ne regarde,
   que ce soit mal à ses yeux
   et qu'il ne détourne de lui sa colère.

19 Ne t'échauffe pas contre les malfaisants,
   ne jalouse pas les méchants;
20 car il n'y a pas d'avenir pour le malfaisant
   et la lampe[2] des méchants s'éteindra.

21 Mon fils, crains le Seigneur et le roi.
   Ne te mêle pas aux novateurs !

22 Car le malheur peut se lever soudain contre eux.
   Et qui sait quelle détresse l'un et l'autre pourront causer[1] ?

Autres conseils des sages

23 Ceci est encore des Sages.

   Ce n'est pas bien d'être partial dans un jugement.
24 Quiconque déclare au coupable : « Tu es innocent »,
   la foule le maudit, la nation le honnit.
25 Pour ceux qui le reprennent il y aura du bonheur
   et sur eux viendront bénédiction et félicité.

26 Il donne un baiser sur les lèvres
   celui qui répond franchement.

27 Assure ton travail au-dehors, prépare-le dans ton champ;
   après, tu pourras bâtir ta maison.

28 Ne témoigne pas sans motif contre ton prochain.
   Voudrais-tu tromper par tes paroles ?

29 Ne dis pas : « Comme il m'a fait, je lui ferai;
   je rendrai à chacun selon son oeuvre. »

Le sort du paresseux

30 Je suis passé près du champ d'un paresseux,

1. *sept fois*, c'est-à-dire un nombre illimité de fois.
2. Voir 13.9 et la note.

1. Le texte de la deuxième partie du verset est obscur. Dans la traduction proposée ici *l'un et l'autre* renvoient au Seigneur et au roi (v. 21). Autre traduction *et qui sait quand viendra la ruine des uns et des autres* (les novateurs).

près de la vigne d'un homme
sans courage.
31 Et voici : tout n'était qu'un
roncier;
tout était masqué par les
épines
et la murette de pierres était
écroulée.
32 Moi, je regardai, j'appliquai
mon attention.
Je vis et j'en retins une leçon :

33 Un peu dormir, un peu somno-
ler,
un peu s'étendre les mains
croisées,
34 et, en se promenant, te viendra
la pauvreté,
la misère comme un soudard[1].

Proverbes divers

25 1 Ce qui suit est encore une
transcription de proverbes
salomoniens due aux gens d'Ezékias, roi de Juda.

2 La gloire de Dieu, c'est d'agir
dans le mystère
et la gloire des rois, c'est d'agir
après examen[2].

3 Les cieux en leur hauteur, la
terre en sa profondeur
et le *coeur des rois sont impé-
nétrables.

4 Ôte les scories de l'argent
et un vase sortira pour l'orfèvre;
5 ôte le méchant de devant le roi

et son trône sera affermi dans
la justice.

6 Ne fais pas l'arrogant devant
le roi
et ne te tiens pas dans l'entourage des grands.
7 Car mieux vaut qu'on te dise :
« Monte ici ! »
que de te voir humilié devant
un notable.

Ce que tes yeux ont vu,
8 ne le produis pas trop vite au
procès.
Que ferais-tu en fin de compte
si ton adversaire te confon-
dait ?

9 Dispute ta cause avec ton adversaire
mais ne révèle pas les confidences d'un autre,
10 de peur qu'il ne t'insulte, s'il en
a eu vent,
et que tu ne puisses rattraper
tes mauvais propos.

11 Des pommes d'or avec des motifs d'argent,
telle une parole dite à propos;
12 un anneau d'or et un collier
d'or rouge,
telle la réprimande d'un sage
pour une oreille attentive.

13 Telle la fraîcheur de la neige
au temps de la moisson,
tel un messager fidèle pour qui
l'envoie :
il réconforte son maître.

14 Des nuages, du vent, oui; de la
pluie, non !

1. Voir 6.11 et la note.
2. Autre traduction *C'est la gloire de Dieu de
cacher une chose et la gloire des rois de chercher à
la comprendre.*

Tel celui qui se targue d'un cadeau illusoire[1].

15 Par une longue patience on peut circonvenir un magistrat, tout comme une langue tendre peut briser un os[2].

16 Tu as trouvé du miel ? Manges-en ce qui te suffit; autrement, gavé, tu le vomirais.

17 Mets rarement les pieds chez ton ami, autrement, exaspéré, il te prendrait en grippe.

18 Massue, épée, flèche acérée, tel est l'homme qui porte un faux témoignage contre son prochain.

19 Dent branlante et pied chancelant, telle, au jour de la détresse, la confiance mise en un traître.

20 Faire enlever un manteau un jour de froid, ajouter du vinaigre au nitre et chanter des chansons en présence d'un affligé, c'est pareil.

21 Si ton ennemi a faim, donne-lui à manger; s'il a soif, donne-lui à boire.
22 Ce faisant, tu prendras, toi, des charbons ardents sur sa tête[3]. Mais le Seigneur te le revaudra.

---

1. Ou *Tel celui qui se vante d'un cadeau qu'il ne fait pas.*
2. C'est-à-dire tout comme des paroles douces peuvent briser bien des résistances.
3. C'est-à-dire tu prendras à ton compte l'angoisse des malheurs qui pèsent sur lui. Autre traduction *tu amasseras des charbons ardents sur sa tête* (voir Rm 12.20).

23 Le vent du nord enfante la pluie, un visage furieux engendre un langage trompeur.

24 Mieux vaut habiter en un coin sous les toits que partager la maison d'une femme querelleuse.

25 De l'eau fraîche pour une gorge altérée, telles de bonnes nouvelles reçues d'un pays lointain.

26 Une source troublée, une fontaine souillée, tel le juste qui vacille devant le méchant.

27 Ce n'est pas bon de manger trop de miel, mais l'étude des choses importantes, c'est important[1].

28 Une ville démantelée n'a plus de rempart, tel est l'homme dont l'esprit n'a plus de frein[2].

Le sot

26 1 Pas plus que neige en été ou pluie à la moisson, un honneur n'est désirable pour le sot.

2 Comme le moineau qui volette, comme l'hirondelle qui vole, ainsi une malédiction gratuite n'atteint pas son but.

---

1. Le texte hébreu de la deuxième partie du verset est obscur. L'ancienne version grecque porte *ni de rechercher les honneurs excessifs.*
2. *dont l'esprit n'a plus de frein* ou *qui n'est pas maître de lui.*

3 Le fouet est pour le cheval, la
   bride pour l'âne
   et le bâton pour le dos des
   sots.

4 Ne réponds pas au sot selon sa
   folie
   de peur que tu ne lui ressem-
   bles toi aussi;
5 réponds au sot selon sa folie
   de peur qu'il ne s'imagine être
   sage[1].

6 Il se coupe les pieds, il s'a-
   breuve de violence
   celui qui fait porter ses messages par un sot.

7 Les jambes se dérobent sous le
   boiteux,
   de même une maxime à la
   bouche des sots.

8 Autant attacher un caillou sur
   une fronde[2]
   que rendre honneur à un sot !

9 Tel un rameau épineux brandi
   par un ivrogne,
   telle une maxime dans la
   bouche des sots.

10 Tel un chef qui blesse tout le
   monde,
   tel celui qui embauche un sot,
   ou encore, des passants[3].

11 Tel le chien qui retourne à ce
   qu'il a vomi,
   tel le sot qui réitère sa folie.

1. Dans les versets 4 et 5 il est sans doute
conseillé d'agir avec le sot selon les cas : tantôt en
s'abstenant de discuter avec lui (v. 4), tantôt en lui
répondant comme le mérite sa sottise (v. 5).
2. *attacher un caillou à une fronde* est un acte
stupide puisque le caillou ne peut plus être lancé.
3. Le texte hébreu de ce verset est obscur et la
traduction incertaine.

12 Vois-tu un homme sage à ses
   propres yeux ?
   Il y a plus à espérer d'un sot
   que de lui.

Portrait du paresseux

13 Le paresseux dit : « Il y a un
   fauve sur la route,
   un lion dans les rues ! »

14 La porte tourne sur ses gonds
   et le paresseux sur son lit.

15 Le paresseux plonge sa main
   dans le plat,
   mais la ramener à sa bouche le
   fatigue.

16 Le paresseux est plus sage à
   ses propres yeux
   que sept experts avisés.

Autres proverbes

17 Il veut attraper un chien par
   les oreilles,
   le passant qui s'excite pour une
   querelle où il n'a que faire.

18 Tel celui qui, faisant le fou,
   lance des traits enflammés, des
   flèches, bref, la mort;
19 tel celui qui trompe son prochain
   et dit ensuite : « Je plaisan-
   tais ! »
20 Quand il n'y a plus de bois, le
   feu s'éteint;
   quand il n'y a plus de calomniateur, la querelle s'apaise.

21 Le charbon donne de la braise,
   les bûches donnent du feu,
   ainsi le querelleur attise la querelle.

22 Les paroles du calomniateur
   sont comme des friandises,
   elles coulent jusqu'au tréfonds
   des entrailles.

23 De l'argent non purifié plaqué
   sur de l'argile,
   telles des paroles ardentes et
   un coeur mauvais.

24 Le haineux se masque en ses
   propos
   et au fond de lui-même il installe la fausseté.

25 S'il use d'un langage bienveillant, ne t'y fie pas,
   il couve mille pensées abominables.

26 La haine peut bien se couvrir
   d'un masque,
   sa méchanceté se révélera aux
   yeux de tous.

27 Qui creuse une fosse y tombera;
   qui roule une pierre, elle lui
   retombera dessus.

28 Une langue mensongère déteste ceux qu'elle frappe
   et une bouche enjôleuse amène
   la ruine.

27 1 Ne te félicite pas du lendemain
   car tu ne sais pas ce qu'aujourd'hui enfantera.

2 Qu'un autre te loue, mais non
   pas ta bouche,
   un étranger, mais non pas tes
   lèvres.

3 La pierre est lourde, le sable
   pesant,
   mais la colère du fou est encore plus pesante.

4 La fureur est cruauté, la colère
   débordement,
   mais qui tiendra devant la jalousie?

5 Mieux vaut un franc avertissement
   qu'une amitié trop réservée.

6 Les blessures d'un ami sont
   loyales,
   les embrassements d'un ennemi
   sont trompeurs[1].

7 Un gosier rassasié méprise un
   rayon de miel,
   un gosier affamé trouve doux
   tout ce qui est amer.

8 Tel un moineau qui erre loin
   de son nid,
   tel l'homme qui erre loin de
   son pays.

9 Huile et parfum mettent le
   coeur en fête
   et la douceur d'un ami vaut
   mieux que le propre conseil.

10 N'abandonne pas ton ami ni
   celui de ton père
   et ne va pas chez ton frère
   quand tu es en difficulté;
   mieux vaut un voisin proche
   qu'un frère lointain.

11 Sois sage, mon fils, mon coeur
   se réjouira
   et je pourrai répondre à qui
   me méprise.

12 Voit-il poindre le malheur,
   l'homme prudent se cache;
   mais les niais passent outre et
   s'en mordent les doigts.

1. *trompeurs*: traduction incertaine d'un mot
hébreu obscur.

13 Saisis son manteau, car il s'est
porté garant d'un étranger;
retiens-lui un gage, car il a
cautionné une étrangère.

14 Qui vient saluer son prochain
à grands cris et tôt le matin,
sa bénédiction sera considérée
comme une malédiction.

15 Une gouttière qui coule sans
cesse un jour de pluie
et une femme querelleuse sont
pareilles.
16 La retenir ? Autant retenir du
vent
ou, de la main, saisir de l'huile !

17 Le fer se polit par le fer
et l'homme par le contact de
son prochain.

18 Qui soigne son figuier en man-
gera les fruits,
qui veille sur son maître en
sera honoré.

19 Comme l'eau est un miroir
pour le visage,
le cœur de l'homme l'est pour
l'homme.

20 Le Monde-d'en-bas[1] et l'Abîme
sont insatiables,
insatiables aussi les yeux de
l'homme.

21 Il y a un creuset pour l'argent
et un four pour l'or,
et pour l'homme il y a sa réputation.

22 Si tu pilais le fou dans un mor-
tier, parmi les grains, avec un
pilon,

sa folie ne se détacherait pas
de lui.

23 Connais bien l'état de ton bétail
et porte attention à tes troupeaux.
24 Car la richesse n'est pas éternelle
et un diadème ne passe pas de
génération en génération !
25 L'herbe enlevée, le regain paru
et le foin des montagnes ramassé,
26 aie des agneaux pour te vêtir,
des boucs pour acheter un
champ
27 et du lait de chèvre en abondance pour te nourrir,
pour nourrir ta maisonnée et
faire vivre tes servantes.

28 ¹ Le méchant fuit alors
même que personne ne le
poursuit, mais le juste,
comme un lionceau, est sûr
de lui.

2 Quand un pays est en révolte,
nombreux sont les chefs,
mais l'ordre règne avec un
homme intelligent et expérimenté.

3 Un maître pauvre et qui exploite les faibles
est une pluie dévastatrice : plus
de pain !

4 Ceux qui abandonnent la Loi
félicitent le méchant,
ceux qui observent la Loi le
combattent.

5 Les hommes mauvais ne comprennent rien au droit,

1. Ou *le *séjour des morts.*

mais ceux qui cherchent le Seigneur comprennent tout.

6 Mieux vaut un pauvre qui se
conduit honnêtement
que l'homme à la conduite tortueuse,
même s'il est riche.

7 Qui garde la Loi est un fils
intelligent,
mais qui fréquente les débau-
chés fait honte à son père.

8 Qui accroît son bien par intérêt et usure
l'amasse pour celui qui a pitié
des faibles[1].

9 Qui détourne l'oreille de l'é-
coute de la Loi,
sa prière même est une horreur.

10 Qui égare les hommes droits
dans un mauvais chemin
tombera dans sa propre fosse;
mais les hommes intègres hériteront le bonheur.

11 Le riche est sage à ses propres
yeux,
le miséreux intelligent le dé-
masquera.

12 Quand les justes triomphent, il
y a grande gloire;
quand les méchants se dressent, chacun se cache.

13 Qui cache ses fautes ne réussira pas,

qui les avoue et y renonce obtiendra miséricorde.

14 Heureux l'homme qui est constamment sur ses gardes,
mais l'obstiné tombera dans le
malheur.

15 Un lion qui rugit, un ours qui
bondit,
tel le méchant qui domine un
peuple de miséreux.

16 Un prince insensé multiplie les
extorsions,
mais qui déteste la rapine prolongera ses jours.

17 Un homme accablé sous le
poids d'un meurtre
fuira jusqu'à la prison : inutile
de l'arrêter !

18 Qui se conduit en toute simplicité sera sauvé,
mais qui mêle deux façons d'a-
gir achoppera dans l'une
d'elles.

19 Qui cultive sa terre sera rassasié de pain,
qui poursuit des chimères sera
rassasié d'indigence.

20 L'homme loyal est comblé de
bénédictions,
mais qui veut s'enrichir rapidement ne restera pas impuni.

21 Il n'est pas bon d'être partial,
mais un homme important est
capable de pécher pour une
bouchée de pain.

22 Celui qui court après la ri-

---

1. *intérêt et usure* : la loi mosaïque interdit la
pratique du prêt à *intérêt* et à plus forte raison
l'*usure* (voir Ex 22.24) — Ce verset semble affir-
mer que l'argent gagné de façon malhonnête changera de main et profitera finalement aux pauvres.

chesse a de mauvais yeux[1] !
Il ne sait pas que l'indigence
va s'abattre sur lui.

23 Qui reprend quelqu'un obtiendra finalement sa faveur,
bien mieux que l'homme au
langage enjôleur.

24 Qui dépouille père et mère en
disant : « Ce n'est pas un péché »
n'est rien autre qu'un complice
de brigands.

25 L'homme qui a de gros appétits provoque la querelle,
mais qui se confie dans le Seigneur sera comblé.

26 Qui se confie en son propre
sens est un sot;
mais qui se conduit selon la
sagesse,
celui-là sera sauf.

27 Qui donne à l'indigent ne
manquera de rien,
qui refuse de le regarder sera
couvert de malédictions.

28 Quand les méchants se dressent, chacun se cache;
et quand ils périssent, les justes
se multiplient.

29 1 L'homme qui, répri-
mandé, raidit la nuque[2]
sera brisé soudain et sans remède !

2 Quand les justes ont le pouvoir, le peuple se réjouit;
mais quand c'est un méchant
qui gouverne, le peuple gémit.

1. Autre traduction *L'homme à l'oeil mauvais*
(ou *l'envieux*) *court après la richesse.*
2. *raidit la nuque* ou *s'entête.*

3 Celui qui aime la sagesse, son
père se réjouit;
mais qui fréquente les prostituées dissipe son bien.

4 Par l'exercice du droit un roi
rend stable le pays,
mais celui qui est avide d'impôts le ruine.

5 Qui flatte son prochain
tend un filet sous ses pas.

6 Dans le péché du méchant il y
a un piège,
mais le juste exulte et se réjouit.

7 Le juste connaît la cause des
faibles,
le méchant n'a pas l'intelligence de la reconnaître.

8 Les frondeurs mettent la cité
en effervescence,
mais les sages y refoulent la
colère.

9 Un sage est-il en procès avec
un fou ?
Qu'il se fâche ou qu'il rie, il
n'aura pas de repos !

10 Les meurtriers haïssent
l'homme honnête,
mais les hommes droits le recherchent.

11 Le sot donne libre cours à
toutes ses passions,
mais le sage, en les retenant,
les apaise.

12 Un chef prête-t-il attention à
une parole mensongère,
tous ses officiers deviennent
des méchants.

13 L'indigent et l'homme de
   fraude se rejoignent,
   mais c'est le SEIGNEUR qui
   donne la lumière aux yeux de
   tous les deux.

14 Un roi qui rend justice aux
   faibles en toute vérité
   voit son trône affermi pour
   toujours.

15 Le bâton et la réprimande
   donnent la sagesse,
   mais le jeune homme livré à
   lui-même fait honte à sa mère.

16 Quand les méchants ont le
   pouvoir, les péchés abondent,
   mais les justes seront témoins
   de leur chute.

17 Châtie ton fils, tu seras tranquille
   et il te comblera de délices.

18 Quand il n'y a plus de vision[1],
   le peuple est sans frein;
   mais qui observe la Loi est
   heureux !

19 On ne corrige pas un serviteur
   avec des paroles,
   car il comprendra mais n'o-
   béira pas.

20 Aperçois-tu un homme prompt
   à parler ?
   Il y a plus à espérer d'un sot
   que de lui.

21 Qui gâte son serviteur dès l'a-
   dolescence
   finira par faire de lui un fainéant.

22 Le coléreux provoque la querelle
   et l'homme emporté multiplie
   les péchés.

23 L'orgueil de l'homme l'humiliera,
   mais un esprit humble obtiendra l'honneur.

24 Celui qui partage avec le voleur se hait :
   il entend l'adjuration et ne le
   dénonce pas[1].

25 La peur tend un piège à
   l'homme,
   mais qui se confie dans le SEI-
   GNEUR est en sécurité.

26 Beaucoup recherchent le regard du prince,
   mais seul le SEIGNEUR peut
   rendre à chacun son droit.

27 L'homme inique est en horreur
   aux justes,
   qui suit le droit chemin est en
   horreur aux méchants.

Paroles d'Agour

30 1 Paroles d'Agour fils de
   Yaqé : oracle.

   Sentence de cet homme à Itiël,
   à Itiël et Oukal[2].

2 Oui, je suis le plus stupide des
   hommes,

---

1. Il s'agit des *visions* prophétiques. L'auteur
déplore l'absence de *prophète.

1. *se hait* ou *se fait du tort à lui-même* — *adjuration :* il s'agit d'une formule par laquelle on
demande à ceux qui connaissent un coupable de le
dénoncer sous peine de malédiction (voir Lv 5.1).
2. Le sens du texte hébreu est incertain. Les
noms propres placés à la fin du verset peuvent
aussi être compris comme des verbes : *Je me suis
fatigué, ô Dieu, je me suis fatigué, ô Dieu, et je suis
épuisé.*

humainement, l'intelligence me fait défaut.

3 Je n'ai pas appris la sagesse mais je connais la science sainte[1].

4 Qui, étant monté aux cieux, en est redescendu ?
Qui a jamais recueilli le vent dans ses mains ?
Qui a enserré l'eau dans son manteau ?
Qui a établi toutes les limites de la terre ?
Quel est son nom ? Quel sera le nom de son fils ?
Sûrement tu le sais[2] !

5 Toute déclaration de Dieu est éprouvée.
Il est un bouclier pour ceux qui s'abritent en lui.

6 N'ajoute rien à ses paroles :
il te reprendrait et tu serais convaincu de mensonge.

7 Je t'ai demandé deux choses[3],
ne me les refuse pas avant que je meure :

8 Eloigne de moi fausseté et mensonge,
ne me donne ni indigence ni richesse;
dispense-moi seulement ma part de nourriture,

9 car, trop bien nourri, je pourrais te renier
en disant : « Qui est le Seigneur ? »
ou, dans la misère, je pourrais voler,

profanant ainsi le nom de mon Dieu.

10 Ne calomnie pas un serviteur auprès de son maître,
il te maudirait et tu en porterais la faute[1].

11 Génération[2] qui maudit son père
et ne bénit pas sa mère !

12 Génération pure à ses propres yeux
mais qui n'est pas lavée de sa souillure !

13 Génération démesurément hautaine,
aux regards altiers !

14 Génération dont les dents sont des glaives
et les mâchoires des couteaux,
dévorant les humbles du pays
et les plus pauvres du peuple !

Proverbes numériques

15 La sangsue a deux filles :
Donne, donne.

Trois choses sont insatiables,
quatre ne disent pas : « Assez[3] ! » :

16 le Monde-d'en-bas[4], le sein stérile,
une terre non rassasiée d'eau
et le feu qui ne dit jamais : « Assez ! »

17 L'oeil qui se rit d'un père
et qui refuse l'obéissance due à une mère,

---

1. On peut aussi comprendre *et je ne connais pas la science sainte — la science sainte ou la sagesse qui vient de Dieu.*
2. *tu le sais :* on peut comprendre soit que Dieu s'adresse au sage, soit que le sage s'adresse à son disciple.
3. Aux v. 7-9 le sage adresse une prière à Dieu.

1. Le v. 10 est une recommandation du sage à ses disciples.
2. Par ce terme le sage apostrophe l'ensemble de ses contemporains.
3. *Donne, donne* ou *qui s'appellent : Donne, donne — Trois ... quatre :* voir 6.16 et la note.
4. Ou *le* *séjour des morts.*

les corbeaux du torrent le crè-
veront
et les aigles le dévoreront.

18 Voici trois choses qui me dépassent
et quatre que je ne comprends
pas :
19 le chemin de l'aigle dans le
ciel,
le chemin du serpent sur le rocher,
le chemin du navire en haute
mer
et le chemin de l'homme vers
la jeune femme.

20 Telle est la conduite de la
femme adultère :
elle mange, s'essuie la bouche[1]
et dit : « Je n'ai rien fait de
mal ! »

21 Voici trois choses qui font fré-
mir un pays
et quatre qu'il ne peut supporter :
22 un esclave qui devient roi,
un fou qui se gave,
23 une mégère qui se marie
et une servante qui supplante
sa maîtresse[2].

24 Il existe sur terre quatre êtres
tout petits
et pourtant sages parmi les
sages :
25 les fourmis, peuple sans force,
qui, en été, savent assurer leur
nourriture,
26 les damans[3], peuple sans puissance,

qui savent placer leur maison
dans le roc,
27 les sauterelles qui n'ont pas de
roi
et qui savent sortir toutes en
bande;
28 le lézard qui peut être attrapé
à la main
et qui pourtant est dans le palais des rois !

29 Ils sont trois à avoir belle al-
lure,
et quatre ont une belle démarche;
30 le lion, le plus valeureux des
animaux,
qui ne recule devant rien;
31 le zèbre aux reins puissants ou
le bouc
et le roi à la tête de son armée.

32 Si tu as agi follement en cherchant à t'élever
et que tu aies réfléchi, mets ta
main sur la bouche :
33 battre la crème produit le
beurre,
frapper le nez fait jaillir le
sang,
exploser de colère provoque la
dispute !

Conseils à un roi

31 1 Paroles du roi Lemouël.
Leçon[1] que sa mère lui in-
culqua.

2 Ah ! mon fils ! Ah ! fils de mes
entrailles !
Ah ! fils appelé de mes vœux !
3 Ne livre pas ta vigueur aux
femmes

---

1. *elle mange, s'essuie la bouche :* façon imagée
de dire que les actions immorales de la femme ne
lui causent aucun scrupule.
2. Autre traduction *qui hérite de sa maîtresse.*
3. Voir Ps 104.18 et la note.

1. *du roi Lemouël. Leçon :* autre traduction de
Lemouël, roi de Massa (en Arabie).

et ton destin à celles qui perdent les rois.

4 Aux rois, Lemouël, aux rois le
vin ne convient pas
ni aux princes l'alcool.

5 Car, s'ils en boivent, ils oublieront les lois
et trahiront la cause des petites gens.

6 Qu'on donne plutôt de l'alcool
à celui qui va périr
et du vin à qui est plongé dans l'amertume.

7 Il boira et oubliera sa misère
et ne se souviendra plus de sa peine.

8 Ouvre la bouche au service du muet
et pour la cause de tous les vaincus du sort.

9 Ouvre la bouche pour juger
avec équité
et pour la cause des humbles et des pauvres.

La femme de caractère

(Alef[1])

10 Une femme de caractère, qui la trouvera ?
Elle a bien plus de prix que le corail.

(Beth)

11 Son mari a pleine confiance en elle,
les profits ne lui manqueront pas.

(Guimel)

12 Elle travaille pour son bien et
non pour son malheur
tous les jours de sa vie.

(Daleth)

13 Elle cherche avec soin de la laine et du lin
et ses mains travaillent allègrement.

(Hé)

14 Elle est comme les navires marchands,
elle fait venir de loin sa subsistance.

(Waw)

15 Elle se lève quand il fait encore nuit
pour préparer la nourriture de sa maisonnée
et donner des ordres à ses servantes.

(Zaïn)

16 Elle jette son dévolu sur un champ et l'achète,
avec le fruit de son travail elle plante une vigne.

(Heth)

17 Elle ceint de force ses reins
et affermit ses bras[1].

(Teth)

18 Elle considère que ses affaires vont bien
et sa lampe ne s'éteint pas de la nuit.

(Yod)

19 Elle met la main à la quenouille

---

1. Alef : sur les poèmes alphabétiques, voir Ps 25.1 et la note.

1. Ces deux expressions indiquent que la femme ne craint pas le travail.

et ses doigts s'activent au fuseau.

(Kaf)

20 Elle ouvre sa main au misérable
et la tend au pauvre.

(Lamed)

21 Elle ne craint pas la neige
pour sa maisonnée,
car tous ont double vêtement.

(Mem)

22 Elle se fait des couvertures,
ses vêtements sont de lin raffiné et de pourpre.

(Noun)

23 Aux réunions de notables son
mari est considéré,
quand il siège parmi les anciens du lieu.

(Samek)

24 Elle fabrique de l'étoffe pour
la vendre
et des ceintures qu'elle cède au
marchand.

(Aïn)

25 Force et honneur la revêtent,
elle pense à l'avenir en riant.

(Pé)

26 Elle ouvre la bouche avec sagesse
et sa langue fait gentiment la
leçon.

(Çadé)

27 Elle surveille la marche de sa
maison
et ne mange pas paresseusement son pain.

(Qof)

28 Ses fils, hautement, la proclament
bienheureuse
et son mari fait son éloge :

(Resh)

29 « Bien des filles ont fait preuve
de caractère;
mais toi, tu les surpasses
toutes ! »

(Shîn)

30 La grâce trompe, la beauté ne
dure pas.
La femme qui craint le Seigneur[1], voilà celle qu'on doi'
louer.

(Taw)

31 À elle le fruit de son travail
et que ses oeuvres publient sa
louange[2].

1. *qui craint le Seigneur* ou *qui respecte le
Seigneur.*
2. *que ses oeuvres publient sa louange* ou *que
son travail suscite le respect de tous.*

RUTH

La famille d'Elimélek émigre en Moab

1 1 Il y eut une fois, au temps des Juges, une famine dans le pays. Du coup un homme de Bethléem de Juda émigra dans la campagne de Moab[1], lui, sa femme et ses deux fils. 2 Cet homme s'appelait Elimélek; sa femme, Noémi; et ses deux fils, Mahlôn et Kilyôn[2]. C'étaient des Ephratéens de Bethléem de Juda[3]. Ils arrivèrent donc dans la campagne de Moab et vécurent là. 3 Voici que mourut Elimélek, le mari de Noémi; et elle resta, elle et ses deux fils. 4 Ils prirent pour femmes des Moabites; l'une s'appelait Orpa et la seconde Ruth[4]. Ils demeurèrent là environ dix ans. 5 Puis Mahlôn et Kilyôn moururent aussi, tous les deux, et cette femme resta, sans ses deux enfants ni son mari.

Ruth décide de rester avec Noémi

6 Alors elle se leva, elle et ses belles-filles, et s'en revint de la campagne de Moab; car elle avait entendu dire dans la campagne de Moab que le SEIGNEUR s'était occupé de son peuple pour lui donner du pain[1]. 7 Aussi partit-elle de la localité où elle vivait avec ses deux belles-filles. Elles se mirent donc en chemin pour retourner au pays de Juda. 8 Mais Noémi dit à ses deux belles-filles : « Allez, retournez chacune chez sa mère. Que le SEIGNEUR agisse envers vous avec fidélité[2] comme vous avez agi envers les défunts et envers moi. 9 Que le SEIGNEUR vous donne de trouver un état[3] chacune chez son mari. » Et elle les embrassa. Alors elles élevèrent la voix et pleurèrent. 10 Puis elles lui dirent : « Non ! Avec toi nous retournerons à ton peuple ! » 11 Mais Noémi dit : « Retournez, mes filles. Pourquoi iriez-vous avec moi ? Ai-je encore des fils dans mon ventre qui deviendraient vos maris[4] ? 12 Retournez, mes filles, allez, car je suis trop

---

1. *au temps des Juges* : c'est-à-dire aux environs de 1.100 av. J. C. Voir le livre des juges — *le pays* : c'est-à-dire le pays d'Israël — *Moab* : plateau fertile situé à l'est de la mer Morte.
2. Ces noms propres ont probablement une valeur symbolique : *Elimélek* signifie « mon Dieu est roi », *Noémi* « Ma grâcieuse », *Mahlôn* « Maladie », *Kilyôn* « Fragilité ».
3. *Ephratéens* : clan de Juda fixé dans la région de *Bethléem*, village situé à quelques km au sud de Jérusalem.
4. *Ruth* : ce nom peut signifier « Amie » ou « Réconfortée ».

1. *du pain* : en hébreu le terme correspondant fait jeu de mots avec *Bethléem* (1.2), nom qui signifie « Maison du pain ».
2. *fidélité* : autres traductions *bonté, bienveillance* (voir également 2.20).
3. autre traduction *trouver une situation stable*.
4. Quand un homme mourait sans enfant, son frère, ou à défaut son plus proche parent, devait épouser la veuve pour assurer une descendance au défunt. C'est la coutume appelée lévirat. Voir Dt 25.5-10; Gn 38.6-8; Mt 22.24.

vieille pour appartenir à un homme. Et même si je disais : J'ai de l'espoir; oui, j'appartiendrai cette nuit à un homme; oui, j'enfanterai des fils, 13 est-ce que pour autant vous attendriez qu'ils aient grandi ? Est-ce que pour autant vous vous abstiendriez d'appartenir à un homme ? Non, mes filles. Car pour moi l'amertume est extrême, plus que pour vous; c'est contre moi que s'est manifestée la poigne du Seigneur. »

14 Alors elles élevèrent la voix et pleurèrent encore. Puis Orpa embrassa sa belle-mère. Mais Ruth s'attacha à elle[1]. 15 Alors elle dit : « Vois, ta belle-soeur s'en est retournée vers son peuple et vers ses dieux. Retourne, à la suite de ta belle-soeur. »

16 Mais Ruth dit : « Ne me presse pas de t'abandonner, de retourner loin de toi; car
où tu iras j'irai,
et où tu passeras la nuit je la passerai :
ton peuple sera mon peuple
et ton dieu mon dieu;
17 où tu mourras je mourrai,
et là je serai enterrée.
Le Seigneur me fasse ainsi et plus encore[2]

si ce n'est pas la mort qui nous sépare ! »
18 Voyant qu'elle s'obstinait à aller avec elle, elle cessa de lui en parler[3].
19 Elles marchèrent donc toutes deux jusqu'à ce qu'elles arrivent à Bethléem. Voilà que, lorsqu'elles arrivèrent à Bethléem, toute la ville fut en ébullition à leur sujet. Les femmes disaient : « C'est Noémi ? » 20 Mais elle leur dit : « Ne m'appelez pas Noémi ! Appelez-moi Mara ! Car le Puissant[1] m'a rendue amère à l'extrême.
21 C'est comblée que j'étais partie,
et démunie me fait revenir le Seigneur.
Pourquoi m'appelleriez-vous Noémi,
alors que le Seigneur a déposé[2] contre moi
et que le Puissant m'a fait du mal ? »
22 Ainsi revint Noémi, et avec elle Ruth la Moabite, sa belle-fille, celle qui est revenue de la campagne de Moab : elles arrivèrent à Bethléem au début de la moisson de l'orge[3].

Ruth glane dans le champ de Booz

2 1 Or Noémi avait un parent du côté de son mari, un notable fortuné, de la famille d'Elimélek, qui s'appelait Booz[4]. 2 Ruth la Moabite dit à Noémi : « Je voudrais bien aller aux champs glaner des épis, derrière quelqu'un qui me considérerait avec faveur. » Elle répondit : « Va, ma fille. » 3 Elle alla donc, et en

---

1. Après *Orpa embrassa sa belle-mère*, l'ancienne version grecque précise *et retourna vers son peuple* — *s'attacha à elle* ou *décida de rester avec elle*.

2. Voir 1 S 14.44 et la note.

3. *Elle cessa de lui parler* ou *Noémi cessa d'insister*.

1. *Mara*, c'est-à-dire « Amère », jeu de mots entre *Mara* et le verbe hébreu traduit par *m'a rendue amère* qui reprend le thème du verset 13 — *le Puissant* (ou *Shaddaï*) d'après l'hébreu : nom divin typique de l'époque des Patriarches. Voir le v. 21 et Gn 17.1 et la note.

2. *a déposé* ou *a témoigné*.

3. c'est-à-dire en avril-mai.

4. *Booz* : ce nom peut signifier « En lui est la force ».

tra glaner[1] dans un champ derrière les moissonneurs. Sa chance fut de tomber sur une parcelle de terre appartenant à Booz de la famille d'Elimélek. 4 Or voici que Booz arriva de Bethléem. Il dit aux moissonneurs : « Le Seigneur soit avec vous ! » Ils lui dirent : « Le Seigneur te bénisse ! » 5 Alors Booz dit à son chef des moissonneurs : « À qui est cette jeune femme ? » 6 Le chef des moissonneurs répondit en disant : « C'est une jeune femme moabite, celle qui est revenue avec Noémi de la campagne de Moab. 7 Elle a dit : « Je voudrais bien glaner et ramasser entre les javelles derrière les moissonneurs. Elle est venue et s'est tenue là depuis ce matin jusqu'à présent; ceci est sa résidence; la maison l'est peu[2]. » 8 Alors Booz dit à Ruth : « Tu entends, n'est-ce pas, ma fille ? Ne va pas glaner dans un autre champ; non, ne t'éloigne pas de celui-ci. Aussi t'attacheras-tu à mes domestiques[3]. 9 Ne quitte pas des yeux le champ qu'ils moissonnent et va derrière eux. J'ai interdit aux jeunes gens de te toucher, n'est-ce pas ? Quand tu auras soif, tu iras aux cruches et tu boiras de ce que les domestiques auront puisé. » 10 Alors elle tomba sur sa face et se prosterna jusqu'à terre; et elle lui dit : « Pourquoi m'as-tu considérée avec faveur jusqu'à me reconnaître, moi une

inconnue[1] ? » 11 Booz lui répondit en disant : « On m'a conté et reconté tout ce que tu as fait envers ta belle-mère après la mort de ton mari, comment tu as abandonné ton père et ta mère et ton pays natal pour aller vers un peuple que tu ne connaissais ni d'hier ni d'avant-hier[2]. 12 Que le Seigneur récompense pleinement ce que tu as fait et que ton salaire soit complet de par le Seigneur, le Dieu d'Israël, sous la protection de qui tu es venue chercher refuge[3]. » 13 Elle dit alors : « Considère-moi avec faveur, maître, puisque tu m'as consolée et puisque tu as parlé au *coeur de ta servante; et pourtant, moi, je ne serai pas comme une de tes servantes ! »

14 Puis, au moment du repas, Booz lui dit : « Approche ici pour manger du pain et tremper ton morceau dans la vinaigrette. » Alors elle s'assit à côté des moissonneurs. Il lui tendit du pain grillé. Elle mangea, fut rassasiée et en eut de reste. 15 Puis elle se leva pour glaner. Alors Booz donna cet ordre à ses domestiques : « Même parmi les javelles elle glanera. Vous ne lui ferez pas d'affront. 16 Pour sûr, vous tirerez même pour elle des épis hors des brassées et les abandonnerez : elle

---

1. Les pauvres avaient l'autorisation de ramasser les épis oubliés par les moissonneurs (voir Lv 19.9-10; Dt 24.19-21).

2. La traduction de ce verset difficile est très discutée. Selon celle adoptée ici, Ruth a travaillé sans prendre le temps de se reposer à la maison.

3. *t'attacheras-tu à mes domestiques* : autre traduction *te joindras-tu à mes servantes.*

---

1. *tomba sur sa face et se prosterna* : geste habituel devant Dieu ou un grand personnage (voir Gn 17.3; Lv 9.24) — la traduction cherche dans ce verset à reproduire le jeu de mots que l'on trouve en hébreu entre les termes rendus par *reconnaître* et *inconnue.*

2. c'est-à-dire *vers un peuple que tu n'avais jamais connu* : voir Ex 4.10 et la note.

3. *ton salaire* : autre traduction *ta récompense* — *sous la protection ...* : l'hébreu exprime ici cette idée sous forme imagée *sous les ailes de qui tu es venue chercher refuge*; voir Ps 17.8; 91.1, 4; Mt 23.37.

les glanera, et vous ne lui ferez
pas de reproche. »

Noémi approuve Ruth de glaner chez Booz

17 Elle glana donc dans le
champ jusqu'au soir. Puis elle
battit ce qu'elle avait glané : il y
eut à peu près 40 litres d'orge.
18 Elle l'emporta et rentra en ville.
Sa belle-mère vit ce qu'elle avait
glané. Ce qui lui était resté une
fois rassasiée, elle le sortit et le lui
donna. 19 Sa belle-mère lui dit :
« Où as-tu glané aujourd'hui ?
Où as-tu travaillé ?
Béni soit celui qui t'a reconnue ! »
Alors elle raconta à sa
belle-mère chez qui elle avait travaillé ; et elle dit : « L'homme chez
qui j'ai travaillé aujourd'hui s'appelle Booz. » 20 Alors Noémi dit à
sa belle-fille :
« Béni soit-il du Seigneur, celui
qui n'abandonne sa fidélité[1]
ni envers les vivants ni envers
les morts. »
Puis Noémi lui dit : « Cet
homme nous est proche ; c'est un
de nos racheteurs[2]. » 21 Ruth la
Moabite dit : « Il m'a dit aussi :
Tu t'attacheras à mes domestiques jusqu'à ce qu'ils aient achevé
toute ma moisson. » 22 Alors
Noémi dit à Ruth sa belle-fille :
« C'est bien, ma fille, que tu sortes
avec ses domestiques, et qu'on ne
te rudoie pas dans un autre
champ. » 23 Elle s'attacha donc

aux domestiques de Booz pour
glaner jusqu'à l'achèvement de la
moisson de l'orge[1], puis de la
moisson du blé. Elle demeurait
avec sa belle-mère.

Ruth passe la nuit aux pieds de Booz

3 1 Noémi sa belle-mère lui
dit : « Ma fille, n'ai-je pas à
chercher pour toi un état qui te
rende heureuse ? 2 Et maintenant,
n'est-il pas notre parent, ce Booz
avec les domestiques de qui tu as
été ? Le voici qui vanne l'orge sur
l'aire[2] cette nuit. 3 Lave-toi donc,
parfume-toi[3], mets ton manteau
et descends sur l'aire. Mais ne te
fais pas connaître de cet homme
jusqu'à ce qu'il ait achevé de
manger et de boire. 4 Quand il se
couchera, tu sauras le lieu où il se
couche : arrive, découvre ses pieds
et couche-toi. Lui t'indiquera ce
que tu auras à faire. » 5 Elle lui
dit : « Je ferai tout ce que tu m'as
dit. »
6 Elle descendit donc sur l'aire
et fit tout à fait comme il le lui
avait commandé sa belle-mère.
7 Booz mangea et but, et son
*coeur fut heureux ; et il vint se
coucher au bord du tas[4]. Alors
elle vint furtivement, découvrit
ses pieds et se coucha. 8 Puis, au
milieu de la nuit, l'homme eut un
frisson ; il se pencha donc en
avant : voici qu'une femme était
couchée à ses pieds ! 9 « Qui

---

1. La phrase est ambiguë : *celui qui n'abandonne pas sa fidélité* peut être soit le Seigneur soit
Booz.
2. Celui qu'on appelait le *racheteur* était le
proche parent d'un défunt. Il avait une priorité
pour racheter la terre de celui-ci et la conserver
dans la famille. Voir 3.9 ; 4.1, 8, 14 ; Ex 6.6 ; 2 S
14.11 ; Jr 32.7-9.

1. deux ou trois semaines après celle de l'orge :
voir la note sur 1.22.
2. *qui vanne* : voir la note sur Ps 1.4 — *l'aire* :
voir Nb 18.27 et la note.
3. Préparatifs de fiançailles : voir Ez 16.9.
4. *fut heureux* : cette expression ne laisse pas
entendre que Booz est ivre mais simplement qu'il
se sent bien — *tas* : il surveille le *tas d'orge* ou *de
grain* pendant la nuit.

es-tu ? » Dit-il. Elle dit : « C'est moi, Ruth, ta servante[1]. Épouse ta servante, car tu es racheteur. » 10 Alors il dit : « Bénie sois-tu du Seigneur, ma fille. Tu as montré ta fidélité[2] de façon encore plus heureuse cette fois-ci que la première, en ne courant pas après les garçons, pauvres ou riches. 11 Maintenant donc, ma fille, n'aie pas peur. Tout ce que tu diras je le ferai pour toi. Car tout le monde chez nous sait bien que tu es une femme de valeur. 12 Maintenant il est vrai que, si je suis racheteur[3], il y a cependant un autre racheteur plus proche que moi. 13 Passe donc la nuit. Au matin, s'il te rachète, bon, qu'il rachète. Mais s'il ne désire pas te racheter, alors moi je te rachèterai, aussi vrai que le Seigneur est vivant ! Couche-toi jusqu'au matin. »

14 Elle se coucha donc à ses pieds jusqu'au matin. Mais elle se leva avant qu'on puisse se reconnaître l'un l'autre. Car il disait : « Qu'on ne sache pas que cette femme est venue sur l'aire ! » 15 Il dit : « Donne la cape qui est sur toi ; tiens-la. » Elle la tint donc. Alors il mesura vingt litres d'orge et l'en chargea. Puis il rentra en ville. 16 Elle rentra alors chez sa belle-mère, qui dit : « Qu'es-tu devenue ma fille ? » Elle lui raconta tout ce que cet homme avait fait pour elle. 17 Et elle dit : « Il m'a donné ces vingt litres d'orge, car, m'a-t-il dit : Tu ne rentreras pas démunie chez ta belle-mère. »

18 Noémi dit : « Demeure, ma fille, jusqu'à ce que tu saches comment l'affaire aboutira. Car cet homme n'aura de cesse qu'il n'ait conclu cette affaire aujourd'hui même. »

Booz s'occupe de la succession d'Elimélek

4 1 Booz était monté au tribunal et s'y était assis. Voici que vint à passer le racheteur[1] dont Booz avait parlé. Booz dit : « Un Tel, arrête donc, assieds-toi donc ici ! » Celui-ci s'arrêta et s'assit. 2 Alors Booz prit dix hommes parmi les *anciens[2] de la ville et dit : « Asseyez-vous ici. » Ils s'assirent. 3 Puis il dit au racheteur : « Noémi, celle qui est revenue de la campagne de Moab, vend une parcelle de terre qui était à notre frère[3] Elimélek. 4 Et moi j'ai dit que je te mettrai au courant en disant : Acquiers, en présence des habitants et en présence des anciens de mon peuple. Si tu veux racheter, rachète. Mais si tu ne veux pas racheter, indique-le moi donc, que je le sache ; car nul excepté toi ne peut racheter ; moi, je suis après toi. » Il dit : « Moi, je veux racheter. » 5 Alors Booz dit : « Le jour où tu acquiers le champ de la main de Noémi, tu acquiers aussi Ruth la Moabite, la femme du défunt[4] pour relever le nom du défunt sur son héritage. » 6 Alors

1. L'hébreu exprime cette idée par l'image suivante : *étends l'aile de ton manteau sur ta servante*, geste de protection et signe d'union conjugale. Comparer 2.12 ; Ez 16.8 et les notes.
2. Voir 1.8 et la note.
3. Voir 2.20 et la note.

1. *au tribunal* : autre traduction *à la porte de la ville* ; c'est là qu'avaient lieu réunions, jugements, marchés, affaires de toutes sortes — *racheteur* : voir 2.20 et la note.
2. Booz requiert des témoins (voir v. 10-11) pour l'affaire qui va se dérouler.
3. ou *à notre parent.*
4. Booz rappelle que celui qui a droit de racheter la terre d'Elimélek (voir 2.20 et la note) doit se soumettre aussi à la règle du lévirat (voir 1.11 et la note) et épouser Ruth.

le racheteur dit : « Je ne peux pas racheter pour moi, sinon je ruinerai mon héritage. Toi rachète pour toi mon droit de rachat, puisque je ne peux pas racheter. »

7 Ainsi en était-il autrefois en Israël, à propos du rachat et à propos de l'échange, pour enlever toute affaire : l'un ôtait sa sandale[1] et la donnait à l'autre. Ainsi en était-il de l'attestation en Israël. 8 Le racheteur dit donc à Booz : « Acquiers pour toi ! » Et il ôta sa sandale. 9 Alors Booz dit aux anciens et à tout le peuple : « Vous êtes témoins aujourd'hui que j'acquiers de la main de Noémi tout ce qui était à Elimélek et tout ce qui était à Kilyôn et Mahlôn, 10 et que j'acquiers aussi pour moi comme femme Ruth la Moabite, la femme de Mahlôn, afin de relever le nom du défunt sur son héritage, pour que le nom du défunt ne soit pas effacé chez ses frères ni au tribunal[2] de sa localité. Vous en êtes témoins aujourd'hui. » 11 Alors tout le peuple qui était au tribunal et les anciens dirent : « Témoins ! Que le SEIGNEUR rende la femme qui entre dans ta maison comme Rachel et comme Léa qui ont bâti, elles, deux, la maison d'Israël. Fais fortune en Ephrata, et proclame un nom en Bethléem : 12 qu'ainsi, par la descendance que le SEIGNEUR te donnera de cette jeune femme, ta maison soit comme la maison de Pèrèç que Tamar enfanta à Juda[3] ! »

Booz épouse Ruth; naissance d'Oved

13 Alors Booz prit Ruth et elle devint sa femme. Il vint vers elle; le SEIGNEUR lui accorda une grossesse, et elle enfanta un fils.

14 Aussi les femmes dirent-elles à Noémi :

« Béni soit le SEIGNEUR
qui ne te laisse plus manquer
aujourd'hui d'un racheteur[1]
dont le nom soit proclamé en
Israël !

15 Il ranimera ta vie
et il assurera tes vieux jours,
puisque ta belle-fille qui t'aime
l'a enfanté :
elle vaut mieux pour toi que
sept fils. »

16 Alors Noémi prit l'enfant et le mit sur sa poitrine[2] et elle devint sa mère nourricière. 17 Les voisines proclamèrent un nom pour lui en disant : « Un fils est né à Noémi ! » Elles proclamèrent son nom : « Oved[3] ». Il fut le père de Jessé, père de David.

18 Voici les générations de Pèrèç : Pèrèç engendra Hèçrôn; 19 Hèçrôn engendra Râm; Râm engendra Amminadav; 20 Amminadav engendra Nahshôn; Nahshôn engendra Salma; 21 Salma engendra Booz; Booz engendra Oved; 22 Oved engendra[4] Jessé, et Jessé engendra David.

---

1. Ce geste exprime que l'on renonce au droit de propriété.
2. Voir 4.1 et la note.
3. *Pèrèç* est un ancêtre de Booz (voir 4.18-21; 1 Ch 2.5, 9-12).

1. Le *racheteur* désigne ici l'enfant qui assurera la descendance mâle d'Elimélek.
2. peut-être geste d'adoption (voir Gn 30.3-8; 48.5-12; 50.23).
3. *Oved* signifie *Serviteur;* c'est peut-être une forme abrégée d'*Ovadia*, qui signifie *Serviteur du Seigneur.*
4. Voir Mt 1.5-6.

LE CANTIQUE DES CANTIQUES

1 ¹ Le plus beau chant¹ — de
Salomon.

**Elle et lui, le dialogue des amou-
reux**

(Elle)

² Qu'il m'embrasse à pleine
bouche !
Car tes caresses² sont meilleures que du vin,
³ meilleures que la senteur de tes
parfums.
Ta personne est un parfum
raffiné.
C'est pourquoi les adolescentes
sont amoureuses de toi.
⁴ Entraîne-moi après toi, cou-
rons.
Le roi me fait entrer dans sa
chambre :
« Soyons heureux et joyeux
grâce à toi³. »
Célébrons tes caresses plus que
du vin.

C'est à bon droit qu'elles sont
amoureuses de toi.

⁵ Je suis noire¹, moi, mais jolie,
filles de Jérusalem,
comme les tentes en poil
sombre,
comme les rideaux somptueux.
⁶ Ne faites pas attention si je
suis noiraude,
si le soleil m'a basanée.
Mes frères m'ont tannée :
ils m'ont mise à surveiller les
vignes ;
ma vigne à moi, je ne l'ai pas
surveillée².
⁷ Explique-moi donc, toi que
j'aime,
où tu feras paître, où tu feras
reposer à midi,
pour que je n'aie pas l'air d'une
coureuse³
près des troupeaux de tes camarades.
⁸ « Si tu ne le sais pas, toi, la
plus belle des femmes,
toi, sors sur les traces du bétail
et fais paître tes biquettes près
des demeures des pâtres⁴. »

(Lui)

⁹ À une cavale d'équipage de
luxe,

1. *Le plus beau chant* : équivalent français d'un superlatif hébreu, dont la forme a été conservée dans le titre traditionnel *Cantique des cantiques*. Comparer Dt 10.17 ; Ps 136.2-3.
2. Les Hébreux pouvaient passer de la troisième personne (*il*) à la deuxième (*tes caresses*) quand ils s'adressaient à quelqu'un.
3. *le roi* : cette appellation semble désigner ici le jeune homme lui-même, comme en 1.12 ; 7.6. En 3.9, 11 la même expression est appliquée à Salomon, mais c'est peut-être encore une manière de désigner le jeune homme du poème — *grâce à toi* : la jeune fille cite une parole de son amoureux.

1. C'est-à-dire hâlée par le soleil (v. 6).
2. *m'ont tannée* ou *m'ont querellée* — *ma vigne à moi* : manière indirecte pour la jeune fille de parler d'elle-même.
3. *où tu feras paître ... reposer ...* : le texte sous-entend *ton troupeau* — *une coureuse* : autre traduction *une vagabonde*.
4. La jeune fille cite ici la réponse que des *bergers (ou pâtres)* ont donnée à sa question du v. 7.

je te compare, ma compagne.

10 Tes joues sont jolies entre les torsades,
　　ton cou dans les guirlandes.

11 Des torsades d'or nous te ferons faire
　　avec incrustations d'argent.

(Elle)

12 D'ici que le roi soit à son enclos,
　　mon nard donne sa senteur[1].

13 Mon chéri pour moi est un sachet de myrrhe :
　　entre mes seins il passe la nuit[2].

14 Mon chéri pour moi est une grappe de henné
　　à la vigne de la Font-au-Biquet[3].

(Lui)

15 Que tu es belle, ma compagne, que tu es belle !
　　Tes yeux sont des colombes !

(Elle)

16 Que tu es beau, mon chéri, combien gracieux !
　　Combien verdoyante est notre couche !

17 Les poutres de notre maison sont les pins,
　　et nos lambris, les genévriers.

---

1. *le roi* : voir 1.4 et la note — *son enclos* : comme le *jardin* mentionné en 4.12-14, ce terme semble employé ici au sens figuré et faire allusion à la jeune fille elle-même — *nard* : parfum extrait d'une plante originaire du nord de l'Inde.

2. *myrrhe* : parfum d'origine végétale — *entre mes seins* : les femmes de cette époque avaient coutume de porter un sachet parfumé pendu à leur cou.

3. Le *henné*, plante aux fleurs en grappes fortement parfumées, poussait dans l'oasis de *Font-au-Biquet* (ou *Source du Chevreau*, en hébreu *Ein-Guèdi*), sur la rive occidentale de la mer Morte.

2　1 Je suis un narcisse de la Plaine,
　　un lis des vallées[1].

(Lui)

2 Comme un lis parmi des ronces,
　　telle est ma compagne parmi les filles.

(Elle)

3 Comme un pommier au milieu des arbres de la forêt,
　　tel est mon chéri parmi les garçons.
　　À son ombre, selon mon désir, je m'assieds;
　　et son fruit est doux à mon palais.

4 Il me fait entrer au cabaret[2],
　　mais son enseigne au-dessus de moi est Amour.

5 Restaurez-moi avec des gâteaux de raisins;
　　soutenez-moi avec des pommes :
　　car je suis malade d'amour.

6 Sa gauche est sous ma tête,
　　et sa droite m'enlace !

(Lui)

7 Je vous conjure, filles de Jérusalem,
　　par les gazelles ou par les biches de la campagne :
　　N'éveillez pas, ne réveillez pas mon Amour[3]
　　avant son bon vouloir.

---

1. *narcisse, lis* (ou *anémone*) : les fleurs désignées ici n'ont pas été identifiées de façon certaine; d'après 5.13 la seconde est probablement rouge — *la Plaine*, c'est-à-dire la plaine du *Sharôn*, en bordure de la côte méditerranéenne.

2. Le *cabaret* semble désigner ici, au sens figuré, le lieu où les deux amoureux s'enivrent de leur amour.

3. *mon Amour* ou *celle que j'aime*; autre traduction *l'Amour*.

Le voici, il vient

(Elle)

8 J'entends mon chéri !
   Le voici : il vient ! Sautant
   par-dessus les monts,
   bondissant par-dessus les collines,

9 mon chéri est comparable à
   une gazelle
   ou à un faon de biche.
   Le voici : il s'arrête derrière
   notre mur;
   il regarde par la fenêtre;
   il épie par le treillis.

10 Mon chéri chante
   et me dit :
   « Debout, toi, ma compagne,
   ma belle, et viens-t'en.

11 Car voici que l'hiver passe;
   la pluie cesse, elle s'en va.

12 On voit des fleurs dans le
   pays;
   la saison de la chanson arrive;
   et on entend dans notre pays
   la voix de la tourterelle.

13 Le figuier mûrit son fruit vert
   et les ceps en bouton donnent
   leur senteur.
   Debout, toi, ma compagne,
   ma belle, et viens-t'en.

14 Ma colombe au creux d'un rocher,
   au plus caché d'une falaise,
   fais-moi voir ton visage,
   fais-moi entendre ta voix;
   car ta voix est agréable,
   et ton visage est joli. »

15 « Saisissez-nous les renards,
   les petits renards
   qui ravagent les vignes,

alors que notre vigne est en
bouton[1] !»

16 Mon chéri est à moi, et je suis
   à lui,
   qui paît parmi les lis[2],

17 d'ici que le jour respire
   et que les ombres soient
   fuyantes,
   retourne ! ... toi, sois comparable, mon chéri,
   à une gazelle ou à un faon de
   biche,
   sur des monts séparés[3].

Elle rêve qu'elle le cherche et le trouve

(Elle)

3 1 Sur mon lit, au long de la
       nuit,
   je cherche celui que j'aime.
   Je le cherche mais ne le rencontre pas.

2 Il faut que je me lève
   et que je fasse le tour de la
   ville;
   dans les rues et les places,
   que je cherche celui que j'aime.
   Je le cherche mais ne le rencontre pas.

3 Ils me rencontrent, les gardes
   qui font le tour de la ville :

---

1. Comme en 1.4, 8, la jeune fille cite sans doute
ici les paroles entendues. C'est peut-être la mère,
qui envoie ses fils à la poursuite du jeune homme
(*les renards*), qu'elle accuse de nuire à sa fille
(*notre vigne*).

2. *qui paît* : on peut comprendre soit *qui fait
paître son troupeau* (comme en 1.7), soit *qui
broute* (comme en 4.5) — *les lis* : voir 2.1 et la
note.

3. Les expressions imagées du début du verset
font allusion au prochain matin — *retourne ... toi* :
expression intentionnellement ambiguë; la jeune
fille fait semblant de congédier son amoureux
(*retourne*, au sens de *va-t-en*) tout en lui donnant
un nouveau rendez-vous (*retourne* au sens de *reviens*) — des monts séparés ou *des monts de Bè-
tèr* : lieu inconnu dont le nom a peut-être une
valeur symbolique.

« Celui que j'aime, vous l'avez
vu ? »

4 À peine les ai-je dépassés
que je rencontre celui que
j'aime.
Je le saisis et ne le lâcherai pas
que je ne l'aie fait entrer chez
ma mère,
dans la chambre de celle qui
m'a conçue :

5 « Je vous en conjure, filles de
Jérusalem,
par les gazelles ou par les biches de la campagne :
N'éveillez pas, ne réveillez pas
mon Amour[1]
avant son bon vouloir. »

6 « Qui est-ce qui monte du désert
comme en une colonne de fumée
vaporisée de myrrhe et d'*encens[2],
de toute poudre d'importa-
tion ? »

7 Voici sa litière — celle de Salomon —
entourée de 60 braves
d'entre les braves d'Israël,

8 tous s'étant saisis de l'épée,
initiés au combat,
chacun son épée sur sa hanche
pour s'abriter de la terreur
nocturne.

9 Le roi Salomon s'est fait faire
un palanquin[3] :
de bois du Liban[3]

10 il a fait faire ses piliers ;
en argent, son appui ;

en or, son siège ;
en pourpre[1], son intérieur,
arrangé amoureusement
par les filles de Jérusalem.

11 Sortez admirer, filles de *Sion,
le roi Salomon
avec la couronne dont le couronne sa mère
au jour de son mariage :
au jour où son être est dans la
joie.

(Lui)

4 1 Que tu es belle, ma compagne !
Que tu es belle !
Tes yeux sont des colombes à
travers ton voile.
Ta chevelure est comme un
troupeau de chèvres
dégringolant du mont Galaad[2].

2 Tes dents sont comme un troupeau de bêtes à tondre
qui remontent du lavoir :
toutes ont des jumeaux,
on ne les arrache à aucune.

3 Comme un ruban écarlate sont
tes lèvres,
et ta babillarde[3] est jolie.
Comme la tranche d'une gre-
nade est ta tempe
à travers ton voile.

4 Comme la Tour-de-David est
ton cou,
bâti pour des trophées :
un millier de boucliers y est
pendu,
toutes sortes d'armures de
braves[4].

---

1. Voir 2.7 et la note.
2. Les v. 6-11 reproduisent peut-être un poème composé pour le mariage du roi Salomon ; la jeune fille l'applique maintenant à son amoureux — *myrrhe* : voir 1.13 et la note.
3. *un palanquin* : le mot hébreu correspondant est mal connu et la traduction incertaine — *de bois du Liban* : c'est-à-dire *de cèdre* (voir la note sur Es 10.34).

1. Teinture de luxe (rouge foncé) : par extension le terme désigne aussi les tissus de cette couleur.
2. *ton voile* : le jour des noces la mariée se présentait voilée au marié — Les *chèvres* de cette région sont noires — le *mont Galaad* est situé à l'est du Jourdain.
3. *ta babillarde* ou *ta langue*.
4. Le collier de pièces de monnaie que porte la jeune fille évoque les *boucliers* qui ornent la *Tour de David* (monument inconnu par ailleurs).

5 Tes deux seins sont comme
    deux faons,
    jumeaux d'une gazelle,
    qui paissent parmi les lis.
6 D'ici que le jour respire
    et que les ombres soient
    fuyantes,
    je m'en irai au mont emmyrrhé
    et à la colline encensée[1].
7 Tu es toute belle, ma com-
    pagne !
    De défaut, tu n'en as pas !
8 Avec moi, du Liban, ô fiancée,
    avec moi, du Liban tu vien-
    dras;
    tu dévaleras du sommet de l'A-
    mana,
    du sommet du Senir et de
    l'Hermon[2],
    des retraites de lions et des
    montagnes à panthères.
9 Tu me rends fou, ma soeur, ô
    fiancée,
    tu me rends fou par une seule
    de tes oeillades,
    par un seul cercle de tes col-
    liers.
10 Que tes caresses sont belles,
    ma soeur, ô fiancée !
    Que tes caresses sont meil-
    leures que du vin,
    et la senteur de tes parfums,
    que tous les baumes !
11 Tes lèvres distillent du nectar,
    ô fiancée;
    du miel et du lait sont sous ta
    langue;
    et la senteur de tes vêtements
    est comme la senteur du Liban.
12 Tu es un jardin verrouillé, ma
    soeur, ô fiancée;

une source[1] verrouillée,
une fontaine scellée !
13 Tes surgeons sont un paradis
    de grenades,
    avec des fruits de choix :
    le henné avec le nard[2],
14 du nard et du safran,
    de la cannelle et du cinna-
    mome,
    avec toutes sortes d'arbres à
    encens;
    de la myrrhe et de l'aloès[3],
    avec tous les baumes de pre-
    mière qualité.

(Elle)

15 Je suis une fontaine de jardins,
    un puits d'eaux courantes,
    ruisselant du Liban !
16 Éveille-toi, Aquilon ! Viens,
    Autan[4] !
    Fais respirer mon jardin,
    et que ses baumes ruissellent !
    Que mon chéri vienne à son
    jardin
    et en mange les fruits de
    choix !

(Lui)

5   1 Je viens à mon jardin, ma
        soeur, ô fiancée;
    je récolte ma myrrhe avec mon
    baume;

---

1. *emmyrrhé, encensée*: parfumés respectivement à la myrrhe (voir 1.13 et la note) et à
l'*encens.
2. *Liban, Amana, Senir, Hermon*: montagnes
situées au nord de la Palestine.

1. Au lieu de *une source* certains manuscrits
hébreux et les versions anciennes proposent *un
jardin*, répétant ainsi le vers précédent.
2. Le terme traduit par *surgeons* évoque par
assonance le mot désignant la dot (voir 1 R 9.16),
et le terme rendu par *choix* rappelle le cadeau que
le fiancé faisait à son futur beau-père (Gn 24.53).
Mais ici, par contraste, tout est gratuit dans le don
que les amants font d'eux-mêmes l'un à l'autre
— *henné*: voir 1.14 et la note — *nard*: voir 1.12
et la note.
3. *cannelle, myrrhe, aloès* (Ps 45.9), *safran, cinnamome*: parfums d'origine végétale.
4. *Aquilon, Autan*: vents du nord et du sud
respectivement; ils doivent répandre les senteurs
du « jardin » (voir 1.12 et la note).

je mange mon rayon avec mon
miel;
je bois mon vin avec mon lait !

(Choeur)

« Mangez, compagnons;
buvez, enivrez-vous, chéris[1] ! »

Elle lui ouvre sa porte, mais trop tard

(Elle)

2 Je dormais, mais je m'éveille :
j'entends   mon   chéri   qui
frappe !
« Ouvre-moi, ma sœur, ma
compagne,
ma colombe, ma parfaite;
car ma tête est pleine de rosée;
mes boucles, des gouttes de la
nuit. »
3 « J'ai enlevé ma chemise : comment ! je la revêtirais ?
J'ai lavé mes pieds : comment !
je les salirais[2] ? »
4 Mon chéri avance la main par
le trou[3];
et mon ventre s'en émeut.
5 Moi, je me lève pour ouvrir à
mon chéri !
Et mes mains distillent de la
myrrhe,
et mes doigts de la myrrhe
fluide,
sur les paumelles du verrou[4].
6 Moi, j'ouvre à mon chéri !
Mais mon chéri s'est détourné,
il a passé.

Hors de moi je sors à sa suite :
je le cherche mais ne le rencontre pas;
je l'appelle mais il ne me répond pas.
7 Ils me rencontrent, les gardes
qui font le tour de la ville;
ils me frappent, ils me bles-
sent;
ils enlèvent de dessus moi ma
houppelande[1],
les gardes des remparts.
8 Je vous en conjure, filles de
Jérusalem :
Si vous rencontrez mon chéri,
que lui expliquerez-vous ?
Que je suis malade d'amour !

(Choeur)

9 Celui que tu chéris, qu'a-t-il de
plus qu'un autre,
ô la plus belle des femmes ?
Celui que tu chéris, qu'a-t-il de
plus qu'un autre,
pour   qu'ainsi   tu   nous
conjures ?

(Elle)

10 Mon chéri est clair et rose,
il est insigne plus que 10.000.
11 Sa tête est un lingot d'or fin.
Ses boucles sont des pani-
cules[2], noires comme un corbeau.
12 Ses yeux sont comme des colombes
sur des bassins à eau,
se lavant dans du lait,
se posant sur des vasques.

1. La fin du v. 1 s'adresse aux deux amoureux.
Elle conclut le rêve que la jeune fille a commencé
en 3.1.
2. Le v. 3 cite les objections que la jeune fille
fait à son amoureux.
3. Le texte sous-entend *de la porte :* le jeune
homme essaie d'ouvrir le loquet intérieur.
4. *myrrhe :* voir 1.13 et la note — *les paumelles*
ou *la poignée.*

1. Elle a mis cet ample manteau pour sortir
précipitamment, au saut du lit, et les gardes la
prennent pour une fille de mauvaise conduite.
2. Ces fruits en grappes de certaines variétés de
palmier sont noirs comme les cheveux du jeune
homme.

13 Ses joues sont comme un parterre embaumé
produisant des aromates[1]. Ses
lèvres sont des lis
distillant de la myrrhe fluide.
14 Ses mains sont des bracelets
d'or
remplis de topazes.
Son ventre est une plaque d'i-
voire
couverte de saphirs[2],
15 ses jambes sont des piliers d'albâtre
fondés sur des socles d'or fin.
Son visage est comme le Liban :
c'est l'élite, comme les pins.
16 Son palais est la douceur
même;
et tout son être est l'objet
même du désir.
Tel est mon chéri, tel est mon
compagnon,
filles de Jérusalem !

(Chœur)

6 1 Où est allé ton chéri,
ô la plus belle des
femmes ?
Où s'est dirigé ton chéri,
que nous le cherchions avec
toi ?

(Elle)

2 Mon chéri descend à son jardin,
aux parterres embaumés,
pour paître au jardin
et pour cueillir des lis[3].

3 Je suis à mon chéri, et mon
chéri est à moi,
lui qui paît parmi les lis[1].

Portrait de la bien-aimée

(Lui)

4 Tu es belle, ma compagne,
comme Tirça[2],
jolie comme Jérusalem,
terrible comme ces choses insignes.
5 Détourne de moi tes yeux,
car eux m'ensorcellent.
Ta chevelure est comme un
troupeau de chèvres
dégringolant du Galaad[3].
6 Tes dents sont comme un troupeau de brebis
qui remontent du lavoir :
toutes ont des jumeaux,
on ne les arrache à aucune.
7 Comme la tranche d'une gre-
nade est la tempe
à travers ton voile.
8 60 sont les reines,
et 80 les maîtresses,
et les adolescentes sans
nombre[4].
9 Elle est unique, ma colombe,
ma parfaite.
Elle est unique pour sa mère,
brillante[5] pour celle qui l'enfanta.
Les filles la voient : elles la disent heureuse;
les reines et les maîtresses :
elles font son éloge :

---

1. *produisant :* d'après les anciennes versions;
hébreu obscur — *des aromates* ou *des parfums*.
2. *topazes :* pierres précieuses de couleur am-
brée; allusion à des bagues, ou plus vraisemblablement aux ongles du jeune homme — *saphirs :*
pierres précieuses de teinte bleue; allusion aux
veines qui apparaissent sous la peau.
3. Comme en 2.1-2; 4.12-16 le *jardin* et le *lis*
sont ici des symboles de la jeune fille.

1. Voir 2.1 et la note.
2. *Tirça* (Plaisance) fut la capitale du royaume
d'Israël avant Samarie (voir 1 R 15.33; 16.8, 23).
3. Voir 4.1 et la note.
4. Le poème évoque ici le harem de Salomon,
pour faire ressortir par contraste les qualités exceptionnelles de la jeune fille (v. 9).
5. *brillante :* autres traductions *pure, resplendis-
sante* ou *préférée.*

10 « Qui est Celle qui toise
comme l'Aurore,
belle comme la Lune,
brillante comme le Soleil,
terrible comme ces choses insignes[1] ? »

11 Au jardin des noyers je descends
pour admirer les pousses de la
gorge[2],
pour voir si le cep bourgeonne,
si les grenadiers fleurissent.

(Elle)

12 Je ne reconnais pas mon
propre moi :
il me rend timide,
bien que fille de nobles gens[3] !

(Choeur)

7 1 « Reviens, reviens, Sulamite !
Reviens, reviens, que nous te
contemplions ! »

(Lui)

Comment contemplerez-vous
la Sulamite ?
Comme en une contredanse[4] !

2 Comme sont beaux tes pieds
dans les sandales,
fille de noble !
Les contours de tes hanches
sont comme des anneaux,
oeuvre de mains d'artiste.

3 Ton nombril[1] est une coupe en
demi-lune :
que le mélange ne manque
pas !
Ton abdomen est un monceau
de blé
bordé de lis.

4 Tes deux seins sont comme
deux faons,
jumeaux d'une gazelle,

5 Ton cou est comme la
Tour-d'ivoire.
Tes yeux sont des étangs à
Heshbôn,
près de la porte Populeuse.
Ton nez est comme la Tour-
du-Liban[2],
sentinelle face à Damas.

6 Ta tête sur ton corps est
comme le Carmel,
et ses mèches sont comme la
pourpre :
un roi est enchaîné par ces
flots[3].

7 Que tu es belle, et que tu es
gracieuse,
amour, fille délicieuse !

8 Ta stature que voici est comparable à un palmier;
et tes seins, à des grappes.

9 Je dis : « Il faut que je monte
au palmier,
que je saisisse ses régimes » :
Que tes seins soient donc
comme les grappes d'un cep,
et la senteur de ta narine
comme des pommes,

---

1. Le v. 10 cite les louanges que les femmes du
harem royal adressent à la jeune fille.
2. *de la gorge* ou *de la vallée.*
3. *il me rend ... nobles gens :* traduction conjecturale; hébreu obscur.
4. *Sulamite :* nom propre qui pourrait être
considéré comme le féminin de *Salomon.* Les deux
noms sont construits sur la racine qui désigne *la
paix* (voir 8.10). Ceux qui interpellent ainsi la
jeune fille la considèrent comme une reine, insépa-
rable de son « roi Salomon » (voir la note sur 1.4)
— *contredanse* ou *danse à deux* (deux partenaires
ou deux groupes).

1. Le sens exact du terme hébreu ainsi traduit
d'après Ez 16.4 est incertain. Peut-être est-ce un
euphémisme pour désigner le sexe féminin.
2. *Heshbôn :* ville de Transjordanie; les archéo-
logues y ont découvert d'anciens réservoirs d'eau
— *la Tour-du-Liban :* peut-être désignation poétique du mont Hermon.
3. *le Carmel :* voir la note sur Es 33.9
— *pourpre :* cette couleur (rouge ou violette) très
foncée décrit les reflets de la chevelure — *un roi :*
voir 1.4 et la note — *ces flots :* image pour les
longs cheveux ondulés de la jeune fille.

10 et ton palais comme un vin de
marque ...

(Elle)

... allant tout droit à mon chéri,
coulant aux lèvres des dor-
meurs.

Le bonheur d'être aimé

(Elle)

11 Je suis à mon chéri et vers moi
est son élan.
12 Viens, mon chéri; sortons à la
campagne;
passons la nuit au Village;
13 de bonne heure, aux vignes,
allons voir si le cep bourgeonne,
si le bouton s'ouvre,
si les grenadiers fleurissent.
Là je te donnerai mes caresses.
14 Les pommes d'amour donnent
leur senteur;
et à nos ouvertures[1] sont toutes
sortes de fruits de choix :
nouveaux, anciens aussi, mon
chéri, je les réserve pour toi.

8 1 Que n'es-tu vraiment
mon frère,
nourri aux seins de ma mère !
Je te rencontrerais dehors, je
t'embrasserais :
cependant les gens ne me mé-
priseraient pas.
2 Je te conduirais; je te ferais
entrer chez ma mère.
Tu m'initierais;
je te ferais boire du vin aroma-
tisé,
de mon jus de grenades.

3 Sa gauche sous ma tête,
et sa droite m'enlace !

(Lui)

4 « Je vous en conjure, filles de
Jérusalem,
n'éveillez pas, ne réveillez pas
mon Amour
avant son bon vouloir. »

L'Amour est aussi fort que la Mort

(Choeur)

5 « Qui est-ce qui monte du désert,
s'appuyant sur son chéri ? »

(Elle)

— Sous le pommier je te réveille :
là où fut enceinte de toi ta
mère,
là où fut enceinte celle qui
t'enfanta,
6 mets-moi comme un sceau sur
ton coeur,
comme un sceau sur ton bras.
Car :
Fort comme la Mort est
Amour;
inflexible comme Enfer est Jalousie;
ses flammes sont des flammes
ardentes :
un coup de foudre sacré[1].
7 Les Grandes Eaux[2] ne pourraient éteindre l'Amour

---

1. *pommes d'amour* ou *mandragores* : ces fruits
étaient considérés comme favorisant la fécondité
(Gn 30.14-16) — *à nos ouvertures* ou *à nos portes.*

1. Le *sceau* (voir la note sur Ex 28.11) pouvait
se porter en pendentif autour du cou. La fiancée
désire à la fois représenter pour son fiancé ce qu'il
aura toujours de plus personnel et en quelque sorte
apposer sa marque sur lui — *un coup de foudre
sacré* ou *une flamme du Seigneur.*
2. *Les Grandes Eaux* ou *toute l'eau de l'univers.*

et les Fleuves ne le submerge-
raient pas.
Si quelqu'un donnait tout l'a-
voir de sa maison en échange
de l'amour,
à coup sûr on le mépriserait.

8 « Nous avons une soeur. Elle
est petite :
elle n'a pas de seins.
Que ferons-nous de notre
soeur
au jour où l'on parlera d'elle[1] ?
9 Si elle était un rempart,
nous bâtirions sur elle des cré-
neaux d'argent.
Si elle était une porte,
nous la bloquerions d'une
planche de pin. »

10 — Je suis un rempart
— et mes seins sont vraiment
des tours ?
Alors j'existe à ses yeux
comme celle qui rencontre la
paix[2].

(Lui)

11 Salomon a une vigne à
Baal-Hamôn[1].
Il donne la vigne aux surveillants.
Chacun fera rentrer pour son
fruit
mille pièces d'argent.
12 Ma vigne à moi est à ma disposition.
Les mille sont à toi, Salomon,
mais 200 à ceux qui en surveillent le fruit[2].
13 Toi qui es assise au milieu des
jardins,
des camarades sont attentifs à
ta voix;
fais-moi entendre :

(Elle)

14 « Échappe, mon chéri ! Et sois
comparable, toi,
à une gazelle ou à un faon de
biche,
sur des monts embaumés[3]. »

1. Le rôle des frères était de défendre leur soeur (comparer 1.6) et de veiller à son mariage (voir Gn 24.50; 34; 2 S 13) — les v. 8-9 évoquent rétrospectivement leurs intentions concernant la jeune fille du poème.

2. *qui rencontre la paix* ou *qui procure la paix* : le terme ainsi traduit évoque par assonance les noms de *Salomon* (voir la note sur 1.4) et de la *Sulamite* (voir 7.1 et la note).

1. Lieu non identifié, dont le nom est sans doute symbolique : « possesseur de foule » ou « possesseur de richesses »; c'est peut-être une allusion au harem de Salomon (voir la note sur 6.8).

2. Sur la *vigne* comme symbole de la jeune fille voir 1.6 et la note. Par contraste avec le jeune homme du poème, *Salomon* ne peut profiter seul du fruit de sa « vigne. »

3. Comparer 2.17 et la note.

QOHÉLET OU L'ECCLÉSIASTE

La vie n'a pas de sens

1 ¹ Paroles de Qohéleth, fils de David, roi à Jérusalem¹.

² Vanité des vanités, dit Qohéleth,
vanité des vanités, tout est vanité².

³ Quel profit y a-t-il pour l'homme
de tout le travail qu'il fait sous le soleil³ ?

⁴ Un âge⁴ s'en va, un autre vient,
et la terre subsiste toujours.

⁵ Le soleil se lève et le soleil se couche,
il aspire à ce lieu d'où il se lève⁵.

⁶ Le vent va vers le midi et tourne vers le nord,
le vent tourne, tourne et s'en va,
et le vent reprend ses tours.

⁷ Tous les torrents vont vers la mer,
et la mer n'est pas remplie;
vers le lieu où vont les torrents,
là-bas, ils s'en vont de nouveau.

⁸ Tous les mots sont usés¹, on ne peut plus les dire,
l'oeil ne se contente pas de ce qu'il voit,
et l'oreille ne se remplit pas de ce qu'elle entend.

⁹ Ce qui a été, c'est ce qui sera,
ce qui s'est fait, c'est ce qui se fera :
rien de nouveau sous le soleil !

¹⁰ S'il est une chose dont on puisse dire :
« Voyez, c'est nouveau, cela ! »
— cela existe déjà depuis les siècles qui nous ont précédés.

¹¹ Il n'y a aucun souvenir des temps anciens;
quant aux suivants qui viendront,
il ne restera d'eux aucun souvenir
chez ceux qui viendront après.

Confession d'un roi

¹² Moi, Qohéleth, j'ai été roi sur Israël, à Jérusalem².

¹³ J'ai eu à coeur de chercher et d'explorer par la sagesse tout ce qui se fait sous le ciel. C'est une occupation de malheur que Dieu a donnée

---

1. *Qohéleth* : le sens de ce nom n'est pas sûr; il peut signifier « celui qui parle dans l'assemblée » ou « celui qui préside l'assemblée. » Il est employé ici de façon symbolique — *fils de David, roi à Jérusalem* : ces précisions ne peuvent renvoyer qu'à Salomon sous l'autorité duquel le livre est placé.
2. Ou *Tout est absolument vain, dit Qohéleth, tout est absolument vain.* En hébreu l'expression traduite par *vanités des vanités* a la valeur d'un superlatif.
3. *sous le soleil* : cette expression qui revient souvent dans le livre de Qo, peut signifier, suivant les contextes, *sur la terre* ou *pendant la vie* (de l'homme), ou les deux à la fois.
4. *Un âge* ou *Une génération.*
5. Ou *il retourne en hâte à l'endroit où il va se lever de nouveau.*

---

1. Autre traduction *Toutes les choses sont lassantes.*
2. Voir 1.1 et la note.

aux fils d'Adam[1] pour qu'ils s'y appliquent.

14 J'ai vu toutes les oeuvres qui se font sous le soleil[2];
mais voici que tout est vanité et poursuite de vent.

15 Ce qui est courbé, on ne peut le redresser,
ce qui fait défaut ne peut être compté[3].

16 Je me suis dit à moi-même :
« Voici que j'ai fait grandir et progresser la sagesse
plus que quiconque m'a précédé comme roi sur Jérusalem. »
J'ai fait l'expérience de beaucoup de sagesse et de science,

17 j'ai eu à coeur de connaître la sagesse
et de connaître la folie et la sottise;
j'ai connu que cela aussi, c'est poursuite de vent.

18 Car en beaucoup de sagesse, il y a beaucoup d'affliction;
qui augmente le savoir augmente la douleur.

2 ¹ Je me suis dit en moi-même :
« Allons, que je t'éprouve par la joie, goûte au bonheur ! »
Et voici, cela aussi est vanité.

2 Du rire, j'ai dit : « C'est fou ! »
Et de la joie : « Qu'est-ce que cela fait ? »

3 J'ai délibéré en mon *coeur
de traîner ma chair dans le vin
et, tout en conduisant mon coeur avec sagesse,
de tenir à la sottise,

le temps de voir ce qu'il est bon pour les fils d'Adam
de faire sous le ciel
pendant les jours comptés de leur vie[1].

4 J'ai entrepris de grandes oeuvres :
je me suis bâti des maisons, planté des vignes;

5 je me suis fait des jardins et des vergers,
j'y ai planté toutes sortes d'arbres fruitiers;

6 je me suis fait des bassins
pour arroser de leur eau une forêt de jeunes arbres.

7 J'ai acheté des esclaves et des servantes,
j'ai eu des domestiques,
et aussi du gros et du petit bétail en abondance
plus que tous mes prédécesseurs à Jérusalem.

8 J'ai aussi amassé de l'argent et de l'or,
la fortune des rois et des Etats;
je me suis procuré des chanteurs et des chanteuses
et, délices des fils d'Adam, une dame, des dames[2].

9 Je devins grand, je m'enrichis
plus que tous mes prédécesseurs à Jérusalem.
Cependant ma sagesse, elle, m'assistait.

10 Je n'ai rien refusé à mes yeux de ce qu'ils demandaient[3];

---

1. *aux fils d'Adam* ou *aux humains*.
2. *sous le soleil*, c'est-à-dire *la terre*.
3. Ou *on ne peut pas tenir compte de ce qui n'existe pas*.

1. *traîner ma chair dans le vin* ou *m'adonner au vin*. Le vin représente ici les jouissances matérielles — *tenir à la sottise* ou *faire l'expérience d'une vie insensée*.
2. *une dame, des dames*, c'est-à-dire *de nombreuses femmes*.
3. Ou *Je ne me suis rien refusé de ce que je désirais*. Les yeux sont considérés ici comme le siège du désir.

je n'ai privé mon coeur d'aucune joie,
car mon coeur jouissait de tout
mon travail :
c'était la part qui me revenait
de tout mon travail.

Bilan négatif de l'expérience du roi

11 Mais je me suis tourné vers
toutes les oeuvres
qu'avaient faites mes mains
et vers le travail que j'avais eu
tant de mal à faire.
Eh bien ! tout cela est vanité et
poursuite de vent,
on n'en a aucun profit sous le
soleil[1].
12 Je me suis aussi tourné, pour
les considérer
vers sagesse, folie et sottise.
Voyons ! que sera l'homme qui
viendra après le roi ?
Ce qu'on aura déjà fait de
lui[2] !

13 Voici ce que j'ai vu :
On profite de la sagesse plus
que de la sottise,
comme on profite de la lumière plus que des ténèbres.
14 Le sage a les yeux là où il faut,
l'insensé marche dans les ténèbres.
Mais je sais, moi, qu'à tous les
deux
un même sort[3] arrivera.

15 Alors, moi, je me dis en
moi-même :
Ce qui arrive à l'insensé m'arrivera aussi,

pourquoi donc ai-je été si
sage ?
Je me dis à moi-même que cela
aussi est vanité.
16 Car il n'y a pas de souvenir du
sage,
pas plus que de l'insensé, pour
toujours.
Déjà dans les jours qui viennent, tout sera oublié :
Eh quoi ? le sage meurt comme
l'insensé !

17 Donc, je déteste la vie,
car je trouve mauvais ce qui se
fait sous le soleil :
tout est vanité et poursuite de
vent.
18 Moi, je déteste tout le travail
que j'ai fait sous le soleil
et que j'abandonnerai à
l'homme qui me succédera.
19 Qui sait s'il sera sage ou insensé ?
Il sera maître de tout mon travail,
que j'aurai fait avec ma sagesse sous le soleil :
Cela aussi est vanité.

20 J'en suis venu à me décourager
pour tout le travail que j'ai fait
sous le soleil.
21 En effet, voici un homme qui a
fait son travail
avec sagesse, science et succès :
C'est à un homme qui n'y a pas
travaillé
qu'il donnera sa part.
Cela aussi est vanité et grand
mal.
22 Oui, que reste-t-il pour cet
homme
de tout son travail et de tout
l'effort personnel
qu'il aura fait, lui, sous le soleil ?

1. Voir 1.3 et la note.
2. *Ce qu'on aura déjà fait de lui* : autre traduction *Il agira comme le roi a agi.*
3. *un même sort,* c'est-à-dire la mort (voir v. 16).

23 Tous ses jours, en effet, ne sont
   que douleur,
   et son occupation n'est qu'affliction;
   même la nuit, son *coeur est
   sans repos :
   Cela aussi est vanité.

24 Rien de bon pour l'homme, sinon de manger et de boire,
   de goûter le bonheur dans son
   travail.
   J'ai vu, moi, que cela aussi
   vient de la main de Dieu.
   25 En effet, dit-Il, « Qui peut
   manger et se faire du souci à mon
   insu[1] ? » 26 Oui, Il donne à
   l'homme qui lui plaît sagesse,
   science et joie, mais au pécheur Il
   donne comme occupation de rassembler et d'amasser, pour donner à celui qui plaît à Dieu. Cela
   aussi est vanité et poursuite de
   vent.

Un temps pour chaque chose

3 1 Il y a un moment pour
   tout
   et un temps pour chaque chose
   sous le ciel :
2 un temps pour enfanter et un
   temps pour mourir,
   un temps pour planter et un
   temps pour arracher le plant,
3 un temps pour tuer et un
   temps pour guérir,
   un temps pour saper et un
   temps pour bâtir,

4 un temps pour pleurer et un
   temps pour rire,
   un temps pour se lamenter et
   un temps pour danser,

5 un temps pour jeter des pierres
   et un temps pour amasser des
   pierres,
   un temps pour embrasser et un
   temps pour éviter d'embrasser,

6 un temps pour chercher et un
   temps pour perdre,
   un temps pour garder et un
   temps pour jeter,
7 un temps pour déchirer et un
   temps pour coudre,
   un temps pour se taire et un
   temps pour parler,
8 un temps pour aimer et un
   temps pour haïr,
   un temps de guerre et un
   temps de paix.

9 Quel profit a l'artisan du travail qu'il fait ?
10 Je vois l'occupation que Dieu a
   donnée
   aux fils d'Adam[1] pour qu'ils s'y
   occupent.
11 Il fait toute chose belle en son
   temps;
   à leur *coeur il donne même le
   sens de la durée
   sans que l'homme puisse découvrir
   l'oeuvre que fait Dieu depuis le
   début jusqu'à la fin.

12 Je sais qu'il n'y a rien de bon
   pour lui
   que de se réjouir et de se donner du bon temps durant sa
   vie.
13 Et puis, tout homme qui
   mange et boit
   et goûte au bonheur en tout
   son travail,
   cela, c'est un don de Dieu.

---

1. *dit-Il* ou *dit Dieu — se faire du souci* : le sens
du texte hébreu est incertain; autre traduction,
d'après les versions anciennes, *boire*.

1. *aux fils d'Adam* ou *aux humains*.

14 Je sais que tout ce que fait
Dieu, cela durera toujours;
il n'y a rien à y ajouter, ni rien
à en retrancher,
et Dieu fait en sorte qu'on ait
de la crainte devant sa face[1].

15 Ce qui est a déjà été, et ce qui
sera a déjà été,
et Dieu va rechercher ce qui a
disparu[2].

Tout se termine par la mort

16 J'ai encore vu sous le soleil[3]
qu'au siège du jugement, là
était la méchanceté,
et qu'au siège de la justice, là
était la méchanceté.
17 Je me suis dit en moi-même :
Dieu jugera le juste et le méchant,
car il y a là un temps
pour chaque chose et pour
chaque action[4].

18 Je me suis dit en moi-même,
au sujet des fils d'Adam[5],
que Dieu veut les éprouver;
alors   on   verra   qu'en
eux-mêmes, ils ne sont que des
bêtes.
19 Car le sort des fils d'Adam,
c'est le sort de la bête,
c'est un sort identique :
telle la mort de celle-ci, telle la
mort de ceux-là,
ils ont tous un souffle identique :

la supériorité de l'homme sur
la bête est nulle,
car tout est vanité.

20 Tout va vers un lieu unique,
tout vient de la poussière
et tout retourne à la poussière.
21 Qui connaît le souffle des fils
d'Adam
qui monte, lui, vers le haut,
tandis que le souffle des bêtes
descend vers le bas, vers la
terre[1] ?

22 Je vois qu'il n'y a rien de
mieux pour l'homme
que de jouir de ses oeuvres, car
telle est sa part.
Qui en effet l'emmènera voir
ce qui sera après lui ?

Mieux vaut être mort que vivant

4 1 D'autre part, je vois
toutes les oppressions
qui se pratiquent sous le soleil.
Regardez les pleurs des opprimés :
ils n'ont pas de consolateur;
la force est du côté des oppresseurs :
ils n'ont pas de consolateur.

2 Et moi, de féliciter les morts
qui sont déjà morts
plutôt que les vivants qui sont
encore en vie.
3 Et plus heureux que les deux
celui qui n'a pas encore été,
puisqu'il n'a pas vu l'oeuvre
mauvaise
qui se pratique sous le soleil.

1. *de la crainte devant sa face* ou *du respect
pour lui.*
2. Ou et *Dieu fait que ce qui a disparu (dans le
passé) se produise de nouveau.*
3. *sous le soleil*, c'est-à-dire sur la terre.
4. L'adverbe *là* renvoie vraisemblablement au
lieu où se déroulera le jugement de Dieu (voir
première partie du verset). On peut aussi comprendre *car il y a un temps pour toute chose et un
jugement sur chaque action.*
5. *des fils d'Adam* ou *des humains.*

1. Autre traduction *Qui sait si le souffle (de vie)
des humains monte vers le haut et si le souffle (de
vie) des bêtes descend en bas vers la terre ?*

Mieux vaut le repos que le travail

4 Je vois, moi, que tout le travail,
   tout le succès d'une oeuvre,
   c'est la jalousie des uns envers
   les autres :
   cela est aussi vanité et poursuite de vent.

5 L'insensé se croise les bras
   et dévore sa propre chair[1] :
6 Mieux vaut le creux de la main
   plein de repos
   que deux poignées de travail,
   de poursuite de vent[2].

Mieux vaut être deux que tout seul

7 Par ailleurs je vois une vanité
   sous le soleil[3].
8 Voici un homme seul, sans
   compagnon,
   n'ayant ni fils ni frère.
   Pas de limite à tout son travail,
   même ses yeux ne sont jamais
   rassasiés de richesses.
   Alors, moi, je travaille,
   je me prive de bonheur : c'est
   pour qui ?
   Cela est aussi vanité, c'est une
   mauvaise affaire.

9 Deux hommes valent mieux
   qu'un seul,
   car ils ont un bon salaire pour
   leur travail.
10 En effet, s'ils tombent, l'un relève l'autre.

Mais malheur à celui qui est
seul !
S'il tombe, il n'a pas de second
pour le relever.
11 De plus, s'ils couchent à deux,
   ils ont chaud,
   mais celui qui est seul, comment se réchauffera-t-il ?
12 Et si quelqu'un vient à bout de
   celui qui est seul,
   deux lui tiendront tête;
   un fil triple ne rompt pas vite[1].

A propos du pouvoir politique

13 Mieux vaut un gamin indigent,
   mais sage,
   qu'un roi vieux, mais insensé,
   qui ne sait plus se laisser
   conseiller.
14 Que ce garçon soit sorti de
   prison pour régner,
   qu'il soit même né mendiant
   pour exercer sa royauté,
15 j'ai vu tous les vivants qui marchent sous le soleil
   être du côté du gamin, du second,
   celui qui surgit à la place de
   l'autre.
16 Pas de fin à tout ce peuple, à
   tous ceux dont il est le chef.
   Toutefois la postérité pourrait
   bien ne pas s'en réjouir,
   car cela aussi est vanité et
   poursuite de vent.

Les abus de la parole devant Dieu

17 Surveille tes pas quand tu vas
   à la Maison de Dieu,

1. Dévore sa propre chair ou cause son propre
malheur.
2. le creux de la main plein de repos ou un peu
de repos — deux poignées de travail, de poursuite
de vent ou beaucoup de travail, ce qui ne sert à
rien.
3. ou Je vois un autre exemple de non-sens dans
la vie.

1. Ce proverbe est l'équivalent du proverbe
français « l'union fait la force ».

approche-toi pour écouter plutôt que pour offrir le *sacrifice
des insensés;
car ils ne savent pas qu'ils font
le mal.

5 1 Que ta bouche ne se précipite pas
et que ton coeur ne se hâte pas
de proférer une parole devant
Dieu.
Car Dieu est dans le ciel, et toi
sur la terre.
Donc, que tes paroles soient
peu nombreuses !
2 Car de l'abondance des occupations vient le rêve[1]
et de l'abondance des paroles,
les propos ineptes.

3 Si tu fais un voeu à Dieu,
ne tarde pas à l'accomplir.
Car il n'y a pas de faveur pour
les insensés;
le voeu que tu as fait, accom-
plis-le.

4 Mieux vaut pour toi ne pas
faire de voeu
que faire un voeu et ne pas
l'accomplir.

5 Ne laisse pas ta bouche te
rendre coupable tout entier,
et ne va pas dire au messager
de Dieu[2] : « C'est une méprise. »
Pourquoi Dieu devrait-il s'irriter de tes propos
et ruiner l'oeuvre de tes
mains ?

6 Quand il y a abondance de
rêves, de vanités,

et beaucoup de paroles, alors,
crains Dieu[1].

Les abus de l'autorité

7 Si, dans l'Etat, tu vois l'indigent opprimé,
le droit et la justice violés,
ne sois pas surpris de la chose;
car au-dessus d'un grand personnage,
veille un autre grand,
et au-dessus d'eux, il y a encore des grands.
8 Et à tous, la terre profite;
le roi est tributaire de l'agriculture[2].

Inutilité de la richesse

9 Qui aime l'argent ne se rassa-
siera pas d'argent,
ni du revenu celui qui aime le
luxe.
Cela est aussi vanité.
10 Avec l'abondance des biens
abondent ceux qui les consomment,
et quel bénéfice pour le propriétaire,
sinon un spectacle pour les
yeux ?
11 Doux est le sommeil de l'ouvrier,
qu'il ait mangé peu ou beaucoup;
mais la satiété du riche, elle, ne
le laisse pas dormir.

12 Il y a un mal affligeant que
j'ai vu sous le soleil !

1. *le rêve* : il s'agit vraisemblablement du mauvais rêve.
2. *Le messager de Dieu* désigne ici probablement le prêtre.

1. Le sens du texte hébreu est incertain. On peut
comprendre aussi *Quand il y a beaucoup de paroles, il y a beaucoup de rêves et d'actions vaines :
mais toi crains Dieu — crains Dieu* ou *respecte
Dieu* (en ne faisant pas de voeu à la légère).
2. C'est-à-dire le roi lui-même profite d'une
agriculture prospère. Mais le sens du texte hébreu
est incertain.

la richesse conservée par son propriétaire pour son malheur.

13 Cette richesse périt dans une mauvaise affaire;
s'il engendre un fils, celui-ci n'a plus rien en main.

14 Comme il est sorti du sein de sa mère,
nu, il s'en retournera comme il était venu :
il n'a rien retiré de son travail qu'il puisse emporter avec lui.

15 Et cela est aussi un mal affligeant
qu'il s'en aille ainsi qu'il était venu :
quel profit pour lui d'avoir travaillé pour du vent ?

16 De plus, il consume tous ses jours dans les ténèbres;
il est grandement affligé, déprimé, irrité.

17 Ce que, moi, je reconnais comme bien, le voici :
il convient de manger et de boire,
de goûter le bonheur dans tout le travail
que l'homme fait sous le soleil,
pendant le nombre des jours de vie que Dieu lui donne,
car telle est sa part.

18 De plus, tout homme à qui Dieu donne richesse et ressources
et à qui Il a laissé la faculté d'en manger,
d'en prendre sa part et de jouir de son travail,
c'est là un don de Dieu;

19 non, il ne songe guère aux jours de sa vie,
tant que Dieu le tient attentif à la joie de son coeur.

6 1 Il y a un mal que j'ai vu sous le soleil,
et il est immense pour l'humanité.

2 Soit un homme à qui Dieu donne richesse, ressources et gloire,
à qui rien ne manque pour lui-même de tout ce qu'il désire,
mais à qui Dieu ne laisse pas la faculté d'en manger,
car c'est quelqu'un d'étranger qui le mange :
cela aussi est vanité et mal affligeant[1].

Une longue vie sans bonheur

3 Soit un homme qui engendre cent fois
et vit de nombreuses années,
mais qui, si nombreux soient les jours de ses années,
ne se rassasie pas de bonheur
et n'a même pas de sépulture.
Je dis : L'avorton vaut mieux que lui,

4 car c'est en vain qu'il est venu
et il s'en va dans les ténèbres,
et par les ténèbres son nom sera recouvert[2];

5 il n'a même pas vu le soleil et ne l'a pas connu,
il a du repos plus que l'autre;

6 Même si celui-ci avait vécu deux fois mille ans,
il n'aurait pas goûté le bonheur.

---

1. *la faculté d'en manger* ou *la possibilité d'en profiter* — *étranger :* soit quelqu'un d'une autre famille soit quelqu'un d'un autre pays.
2. *il est venu ...* : il s'agit de l'avorton — *son nom*, c'est-à-dire ce qu'il aurait pu être s'il avait vécu.

N'est-ce pas vers un lieu
unique[1] que tout va ?

La vie insatisfaisante de l'homme

7 Tout le travail de l'homme est
pour sa bouche,
et pourtant l'appétit n'est pas
comblé[2].

8 En effet, qu'a de plus le sage
que l'insensé,
qu'a le pauvre qui sait aller de
l'avant face à la vie[3] ?

9 Mieux vaut la vision des yeux
que le mouvement de l'appétit[4] :
cela est aussi vanité et poursuite de vent.

10 Ce qui a été a déjà reçu un
*nom
et on sait ce que c'est,
l'homme;
mais il ne peut entrer en procès
avec plus fort que lui[5].

11 Quand il y a des paroles en
abondance,
elles font abonder la vanité :
qu'est-ce que l'homme a de
plus ?

12 En effet, qui sait ce qui est le
mieux pour l'homme pendant
l'existence,
pendant les nombreux jours de
sa vaine existence

1. *un lieu unique*, c'est-à-dire la mort.
2. *est pour sa bouche*, c'est-à-dire pour manger
ou, d'une façon plus générale, pour satisfaire ses
désirs — *l'appétit* : le mot peut désigner le désir en
général.
3. *aller de l'avant face à la vie* ou *affronter la
vie*.
4. *la vision des yeux* ou *ce que l'on voit* — *le
mouvement de l'appétit* ou *l'agitation causée par le
désir*.
5. *plus fort que lui* : il s'agit d'une référence
implicite à Dieu.

qu'il passe comme une ombre ?
Qui indiquera donc à l'homme
ce qui sera après lui sous le
soleil ?

Conseils de sagesse

7 [1] Mieux vaut le renom que
l'huile exquise,
et le jour de la mort que le
jour de la naissance[1].

2 Mieux vaut aller à la maison
de deuil
qu'à la maison du banquet;
puisque c'est la fin de tout
homme,
il faut que les vivants y appliquent leur *coeur.

3 Mieux vaut le chagrin que le
rire,
car sous un visage en peine, le
coeur peut être heureux;

4 le coeur des sages est dans la
maison de deuil,
et le coeur des insensés, dans la
maison de joie.

5 Mieux vaut écouter la semonce
du sage,
qu'être homme à écouter la
chanson des insensés.

6 Car, tel le pétillement des
broussailles sous la marmite,
tel est le rire de l'insensé.
Mais cela aussi est vanité,

7 que l'oppression rende fou le
sage
et qu'un présent perde le
coeur[2].

1. Ce verset oppose ce qui demeure *(le renom)* à
ce qui est éphémère *(l'huile*, utilisée comme parfum*)*, et ce qui marque la fin des soucis terrestres
(le jour de la mort) à ce qui en marque le début *(le
jour de la naissance)*.
2. Ce verset explique que le sage peut devenir
insensé dans certaines circonstances, par exemple
lorsqu'il est opprimé ou lorsqu'on l'achète par des
présents.

8 Mieux vaut l'aboutissement
d'une chose que ses prémices,
mieux vaut un esprit patient
qu'un esprit prétentieux.

9 Que ton esprit ne se hâte pas
de s'irriter,
car l'irritation gît au coeur des
insensés.

10 Ne dis pas : Comment se fait-il
que les temps anciens aient été
meilleurs que ceux-ci ?
Ce n'est pas la sagesse
qui te fait poser cette question.

11 La sagesse est bonne comme
un héritage ;
elle profite à ceux qui voient le
soleil :

12 Car être à l'ombre de la sagesse,
c'est être à l'ombre de l'argent[1],
et le profit du savoir,
c'est que la sagesse fait vivre
ceux qui la possèdent.

13 Regarde l'oeuvre de Dieu :
Qui donc pourra réparer ce
qu'Il a courbé ?

14 Au jour du bonheur, sois heureux,
et au jour du malheur, regarde :
celui-ci autant que celui-là,
Dieu les a faits
de façon que l'homme ne
puisse rien découvrir
de ce qui sera après lui.

15 Dans ma vaine existence, j'ai
tout vu :
un juste qui se perd par sa
justice,
un méchant qui survit par sa
malice.

16 Ne sois pas juste à l'excès,
ne te fais pas trop sage ;

pourquoi te détruire ?

17 Ne fais pas trop le méchant
et ne deviens pas insensé ;
pourquoi mourir avant ton
temps ?

18 Il est bon que tu tiennes à ceci
sans laisser ta main lâcher
cela.
Car celui qui craint Dieu[1]
fera aboutir l'une et l'autre
chose.

19 La sagesse rend le sage plus
fort
que dix gouverneurs présents
dans une ville.

20 Car aucun homme n'est assez
juste sur terre
pour faire le bien sans pécher.

21 D'ailleurs à tous les propos
qu'on profère,
ne prête pas attention ;
ainsi, tu n'entendras pas ton
serviteur te dénigrer,

22 car bien des fois, tu as eu
conscience,
toi aussi, de dénigrer les autres.

Peu d'hommes parviennent à la sagesse

23 J'ai essayé tout cela avec sagesse,
je disais : Je serai un sage.
Mais elle[2] est loin de ma portée.

24 Ce qui est venu à l'existence
est lointain
et profond, profond[3] ! Qui le
découvrira ?

25 Moi, je m'appliquerai de tout
coeur

---

1. *l'ombre* symbolise ici l'abri, la protection. L'i-
dée est que la sagesse donne autant de sécurité que
l'argent.

1. *qui craint Dieu* ou *qui respecte Dieu.*
2. *elle* ou *la sagesse.*
3. *lointain et profond, profond*, c'est-à-dire impossible à comprendre totalement.

à connaître, à explorer, à rechercher
la sagesse et la logique[1],
à connaître aussi que la méchanceté est une sottise,
une sottise affolante.

26 Et je trouve, moi, plus amère
que la mort
une femme quand elle est un
traquenard,
et son coeur un filet, ses mains
des liens :
celui qui plaît à Dieu lui
échappera,
mais le pécheur se laissera
prendre par elle.
27 Voilà ce que j'ai trouvé, a dit
Qohéleth,
en les voyant l'une après
l'autre pour trouver une opinion[2].
28 J'en suis encore à chercher et
n'ai pas trouvé :
Un homme sur mille, je l'ai
trouvé,
mais une femme parmi elles
toutes, je ne l'ai pas trouvée.
29 Seulement, vois-tu ce que j'ai
trouvé :
Dieu a fait l'homme droit,
mais eux[3], ils ont cherché une
foule de complications.

Le sage face au pouvoir du roi

8 1 Qui est comme le sage
et sait interpréter cette parole :
« La sagesse d'un homme illumine son visage

et la dureté de son visage en
est transformée ? »

2 Moi ! Observe l'ordre du roi,
et, à cause du serment divin[1],
3 ne te presse pas de t'écarter de
lui,
ne t'obstine pas dans un mauvais cas,
car il fera tout ce qui lui
plaira,
4 car la parole du roi est souve-
raine,
et qui lui dira : « Que fais-tu ? »

L'homme ne sait rien de l'avenir

5 Celui qui observe le commandement ne connaîtra rien de
mauvais.
Le temps et le jugement, le
*coeur du sage les connaît.

6 Oui, il y a pour chaque chose
un temps et un jugement,
mais il y a un grand malheur
pour l'homme :
7 il ne sait pas ce qui arrivera,
qui lui indiquera quand cela
arrivera ?

8 Personne n'a de pouvoir sur le
souffle vital
pour retenir ce souffle;
personne n'a de pouvoir sur le
jour de la mort;
il n'y a pas de relâche dans le
combat
et la méchanceté ne sauve pas
son homme.

9 Tout cela, je l'ai vu en portant
mon attention

---

1. *la logique* ou *la raison d'être des choses.*
2. Ou *en voyant une femme après l'autre pour
me faire une opinion.* Mais le texte hébreu est
obscur et l'on traduit aussi *en considérant les
choses une à une pour en trouver la raison.*
3. *eux,* c'est-à-dire les hommes en général.

---

1. *Moi* : le texte hébreu est obscur. Certaines
traductions omettent *moi.* D'autres comprennent *je
te dis : observe ... — le serment divin* ou *le serment
prêté devant Dieu (au roi).* On peut aussi comprendre *le serment que Dieu a fait (au roi).*

sur tout ce qui se fait sous le
soleil,
au temps où l'homme a sur
l'homme
le pouvoir de lui faire du mal.

Le mystère de l'oeuvre de Dieu

10 Ainsi, j'ai vu des méchants mis
au tombeau;
on allait et venait depuis le
lieu saint
et on oubliait dans la ville
comme ils avaient agi.
Cela aussi est vanité.

11 Parce que la sentence contre
l'oeuvre mauvaise
n'est pas vite exécutée,
le *coeur des fils d'Adam[1] est
rempli de malfaisance.

12 Que le pécheur fasse le mal
cent fois,
alors même il prolonge sa vie.
Je sais pourtant, moi aussi,
« qu'il y aura du bonheur pour
ceux qui craignent Dieu[2],
parce qu'ils ont de la crainte
devant sa face.

13 mais qu'il n'y aura pas de bonheur pour le méchant
et que, passant comme l'ombre,
il ne prolongera pas ses jours,
parce qu'il est sans crainte devant la face de Dieu ».

14 Il est un fait, sur la terre, qui
est vanité,
il est des justes qui sont traités
selon le fait des méchants,
et des méchants qui sont traités selon le fait des justes.
J'ai déjà dit que cela est aussi
vanité,

15 et je fais l'éloge de la joie;

car il n'y a pour l'homme sous
le soleil
rien de bon, sinon de manger,
de boire,
de se réjouir;
et cela l'accompagne dans son
travail
durant les jours d'existence
que Dieu lui donne sous le soleil.

16 Quand j'eus à coeur de
connaître la sagesse
et de voir les occupations auxquelles on s'affaire sur terre,
— même si, le jour et la nuit,
l'homme ne voit pas de ses
yeux le sommeil —

17 alors j'ai vu toute l'oeuvre de
Dieu[1];
l'homme ne peut découvrir
l'oeuvre qui se fait sous le soleil,
bien que l'homme travaille à la
rechercher, mais sans la découvrir;
et même si le sage affirme qu'il
sait,
il ne peut la découvrir.

Un même sort attend tous les hommes

9 1 Oui, tout cela, je l'ai pris
à coeur,
et voici tout ce que j'ai
éprouvé :
c'est que les justes, les sages et
leurs travaux
sont entre les mains de Dieu.
Ni l'amour, ni la haine,
l'homme ne les connaît,
tout cela le devance[2];

2 tout est pareil pour tous,

---

1. *des fils d'Adam* ou *des humains*.
2. *qui craignent Dieu* ou *qui respectent Dieu*.

1. C'est-à-dire *j'ai fait cette constatation au sujet de l'oeuvre de Dieu.*
2. *le devance* ou *est imprévisible pour lui.*

un sort identique échoit au juste et au méchant,
au bon et au *pur comme à l'impur,
à celui qui *sacrifie et à celui qui ne sacrifie pas;
il en est du bon comme du pécheur,
de celui qui prête serment comme de celui qui craint de le faire.

3 C'est un mal dans tout ce qui se fait sous le soleil
qu'un sort identique pour tous;
aussi le coeur des fils d'Adam est-il plein de malice,
la folie est dans leur coeur pendant leur vie,
et après ..., on s'en va vers les morts[1].

4 En effet, qui sera préféré ?
Pour tous les vivants, il y a une chose certaine :
un chien vivant vaut mieux qu'un lion mort[2].

5 Car les vivants savent qu'ils mourront;
mais les morts ne savent rien du tout;
pour eux, il n'y a plus de rétribution,
puisque leur souvenir est oublié.

6 Leurs amours, leurs haines, leurs jalousies ont déjà péri;
ils n'auront plus jamais de part à tout ce qui se fait sous le soleil.

Jouir de la vie comme d'un don de Dieu

7 Va, mange avec joie ton pain et bois de bon coeur ton vin,
car déjà Dieu a agréé tes oeuvres.

8 Que tes vêtements soient toujours blancs
et que l'huile ne manque pas sur ta tête[1] !

9 Goûte la vie avec la femme que tu aimes
durant les jours de ta vaine existence,
puisque Dieu te donne sous le soleil tous tes jours vains;
car c'est là ta part dans la vie et dans le travail que tu fais sous le soleil.

10 Tout ce que ta main se trouve capable de faire,
fais-le par tes propres forces;
car il n'y a ni oeuvre, ni bilan, ni savoir, ni sagesse
dans le *séjour des morts où tu t'en iras.

Le malheur arrive à l'improviste

11 Je vois encore sous le soleil que la course n'appartient pas aux plus robustes,
ni la bataille aux plus forts,
ni le pain aux plus sages,
ni la richesse aux plus intelligents,
ni la faveur aux plus savants,

---

1. *des fils d'Adam* ou *des humains* — *et après ... on s'en va vers les morts* : le texte hébreu est obscur et la traduction incertaine.
2. *qui sera préféré ?* : sous-entendu *par Dieu* (au moment du jugement). Mais le texte hébreu du v. 4a est incertain; d'après certains manuscrits on peut traduire *Pour celui qui fait partie de la société des vivants il y a de l'espoir* — dans la culture biblique le *chien* est considéré comme un animal méprisable.

1. Les jours de fête il était d'usage de porter des *vêtements blancs* et de répandre de *l'huile* parfumée sur sa tête.

car à tous leur arrivent heur et
malheur.

12 En effet, l'homme ne connaît
pas plus son heure
que les poissons qui se font
prendre au filet de malheur,
que les passereaux pris au
piège.
Ainsi les fils d'Adam sont surpris par le malheur
quand il tombe sur eux à l'improviste[1].

La sagesse est souvent mécon-
nue

13 J'ai encore vu sous le soleil, en
fait de sagesse,
une chose importante à mes
yeux.
14 Il y avait une petite ville, de
peu d'habitants.
Un grand roi marcha contre
elle, l'investit
et dressa contre elle de grandes
embuscades.
15 Il s'y trouvait un homme indigent et sage;
il sauva la ville par sa sagesse,
mais personne ne se souvint de
cet indigent[2].
16 Alors je dis, moi :
mieux vaut la sagesse que la
puissance,
mais la sagesse de l'indigent
est méprisée
et ses paroles ne sont pas
écoutées.
17 Les paroles des sages se font
entendre dans le calme,

mieux que les cris d'un souverain parmi les insensés.
18 Mieux vaut la sagesse que des
engins de combat,
mais un seul maladroit annule
beaucoup de bien.

10 1 Des mouches mortes in-
fectent et font fermenter
l'huile du parfumeur.
Un peu de sottise pèse plus
que la sagesse, que la gloire.

2 L'esprit du sage va du bon
côté,
mais l'esprit de l'insensé va
gauchement.
3 Même en chemin, quand l'insensé s'avance,
l'esprit lui fait défaut;
il fait dire à tout le monde
qu'il est insensé[1].
4 Si l'humeur du chef s'élève
contre toi,
n'abandonne pas ton poste,
car le sang-froid évite de
grandes maladresses.

5 Il y a un mal que j'ai vu sous le
soleil,
comme une méprise échappée
au souverain :
6 la sottise élevée aux plus
hautes situations,
et des riches demeurant dans
l'abaissement;
7 j'ai vu des esclaves sur des chevaux,
et des princes marcher à pied
comme des esclaves.

Les risques de l'action

8 Qui creuse une fosse tombe dedans,

1. *son heure*, c'est-à-dire l'heure de sa mort ou,
de façon plus générale, l'heure où il rencontrera
l'adversité — *les fils d'Adam* ou *les humains*.
2. *il sauva la ville ... : autre traduction* il aurait
pu sauver la ville par sa sagesse mais personne ne
pensa à cet indigent.

1. Autre traduction *et il dit de chacun : «c'est un
sot ».*

qui sape un mur, un serpent le mord,

9 qui extrait des pierres peut se blesser avec,
    qui fend du bois encourt un danger.

10 Si le fer est émoussé et qu'on n'en aiguise pas le tranchant,
    il faut redoubler de forces;
    il y a profit à exercer comme il convient la sagesse.

11 Si le serpent mord faute d'être charmé,
    pas de profit pour le charmeur.

Les paroles de l'insensé

12 Ce que dit la bouche d'un sage plaît,
    mais les lèvres de l'insensé le ravalent[1];

13 le début de ses propos est sottise,
    et la fin de ses propos, folie mauvaise.

14 L'insensé multiplie les paroles;
    l'homme ne sait plus ce qui arrivera :
    qui lui indiquera ce qui arrivera après lui ?

15 Le travail de l'insensé l'épuise,
    il ne sait même pas comment aller à la ville[2].

A propos des rois

16 Malheur à toi, pays dont le roi est un gamin
    et dont les princes festoient dès le matin !

17 Heureux es-tu, pays dont le roi est de souche noble

et dont les princes festoient en temps voulu,
    pour prendre des forces et non pour boire !

18 Avec deux bras paresseux, la poutre cède[1],
    quand les mains se relâchent, il pleut dans la maison.

19 Pour se divertir, on fait un repas,
    et le vin réjouit la vie
    et l'argent répond à tout.

20 Ne maudis pas le roi dans ton for intérieur,
    ne maudis pas le riche même en ta chambre à coucher,
    car l'oiseau du ciel en emporte le bruit
    et la bête ailée fera connaître ce qu'on dit.

Savoir prendre des risques

11 1 Lance ton pain à la surface des eaux,
    car à la longue tu le retrouveras.

2 Donne une part à sept ou même à huit[2] personnes,
    car tu ne sais pas quel malheur peut arriver sur la terre.

3 Si les nuages se remplissent, ils déversent la pluie sur la terre;
    qu'un arbre tombe au sud aussi bien qu'au nord,
    à l'endroit où il est tombé, il reste.

4 Qui observe le vent ne sème pas,
    qui regarde les nuages ne moissonne pas.

---

1. les lèvres de l'insensé le ravalent ou l'insensé se déconsidère par ses discours.

2. L'insensé se fatigue beaucoup pour peu car il ignore les choses les plus simples telles que le chemin pour aller à la ville.

1. C'est-à-dire si un homme est trop paresseux (pour réparer le toit de sa maison), le toit s'effondre.

2. à sept ou même à huit personnes ou à de nombreuses personnes. La progression dans le nombre indique habituellement une grande quantité

5 De même que tu ignores le
cheminement du souffle vital,
comme celui de l'ossification
dans le ventre d'une femme enceinte,
ainsi tu ne peux connaître
l'oeuvre de Dieu,
Lui qui fait toutes choses.

6 Le matin, sème ta semence,
et le soir, ne laisse pas de repos
à ta main,
car tu ne sais pas, de l'une ou
de l'autre activité, celle qui
convient,
ou si toutes deux sont également bonnes.

Jouir de la vie avec discerne-
ment

7 Douce est la lumière,
c'est un plaisir pour les yeux
de voir le soleil.

8 Si l'homme vit de nombreuses
années,
qu'il se réjouisse en elles toutes,
mais qu'il se souvienne que les
jours sombres sont nombreux,
que tout ce qui vient est vanité.

9 Réjouis-toi, jeune homme dans
ta jeunesse,
que ton coeur soit heureux aux
jours de ton adolescence,
marche selon les voies de ton
*coeur
et selon la vision de tes yeux[1].
Mais sache que pour tout cela,
Dieu te fera comparaître en
jugement.

10 Eloigne de ton coeur l'affliction,
écarte de ta chair le mal,

car la jeunesse et l'aurore de la
vie sont vanité.

L'approche de la mort

12 1 Et souviens-toi de ton
Créateur
aux jours de ton adolescence,
— avant que ne viennent les
mauvais jours
et que n'arrivent les années
dont tu diras :
« Je n'y ai aucun plaisir »,

2 — avant que ne s'assombrissent le soleil et la lumière
et la lune et les étoiles,
et que les nuages ne reviennent, puis la pluie[1],

3 au jour où tremblent les gardiens de la maison,
où se courbent les hommes vigoureux,
où s'arrêtent celles qui meu-
lent, trop peu nombreuses,
où perdent leur éclat celles qui
regardent par la fenêtre,

4 quand les battants se ferment
sur la rue,
tandis que tombe la voix de la
meule,
quand on se lève au chant de
l'oiseau
et que les vocalises s'éteignent;

5 alors, on a peur de la montée,
on a des frayeurs en chemin,
tandis que l'amandier est en
fleurs,
que la sauterelle s'alourdit
et que le fruit du câprier
éclate;
car l'homme s'en va vers sa
maison d'éternité

1. *(marche) selon la vision de tes yeux* ou *fais ce que tu désires*, voir 2.10 et la note.

1. *le soleil, la lumière ... qui s'assombrissent* symbolisent la joie de vivre qui diminue. *Les nuages* et
la pluie symbolisent ici la tristesse du déclin de
l'homme.

et déjà les pleureuses rôdent dans la rue[1];

6 — avant que ne se détache le fil argenté
et que la coupe d'or ne se brise, que la jarre ne se casse à la fontaine
et qu'à la citerne la poulie ne se brise[2],

7 — avant que la poussière ne retourne à la terre, selon ce qu'elle était,
et que le souffle ne retourne à Dieu qui l'avait donné.

Conclusion

8 Vanité des vanités, a dit le Qohéleth,
tout est vanité[3].

9 Ce qui ajoute à la sagesse de Qohéleth,
c'est qu'il a encore enseigné la science au peuple;
il a pesé, examiné, ajusté, un grand nombre de proverbes.

10 Qohéleth s'est appliqué à trouver des paroles plaisantes
dont la teneur exacte est ici transcrite :
ce sont les paroles authentiques[1].

11 Les paroles des sages sont comme des aiguillons,
les auteurs des recueils sont des jalons bien plantés;
tel est le don d'un pasteur unique[2].

12 Garde-toi, mon fils, d'y ajouter :
à multiplier les livres, il n'y a pas de limites,
et à beaucoup étudier, le corps s'épuise.

13 Fin du discours : Tout a été entendu.
Crains Dieu et observe ses commandements,
car c'est là tout l'homme[3] :

14 Dieu fera venir toute oeuvre en jugement
sur tout ce qu'elle recèle de bon ou de mauvais.

1. Les v. 3-5 évoquent la fin de la vie avec des images que l'on peut interpréter de diverses manières mais qui se réfèrent toutes à l'affaiblissement et aux infirmités qui atteignent l'homme vieillissant — *les pleureuses :* voir Jr 9.16 et la note.
2. *avant que* dépend du *souviens-toi* du v. 1a (voir v. 1b, 2, 7) — les images du v. 6 illustrent le phénomène de la mort.
3. *Vanité des vanités :* voir 1.2 et la note — *Qohéleth :* voir 1.1 et la note.

1. *dont la teneur exacte ... les paroles authentiques :* autre traduction *et à transcrire exactement des paroles vraies.*
2. *les auteurs des recueils sont des jalons bien plantés :* le texte hébreu est incertain; autre traduction *elles* (les paroles des sages) *sont comme des jalons plantés par les maîtres des troupeaux* — *pasteur* ou **berger :* allusion possible à l'auteur du livre.
3. *Crains Dieu* ou *Respecte Dieu* — *c'est là tout l'homme :* autres traductions *c'est le devoir de tout homme* ou *cela vaut pour tous les hommes.*

LES LAMENTATIONS

Jérusalem, comme une veuve abandonnée

(Alef[1])

1 1 Comment !
Elle habite à l'écart,
la Ville qui comptait un peuple nombreux !
elle se trouve comme veuve.
Elle, qui comptait parmi les nations,
princesse parmi les provinces,
elle est bonne pour le bagne.

(Beth)

2 Elle pleure et pleure dans la nuit :
des larmes plein les joues;
pour elle pas de consolateur parmi tous ses amants.
Tous ses compagnons la trahissent[2] :
ils deviennent ses ennemis.

(Guimel)

3 Sous l'humiliation, sous le poids de l'esclavage,

Judée va en déportation;
elle, elle habite parmi les nations,
elle ne trouve pas à s'établir.
Tous ses persécuteurs la traquent
dans des étranglements.

(Daleth)

4 Les routes de *Sion sont en deuil,
sans personne venant au Rendez-vous[1];
ses portes sont toutes ruinées,
ses prêtres gémissent.
Ses jeunes filles sont affligées;
quelle amertume pour elle.

(Hé)

5 Ses adversaires se trouvent au pinacle[2],
ses ennemis sont bien aise
car le SEIGNEUR l'afflige,
vu le poids de ses révoltes.
Ses bambins s'en vont,
captifs, devant l'adversaire.

(Waw)

6 Et de la Belle Sion[3] s'échappe tout son honneur.
Ses princes, les voilà comme des cerfs

---

1. Sur les poèmes *alphabétiques* voir Ps 25.1 et la note.
2. *amants, compagnons* : désignation imagée des peuples étrangers, dont la population de Jérusalem, symbolisée ici par une femme, avait préféré l'appui à celui du Seigneur; voir aussi les notes sur Os 1.2; 2.4 et Za 13.6 — *la trahissent* : allusion à l'attitude des peuples sur lesquels le royaume de Juda comptait au moment de l'attaque babylonienne de 588-587 av. J. C. Les Egyptiens ont eu peur d'intervenir; les Edomites ont participé au pillage de Jérusalem.

1. Allusion aux fêtes célébrées dans le temple de Jérusalem, où les fidèles venaient en pèlerinage pour adorer Dieu. En hébreu c'est le même terme qui est employé dans l'expression la *tente de la rencontre (Ex 27.21, etc.).
2. *au pinacle* ou au *sommet de leur gloire.*
3. *la Belle Sion* : comme souvent ailleurs la ville de Jérusalem est ici personnifiée par une jeune fille ou une jeune femme; autre traduction *la population de Sion.*

qui ne trouvent point de pâture :
ils s'en vont sans énergie
devant le persécuteur.

(Zaïn)

7 Jérusalem se rappelle,
en ses jours d'errance et d'humiliation,
tous ses charmes[1]
qui existaient aux jours de
l'ancien temps !
Quand son peuple tombe aux
mains de l'adversaire
et que personne ne vient l'aider,
les adversaires la voient :
ils rient de son anéantissement.

(Heth)

8 Elle a commis la faute, Jérusalem;
et la voilà devenue une ordure[2].
Tous ceux qui la glorifient l'a-
vilissent,
car ils voient sa nudité;
pour sa part, elle gémit
et tourne le dos.

(Teth)

9 Sa souillure est sur sa jupe;
elle ne songeait pas à ce qui
s'ensuivrait.
Sa déchéance est prodigieuse;
pas de consolateur pour elle.
« Vois, Seigneur, mon humiliation;
l'ennemi en effet se grandit. »

(Yod)

10 L'adversaire étend la main
sur tous ses charmes.

Oui, dans son *sanctuaire
elle voit entrer des nations
auxquelles tu as commandé de
ne pas entrer
dans l'assemblée qui est à toi.

(Kaf)

11 Son peuple tout entier gémit :
ils cherchent du pain;
ils donnent leurs charmes
contre de la nourriture,
pour se ranimer.
« Vois, Seigneur, et regarde
combien je me trouve avilie. »

(Lamed)

12 « Rien de tel pour vous tous
qui passez sur le chemin;
regardez et voyez
s'il est douleur comme ma douleur,
celle qui me fait si mal,
celle que le Seigneur inflige
au jour de son ardente colère.

(Mem)

13 De là-haut, il a envoyé du feu
dans mes os; il en est le maître.
Il a tendu un filet à mes pieds;
il m'a culbutée;
il a fait de moi une femme
ruinée[1],
tout le temps indisposée.

(Noun)

14 Le voilà lié, le *joug formé de
mes révoltes;
dans sa main elles se sont
nouées;
elles sont hissées sur mon cou;
il fait chanceler mon énergie.
Le Seigneur m'a livrée en de
telles mains

---

1. *tous ses charmes* ou *tout ce qu'elle aimait.*
2. *une ordure* ou *une chose impure* (terme qui peut s'entendre du sang menstruel; voir Lv 15.19-24).

1. *mes os* : pour les anciens Israélites les *os* représentaient ce qui reste d'un homme après sa mort; ils pouvaient donc symboliser ainsi la partie la plus fondamentale de son être — *ruinée* ou *abandonnée.*

que je ne peux pas tenir debout.

(Samek)

15 Le Seigneur a expulsé tous les vaillants
qui étaient chez moi;
il a fixé un rendez-vous[1] contre moi
pour briser mes jeunes gens.
Le Seigneur a foulé au pressoir
la jeune fille, la Belle Judée.

(Aïn)

16 C'est là-dessus que je pleure :
mes deux yeux se liquéfient;
car loin de moi est le consolateur,
celui qui me ranimerait
mes fils, les voilà ruinés,
car l'ennemi a été le plus fort. »

(Pé)

17 Sion tend les mains;
pas de consolateur pour elle;
le Seigneur mande contre Jacob
autour de lui ses adversaires.
Jérusalem, au milieu d'eux,
est devenue une ordure[2].

(Çadé)

18 « Il est juste le Seigneur,
puisque j'avais désobéi à son ordre.
Ecoutez donc tous, peuples,
et voyez ma douleur.
Mes jeunes filles et mes jeunes gens
sont allés en captivité.

(Qof)

19 J'appelais mes amants[3] :
eux, ils m'ont trompée;

1. Le texte sous-entend *à mes ennemis.*
2. Voir v. 8 et la note.
3. Voir v. 2 et la note.

mes prêtres et mes *anciens
ont expiré dans la Ville
alors qu'ils cherchaient de la nourriture pour eux
afin de se ranimer.

(Resh)

20 Vois, Seigneur, que pour moi
c'est la détresse;
mon ventre en est remué;
au fond de moi mon *coeur est bouleversé,
car pour désobéir, j'ai désobéi !
Dehors l'épée privait de descendance,
dedans c'était comme chez la Mort.

(Shîn)

21 Ils m'entendaient gémir :
pas de consolateur pour moi;
tous mes ennemis entendaient mon malheur,
ils jouissaient; en fait c'est toi qui agissais :
tu as fait venir le jour que tu avais fixé.
Qu'eux aussi soient comme moi !

(Taw)

22 Que vienne devant toi toute leur malice,
et traite-les
comme tu m'as traitée
à cause de toutes mes révoltes.
Car nombreux sont mes gémissements,
et tout mon être est malade. »

Le Seigneur, un ennemi pour Jérusalem

(Alef)

2 ¹ Comment !
  Le Seigneur, dans sa colère,
veut assombrir la Belle *Sion !
Il jette de ciel en terre
la splendeur d'Israël.
Il ne se souvient pas de l'escabeau de ses pieds¹
au jour de sa colère.

(Beth)

² Le Seigneur engloutit sans pitié
  toutes les prairies de Jacob² ;
il démolit dans son déchaînement
  les fortifications de la Belle Judée :
il fait toucher terre,
il profane la royauté et ses princes.

(Guimel)

³ Dans l'ardeur de la colère il supprime toute la puissance d'Israël ;
il ne maintient pas sa droite³ devant l'ennemi.
Il allume en Jacob comme un brasier
qui dévore à l'entour.

(Daleth)

⁴ Il bande son arc comme un ennemi,
  la droite en position
comme un adversaire,

Sur la tente de la Belle Sion
il déverse comme un feu sa fureur.

(Hé)

⁵ Le Seigneur se comporte comme un ennemi ;
il engloutit Israël ;
il engloutit tous ses donjons ;
il ruine ses fortifications.
Il multiplie pour la Belle Judée plainte et complainte.

(Waw)

⁶ Il dévaste et le Jardin, et sa Cabane ;
il ravage son lieu de Rendez-vous¹.
Le Seigneur fait oublier dans Sion
Rendez-vous et *Sabbat ;
il réprouve, dans sa fulminante colère,
roi et prêtre.

(Zaïn)

⁷ Le Seigneur rejette son *autel ;
il exècre son *sanctuaire ;
il livre aux mains de l'ennemi
les remparts des donjons de la Ville.
On donne de la voix dans la Maison du Seigneur
comme au jour du Rendez-vous.

(Heth)

⁸ Le Seigneur médite de ravager
le rempart de la Belle Sion ;
il va niveler ;
il ne ramène pas sa main avant d'avoir englouti.

---

1. *Alef* : voir Ps 25.1 et la note — *la splendeur d'Israël* : Jérusalem et son temple — *l'escabeau de ses pieds* : probablement la colline de Sion.
2. *Jacob*, ancêtre du peuple d'Israël, personnifie ici l'ensemble de ce peuple.
3. *sa droite* ou *sa main droite* : il s'agit de la main favorable de Dieu.

1. *le Jardin* : désignation poétique de la Palestine (voir Nb 24.6 ; Jl 2.3) — *sa Cabane*, c'est-à-dire Jérusalem (voir Es 1.8 ; Am 9.11) — *le lieu de Rendez-vous* : le temple (voir 1.4 et la note).

Il endeuille retranchement et
rempart :
ensemble ils se délabrent.

(Teth)

9 Les portes de Sion s'enfoncent
dans la terre;
il détruit et brise ses verrous.
Son roi et ses princes sont
parmi les nations;
il n'y a plus de Loi[1];
même ses prophètes ne trouvent pas
de vision venant du SEIGNEUR.

(Yod)

10 Assis à terre, silencieux,
les *anciens de la Belle Sion
se mettent de la poussière sur
la tête[2];
ils se sanglent dans des *sacs.
Elles laissent choir leur tête
jusqu'à terre,
les jeunes filles de Jérusalem.

(Kaf)

11 Mes yeux sont consumés de
larmes;
mon ventre en est remué;
je suis vidé de ma force, elle
est par terre,
car mon peuple, cette belle, est
brisé
quand défaillent bambin et
nourrisson
sur les places de la Cité.

(Lamed)

12 À leurs mères ils disent :
«Où sont le blé et le vin ?»
Quand ils défaillent comme
des blessés

sur les places de la Ville,
quand leur vie s'échappe
au giron de leurs mères.

(Mem)

13 Quel témoignage te citer ? Que
comparerai-je à toi,
Belle Jérusalem ?
Qu'égalerai-je à toi afin de te
consoler,
jeune fille, Belle Sion[1] ?
Car grand comme la mer est
ton brisement.
Qui te guérira ?

(Noun)

14 Tes prophètes ont des visions
pour toi :
du vide et de l'insipide[2];
ils ne dévoilent pas ta perversité;
ce qui retournerait ta situation.
Ils ont des visions pour toi :
proclamations de vide et de sé-
duction.

(Samek)

15 Ils applaudissent à tes dépens,
tous les passants du chemin;
ils sifflent et hochent la tête[3]
aux dépens de la Belle Jérusalem :
«Est-ce la Ville qu'on devrait
dire
beauté parfaite, réjouissance
pour toute la terre ?»

(Pé)

16 Ils ouvrent la bouche à tes dépens,
tous tes ennemis;

---

1. *parmi les nations*, c'est-à-dire en exil — *il n'y a plus de Loi* ou *il n'y a plus d'oracle* (prononcé par le prêtre de la part de Dieu).
2. *se mettre de la poussière sur la tête* : geste exprimant une grande tristesse (voir aussi au glossaire DÉCHIRER SES VÊTEMENTS).

1. Voir 1.6 et la note.
2. Autre traduction *du badigeon* (voir Ez 13.10-15), c'est-à-dire quelque chose qui n'est là que pour l'apparence.
3. *siffler, hocher la tête* : signes d'un grand étonnement, réel ou simulé (Jr 18.16), d'où ici, de moquerie; voir Ps 22.8.

ils sifflent et grincent des dents;
ils disent : «Nous engloutissons.
Enfin ! Le voici, le jour que nous attendions :
nous le trouvons, nous le voyons !»

(Aïn)

17 Le Seigneur fait ce qu'il a projeté;
il accomplit sa parole
qu'il a mandée depuis les jours de l'ancien temps;
il démolit sans pitié.
Il fait exulter l'ennemi à tes dépens;
il rehausse la puissance de tes adversaires.

(Çadé)

18 Leur coeur[1] crie vers le Seigneur.
Rempart de la Belle Sion,
laisse couler tes larmes comme un torrent
jour et nuit;
ne te donne pas de répit;
que la pupille de ton oeil ne tarisse pas.

(Qof)

19 Lève-toi; clame, la nuit,
à chaque relève de garde;
répands ton coeur comme de l'eau
devant la face du Seigneur.
Elève vers lui tes mains[2]
pour la vie de tes bambins
— défaillant de faim
à tous les coins de rues.

---

1. *leur coeur :* le coeur des habitants de Jérusalem.
2. *élever les mains (vers Dieu) :* geste de la prière (Ps 28.2).

(Resh)

20 Vois, Seigneur, et regarde
qui tu traites ainsi.
Si des femmes mangent leur fruit,
des bambins bien formés ! ...
Si prêtre et prophète sont tués
dans le sanctuaire du Seigneur ! ...

(Shîn)

21 Par terre dans les rues sont couchés
jeunes et vieux;
mes jeunes filles et mes jeunes gens
tombent par l'épée;
tu massacres au jour de ta colère;
tu égorges sans pitié.

(Taw)

22 Tu vas convoquer, comme au jour du Rendez-vous,
les terreurs qui m'entourent;
et il n'existe, au jour de la colère du Seigneur,
ni rescapé ni survivant.
Ceux que je forme et que je développe[1],
mon ennemi les achève.

Détresse et espoir

(Alef)

3   1 Je suis l'homme qui voit l'humiliation
sous son bâton[2] déchaîné;

---

1. *Rendez-vous :* voir 1.4 et la note — *Ceux que je forme et que je développe,* c'est-à-dire *mes enfants.*
2. Alef voir Ps 25.1 et la note — *Je suis :* on ne sait si celui qui s'exprime ici est l'auteur lui-même ou le peuple personnifié sous les traits d'un homme dans le malheur — *son bâton :* le bâton de Dieu.

2 c'est moi qu'il emmène et fait marcher
dans la ténèbre et non dans la lumière;
3 oui, contre moi[1] il recommence à tourner
son poing toute la journée.

(Beth)

4 Il ronge ma chair et ma peau, il brise mes os;
5 il amoncelle contre moi et il met tout autour
poison et difficulté;
6 dans les ténèbres il me fait habiter
comme les morts de la nuit des temps.

(Guimel)

7 Il m'emmure pour que je ne sorte pas;
il alourdit ma chaîne.
8 J'ai beau crier et appeler au secours,
il étouffe ma prière.
9 Il mure mes chemins avec des pierres de taille;
il brouille mes sentiers.

(Daleth)

10 Il est pour moi un ours à l'affût,
un lion en embuscade;
11 il détourne mes chemins; il me laisse en friche,
ruiné;
12 il bande son arc et il me dresse comme cible pour la flèche.

(Hé)

13 Il fait pénétrer dans mes reins le contenu de son carquois.

14 Me voilà la risée de tout mon peuple[1],
sa perpétuelle rengaine;
15 il me sature d'amertumes, il me soûle d'absinthe.

(Waw)

16 Il me fait concasser du gravier avec les dents;
il m'enfouit dans la cendre;
17 tu me rejettes[2] loin de la paix; j'oublie le bonheur;
18 et je dis : Ç'en est fini de ma continuité,
de mon espoir qui venait du Seigneur.

(Zaïn)

19 Souviens-toi de mon humiliation et de mon errance :
absinthe et poison !
20 Je me souviens, je me souviens, et je suis miné par mon propre cas.
21 Voici ce que je vais me remettre en mémoire,
ce pour quoi j'espérerai :

(Heth)

22 Les bontés du Seigneur ! C'est qu'elles ne sont pas finies[3] !
C'est que ses tendresses ne sont pas achevées !
23 Elles sont neuves tous les matins.
Grande est ta fidélité !
24 Ma part, c'est le Seigneur, me dis-je;
c'est pourquoi j'espérerai en lui.

---

1. *Oui, contre moi :* autre traduction *contre moi seul.*

1. *de tout mon peuple :* autre texte (certains manuscrits hébreux et ancienne version syriaque) *de tous les peuples.*

2. *tu me rejettes :* l'auteur s'adresse ici directement à Dieu.

3. *qu'elles ne sont pas finies :* d'après un manuscrit hébreu et certaines versions anciennes; texte hébreu traditionnel *que nous ne sommes pas finis.*

(Teth)

25 Il est bon, le SEIGNEUR, pour
    qui l'attend,
    pour celui qui le cherche;
26 Il est bon d'espérer en silence
    le salut du SEIGNEUR;
27 il est bon pour l'homme de
    porter
    le *joug dans sa jeunesse.

(Yod)

28 Il doit s'asseoir à l'écart et se
    taire
    quand le SEIGNEUR le lui im-
    pose;
29 mettre sa bouche dans la pous-
    sière
    — il y a peut-être de l'espoir !
    —
30 tendre la joue à qui le frappe;
    être saturé d'insultes.

(Kaf)

31 Car le Seigneur
    ne rejettera pas pour toujours;
32 car s'il afflige, il est plein de
    tendresse,
    selon sa grande bonté;
33 car ce n'est pas de bon coeur
    qu'il humilie
    et qu'il afflige les humains.

(Lamed)

34 Quand on piétine
    tous les prisonniers d'un pays[1],
35 quand on fausse le droit de
    l'homme
    à la face du Très-Haut,
36 quand on fait du tort à un
    homme dans son procès,
    le Seigneur ne voit pas ?

(Mem)

37 Qui est-ce qui parle, et cela
    existe ?
    Le Seigneur ne commande
    pas ?
38 De la bouche du Très-Haut ne
    sortent pas
    maux et bonheur ?
39 De quoi se plaindrait l'homme
    vivant,
    debout en dépit de ses fautes ?

(Noun)

40 Examinons nos chemins et ex-
    plorons;
    revenons au SEIGNEUR.
41 En même temps que nos
    mains[1], élevons notre coeur
    vers Dieu qui est aux cieux.
42 Nous, nous sommes révoltés,
    nous sommes désobéissants;
    toi, tu ne pardonnes pas !

(Samek)

43 Tu te retranches dans la colère
    et tu nous persécutes,
    tu massacres sans pitié;
44 tu te retranches dans ton
    nuage
    pour que la prière ne passe
    pas;
45 tu fais de nous un déchet, un
    rebut,
    au milieu des peuples.

(Pé)

46 Ils ouvrent la bouche contre
    nous,
    tous nos ennemis;
47 effroi et gouffre, c'est pour
    nous,
    désastre et brisement;
48 mes yeux ruissellent

---

1. *d'un pays* : autre traduction *du pays* (c'est-à-
dire de Juda).

1. *élever les mains (vers Dieu)* : voir 2.19 et la
note.

car mon peuple, cette belle[1],
est brisé.

(Aïn)

49 Mes yeux coulent sans tarir
parce qu'il n'y a pas de répit,
50 jusqu'à ce que des cieux le Seigneur
se penche pour voir;
51 mes yeux me font mal
au spectacle de toutes les filles
de ma Ville[2].

(Çadé)

52 Ils me chassent, ils me pour-
chassent comme un oiseau,
ceux qui sont mes ennemis
sans motif;
53 ils anéantissent ma vie dans la
fosse[3];
ils abattent une pierre sur moi;
54 les eaux débordent sur ma tête;
je dis : Je suis perdu !

(Qof)

55 J'invoque ton nom, Seigneur,
depuis la fosse infernale;
56 tu entends ma voix : « Ne
bouche pas tes oreilles
à mon halètement et à mon
appel au secours ! »
57 Tu t'approches le jour où je
t'invoque;
tu dis : « N'aie pas peur ! »

(Resh)

58 Tu plaides, Seigneur, un procès
dont je suis l'enjeu;
tu rachètes ma vie;
59 tu vois, Seigneur, comme on
me fait tort;
fais droit à mon droit !

60 Tu vois toute leur vengeance,
toutes leurs machinations envers moi.

(Shîn)

61 Tu entends leur insulte, Seigneur,
toutes leurs machinations
contre moi;
62 les lèvres de mes agresseurs et
leur chuchotement
sont contre moi à longueur de
jour;
63 qu'ils soient assis, qu'ils soient
debout, regarde-les :
c'est moi leur rengaine[1].

(Taw)

64 Tu leur rendras la pareille, Seigneur,
selon leurs actions;
65 tu vas les hébéter :
sur eux sera ta malédiction !
66 Plein de colère, tu les persécu-
teras et les extirperas
de dessous les cieux du Seigneur.

Siège, famine et fin prochaine de Jérusalem

(Alef[2])

4 1 Comment !
L'or peut-il se ternir,
le bon lingot s'altérer,
les pierres saintes s'éparpiller
à tous les coins de rues ?

(Beth)

2 Les fils de *Sion[3], précieux,
estimés à valeur d'or fin,

---

1. *cette belle* : voir 1.6 et la note.
2. *les filles de ma Ville* : tournure hébraïque
pour désigner *les villages* voisins *qui dépendent de
Jérusalem.*
3. *la fosse* ou *la tombe;* voir aussi au glossaire
SÉJOUR DES MORTS.

---

1. ou *c'est de moi qu'ils se moquent dans leurs
chansons.*
2. Alef voir Ps 25.1 et la note.
3. *les fils de Sion* ou *ceux qui ont leur domicile
à Sion.*

comment ! ils sont comptés
pour des cruches de terre,
oeuvre des mains du potier !

(Guimel)

3 Même chez les chacals on
donne à téter,
on nourrit ses petits;
cette belle[1] qu'est mon peuple
devient aussi cruelle
que les autruches de la steppe.

(Daleth)

4 De soif, la langue du nourrisson
colle à son palais;
les bambins réclament du pain;
personne ne leur en présente.

(Hé)

5 Les mangeurs de gourmandises
sont ruinés, à la rue;
les personnages élevés dans la
pourpre
étreignent le tas de détritus[2].

(Waw)

6 Et la perversité de cette belle
qu'est mon peuple
est plus grande que la faute de
Sodome,
qui fut chavirée en un instant
sans que des mains s'y soient
démenées.

(Zaïn)

7 Ses consacrés[3] plus purs que la
neige,
plus blancs que le lait,

plus roses de corps que le corail,
aux veines de saphir,

(Heth)

8 leur aspect est plus ténébreux
que la suie :
on ne les reconnaît pas dans
les rues;
leur peau se ratatine sur leurs
os :
elle est sèche comme du bois.

(Teth)

9 Plus heureuses sont les victimes de l'épée
que les victimes de la faim
qui, elles, fondront, diaphanes,
faute de produits des champs.

(Yod)

10 De leurs mains, des femmes
faites pour la tendresse
font bouillir leurs enfants;
elles sont pour eux des vam-
pires,
car mon peuple, cette belle[1],
est brisé.

(Kaf)

11 Le Seigneur assouvit sa fureur,
il déverse son ardente colère;
dans Sion il allume un feu
qui dévore ses fondations.

(Lamed)

12 Ils ne le croyaient pas, ni les
rois de la terre,
ni aucun habitant du monde,

1. *cette belle* : voir 1.6 et la note.
2. *dans la pourpre* ou *dans des vêtements de luxe* — *le tas de détritus*, c'est-à-dire la décharge publique; comparer Jb 2.8.
3. le terme hébreu correspondant désigne habituellement des *hommes qui ont consacré leur vie à Dieu* par un voeu (voir Nb 6.2-8; Jg 13.5); mais il semble pouvoir désigner aussi des *princes* (Gn 49.26; Dt 33.16). Autre traduction (conjecturale) proposée par certains *ses jeunes gens*.

1. *vampire* : le terme ainsi traduit désigne, en Mésopotamie, un démon féminin, dont on disait qu'il dévorait les enfants. La traduction traditionnelle *qui sont devenus leur nourriture* fait difficulté — *cette belle* : voir 1.6 et la note.

que l'adversaire et l'ennemi entreraient
dans l'enceinte de Jérusalem.

(Mem)

13 C'est à cause des fautes de ses
*prophètes,
des perversités de ses prêtres,
qui ont répandu au milieu
d'elle
le sang des justes !

(Noun)

14 Ils vagabondent, aveugles,
dans les rues;
ils sont souillés de sang,
si bien qu'il n'est pas permis de
toucher à leurs vêtements.

(Samek)

15 « Gare ! un *impur !» crie-t-on
pour eux.
« Gare ! Gare ! ne touchez
pas !»
Ils fuient, ils vagabondent,
mais on dit chez les nations :
« Ils ne peuvent plus être nos
hôtes. »

(Pé)

16 L'apparition du Seigneur les
disperse;
il ne veut plus les voir !
On ne respecte pas les prêtres,
on n'a pas d'égards pour les
*anciens.

(Aïn)

17 Nous, nos yeux se consument
encore
dans l'attente d'une aide illusoire;
à nos postes de guet nous
guettons

la venue d'une nation qui ne
peut pas sauver[1].

(Çadé)

18 On nous fait la chasse à la
trace :
impossible d'aller sur nos
places.
Notre fin est proche; nos jours
sont au complet;
oui, notre fin arrive.

(Qof)

19 Nos persécuteurs sont plus rapides
que les aigles des cieux :
sur les montagnes ils nous harcèlent,
dans la steppe ils sont à l'affût
de nous.

(Resh)

20 Le souffle de nos narines, le
*messie du Seigneur,
est captif dans leurs oubliettes[2],
lui dont nous disions : « Sous
sa protection,
au milieu des nations, nous vivrons. »

(Shîn)

21 Sois joyeuse et exultante, Belle
Edom
qui habites au pays de Ouç !
A toi aussi passera la coupe :

---

1. Allusion au secours que le royaume de Juda
attendait de l'Egypte (voir Jr 37.5-7).
2. *Le souffle de nos narines* : c'est-à-dire *ce qui
nous fait vivre*; l'image est appliquée au roi de
Juda. Les v. 19-20 semblent faire allusion, en effet,
à la fuite et à la capture du roi Sédécias (2 R
25.4-7; Jr 52.6-11) — *dans leurs oubliettes* ou *dans
un cachot* (babylonien); pour le roi prisonnier c'est
déjà une sorte de tombe.

tu t'enivreras et tu te mettras
nue[1] !

(Taw)

22 Ç'en est fini de ta perversité,
Belle Sion,
il ne te déportera plus;
il passe en revue ta perversité,
Belle Edom :
il fait un rapport sur tes
fautes !

Fais-nous revenir à toi, Seigneur

5 1 Souviens-toi, SEIGNEUR, de
ce qui nous arrive :
regarde et vois comme on nous
insulte.
2 Notre héritage est détourné au
profit de métèques[2],
nos maisons au profit d'inconnus.
3 Nous voilà orphelins, sans
père[3];
nos mères sont comme veuves.
4 Notre eau, nous la buvons à
prix d'argent;
nos fagots rentrent contre
paiement.
5 Ils sont sur notre dos; nous
sommes persécutés;
nous sommes exténués; pas de
repos pour nous.
6 À l'Egypte nous tendons la
main,
à l'Assyrie, pour nous rassasier
de pain.

7 Nos pères[1] ont failli : ils ne
sont plus;
c'est nous qui sommes chargés
de leurs perversités.
8 Des esclaves dominent sur
nous :
personne pour nous arracher
de leur main !
9 Nous faisons rentrer notre
pain au péril de notre vie,
à cause des brigands de la
steppe.
10 Notre peau est fiévreuse
comme au four
à cause des affres de la faim.
11 Ils violent des femmes dans
Sion,
des jeunes filles dans les villes
de Judée.
12 Par leur main des princes sont
pendus;
la personne des *anciens n'est
pas honorée.
13 Des jeunes gens portent la
meule
et des garçons sous le bois tré-
buchent.
14 Les anciens cessent d'aller au
Conseil;
les jeunes gens, de chanter leur
refrain.
15 Elle cesse, la joie de notre
coeur;
notre danse a dégénéré en
deuil.
16 Elle tombe, la couronne de
notre tête.
Oh, malheur à nous, car nous
avons failli !
17 Voici pourquoi tout notre être
est malade;
voici pourquoi nos yeux sont
enténébrés :
18 c'est à cause du mont *Sion
qui est ruiné,
et où rôdent les renards.

---

1. *Belle Edom :* comme pour Juda en 1.6 et
ailleurs, la nation édomite est ici personnifiée — *le
pays de Ouç :* voir Jb 1.1 et la note — *coupe,
enivrée, nue :* voir Jr 25.15; Ha 2.16 et les notes.
2. *Notre héritage :* le pays que nous avons reçu
de Dieu — *métèques* ou *étrangers* (avec une
nuance de mépris).
3. *sans père,* c'est-à-dire *sans protecteur :* le
royaume est privé de son roi, et les familles de leur
chef.

1. *Nos pères* ou *les générations qui nous ont
précédés.*

19 Toi, Seigneur, tu sièges pour
   toujours;
   ton trône subsiste de génération en génération.

20 Pourquoi nous oublierais-tu
   continuellement,
   nous abandonnerais-tu à longueur de jours ?

21 Fais-nous revenir vers toi, Seigneur, et nous reviendrons;
   renouvelle nos jours comme
   dans l'ancien temps.

22 À moins que tu nous mettes
   vraiment au rebut,
   tu t'irrites contre nous beaucoup trop !

ESTHER

Le banquet du roi Xerxès

1 1 C'était au temps de Xerxès[1]. Ce Xerxès régna sur 127 provinces depuis l'Inde jusqu'à l'Éthiopie. 2 À cette époque-là, lorsque le roi Xerxès vint prendre place sur son trône royal de Suse-la-citadelle[2], 3 la troisième année de son règne, il organisa un banquet pour tous ses ministres et serviteurs. L'armée de Perse et de Médie, les nobles et les ministres des provinces vinrent devant lui[3]. 4 Longtemps, 180 jours durant, il montra la richesse de sa gloire royale et la splendeur de sa grande magnificence. 5 Après cette période, pour tous les gens qui se trouvaient à Suse-la-citadelle, du plus important au plus humble, le roi organisa un banquet de sept jours, dans la cour du jardin du palais. 6 De la dentelle, de la mousseline, de la pourpre étaient attachées par des cordelières de lin et d'écarlate à des anneaux d'argent et des colonnes d'albâtre; il y avait des divans d'or et d'argent sur un pavement de jade, d'albâtre, de nacre et de jais[1]. 7 On faisait boire dans des coupes d'or, toutes de formes différentes; et le vin du royaume coulait à flots, royalement. 8 La règle était de boire sans contrainte, car le roi avait ordonné à tous les maîtres d'hôtel d'agir selon le bon plaisir de chacun. 9 Vasti, la reine, avait également organisé un banquet pour les femmes dans le palais royal du roi Xerxès.

Disgrâce de la reine Vasti

10 Le septième jour, le roi était gai, à cause du vin. Il dit à Mehoumân, Bizta, Harbona, Bigta et Avagta, Zétar et Karkas — les sept *eunuques au service du roi Xerxès — 11 de faire venir Vasti la reine, devant le roi, avec le diadème royal, pour montrer aux peuples et aux ministres sa beauté : c'est qu'elle était belle à regarder ! 12 Mais la reine Vasti refusa de venir selon l'ordre du roi transmis par les eunuques. Alors le roi se mit dans une grande colère et s'enflamma de fureur. 13 Or toute affaire royale devait aller devant tous les spécialistes de la loi et du droit; 14 et il y avait près du roi Karshena,

---

1. Il s'agit vraisemblablement ici de *Xerxès* I qui régna sur l'empire perse de 486 à 464 av. J. C. Ce roi est aussi connu sous le nom d'*Assuérus*.

2. *La citadelle de Suse* était distincte de la ville elle-même (voir 3.15 et 8.14, 15). *Suse*, située à l'est de Babylone, était la résidence d'hiver des rois perses.

3. *La Médie*, région située au nord-ouest de l'Iran actuel, avait été soumise par les Perses. *L'armée de Perse et de Médie* comprenait les troupes de différents peuples composant l'empire perse.

---

1. *pourpre et écarlate* ou *pourpre violette et pourpre rouge*; voir Ex 25.4 et la note — *des divans d'or et d'argent* : les convives mangeaient étendus sur des divans (voir Am 6.4). La signification de plusieurs des mots hébreux employés dans ce verset est incertaine.

Shétar, Admata, Tarshish, Mèrès, Marsena, Memoukân — les sept ministres de Perse et de Médie[1] — admis à voir le roi et siégeant au premier rang dans le royaume. 15 Donc, le roi dit aux astrologues[2] : « D'après la loi, que faire à la reine Vasti, attendu qu'elle n'a pas exécuté la parole du roi Xerxès transmise par les eunuques ? »

16 Memoukân prit alors la parole en présence du roi et des ministres : « Ce n'est pas seulement le roi que Vasti, la reine, a bafoué, mais tous les ministres et tous les peuples de toutes les provinces du roi Xerxès. 17 Car la conduite de la reine filtrera jusqu'à toutes les femmes, les poussant à mépriser leurs maris en disant : Le roi Xerxès avait dit de faire venir devant lui Vasti, la reine, mais elle n'est pas venue ! 18 Et dès aujourd'hui les femmes des ministres de Perse et de Médie, qui ont entendu parler de la conduite de la reine, vont se mettre à répliquer à tous les ministres du roi. Et à ce mépris correspondra la colère. 19 S'il plaît au roi, que sorte de sa part une ordonnance royale, qui sera inscrite dans les lois de Perse et de Médie et sera irrévocable, selon laquelle Vasti ne viendra plus en présence du roi Xerxès, qui donnera son titre de reine à une autre meilleure qu'elle. 20 Et le décret que le roi aura rendu retentira dans tout son royaume — et il est

grand ! Alors toutes les femmes entoureront d'égards leurs maris, du plus important au plus humble. » 21 La chose plut au roi et aux ministres. Aussi le roi agit-il suivant les paroles de Memoukân. 22 Il expédia des lettres à toutes les provinces royales, à chaque province selon son écriture et à chaque peuple selon sa langue, pour que tout homme soit maître chez soi et parle la langue de son peuple[1].

Esther devient reine

2 1 Après ces événements, une fois que la fureur du roi Xerxès fut calmée, il se souvint de Vasti, de ce qu'elle avait fait, et de ce qui avait été décidé à son sujet. 2 Les courtisans à son service dirent alors : « Qu'on cherche pour le roi des jeunes filles, vierges et belles à regarder. 3 Que le roi établisse des commissaires dans toutes les provinces de son royaume pour ramasser toutes les jeunes filles vierges et belles à regarder, dans Suse-la-citadelle[2], au harem, sous l'autorité d'Hégué, l'*eunuque royal gardien des femmes. Et qu'on leur donne des crèmes de beauté. 4 La jeune fille qui plaira au roi régnera à la place de Vasti. » La chose plut au roi qui agit de la sorte.

5 Il y avait à Suse-la-citadelle un juif nommé Mardochée, descendant de Yaïr, de Shiméï, de

---

1. Voir 1.3 et la note.
2. Les *astrologues* font partie des *spécialistes de la loi et du droit* déjà nommés (voir v. 13). Le terme désigne des conseillers du roi dont l'autorité s'appuie sur des connaissances particulières concernant les astres et leurs influences — Dans le texte hébreu les mots traduits par *le roi dit aux astrologues* figurent au début du v. 13. Ils ont été transposés ici dans la traduction pour une plus grande clarté du texte.

1. *et parle la langue de son peuple :* le décret royal stipule sans doute que chaque homme doit imposer chez lui l'usage de sa propre langue maternelle. L'ancienne version latine porte ici *et ceci sera divulgué dans la langue de chaque peuple.*
2. Voir 1.2 et la note.

Qish[1], un Benjaminite 6 qui avait
fait partie de ceux que, de Jérusalem, Nabuchodonosor le roi de
Babylone avait déportés avec
Yoyakîn le roi de Juda[2]. 7 Or il
était tuteur de Myrte — c'est Esther[3] — sa cousine, car elle n'a-
vait ni père ni mère. La jeune fille
avait un corps splendide et elle
était belle à regarder. À la mort
de son père et de sa mère, Mardochée l'avait adoptée pour fille.
8 Après la proclamation de
l'ordonnance du roi et de son décret, et le ramassage de nombreuses jeunes filles à Suse-la-
citadelle sous l'autorité d'Hégué,
Esther fut emmenée au palais,
sous l'autorité d'Hégué, le gardien
des femmes. 9 La jeune fille lui
plut et gagna sa faveur. Il se dépêcha de lui donner ses crèmes de
beauté et son régime, et de lui
donner les sept filles les plus remarquables du palais[4]. Puis il la
transféra, elle et ses filles, dans le
meilleur appartement du harem.
10 Esther n'avait révélé ni son
peuple ni sa parenté, car Mardochée lui avait interdit de le faire.
11 Chaque jour, Mardochée se
promenait devant la cour du harem pour savoir comment allait
Esther et comment on la traitait.
12 Lorsqu'une des jeunes filles
avait fini d'observer le règlement
de douze mois imposé aux

femmes, arrivait son tour d'aller
près du roi Xerxès[1]. La période
du massage se déroulait ainsi :
pendant six mois avec de l'huile
de myrrhe, puis pendant six mois
avec des baumes et des crèmes de
beauté féminines. 13 Voici alors
comment la jeune fille allait près
du roi : on lui donnait tout ce
qu'elle demandait à emporter
avec elle du harem au palais.
14 Le soir, elle allait; le matin, elle
revenait dans un second harem,
sous l'autorité de Shaashgaz, l'eunuque royal gardien des maîtresses. Elle n'ira plus près du roi
à moins que le roi ne la désire et
qu'elle ne soit appelée nomme-
ment.

15 Quand, pour Esther, la fille
d'Avihaïl l'oncle de Mardochée
qui l'avait adoptée, arriva le tour
d'aller près du roi, elle ne demanda rien d'autre que ce qu'a-
vait indiqué Hégué, l'eunuque
royal gardien des femmes. Esther
gagnait la bienveillance de tous
ceux qui la voyaient. 16 Esther fut
donc emmenée près du roi Xerxès, à son palais royal, le dixième
mois, c'est-à-dire au mois de « Té-
veth[2] », la septième année du
règne. 17 Et le roi tomba amoureux d'Esther plus que de toutes
les femmes, et elle gagna sa bienveillance et sa faveur plus que
toutes les jeunes filles. Il mit alors
le diadème royal sur sa tête et il
la fit reine à la place de Vasti.

---

1. *Qish* était le père de Saül. Mardochée est
donc de la lignée de Saül (voir 3.2 et la note).
2. La déportation organisée par Nabuchodonosor a eu lieu en 597 av. J. C. Il n'est guère possible
qu'un homme vivant sous le règne de Xerxès (voir
1.1 et la note) ait fait partie du premier lot de
déportés. On peut supposer que Mardochée est le
descendant d'une famille déportée à cette époque.
3. *Myrte*; le texte hébreu porte *Hadassa*, nom
juif de la jeune fille, dont la traduction est *Myrte.
Esther* est le nom — d'origine babylonienne —
qu'elle portait habituellement.
4. Sur le rôle de ces *sept filles* voir *Est grec* 2.9
et la note.

1. *une des jeunes filles* sous-entendu amenées au
harem (voir v. 3) — *le règlement de douze mois* :
un délai de douze mois était imposé aux femmes
pour qu'elles se préparent à plaire au roi en utilisant les moyens décrits dans la deuxième partie du
verset.
2. Voir au glossaire CALENDRIER.

18 Puis, pour tous ses ministres et serviteurs, le roi organisa un grand banquet, le banquet d'Esther. Il accorda un dégrèvement aux provinces et il octroya un don, royalement[1]. 19 Lors d'un second ramassage de jeunes filles, Mardochée se tenait assis à la porte royale[2]. 20 Esther n'avait révélé ni sa parenté ni son peuple, comme Mardochée le lui avait commandé : Esther exécutait la parole de Mardochée, comme lorsqu'elle était sous sa tutelle.

Mardochée découvre un complot

21 À cette époque-là, alors que Mardochée était assis à la porte royale, deux *eunuques royaux, Bigtân et Tèresh, de la garde du seuil[3], furent exaspérés et cherchèrent à porter la main sur le roi Xerxès. 22 Mais l'affaire fut connue de Mardochée, qui informa Esther, la reine; Esther la dit au roi au nom de Mardochée.

23 L'affaire fut instruite et se trouva avérée. Les deux furent pendus à un gibet. Et cela fut enregistré dans le livre des Annales[4] en présence du roi.

Conflit entre Haman et Mardochée

3 1 Après ces événements, le roi Xerxès donna une haute situation à Haman, le fils de Hammedata, un Agaguite[1]; il l'éleva et le fit siéger au-dessus de tous les ministres qui étaient avec lui. 2 Tous les serviteurs du roi présents à la porte royale s'agenouillaient et se prosternaient devant Haman, comme le roi l'avait commandé à son sujet. Mais Mardochée ne s'agenouillait pas et ne se prosternait pas[2]. 3 Les serviteurs du roi présents à la porte royale dirent alors à Mardochée : «Pourquoi transgresses-tu le commandement du roi ?» 4 Ils lui en parlaient chaque jour; mais lui ne les écoutait pas. Alors ils informèrent Haman pour voir si les affirmations de Mardochée tiendraient[3] : en effet il leur avait révélé qu'il était Juif. 5 Voyant que Mardochée ne s'agenouillait pas et ne se prosternait pas devant lui, Haman fut rempli de fureur. 6 Mais il dédaigna de porter la main sur Mardochée seulement, car on lui avait révélé quel était le peuple de Mardochée. Haman chercha à exterminer le peuple de Mardochée, à savoir tous les Juifs présents dans tout le royaume de Xerxès. 7 Le premier mois, c'est-à-dire au mois de « Nisan »,

---

1. *un dégrèvement :* autre traduction *une dispense de l'impôt.* Le sens du terme hébreu est peu clair et l'ancienne version latine le traduit par *jour férié* — le roi *accorda un jour férié.* Le sens est peut-être *il accorda un don, royalement* ou *il distribua des présents avec une largesse royale.*

2. *la porte royale* désigne la porte du bâtiment où est installée l'administration royale. Le fait que Mardochée se tienne à cet endroit semble indiquer qu'il exerce une fonction au palais, comparer *Est grec* A.2.

3. *la garde du seuil* était composée de ceux qui veillaient à la sécurité du roi ou qui étaient toujours à sa disposition à l'entrée de ses appartements.

4. Il s'agit des *Annales* royales où étaient consignés les faits importants d'un règne, suivant la coutume du monde antique (voir 6.1, 2; 10.2).

1. *un Agaguite* ou *un descendant d'Agag.* Agag, roi des Amalécites, avait été un ennemi de Saül (voir 1 S 15).

2. Le texte hébreu ne donne pas la raison de l'attitude de Mardochée. On peut supposer que Mardochée, descendant de Saül (voir 2.5 et la note), refuse de se prosterner devant Haman, descendant d'Agag (voir 3.1 et la note); comparer l'interprétation proposée en *Est grec* C.5-7.

3. Autre traduction *alors ils le dénoncèrent à Haman pour voir si Mardochée persisterait dans sa résolution.*

la douzième année du roi Xerxès, on tira au Destin, c'est-à-dire au sort, devant Haman, en passant d'un jour à l'autre et d'un mois à l'autre : Douzième mois ! c'est-à-dire le mois d'« Adar[1] ».

Haman prépare l'extermination des Juifs

8 Alors Haman dit au roi Xerxès : « Il y a un peuple particulier, dispersé et séparé au milieu des peuples dans toutes les provinces de ton royaume. Leurs lois sont différentes de celles de tout peuple et ils n'exécutent pas les lois royales. Le roi n'a pas intérêt à les laisser tranquilles. 9 S'il plaît au roi, on écrira pour les anéantir. Et je compterai 10.000 pièces d'argent entre les mains des fonctionnaires pour les faire rentrer au Trésor[2]. » 10 Alors le roi enleva son anneau de son doigt et le donna à Haman, le fils de Hammedata, l'Agaguite, oppresseur des Juifs[3]. 11 Puis le roi dit à Haman : « L'argent, on te l'abandonne, et aussi le peuple pour lui faire ce qu'il te plaira. » 12 Les secrétaires royaux furent alors convoqués au premier mois, le treize, et l'on écrivit, en conformité totale avec les ordres de Haman, aux préfets royaux, aux gouverneurs de chaque province

et aux chefs de chaque peuple, à chaque province selon son écriture et à chaque peuple selon sa langue. On écrivit au nom du roi Xerxès et on cacheta avec l'anneau royal. 13 Puis par des courriers on expédia les lettres à toutes les provinces royales pour exterminer, tuer et anéantir tous les Juifs, jeunes et vieux, enfants et femmes, en un seul jour, le treize du douzième mois, c'est-à-dire le mois d'« Adar », et pour piller leurs biens[1]. 14 Copie de l'écrit serait promulguée comme décret dans chaque province et communiquée à tous les peuples, pour qu'ils soient prêts au jour dit. 15 Sur l'ordre du roi, les courriers sortirent à toute vitesse et le décret fut promulgué à Suse-la-citadelle. Le roi et Haman s'assirent pour boire; et la ville de Suse fut désemparée[2].

Mardochée demande à Esther d'intervenir

4 1 Apprenant tout ce qui s'était passé, Mardochée *déchira ses habits; il se revêtit d'un *sac et de cendre, il sortit au milieu de la ville, il poussa un grand cri amer. 2 Puis il alla jusque devant la porte royale, car revêtu d'un sac personne ne pouvait franchir la porte royale.

3 Or, en chaque province où l'ordonnance du roi et son décret étaient parvenus, c'était un grand deuil pour les Juifs : *jeûne, larmes, lamentations, sac et cendre étaient le lit de beaucoup.

---

1. *Nisan ... Adar :* voir au glossaire CALENDRIER — *on tira au Destin ... et d'un mois à l'autre :* le tirage au sort consiste à passer en revue chaque jour de chaque mois pour fixer la date de l'extermination décidée par Haman (v. 6). *Douzième mois !* sous-entendu *le sort tomba sur le douzième mois.*

2. Cet argent est sans doute destiné à dédommager le *Trésor* royal (le fisc) de la perte dans les rentrées d'impôts due à l'extermination des Juifs.

3. *L'anneau royal* est le symbole de l'autorité et du pouvoir; il portait le cachet du roi et permettait à celui qui en disposait d'agir au nom du roi (voir v. 12) — *l'Agaguite :* voir 3.1 et la note.

1. Voir 3.7 et la note.

2. A propos de *Suse-la-citadelle* et de la ville de *Suse* voir 1.2 et la note.

4 Les filles[1] d'Esther et ses *eunuques vinrent la mettre au courant. La reine eut une crise de désespoir. Puis elle envoya des vêtements pour que Mardochée s'habille et enlève son sac. Mais il n'accepta pas. 5 Alors Esther appela Hatak, l'un des eunuques du roi qu'il avait mis à sa disposition, et elle le manda vers Mardochée pour savoir ce qui se passait et pourquoi. 6 Hatak sortit pour rencontrer Mardochée, sur la place de la ville qui était en face de la porte royale. 7 Alors Mardochée lui révéla tout ce qui lui était arrivé, et combien d'argent Haman avait proposé de compter pour le trésor royal, en échange de l'anéantissement des Juifs. 8 Il lui remit aussi une copie du texte du décret promulgué à Suse pour leur extermination, afin qu'il le montre à Esther, la mette au courant du roi, et lui commande d'aller près du roi, de lui demander grâce et de le supplier en face pour son peuple. 9 Hatak vint mettre Esther au courant des paroles de Mardochée. 10 Alors Esther manda Hatak vers Mardochée en lui disant : 11 « Tous les serviteurs du roi et le peuple des provinces royales savent bien que quiconque, homme ou femme, va près du roi dans la cour intérieure sans être appelé, il n'y a pour lui qu'une loi : la mise à mort — sauf si le roi lui tend le sceptre d'or, auquel cas il peut vivre. Quant à moi, cela fait 30 jours que je n'ai pas été appelée à aller près du roi ... » 12 On mit Mardochée au courant des paroles d'Esther.

13 Alors, pour rétorquer à Esther, Mardochée dit : « Ne t'imagine pas qu'étant dans le palais, à la différence de tous les Juifs tu en réchapperas. 14 Car si en cette occasion tu persistes à te taire, soulagement et délivrance surgiront pour les Juifs d'un autre endroit[1], tandis que toi et ta famille vous serez anéantis. Or, qui sait ? Si c'était pour une occasion comme celle-ci que tu es arrivée à la royauté ... » 15 Pour rétorquer à Mardochée, Esther dit : 16 « Va réunir tous les Juifs qui se trouvent à Suse et jeûnez pour moi : ne mangez pas, ne buvez pas pendant trois jours, ni jour ni nuit. Moi de même, avec mes filles, je jeûnerai ainsi. Sur ce, en dépit de la loi, j'irai près du roi; et si je dois périr, je périrai. » 17 Mardochée s'écarta et il fit tout comme Esther le lui avait commandé.

Démarche d'Esther auprès du roi

5 1 Au bout de trois jours, voici ce qui arriva. Esther mit ses vêtements royaux et se tint dans la cour intérieure du palais, face au palais. Le roi était assis sur son trône royal, au palais royal, face à la porte d'entrée. 2 Alors, quand le roi vit Esther, la reine, se tenir dans la cour, elle suscita sa bienveillance : le roi tendit à Esther le sceptre d'or qu'il tenait à la main[2]; Esther s'approcha et toucha l'extrémité du sceptre. 3 Alors le roi lui dit : « Qu'est-ce que tu as, Esther, ô reine ? Quelle est ta requête ? Jus-

---

1. Voir 2.9.

1. *d'un autre endroit* : allusion à une intervention de Dieu en faveur des Juifs d'une autre façon que par l'intermédiaire d'Esther.
2. Sur le sens de ce geste voir 4.11.

qu'à la moitié de mon royaume cela te sera accordé ! » 4 Mais Esther répondit : « S'il plaît au roi, que le roi vienne avec Haman, aujourd'hui, au banquet que j'ai organisé pour lui. » 5 Alors le roi dit : « Faites presser Haman pour obéir à l'invitation d'Esther ! » Le roi vint avec Haman au banquet organisé par Esther. 6 Or, à la fin du banquet, le roi s'adressa à Esther : « Quelle est ta demande ? Cela te sera accordé ! Quelle est ta requête ? Jusqu'à la moitié du royaume, ce sera fait ! » 7 Esther répondit : « Ma demande ... ? Ma requête ... ? 8 Si j'ai rencontré la bienveillance du roi, et s'il plaît au roi d'accorder ma demande et d'exécuter ma requête, qu'il vienne avec Haman au banquet que je vais organiser pour eux, et demain j'agirai selon l'ordre du roi. »

Haman prépare un gibet pour Mardochée

9 Haman était sorti ce jour-là réjoui et gai. Mais lorsque Haman vit à la porte royale[1] Mardochée qui ne se levait pas et ne tremblait pas devant lui, alors Haman fut rempli de fureur contre Mardochée. 10 Cependant Haman se domina et il rentra chez lui. Puis il envoya chercher ses amis et Zèresh sa femme. 11 Haman leur conta ses glorieuses richesses, la multitude de ses fils, tout ce que le roi avait fait pour sa haute situation et comment il l'avait élevé au-dessus des ministres et des serviteurs du roi. 12 Puis Haman ajouta : « De plus, au banquet qu'elle a orga-

nisé, Esther, la reine, n'a fait venir que moi avec le roi. Et demain encore, c'est moi qui suis convié auprès d'elle avec le roi. 13 Mais tout cela n'a pas de valeur pour moi, chaque fois que je vois Mardochée le Juif assis à la porte royale. » 14 Alors Zèresh sa femme et tous ses amis lui dirent : « Qu'on fasse un gibet haut de 25 mètres[1], et demain matin dis au roi qu'on y pende Mardochée; puis, joyeux, va au banquet avec le roi. » La chose plut à Haman, et il fit faire le gibet.

Haman est obligé d'honorer Mardochée

6 1 Cette nuit-là, le sommeil fuyait le roi. Il dit alors d'apporter le livre des mémoires, les Annales[2], et on en fit lecture devant le roi. 2 On trouva le texte où Mardochée faisait des révélations concernant les deux *eunuques royaux Bigtân et Tèresh, de la garde du seuil, qui avaient cherché à porter la main sur le roi Xerxès[3]. 3 « Quel honneur, dit le roi, et quelle distinction a-t-on décernés à Mardochée pour cela ? » Les courtisans à son service répondirent : « On ne lui a rien décerné. »

4 Le roi dit alors : « Qui est dans la cour ? » — Or Haman était venu dans la cour extérieure du palais pour dire au roi de pendre Mardochée au gibet qu'il avait fait préparer pour lui. 5 Les courtisans dirent au roi : « C'est Haman qui se tient dans la

1. Voir 2.19 et la note.

1. La pendaison était le châtiment des traîtres et des conspirateurs voir 2.23. Ici la hauteur du gibet le rend suprêmement déshonorant.
2. Voir 2.23 et la note.
3. Voir 2.21-23.

cour. » Le roi déclara : « Qu'il entre ! » 6 Haman entra. Le roi lui dit : « Que faut-il faire à quelqu'un que le roi désire honorer ? » Haman se dit alors : « À qui plus qu'à moi le roi peut-il désirer faire honneur ? » 7 Haman répondit donc au roi : « Quelqu'un que le roi désire honorer ? 8 On apportera un vêtement royal dont le roi s'est vêtu, et un cheval que le roi a monté et sur la tête duquel est mis un diadème royal ; 9 on remettra alors le vêtement et le cheval à l'un des ministres nobles du roi ; on revêtira l'homme que le roi désire honorer ; on le fera monter sur le cheval tout au long de la grand-rue de la ville ; et on proclamera devant lui : Ainsi est-il fait à l'homme que le roi désire honorer[1] ! »

10 Alors le roi dit à Haman : « Vite ! Prends le vêtement et le cheval comme tu l'as dit et fais ainsi pour Mardochée, le Juif qui est assis à la porte royale[2] ; ne néglige rien de tout ce que tu as proposé ! » 11 Haman prit le vêtement et le cheval ; il revêtit Mardochée, le fit chevaucher tout au long de la grand-rue de la ville et proclama devant lui : « Ainsi est-il fait à l'homme que le roi désire honorer ! »

12 Puis Mardochée retourna à la porte royale, tandis que Haman se précipitait chez lui, abattu, la tête basse. 13 Haman raconta à Zèresh sa femme et à tous ses amis tout ce qui lui était arrivé. Ses sages[3] et sa femme lui dirent : « Si Mardochée, devant qui tu as commencé à déchoir, est de la race des Juifs, tu ne pourras rien contre lui, mais tu vas sûrement continuer de déchoir devant lui ! » 14 Ils parlaient encore avec lui quand des *eunuques royaux se présentèrent et se dépêchèrent de faire venir Haman au banquet organisé par Esther.

Disgrâce et mort de Haman

7 1 Le roi et Haman vinrent banqueter avec Esther, la reine. 2 En ce second jour, à la fin du banquet, le roi redit à Esther : « Quelle est ta demande, Esther, ô reine ? Cela te sera accordé ! Quelle est ta requête ? Jusqu'à la moitié du royaume, ce sera fait ! » 3 En réponse Esther, la reine, déclara : « Si j'ai rencontré ta bienveillance, ô roi, et s'il plaît au roi, que me soient accordées ma propre vie, telle est ma demande — et celle de mon peuple, telle est ma requête. 4 En effet, nous avons été vendus, moi et mon peuple : À exterminer ! à tuer ! à anéantir ! Bien sûr, si nous avions été vendus comme esclaves et comme servantes, je me tairais, car cette oppression-là ne mériterait pas qu'on importune le roi[1]. » 5 Alors le roi s'adressa à Esther la reine en disant : « Qui est-ce et où est-il, celui qui a conçu d'agir ainsi ? » 6 Esther répondit : « L'oppresseur et l'ennemi, c'est Haman, ce pervers ! » Haman fut alors

---

1. Porter *un vêtement* du roi et *monter sur un cheval* du roi font participer à sa dignité.
2. Voir 2.19 et la note.
3. *Ses sages* : il s'agit sans doute de ses conseillers personnels.

1. *A exterminer ! à tuer ! à anéantir !* ou (*nous avons été vendus …) pour être exterminés, tués, anéantis — car cette oppression ne mériterait pas qu'on importune le roi* : autre traduction *mais dans le cas présent l'oppresseur ne peut pas compenser le dommage fait au roi.*

bouleversé en face du roi et de la reine. 7 Dans sa fureur, le roi quitta le banquet pour aller dans le jardin du pavillon[1]. Haman resta pour demander la vie sauve à Esther, la reine, car il voyait que par le roi son malheur était décidé. 8 Quand le roi revint du jardin du pavillon à la salle du banquet, Haman était effondré sur le divan où se tenait Esther ! Du coup, le roi dit : « Veut-il, en plus, violer la reine, moi étant dans la maison ? » Un ordre sortit de la bouche du roi, et on passa une cagoule sur le visage de Haman[2]. 9 Or, Harbona, l'un des *eunuques, dit en présence du roi : « Il y a justement ce gibet que Haman a fait faire pour Mardochée, dont la parole a été si utile au roi ; il se dresse haut de 25 mètres chez Haman[3]. » Le roi dit : « Qu'on l'y pende ! » 10 Et l'on pendit Haman au gibet qu'il avait préparé pour Mardochée. Alors la fureur du roi se calma.

8

1 Le jour même, le roi Xerxès donna à Esther, la reine, toutes les possessions de Haman, l'oppresseur des Juifs. De plus, Mardochée vint en présence du roi, car Esther avait révélé ce qu'il était pour elle. 2 Enlevant son anneau qu'il avait retiré à Haman, le roi le donna à Mardochée[4]. Et Esther établit Mardochée sur toutes les possessions de Haman.

---

1. *le jardin du pavillon* ou *le jardin du palais*.
2. *on passa une cagoule sur le visage de Haman* indique que le roi a prononcé un arrêt de mort. En effet, on voilait le visage des condamnés à mort.
3. Voir 5.14.
4. Pour la signification de cet acte voir 3.10 et la note.

Décret royal en faveur des Juifs

3 À nouveau, Esther parla en présence du roi : elle tomba à ses pieds, elle pleura, elle le supplia d'écarter le malheur voulu par Haman l'Agaguite et la machination qu'il avait combinée contre les Juifs[1]. 4 Le roi tendit à Esther le sceptre d'or[2]. Alors Esther se releva et se tint debout devant le roi. 5 Elle dit : « S'il plaît au roi et si j'ai rencontré sa bienveillance — si la chose convient au roi et si je lui plais — qu'on écrive pour révoquer les lettres de la machination que Haman, le fils de Hammedata, l'Agaguite, a écrites pour anéantir les Juifs de toutes les provinces royales. 6 Comment pourrai-je en effet supporter la vue du malheur qui va atteindre mon peuple ? Comment pourrai-je supporter la vue de l'anéantissement de ma parenté ? »

7 Le roi Xerxès répondit à Esther, la reine, et à Mardochée, le Juif : « Voilà, j'ai donné tous les biens de Haman à Esther ; lui, on l'a pendu au gibet parce qu'il avait porté la main sur les Juifs. 8 À votre tour, écrivez aux Juifs comme bon vous semble, au nom du roi, et cachetez avec l'anneau royal. Car un texte qui a été écrit au nom du roi et cacheté avec l'anneau royal, il est impossible de le révoquer. » 9 Les secrétaires royaux furent donc convoqués au moment même ; c'est le troisième mois, c'est-à-dire le mois de « Siwân[3] », le 23, qu'on écrivit, en conformité totale avec les ordres de Mardochée, aux Juifs, aux pré-

---

1. *l'Agaguite* : voir 3.1 et la note — *la machination* : voir 3.8-15.
2. Pour la signification de ce geste voir 4.11.
3. Voir au glossaire CALENDRIER.

fets, aux gouverneurs et aux ministres des provinces, des 127 provinces, depuis l'Inde jusqu'à l'Ethiopie, à chaque province selon son écriture, à chaque peuple selon sa langue et aux Juifs selon leur écriture et leur langue. 10 On écrivit au nom du roi Xerxès et on cacheta avec l'anneau royal; puis on expédia les lettres par des courriers montant des équipages de l'administration, aux chevaux issus de juments sélectionnées. 11 En voici le contenu : «Le roi octroie aux Juifs qui sont dans chaque ville de s'unir, de se tenir sur le qui-vive[1], d'exterminer, de tuer et d'anéantir toute bande armée, d'un peuple ou d'une province, qui les opprimerait, enfants et femmes, et de piller leurs biens, 12 en un seul jour, dans toutes les provinces du roi Xerxès, le treize du douzième mois, c'est-à-dire «Adar[2]. » 13 Copie de l'écrit sera promulguée comme décret dans toute province et communiquée à tous les peuples, pour qu'au jour dit les Juifs soient prêts à se venger de leurs ennemis.» 14 Sur l'ordre du roi, les courriers montant les équipages de l'administration sortirent en toute hâte, à toute vitesse; et le décret fut promulgué à Suse-la-citadelle[3].

15 Mardochée sortit alors de chez le roi, portant un vêtement royal de pourpre et de dentelle, une grande couronne d'or et un manteau de lin et d'écarlate[4]. La ville de Suse criait et se réjouissait. 16 Pour les Juifs c'était lumière et joie, jubilation et honneur. 17 En chaque province et en chaque ville où étaient parvenus l'ordonnance du roi et son décret, c'était joie et jubilation pour les Juifs, c'était le banquet et la fête. Beaucoup de gens du pays se faisaient Juifs, car la terreur des Juifs tombait sur eux[1].

La vengeance des Juifs

9 1 Le douzième mois, c'est-à-dire «Adar», le treize, jour où l'on devait exécuter l'ordonnance du roi et son décret, où les ennemis des Juifs espéraient dominer sur eux, il y eut un renversement de situation[2] : ce sont les Juifs qui dominèrent sur ceux qui les détestaient. 2 Les Juifs s'unissaient en leurs villes, dans toutes les provinces du roi Xerxès, pour porter la main sur ceux qui cherchaient à leur faire du mal. Personne ne tenait devant eux, car leur terreur tombait sur tout le monde. 3 Et tous les ministres des provinces, les satrapes[3], les gouverneurs et les fonctionnaires du roi soutenaient les Juifs, car la terreur de Mardochée était tombée sur eux. 4 Oui, Mardochée était grand au palais, et sa réputation se répandait dans toutes les provinces. Oui, cet homme, Mardochée, allait grandissant.

---

1. *de se tenir sur le qui-vive* : autre traduction *de défendre leur vie.*
2. Voir au glossaire CALENDRIER. Il s'agit de la date initialement prévue pour le massacre des Juifs; voir 3.13.
3. Voir 1.2 et la note.
4. Les vêtements de Mardochée ont les couleurs de la cour royale — *pourpre* et *écarlate* : voir 1.6 et la note.

1. *se faisaient Juifs*, c'est-à-dire soit *faisaient semblant d'être Juifs*, soit *se convertissaient*; comparer *Est grec 8.17 — la terreur des Juifs tombait sur eux ou les Juifs leur inspiraient une grande terreur.*
2. *Adar* : voir au glossaire CALENDRIER — *un renversement de situation* : comparer 3.13.
3. Voir Esd 8.36 et la note.

5 Les Juifs frappèrent alors tous leurs ennemis à coups d'épée, tuant et anéantissant. À ceux qui les détestaient, ils firent selon leur bon plaisir. 6 À Suse-la-citadelle[1], les Juifs tuèrent, anéantissant 500 hommes; 7 et Parshândata, et Dalfôn, et Aspata, 8 et Porata, et Adalya, et Aridata 9 et Parmashta, et Arisaï et Aridaï et Waïzata, 10 les dix fils de Haman, le fils de Hammedata, l'oppresseur des Juifs, ils les tuèrent. Mais ils ne cherchèrent pas à mettre la main sur le butin. 11 Le jour même le nombre des tués dans Suse-la-citadelle parvint jusqu'au roi.

12 Le roi dit alors à Esther, la reine : «À Suse-la-citadelle, les Juifs ont tué, anéantissant 500 hommes plus les dix fils de Haman. Dans le reste des provinces royales, qu'est-ce qu'ils ont dû faire ! Mais quelle est ta demande ? Elle te sera accordée ! Quelle est encore ta requête ? Ce sera fait ! » 13 Esther répondit : «S'il plaît au roi, que demain aussi il soit accordé aux Juifs de Suse d'agir selon le décret en vigueur aujourd'hui, et qu'on pende les dix fils de Haman au gibet[2]. » 14 «Ainsi soit fait », dit le roi. Le décret fut promulgué à Suse. On pendit les dix fils de Haman. 15 Les Juifs de Suse se rassemblèrent donc aussi le quatorze du mois d'«Adar». À Suse ils tuèrent 300 hommes; mais ils ne cherchèrent pas à mettre la main sur le butin.

16 Quant aux autres Juifs des provinces royales, ils se rassemblèrent, se tenant sur le qui-vive, obtenant de leurs ennemis le repos et tuant 75.000 de ceux qui les détestaient; mais ils ne cherchèrent pas à mettre la main sur le butin[1]. 17 C'était le treize du mois d'«Adar»; le quatorze ils se reposèrent et on en fit un jour de banquet et de joie, 18 tandis que les Juifs de Suse, qui s'étaient rassemblés le treize et le quatorze, se reposèrent le quinze dont on fit un jour de banquet et de joie. 19 C'est pourquoi les Juifs ruraux, habitant les bourgades rurales, font du quatorze du mois d'«Adar» un jour de joie, de banquet, de fête, en s'envoyant mutuellement des portions[2].

Institution d'une fête commémorative

20 Mardochée mit ces choses par écrit et il envoya des lettres à tous les Juifs de toutes les provinces du roi Xerxès, aux plus éloignés comme aux plus proches, 21 afin d'instituer pour eux la célébration annuelle du quatorze du mois d'«Adar[3]», ainsi que du quinze 22 — comme jour où les Juifs avaient obtenu de leurs ennemis le repos et mois où il y avait eu pour eux le renversement de situation, le passage du tourment à la joie et du deuil à la fête — : il en faisait des jours de banquets et de joie, avec envoi de portions les uns aux autres et de

---

1. Voir 1.2 et la note.
2. Les fils de Haman ont déjà été tués (voir v. 6-10). Leur pendaison doit ajouter un caractère infamant à leur mort.

1. *se tenant sur le qui-vive* : voir 8.11 et la note — *obtenant … le repos*, c'est-à-dire sans doute la certitude de ne plus être attaqués par leurs ennemis.
2. *des portions* ou *des cadeaux (de fête)*.
3. Voir au glossaire CALENDRIER.

cadeaux aux pauvres[1]. 23 Les Juifs acceptèrent la tradition de ce qu'ils avaient commencé à faire et de ce que Mardochée leur avait écrit : 24 que Haman le fils de Hammedata, l'Agaguite, oppresseur de tous les Juifs, avait combiné contre les Juifs de les anéantir; qu'il avait tiré au Destin, c'est-à-dire au sort, pour leur amener le trouble et les anéantir[2]; 25 mais que, lorsque c'était venu devant le roi, celui-ci avait déclaré par écrit que la machination méchante que Haman avait combinée contre les Juifs retomberait sur sa tête et qu'on le pendrait au gibet, lui et ses fils. 26 C'est pourquoi on a appelé ces jours-là « Destinées », du mot Destin[3]. C'est pourquoi à cause de tous les termes de cette missive, de ce qu'ils avaient vu à ce sujet et de ce qui leur était arrivé, 27 les Juifs en ont fait une institution et l'ont acceptée pour eux-mêmes, pour leur descendance et pour tous leurs adeptes : on ne manquera pas d'observer chaque année ces deux jours selon leurs prescriptions et selon leurs dates. 28 Ces jours sont commémorés et observés de génération en génération, dans chaque famille, chaque province, chaque ville. Ces jours des Destinées ne s'effaceront pas du milieu des Juifs, et la commémoration en sera sans fin dans la race des Juifs.

29 Esther, la reine, la fille d'Avihaïl, et Mardochée, le Juif, écrivirent très instamment, pour confirmer cette missive des Destinées. 30 Et l'on envoya des lettres à tous les Juifs, aux 127 provinces royales de Xerxès : paroles de paix et de fidélité, 31 instituant ces jours des Destinées à leurs dates ainsi que les avaient institués pour eux Mardochée le Juif et Esther la reine; il les avaient institués pour eux-mêmes et pour leur descendance, ordonnant des *jeûnes et des clameurs. 32 La parole d'Esther institua les ordonnances des Destinées : cela a été inscrit dans le Livre[1].

Triomphe final de Mardochée

10 1 Le roi Xerxès fixa un impôt sur le continent et sur les îles de la mer. 2 Tous ses actes de puissance et de vaillance, ainsi que les détails de la grandeur de Mardochée à qui le roi avait donné une haute situation, ces choses ne sont-elles pas inscrites dans le livre des Annales des rois de Médie et de Perse[2] ? 3 Oui, Mardochée le Juif était le second du royaume, après Xerxès. Pour les Juifs il était un grand homme, aimé de la multitude de ses frères, cherchant le bien de son peuple et déclarant la paix à toute sa race.

1. *les Juifs avaient obtenu … le repos* : voir 9.16 et la note — *avec envoi de portions … et de cadeaux aux pauvres ou en s'envoyant des cadeaux … et en faisant des dons aux pauvres*.

2. *l'Agaguite* : voir 3.1 et la note — *il avait tiré au Destin …* : voir 3.7.

3. Dans la tradition juive la fête est appelée fête des Pourim, d'après le mot assyrien « pour » qui signifie *destin*.

1. Il ne s'agit pas du livre d'Esther mais sans doute d'un autre livre conservé par les Juifs et relatant les origines de la fête *des Destinées* ou fête *des Pourim*.

2. *le livre des Annales* : voir 2.23 et la note — *des rois de Médie et de Perse* : voir 1.3 et la note.

DANIEL

Daniel et ses compagnons à Babylone

1 1 En l'an trois[1] du règne de Yoyaqîm, roi de Juda, Nabuchodonosor, roi de Babylone, vint vers Jérusalem et l'assiégea.

2 Le Seigneur livra entre ses mains Yoyaqîm, roi de Juda, et une partie des ustensiles de la maison de Dieu; il les emmena au pays de Shinéar[2] dans la maison de ses dieux. 3 Puis le roi ordonna à Ashpénaz, le chef de son personnel, d'amener quelques fils d'Israël, tant de la descendance royale que des familles nobles : 4 des garçons en qui il n'y eût aucun défaut, beaux à voir, instruits en toute sagesse, experts en savoir, comprenant la science et ayant en eux de la vigueur, pour qu'ils se tiennent dans le palais du roi et qu'on leur enseigne la littérature et la langue des Chaldéens[3]. 5 Le roi fixa pour eux une ration quotidienne du menu du roi et de sa boisson, prescrivant de les éduquer pendant trois années, au terme desquelles ils se tiendraient en présence du roi[4]. 6 Il y avait parmi eux quelques fils de Juda[1] : Daniel, Hananya, Mishaël, et Azarya. 7 Le prévôt du personnel leur imposa des noms : à Daniel[2] il imposa celui de Beltshassar, à Hananya, celui de Shadrak, à Mishaël, celui de Méshak, et à Azarya, celui d'Abed-Négo.

8 Or Daniel prit à coeur de ne pas se souiller avec le menu du roi et le vin de sa boisson. Il fit une requête au prévôt du personnel pour n'avoir pas à se souiller[3] 9 et Dieu accorda à Daniel grâce et faveur devant le prévôt du personnel. 10 Le prévôt du personnel dit à Daniel : « Je crains que Monseigneur le Roi, qui a fixé votre nourriture et votre boisson, ne vous voie des visages plus abattus que ceux des garçons de votre âge, et que vous ne me rendiez coupable au prix de ma tête envers le roi. » 11 Daniel dit au garde que le chef du personnel avait chargé de Daniel, Hananya, Mishaël et Azarya : 12 « Mets donc tes serviteurs à l'épreuve pendant dix jours. Qu'on nous donne des légumes à manger et de l'eau à boire.

13 Puis tu regarderas notre mine et la mine de ces garçons qui mangent au menu du roi; et selon ce que tu verras, agis envers tes serviteurs ! » 14 Il les écouta

---

1. Selon cette indication, en 606 av. J. C. (voir 2 R 24.1-2 et 2 Ch 36.5-7).

2. *la maison de Dieu* ou *le temple de Dieu* — au *pays de Shinéar* : c'est-à-dire en Babylonie.

3. *des garçons* ou *adolescents, jeunes gens* — *Chaldéens* ou *Babyloniens.*

4. C'est-à-dire entreraient au service du roi.

1. *fils de Juda* ou *Judéens.*

2. *Daniel* signifie en hébreu *Dieu est mon juge.* Le nom nouveau reçu par les jeunes gens marque l'autorité que le roi a désormais sur eux (voir Gn 17.5; 32.29; Mt 16.18).

3. Voir au glossaire PUR.

sur ce point et les mit à l'épreuve pendant dix jours. 15 Au terme des dix jours, on vit qu'ils avaient meilleure mine et plus d'embonpoint que tous les garçons qui mangeaient au menu du roi. 16 Le garde enlevait donc leur menu et le vin qu'ils avaient à boire, et il leur donnait des légumes. 17 Or à ces quatre garçons, Dieu donna la science, et il les instruisit en toute littérature et sagesse. Quant à Daniel, il comprenait toute vision et tous songes. 18 Au terme des jours fixés par le roi pour les lui amener, le prévôt du personnel les amena en présence de Nabuchodonosor. 19 Le roi parla avec eux, et parmi tous il ne s'en trouva pas comme Daniel, Hananya, Mishaël et Azarya. Ils se tinrent donc en présence du roi; 20 et en toute affaire de sagesse et de discernement dont le roi s'enquit auprès d'eux, il les trouva dix fois supérieurs à tous les magiciens et conjureurs[1] qu'il y avait dans tout son royaume. 21 Et Daniel vécut jusqu'à la première année du roi Cyrus[2].

Le premier songe de Nabuchodonosor

2 1 En l'an deux du règne de Nabuchodonosor[3], Nabuchodonosor eut des songes. Son esprit fut anxieux et son sommeil le quitta. 2 Le roi ordonna d'appeler les magiciens, les conjureurs, les incantateurs et les chal-

déens[1], afin qu'ils exposent au roi ses songes. Ils vinrent et se tinrent en présence du roi. 3 Le roi leur dit : « J'ai eu un songe, et mon esprit est anxieux de connaître ce songe. » 4 Les chaldéens dirent au roi, en araméen : « O roi ! Vis à jamais[2] ! Dis le songe à tes serviteurs, et nous en exposerons l'interprétation. » 5 Le roi répondit et dit aux chaldéens : « J'en donne ma parole ! Si vous ne me faites pas connaître le songe et son interprétation, vous serez mis en pièces, et vos maisons seront transformées en cloaques[3]. 6 Et si vous exposez le songe et son interprétation, vous recevrez de ma part des cadeaux, des gratifications et beaucoup d'honneurs. Exposez-moi donc le songe et son interprétation ! »

7 Ils répondirent pour la deuxième fois et dirent : « Que le roi dise le songe à ses serviteurs, et nous en exposerons l'interprétation. » 8 Le roi répondit et dit : « Pour sûr, je sais que vous êtes en train de gagner du temps, parce que vous avez vu que j'avais donné ma parole : 9 si vous ne me faites pas connaître le songe, une même sentence vous attend; et vous vous êtes concertés pour dire en ma présence une parole mensongère et perverse jusqu'à ce que les temps changent. Dites-moi

---

1. *conjureurs :* personnes prétendant posséder le pouvoir de détourner les sorts.
2. Probablement en 539 av. J. C.
3. Selon cette indication en 603 av. J. C.

---

1. *magiciens, conjureurs, incantateurs,* diverses catégories de spécialistes se prétendant capables de deviner l'avenir — Les Chaldéens (voir 1.4 et la note) avaient dans l'antiquité une solide réputation en matière d'astrologie; leur nom est employé souvent comme synonyme d'*astrologues :* c'est le cas ici.
2. *en araméen :* à cet endroit, le texte passe de l'hébreu à l'araméen, langue internationale au Moyen Orient dès le huitième siècle av. J. C. (voir 2 R 18.26) — O roi ! Vis à jamais ! : formule de salutation courante à l'époque perse (voir 3.9; 5.10; 6.7, 22; Ne 2.3).
3. *en cloaques* ou *en tas de décombres.*

donc le songe, et je saurai que vous m'en exposerez l'interprétation. » 10 Les chaldéens répondirent et dirent en présence du roi : « Il n'y a pas un homme au monde qui puisse exposer l'affaire du roi ! Car aucun roi si grand et si puissant soit-il, n'a jamais demandé une pareille chose à aucun magicien, conjureur ni chaldéen. 11 La chose que le roi demande est excessive, et il n'y a personne d'autre qui puisse l'exposer en présence du roi, si ce n'est des dieux qui n'ont pas leur demeure avec les êtres de chair. » 12 Là-dessus, le roi s'emporta et s'irrita beaucoup, et il ordonna de faire périr tous les sages[1] de Babylone. 13 La sentence parut ; les sages allaient être massacrés, et on chercha Daniel et ses compagnons pour qu'ils fussent tués.

Dieu révèle à Daniel le songe du roi

14 Alors Daniel fit une repartie avisée et prudente à Aryok, chef des bourreaux[2] du roi, qui était sorti pour massacrer les sages de Babylone. 15 Il prit la parole et dit à Aryok, l'officier du roi : « Pourquoi la sentence rendue par le roi est-elle si rigoureuse ? » Alors Aryok fit connaître l'affaire à Daniel. 16 Daniel entra donc, et il pria le roi de lui accorder du temps ; quant à l'interprétation, il l'exposerait au roi. 17 Alors Daniel alla dans sa maison, et il fit connaître l'affaire à Hananya, Mishaël et Azarya, ses compagnons, 18 leur disant de demander grâce en présence du Dieu du ciel au sujet de ce mystère, pour qu'on ne fasse pas périr Daniel et ses compagnons avec le reste des sages de Babylone. 19 Alors le mystère fut révélé à Daniel dans une vision de nuit. Alors Daniel bénit le Dieu du ciel. 20 Daniel prit la parole et dit :

« Que le *nom de Dieu soit béni, depuis toujours et à jamais !
Car la sagesse et la puissance lui appartiennent.
21 C'est lui qui fait alterner les temps et les moments ;
il renverse les rois et élève les rois ; il donne la sagesse aux sages,
et la connaissance[1] à ceux qui savent discerner ;
22 c'est lui qui révèle les choses profondes et occultes[2] ;
il connaît ce qu'il y a dans les ténèbres,
et avec lui demeure la lumière.
23 À toi, Dieu de mes pères[3], mon action de grâces et ma louange,
car tu m'as donné la sagesse et la force !
Et maintenant, tu m'as fait connaître ce que nous t'avions demandé ; puisque tu nous as fait connaître l'affaire du roi. »
24 Là-dessus, Daniel entra chez Aryok, que le roi avait chargé de faire périr les sages de Babylone ; il alla et lui parla ainsi : « Ne fais pas périr les sages de Babylone ! Introduis-moi en présence du roi, et j'exposerai l'interprétation au roi. » 25 Alors Aryok, en hâte, introduisit Daniel en présence du

---

1. *sages* : ce terme désigne ici l'ensemble des spécialistes de la divination énumérés au v. 2.
2. Autre traduction *capitaine des gardes* (voir 2 R 25.8 ; Jr 39.9).

1. Il s'agit de la compréhension du plan de Dieu pour le monde (voir 2.28).
2. *occultes* ou *cachées.*
3. *mes pères* ou *mes ancêtres.*

roi et lui parla ainsi : « J'ai trouvé un homme, parmi les déportés de Juda, qui fera connaître l'interprétation au roi. »

La statue aux pieds fragiles

26 Le roi prit la parole et dit à Daniel, surnommé Beltshassar : « Est-ce que tu peux me faire connaître le songe que j'ai vu et son interprétation ? » 27 Daniel répondit en présence du roi et dit : « Le mystère dont le roi s'enquiert, ni sages, ni conjureurs, ni magiciens, ni devins[1] ne peuvent l'exposer au roi. 28 Mais il y a un Dieu dans le ciel qui révèle les mystères, et il a fait connaître au roi Nabuchodonosor ce qui adviendra dans l'avenir. Ton songe et les visions de ton esprit sur ta couche, les voici. 29 Pour toi, ô roi, tes pensées avaient surgi sur ta couche au sujet de ce qui adviendrait par la suite, et le révélateur des mystères t'a fait connaître ce qui adviendra. 30 Quant à moi, ce n'est point par une sagesse qui serait en moi supérieure à celle de tous les vivants que ce mystère m'a été révélé; mais c'est afin qu'on fasse connaître l'interprétation au roi et que tu connaisses les pensées de ton *coeur. 31 Toi donc, ô roi, tu regardais; et voici une grande statue. Cette statue était très grande, et sa splendeur, extraordinaire. Elle se dressait devant toi, et son aspect était terrifiant. 32 Cette statue avait la tête d'or fin, la poitrine et les bras d'argent, le ventre et les cuisses de bronze, 33 les jambes de fer, les pieds en partie de fer et en partie de céramique. 34 Tu regardais,

lorsqu'une pierre se détacha sans l'intermédiaire d'aucune main; elle frappa la statue sur ses pieds de fer et de céramique, et elle les pulvérisa. 35 Alors furent pulvérisés ensemble le fer, la céramique, le bronze, l'argent et l'or; ils devinrent comme la bale[1] sortant des aires en été : le vent les emporta et on n'en trouva plus aucune trace. Quant à la pierre qui avait frappé la statue, elle devint une grande montagne et remplit toute la terre. 36 Tel est le songe, et nous allons en dire l'interprétation en présence du roi. 37 Toi, ô roi, roi des rois; toi à qui le Dieu du ciel a donné la royauté, la puissance, la force et la gloire; 38 toi dans la main de qui il a remis les hommes, les bêtes sauvages et les oiseaux du ciel, en quelque lieu qu'ils habitent, et qu'il a établi maître sur eux tous : c'est toi qui es la tête d'or. 39 Après toi s'élèvera un autre royaume, inférieur à toi; puis un autre royaume, un troisième, celui de bronze, qui dominera sur toute la terre. 40 Puis adviendra un quatrième royaume, dur comme le fer : de même que le fer pulvérise et brise tout, comme le fer qui broie, il pulvérisera et broiera tous ceux-ci. 41 Tu as vu les pieds et les doigts en partie de céramique de potier et en partie de fer : ce sera un royaume partagé, et il y aura en lui de la solidité du fer, de même que tu as vu le fer mêlé à la céramique d'argile. 42 Quant aux doigts de pieds en partie de fer et en partie de céramique : pour une part le royaume sera fort, et pour une part il sera

---

1. *devins* : voir la note sur 2.2.

1. *la bale* : voir la note sur Ps 1.4.

fragile[1]. 43 Tu as vu le fer mêlé à la céramique : c'est au moyen de la semence humaine qu'ils seront mêlés[2], et ils n'adhéreront pas l'un à l'autre, de même que le fer ne se mêle pas à la céramique. 44 Or aux jours de ces rois-là, le Dieu du ciel suscitera un royaume qui ne sera jamais détruit et dont la royauté ne sera pas laissée à un autre peuple. Il pulvérisera et anéantira tous ces royaumes-là, et il subsistera à jamais, 45 de même que tu as vu une pierre[3] se détacher de la montagne sans l'intermédiaire d'aucune main et pulvériser le fer, le bronze, la céramique, l'argent et l'or. Un grand Dieu a fait connaître au roi ce qui adviendra par la suite. Le songe est sûr, et son interprétation, digne de foi. » 46 Alors le roi Nabuchodonosor se prosterna sur la face, rendit hommage à Daniel et ordonna de lui présenter une oblation et des parfums. 47 Le roi s'adressa à Daniel et dit : « En vérité, votre Dieu est le Dieu des dieux, le Seigneur des rois et le révélateur des mystères, puisque tu as pu me révéler ce mystère-là. » 48 Alors le roi éleva Daniel, lui remit beaucoup de grands cadeaux, lui donna autorité sur toute la province de Babylone et en fit le surintendant de tous les sages de Babylone. 49 Daniel fit une requête au roi[4], et celui-ci

1. Les différents métaux de valeur décroissante, qui composent la statue, symbolisent la succession des empires babylonien, mède, perse et grec.

2. Peut-être le texte fait-il allusion ici aux événements évoqués en 11.6 (mariage d'Antiochus II, roi de Syrie, et de Bérénice, fille du roi d'Égypte en 255 av. J.-C.) ou plutôt en 11.17 (mariage d'Antiochus III et de Cléopâtre en 194 av. J.-C.).

3. La pierre qui se détache et écrase la statue symbolise l'avènement du royaume fondé par Dieu (voir v. 44).

4. C'est-à-dire *à la disposition immédiate du roi*.

préposa Shadrak, Méshak et Abed-Négo à l'administration de la province de Babylone. Quant à Daniel, il était à la porte du roi.

L'ordre d'adorer la statue d'or

3 1 Le roi Nabuchodonosor fit une statue d'or : sa hauteur était de 60 coudées[1] et · sa largeur, de six coudées. Il la dressa dans la plaine de Doura, dans la province de Babylone. 2 Et le roi Nabuchodonosor envoya des messagers pour rassembler les satrapes[2], les intendants, les gouverneurs, les conseillers, les trésoriers, les légistes, les magistrats et tous les fonctionnaires des provinces, afin qu'ils viennent pour la dédicace de la statue que le roi Nabuchodonosor avait dressée. 3 Alors les satrapes, les intendants, les gouverneurs, les conseillers, les trésoriers, les légistes, les magistrats et tous les fonctionnaires des provinces se rassemblèrent pour la dédicace de la statue que le roi Nabuchodonosor avait dressée, et ils se tinrent devant la statue que le roi Nabuchodonosor avait dressée. 4 Le héraut cria avec force : « On vous le commande gens de tous peuples, nations et langues ! 5 Au moment où vous entendrez le son du cor, de la flûte, de la cithare, de la harpe[3], du luth, de la cornemuse et de tous les genres d'instruments, vous vous prosternerez et vous adorerez la statue d'or que le roi Nabuchodonosor a dressée. 6 Quiconque ne se prosternera pas et n'adorera pas, sera jeté au

1. Voir au glossaire POIDS ET MESURES.

2. *satrapes* : terme d'origine perse désignant le gouverneur d'une grande province de l'empire.

3. *harpe* : voir la note sur le Ps 92.4.

moment même au milieu de la fournaise de feu ardent. » 7 - Là-dessus, à l'instant même où tous les gens entendirent le son du cor, de la flûte, de la cithare, de la harpe, du luth et de tous les genres d'instruments, les gens de tous peuples, nations et langues se prosternèrent et adorèrent la statue d'or que le roi Nabuchodonosor avait dressée.

Les amis de Daniel restent fidèles à Dieu

8 Là-dessus, à l'instant même, des Chaldéens s'approchèrent et déposèrent contre les Juifs[1]. 9 Ils prirent la parole et dirent au roi Nabuchodonosor : « O roi ! Vis à jamais[2] ! 10 Toi-même, ô roi, tu as donné l'ordre que tout homme qui entendrait le son du cor, de la flûte, de la cithare, de la harpe, du luth, de la cornemuse et de tous les genres d'instruments se prosterne et adore la statue d'or, 11 et que quiconque ne se prosternerait pas et n'adorerait pas soit jeté au milieu de la fournaise de feu ardent. 12 Il y a des Juifs que tu as préposés à l'administration de la province de Babylone : Shadrak, Méshak et Abed-Négo. Ces hommes-là, ô roi, n'ont pas eu égard à toi : ils ne servent pas tes dieux et n'adorent pas la statue d'or que tu as dressée. » 13 Alors Nabuchodonosor, avec colère et fureur, ordonna d'amener Shadrak, Méshak et Abed-Négo. Alors ces hommes furent amenés en présence du roi. 14 Nabuchodonosor prit la parole et leur dit :

« Est-il exact, Shadrak, Méshak et Abed-Négo, que vous ne servez pas mes dieux et que vous n'adorez pas la statue d'or que j'ai dressée ? 15 Est-ce que maintenant vous êtes prêts, au moment où vous entendrez le son du cor, de la flûte, de la cithare, de la harpe, du luth, de la cornemuse et de tous les genres d'instruments, à vous prosterner et à adorer la statue que j'ai faite ? Si vous ne l'adorez pas, au moment même vous serez jetés au milieu de la fournaise de feu ardent, et quel est le dieu qui vous délivrera de ma main ? » 16 Shadrak, Méshak et Abed-Négo prirent la parole et dirent au roi : « O Nabuchodonosor ! Nous n'avons pas besoin de te répondre quoi que ce soit à ce sujet. 17 Si notre Dieu que nous servons peut nous délivrer, qu'il nous délivre de la fournaise de feu ardent et de ta main, ô roi ! 18 Même s'il ne le fait pas, sache bien, ô roi, que nous ne servirons pas tes dieux et que nous n'adorerons pas la statue d'or que tu as dressée. »

19 Alors Nabuchodonosor fut rempli de fureur, et l'expression de son visage changea à l'égard de Shadrak, Méshak et Abed-Négo. Il prit la parole et ordonna de chauffer la fournaise sept fois plus qu'on avait coutume de la chauffer. 20 Puis il ordonna à des hommes vigoureux de son armée de ligoter Shadrak, Méshak et Abed-Négo, pour les jeter dans la fournaise de feu ardent. 21 Alors ces hommes furent ligotés avec leurs pantalons, leurs tuniques, leurs bonnets et leurs manteaux, et ils furent jetés au milieu de la fournaise de feu ar-

---

1. *déposèrent contre les Juifs* ou *accusèrent les Juifs.*
2. Voir 2.4 et la note.

dent. 22 Là-dessus, comme la parole du roi était rigoureuse et que la fournaise avait été extraordinairement chauffée, ces hommes même qui avaient hissé Shadrak, Méshak et Abed-Négo, la flamme du feu les tua. 23 Quant à ces trois hommes-là, Shadrak, Méshak et Abed-Négo, ils tombèrent ligotés au milieu de la fournaise de feu ardent[1].

Les amis de Daniel sauvés de la fournaise

24 Le roi Nabuchodonosor *les entendit chanter*[2], il fut stupéfait et se leva précipitamment. Il prit la parole et dit à ses conseillers : « N'avons-nous pas jeté au milieu du feu trois hommes ligotés ? » Ils répondirent et dirent au roi : « Bien sûr, ô roi ! » 25 Le roi répondit et dit : « Voici que je vois quatre hommes déliés qui marchent au milieu du feu sans qu'il y ait sur eux aucune blessure, et l'aspect du quatrième ressemble à celui d'un fils des dieux[3]. »

26 Alors Nabuchodonosor s'approcha de l'ouverture de la fournaise de feu ardent. Il prit la parole et dit : « Shadrak, Méshak et Abed-Négo, serviteurs du Dieu très-haut, sortez et venez ! » Alors Shadrak, Méshak et Abed-Négo sortirent du milieu du feu.

27 Les satrapes[1], les intendants, les gouverneurs et les conseillers du roi se rassemblèrent. Ils virent ces hommes : le feu n'avait eu aucun pouvoir sur leur corps; la chevelure de leur tête n'avait pas été roussie; leurs manteaux étaient intacts et l'odeur du feu n'avait pas passé sur eux. 28 Nabuchodonosor prit la parole et dit : « Béni soit le Dieu de Shadrak, Méshak et Abed-Négo, qui a envoyé son Ange et sauvé ses serviteurs, parce qu'ils s'étaient confiés en lui et que, transgressant la parole du roi, ils avaient livré leur corps pour ne servir ni adorer aucun dieu, si ce n'est leur Dieu. 29 Quant à moi, j'ai donné ordre que quiconque, de tout peuple, nation et langue, parlerait avec insolence contre le Dieu de Shadrak, Méshak et Abed-Négo, soit mis en pièces, et sa maison transformée en cloaque[2]; car il n'y a pas d'autre Dieu qui puisse délivrer ainsi. 30 Alors le roi fit prospérer Shadrak, Méshak et Abed-Négo dans la province de Babylone.

Deuxième songe du roi : le grand arbre

31 Le roi Nabuchodonosor, aux gens de tous peuples, nations et langues qui demeurent sur toute la terre. Que votre paix soit grande ! 32 Les signes et les prodiges que le Dieu très-haut a faits à mon égard, j'ai jugé bon de les exposer :

33 Ses signes, comme ils sont grands,

---

1. La bible grecque ajoute ici : a) la prière d'Azarya (v. 24-25); b) le cantique des amis de Daniel (v. 46-90). La traduction en est donnée dans la partie réservée aux livres deutéro-canoniques.
2. Les versets 24-33 du texte araméen sont numérotés 91 à 100 dans la bible grecque. — *Le roi Nabuchodonosor les entendit chanter* : mots ajoutés d'après le grec.
3. *un fils des dieux* : expression sémitique pour désigner *un être céleste* ou *un ange* (v. 28).

1. *satrapes* : voir la note sur 3.2.
2. Voir 2.5 et la note.

et ses prodiges, comme ils sont
puissants !
Son règne est un règne éternel,
et sa souveraineté va de génération en génération.

4 1 Moi, Nabuchodonosor,
j'étais tranquille dans ma
maison, florissant dans mon palais. 2 Je vis un songe, et il m'ef-
frayait ; des rêveries sur ma
couche, et les visions de mon esprit me tourmentaient. 3 Je donnai ordre d'introduire en ma présence tous les sages[1] de Babylone,
afin qu'ils me fissent connaître
l'interprétation du songe. 4 Alors
entrèrent les magiciens, les conjureurs, les chaldéens et les devins[2];
je dis le songe en leur présence, et
ils ne m'en firent pas l'interprétation. 5 À la fin entra Daniel, surnommé Beltshassar selon le nom
de mon Dieu, qui avait en lui un
esprit des dieux saints[3]. Je dis le
songe en sa présence : 6 « Beltshassar, chef des magiciens, toi
qui as en toi, je le sais, un esprit
des dieux saints et qu'aucun mystère ne dépasse, dis-moi les visions du songe que j'ai vu et son
interprétation !
7 Dans les visions de mon esprit
sur ma couche, je regardais,
et voici un arbre, au milieu de
la terre,
dont la hauteur était immense.
8 L'arbre devint grand et fort :
sa hauteur parvenait jusqu'au
ciel,
et sa vue, jusqu'aux extrémités
de la terre.

9 Son feuillage était beau et ses
fruits abondants :
il y avait en lui de la nourriture pour tous.
Sous lui s'abritaient les bêtes
des champs,
dans ses ramures demeuraient
les oiseaux du ciel,
et de lui se nourrissait toute
chair.
10 Je regardais dans les visions de
mon esprit sur ma couche, et
voici que descendait du ciel un
Vigilant[1], un Saint.
11 Il cria avec force et dit :
Abattez l'arbre et coupez ses
ramures ! Dépouillez son feuillage et éparpillez ses fruits !
Que les bêtes fuient de sous
lui,
et les oiseaux, de ses ramures !
12 Mais la souche de ses racines,
laissez-la dans la terre,
et avec un lien de fer et de
bronze,
dans la végétation de la campagne !
Il sera baigné par la rosée du
ciel,
et il aura en partage l'herbe de
la terre avec les bêtes.
13 On changera son *coeur pour
qu'il ne soit plus un coeur
d'homme,
et un coeur de bête lui sera
donné.
Puis sept périodes passeront
sur lui.
14 La chose se fait par décret des
Vigilants,
et l'affaire par ordre des
Saints,
afin que les vivants reconnaissent

---

1. *sages* : voir 2.12 et la note.
2. *conjureurs, chaldéens, devins,* voir les notes
sur 1.20 et 2.2.
3. *selon le nom de mon dieu :* Bel était la principale divinité des Babyloniens — *un esprit des
dieux saints :* Nabuchodonosor parle en païen de
l'inspiration divine qu'il discerne en Daniel.

1. *un Vigilant :* c'est l'*ange toujours en éveil
qui vient annoncer le jugement de Dieu.

que le Très-Haut est maître de
la royauté des hommes,
qu'il la donne à qui il veut
et y élève le plus humble des
hommes.

15 Tel est le songe que j'ai vu,
moi, le roi Nabuchodonosor.
Quant à toi, Beltshassar, dis-en
l'interprétation. Car tous les
sages[1] de mon royaume ne peuvent pas me faire connaître l'interprétation; mais toi, tu le peux,
puisque tu as en toi un esprit des
dieux saints. »

Daniel interprète le songe du roi

16 Alors Daniel, surnommé
Beltshassar, fut terrifié pendant
un moment et ses réflexions le
tourmentèrent. Le roi prit la parole et dit : « Beltshassar, que le
songe et son interprétation ne te
tourmentent pas ! » Beltshassar
répondit et dit : « Monseigneur !
Que le songe soit pour tes ennemis, et son interprétation, pour
tes adversaires ! 17 L'arbre que tu
as vu, qui devint grand et fort,
dont la hauteur parvenait jusqu'au ciel, et la vue, jusqu'à la
terre entière ; 18 dont le feuillage
était beau et les fruits abondants,
et en qui il y avait de la nourriture pour tous ; sous lequel demeuraient les bêtes des champs,
et dans le feuillage duquel ni-
chaient les oiseaux du ciel :
19 c'est toi, ô roi ! Car tu es devenu grand et fort ; ta grandeur a
crû et est parvenue jusqu'au ciel,
et ta souveraineté, jusqu'aux extrémités de la terre. 20 Puis le roi
a vu un Vigilant, un Saint, qui
descendait du ciel et disait : Abat-

tez l'arbre et détruisez-le ! Mais la
souche de ses racines, laissez-la
dans la terre, et avec un lien de
fer et de bronze dans la végétation de la campagne ; il sera baigné par la rosée du ciel, et il aura
son partage avec les bêtes sauvages, jusqu'à ce que sept périodes passent sur lui. 21 Telle est
l'interprétation, ô roi ! C'est la décision du Très-Haut qui est parvenue jusqu'à Monseigneur le
roi : 22 On va te chasser d'entre
les hommes ; tu auras ton habitation avec les bêtes des champs ;
on te nourrira d'herbe comme les
boeufs et on te baignera de la
rosée du ciel ; et sept périodes
passeront sur toi, jusqu'à ce que
tu reconnaisses que le Très-Haut
est maître de la royauté des
hommes et qu'il la donne à qui il
veut. 23 Puis on a dit de laisser
dans la terre la souche des racines
de l'arbre : Ta royauté se prolongera pour toi, dès que tu recon-
naîtras que le *Ciel est le maître.
24 C'est pourquoi, ô roi ! Que mon
conseil t'agrée ! Rachète tes péchés par la justice[1] et tes fautes
en ayant pitié des pauvres !
Peut-être y aura-t-il une prolongation pour ta tranquillité ! »

Le songe se réalise

25 Tout cela advint au roi Nabuchodonosor. 26 Au terme de
douze mois, il déambulait sur la
terrasse du palais royal de Babylone. 27 Le roi prit la parole et
dit : « N'est-ce point là Babylone
la grande, que j'ai construite
comme maison royale par la
force de ma puissance, à la gloire

---

1. *sages :* voir la note sur 2.12.

1. Autre traduction *par l'aumône* (voir *Tb* 12.9 ;
Si 3.30).

de ma majesté ? » 28 La parole était encore dans la bouche du roi, qu'une voix tomba du ciel : « On te le dit, ô roi Nabuchodonosor ! La royauté t'est retirée. 29 On va te chasser d'entre les hommes ; tu auras ton habitation avec les bêtes sauvages ; on te nourrira d'herbe comme les boeufs ; et sept périodes[1] passeront sur toi, jusqu'à ce que tu reconnaisses que le Très-Haut est maître de la royauté des hommes et la donne à qui il veut. » 30 À l'heure même, la chose se réalisa sur Nabuchodonosor : il fut chassé d'entre les hommes ; il mangeait de l'herbe comme les boeufs et son corps était baigné par la rosée du ciel, au point que sa chevelure poussa comme les plumes des aigles, et ses ongles, comme ceux des oiseaux. 31 « Au terme des jours[2], moi, Nabuchodonosor, je levai les yeux vers le ciel, et la conscience me revint. Je bénis le Très-Haut, je célébrai et glorifiai l'éternel Vivant :

Car sa souveraineté est une souveraineté éternelle,
et sa royauté va de génération en génération.

32 Tous les habitants de la terre ne comptent pour rien :
Il agit selon sa volonté,
envers l'Armée du ciel[3] et les habitants de la terre ;
il n y a personne qui le frappe de la main
et qui lui dise : « Que fais-tu ?

33 À l'instant même, ma conscience me revenait et, pour la gloire de ma royauté, ma majesté et ma splendeur me revenaient ; mes conseillers et mes dignitaires me réclamaient. Je fus rétabli dans ma royauté, et une grandeur extraordinaire me fut donnée de surcroît. 34 Maintenant moi, Nabuchodonosor, je célèbre, exalte et glorifie le Roi du ciel,

car toutes ses oeuvres sont vérité et ses voies sont justice,
et il peut abaisser ceux qui se conduisent avec orgueil.

Le festin du roi Belshassar

5 1 Le roi Belshassar[1] fit un grand festin pour ses dignitaires, au nombre de mille, et en présence des mille il but du vin. 2 Durant la dégustation du vin, Belshassar ordonna d'apporter les ustensiles d'or et d'argent que Nabuchodonosor son père avait enlevés du Temple de Jérusalem[2], c'est dedans que boiraient le roi et ses dignitaires, ses concubines et ses femmes de service. 3 Alors on apporta les ustensiles d'or qu'on avait enlevés du temple — c'est-à-dire, de la Maison-Dieu — de Jérusalem, et le roi et ses dignitaires, ses concubines et ses femmes de service, burent dedans. 4 Ils burent du vin, et ils louèrent les dieux d'or et d'argent, de bronze, de fer, de bois et de pierre. 5 À l'instant même, surgirent des doigts de main d'homme : ils écrivaient devant le candélabre sur le plâtre du mur du palais royal, et le roi voyait le tronçon de main qui écrivait. 6 Alors le roi changea de couleur ;

---

1. Voir 4.13 et la note.
2. *Au terme des jours* : c'est-à-dire des sept périodes (v. 13, 20, 22, 29).
3. Il semble que cette expression désigne ici l'ensemble des êtres célestes.

1. Les textes babyloniens mentionnent un *Belshassar* qui exerça le pouvoir à la place de son père Nabonide, dernier roi en titre de Babylone.
2. *les ustensiles* ou *les vases* — enlevés du temple de Jérusalem : voir 2 R 25.14-15.

ses réflexions le tourmentaient, les jointures de ses reins étaient disloquées et ses genoux s'entrechoquaient. 7 Le roi cria avec force d'introduire les conjureurs, les chaldéens et les devins. Le roi prit la parole et dit aux sages de Babylone : « Tout homme qui lira cette inscription et m'en exposera l'interprétation, revêtira la pourpre, aura le collier d'or au cou et commandera en triumvir[1] dans le royaume. 8 Alors tous les sages du roi entrèrent, et ils ne purent ni lire l'inscription, ni en faire connaître au roi l'interprétation. 9 Alors le roi Belshassar fut extrêmement tourmenté et changea de couleur, et ses dignitaires furent consternés.

Daniel interprète l'inscription mystérieuse

10 La reine, devant les paroles du roi et de ses dignitaires, entra dans la salle du festin. La reine prit la parole et dit : « O roi ! Vis à jamais[2]. Que tes réflexions ne te tourmentent pas et que tes couleurs ne changent pas ! 11 Il y a un homme dans ton royaume qui a en lui un esprit des dieux saints[3]. Aux jours de ton père, on trouva en lui une clairvoyance, une perspicacité et une sagesse pareilles à une sagesse des dieux; et le roi Nabuchodonosor, ton père, l'institua chef des magiciens,

conjureurs, chaldéens et devins. Ainsi fit ton père le roi, 12 parce qu'on avait trouvé en ce Daniel, à qui le roi donna le nom de Beltshassar, un esprit extraordinaire, la science et la perspicacité, pour interpréter les songes, exposer les énigmes et résoudre les problèmes. Maintenant donc, que ce Daniel soit appelé, et il exposera l'interprétation ! » 13 Alors Daniel fut introduit devant le roi. Le roi prit la parole et dit : « Est-ce bien toi Daniel, d'entre les déportés de Juda que le roi mon père a amené de Juda ? 14 J'ai entendu dire de toi qu'un esprit des dieux est en toi, et qu'on a trouvé en toi une clairvoyance, une perspicacité et une sagesse extraordinaires. 15 Et maintenant, on a introduit en ma présence les sages et les conjureurs, afin qu'ils lisent cette inscription et m'en fassent connaître l'interprétation, et ils ne peuvent pas m'exposer l'interprétation de la chose. 16 Or, moi, j'ai entendu dire que tu pouvais fournir des interprétations et résoudre des problèmes. Maintenant donc, si tu peux lire cette inscription et m'en faire connaître l'interprétation, tu revêtiras la pourpre, tu auras le collier d'or au cou et tu commanderas en triumvir[1] dans mon royaume. »

17 Alors Daniel prit la parole et dit en présence du roi : « Tes cadeaux, qu'ils soient pour toi-même, et tes gratifications, donne-les à d'autres ! Mais l'inscription, je la lirai au roi et je lui en ferai l'interprétation. 18 Ô roi ! Le Dieu très-haut avait accordé la royauté, la grandeur, la gloire et la majesté à Nabuchodonosor

---

1. *conjureurs, chaldéens, devins* : voir les notes sur 1.20 et 2.2 — *sages* : voir 2.12 et la note — *la pourpre* : voir la note sur Mc 15.17 — *en triumvir* : c'est-à-dire qu'il partagera le pouvoir avec deux autres fonctionnaires.

2. *La reine* : c'est-à-dire la reine-mère. Elle occupait dans les cours du Moyen Orient une place importante (voir 2 R 10.13; Jr 13.18) — *O roi ! Vis à jamais* : voir 2.4 et la note.

3. Voir 4.5 et la note.

1. *la pourpre, en triumvir* : voir 5.7 et la note.

ton père; 19 et à cause de la grandeur qu'il lui avait accordée, les gens de tous peuples, nations et langues tremblaient de crainte en sa présence : il tuait qui il voulait et laissait vivre qui il voulait; il élevait qui il voulait; et il abaissait qui il voulait. 20 Et lorsque son coeur s'éleva et que son esprit s'endurcit jusqu'à l'arrogance, il fut déposé de son trône royal et on lui retira sa gloire : 21 il fut chassé d'entre les hommes, son coeur devint semblable à celui des bêtes, il eut sa demeure avec les onagres; on le nourrissait d'herbe comme les boeufs et son corps était baigné par la rosée du ciel, jusqu'à ce qu'il reconnût que le Dieu très-haut est maître de la royauté des hommes et qu'il y élève qui il veut. 22 Or toi, son fils Belshassar, tu n'as pas humilié ton coeur, bien que tu aies su tout cela : 23 tu t'es dressé contre le Seigneur du ciel; les ustensiles[1] de sa Maison ont été apportés en ta présence, et toi-même et tes dignitaires, tes concubines et tes femmes de service, vous buvez du vin dedans. Tu as loué les dieux d'argent et d'or, de bronze, de fer, de bois et de pierre, qui ne voient ni n'entendent ni ne connaissent; et le Dieu qui a dans sa main ton souffle et à qui sont toutes tes voies, tu ne l'as pas honoré ! 24 Alors, de sa part, le tronçon de main fut envoyé et cette inscription fut tracée, 25 et voici l'inscription qui a été tracée : MENÉ MENÉ TÉQEL ou-PARSÎN. 26 Quant à l'interprétation, la voici. MENÉ, Compté : Dieu a fait le compte de ton règne et il y a mis fin. 27 TÉQEL, Pesé : Tu as été

pesé dans la balance et trouvé insuffisant. 28 PERÈS, Divisé : Ton royaume a été divisé, et il a été donné aux Mèdes et aux Perses[1]. » 29 Alors Belshassar ordonna de revêtir Daniel de la pourpre, de lui mettre le collier d'or au cou, et de proclamer à son sujet qu'il commanderait en triumvir dans le royaume. 30 Cette nuit-là même, Belshassar, le roi chaldéen, fut tué.

6 1 Et Darius le Mède[2] reçut la royauté, à l'âge de 62 ans.

Les ennemis de Daniel lui tendent un piège

2 Darius jugea bon d'instituer sur le royaume les 120 satrapes[3] pour qu'il y en ait dans tout le royaume; 3 et au-dessus d'eux, trois ministres, dont l'un était Daniel, pour que ces satrapes leur rendent des comptes et que le roi ne soit pas frustré. 4 Or ce Daniel l'emportait sur les ministres et les satrapes, car il avait en lui un esprit extraordinaire, et le roi projeta de l'établir sur tout le royaume. 5 Alors les ministres et les satrapes désiraient trouver un grief contre Daniel à propos du royaume; mais ils ne pouvaient trouver ni grief ni faute, car il était fidèle, et aucune négligence ni aucune faute ne furent trouvées contre lui. 6 Alors ces hommes dirent : « Nous ne trouverons contre ce Daniel aucun grief, à moins que nous n'en trouvions contre lui grâce à la Loi de

---

1. Voir 5.2 et la note.

1. Le texte fait un jeu de mots entre le terme PÈRES (divisé) et Perses.
2. Ce *Darius le Mède* n'est pas connu des historiens.
3. Voir 3.2 et la note.

son Dieu. » 7 Alors ces ministres et ces satrapes se précipitèrent chez le roi et lui parlèrent ainsi : « O roi Darius ! Vis à jamais[1] ! 8 Tous les ministres du royaume, les intendants et les satrapes, les conseillers et les gouverneurs ont tenu conseil pour établir une constitution royale et mettre en vigueur un interdit : Quiconque, durant 30 jours, adresserait une prière à quelque dieu ou homme excepté toi-même, ô roi, serait jeté dans la fosse aux lions. 9 Maintenant donc, ô roi ! Il faut que tu établisses l'interdit et signes le rescrit[2] qu'on ne devra pas modifier, selon la loi des Mèdes et des Perses qui est irrévocable. » 10 Là-dessus, le roi Darius signa le rescrit et l'interdit.

Daniel est jeté dans la fosse aux lions

11 Lorsque Daniel sut que le rescrit avait été signé, il entra dans sa maison. Celle-ci avait des fenêtres qui s'ouvraient, à l'étage supérieur, en direction de Jérusalem[3]. Trois fois par jour, il se mettait donc à genoux, et il priait et louait en présence de son Dieu, comme il le faisait auparavant. 12 Alors ces hommes se précipitèrent et trouvèrent Daniel qui priait et suppliait en présence de son Dieu. 13 Alors ils s'approchèrent et dirent en présence du roi, à propos de l'interdit du roi : « N'as-tu pas signé un interdit selon lequel tout homme qui, durant 30 jours, prierait un autre

dieu ou homme que toi-même, ô roi, serait jeté dans la fosse aux lions ? » Le roi prit la parole et dit : « La chose est sûre, selon la loi des Mèdes et des Perses qui est irrévocable. » 14 Alors ils prirent la parole et dirent en présence du roi : « Daniel qui est d'entre les déportés de Juda, n'a eu égard ni à toi, ô roi ! ni à l'interdit que tu avais signé, et trois fois par jour il fait sa prière. » 15 Alors le roi, lorsqu'il apprit la chose, en fut très chagriné ; il fixa son attention sur Daniel afin de le délivrer et, jusqu'au soir, il s'efforça de le sauver. 16 Alors ces hommes se précipitèrent chez le roi et ils dirent au roi : « Sache-le, ô roi ! C'est une loi pour les Mèdes et les Perses que tout interdit et ordonnance que le roi a établis, on ne doit plus les modifier. » 17 Alors le roi ordonna d'emmener Daniel, et on le jeta dans la fosse aux lions. Le roi prit la parole et dit à Daniel : « Ton Dieu, que tu sers avec constance, lui te délivrera. » 18 Une pierre fut apportée et placée sur la bouche de la fosse[1], le roi la scella de son anneau et des anneaux de ses dignitaires, pour que rien ne changeât à l'égard de Daniel. 19 Alors le roi alla dans son palais. Il passa la nuit à jeun, ne fit pas introduire de concubines auprès de lui, et son sommeil le fuit.

Daniel sort indemne de la fosse aux lions

20 Alors le roi se leva au petit matin, dès l'aube, et il alla en hâte à la fosse aux lions. 21 Comme il

---

1. Voir 2.4 et la note.
2. *le rescrit* ou *le décret*.
3. Pour prier, Daniel se tourne *en direction de Jérusalem*, selon une coutume pratiquée depuis la période de l'Exil.

1. ou *sur l'ouverture de la fosse.*

approchait de la fosse, il cria vers Daniel d'une voix affligée. Le roi prit la parole et dit à Daniel : « O Daniel, Serviteur du Dieu vivant ! Ton Dieu, que tu sers avec constance, a-t-il pu te délivrer des lions ? » 22 Alors Daniel parla au roi : « O roi ! Vis à jamais[1]. 23 Mon Dieu a envoyé son *Ange ; il a fermé la gueule des lions et ceux-ci ne m'ont fait aucun mal, car j'avais été trouvé juste devant lui ; et vis-à-vis de toi non plus, ô roi, je n'avais fait aucun mal. » 24 Alors le roi fut tout heureux et il ordonna de hisser Daniel hors de la fosse, et on ne trouva sur lui aucune blessure, parce qu'il avait cru en son Dieu. 25 Le roi ordonna d'amener ces hommes qui avaient déposé contre Daniel : on les jeta dans la fosse aux lions, eux, leurs enfants et leurs femmes. Or ils n'avaient pas atteint le fond de la fosse, que les lions s'étaient emparés d'eux et avaient mis leurs corps en pièces. 26 Alors le roi Darius écrivit aux gens de tous peuples, nations et langues qui demeurent sur la terre : « Que votre paix soit grande ! 27 J'ai donné ordre que, dans tout le domaine de mon royaume, on tremble de crainte en présence du Dieu de Daniel :

Car c'est lui le Dieu vivant, et il subsiste à jamais.

Son règne est indestructible, et sa souveraineté durera jusqu'à la fin.

28 Il délivre et il sauve ; il opère des signes et des prodiges dans le ciel et sur la terre, puisqu'il a délivré Daniel de la main des lions. »

1. Voir 2.4 et la note.

29 Quant à ce Daniel, il prospéra sous le règne de Darius et sous le règne de Cyrus le Perse[1].

Première vision de Daniel : les quatre bêtes

7 1 En l'an premier de Belshassar[2], roi de Babylone, Daniel vit un songe et les visions de son esprit sur sa couche. Alors il écrivit le songe. Début de récit. 2 Daniel prit la parole et dit : Je regardais, dans mes visions durant la nuit. Et voici que les quatre vents du ciel[3] faisaient rejaillir la Grande Mer. 3 Et quatre bêtes monstrueuses s'élevaient de la Mer, différentes les unes des autres. 4 La première était comme un lion et elle avait des ailes d'aigle. Je regardais, lorsqu'on lui arracha les ailes ; elle fut soulevée de terre et dressée sur deux pattes comme un homme, et un *cœur d'homme lui fut donné. 5 Puis voici une autre Bête, une seconde, semblable à un ours : elle fut dressée sur un côté, ayant trois côtes dans la gueule entre les dents ; et on lui parlait ainsi : « Lève-toi ! Mange beaucoup de chair ! » 6 Après cela, je regardais, et en voici une autre, comme un léopard ayant quatre ailes d'oiseau sur le dos ; la Bête avait quatre têtes, et il lui fut donné une souveraineté. 7 Après cela, je regardais dans les visions de la nuit, et voici une quatrième Bête, redoutable, terrifiante, extrêmement vigoureuse ; elle avait de monstrueuses dents de fer ; elle

1. *Darius* : voir 6.1 et la note — *Cyrus le Perse* : voir 1.21 et la note.
2. Voir 5.1 et la note.
3. *les quatre vents du ciel* : les vents du Nord, du Sud, de l'Est et de l'Ouest.

mangeait, déchiquetait et foulait le reste aux pieds; elle différait de toutes les bêtes qui l'avaient précédée, et elle avait dix cornes[1]. 8 J'examinais les cornes, et voilà qu'entre elles s'éleva une autre petite corne; trois des cornes précédentes furent arrachées devant elle. Et voilà que sur cette corne il y avait des yeux, comme des yeux d'homme, et une bouche qui disait des choses monstrueuses.

Le Vieillard et le Fils d'Homme

9 Je regardais, lorsque des trônes furent installés et un Vieillard s'assit : son vêtement était blanc comme de la neige, la chevelure de sa tête, comme de la laine nettoyée; son trône était en flammes de feu, avec des roues en feu ardent[2]. 10 Un fleuve de feu coulait et sortait de devant lui. Mille milliers le servaient; 10.000 myriades[3] se tenaient devant lui. Le tribunal siégea, et des livres furent ouverts. 11 Je regardais; alors, à cause du bruit des paroles monstrueuses que proférait la corne[4] ... — je regardais, lorsque la Bête fut tuée et son corps, abattu, et elle fut livrée à l'embrasement du feu. 12 Quant au reste des Bêtes, on fit cesser leur souveraineté, et une prolongation de vie leur fut donnée jusqu'à une date et un moment déterminés. 13 Je regardais dans les visions de la nuit, et voici qu'avec les nuées

du ciel venait comme un Fils d'Homme[1]; il arriva jusqu'au Vieillard, et on le fit approcher en sa présence. 14 Et il lui fut donné souveraineté, gloire et royauté : les gens de tous peuples, nations et langues le servaient.

Sa souveraineté est une souveraineté éternelle qui ne passera pas,
et sa royauté, une royauté qui ne sera jamais détruite.

L'interprétation de la première vision

15 Mon esprit à moi, Daniel, fut angoissé au-dedans de son enveloppe[2], et les visions de mon esprit me tourmentaient. 16 Je m'approchai d'un de ceux qui se tenaient là, et je demandai ce qu'il y avait de certain au sujet de tout cela. Il me le dit et me fit connaître l'interprétation des choses : 17 « Quant à ces Bêtes monstrueuses qui sont au nombre de quatre[3] : Quatre rois se lèveront de la terre; 18 puis les *Saints du Très-Haut[4] recevront la royauté et ils posséderont la royauté pour toujours et à tout jamais. » 19 Alors je voulus avoir le coeur net au sujet de la qua-

---

1. *dix cornes :* dans l'A. T., la corne est souvent symbole de *force* et de *pouvoir*.
2. Le *Vieillard* siégeant sur un trône de feu est probablement ici une figure de Dieu (Ex 19.18; Ap 1.13-16).
3. Le texte semble désigner ainsi les nombreux groupes d'*anges au service de Dieu.
4. *la corne :* la fin de la phrase semble avoir été perdue.

1. *Fils d'Homme :* tournure hébraïque pour désigner un être humain. L'emploi de cette expression dans Daniel est assez mystérieuse (voir au glossaire du N. T. FILS DE L'HOMME).
2. ou *moi Daniel, j'en eus le souffle coupé.*
3. Selon certains les *quatre bêtes* mentionnées aux v. 4-7 symbolisent successivement : le *lion* (v. 4), l'empire babylonien (voir Jr 50.17); l'*ours* (v. 5), l'empire mède (voir Dn 5.30; 6.1); le *léopard* (v. 6), l'empire perse (voir Dn 6.29); la *quatrième bête* (v. 7), l'empire grec (voir Dn 2.40; 11.3).
4. *Saints du Très-Haut :* l'expression semble désigner ici l'ensemble du peuple des fidèles.

trième Bête, qui était différente de toutes et très redoutable, avait des dents de fer et des griffes de bronze, mangeait, déchiquetait et foulait le reste aux pieds; 20 et au sujet des dix cornes qu'elle avait sur la tête, puis de l'autre qui s'était élevée et devant laquelle trois étaient tombées : cette corne avait des yeux et une bouche qui disait des choses monstrueuses, et son aspect était plus grand que celui de ses congénères[1]; 21 je regardais, et cette corne faisait la guerre aux Saints et l'emportait sur eux, 22 jusqu'à ce que vienne le Vieillard[2] et que le jugement soit donné en faveur des Saints du Très-Haut, que le temps arrive et que les Saints possèdent la royauté. 23 Il me parla ainsi : « Quant à la quatrième Bête : Un quatrième royaume adviendra sur la terre, qui différera de tous les royaumes, dévorera toute la terre, la piétinera et la déchiquettera. 24 Et quant aux dix cornes : De ce royaume-là se lèveront dix rois[3], puis un autre se lèvera après eux. Celui-là différera des précédents; il abattra trois rois; 25 il proférera des paroles contre le Très-Haut et molestera les Saints du Très-Haut; il se proposera de changer le calendrier et la Loi, et les Saints seront livrés en sa main durant une période, deux pé-

riodes et une demi-période[1]. 26 Puis le tribunal siégera, et on fera cesser sa souveraineté, pour l'anéantir et le perdre définitivement. 27 Quant à la royauté, la souveraineté et la grandeur de tous les royaumes qu'il y a sous tous les cieux, elles ont été données au peuple des Saints du Très-Haut :

Sa royauté est une royauté éternelle; toutes les souverainetés le serviront et lui obéiront. »

28 Ici prend fin le récit. Pour moi, Daniel, mes réflexions me tourmentèrent beaucoup; mes couleurs en furent altérées, et je gardai la chose dans mon coeur.

Deuxième vision : le Bélier et le Bouc

8 1 En l'an trois du règne de Belshassar, une vision m'apparut, à moi Daniel, après celle qui m'était apparue précédemment[2]. 2 Je regardai dans la vision, et voici que, dans la vision, j'étais à Suse la citadelle, qui est dans la province d'Elam. Je regardai dans la vision, et j'étais moi-même près de la rivière Oulaï[3]. 3 Je levai les yeux et regardai : il y avait un Bélier debout devant la rivière. Il avait deux cornes[4]. Les deux cornes étaient hautes, l'une plus haute que l'autre, et la plus haute s'élevait

---

1. Pour la compréhension des v. 19 et 20 voir les v. 7 et 8.
2. Voir 7.9 et la note.
3. *dix cornes* : voir la note sur 7.7; les *dix rois* du quatrième royaume sont probablement ici des premiers souverains du royaume séleucide (voir la note sur *1 M* 1.8). Le dernier roi est alors *Antiochus Epiphane* (175-164 av. J. C.), qui fut célèbre par les persécutions qu'il dirigea contre les Juifs (v. 25) après s'être débarrassé de ses trois rivaux (les *trois rois*).

1. *le calendrier et la Loi* : Antiochus Epiphane interdit *sabbats et fêtes (voir *1 M* 1.41-52) — sur les *périodes* voir la note sur 4.13; la persécution déclenchée par Antiochus Epiphane dura de 167 à 164 av. J. C.
2. *En l'an trois du règne de Belshassar* : voir 5.1 et la note — à partir de 8.1, le texte original est de nouveau en hébreu (voir la note sur 2.4).
3. *L'Elam*, province montagneuse située en Mésopotamie au Nord de Sumer, avait pour capitale *Suse*, traversée par la rivière *Oulaï*.
4. Voir la note sur 7.7.

en dernier lieu. 4 Je vis le Bélier frapper vers l'ouest, vers le nord et vers le midi; aucune bête ne pouvait tenir devant lui, ni personne, délivrer de son pouvoir. Il agissait à sa guise et grandissait. 5 J'étais en train d'y réfléchir, et voici qu'un Bouc vint de l'occident, parcourant toute la terre sans même toucher terre; ce Bouc avait une corne remarquable entre les yeux. 6 Il vint jusqu'au Bélier aux deux cornes que j'avais vu debout devant la rivière, et il courut sur lui dans l'ardeur de sa force. 7 Je le vis arriver à proximité du Bélier, et il se mit en rage contre lui. Il frappa le Bélier et brisa ses deux cornes, et le Bélier n'eut pas la force de tenir devant lui. Il le jeta par terre et le piétina, et il n'y eut personne pour délivrer le Bélier de son pouvoir. 8 Le Bouc grandit énormément; mais tandis qu'il était en pleine vigueur, la grande corne fut brisée et à sa place s'élevèrent quatre cornes remarquables aux quatre vents du ciel. 9 De l'une d'elles sortit une corne toute petite qui grandit tant et plus vers le midi, vers l'orient et vers le pays magnifique[1]. 10 Elle grandit jusqu'à l'Armée du ciel[2]; elle fit tomber par terre une partie de cette Armée et des étoiles qu'elle piétina. 11 Elle grandit jusqu'au Prince de cette Armée, lui enleva le sacrifice perpétuel[3] et bouleversa les fondations de son sanctuaire. 12 L'Armée fut livrée, en plus du sacrifice perpétuel, avec

perversité[1]. La Corne jeta la Vérité par terre, et dans ce qu'elle entreprit, elle réussit. 13 J'entendis alors un *Saint[2] parler. Et un Saint dit à Celui qui parlait : « Jusques à quand cette vision du sacrifice perpétuel, de la perversité dévastatrice, du sanctuaire livré et de l'Armée foulée aux pieds ? » 14 Il me dit : « Jusqu'à 2.300 soirs et matins[3]; puis le sanctuaire sera rétabli dans ses droits. »

L'interprétation de la deuxième vision

15 Or, tandis que moi, Daniel, je regardais cette vision et cherchais à la comprendre, voici que se tint devant moi comme une apparence d'homme[4]. 16 Et j'entendis la voix d'un homme au milieu de l Oulaï[5] qui criait et disait : « Gabriel, fais comprendre la vision à celui-ci ! » 17 Il vint près de l'endroit où je me tenais; et tandis qu'il venait, je fus terrifié et tombai sur la face. Il me dit : « Comprends, fils d'homme, car la vision est pour le temps de la fin.» 18 Tandis qu'il me parlait, je tombai en léthargie, la face contre terre. Il me toucha et me remit debout à l'endroit où j'étais. 19 Puis il dit : « Je vais te faire connaître ce qui arrivera au terme de la colère, car la fin est pour une date déterminée. 20 Le

---

1. *le pays magnifique* : c'est-à-dire la Palestine.
2. Il semble que cette expression symbolise ici *les êtres célestes*, et *les étoiles* le peuple de Dieu (voir aussi 4.32 et la note).
3. Voir Ex 29.38-42; Nb 28.3-6.

1. Le texte hébreu du début du v. 12 est obscur et la traduction incertaine.
2. *Saint* : voir 4.10.
3. C'est-à-dire 1.150 jours, soit un peu plus de trois ans, ce qui correspond à la durée de la persécution dirigée par Antiochus Epiphane contre les Juifs (voir la note sur 7.24).
4. *apparence d'homme* : il s'agit de l'*ange Gabriel (v. 16).
5. Voir 8.2 et la note.

Bélier à deux cornes que tu as vu : ce sont les rois de Médie et de Perse[1]. 21 Le Bouc velu : c'est le roi de Grèce. La grande corne qu'il avait entre les yeux : c'est le premier roi[2]. 22 Une fois brisée, les quatre qui s'élevèrent à sa place[3] sont les quatre royaumes qui s'élèveront de cette nation, sans avoir sa force. 23 Au terme de leur règne, quand les pervers auront mis le comble à leur perversité, il s'élèvera un roi impudent et expert en astuces[4]. 24 Sa puissance ira croissant, mais non par sa propre force; il opérera des destructions prodigieuses et réussira dans ce qu'il entreprendra; il détruira des puissants, c'est-à-dire le peuple des *Saints[5]. 25 Et à cause de son habileté, il assurera le succès de ses tromperies; il se grandira dans son coeur et, en pleine paix, détruira une multitude : il s'élèvera contre le Prince des princes[6] mais il sera brisé sans l'intervention d'aucune main. 26 Quant à la vision des soirs et des matins[7], telle qu'elle a été dite, c'est la vérité. Pour toi, garde secrète la vision, car elle se rapporte à des jours lointains. » 27 Alors moi, Daniel, je défaillis, et je fus malade pendant des jours. Puis je me levai et m'occupai des affaires du roi. J'étais ter-

rifié à cause de la vision, et personne ne le comprenait.

Prière de Daniel : Seigneur pardonne !

9 1 En l'an un de Darius, fils d'Assuérus, de la race des Mèdes, qui avait été fait roi du royaume des Chaldéens[1] 2 en l'an un de son règne, moi Daniel je considérai dans les Livres le nombre des années qui, selon la parole du SEIGNEUR au *prophète Jérémie, doivent s'accomplir sur les ruines de Jérusalem : 70 ans[2]. 3 Je tournai ma face vers le Seigneur Dieu en quête de prière et de supplications, avec *jeûne, *sac et cendre[3]. 4 Je priai le SEIGNEUR mon Dieu et je fis cette confession :

« Ah ! Seigneur, toi, le Dieu grand et redoutable qui garde l'alliance et la fidélité envers ceux qui l'aiment et gardent ses commandements ! 5 Nous avons péché, nous avons commis des fautes, nous avons été impies et rebelles, nous nous sommes détournés de tes commandements et de tes décisions. 6 Nous n'avons pas écouté tes serviteurs les prophètes qui ont parlé en ton nom à nos rois, nos princes, nos pères[4] et tout le peuple du pays. 7 À toi, Seigneur, la justice, et à nous la honte sur la face en ce jour, aux hommes de Juda et aux habitants de Jérusalem, à tout Israël, ceux qui sont proches et ceux qui sont

---

1. Les v. 20-25 donnent l'interprétation de la vision rapportée aux v. 3-12.

2. *le premier roi* : Alexandre le Grand, qui mourut en 323 av. J. C., après avoir conquis tout le Moyen Orient.

3. *les quatre qui s'élevèrent à sa place* : c'est-à-dire les quatre généraux d'Alexandre le Grand; ils se partagèrent son empire en 323 av. J. C.

4. Antiochus IV Epiphane (voir la note sur 7.24).

5. *le peuple des Saints* : le peuple de Dieu.

6. *détruira une multitude* : allusion aux persécutions antijuives — *le Prince des Princes* : désignation de Dieu (voir v. 11).

7. Voir v. 14.

1. *Darius* : voir 6.1 et la note — *Chaldéens* : voir 1.4 et la note.

2. *les livres* : c'est-à-dire les livres saints (première ébauche de notre A. T.) — *soixante-dix ans* : voir Jr 25.11-12; 29.10.

3. *cendre* : voir la note sur Es 58.5 et au glossaire DÉCHIRER SES VÊTEMENTS.

4. *nos pères* ou *nos ancêtres*.

au loin, dans tous les pays où tu les as chassés à cause de la forfaiture qu'ils ont commise envers toi ! 8 Seigneur, à nous la honte sur la face, à nos rois, nos princes et nos pères parce que nous avons péché contre toi. 9 Au Seigneur notre Dieu appartiennent la miséricorde et le pardon, car nous avons été rebelles envers lui, 10 et nous n'avons pas écouté la voix du Seigneur notre Dieu pour marcher selon ses instructions, qu'il nous avait présentées par l'intermédiaire de ses serviteurs les prophètes. 11 Tout Israël a transgressé ta Loi et s'est détourné sans écouter ta voix. Alors ont fondu sur nous la malédiction et l'imprécation inscrites dans la Loi de Moïse serviteur de Dieu, car nous avions péché contre lui : 12 Dieu a exécuté les paroles qu'il avait prononcées contre nous et contre les gouvernants qui nous ont gouvernés, en amenant contre nous un malheur si grand qu'il ne s'en était pas produit sous tous les cieux comme il s'en est produit à Jérusalem. 13 Selon qu'il est écrit dans la Loi de Moïse, tout ce malheur est venu sur nous; mais nous n'avons pas apaisé la face du Seigneur notre Dieu en nous détournant de nos fautes et en étant attentifs à ta vérité. 14 Le Seigneur a veillé sur ce malheur[1] et l'a fait venir sur nous; car le Seigneur notre Dieu est juste dans toutes les œuvres qu'il a faites, mais nous n'avons pas écouté sa voix. 15 Et maintenant,

Seigneur notre Dieu, toi qui as fait sortir ton peuple du pays d'Egypte par une main puissante et qui t'es fait une renommée comme celle que tu as aujourd'hui, nous avons été pécheurs et impies. 16 Seigneur, selon tes actes de justice, que ta colère et ta fureur se détournent de Jérusalem, ta ville, ta *sainte montagne ! Car, à cause de nos péchés et des fautes de nos pères, Jérusalem et ton peuple sont objet d'insulte pour tous ceux qui nous entourent. 17 Maintenant donc, écoute, ô notre Dieu, la prière de ton serviteur et ses supplications ! Fais briller ta face sur ton *sanctuaire dévasté, à cause du Seigneur ! 18 Ô mon Dieu, tends l'oreille et écoute ! Ouvre tes yeux et vois nos dévastations et la ville sur laquelle ton nom est invoqué ! Car ce n'est pas à cause de nos actes de justice que nous déposons devant toi nos supplications; c'est à cause de ta grande miséricorde. 19 Seigneur, écoute ! Seigneur, pardonne ! Seigneur, sois attentif et agis, ne tarde pas ! À cause de toi-même, ô mon Dieu, car ton *nom est invoqué sur ta ville et sur ton peuple. »

Gabriel et les soixante-dix septénaires

20 Je parlais encore, priant et confessant mon péché et le péché de mon peuple Israël, déposant ma supplication devant le Seigneur mon Dieu, au sujet de la montagne sainte[1] de mon Dieu;

1. Expression raccourcie pour signifier que le Seigneur a veillé à ce que le malheur annoncé se réalise (voir Jr 1.12; 31.28; 44.27).

1. *au sujet de la montagne sainte* ou *sur la montagne sainte* c'est-à-dire dans le temple.

21 je parlais encore en prière, quand Gabriel, cet homme que j'avais vu précédemment dans la vision, s'approcha de moi d'un vol rapide au moment de l'oblation du soir[1]. 22 Il m'instruisit et me dit : « Daniel, maintenant je suis sorti pour te conférer l'intelligence. 23 Au début de tes supplications a surgi une parole et je suis venu te l'annoncer, car tu es l'homme des prédilections ! Comprends la parole et aie l'intelligence de la vision !

24 Il a été fixé 70 septénaires
sur ton peuple et sur ta ville *sainte
pour faire cesser la perversité et mettre au péché,
pour absoudre la faute et amener la justice éternelle,
pour sceller vision et *prophète et pour oindre un Saint des Saints[2]. 25 Sache donc et comprends : Depuis le surgissement d'une parole en vue de la reconstruction de Jérusalem, jusqu'à un *messie-chef[3], il y aura sept septénaires. Pendant 62 septénaires, places et fossés seront rebâtis, mais dans la détresse des temps. 26 Et après 62 septénaires, un *oint sera retranché, mais non pas pour lui-même. Quant à la ville et

au *sanctuaire[1], le peuple d'un chef à venir les détruira; mais sa fin viendra dans un déferlement, et jusqu'à la fin de la guerre seront décrétées des dévastations. 27 Il imposera une alliance à une multitude pendant un septénaire, et pendant la moitié du septénaire, il fera cesser *sacrifice et oblation; sur l'aile des abominations, il y aura un dévastateur[2] et cela, jusqu'à ce que l'anéantissement décrété fonde sur le dévastateur. »

Nouvelle vision : l'homme vêtu de lin

10 1 En l'an trois de Cyrus roi de Perse, une parole fut révélée à Daniel, surnommé Beltshassar. Cette parole était vérité et grande peine[3]. Il comprit la parole; il en eut la compréhension par la vision.

---

1. *Gabriel* : voir 8.16 — *offrande du soir* : sacrifice quotidien qui avait lieu vers 15 heures (voir aussi 1 R 18.29; Esd 9.4-5).
2. *soixante-dix septénaires* : la suite indique qu'il s'agit sans doute de périodes de 7 ans. Voir aussi v. 2 et la note — *sceller vision et prophète* : expression imagée et raccourcie équivalant à *garantir que la vision prophétique s'accomplira*. Le *Saint des Saints* fait peut-être allusion à la dédicace du temple (1 M 4.36-59).
3. *le messie-chef* : cette expression désigne peut-être le grand-prêtre Josué qui aurait consacré le temple d'après l'exil, en 515 av. J. C. (voir Es 44.28; 45.1, 5, 13).

1. *Un oint sera retranché* : il s'agit sans doute du grand-prêtre Onias III (voir *2 M* 4.30-38) assassiné sur l'ordre d'Antiochus Epiphane en 171 — *non pas pour lui-même* : le texte hébreu correspondant n'est pas clair — *Quant à la ville et au sanctuaire* : l'auteur évoque la prise de Jérusalem et la fin du culte du temple en 167 av. J. C.
2. *une alliance à une multitude* : c'est-à-dire aux Juifs acceptant de collaborer avec Antiochus Epiphane (voir *1 M* 1.11-15) — *sur l'aile des abominations* : expression raccourcie et imagée désignant sans doute l'*autel dédié au « Baal des cieux »*, qu'Antiochus Epiphane fit installer dans le temple en décembre 167 av. J. C. (*aile* : allusion aux cornes ou coins de l'autel; *abominations* désigne souvent d'autre part les idoles; voir Es 5.9 et la note) — *le dévastateur* : le texte hébreu ne permet pas de préciser qui est désigné par le terme *dévastateur* : le Baal des cieux (le v. 27 ferait alors allusion à la purification du temple en 164 av. J. C.)? *Antiochus Epiphane* lui-même (le v. 22 annoncerait alors sa mort prochaine, voir 11.36)?
3. *an trois de Cyrus* : voir 1.21 — *grande peine* : expression obscure qui fait peut-être allusion aux épreuves subies par le peuple de Dieu (voir chapitre 11).

2 En ces jours-là, moi Daniel, je portai le deuil pendant trois semaines : 3 Je ne mangeai aucun mets délicat, ni viande ni vin n'entrèrent dans ma bouche, et je ne me parfumai pas[1] jusqu'à l'achèvement des trois semaines. 4 Le vingt-quatrième jour du premier mois[2], je me trouvais sur le bord du grand fleuve, c'est-à-dire du Tigre. 5 Je levai les yeux et regardai, et voici qu'il y avait un homme vêtu de lin ; il avait une ceinture d'or d'Oufaz[3] autour des reins. 6 Son corps était comme de la chrysolithe[4], son visage, comme l'aspect de l'éclair, ses yeux, comme des torches de feu, ses bras et ses jambes, comme l'éclat du bronze poli, et le bruit de ses paroles comme le bruit d'une foule. 7 Moi, Daniel, je vis seul l'apparition ; les gens qui étaient avec moi ne virent pas l'apparition, mais une grande terreur tomba sur eux et ils s'enfuirent en se cachant. 8 Je restai donc seul et regardai cette grande apparition. Il ne me resta aucune force ; mes traits bouleversés se décomposèrent et je ne conservai aucune force. 9 J'entendis le son de ses paroles ; et lorsque j'entendis le son de ses paroles, je tombai en léthargie sur ma face, la face contre terre. 10 Et voici qu'une main me toucha ; elle me mit, tout tremblant, sur les genoux et les paumes de mes mains. 11 Et l'homme me dit : « Daniel, homme des prédilections[5], comprends les paroles que je te dis et tiens-toi

debout à ta place, car maintenant j'ai été envoyé vers toi. » Tandis qu'il me disait cette parole, je me mis debout tout tremblant. 12 Il me dit : « Ne crains pas, Daniel, car depuis le premier jour où tu as eu à coeur de comprendre et de t'humilier devant ton Dieu, tes paroles ont été entendues, et c'est à cause de tes paroles que je suis venu. 13 Le Prince du royaume de Perse s'est opposé à moi pendant 21 jours, mais voici que Michel, l'un des Princes de premier rang[1] est venu à mon aide, et je suis resté là auprès des rois de Perse. 14 Je suis venu te faire comprendre ce qui arrivera à ton peuple dans l'avenir, car il y a encore une vision pour ces jours-là. »

15 Tandis qu'il me parlait en ces termes, je tournai ma face vers la terre et me tus. 16 Mais voici que quelqu'un ayant la ressemblance des fils d'homme[2] me toucha les lèvres ; j'ouvris la bouche et me mis à parler. Je dis à celui qui se tenait devant moi : « Monseigneur, à cause de l'apparition, des angoisses m'ont saisi et je n'ai conservé aucune force. 17 Comment ce serviteur de monseigneur pourrait-il parler à monseigneur que voici, alors qu'il ne subsiste en moi aucune force et qu'il ne me reste pas de souffle ? » 18 Alors, celui qui avait l'apparence d'un homme me toucha de nouveau et me réconforta. 19 Puis il me dit : « Ne crains pas, homme des prédilections ! Que la paix

---

1. *je ne me parfumerai pas* : signe de tristesse et de repentance.
2. Voir au glossaire CALENDRIER.
3. *Oufaz* : pays inconnu ; autre traduction *d'or pur.*
4. Pierre précieuse.
5. ou *homme bien aimé.*

1. *Le Prince du royaume de Perse* est une sorte d'*⚹ange qui représente le royaume perse ennemi d'Israël — *Michel* est l'ange protecteur d'Israël (v. 21 ; Jude 9 ; Ap 12.7-11) — *Princes de premier rang* ou *archanges* (voir au glossaire ANGE).
2. Voir la note sur 7.13.

soit avec toi! Sois fort! Sois fort!» Tandis qu'il me parlait, je repris des forces et je dis: «Que monseigneur parle, car tu m'as réconforté.» 20 Il dit: «Sais-tu pourquoi je suis venu vers toi? Je reprendrai maintenant le combat contre le Prince de Perse, et je vais sortir, et voici que va venir le Prince de Grèce[1]. 21 Mais je t'annoncerai ce qui est inscrit dans le Livre de vérité[2]. Il n'y a personne qui me prête main forte contre ceux-là, sinon Michel, votre Prince.

11

1 Quant à moi, en l'an un de Darius le Mède[3], j'avais été en poste pour lui donner force et appui.

Guerre entre rois du Midi et du Nord

2 Maintenant donc, je vais t'annoncer la vérité. Voici que trois rois vont encore se lever pour la Perse, puis le quatrième amassera une richesse plus grande que celle de tous, et lorsqu'il sera fort de sa richesse, il mettra tout en branle contre le royaume de Grèce. 3 Mais un roi vaillant[4] se lèvera; il exercera une grande domination en agissant à sa guise. 4 Quand il sera bien établi, son royaume sera brisé et partagé aux quatre vents du ciel[5], sans revenir à ses descendants ni avoir la domination qu'il avait exercée, car sa royauté sera déracinée et reviendra à d'autres qu'à eux. 5 Le roi du Midi deviendra fort, mais l'un de ses princes[1] sera plus fort que lui et exercera une domination plus grande que la sienne. 6 Au bout de quelques années ils s'allieront, et la fille du roi du Midi viendra chez le roi du Nord pour exécuter des accords[2]. Mais elle ne conservera pas l'appui d'aucun bras et sa descendance ne subsistera pas: elle sera livrée, elle et ceux qui l'auront amenée, son enfant et son soutien, en ces temps-là. 7 Un rejeton de ses racines se lèvera à sa place, il viendra vers l'armée et entrera dans la forteresse du roi du Nord; il opérera contre eux et l'emportera[3]. 8 Même leurs dieux, avec leurs images de métal fondu et leurs objets précieux d'argent et d'or, il les emmènera en captivité en Egypte. Puis il restera quelques années loin du roi du Nord. 9 Celui-ci viendra dans le royaume du roi du Midi, puis il retournera dans son territoire. 10 Ses fils[4] soutiendront le combat; ils assembleront une grande foule de troupes. L'un d'eux s'avancera, déferlera et traversera; puis il s'en retournera et soutiendra le combat jusqu'à la citadelle. 11 Le roi du Midi se mettra en rage. Il sortira pour combattre contre lui, contre le roi du Nord; il mettra sur pied une grande foule et la foule d'en face sera livrée à son pouvoir[5]. 12 Quand

---

1. Voir la note sur 10.13.
2. *le livre de vérité*: peut-être le livre où sont notés par avance les événements qui se déroulent sur la terre.
3. Voir 6.1 et la note.
4. Voir 8.21 et la note.
5. *partagé*: voir 8.22 et la note — *aux quatre vents du ciel*, c'est-à-dire dans toutes les directions.

1. *le roi du Midi* est ici Ptolémée I (323-285 av. J. C.), qui reçut l'Egypte après la mort d'Alexandre le Grand — *l'un de ses princes*: Seleucus I, qui fut d'abord sous les ordres de Ptolémée I.
2. Voir la note sur 2.43.
3. Allusion à la campagne menée par Ptolémée II, frère de Bérénice, contre Antiochus II.
4. Seleucus III (226-223 av. J. C.) et Antiochus III (223-187 av. J. C.). Le second conquit la Palestine qui dépendait jusque-là de l'Egypte.
5. Allusion à la victoire remportée par Ptolémée IV (Egypte) sur Antiochus III (Syrie) à Raphia en 217 av. J. C.

cette foule aura été emportée, son coeur s'élèvera; il fera tomber des myriades, mais ne triomphera pas. 13 Le roi du Nord s'en retournera et mettra sur pied une foule plus grande que la première. Au bout de quelque temps, de quelques années, il s'avancera avec une grande armée et un matériel considérable. 14 En ces temps-là, une multitude se dressera contre le roi du Midi et des hommes violents de ton peuple se soulèveront pour accomplir une vision, mais ils chancelleront. 15 Le roi du Nord viendra, il élèvera une chaussée de siège et s'emparera d'une ville fortifiée[1]. Les forces du Midi ne tiendront pas, ni ses troupes d'élite : elles n'auront pas la force de tenir. 16 Celui qui s'avancera contre lui agira à sa guise; personne ne tiendra devant lui, et il s'arrêtera dans le Pays magnifique[2], ayant en main la destruction. 17 Se proposant de venir avec la puissance de tout son royaume, il conclura des accords avec lui; il lui donnera une fille des femmes afin de le détruire; mais cela ne tiendra pas, cela ne lui adviendra pas[3]. 18 Il tournera alors ses vues du côté des îles et s'emparera de beaucoup d'entre elles; mais un magistrat[4] mettra fin à son outrage sans qu'il lui retourne l'outrage. 19 Puis il tournera ses vues du côté des citadelles de son pays; mais il chancellera, il tombera et

on ne le retrouvera plus. 20 Quelqu'un se lèvera à sa place, qui fera passer un exacteur dans la Splendeur du royaume[1]; mais en quelques jours il sera brisé, non par suite de la colère ou de la guerre. 21 À sa place se lèvera un être méprisable[2] à qui on n'aura pas donné l'honneur de la royauté; il viendra en pleine paix et s'emparera de la royauté par des intrigues. 22 Les forces d'invasion seront submergées devant lui et brisées, ainsi que le chef d'une alliance[3]. 23 Grâce aux accords faits avec lui, il usera de tromperie, il attaquera et aura le dessus avec peu de gens. 24 En pleine paix, il viendra dans les régions fertiles de la province, et il fera ce que n'avaient pas fait ses pères ni les pères de ses pères : il distribuera aux siens du butin, des dépouilles et du matériel, et il ourdira ses machinations contre des forteresses, et cela jusqu'à un certain moment. 25 Il excitera sa force et son courage contre le roi du Midi avec une grande armée. Le roi du Midi s'engagera dans la guerre avec une armée extrêmement grande et très puissante; mais il ne tiendra pas, car on ourdira contre lui des machinations[4] : 26 ceux qui mangeaient à sa table le briseront, son armée sera submergée et un grand nombre de victimes tomberont. 27 Les deux rois, le coeur plein de méchanceté, parleront mensongè-

1. Allusion à la prise de la ville de Sidon par les armées d'Antiochus III en 198 av. J. C.
2. *le Pays magnifique* : voir la note sur 8.9.
3. Le texte hébreu est peu clair; la traduction suit les versions anciennes — deuxième partie du v. : voir la note sur 2.43.
4. *les îles* : appellation traditionnelle des régions côtières — *un magistrat* : le romain Lucius Scipion, qui vainquit Antiochus II en 190 av. J. C. à Magnésie.

1. *Quelqu'un* : Séleucus IV — *la Splendeur du royaume* : le temple de Jérusalem. Voir *2 M* 3.
2. *un être méprisable* : Antiochus Epiphane : voir la note sur 7.24; *1 M* 1.10; *2 M* 4.7).
3. *le chef d'une alliance* : peut-être le grand-prêtre Onias III, assassiné en 171 (170). Sur les événements évoqués ici voir *2 M* 4.7-17.
4. Allusion à la première guerre déclenchée par Antiochus IV contre Ptolémée VI.

rement à la même table : mais cela ne réussira pas, car la fin doit arriver à sa date. 28 Il s'en retournera dans son pays avec un matériel important. Ayant des intentions hostiles contre l'*Alliance Sainte[1], il les accomplira, puis s'en retournera dans son pays. 29 L'heure venue, il reviendra contre le Midi, mais il n'en sera pas de la fin comme du début[2]. 30 Des navires de Kittim[3] viendront contre lui et il sera découragé. De nouveau, il s'emportera et agira contre l'Alliance Sainte; de nouveau il sera d'intelligence avec ceux qui abandonnent l'Alliance Sainte. 31 Des forces venues de sa part prendront position; elles profaneront le Sanctuaire-citadelle, feront cesser le sacrifice perpétuel et placeront l'abomination dévastatrice[4]. 32 Il fera apostasier par des intrigues les profanateurs de l'Alliance, mais le peuple de ceux qui connaissent leur Dieu agira avec fermeté; 33 les gens réfléchis du peuple en instruiront une multitude, mais ils tomberont sous l'épée, la flamme, la captivité et la spoliation, pendant des jours. 34 Lorsqu'ils tomberont, ils recevront un peu d'aide, mais une multitude se joindra à eux par des intrigues. 35 Parmi les gens réfléchis, il en est qui tomberont, afin d'être af-

finés, purifiés et blanchis[1] jusqu'au temps de la fin, car il doit venir à sa date. 36 Le roi agira à sa guise; il s'exaltera et se grandira au-dessus de tout dieu, et contre le Dieu des dieux il dira des choses étonnantes. Il réussira, jusqu'à ce que soit consommée la colère[2], car ce qui est décrété sera exécuté. 37 Il n'aura pas égard aux dieux de ses pères; il n'aura égard ni au Favori des femmes, ni à aucune divinité, car il se grandira au-dessus de tout. 38 Il honorera en son lieu la divinité des citadelles; il honorera une divinité que n'avaient pas connue ses pères, avec de l'or et de l'argent, des pierres précieuses et des joyaux. 39 Il agira contre les fortifications des citadelles avec une divinité étrangère; ceux qui la reconnaîtront, il les comblera de gloire. Il les fera dominer sur la multitude et leur allouera des terres en récompense. 40 Au temps de la fin[3], le roi du Midi s'affrontera avec lui, mais le roi du Nord se ruera sur lui avec ses chars, des cavaliers et de nombreux navires; il pénétrera dans les pays, y déferlera et les traversera. 41 Il viendra dans le Pays magnifique, et beaucoup chancelleront, ceux-ci échapperont à sa main : Edom,

1. *l'Alliance sainte* désigne probablement le peuple d'Israël. Sur les événements évoqués ici voir *2 M* 5.15-21.
2. Les v. 29-30 font allusion à la seconde campagne d'Antiochus IV contre l'Egypte en 168 (v. 29-30) puis à la persécution religieuse qu'il dirigea contre les Juifs (v. 32-35) dont nous parlent *1* et *2 M.*
3. *Kittim* désigne habituellement l'île de Chypre; mais cette appellation semble ici désigner les *Romains.*
4. *le Sanctuaire-citadelle* : le temple de Jérusalem — *le sacrifice perpétuel* : voir 8.11 et la note — *abomination dévastatrice* : voir la note sur 9.27.

1. *et blanchis* : allusion à l'épreuve de la persécution.
2. Les v. 36-40 dénoncent l'orgueil et l'impiété d'Antiochus Epiphane; il abandonna le culte des dieux traditionnels en Syrie, notamment celui d'Adonis-Tammouz (voir la note sur Ez 8.14), appelé ici le *Favori des femmes* (v. 37), pour adorer Zeus Olympien, *divinité* de la religion grecque (v. 38). Surtout il se présenta lui-même comme un dieu (v. 37), Epiphane égale dieu manifesté — *colère* c'est-à-dire la colère de Dieu.
3. A partir du v. 40, l'auteur ne fait plus allusion de manière voilée à des événements survenus, mais il décrit par avance les derniers soubresauts de la puissance ennemie avant que n'arrive le jugement de Dieu.

moab et les prémices des fils d'Ammon[1]. 42 Il étendra la main sur les pays, et le pays d'Egypte ne pourra en réchapper. 43 Il se rendra maître des trésors d'or et d'argent et de tous les joyaux d'Egypte, et les Libyens et les Nubiens lui emboîteront le pas. 44 Mais des nouvelles de l'Orient et du Nord le tourmenteront; il sortira en grande fureur pour détruire et exterminer la multitude. 45 Il plantera les tentes de son palais entre les mers et la *sainte montagne de la Magnificence[2] et il arrivera à sa fin sans que personne lui vienne en aide.

Le temps d'angoisse et la résurrection

12 1 En ce temps-là se dressera Michel, le grand Prince, lui qui se tient auprès des fils de ton peuple[3].

Ce sera un temps d'angoisse tel qu'il n'en est pas advenu depuis qu'il existe une nation jusqu'à ce temps-là.

En ce temps-là, ton peuple en réchappera,

quiconque se trouvera inscrit dans le Livre.

2 Beaucoup de ceux qui dorment dans le sol poussiéreux se réveilleront[4],

ceux-ci pour la vie éternelle,

ceux-là pour l'opprobre, pour l'horreur éternelle.

3 Et les gens réfléchis resplendiront comme la splendeur du firmament,

eux qui ont rendu la multitude juste[1],

comme les étoiles à tout jamais.

4 Quant à toi, Daniel, garde secrètes ces paroles et scelle le Livre jusqu'au temps de la fin. La multitude sera perplexe mais la connaissance augmentera[2]. »

Le moment de la fin reste un secret

5 Et moi, Daniel, je regardai, et voici que deux autres hommes se tenaient là, l'un sur une rive du fleuve et l'autre sur l'autre rive. 6 On dit à l'homme vêtu de lin qui se trouvait au-dessus des eaux du fleuve : « Quand viendra la fin de ces choses étonnantes ? » 7 J'entendis l'homme vêtu de lin qui était au-dessus des eaux du fleuve; il leva vers le ciel la main droite et la main gauche, et il fit ce serment par Celui-qui-vit-à-jamais : « Ce sera pour une période, deux périodes et une demi-période; lorsque la force du peuple *saint sera entièrement brisée, toutes ces choses s'achèveront. » 8 J'entendis mais ne compris pas et je dis : « Monseigneur, quel sera le terme de ces choses ? » 9 Il dit : « Va, Daniel, car ces paroles sont tenues secrètes et scellées jusqu'au temps de la fin. 10 Une multitude sera

---

1. *le Pays magnifique* : voir 8.9 et la note — *Edom, Moab, Ammon* : trois peuples voisins d'Israël considérés comme ses ennemis traditionnels et les alliés d'Antiochus Epiphane.

2. *la sainte montagne de la Magnificence* : la colline de Sion, où était bâti le temple de Jérusalem.

3. *Michel le grand Prince* : voir 10.13 et la note — *fils de ton peuple* : expression hébraïque pour désigner les Israélites.

4. L'auteur dépassant la perspective d'une résurrection symbolique et collective (Es 37.10), annonce la promesse d'une résurrection individuelle (2 M 7.9).

---

1. C'est-à-dire *ceux qui auront aidé le peuple d'Israël à rester fidèle* (voir 11.33).

2. *la connaissance augmentera* : le sens de cette expression reste incertain.

purifiée, blanchie et affinée[1]. Les impies agiront avec impiété. Aucun impie ne comprendra, mais les gens réfléchis comprendront.

11 À partir du temps où cessera le sacrifice perpétuel et où sera placée l'abomination dévastatrice[1], il y aura 1.290 jours. 12 Heureux celui qui attendra et qui parviendra à 1.335 jours ! 13 Toi, va jusqu'à la fin. Tu auras du repos et tu te lèveras pour recevoir ton lot[2] à la fin des jours. »

1. *le sacrifice perpétuel* : voir 8.11 et la note — *l'abomination dévastatrice* : voir la note sur 9.27.

2. *ton lot* : c'est-à-dire ta participation à la vie éternelle (voir v. 2).

1. *blanchie et affinée* : voir 11.35 et la note.

ESDRAS

Cyrus autorise la reconstruction du Temple[1]

1 1 Or la première année de Cyrus, roi de Perse — afin que s'accomplisse la parole du SEIGNEUR, sortie de la bouche de Jérémie —, le SEIGNEUR éveilla l'esprit de Cyrus, roi de Perse, afin que dans tout son royaume il fît publier une proclamation, et même un écrit[2], pour dire :

2 « Ainsi parle Cyrus, roi de Perse : Tous les royaumes de la terre, le SEIGNEUR, le Dieu des *cieux, me les a donnés, et il m'a chargé lui-même de lui bâtir une maison[3] à Jérusalem qui est en Juda. 3 Parmi vous, qui appartient à tout son peuple ? Que son Dieu soit avec lui, et qu'il monte[4] à Jérusalem, en Juda, bâtir la Maison du SEIGNEUR, le Dieu d'Israël — c'est le Dieu qui est à Jérusalem ! 4 En tous lieux où réside le reste du peuple, que les gens de ce lieu apportent à chacun de l'argent, de l'or, des biens et du bétail, ainsi que l'offrande volontaire pour la Maison du Dieu qui est à Jérusalem[1] ! » 5 Alors se levèrent les chefs de famille de Juda et de Benjamin, les prêtres et les *lévites, bref tous ceux dont Dieu avait éveillé l'esprit pour aller bâtir la Maison du SEIGNEUR qui est à Jérusalem. 6 Et tous leurs voisins leur prêtaient main forte, à l'aide d'objets en argent et en or, de biens et de bétail, de cadeaux précieux, sans compter, en plus, tout ce qui était offert volontairement. 7 Le roi Cyrus fit retirer les objets de la Maison du SEIGNEUR que Nabuchodonosor avait enlevés de Jérusalem[2] pour les mettre dans la maison de ses dieux. 8 Cyrus, roi de Perse, les fit retirer par l'entremise du trésorier Mithredath qui les fit prendre en compte par Sheshbaçar, le prince de Juda[3]. 9 Voici le compte : plats d'or : 30; plats d'argent : mille; couteaux : 29; 10 coupes d'or : 30; coupes d'argent de second ordre : 410; autres objets : mille. 11 Total des objets en or et en argent :

---

1. Malgré l'ordre dans lequel les livres de l'Ancien Testament hébreu sont présentés, les livres d'*Esdras* et de *Néhémie* constituent la suite de l'œuvre commencée dans les deux livres des *Chroniques*.

2. *Cyrus* fut *roi de Perse* de 558 à 528 av. J. C. En automne 539, après s'être emparé de Babylone, il inaugura un nouveau règne comme roi de Babylone; c'est à *la première année de règne*-là (c'est-à-dire en 538) que fait allusion le v. 1 — *de la bouche de Jérémie* : voir Jr 25.11-12 et la note; 29.10 — *un écrit* : il pourrait s'agir d'affiches à placarder dans l'empire.

3. *une Maison* ou *un Temple*.

4. Les versets 1-3 (jusqu'à *qu'il monte*) répètent mot à mot le texte final de 2 Ch 36.22-23.

---

1. Cette libéralité de Cyrus (et des rois de Perse en général) est confirmée par des documents anciens, en particulier par le texte babylonien appelé « Cylindre de Cyrus ».

2. *objets enlevés de Jérusalem* : voir 2 R 25.13-17.

3. Le titre *prince de Juda* a conduit certains commentateurs à identifier *Sheshbaçar* avec Shènaçar, fils de Yoyakîn (ou Yekonia), lequel avait été l'avant-dernier roi de Juda (voir 1 Ch 3.18).

5.400[1]. Sheshbaçar emporta le tout, lorsque les déportés montèrent de Babylone à Jérusalem.

Liste des Juifs qui revinrent en Palestine

2 1 Voici les fils de la province qui sont remontés de la captivité, de la déportation — ceux que Nabuchodonosor, roi de Babylone, avait déportés à Babylone — et qui retournèrent à Jérusalem et en Juda, chacun dans sa ville[2]. 2 Ce sont eux qui vinrent avec Zorobabel, Josué, Nehémya, Seraya, Réélaya, Mordokaï[3], Bilshân, Mispar, Bigwaï, Rehoum, Baana.

Nombre des hommes du peuple d'Israël : 3 les fils de Paréosh[4] : 2.172; 4 les fils de Shefatya : 372; 5 les fils de Arah : 775; 6 les fils de Pahath-Moab, c'est-à-dire les fils de Yéshoua et Yoav : 2.812; 7 les fils de Elam : 1.254; 8 les fils de Zattou : 945; 9 les fils de Zakkaï : 760; 10 les fils de Bani : 642; 11 les fils de Bévaï : 623; 12 les fils de Azgad : 1.222; 13 les fils d'Adoniqâm : 666; 14 les fils de Bigwaï : 2.056; 15 les fils de Adîn : 454; 16 les fils d'Atér, c'est-à-dire de Yehizqiya : 98; 17 les fils de Béçaï : 323; 18 les fils de Yora : 112; 19 les fils de Hashoum : 223; 20 les fils de Guibbar : 95; 21 les fils de Bethléem[1] : 123; 22 les hommes de Netofa : 56; 23 les hommes de Anatoth : 128; 24 les fils de Azmaweth : 42; 25 les fils de Qiryath-Arim, Kefira et Bééroth : 743; 26 les fils de Rama et Guéva : 621; 27 les hommes de Mikmas : 122; 28 les hommes de Béthel et Aï : 223; 29 les fils de Nébo : 52; 30 les fils de Magbish : 156; 31 les fils d'un autre Elam : 1.254; 32 les fils de Harim : 320; 33 les fils de Lod, Hadid et Ono : 725; 34 les fils de Jéricho : 345; 35 les fils de Senaa : 3.630.

36 Les prêtres : les fils de Yedaya, c'est-à-dire la maison de Josué : 973; 37 les fils d'Immer : 1.052; 38 les fils de Pashehour : 1.247; 39 les fils de Harim : 1.017.

40 Les *lévites : les fils de Yéshoua et de Qadmiel, c'est-à-dire les fils de Hodawya : 74.

41 Les chantres : les fils d'Asaf : 128.

42 Les portiers : les fils de Shalloum, les fils d'Atér, les fils de Talmôn, les fils de Aqqouv, les fils de Hatita, les fils de Shovaï, le tout : 139.

43 Les servants[2] : les fils de Çiha, les fils de Hassoufa, les fils de Tabbaoth, 44 les fils de Qéros, les fils de Siaha, les fils de Padôn, 45 les fils de Levana, les fils de Hagava, les fils de Aqqouv, 46 les fils de Hagav, les fils de Shalmaï, les fils de Hanân, 47 les fils de Guiddel, les fils de Gahar, les fils de Réaya, 48 les fils de Recîn, les

---

1. Comme la somme des pièces énumérées aux v. 9-10 (2.499) ne correspond pas au total indiqué ici (*5.400*), il est possible que l'auteur n'ait cité qu'une partie d'un document d'archive, ou qu'il n'ait eu à sa disposition qu'un document incomplet.

2. *fils de la province* : probablement les habitants de la *province de Judée* – *sa ville* : la liste qui suit se retrouve en Ne 7.6-72, avec quelques différences dont les plus importantes seront signalées.

3. Entre *Raamya (Réélaya)* et *Mordokaï*, le texte de Ne 7.7 ajoute *Nahamani*, ce qui porte à douze le nombre des guides du peuple.

4. Dans les v. 3-20 et 31-32, les noms propres désignent des personnes; *fils de Paréosh* signifie donc *membres du clan de Paréosh*, etc.

1. Dans les v. 21-35 (sauf 31-32), les noms propres désignent des localités; *fils* (ou *hommes*) *de Bethléem* signifie donc *gens dont la famille venait de Bethléem*, etc.

2. Sur les *servants*, voir 8.20 et la note.

fils de Neqoda, les fils de Gazzam, 49 les fils de Ouzza, les fils
de Paséah, les fils de Bésaï, 50 les
fils d'Asna, les fils de Méounîm,
les fils de Nefousîm, 51 les fils de
Baqbouq, les fils de Haqoufa, les
fils de Harhour, 52 les fils de
Baçlouth, les fils de Mehida, les
fils de Harsha, 53 les fils de Barqos, les fils de Sisera, les fils de
Tamah, 54 les fils de Neciah, les
fils de Hatifa.

55 Les fils des serviteurs de Salomon[1] : les fils de Sotaï, les fils
de Ha-Soféreth, les fils de Pe-
rouda, 56 les fils de Yaala, les fils
de Darqôn, les fils de Guiddel,
57 les fils de Shefatya, les fils de
Hattil, les fils de Pokéreth-Ha-
Cevaïm, les fils d'Ami. 58 Tous les
servants et les fils des serviteurs
de Salomon : 392.

59 Et voici ceux qui sont montés de Tel-Mèlah, Tel-Harsha,
Keroub Addân[2], Immer et qui
n'ont pas pu faire connaître si
leur maison paternelle et leur
race étaient bien d'Israël : 60 les
fils de Delaya, les fils de Toviya,
les fils de Neqoda : 652; 61 et certains parmi les prêtres : les fils de
Hovaya, les fils d'Haqqoç, les fils
de Barzillaï — celui qui avait pris
femme parmi les filles de Barzillaï le Galaadite et avait été appelé de leur nom. 62 Ces gens-là
cherchèrent leur registre de généalogies, mais ne le trouvèrent
pas; alors on les déclara souillés,
exclus du sacerdoce. 63 Et le gouverneur leur dit de ne pas manger
des aliments très *saints, jusqu'à

ce qu'un prêtre se présente pour
Ourim et pour Toummim[1].

64 L'assemblée tout entière était
de 42.360 personnes[2], sans compter leurs serviteurs et servantes
qui étaient 7.337; ils avaient 200
chanteurs et chanteuses; 66 leurs
chevaux : 736; leurs mulets : 245;
67 leurs chameaux : 435; les ânes :
6.720.

68 À leur arrivée à la Maison
du Seigneur qui est à Jérusalem,
certains chefs de famille firent
des offrandes volontaires pour la
Maison de Dieu, afin de la rétablir sur son emplacement. 69 Selon leur pouvoir, ils donnèrent
au trésor de l'œuvre 61.000
drachmes d'or et 5.000 mines[3]
d'argent, et cent tuniques de prêtres. 70 Alors les prêtres, les lévites, une partie du peuple, les
chantres, les portiers et les servants s'établirent dans leurs villes.
Tous les Israélites étaient dans
leurs villes.

Josué et Zorobabel rétablissent le culte

3 1 Quand arriva le septième
    mois[4], alors que les fils
d'Israël étaient dans leurs villes, le
peuple se rassembla comme un
seul homme à Jérusalem. 2 Josué,
fils de Yosadaq, se leva avec ses

---

1. On ne sait pas ce que désigne exactement le
titre de *fils des serviteurs de Salomon.* D'après le v.
58, ce groupe ne devait pas être très différent de
celui des *servants.*
2. *Keroub Addân :* on ne sait pas s'il s'agit d'une
seule ou de deux localités (de toute manière inconnues, comme *Immer*).

1. *aliments très saints :* voir Lv 22.1-16 — *Ourim et Toummim :* voir Ex 28.30 et la note.
2. Le total de *42.360* ne correspond pas à la
somme des nombres donnés dans ce chapitre
(29.818), sans que l'on en sache la raison. D'ailleurs
les nombres donnés en Ne 7 diffèrent parfois de
ceux d'Esd 2.
3. *drachmes, mines :* voir au glossaire
MONNAIES.
4. Le *septième mois* (septembre-octobre) comportait plusieurs fêtes juives importantes, énumérées en Lv 23.23-43. Voir en particulier Lv 23.24
et la note.

frères les prêtres, ainsi que Zoro-babel, fils de Shaltiel, avec ses frères, et ils bâtirent l'*autel du Dieu d'Israël pour présenter des holocaustes[1], comme il est écrit dans la Loi de Moïse, l'homme de Dieu. 3 Ils rétablirent l'autel sur ses fondations, car ils avaient peur des gens du pays[2], et ils y présentèrent des holocaustes au Seigneur, les holocaustes du matin et du soir. 4 Puis ils célébrè-rent la fête des Tentes[3], comme il est écrit, présentant l'holocauste jour après jour selon le nombre quotidien fixé par la coutume. 5 Après cela ils présentèrent l'ho-locauste perpétuel, les holocaustes pour les nouvelles lunes[4] et pour tous les temps sacrés du Seigneur, ainsi que pour tous ceux qui fai-saient des offrandes volontaires au Seigneur. 6 Dès le premier jour du septième mois, ils commencè-rent à offrir des holocaustes au Seigneur. Pourtant les fondations du Temple du Seigneur n'étaient pas posées, 7 aussi donnèrent-ils de l'argent aux tailleurs de pierre et aux charpentiers, ainsi que des vivres, de la boisson et de l'huile aux Sidoniens et aux Tyriens pour qu'ils fassent venir par mer du bois de cèdre depuis le Liban

jusqu'à Jaffa[1], suivant l'autorisa-tion que le roi de Perse, Cyrus, leur accorda. 8 Puis, la deuxième année de leur arrivée à la Maison de Dieu à Jérusalem, au deuxième mois[2], Zorobabel, fils de Shaltiel, et Josué, fils de Yosadaq, avec le reste de leurs frères, les prêtres, les *lévites et tous ceux qui étaient revenus de la captivité à Jérusalem, commencèrent à mettre en place les lévites de vingt ans et plus pour diriger les travaux de la Maison du Sei-gneur. 9 Quant à Josué, ses fils et ses frères, Qadmiel et ses fils, les fils de Juda, tous ensemble, ils se placèrent de manière à diriger chaque ouvrier qui travaillait à la Maison de Dieu, sans parler des fils de Hénadad, leurs fils et leurs frères les lévites. 10 Alors les bâ-tisseurs posèrent les fondations du Temple du Seigneur, tandis qu'on plaçait les prêtres, en cos-tume, avec les trompettes, ainsi que les lévites fils d'Asaf avec les cymbales, pour qu'ils louent le Seigneur d'après les ordonnances de David, roi d'Israël. 11 Dans la louange et l'action de grâce en-vers le Seigneur, ils se répon-daient : *Car il est bon, car sa fi-délité dure toujours pour Israël.* Tout le peuple poussait de grandes ovations[3] en louant le Seigneur, à cause de la fondation

---

1. D'après 1 Ch 3.17-19, *Shaltiel* était le fils aîné du roi Yoyakîn-Yekonia (mais seulement l'oncle de *Zorobabel*). De toute façon Zorobabel était un petit-fils de Yoyakîn, donc susceptible de monter sur le trône de Jérusalem, en cas de restau-ration de la royauté — *holocaustes* : voir au glos-saire SACRIFICES.

2. Les *gens du pays* étaient ceux, juifs ou étran-gers, qui avaient habité la Palestine pendant l'exil. Comme le montrera le chap. 4 les Juifs revenus d'exil avaient des raisons d'*avoir peur* d'eux.

3. *fête des Tentes* : voir au glossaire CALENDRIER.

4. *nouvelles lunes* : voir au glossaire NÉOMÉNIE.

1. Les *Sidoniens* et les *Tyriens* (habitants des régions de Sidon et Tyr, soumises à l'autorité perse) étaient spécialisés dans le travail du bois, en provenance du mont *Liban* (voir 1 R 5.20 et la note) — *Jaffa* : ville de la côte méditerranéenne, actuellement faubourg de Tel-Aviv.

2. *deuxième année, deuxième mois* : en avril-mai 537 av. J.-C.

3. *Car il est bon, car sa fidélité dure toujours* : ce répons liturgique se retrouve en Jr 33.11; 1 Ch 16.34; 2 Ch 5.13; 7.3; et surtout au Ps 136 — ces *ovations* (ou *acclamations*, voir Lv 23.24) sont aussi des éléments liturgiques et non des cris désordonnés.

de la Maison du Seigneur.
12 Alors beaucoup de prêtres, de
lévites et de chefs de famille
parmi les plus âgés — ceux qui
avaient vu la Maison d'autrefois
— pleuraient à haute voix, tandis
qu'on posait sous leurs yeux les
fondations de cette Maison-ci.
Mais beaucoup aussi élevaient la
voix en joyeuses ovations.
13 Aussi le peuple ne pouvait-il
distinguer le bruit des ovations
joyeuses du bruit des pleurs populaires, car le peuple poussait de
grandes ovations dont le bruit
s'entendait très loin.

Intervention des ennemis des Juifs

4 1 Quand les ennemis de
Juda et de Benjamin ap-
prirent que les déportés[1] bâtissaient un Temple au Seigneur, le
Dieu d'Israël, 2 ils s'approchèrent
de Zorobabel et des chefs de famille et leur dirent : « Nous vou-
lons bâtir avec vous ! Comme
vous, en effet, nous cherchons
Dieu, le vôtre, et nous lui offrons
des *sacrifices, depuis le temps
d'Asarhaddon, roi d'Assyrie, qui
nous a fait monter ici[2]. » 3 Mais
Zorobabel, Josué et le reste des
chefs de famille d'Israël leur dirent : « Nous n'avons pas à bâtir,
vous et nous, une Maison à notre

Dieu : c'est à nous seuls[1] de bâtir
pour le Seigneur, le Dieu d'Israël,
comme nous l'a ordonné le roi
Cyrus, roi de Perse. » 4 Les gens
du pays[2] en arrivèrent pourtant à
rendre défaillantes les mains du
peuple de Juda et à effrayer les
bâtisseurs. 5 Ils payèrent contre
eux des conseillers pour faire
échouer leur plan, durant tout le
temps de Cyrus, roi de Perse, jusqu'au règne de Darius, roi de
perse[3].

Les Juifs dénoncés au roi Artaxerxès

6 Sous le règne de Xerxès[4], au
début de son règne, ils écrivirent
une accusation contre les habitants de Juda et de Jérusalem.
7 Au temps d'Artaxerxès, Bishlam,
Mithredath, Tavéel et leurs
collègues écrivirent à Artaxerxès,
roi de Perse; le texte de la lettre
était écrit en caractères araméens
et en langue araméenne[5]. 8 Le
chancelier Rehoum et le secrétaire Shimshaï[6] écrivirent au roi

1. *Juda et Benjamin* : les deux tribus qui avaient
formé, jusqu'à l'exil, le « royaume de Juda »; voir 1
R 11.32 et la note — *les déportés* : l'auteur des
livres d'Esdras et de Néhémie désigne par ce mot
ceux qui sont revenus de l'exil, c'est-à-dire les
descendants des anciens *déportés*.
2. *nous cherchons* ou *nous invoquons Dieu*
— *nous lui offrons des sacrifices* : d'après les anciennes versions grecque, latine et syriaque, et une
ancienne tradition juive; texte hébreu traditionnel :
nous n'offrons pas de sacrifices — *qui nous a fait
monter ici* : Asarhaddon, roi d'Assyrie (680-669)
doit avoir fait déporter les populations vaincues,
comme ses prédécesseurs (comparer 2 R 17.24-41).

1. Les chefs juifs refusent de collaborer avec les
gens du pays, car ceux-ci offraient certainement
aussi un culte à d'autres dieux que *le Seigneur*.
2. *Les gens du pays* : voir 3.3 et la note.
3. Il s'agit probablement de *Darius* Ier, qui fut
roi de Perse de 522 à 486 av. J. C. — Le problème
de la chronologie des événements, dans les livres
d'Esdras et de Néhémie, est extrêmement compli-
qué, en particulier parce qu'il y a eu plusieurs rois
de Perse qui ont porté les mêmes noms, par
exemple trois Darius et trois Artaxerxès.
4. *Xerxès* fut roi de Perse de 486 à 464 av. J. C.
5. *Artaxerxès* Ier fut *roi de Perse* de 464 à 424
av. J. C. — écrit *en caractères araméens et en
langue araméenne* : texte peu clair et traduction
incertaine; autre traduction possible *écrit en araméen et traduit (araméen)*, c'est-à-dire que le texte
original aurait été l'araméen, et la traduction faite
en langue perse; le dernier mot entre parenthèses
indiquerait alors qu'au début du verset suivant,
l'auteur reproduit le texte *araméen* original (le passage 4.8-6.18 est en effet en araméen).
6. *Le chancelier* (ou *le gouverneur*), *le secrétaire*
(*et leurs collègues*, v. 9) sont des fonctionnaires
perses chargés de l'administration de la province.

Artaxerxès au sujet de Jérusalem la lettre suivante : 9 « Le chancelier Rehoum, le secrétaire Shimshaï, leurs autres collègues, les gens de Dîn, d'Afarsathak, de Tarpel, d'Afaras, d'Ourouk, de Babylone, de Suse, de Déha, d'Elam[1] 10 et les autres peuples que le grand et illustre Asnappar a déportés et fait résider dans la ville de Samarie et dans le reste du pays, en Transeuphratène[2], etc. » 11 Voici la copie de la lettre qu'ils lui envoyèrent : « Au roi Artaxerxès, tes serviteurs, gens de Transeuphratène, etc. 12 On doit faire connaître au roi que les Juifs, montés de chez toi pour venir vers nous à Jérusalem, reconstruisent la ville rebelle et méchante; ils vont relever les murs et font examiner les fondations. 13 On doit maintenant faire connaître au roi que si cette ville est reconstruite et ses murs relevés, ils ne donneront plus de tribut, d'impôt et de droit de passage, ce qui finalement causera du tort aux rois. 14 Maintenant, étant donné que nous mangeons le sel du palais[3] et qu'il ne nous paraît pas convenable de voir le roi tourné en dérision, nous envoyons au roi ces informations 15 pour qu'on fasse des recherches dans le livre des mémoires de tes pères. Dans le livre des mémoires, tu trouveras et tu sauras que cette

ville est une ville rebelle, causant du tort aux rois et aux provinces, et dans laquelle ils ont fomenté des révoltes depuis les temps anciens. C'est pour cela que cette ville a été détruite[1]. 16 Nous faisons savoir au roi que si cette ville est rebâtie et si ses murs sont relevés, par là même tu n'auras plus de possession en Transeuphratène. »

Réponse du roi Artaxerxès

17 Le roi envoya cette réponse : « Au chancelier Rehoum, au secrétaire Shimshaï et à leurs autres collègues qui habitent à Samarie et dans le reste de la Transeuphratène, paix, etc. 18 L'acte officiel que vous nous avez envoyé a été lu, de façon claire, en ma présence. 19 Sur mon ordre, on a fait des recherches et on a découvert que, depuis les temps anciens, cette ville se soulève contre les rois et qu'elle est travaillée par la révolte et la sédition. 20 Il · y eut à Jérusalem de puissants rois qui dominèrent toute la Transeuphratène[2]; on leur payait tribut, impôt et droit de passage.

21 Maintenant, donnez l'ordre de faire cesser le travail de ces gens; que cette ville ne soit pas rebâtie jusqu'à ce que l'ordre en soit donné par moi. 22 Gardez-vous d'agir avec négligence en cette affaire de peur que le mal ne grandisse et ne cause tort aux rois. »

---

1. *Dîn, ... Elam* : plusieurs de ces localités sont inconnues; d'ailleurs le texte est parfois peu clair.
2. *Asnappar* : il pourrait s'agir d'Assourbanipal, successeur d'*Asarhaddon* comme roi d'Assyrie (668-630) — *Transeuphratène* : c'est le nom donné à la province perse située *au-delà* (à l'ouest) *de l'Euphrate* (comparer 1 R 5.4), et dont *Samarie* était le chef-lieu.
3. *Manger le sel du palais* est une expression dont le sens n'est pas évident. Comme le *sel* symbolise parfois l'alliance (voir Lv 2.13 et la note), on pense que la formule signifie ici *être au service du roi*.

---

1. *de tes pères* ou *de tes ancêtres*, c'est-à-dire *de tes prédécesseurs* sur le trône de Perse et sur celui de Babylone — *détruite* : allusion aux événements de 587 av. J.-C. (prise et destruction partielle de Jérusalem).
2. Allusion au royaume de David et de Salomon.

23 Dès que la copie de cet acte officiel du roi Artaxerxès fut lue en présence de Rehoum, du secrétaire Shimshaï et de leurs collègues, ils allèrent en hâte à Jérusalem auprès des Juifs et leur firent cesser le travail par la force et la violence. 24 Alors, à Jérusalem, le travail de la Maison de Dieu cessa et cet arrêt dura jusqu'à la deuxième année du règne de Darius[1], roi de Perse.

Zorobabel et Josué rebâtissent le Temple

5 1 Lorsque les *prophètes — Aggée le prophète et Zacharie fils de Iddo[2] — prophétisèrent sur les Juifs qui étaient en Juda et à Jérusalem au nom du Dieu d'Israël qui était sur eux, 2 Zorobabel fils de Shaltiel et Josué fils de Yosadaq se levèrent et se mirent alors à bâtir[3] la Maison de Dieu à Jérusalem; avec eux, il y avait les prophètes de Dieu qui les aidaient. 3 À ce moment-là, le gouverneur de Transeuphratène, Tatnaï, Shetar-Boznaï et leurs collègues vinrent vers eux et leur dirent : « Qui vous a donné l'ordre de bâtir cette Maison et de relever ces madriers[4] ? 4 Alors, nous vous disons : Quels sont les noms des hommes qui bâtissent cette construction ? » 5 Mais l'œil de leur Dieu était sur les *anciens[1] des Juifs : on ne leur fit pas cesser le travail jusqu'à ce que le rapport aille chez Darius et qu'en revienne ensuite l'acte officiel sur la question.

Les Juifs dénoncés au roi Darius

6 Copie de la lettre envoyée au roi Darius par le gouverneur de Transeuphratène Tatnaï, Shetar-Boznaï et ses collègues, les gens d'Afarsak[2] en Transeuphratène. 7 Ils lui envoyèrent un message où il était écrit : « Au roi Darius, paix entière ! 8 Que le roi sache que nous sommes allés dans la province de Juda à la Maison du grand Dieu. Elle se construit en pierres de taille et du bois est placé dans les murs. Ce travail est fait soigneusement et il prospère entre leurs mains[3]. 9 Alors nous avons interrogé ces *anciens et leur avons dit : Qui vous a donné l'ordre de bâtir cette Maison et de relever ces madriers[4] ? 10 En outre, nous leur avons demandé leurs noms pour te les faire connaître, afin d'écrire le nom des hommes qui sont à leur tête. 11 Voici la réponse qui nous revint : Nous sommes les serviteurs du Dieu des cieux et de la terre, et nous rebâtissons la Maison construite il y a de longues années, qu'un grand roi en

1. *Darius* : voir v. 5 et la note.
2. *Aggée* et *Zacharie* sont les deux prophètes dont le message est conservé dans l'A. T. En Za 1.1, Zacharie est présenté comme *petit-fils de Iddo*.
3. *se mirent à bâtir* : les travaux entrepris par Sheshbaçar, chef du premier convoi de retour (1.8, 11), semblent n'avoir été que des préparatifs à la construction du Temple (voir v. 16).
4. *madriers* : autres traductions *charpente, murs, sanctuaire* ; le sens du mot araméen est très incertain.

1. *l'œil de Dieu était sur les anciens* : cette expression signifie que Dieu considère avec bienveillance le travail des anciens et les protège.
2. *Afarsak* : localité inconnue ; texte incertain (comparer 4.9 et la note).
3. *du bois placé dans les murs* : sur cette technique de construction, voir 1 R 6.36 et la note — *soigneusement* ou *énergiquement* — *entre leurs mains* ou *rapidement*.
4. *madriers* : voir v. 3 et la note.

Israël avait construite et achevée[1].
12 Mais parce que nos pères irri-
tèrent le Dieu des cieux, il les
livra aux mains du Chaldéen[2] Nabuchodonosor, roi de Babylone,
et il détruisit cette Maison et déporta le peuple à Babylone.
13 Pourtant, la première année de
Cyrus, roi de Babylone, le roi Cyrus donna l'ordre de bâtir cette
Maison de Dieu[3]. 14 En outre, les
objets de la Maison de Dieu, en
or et en argent, que Nabuchodonosor avait fait enlever du
Temple de Jérusalem pour les apporter dans le temple de Babylone, le roi Cyrus les fit enlever
du temple de Babylone pour les
remettre au nommé Sheshbaçar[4]
qu'il avait établi gouverneur. 15 Il
lui dit : Prends ces objets et va les
déposer dans le Temple de Jérusalem, et que la Maison de Dieu
soit rebâtie sur son emplacement.
16 Alors ce Sheshbaçar est venu
jeter les fondements[5] de la Maison de Dieu à Jérusalem. Depuis
ce moment jusqu'à maintenant,
elle se construit, mais n'est pas
achevée. 17 Maintenant donc, s'il
plaît au roi, que l'on recherche à
la trésorerie royale[6], là-bas à Babylone, s'il y a bien eu un ordre
donné par le roi Cyrus en vue de
bâtir cette Maison de Dieu à Jérusalem; et qu'on nous envoie la

décision du roi sur cette question. »

Réponse du roi Darius

6 1 Alors le roi Darius donna
l'ordre de faire des recherches aux archives de la trésorerie,
déposées là-bas à Babylone; 2 et,
dans la forteresse d'Ecbatane[1] de
la province de Médie, on trouva
un rouleau où il était écrit :

« Archive. 3 La première année
du roi Cyrus, le roi Cyrus a
donné un ordre :

Maison de Dieu à Jérusalem.
La Maison sera rebâtie là où
l'on offre des *sacrifices et où se
trouvent ses fondements; sa hauteur sera de 60 coudées[2] et sa
largeur de 60 coudées. 4 Il y aura
trois rangées de pierres de taille
et une rangée de bois neuf et la
dépense sera couverte par la maison du roi[3]. 5 En outre, on rap-
portera les objets de la Maison de
Dieu, en or et en argent, que Nabuchodonosor avait enlevés du
Temple de Jérusalem et emportés
à Babylone; chacun d'eux ira à sa
place dans le Temple de Jérusalem. Tu les déposeras[4] dans la
Maison de Dieu. »

6 « Maintenant, Tatnaï gouverneur de Transeuphratène, Shetar-Boznaï et leurs collègues, gens
d'Afarsak de Transeuphratène, ne
vous en occupez pas[5]. 7 Laissez

---

1. Le *grand roi* mentionné ici est Salomon; voir
1 R 6.
2. *nos pères* ou *nos ancêtres* — *Chaldéen* est un
équivalent de *Babylonien.*
3. Allusion à la proclamation de Cyrus, voir
1.1-4.
4. Le *temple de Babylone* est certainement celui
de Mardouk, le grand dieu de Babylone — Sur
Sheshbaçar, voir 1.8 et la note.
5. Le sens du mot araméen traduit par *fondements*
n'est pas absolument clair; il pourrait s'agir
simplement du nivellement du terrain destiné à
recevoir le bâtiment.
6. Les locaux de la *trésorerie* étaient bien adap-
tés à recevoir aussi les archives royales.

1. *Ecbatane* : capitale de la Médie; aujourd'hui
Hamadan (Iran).
2. *coudées* : voir au glossaire POIDS ET
MESURES.
3. *trois rangées de pierres et une rangée de bois* :
sur cette technique de construction, voir 1 R 6.36
et la note — *dépense couverte par la maison du
roi* : grâce aux impôts prélevés dans la province,
voir v. 8.
4. *Tu les déposeras* ou *On les déposera.*
5. *Afarsak* : voir 5.6 et la note — *ne vous en
occupez pas* : autre traduction *éloignez-vous de là.*

faire le travail de cette Maison de Dieu; le gouverneur des Juifs, avec les *anciens des Juifs, bâtira cette Maison sur son emplacement. 8 Voici mes ordres sur ce que vous ferez avec ces anciens des Juifs dans la construction de cette Maison de Dieu : c'est sur les biens du roi, venant de l'impôt de Transeuphratène, que la dépense sera assurée exactement pour ces hommes, sans interruption. 9 Ce qui sera nécessaire — jeunes taureaux, béliers, agneaux pour les holocaustes[1] du Dieu des *cieux; blé, sel, vin et huile, selon les indications des prêtres de Jérusalem — leur sera donné jour après jour, sans faute, 10 pour qu'ils puissent apporter des offrandes[2] d'apaisement au Dieu des cieux et qu'ils prient pour la vie du roi et de ses fils.

11 Voici mes ordres concernant quiconque transgressera cet édit : qu'on arrache un pieu de bois de sa maison et qu'on l'empale tout droit dessus; en outre, qu'on transforme sa maison en tas d'ordures. 12 Puisse le Dieu qui fait résider là son *nom renverser tout roi et tout peuple qui, en transgression, étendra sa main pour détruire cette Maison de Dieu à Jérusalem. Moi, Darius, j'ai donné un ordre; qu'il soit fait exactement ainsi ! »

13 Alors le gouverneur de Transeuphratène, Tatnaï, Shetar-Boznaï et leurs collègues agirent exactement selon l'ordre envoyé par le roi Darius.

Dédicace du Temple rebâti

14 Les *anciens des Juifs continuèrent à bâtir avec succès, selon la *prophétie d'Aggée le prophète et de Zacharie fils de Iddo[1]; ils achevèrent la construction, d'après l'ordre du Dieu d'Israël et d'après l'ordre de Cyrus, de Darius et d'Artaxerxès, roi de Perse. 15 On termina cette Maison le troisième jour du mois d'Adar, la sixième année du règne du roi Darius[2]. 16 Les fils d'Israël, les prêtres, les *lévites et le reste des déportés[3] firent dans la joie la dédicace de cette Maison de Dieu. 17 Ils offrirent, pour la dédicace de cette Maison de Dieu, cent taureaux, 200 béliers, 400 agneaux et, pour le péché de tout Israël, douze boucs suivant le nombre des tribus d'Israël. 18 Ils établirent les prêtres d'après leurs classes et les lévites d'après leurs divisions, pour le service de Dieu à Jérusalem, selon les prescriptions du livre de Moïse.

Les Juifs célèbrent la fête de la Pâque

19 Les déportés[4] célébrèrent la *Pâque le quatorzième jour du premier mois; 20 comme les prêtres ensemble avec les *lévites s'étaient *purifiés, tous étaient purs : ils immolèrent alors la Pâque[5] pour tous les déportés, pour leurs frères les prêtres et pour eux-

1. *holocaustes :* voir au glossaire SACRIFICES.
2. *offrandes :* voir au glossaire SACRIFICES.

1. Sur *Aggée* et *Zacharie :* voir 5.1 et la note.
2. *Adar :* voir au glossaire CALENDRIER — *sixième année de Darius :* en 515 av. J.-C.
3. *déportés :* voir 4.1 et la note.
4. Dès le v. 19, le texte original est de nouveau rédigé en hébreu — *déportés :* voir 4.1 et la note.
5. Immoler la Pâque est une tournure abrégée signifiant *immoler (tuer rituellement) l'agneau de la Pâque.*

mêmes. 21 Ainsi les fils d'Israël, revenus de la déportation, mangèrent avec tous ceux qui, auprès d'eux, avaient rompu avec l'impureté des païens du pays en vue de chercher[1] le Seigneur, le Dieu d'Israël. 22 Ils célébrèrent avec joie la fête des *pains sans levain, pendant sept jours, car le Seigneur les avait remplis de joie en changeant le *coeur du roi d'Assyrie[2] à leur égard, afin d'affermir leurs mains dans la tâche de la Maison de Dieu, du Dieu d'Israël.

Le scribe Esdras

7 1 Après ces événements, sous le règne du roi de Perse Artaxerxès[3], Esdras, fils de Seraya, fils de Azarya, fils de Hilqiya, 2 fils de Shalloum, fils de Sadoq, fils d'Ahitouv, 3 fils d'Amarya, fils de Azarya, fils de Merayoth, 4 fils de Zerahya, fils de Ouzzi, fils de Bouqqi, 5 fils d'Avishoua, fils de Pinhas, fils d'Eléazar, fils d'Aaron le grand prêtre 6 — cet Esdras monta de Babylone. C'était un scribe expert dans la Loi de Moïse donnée par le Seigneur, Dieu d'Israël. Le roi lui donna tout ce qu'il avait demandé, car la main du Seigneur son Dieu était sur lui[4]. 7 Parmi les fils d'Israël et parmi les prêtres, les *lévites, les chantres, les portiers et les servants, quelques-uns montèrent à Jérusalem, la septième année du roi Artaxerxès[1]; 8 il arriva donc à Jérusalem le cinquième mois[2]; c'était la septième année du roi. 9 En effet, le premier jour du premier mois, lui-même fixa le voyage depuis Babylone, et le premier jour du cinquième mois, il arriva à Jérusalem, car la bonne main de son Dieu était sur lui. 10 Esdras, en effet, avait appliqué son coeur à chercher la Loi du Seigneur, à la mettre en pratique et à enseigner les lois et les coutumes en Israël.

Les tâches confiées à Esdras par Artaxerxès

11 Voici la copie de l'acte officiel que le roi Artaxerxès donna au prêtre-scribe Esdras, scribe des paroles ordonnées par le Seigneur et de ses lois au sujet d'Israël : 12 « Artaxerxès[3], le roi des rois, au prêtre Esdras, scribe de la Loi du Dieu des *cieux, salut, etc. 13 Voici mes ordres : dans mon royaume, quiconque parmi le peuple d'Israël, ses prêtres et ses *lévites, est volontaire pour aller à Jérusalem, qu'il y aille avec toi ! 14 En effet tu es envoyé de la part du roi et de ses sept conseillers : pour faire une enquête au sujet de Juda et de Jérusalem, suivant la Loi de ton Dieu qui est dans ta main; 15 ensuite pour porter l'argent et l'or des offrandes volontaires du roi et de ses conseillers

---

1. *de chercher* ou *d'invoquer.*
2. La mention du *roi d'Assyrie* est surprenante, car c'est encore de Darius, roi de Perse, qu'il est question ici, tandis que le royaume assyrien n'existait plus depuis près d'un siècle. Il faut admettre que le terme *Assyrie* a conservé ici une valeur purement géographique, correspondant à l'étendue de l'empire perse.
3. Il est difficile de savoir s'il s'agit d'*Artaxerxès Ier*, qui régna de 464 à 424 av. J. C., ou d'*Artaxerxès II* (404-359).
4. Le prêtre *Esdras* semble avoir été un fonctionnaire important à la cour du roi de Perse, en même temps qu'un théologien de valeur et un ardent défenseur de la foi juive.

1. *servants :* voir 8.20 et la note — *la septième année du roi Artaxerxès :* en 458 ou en 398 av. J. C. (voir v. 1 et la note).
2. *cinquième mois :* juillet-août.
3. Les v. 12-26 sont en araméen.

au Dieu d'Israël dont la demeure est à Jérusalem, 16 ainsi que tout l'argent et l'or que tu trouveras dans toute la province de Babylone avec les offrandes volontaires que le peuple et les prêtres apporteront pour la Maison de leur Dieu à Jérusalem. 17 En conséquence, tu auras soin d'acheter avec cet argent des taureaux, des béliers, des agneaux et ce qu'il faut pour leurs offrandes et leurs libations[1]; tu les présenteras sur l'autel de la Maison de votre Dieu à Jérusalem. 18 Ce qui sera bon de faire, selon toi et tes frères, avec le reste de l'argent et de l'or, vous le ferez suivant la volonté de votre Dieu. 19 Les objets qui te seront donnés pour le service de la Maison de ton Dieu, dépose-les devant le Dieu de Jérusalem. 20 Le reste de ce qu'il faut pour la Maison de ton Dieu et qu'il t'incombe d'assurer, tu le mettras sur le compte de la trésorerie du roi. 21 Moi[2], le roi Artaxerxès, je donne l'ordre à tous les trésoriers de Transeuphratène de faire exactement tout ce que vous demandera le prêtre Esdras, scribe de la Loi du Dieu des cieux, 22 jusqu'à concurrence de cent talents d'argent, cent kors de blé, cent baths[3] de vin, cent baths d'huile et du sel, sans compter. 23 Tout ce qu'ordonne le Dieu des cieux, qu'on l'exécute avec diligence pour la Maison du Dieu des cieux, de peur que sa colère ne se lève, sur le royaume du roi et de ses fils. 24 De plus, nous

vous faisons savoir que sur aucun des prêtres, des lévites, des chantres, des portiers, des servants et des serviteurs[1] de cette Maison de Dieu, il n'est permis de lever tribut, impôt ou droit de passage. 25 Quant à toi, Esdras, avec la sagesse de ton Dieu qui est dans ta main[2], établis des juges et des magistrats qui rendent la justice à tout le peuple de Transeuphratène, à tous ceux qui connaissent les lois de ton Dieu — et vous les ferez connaître à qui ne les connaît pas. 26 Quiconque n'accomplira pas la Loi de ton Dieu et la loi du roi exactement, que la sentence lui soit appliquée : soit la mort, le bannissement[3], une amende ou la prison. »

27 Béni soit le SEIGNEUR, le Dieu de nos pères[4] qui a mis au *coeur du roi d'honorer ainsi la Maison du SEIGNEUR, à Jérusalem. 28 Face au roi, aux conseillers et à tous les plus hauts ministres du roi, dans sa fidélité il s'est penché sur moi; alors, affermi — car la main du SEIGNEUR mon Dieu était sur moi —, j'ai rassemblé quelques chefs d'Israël pour partir avec moi.

Les compagnons d'Esdras

8 1 Voici, avec leurs généalogies, les chefs de famille qui montèrent avec moi de Babylone, sous le règne du roi Artaxe-

---

1. *offrandes, libations* : voir au glossaire SACRIFICES.
2. Les v. 21-24 semblent être la copie d'un document adressé aux trésoriers royaux de Transeuphratène.
3. *talents, kors, baths* : voir au glossaire POIDS ET MESURES.

1. *servants* : voir 8.20 et la note; *serviteurs* : voir 2.55 et la note.
2. *la sagesse de ton Dieu qui est dans ta main* est une expression imagée pour désigner *la Loi de Moïse.*
3. *bannissement* ou *expulsion*, ou encore *excommunication.*
4. *nos pères* ou *nos ancêtres* — à partir du v. 27, le texte original est de nouveau en hébreu, et c'est Esdras qui s'exprime à la première personne.

rxès[1] : 2 Des fils de Pinhas :
Guershôm; des fils d'Itamar : Daniel; des fils de David : Hattoush,
3 des fils de Shekanya; des fils de
Paréosh : Zekarya avec qui furent
enregistrés 150 hommes; 4 des fils
de Pahath-Moab : Elyehoénaï,
fils de Zerahya et, avec lui, 200
hommes; 5 des fils de Shekanya,
fils de Yahaziël et, avec lui, 300
hommes; 6 et des fils de Adîn :
Eved fils de Yonatân et, avec lui,
50 hommes; 7 et des fils de Elam :
Yeshaya fils de Atalya et, avec
lui, 70 hommes; 8 et des fils de
Shefatya : Zevadya fils de Mikaël
et, avec lui, 80 hommes; 9 des fils
de Yoav : Ovadya fils de Yehiël
et, avec lui, 218 hommes; 10 et des
fils de Shelomith, fils de Yosifya
et, avec lui, 160 hommes; 11 et des
fils de Bévaï : Zekarya fils de Bévaï et, avec lui, 28 hommes; 12 et
des fils de Azgad : Yohanân fils
d'Ha-Qatân et, avec lui 110
hommes; 13 et des fils d'Adoniqâm : les derniers dont voici les
noms : Elifèleth, Yéiël et Shemaya et, avec eux, 60 hommes; 14 et
des fils de Bigwaï : Outaï et Zab-
boud et, avec lui, 70 hommes.

Préparation du voyage vers Jé-rusalem

15 Je les rassemblai près de la
rivière qui va vers Ahawa et nous
campâmes là trois jours. Je considérai attentivement le peuple et
les prêtres, mais je ne trouvai là
aucun des fils de Lévi[2]. 16 Alors
j'envoyai les chefs Eliézer, Ariel,
Shemaya, Elnatân et Yariv, Elnatân, Nâtan, Zekarya, Meshoullam, ainsi que les instructeurs[1] Yoyariv et Elnatân, 17 avec
ordre de se rendre auprès de
Iddo, chef de la localité de Kasifya; et je mis dans leur bouche les
paroles à dire à Iddo et à ses
frères les servants[2] dans la localité de Kasifya afin de nous amener des serviteurs pour la Maison
de notre Dieu. 18 Comme la
bonne main de notre Dieu était
sur nous, ils nous amenèrent un
homme avisé, l'un des fils de
Mahli, fils de Lévi, fils d'Israël, à
savoir Shéréya, ses fils et ses
frères, au nombre de dix-huit,
19 ainsi que Hashavya et avec lui
Yeshaya, l'un des fils de Merari,
ses frères et leurs fils, au nombre
de vingt; 20 et parmi les servants
que David et les chefs avaient
donnés pour le service des *lévites[3], 220 servants, tous pointés
par leurs noms. 21 Je proclamai
là, près de la rivière Ahawa, un
*jeûne pour nous humilier devant
notre Dieu afin de rechercher la
faveur de cheminer sans encombre, nous et nos enfants, avec
nos bagages. 22 Car j'avais honte
de demander au roi une force de
cavalerie pour nous protéger de
l'ennemi en cours de route; en
effet, nous avions dit au roi :
« Bonne est la main de notre Dieu
sur tous ceux qui le recherchent;
mais forte est sa colère sur tous
ceux qui l'abandonnent. » 23 Nous

---

1. *Artaxerxès* : voir 7.1 et la note.
2. *Ahawa* est le nom d'un canal d'irrigation en
Babylonie (appelé *rivière* aux v. 21 et 31) et probablement aussi d'une localité par ailleurs inconnue
— les *fils de Lévi* sont ici spécialement les **lévites*
(ailleurs l'expression désigne les *prêtres*).

1. Les *instructeurs* sont des gens chargés d'enseigner la Loi de Dieu.
2. *Kasifya* : localité inconnue — *à Iddo et à ses
frères* : d'après l'ancienne version grecque; hébreu :
à Iddo, son frère — *servants* : voir v. 20 et la note.
3. Les *servants* (autre traduction *les donnés*, voir
Nb 3.9 et la note) étaient des serviteurs des *lévites*,
chargés des travaux subalternes dans le
*sanctuaire.

jeûnâmes donc, demandant cette faveur à notre Dieu, et il nous exauça. 24 Puis je pris à part douze chefs des prêtres avec Shérévya, Hashavya et dix de leurs frères avec eux. 25 Je leur pesai l'argent, l'or et les objets constituant le prélèvement[1] pour la Maison de notre Dieu que le roi, ses conseillers, ses chefs et tous les Israélites présents avaient apporté. 26 Je pesai dans leurs mains 650 talents[2] d'argent, des objets d'argent pour cent talents, cent talents d'or, 27 vingt coupes d'or pour mille dariques, deux objets de bronze brillant[3], de toute beauté, précieux comme l'or. 28 Puis je leur dis : « Vous êtes consacrés au Seigneur, ces objets sont consacrés et l'argent et l'or sont une offrande volontaire au Seigneur, le Dieu de vos pères[4]; 29 veillez à les garder jusqu'à ce que vous les pesiez devant les chefs des prêtres, des lévites et des chefs de famille d'Israël, à Jérusalem, dans les chambres de la Maison du Seigneur. » 30 Alors les prêtres et les lévites prirent en charge l'argent, l'or et les objets pesés afin de les apporter à Jérusalem, à la Maison de notre Dieu.

Le voyage et l'arrivée à Jérusalem

31 Nous partîmes de la rivière d'Ahava le douze du premier mois pour aller à Jérusalem. La main de notre Dieu était sur nous et, pendant la route, il nous arracha des mains de l'ennemi et du pillard en embuscade. 32 Nous arrivâmes à Jérusalem et nous nous y reposâmes trois jours. 33 Le quatrième jour, nous pesâmes l'argent, l'or et les objets dans la Maison de notre Dieu, entre les mains du prêtre Merémoth fils d'Ouriya, avec qui était Eléazar fils de Pinhas et, auprès d'eux, les *lévites Yozavad fils de Yéshoua et Noadya fils de Binnouï. 34 Nombre, poids, tout y était; et le poids total fut consigné par écrit. En ce temps-là, 35 ceux qui revinrent de captivité, les déportés, offrirent en holocauste[1] pour le Dieu d'Israël douze taureaux pour tout Israël, 96 béliers, 77 agneaux, douze boucs pour le péché : le tout en holocauste pour le Seigneur. 36 Puis ils transmirent les ordonnances du roi aux satrapes du roi et aux gouverneurs[2] de Transeuphratène qui soutinrent le peuple et la Maison de Dieu.

De nombreux Juifs ont épousé des étrangères

9 1 Quand cela fut terminé, les chefs s'approchèrent de moi pour me dire : « Le peuple d'Israël, les prêtres et les *lévites ne se sont pas séparés des gens du pays. En conformité avec les abominations[3] de ces derniers — celles des Cananéens, des Hittites, des Perizzites, des Jébusites, des Ammonites, des Moabites, des Egyptiens et des *Amorites

---

1. *le prélèvement* ou *la contribution.*
2. *talents* : voir au glossaire POIDS ET MESURES.
3. *dariques* : voir au glossaire MONNAIES — *brillant* : le sens du mot traduit ainsi est incertain.
4. *vos pères* ou *vos ancêtres.*

1. *holocauste* : voir au glossaire SACRIFICES.
2. Les *satrapes du roi* étaient à la tête des provinces de l'empire perse; les *gouverneurs,* dirigeant des régions plus petites, étaient des fonctionnaires subordonnés aux satrapes.
3. *gens du pays* : voir 3.3 et la note — *abominations* : allusion aux pratiques idolâtriques.

—, 2 eux et leurs fils, ils ont épousé les filles, et la race *sainte s'est mêlée aux gens du pays. Les chefs et les notables ont été les premiers à tremper la main dans cette affaire d'infidélité. » 3 Lorsque j'entendis cela, je *déchirai mon vêtement et mon manteau, je m'arrachai les cheveux de la tête et les poils de la barbe[1] et je m'assis accablé. 4 Tous ceux qui tremblaient aux paroles du Dieu d'Israël se réunirent auprès de moi à cause de cette infidélité des déportés et moi, je restai assis, accablé, jusqu'à l'offrande du soir[2].

La prière d'Esdras en faveur des fautifs

5 À l'offrande du soir, je sortis de ma prostration et, le vêtement et le manteau déchirés, je tombai à genoux, j'étendis mes mains vers le Seigneur mon Dieu[3] 6 et lui dis : « Mon Dieu, j'ai trop de honte et de confusion pour lever ma face vers toi, mon Dieu, car nos fautes se sont multipliées par-dessus nos têtes et notre offense a grandi jusqu'aux cieux. 7 Depuis les jours de nos pères[4] jusqu'à ce jour, grande est l'offense de notre part ; à cause de nos péchés, nous, nos rois et nos prêtres, nous sommes livrés aux rois de la terre, à l'épée, à la captivité, au pillage et à la honte, comme aujourd'hui. 8 Et maintenant, depuis peu de temps la grâce du Seigneur notre Dieu

nous a laissé un reste de réchappés et nous a donné une place dans son lieu saint ; ainsi notre Dieu a-t-il illuminé nos yeux et nous a-t-il rendu un peu de vie dans notre servitude. 9 Car nous sommes esclaves, mais dans notre servitude notre Dieu ne nous a pas abandonnés ; face aux rois de Perse, il s'est penché sur nous dans sa fidélité pour nous donner la vie afin de relever la Maison de notre Dieu, rétablir ses ruines et nous donner un mur en Juda et à Jérusalem. 10 Et maintenant, notre Dieu, que dire après cela ? Car nous avons abandonné tes commandements 11 que, par tes serviteurs les *prophètes, tu as prescrits en ces termes : La terre où vous entrez pour en prendre possession est une terre souillée, souillée par les gens du pays[1] et par les abominations dont ils l'ont remplie d'un bout à l'autre dans leur impureté. 12 Et maintenant, ne donnez pas vos filles à leurs fils, ne prenez pas leurs filles pour vos fils, ne cherchez jamais à avoir la paix et le bien-être qui sont leurs, afin que vous deveniez forts, mangiez des biens du pays et les laissiez en possession à vos fils, à jamais. 13 Or, après tout ce qui nous est advenu de par nos mauvaises actions et notre grande culpabilité — bien que toi, notre Dieu, tu aies laissé de côté quelques-unes de nos fautes et nous aies gardé le reste de réchappés que voici — 14 pourrions-nous recommencer à violer tes commandements et à nous lier par le mariage à ces abominables gens ? Ne t'irriterais-tu pas contre nous jusqu'à

---

1. *S'arracher les cheveux et la barbe* est habituellement un geste de deuil ; comparer Jb 1.20.
2. *l'offrande du soir* : voir 1 R 18.29 et la note.
3. *Étendre les mains vers Dieu* (ou *vers le ciel*) est le geste de la prière ; voir 1 R 8.22 ; Ps 28.2.
4. *nos pères* ou *nos ancêtres*.

1. *gens du pays* : voir 3.3 et la note.

nous détruire sans laisser un reste de réchappés ? 15 Seigneur, Dieu d'Israël, tu es juste : en ce jour même, nous subsistons en effet comme un reste de réchappés. Nous voici devant toi avec nos offenses alors que, dans ces conditions, nul ne peut se tenir devant ta face. »

Les Juifs renvoient les femmes étrangères

10 1 Comme Esdras priait et confessait ses péchés, en pleurs et prosterné devant la Maison de Dieu, une très nombreuse assemblée d'Israélites, hommes, femmes et enfants, se réunit auprès de lui, car le peuple versait d'abondantes larmes. 2 Alors Shekanya fils de Yehiël, l'un des fils de Elam, déclara à Esdras : « Nous avons été infidèles à notre Dieu en épousant des femmes étrangères, parmi les gens du pays[1]. Mais, à ce sujet, il y a maintenant un espoir pour Israël : 3 concluons, maintenant, une *alliance avec notre Dieu en vue de renvoyer toutes les femmes[2] et leurs enfants, suivant le conseil de mon seigneur et de ceux qui craignent le commandement de notre Dieu. Qu'il soit fait selon la Loi ! 4 Lève-toi, car l'affaire te regarde ; nous sommes avec toi ; sois fort et au travail[3] ! » 5 Alors Esdras se leva et fit jurer aux chefs des prêtres, aux *lévites et de tout Israël, de faire comme il avait été dit ; et ils jurèrent.

6 Esdras se leva d'où il était, face à la Maison de Dieu ; il alla vers la chambre de Yehohanân fils d'Elyashiv ; et arrivé là il ne mangea pas de pain et ne but pas d'eau, car il était dans le deuil à cause de l'infidélité des déportés. 7 On fit publier une proclamation en Juda et à Jérusalem, à l'adresse de tous les déportés[1] pour qu'ils se rassemblent à Jérusalem. 8 Quiconque ne viendrait pas dans les trois jours, suivant l'avis des chefs et des *anciens, aurait tous ses biens frappés d'interdit[2] et lui-même serait exclu de l'assemblée des déportés. 9 Alors tous les hommes de Juda et de Benjamin s'assemblèrent à Jérusalem, dans les trois jours ; c'était le vingtième jour du neuvième mois. Tout le peuple demeura sur la place de la Maison de Dieu, tremblant à cause de cette affaire et à cause de la pluie[3]. 10 Le prêtre Esdras se leva et leur dit : « Vous avez été infidèles, et prendre des femmes étrangères n'a fait qu'accroître la culpabilité d'Israël. 11 Maintenant, confessez-vous au Seigneur, le Dieu de vos pères, et faites sa volonté : séparez-vous des gens du pays et des femmes étrangères. » 12 Toute l'assemblée répondit d'une voix forte : « C'est vrai ! À nous d'agir suivant ta parole ! 13 Mais le peuple est nombreux, et c'est la saison des pluies ; on ne peut pas se tenir dehors. En outre, ce n'est pas l'affaire d'un jour ou deux, car nous sommes nombreux à

---

1. *gens du pays* : voir 3.3 et la note.
2. *toutes les femmes* : le contexte invite à comprendre ici, comme l'a fait une ancienne version grecque *toutes les femmes d'origine étrangère*.
3. *sois fort et au travail* : autre traduction *agis avec détermination*.

1. *déportés* : voir 4.1 et la note.
2. Sur l'*interdit*, voir Dt 2.34 et la note ; toutefois, à l'époque d'Esdras, les *biens frappés d'interdit* n'étaient pas détruits, mais confisqués au profit du Temple.
3. *neuvième mois* : novembre-décembre, en pleine saison des *pluies*.

avoir péché en cette matière. 14 Que nos chefs se tiennent donc là au nom de toute l'assemblée et que tous ceux qui, dans nos villes, ont pris des femmes étrangères viennent aux temps fixés avec les anciens de chaque ville et ses juges[1] jusqu'à ce que la colère de notre Dieu se détourne de nous, au sujet de cette affaire.» 15 Cependant Yonatân fils de Asahel et Yahzeya fils de Tiqwa prirent position contre cela et Meshoullam avec le lévite Shavtaï les appuyèrent. 16 Mais les déportés firent comme on avait dit. Avec le prêtre Esdras, on choisit des hommes, chefs de famille, pour chaque maison paternelle, tous nommément désignés; ils siégèrent le premier jour du dixième mois pour examiner l'affaire[2]. 17 Et le premier jour du premier mois[3], on en eut fini avec tous les hommes qui avaient pris des femmes étrangères.

Liste des Juifs fautifs

18 Parmi les fils des prêtres qui avaient pris des femmes étrangères, on trouva[4] :

parmi les fils de Josué fils de Yosadaq et ses frères : Maaséya, Eliézer, Yariv et Guedalya; 19 ils s'engagèrent de la main[5] à renvoyer leurs femmes et à offrir un bélier pour la réparation de leur offense;

20 parmi les fils d'Immer : Hanani et Zevadya;

21 parmi les fils de Harim : Maaséya, Eliya, Shemaya, Yehiël et Ouzziya;

22 parmi les fils de Pashehour : Elyoénaï, Maaséya, Yishmaël, Netanel, Yozavad et Eléasa.

23 Parmi les *lévites : Yozavad, Shiméï, Qélaya — ou Qelita —, Petahya, Yehouda et Eliézer.

24 Parmi les chantres : Elyashiv.
Parmi les portiers : Shalloum, Tèlem et Ouri.

25 Quant aux Israélites :

parmi les fils de Paréosh : Ramya, Yizziya, Malkiya, Miyamîn, Eléazar, Malkiya et Benaya;

26 parmi les fils de Elam : Mattanya, Zekarya, Yehiël, Avdi, Yerémoth et Eliya;

27 parmi les fils de Zattou : Elyoénaï, Elyashiv, Mattanya, Yerémoth, Zavad et Aziza;

28 parmi les fils de Bévaï : Yehohanân, Hananya, Zabbaï, Atlaï;

29 parmi les fils de Bani : Meshoullam, Mallouk, Adaya, Yashouv, Shéal, Yeramoth;

30 parmi les fils de Pahath-Moab : Adna, Kelal, Benaya, Maaséya, Mattanya, Beçalel, Binnouï, Manassé;

31 les fils de Harim : Eliézer, Yishiya, Malkiya, Shemaya, Siméon, 32 Benjamin, Mallouk, Shemarya;

33 parmi les fils de Hashoum : Mattenaï, Mattatta, Zavad, Elifèleth, Yerémaï, Manassé, Shiméï;

34 parmi les fils de Bani : Maadaï, Amrâm, Ouël, 35 Benanya, Bédya, Kelouhi, 36 Wanya, merémoth, Elyashiv, 37 Mattanya, Mattenaï et Yaasaï;

---

1. *ses juges* ou *ses dirigeants*.

2. *pour examiner l'affaire* : d'après les versions anciennes; hébreu obscur.

3. *premier mois* : mars-avril.

4. La liste qui suit n'est probablement pas exhaustive, car on n'y trouve que 111 noms, ce qui est peu si l'on estime à 30.000 environ le nombre des hommes mariés.

5. *ils s'engagèrent de la main* ou *ils s'engagèrent par serment*; comparer Ex 6.8 et la note.

38 Bani et Binnouï, Shiméï,
39 Shèlèmya, Natân, Adaya,
40 Maknadevaï, Shashaï, Sharaï,
41 Azarel, Shèlèmyahou, Shemarya, 42 Shalloum, Amarya, Yoseph;
43 parmi les fils de Nébo :
Yéiël, Mattitya, Zavad, Zevina,
Yaddaï, Yoël, Benaya.

44 Tous ceux-là avaient pris des
femmes étrangères; et même, chez
eux, il y avait des femmes dont ils
eurent des fils[1].

1. *et même ... des fils :* texte obscur, traduction
incertaine.

NÉHÉMIE

1 1 Paroles de Néhémie, fils de Hakalya[1].

Néhémie reçoit des nouvelles de Jérusalem

Il arriva qu'au mois de Kislew de la vingtième année, alors que j'étais à Suse[2], la ville forte, 2 Hanani, l'un de mes frères, vint de Juda, lui et quelques hommes, et je les interrogeai au sujet des Juifs réchappés, le reste survivant de la captivité[3], et au sujet de Jérusalem. 3 Ils me dirent : « Ceux qui sont restés de la captivité, là-bas dans la province[4], sont dans un grand malheur et dans la honte ; la muraille de Jérusalem a des brèches et ses portes ont été incendiées. »

La prière de Néhémie en faveur des Juifs

4 Lorsque j'entendis ces paroles, je m'assis, je pleurai et je fus dans le deuil pendant plu-sieurs jours. Puis je *jeûnai et priai en face du Dieu des *cieux. 5 Je dis : « Ah ! Seigneur, Dieu des cieux, Dieu grand et redoutable, qui gardes l'*alliance et la fidélité envers ceux qui l'aiment et qui gardent ses commandements, 6 que ton oreille soit donc atten-tive, et tes yeux ouverts, pour écouter la prière de ton serviteur. En ce moment, jour et nuit, je la formule devant toi pour les fils d'Israël, tes serviteurs : je confesse les péchés des fils d'Israël que nous avons commis contre toi. Moi et la maison de mon père[1], nous avons péché. 7 Nous t'avons vraiment offensé et nous n'avons pas gardé les commandements, les lois et les coutumes que tu as donnés à ton serviteur Moïse. 8 Souviens-toi de la parole que, sur ton ordre, ton serviteur Moïse a prononcée : Si vous, vous êtes infidèles, moi, je vous disperserai parmi les peuples ; 9 mais si vous revenez à moi, si vous gardez mes commandements et les mettez en pratique, quand bien même vos exilés seraient aux extrémités du ciel, je les en rassemblerai et je les ferai venir à l'endroit que j'ai choisi pour y faire demeurer mon *nom[2]. 10 Ils sont tes serviteurs et ton peuple que tu as rachetés par ta grande puissance et par la

---

1. Ces mots constituent un titre général pour l'ensemble du livre ; le mot traduit par *Paroles* désigne en réalité aussi bien ce que Néhémie a fait que ce qu'il a dit ; on pourrait donc également le traduire par *Histoire*.
2. *Kislew* ; voir au glossaire CALENDRIER — *vingtième année* : probablement du règne d'Artaxerxès I (voir 2.1), soit en 445 av. J. C. (voir la note en Esd 4.5) — *Suse* : voir Est 1.2 et la note.
3. *le reste survivant de la captivité*, c'est-à-dire ceux qui étaient revenus à Jérusalem après l'exil babylonien (voir Esd 1.3-4 ; 4.1 et la note).
4. La Palestine n'était alors qu'une *province* de l'empire perse.

---

1. *la prière de ton serviteur*, c'est-à-dire *ma prière — la maison de mon père*, c'est-à-dire *tous mes ancêtres*.
2. Les v. 8b-9 ne sont pas une citation littérale d'un texte du Pentateuque ; cependant Dt 30.1-5 exprime les mêmes idées.

force de ta main. 11 Ah ! Seigneur, que ton oreille soit attentive à la prière de ton serviteur et à la prière de tes serviteurs qui prennent plaisir à craindre ton nom. Accorde à ton serviteur de réussir aujourd'hui et fais-lui trouver miséricorde en face de cet homme[1] !

J'étais alors échanson du roi[1].

Néhémie autorisé à retourner à Jérusalem

2 1 Il arriva qu'au mois de Nisan de la vingtième année[2] du roi Artaxerxès, alors que le vin était en face de lui, je pris le vin et en donnai au roi. Comme je n'avais jamais été triste devant lui, 2 le roi me dit : « Pourquoi ton visage est-il triste ? N'es-tu pas malade ? Est-ce autre chose qu'une tristesse de cœur ? » J'éprouvai alors une très grande crainte. 3 Je dis au roi : « Que le roi vive à toujours ! Comment mon visage ne serait-il pas triste lorsque la ville où sont les tombeaux de mes pères[3] est dévastée, et que ses portes sont dévorées par le feu ? » 4 Le roi me dit : « Que cherches-tu donc à obtenir ? » Je priai le Dieu des *cieux, 5 puis je dis au roi : « Si cela paraît bon au roi et si ton serviteur est agréable à tes yeux, alors tu m'enverras vers Juda, vers la ville des tombeaux de mes pères, pour que je la reconstruise. » 6 Le roi, à côté de qui la reine était assise, me dit : « Jusqu'à quand durera ton voyage et quand reviendras-tu ? » Il parut bon au roi de m'envoyer ainsi, et je lui indiquai un délai[1].

7 Je dis encore au roi : « Si cela semble bon au roi, qu'on me donne des lettres pour les gouverneurs de Transeuphratène[2], afin qu'ils me laissent passer jusqu'à ce que je sois arrivé en Juda 8 et aussi une lettre pour Asaf, garde de la forêt du roi, afin qu'il me donne le bois pour construire les portes de la citadelle proche de la Maison[3] ou pour les murailles de la ville, ainsi que pour la maison où je me rendrai. » Le roi me donna ces lettres, car la bonne main de mon Dieu était sur moi.

9 Je me rendis auprès des gouverneurs de Transeuphratène et je leur donnai les lettres du roi. Le roi avait envoyé avec moi des officiers de l'armée et des cavaliers. 10 Sânballat, le Horonite, et Toviya, le serviteur ammonite, l'apprirent et furent très mécontents de savoir qu'un homme venait se soucier de ce qui était bon pour les fils d'Israël.

Néhémie inspecte l'état des murailles

11 J'arrivai à Jérusalem et j'y restai pendant trois jours. 12 Puis je me levai la nuit, moi et quelques hommes avec moi, mais je n'avais révélé à personne ce que mon Dieu m'avait mis au *cœur de faire pour Jérusalem. Il n'y avait avec moi d'autre bête de somme que celle sur laquelle j'étais monté. 13 Je sortis par la

---

1. *cet homme* : Néhémie fait allusion au roi de Perse, voir la fin du verset — *l'échanson* (celui qui *verse à boire*) était alors un fonctionnaire important dans les cours royales.
2. *Nisan* : voir au glossaire CALENDRIER — *vingtième année* : voir 1.1 et la note.
3. *mes pères* ou *mes ancêtres*.

1. D'après 5.14, Néhémie est resté douze ans à Jérusalem.
2. *Transeuphratène* : voir Esd 4.10 et la note.
3. *la forêt* ou *le parc* — *la Maison*, c'est-à-dire *le Temple*.

porte de la Vallée pendant la nuit et j'allai vers la source du Dragon et la porte du Fumier[1]. J'inspectai attentivement les murailles de Jérusalem qui n'étaient que brèches et dont les portes avaient été dévorées par le feu. 14 Je passai vers la porte de la Source et vers l'étang du Roi[2], puis la bête sur laquelle j'étais n'eut plus d'endroit pour passer. 15 Alors je montai par le ravin pendant la nuit et j'inspectai attentivement la muraille, puis je reviens par la porte de la Vallée et je fus ainsi de retour[3].

16 Les magistrats ne savaient pas où j'étais allé ni ce que j'avais fait; jusqu'alors je n'avais rien révélé aux Juifs, aux prêtres, aux notables[4], aux magistrats, ni aux autres qui s'occupaient des travaux. 17 Je leur dis alors : « Vous voyez le malheur dans lequel nous sommes, parce que Jérusalem est dévastée et que ses portes sont incendiées. Allons rebâtir la muraille de Jérusalem et ne soyons plus une honte ! » 18 Je leur révélai comment la main de mon Dieu, sa bonne main, avait été sur moi et comment le roi m'avait parlé. Ils dirent alors : « Levons-nous et bâtissons ! », Et ils me prêtèrent main forte pour cette bonne cause.

19 Sânballat le Horonite, Toviya le serviteur ammonite et Guèshem l'Arabe, l'ayant appris, se rirent de nous et nous méprisèrent. Ils dirent : « Qu'allez-vous donc faire ? Vous révolter contre le roi ? » 20 Je leur fis cette réponse et leur dis : « C'est le Dieu des *cieux lui-même qui nous accordera le succès; nous, ses serviteurs, nous nous lèverons et nous bâtirons. Mais pour vous, il n'y aura ni part, ni droit, ni souvenir dans Jérusalem. »

Les Juifs rebâtissent les murs de Jérusalem

3 1 Elyashiv, le grand prêtre, se leva, avec ses frères les prêtres, et ils bâtirent la porte des Brebis[1]. Ils la consacrèrent et en posèrent les battants; puis, jusqu'à la tour des Cent, ils consacrèrent la muraille, jusqu'à la tour de Hananéel. 2 À son côté bâtirent les hommes de Jéricho et à côté bâtit Zakkour, fils d'Imri. 3 C'est la porte des Poissons que bâtirent les fils de Ha-Senaa et ce sont eux qui la charpentèrent et en posèrent les battants, avec ses barres et ses verrous. 4 À leur côté travailla Merémoth, fils d'Ouriya, fils de Haqqoç, et à côté travailla Meshoullam, fils de Bèrèkya, fils de Meshézavéel; à côté, travailla Sadoq, fils de Baana; 5 à côté, travaillèrent les Teqoïtes, mais leurs notables ne se soumirent pas au service de leurs sei-

---

1. La *porte de la Vallée* était située dans la muraille ouest de la ville; la *porte du Fumier*, dans l'angle sud-ouest — la *source du Dragon* est inconnue.

2. La *porte de la Source* était située près de l'angle sud-est de la ville; elle conduisait probablement à la source de Roguel (voir 1 R 1.9 et la note) — l'*étang du Roi* est peut-être identique à l'*étang* mentionné en 3.15.

3. *ravin* : il s'agit du *ravin* du Cédron, à l'est de Jérusalem — *de retour :* Néhémie a fait à peu près la moitié du tour de la muraille, d'ouest en est, par le sud, avant de rentrer en ville par le même chemin.

4. *magistrats, notables :* traduction incertaine.

---

1. La *porte des Brebis* était située près de l'angle nord-est de la muraille de la ville — la description des travaux va se poursuivre jusqu'au v. 32, en suivant la muraille dans le sens ouest — sud — est — nord. Plusieurs noms de portes ou de tours n'apparaissant que ici, leur localisation précise n'est guère possible. Les notes suivantes ne donnent que quelques points de repère.

gneurs[1]. 6 C'est à la porte de la Yeshana[2] que travaillèrent Yoyada, fils de Paséah, et Meshoullam, fils de Besodya; ce sont eux qui la charpentèrent et en posèrent les battants, avec ses barres et ses verrous. 7 À leur côté travailla Melatya le Gabaonite, ainsi que Yadôn le Méronotite, les hommes de Gabaon et gouverneur de Miçpa, à côté du siège[3] du gouverneur de Transeuphratène. 8 À son côté travailla Ouzziël, fils de Harhaya l'orfèvre, et à son côté travailla Hananya, le parfumeur; ils quittèrent Jérusalem[4] lorsqu'ils furent à la Muraille large. 9 À leur côté travailla Refaya, fils de Hour, chef d'une moitié du secteur de Jérusalem. 10 À leur côté travailla Yedaya, fils de Haroumaf, en face de sa maison, et à son côté travailla Hattoush, fils de Hashavneya. 11 C'est à une seconde portion que travailla Malkiya, fils de Harim, ainsi que Hashouv, fils de Pahath-Moab; de même à la tour des Fours. 12 À son côté travailla Shalloum, fils de Ha-Lohesh, chef d'une moitié du secteur de Jérusalem, lui ainsi que ses filles. 13 C'est à la porte de la Vallée que travailla Hanoun, avec les habitants de Zanoah; ce sont eux qui la bâtirent et en posèrent les battants, avec ses barres et ses verrous; de même pour mille coudées de la muraille jusqu'à la porte du Fumier[1]. 14 C'est à la porte du Fumier que travailla Malkiya, fils de Rékav, chef du secteur de Beth-Kèrem; c'est lui qui la bâtit et en posa les battants avec ses barres et ses verrous. 15 C'est à la porte de la Source que travailla Shalloum, fils de Kol-Hozé, chef du secteur de Miçpa; c'est lui qui la bâtit, la couvrit et en posa les battants, avec ses barres et ses verrous; de même à la muraille de l'étang du canal qui va au jardin du roi, jusqu'aux marches qui descendent de la ville de David[2].

16 Après lui travailla Nehémya, fils d'Azbouq, chef de la moitié du secteur de Beth-Çour, jusqu'en face des tombeaux de David, jusqu'à l'étang artificiel et jusqu'à la maison des Vaillants. 17 Après lui travaillèrent les *lévites, dont Rehoum fils de Bani et, à son côté, travailla à son propre secteur Hashavya, chef de la moitié du secteur de Qéila. 18 Après lui travaillèrent leurs frères Binnouï, fils de Hénadad, chef de la moitié du secteur de Qéila. 19 À son côté travailla Ezèr, fils de Yéshoua, chef de Miçpa, à une seconde portion, à partir de l'endroit qui fait face à la montée de l'arsenal, à l'encoignure[3]. 20 Après lui travailla avec ardeur Barouk, fils de Zabbaï, à une seconde portion, depuis l'encoignure jusqu'à l'entrée de la maison d'Elyashiv, le grand prêtre. 21 Après lui travailla Merémoth, fils d'Ouriya,

---

1. Les *Teqoïtes* sont les habitants de Teqoa, localité située à 15 km environ au sud de Jérusalem — *leurs seigneurs* est ici un titre désignant Néhémie et ses collègues.

2. La *porte de la Yeshana,* ou *vieille porte,* était située près de l'angle nord-ouest de la ville.

3. à *côté du siège* ou *à côté de la résidence,* on pourrait aussi comprendre *qui dépendaient,* ou *qui avaient le compte.*

4. *ils quittèrent Jérusalem* : autre traduction *ils achevèrent leur travail à Jérusalem.*

1. *porte de la Vallée, porte du Fumier* : voir 2.13 et la note — *coudées* : voir au glossaire POIDS ET MESURES.

2. *porte de la Source* : voir 2.14 et la note — *ville de David* : voir au glossaire CITÉ DE DAVID.

3. *l'arsenal, l'encoignure* : mots hébreux obscurs, traduction incertaine.

fils de Haqqoç, à une seconde portion, depuis l'entrée de la maison d'Elyashiv jusqu'à l'extrémité de la maison d'Elyashiv. 22 Et après lui travaillèrent les prêtres, venus des environs. 23 Après, travailla Benjamin ainsi que Hashouv, vis-à-vis de leur maison; après, travailla Azarya, fils de Maaséya, fils de Ananya, à côté de sa maison. 24 Après lui travailla binnouï, fils de Hénadad, à une seconde portion, depuis la maison de Azarya jusqu'à l'encoignure et jusqu'à l'angle, 25 puis ce fut Palal, fils de Ouzaï, d'en face l'encoignure et la tour supérieure qui fait saillie de la maison du roi, près de la cour de la Prison. Après lui Pedaya, fils de Paréosh 26 — les servants habitaient l'Ofel[1] —, jusque vis-à-vis de la porte des Eaux à l'est, et de la tour en saillie. 27 Après lui travaillèrent les Teqoïtes à une seconde portion, depuis le lieu qui fait face à la grande tour en saillie, jusqu'à la muraille de l'Ofel. 28 Depuis le dessus de la porte des Chevaux, travaillèrent les prêtres, chacun vis-à-vis de sa maison. 29 Après, travailla Sadoq, fils d'Immer, en face de sa maison, et après lui travailla Shemaya, fils de Shekanya, gardien de la porte de l'Est. 30 Après lui[2] travailla Hananya, fils de Shèlèmya, ainsi que Hanoun, fils de Çalaf le sixième, à une seconde portion. Après lui travailla Meshoullam, fils de Bèrèkya, en face de sa chambre. 31 Après lui travailla Malkiya l'orfèvre jusqu'à la maison des servants et des marchands, en face de la porte de Mifqad jusqu'à la chambre haute de l'angle. 32 Entre la chambre haute de l'angle et la porte des Brebis[1], travaillèrent les orfèvres et les marchands.

Les adversaires veulent arrêter les travaux

33 Lorsque Sânballat[2] apprit que nous bâtissions la muraille, la colère le prit, et il fut très irrité. Il se moqua des Juifs 34 et parla en présence de ses frères et des troupes de Samarie en disant : « Que font ces Juifs incapables ? Les laissera-t-on faire ? Vont-ils offrir des *sacrifices ? Vont-ils terminer aujourd'hui ? Feront-ils revivre les pierres tirées de tas de poussière, alors qu'elles sont calcinées ? » 35 Toviya l'Ammonite était à côté de lui et disait aussi : « Ils bâtissent ! Qu'un renard y monte, et il ébréchera leur muraille de pierres ! »

36 Écoute, ô notre Dieu, car nous sommes méprisés. Fais retomber leur insulte sur leur tête et livre-les au mépris dans un pays de captivité. 37 Ne pardonne pas leur faute, et que leur péché ne soit pas effacé de devant toi, car ils ont commis une offense à l'égard de ceux qui bâtissent.

38 Nous avons donc bâti la muraille, et toute la muraille fut réparée jusqu'à mi-hauteur. Le peuple eut à cœur de le faire.

---

1. Sur les *servants,* voir Esd 8.20 et la note — sur l'*Ofel,* voir Es 32.14 et la note.
2. *Après lui :* d'après les anciennes versions grecque, latine et syriaque, et une ancienne tradition juive; texte hébreu traditionnel : *après moi* (de même au v. 31).

1. *porte des Brebis :* voir v. 1; le tour de la ville est achevé.
2. Dans certaines traductions, les versets 3.33-38 sont numérotés 4.1-6.

4 1 Lorsque Sânballat, Toviya, les Arabes, les Ammonites et les Ashdodites[1] apprirent que la réparation des murailles de Jérusalem progressait et que les brèches commençaient à se fermer, leur colère fut très grande. 2 Ils se liguèrent tous ensemble pour venir attaquer Jérusalem et lui causer du dégât. 3 Alors nous avons prié notre Dieu, et nous avons établi un poste de garde jour et nuit, à cause d'eux et contre eux. 4 Mais Juda disait :
« La force du manoeuvre défaille,
il y a trop de poussière !
Et nous ne pourrons pas arriver
à bâtir la muraille ! »
5 Nos adversaires disaient : « Ils ne sauront et ne verront rien jusqu'au moment où nous arriverons au milieu d'eux. Alors nous les tuerons et nous ferons cesser l'ouvrage. »

Néhémie arme ceux qui travaillent

6 Les Juifs qui habitaient à côté d'eux, quand ils venaient, nous disaient dix fois : « De tous les endroits d'où vous revenez, ils sont sur nous[2] ! » 7 Alors j'ai disposé en dessous un emplacement derrière la muraille dans les renfoncements[3], j'ai disposé les gens du peuple selon les clans, avec

leurs épées, leurs lances et leurs arcs. 8 Ayant tout regardé, je me suis levé pour dire aux notables, aux magistrats et au reste du peuple : « Ne les craignez pas ! Souvenez-vous du Seigneur grand et redoutable, et combattez pour vos frères, vos fils, vos filles, vos femmes et vos maisons. »

9 Lorsque nos ennemis apprirent que nous étions avertis et que Dieu avait anéanti leur projet, nous sommes tous retournés à la muraille, chacun à sa tâche. 10 Mais à partir de ce jour-là, la moitié de mes serviteurs faisait l'ouvrage, et l'autre moitié tenait en main les lances, les boucliers, les arcs et les cuirasses. Les chefs se tenaient derrière toute la maison de Juda. 11 Ceux qui bâtissaient la muraille et ceux qui portaient et chargeaient les fardeaux travaillaient d'une main et de l'autre tenaient une arme. 12 Quant à ceux qui bâtissaient, chacun bâtissait, une épée attachée à ses reins. Le sonneur de cor était à côté de moi. 13 Je dis aux notables, aux magistrats et au reste du peuple : « L'ouvrage est considérable et étendu, et nous, nous sommes dispersés sur la muraille, loin les uns des autres. 14 À l'endroit où vous entendrez le son du cor, rassemblez-vous là vers nous. Notre Dieu combattra pour nous. » 15 Nous faisions l'ouvrage — la moitié d'entre nous tenant à la main des lances — depuis le lever de l'aurore jusqu'à l'apparition des étoiles. 16 C'est aussi dans ce temps-là que je dis au peuple : « Chacun avec son serviteur passera la nuit dans Jérusalem; la nuit, ayons une garde, et le jour,

1. Dans certaines traductions, les versets 1-17 sont numérotés 7-23 (voir note précédente) — les *Ammonites* venaient d'un pays voisin de Juda, à l'est du Jourdain; les *Ashdodites* habitaient Ashdod, ville philistine sur la côte de la Méditerranée.
2. *ils sont sur nous* ou *ils viennent contre nous* : le texte de ce verset est peu clair et la traduction incertaine.
3. Le sens des mots traduits par *en dessous* et *renfoncements* est incertain.

tous à l'ouvrage ! » 17 Personne, ni moi, ni mes frères, ni mes serviteurs, ni les hommes de la garde qui me suivaient, personne de nous ne quittait ses vêtements. Chacun avait son arme dans la main droite[1].

Néhémie met fin aux injustices sociales

5 1 Alors il s'éleva une grande plainte des gens du peuple et de leurs femmes contre leurs frères juifs. 2 Certains disaient : « Nos fils, nos filles et nous-mêmes, nous sommes nombreux. Nous voudrions avoir du blé pour manger et vivre ! » 3 D'autres disaient : « Nos champs, nos vignes et nos maisons, nous les donnons en gage pour avoir du blé pendant la famine. » 4 D'autres encore disaient : « Pour le tribut du roi, nous empruntons de l'argent sur nos champs et nos vignes. 5 Pourtant, notre chair est semblable à la chair de nos frères, et nos fils sont semblables à leurs fils. Et cependant nous devons livrer nos fils et nos filles à la servitude, et certaines de nos filles sont déjà asservies ; nous n'y pouvons rien ; nos champs et nos vignes sont à d'autres ! »

6 La colère me saisit violemment lorsque j'entendis leur plainte et de telles paroles. 7 En moi s'imposa la décision de faire des reproches aux notables et aux magistrats, et je leur dis : « C'est une charge que vous faites peser[2] les uns sur les autres ! » Puis, je les

convoquai à une grande assemblée.

8 Je leur dis : « Nous avons, nous-mêmes, racheté nos frères juifs vendus aux nations, autant que nous l'avons pu ; mais vous, vous vendez vos frères, et c'est à nous-mêmes qu'ils sont vendus ! » Ils gardèrent le silence et ne trouvèrent pas un mot à dire. 9 Et je dis[1] : « Ce que vous faites n'est pas bien. N'est-ce pas dans la crainte de notre Dieu que vous devez marcher, pour éviter la honte des nations, nos ennemis ? 10 Moi aussi, mes frères et mes serviteurs, nous leur avons prêté de l'argent et du blé. Nous allons donc abandonner cette dette. 11 Rendez-leur, aujourd'hui même, leurs champs, leurs vignes, leurs oliviers et leurs maisons, ainsi que la part[2] d'argent, de blé, de vin nouveau et d'huile que vous leur avez prêtée. » 12 Ils dirent : « Nous le rendrons et nous ne leur demanderons rien. Nous allons faire comme tu dis. » J'appelai les prêtres et je fis jurer aux gens d'agir comme on l'avait dit. 13 Et je secouai aussi le pli de mon manteau[3], et je dis : « C'est ainsi que Dieu secouera hors de sa maison et loin de ses biens tout homme qui ne tiendra pas sa parole ! C'est ainsi qu'il sera secoué et laissé sans rien ! » Toute l'assemblée dit : *« Amen ! » et loua le

---

1. *Chacun avait son arme dans la main droite* : texte obscur, traduction incertaine.

2. *C'est une charge que vous faites peser* ou *Vous prélevez des intérêts exagérés.*

1. *Et je dis* : d'après les versions anciennes et une ancienne tradition juive ; texte hébreu traditionnel : *Et il dit.*

2. *la part* : traduction incertaine ; autre traduction *le centième* (c'est-à-dire *le pour-cent*, donc *l'intérêt* ? de l'argent que vous leur avez prêté).

3. *le pli de mon manteau* : un repli du manteau, en dessous de la ceinture, servait de poche — Néhémie montre qu'il n'a rien pris aux autres ; en même temps il accomplit un geste symbolique, dans la tradition des prophètes (voir 1 R 11.31).

Seigneur. Et le peuple fit ce qui avait été dit.

14 Depuis le jour même où l'on me donna l'ordre d'être leur gouverneur dans le pays de Juda, depuis la vingtième année jusqu'à la trente-deuxième année du roi Artaxerxès, pendant douze ans, moi et mes frères nous n'avons pas mangé le pain du gouverneur[1]. 15 Avant moi, les premiers gouverneurs écrasaient le peuple et leur prenaient du pain et du vin et, en plus, 40 sicles[2] d'argent. Leurs serviteurs aussi exerçaient leur domination sur le peuple. Mais moi-même, je n'ai pas agi ainsi, par crainte de Dieu. 16 Je me suis attaché aussi à l'ouvrage de cette muraille, et nous n'avons pas acheté de champ[3], et tous mes serviteurs étaient réunis ici, à l'ouvrage. 17 Les Juifs et les magistrats qui étaient à ma table[4] étaient au nombre de 150 hommes, avec ceux qui venaient vers nous des nations environnantes.

18 Ce qui était préparé chaque jour — un boeuf, six moutons de choix et des volailles — était pré-

paré pour moi; et tous les dix jours, tout le vin en abondance. Malgré cela, je n'ai pas réclamé le pain du gouverneur, car le service pesait lourdement sur ce peuple.

19 Mon Dieu, souviens-toi pour mon bien de tout ce que j'ai fait pour ce peuple !

Nouvelle intervention des adversaires

6 1 Lorsqu'on apprit à Sânballat, à Toviya, à Guèshem l'Arabe et au reste de nos ennemis que j'avais reconstruit la muraille et qu'il n'y restait plus de brèche, je n'avais pas encore, à ce moment-là, posé les battants des portes. 2 Sânballat, ainsi que Guèshem, m'envoya dire : «Viens. Ayons une entrevue à Kefirim, dans la vallée d'Ono[1].» Ils avaient la pensée de me faire du mal. 3 Je leur envoyai des messagers pour leur dire : «Ce que je fais est une oeuvre considérable, et je ne peux pas descendre. Pourquoi l'ouvrage cesserait-il lorsque je le quitterai pour descendre vers vous ?» 4 Ils m'envoyèrent quatre fois le même messager, et je leur fis la même réponse.

5 Une cinquième fois, encore pour le même message, Sânballat m'envoya son serviteur portant en main une lettre ouverte. 6 Il y était écrit : «Parmi les nations, on entend dire — et Gashmou[2] le dit — que toi et les Juifs, vous avez la pensée de vous révolter et que, pour cette raison, tu bâtis la mu-

1. *où l'on me donna l'ordre* : autre traduction *où le roi de Perse me donna l'ordre* — *le pain du gouverneur* : le gouverneur d'une province avait le droit de prélever un impôt spécial qui constituait en quelque sorte son salaire. Cet impôt était souvent très lourd (voir v. 15). Néhémie a renoncé à ce droit.

2. *sicles* : voir au glossaire POIDS ET MESURES.

3. *et nous n'avons pas acheté de champ* (ou, d'après les versions anciennes, *je n'ai pas ...*) : Néhémie (et ses serviteurs ?) n'a pas profité de la situation de certains compatriotes pour acheter à bon compte des propriétés. Autre traduction *bien que nous ne fussions propriétaires d'aucun champ*; les propriétaires avaient plus d'intérêt que les autres gens à la sécurité du pays.

4. *à ma table*, c'est-à-dire *à ma charge*. Néhémie souligne ainsi son désintéressement et insiste sur le fait que son renoncement au «pain du gouverneur» représente une lourde charge pour lui (v. 18).

1. *Kefirim* : localité inconnue; *Ono* : localité proche de la côte méditerranéenne, à mi-chemin environ entre Lod et Jaffa.

2. *Gashmou* est le même personnage que *Guèshem l'Arabe* (v. 1).

raille pour devenir leur roi, selon ces dires. 7 Tu as même mis en place des *prophètes à Jérusalem pour proclamer à ton sujet : Il y a un roi en Juda ! — Et maintenant on va l'apprendre au roi[1], d'après ces dires. Viens donc à présent, et tenons conseil ensemble. » 8 Je lui envoyai dire alors : « Il n'y a rien qui corresponde aux paroles que tu dis ; c'est toi qui les inventes ! » 9 Eux tous, en effet, voulaient nous effrayer en disant : « Leurs mains vont lâcher l'ouvrage, qui ne se fera jamais ! » — Et maintenant, fortifie mes mains[2] ! — 10 Je me rendis à la maison de Shemaya, fils de Delaya, fils de Mehétavéel, car il avait un empêchement[3]. Il dit : « Rencontrons-nous à la Maison de Dieu, au milieu du Temple, et fermons les portes du Temple, car ils vont venir te tuer ; c'est la nuit qu'ils vont venir te tuer. » 11 Je répondis : « Un homme comme moi prendrait-il la fuite ? Et quel homme tel que moi pourrait entrer dans le Temple et vivre ? Je n'y entrerai pas[4] ! » 12 Je reconnus en effet que ce n'était pas Dieu qui l'avait envoyé, car s'il avait prononcé une prophétie sur moi, c'est que Toviya, ainsi que Sânballat, l'avaient payé. 13 Pourquoi avait-il été payé ? Afin que je sois effrayé, que je sois effrayé, que je fasse comme il avait dit et que je commette un péché. Ils auraient eu l'occasion de me faire une mauvaise réputation et de me déclarer *blasphémateur.

14 Souviens-toi, mon Dieu, de Toviya et de Sânballat, à cause de leurs actions, et aussi de Noadya la prophétesse et des autres prophètes qui voulaient m'effrayer ! 15 La muraille fut achevée le 25 du mois d'Eloul[1], en 52 jours.

16 Lorsque tous nos ennemis l'apprirent, toutes les nations qui nous entourent furent dans la crainte[2], et furent humiliées à leurs propres yeux. Ils reconnurent que cet ouvrage avait été exécuté par la volonté de notre Dieu. 17 C'est aussi en ce temps-là que les notables de Juda avaient adressé de nombreuses lettres destinées à Toviya, et que celles de Toviya leur parvenaient. 18 Car beaucoup de gens en Juda lui étaient liés par serment, puisqu'il était le gendre de Shekanya, fils d'Arah, et que son fils Yehohanân avait épousé la fille de Meshoullam, fils de Bèrèkiya. 19 Ils faisaient même son éloge en ma présence, et lui rapportaient mes paroles. Toviya avait envoyé des lettres pour m'effrayer.

Les mesures de protection de la ville

7 1 Lorsque la muraille fut bâtie, je posai les battants des portes ; les portiers, les chantres et les *lévites furent établis dans leurs fonctions. 2 Je donnai l'ordre de placer sur Jérusalem mon frère Hanani, et Hananya

---

1. *au roi*, c'est-à-dire le roi Artaxerxès, roi de Perse.
2. *Et maintenant, fortifie mes mains* : brève prière adressée à Dieu.
3. *il avait un empêchement* ou *il s'était enfermé chez lui*.
4. Néhémie n'était pas prêtre ; il n'avait donc pas le droit de pénétrer dans le bâtiment du Temple (voir Nb 18.7).

1. *Eloul* : voir au glossaire CALENDRIER.
2. *furent dans la crainte* : d'après les versions anciennes ; hébreu : *virent*. (En hébreu, les deux expressions ont des orthographes presque semblables).

chef de la citadelle, car il était un homme fidèle qui craignait Dieu, plus que beaucoup d'autres. 3 Je leur dis : « Les portes de Jérusalem ne seront pas ouvertes avant la chaleur du soleil et, tant que les portiers ne se tiendront pas à leur poste, les battants seront fermés solidement[1]. On instituera un tour de garde pour les habitants de Jérusalem, chacun ayant son poste et chacun en face de sa maison. »

4 La ville était grande et étendue des deux côtés, mais la population était peu nombreuse à l'intérieur. Les maisons n'étaient pas rebâties[2].

Liste des Juifs revenus en Palestine

5 Mon Dieu me mit au cœur de réunir les notables, les magistrats et le peuple pour en faire le recensement. Je trouvai le livre du recensement de ceux qui étaient montés au début et j'y trouvai écrit ceci[3] :

6 Voici ceux de la province qui, parmi les captifs déportés — ceux que Nabuchodonosor, roi de Babylone, avait déportés — remontèrent et retournèrent à Jérusalem et en Juda, chacun dans sa ville. 7 Ils vinrent avec Zorobabel, Josué, Nehémya, Azarya, Raamya, Nahamani, Mordokaï, Bilshân, Mispèreth, Bigwaï, Nehoum, Baana.

---

1. *tant que ... solidement :* texte obscur et traduction incertaine.
2. *Les maisons n'étaient pas rebâties;* autre traduction *les familles n'étaient pas reconstituées.*
3. La liste de Ne 7.6-72 se trouve déjà (avec quelques différences) en Esd 2.1-70; pour les notes, voir Esd 2.

Nombre des hommes du peuple d'Israël : 8 les fils de Paréosh : 2.172; 9 les fils de Shefatya : 372; 10 les fils de Arah : 652; 11 les fils de Pahath-Moab, c'est-à-dire les fils de Yéshoua et Yoav : 2.818; 12 les fils de Elam : 1.254; 13 les fils de Zattou : 845; 14 les fils de Zakkaï : 760; 15 les fils de Binnouï : 648; 16 les fils de de Bévaï : 628; 17 les fils de Azgad : 2.322; 18 les fils d'Adoniqâm : 667; 19 les fils de Bigwaï : 2.067; 20 les fils de Adîn : 655; 21 les fils d'Atér, c'est-à-dire de Hizqiya : 98; 22 les fils de Hashoum : 328; 23 les fils de Béçaï : 324; 24 les fils de Harif : 112; 25 les fils de Gabaon : 95; 26 les hommes de Bethléem et Netofa : 188; 27 les hommes de Anatoth : 128; 28 les hommes de Beth-Azmaweth : 42; 29 les hommes de Qiryath-Yéarim, Kefira et Bééroth : 743; 30 les hommes de Rama et Guéva : 621; 31 les hommes de Mikmas : 122; 32 les hommes de Béthel et Aï : 123; 33 les hommes d'un autre Nébo : 52; 34 les fils d'un autre Elam : 1.254; 35 les fils de Harim : 320; 36 les fils de Jéricho : 345; 37 les fils de Lod, Hadid et Ono : 721; 38 les fils de Senaa : 3.930.

39 Les prêtres : les fils de Yedaya, c'est-à-dire la maison de Josué : 973; 40 les fils d'Immer : 1.052; 41 les fils de Pashehour : 1.247; 42 les fils de Harim : 1.017.

43 Les *lévites : les fils de Yéshoua, c'est-à-dire Qadmiel, les fils de Hodwa : 74.

44 Les chantres : les fils d'Asaf : 148.

45 Les portiers : les fils de Shalloum, les fils d'Atér, les fils de Talmôn, les fils de Aqqouv, les

fils de Hatita, les fils de Shovaï :
138.

46 Les servants : les fils de
Ciha, les fils de Hasoufa, les fils
de Tabbaoth, 47 les fils de Qéros,
les fils de Sia, les fils de Padôn,
48 les fils de Levana, les fils de
Hagava, les fils de Shalmaï, 49 les
fils de Hanân, les fils de Guiddel,
les fils de Gahar, 50 les fils de
Réaya, les fils de Recîn, les fils de
Neqoda, 51 les fils de Gazzam, les
fils de Ouzza, les fils de Paséah,
52 les fils de Bésaï, les fils de
Méounîm, les fils de Nefishsîm,
53 les fils de Baqbouq, les fils de
Haqoufa, les fils de Harhour,
54 les fils de Baçlith, les fils de
Mehida, les fils de Harsha, 55 les
fils de Barqos, les fils de Sisera,
les fils de Tamah, 56 les fils de
Neciah, les fils de Hatifa.

57 Les fils des serviteurs de Salomon : les fils de Sotaï, les fils de
Soféreth, les fils de Perida, 58 les
fils de Yaala, les fils de Darqôn,
les fils de Guiddel, 59 les fils de
Shefatya, les fils de Hattil, les fils
de Pokéreth-Ha-Cevaïm, les fils
d'Amôn. 60 Tous les servants et
les fils des serviteurs de Salomon :
392.

61 Et voici ceux qui sont montés de Tel-Mèlah, Tel-Harsha,
Keroub-Addôn et Immer et qui
n'ont pas pu faire connaître si
leur maison paternelle et leur
race étaient bien d'Israël : 62 les
fils de Delaya, les fils de Toviya,
les fils de Neqoda : 642; 63 et certains parmi les prêtres : les fils de
Hovaya, les fils d'Haqqoç, les fils
de Barzillaï — celui qui avait pris
femme parmi les filles de Barzillaï le Galaadite et avait été appelé de leur nom. 64 Ces gens-là
cherchèrent leur registre de généalogies, mais ne le trouvèrent
pas; alors on les déclara souillés,
exclus du sacerdoce. 65 Et le gouverneur leur dit de ne pas manger
des aliments très *saints, jusqu'à
ce que le prêtre se présente pour
consulter par Ourim et Toummim.

66 L'assemblée tout entière était
de 42.360 personnes, 67 sans
compter leurs serviteurs et leurs
servantes qui étaient 7.337, ils
avaient 245 chanteurs et chanteuses, 68 435 chameaux, 6.720
ânes. 69 Une partie des chefs de
famille firent des dons pour
l'oeuvre. Le gouverneur donna au
trésor mille drachmes d'or, 50
coupes, 530 tuniques de prêtres.
70 Certains des chefs de famille
donnèrent au trésor de l'oeuvre
20.000 drachmes d'or et 2.200
mines d'argent, 71 et ce que le
reste du peuple donna fut de
20.000 drachmes d'or, 2.000
mines d'argent et 67 tuniques de
prêtres.

72 Alors les prêtres, les lévites,
les portiers, les chantres, une partie du peuple, les servants et tous
les Israélites s'établirent dans
leurs villes. Le septième mois[1] arriva, et les fils d'Israël habitaient
dans leurs villes.

Esdras fait une lecture publique de la Loi

8 1 Tout le peuple, comme un
seul homme, se rassembla
sur la place qui est devant la
porte des Eaux, et ils dirent à

---

1. *septième mois* : voir Esd 3.1 et la note.

Esdras[1], le scribe, d'apporter le
livre de la Loi de Moïse que le
Seigneur avait prescrite à Israël.
2 Le prêtre Esdras apporta la Loi
devant l'assemblée, où se trouvaient les hommes, les femmes et
tous ceux qui étaient à même de
comprendre ce qu'on entendait.
C'était le premier jour du septième mois[2].

3 Il lut dans le livre, sur la
place qui est devant la porte des
Eaux, depuis l'aube jusqu'au milieu de la journée, en face des
hommes, des femmes et de ceux
qui pouvaient comprendre. Les
oreilles de tout le peuple étaient
attentives au livre de la Loi.

4 Le scribe Esdras était debout
sur une tribune de bois qu'on
avait faite pour la circonstance,
et à côté de lui se tenaient
Mattitya, Shèma, Anaya, Ouriya,
Hilqiya et Maaséya à sa droite, et
à sa gauche : Pedaya, Mishaël,
Malkiya, Hashoum, Hashbad-
dana, Zekarya, Meshoullam. 5 Esdras[3] ouvrit le livre aux yeux de
tout le peuple, car il était au-dessus de tout le peuple, et lorsqu'il
l'ouvrit tout le peuple se tint debout. 6 Et Esdras bénit le Seigneur, le grand Dieu, et tout le
peuple   répondit :   *« Amen !
Amen ! »* en levant les mains. Puis
ils s'inclinèrent et se prosternèrent
devant le Seigneur, le visage
contre terre. 7 Yéshoua, Bani,

Shérévya, Yamîn, Aqqouv, Shabtaï, Hodiya, Maaséya, Qelita,
Azarya, Yozavad, Hanân, Pelaya
— les *lévites[1] — expliquaient la
Loi au peuple, et le peuple restait
debout sur place. 8 Ils lisaient
dans le livre de la Loi de Dieu, de
manière distincte[2], en en donnant
le sens, et ils faisaient comprendre ce qui était lu.

9 Alors Néhémie le gouverneur,
Esdras le prêtre-scribe et les lévites qui donnaient les explica-
tions au peuple, dirent à tout le
peuple : « Ce jour-ci est consacré
au Seigneur votre Dieu. Ne soyez
pas dans le deuil et ne pleurez
pas ! » — car tout le peuple pleu-
rait en entendant les paroles de la
Loi. 10 Il leur dit[3] : « Allez, mangez de bons plats, buvez d'excellentes boissons, et faites porter
des portions à celui qui n'a rien
pu préparer, car ce jour-ci est
consacré à notre Seigneur. Ne
soyez pas dans la peine, car la
joie du Seigneur, voilà votre
force ! » 11 Et les lévites calmaient
tout le peuple en disant : « Faites
silence, car ce jour est consacré.
Ne soyez pas dans la peine ! »

12 Alors tout le peuple s'en alla
pour manger et boire, pour faire
porter des portions et pour manifester une grande joie, car ils
avaient compris les paroles qu'on
leur avait fait connaître.

---

1. *la place devant la porte des Eaux* devait se
trouver au sud-est du Temple — *Esdras :* voir Esd
7.6 et la note.

2. *ceux qui étaient à même de comprendre,*
c'est-à-dire les enfants en âge de comprendre
— *septième mois :* voir Esd 3.1 et la note.

3. Les v. 5-8 décrivent le culte qui sera celui de
la synagogue ; l'élément central n'y sera plus le
sacrifice comme au Temple, mais la lecture de
l'Écriture sainte, suivie de l'explication du texte.

1. *les lévites :* d'après les anciennes versions (il
est probable en effet que les personnages mentionnés sont des lévites) ; hébreu : (*... Pelaya*) *et les
lévites*.

2. *de manière distincte :* le sens du mot hébreu
ainsi traduit est incertain ; il pourrait s'agir soit de
la prononciation claire, soit de la traduction (en
araméen ?) pour ceux qui ne savaient plus assez
l'hébreu.

3. *Il leur dit :* il s'agit probablement d'Esdras,
voir v. 13.

Célébration de la fête des Tentes

13 Le deuxième jour, les chefs de famille de tout le peuple, les prêtres et les *lévites se rassemblèrent auprès du scribe Esdras pour bien discerner le sens des paroles de la Loi. 14 Ils trouvèrent écrit dans la Loi, que le Seigneur avait prescrite par l'intermédiaire de Moïse, que les fils d'Israël devaient habiter dans des huttes pendant la fête du septième mois[1] 15 et qu'ils devaient le faire savoir et en publier l'annonce dans toutes leurs villes et à Jérusalem, en ces termes : « Sortez dans la montagne et rapportez du feuillage d'olivier, du feuillage d'olivier sauvage, du feuillage de myrte, du feuillage de palmiers et du feuillage d'arbres touffus, pour faire des huttes, comme cela est écrit[2]. » 16 Alors le peuple sortit et rapporta de quoi se faire des huttes, chacun sur son toit, dans leurs propres cours et dans les cours de la Maison de Dieu, ainsi que sur la place de la porte des Eaux et sur la place de la porte d'Ephraïm[3].

17 Toute l'assemblée — ceux qui étaient revenus de la captivité — fit des huttes et habita dans ces huttes. Or depuis le temps de Josué fils de Noun[4] jusqu'à ce jour, les fils d'Israël n'avaient pas fait cela. Ce fut une très grande joie. 18 On lut dans le livre de la Loi de Dieu chaque jour, depuis le premier jour jusqu'au dernier. La fête dura sept jours et le huitième jour, selon la coutume, il y eut une assemblée de clôture.

Prière publique de confession des péchés

9 1 Le vingt-quatrième jour de ce mois, les fils d'Israël, vêtus de sacs et couverts de terre[1], se rassemblèrent pour un *jeûne. 2 Ceux qui étaient de la race d'Israël se séparèrent de tous les étrangers et mirent en place pour confesser leurs péchés et les fautes de leurs pères. 3 Ils se levèrent à leur place, et on lut pendant un quart de la journée dans le livre de la Loi du Seigneur, leur Dieu; pendant un autre quart, ils firent leur confession et se prosternèrent devant le Seigneur, leur Dieu.

4 Sur l'estrade des *lévites, se leva Yéshoua, ainsi que Bani, Qadmiel, Shevanya, Bounni, Shérévya, Bani, Kenani; ils crièrent à haute voix vers le Seigneur, leur Dieu. 5 Et les lévites Yéshoua, Qadmiel, Bani, Hashavneya, Shérévya, Hodiya, Shevanya, Petahya dirent : « Levez-vous ! Bénissez le Seigneur, votre Dieu, depuis toujours et à jamais !

Que l'on bénisse ton *nom glorieux, qui surpasse toute bénédiction et louange !

6 C'est toi qui es le Seigneur, toi seul ! C'est toi qui as fait les cieux, les cieux des cieux et toute leur armée, la terre et tout ce qui

---

1. *la fête du septième mois*, c'est-à-dire *la fête des Tentes* (voir au glossaire CALENDRIER).
2. *comme cela est écrit* : voir Lv 23.33-43.
3. *la porte d'Ephraïm* n'est pas mentionnée au chap. 3; elle se trouvait entre la *porte des Poissons* (3.3) et la *porte de la Vallée* (3.13).
4. *depuis le temps de Josué fils de Noun* : ce *Josué* ayant été le successeur de Moïse à la tête du peuple d'Israël (voir Dt 31.7-8, et le livre de *Josué*), cela nous reporte à 7 ou 8 siècles auparavant.

1. *vêtus de sacs et couverts de terre* (ou *couverts de poussière*) : ce sont habituellement des gestes de deuil; mais ils peuvent aussi exprimer, comme ici, l'humiliation volontaire (comparer Esd 9.3 et la note).

s'y trouve, les mers et tout ce qu'elles contiennent. C'est toi qui leur donnes la vie à tous, et l'armée[1] des cieux se prosterne devant toi. 7 C'est toi, le SEIGNEUR Dieu, qui as choisi Abram, l'as fait sortir d'Our des Chaldéens et lui as donné pour nom Abraham. 8 Tu as trouvé son *coeur fidèle envers toi, et tu as conclu avec lui l'*alliance pour lui donner le pays des Cananéens, des Hittites, des *Amorites, des Perizzites, des Jébusites et des Guirgashites, et pour le donner à sa descendance. Tu as tenu parole, car tu es juste.

9 Tu as vu l'humiliation de nos pères[2] en Egypte et tu as entendu leur cri au bord de la *mer des Joncs. 10 Tu as accompli des signes et des prodiges contre *Pharaon, contre tous ses serviteurs et contre tout le peuple de son pays, car tu savais que dans leur orgueil ils les avaient maltraités, et tu t'es fait un nom comme on le voit aujourd'hui. 11 Tu as fendu la mer en face d'eux et ils ont passé à sec au milieu de la mer; ceux qui les poursuivaient, tu les as précipités dans les profondeurs, comme une pierre dans les eaux puissantes. 12 Par une colonne de nuée tu les as conduits le jour, et par une colonne de feu la nuit, pour leur éclairer le chemin sur lequel ils marchaient. 13 Sur la montagne du Sinaï, tu es descendu et, du haut des cieux, tu leur as parlé; tu leur as donné des commandements justes, des lois de vérité, des prescriptions et des ordonnances bonnes. 14 Tu leur as fait connaître ton saint *sabbat et tu leur as donné des ordonnances

des prescriptions et une loi, par l'intermédiaire de Moïse, ton serviteur. 15 Tu leur as donné pour leur faim le pain du ciel et tu as fait jaillir pour eux l'eau du rocher pour leur soif. Tu leur as dit de venir prendre possession du pays que tu avais juré de leur donner, en levant la main[1].

16 Mais eux et nos pères, ils ont été orgueilleux, ils ont raidi leur cou et n'ont pas écouté tes ordonnances. 17 Ils ont refusé d'écouter et ne se sont pas souvenu des miracles que tu avais faits pour eux; ils ont raidi leur cou et, dans leur révolte, ils se sont mis en tête de retourner[2] à leur servitude. Mais toi, tu es le Dieu des pardons, bienveillant et miséricordieux, lent à la colère et plein de fidélité; tu ne les as pas abandonnés, 18 même quand ils se sont fait un veau de métal fondu et qu'ils ont dit : Voici ton Dieu qui t'a fait monter d'Egypte. Ils ont été coupables de grandes offenses. 19 Et toi, dans ta grande miséricorde, tu ne les as pas abandonnés dans le désert : la colonne de nuée ne s'est pas écartée d'eux pendant le jour pour les conduire sur ce chemin, ni la colonne de feu pendant la nuit pour éclairer le chemin sur lequel ils marchaient. 20 Tu leur as donné ton bon esprit pour qu'ils aient du discernement; tu n'as pas refusé la manne à leur bouche et tu leur as donné de l'eau pour leur soif. 21 Pendant 40 ans, tu leur as assuré la subsistance dans le désert; ils n'ont manqué de rien, leurs vêtements ne se sont pas

---

1. L'expression *armée des cieux* désigne généralement les astres.
2. *de nos pères* ou *de nos ancêtres.*

1. *en levant la main* : geste qui accompagne et authentifie le serment.
2. *ils se sont mis en tête de retourner* ou *ils se sont donné un chef pour retourner.*

usés et leurs pieds n'ont pas enflé.
22 Tu leur as livré des royaumes
et des peuples et tu les leur as
répartis comme territoires fronta-
liers, et ils ont pris possession du
pays de Sihôn — c'est le pays du
roi de Heshbôn — et du pays de
Og, roi de Bashân. 23 Tu as multi-
plié leurs fils comme les étoiles
des cieux et tu les as fait entrer
dans le pays dont tu avais dit à
leurs pères d'aller prendre possession. 24 Les fils y sont entrés et
ont pris possession du pays; tu as
soumis devant eux les habitants
du pays, les Cananéens, et tu les
as livrés entre leurs mains, ainsi
que leurs rois et les peuples du
pays, pour en faire ce qu'ils voulaient. 25 Ils ont pris des villes
fortifiées et un sol fertile; ils ont
pris possession de maisons remplies de biens de toutes sortes,
des puits creusés, des vignes, des oliviers et des arbres fruitiers en
grand nombre; ils ont mangé, se
sont rassasiés, ont engraissé et
ont vécu dans les délices, grâce à
ta grande bonté.

26 Mais ils se sont rebellés et se
sont révoltés contre toi; ils ont
rejeté ta Loi loin derrière eux, ils
ont tué tes *prophètes qui les ad-
juraient de revenir à toi et ils ont
été coupables de grandes offenses. 27 Alors tu les as livrés aux
mains de leurs adversaires qui les
ont combattus. Au temps de leur
détresse, ils criaient vers toi, et
toi, du haut des cieux, tu enten-
dais et selon tes grandes compassions tu leur donnais des libéra-
teurs qui les sauvaient de la main
de leurs adversaires. 28 Mais
quand ils avaient du repos, ils
recommençaient à faire le mal
devant toi et tu les abandonnais

aux mains de leurs ennemis, et
ceux-ci les opprimaient. Ils
criaient de nouveau vers toi, et
toi, du haut des cieux, tu enten-
dais et tu les délivrais en maintes
circonstances, selon tes grandes
compassions. 29 Tu les adjurais de
revenir à ta Loi, mais eux, ils
agissaient avec dureté et n'écou-
taient pas tes ordonnances; ils
ont péché contre tes commandements que l'homme doit accomplir pour avoir la vie. Ils ont
rendu rebelle leur épaule et ont
raidi leur cou; ils n'ont pas
écouté.

30 Tu les as supportés pendant
de nombreuses années; tu les as
adjurés par ton esprit, par l'intermédiaire de tes prophètes, mais
ils n'ont pas prêté l'oreille. Alors
tu les as livrés aux mains des
peuples d'autres pays. 31 Dans tes
grandes compassions, tu ne les as
pas livrés à la destruction et tu ne
les as pas abandonnés, car tu es
un Dieu bienveillant et miséricordieux.

32 Et maintenant, notre Dieu,
Dieu grand, puissant et redoutable, qui gardes l'alliance et la
fidélité, ne considère pas comme
peu de chose toute l'affliction qui
nous est arrivée à nous, à nos rois,
à nos chefs, à nos prêtres, à nos
prophètes, à nos pères et à tout
ton peuple, depuis le temps des
rois d'Assyrie[1] jusqu'à ce jour.
33 Toi, tu es juste au sujet de tout
ce qui nous est arrivé, car tu as
agi avec vérité, mais nous, nous
avons agi avec méchanceté.
34 Quant à nos rois, nos chefs, nos
prêtres et nos pères, ils n'ont pas
mis en pratique ta Loi et n'ont

1. *Les rois d'Assyrie* s'étaient emparés de Samarie (en 722 ou 721 av. J. C.) et avaient occupé le
royaume d'Israël.

pas été attentifs à tes ordonnances ni à tes avertissements que tu leur avais répétés. 35 Eux, dans leur règne et dans la grande prospérité que tu leur avais donnée, dans le pays étendu et fertile que tu avais mis devant eux, ils ne t'ont pas servi et ne se sont pas détournés de leurs mauvaises actions. 36 Aujourd'hui, voici que nous sommes des esclaves, et dans le pays que tu as donné à nos pères afin d'en manger les fruits et les biens, voici que nous sommes des esclaves ! 37 Ses produits abondants sont pour les rois que tu as établis sur nous, à cause de nos péchés; ils dominent sur nos corps et sur notre bétail, selon leur bon plaisir; et nous, nous sommes dans une grande détresse. »

Le peuple s'engage à observer la Loi

10 1 En conséquence[1], nous concluons un accord ferme et nous le mettons par écrit. Sur ce texte scellé figurent nos chefs, nos *lévites et nos prêtres.

2 Sur ces textes scellés figurent donc : Néhémie le gouverneur, fils de Hakalya, et Cidqiya; 3 Seraya, Azarya, Yirneya, 4 Pashehour, Amarya, Malkiya, 5 Hattoush, Shevanya, Mallouk, 6 Harim, Merémoth, Ovadya, 7 Daniel, Guinnetôn, Barouk, 8 Meshoullam, Aviya, Miyamîn, 9 Maazya, Bilgaï, Shemaya : tels sont les prêtres.

10 Et les lévites : Yeshoua, fils d'Azanya, Binnouï d'entre les fils de Hénadad, Qadmiel, 11 et leurs frères : Shevanya, Hodiya, Qelita, Pelaya, Hanân, 12 Mika, Rehov, Hashavya, 13 Zakkour, Shérévya, Shevanya, 14 Hodiya, Bani, Beninou.

15 Les chefs du peuple : Paréosh, Pahath-Moab, Elam, Zattou, Bani, 16 Bounni, Azgad, Bévaï, 17 Adoniya, Bigwaï, Adîn, 18 Atér, Hizqiya, Azzour, 19 Hodiya, Hashoum, Bèçaï, 20 Harif, Anatoth, Névaï, 21 Magpiash, Meshoullam, Hézîr, 22 Meshézavéel, Sadoq, Yaddoua, 23 Pelatya, Hanân, Ananya, 24 Hoshéa, Hananya, Hashouv, 25 Ha-Lohesh, Pileha, Shovéq, 26 Rehoum, Hashavna, Maaséya; 27 et Ahiyya, Hanân, Anân, 28 Mallouk, Harim, Baana.

29 Le reste du peuple, les prêtres, les lévites, les portiers, les chantres, les servants[1] et tous ceux qui s'étaient séparés des peuples des autres pays pour suivre la Loi de Dieu, leurs femmes, leurs fils et leurs filles, tous ceux qui pouvaient comprendre, 30 donnent leur soutien à leurs frères les plus considérés et s'engagent par promesse et serment à marcher selon la Loi de Dieu donnée par l'intermédiaire de Moïse, serviteur de Dieu, afin de garder et de mettre en pratique toutes les ordonnances du Seigneur — notre Seigneur — ses commandements et ses prescriptions.

31 En conséquence, nous ne donnerons pas nos filles aux gens du pays[2] et nous ne prendrons

---

1. Dans certaines traductions, le v. 101 est numéroté 9,38; il s'ensuit un décalage d'une unité pour tout le chap. 10.

1. Sur les *servants*, voir Esd 8.20 et la note.
2. Sur les *gens du pays*, voir Esd 3.3 et la note.

pas leurs filles pour nos fils; 32 si les gens du pays apportent des marchandises et des denrées quelconques à vendre le jour du *sabbat, nous ne leur achèterons rien pendant le sabbat et pendant les jours de fête, et, la septième année, nous ferons relâche et remise des dettes de toutes sortes.

33 En ce qui nous concerne, nous nous sommes fixé la règle de donner un tiers de sicle[1] par an pour le service de la Maison de notre Dieu, 34 pour le pain de présentation, pour l'offrande perpétuelle, pour l'holocauste[2] perpétuel, les sabbats, les *néoménies, pour les fêtes, pour les choses consacrées, pour les sacrifices d'expiation des péchés d'Israël et pour toute oeuvre de la Maison de notre Dieu.

35 Nous — les prêtres, les lévites et le peuple — nous avons aussi tiré au sort, à propos de l'offrande de bois qu'on doit apporter à la Maison de notre Dieu selon nos familles aux temps fixés chaque année, afin d'allumer le feu sur l'*autel du Seigneur notre Dieu, comme c'est écrit dans la Loi[3]. 36 De même, on doit apporter les *prémices de notre sol, les prémices de tous les fruits de tout arbre, chaque année, pour la Maison du Seigneur, 37 et les premiers-nés de nos fils et de notre bétail, comme c'est écrit dans la Loi[4], ainsi que les premiers-nés de notre gros et de notre petit bétail, qu'on doit ap-

porter à la Maison de notre Dieu et aux prêtres en fonction dans la Maison de notre Dieu. 38 La meilleure partie de nos pâtes, de nos prélèvements, des fruits de tout arbre, du vin nouveau et de l'huile, nous l'apporterons aux prêtres dans les chambres de la Maison de notre Dieu, ainsi que la dîme de notre sol aux lévites[1]. Ceux-ci, les lévites, prendront la dîme dans toutes les villes où nous travaillons. 39 Un prêtre, fils d'Aaron, sera avec les lévites quand ils prendront la dîme, et les lévites prélèveront la dîme de la dîme pour la Maison de notre Dieu et l'apporteront dans les chambres de la maison du trésor. 40 Car dans ces chambres, les fils d'Israël et les fils de Lévi apporteront le prélèvement de blé, de vin nouveau et d'huile; c'est là que se trouvent les objets du *sanctuaire, les prêtres en fonction, les portiers et les chantres.

Ainsi, nous n'abandonnerons pas la Maison de notre Dieu.

Liste des Juifs venus repeupler Jérusalem

11 1 Les chefs du peuple habitaient à Jérusalem. Le reste du peuple tira au sort pour faire venir un homme sur dix habiter à Jérusalem, la ville *sainte, les neuf autres restant dans les villes. 2 Le peuple donna sa bénédiction à tous les hommes qui furent volontaires pour habiter à Jérusalem.

3 Voici quels furent les chefs de la province qui habitèrent à Jérusalem. Dans les villes de Juda, en

---

1. *sicle* : voir au glossaire MONNAIES.
2. *pain de présentation* ou *pain d'offrande* : voir Lv 24.5-9 — *offrande, holocauste* : voir au glossaire SACRIFICES.
3. *comme c'est écrit dans la Loi* : on ne trouve nulle part dans le Pentateuque de loi qui prescrive explicitement cette *offrande de bois.
4. *comme c'est écrit dans la Loi* : voir Ex 13.1-2.

1. Sur la part des *prêtres* et la dîme pour les *lévites*, voir Nb 15.18-21; 18.21-24.

effet, Israël, les prêtres, les *lévites, les servants et les fils des
serviteurs de Salomon¹ habitaient
chacun dans sa propriété, dans
leurs propres villes. 4 À Jérusalem,
habitaient quelques-uns des fils
de Juda et des fils de Benjamin.

Parmi les fils de Juda : Ataya,
fils de Ouziya, fils de Zekarya,
fils d'Amarya, fils de Shefatya,
fils de Mahalaléel, d'entre les fils
de Pèrèç. 5 Et Maaséya, fils de
Barouk, fils de Kol-Hozé, fils de
Hazaya, fils de Adaya, fils de
Yoyariv, fils de Zekarya, fils de
Ha-Shiloni.

6 Tous les fils de Pèrèç, habitant à Jérusalem, étaient au
nombre de 468 hommes d'armes.

7 Voici les fils de Benjamin :
Sallou, fils de Meshoullam, fils de
Yoëd, fils de Pedaya, fils de Qo-
laya, fils de Maaséya, fils d'Itiël,
fils de Yeshaya. 8 Et après : Gab-
baï, Sallaï : 928. 9 Et Yoël, fils de
Zikri, était leur inspecteur, alors
que Yehouda, fils de Ha-Senoua
était le second sur la ville.

10 Parmi les prêtres : Yedaya,
fils de Yoyariv, Yakîn, 11 Seraya
fils de Hilqiya, fils de Meshoullam, fils de Sadoq, fils de
Merayoth, fils d'Ahitouv, prince
de la Maison de Dieu, 12 ainsi que
leurs frères travaillant à la Maison de Dieu : 822; Adaya, fils de
Yeroham, fils de Pelalya, fils
d'Amçi, fils de Zekarya, fils de
Pashehour, fils de Malkiya, 13 et
ses frères, chefs de familles : 242;
Amashsaï, fils de Azaréel, fils
d'Ahzaï, fils de Meshillémoth, fils
d'Immer,   14 et   leurs   frères,

hommes vaillants : 128. Leur inspecteur était Zavdiël, fils de Ha-
Guedolim.

15 Parmi les lévites : Shemaya,
fils de Hashouv, fils de Azriqam,
fils de Hashavya, fils de Bounni,
16 et Shabtaï et Yozavad, parmi
les chefs des lévites, chargés des
ouvrages extérieurs de la Maison
de Dieu; 17 Mattanya, fils de
Mika, fils de Zavdi, fils d'Asaf,
celui qui le premier commençait à
prononcer la prière¹; Baqbouqya
le second de ses frères, et Avda,
fils de Shammoua, fils de Galal,
fils de Yedoutoun. 18 Tous les lévites qui étaient dans la ville
sainte : 284.

19 Les portiers : Aqqouv, Talmôn, et leurs frères, gardiens des
portes : 172.

20 Le reste d'Israël, des prêtres,
des lévites, étaient dans toutes les
villes de Juda, chacun dans son
héritage. 21 Les servants habitaient l'Ofel²; Ciha et Guishpa
étaient   chefs   des   servants.
22 L'inspecteur des lévites à Jérusalem était Ouzzi, fils de Bani,
fils de Hashavya, fils de Mattanya, fils de Mika, parmi les fils
d'Asaf; ils étaient les chantres en
activité dans la Maison de Dieu.
23 Il y avait en effet un ordre du
roi³ à leur sujet et un accord
concernant les chantres, jour par
jour. 24 Petahya, fils de Meshézavéel, parmi les fils de Zérah,
fils de Juda, était au côté du roi⁴

---

1. *celui qui ... la prière :* traduction incertaine
d'un texte peu clair.
2. Sur les *servants*, voir Esd 8.20 et la note; sur
l'*Ofel*, voir Es 32.14 et la note.
3. Il pourrait s'agir du *roi* David (voir 1 Ch 25),
mais il s'agit plus probablement du *roi* de Perse
Artaxerxès (voir Esd 7.21-24).
4. *au côté du roi :* autres traductions *à la*
disposition du roi ou *le délégué du roi* (de Perse).

---

1. Sur les *servants*, voir Esd 8.20 et la note; sur
les *fils des serviteurs de Salomon*, voir Esd 2.55 et
la note.

pour tout ce qui concernait le peuple.

La population juive hors de Jérusalem

25 Du côté des villages dans la campagne, des fils de Juda habitèrent à Qiryath-Arba et ses environs, à Divôn et ses environs, à Yeqqavcéel et ses villages, 26 à Yéshoua, à Molada, à Beth-Pèleth, 27 à Haçar-Shoual, à Béer-Shéva et ses environs, 28 à Ciqlag, à Mekona et ses environs, 29 à Ein-Rimmôn, à Çoréa, à Yarmouth, 30 à Zanoah, Adoullam et leurs villages, à Lakish et dans sa campagne, à Azéqa et ses environs. Ils s'établirent depuis Béer-Shéva jusqu'à la vallée de Hinnôm.

31 Les fils de Benjamin s'établirent depuis Guèva, à Mikmas, Ayya, Béthel et ses environs, 32 à Anatoth, Nov, Ananya, 33 Haçor, Rama, Guittaïm, 34 Hadid, Cevoïm, Neballat, 35 Lod et Ono, la vallée des Ouvriers. 36 Parmi les *lévites, certains des régions de Juda allèrent en Benjamin[1].

Liste de prêtres et de lévites

12 1 Voici les prêtres et les *lévites qui arrivèrent avec Zorobabel, fils de Shaltiel, et Josué : Seraya, Yirmeya, Ezra, 2 Amarya, Mallouk, Hattoush, 3 Shekanya, Rehoum, Merémoth, 4 Iddo, Guinnetoï, Aviya, 5 Miyamîn, Maadya, Bilga, 6 Shemaya, et Yoyariv, Yedaya, 7 Sallou, Amoq, Hilqiya, Yedaya. C'étaient les chefs des prêtres et de leurs frères, au temps de Josué.

1. Le texte hébreu du v. 36 est peu clair.

8 Les lévites : Yéshoua, Binnouï, Qadmiel, Shérévya, Yehouda, Mattanya, lui et ses frères, chargés des chants de louange. 9 Baqbouqya et Ounni, leurs frères, à leur service pour les gardes.

10 Josué engendra Yoyaqîm, Yoyaqîm engendra Elyashiv, et Elyashiv Yoyada. 11 Yoyada engendra Yonatân, Yonatân engendra Yaddoua.

12 Au temps de Yoyaqîm, les prêtres chefs des familles, étaient : pour Seraya, Meraya; pour Yirmeya, Hananya; 13 pour Ezra, Meshoullam; pour Amarya, Yehohanân; 14 pour Melikou, Yonatân; pour Shevanya, Yoseph; 15 pour Harîm, Adna; pour Merayoth, Helqaï; 16 pour Iddo, Zekarya; pour Guinnetôn, Meshoullam; 17 pour Aviya, Zikri; pour Minyamîn[1], ...; pour Moadya, Piltaï; 18 pour Bilga, Shammoua; pour Shemaya, Yehonatân; 19 pour Yoyariv, Mattenaï; pour Yedaya, Ouzzi; 20 pour Sallaï, Qallaï; pour Amoq, Eber; 21 pour Hilqiya, Hashavya; pour Yedaya, Netanel.

22 Au temps d'Elyashiv, de Yoyada, de Yohanân et de Yaddoua, les lévites, chefs de famille, ainsi que les prêtres, furent inscrits jusqu'au règne de Darius le Perse[2].

23 Les fils de Lévi, chefs de familles, furent inscrits dans le livre des *Annales, jusqu'au temps de Yohanân, fils d'Elyashiv. 24 Les chefs des lévites étaient : Hashavya, Shérévya et Yéshoua, fils de

1. *pour Minyamîn, ...* : le nom du prêtre, chef de la famille de Minyamîn, a disparu.
2. *Darius le Perse* : il s'agit vraisemblablement de Darius III (336-331 av. J. C. voir la note en Esd 4.5).

Qadmiel, et leurs frères en face d'eux, pour chanter, selon l'ordre de David, homme de Dieu, chacun d'après le tour de service, les louanges et les actions de grâces : 25 Mattanya, Baqbouqya, Ovadya, Meshoullam, Talmôn et Aqqouv, gardiens-portiers, pour la garde qui se faisait au seuil des portes. 26 Ceux-là étaient en service au temps de Yoyaqîm, fils de Josué, fils de Yosadaq, et au temps de Néhémie le gouverneur, et d'Esdras, le prêtre-scribe.

Dédicace de la muraille rebâti

27 Pour la dédicace de la muraille de Jérusalem, on alla chercher les *lévites dans tous leurs lieux de résidence, pour les faire venir à Jérusalem, afin de célébrer joyeusement la dédicace, avec des louanges et des chants, des cymbales, des lyres et des harpes. 28 Les fils des chantres[1] se rassemblèrent depuis la région des alentours de Jérusalem et depuis les villages des Netofatites, 29 depuis Beth-Guilgal et la campagne de Guèva et de Azmaweth, car les chantres s'étaient bâti des villages aux environs de Jérusalem. 30 Les prêtres et les lévites se *purifièrent et purifièrent le peuple, les portes et la muraille.

31 Je fis monter les chefs de Juda sur la muraille et j'établis deux grandes chorales. L'une marcha vers la droite[2] sur la muraille par la porte du Fumier. 32 Derrière eux marchaient Hos-

haya et la moitié des chefs de Juda ; 33 Azarya, Ezra, Meshoullam, 34 Yehouda, Benjamin, Shemaya et Yirmeya, 35 d'entre les fils des prêtres, avec des trompettes ; Zekarya, fils de Yonatân, fils de Shemaya, fils de Mattanya, fils de Mikaya, fils de Zakkour, fils d'Asaf, 36 et ses frères, Shemaya, Azarel, Milalaï, Guilalaï, Maaï, Netanel, Yehouda, Hanani, avec les instruments de musique de David, homme de Dieu. Esdras le scribe était devant eux. 37 À la porte de la Source, en face d'eux, ils montèrent les degrés de la ville de David[1], par la montée de la muraille, au-dessus de la maison de David et jusqu'à la porte des Eaux, à l'est.

38 La seconde chorale marcha vers la gauche, et moi-même j'étais derrière elle, ainsi que la moitié des chefs du peuple[2] sur la muraille, au-dessus de la tour des Fours et jusqu'à la Muraille Large, 39 et au-dessus de la porte d'Ephraïm, de la porte de la Yeshana, de la porte des Poissons, de la tour de Hananéel et de la tour des Cent, jusqu'à la porte des Brebis. On s'arrêta à la porte de la Garde. 40 Les deux chorales s'arrêtèrent ensuite dans la Maison de Dieu, ainsi que moi-même, la moitié des magistrats qui étaient avec moi, 41 et les prêtres : Elyaqim, Maaséya, Minyamîn, Mikaya, Elyoénaï, Zekarya, Hananya avec des trompettes, 42 et Maaséya, Shemaya, Eléazar, Ouzzi, Yehohanân, Malkiya,

---

1. *Les fils des chantres*, c'est-à-dire *les membres des chœurs*.
2. *vers la droite*, c'est-à-dire *vers le sud*. Les deux *chorales* partent des environs de la porte de la Vallée (3.13) et font chacune à peu près la moitié du tour de la ville. Sur les noms des portes et des tours, voir le chap. 3.

---

1. *ville de David* : voir au glossaire CITÉ DE DAVID.
2. *vers la gauche*, c'est-à-dire *vers le nord* ; voir v. 31 et la note — *la moitié des chefs du peuple* : comparer le v. 32 ; il s'agit bien ici *des chefs*, malgré l'absence du mot correspondant dans le texte hébreu (*la moitié du peuple*).

Elam et Ezèr. Les chantres se firent entendre, avec Yizraya l'inspecteur.

43 On offrit, ce jour-là, de grands *sacrifices et on fut dans la joie, car Dieu leur avait donné une grande joie. Les femmes et les enfants se réjouissaient aussi, et la joie de Jérusalem fut entendue de loin.

Les parts réservées aux prêtres et aux lévites

44 En ce jour-là, des hommes furent chargés de la surveillance des chambres destinées aux réserves venant des prélèvements des *prémices et des dîmes, afin d'y recueillir, en provenance de la campagne environnant les villes, les parts fixées par la Loi pour les prêtres et les *lévites. En effet Juda se réjouissait des prêtres et des lévites en fonction, 45 qui observaient ce qui concernait le service de leur Dieu et le service de la *purification, tandis que les chantres et les portiers suivaient l'ordre de David et de Salomon, son fils. 46 Car autrefois, au temps de David et d'Asaf, il y avait des chefs des chantres et des chants de louange et de reconnaissance envers Dieu. 47 Tout Israël, au temps de Zorobabel et au temps de Néhémie, donnait les parts revenant aux chantres et aux portiers, jour par jour, puis les choses consacrées revenant aux lévites; et les lévites donnaient les choses consacrées revenant aux fils d'Aaron.

Dernières réformes réalisées par Néhémie

13 1 En ce temps-là, on lut dans le livre de Moïse en présence du peuple et on y trouva écrit que l'Ammonite et le Moabite n'entreraient jamais dans l'assemblée de Dieu[1], 2 car ils n'étaient pas venus au-devant des fils d'Israël avec le pain et l'eau, et Moab avait payé Balaam contre eux, pour les maudire; mais notre Dieu changea la malédiction en bénédiction. 3 Lorsqu'ils eurent entendu cette loi, ils séparèrent d'Israël tout homme de sang mélangé.

4 Auparavant, le prêtre Elyashiv avait été chargé des chambres de la Maison de notre Dieu; il était proche parent de Toviya, 5 et avait préparé pour lui une grande chambre où l'on mettait, auparavant, les offrandes, l'*encens, les ustensiles, la dîme du blé, du vin nouveau et de l'huile, ce qui était ordonné pour les *lévites, les chantres et les portiers, de même que le prélèvement pour les prêtres.

6 Pendant tout ce temps, je n'étais pas à Jérusalem, car dans la trente-deuxième année d'Artaxerxès, roi de Babylone[2], j'étais revenu auprès du roi. Mais après quelque temps, je demandai congé au roi, 7 et je retournai à Jérusalem; je me rendis compte du mal qu'avait fait Elyashiv, à cause de Toviya, en lui préparant une chambre dans les *parvis de la Maison de Dieu. 8 J'en fus très

1. *l'Ammonite … de Dieu* : voir Dt 23.4-6.
2. *la trente-deuxième année du règne d'Artaxerxès I* : en 432 av. J.-C. — *roi de Babylone* : les rois de Perse avaient une de leurs résidences à Babylone.

irrité et je fis donc jeter hors de la chambre tous les objets de la maison de Toviya. 9 Puis je dis de *purifier les chambres, et j'y fis rapporter les ustensiles de la Maison de Dieu, les offrandes et l'encens.

10 Je fus informé aussi que les parts des lévites n'avaient pas été données et que les lévites et les chantres qui faisaient le service s'étaient enfuis, chacun dans sa campagne. 11 Je fis des reproches aux magistrats, et je dis : « Pourquoi la Maison de Dieu est-elle abandonnée ? » — Puis je les rassemblai[1] et les rétablis à leur poste. 12 Alors tout Juda apporta la dîme du blé, du vin nouveau et de l'huile pour mettre dans les réserves. 13 Je donnai l'ordre[2] de placer ces réserves sous la garde du prêtre Shèlèmya, du scribe Sadoq et de Pedaya, l'un des lévites, avec à côté d'eux Hanân, fils de Zakkour, fils de Mattanya, car ils étaient considérés comme des hommes fidèles. C'est à eux qu'il revenait de faire la répartition à leurs frères.

14 Souviens-toi de moi, mon Dieu, à cause de cela, et n'efface pas la fidélité avec laquelle j'ai agi pour la Maison de mon Dieu et pour son service.

15 En ces jours-là, je vis, en Juda, des gens qui foulaient aux pieds dans les pressoirs durant le *sabbat, qui rentraient les gerbes et chargeaient aussi sur les ânes du vin, des raisins, des figues et toute sorte d'autres fardeaux pour les apporter à Jérusalem pendant le jour du sabbat. Je leur fis des remontrances, le jour où ils vendaient leurs denrées. 16 Les Tyriens[1] qui habitaient en ville faisaient venir du poisson et toute sorte de marchandises qu'ils vendaient pendant le sabbat aux fils de Juda et dans Jérusalem. 17 Je fis des reproches aux notables de Juda et je leur dis : « Quelle est cette mauvaise action que vous commettez en profanant le jour du sabbat ? 18 N'est-ce pas ainsi qu'ont agi vos pères ? Alors, notre Dieu a fait venir sur nous, ainsi que sur cette ville, tout ce malheur[2]. Mais vous, en profanant le sabbat, vous aggravez la colère de Dieu contre Israël ! »

19 Lorsque les portes de Jérusalem commençaient à être dans l'ombre avant le sabbat[3], je dis de fermer les battants et je dis aussi de ne pas les ouvrir jusqu'après le sabbat. Je postai quelques-uns de mes serviteurs aux portes pour que n'entre aucun fardeau pendant le jour du sabbat. 20 Les marchands et les vendeurs de toutes sortes de marchandises passèrent la nuit, une ou deux fois, en dehors de Jérusalem. 21 Je leur donnai des avertissements et leur dis : « Pourquoi passez-vous la nuit devant la muraille ? Si vous recommencez, je mettrai la main sur vous ! » À partir de ce moment-là, ils ne vinrent plus

---

1. *je les rassemblai* : il s'agit des *lévites* et des *chantres* (voir v. 10).
2. *Je donnai l'ordre* : d'après les anciennes versions grecque et syriaque; hébreu : mot inconnu.

1. *Les Tyriens,* peuple de marins, s'adonnaient tout naturellement au commerce de poissons.
2. *vos pères* ou *vos ancêtres* — *ce malheur* : la destruction de la ville et la déportation.
3. *dans l'ombre avant le sabbat* : le sabbat commence au coucher du soleil, c'est-à-dire le vendredi vers 18 heures, et se termine le samedi à la même heure.

pendant le sabbat. 22 Puis, je dis aux lévites qu'ils se purifient pour venir garder les portes afin de sanctifier le jour du sabbat. À cause de cela aussi, souviens-toi de moi, mon Dieu; aie pitié de moi selon ta grande fidélité !

23 C'est aussi dans ces jours-là que je vis des Juifs qui avaient épousé des femmes ashdodites, ammonites et moabites[1]; 24 la moitié de leurs fils parlaient l'ashdodien et aucun d'eux ne se montrait capable de parler le juif[2], mais la langue d'un peuple ou d'un autre. 25 Je leur fis des reproches et les maudis; je frappai quelques hommes parmi eux et leur arrachai les cheveux; puis je leur fis jurer au nom de Dieu : « Ne donnez pas vos filles à leurs fils, et ne prenez pas de leurs filles pour vos fils et pour vous ! 26 N'est-ce pas à cause de cela qu'a péché Salomon, roi d'Israël ? Parmi les nombreuses nations il n'y eut pas de roi comme lui; il était aimé de son Dieu et Dieu

l'avait établi roi sur tout Israël. Pourtant c'est lui que les femmes étrangères ont entraîné dans le péché ! 27 Et pour vous aussi, doit-on apprendre que vous commettez cette faute si grave d'être infidèles à notre Dieu, en épousant des femmes étrangères ? »

28 L'un des fils de Yoyada, fils d'Elyashiv, le grand prêtre, était le gendre de Sânballat, le Horonite. Je le mis en fuite, loin de moi !

29 Souviens-toi d'eux, mon Dieu, parce qu'ils ont souillé le sacerdoce et l'alliance avec le sacerdoce[1] et les lévites !

30 Je les purifiai de tout étranger, et je rétablis les fonctions concernant les prêtres et les lévites, chacun dans sa tâche; 31 je rétablis aussi les offrandes de bois, aux époques fixées, ainsi que les *prémices.

Souviens-toi de moi, mon Dieu, pour le bien[2] !

1. *ashdodites, ammonites :* voir 4.1 et la note; les *Moabites* venaient d'un pays voisin de Juda, à l'est de la mer Morte.
2. *le juif,* c'est-à-dire *l'hébreu.*

1. Par l'expression *alliance avec le sacerdoce,* Néhémie désigne les règles concernant la pureté et la fidélité des prêtres, en particulier celles de Lv 21.13-15 concernant le mariage du grand prêtre (voir v. 28).
2. *offrandes de bois :* voir 10.35 et la note — *pour le bien* peut signifier *à cause du bien que j'ai fait* ou *pour me faire du bien.*

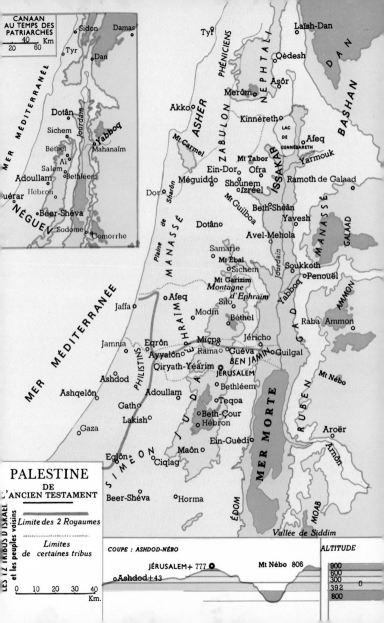

CANAAN AU TEMPS DES PATRIARCHES

Km.
20 40 60

MER MÉDITERRANÉE

Sidon
Damas
Tyr
Dan
Dotân
Sichem
Jourdain
Yabboq
Béthel
Mahanaïm
Aï
Salem
Adoullam
Bethléem
Guérar
Hébron
NÉGUEV
Béer-Shéva
Sodome
Gomorrhe

Laïsh-Dan
Tyr
Qèdesh
PHÉNICIENS
Asôr
DAN
Merôm
NEPHTALI
BASHAN
Akko
ASHER
ZABULON
Kinnéreth
LAC DE GENNÉSARETH
Afeq
Mt Carmel
Mt Tabor
Yarmouk
Ein-Dor
Ofra
Ramoth de Galaad
Méguiddo
Shounem
Izréel
ISSAKAR
Dor
Sharôn
Mt Guilboa
Beth-Shéân
Yavesh
Dotâno
Avel-Mehola
MANASSÉ
GALAAD
Plaine de MANASSÉ
Samarie
Mt Ébal
Sichem
Soukkoth
Penouël
Mt Garizim
Montagne d'Ephraïm
Jourdain
Yabboq
Afeq
Silo
AMMON
Jaffa
EPHRAÏM
Modîn
Râba Ammon
Béthel
Jamnia
Micpa
Jéricho
Egrôn
Rama
Guéva
Guilgal
Ayyalôn
BEN JAMIN
PHILISTINS
Qiryath-Yéârim
JÉRUSALEM
Ashdod
Bethléem
Mt Nébo
Adoullam
Teqoa
Gath
Beth-Çour
RUBEN
Ashqelôn
Lakish
Hébron
Gaza
JUDA
MER MORTE
Maôn
Ein-Guèdi
Aroër
SIMÉON
Eglôn
Ciqlag
Arnôn
MER MÉDITERRANÉE
Beer-Shéva
Horma
ÉDOM
MOAB
Vallée de Siddim

PALESTINE DE L'ANCIEN TESTAMENT

Limite des 2 Royaumes

Limites de certaines tribus

LES 12 TRIBUS D'ISRAEL et les peuples voisins

0 10 20 30 40
Km.

COUPE : ASHDOD-NÉBO

ALTITUDE

JÉRUSALEM + 777
Mt Nébo 806
Ashdod + 43

900
600
300
0
392
800

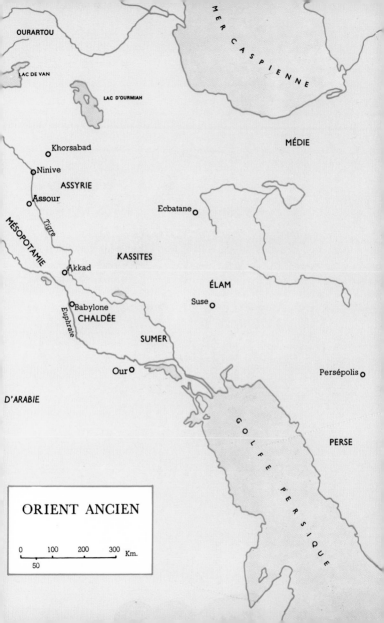

ORIENT ANCIEN

| 0 | 100 | 200 | 300 | Km. |
50

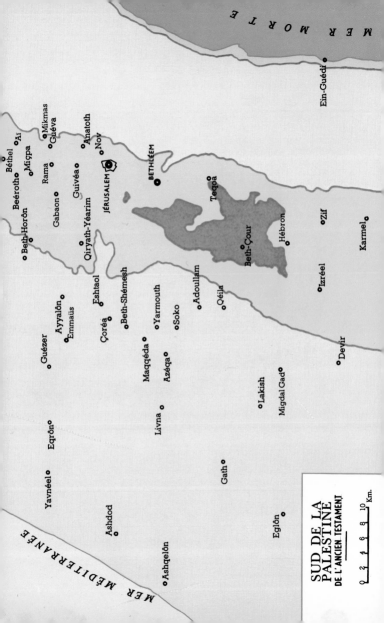

MER MORTE

MER MÉDITERRANÉE

Ein-Guédi

Béthel
Aï
Beéroth
Miçpa
Mikmas
Guéva
Beth-Horôn
Rama
Anatoth
Nov
Gabaon
Guivéa
JÉRUSALEM
Qiryath-Yéarim
BETHLÉEM
Teqoa
Zif
Hébron
Karmel
Izréel
Beth-Çour
Guézer
Ayyalôn
Emmaüs
Eshtaol
Beth-Shémesh
Çoréa
Yarmouth
Adoullam
Qéila
Soko
Devir
Maqqéda
Azéqa
Livna
Lakish
Migdal Gad
Eqrôn
Yavnéel
Gath
Ashdod
Eglôn
Ashqelôn

SUD DE LA PALESTINE
DE L'ANCIEN TESTAMENT

0 2 4 6 8 10 Km.

PREMIER LIVRE DES CHRONIQUES

LISTES GÉNÉALOGIQUES

D'Adam aux descendants d'E-saü[1]

1 1 Adam, Seth, Enosh, 2 Qé-nân, Mahalalel, Yèred, 3 Hénok, Metoushèlath, Lamek, 4 Noé, Sem, Cham et Japhet.

5 Fils de Japhet : Gomer, Magog, Madaï, Yavân, Toubal, Mèshek et Tirâs.

6 Fils de Gomer : Ashkénaz, Difath, Togarma.

7 Fils de Yavân : Elisha, Tarsis, Kittim et Rodanim.

8 Fils de Cham : Koush, Miçraïm, Pouth et Canaan.

9 Fils de Koush : Séva, Hawila, Savta, Raéma et Savteka; fils de Raéma : Saba et Dedân. 10 Koush engendra Nemrod. Il fut le premier héros sur la terre.

11 Miçraïm engendra les gens de Loud, de Einâm, de Lehav et de Naftouah, 12 les gens de Patros, ceux de Kaslouah, d'où sortirent les Philistins, et ceux de Kaftor.

13 Canaan engendra Sidon son premier-né et Heth, 14 le Jébusite, l'*Amorite, le Guirgashite, 15 le Hivvite, le Arqite, le Sinite, 16 l'Arvadite, le Cemarite, le Hamatite.

17 Fils de Sem : Elam, Assour, Arpakshad, Loud, Aram, Ouç, Houl, Guètèr et Mèshek. 18 Arpakshad engendra Shèlah et Shèlah engendra Eber. 19 À Eber naquirent deux fils. Le premier s'appelait Pèleg, car en son temps la terre fut divisée[1], et son frère s'appelait Yoqtân. 20 Yoqtân engendra Almodad, Shèlef, Haçarmaweth, Yèrah, 21 Hadorâm, Ouzal, Diqla, 22 Eval, Avimaël, Saba, 23 Ofir, Hawila, Yovav. Ce sont là tous les fils de Yoqtân.

---

1. L'auteur des *Chroniques* s'intéresse surtout aux règnes de David (1 Ch 10-29), de Salomon (2 Ch 1-9) et des rois de Juda (2 Ch 10-36). Dans les neuf premiers chapitres de 1 Ch, il résume toute l'histoire antérieure à David au moyen de *listes généalogiques*. Celles-ci ont été établies à partir des livres antérieurs, ou directement reprises de ces mêmes livres (Genèse à 1 Samuel), avec fréquemment de petites divergences.

1. Voir Gn 10.25 et la note.

24 Sem, Arpakshad, Shèlah, 25 Eber, Pèleg, Réou, 26 Seroug, Nahor, Tèrah, 27 Abram, qui est Abraham.

28 Fils d'Abraham : Isaac et Ismaël.

29 Voici leurs familles : Nebayoth l'aîné d'Ismaël, Qédar, Adbéel et Mivsâm, 30 Mishma et Douma, Massa, Hadad et Téma, 31 Yetour, Nafish et Qédma. Ce sont eux les fils d'Ismaël.

32 Fils de Qetoura, concubine[1] d'Abraham : elle enfanta Zimrân, Yoqshân, Medân, Madiân, Yishbaq et Shouah. Fils de Yoqshân : Saba et Dedân. 33 Fils de Madiân : Eifa, Efèr, Hanok, Avida et Eldaa. Ce sont là tous les fils de Qetoura.

34 Abraham engendra Isaac. Fils d'Isaac : Esaü et Israël. 35 Fils d'Esaü : Elifaz, Réouël, Yéoush, Yaélâm et Qorah. 36 Fils d'Elifaz : Témân, Omar, Cefi, Gaétâm, Qenaz, Timna, et Amaleq. 37 Fils de Réouël : Nahath, Zérah, Shamma et Mizza. 38 Fils de Séïr : Lotân, Shoval, Civéôn, Ana, Dishôn, Ecèr et Dishân. 39 Fils de Lotân : Hori et Homâm. Soeur de Lotân : Timna. 40 Fils de Shoval : Alyân, Manahath, Eval, Shefi et Onâm. Fils de Civéôn : Ayya et Ana. 41 Fils de Ana : Dishôn. Fils de Dishôn : Hamrân, Eshbân, Yitrân et Kerân. 42 Fils d'Ecèr : Bilhân, Zaawân, Yaaqân. Fils de Dishôn : Ouç et Arân.

Les rois et chefs d'Edom

(*Gn 36.31-43*)

43 Voici les rois qui ont régné au pays d'Edom avant que ne règne un roi israélite : Bèla, fils de Béor, et le nom de sa ville était Dinhava. 44 Bèla mourut et Yovav, fils de Zérah de Boçra, régna à sa place. 45 Yovav mourut et Houshâm, du pays des Témanites, régna à sa place. 46 Houshâm mourut et Hadad, fils de Bedad, régna à sa place. Il battit Madiân dans la campagne de Moab; le nom de sa ville était Awith. 47 Hadad mourut et Samla de Masréqa régna à sa place. 48 Samla mourut et Shaoul de Rehovoth sur l'Euphrate régna à sa place. 49 Shaoul mourut et Baal-Hanân fils de Akbor régna à sa place. 50 Baal-Hanân mourut et Hadad régna à sa place; le nom de sa ville était Paï. Le nom de sa femme était Mehétavéel, fille de Matred, fille de Mê-Zahav. 51 Hadad mourut. Les chefs d'Edom furent : le chef Timna, le chef Alya, le chef Yeteth, 52 le chef Oholivama, le chef Ela, le chef Pinôn, 53 le chef Qenaz, le chef Témân, le chef Mivçar, 54 le chef Magdiël, le chef Irâm. Ce sont les chefs d'Edom.

Les descendants de Juda, fils de Jacob

2 1 Voici les fils d'Israël[1] : Ruben, Siméon, Lévi et Juda, Issakar et Zabulon, 2 Dan,

---

1. Voir 2 S 3.7 et la note.

1. *d'Israël* ou *de Jacob*.

Joseph et Benjamin, Nephtali, Gad et Asher.

3 Fils de Juda : Er, Onân et Shéla. Tous trois lui naquirent de la fille de Shoua, la Cananéenne. Mais Er, le premier-né de Juda, fut coupable aux yeux du Seigneur qui le fit mourir. 4 Tamar, sa belle-fille, lui enfanta Pèrèç et Zérah. Les fils de Juda furent cinq en tout.

5 Fils de Pèrèç : Hèçrôn et Hamoul.

6 Fils de Zérah : Zimri, Etân, Hémân, Kalkol et Dara, cinq en tout.

7 Fils de Karmi : Akar qui porta malheur à Israël en se rendant coupable d'une infidélité au sujet de l'interdit[1]. 8 Fils d'Etân : Azarya. 9 Fils qui naquirent à Hèçrôn : Yerahméel, Râm et Keloubaï.

10 Râm engendra Amminadav, Amminadav engendra Nahshôn, chef des fils de Juda. 11 Nahshôn engendra Salma. Salma engendra Booz. 12 Booz engendra Oved. Oved engendra Jessé.

13 Jessé engendra Eliav son premier-né, Avinadav le second, Shiméa, le troisième, 14 Netanel le quatrième, Raddaï le cinquième, 15 Ocem le sixième, David le septième. 16 Leurs sœurs étaient Cerouya et Avigaïl. Les fils de Cerouya étaient au nombre de trois : Avshaï, Joab et Asahel. 17 Avigaïl

enfanta Amasa, et le père de Amasa était Yètèr l'Ismaélite.

18 Caleb fils de Hèçrôn engendra des fils avec Azouva, sa femme, et Yerioth; voici ses fils : Yéshèr, Shovav et Ardôn. 19 Azouva mourut, et Caleb prit Ephrath pour femme, et elle lui enfanta Hour. 20 Hour engendra Ouri. Ouri engendra Beçalel.

21 Ensuite, Hèçrôn s'unit à la fille de Makir, père de Galaad, et il l'épousa alors qu'il avait 60 ans; elle lui enfanta Segouv, 22 Segouv engendra Yaïr, et celui-ci eut 23 villes, dans le pays de Galaad. 23 Mais Gueshour et Aram leur prirent les campements de Yaïr, Qenath et ses dépendances : 60 villes. Tous ceux-là étaient fils de Makir, père de Galaad. 24 Après la mort de Hèçrôn, Caleb s'unit à Ephrath, femme de Hèçrôn son père, et elle lui enfanta Ashehour, père de Teqoa.

25 Les fils de Yerahméel, premier-né de Hèçrôn, furent Râm, le premier-né, Bouna, Orèn, Ocem, Ahiyya. 26 Yerahméel eut une autre femme, du nom de Atara. Elle fut la mère d'Onâm.

27 Les fils de Râm, premier-né de Yerahméel, furent Maaç, Yamîn et Eqèr.

28 Les fils d'Onâm furent Shammaï et Yada, et les fils de Shammaï : Nadav et Avishour. 29 Le nom de la femme d'Avishour était Avihaïl, et elle lui enfanta Ahbân et Molid. 30 Fils de Nadav : Sèled et Appaïm. Sèled mourut et n'eut pas de fils. 31 Fils d'Appaïm : Yishéï. Fils de Yishéï : Shéshân. Fils de Shéshân : Ahlaï. 32 Fils de Yada, frère de Shammaï : Yètèr et Yonatân. Yètèr

---

1. *Akar* : en hébreu, il y a jeu de mots entre le nom d'*Akar* et le verbe traduit par *porta malheur* — *l'interdit* : voir Dt 2.34 et la note — Le verset fait allusion au récit de Jos 7, où cependant le coupable porte le nom d'*Akân*.

mourut et n'eut pas de fils. 33 Fils de Yonatân : Pèleth et Zaza. Ce furent les fils de Yerahméel.

34 Shéshân n'eut pas de fils mais des filles. Shéshân avait un esclave égyptien, du nom de Yarha. 35 Shéshân donna sa fille pour femme à Yarha son esclave et elle lui enfanta Attaï. 36 Attaï engendra Natân, Natân engendra Zavad. 37 Zavad engendra Effal. Effal engendra Oved. 38 Oved engendra Yéhou. Yéhou engendra Azarya. 39 Azarya engendra Hèleç. Hèleç engendra Eléasa. 40 Eléasa engendra Sismaï. Sismaï engendra Shalloum. 41 Shalloum engendra Yeqamya. Yeqamya engendra Elishama.

42 Fils de Caleb frère de Yerahméel : Mésha son premier-né, qui fut le père de Zif, et les fils de Marésha, père de Hébron.

43 Fils de Hébron : Qorah, Tappouah, Rèqem et Shèma. 44 Shèma engendra Rahâm, père de Yorqéâm, Rèqem engendra Shammaï. 45 Fils de Shammaï : Maôn, et Maôn fut le père de Beth-Çour. 46 Eifa, concubine[1] de Caleb, enfanta Harân, Moça et Gazèz. Harân engendra Gazèz.

47 Fils de Yahdaï : Règuem, Yotam, Guéshân, Pèleth, Eifa et Shaaf. 48 La concubine de Caleb, Maaka, enfanta Shèvèr et Tirhana. 49 Et elle enfanta Shaaf, père de Madmanna, et Shewa, père de Makbéna et père de Guivéa. La fille de Caleb était Aksa. 50 Ce furent les fils de Caleb.

Fils de Hour premier-né d'Ephrata : Shoval, père de Qiryath-Yéarim; 51 Salma, père de Bethléem; Haref, père de Beth-Gadér. 52 Shoval, père de Qiryath-Yéarim, eut des fils : Haroè, la moitié des Manahtites 53 et les clans de Qiryath-Yéarim : les Yitrites, les Poutites, les Shoumatites et les Mishraïtes. D'eux sont issus les Çoréatites et les Eshtaoulites.

54 Fils de Salma : Bethléem, les Netofatites, Atroth-Beth-Yoav, la moitié des Manahtites, les Çorèïtes, 55 et les clans des Sofrites habitant Yaébeç, les Tiréatites, les Shiméatites, les Soukatites. Ce sont les Qénites, qui vinrent de Hammath, père de la maison de Rékav.

Les descendants de David

3 1 Voici les fils de David qui lui naquirent à Hébron : le premier-né Amnon, d'Ahinoam d'Izréel; le second Daniel, d'Avigaïl de Karmel; 2 le troisième, Absalom fils de Maaka, fille de Talmaï roi de Gueshour; le quatrième Adonias, fils de Hagguith; 3 le cinquième, Shefatya, d'Avital; le sixième, Yitréam fils de Egla sa femme. 4 Tous les six lui naquirent à Hébron. Il régna là sept ans et six mois, et pendant 33 ans, il régna à Jérusalem.

5 Voici ceux qui lui naquirent à Jérusalem : Shiméa, Shovav, Natân et Salomon, tous les quatre de Bath-Shoua, fille de Ammiél. 6 Puis Yivhar, Elishoua, Elifèleth, 7 Nogah, Nèfèg, Yafia, 8 Elishama, Elyada et Elifèleth : neuf en tout.

9 Ce sont là tous les fils de David, outre les fils des concubines[1]. Tamar était leur soeur.

---

1. Voir 2 S 3.7 et la note.

1. Voir 2 S 3.7 et la note.

10 Fils de Salomon[1] : Roboam, Abiya son fils, Asa son fils, Josaphat son fils, 11 Yoram son fils, Akhazias son fils, Joas son fils, 12 Amasias son fils, Azarias son fils, Yotam son fils, 13 Akhaz son fils, Ezékias son fils, Manassé son fils, 14 Amôn son fils, Josias son fils. 15 Fils de Josias : le premier-né Yohanân, le second Yoyaqîm, le troisième Sédécias, le quatrième Shalloum. 16 Fils de Yoyaqîm : Yekonya son fils, Sédécias son fils.

17 Fils de Yekonya[2] prisonnier : Shaltiel son fils, 18 Malkiram, Pedaya, Shènaçar, Yeqamya, Hoshama et Nedavya. 19 Fils de Pedaya : Zorobabel et Shimeï; fils de Zorobabel : Meshoullam, Hananya et Shelomith leur soeur. 20 — Fils de Meshoullam — : Hashouva, Ohel, Bèrèkia, Hasadya, Youshav-Hèsèd : cinq en tout. 21 Fils de Hananya : Pelatya et Yeshaya, les fils de Refaya, les fils d'Arnân, les fils de Ovadya, les fils de Shekanya. 22 Fils de Shekanya : Shemaya. Fils de Shemaya : Hattoush, Yiguéal, Bariah, Néarya et Shafath : six en tout. 23 Fils de Néarya : Elyoénaï, Hizqiya et Azriqam : trois en tout. 24 Fils de Elyoénaï : Hodawyahou, Elyashiv, Pelaya, Aqqouv, Yohanân, Delaya et Anani : sept en tout.

Autre liste des descendants de Juda

4 1 Fils de Juda : Pèrèç, Hèçrôn, Karmi, Hour et Shoval. 2 Réaya, fils de Shoval, engendra Yahath. Yahath engendra Ahoumaï et Lahad : ce sont les clans des Çoréatites.

3 Voici les fils de Hour : le père de Etâm, Izréel, Yishma et Yidbash; leur soeur s'appelait Hacelèlponi. 4 Puis Penouël père de Guedor, et Ezèr père de Housha. Tels étaient les fils de Hour, premier-né d'Ephrata, père de Bethléem.

5 Ashehour, père de Teqoa, eut deux femmes : Hèléa et Naara. 6 Naara lui enfanta Ahouzzâm, Héfèr, les Témanites et les Ahashtarites. C'était les fils de Naara. 7 Les fils de Hèléa : Cèreth, Çohar et Etnân. 8 Qoç engendra Anouv et Haçovéva et les clans de Aharhel, fils de Haroum. 9 Yaébeç était plus considéré que ses frères, et sa mère l'avait appelé du nom de Yaébeç en disant : « J'ai enfanté dans la douleur[1]. » 10 Yaébeç invoqua le Dieu d'Israël en disant : « Si vraiment tu me bénis, alors tu agrandiras mon territoire, ta main sera avec moi et tu éloigneras le malheur pour que je ne sois pas dans la douleur. Et Dieu accomplit ce qu'il avait demandé.

11 Kelouv, frère de Shouha, engendra Mehir qui fut le père d'Eshtôn. 12 Eshtôn engendra Beth-Rafa, Paséah et Tehinna, père de Ir-Nahash. Ce sont les hommes de Réka.

13 Fils de Qenaz : Otniel et Seraya. Fils de Otniel : Hatath. 14 Méonotaï engendra Ofra et Seraya engendra Yoav, père de Guê-Harashîm, car ils étaient artisans[2].

---

1. Les v. 10-16 donnent la liste des rois de Juda, selon 1 R 12-2 R 25.
2. On ignore l'origine de la liste donnée dans les v. 17-24.

1. En hébreu, il y a assonance entre le nom de *Yaébeç* et le mot traduit par *dans la douleur*.
2. Le nom de *Guê-Harashîm* signifie *vallée des artisans*.

15 Fils de Caleb, fils de Ye-founné : Irou, Ela et Naam. Fils d'Ela : Qenaz.

16 Fils de Yehallélel : Zif, Zifa, Tiria et Asaréel.

17 Fils de ezra : Yètèr, Mèred, Efèr et Yalôn. Elle conçut[1] Miryam, Shammaï et Yishbah, père d'Eshtemoa. 18 Sa femme, la judéenne, enfanta Yèred père de Guedor, Héber père de Soko, et Yequotiel père de Zanoah ; ce sont les fils de Bitya, fille de *Pharaon, qu'avait prise Mèred.

19 Fils de la femme de Hodiya, sœur de Nahâm : le père de Qéila le Garmite, et d'Eshtemoa le Maakatite.

20 Fils de Shimôn : Amnôn, Rinna, Ben-Hanân et Tilôn. Fils de Yishéï : Zoheth et le fils de Zoheth.

21 Fils de Shéla, fils de Juda : Er père de Léka, Laéda père de Marésha, les clans de la maison où l'on travaille le byssus[2], à Beth-Ashbéa, 22 Yoqîm, les gens de Kozéva, Yoash et Saraf, qui furent maîtres de Moab[3] et revinrent à Bethléem — ce sont des choses anciennes — ; 23 c'était les potiers et les habitants des plantations et des enclos[4]. Ils habitaient là, avec le roi, à son service.

Les descendants de Siméon

24 Fils de Siméon : Nemouël, Yamîn, Yariv, Zérah, Shaoul ; 25 Shalloum son fils, Mivsâm son fils, Mishma son fils. 26 Fils de

Mishma : Hammouël son fils, Zakkour son fils, Shiméï son fils.

27 Shiméï eut seize fils et six filles ; mais ses frères n'eurent pas beaucoup de fils, tous leurs clans ne furent pas aussi nombreux que les fils de Juda.

28 Ils habitèrent Béer-Shéva, Molada, Haçar-Shoual. 29 Bilha, Ecem, Tolad, 30 Betouël, Horma, Ciqlag, 31 Beth-Markavoth, Haçar-Sousîm, Beth-Biréï, Shaaraïm. Ce furent leurs villes jusqu'au règne de David[1] 32 et leurs villages : Etâm, Aïn, Rimmôn, Tokèn, Ashân : cinq villes, 33 et tous leurs villages qui étaient autour de ces villes jusqu'à Baal. Ce furent leurs habitations et leurs propres listes généalogiques.

34 Meshovav, Yamlek, Yosha fils de Amacya, 35 Yoël, Yéhou fils de Yoshivya, fils de Seraya, fils de Asiël, 36 Elyoénaï, Yaaqova, Yeshohaya, Asaya, Adiël, Yesimiël, Benaya, 37 Ziza, fils de Shiféï, fils d'Allôn, fils de Yedaya, fils de Shimri, fils de Shemaya : 38 ceux-là, qui viennent d'être nommés, furent des chefs dans leurs clans, et leurs familles s'accrurent beaucoup. 39 Ils allèrent à l'entrée de Guedor jusqu'à l'orient de la vallée, à la recherche de pâturages pour leurs troupeaux ; 40 ils trouvèrent de gras et bons pâturages et le pays était vaste, tranquille et paisible, car ceux qui habitaient là autrefois descendaient de Cham[2]. 41 Ces gens, qui

---

1. *Elle conçut* : il s'agit de *Bitya*, qui n'est mentionnée par son nom qu'au v. 18.

2. *byssus* : sorte d'étoffe précieuse ; autre traduction *lin*.

3. *qui furent maîtres en Moab* ou *qui se marièrent en Moab.*

4. *des plantations et des enclos* ou *de Netaïm et de Guedéra* (localités non identifiées).

1. A l'époque de *David*, la petite tribu de Siméon semble avoir cessé d'exister en tant que telle. Elle avait probablement été assimilée par sa grande voisine la tribu de Juda.

2. Les descendants de Cham devaient être voués à l'interdit (v. 41) comme peuplade cananéenne.

viennent d'être mentionnés, vinrent donc au temps d'Ezékias roi de Juda, détruisirent leurs tentes et les refuges qui se trouvaient là et les vouèrent à l'interdit[1] jusqu'à ce jour. Ils habitèrent à leur place, car il y avait là des pâturages pour leur petit bétail.

42 Certains des fils de Siméon allèrent à la montagne de Séïr : 500 hommes avec, à leur tête Pelatya, Néarya, Refaya et Ouzziël, les fils de Yisheï. 43 Ils battirent le reste des rescapés d'Amaleq[2] et habitèrent là jusqu'à ce jour.

Les descendants de Ruben

5 1 Fils de Ruben, premier-né d'Israël — il était le premier-né mais quand il eut profané la couche de son père[3], son droit d'aînesse fut donné aux fils de Joseph, fils d'Israël, et il fut considéré comme ayant perdu son droit d'aînesse. 2 En effet, Juda fut le plus grand parmi ses frères et, de lui, est issu celui qui devint prince[4], mais le droit d'aînesse était à Joseph.

3 Fils de Ruben, premier-né d'Israël : Hanok, Pallou, Hèçrôn et Karmi.

4 Fils de Yoël : Shemaya son fils; Gog son fils, Shiméï son fils, 5 Mika son fils, Réaya son fils, Baal son fils, 6 Bééra son fils, que déporta Tilgath-Pilnéser[5], roi d'Assyrie; il était prince des Rubénites. 7 Ses frères, selon leurs clans enregistrés d'après leurs gé-

néalogies : en tête Yéiël, Zekaryahou, 8 Bèla fils de Azaz, fils de Shèma, fils de Yoël; il habitait à Aroër et allait jusqu'à Nebo et Baal-Méôn. 9 À l'est, ils habitaient jusqu'à l'entrée du désert, depuis le fleuve de l'Euphrate, car leurs troupeaux étaient nombreux dans le pays de Galaad. 10 Au temps de Saül, ils firent la guerre aux Hagrites qui tombèrent entre leurs mains; ils habitèrent dans leurs tentes sur toute la surface orientale de Galaad.

Les descendants de Gad

11 Les fils de Gad, vis-à-vis d'eux, habitèrent dans le pays de Bashân, jusqu'à Salka : 12 en tête Yoël, Shafâm le second, Yaénaï et Shafath, dans le Bashân. 13 Leurs frères selon leurs familles furent : Mikaël, Meshoullam, Shèva, Yoraï, Yaékân, Zia et Eber : sept. 14 Voici les fils d'Avihaïl, fils de Houri, fils de Yaroah, fils de Galaad, fils de Mikaël, fils de Yeshishaï, fils de Yahdo, fils de Bouz. 15 Ahi, fils de Avdiël, fils de Gouni, était chef de leurs familles. 16 Ils habitaient en Galaad, dans le Bashân et dans ses dépendances, dans tous les pâturages de Sharôn jusqu'à leurs confins.

17 Tous, ils furent enregistrés au temps de Yotam, roi de Juda et au temps de Jéroboam[1], roi d'Israël.

18 Les fils de Ruben, les Gadites, et la demi-tribu de Manassé faisaient partie des hommes vaillants, portant le bouclier et l'épée, tirant l'arc et exercés à la guerre

---

1. *Ces gens*, c'est-à-dire les descendants de Siméon — *l'interdit* : voir Dt 2.34 et la note.
2. *Amaleq* : voir Ex 17.8 et la note.
3. Allusion à Gn 35.22.
4. *celui qui devint prince*, c'est-à-dire David.
5. Ce *roi d'Assyrie* est appelé *Tiglath-Piléser* en 2 R 15.29.

1. Il s'agit de *Jéroboam II, roi d'Israël* de 787 à 747 av. J. C. (voir 2 R 14.16-29).

— 44760 hommes capables de partir en campagne. 19 Ils firent la guerre aux Hagrites, à Yatour, à Nafish et à Nodav. 20 Ils reçurent de l'aide contre eux; les Hagrites furent livrés entre leurs mains, ainsi que tous ceux qui étaient avec eux, car pendant le combat ils avaient crié vers Dieu, qui les exauça puisqu'ils avaient eu confiance en lui. 21 Ils capturèrent leurs troupeaux : 50.000 chameaux, 250.000 têtes de petit bétail, 2.000 ânes, ainsi que 100.000 personnes. 22 Beaucoup d'hommes tombèrent, frappés à mort, car la guerre venait de Dieu. Ils habitèrent à leur place jusqu'à l'exil.

Les descendants de Manassé en Transjordanie

23 Les fils de la demi-tribu de Manassé habitaient dans le pays depuis Bashân jusqu'à Baal-Hermon, Senir et la montagne de l'Hermon. Ils étaient nombreux. 24 Voici les chefs de la famille : Efer, Yishéï, Eliël, Azriël, Yirmeya, Hodawya et Yahdiël. C'étaient des hommes vaillants, des hommes de renom, chefs de leur famille. 25 Ils furent infidèles au Dieu de leurs pères et se prostituèrent[1] aux dieux des peuples du pays que Dieu avait détruits devant eux.

26 Alors le Dieu d'Israël excita l'esprit de Poul, roi d'Assyrie, et l'esprit de Tilgath-Pilnéser, roi d'Assyrie, qui les déporta — les Rubénites, les Gadites et la demi-tribu de Manassé — et les emmena à Halah, à Habor, à Hara et au fleuve de Gozân[1], jusqu'à ce jour.

Les descendants de Lévi : les grands prêtres

27 Fils de Lévi[2] : Guershôn, Qehath et Merari. 28 Fils de Qehath : Amrâm, Yicehar, Hébron et Ouzziël. 29 Fils de Amrâm : Aaron, Moïse et Miryam. Fils d'Aaron : Nadav, Avihou, Eléazar et Itamar. 30 Eléazar engendra Pinhas; Pinhas engendra Avishoua; 31 Avishoua engendra Bouqqi; Bouqqi engendra Ouzzi; 32 Ouzzi engendra Zerahya; Zerahya engendra Merayoth; 33 Merayoth engendra Amarya; Amarya engendra Ahitouv; 34 Ahitouv engendra Sadoq; Sadoq engendra Ahimaaç; 35 Ahimaaç engendra Azarya; Azarya engendra Yohanân; 36 Yohanân engendra Azarya. C'est lui qui fut prêtre dans la Maison que Salomon construisit à Jérusalem. 37 Azarya engendra Amarya; Amarya engendra Ahitouv; 38 Ahitouv engendra Sadoq; Sadoq engendra Shalloum; 39 Shalloum engendra Hilqiya; Hilqiya engendra Azarya; 40 Azarya engendra Seraya; Seraya engendra Yehosadaq; 41 Yehosadaq partit quand le SEIGNEUR déporta Juda et Jérusalem, par la main de Nabuchodonosor.

---

1. *se prostituèrent* : voir Os 2.4 et la note.

1. *Poul* : voir 2 R 15.19 et la note; *Tilgath-Pilnéser* : voir v. 6 et la note — *Halah, Habor, Gozân* : voir 2 R 17.6 et la note; *Hara* : endroit inconnu.
2. Dans certaines traductions, les v. 5.27-41 sont numérotés 6.1-15.

Autres descendants de Lévi

6 1 Fils de Lévi[1] : Guershôm, Qehath et Merari. 2 Voici les noms de fils de Guershôm : Livni et Shiméï. 3 Fils de Qehath : Amrâm, Yicehar, Hébron et Ouzziël. 4 Fils de Merari : Mahli et Moushi. Ce sont les clans de Lévi, d'après leurs pères.

5 À Guershôm : Livni son fils, Yahath son fils, Zimma son fils, 6 Yoah son fils, Iddo son fils, Zérah son fils, Yeotraï son fils.

7 Fils de Qehath : Amminadav son fils, Coré son fils, Assir son fils, 8 Elqana son fils, Eviasaf son fils, Assir son fils, 9 Tahath son fils, Ouriël son fils, Ouzziya son fils, Shaoul son fils. 10 Fils d'Elqana : Amasaï et Ahimoth, 11 Elqana son fils, Çofaï son fils, Nahath son fils, 12 Eliav son fils, Yeroham son fils, Elqana son fils, Samuel son fils. 13 Fils de Samuel : le premier-né Yoël, et le second Aviya.

14 Fils de Merari : Mahli, Livni son fils, Shiméï son fils, Ouzza son fils, 15 Shiméa son fils, Hagguiya son fils, Asaya son fils.

16 Voici ceux à qui David confia la charge du chant dans la Maison du Seigneur, dès que l'*arche eut un lieu de repos. 17 Ils furent des serviteurs pour le chant, devant la *demeure — la tente de la rencontre — jusqu'à ce que Salomon eût bâti la Maison du Seigneur à Jérusalem; ils accomplissaient leur service selon leur règle.

18 Voici ceux qui accomplissaient ce service, ainsi que leurs fils. Parmi les fils des Qehatites : Hémân le chantre, fils de Yoël,

fils de Samuel, 19 fils d'Elqana, fils de Yeroham, fils de Eliël, fils de Toah, 20 fils de Çouf, fils d'Elqana, fils de Mahath, fils de Amasaï, 21 fils d'Elqana, fils de Yoël, fils de Azarya, fils de Cefanya, 22 fils de Tahath, fils d'Assir, fils d'Eviasaf, fils de Coré, 23 fils de Yicehar, fils de Qehath, fils de Lévi, fils d'Israël.

24 Puis, son frère[1] Asaf qui se tenait à sa droite : Asaf, fils de Bèrèkyahou, fils de Shiméa, 25 fils de Mikaël, fils de Baaséya, fils de Malkiya, 26 fils d'Etni, fils de Zérah, fils de Adaya, 27 fils d'Etân, fils de Zimma, fils de Shiméï, 28 fils de Yahath, fils de Guershôm, fils de Lévi.

29 Fils de Merari, leurs frères, sur la gauche : Etân, fils de Qishi, fils de Avdi, fils de Mallouk, 30 fils de Hashavya, fils d'Amacya, fils de Hilqiya, 31 fils d'Amçi, fils de Bani, fils de Shèmèr, 32 fils de Mahli, fils de Moushi, fils de Merari, fils de Lévi.

33 Leurs frères, les *lévites, étaient affectés à tout le service de la demeure de la Maison de Dieu. 34 Aaron et ses fils faisaient fumer les *sacrifices sur l'*autel des holocaustes et sur l'autel des parfums, s'occupaient de tout ce qui concernait le lieu très *saint, et faisaient le rite d'absolution en faveur d'Israël, selon tout ce qu'avait ordonné Moïse, le serviteur de Dieu.

35 Voici les fils d'Aaron : Eléazar son fils, Pinhas son fils, Avishoua son fils, 36 Bouqqi son fils, Ouzzi son fils, Zerahya son fils, 37 Merayoth son fils, Amarya

---

1. Dans certaines traductions, les v. 6.1-66 sont numérotés 6.16-81 (voir 5.27 et la note).

1. Le mot *frère* est employé ici dans le sens de « membre de la même confrérie » (comparer v. 33).

son fils, Ahitouv son fils, 38 Sadoq
son fils, Ahimaaç son fils.

Les villes attribuées aux descendants de Lévi

39 Et voici leurs habitations, selon leurs campements dans leur territoire : aux fils d'Aaron du clan des Qehatites — car le sort leur échut en premier lieu — 40 on donna Hébron dans le pays de Juda avec les communaux qui l'entourent. 41 Mais les champs de la ville et ses villages, on les donna à Caleb, fils de Yefounnè. 42 On donna aux fils d'Aaron comme villes de refuge : Hébron, Livna et ses communaux, Yattir, Eshtemoa et ses communaux, 43 Hilez et ses communaux, Devir et ses communaux, 44 Ashân et ses communaux, Beth-Shèmesh et ses communaux 45 et, sur la tribu de Benjamin : Guèva et ses communaux, Alèmeth et ses communaux, Anatoth et ses communaux. Total de leurs villes : Treize villes[1] pour leurs clans.

46 Les autres fils de Qehath, selon leurs clans, reçurent par le sort dix villes de la tribu d'Ephraïm, de la tribu de Dan et de la demi-tribu de Manassé; 47 les fils de Guershôm, selon leurs clans, reçurent treize villes de la tribu d'Issakar, de la tribu d'Asher, de la tribu de Nephtali et de la tribu de Manassé au Bashân; 48 les fils de Merari, selon leurs clans, reçurent par le sort douze villes de la tribu de Ruben, de la tribu de Gad et de la tribu de Zabulon.

49 Les fils d'Israël donnèrent aux *lévites ces villes et leurs communaux. 50 De la tribu des fils de Juda, de la tribu des fils de Siméon et de la tribu des fils de Benjamin, ils donnèrent par le sort ces villes désignées par leurs noms.

51 Les autres clans des fils de Qehath eurent le territoire de leurs villes dans la tribu d'Ephraïm. 52 On leur donna comme villes de refuge : Sichem et ses communaux dans la montagne d'Ephraïm, Guèzèr et ses communaux, 53 Yoqmêâm et ses communaux, Beth-Horôn et ses communaux, 54 Ayyalôn et ses communaux, Gath-Rimmôn et ses communaux; 55 et dans la demi-tribu de Manassé : Aner et ses communaux, Bilèâm et ses communaux. Tout cela était pour le clan des autres fils de Qehath.

56 Aux fils de Guershôm, selon leurs clans, on donna dans la demi-tribu de Manassé : Golân en Bashân avec ses communaux, Ashtaroth et ses communaux; 57 dans la tribu d'Issakar : Qèdesh et ses communaux, Daverath et ses communaux, 58 Ramoth et ses communaux, Anem et ses communaux; 59 dans la tribu d'Asher : Mashal et ses communaux, Avdôn et ses communaux, 60 Houqoq et ses communaux, Rehov et ses communaux; 61 et dans la tribu de Nephtali : Qèdesh en Galilée et ses communaux, Hammôn

---

1. La liste des v. 42-45 ne cite que onze *villes;* la liste parallèle de Jos 21 mentionne en plus *Youtta* et *Gabaon,* aux v. 16 et 17.

et ses communaux, Qiryataïm et ses communaux.

62 Aux autres, les fils de Merari, on donna dans la tribu de Zabulon : Rimmono et ses communaux, Tabor et ses communaux. 63 Au-delà du Jourdain, près de Jéricho, à l'est du Jourdain, dans la tribu de Ruben : Bècèr, dans le désert, et ses communaux, Yahaç et ses communaux, 64 Qedémoth et ses communaux, Méfaath et ses communaux; 65 et dans la tribu de Gad : Ramoth-de-Galaad et ses communaux, Mahanaïm et ses communaux, 66 Heshbôn et ses communaux, Yazèr et ses communaux.

Les descendants d'Issakar

7 1 Pour les fils d'Issakar : Tola, Poua, Yashouv et Shimrôn : soit quatre. 2 Fils de Tola : Ouzzi, Refaya, Yeriël, Yahmaï, Yivsâm et Shemouël qui étaient chefs des familles pour Tola — des vaillants hommes dont la descendance était, au temps de David, au nombre de 22.600. 3 Fils de Ouzzi : Yizrahya; fils de Yizrahya : Mikaël, Ovadya, Yoël, Yishiya : soit cinq, tous des chefs. 4 Selon leur descendance par famille, ils avaient à leur charge des troupes armées pour la guerre au nombre de 36.000 hommes, et il y avait beaucoup de femmes et d'enfants. 5 Leurs frères, pour tous les clans d'Issakar, étaient 87.000 hommes vaillants, selon le recensement total.

Les descendants de Benjamin et de Nephtali

6 Benjamin : Bèla, Bèker, Yediaël : 3. 7 Fils de Bèla : Eçbôn, Ouzzi, Ouzziël, Yerimoth et Iri, cinq chefs de famille, hommes vaillants, à qui le recensement attribuait 22.034 descendants. 8 Fils de Bèker : Zemira, Yoash, Eliézer, Elyoénaï, Omri, Yerémoth, Aviya, Anatoth et Alèmeth. Ce sont là tous les fils de Bèker. 9 Le recensement de la descendance de ces chefs de famille donnait : 20.200 hommes vaillants. 10 Fils de Yediaël : Bilhân; fils de Bilhân : Yéoush, Benjamin, Ehoud, Kenaana, Zétân, Tarsis et Ahishahar. 11 Ce sont là tous les fils de Yediaël, chefs de famille : 17.200 hommes vaillants, dans l'armée, prêts à combattre.

12 Shouppîm et Houppîm étaient fils de Ir; Houshîm, fils d'Ahér.

13 Fils de Nephtali : Yahaciël, Gouni, Yécèr et Shalloum. Ils étaient les fils de Bilha.

Les descendants de Manassé en Cisjordanie

14 Fils de Manassé : Asriël qu'avait enfanté sa concubine[1] araméenne; elle enfanta Makir, père de Galaad. 15 Makir prit une femme pour Houppîm et Shouppîm. Le nom de sa sœur était Maaka. Le nom du second était Celofehad, et Celofehad n'eut que des filles. 16 Maaka, femme de Makir, enfanta un fils qu'elle appela du nom de Pèresh; et le nom de son frère fut Shèresh; et ses fils furent Oulâm et Rèqem. 17 Fils de

1. *concubine* : voir 2 S 3.7 et la note.

Oulâm : Bedân. Tels sont les fils de Galaad, fils de Makir, fils de Manassé. 18 Sa soeur Molèketh enfanta Ishehod, Avièzer et Mahla. 19 Les fils de Shemida furent Ahyân, Shèkem, Liqhi et Aniâm.

Les descendants d'Ephraïm

20 Fils d'Ephraïm : Shoutèlah, Bèred son fils, Tahath son fils, Eléada son fils, Tahath son fils, 21 Zavad son fils, Shoutèlah son fils, Ezèr et Eléad. Les gens de Gath, nés dans le pays, les tuèrent parce qu'ils étaient descendus pour prendre leurs troupeaux. 22 Ephraïm, leur père, fut dans le deuil pendant de nombreux jours, et ses frères[1] vinrent le consoler. 23 Il alla vers sa femme; elle conçut et enfanta un fils qu'il appela du nom de Beria, car elle était restée chez lui dans son malheur[2]. 24 Sa fille fut Shééra, qui bâtit Beth-Horôn, la ville basse et la ville haute, et Ouzèn-Shééra. 25 Puis, Rèfath son fils, Rèshef, Tèlah son fils, Tahân son fils, 26 Laédân son fils, Ammihoud son fils, Elishama son fils, 27 Noun son fils et Josué son fils.

28 Leur possession et leurs habitations étaient : Béthel et ses dépendances, à l'est Naarân, à l'ouest Guèzèr et ses dépendances, Sichem et ses dépendances jusqu'à Ayya et ses dépendances. 29 Aux mains des fils de Manassé étaient Beth-Shéân et ses dépendances, Taanak et ses dépendances, Meguiddo et ses dépendances, Dor et ses dépendances.

Dans ces villes habitaient les fils de Joseph, fils d'Israël.

Les descendants d'Asher

30 Fils d'Asher : Yimma, Yihswa, Yishwi, Beria et Sèrah leur soeur. 31 Fils de Beria : Héber et Malkiël qui fut le père de Birzaïth. 32 Héber engendra Yafleth, Shomèr, Hotâm et Shoua leur soeur. 33 Fils de Yafleth; Pasak, Bimhal et Ashwath. Tels sont les fils de Yafleth. 34 Fils de son frère Shèmèr : Rohga, Yehoubba et Aram. 35 Fils de son frère Hélèm : Çofah, Yimna, Shélèsh et Amal. 36 Fils de Çofah : Souah, Harnèfèr, Shoual, Béri, Yimra, 37 Bèçèr, Hod, Shamma, Shilsha, Yitrân et Bééra. 38 Fils de Yétèr : Yefounnè, Pispa et Ara. 39 Fils de Oulla : Arah, Hanniël et Ricia. 40 Tous ceux-là étaient les fils d'Asher, chefs de famille, hommes d'élite, hommes vaillants, chefs des princes, et le recensement de leurs descendants dans l'armée, pour la guerre, atteignait le nombre de 26.000 hommes.

Autre liste des descendants de Benjamin

8 1 Benjamin engendra Bèla son premier-né, Ashbel le second, Ahra le troisième, 2 Noha le quatrième et Rafa le cinquième. 3 Bèla eut des fils : Addar, Guéra, père d'Ehoud, 4 Avishoua, Naamân, Ahoah, 5 Guéra, Shefoutân et Hourâm.

6 Voici les fils d'Ehoud — ce sont eux qui furent les chefs de famille des habitants de Guèva et les firent émigrer à Manahath : 7 Naamân, Ahiyya et Guéra

---

1. *ses frères* ou *les gens de sa parenté.*
2. En hébreu, il y a jeu de mots entre le nom de *Beria* et le mot traduit par *dans son malheur.*

— c'est lui qui les fit émigrer et qui engendra Ouzza et Ahihoud.

8 Shaharaïm eut des fils, dans la campagne de Moab, après avoir renvoyé ses femmes Houshîm et Baara. 9 Il engendra de Hodesh sa femme : Yovav, Civia, Mésha, Malkâm, 10 Yéouç, Sakya et Mirma. Tels sont ses fils, chefs de famille. 11 De Houshîm, il avait engendré Avitouv et Elpaal. 12 Fils d'Elpaal : Eber, Mishéâm et Shèmed. C'est lui qui construisit Ono et Lod avec ses dépendances.

13 Beria et Shèma étaient les chefs de famille des habitants d'Ayyalôn. Ce sont eux qui mirent en fuite les habitants de Gath.

14 Leurs frères étaient Shashaq et Yerémoth.

15 Zevadya, Arad, Eder, 16 Mikaël, Yishpa et Yoha : fils de Beria.

17 Zevadya, Meshoullam, Hizqi, Héber, 18 Yishmeraï, Yizlia et Yovav : fils d'Elpaal.

19 Yaqîm, Zikri, Zavdi, 20 Eliénaï, Cilletaï, Eliël, 21 Adaya, Beraya et Shimrath : fils de Shiméï.

22 Yishpân, Eber, Eliël, 23 Avdôn, Zikri, Hanân, 24 Hananya, Elam, Antotiya, 25 Yifdeya et Penouël : fils de Shashaq.

26 Shamsheraï, Sheharya, Atalya, 27 Yaarèshya, Eliya, et Zikri : fils de Yeroham.

28 Tels étaient les chefs de famille, chefs selon leurs généalogies. Ils habitaient à Jérusalem.

29 À Gabaon, habitaient le père de Gabaon, dont la femme s'appelait Maaka, 30 son fils premier-né Avdôn et Çour, Qish, Baal, Nadav, 31 Guedor, Ahyo, et Zèkèr. 32 Miqloth engendra Shiméa. Eux aussi, à l'exemple de leurs frères, habitaient à Jérusalem avec eux.

Les descendants de Saül
(*1 Ch 9.39-44*)

33 Ner engendra Qish; Qish engendra Saül; Saül engendra Jonathan, Malki-Shoua, Avinadav et Eshbaal[1]. 34 Le fils de Jonathan fut Meribbaal[2]. Meribbaal engendra Mika. 35 Les fils de Mika furent Pitôn, Mèlek, Taréa et Ahaz. 36 Ahaz engendra Yehoadda; Yehoadda engendra Alèmeth, Azmaweth et Zimri; Zimri engendra Moça.

37 Moça engendra Binéa, Rafa son fils, Eléasa son fils, Acel son fils. 38 Acel eut six fils dont voici les noms : Azriqam, Bokrou, Yishmaël, Shéarya, Ovadya et Hanân. Ce sont là tous les fils d'Acel.

39 Fils de Esheq son frère : Oulâm son premier-né, Yéoush le second, Eliféleth le troisième. 40 Les fils d'Oulâm furent de vaillants guerriers sachant tirer de l'arc. Ils eurent beaucoup de fils et de petits-fils : 150.

Tous ceux-là faisaient partie des fils de Benjamin.

Les habitants de Jérusalem

9 1 Tous les Israélites ont été recensés et sont inscrits sur le livre des rois d'Israël. Ceux de Juda ont été déportés à Babylone à cause de leur infidélité. 2 Les premiers habitants qui en firent

---

1. Dans 2 S (2.8-10; 4.1-12), ce personnage est appelé *Ishbosheth*.
2. Dans 2 S (4.4; 9.6-13; 19.25-31), ce personnage est appelé *Mefibosheth*.

leur propriété et leurs villes sont les Israélites, les prêtres, les *lévites et les servants[1].

3 À Jérusalem, habitaient quelques-uns des fils de Juda, des fils de Benjamin, des fils d'Ephraïm et de Manassé.

4 Outaï fils de Ammihoud, fils de Omri, fils d'Imri, fils de Bani parmi les fils de Pèrèç, fils de Juda. 5 Parmi les Silonites : Asaya le premier-né, et ses fils; 6 parmi les fils de Zérah : Yéouël. Avec leurs frères : 690.

7 Parmi les fils de Benjamin : Sallou, fils de Meshoullam, fils de Hodawya, fils de Ha-Senoua; 8 Yivneya, fils de Yeroham; Ela, fils de Ouzzi, fils de Mikri, et Meshoullam, fils de Shefatya, fils de Réouël, fils de Yivniya. 9 Avec leurs frères, selon leurs généalogies : 956. Tous ces hommes étaient chefs de famille dans leurs familles.

10 Parmi les prêtres : Yedaya, Yehoyariv, Yakîn, 11 Azarya, fils de Hilqiya, fils de Meshoullam fils de Sadoq, fils de Merayoth, fils de Ahitouv, chef de la Maison de Dieu; 12 Adaya fils de Yeroham, fils de Pashehour, fils de Malkiya; et Massaï fils de Adiël, fils de Yahzéra, fils de Meshoullam, fils de Meshillémith, fils d'Immer. 13 Avec leurs frères, chefs de leur famille 1.760, hommes vaillants pour accomplir le service de la Maison de Dieu.

14 Parmi les lévites : Shemaya fils de Hashouv, fils de Azriqam, fils de Hashavya, d'entre les fils de Merari; 15 Baqbaqar, Hèresh, Galal, et Mattanya fils de Mika, fils de Zikri, fils d'Asaf; 16 Ovadya fils de Shemaya, fils de Galal,

fils de Yedoutoun et Bèrèkya fils d'Asa, fils d'Elqana habitant dans les villages des Netofatites.

17 Les portiers : Shalloum, Aqqouv, Talmôn, Ahimân, et leurs frères. Shalloum était leur chef. 18 Jusqu'à ce jour, se tenant à la porte du roi, à l'est, ce sont eux qui sont les portiers pour les camps des fils de Lévi. 19 Shalloum, fils de Qoré, fils d'Eviasaf, fils de Coré, et ses frères de la même famille, les Coréites, avaient la charge du service, comme gardiens du seuil de la *tente; leurs pères avaient été chargés de garder l'entrée du camp du Seigneur. 20 Pinhas, fils d'Eléazar, était autrefois leur chef; le Seigneur était avec lui. 21 Zekarya fils de Meshèlèmya était portier à l'entrée de la tente de la rencontre. 22 Tous ceux qui avaient été choisis comme portiers des seuils étaient au nombre de 212. Ils avaient été recensés dans leurs villages. C'est David et Samuel le voyant[1] qui les avaient établis dans leur fonction permanente. 23 Eux et leurs fils étaient affectés à la garde des portes de la Maison du Seigneur, c'est-à-dire de la Maison de la tente. 24 Les portiers étaient aux quatre points cardinaux : à l'est, à l'ouest, au nord et au sud. 25 Leurs frères, qui étaient dans leurs villages, devaient venir de temps en temps avec eux pour sept jours; 26 mais les quatre portiers en chef, eux, y restaient en permanence. C'étaient les lévites qui étaient affectés aux chambres et aux trésors de la Maison de Dieu. 27 Ils passaient la nuit autour de la Maison de Dieu, car ils étaient

---

1. *les servants :* voir Esd 8.20 et la note.

1. Voir 1 S 9.9.

affectés à sa garde et avaient à l'ouvrir chaque matin. 28 Certains d'entre eux étaient affectés aux objets du culte qu'ils comptaient chaque fois qu'ils les rentraient ou les sortaient. 29 Certains d'entre eux étaient préposés aux vases, surtout aux vases sacrés, à la fleur de farine, au vin, à l'huile, à l'*encens et aux parfums. 30 Mais c'était des fils de prêtres qui préparaient les mélanges pour les parfums.

31 Mattitya, d'entre les lévites, celui qui était le premier-né de Shalloum le Coréite, était chargé en permanence de la confection des galettes cuites. 32 Parmi les fils de Qehatites, certains de leurs frères étaient chargés de la préparation du pain de proposition[1] pour chaque *sabbat.

33 Des chantres, chefs des familles lévitiques, étaient logés dans les chambres et dégagés de tout autre service, car, jour et nuit, ils étaient affectés à leur tâche.

34 Tels étaient les chefs de famille pour les lévites, chefs selon

1. *pain de proposition* (ou *pain d'offrande*) : voir Lv 24.5-9.

leurs généalogies. Ils habitaient à Jérusalem.

Les origines de Saül

(1 Ch 8.29-38)

35 À Gabaon, habitaient le père de Gabaon, Yéïel, dont la femme avait pour nom Maaka, 36 son fils premier-né Avdôn, et Çour, Qish, Baal, Ner, Nadav, 37 Guedor, Ahyo, Zekarya et Miqloth. 38 Miqloth engendra Shiméam. Eux aussi, à l'exemple de leurs frères, habitaient à Jérusalem avec eux.

39 Ner engendra Qish; Qish engendra Saül; Saül engendra Jonathan, Malki-Shoua, Avinadav et Eshbaal. 40 Le fils de Jonathan fut Meribbaal. Meribbaal engendra Mika. 41 Les fils de Mika furent Pitôn, Mèlek, Tahréa. 42 Ahaz engendra Yaéra; Yaéra engendra Alèmeth, Azmaweth et Zimri; Zimri engendra Moça; 43 Moça engendra Binéa, Refaya son fils, Eléasa son fils, Acel son fils. 44 Acel eut six fils dont voici les noms : Azriqam, Bokrou, Yishmaël, Shéarya, Ovadya et Hanân. Ce sont les fils d'Acel.

HISTOIRE DE DAVID, ROI D'ISRAËL

Bataille de Guilboa. mort de Saül

(1 S 31.1-13)

10 1 Les Philistins combatti-rent contre Israël; les hommes d'Israël s'enfuirent devant les Philistins et tombèrent, frappés à mort sur le mont Guilboa[1]. 2 Les Philistins serrèrent de près Saül et ses fils. Les Philistins abattirent Jonathan, Avinadav et Malki-Shoua, les fils de Saül. 3 Le poids du combat se porta sur Saül; les archers le découvrirent et il eut un frisson à la vue des tireurs. 4 Saül dit à son écuyer : « Dégaine ton épée et transperce-moi pour que ces incirconcis ne viennent se jouer de moi »; mais son écuyer refusa, car il avait très peur. Alors Saül prit l'épée et se jeta sur elle. 5 Voyant que Saül était mort, son écuyer se jeta lui aussi sur l'épée, et mourut. 6 Saül mourut, ainsi que ses trois fils; toute sa maison[2] mourut en même temps. 7 Voyant la déroute d'Israël et la mort de Saül et de ses fils, les Israélites abandonnè-rent leurs villages et prirent la fuite. Les Philistins arrivèrent et s'y installèrent.

8 Le lendemain, les Philistins vinrent dépouiller les victimes. Ils trouvèrent Saül et ses fils gisant sur le mont Guilboa. 9 Ils le dé-pouillèrent, emportèrent sa tête et ses armes et firent circuler la nouvelle dans le pays des Philistins, l'annonçant à leurs idoles et au peuple. 10 Ils mirent ses armes dans la maison de leur dieu, et clouèrent son crâne dans la maison de Dagôn[1].

11 Tous ceux de Yavesh de Galaad[2] apprirent tout ce que les Philistins avaient fait à Saül. 12 Tous les vaillants guerriers se levèrent, prirent le corps de Saül et les corps de ses fils, et les apportèrent à Yavesh. Ils enterrè-rent leurs ossements sous le téré-binthe de Yavesh; puis ils *jeûnè-rent sept jours.

13 Saül mourut à cause de l'infidélité qu'il avait commise envers le Seigneur parce qu'il n'avait pas observé la parole du Seigneur, et aussi pour avoir interrogé l'esprit d'un mort[3] afin de le consulter, 14 au lieu de consulter le Sei-gneur. Aussi le fit-il mourir et transmit-il la royauté à David, fils de Jessé.

David est consacré roi d'Israël

(2 S 5.1-3)

11 1 Tout Israël se rassembla auprès de David à Hébron, en disant : « Voici que nous

---

1. *le mont Guilboa* : voir 1 S 28.4 et la note.
2. *sa maison* ou *sa famille*.

1. *Dagôn* est précisément le *dieu* des Philistins, voir Jg 16.23.
2. *Yavesh de Galaad* : voir 1 S 31.11 et la note.
3. *interrogé l'esprit d'un mort* : voir 1 S 28.

sommes tes os et ta chair[1]. 2 Il y a longtemps déjà, même quand Saül était roi, c'était toi qui faisais sortir et rentrer Israël. Or le Seigneur ton Dieu t'a dit : C'est toi qui feras paître Israël mon peuple et c'est toi qui seras chef sur Israël[2] mon peuple.» 3 Tous les *anciens d'Israël vinrent trouver le roi à Hébron, et David conclut en leur faveur une alliance à Hébron, devant le Seigneur. Ils *oignirent David comme roi sur Israël, selon la parole du Seigneur transmise par Samuel.

David s'empare de Jérusalem

(2 S 5.6-10)

4 Et David, ainsi que tout Israël, alla à Jérusalem, c'est-à-dire Jébus où étaient les Jébusites[3] qui habitaient le pays. 5 Les habitants de Jébus dirent à David : «Tu n'entreras pas ici.» Mais David s'empara de la forteresse de *Sion : c'est la *Cité de David. 6 Il avait dit en effet : «Le premier qui battra les Jébusites deviendra chef et prince» : Joab fils de Cerouya monta le premier et devint chef. 7 David s'installa dans la forteresse; c'est pourquoi on l'appela Cité de David. 8 Puis il construisit la ville tout autour, depuis le Millo[4] jusqu'aux environs, et Joab restaura le reste de la ville. 9 David devint de plus en plus grand et le Seigneur, le tout-puissant, était avec lui.

Les vaillants guerriers de David

(2 S 23.8-39)

10 Voici les chefs des guerriers de David qui le soutinrent fermement pendant tout son règne, ainsi que tout Israël, pour le faire régner selon la parole du Seigneur sur Israël.

11 Voici la liste des guerriers de David : Yashovéâm, fils de Hakmoni, chef des Trois[1]. C'est lui qui brandit sa lance sur 300 hommes à la fois : ils furent tués. 12 Et après lui, Eléazar, fils de Dodo l'Ahohite, qui était parmi les Trois guerriers. 13 C'est lui qui était avec David à Pâs-Dammîm, quand les Philistins s'y étaient rassemblés pour le combat; il y avait là un champ couvert d'orge, et le peuple fuyait devant les Philistins; 14 ils se postèrent au milieu du champ, le dégagèrent et frappèrent les Philistins; le Seigneur accomplit une grande victoire.

15 Trois des Trente chefs descendirent au rocher auprès de David, à la grotte de Adoullam, pendant que le camp des Philistins était établi dans la vallée des Refaïtes[2]. 16 David était alors dans son refuge, et un poste de Philistins se trouvait alors à Bethléem. 17 David exprima ce désir : «Qui me fera boire de l'eau de la citerne qui est à la porte de Bethléem ?» 18 Les Trois firent irruption dans le camp des Philistins, puisèrent de l'eau à la citerne près de la porte de Bethléem,

---

1. *tes os et ta chair* : voir 2 S 5.1 et la note.
2. *faisais sortir et rentrer Israël* : voir 2 S 5.2 et la note — *chef sur Israël* : voir 1 S 28.17.
3. *Jébusites* : voir au glossaire AMORITES.
4. *le Millo* : voir 1 R 9.15 et la note.

1. *des Trois* ou *des cuirassiers* (voir 2 S 23.8).
2. *Trente* : voir 2 S 23.13 et la note — *Adoullam* : voir 1 S 22.1 et la note — *vallée des Refaïtes* : voir 2 S 5.18 et la note.

l'emportèrent et la présentèrent à David. Mais David ne voulut pas la boire et en fit une libation[1] au Seigneur. 19 Il dit : « Que mon Dieu me punisse si je fais cela ! Est-ce que je boirais le *sang de ces hommes au péril de leur vie ? Car c'est au péril de leur vie qu'ils l'ont apportée ! » Et il refusa de la boire. Voilà ce que firent les Trois guerriers.

20 Avshaï, frère de Joab, était, lui, chef des Trente[2]. C'est lui qui brandit sa lance sur 300 hommes qui furent transpercés, mais il ne se fit pas un *nom parmi les Trois. 21 Il fut doublement honoré, plus que les Trente, et il devint leur chef, mais il n'atteignit pas les Trois.

22 Benaya, fils de Yehoyada, fils d'un vaillant homme, aux nombreux exploits, originaire de Qavçéel. C'est lui qui frappa les deux héros[3] de Moab ; c'est lui qui descendit frapper le lion dans la citerne, un jour de neige ; 23 c'est lui aussi qui frappa l'Egyptien, d'une taille de cinq coudées[4] ; l'Egyptien avait à la main une lance comme le rouleau des tisserands. Il descendit vers lui, armé d'un bâton, arracha la lance de la main de l'Egyptien et le tua avec sa propre lance. 24 Voilà ce que fit Benayahou fils de Yehoyada ; il se fit un nom parmi les Trente[5] guerriers ; 25 il eut plus d'honneur

que les Trente, mais il n'atteignit pas les Trois. David l'affecta à sa garde personnelle.

26 Guerriers valeureux : Asahel, frère de Joab ; Elhanân, fils de Dodo, de Bethléem ; 27 Shammoth le Harorite ; Hèleç le Pelonite ; 28 Ira, fils de Iqqesh, le Teqoïte ; Avièzer le Anatotite ; 29 Sibekaï le Houshatite ; Ilaï l'Ahohite ; 30 Mahraï le Netofatite ; Héled, fils de Baana, le Netofatite ; 31 Itaï, fils de Rivaï, de Guivéa des fils de Benjamin ; Benaya le Piréatonite ; 32 Houraï des Torrents de Gaash ; Aviël le Arvatite ; 33 Azmaweth le Baharoumite ; Elyahba le Shaalvonite ; 34 Bené-Hashem le Guizonite ; Yonatân, fils de Shagué, le Hararite ; 35 Ahiâm, fils de Sakar, le Hararite ; Elifal, fils d'Our ; 36 Héfer le Mekératite ; Ahiyya le Pelonite ; 37 Hèçro le Karmélite ; Naaraï, fils d'Ezbaï ; 38 Yoël, frère de Natân ; Mivhar, fils de Hagri ; 39 Cèleq l'Ammonite ; Nahraï le Bérotite, écuyer de Joab, fils de Cerouya ; 40 Ira le yitrite ; Garev le Yitrite ; 41 Urie le Hittite.

Zavad[1], fils d'Ahlaï ; 42 Adina, fils de Shiza le Rubénite, chef des Rubénites et, avec lui, 30 ; 43 Hanân, fils de Maaka et Yoshafath le Mitnite ; 44 Ouziya le Ashteratite ; Shama et Yéiël, fils de Hotâm le Aroérite ; 45 Yediaël, fils de Shimri, et Yoha, son frère, le Ticite ; 46 Eliël des Mahawîm, Yerivaï et Yoshawya, fils d'Elnaâm, et Yitma le Moabite ; 47 Eliël, Oved et Yaasiël de Çova.

---

1. *libation* : voir au glossaire SACRIFICES.
2. *Trente* : d'après l'ancienne version syriaque ; hébreu : *Trois* (de même au v. 21).
3. *les deux héros* ou *les deux Ariël* (voir 2 S 23,20).
4. *coudées* : voir au glossaire POIDS ET MESURES.
5. *Trente* : traduction conjecturale, d'après le contexte ; hébreu : *Trois*.

1. Les v. 41b-47 donnent une liste de seize noms qu'on ne retrouve pas dans le texte parallèle de 2 S 23.

Les premiers compagnons de David à Ciqlag

12 1 Voici ceux qui vinrent près de David à Ciqlag[1], lorsqu'il était encore retenu loin de Saül, fils de Qish. Comptés parmi les guerriers, ils participaient au combat. 2 Ils étaient armés d'arcs, se servaient de la main droite et de la main gauche pour lancer des pierres et pour tirer des flèches avec l'arc.

Parmi les frères[2] de Saül de Benjamin : 3 le chef Ahiézer et Yoash, fils de Shemaa le Guivéatite; Yeziël et Pèleth, fils de Azmaweth; Beraka et Yéhou l'Anatotite; 4 Yishmaya le Gabaonite, guerrier parmi les Trente, et chef des Trente[3]; 5 Yirmeya, Yahaziël, Yohanân et Yozavad le Guedératite; 6 Eléouzaï, Yerimoth, Béalya, Shemaryahou, et Shefatyahou le Harifite 7 Elqana, Yishiyahou, Azarel, Yoèzer, Yashovéâm, les Qoréhites; 8 Yoéla et Zevadya, fils de Yeroham, de Guedor.

9 Des Gadites se séparèrent pour aller près de David au refuge dans le désert. C'étaient des hommes vaillants, des hommes de guerre formés pour le combat, équipés de bouclier et de lance, braves comme des lions et rapides comme des gazelles sur les montagnes. 10 Ezèr était le chef, Ovadya le second, Eliav le troisième, 11 Mishmanna le quatrième, Yirmeya le cinquième, 12 Attaï le sixième, Eliël le septième, 13 Yohanân le huitième, Elzavad le neuvième, 14 Yirmeyahou

le dixième, Makbannaï le onzième. 15 Tels étaient, parmi les fils de Gad, les chefs de l'armée; le plus petit d'entre eux en valait cent; le plus grand en valait mille[1]. 16 C'étaient eux qui avaient traversé le Jourdain au premier mois, lorsqu'il déborde sur ses rives, et qui mirent en fuite tous ceux des vallées, à l'orient et à l'occident.

17 Des fils de Benjamin et de Juda vinrent jusqu'au refuge de David. 18 Il sortit au-devant d'eux, leur adressa la parole et leur dit : «Si c'est pour la paix que vous êtes venus vers moi pour m'aider, je serai prêt de tout coeur à me joindre à vous; mais si c'est pour me tromper en faveur de mes ennemis, alors qu'il n'y a pas de violence dans mes mains, que le Dieu de nos pères le voie et qu'il arbitre!» 19 L'esprit investit alors Amasaï, chef des Trente :
«Nous sommes à toi, David, et avec toi, fils de Jessé!
Paix, paix à toi
et paix à celui qui t'aide!
Car c'est ton Dieu qui t'aide!»
David les accueillit et les établit parmi les chefs de la troupe.

20 Des gens de Manassé se rallièrent à David lorsqu'il vint avec les Philistins combattre contre Saül mais ces gens ne purent pas les aider, car, tenant conseil, les princes des Philistins renvoyèrent David en disant : «C'est au prix de nos têtes qu'il se ralliera à son seigneur Saül[2]!» 21 Lorsque David partit pour Ciqlag, des gens de Manassé se rallièrent à lui : Adnah, Yozavad, Yediaël, Mikaël, Yozavad, Elihou et Cilletaï, chefs

---

1. *Ciqlag :* voir 1 S 27.6 et la note.
2. *les frères,* c'est-à-dire *les membres du clan.*
3. Trente : voir 2 S 23.13 et la note — dans certaines traductions, les v. 4 et 5 sont groupés sous le chiffre 4, de sorte que les v. 6-41 sont numérotés 5-40.

1. Autre traduction *le plus petit était à la tête de cent, le plus grand à la tête de mille.*
2. Allusion au récit de 1 S 29.1-5.

de milliers en Manassé. 22 Ce sont eux qui aidèrent David et la troupe, car ils étaient tous des hommes vaillants et ils devinrent des chefs dans l'armée. 23 En effet, chaque jour des gens venaient vers David pour l'aider, de telle sorte que le camp devint grand comme un camp de Dieu[1].

Nombre des partisans de David venus à Hébron

24 Voici les chiffres par tête des hommes équipés pour l'armée, qui vinrent auprès de David à Hébron, pour lui transmettre la royauté de Saül, selon l'ordre du Seigneur : 25 Fils de Juda, portant bouclier et lance : 6.800 hommes équipés pour l'armée ; 26 des fils de Siméon, hommes vaillants pour l'armée : 7.100 ; 27 des fils de Lévi : 4.600, 28 plus, Yehoyada, commandant aux gens d'Aaron, et avec lui 3.700 ; 29 plus, Sadoq, jeune homme vaillant, et 22 chefs de sa famille. 30 Des fils de Benjamin, frères de Saül : 3.000, qui jusqu'alors étaient pour la plupart restés au service de la maison de Saül. 31 Des fils d'Ephraïm : 20.800 hommes vaillants, hommes de renom dans leurs familles. 32 De la demi-tribu de Manassé : 18.000 qui furent désignés par leurs noms pour venir établir David comme roi. 33 Des fils d'Issakar, qui savaient discerner les temps afin de connaître ce que devait faire Israël : 200 chefs et tous leurs frères à leurs ordres. 34 De Zabulon : 50.000 hommes prêts à partir en campagne avec toutes leurs

armes de guerre et à combattre d'un coeur sans partage. 35 De Nephtali : mille chefs, avec 37.000 hommes armés de boucliers et de lances. 36 Des Danites : 28.600, prêts au combat. 37 D'Asher : 40.000 prêts à partir en campagne. 38 D'au-delà du Jourdain, des Rubénites, des Gadites et de la demi-tribu de Manassé : 120.000, avec toutes les armes de combat.

39 Tous ces gens de guerre, prêts à se ranger en bataille, vinrent d'un coeur intègre à Hébron pour établir David roi sur tout Israël. Tout le reste d'Israël vint aussi d'un seul coeur pour établir David comme roi. 40 Ils passèrent là trois jours avec David à manger et à boire, car leurs frères avaient fait pour eux des préparatifs. 41 Les gens de la région, jusqu'à Issakar, Zabulon et Nephtali, apportaient aussi des vivres sur des ânes, des chameaux, des mulets et des boeufs : farine, gâteaux de figues, raisins secs, vin, huile, gros et petit bétail en abondance, car il y avait de la joie en Israël.

David décide d'amener l'arche à Jérusalem
(2 S 6.1-11)

13 1 David tint conseil avec les chefs des milliers[1] et des centaines, et avec tous les notables. 2 Il dit à toute l'assemblée d'Israël : « Si vous le trouvez bon et si cela provient du Seigneur notre Dieu, adressons un message à nos frères restés dans tous les territoires d'Israël, ainsi qu'aux prêtres et aux *lévites dans leurs

---

1. *un camp de Dieu*, c'est-à-dire *un camp immense*.

1. *milliers* : voir Nb 1.16 et la note.

villes de résidence, pour qu'ils se joignent à nous. 3 Puis nous ferons revenir vers nous l'*arche de notre Dieu, car nous ne nous sommes pas occupés d'elle au temps de Saül. » 4 Toute l'assemblée fut d'accord pour agir ainsi, car la chose semblait juste aux yeux de tout le peuple.

5 David assembla tout Israël, depuis le torrent d'Egypte jusqu'à l'entrée de Hamath, pour faire venir l'arche de Dieu de Qiryath-Yéarim[1]. 6 Avec tout Israël, il monta à Baala[2], à Qiryath-Yéarim qui est en Juda, pour en faire monter l'arche de Dieu, du Seigneur siégeant sur les *chérubins, là où est invoqué son *nom. 7 On chargea l'arche de Dieu sur un chariot neuf, depuis la maison d'Avinadav. Ouzza et Ahyo conduisaient le chariot. 8 David et tout Israël dansaient de tout leur force devant Dieu accompagnés de chants, de cithares, de harpes, de tambourins, de cymbales et de trompettes.

9 Ils arrivèrent à l'aire de Kidôn[3]. Ouzza étendit la main pour retenir l'arche, car les boeufs faillirent la renverser. 10 La colère du Seigneur s'enflamma contre Ouzza et le frappa parce qu'il avait étendu la main sur l'arche. Il mourut là devant Dieu. 11 David fut bouleversé de ce que le Seigneur eût ouvert une brèche en frappant Ouzza, et l'on appela ce lieu « Brèche de Ouzza » jusqu'à ce jour.

12 David eut peur de Dieu, en ce jour-là, et dit : « Comment ferai-je venir chez moi l'arche de Dieu ? » 13 Alors David ne transféra pas l'arche chez lui, dans la *Cité de David, mais il la fit conduire à la maison de Oved-Edom, le Guittite[1]. 14 L'arche de Dieu demeura trois mois chez Oved-Edom, dans sa maison, et le Seigneur bénit la maison de Oved-Edom, et tout ce qui était à lui.

David à Jérusalem
(1 Ch 3.5-9; 2 S 5.11-16)

14 1 Hiram, roi de Tyr, envoya des messagers à David, avec du bois de cèdre, des tailleurs de pierre et des charpentiers pour lui bâtir une maison. 2 Alors David sut que le Seigneur l'avait établi roi sur Israël et que sa royauté était hautement exaltée à cause d'Israël son peuple.

3 David prit encore des femmes à Jérusalem et il engendra encore des fils et des filles. 4 Voici les noms de ceux qui lui naquirent à Jérusalem : Shammoua, Shovav, Natân et Salomon, 5 Yivhar, Elishoua et Elpaleth, 6 Nogah, Nèfèg et Yafia, 7 Elishama, Béelyada et Elifèleth.

Victoires de David sur les Philistins
(2 S 5.17-25)

8 Les Philistins apprirent que David avait été *oint comme roi sur tout Israël. Tous les Philistins

---

1. *le torrent d'Egypte* : voir Nb 34.5 et la note; *l'entrée de Hamath* (ou *Lebo-Hamath*) : voir 1 R 8.65 et la note; *Qiryath-Yéarim* : voir 1 S 6.21 et la note.
2. *Baala* : voir 2 S 6.2 et la note.
3. *aire de Kidôn* : endroit non identifié (comparer 2 S 6.6).

1. *Guittite* : voir 2 S 6.10 et la note.

montèrent donc à la recherche de David. David l'apprit et sortit au-devant d'eux. 9 Les Philistins arrivèrent et envahirent la vallée des Refaïtes[1]. 10 David demanda à Dieu : « Dois-je monter contre les Philistins et les livreras-tu entre mes mains ? » Le Seigneur lui dit : « Monte et je les livrerai entre tes mains. » 11 Alors ils montèrent à Baal-Peracîm[2], et là David les battit. David dit : « Dieu a fait par ma main une brèche chez mes adversaires, comme une brèche ouverte par les eaux. » C'est pourquoi l'on a donné à ce lieu le nom de Baal-Peracîm. 12 Ils abandonnèrent là leurs dieux, et David dit : « Qu'ils soient brûlés par le feu ! »

13 À nouveau les Philistins envahirent la vallée. 14 David interrogea encore Dieu, et Dieu lui dit : « Ne monte pas à leur poursuite : fais un détour loin d'eux et tu arriveras vers eux, en face des micocouliers. 15 À lorsque tu entendras un bruit de pas à la cime des micocouliers, alors tu sortiras pour le combat, car Dieu sera sorti devant toi, pour frapper le camp des Philistins. » 16 David agit comme Dieu le lui avait ordonné, et ils battirent le camp des Philistins, depuis Gabaon jusqu'à Guèzèr[3].

17 La renommée de David se répandit dans tous les pays, et le Seigneur le rendit redoutable à toutes les nations.

David prépare le transport de l'arche

15 1 David se fit des maisons dans la *Cité de David; il fixa un lieu pour l'*arche de Dieu et dressa pour elle une tente. 2 Alors il dit : « Pour porter l'arche de Dieu, il n'y aura que les *lévites, car le Seigneur les a choisis pour porter l'arche du Seigneur et pour le servir à jamais[1]. » 3 David fit assembler tout Israël à Jérusalem pour faire monter l'arche du Seigneur vers le lieu qu'il avait fixé pour elle. 4 Il réunit aussi les fils d'Aaron et les lévites : 5 Pour les fils de Qehath : le chef Ouriël et ses frères, 120; 6 pour les fils de Merari : le chef Asaya et ses frères, 220; 7 pour les fils de Guershôm : le chef Yoël et ses frères, 130; 8 pour les fils d'Eliçafân : le chef Shemaya et ses frères, 200; 9 pour les fils de Hébron : le chef Eliël et ses frères, 80; 10 pour les fils de Ouzziël : le chef Amminadav et ses frères, 112.

11 David appela les prêtres Sadoq et Abiatar, et les lévites : Ouriël, Asaya, Yoël, Shemaya, Eliël et Amminadav. 12 Et il leur dit : « Vous êtes les chefs des familles lévitiques. *Sanctifiez-vous, vous et vos frères, et faites monter l'arche du Seigneur, le Dieu d'Israël, vers le lieu que j'ai fixé pour elle. 13 En effet, puisque la première fois vous n'étiez pas là, le Seigneur notre Dieu nous a frappés, car nous ne l'avons pas cherché selon les règles[2]. » 14 Les

---

1. *vallée des Refaïtes* : voir 2 S 5.18 et la note.
2. *Baal-Peracîm* : endroit non identifié. Le nom signifie *maître des brèches*.
3. *Gabaon* : voir 1 R 3.4 et la note; *Guèzèr* : voir 2 S 5.25 et la note.

1. *pour le servir à jamais* : autre traduction *pour en (de l'arche) faire le service à jamais*.

2. *la première fois* : allusion aux événements racontés en 13.9-11 — *car nous ... règles* : autre traduction *car nous ne l'avons pas cherchée (l'arche) comme il aurait fallu*.

prêtres et les lévites se sanctifièrent alors pour faire monter l'arche du Seigneur, le Dieu d'Israël. 15 Les fils des lévites, comme l'avait ordonné Moïse[1] selon la parole du Seigneur, portèrent l'arche de Dieu sur leurs épaules avec des barres.

16 Et David dit aux chefs des lévites d'établir dans leur fonction leurs frères, les chantres, avec des instruments de musique, luths, lyres et cymbales, pour les faire retentir avec force en signe de réjouissance. 17 Les lévites établirent dans leur fonction Hémân, fils de Yoël, et parmi ses frères, Asaf, fils de Bèrèkyahou; parmi les fils de Merari, leurs frères, Etân, fils de Qoushayahou; 18 et avec eux, en second, leurs frères : Zekaryahou, Ben, Yaasiël, Shemiramoth, Yehiël, Ounni, Eliav, Benayahou, Maaséyahou, Mattityahou, Eliflèhou et Miqnéyahou, Oved-Edom et Yéiël, les portiers. 19 Parmi les chantres : Hémân, Asaf et Etân avaient des cymbales d'airain à faire retentir; 20 Zekarya, Aziël, Shemiramoth, Yehiël, Ounni, Eliav, Maaséyahou et Benayahou avaient des luths pour voix de soprano[2]; 21 Mattityahou, Eliflèhou, Miqnéyahou, Oved-Edom, Yéiël et Azazyahou avaient des lyres à l'octave[3], pour diriger le chant. 22 Et Kenanyahou, chef des lévites pour le transport, organisait le transport, parce qu'il en était capable. 23 Bèrèkya et Elqana étaient portiers de l'arche.

24 Les prêtres Shevanyahou, Yoshafath, Netanel, Amasaï, Zekaryahou, Benayahou et Eliézer jouaient de la trompette devant l'arche de Dieu. Oved-Edom et Yehiya étaient portiers de l'arche.

Arrivée de l'arche à Jérusalem
(2 S 6.12-19)

25 Alors, dans la joie, David, les *anciens d'Israël et les chefs de milliers[1] partirent pour faire monter l'*arche de l'alliance du Seigneur depuis la maison de Oved-Edom.

26 Et pour que Dieu donne son aide aux *lévites qui portaient l'arche de l'alliance du Seigneur, on offrit en sacrifice sept taureaux et sept béliers. 27 David était revêtu d'un manteau de byssus, ainsi que tous les lévites portant l'arche, les chantres et Kenanya, le chef du transport. David avait aussi, sur lui, un éphod de lin[2]. 28 Tout Israël faisait monter l'arche de l'alliance du Seigneur parmi les acclamations et au son du cor, des trompettes et des cymbales, et en faisant jouer les luths et les lyres.

29 Quand l'arche de l'alliance du Seigneur arriva dans la *Cité de David, Mikal, fille de Saül, se pencha à la fenêtre. Elle vit le roi David qui sautait et dansait et elle le méprisa en son coeur.

16
1 Ils firent entrer l'arche de Dieu et la déposèrent au milieu de la tente que David avait dressée pour elle, puis ils offrirent

---

1. Voir Nb 4.1-15.
2. *pour voix de soprano* : autre traduction *pour les jeunes filles* (comparer Ps 46.1 et la note).
3. *lyres à l'octave* : autre traduction *instruments à huit cordes.*

1. *milliers* : voir Nb 1.16 et la note.
2. *byssus* : voir 4.21 et la note; *éphod de lin* : voir 1 S 2.18 et la note.

des holocaustes[1] et des sacrifices de paix, devant Dieu. 2 Quand David eut fini d'offrir les holocaustes et les sacrifices de paix, il bénit le peuple au nom du Seigneur. 3 Puis il distribua à tout Israélite — homme ou femme — à chacun une miche de pain, un gâteau de dattes et un gâteau de raisins[2].

Les lévites chantent les louanges du Seigneur

(Ps 105.1-15; 96; 106.1, 47-48)

4 David établit devant l'*arche du Seigneur un certain nombre de *lévites qui faisaient le service, afin de commémorer, de célébrer et de louer le Seigneur, le Dieu d'Israël : 5 Asaf, le chef et son second, Zekarya; puis Aziël[3], Shemiramoth, Yehiël, Mattitya, Eliav, Benayahou, et Oved-Edom; Yehiël avait des luths et des lyres; et Asaf faisait retentir des cymbales. 6 Les prêtres Benayahou et Yahaziël sonnaient continuellement des trompettes devant l'arche de l'alliance de Dieu.

7 Ce fut en ce jour-là que David chargea, pour la première fois, Asaf et ses frères de célébrer le Seigneur.

8 Célébrez le Seigneur, proclamez son *nom,
  faites connaître ses exploits parmi les peuples.
9 Chantez pour lui, jouez pour lui; redites tous ses miracles.
10 Soyez fiers de son saint nom et joyeux, vous qui recherchez le Seigneur !
11 Cherchez le Seigneur et sa force,
  recherchez toujours sa face.
12 Rappelez-vous les miracles qu'il a faits,
  ses prodiges et les jugements sortis de sa bouche,
13 vous, race d'Israël son serviteur, vous, fils de Jacob[1] ses élus !
14 C'est lui le Seigneur notre Dieu
  qui gouverne toute la terre.
15 Souvenez-vous pour toujours de son *alliance,
  — mot d'ordre pour mille générations —;
16 celle qu'il a conclue avec Abraham, confirmée par serment à Isaac,
17 qu'il a érigée en décret pour Jacob,
  alliance éternelle pour Israël,
18 quand il a dit : « Je te donne la terre de Canaan;
  c'est le lot dont vous héritez ! »
19 Alors on pouvait vous compter,
  vous étiez une poignée d'immigrants.
20 Ils allaient et venaient de nation en nation,
  d'un royaume vers un autre peuple.
21 Mais il ne laissa personne les opprimer,
  il châtia des rois à cause d'eux :
22 « Ne touchez pas à mes *messies[2];
  ne faites pas de mal à mes *prophètes ! »

---

1. *holocaustes* : voir au glossaire SACRIFICES.
2. Le sens des mots traduits par *gâteau de dattes* et *gâteau de raisins* est incertain.
3. *Aziël* : d'après la liste de 15.20; hébreu : *Yéiël* (mais le même nom reparaît un peu plus loin dans le même verset).

---

1. *fils de Jacob* ou *descendants de Jacob*.
2. *mes messies* : voir Ps 105.15 et la note.

23 Chantez au Seigneur, terre entière;
  proclamez son salut de jour en jour;
24 annoncez sa gloire parmi les nations,
  ses merveilles parmi tous les peuples.
25 Car le Seigneur est grand et comblé de louanges,
  il est terrible et supérieur à tous les dieux :
26 toutes les divinités des peuples sont des vanités[1].
  Le Seigneur a fait les cieux.
27 Splendeur et éclat sont devant sa face;
  force et majesté[2] dans son lieu.
28 Donnez au Seigneur, familles des peuples !
  Donnez au Seigneur gloire et force;
29 donnez au Seigneur la gloire de son nom.
  Apportez votre offrande, entrez devant sa face;
  prosternez-vous devant le Seigneur, quand éclate sa *sainteté[3].
30 Tremblez devant lui, terre entière.
  Oui, le monde reste ferme et inébranlable.
31 Que les cieux se réjouissent, que la terre exulte;
  dites parmi les nations : « Le Seigneur est roi ! »
32 Que gronde la mer et ses richesses;
  que la campagne tout entière soit en fête,
33 que les arbres des forêts crient alors de joie

devant le Seigneur, car il vient pour gouverner la terre.
34 Célébrez le Seigneur, car il est bon,
  car sa fidélité est pour toujours.
35 Et dites : « Sauve-nous, Dieu de notre salut,
  rassemble-nous et délivre-nous du milieu des nations
  pour célébrer ton saint nom, en nous glorifiant de te louer.
36 Béni soit le Seigneur, le Dieu d'Israël,
  depuis toujours et pour toujours ! »
  Et tout le peuple dit :
  *« Amen ! » Et : « Louez le Seigneur ! »

37 David laissa là, devant l'arche de l'alliance du Seigneur, Asaf et ses frères, qui devaient assurer le service continuel devant l'arche selon l'ordre prévu pour chaque jour; 38 et, comme portiers, Oved-Edom avec ses frères au nombre de 68, Oved-Edom fils de Yeditoun et Hosa.

Sacrifices et louanges à Gabaon

39 David laissa le prêtre Sadoq et les prêtres, ses frères, devant la demeure du Seigneur sur le *haut lieu de Gabaon[1], 40 pour offrir sans cesse au Seigneur les holocaustes[2], sur l'*autel des holocaustes, matin et soir, et pour faire tout ce qui est écrit dans la Loi que le Seigneur a prescrite à Israël. 41 Avec eux, il y avait Hémân et Yedoutoun, et le reste de

---

1. Voir Ps 96.5 et la note.
2. *force et majesté* : voir Ps 96.6 et la note.
3. *quand éclate sa sainteté* : traduction incertaine.

1. *Gabaon* : voir 1 R 3.4 et la note.
2. *holocaustes* : voir au glossaire SACRIFICES.

ceux qui avaient été choisis et désignés par leurs noms pour célébrer le Seigneur : «Car sa fidélité est pour toujours». 42 Et avec eux — Hémân et Yedoutoun —, ils avaient des trompettes, des cymbales retentissantes et des instruments pour accompagner les cantiques de Dieu. Les fils de Yedoutoun étaient préposés à la porte.

43 Tout le peuple s'en alla chacun chez soi, et David s'en retourna pour bénir sa maison[1].

La prophétie de Natan
(2 S 7.1-17)

17 1 Alors que David résidait dans sa maison, il dit au *prophète Natan : «Voici que j'habite dans une maison de cèdre, et l'*arche de l'alliance du Seigneur est sous des toiles de tentes[2].» 2 Natan répondit à David : «Tout ce que tu as l'intention de faire, fais-le, car Dieu est avec toi.» 3 Or cette nuit-là, la parole de Dieu fut adressée à Natan en ces termes : 4 «Va dire à mon serviteur David : Ainsi parle le Seigneur : Ce n'est pas toi qui me bâtiras la Maison pour que j'y habite. 5 Car je n'ai pas habité dans une maison depuis le jour où j'ai fait monter Israël jusqu'à ce jour-ci, mais j'ai été de tente en tente et de demeure en demeure. 6 En tout lieu où je me suis rendu parmi tout Israël, ai-je dit une parole à l'un des juges d'Israël, à qui j'ai ordonné de faire paître mon peuple, pour lui dire : Pour-

quoi ne m'avez-vous pas bâti une maison de cèdre ? 7 Maintenant donc tu parleras ainsi à mon serviteur David : Ainsi parle le Seigneur, le tout-puissant : C'est moi qui t'ai pris du pâturage, derrière le troupeau, pour être chef sur Israël[1] mon peuple. 8 J'ai été avec toi partout où tu es allé, j'ai retranché tous tes ennemis devant ta face et je rendrai ton nom comme le nom des grands de la terre. 9 Je fixerai un lieu pour Israël mon peuple, je l'implanterai et il demeurera à sa place; il ne tremblera plus et des criminels ne recommenceront plus à le dévorer comme jadis. 10 Et depuis les jours où j'ai établi des juges sur Israël mon peuple, j'ai soumis tous tes ennemis et je t'ai annoncé que le Seigneur te bâtirait une maison[2]. 11 Lorsque tes jours seront accomplis pour aller avec tes pères, j'élèverai ta descendance après toi, ce sera l'un de tes fils et j'établirai fermement sa royauté[3]. 12 C'est lui qui me bâtira une Maison[4], et j'établirai son trône pour toujours. 13 Je serai pour lui un père et il sera pour moi un fils; je ne retirerai pas de lui ma fidélité comme je l'ai retirée de celui qui était avant toi[5]. 14 Je le ferai subsister à jamais dans ma Maison et dans mon royaume, et son trône sera affermi à jamais.» 15 C'est d'après toutes ces paroles et d'après toute

---

1. *sa maison* ou *sa famille.*
2. *maison de cèdre* : voir 2 S 5.11; *toiles de tentes* : voir 2 S 6.17

1. *pris du pâturage* : voir 1 S 16.11 — *chef sur Israël* : voir 1 S 28.17.
2. *une maison* ou *une dynastie* : voir 2 S 7.11 et la note.
3. *aller avec tes pères* : comparer 1 R 1.21 et la note — *j'établirai fermement sa royauté* : allusion à Salomon (voir 1 R 2.12, 46).
4. *une Maison* ou *un Temple* : voir 1 R 6.
5. *celui qui était avant toi*, c'est-à-dire Saül.

cette vision que Natan parla à David.

Prière de David

(2 S 7.18-29)

16 Le roi David vint s'asseoir en présence du Seigneur, et déclara : « Qui suis-je, Seigneur Dieu, et quelle est ma maison[1] pour que tu m'aies fait parvenir jusqu'ici ? 17 Or c'était trop peu à tes yeux, mon Dieu, et tu as parlé au sujet de la maison de ton serviteur, longtemps à l'avance. Tu m'as regardé comme un homme de rang élevé[2], Seigneur Dieu. 18 Qu'est-ce que David pourrait encore te dire de plus, en vue de la gloire de ton serviteur ? Toi, tu connais ton serviteur. 19 Seigneur, c'est à cause de ton serviteur et c'est selon ton coeur que tu as accompli toute cette grande oeuvre pour faire connaître toutes tes grandeurs. 20 Seigneur, tu es sans pareil, et selon tout ce que nous avons entendu de nos oreilles, il n'y a pas d'autre Dieu que toi. 21 Est-il sur la terre une seule nation pareille à Israël, ton peuple, ce peuple que Dieu est allé racheter pour en faire son peuple, pour te donner un *nom grand et redoutable en chassant des nations devant ton peuple que tu as racheté d'Egypte ? 22 Tu t'es donné Israël ton peuple pour en faire ton peuple à jamais et toi, Seigneur, tu es devenu leur Dieu. 23 Maintenant donc, Seigneur, que la parole que tu as prononcée sur ton serviteur et sur sa maison soit vraie à jamais. Agis comme tu l'as dit !

24 Qu'elle soit vraie, que ton nom soit magnifié à jamais et qu'on dise : le Seigneur, le tout-puissant, est le Dieu d'Israël, il est un Dieu pour Israël; et que la maison de ton serviteur David reste ferme en ta présence ! 25 En effet c'est toi-même, mon Dieu, qui as averti ton serviteur pour dire que tu lui bâtirais une maison. Voilà pourquoi ton serviteur a trouvé le courage de t'adresser cette prière. 26 Et maintenant, Seigneur, c'est toi qui es Dieu, et tu as parlé de ce bonheur à ton serviteur. 27 Veuille maintenant bénir la maison de ton serviteur pour qu'elle soit à jamais en ta présence, car toi, Seigneur, tu bénis et tu es béni[1] à jamais ! »

Victoires de David sur les nations voisines

(2 S 8.1-14)

18 1 Après cela, David battit les Philistins et les fit fléchir. Il enleva Gath[2] et ses dépendances de la main des Philistins.

2 Il battit Moab, et les Moabites devinrent pour David des serviteurs soumis au tribut.

3 David battit Hadadèzèr, roi de Çova, vers Hamath, quand il alla[3] établir son pouvoir sur le fleuve de l'Euphrate. 4 Et David lui prit mille chars, 7.000 cavaliers et 20.000 hommes de pied. David coupa les jarrets de tous les attelages, et n'en laissa qu'une

---

1. *s'asseoir* ou *s'installer* — *ma maison* ou *ma famille.*
2. *la maison de ton serviteur,* c'est-à-dire *ma dynastie* — *un homme de rang élevé* : traduction incertaine.

1. *tu es béni* : autres traductions *il* (le roi) *est béni* ou *elle* (la maison) *est bénie.*
2. Sur les *Philistins* (v. 1), *Moab* (v. 2), le royaume de *Çova* (v. 3), *Edom* et *les fils d'Ammon* (v. 11), voir 1 S 14.47 et la note — *Gath* : voir 1 S 5.8 et la note.
3. *Hamath* : voir 2 S 8.9 et la note — *alla* : le sujet de ce verbe est probablement *Hadadèzèr.*

centaine. 5 Les *Araméens de Damas vinrent au secours de Hadadèzèr, roi de Çova, mais David abattit 22.000 hommes parmi les Araméens. 6 David établit alors des préfets[1] dans l'Aram de Damas. Les Araméens devinrent pour David des serviteurs soumis au tribut. Le Seigneur donna donc la victoire à David partout où il alla. 7 David s'empara des boucliers d'or que portaient les serviteurs de Hadadèzèr et les apporta à Jérusalem. 8 À Tivhath et à Koun, villes de Hadadèzèr, David s'empara d'une très grande quantité de bronze : Salomon en fit la mer de bronze, les colonnes et les ustensiles de bronze[2].

9 Toou, roi de Hamath, apprit que David avait battu toute l'armée de Hadadèzèr, roi de Çova. 10 Il envoya donc son fils Hadorâm au roi David pour le saluer et pour le féliciter d'avoir fait la guerre à Hadadèzèr et de l'avoir battu — car Hadadèzèr était l'adversaire de Toou — et pour lui apporter toutes sortes d'objets d'or, d'argent et de bronze. 11 Ces objets aussi, le roi David les consacra au Seigneur, en plus de l'argent et de l'or qu'il avait pris à toutes les nations, d'Edom, de Moab, des fils d'Ammon, des Philistins et d'Amaleq[3].

12 Avshaï, fils de Cerouya, battit les Edomites au nombre de 18.000, dans la vallée du Sel[4]. 13 Il établit des préfets en Edom, et tous les Edomites devinrent pour David des serviteurs. Le Seigneur donnait la victoire à David partout où il allait.

Liste des fonctionnaires de David

(2 S 8.15-18)

14 David régna sur tout Israël, et faisait droit et justice à tout son peuple. 15 Joab, fils de Cerouya, commandait l'armée; Yehoshafath, fils de Ahiloud, était chancelier; 16 Sadoq, fils d'Ahitouv, et Abimélek, fils d'Abiatar, étaient prêtres; Shawsha était scribe; 17 Benayahou, fils de Yehoyada, commandait les Kerétiens et les Pelétiens[1], et les fils de David étaient les premiers aux côtés du roi.

Les envoyés de David déshonorés

(2 S 10.1-5)

19 1 Après cela, Nahash, le roi des fils d'Ammon[2], mourut et son fils devint roi à sa place. 2 David dit alors : « J'agirai avec fidélité envers Hanoun, fils de Nahash, car son père a agi avec fidélité envers moi. » David lui envoya donc des messagers pour le consoler au sujet de son père, et les serviteurs de David arrivèrent au pays des fils d'Ammon, auprès de Hanoun pour le consoler. 3 Mais les princes des fils d'Ammon dirent à Hanoun : « T'imagines-tu que c'est pour honorer ton père que David t'a envoyé des gens pour te consoler ?

---

1. *des préfets* : terme rétabli d'après les anciennes versions, le texte parallèle de 2 S 8.6 (voir la note) et le v. 13 ci-dessous.
2. *Tivhath, Koun* : localités situées dans les environs de l'actuelle Baalbek — *mer de bronze, colonnes, ustensiles de bronze* : voir respectivement 1 R 7.23-26, 15-22, 45.
3. *Amaleq* : voir Ex 17.8 et la note.
4. *vallée du Sel* : voir 2 R 14.7 et la note.

1. *Kerétiens* et *Pelétiens* : voir 2 S 8.18 et la note.
2. *fils d'Ammon* ou *Ammonites* : voir 2 S 10.1 et la note.

N'est-ce pas pour explorer le pays, et y faire de l'agitation et de l'espionnage que ses serviteurs sont venus chez toi ? » 4 Hanoun appréhenda les serviteurs de David, les rasa, coupa leurs vêtements à mi-hauteur jusqu'en haut des cuisses et les congédia. 5 On informa David du sort de ces hommes et il envoya quelqu'un à leur rencontre, car ils étaient couverts de honte. Le roi leur fit dire : « Restez à Jéricho jusqu'à ce que votre barbe ait repoussé. Alors seulement, vous reviendrez. »

Guerre contre les Ammonites et les Araméens

(2 S 10.6-19)

6 Les fils d'Ammon virent qu'ils s'étaient rendus odieux à David, et Hanoun et les fils d'Ammon envoyèrent mille talents d'argent pour prendre à leur service, chez les gens d'Aram-des-deux-Fleuves et chez les Araméens de Maaka et de Çova[1], des chars et des cavaliers. 7 Ils prirent à leur service 32.000 chars, ainsi que le roi de Maaka et son peuple, qui vinrent camper en face de Madaba[2], puis les fils d'Ammon se rassemblèrent en sortant de leurs villes et arrivèrent au combat. 8 David l'apprit et envoya Joab et toute l'armée des guerriers. 9 Les fils d'Ammon firent une sortie et se rangèrent en bataille à la porte de la ville, mais les rois qui étaient venus se tenaient à part, dans la campagne. 10 Joab vit qu'il devait faire front en avant et en arrière ;

il choisit des hommes dans toute l'élite d'Israël et établit une ligne face aux Araméens. 11 Il confia le reste de la troupe à son frère Avshaï, et ils établirent une ligne face aux fils d'Ammon. 12 Puis il dit : « Si les Araméens sont plus forts que moi, tu viendras à mon secours, et si les fils d'Ammon sont plus forts que toi, c'est moi qui te secourrai. 13 Sois fort et montrons-nous forts pour notre peuple et pour les villes de notre Dieu. Que le Seigneur fasse ce qui lui plaît. »

14 Alors Joab et sa troupe s'avancèrent pour combattre les Araméens. Ceux-ci prirent la fuite devant lui. 15 Quand les fils d'Ammon virent que les Araméens fuyaient, ils prirent la fuite eux aussi devant Avshaï, le frère de Joab, et ils rentrèrent dans la ville. Joab rentra à Jérusalem.

16 Les Araméens virent qu'ils avaient été battus devant Israël. Ils envoyèrent des messagers et firent venir les Araméens d'au-delà du Fleuve. Shofak, chef de l'armée de Hadadèzèr[1], était à leur tête. 17 On l'annonça à David. Il rassembla tout Israël, passa le Jourdain, arriva vers eux et se mit en ligne contre eux. David se mit en ligne de combat face aux Araméens, et ceux-ci lui livrèrent bataille. 18 Les Araméens prirent la fuite devant Israël et David tua aux Araméens 7.000 hommes de chars et 40.000 hommes de pied. Il fit aussi périr Shofak, chef de l'armée.

19 Les serviteurs de Hadadèzèr virent qu'ils avaient été battus devant Israël ; ils firent donc la paix avec David et le servirent. Les

---

1. *Aram-des-deux-Fleuves* : voir Gn 24.10 et la note ; *Maaka* : région non identifiée ; *Çova* : voir 1 S 14.47 et la note.
2. *Madaba* : voir Es 15.2 et la note.

1. *Hadadèzèr* : voir 18.3.

Araméens ne voulurent plus venir au secours des fils d'Ammon.

David s'empare de la ville de Rabba
(2 S 11.1; 12.26-31)

20 1 Au moment du retour de l'année, au temps où les rois se mettent en campagne, Joab emmena l'armée et dévasta le pays des fils d'Ammon. Puis il vint mettre le siège devant Rabba[1], tandis que David demeurait à Jérusalem.

Joab battit Rabba et la détruisit. 2 Et David enleva la couronne qui était sur la tête de Milkôm et la trouva du poids d'un talent[2] d'or; elle portait une pierre précieuse. Elle fut placée sur la tête de David, et il emporta de la ville une très grande quantité de butin. 3 Il fit partir également la population qui était dans la ville et la condamna à la scie, aux herses de fer et aux haches[3]. Ainsi David faisait-il pour toutes les villes des fils d'Ammon; puis David et tout le peuple revinrent à Jérusalem.

Combats contre les Philistins
(2 S 21.18-22)

4 Après cela, eut lieu un combat à Guèzèr contre les Philistins. C'est alors que Sibbekaï de Housha battit Sippaï, un des en-fants des Refaïtes[1], et ils furent asservis.

5 Il y eut encore un combat contre les Philistins, et Elhanân, fils de Yaïr, frappa Lahmi, frère de Goliath de Gath[2], dont la lance avait un bois pareil à une ensouple de tisserands.

6 Il y eut encore un combat à Gath. Il y avait un géant dont les doigts étaient au nombre de six, soit 24 au total. Lui aussi était un descendant de Harafa. 7 Il lança un défi à Israël, et Yehonatân, fils de Shiméa, frère de David, le tua. 8 Ces hommes étaient les descendants de Harafa à Gath; ils tombèrent sous les coups de David et de ses serviteurs.

David fait recenser le peuple d'Israël
(2 S 24.1-9)

21 1 *Satan se dressa contre Israël et il incita David à dénombrer Israël. 2 David dit à Joab et aux chefs du peuple: «Allez, comptez Israël depuis Béer-Shéva jusqu'à Dan[3], puis faites-moi un rapport pour que j'en connaisse le nombre.» 3 Joab dit alors: «Que le Seigneur accroisse son peuple au centuple! Ne sont-ils pas eux tous, mon seigneur le roi, des serviteurs pour mon seigneur? Pourquoi mon seigneur fait-il cette recherche? Pourquoi Israël serait-il coupable[4]?» 4 Mais l'ordre du roi s'imposa à Joab, Joab partit et parcourut tout Israël, puis il revint à Jérusa-

---

1. *retour de l'année, Rabba* : voir 2 S 11.1 et la note.
2. *Milkôm* : conjecture (*Milkôm* était le dieu des Ammonites; voir 1 R 11.5); hébreu : *leur roi* — *talent* : voir au glossaire POIDS ET MESURES.
3. *scie, herses, haches* : voir 2 S 12.31 et la note.

1. *Guèzèr* : voir 2 S 5.25 et la note — *Refaïtes* : tribu installée, avant l'arrivée des Israélites, à l'est du Jourdain (voir Dt 3.11).
2. *Gath* : voir 1 S 5.8 et la note.
3. *depuis Béer-Shéva jusqu'à Dan* : voir la note sur Jos 19.47.
4. Voir 2 S 24.3 et la note.

lem. 5 Et Joab donna à David les chiffres du recensement du peuple : tout Israël comptait 1.100.000 hommes pouvant tirer l'épée, et Juda 470.000 hommes pouvant tirer l'épée.

6 Il n'avait pas recensé parmi eux Lévi et Benjamin, car la parole du roi déplaisait profondément à Joab.

Dieu punit la faute de David
(2 S 24.10-17)

7 Cela fut une chose mauvaise aux yeux de Dieu, et il frappa Israël. 8 Alors David dit à Dieu : « C'est un grave péché que j'ai commis. Maintenant donc, daigne pardonner la faute de ton serviteur[1], car j'ai agi vraiment comme un fou ! »

9 Le Seigneur parla à Gad, le voyant[2] de David, en ces termes : 10 « Va dire à David : Ainsi parle le Seigneur : Je te propose trois choses : choisis l'une d'elles et je l'exécuterai. »

11 Gad alla donc trouver David et lui dit : « Ainsi parle le Seigneur : À toi d'accepter : 12 ou bien trois années de famine, ou bien trois mois de défaite devant tes ennemis, sous les coups d'épée de tes adversaires; ou bien, pendant trois jours, l'épée du Seigneur et la peste dans le pays, l'*ange exterminateur du Seigneur dans tout le territoire d'Israël. Maintenant vois ce que je dois répondre à celui qui m'a envoyé. » 13 Et David dit à Gad : « Je suis dans une grande angoisse ! Que je tombe plutôt entre

les mains du Seigneur, car sa miséricorde est très grande, mais que je ne tombe pas entre les mains des hommes ! »

14 Le Seigneur envoya donc la peste en Israël, et il tomba 70.000 hommes en Israël. 15 Dieu envoya un ange à Jérusalem pour la ravager, et comme il faisait ce ravage, le Seigneur regarda et fut affligé de ce malheur. Il dit à l'ange exterminateur : « Assez ! maintenant relâche ton bras ! » Or l'ange du Seigneur se tenait auprès de l'aire d'Ornân le Jébusite[1].

16 David leva les yeux et vit l'ange du Seigneur se tenant entre la terre et le ciel, ayant à la main son épée nue, tournée contre Jérusalem. David et les *anciens, recouverts de *sacs tombèrent sur leur face.

17 David dit à Dieu : « N'est-ce pas moi qui ai dit de dénombrer le peuple ? C'est moi qui ai péché et qui ai fait le mal. Mais ces brebis[2] qu'ont-elles fait ? Seigneur mon Dieu, que ta main soit donc sur moi et sur ma famille, mais que, sur ton peuple, elle ne soit pas un fléau ! »

David construit un autel pour le Seigneur
(2 S 24.18-25)

18 L'*ange du Seigneur dit à Gad de parler à David : « Que David monte pour ériger un *autel au Seigneur sur l'aire d'Ornân le Jébusite ! » 19 David monta, selon la parole que Gad avait dite

---

1. *la faute de ton serviteur*, c'est-à-dire *ma faute*.
2. *voyant* : voir 1 S 9.9.

1. *Jébusite* : voir 2 S 24.16 et la note.
2. *ces brebis* : voir 2 S 24.17 et la note.

au nom du S‌eigneur. 20 Ornân s'était retourné et avait vu l'ange, et ses quatre fils qui étaient avec lui s'étaient cachés. Ornân battait du blé. 21 David vint vers Ornân, et Ornân regarda et vit David; puis il sortit de l'aire et se prosterna devant David, la face contre terre.

22 Et David dit à Ornân : « Donne-moi l'emplacement de l'aire et j'y bâtirai un autel au S‌eigneur. Donne-le moi contre sa pleine valeur en argent ; ainsi le fléau sera retenu loin du peuple ! » 23 Ornân dit à David : « Prends-le pour toi, et que mon seigneur le roi fasse ce qui lui plaît. Tu vois : je donne les boeufs pour les holocaustes, les traîneaux pour le bois, le blé pour l'offrande[1] ; je donne tout ! » 24 Mais le roi David dit à Ornân : « Non ! Je tiens à l'acheter contre sa pleine valeur en argent. Je ne prendrai pas pour le S‌eigneur, ce qui est à toi, en offrant un holocauste qui ne coûte rien ! »

25 Alors David donna à Ornân, pour cet emplacement, un poids d'or de 600 sicles[2]. 26 David y bâtit un autel au S‌eigneur et offrit des holocaustes et des sacrifices de paix.

Il invoqua le S‌eigneur qui lui répondit par le feu venu des cieux sur l'autel des holocaustes.

27 Puis le S‌eigneur dit à l'ange de remettre son épée au fourreau.

28 En ce temps-là quand David vit que le S‌eigneur lui avait répondu sur l'aire d'Ornân le Jébusite, il y offrit des sacrifices. 29 Or

la demeure du S‌eigneur que Moïse avait faite dans le désert et l'autel de l'holocauste étaient à cette époque sur le *haut lieu de Gabaon[1], 30 mais David ne pouvait pas y aller pour consulter Dieu, car il avait été effrayé par l'épée de l'ange du S‌eigneur.

22 1 Et David dit : « C'est ici la maison du S‌eigneur Dieu, et voici l'autel de l'holocauste pour Israël ! »

David prépare la construction du Temple

2 David ordonna de rassembler les étrangers[2] qui étaient dans le pays d'Israël et il désigna des carriers pour préparer des pierres de taille, afin de construire la Maison de Dieu. 3 David prépara aussi du fer en quantité, pour les clous des battants de porte et pour les crampons, du bronze en telle quantité qu'on ne pouvait le peser, 4 et du bois de cèdre sans nombre, car les Sidoniens et les Tyriens[3] avaient apporté à David du bois de cèdre en quantité. 5 David disait : « Mon fils Salomon est encore jeune et faible, et la Maison à construire pour le S‌eigneur doit être renommée dans tous les pays pour sa grandeur et sa splendeur. Je ferai donc pour lui des préparatifs. » Ainsi, avant sa mort, David fit de grands préparatifs.

---

1. *holocaustes, offrande* : voir au glossaire SACRIFICES.
2. *sicles* : voir au glossaire POIDS ET MESURES.

1. *Gabaon* : voir 1 R 3.4 et la note.
2. Par le terme *étrangers*, l'auteur désigne les descendants des anciennes peuplades qui avaient habité la Palestine avant l'installation des Israélites (voir au glossaire AMORITES).
3. *Sidoniens* et *Tyriens* : voir Esd 3.7 et la note.

David charge Salomon de construire le Temple

6 Il appela Salomon, son fils, et lui commanda de construire une Maison pour le SEIGNEUR, le Dieu d'Israël.
7 David dit à Salomon : « Mon fils, j'avais à cœur, moi-même, de construire une Maison pour le *nom du SEIGNEUR, mon Dieu. 8 Mais la parole du SEIGNEUR me fut adressée en ces termes : Tu as répandu beaucoup de sang et tu as fait de grandes guerres. Tu ne construiras pas de Maison pour mon nom, car tu as répandu beaucoup de sang sur la terre devant moi. 9 Voici, il t'est né un fils qui sera, lui, un homme de repos et auquel je donnerai le repos vis-à-vis de tous ses ennemis d'alentour, car Salomon sera son nom, et je donnerai paix[1] et tranquillité à Israël pendant ses jours. 10 C'est lui qui construira une Maison pour mon nom. Il sera pour moi un fils et je serai pour lui un père et j'affermirai son trône royal sur Israël pour toujours ...
11 maintenant donc que le SEIGNEUR soit avec toi, mon fils, pour que tu bâtisses avec succès la Maison du SEIGNEUR ton Dieu, comme il l'a dit à ton sujet ! 12 Seulement, que le Seigneur te donne du discernement et de l'intelligence lorsqu'il t'établira sur Israël, pour garder la Loi du SEIGNEUR ton Dieu ! » 13 Alors, tu prospéreras si tu gardes, pour les mettre en pratique, les préceptes et les ordonnances que le SEIGNEUR a ordonnés à Moïse au su-

jet d'Israël. Sois fort et courageux ! Sois sans crainte et sans peur.
14 Voici, malgré ma pauvreté, j'ai préparé, pour la Maison du SEIGNEUR, 100.000 talents[1] d'or et 1.000.000 de talents d'argent. Pour le bronze et le fer, on ne peut pas les peser, tant ils abondent. J'ai préparé aussi du bois et des pierres, et tu en ajouteras encore. 15 Tu as en abondance des ouvriers, des carriers, des tailleurs de pierres et de bois, toutes sortes d'hommes habiles en tout métier. 16 Pour l'or, l'argent, le bronze et le fer, on ne peut les évaluer. Lève-toi, agis et que le SEIGNEUR soit avec toi ! »
17 David ordonna à tous les chefs d'Israël d'aider son fils Salomon : 18 « Le SEIGNEUR votre Dieu n'est-il pas avec vous ? Ne vous a-t-il pas donné du repos de tous côtés ? En effet, il a livré entre mes mains les habitants du pays qui a été soumis au SEIGNEUR et à son peuple. 19 Maintenant, appliquez votre *cœur et votre vie à chercher le SEIGNEUR votre Dieu. Levez-vous et construisez le *sanctuaire du SEIGNEUR Dieu pour amener l'*arche de l'alliance du SEIGNEUR et les objets sacrés de Dieu dans la Maison construite pour le nom du SEIGNEUR. »

David organise les classes de lévites

23 1 David était vieux et rassasié de jours, quand il établit son fils Salomon comme roi

---

1. En hébreu, le nom propre Salomon est dérivé du mot traduit ici par *paix*.

1. *malgré ma pauvreté* ou *dans mon humilité — talents :* voir au glossaire POIDS ET MESURES.

sur Israël. 2 Puis il assembla tous les chefs d'Israël, les prêtres et les *lévites.

3 Les lévites de 30 ans et plus furent alors comptés. Leur nombre, en les comptant par tête, fut de 38.000 hommes, 4 soit parmi eux : 24.000 pour diriger les travaux de la Maison du Seigneur, 6.000 comme greffiers et juges, 5 4.000 comme portiers et 4.000 pour louer le Seigneur avec les instruments « que j'ai faits pour le louer » (dit David).

6 David les répartit en classes, selon les fils de Lévi : Guershôn, Qehath et Merari.

7 Pour les Guershonites : Laédân et Shiméï. 8 Fils de Laédân : Yehiël, le chef, Zétâm et Yoël : trois. 9 Fils de Shiméï : Shelomith, Haziël et Harân : trois. Ce sont les chefs des familles de Laédân. 10 Fils de Shiméï : Yahath, Ziza, Yéoush et Beria : ce sont les quatre fils de Shiméï. 11 Et Yahath était le premier, Ziza le second, mais Yéoush et Beria n'eurent pas beaucoup de fils et ne formèrent qu'une seule famille pour une charge unique. 12 Fils de Qehath : Amrân, Yicéhar, Hébron et Ouzziël : quatre.

13 Fils de Amrân : Aaron et Moïse. Aaron fut mis à part pour se consacrer au service du lieu très *saint, lui et ses fils à jamais, pour offrir le parfum devant le Seigneur, pour servir et pour donner la bénédiction en son nom à jamais. 14 Moïse fut l'homme de Dieu ; ses fils furent comptés dans la tribu de Lévi. 15 Fils de Moïse : Guershôm et Eliézer. 16 Fils de Guershôm : Shevouël, le chef. 17 Fils d'Eliézer : Rehavya, le chef ; Eliézer

n'eut pas d'autres fils — mais les fils de Rehavya furent très nombreux.

18 Fils de Yicéhar : Shelomith, le chef.

19 Fils de Hébron : Yeriyahou le premier, Amarya le second, Yahaziël le troisième, et Yeqaméâm le quatrième.

20 Fils de Ouzziël : Mika le premier et Yishiya le second.

21 Fils de Merari : Mahli et Moushi. Fils de Mahli : Eléazar et Qish. 22 Eléazar mourut et n'eut pas de fils, mais des filles, et ce sont les fils de Qish leurs frères[1] qui les prirent pour femmes. 23 Fils de Moushi : Mahli, Eder et Yerémoth : trois.

24 Tels furent les fils de Lévi selon leurs familles, les chefs des familles selon leurs charges, d'après le dénombrement nominatif, par têtes ; ils accomplissaient leur travail au service de la Maison du Seigneur, à partir de l'âge de vingt ans et au-dessus.

25 David avait dit en effet : « Le Seigneur, le Dieu d'Israël, a donné du repos à son peuple et il demeure à Jérusalem pour toujours. 26 Aussi, les lévites n'auront-ils plus à porter la *Demeure et tous les objets destinés à son service. » 27 — Mais, d'après les dernières paroles de David, tel fut le dénombrement des fils de Lévi, à partir de vingt ans et au-dessus. 28 Ils doivent se tenir aux ordres des fils d'Aaron pour le service de la Maison du Seigneur, en ce qui concerne les *parvis, les chambres, la *purification de toute chose consacrée, et le travail au service de la Maison de Dieu ; 29 ils doivent s'occuper du pain de

1. *frères* ou *cousins.*

proposition, de la fleur de farine pour l'offrande[1], des galettes sans *levain, des gâteaux frits, des gâteaux mélangés et de tout ce qui concerne les instruments de capacité et de mesure; 30 ils ont à se tenir prêts, chaque matin, pour célébrer et louer le SEIGNEUR, et de même le soir 31 pour tous les holocaustes offerts au SEIGNEUR, pour les *sabbats, les nouvelles lunes[2] et les fêtes, selon le nombre qui leur a été prescrit pour toujours, devant le SEIGNEUR. 32 Ils auront ainsi la charge de s'occuper de la *tente de la rencontre, de ce qui est consacré et des fils d'Aaron, leurs frères, pour le service de la Maison du SEIGNEUR.

Les classes de prêtres

24 1 Pour les fils d'Aaron, voici leurs classes : Fils d'Aaron : Nadav et Avihou, Eléazar et Itamar. 2 Nadav et Avihou moururent avant leur père sans avoir de fils; les fonctions sacerdotales furent donc confiées à Eléazar et Itamar. 3 David, ainsi que Sadoq, des fils d'Eléazar, et Ahimélek, des fils d'Itamar, les répartit en classes selon leur fonction dans leur service. 4 Or les fils d'Eléazar se trouvèrent plus nombreux en hommes que les fils d'Itamar; on les répartit, pour les fils d'Eléazar, en seize chefs de familles, et pour les fils d'Itamar en huit chefs de famille. 5 Il les répartit les uns comme les autres, par le sort, car il y avait des princes du *sanctuaire

et des princes de Dieu[1] parmi les fils d'Eléazar comme parmi les fils d'Itamar. 6 Shemaya fils de Netanel, scribe d'entre les *lévites, les inscrivit en présence du roi, des princes, du prêtre Sadoq, d'Ahimélek, fils d'Abiatar et des chefs de familles sacerdotales et lévitiques : une famille était tirée au sort pour Eléazar, puis une autre, tandis qu'une seule était tirée pour Itamar[2].

7 Le premier sort fut pour Yehoyariv et le deuxième pour Yedaya; 8 le troisième pour Harim, le quatrième pour Séorim, 9 le cinquième pour Malkiya, le sixième pour Miyamîn, 10 le septième pour Haqqoç, le huitième pour Aviya, 11 le neuvième pour Yéshoua, le dixième pour Shekanyahou, 12 le onzième pour Elyashiv, le douzième pour Yaqîm, 13 le treizième pour Houppa, le quatorzième pour Yèshèvéav, 14 le quinzième pour Bilga, le seizième pour Immer, 15 le dix-septième pour Hézir, le dix-huitième pour Happicéç, 16 le dix-neuvième pour Petahya, le vingtième pour Yehezqel, 17 le vingt et unième pour Yakîn, le vingt-deuxième pour Gamoul, 18 le vingt-troisième pour Delayahou, le vingt-quatrième pour Maazyahou.

19 Telle fut leur répartition dans leur service, pour entrer dans la Maison du SEIGNEUR, selon la règle donnée par leur père

---

1. pain de proposition (ou pain d'offrande) : voir Lv. 24.5-9; offrande : voir au glossaire SACRIFICES.
2. nouvelles lunes : voir au glossaire NÉOMÉNIE.

1. On ignore ce que représentent les titres princes du sanctuaire et princes de Dieu.
2. une famille ... pour Itamar : texte hébreu obscur; la traduction proposée est en partie suggérée par le fait que les descendants d'Eléazar étaient deux fois plus nombreux que ceux d'Itamar (v. 4).

Aaron, comme le lui avait ordonné le Seigneur, Dieu d'Israël.

Les classes du reste des lévites

20 Quant aux fils de Lévi qui
restaient : pour les fils d'Amrân,
c'était Shouvaël; pour les fils de
Shouvaël : c'était Yèhdeyahou;
21 pour Rehavyahou et pour les
fils de Rehavyahou, c'était Yishiya, le chef; 22 pour les Yicéharites,
c'était Shelomoth; pour les fils de
Shelomoth, c'était Yahath;
23 pour les fils de Hébron, c'é-
taient Yeriyahou le premier,
Amaryahou le second, Yahaziël le
troisième, Yeqaméâm le quatrième; 24 fils d'Ouzziël : Mika;
pour les fils de Mika, c'était Sha-
mir; 25 frère de Mika : Yishiya;
pour les fils de Yishiya, c'était
Zekaryahou; 26 fils de Merari :
Mahli et Moushi, fils de Yaaziyahou, son fils; 27 fils de Merari
pour Yaaziyahou son fils : Sho-
ham, Zakkour et Ivri; 28 pour
Mahli, c'était Eléazar qui n'eut
pas de fils; 29 pour Qish et les fils
de Qish, c'était Yerahméel; 30 fils
de Moushi : Mahli, Eder et Yerimoth. Tels furent les fils des *lévites selon leurs familles. 31 Eux
aussi tirèrent au sort comme leurs
frères, les fils d'Aaron, en présence du roi David, de Sadoq,
d'Ahimélek et des chefs de familles sacerdotales et lévitiques,
les familles du chef aussi bien que
les familles de son frère le plus
jeune.

Les classes de chantres

25 1 David et les chefs de l'armée mirent à part pour le
service les fils d'Asaf, d'Hémân et

de Yedoutoun qui *prophétisaient
avec des cithares, des harpes et
des cymbales. Voici le nombre
des hommes effectuant ce service :

2 Pour les fils d'Asaf : Zakkour,
Yoseph, Netanya et Asaréla. Les
fils d'Asaf étaient sous la direction d'Asaf qui prophétisait sous
la direction du roi.

3 Pour Yedoutoun, les fils de
Yedoutoun : Guedalyahou, Ceri,
Yeshayahou, Hashavyahou,
Mattityahou et Shiméï, six, sous
la direction de leur père Yedou-
toun qui prophétisait avec la ci-
thare pour célébrer et louer le
Seigneur.

4 Pour Hémân, les fils d'Hémân : Bouqqiyahou, Mattanyahou, Ouzziël, Shevouël, Yerimoth, Hananya, Hanani, Eliata,
Guiddalti, Romamti-Ezer, Yoshbeqasha, Malloti, Hotir, Mahazioth[1]; 5 tous ceux-là étaient fils
d'Hémân, le voyant[2] du roi, qui
lui transmettait les paroles de
Dieu pour élever sa puissance;
Dieu donna à Hémân quatorze
fils et trois filles : 6 ils étaient tous
sous la direction de leur père
pour le chant de la Maison du
Seigneur, avec des cymbales, des
harpes et des cithares, pour le
service de la Maison de Dieu,
sous la direction du roi, d'Asaf, de
Yedoutoun et d'Hémân. 7 Leur
nombre, avec leurs frères formés
pour chanter au Seigneur tous
avec maîtrise, était de 288.

---

1. Les neuf derniers noms de cette liste
(d'*Hananya* à *Mahazioth*) forment en hébreu une
phrase composée d'expressions de louange, qui
pourrait se traduire *Fais-moi grâce, Seigneur,
fais-moi grâce. Tu es mon Dieu. J'ai élevé et j'ai
magnifié* (ton) *aide. Assis dans la détresse, j'ai
parlé. Donne abondamment des visions.*
2. *voyant* : voir 1 S 9.9.

8 Ils tirèrent au sort l'ordre de service, pour les petits comme pour les grands, pour le maître comme pour le disciple.

9 Et le premier sort fut pour Asaf, sur Yoseph.

Le deuxième, Guedalyahou; lui, ses fils et ses frères : douze.

10 Le troisième, Zakkour : ses fils et ses frères : douze. 11 Le quatrième, Yiçeri; ses fils et ses frères : douze.

12 Le cinquième, Netanyahou; ses fils et ses frères : douze.

13 Le sixième, Bouqqiyahou; ses fils et ses frères : douze. 14 Le septième, Yesaréla; ses fils et ses frères : douze.

15 Le huitième, Yeshayahou; ses fils et ses frères : douze.

16 Le neuvième, Mattanyahou; ses fils et ses frères : douze.

17 Le dixième, Shiméï; ses fils et ses frères : douze.

18 Le onzième, Azarel; ses fils et ses frères : douze.

19 Le douzième, Hashavya; ses fils et ses frères : douze.

20 Le treizième, Shouvaël; ses fils et ses frères : douze.

21 Le quatorzième, Mattityahou; ses fils et ses frères : douze.

22 Le quinzième, Yerémoth; ses fils et ses frères : douze.

23 Le seizième, Hananyahou; ses fils et ses frères : douze.

24 Le dix-septième, Yoshbeqasha; ses fils et ses frères : douze.

25 Le dix-huitième, Hanani; ses fils et ses frères : douze.

26 Le dix-neuvième, Malloti; ses fils et ses frères : douze.

27 Le vingtième, Eliyata; ses fils et ses frères : douze.

28 Le vingt et unième, Hotir; ses fils et ses frères : douze.

29 Le vingt-deuxième, Guiddalti; ses fils et ses frères : douze.

30 Le vingt-troisième, Mahazioth; ses fils et ses frères : douze.

31 Le vingt-quatrième, Romanti-Ezer; ses fils et ses frères : douze.

Les classes de portiers

26 1 Pour les classes des portiers : Pour les Coréites : Meshèlèmyahou, fils de Qoré, d'entre les fils d'Asaf. 2 Meshèlèmyahou eut pour fils : Zekaryahou le premier-né, Yediaël le second, Zevadyahou, le troisième, Yatniël le quatrième, 3 Elam le cinquième, Yehohanân le sixième, Elyehoénaï le septième.

4 Oved-Edom eut pour fils : Shemaya le premier-né, Yehozavad le second, Yoah le troisième, Sakar le quatrième, Netanel le cinquième, 5 Ammiël le sixième, Issakar le septième, Péoulletaï le huitième, car Dieu l'avait béni. 6 À son fils Shemaya naquirent des fils qui eurent autorité dans leur famille, car ils étaient des hommes de valeur. 7 Fils de Shemaya : Otni, Refaël, Oved, Elzavad et ses frères, hommes de valeur, Elihou et Semakyahou. 8 Tous ceux-là étaient des fils de Oved-Edom; eux, leurs fils et leurs frères étaient des hommes de valeur à cause de l'énergie qu'ils montraient dans leur service. Ils étaient 62 pour Oved-Edom.

9 Meshèlèmyahou eut des fils et des frères, dix-huit hommes de valeur.

10 Hosa, des fils de Merari, eut des fils : Shimri était le chef; il n'était pas l'aîné, mais son père l'avait établi comme chef; 11 Hilqiyahou le second; Tevalyahou le troisième; Zekaryahou le quatrième; tous les fils et les frères de Hosa étaient au nombre de treize.

12 À ces classes de portiers, aux chefs des hommes, revint comme à leurs frères la fonction de servir dans la Maison du Seigneur. 13 Du plus petit au plus grand, on tira au sort selon leurs familles, pour chacune des portes.

14 Pour l'est, le sort tomba sur Shèlèmyahou. Pour Zekaryahou son fils qui était un conseiller avisé, le tirage au sort lui attribua le nord. 15 À Oved-Edom, ce fut le sud, et à ses fils, les magasins. 16 À Shouppîm et à Hosa, l'ouest avec la porte de Shallèketh[1] sur la chaussée montante. Les diverses fonctions étaient : 17 à l'est, six *lévites par jour; au nord, quatre par jour; au sud, quatre par jour; et pour les magasins deux par deux; 18 pour le Parbar[2] à l'ouest, quatre pour la chaussée, deux pour le Parbar.

19 Telles étaient les classes des portiers pour les fils des Coréites et les fils de Merari.

Tâches spéciales confiées à certains lévites

20 Certains *lévites, leurs frères, étaient affectés aux trésors de la Maison de Dieu et aux trésors des choses sacrées.

21 Les fils de Laédân — fils de Guershonites par Laédân, chefs des familles de Laédân le Guershonite — étaient les Yehiélites. 22 Les fils des Yehiélites, Zétâm et Yoël son frère, étaient affectés aux trésors de la Maison du Seigneur.

23 Pour les Amramites, les Yiceharites, les Hébronites, les Ouzziélites, 24 c'était Shevouël fils de Guershôm, fils de Moïse, qui avait la responsabilité des trésors.

25 Ses frères, par Eliézer, étaient Rehavyahou son fils, qui eut pour fils Yeshayahou, qui eut pour fils Yoram, qui eut pour fils Zikri, qui eut pour fils Shelomith. 26 Ce Shelomith, ainsi que ses frères, était affecté à tous les trésors des choses *saintes qu'avaient consacrées le roi David, les chefs de familles, les chefs de milliers[1] et de centaines, et les chefs de l'armée. 27 Ils les avaient consacrés, sur le butin des guerres, à l'entretien de la Maison du Seigneur. 28 Et tout ce qu'avaient consacré Samuel le voyant[2], Saül fils de Qish, Avner fils de Ner et Joab fils de Cerouya, tout ce qui était consacré fut confié à Shelomith et à ses frères.

29 Pour les Yicearites, Kenanyahou et ses fils étaient affectés aux affaires extérieures d'Israël, comme greffiers et comme juges.

30 Pour les Hébronites, Hashavyahou et ses frères, hommes de valeur au nombre de 1.700, étaient chargés d'inspecter Israël du côté ouest du Jourdain, pour toutes les affaires du Seigneur et le service du roi.

---

1. Ce nom de *porte* n'est pas mentionné ailleurs.
2. *Parbar* : ce mot, dont le sens exact est inconnu, pourrait désigner quelque chose comme une « place ».

1. *milliers* : voir Nb 1.16 et la note.
2. *voyant* : voir 1 S 9.9.

31 Pour les Hébronites, Yeriya était le chef — pour les Hébronites on avait fait des recherches dans les généalogies de leurs familles, pendant la quarantième année du règne de David et l'on avait trouvé parmi eux des hommes de valeur, à Yazér de Galaad[1] —. 32 Lui et ses frères étaient 2.700 hommes de valeur, chefs de famille, que le roi David avait établis sur les Rubénites, les Gadites et la moitié de la tribu de Manassé, pour toutes les affaires de Dieu et celles du roi.

Organisation militaire du royaume

27 1 Fils d'Israël selon leur nombre, chefs de familles, chefs de milliers[2] et de centaines, officiers au service du roi pour tout ce qui concernait les divisions, celle qui venait et celle qui partait, mois par mois, tous les mois de l'année. Une division comportait 24.000 hommes.

2 Sur la première division, pour le premier mois, était Yashovéâm fils de Zavdiël, et sa division comptait 24.000 hommes. 3 Il appartenait aux fils de Pèrec et commandait tous les chefs d'armée pour le premier mois.

4 Sur la division du deuxième mois était Dodaï l'Ahohite; sa division qui était commandée par Miqloth comptait 24.000 hommes.

5 Le chef de la troisième armée, pour le troisième mois, était Benayahou, fils du grand prêtre Yehoyada; sa division comptait 24.000 hommes; 6 ce Benayahou était un vaillant parmi les Trente, et chef des Trente. À sa division appartenait aussi Ammizavad, son fils.

7 Le quatrième, pour le quatrième mois, était Asahel frère de Joab et Zevadya son fils après lui; sa division comptait 24.000 hommes.

8 Le cinquième, pour le cinquième mois, était le chef Shamhouth le Yizrahite; sa division comptait 24.000 hommes.

9 Le sixième, pour le sixième mois, était Ira fils de Iqqesh le Teqoïte; sa division comptait 24.000 hommes.

10 Le septième, pour le septième mois, était Hèleç le Pelonite, d'entre les fils d'Ephraïm; sa division comptait 24.000 hommes.

11 Le huitième, pour le huitième mois, était Sibbekaï le Houshatite, des Zarhites; sa division comptait 24.000 hommes.

12 Le neuvième, pour le neuvième mois, était Avièzer l'Anatotite, des Benjaminites; sa division comptait 24.000 hommes.

13 Le dixième, pour le dixième mois, était Mahraï le Netofatite, des Zarhites; sa division comptait 24.000 hommes.

14 Le onzième, pour le onzième mois, était Benaya le Piréatonite, d'entre les fils d'Ephraïm; sa division comptait 24.000 hommes.

15 Le douzième, pour le douzième mois, était Hèldaï le Netofatite, du clan d'Otniel; sa division comptait 24.000 hommes.

---

1. *Yazér de Galaad* : localité non identifiée, mais située dans la région de Ramoth-de-Galaad (voir 6.65-66; 1 R 22.3 et la note).
2. *Fils d'Israël* ou *Israélites — milliers* : voir Nb 1.16 et la note.

16 Sur les tribus d'Israël, le commandant pour les Rubénites était Eliézer fils de Zikri; pour les Siméonites, Shefatyahou fils de Maaka; 17 pour les Lévites, Hashavya fils de Qemouël; pour Aaron, Sadoq; 18 pour Juda, Elihou des frères de David; pour Issakar, Omri fils de Mikaël; 19 pour Zabulon, Yishmayahou fils de Ovadyahou; pour Nephtali, Yerimoth fils de Azriël; 20 pour les fils d'Ephraïm, Hoshéa fils de Azazyahou; pour la demi-tribu de Manassé, Yoël fils de Pedayahou; 21 pour la demi-tribu de Manassé en Galaad[1], Iddo fils de Zekaryahou; pour Benjamin, Yaasiël fils d'Avner; 22 pour Dan, Azarel fils de Yeroham. Tels étaient les chefs des tribus d'Israël.

23 David n'avait pas relevé le nombre de ceux qui étaient âgés de vingt ans et au-dessous, car le Seigneur avait dit qu'il rendrait Israël nombreux comme les étoiles du ciel. 24 Joab fils de Cerouya avait commencé à les compter, mais il n'acheva pas, car à cause de cela la colère s'abattit sur Israël, aussi leur nombre ne figure pas dans les *Annales du roi David.

Organisation civile du royaume

25 Sur les trésors du roi était Azmaweth fils de Adiël. Sur les réserves dans la campagne, dans les villes, dans les villages et dans les tours, était Yehonatân, fils de Ouzziyahou.

26 Sur les travailleurs de la campagne pour cultiver le sol, était Ezri fils de Kelouv; 27 sur les vignes, Shiméï le Ramatite; sur ceux qui étaient dans les vignes pour les réserves de vin, Zavdi le Shifmite; 28 sur les oliviers et les sycomores dans le *Bas-Pays, Baal-Hanân le Guedérite; sur les réserves d'huile, Yoash; 29 sur le gros bétail qui paissait en Sharôn[1], Shitraï le Sharonite; sur le gros bétail dans les vallées, Shafath fils de Adlaï; 30 sur les chameaux, Ovil l'Ismaélite; sur les ânesses, Yèhdeyahou le Méronotite; 31 sur le petit bétail, Yaziz le Hagrite. Tous ceux-là étaient les intendants des biens qui appartenaient au roi David.

32 Yehonatân, oncle de David, était conseiller; c'était un homme intelligent et il était scribe. Yehiël, fils de Hakmoni, était auprès des fils du roi. 33 Ahitofel était conseiller du roi, et Houshaï l'Arkite était l'ami du roi[2]. 34 À Ahitofel, succédèrent Yehoyada, fils de Benayahou, et Abiatar. Le chef de l'armée du roi était Joab.

David présente Salomon comme son successeur

28 1 David rassembla à Jérusalem tous les chefs d'Israël, ceux des tribus et ceux des divisions qui servaient le roi, ceux des milliers[3] et des centaines et ceux de tous les biens et troupeaux qui appartenaient au roi et à ses fils, avec les *eunuques, les guerriers et tous les hommes de valeur. 2 Le roi David, se mettant debout, leur dit : « Ecoutez-moi, mes frères et mon peuple. J'ai eu à cœur de bâtir une Maison[4] où

---

1. *en Galaad* : voir Nb 32.1 et la note; 32.39-40.

1. *Sharôn* : voir Es 33.9 et la note.
2. *ami du roi* : voir 2 S 15.37 et la note.
3. *milliers* : voir Nb 1.16 et la note.
4. *une Maison* ou *un Temple*.

reposeraient l'*arche de l'alliance du Seigneur et le marchepied de notre Dieu, et j'ai fait des préparatifs pour la bâtir. 3 Mais Dieu m'a dit : Tu ne bâtiras pas une Maison pour mon *nom, car tu es un homme de guerre et tu as répandu le sang. 4 Le Seigneur, Dieu d'Israël, m'a choisi, dans toute ma famille, pour être roi sur Israël à toujours, car il a choisi comme guide Juda et, dans la maison de Juda[1], la maison de mon père et, parmi les fils de mon père, il lui a plu de me faire régner sur tout Israël. 5 Parmi tous mes fils — car le Seigneur m'a donné de nombreux fils — il a choisi mon fils Salomon pour siéger sur le trône de la royauté du Seigneur sur Israël. 6 Puis il m'a dit : C'est ton fils Salomon qui bâtira ma Maison et mes *parvis, car je l'ai choisi comme fils et moi, je serai pour lui un père. 7 J'ai préparé sa royauté pour toujours si, comme aujourd'hui, il reste ferme dans la pratique de mes commandements et de mes ordonnances. 8 Et maintenant, aux yeux de tout Israël, de l'assemblée du Seigneur et en présence de notre Dieu : observez et scrutez tous les commandements du Seigneur votre Dieu, afin que vous preniez possession de ce bon pays et que vous en fassiez hériter vos fils après vous, pour toujours. 9 Et toi, mon fils Salomon, connais le Dieu de ton père, et sers-le d'un cœur intègre et d'une âme empressée, car le Seigneur sonde tous les *cœurs et discerne toute forme de pensée. Si tu le cherches, il se laissera trouver par toi, mais si tu l'aban-

donnes, il te rejettera pour toujours. 10 Regarde maintenant : le Seigneur t'a choisi pour bâtir une Maison comme *sanctuaire; sois ferme et agis ! »

David remet à Salomon les plans du Temple

11 David donna à son fils Salomon le plan du vestibule, de ses maisons, de ses magasins, de ses chambres hautes, de ses salles intérieures et de la pièce du propitiatoire[1], 12 et le plan de tout ce qu'il avait dans l'intention de faire pour le *parvis de la Maison du Seigneur et pour toutes les chambres alentour, pour les trésors de la Maison de Dieu et les trésors des objets sacrés; 13 pour les classes des prêtres et des *lévites et pour toutes les questions du service de la Maison du Seigneur, et tout objet du service de la Maison du Seigneur; 14 pour l'or, avec le poids en or de tous les objets de chaque service, et pour tous les objets d'argent avec le poids des objets de chaque service; 15 pour les chandeliers d'or et leurs lampes en or, avec le poids de chaque chandelier et de ses lampes; pour les chandeliers d'argent, avec le poids du chandelier et de ses lampes, selon le service de chaque chandelier; 16 le poids en or pour chacune des tables de proposition[2], et l'argent pour les tables d'argent, 17 les crochets, les bassines et les timbales d'or pur, les coupes d'or avec le poids de chaque coupe, et les coupes d'argent avec le poids

---

1. *maison de Juda* ou *tribu de Juda*.

1. *propitiatoire* : voir Ex 25.17 et la note.
2. *tables de proposition*, c'est-à-dire *tables* pour les *pains de proposition* (ou pains d'offrande, voir Lv 24.5-9).

de chaque coupe; 18 pour l'*autel des parfums, en or pur avec son poids, et pour le plan du char[1], des *chérubins d'or aux ailes déployées recouvrant l'*arche de l'alliance du Seigneur. 19 Tout cela se trouve dans un écrit de la main du Seigneur, qui m'a fait comprendre tous les ouvrages du plan.

20 Alors David dit à son fils Salomon : « Agis avec fermeté et courage ! Sois sans crainte et ne t'effraie pas, car le Seigneur Dieu, mon Dieu, est avec toi. Il ne te laissera pas et ne t'abandonnera pas, jusqu'à l'achèvement de tout travail pour le service de la Maison du Seigneur. 21 Voici les classes des prêtres et des lévites pour tout ce service de la Maison de Dieu; et avec toi, en toute cette oeuvre, il y aura des hommes de bonne volonté et remplis de sagesse en tout travail; et les chefs et tout le peuple seront à tes ordres. »

Dons pour la construction du Temple

29 1 Le roi David dit à toute l'assemblée : « Mon fils Salomon, le seul que Dieu ait choisi, est jeune et faible, et l'oeuvre est grande, car ce palais n'est pas destiné à un homme, mais au Seigneur Dieu. 2 De toute ma force j'ai préparé pour la Maison de mon Dieu l'or pour ce qui sera en or, l'argent pour ce qui sera en argent, le bronze pour ce qui sera en bronze, le fer pour ce qui sera en fer, le bois pour ce qui sera en bois, des pierres d'onyx et des pierres à enchâsser, des pierres noires et de couleur, toutes sortes de pierres précieuses et de l'albâtre en quantité. 3 De plus, parce que je prends plaisir à la Maison de mon Dieu, l'or et l'argent que je possède en propre, je le donne pour la Maison de mon Dieu, en plus de tout ce que j'ai préparé pour cette sainte Maison : 4 3.000 talents d'or, en or d'Ofir[1]; 7.000 talents d'argent purifié, pour recouvrir les murs des bâtiments; 5 pour tout ce qui est en or, pour tout ce qui est en argent et pour tout ouvrage de la main des ouvriers. Qui encore est prêt à donner volontairement aujourd'hui pour le Seigneur ? »

6 Alors les chefs des familles, ceux des tribus d'Israël, ceux des milliers[2] et des centaines et ceux qui s'occupaient des affaires du roi offrirent des dons volontaires 7 et les donnèrent pour le service de la Maison de Dieu : en or 5.000 talents et 10.000 dariques[3], en argent 10.000 talents, en bronze 18.000 talents et en fer 100.000 talents. 8 Ceux chez qui se trouvaient des pierres précieuses les remirent pour le trésor de la Maison de Dieu entre les mains de Yehiël le Guershonite. 9 Et le peuple se réjouit de leurs dons volontaires, car c'était d'un coeur intègre qu'ils les avaient offerts pour le Seigneur. Le roi David en eut aussi une grande joie.

---

1. *char* : ce terme ne se trouve pas dans le récit de la construction du temple de Salomon (1 R 6-7). Il fait penser au véhicule mystérieux décrit en Ez 1 et 10, où le Seigneur apparaît entouré de *chérubins*.

1. *talents* : voir au glossaire POIDS ET MESURES — *Ofir* : voir 1 R 9.28 et la note. L'*or d'Ofir* était réputé pour sa qualité.
2. *milliers* : voir Nb 1.16 et la note.
3. *dariques* : voir au glossaire MONNAIES.

Prière de David

10 David bénit le Seigneur aux yeux de toute l'assemblée, en disant : «Béni sois-tu Seigneur, Dieu d'Israël, notre père depuis toujours et pour toujours. 11 À toi, Seigneur, la grandeur, la force, la splendeur, la majesté et la gloire, car tout ce qui est dans les cieux et sur la terre est à toi. À toi, Seigneur, la royauté et la souveraineté sur tous les êtres. 12 La richesse et la gloire viennent de toi, et c'est toi qui domines tout. Dans ta main sont la puissance et la force; dans ta main, le pouvoir de tout élever et de tout affermir. 13 Et maintenant, notre Dieu, nous te rendons grâce et nous louons le *nom de ta splendeur[1]; 14 car qui suis-je et qui est mon peuple pour que nous ayons le pouvoir d'offrir des dons volontaires comme ceux-ci ? Tout vient de toi, et ce que nous t'avons donné vient de ta main. 15 Car nous sommes des étrangers devant toi, des hôtes comme tous nos pères[2]; nos jours sur la terre sont comme l'ombre, et sans espoir. 16 Seigneur notre Dieu, toute cette masse de choses que nous avons préparée pour te bâtir une Maison pour ton saint nom, tout cela vient de ta main et t'appartient. 17 Je sais, mon Dieu, que tu sondes le *coeur et que tu agrées la droiture; pour moi, c'est dans la droiture de mon coeur que j'ai offert volontairement tout cela, et maintenant ton peuple qui se trouve ici, je le vois avec joie t'offrir aussi des dons volontaires. 18 Seigneur, Dieu d'Abraham, d'Isaac et d'Israël, nos pères, garde pour toujours les dispositions du coeur de ton peuple et dirige fermement son coeur vers toi. 19 À mon fils Salomon, donne un coeur intègre pour garder, tes commandements; tes prescriptions et tes lois afin de tout exécuter et de bâtir le palais que j'ai préparé.»

Salomon proclamé roi. Mort de David

20 Puis David dit à toute l'assemblée : «Bénissez le Seigneur votre Dieu.» Et toute l'assemblée bénit le Seigneur, le Dieu de leurs pères. Ils s'inclinèrent et se prosternèrent devant le Seigneur et devant le roi.

21 Le lendemain de ce jour, ils immolèrent des *sacrifices au Seigneur et lui offrirent des holocaustes : mille taureaux, mille béliers, mille agneaux avec leurs libations, et des sacrifices en abondance pour tout Israël. 22 Ils mangèrent et burent en présence du Seigneur, ce jour-là, avec une grande joie et, pour la seconde fois[1], ils proclamèrent roi Salomon, fils de David, et ils l'*oignirent comme chef pour le Seigneur, et Sadoq comme prêtre. 23 Salomon s'assit sur le trône du Seigneur, comme roi à la place de David son père, et il y prospéra. Tout Israël lui obéit. 24 Tous les chefs, les hommes vaillants, et aussi tous les fils du roi David furent soumis au roi Salomon. 25 Le Seigneur exalta très haut Salomon aux yeux de tout Israël, et lui donna la gloire d'une

---

1. *le nom de ta splendeur* ou *ton nom glorieux.*
2. *nos pères* ou *nos ancêtres.*

1. *pour la seconde fois* : cette expression évoque 23.1, où il est question de la désignation de Salomon comme successeur de David.

royauté comme il n'y en avait pas eu avant lui pour aucun roi en Israël.

26 David, fils de Jessé, régna[1] sur tout Israël.

27 La durée de son règne sur Israël fut de 40 ans : il régna sept ans à Hébron et 33 ans à Jérusalem.

28 Il mourut dans une heureuse vieillesse, rassasié de jours, de richesses et de gloire et Salomon, son fils, régna à sa place.

1. *régna* ou *avait régné.*

29 Les actes du roi David, les premiers comme les derniers, se trouvent écrits dans les Actes de Samuel le voyant, dans ceux du prophète Natan et dans ceux de Gad[1] le voyant, 30 ainsi que tout son règne et sa puissance, et les épreuves qui se sont abattues sur lui, sur Israël et sur tous les royaumes des pays.

1. *voyant :* voir 1 S 9.9 — *Actes de Samuel, Natan, Gad :* les trois ouvrages mentionnés dans ce verset sont perdus.

DEUXIÈME LIVRE DES CHRONIQUES

HISTOIRE DE SALOMON, ROI D'ISRAËL

1 ¹ Salomon, fils de David, s'affermit dans sa royauté; le Seigneur, son Dieu, fut avec lui et il l'éleva très haut.

Salomon demande à Dieu la sagesse pour régner

(1 R 3.4-15)

² Salomon s'adressa à tout Israël, aux officiers des milliers¹ et des centaines, aux juges et à tous les responsables de tout Israël, c'est-à-dire aux chefs des familles. ³ Salomon et toute l'assemblée avec lui se rendirent au *haut lieu qui était à Gabaon, car là se trouvait la *tente de la rencontre² de Dieu, cette tente que Moïse, le serviteur du Seigneur, avait faite dans le désert. ⁴ Quant à l'*arche de Dieu, David l'avait fait monter de Qiryath-Yéarim¹ à l'endroit qu'il lui avait fixé, car il lui avait dressé une tente à Jérusalem. ⁵ Mais l'*autel de bronze, qu'avait fait Beçalel, fils d'Ouri, fils de Hour, se trouvait là, devant la *demeure du Seigneur, et c'est lui que Salomon et l'assemblée recherchaient². ⁶ Là, Salomon monta à l'autel de bronze, devant le Seigneur, près de la tente de la rencontre et il offrit un millier d'holocaustes³.

⁷ Cette nuit-là, Dieu apparut à Salomon et lui dit : « Demande ! Que puis-je te donner ? » ⁸ Salomon répondit à Dieu : « C'est toi qui as traité David mon père avec une grande fidélité et qui me fais régner à sa place. ⁹ Maintenant, Seigneur Dieu, que se vérifie ta parole envers David mon père,

---

1. *milliers* : voir Nb 1.16 et la note.
2. *Gabaon* : voir 1 R 3.4 et la note — Sur la construction de la *tente de la rencontre*, voir Ex 36.8-38.

1. Sur le transport de l'*arche*, voir 1 Ch 13 et 15 et par. — Sur *Qiryath-Yéarim*, voir Jos 9.17 et la note.
2. Sur *Beçalel* et la construction de l'*autel*, voir Ex 35.30-36.1; 38.1-2 — *Rechercher le Seigneur* est une tournure fréquente dans l'A. T. pour exprimer que l'on consulte le Seigneur ou, en un sens plus général, que l'on fait partie de ses fidèles.
3. *holocaustes* : voir au glossaire SACRIFICES.

car c'est toi qui m'as fait régner sur un peuple nombreux comme la poussière de la terre. 10 Maintenant, donne-moi sagesse et bon sens, pour que je sache me conduire devant ce peuple. Qui en effet pourrait gouverner ton peuple, ce peuple si grand ? » 11 Et Dieu dit à Salomon : « Puisque ton *coeur a voulu cela, puisque tu n'as pas demandé richesse, possessions ou gloire, que tu n'as pas demandé la mort de tes adversaires ou même des jours nombreux, mais que tu as demandé pour toi sagesse et bon sens, afin de gouverner mon peuple sur lequel je t'ai fait régner, 12 la sagesse et le bon sens te sont donnés, et je te donne aussi richesse, possessions et gloire, comme n'en ont pas eu les rois qui furent avant toi et comme après toi il n'y en aura plus. » 13 Salomon revint du haut lieu[1] de Gabaon, de devant la tente de la rencontre, à Jérusalem. Et il régna sur Israël.

Puissance et richesse de Salomon
(1 R 10.26-29 ; 2 Ch 9.25-28)

14 Salomon rassembla des chars et des cavaliers. Il avait 1.400 chars et 12.000 cavaliers, qu'il fit cantonner dans les villes de garnison et près de lui à Jérusalem. 15 Le roi fit qu'à Jérusalem l'argent et l'or étaient aussi abondants que les pierres, et les cèdres aussi nombreux que les sycomores du *Bas-Pays. 16 Les chevaux de Salomon provenaient d'Egypte et de Qowa[1] ; les marchands du roi les achetaient à Qowa ; 17 en remontant, ils faisaient sortir d'Egypte un char pour 600 pièces d'argent et un cheval pour 150. De même pour tous les rois des Hittites et pour les rois d'*Aram, ils en faisaient sortir par leur intermédiaire.

Salomon prépare la construction du Temple
(1 R 5.15-32)

18 Salomon ordonna de bâtir une Maison pour le nom du Seigneur[2] et une maison royale pour lui.

2 1 Salomon enrôla 70.000 porteurs, 80.000 carriers dans la montagne et 3.600 surveillants. 2 Salomon envoya dire à Hiram, roi de Tyr : « Tu as collaboré avec David[3], mon père, en lui envoyant des cèdres pour se bâtir une maison d'habitation. 3 Or, voici que, moi, je veux bâtir une Maison pour le nom du Seigneur mon Dieu, afin de la lui consacrer, pour faire fumer devant lui le parfum à brûler, les offrandes disposées continuellement et les holocaustes[4] du matin, du soir, des *sabbats, des *néoménies et des *fêtes du Seigneur notre Dieu ; cela pour toujours en Israël. 4 Et la Maison que je veux

---

1. du haut lieu : d'après les anciennes versions grecque et latine ; hébreu : au haut lieu.
2. Dans certaines traductions, le verset 1.18 est numéroté 2.1, et les versets 2.1-17 deviennent 2.2-18 — une Maison pour le nom du Seigneur, c'est-à-dire un Temple.
3. Hiram : certaines traductions, à la suite de la plupart des manuscrits hébreux, orthographient ce nom Houram — collaboré avec David : voir 1 Ch 14.1.
4. les offrandes disposées continuellement : allusion aux prescriptions de Lv 24.5-9 — holocaustes : voir au glossaire SACRIFICES.

bâtir sera grande, car notre Dieu est plus grand que tous les dieux. 5 Qui donc posséderait la force de lui bâtir une Maison, alors que les *cieux et les cieux des cieux ne peuvent le contenir ? Et qui serais-je, moi, pour lui bâtir une Maison, si ce n'était pour faire fumer devant lui des offrandes[1] ? 6 Et maintenant, envoie-moi un spécialiste qui travaille l'or, l'argent, le bronze, le fer, la pourpre, le carmin et le violet[2], et qui connaisse la sculpture; il collaborera avec les spécialistes qui sont près de moi en Juda et à Jérusalem et que David, mon père, a préparés. 7 Envoie-moi aussi du Liban des bois de cèdre, de cyprès et de santal[3], car je sais que tes serviteurs savent couper les arbres du Liban, et mes serviteurs iront avec tes serviteurs, 8 pour me préparer des bois en quantité, car la Maison que je veux bâtir sera grande et admirable. 9 Et voici que pour les bûcherons qui couperont les arbres j'ai donné en nourriture pour tes serviteurs 20.000 kors de blé, 20.000 kors d'orge, 20.000 baths[4] de vin et 20.000 baths d'huile. »

10 Hiram, roi de Tyr, répondit par écrit à Salomon : « C'est parce que le Seigneur aime son peuple qu'il t'a placé sur lui comme roi. » 11 Hiram dit aussi : « Béni soit le Seigneur, le Dieu d'Israël, qui a fait les cieux et la terre, qui a donné au roi David un fils sage, doué de prudence et d'intelligence, qui bâtira une Maison pour le Seigneur et une maison royale pour lui. 12 Je t'envoie donc maintenant un spécialiste doué d'intelligence, Hiram-Abi[1], 13 fils d'une femme Danite[2] et d'un père Tyrien, qui sait travailler l'or, l'argent, le bronze, le fer, la pierre, le bois, la pourpre, le violet, le lin et le carmin, exécuter toute sculpture et réaliser tout projet qui lui sera confié, avec tes spécialistes et avec les spécialistes de mon seigneur David, ton père. 14 Le blé et l'orge, l'huile et le vin, dont a parlé mon seigneur, qu'il les envoie maintenant à ses serviteurs. 15 Nous, nous couperons des arbres du Liban selon tous tes besoins et nous te les amènerons en radeaux par mer à Jaffa[3]; toi, tu les feras monter à Jérusalem. »

16 Salomon dénombra[4] tous les étrangers qui se trouvaient dans le pays d'Israël, à la suite du dénombrement qu'avait exécuté David son père, et il s'en trouva 153.600. 17 Il en fit 70.000 porteurs, 80.000 carriers dans la montagne et 3.600 surveillants pour faire travailler le peuple.

La construction du Temple

(1 R 6.1-38)

3   1 Salomon commença à bâtir la Maison du Seigneur à Jérusalem sur la montagne du

---

1. offrandes : voir au glossaire SACRIFICES.

2. Travailler la pourpre, le carmin et le violet, c'est ou bien savoir fabriquer les couleurs servant à teindre les étoffes (comparer Ex 25.4 et la note), ou bien plus probablement savoir tisser et travailler les étoffes ainsi teintes, voir 2.13; 3.14.

3. cyprès : autres traductions pin ou genévrier — santal : voir 1 R 10.11 et la note.

4. nourriture : d'après les anciennes versions et le texte parallèle de 1 R 5.25; hébreu : coups — kors, baths : voir au glossaire POIDS ET MESURES.

---

1. Hiram-Abi (ou Houram-Abi) est appelé simplement Hiram (de Tyr) en 1 R 7.13.

2. Danite, c'est-à-dire de la tribu de Dan; selon 1 R 7.14, la mère de Hiram venait de la tribu de Nephtali.

3. Liban : voir 1 R 5.23 et la note — Jaffa : voir Esd 3.7 et la note.

4. dénombra : allusion à 1 Ch 22.2.

Moriyya, où le Seigneur était apparu à David, son père, dans le lieu que David avait préparé sur l'aire d'Ornân[1], le Jébusite. 2 Il commença à bâtir au deuxième mois[2], en la quatrième année de son règne. 3 Voici les bases fixées par Salomon pour bâtir la Maison de Dieu : longueur, en coudées[3] d'ancienne mesure, 60 coudées; largeur, vingt coudées. 4 Le vestibule, dont la longueur correspondait à la largeur de la Maison, avait vingt coudées et la hauteur en était de 120 coudées[4]. Il le plaqua d'or pur à l'intérieur. 5 La grande salle, il la recouvrit de bois de cyprès[5], qu'il recouvrit d'or fin, et il y fit représenter des palmes et des guirlandes. 6 Il revêtit cette salle d'une décoration en pierres précieuses. L'or était de l'or de Parwaïm[6]. 7 Il couvrit d'or la salle : les poutres, les seuils, les parois, les vantaux, et il sculpta des *chérubins sur les parois. 8 Puis, il fit la salle du lieu très saint : sa longueur, dans le sens de la largeur de la Maison, était de vingt coudées et sa largeur de vingt coudées; il la recouvrit d'or

fin pour 600 talents[1]. 9 Le poids des clous était de 50 sicles en or. Il recouvrit d'or les plafonds.

10 Il fit dans l'intérieur du lieu très saint deux chérubins, en métal fondu[2], et il les plaqua d'or. 11 Les ailes des chérubins avaient une longueur de vingt coudées : une aile du premier, longue de cinq coudées, touchait la paroi de la Maison, et l'autre aile, longue de 5 coudées touchait une aile de l'autre chérubin; 12 une aile de l'autre chérubin, longue de cinq coudées, touchait la paroi de la Maison, et l'autre aile, longue de cinq coudées, rejoignait l'aile de l'autre chérubin. 13 Les ailes de ces chérubins se déployaient sur vingt coudées et ils se dressaient sur leurs pieds, la face vers l'intérieur. 14 Il fit le voile en tissu violet, pourpre, carmin et en lin. Il fit représenter des chérubins.

Les objets en métal destinés au Temple

(1 R 7.13-51)

15 Il fit deux colonnes devant la Maison : leur longueur était de 35 coudées[3], et les chapiteaux qui étaient sur leur sommet avaient cinq coudées. 16 Il fit des guirlandes dans le Sanctuaire et les mit au sommet des colonnes. Il fit cent grenades et les mit dans les guirlandes. 17 Il dressa les colonnes devant le Temple, l'une à droite et l'autre à gauche : il ap-

1. *Moriyya* : seul passage de l'A. T. où ce nom est donné à la colline généralement appelée *Sion. Mais comparer Gn 22, où il est question du « pays de Moriyya » (v. 2), dans lequel se trouve la « montagne du Seigneur » (v. 14); cela a pu conduire l'auteur des Chroniques à identifier la colline du Temple et la « montagne du Seigneur » — *l'aire d'Ornân* : voir 1 Ch 21.18-22.1.

2. *au deuxième mois* : d'après les anciennes versions; hébreu : *au deuxième mois, au deuxième*; les mots supplémentaires pourraient être le reste d'une expression plus développée *au deuxième (jour du mois).*

3. *les bases fixées* : texte hébreu obscur, traduction incertaine — *coudées* : voir au glossaire POIDS ET MESURES.

4. *cent vingt coudées* : 1 R 6.2 parle de *trente coudées* comme hauteur de tout le bâtiment.

5. *cyprès* : voir 2.7 et la note.

6. *Parwaïm* : lieu inconnu.

1. *talents* (et *sicles*, v. 9) : voir au glossaire POIDS ET MESURES.

2. *en métal fondu* : traduction incertaine d'un terme hébreu inconnu; l'ancienne version grecque a traduit *en bois*, ce qui correspond au récit de 1 R 6.23.

3. *la Maison* ou le *Temple* — *trente-cinq coudées* : 1 R 7.15 parle de *dix-huit coudées*; sur les *coudées*, voir au glossaire POIDS ET MESURES.

pela celle de droite : Yakîn, et celle de gauche : Boaz[1].

4 1 Il fit l'*autel de bronze, long de vingt coudées, large de vingt coudées et haut de dix coudées.

2 Il fit en métal fondu la Mer[2] : elle avait dix coudées de diamètre et elle était de forme circulaire; elle avait cinq coudées de haut et un cordeau de 30 coudées en aurait fait le tour. 3 Des images de boeufs[3], en dessous, en faisaient tout le tour, dix par coudée; elles encerclaient complètement la Mer. Ces boeufs, en deux rangées, avaient été fondus dans la même coulée que la Mer. 4 Elle reposait sur douze boeufs : trois tournés vers le nord, trois vers l'ouest, trois vers le sud et trois vers l'est; la Mer était sur eux, et leurs croupes étaient tournées vers l'intérieur. 5 Son épaisseur avait la largeur d'une main et son rebord était ouvragé comme le rebord d'une coupe en fleur de lis. Sa capacité était de 3.000 baths[4].

6 Il fit dix cuves et en mit cinq à droite et cinq à gauche, pour les lavages : on y nettoyait ce qui servait aux holocaustes[5], tandis que les prêtres se lavaient dans la Mer de bronze. 7 Il fit les dix chandeliers d'or, selon les règles, et les mit dans le Temple, cinq à droite et cinq à gauche. 8 Il fit dix tables et les plaça dans le Temple, cinq à droite et cinq à gauche. Il fit cent coupes en or. 9 Il fit le *parvis des prêtres, la grande esplanade et les portes de l'esplanade; il couvrit ces portes de bronze.

10 Quant à la Mer, il la plaça du côté droit, vers le sud-est. 11 Hiram[1] fit les bassins, les pelles et les coupes à aspersion. Il acheva l'ouvrage qu'il devait faire pour le roi Salomon dans la Maison de Dieu : 12 deux colonnes, les volutes, les deux chapiteaux, au sommet des colonnes, les deux entrelacs pour couvrir les deux volutes des chapiteaux qui sont au sommet des colonnes, 13 les 400 grenades pour les deux entrelacs, deux rangées de grenades par entrelacs, pour couvrir les deux volutes des chapiteaux qui sont au sommet des colonnes; 14 il fit les bases, il fit les cuves sur les bases, 15 la Mer — il n'y en avait qu'une — avec sous elle les douze boeufs, 16 les bassins, les pelles, les crochets[2] et tous leurs accessoires. Hiram-Abi fit cela en bronze poli, pour le roi Salomon à l'usage de la Maison du Seigneur.

17 C'est dans la région du Jourdain, entre Soukkoth et Cerédata[3], que le roi fit couler toutes ces pièces dans des couches d'argile.

---

1. *Yakîn, Boaz* : voir 1 R 7.21 et la note.
2. Sur la *Mer*, voir 1 R 7.23 et la note.
3. *Des images de boeufs* : en 1 R 7.24, on lit des *coloquintes* (les deux mots hébreux traduits par *boeufs* et *coloquintes* se ressemblent).
4. *main, baths* : voir au glossaire POIDS ET MESURES.
5. *holocaustes* : voir au glossaire SACRIFICES.

1. *Hiram* (ou *Houram*) est le spécialiste nommé *Hiram-Abi* en 2.12 et 4.16.
2. Au lieu de *crochets*, en 1 R 7.40 mentionne des *bassines à aspersion* (les deux mots hébreux correspondants se ressemblent). Sur les divers ustensiles énumérés ici et aux v. 21-22, voir 1 R 7.40 et la note.
3. *Cerédata* : localité inconnue. Le mot hébreu est probablement une déformation du nom de *Çartân*, voir 1 R 7.46 et la note. Du point de vue géographique, il ne peut correspondre à la localité de *La Ceréda*, qui se trouve dans une tout autre région (voir 1 R 11.26 et la note).

18 Salomon fit tous ces objets en grande quantité, au point qu'on ne pouvait évaluer le poids du bronze.

19 Salomon fit aussi tous les objets qui sont dans la Maison de Dieu : l'autel d'or, les tables sur lesquelles on plaçait le pain d'offrande[1], 20 les chandeliers et leurs lampes pour brûler, selon la règle, devant la chambre sacrée : en or ou fin ; 21 les fleurons, les lampes, les pincettes : en or, en or de parfaite qualité ; 22 les couteaux, les bassins à aspersion, les coupes, les cassolettes : en or ou fin ; l'entrée de la Maison, ses portes intérieures donnant sur le lieu très saint et les portes de la Maison donnant sur la grande salle : en or.

5 1 Quand fut mené à bonne fin tout l'ouvrage que Salomon avait fait pour la Maison du Seigneur, il fit apporter les objets consacrés par David, son père, l'argent, l'or et tous les ustensiles, pour les déposer dans les trésors de la Maison de Dieu.

L'arche de l'alliance déposée dans le Temple

(1 R 8.1-13)

2 Alors Salomon rassembla à Jérusalem les *anciens d'Israël et tous les chefs de tribus, princes des familles des fils d'Israël[2], pour faire monter de la *Cité de David, c'est-à-dire *Sion, l'*arche de l'alliance du Seigneur. 3 Tous les hommes d'Israël se rassemblèrent près du roi, pendant la fête, celle du septième mois[3]. 4 Quand tous

les anciens d'Israël furent arrivés, les *lévites portèrent l'arche. 5 Ils firent monter l'arche, la *tente de la rencontre et tous les objets sacrés qui étaient dans la tente. Ce sont les prêtres et les lévites qui les firent monter. 6 Le roi Salomon et toute la communauté d'Israël réunie près de lui devant l'arche *sacrifiaient tant de petit et gros bétail qu'on ne pouvait ni le compter ni le dénombrer. 7 Les prêtres amenèrent l'arche de l'alliance du Seigneur à sa place dans la chambre sacrée de la Maison[1], dans le lieu très saint, sous les ailes des *chérubins. 8 Les chérubins, déployant leurs ailes au-dessus de l'emplacement de l'arche, recouvraient l'arche et ses barres. 9 À cause de la longueur de ces barres, on voyait leurs extrémités venant de l'arche sur le devant de la chambre sacrée, mais on ne les voyait pas de l'extérieur. Elle est encore là aujourd'hui. 10 Il n'y a rien dans l'arche, sinon les deux tables données par Moïse à l'Horeb[2] quand le Seigneur conclut l'*alliance avec les fils d'Israël à leur sortie d'Egypte.

11 Lorsque les prêtres furent sortis du lieu saint, — car tous les prêtres qui se trouvaient là s'étaient *sanctifiés, sans observer l'ordre des classes[3]. 12 Les lévites qui étaient chantres, au complet, Asaf, Hémân, Yedoutoun, leurs fils et leurs frères, revêtus de lin[4], se tenaient avec des cymbales, des lyres et des harpes, à l'orient de l'*autel. Avec eux, des prêtres, au

1. Sur le *pain d'offrande*, voir Lv 24.5-9.
2. *des fils d'Israël* ou *israélites*.
3. La fête du *septième mois* est probablement la « fête des Tentes » (voir au glossaire CALENDRIER).

1. *de la Maison* ou *du Temple*.
2. *Horeb* : voir 1 R 8.9 et la note.
3. Sur les *classes* de prêtres, voir 1 Ch 24.1-19.
4. *revêtus de lin*, c'est-à-dire *revêtus de leurs habits liturgiques* (voir Lv 16.23).

nombre de 120, jouaient de la trompette. 13 Les joueurs de trompette et les chantres, bien ensemble, se faisaient entendre à l'unisson pour louer et célébrer le Seigneur. Lorsque s'élevait le son des trompettes, des cymbales et des instruments de musique, ils louaient le Seigneur : « Car il est bon, car sa fidélité est pour toujours » — alors la Maison fut remplie par la nuée[1] de la Maison du Seigneur. 14 Et les prêtres ne pouvaient pas s'y tenir pour leur service, à cause de cette nuée, car la gloire du Seigneur remplissait la Maison de Dieu.

6 1 Alors Salomon dit : « Le Seigneur a décidé d'habiter dans l'obscurité. 2 Moi, je t'ai donc bâti une Maison princière et une demeure où tu habiteras toujours. »

Discours de consécration du Temple
(1 R 8.14-21)

3 Le roi se retourna et bénit toute l'assemblée d'Israël. Toute l'assemblée d'Israël se tenait debout. 4 Il dit : « Béni soit le Seigneur, le Dieu d'Israël, qui a, de sa bouche, parlé à David, mon père, et qui a, de ses mains, accompli ce qu'il a dit : 5 Depuis le jour où j'ai fait sortir mon peuple du pays d'Egypte, je n'ai choisi aucune ville parmi toutes les tribus d'Israël pour y bâtir une Maison où serait mon *nom, et je n'ai pas choisi d'autre homme pour être prince sur Israël mon peuple[2] : 6 mais j'ai choisi Jérusa-

lem pour que mon nom y demeure, et j'ai choisi David pour qu'il soit le chef d'Israël mon peuple. 7 David, mon père, avait eu à coeur de bâtir une Maison pour le nom du Seigneur, le Dieu d'Israël. 8 Mais le Seigneur dit à David, mon père : Tu as eu à coeur de bâtir une Maison pour mon nom et tu as bien fait. 9 Cependant, ce n'est pas toi qui bâtiras cette Maison, mais ton fils, issu de tes reins : c'est lui qui bâtira cette Maison pour mon nom. 10 Et le Seigneur a réalisé la parole qu'il avait dite : J'ai succédé à David, mon père, je me suis assis sur le trône d'Israël, comme l'avait dit le Seigneur, j'ai bâti cette Maison pour le nom du Seigneur, le Dieu d'Israël. 11 Et j'y ai placé l'*arche où se trouve l'alliance du Seigneur, qu'il a conclue avec les fils d'Israël[1]. »

La prière solennelle de Salomon
(1 R 8.22-53)

12 Salomon, debout en face de l'*autel du Seigneur, devant toute l'assemblée d'Israël, étendit les mains[2] 13 — car Salomon avait fait un socle de bronze placé au milieu de l'esplanade, qui avait cinq coudées[3] de longueur, cinq coudées de largeur et trois coudées de hauteur. Il y monta, puis il fléchit les genoux — devant toute l'assemblée d'Israël, il étendit les mains vers le *ciel 14 et dit : « Seigneur, Dieu d'Israël, il n'y a pas de Dieu comme toi dans le ciel ni sur la terre pour garder

---

1. *Car il est bon, ... toujours* : voir Esd 3.11 et la note — *la nuée* : voir Ex 13.21 et la note.
2. Sur le v. 5, voir 1 R 8.16 et la note.

1. *fils d'Israël* ou *Israélites*.
2. *étendit les mains* : geste de prière (voir Ps 28.2).
3. *coudées* : voir au glossaire POIDS ET MESURES.

l'*alliance et la bienveillance envers tes serviteurs qui marchent devant toi de tout leur coeur. 15 Tu as tenu tes promesses envers ton serviteur David, mon père : ce que de ta bouche tu avais dit, de ta main tu l'as accompli comme on le voit aujourd'hui. 16 À présent, SEIGNEUR, Dieu d'Israël, garde en faveur de mon père la parole que tu lui as dite : Quelqu'un des tiens ne manquera jamais de siéger devant moi sur le trône d'Israël, pourvu que tes fils veillent sur leur conduite en marchant selon ma Loi, comme tu as marché devant moi. 17 À présent, SEIGNEUR, Dieu d'Israël, que se vérifie la parole que tu as dite à ton serviteur David ! 18 Est-ce que vraiment Dieu pourrait habiter avec les hommes sur la terre ? Les cieux eux-mêmes et les cieux des cieux ne peuvent te contenir ! Combien moins cette Maison que je t'ai bâtie ? 19 Sois attentif à la prière et à la supplication de ton serviteur, SEIGNEUR mon Dieu ! Ecoute le cri et la prière que ton serviteur t'adresse ! 20 Que tes yeux soient ouverts sur cette Maison jour et nuit, sur le lieu dont tu as dit que tu y placerais ton *nom ! Ecoute la prière que ton serviteur adresse vers ce lieu ! 21 Daigne écouter les supplications que ton serviteur et Israël ton peuple adressent vers ce lieu. Toi, écoute depuis le lieu où tu habites, depuis le ciel. Ecoute et pardonne.

22 Si un homme pêche contre son prochain et qu'on lui impose un serment avec malédiction et qu'il vienne prononcer ce serment devant ton autel, devant cette Maison, 23 toi, écoute depuis le ciel; agis, juge entre tes serviteurs, punis le coupable en faisant retomber sa conduite sur sa tête, et déclare juste le juste en le traitant selon sa justice.

24 Si ton peuple d'Israël est vaincu par un ennemi, parce qu'il aura péché contre toi, s'il se repent, célèbre ton nom, prie et supplie devant toi qui es dans cette Maison, 25 toi, écoute depuis le ciel, pardonne le péché d'Israël ton peuple et fais-le revenir vers la terre que tu as donnée à lui et à ses pères[1].

26 Lorsque le ciel sera fermé et qu'il n'y aura pas de pluie, parce que le peuple aura péché contre toi, s'il prie en se tournant vers ce lieu, s'il célèbre ton nom et revient de son péché, parce que tu l'auras affligé, 27 toi, écoute dans le ciel, pardonne le péché de tes serviteurs et d'Israël ton peuple — tu lui enseigneras en effet la bonne voie où il doit marcher — et donne la pluie à ton pays, le pays que tu as donné en héritage à ton peuple.

28 Quand il y aura la famine dans le pays, qu'il y aura la peste, qu'il y aura la rouille, le nielle[2], les sauterelles ou les criquets, que ses ennemis assiégeront les villes de son pays, quel que soit le fléau, quelle que soit la maladie, 29 quel que soit le motif de la prière, quel que soit le motif de la supplication provenant de tout homme ou de tout Israël ton peuple, quand chacun prendra conscience de son fléau et de sa

1. *ses pères ou ses ancêtres.*
2. *rouille, nielle :* voir 1 R 8.37 et la note.

souffrance et qu'il étendra les mains vers cette Maison, 30 toi, écoute depuis le ciel, la demeure où tu habites, pardonne et traite chacun selon toute sa conduite, puisque tu connais son *coeur — toi seul en effet, tu connais le coeur des humains —, 31 afin qu'ils te craignent en marchant dans tes voies tous les jours qu'ils vivront sur la face de la terre que tu as donnée à nos pères.

32 Et même vis-à-vis de l'étranger, lui qui n'appartient pas à Israël ton peuple, s'il vient d'un pays lointain à cause de ton grand nom, de ta main puissante et de ton bras étendu, s'il vient prier vers cette maison, 33 toi, écoute depuis le ciel, la demeure où tu habites, et agis selon tout ce que t'aura demandé l'étranger, afin que tous les peuples de la terre connaissent ton nom, que, comme Israël ton peuple, ils te craignent et qu'ils sachent que ton nom est invoqué sur cette Maison que j'ai bâtie.

34 Quand ton peuple partira en guerre contre ses ennemis dans la direction où tu l'auras envoyé, s'il prie en se tournant vers toi dans la direction de cette ville que tu as choisie et de la Maison que j'ai bâtie pour ton nom, 35 écoute depuis le ciel sa prière et sa supplication et fais triompher son droit.

36 Quand ils auront péché contre toi, car il n'y a pas d'homme qui ne pèche, que tu te seras irrité contre eux, que tu les auras livrés à l'ennemi et que

leurs vainqueurs les auront emmenés captifs dans un pays, lointain ou proche, 37 si dans le pays où ils sont captifs ils réfléchissent, se repentent et t'adressent leur supplication dans le pays de leur captivité, en disant : Nous sommes pécheurs, nous sommes fautifs, nous sommes coupables, 38 s'ils reviennent à toi de tout leur coeur et de toute leur âme dans le pays de leur captivité où ils ont été emmenés, s'ils prient en direction de leur pays, le pays que tu as donné à leurs pères, en direction de la ville que tu as choisie et de la Maison que j'ai bâtie pour ton nom, 39 écoute, depuis le ciel, depuis la demeure où tu habites, écoute leur prière et leur supplication, fais triompher leur droit et pardonne à ton peuple qui a péché envers toi.

40 Maintenant, mon Dieu, que tes
yeux soient donc ouverts
et tes oreilles attentives à la
prière faite en ce lieu !

41 Et maintenant lève-toi, Seigneur Dieu,
viens à ton lieu de repos,
toi et l'*arche où réside ta
force !
Que tes prêtres, Seigneur Dieu
soient revêtus de salut
et que tes fidèles se réjouissent
dans le bonheur !

42 Seigneur Dieu, ne repousse pas
la face de ton consacré,
souviens-toi des actes de piété
de David ton serviteur[1] ! »

---

1. *ton consacré* ou *ton messie* (voir 1 S 2.10 et la note) — Les versets 40-42 sont propres à l'auteur des Chroniques ; il y cite des fragments de 1 R 8.52 ; Es 55.3 ; Ps 130.2 ; 132.8-16.

Les sacrifices offerts au Seigneur
(*1 R 8.62-66*)

7 1 Lorsque Salomon eut fini de prier, le feu descendit des *cieux, il dévora l'holocauste[2] et les sacrifices, et la gloire du SEIGNEUR remplit la Maison. 2 Les prêtres ne purent pas entrer dans la Maison du SEIGNEUR, car la gloire du SEIGNEUR avait rempli la Maison du SEIGNEUR. 3 Tous les fils d'Israël virent descendre le feu et la gloire du SEIGNEUR sur la Maison, ils s'inclinèrent le visage contre terre sur le pavement et ils se prosternèrent en célébrant le SEIGNEUR : « Car il est bon, car sa fidélité est pour toujours[3]. »

4 Le roi et tout le peuple offrirent des sacrifices devant le SEIGNEUR : 5 Le roi Salomon offrit un sacrifice de 22.000 têtes de gros bétail, 120.000 têtes de petit bétail. C'est ainsi que le roi et tout le peuple firent la dédicace de la Maison de Dieu.

6 Les prêtres se tenaient à leurs postes; les *lévites avaient les instruments de musique du SEIGNEUR, qu'avait faits le roi David pour célébrer le SEIGNEUR : « Car sa fidélité est pour toujours. » Quand David louait Dieu par leur intermédiaire, les prêtres sonnaient de la trompette à leur côté et tout Israël se tenait debout.

7 Salomon consacra le milieu du *parvis, qui est devant la Maison du SEIGNEUR; c'est là en effet qu'il offrit les holocaustes et la graisse des sacrifices de paix, car l'*autel de bronze qu'avait fait Salomon ne pouvait pas contenir les holocaustes, les oblations et les graisses. 8 Salomon célébra la fête en ce temps-là pendant sept jours, et tout Israël avec lui : c'était une très grande assemblée venue depuis Lebo-Hamath jusqu'au torrent d'Egypte[1].

9 Ils firent le huitième jour une fête chômée[2], car ils avaient fait la dédicace de l'autel pendant sept jours et la solennité pendant sept jours. 10 Et le vingt-troisième jour du septième mois, il renvoya le peuple à ses tentes, joyeux et le coeur content à cause du bien que le SEIGNEUR avait fait à David, à Salomon et à Israël son peuple.

Le Seigneur apparaît de nouveau à Salomon
(*1 R 9.1-9*)

11 Lorsque Salomon eut achevé la Maison du SEIGNEUR et la maison du roi, et qu'il eut mené à bien tout ce qu'il avait eu à coeur de faire dans la Maison du SEIGNEUR et dans sa propre maison, 12 le SEIGNEUR lui apparut pendant la nuit et lui dit : « J'ai entendu ta prière et je me suis choisi ce lieu pour Maison de *sacrifice. 13 Si je ferme les cieux et qu'il n'y ait pas de pluie, et si je commande à la sauterelle de dévorer le pays, si j'envoie la peste dans mon peuple, 14 et si alors

---

2. *holocauste* : voir au glossaire SACRIFICES.
3. *fils d'Israël* ou *Israélites* — *Car il est bon, ...
toujours* : voir Esd 3.11 et la note.

1. Sur le v. 8, voir 1 R 8.65 et la note.
2. *fête chômée* ou *fête de clôture.*

mon peuple, sur lequel est invoqué mon *nom, s'humilié, s'il prie, cherche ma face et revient de ses voies mauvaises, moi, j'écouterai des *cieux, je pardonnerai son péché et je guérirai son pays. 15 Maintenant mes yeux sont ouverts et mes oreilles attentives à la prière faite en ce lieu. 16 Et maintenant j'ai choisi et j'ai consacré cette Maison afin que mon nom y soit à jamais; mes yeux et mon coeur y seront toujours. 17 Et toi, si tu marches devant moi comme a marché David ton père, en agissant selon tout ce que je t'ai ordonné, et que tu gardes mes lois et mes coutumes, 18 je maintiendrai le trône de ta royauté, comme je l'ai promis à David ton père, en disant : Il y aura toujours quelqu'un des tiens pour commander sur Israël. 19 Mais si, vous, vous vous détournez et si vous abandonnez mes commandements et mes lois que j'ai placés devant vous, si vous allez servir d'autres dieux et vous prosterner devant eux, 20 alors je vous arracherai de la surface de la terre que je vous ai donnée et cette Maison que j'ai consacrée à mon nom je la rejetterai loin de ma face et j'en ferai la fable et la risée de tous les peuples. 21 Cette Maison qui était si élevée[1], quiconque passera près d'elle sera stupéfait et dira : Pourquoi le Seigneur a-t-il agi ainsi envers ce pays et envers cette Maison ? 22 On répondra : Parce qu'ils ont abandonné le Seigneur, le Dieu de leurs pères, qui les a fait sortir du pays d'Egypte, parce qu'ils se sont liés à d'autres dieux, se sont prosternés devant eux et les ont

servis : c'est pour cela qu'il a fait venir sur eux tout ce malheur. »

Activités diverses de Salomon
(1 R 9.10-28)

8 1 Au bout de vingt années pendant lesquelles Salomon bâtit la Maison du Seigneur et sa propre maison, 2 il rebâtit les villes que Hiram lui avait données et y fit habiter les fils d'Israël[1]. 3 Salomon marcha sur Hamath-Çova[2] et s'en empara. 4 Il bâtit Tadmor dans le désert et toutes les villes d'entrepôts qu'il bâtit à Hamath. 5 Il bâtit Beth-Horôn-le-Haut, Beth-Horôn-le-Bas, villes fortifiées de remparts, de portes et de verrous, 6 et Baalath et toutes les villes d'entrepôts qui lui appartenaient, toutes les villes de garnison pour les chars et celles pour les cavaliers. Salomon bâtit aussi tout ce qu'il désira dans Jérusalem, dans le Liban et dans tout le pays soumis à son autorité. 7 Il restait toute une population de Hittites, d'*Amorites, de Perizzites, de Hivvites et de Jébusites qui n'appartenaient pas à Israël. 8 Parmi leurs fils qui étaient restés après eux dans le pays et que les fils d'Israël n'avaient pas anéantis, Salomon en recruta pour la corvée, jusqu'à aujourd'hui. 9 Mais parmi les fils d'Israël, Salomon n'en réduisit point aux besognes serviles[3], car ils étaient des hommes de guerre, les chefs de ses écuyers et les chefs de ses

---

1. *si élevée* ou *si grandiose*.

1. *que Hiram lui avait données :* d'après 1 R 9.11-14, c'est Salomon qui a donné (ou vendu ?) vingt villes à Hiram — *fils d'Israël* ou *Israélites.*
2. *Hamath-Çova :* d'après 2 S 8.3, 9, Çova et Hamath sont deux localités syriennes distinctes.
3. *besognes serviles :* voir 1 R 9.22 et la note.

chars et de ses cavaliers. 10 Voici le nombre des chefs des préfets du roi Salomon : 250[1] qui commandaient au peuple.

11 Salomon fit monter la fille de *Pharaon de la *Cité de David à la maison qu'il lui avait bâtie, car il dit : « Ma femme ne doit pas habiter dans la maison de David, le roi d'Israël, car ils sont *saints les lieux où est entrée l'*arche du Seigneur. »

12 Alors Salomon offrit des holocaustes[2] au Seigneur sur l'*autel du Seigneur qu'il avait bâti devant le vestibule, 13 au fur et à mesure des jours où il fallait les offrir selon la prescription de Moïse : aux *sabbats, aux *néoménies et aux solennités, trois fois par an : la fête des *pains sans levain, la fête des Semaines et la fête des Tentes[3]. 14 Il établit, selon la décision de David son père, les classes des prêtres dans leurs fonctions, les *lévites dans leurs gardes pour louer et pour officier en présence des prêtres au fur et à mesure des jours, et les portiers[4], selon leurs classes, à chaque porte : car telle était la prescription de David, l'homme de Dieu. 15 On ne s'écarta pas des prescriptions du roi sur les prêtres et les lévites, à propos de toute chose et des trésors. 16 Ainsi fut réalisée toute l'œuvre de Salomon jusqu'au jour où fut fondée la Maison du Seigneur puis, jusqu'à son achèvement quand fut terminée la Maison du Seigneur.

17 Alors Salomon se rendit à Eciôn-Guèvèr et vers Eilath[1], sur le bord de la mer au pays d'Edom. 18 Hiram lui envoya par l'intermédiaire de ses serviteurs des bateaux et des serviteurs connaissant bien la mer. Ils parvinrent avec les serviteurs de Salomon à Ofir, en rapportèrent 450 talents[2] d'or et les amenèrent au roi Salomon.

La reine de Saba rend visite à Salomon
(1 R 10,1-13)

9 1 La reine de Saba entendit parler de la réputation de Salomon. Pour le mettre à l'épreuve par des énigmes, elle vint à Jérusalem avec une suite très imposante, avec des chameaux chargés d'aromates[3], d'or en grande quantité et de pierres précieuses. Arrivée chez Salomon, elle lui parla de tout ce qui lui tenait à cœur. 2 Salomon lui donna la réponse à toutes ses questions : aucune question ne fut si obscure que le roi ne pût donner de réponse. 3 La reine de Saba vit la sagesse de Salomon, la maison qu'il avait bâtie, 4 la nourriture de sa table, le logement de ses serviteurs, la qualité de ses domestiques et leurs livrées, ses échansons et leurs livrées, les holocaustes[4] qu'il offrait dans la Maison du Seigneur, et elle en perdit le souffle. 5 Elle dit au roi : « C'était bien la vérité, que j'avais entendu dire dans

---

1. *deux cent cinquante* : d'après 1 R 9,23, les chefs sont au nombre de *cinq cent cinquante.*
2. *holocaustes* : voir au glossaire SACRIFICES.
3. *fête des Semaines, fête des Tentes* : voir au glossaire CALENDRIER.
4. Sur l'organisation des *classes des prêtres, des lévites et des portiers*, voir 1 Ch 23-26.

1. *Eciôn-Guèvèr, Eilath* : voir 1 R 9,26 et la note.
2. *Ofir* : voir 1 R 9,28 et la note — *talents* : voir au glossaire POIDS ET MESURES.
3. *Saba, aromates* : voir 1 R 10,1-2 et les notes.
4. *holocaustes* : voir au glossaire SACRIFICES.

mon pays sur tes paroles et sur ta sagesse. 6 Je n'avais pas cru à ces propos tant que je n'étais pas venue et que je n'avais pas vu de mes yeux. Or voilà qu'on ne m'avait pas révélé la moitié de l'ampleur de ta sagesse ! Tu surpasses la réputation dont j'avais entendu parler. 7 Heureux tes gens, heureux tes serviteurs, eux qui peuvent en permanence rester devant toi et écouter ta sagesse ! 8 Béni soit le Seigneur ton Dieu, qui a bien voulu te placer sur son trône comme roi au service du Seigneur ton Dieu ! C'est parce que ton Dieu aime Israël, pour le faire subsister à jamais, qu'il t'a placé sur lui comme roi, pour exercer le droit et la justice. »

9 Elle donna au roi 120 talents[1] d'or, des aromates en très grande quantité et des pierres précieuses. Il n'y eut jamais d'aromates comme ceux que la reine de Saba donna au roi Salomon.

10 De plus, les serviteurs de Hiram et ceux de Salomon qui avaient apporté l'or d'Ofir, avaient aussi rapporté du bois de santal[2] et des pierres précieuses. 11 Le roi fit des parquets avec ce bois de santal, pour la Maison du Seigneur et la maison du roi, ainsi que des cithares et des harpes[3] pour les chanteurs. On n'en avait pas vu auparavant de semblable dans le pays de Juda.

12 Le roi Salomon accorda à la reine de Saba tout ce qu'il lui plut de demander, sans rapport avec ce qu'elle avait apporté au roi.

Puis, elle s'en retourna et s'en alla dans son pays, elle et ses serviteurs.

Les richesses de Salomon
(1 R 10.14-29)

13 Le poids de l'or qui parvenait à Salomon en une seule année était de 666 talents[1] d'or, 14 sans compter ce qu'apportaient les voyageurs et les marchands. Tous les rois d'Arabie[2] et les gouverneurs du pays apportaient de l'or et de l'argent à Salomon.

15 Le roi Salomon fit 200 grands boucliers en or battu, pour lesquels il fallait 600 sicles[3] d'or battu par bouclier, 16 et 300 petits boucliers en or battu, pour lesquels il fallait 300 sicles d'or par bouclier. Le roi les déposa dans la maison de la Forêt du Liban[4]. 17 Le roi fit un grand trône d'ivoire[5] qu'il revêtit d'or pur. 18 Ce trône avait six degrés et un marchepied[6] en or, des poignées et des accoudoirs de chaque côté du siège ; deux lions se tenaient à côté des accoudoirs 19 et douze lions se tenaient de chaque côté sur les six degrés : on n'a rien fait de semblable dans aucun royaume. 20 Toutes les coupes du roi Salomon étaient en or et tous les objets de la maison de la Forêt du Liban en or fin : on ne

1. *talents* : voir au glossaire POIDS ET MESURES.
2. *Hiram* : voir 2.12 et la note — *bois de santal* : voir 1 R 10.11 et la note.
3. Au lieu de *parquets*, 1 R 10.12 mentionne des *appuis* — *cithares, harpes* : voir Ps 92.4 et la note.

1. *talents* : voir au glossaire POIDS ET MESURES.
2. *ce qu'apportaient* : d'après l'ancienne version syriaque ; hébreu : *les hommes* — *Arabie* : voir 1 R 10.15 et la note.
3. *sicles* : voir au glossaire POIDS ET MESURES.
4. *la maison de la Forêt du Liban* : voir 1 R 7.2 et la note.
5. *trône d'ivoire* : voir 1 R 10.18 et la note.
6. Le texte de 1 R 10.19 ne mentionne pas *un marchepied*, mais un *dossier arrondi*.

tenait aucun compte de l'argent au temps de Salomon.

21 Car le roi avait des navires allant à Tarsis, avec les serviteurs de Hiram, et tous les trois ans les navires de Tarsis revenaient, chargés d'or, d'argent, d'ivoire, de singes et de paons[1].

22 Le roi Salomon devint le plus grand de tous les rois de la terre par la richesse et la sagesse. 23 Tous les rois de la terre cherchaient à voir Salomon afin d'écouter la sagesse que Dieu avait mise dans son *coeur. 24 Chacun apportait son offrande : objets d'argent, objets d'or, vêtements, armes, aromates, chevaux et mulets; et cela chaque année. 25 Salomon avait 4.000 stalles pour chevaux, des chars et 12.000 cavaliers qu'il cantonna dans les villes de garnison et, près du roi, à Jérusalem. 26 Il domina sur tous les rois depuis le fleuve, jusqu'au pays des Philistins et jusqu'à la

frontière d'Egypte[1]. 27 Le roi fit qu'à Jérusalem l'argent était aussi abondant que les pierres, et les cèdres aussi nombreux que les sycomores du *Bas-Pays. 28 Les chevaux de Salomon provenaient d'Egypte et de tous les pays.

La mort de Salomon
(1 R 11.41-43)

29 Le reste des actes de Salomon, des premiers aux derniers, n'est-il pas écrit dans les Actes du *prophète Natan, dans la prophétie d'Ahiyya de Silo et dans la vision du voyant Yédo[2] à propos de Jéroboam, fils de Nevath ?

30 Salomon régna 40 ans à Jérusalem sur tout Israël. 31 Salomon se coucha avec ses pères[3], on l'ensevelit dans la *Cité de David son père et son fils Roboam régna à sa place.

---

1. *navires de Tarsis, paons* : voir 1 R 10.22 et la note.

1. Comparer ce verset avec 1 R 5.1 et voir la note.
2. *voyant* : voir 1 S 9.9 — Les divers ouvrages mentionnés dans ce verset sont perdus.
3. *se coucha avec ses pères* : voir 1 R 1.21 et la note.

HISTOIRE DES ROIS DE JUDA

L'assemblée de Sichem
(1 R 12.1-15)

10 1 Roboam se rendit à Sichem[1], car c'est à Sichem que tout Israël était venu pour le proclamer roi, 2 mais lorsque Jéroboam fils de Nevath l'apprit

— il était en Egypte[1], parce qu'il avait fui loin de la présence du roi Salomon — il revint d'Egypte. 3 On l'envoya appeler et il vint avec tout Israël. Ils parlèrent à Roboam en ces termes : 4 « Ton père a rendu lourd notre *joug; maintenant, allège la lourde servi-

---

1. *Sichem* : voir 1 R 12.1 et la note.

1. Sur la fuite de *Jéroboam* en Egypte (et sa cause), voir 1 R 11.26-40.

tude de ton père et le joug pesant qu'il nous a imposé et nous te servirons. » 5 Il leur dit : « Revenez vers moi dans trois jours. » Et le peuple s'en alla.

6 Le roi Roboam prit conseil auprès des *anciens qui avaient été au service de son père Salomon, quand il était en vie : « Comment, vous, me conseillez-vous de répondre à ce peuple ? » 7 Ils lui dirent : « Si tu te montres bon pour ce peuple, si tu leur fais plaisir et si tu leur dis de bonnes paroles, ils seront toujours pour toi des serviteurs. » 8 Mais Roboam négligea le conseil que lui avaient donné les anciens et il prit conseil auprès des jeunes gens qui avaient grandi avec lui et qui étaient à son service. 9 Il leur dit : « Et vous, que conseillez-vous ? Que devons-nous répondre à ce peuple qui m'a dit : Allège le joug que nous a imposé ton père ? » 10 Les jeunes gens qui avaient grandi avec lui répondirent : « Voici ce que tu diras au peuple qui t'a parlé ainsi : Ton père a rendu pesant notre joug; mais toi allège-le sur nous ! Voici donc ce que tu leur diras : Mon petit doigt est plus gros que les reins de mon père[1] ! 11 Désormais, puisque mon père vous a chargés d'un joug pesant, moi j'augmenterai le poids de votre joug. Puisque mon père vous a corrigés avec des fouets, moi je le ferai avec des lanières cloutées. »

12 Jéroboam et tout le peuple vinrent trouver Roboam le troisième jour, comme le leur avait dit le roi : « Revenez vers moi le troisième jour. » 13 Le roi Roboam

leur répondit durement, négligeant le conseil des anciens, 14 il parla selon le conseil des jeunes gens : « Mon père a rendu[1] pesant votre joug, moi j'en augmenterai le poids. Mon père vous a corrigés avec des fouets, moi je le ferai avec des lanières cloutées. »

15 Si le roi n'écouta pas le peuple, ce fut là le moyen employé indirectement par Dieu pour accomplir la parole que le Seigneur avait dite à Jéroboam fils de Nevath, par l'intermédiaire d'Ahiyya de Silo[2].

Le royaume divisé. Roboam, roi de Juda
(*1 R 12.16-25*)

16 Comme le roi ne l'avait pas écouté, tout le peuple d'Israël répliqua au roi :

« Quelle part avons-nous avec David ?
Pas d'héritage pour le fils de Jessé !
Chacun à ses tentes[3], Israël !
Maintenant, occupe-toi de ta maison, David ! »

Et tout Israël s'en alla à ses tentes. 17 Mais Roboam continua de régner sur les fils d'Israël[4] qui habitaient les villes de Juda. 18 Le roi Roboam délégua le chef des corvées Adorâm, mais les fils d'Israël le lapidèrent et il mourut. Le roi Roboam réussit de justesse à monter sur son char pour s'enfuir à Jérusalem. 19 Israël a été en ré-

---

1. *Mon petit doigt ... :* voir 1 R 12.10 et la note.

1. *Mon père a rendu :* d'après les versions anciennes et le récit parallèle de 1 R 12.14; hébreu : *je rendrai.*

2. *Ahiyya de Silo :* voir 1 R 11.29-39.

3. *à ses tentes :* voir Jos 22.4; 1 R 12.16 et les notes.

4. *fils d'Israël* ou *Israélites.*

volte contre la maison de David
jusqu'à ce jour.

11 1 Roboam arriva à Jérusalem et rassembla la maison de Juda et de Benjamin[1], soit 180.000 guerriers d'élite, pour combattre contre Israël, afin de rendre le royaume à Roboam. 2 Mais la parole du SEIGNEUR fut adressée à l'homme de Dieu, Shemaya : 3 « Dis à Roboam, fils de Salomon, roi de Juda, et à tout Israël qui est en Juda et en Benjamin : 4 Ainsi parle le SEIGNEUR : Vous ne devez pas monter au combat contre vos frères. Que chacun retourne chez lui ! Car c'est moi qui ai provoqué cet événement. » Ils écoutèrent les paroles du SEIGNEUR et ils renoncèrent à marcher contre Jéroboam.

Roboam fortifie différentes villes

5 Roboam séjourna à Jérusalem et il bâtit des villes fortifiées[2] en Juda. 6 Il bâtit Bethléem, Etâm, Teqoa, 7 Beth-Çour, Soko, Adoullam, 8 Gath, Marésha, Zif, 9 Adoraïm, Lakish, Azéqa, 10 Çoréa, Ayyalôn et Hébron, villes fortifiées qui sont en Juda et en Benjamin. 11 Il renforça leurs fortifications et y plaça des administrateurs et des réserves de vivres, d'huile et de vin. 12 Dans chaque ville se trouvaient des boucliers et des lances. Il les renforça très puissamment. Aussi Juda et Benjamin furent pour lui.

Prêtres et lévites se rallient à Roboam

13 Les prêtres et les *lévites qui étaient dans tout Israël se rallièrent à lui de tous leurs territoires. 14 Car les lévites avaient quitté leurs pâturages et leurs possessions et s'en étaient allés en Juda et à Jérusalem, parce que Jéroboam et ses fils les avaient empêchés d'exercer le sacerdoce du SEIGNEUR. 15 Mais Jéroboam institua des prêtres à lui pour les *hauts lieux, les boucs et les veaux[1] qu'il avait fabriqués. 16 À leur suite, ceux qui, de toutes les tribus d'Israël, avaient à cœur de chercher le SEIGNEUR Dieu d'Israël vinrent à Jérusalem pour offrir des *sacrifices au SEIGNEUR le Dieu de leurs pères[2]. 17 Ils renforcèrent le royaume de Juda et ils soutinrent Roboam, fils de Salomon, pendant trois années, car il marcha dans la voie de David et de Salomon pendant trois années.

La famille de Roboam

18 Roboam prit pour femme Mahalath, fille de Yerimoth, fils de David et d'Avihaïl, fille d'Eliav, fils de Jessé[3]. 19 Elle lui enfanta des fils : Yéoush, Shemarya et Zaham. 20 Après elle, il prit Maaka, fille d'Absalom et elle lui enfanta Abiya, Attaï, Ziza et Shelomith. 21 Roboam aima Maaka, fille d'Absalom, plus que toutes ses femmes et ses concubines ; car il eut dix-huit femmes

---

1. *les boucs :* voir Lv 17.7 et la note — *les veaux :* voir 1 R 12.26-33.
2. *leurs pères* ou *leurs ancêtres.*
3. Le texte hébreu de ce verset est peu clair et la traduction incertaine.

1. *la maison de Juda et de Benjamin* ou *la tribu de Juda et celle de Benjamin.*
2. *bâtit des villes fortifiées* ou *fortifia des villes.*

et 60 concubines[1] et il engendra 28 fils et 60 filles. 22 Roboam plaça en tête Abiya, fils de Maaka, comme chef de ses frères, car il voulait le faire régner. 23 Il avait eu la pensée de disperser tous ses fils dans tous les territoires de Juda et de Benjamin, dans toutes les villes fortifiées; il leur donna des subsides en abondance et il demanda pour eux une quantité de femmes.

Shishaq, roi d'Egypte, envahit Juda
(1 R 14.25-28)

12 1 Quand la royauté de Roboam se fut stabilisée et qu'il se fut affermi, il abandonna la Loi du Seigneur et tout Israël[2] avec lui.

2 La cinquième année du règne de Roboam, Shishaq, roi d'Egypte, monta contre Jérusalem — car ils avaient offensé le Seigneur — 3 avec 1.200 chars, 60.000 cavaliers et un peuple innombrable venu avec lui d'Egypte : Libyens, Soukkiyens[3] et Nubiens.

4 Il s'empara des villes fortifiées de Juda et il arriva jusqu'à Jérusalem. 5 Le prophète Shemaya vint vers Roboam et vers les chefs de Juda, rassemblés à Jérusalem à l'approche de Shishaq, et il leur dit : «Ainsi parle le Seigneur : Vous, vous m'avez abandonné; donc, moi aussi, je vous ai abandonnés aux mains de Shishaq.» 6 Les chefs d'Israël[4] et le roi s'humilièrent et dirent : «Le Seigneur est juste.» 7 Quand le Seigneur vit qu'ils s'étaient humiliés, la parole du Seigneur fut adressée à Shemaya en ces termes : «Ils se sont humiliés. Je ne les ferai pas détruire. Mais je leur donnerai sous peu la délivrance et ma fureur ne se déversera pas sur Jérusalem par les mains de Shishaq. 8 Toutefois ils seront ses serviteurs et ils apprendront la différence entre me servir et servir les royaumes des autres pays.»

9 Shishaq, roi d'Egypte, monta donc contre Jérusalem. Il prit les trésors de la Maison du Seigneur et les trésors de la maison du roi. Il prit absolument tout. Il prit même les boucliers d'or que Salomon avait faits. 10 Le roi Roboam fit à leur place des boucliers de bronze et les confia aux chefs des coureurs[1] qui gardaient l'entrée de la maison du roi. 11 Chaque fois que le roi se rendait à la Maison du Seigneur, les coureurs venaient les prendre, puis ils les rapportaient à la salle des coureurs.

12 Parce que le roi s'était humilié, la colère du Seigneur se détourna de lui, sans aller jusqu'à la destruction complète, car il se trouvait tout de même en Juda des choses bonnes.

Fin du règne de Roboam
(1 R 14.21-24, 29-31)

13 Le roi Roboam s'affermit à Jérusalem et régna. Car Roboam avait 41 ans lorsqu'il devint roi et

---

1. *concubines* : voir 2 S 3.7 et la note.
2. *Israël* désigne ici le peuple resté fidèle au roi descendant de David, donc le royaume de Juda.
3. *Soukkiyens* : peuple inconnu.
4. *Israël* : voir v. 1 et la note; *les chefs d'Israël* sont donc les mêmes que *les chefs de Juda* du v. 5.

1. *coureurs* : voir 1 R 14.27 et la note.

il régna dix-sept ans à Jérusalem, la ville que le Seigneur avait choisie parmi toutes les tribus d'Israël pour y mettre son *nom. Le nom de la mère de Roboam était Naama, l'Ammonite. 14 Il fit ce qui est mal, car il n'appliqua pas son *coeur à chercher le Seigneur. 15 Les actes de Roboam, des premiers aux derniers, ne sont-ils pas écrits dans les Actes du *prophète Shemaya et dans les Actes du voyant Iddo¹ ... ?

Les combats entre Roboam et Jéroboam durèrent continuellement. 16 Roboam se coucha avec ses pères² et fut enseveli dans la *Cité de David. Abiya, son fils, régna à sa place.

Règne d'Abiya
(*1 R 15.1-8*)

13 1 La dix-huitième année du règne de Jéroboam, Abiya devint roi de Juda. 2 Il régna trois ans à Jérusalem. Le nom de sa mère était Mikayahou, fille d'Ouriel³ de Guivéa. Il y eut la guerre entre Abiya et Jéroboam.

3 Abiya engagea la guerre avec une armée de guerriers valeureux : 400.000 hommes d'élite. Et Jéroboam rangea en bataille contre lui 800.000 hommes de choix, vaillants guerriers. 4 Abiya se dressa du haut du mont Cema-

raïm¹, qui est dans la montagne d'Ephraïm, et dit : « Ecoutez-moi, Jéroboam et tout Israël. 5 Ne devriez-vous pas savoir que le Seigneur, le Dieu d'Israël, a donné la royauté à David sur Israël pour toujours, à lui et à ses fils : c'est une alliance indestructible² ? 6 Mais Jéroboam fils de Nevath, serviteur de Salomon fils de David, s'est dressé et révolté contre son maître. 7 Des hommes de rien, des fils de Bélial³, se sont rassemblés autour de lui et ils se sont imposés à Roboam, fils de Salomon. Roboam, qui était jeune et faible de caractère, n'a pas résisté devant eux. 8 Et maintenant vous parlez de résister à la royauté du Seigneur qui est dans les mains des fils de David ! Vous êtes une foule nombreuse et vous avez avec vous les veaux d'or⁴ que Jéroboam vous a faits comme dieux. 9 Est-ce que vous n'avez pas chassé les prêtres du Seigneur, fils d'Aaron, et les *lévites, pour vous faire des prêtres comme les peuples des autres pays ? Quiconque venait se faire investir⁵ avec un taurillon de son troupeau et sept béliers devenait prêtre de ces dieux qui ne sont pas des dieux. 10 Quant à nous, le Seigneur est notre Dieu et nous ne l'avons pas abandonné : les prêtres qui servent le Seigneur sont fils d'Aaron et les lévites sont en fonction ! 11 Ils font fu-

---

1. *voyant* : voir 1 S 9.9 — Les deux ouvrages mentionnés ici sont perdus. — A la fin de la phrase, la traduction laisse de côté un mot hébreu difficilement compréhensible dans ce contexte, qui pourrait signifier *pour être mis en généalogie* ou *pour se faire recenser.*

2. *se coucha avec ses pères* : voir 1 R 1.21 et la note.

3. *Le nom de sa mère était Mikayahou, fille d'Ouriel* : d'après 11.20 cependant, *Abiya* était fils de *Maaka, fille d'Absalom.*

1. *mont Cemaraïm* : sommet situé à une trentaine de km au nord de Jérusalem, comparer Jos 18.22.

2. *alliance indestructible* : l'hébreu exprime cette idée par les mots *alliance de sel* ; voir à ce sujet Lv 2.13 et la note.

3. *des fils de Bélial*, c'est-à-dire des vauriens, des brigands.

4. *des fils ou des descendants — les veaux d'or* : voir 1 R 12.26-33.

5. Sur l'investiture, voir Lv 7.37 et la note.

mer pour le Seigneur des holocaustes chaque matin et chaque
soir ainsi que l'*encens parfumé,
ils disposent le pain[1] sur la table
*pure et ils allument chaque soir
le chandelier d'or et ses lampes.
Car nous observons, nous, les observances du Seigneur, notre
Dieu, tandis que, vous, vous l'avez
abandonné. 12 Voici que nous
avons avec nous Dieu comme
chef, nous avons ses prêtres et les
trompettes de la sonnerie, pour
sonner contre vous. Fils d'Israël,
ne combattez pas contre le Seigneur, le Dieu de vos pères[2], car
vous ne réussiriez pas. »

13 Jéroboam les fit contourner
par une embuscade venant derrière eux : les Israélites se trouvaient devant Juda et l'embuscade derrière lui. 14 Juda se retourna et voilà que pour lui le
combat était devant et derrière.
Ils clamèrent vers le Seigneur,
alors que les prêtres sonnaient
des trompettes. 15 Les hommes de
Juda poussèrent le cri de guerre
et, pendant qu'ils le poussaient,
Dieu battit Jéroboam et tout Israël devant Abiya et Juda. 16 Les
fils d'Israël s'enfuirent devant
Juda et Dieu les livra dans ses
mains. 17 Abiya et son peuple leur
infligèrent une grande défaite :
parmi les gens d'Israël 500.000
hommes de choix tombèrent
transpercés. 18 Les fils d'Israël furent humiliés en ce temps-là et les
fils de Juda triomphèrent, car ils
s'étaient appuyés sur le Seigneur,
le Dieu de leurs pères. 19 Abiya
poursuivit Jéroboam et conquit

sur lui des villes : Béthel et ses
filiales[1], Yeshana et ses filiales,
Efrôn et ses filiales.

20 Jéroboam ne retrouva plus
de force aux jours d'Abiya. Le
Seigneur le frappa et il mourut.
21 Abiya au contraire se fortifia.
Il prit quatorze femmes et engendra 22 fils et seize filles.

22 Le reste des actes d'Abiya,
ses faits et gestes, est écrit dans le
commentaire du *prophète Iddo[2].

23 Abiya se coucha avec ses
pères[3] et on l'ensevelit dans la
*Cité de David. Son fils Asa ré-
gna à sa place.

Début du règne d'Asa
(1 R 15.9-11)

En ses jours le pays fut au
calme pendant dix ans.

14 1 Asa fit ce qui est bien et
droit aux yeux du Sei-
gneur, son Dieu. 2 Il supprima les
*autels d'origine étrangère et les
*hauts lieux, il brisa les stèles et
coupa les poteaux sacrés[4]. 3 Il dit
à Juda de chercher le Seigneur, le
Dieu de leurs pères[5], et de mettre
en pratique la Loi et les commandements. 4 Il fit disparaître de
toutes les villes de Juda les hauts
lieux et les brûle-parfums[6], et le
royaume jouit du calme durant
son règne.

---

1. *holocaustes* : voir au glossaire SACRIFICES
— *ils disposent le pain* : voir Lv 24.5-9.
2. *les trompettes de la sonnerie* : voir Nb 10.9
— *Fils d'Israël* ou *Israélites* — *vos pères* ou *vos
ancêtres*.

1. *ses filiales* ou *les villages des alentours*.
2. *le commentaire du prophète Iddo* : ouvrage
perdu.
3. *se coucha avec ses pères* : voir 1 R 1.21 et la
note.
4. *stèles* : 1 R 14.23 et la note; *poteaux sacrés* :
voir 1 R 14.15 et la note.
5. *leurs pères* ou *leurs ancêtres*.
6. *brûle-parfums* ou *autels à parfum* : voir Lv
26.30 et la note.

5 Il construisit des villes fortifiées en Juda, car le pays jouissait
du calme. Il n'y eut pas de guerre
contre lui en ces années-là, car le
Seigneur lui avait donné le repos.
6 Il dit à Juda : « Construisons ces
villes, entourons-les d'un rempart,
avec des tours, des portes et des
verrous : le pays est en repos[1] devant nous. Car nous avons cherché le Seigneur notre Dieu, nous
l'avons cherché et il nous a donné
du repos de tous côtés. » Et ils
réalisèrent leurs constructions.

7 Asa avait comme armée
300.000 hommes de Juda, portant
le grand bouclier et la pique, et
280.000 hommes de Benjamin,
portant le petit bouclier et tirant
de l'arc. Tous étaient de vaillants
guerriers. 8 Zérath le Nubien sortit contre eux avec une armée de
mille milliers d'hommes et de 300
chars, et il parvint jusqu'à Marésha[2]. 9 Asa sortit au-devant de
lui et ils se rangèrent en bataille
dans la vallée de Cefata, près de
Marésha. 10 Asa cria vers le Seigneur, son Dieu, et dit : « Seigneur, personne d'autre que toi
ne peut s'interposer entre le puissant et le faible. Aide-nous, Seigneur, notre Dieu ! Car c'est sur
toi que nous nous sommes appuyés et c'est en ton *nom que
nous sommes venus contre cette
multitude. Seigneur, tu es notre
Dieu. Que l'homme ne rivalise
pas avec toi ! » 11 Le Seigneur
battit les Nubiens devant Asa et
devant Juda, et les Nubiens s'enfuirent. 12 Asa et le peuple qui
était avec lui les poursuivirent

jusqu'à Guérar[1], et il tomba tant
de Nubiens qu'ils n'eurent aucun
survivant, car ils s'étaient brisés
devant le Seigneur et devant le
camp. Les gens d'Asa emportèrent un butin abondant. 13 Ils
frappèrent toutes les villes autour
de Guérar, car le Seigneur avait
jeté sur elles la terreur, et ils pillèrent toutes les villes, car il y avait
en elles beaucoup à piller. 14 Ils
frappèrent aussi les parcs des
troupeaux et capturèrent du petit
bétail en quantité et des chameaux. Puis, ils retournèrent à
Jérusalem.

Asa entreprend des réformes religieuses
(1 R 15.12-15)

15 1 Azaryahou, fils d'Oded,
sur qui fut l'esprit de
Dieu[2], 2 sortit au-devant d'Asa et
lui dit : « Ecoutez-moi, Asa ainsi
que tout Juda et Benjamin ! Le
Seigneur est avec vous, quand
vous êtes avec lui. Si vous le cherchez, il se laisse trouver par vous;
mais si vous l'abandonnez, il vous
abandonne. 3 Pendant longtemps
Israël a été sans vrai Dieu, sans
prêtre pour enseigner, sans Loi[3].
4 Mais dans leur détresse ils sont
revenus vers le Seigneur, le Dieu
d'Israël; ils l'ont recherché et il
s'est laissé trouver par eux. 5 En
ces temps-là, il n'y avait point de
sécurité pour ceux qui allaient et
venaient, mais au contraire de
grandes frayeurs sur tous les ha-

---

1. *en repos* : d'après l'ancienne version syriaque;
hébreu : *encore*.
2. *Marésha* : localité située à environ 40 km au
sud-ouest de Jérusalem; voir 11.8.

1. *Guérar* est située à environ 40 km au
sud-ouest de Marésha (v. 8).
2. *sur qui fut l'esprit de Dieu*, c'est-à-dire *qui
était* *prophète*.
3. *sans Dieu, sans prêtre, sans Loi* : l'auteur
évoque probablement l'époque des Juges; comparer Jg 2.10-23.

bitants des pays. 6 Ils se battaient nation contre nation et ville contre ville, car Dieu les avait secoués par toutes sortes de détresses. 7 Mais vous, soyez fermes, que vos mains ne défaillent point, car il y aura un salaire[1] pour votre travail ! »

8 Lorsqu'Asa entendit ces paroles et la *prophétie du prophète Oded, il s'enhardit et fit disparaître les abominations de tout le pays de Juda et de Benjamin, ainsi que des villes qu'il avait conquises dans la montagne d'Ephraïm. Il rénova l'*autel du Seigneur, qui est devant le vestibule[2] du Seigneur. 9 Il rassembla tout Juda et Benjamin et avec eux les réfugiés venus d'Ephraïm, de Manassé et de Siméon, car les gens d'Israël s'étaient rabattus sur lui en quantité, quand ils avaient vu que le Seigneur, son Dieu, était avec lui. 10 Ils se rassemblèrent à Jérusalem le troisième mois de la quinzième année du règne d'Asa. 11 Ils *sacrifièrent au Seigneur en ce jour-là, sur le butin qu'ils avaient ramené, 700 bœufs et 7.000 têtes de petit bétail. 12 Ils entrèrent dans l'*Alliance, pour chercher le Seigneur, le Dieu de leurs pères[3], de tout leur cœur et de toute leur âme. 13 Et quiconque ne chercherait pas le Seigneur, le Dieu d'Israël, serait mis à mort, depuis le plus petit jusqu'au plus grand, depuis l'homme jusqu'à la femme. 14 Ils firent serment au Seigneur avec une grande clameur, une sonnerie, des trompettes et des cors, 15 et tout

Juda se réjouit du serment. Comme c'était de tout leur cœur qu'ils faisaient le serment et de toute leur bonne volonté qu'ils le cherchaient, le Seigneur se laissa trouver par eux et il leur donna du repos de tous côtés.

16 Le roi Asa priva même sa mère Maaka de sa fonction de reine-mère, parce qu'elle avait fait une idole infâme en l'honneur d'Ashéra[1] : Asa abattit cette idole infâme, la mit en pièces et la brûla dans le ravin du Cédron. 17 Mais les *hauts lieux ne disparurent pas d'Israël. Pourtant le cœur d'Asa resta intègre pendant toute sa vie. 18 Il apporta dans la Maison de Dieu de l'argent, de l'or et des objets que son père et lui-même avaient mis à part. 19 Il n'y eut plus de guerre[2] jusqu'à la trente-cinquième année du règne d'Asa.

Asa en guerre contre le roi Baésha d'Israël

(1 R 15.16-22)

16 1 La trente-sixième année du règne d'Asa, Baésha, roi d'Israël, monta contre Juda et fortifia Rama[3] pour Barrer la route au roi de Juda, Asa. 2 Celui-ci puisa dans les trésors de la Maison du Seigneur et de la maison du roi de l'argent et de l'or qu'il envoya à Ben-Hadad, roi d'*Aram, résidant à Damas. Il lui dit : 3 « Il y a une alliance entre moi et toi, entre mon père et ton père. Voici que je t'envoie de l'argent et de l'or. Va rompre ton

---

1. *un salaire* ou *une récompense.*
2. L'expression *les abominations* désigne habituellement les idoles des faux dieux — *le vestibule* : voir 1 R 6.3.
3. *leurs pères* ou *leurs ancêtres.*

1. *Maaka* : voir 1 R 15.10, 13 et les notes — *Ashéra* : voir Jg 3.7 et la note.
2. *plus de guerre* : voir pourtant 1 R 15.16.
3. *Rama* : voir 1 R 15.17 et la note.

alliance avec Baésha, roi d'Israël, pour qu'il ne monte plus contre moi. »

4 Ben-Hadad écouta le roi Asa, et il envoya contre les villes d'Israël les chefs de ses armées, qui frappèrent Iyyôn, Dan, Avel-Maïm et tous les entrepôts des villes de Nephtali. 5 Dès que Baésha apprit cette nouvelle, il cessa de fortifier Rama et il arrêta ses travaux. 6 Alors le roi Asa prit avec lui tout Juda : ils enlevèrent les pierres et le bois de Rama que Baésha fortifiait. Asa s'en servit pour fortifier Guèva et Miçpa[1].

Asa emprisonne le voyant Hanani

7 En ce temps-là Hanani, le voyant, vint trouver le roi de Juda, Asa, et lui dit : « Puisque tu t'es appuyé sur le roi d'Aram et que tu ne t'es pas appuyé sur le Seigneur ton Dieu, l'armée du roi d'Aram s'est échappée de ta main. 8 Est-ce que les Nubiens et les Libyens ne formaient pas une armée nombreuse avec des chars et des cavaliers en quantité énorme ? Et, parce que tu t'es appuyé sur le Seigneur, il les a livrés en tes mains[2]. 9 Car le Seigneur promène ses yeux sur toute la terre, pour soutenir ceux dont le *coeur est entièrement à lui. En cela, tu t'es comporté comme un insensé. C'est pourquoi désormais il y aura contre toi des guerres. » 10 Asa s'irrita envers le voyant et il le fit mettre en prison, car il était en colère contre lui pour

cela. Asa opprima une partie du peuple en ce temps-là.

Fin du règne d'Asa
(1 R 15.23-24)

11 Voici que les actes d'Asa, des premiers aux derniers, sont écrits dans le livre des rois de Juda et d'Israël.

12 Asa fut malade en l'année 39 de son règne; il avait une maladie très grave dans les jambes. Et même dans sa maladie il ne recourut pas au Seigneur, mais aux guérisseurs. 13 Asa se coucha avec ses pères[1] et il mourut dans la quarante et unième année de son règne. 14 On l'ensevelit dans la sépulture qu'il s'était creusée, dans la *cité de David. On le déposa sur un lit rempli d'aromates[2] et de divers produits spéciaux pour l'embaumement, et on alluma pour lui un très grand feu.

Règne de Josaphat. Sa fidélité envers Dieu
(1 R 15.24; 22.41-45)

17 1 Son fils Josaphat régna à sa place. Josaphat se fortifia contre Israël[3]. 2 Il plaça des troupes dans toutes les villes fortes de Juda et il plaça des garnisons[4] dans le pays de Juda et dans les villes d'Éphraïm qu'avait conquises Asa, son père.

1. se coucha avec ses pères : voir 1 R 1.21 et la note.
2. aromates : voir 1 R 10.2 et la note.
3. se fortifia contre Israël, c'est-à-dire contre le royaume du Nord; autre traduction affermit son pouvoir sur Israël, c'est-à-dire sur Juda (voir 12.1 et la note).
4. des garnisons : autre traduction des gouverneurs.

1. Guèva, Miçpa : voir 1 R 15.22 et la note.
2. Le v. 8 fait allusion au récit de 14.8-14.

3 Le Seigneur fut avec Josaphat, car il suivit les premières voies de David, son père[1], et il ne recherchait pas les *Baals. 4 Mais il recherchait le Seigneur, le Dieu de son père, il marcha dans ses commandements et il n'agit pas selon les oeuvres d'Israël[2]. 5 Le Seigneur affermit le royaume dans ses mains et tout Juda apporta des offrandes à Josaphat, en sorte qu'il eut beaucoup de richesse et de gloire. 6 Son *coeur progressa dans les voies du Seigneur à tel point qu'il supprima de Juda les *hauts lieux et les poteaux sacrés[3]. 7 La troisième année de son règne, il envoya ses dignitaires : Ben-Haïl, Ovadya, Zekarya, Netanel et Mikayahou pour donner un enseignement dans les villes de Juda. 8 Avec eux se trouvaient les *lévites Shemayahou, Netanyahou, Zevadyahou, Asahel, Shemiramoth, Yehonatân, Adoniyahou, Toviyahou, et Tov-Adoniya, qui étaient des lévites. Avec eux se trouvaient aussi les prêtres Elishama et Yehoram. 9 Ils donnèrent un enseignement en Juda, en ayant avec eux le livre de la Loi du Seigneur. Ils firent le tour de toutes les villes de Juda et ils instruisirent le peuple.

10 La terreur inspirée par le Seigneur fut sur tous les royaumes des pays qui étaient aux alentours de Juda et aucun ne fit la guerre à Josaphat. 11 De chez les Philistins, on apportait à Josaphat des offrandes, de l'argent et des taxes. Même les Arabes lui apportaient du bétail : 7.700 béliers et 7.700 boucs.

La puissance militaire de Josaphat

12 Josaphat prospérait de plus en plus et il construisit en Juda des forteresses et des villes d'entrepôts. 13 Il avait d'abondantes provisions dans les villes de Juda et de valeureux hommes de guerre à Jérusalem. 14 En voici la répartition par familles : de Juda, chefs de milliers : le chef Adna, à la tête de 300.000[1] guerriers valeureux, 15 à son côté le chef Yehohanân, à la tête de 280.000, 16 et à son côté Amasya, fils de Zikri, engagé volontaire pour le Seigneur, à la tête de 200.000 guerriers valeureux; 17 de Benjamin, un guerrier valeureux, Élyada, à la tête de 200.000 hommes armés de l'arc et du bouclier, 18 et à côté Yehozavad, à la tête de 180.000 hommes équipés pour le combat. 19 Tels étaient ceux qui servaient le roi, sans compter ceux que le roi avait mis dans les villes fortifiées de tout Juda.

Josaphat s'allie au roi Akhab d'Israël

(1 R 22.1-4)

18 1 Josaphat eut beaucoup de richesse et de gloire. Il fut apparenté par Mariage avec Akhab[2]. 2 Il descendit au bout de quelques années vers Akhab à Sa-

---

1. *son père* ou *son ancêtre*.
2. Ici, *Israël* ne peut désigner que le royaume du Nord (voir v. 1 et la note).
3. *poteaux sacrés :* voir 1 R 14.15 et la note.

1. *trois cent mille* ou *trois cents milliers de* (de même dans les versets suivants); sur les *milliers*, voir Nb 1.16 et la note.
2. *avec Akhab :* Josaphat a marié son fils Yoram à Athalie (voir 2 R 8.26 et la note), fille d'Akhab, voir 21.6.

marie. Akhab immola pour lui du petit et du gros bétail en quantité, ainsi que pour le peuple qui était avec lui, et il le persuada de monter vers Ramoth-de-Galaad[1].

3 Akhab, roi d'Israël, dit à Josaphat, roi de Juda : « Veux-tu aller avec moi à Ramoth-de-Galaad ? » Il lui répondit : « Il en sera de moi comme de toi, de mon peuple comme de ton peuple, nous serons avec toi dans la guerre. »

Les prophètes d'Akhab prédisent le succès

(1 R 22.5-12)

4 Josaphat dit encore au roi d'Israël : « Consulte d'abord la parole du Seigneur[2] ! » 5 Le roi d'Israël réunit les *prophètes, 400 hommes[3], et leur dit : « Pouvons-nous aller faire la guerre à Ramoth-de-Galaad ou dois-je y renoncer ? » Ils répondirent : « Monte. Dieu la livre aux mains du roi. » 6 Josaphat dit : « N'y a-t-il plus ici de prophète du Seigneur, par qui nous puissions le consulter ? » 7 Le roi d'Israël dit à Josaphat : « Il y a encore un homme par qui on peut consulter le Seigneur, mais moi je le déteste, car il ne prophétise pas sur moi du bien, mais toujours du mal : c'est Michée, fils de Yimla. » Josaphat dit : « Que le roi ne parle pas ainsi ! » 8 Le roi d'Israël appela un fonctionnaire et dit : « Vite ! Fais venir Michée, fils de Yimla ! »

9 Le roi d'Israël et le roi de Juda, en tenue d'apparat, siégèrent chacun sur son trône, sur l'esplanade à l'entrée de la porte de Samarie. Tous les prophètes s'excitaient à prophétiser devant eux. 10 Cidqiyahou, fils de Kenaana, qui s'était fait des cornes de fer, dit : « Ainsi parle le Seigneur : Avec ça tu enfonceras *Aram jusqu'à l'achever. »

11 Et tous les prophètes prophétisaient de même, en disant : « Monte à Ramoth-de-Galaad, tu réussiras ! Le Seigneur la livrera aux mains du roi. »

Le prophète Michée prédit la défaite

(1 R 22.13-28)

12 Le messager qui était allé appeler Michée lui dit : « Voici les paroles des *prophètes, d'une seule voix elles annoncent du bien pour le roi. Que ta parole soit donc conforme aux leurs ! Annonce du bien ! » 13 Michée dit : « Par la vie du Seigneur, ce que mon Dieu dira, c'est cela que je dirai ! » 14 Il arriva auprès du roi, qui lui dit : « Michée, pouvons-nous aller faire la guerre à Ramoth-de-Galaad ou dois-je y renoncer ? » Il répondit : « Montez. Vous réussirez. Ils seront livrés à vos mains. » 15 Le roi lui dit : « Combien de fois devrais-je te faire jurer de ne me dire que la vérité au nom du Seigneur ? » 16 Michée répondit :
    « J'ai vu tout Israël dispersé sur les montagnes,
    comme des moutons qui n'ont point de *berger.
Le Seigneur a dit :

---

1. *Ramoth-de-Galaad :* voir 1 R 22.3 et la note.
2. *consulte la parole du Seigneur :* voir 1 R 22.5 et la note.
3. *quatre cents hommes :* voir 1 R 22.6 et la note.

Ces gens n'ont point de maîtres !

Que chacun retourne chez lui en paix ! »

17 Le roi d'Israël dit à Josaphat : « Ne t'avais-je pas dit : Il ne prophétise pas sur moi du bien, mais du mal ? » 18 Michée dit : « Eh bien ! Ecoutez la parole du Seigneur : j'ai vu le Seigneur assis sur son trône et toute l'armée des cieux[1] debout à sa droite et à sa gauche. 19 Le Seigneur a dit : Qui séduira Akhab, roi d'Israël, pour qu'il monte et tombe à Ramoth-de-Galaad ? L'un parlait d'une façon et l'autre d'une autre. 20 Alors un esprit[2] s'est avancé, s'est présenté devant le Seigneur et a dit : C'est moi qui le séduirai. Le Seigneur lui a dit : De quelle manière ? 21 Il a répondu : J'irai et je serai un esprit de mensonge dans la bouche de tous ses prophètes. Le Seigneur a dit : Tu le séduiras ; d'ailleurs tu en as le pouvoir. Va, et fais ainsi ! 22 Si donc le Seigneur a mis un esprit de mensonge dans la bouche de tes prophètes, c'est que lui-même a parlé de malheur contre toi. »

23 Cidqiyahou, fils de Kenaana, s'approcha, frappa Michée sur la joue et dit : « Par quelle voie l'esprit du Seigneur est-il sorti de moi pour te parler ? » 24 Michée dit : « Eh bien ! Tu le verras, le jour où tu iras de chambre en chambre pour[3] te cacher. » 25 Le roi d'Israël dit : « Saisissez Michée, ramenez-le à Amôn, chef de la ville, et à Yoash, fils du roi, 26 et dites-leur : Ainsi parle le roi : Mettez cet individu en prison et nourrissez-le de rations réduites de pain et d'eau, jusqu'à ce que je revienne sain et sauf. » 27 Michée dit : « Si vraiment tu reviens sain et sauf, c'est que le Seigneur n'a pas parlé par moi. » Puis il dit : « Ecoutez, vous tous, peuples[1] ... ! »

Le roi Akhab est tué au combat
(1 R 22.29-40)

28 Le roi d'Israël et le roi de Juda Josaphat montèrent à Ramoth-de-Galaad. 29 Le roi d'Israël dit à Josaphat : « Je vais me déguiser et entrer dans la bataille ! Toi, mets ta tenue personnelle. » Le roi d'Israël se déguisa et entra[2] dans la bataille.

30 Or le roi d'*Aram avait commandé aux chefs de ses chars : « N'attaquez ni petit ni grand, mais seulement le roi d'Israël. » 31 Aussi, quand les chefs des chars virent Josaphat, ils dirent : « C'est lui le roi d'Israël », et ils firent cercle autour de lui pour l'attaquer. Mais Josaphat se mit à crier. Le Seigneur le secourut, et Dieu les détourna de lui.

32 Alors les chefs des chars, s'apercevant que ce n'était pas le roi d'Israël[3], se détournèrent de lui. 33 Mais un homme tira de l'arc au hasard et frappa le roi d'Israël entre les articulations de la cuirasse. Celui-ci dit au conducteur de son char : « Tourne bride et fais-moi sortir du champ de bataille, car je suis blessé. » 34 Le combat fut si violent ce jour-là

---

1. *armée des cieux* : voir 1 R 22.19 et la note.
2. *un esprit* : voir 1 R 22.21 et la note.
3. *de chambre en chambre* : voir 1 R 20.30 et la note.

1. *Ecoutez, vous tous, peuples* : voir 1 R 22.28 et la note.
2. *Je vais me déguiser ...* : voir 1 R 22.30 et la note — et *entra* : d'après les versions anciennes ; hébreu : *et ils entrèrent.*
3. *s'apercevant que ...* : voir 1 R 22.23 et la note.

que le roi d'Israël dut rester dans son char en face d'Aram, jusqu'au soir. Puis il mourut, au moment du coucher du soleil.

Josaphat institue des juges en Juda

19 1 Le roi de Juda, Josaphat, retourna en paix chez lui à Jérusalem. 2 Un voyant, Jéhu, fils de Hanani, sortit à sa rencontre et dit au roi Josaphat : « Est-ce le méchant que tu aides et les ennemis du Seigneur que tu aimes ? À cause de cela, le courroux du Seigneur viendra sur toi. 3 Cependant de bonnes choses ont été trouvées chez toi, car tu as brûlé les poteaux sacrés[1], qui ont disparu du pays, et tu as affermi ton coeur pour chercher Dieu. »

4 Josaphat résida à Jérusalem. Puis, à nouveau, il sortit parmi le peuple, depuis Béer-Shéva jusqu'à la montagne d'Ephraïm, et il ramena le peuple vers le Seigneur, le Dieu de ses pères[2]. 5 Il institua des juges dans le pays, dans toutes les villes fortifiées de Juda, ville par ville. 6 Il dit aux juges : « Considérez ce que vous allez faire, car ce n'est pas selon l'homme que vous devez juger, mais selon le Seigneur, qui sera avec vous dans cette fonction du jugement. 7 Et maintenant, que la crainte du Seigneur soit sur vous ! Observez et pratiquez cela ! Car il n'y a chez le Seigneur notre Dieu ni injustice, ni partialité, ni corruption par des cadeaux. » 8 Même à Jérusalem, Josaphat établit certains des *lévites et des

prêtres et certains des chefs de familles d'Israël pour juger selon le Seigneur et pour plaider en faveur des habitants de Jérusalem. 9 Et il leur donna ses ordres en disant : « C'est ainsi que vous ferez, dans la crainte du Seigneur, avec fidélité et d'un coeur sincère. 10 Chaque fois que vos frères, habitant dans leurs villes, porteront un procès devant vous, affaire criminelle ou question de loi, d'ordonnance, de décret ou de coutume, instruisez-les pour éviter qu'ils ne soient coupables envers le Seigneur et que le courroux ne soit sur vous et sur vos frères. Faites ainsi et vous ne serez point coupables. 11 Voici ! Le grand prêtre Amaryahou sera au-dessus de vous pour toutes les affaires du Seigneur et le chef de la maison de Juda, Zevadyahou, fils de Yishmaël, pour toutes les affaires relevant du roi ; les lévites seront devant vous comme greffiers. Ayez du courage et agissez ! Et que le Seigneur soit avec celui qui fera le bien ! »

Juda attaqué. Prière de Josaphat

20 1 Après cela, les fils de Moab et les fils d'Ammon, accompagnés par des Maonites[1], vinrent faire la guerre à Josaphat. 2 On vint l'annoncer à Josaphat en disant : « Une grande multitude est venue contre toi d'au-delà de la mer, c'est-à-dire d'Edom, et les voilà à Haçaçôn-

---

1. *poteaux sacrés* : voir 1 R 14.15 et la note.
2. *depuis Béer-Shéva jusqu'à la montagne d'Ephraïm*, c'est-à-dire à travers tout le pays de Juda, du sud au nord — *ses pères* ou *ses ancêtres*.

1. *Maonites* : d'après l'ancienne version grecque ; hébreu : *Ammonites*. Les *Maonites* étaient un peuple installé probablement au sud d'Edom.

Tamar, c'est-à-dire Ein-Guèdi[1]. » 3 Josaphat eut peur : il décida de consulter le Seigneur et il proclama un *jeûne sur tout Juda. 4 Juda se rassembla pour implorer le Seigneur ; on vint même de toutes les villes de Juda pour implorer le Seigneur. 5 Josaphat se tint dans l'assemblée de Juda et de Jérusalem dans la Maison[2] du Seigneur, en face du *Parvis Neuf, 6 et il dit : « Seigneur, Dieu de nos pères[3], n'est-ce pas toi qui es Dieu dans les cieux et toi qui domines sur tous les royaumes des nations ? Dans ta main il y a force de puissance et nul ne peut s'affronter avec toi. 7 N'est-ce pas toi, notre Dieu, qui as dépossédé les habitants de ce pays devant ton peuple Israël et qui l'as donné pour toujours à la descendance d'Abraham, ton ami ? 8 Ils y ont habité et ils y ont construit pour toi un *sanctuaire pour ton *nom, en disant : 9 S'il vient sur nous un malheur : épée, châtiment, peste ou famine, si nous nous tenons devant cette Maison et devant toi, car ton nom est dans cette Maison, et si nous crions vers toi dans notre détresse, tu exauceras et tu sauveras. 10 Et maintenant voici les fils d'Ammon, de Moab et de la montagne de Séïr, chez lesquels tu n'as pas donné à Israël la permission d'entrer[4] après sa sortie de la terre d'Egypte, puisqu'il s'est détourné d'eux et ne les a pas anéantis ! 11 Et voici ces gens-là qui nous récompensent en venant nous déposséder de la propriété que tu nous as attribuée ! 12 Notre Dieu, n'exerceras-tu pas ton jugement sur eux ? Car nous sommes sans force devant cette grande multitude qui vient contre nous et, nous, nous ne savons que faire. Mais nos yeux regardent vers toi. » 13 Tout le peuple de Juda se tenait debout devant le Seigneur ainsi que leurs familles, femmes et enfants.

Le Seigneur donne la victoire aux Judéens

14 Au milieu de l'assemblée, l'esprit du Seigneur fut sur Yahaziël, fils de Zekaryahou, fils de Benaya, fils de Yéiël, fils de Mattanya, le *lévite, des fils d'Asaf. 15 Il dit : « Faites tous attention, peuple de Juda, habitants de Jérusalem et roi Josaphat ! Ainsi vous parle le Seigneur : Ne craignez pas et ne vous effrayez pas devant cette multitude nombreuse, car cette guerre n'est pas la vôtre, mais celle de Dieu. 16 Demain, descendez contre eux. Les voici qui montent par la montée de la Fleur et vous les trouverez à l'extrémité du ravin en face du désert de Yerouel[1]. 17 Vous n'aurez pas à y combattre ; présentez-vous, arrêtez-vous et regardez la victoire du Seigneur en votre faveur. Juda et Jérusalem, ne craignez pas et ne vous effrayez pas ! Demain, sortez au-devant d'eux et le Seigneur sera avec vous. » 18 Josaphat se prosterna, le visage contre terre ;

---

1. *d'Edom* : d'après un manuscrit hébreu, une ancienne version latine, et les données géographiques du verset ; les autres manuscrits hébreux portent *d'Aram* — *Ein-Guèdi* : la « source du Chevreau », située sur la rive ouest de la mer Morte.

2. *la Maison* ou *le Temple*.

3. *nos pères* ou *nos ancêtres*.

4. *la montagne de Séïr* est un autre nom du *pays d'Edom* — *la permission d'entrer* : voir Nb 20.14-21 ; Dt 2.4-9.

---

1. *montée de la Fleur, désert de Yerouel* : endroits non identifiés, mais situés probablement dans la région de Teqoa (voir v. 20), à 25 km environ au sud de Jérusalem.

tout Juda et les habitants de Jérusalem tombèrent devant le Seigneur pour l'adorer; 19 les lévites, du groupe des fils des Qehatites et du groupe des fils des Coréites, se levèrent pour louer le Seigneur, le Dieu d'Israël, d'une voix extrêmement forte. 20 Le peuple se leva de bon matin et sortit pour le désert de Teqoa. À son passage, Josaphat se leva pour dire : « Ecoutez-moi, Juda et habitants de Jérusalem ! Ayez confiance dans le Seigneur votre Dieu et vous serez invincibles ! Ayez confiance dans ses *prophètes et vous réussirez ! » 21 Il se concerta avec le peuple pour établir des gens qui précéderaient les hommes d'armes en célébrant le Seigneur, en louant sa sainte majesté et en disant : « Célébrez le Seigneur, car sa fidélité est pour toujours[1]. » 22 Au moment où ils commençaient leurs acclamations de louange, le Seigneur mit des agents de discorde parmi les fils d'Ammon, de Moab et de la montagne de Séïr venus en Juda et ils se battirent entre eux. 23 Les fils d'Ammon et de Moab se levèrent contre les habitants de la montagne de Séïr pour les détruire et les exterminer. Quand ils eurent fini avec les habitants de Séïr, ils contribuèrent les uns les autres à s'anéantir. 24 Quand Juda parvint au promontoire d'où l'on observe le désert, il se tourna vers la multitude : voilà que c'étaient des cadavres gisant à terre sans aucun rescapé. 25 Josaphat et son peuple vinrent piller leurs dépouilles et ils trouvèrent du bétail en quan-

tité, des richesses, des vêtements[1] et des objets précieux. Ils en prirent pour eux au point de ne pouvoir les porter et ils furent trois jours à piller le butin, car il était abondant. 26 Au quatrième jour, ils se rassemblèrent à la vallée de Bénédiction[2], car là ils bénirent le Seigneur — aussi a-t-on donné à ce lieu le nom de « vallée de Bénédiction », jusqu'à ce jour. 27 Tous les hommes de Juda et de Jérusalem, avec Josaphat à leur tête, s'en retournèrent à Jérusalem dans la joie, car le Seigneur les avait réjouis aux dépens de leurs ennemis. 28 Ils entrèrent à Jérusalem au son des harpes, des cithares[3] et des trompettes jusqu'à la Maison du Seigneur. 29 Et la crainte de Dieu fut sur tous les royaumes des pays, quand ils apprirent que le Seigneur avait combattu contre les ennemis d'Israël. 30 Le règne de Josaphat fut calme et son Dieu lui donna du repos de tous côtés.

Fin du règne de Josaphat
(1 R 22.41-51)

31 Josaphat, fils d'Asa, régna sur Juda; il était âgé de 35 ans lorsqu'il devint roi et il régna 25 ans à Jérusalem. Le nom de sa mère était Azouva, fille de Shilhi. 32 Il suivit le chemin de son père Asa et ne s'en écarta pas, faisant ce qui est droit aux yeux du Seigneur. 33 Cependant les *hauts lieux ne disparurent pas et le

---

1. *Célébrez ... pour toujours* : voir Esd 3.11 et la note.

1. *du bétail* : d'après l'ancienne version grecque; hébreu : *en eux* — *des vêtements* : d'après quelques manuscrits hébreux; ancienne version latine; autres manuscrits hébreux : *des cadavres*.
2. *vallée de Bénédiction* : endroit situé à l'ouest de Teqoa.
3. *harpes, cithares* : voir Ps 92.4 et la note.

peuple n'avait pas encore attaché son *coeur au Dieu de ses pères[1].

34 Le reste des actes de Josaphat, des premiers aux derniers, les voilà écrits dans les Actes de Jéhu[2], fils de Hanani, qui ont été insérés dans le livre des rois d'Israël.

35 Après cela, le roi de Juda Josaphat s'associa au roi d'Israël Akhazias, dont la conduite était coupable. 36 Il s'associa avec lui pour faire des navires allant vers Tarsis. Ils firent les navires à Eciôn-Guèvèr[3]. 37 Eliézer, fils de Dodawahou, de Marésha, *prophétisa contre Josaphat en disant : « Puisque tu t'es associé à Akhazias, le SEIGNEUR a détruit tes oeuvres. » Et les navires se brisèrent, sans pouvoir aller vers Tarsis.

21 1 Josaphat se coucha avec ses pères[4] et fut enseveli avec ses pères dans la *Cité de David. Son fils Yoram régna à sa place.

Règne de Yoram
(2 R 8.16-24)

2 Il avait des frères, fils de Josaphat : Azarya, Yehiël, Zekaryahou, Azaryahou, Mikaël et Shefatyahou : tous ceux-ci étaient fils de Josaphat, roi d'Israël[5]. 3 Leur père leur avait donné de nombreux cadeaux en argent, en or et en objets précieux, ainsi que des villes fortifiées en Juda; mais il avait donné la royauté à Yo-

ram, parce qu'il était l'aîné. 4 Yoram s'établit sur le royaume de son père et s'y affermit; puis il tua par l'épée tous ses frères et même certains chefs d'Israël.

5 Yoram avait 32 ans lorsqu'il devint roi et il régna huit ans à Jérusalem. 6 Il suivit le chemin des rois d'Israël*comme l'avaient fait les gens de la maison d'Akhab, car il avait pour femme une fille d'Akhab, et il fit ce qui est mal aux yeux du SEIGNEUR. 7 Mais le SEIGNEUR ne voulut pas détruire la maison de David à cause de l'alliance qu'il avait conclue avec David et parce qu'il avait dit qu'il lui donnerait, ainsi qu'à ses fils, une lampe[1] pour toujours. 8 De son temps, Edom se révolta contre le pouvoir de Juda et se donna un roi. 9 Yoram partit avec ses officiers et tous ses chars. S'étant levé de nuit, il battit les Edomites qui le cernaient, ainsi que les chefs des chars. 10 Pourtant Edom resta en révolte contre le pouvoir de Juda, jusqu'à ce jour. Alors, en ce temps-là, Livna se révolta aussi contre son pouvoir, parce qu'il avait abandonné le SEIGNEUR, le Dieu de ses pères[2]. 11 Lui-même, il fit des *hauts lieux sur les montagnes de Juda, il incita les habitants de Jérusalem à la prostitution[3] et Juda à la débauche. 12 Un écrit lui parvint de la part du *prophète Elie disant : « Ainsi parle le SEIGNEUR, le Dieu de David ton père : Etant donné que tu n'as pas marché dans les voies de ton père Josaphat et dans les voies d'Asa, roi

---

1. ses pères ou ses ancêtres.
2. Actes de Jéhu : ouvrage perdu.
3. des navires allant vers Tarsis : comparer 1 R 10.22 et la note — Eciôn-Guèvèr : voir 1 R 9.26 et la note.
4. se coucha avec ses pères : voir 1 R 1.21 et la note.
5. Israël : voir 12.1 et la note.

1. la maison ou la famille ou encore la dynastie — une lampe : voir 1 R 11.36 et la note.
2. ses pères ou ses ancêtres.
3. prostitution : voir Os 2.4 et la note.

de Juda, 13 mais que tu as marché dans la voie des rois d'Israël, que tu as incité à la prostitution Juda et les habitants de Jérusalem, à l'exemple de la prostitution de la maison d'Akhab, et que tu as massacré même tes frères, la maison de ton père, qui valaient mieux que toi, 14 voici que le Seigneur va frapper un grand coup sur ton peuple, sur tes fils, sur tes femmes et sur tous tes biens. 15 Et toi, tu vas être atteint par de graves maladies, par une maladie d'entrailles, au point que tes entrailles sortiront sous l'effet de ta maladie, qui empirera de jour en jour. » 16 Alors le Seigneur excita contre Yoram l'hostilité des Philistins et des Arabes, qui sont dans les parages des Koushites[1]. 17 Ils montèrent contre Juda, y pénétrèrent et capturèrent tous les biens qui se trouvaient dans la maison du roi, même ses fils et ses femmes, et il ne lui resta plus de fils, sauf le plus jeune Yoakhaz. 18 Après tout cela, le Seigneur le frappa aux entrailles, d'une maladie incurable. 19 Les jours passèrent et, vers l'époque où se terminait la deuxième année, ses entrailles sortirent sous l'effet de la maladie, en sorte qu'il mourut dans de terribles souffrances. Son peuple n'alluma pas de feu pour lui comme on en avait allumé pour ses pères. 20 Il avait 32 ans lorsqu'il devint roi et il régna huit ans à Jérusalem. Il partit sans être regretté et on l'ensevelit dans la *Cité de David, mais pas dans les tombes royales.

Règne d'Akhazias
(*2 R 8.25-29; 9.27-29*)

22 1 Les habitants de Jérusalem firent régner à sa place son plus jeune fils, Akhazias[1], puisque la horde venue avec les Arabes contre le camp avait massacré tous les aînés. Ainsi devint roi Akhazias, fils de Yoram, roi de Juda. 2 Akhazias avait 42 ans[2] lorsqu'il devint roi et il régna un an à Jérusalem. Athalie était le nom de sa mère, elle était fille d'Omri. 3 Lui aussi, il suivit les chemins de la maison[3] d'Akhab, car sa mère était sa conseillère en impiété. 4 Il fit ce qui est mal aux yeux du Seigneur comme la maison d'Akhab, car ces gens-là furent ses conseillers, après la mort de son père, pour provoquer sa perte. 5 C'est même en suivant leur conseil qu'il partit avec le roi d'Israël Yoram, fils d'Akhab, pour se battre contre Hazaël, roi d'*Aram, à Ramoth-de-Galaad. Mais des gens d'Aram blessèrent Yoram, 6 et il revint se faire soigner à Izréel des blessures qu'on lui avait faites à Rama, tandis qu'il se battait contre Hazaël, roi d'Aram. Alors Akhazias[4], fils de Yoram, roi de Juda, descendit à Izréel pour voir Yoram, fils d'Akhab, qui était blessé.

---

1. L'appellation *Koushites* semble désigner des tribus de bédouins installées dans les parages de la Palestine.

1. *Akhazias* : en 21.17, ce personnage est appelé *Yoakhaz*; en hébreu les deux noms se ressemblent et ont exactement la même signification.

2. *quarante-deux ans* : certains manuscrits de l'ancienne version grecque et le texte parallèle de 2 R 8.26 parlent de *vingt-deux ans*. Ce chiffre correspond mieux à la situation, puisque le père d'Akhazias est mort à l'âge de quarante ans, d'après 21.20.

3. *la maison* : voir 21.7 et la note.

4. *Rama* : autre nom de *Ramoth-de-Galaad* (v. 5) — *Akhazias* : d'après les anciennes versions (voir aussi v. 7); hébreu : *Azarias* (voir 2 R 15.1-7).

7 C'est de Dieu que vint la perte d'Akhazias par sa visite à Yoram. À son arrivée, il sortit avec Yoram au-devant de Jéhu, fils de Nimshi, à qui le Seigneur avait donné l'*onction royale pour supprimer la maison d'Akhab. 8 Alors, en se faisant le justicier de la maison d'Akhab, Jéhu trouva les chefs de Juda et les fils des frères[1] d'Akhazias, qui étaient au service du roi, et il les massacra. 9 Il fit rechercher Akhazias : on le captura, alors qu'il se cachait à Samarie, on l'amena à Jéhu et on le mit à mort. On l'ensevelit, car on disait : « C'est le fils[2] de Josaphat qui a recherché le Seigneur de tout son coeur. » Personne dans la maison d'Akhazias n'était en état de régner.

Athalie s'empare du pouvoir
(2 R 11.1-3)

10 Lorsqu'Athalie, mère d'Akhazias, vit que son fils était mort, elle entreprit de faire périr[3] toute la descendance royale de la maison de Juda. 11 Mais Yehoshavath, fille du roi, prit Joas, fils d'Akhazias, l'enleva du milieu des fils du roi qu'on allait mettre à mort et le plaça, lui et sa nourrice, dans la salle réservée aux lits[4]. Ainsi Yehoshavath, fille du roi Yoram et femme du prêtre Yehoyada, puisqu'elle était la soeur d'Akhazias, le fit disparaître aux regards d'Athalie, qui ne le mit pas à mort. 12 Il demeura caché avec elles dans la

---

1. Le mot *frère* désigne ici, au sens large, les membres de la famille royale.
2. *fils* ou *descendant*.
3. *faire périr :* d'après les versions anciennes; hébreu : *parler.*
4. *la salle réservée aux lits :* probablement dans les annexes du Temple (voir v. 12).

Maison de Dieu pendant six années, tandis qu'Athalie régnait sur le pays.

Joas est consacré comme roi
(2 R 11.4-20)

23 1 La septième année, Yehoyada se résolut à prendre les chefs de centaines : Azaryahou fils de Yeroham, Yishmaël fils de Yehohanân, Azaryahou fils de Oved, Maaséyahou fils de Adayahou, Elishafath fils de Zikri, pour former alliance avec lui. 2 Ils parcoururent Juda et rassemblèrent les *lévites de toutes les villes de Juda et les chefs des clans d'Israël, puis ils revinrent à Jérusalem. 3 Toute l'assemblée conclut une alliance avec le roi dans la Maison de Dieu. Et Yehoyada leur dit : « Voici le fils du roi. Il doit régner d'après ce que le Seigneur a dit au sujet des fils de David. 4 Voici ce que vous allez faire : un tiers d'entre vous, les prêtres et les lévites qui entrez en service pour le *sabbat, vous serez portiers aux entrées, 5 un tiers sera à la maison du roi, et un tiers à la porte de la Fondation; tout le peuple sera dans les *parvis de la Maison du Seigneur. 6 Que personne n'entre dans la Maison du Seigneur, sauf les prêtres et les lévites de service : eux, ils pourront entrer car ils sont consacrés. Et tout le peuple constituera la garde du Seigneur. 7 Les lévites feront cercle autour du roi, chacun les armes à la main; quiconque voudra pénétrer dans la Maison sera mis à mort; soyez avec le roi où qu'il aille. » 8 Les lévites et tout Juda agirent

selon tout ce qu'avait ordonné le prêtre Yehoyada. Ils prirent chacun ses hommes, ceux qui entraient en service le sabbat et ceux qui en sortaient, car le prêtre Yehoyada n'avait pas licencié les classes en fonction. 9 Il donna aux chefs des centaines les lances et les différentes sortes de boucliers[1] du roi David qui étaient dans la Maison de Dieu. 10 Il plaça tout le peuple, chacun son javelot à la main, depuis le côté droit de la Maison jusqu'au côté gauche, près de l'*autel et de la Maison, pour entourer le roi. 11 On fit sortir le fils du roi, on mit sur lui le diadème et les insignes de la royauté[2] et on l'établit roi. Yehoyada et ses fils lui donnèrent l'*onction et crièrent : « Vive le roi ! »

12 Athalie entendit le bruit du peuple qui accourait et qui acclamait le roi ; elle se dirigea vers le peuple, à la Maison du SEIGNEUR. 13 Elle regarda : voici que le roi se tenait debout sur son estrade[3] à l'entrée ; les chefs et les joueurs de trompettes étaient près du roi ; toute la population était dans la joie et l'on sonnait de la trompette ; les musiciens jouaient de leurs instruments et dirigeaient les acclamations. Athalie *déchira ses vêtements et s'écria : « Conspiration, conspiration ! » 14 Le prêtre Yehoyada fit sortir les chefs des centaines, chargés de l'armée, et leur dit : « Emmenez-la

dehors, à l'extérieur de l'enceinte ! Quiconque la suivra mourra par l'épée ! » En effet, le prêtre avait dit : « Vous ne la mettrez pas à mort dans la Maison du SEIGNEUR. » 15 Ils s'emparèrent d'Athalie et, alors qu'elle arrivait à la maison du roi par l'entrée de la porte des Chevaux[1], ils la mirent à mort à cet endroit. 16 Yehoyada conclut une alliance entre lui, tout le peuple et le roi, pour qu'ils soient un peuple pour le SEIGNEUR. 17 Tout le peuple se rendit à la Maison du *Baal[2], la démolit, brisa ses autels et ses statues et, devant les autels, tua Mattân, le prêtre du Baal. 18 Yehoyada remit la surveillance de la Maison du SEIGNEUR aux mains des prêtres, des lévites. — David les avait répartis en classes sur la Maison du SEIGNEUR pour offrir, selon ce qui est écrit dans la Loi de Moïse, des holocaustes[3] au SEIGNEUR dans la joie et dans les chants, selon les directives de David ; 19 il avait établi les portiers aux portes de la Maison du SEIGNEUR pour que rien d'*impur ne puisse entrer sous aucun prétexte. — 20 Yehoyada prit les chefs des centaines, les notables, ceux qui avaient autorité sur le peuple et toute la population ; il fit descendre le roi de la Maison du SEIGNEUR, ils entrèrent par la porte supérieure dans la maison du roi et ils installèrent le roi sur le trône royal. 21 Toute la population fut dans la joie et la ville resta dans le calme. Athalie, elle, on l'avait mise à mort par l'épée.

---

1. *lances, boucliers* : voir 2 R 11.10 et la note.
2. *les insignes de la royauté* : voir 2 R 11.12 et la note.
3. *estrade* : voir 2 R 11.14 et la note.

1. *porte des Chevaux* : voir 2 R 11.16 et la note.
2. *la Maison du Baal* ou *le Temple du Baal*.
3. *holocaustes* : voir au glossaire SACRIFICES.

Joas fait réparer le Temple
(2 R 12.1-17)

24 1 Joas avait sept ans lorsqu'il devint roi et il régna 40 ans à Jérusalem. Le nom de sa mère était Civya, de Béer-Shéva. 2 Joas fit ce qui est droit aux yeux du Seigneur pendant toute la vie du prêtre Yehoyada.

3 Yehoyada prit deux femmes pour Joas, qui engendra des fils et des filles.

4 Après cela, Joas eut à cœur de restaurer la Maison[1] du Seigneur. 5 Il rassembla les prêtres et les *lévites et leur dit : « Partez pour les villes de Juda et recueillez de l'argent parmi tout Israël pour réparer, année par année, la Maison de votre Dieu. Et dépêchez-vous de le faire ! » Mais les lévites ne se dépêchèrent point. 6 Aussi le roi convoqua le chef Yehoyada et lui dit : « Pourquoi n'as-tu pas insisté auprès des lévites pour qu'ils apportent de Juda et de Jérusalem l'impôt que Moïse[2], le serviteur de Dieu, et l'assemblée d'Israël ont établi pour la *tente de la charte ? 7 Car la perverse Athalie et ses fils ont laissé détériorer la Maison de Dieu, et même ils ont employé pour les *Baals tous les objets sacrés de la Maison du Seigneur. »

8 Le roi ordonna de faire un tronc, de le placer à l'extérieur, à la porte de la Maison du Seigneur 9 et de publier dans Juda et dans Jérusalem qu'on devait apporter au Seigneur l'impôt établi sur Israël dans le désert par Moïse„ le serviteur de Dieu.

10 Tous les chefs et tout le peuple se réjouirent, ils apportèrent de l'argent et le versèrent dans le tronc jusqu'à le remplir. 11 Quand arriva le moment de présenter le tronc à l'inspection du roi par les soins des lévites, et qu'ils virent qu'il y avait beaucoup d'argent, le secrétaire du roi et l'intendant du grand prêtre vinrent, vidèrent le tronc et le rapportèrent pour le remettre à sa place. Ils firent ainsi chaque jour et ils ramassèrent de l'argent en quantité. 12 Le roi et Yehoyada le remirent à l'entrepreneur des travaux pour le service de la Maison du Seigneur et ils payèrent des tailleurs de pierre et des ouvriers pour restaurer la Maison du Seigneur, et aussi des ouvriers travaillant le fer et le bronze pour réparer la Maison du Seigneur. 13 Ceux qui faisaient les travaux se mirent à l'ouvrage et le travail progressa entre leurs mains. Ils remirent en état la Maison de Dieu et ils la consolidèrent. 14 Quand ils eurent fini, ils apportèrent devant le roi et devant Yehoyada le reste de l'argent et ils en firent des objets pour la Maison du Seigneur : objets pour le service et les holocaustes[1], vases et objets d'or et d'argent. On offrit des holocaustes dans la Maison du Seigneur continuellement, pendant toute la vie de Yehoyada.

Joas devient infidèle à Dieu

15 Yehoyada vieillit et fut rassasié de jours, puis il mourut ; il était âgé de 130 ans lors de sa mort. 16 On l'ensevelit dans la *Cité de David, avec les rois, car

---

1. *la Maison* ou *le Temple.*
2. *l'impôt établi par Moïse* : voir Ex 30.12-16.

1. *holocaustes* : voir au glossaire SACRIFICES.

il avait fait du bien en Israël et envers Dieu et sa Maison.

17 Après la mort de Yehoyada, les chefs de Juda vinrent se prosterner devant le roi, qui alors les écouta. 18 Ils abandonnèrent la Maison du Seigneur, le Dieu de leurs pères, et ils rendirent un culte aux poteaux sacrés[1] et aux idoles. Aussi le courroux de Dieu frappa Juda et Jérusalem à cause d'une telle faute. 19 Il envoya des *prophètes parmi eux pour les ramener au Seigneur par leurs exhortations, mais ils n'y prêtèrent pas l'oreille. 20 Alors l'esprit de Dieu s'empara du prêtre Zekarya, fils de Yehoyada, qui se dressa contre le peuple et lui dit : « Ainsi parle Dieu : Pourquoi, vous, transgressez-vous les préceptes du Seigneur ? Vous ne prospérerez pas. Puisque vous avez abandonné le Seigneur, il vous a abandonnés. » 21 Ils conspirèrent contre lui et le lapidèrent, sur l'ordre du roi, dans le *parvis de la Maison du Seigneur. 22 Le roi Joas ne se souvint pas de la bienveillance que son père Yehoyada lui avait témoignée, et il tua son fils. Au moment de mourir, celui-ci dit : « Que le Seigneur voie et qu'il exige des comptes ! »

Fin du règne de Joas
(2 R 12.18-22)

23 Au tournant de l'année[2], l'armée d'*Aram monta contre Joas, elle vint vers Juda et Jérusalem, fit disparaître du peuple tous ses chefs et envoya tout le butin au roi de Damas. 24 Pourtant c'est avec peu d'hommes qu'était venue l'armée d'Aram, mais le Seigneur livra entre ses mains une armée très nombreuse, car ils avaient abandonné le Seigneur, le Dieu de leurs pères[1]. Quant à Joas, l'armée d'Aram lui infligea un châtiment 25 et, à son départ, elle le laissa gravement malade. Ses serviteurs conspirèrent contre lui, à cause du sang des fils du prêtre Yehoyada[2], et ils le tuèrent sur son lit. Après sa mort on l'ensevelit dans la *Cité de David, mais non dans les tombes royales.

26 Voici ceux qui conspirèrent contre lui : Zavad, fils de Shiméath, l'Ammonite, et Yehozavad, fils de Shimrith, la Moabite.

27 Ses fils, l'importance de ses charges, la restauration de la Maison de Dieu, cela n'est-il pas écrit dans le commentaire du livre des Rois[3] ?

Son fils Amasias régna à sa place.

Règne d'Amasias
(2 R 14.1-7)

25 1 Amasias devint roi alors qu'il avait 25 ans et il régna 29 ans à Jérusalem. Le nom de sa mère était Yehoaddân, de Jérusalem. 2 Il fit ce qui est droit aux yeux du Seigneur, non pas toutefois d'un cœur intègre. 3 Après que la royauté fut affermie en son pouvoir, il fit périr ses

---

1. *leurs pères* ou *leurs ancêtres* — poteaux sacrés : voir 1 R 14.15 et la note.
2. Le *tournant de l'année* désigne la période de mars-avril, début de la saison sèche au Proche-Orient, favorable aux expéditions militaires.

1. *leurs pères* ou *leurs ancêtres.*
2. On ignore en quelles circonstances Joas a fait mourir, outre Zekarya (voir v. 22), d'autres *fils de Yehoyada.*
3. *l'importance de ses charges* : traduction incertaine d'un texte peu clair — *commentaire du livre des Rois* : ouvrage perdu.

serviteurs qui avaient tué le roi son père. 4 Mais il ne mit pas à mort leurs fils, selon ce qui est écrit dans la Loi, au livre de Moïse, où le Seigneur a donné cet ordre : « Les pères ne mourront pas pour leurs fils, ni les fils ne mourront pour leurs pères, mais c'est pour son propre péché que chacun mourra[1]. »

5 Amasias rassembla Juda et institua, selon les clans familiaux, des chefs de milliers et des chefs de centaines pour tout Juda et Benjamin. Il recensa ceux qui avaient vingt ans et plus, et il trouva 300.000 hommes d'élite capables de partir en campagne[2], maniant la pique et le bouclier. 6 Puis il recruta en Israël 100.000 vaillants guerriers, pour cent talents[3] d'argent. 7 Mais un homme de Dieu[4] vint lui dire : « O roi ! Qu'une armée d'Israël ne vienne pas avec toi, car le Seigneur n'est pas avec Israël, tous ces fils d'Ephraïm ! 8 En effet, si elle vient, tu auras beau, toi, être fort dans le combat, Dieu te fera trébucher devant tes ennemis, car c'est Dieu qui a la force de secourir ou de faire trébucher. » 9 Amasias dit à l'homme de Dieu : « Et que faire des cent talents que j'ai donnés aux troupes d'Israël ? » L'homme de Dieu répondit : « Le Seigneur a de quoi te donner bien plus que cela. » 10 Et Amasias renvoya les troupes qui étaient venues d'Ephraïm, pour qu'elles s'en aillent chez elles. Mais la colère de ces

gens s'enflamma très fort contre Juda et ils retournèrent chez eux enflammés de colère.

11 Quand Amasias fut assez puissant, il emmena son peuple dans la vallée du Sel et il frappa 10.000 hommes des fils de Séïr[1]. 12 Les fils de Juda capturèrent 10.000 hommes vivants, ils les menèrent au sommet d'un rocher et les précipitèrent depuis le sommet du rocher : ils furent tous fracassés.

13 Les hommes de troupe qu'Amasias avait empêchés de venir avec lui pour faire la guerre se jetèrent sur les villes de Juda, depuis Samarie jusqu'à Beth-Horôn, y frappèrent 3.000 hommes et emportèrent un butin considérable[2].

Amasias battu par Joas, roi d'Israël

(2 R 14.8-14)

14 À son retour, après sa victoire sur les Edomites, Amasias ramena les dieux des fils de Séïr[3], il les prit pour ses dieux, se prosterna devant eux et leur offrit de l'*encens. 15 Aussi la colère du Seigneur s'enflamma contre Amasias et il lui envoya un *prophète pour lui dire : « Pourquoi as-tu honoré les dieux de ce peuple qui n'ont pas pu délivrer leur peuple de ta main ? » 16 Comme il lui disait cela, Amas-

---

1. Citation de Dt 24.16.
2. *milliers* : voir Nb 1.16 et la note — *partir en campagne ou servir dans l'armée.*
3. *talents* : voir au glossaire POIDS ET MESURES.
4. *un homme de Dieu*, c'est-à-dire un *prophète.

1. *vallée du Sel* : voir 2 R 14.7 et la note — Les *fils de Séïr* sont les Edomites; comparer 20.10 et la note.
2. *Samarie,* capitale du royaume du Nord, est citée ici comme point de départ des incursions contre *les villes de Juda* — *y frappèrent … considérable* : autre traduction *mais on frappa trois mille hommes d'entre eux et on emporta un butin considérable.*
3. *fils de Séïr* : voir v. 11 et la note.

ias lui répondit : « Est-ce qu'on t'a institué[1] donneur d'avis pour le roi ? N'insiste pas ! Faudrait-il qu'on te frappe ? » Le prophète n'insista pas, mais il dit : « Je sais que Dieu est d'avis de te supprimer, puisque tu as fait cela et que tu n'as pas écouté mon avis. » 17 Le roi de Juda Amasias prit avis et il envoya dire au roi d'Israël Joas, fils de Yoakhaz, fils de Jéhu : « Viens t'affronter avec moi ! » 18 Joas, roi d'Israël, envoya dire à Amasias, roi de Juda : « Le chardon du Liban a envoyé dire au cèdre du Liban : Donne ta fille en mariage à mon fils, mais la bête sauvage du Liban est passée et a piétiné le chardon[2]. 19 Certes, dis-tu, tu as vaincu Edom. Ton coeur en est fier et s'en glorifie. Mais reste chez toi ! Pourquoi t'engager dans une guerre malheureuse et succomber, toi et Juda avec toi ? » 20 Mais Amasias ne l'écouta pas — car cela venait de Dieu qui voulait les livrer entre leurs mains, parce qu'ils avaient vénéré les dieux d'Edom — 21 Joas, roi d'Israël, monta et ils s'affrontèrent, lui et Amasias, roi de Juda, à Beth-Shèmesh[3] de Juda. 22 Juda fut battu devant Israël et chacun s'enfuit à sa tente[4]. 23 À Beth-Shèmesh, Joas, roi d'Israël, fit prisonnier Amasias, roi de Juda, fils de Joas, fils de Yoakhaz, et le ramena à Jérusalem. Il démantela la muraille de Jérusalem sur 400 coudées[5], depuis la porte d'Ephraïm jusqu'à

la porte de l'Angle. 24 Il prit[1] tout l'or et l'argent, tous les objets qui se trouvaient dans la Maison de Dieu sous la garde de Oved-Edom, les trésors de la maison du roi, ainsi que des otages, puis il retourna à Samarie.

Fin du règne d'Amasias
(*2 R 14.15-20*)

25 Amasias, fils de Joas, roi de Juda, vécut quinze ans après la mort de Joas, fils de Yoakhaz, roi d'Israël.

26 Le reste des actes d'Amasias, des premiers aux derniers, n'est-il pas écrit dans le livre des rois de Juda et d'Israël, 27 depuis le temps où Amasias cessa de suivre le SEIGNEUR ?

On fit une conspiration contre lui à Jérusalem, et il s'enfuit à Lakish[2]. On envoya des gens qui le poursuivirent à Lakish, où il fut mis à mort. 28 On le transporta sur des chevaux et on l'ensevelit avec ses pères dans une ville de Juda[3].

Règne de Ozias
(*2 R 14.21-22; 15.1-3*)

26 1 Tout le peuple de Juda prit Ozias[4], qui avait seize ans, et le fit roi à la place de son père Amasias. 2 C'est lui qui bâtit Eilath et la rendit à Juda, après que le roi se fut couché avec ses

---

1. *qu'on t'a institué* ou *que nous t'avons institué*.
2. Sur cette fable, voir 2 R 14.9 et la note.
3. *Beth-Shèmesh* : voir 2 R 14.11 et la note.
4. *à sa tente* : voir Jos 22.4 et la note.
5. *coudées* : voir au glossaire POIDS ET MESURES — Sur le démantèlement de la *muraille*, voir 2 R 14.13 et la note.

1. *Il prit* : d'après l'ancienne version syriaque; dans le texte hébreu, la phrase n'a ni sujet ni verbe.
2. *Lakish* : voir 2 R 14.19 et la note.
3. *ses pères* ou *ses ancêtres* — dans une ville de *Juda* : les versions anciennes et le texte parallèle de 2 R 14.20 précisent qu'il s'agit de la *Cité de David*.
4. *Ozias* : voir 2 R 15.13 et la note.

pères[1]. 3 Ozias avait seize ans
lorsqu'il devint roi et il régna 52
ans à Jérusalem. Le nom de sa
mère était Yekolya, de Jérusalem.
4 Il fit ce qui est droit aux yeux
du Seigneur, exactement comme
avait fait Amasias son père.

Ozias fidèle, puis infidèle à Dieu

5 Il rechercha Dieu pendant la
vie de Zekaryahou, qui l'instrui-
sait dans la crainte de Dieu, et
pendant qu'il resta fidèle au Seigneur, Dieu le fit prospérer. 6 Il
partit en guerre contre les Philistins et il démantela les remparts
de Gath, de Yavné et d'Ashdod[2],
puis il bâtit des villes dans la
région d'Ashdod et chez les Philistins. 7 Dieu lui vint en aide
contre les Philistins, contre les
Arabes habitant à Gour-Baal et
les Méounites[3]. 8 Les Méounites[4]
versèrent un tribut à Ozias, dont
la renommée parvint jusqu'à l'entrée de l'Egypte, car il était devenu extrêmement puissant.
9 Ozias bâtit des tours à Jérusalem sur la porte de l'Angle, sur la
porte de la Vallée et sur le Redan[5], et il les fortifia. 10 Puis il
bâtit des tours dans le désert et il
creusa de nombreuses citernes,
car il avait beaucoup de troupeaux; il avait aussi des cultiva-

teurs dans le *Bas-Pays et dans la
plaine, des vignerons dans les
montagnes et dans le Carmel[1]. En
effet, il aimait la terre. 11 Ozias
avait une armée capable de faire
la guerre et de partir en campagne, répartie par troupes selon
le nombre des enrôlements effec-
tués par le secrétaire Yéiël et le
fonctionnaire Maaséyahou; elle
était sous l'autorité de Hananyahou, l'un des chefs du roi. 12 Le
nombre total des chefs de clans
pour ces vaillants guerriers était
de 2.600. 13 Sous leur autorité,
une force armée de 307.500
hommes capables de faire la
guerre avec force et courage était
destinée à défendre le roi contre
l'ennemi. 14 Ozias leur préparait
pour chaque campagne des boucliers, des piques, des casques, des
cuirasses, des arcs et des pierres
de fronde. 15 Il fit à Jérusalem
des machines spécialement inven-
tées pour être placées sur les
tours et les angles et pour lancer
des flèches et des grosses pierres.
Sa renommée se répandit au loin,
car il fut merveilleusement aidé,
jusqu'à devenir puissant. 16 En
raison de sa puissance, son coeur
s'enorgueillit jusqu'à sa perte et il
fut infidèle envers le Seigneur
son Dieu : il entra dans le Temple
du Seigneur pour offrir de l'*encens sur l'*autel des parfums.
17 Le prêtre Azaryahou entra derrière lui, accompagné par 80 courageux prêtres du Seigneur. 18 Ils
se dressèrent contre le roi Ozias
et lui dirent : «Ce n'est pas à toi,
Ozias, d'offrir l'encens au Sei-

---

1. *Eilath* : voir 1 R 9.26 et la note — *couché avec ses pères* : voir 1 R 1.21 et la note.
2. *Gath, Yavné, Ashdod* : trois villes situées dans la région côtière de la Méditerranée, à l'ouest de Jérusalem.
3. *Gour-Baal* : localité non identifiée — *Méounites* : tribus nomades, d'une région située au sud-est de la mer Morte.
4. *Les Méounites* : d'après l'ancienne version grecque; hébreu : *Les Ammonites*.
5. Sur la *porte de l'Angle*, voir 25.23; 2 R 14.13 et la note — Sur la *porte de la Vallée*, voir Ne 2.13 et la note — Sur le *Redan* (ou *l'encoignure*), voir Ne 3.19, 24.

---

1. Il s'agit ici du *Carmel* de Juda, qui désignait la région d'Hébron; on pourrait aussi traduire comme un nom commun *dans les vergers* ou *dans les vignobles*.

GNEUR, mais aux prêtres, fils d'Aaron, consacrés pour cette offrande ! Sors du *sanctuaire, car tu as été infidèle ! Par l'action du SEIGNEUR Dieu, ce ne sera pas pour toi un titre de gloire ! » 19 Ozias se mit en colère, alors qu'il avait en mains l'encensoir. Pendant sa colère contre les prêtres, la *lèpre apparut sur son front, devant les prêtres, dans la Maison du SEIGNEUR. Près de l'autel des parfums. 20 Le grand prêtre Azaryahou et tous les prêtres regardèrent vers lui, et voilà qu'il était lépreux sur le front ! Vite ils l'expulsèrent de là et lui-même se dépêcha de sortir, car le SEIGNEUR l'avait frappé.

Fin du règne de Ozias
(2 R 15.5-7)

21 Le roi Ozias resta *lépreux jusqu'au jour de sa mort. Comme lépreux, il dut résider à part dans une maison, car il était tenu à l'écart de la Maison du SEIGNEUR. Yotam, son fils, chef de la maison du roi, gouvernait le pays.

22 Le reste des actes de Ozias, des premiers aux derniers, a été écrit par le *prophète Esaïe[1], fils d'Amoç.

23 Ozias se coucha avec ses pères[2] et on l'ensevelit avec ses pères dans le terrain de la sépulture des rois, car on disait : « C'est

un lépreux ! » Son fils Yotam régna à sa place.

Règne de Yotam
(2 R 15.32-38)

27 1 Yotam avait 25 ans lorsqu'il devint roi et il régna seize à Jérusalem. Le nom de sa mère était Yeroucha, fille de Sadoq.

2 Il fit ce qui est droit aux yeux du SEIGNEUR, exactement comme avait fait Ozias son père, sans toutefois entrer dans le Temple du SEIGNEUR. Mais le peuple restait corrompu. 3 C'est lui qui bâtit la porte supérieure de la Maison du SEIGNEUR. Il fit beaucoup de constructions dans le rempart de l'Ofel[1]. 4 Il bâtit des villes dans la montagne de Juda, ainsi que des fortins et des tours dans les régions boisées. 5 C'est lui qui fit la guerre au roi des fils d'Ammon, dont il triompha; ils lui donnèrent cette année-là cent talents d'argent, 10.000 kors[2] de blé et 10.000 d'orge; voilà ce que les fils d'Ammon lui fournirent, et de même la deuxième et la troisième année. 6 Yotam acquit cette puissance, parce qu'il avait affermi ses voies devant le SEIGNEUR, son Dieu.

7 Le reste des actes de Yotam, toutes ses guerres et ses agissements son écrits dans le livre des rois d'Israël et de Juda. 8 Il était âgé de 25 ans lorsqu'il devint roi et il régna seize ans à Jérusalem.

---

1. Cet écrit d'*Esaïe* n'a pas été conservé.
2. *se coucha avec ses pères* : voir 1 R 1.21 et la note.

1. *porte supérieure* : voir 2 R 15.35 et la note — *Ofel* : voir Es 32.14 et la note.
2. *talents, kors* : voir au glossaire POIDS ET MESURES.

9 Yotam se coucha avec ses pères[1] et on l'ensevelit dans la *Cité de David. Son fils Akhaz régna à sa place.

Début du règne d'Akhaz
(2 R 16.1-6)

28 1 Akhaz avait vingt ans lorsqu'il devint roi, et il régna seize ans à Jérusalem. Il ne fit pas, comme son père[2] David, ce qui est droit aux yeux du Seigneur. 2 Mais il suivit les chemins des rois d'Israël et il fit même des idoles pour les *Baals. 3 - Lui-même il offrit de l'*encens dans la vallée de Ben-Hinnôm et il brûla ses fils par le feu, suivant les abominations des nations que le Seigneur avait dépossédées devant les fils d'Israël[3]. 4 Il offrit des sacrifices et brûla de l'encens sur les *hauts lieux, sur les collines et sous tout arbre verdoyant.

5 Le Seigneur son Dieu le livra aux mains du roi d'*Aram, qui le battit, lui captura un grand nombre de prisonniers et les emmena à Damas. Il fut aussi livré aux mains du roi d'Israël, qui lui infligea une grande défaite. 6 Péqah[4], fils de Remalyahou, tua en un seul jour 120.000 hommes de Juda, tous vaillants guerriers, parce qu'ils avaient abandonné le Seigneur, Dieu de leurs pères. 7 Zikri, le champion d'Ephraïm, tua Maaséyahou, le fils du roi, Azriqâm, le majordome du palais, et Elqana, le second du roi. 8 Les fils d'Israël capturèrent chez leurs frères 200.000 personnes, femmes, garçons et filles, ils leur prirent aussi un butin abondant et l'amenèrent à Samarie.

9 Là, il y avait un *prophète du Seigneur nommé Oded, qui sortit au-devant de l'armée arrivant à Samarie et qui leur dit : «Voici que, par suite de sa fureur contre Juda, le Seigneur, le Dieu de vos pères, les a livrés entre vos mains et vous en avez tué avec une rage qui a atteint jusqu'au ciel. 10 Et maintenant, ces fils de Juda et de Jérusalem, vous parlez de vous les assujettir comme esclaves et comme servantes ! N'êtes-vous pas, vous surtout, responsables de fautes envers le Seigneur votre Dieu ? 11 Maintenant, écoutez-moi et renvoyez les prisonniers que vous avez capturés chez vos frères, car l'ardeur de la colère du Seigneur serait sur vous.» 12 Parmi les chefs des fils d'Ephraïm, des hommes se levèrent, Azaryahou fils de Yehohanân, Bèrèkyahou fils de Meshillémoth, Yehizqiyahou, fils de Shalloum et Amasa fils de Hadlaï, contre ceux qui arrivaient de l'expédition 13 et ils leur dirent : «N'amenez pas ici les prisonniers, car nous serions coupables d'une faute envers le Seigneur. Vous parlez d'ajouter à nos péchés et à nos fautes, alors que lourde est notre faute et que l'ardeur de sa colère est sur Israël !» 14 Les combattants renoncèrent aux prisonniers et au butin, en présence des chefs et de toute l'assemblée. 15 Puis des hommes désignés nominalement se levèrent et réconfortèrent les prisonniers : avec le butin ils habillèrent tous ceux qui étaient nus

---

1. *se coucha avec ses pères* : voir 1 R 1.21 et la note.
2. *son père* ou *son ancêtre*.
3. *vallée de Ben-Hinnôm* : voir Jos 15.8; Jr 2.23 et les notes — *ses fils* : comparer 2 R 16.3 et la note — *fils d'Israël* ou *Israélites*.
4. Sur *Péqah*, roi d'Israël, voir 2 R 15.27-31.

et leur donnèrent des habits, des chaussures, de la nourriture, de la boisson et des onguents, puis ils conduisirent sur des ânes tous les éclopés et les menèrent jusqu'à Jéricho, la ville des palmiers, auprès de leurs frères. Ensuite ils revinrent à Samarie.

Akhaz demande l'aide de l'Assyrie
(2 R 16.7-20)

16 En ce temps-là, le roi Akhaz envoya demander une aide aux rois[1] d'Assyrie. 17 À nouveau les Edomites étaient venus battre Juda et capturer des prisonniers. 18 Les Philistins avaient fait des incursions contre les villes du *Bas-Pays et du Néguev qui appartenaient à Juda : ils avaient pris Beth-Shèmesh, Ayyalôn, Guedéroth, Soko et ses filiales[2], Timna et ses filiales, Guimzo et ses filiales et ils les avaient occupées. 19 En effet le Seigneur humiliait Juda à cause du roi d'Israël[3] Akhaz, qui incitait Juda au relâchement et qui propageait l'impiété contre le Seigneur.

20 Le roi d'Assyrie Tilgath-Pilnéser[4] vint contre lui et l'assiégea, au lieu d'être pour lui un renfort. 21 En effet Akhaz avait pris une partie des biens de la Maison du Seigneur et de celles du roi et des dignitaires, et il l'avait donnée au roi d'Assyrie, mais ce ne lui fut d'aucun secours. 22 Pendant qu'il était assiégé, lui, le roi Akhaz, il augmenta encore son impiété en-

vers le Seigneur : 23 il offrit des sacrifices aux dieux de Damas qui l'avaient vaincu et il dit : « Puisque les dieux des rois d'*Aram leur viennent en aide, c'est à eux que j'offre des sacrifices, pour qu'ils me viennent aide. » 24 Akhaz rassembla et brisa les objets de la Maison de Dieu, il ferma les portes de la Maison du Seigneur et il se fit des *autels dans tous les carrefours de Jérusalem. 25 Dans chaque ville de Juda il fit des *hauts lieux pour offrir de l'*encens à des dieux étrangers; ainsi il offensa le Seigneur, le Dieu de ses pères[1].

26 Le reste de ses actes et de tous ses agissements, des premiers aux derniers, sont écrits dans le livre des rois de Juda et d'Israël.

27 Akhaz se coucha avec ses pères et on l'ensevelit dans la Cité de Jérusalem, mais on ne l'introduisit pas dans les tombes des rois d'Israël[2]. Son fils, Ezékias, régna à sa place.

Règne d'Ezékias. Purification du Temple
(2 R 18.1-4)

29 1 Quand Ezékias devint roi, il avait 25 ans et il régna 29 ans à Jérusalem. Le nom de sa mère était Aviya, fille de Zekaryahou. 2 Il fit ce qui est droit aux yeux du Seigneur exactement comme David son père[3].

---

1. *aux rois* : on ignore pourquoi l'auteur du récit met ce mot au pluriel. La suite du récit (v. 20-21) ne parle que d'un seul *roi d'Assyrie*.
2. *Néguev* : voir Gn 12.9 et la note — *ses filiales* : voir 13.19 et la note.
3. *Israël* : voir 12.1 et la note.
4. *Tilgath-Pilnéser* : voir 1 Ch 5.6 et la note.

---

1. *ses pères* ou *ses ancêtres*.
2. *se coucha avec ses pères* : voir 1 R 1.21 et la note — *Cité de Jérusalem* ou (selon l'ancienne version grecque) *Cité de David* — *Israël* : voir 12.1 et la note.
3. *son père* ou *son ancêtre*.

3 Lui, dès la première année de son règne, au premier mois, il ouvrit et répara les portes de la Maison du Seigneur. 4 Il fit venir les prêtres et les *lévites et les réunit sur la place de l'Orient[1], 5 pour leur dire : « Ecoutez-moi, lévites ! Maintenant, *sanctifiez-vous et sanctifiez la Maison du Seigneur, le Dieu de vos pères[2]. Ôtez du *sanctuaire toute souillure. 6 Car nos pères ont été infidèles et ont fait le mal aux yeux du Seigneur notre Dieu : ils l'ont abandonné, ils ont détourné leur face de la demeure du Seigneur et ils lui ont tourné le dos; 7 même, ils ont fermé les portes du Vestibule, ils ont éteint les lampes, ils ont cessé d'offrir l'*encens et l'holocauste[3] dans le sanctuaire pour le Dieu d'Israël. 8 Cela a provoqué le courroux du Seigneur contre Juda et Jérusalem et il en a fait un exemple terrifiant, une étendue désolée et un sujet de moquerie, comme vous le constatez de vos yeux. 9 Voilà que nos pères sont tombés par l'épée et que nos fils, nos filles et nos femmes sont en captivité à cause de cela. 10 Maintenant, j'ai l'intention de conclure une alliance avec le Seigneur, le Dieu d'Israël, pour que l'ardeur de sa colère se détourne de nous. 11 Mes fils, maintenant, ne vous récusez pas, car c'est vous qu'a choisi le Seigneur pour se tenir devant lui, pour le servir, pour être ses ministres et pour lui offrir l'encens. »

12 Se présentèrent comme lévites : parmi les fils de Qehath : Mahath fils de Amasaï, Yoël fils de Azaryahou; parmi les fils de Merari : Qish fils de Avdi, Azaryahou fils de Yehallélel; parmi les Guershonites : Yoah fils de Zimma, Eden fils de Yoah; 13 parmi les fils d'Eliçafân : Shimri et Yéiël; parmi les fils d'Asaf : Zekaryahou et Mattanyahou; 14 parmi les fils de Hémân : Yehiël et shiméï; parmi les fils de Yedoutoun : Shemaya et Ouzziël. 15 Ils réunirent leurs frères, se sanctifièrent et vinrent, selon l'ordre du roi et selon les paroles du Seigneur, *purifier la Maison du Seigneur. 16 Les prêtres pénétrèrent à l'intérieur de la Maison du Seigneur pour la purifier et ils firent sortir dans les *parvis de la Maison du Seigneur tous les objets impurs qu'ils trouvèrent dans le Temple du Seigneur, puis les lévites les ramassèrent et les firent sortir dehors, dans le ravin du Cédron. 17 Ils commencèrent cette sanctification au premier du premier mois; au huitième du mois, ils arrivèrent au Vestibule du Seigneur; ils sanctifièrent la Maison du Seigneur pendant huit jours; ils terminèrent ainsi au seizième jour du premier mois.

18 Ils se rendirent alors chez le roi Ezékias pour dire : « Nous avons purifié toute la Maison du Seigneur, l'*autel des holocaustes et tous ses accessoires, la table d'exposition[1] et tous ses accessoires, 19 ainsi que tous les objets mis au rebut par le roi Akhaz pendant les prévarications de son

---

1. *place de l'Orient* : soit la place située devant l'entrée principale du Temple (comparer Esd 10.9), soit plutôt une place de la ville, en dehors de l'enceinte sacrée du Temple (comparer Ne 8.1, 3, 16).

2. *vos pères* ou *vos ancêtres*.

3. *holocauste* : voir au glossaire SACRIFICES.

1. *la table d'exposition* : voir Ex 25.23-30 et les notes.

règne. Nous les avons replacés et sanctifiés. Les voilà devant l'autel du Seigneur. »

Ezékias rétablit le culte et les sacrifices

20 Le lendemain matin le roi Ezékias réunit les chefs de la ville et il monta à la Maison du Seigneur. 21 On amena sept taureaux, sept béliers, sept agneaux et sept boucs pour un *sacrifice pour le péché à l'intention de la maison royale, du *sanctuaire et de Juda, puis il dit aux prêtres, fils d'Aaron, de les offrir sur l'*autel du Seigneur. 22 On immola les boeufs; les prêtres en recueillirent le sang et le versèrent sur l'autel; ils immolèrent les béliers et en versèrent le sang sur l'autel; ils immolèrent aussi les agneaux et en versèrent le sang sur l'autel. 23 Puis on amena les boucs pour le sacrifice pour le péché en face du roi et de l'assemblée, qui étendirent les mains sur eux[1]. 24 Les prêtres les immolèrent et offrirent en expiation leur sang sur l'autel, pour intercéder sur tout Israël, car c'est pour tout Israël que le roi avait ordonné l'holocauste[2] et le sacrifice pour le péché.

25 Il plaça les *lévites dans la Maison du Seigneur, avec des cymbales, des harpes et des cithares, selon l'ordre de David, de Gad, le voyant[3] du roi, et de Natan, le *prophète, car cet ordre venait du Seigneur par l'intermé-

diaire de ses prophètes. 26 Quand les lévites eurent pris place avec les instruments faits par David, puis les prêtres avec les trompettes, 27 Ezékias ordonna d'offrir l'holocauste sur l'autel et, au moment où commençait l'holocauste, commencèrent aussi le chant pour le Seigneur et le jeu des trompettes, avec l'accompagnement des instruments de David, le roi d'Israël. 28 Toute l'assemblée resta prosternée, le chant se prolongea et les trompettes jouèrent, tout cela jusqu'à la fin de l'holocauste. 29 Comme on finissait de l'offrir, le roi et tous les assistants avec lui s'inclinèrent et se prosternèrent. 30 Ensuite le roi Ezékias et les chefs dirent aux lévites de louer le Seigneur avec les paroles de David et d'Asaf, le voyant, et ils le louèrent à coeur joie, puis ils s'agenouillèrent et se prosternèrent. 31 Ezékias prit la parole et dit : « Maintenant, puisque vous avez les mains remplies pour le Seigneur, approchez et apportez sacrifices et offrandes[1] de louange à la Maison du Seigneur. » Alors l'assemblée apporta des sacrifices et des offrandes de louange, et tous ceux qui avaient le coeur généreux apportèrent des holocaustes. 32 Le nombre des holocaustes apportés par l'assemblée fut de 70 boeufs, cent béliers, 200 agneaux, tous offerts en holocauste au Seigneur. 33 Les autres sacrifices furent de 600 têtes de gros bétail et 3.000 de petit. 34 Toutefois, comme les prêtres n'étaient pas assez nombreux pour pouvoir dépouiller tous les holocaustes, leurs frères, les lévites, les aidèrent jus-

---

1. *étendirent les mains sur eux* : voir au glossaire IMPOSER LES MAINS.
2. *holocauste* : voir au glossaire SACRIFICES.
3. *harpes, cithares* : voir Ps 92.4 et la note — *voyant* : voir 1 S 9.9.

1. *offrandes* : voir au glossaire SACRIFICES.

qu'à la fin du travail et jusqu'à ce que les prêtres se soient *sanctifiés. En effet les lévites avaient mis plus d'empressement que les prêtres à se sanctifier. 35 Et de plus, il y avait des holocaustes en ...dance, avec des graisses des sacrifices de paix et les libations[1] pour les holocaustes. Ainsi fut rétabli le service de la Maison du Seigneur. 36 Ezékias et tout le peuple se réjouirent de ce que Dieu avait réalisé pour le peuple, car la chose s'était faite à l'improviste[2].

Ezékias convoque Israël et Juda pour la Pâque

30 1 Ezékias invita tout Israël et Juda — il écrivit même des lettres pour Ephraïm et Manassé[3] — à venir à la Maison du Seigneur à Jérusalem pour célébrer la *Pâque du Seigneur, le Dieu d'Israël. 2 Le roi, ses dignitaires et toute l'assemblée de Jérusalem furent d'avis de célébrer cette Pâque au second mois[4]. 3 En effet ils n'avaient pas pu la célébrer en son temps, puisque les prêtres ne s'étaient pas *sanctifiés en nombre suffisant et que le peuple ne s'était pas réuni à Jérusalem. 4 Cette solution plut au roi et à toute l'assemblée, 5 et ils l'exécutèrent en faisant circuler en tout Israël, de Béer-Shéva jusqu'à Dan[5], l'invitation à venir à

Jérusalem célébrer la Pâque du Seigneur, le Dieu d'Israël, car peu de gens l'avaient célébrée comme il est écrit. 6 Les coureurs s'en allèrent donc, avec des lettres écrites par le roi et ses dignitaires, dans tout Israël et Juda, pour dire selon l'ordre du roi : « Fils d'Israël[1], revenez vers le Seigneur, le Dieu d'Abraham, d'Isaac et d'Israël, et il reviendra vers vous, qui êtes les survivants échappés à la main des rois d'Assyrie. 7 Ne soyez pas comme vos pères et vos frères[2], qui ont été infidèles au Seigneur, le Dieu de leurs pères, en sorte qu'il les a livrés à la dévastation, comme vous le constatez. 8 Maintenant, ne raidissez pas votre cou comme vos pères. Tendez la main[3] au Seigneur, venez à son *sanctuaire, qu'il a sanctifié pour toujours, et servez le Seigneur votre Dieu, pour qu'il détourne de vous l'ardeur de sa colère. 9 En effet, c'est par votre retour au Seigneur que vos frères et vos fils pourront trouver compassion près de ceux qui les ont déportés et qu'ils pourront revenir en ce pays, car le Seigneur, votre Dieu, est miséricordieux et compatissant et il ne détournera plus sa face, si vous revenez à lui. »

10 Les coureurs passèrent de ville en ville dans le pays d'Ephraïm et de Manassé, jusqu'en Zabulon, mais on riait d'eux. 11 Pourtant des gens d'Asher, de Manassé et de Zabulon se laissèrent toucher et vinrent à Jérusa-

---

1. *libations* : voir au glossaire SACRIFICES.
2. *à l'improviste* ou *rapidement*.
3. *Ephraïm et Manassé* avaient été les principales tribus du royaume du Nord qui prit fin en 722 ou 721 av. J. C.; elles représentent ici les habitants de l'ancien royaume, parmi lesquels se trouvent encore les adorateurs fidèles du Seigneur.
4. *au second mois* : voir Nb 9.1-13.
5. *de Béer-Shéva jusqu'à Dan* : voir la note sur Jos 19.47.

---

1. *Fils d'Israël* ou *Israélites*.
2. *vos pères et vos frères* ou *vos ancêtres et vos compatriotes*.
3. *ne raidissez pas votre cou* (ou *votre nuque*) : voir Ex 32.9 et la note — *Tendez la main* : geste de l'homme qui s'engage par une promesse.

lem. 12 En Juda également la
main de Dieu agit pour faire exécuter unanimement l'ordre du roi
et des dignitaires, selon la parole
du Seigneur. 13 Un peuple nombreux se réunit à Jérusalem pour
célébrer la fête des *pains sans
levain au second mois : c'était une
assemblée extrêmement nombreuse. 14 Ils se mirent à détruire
les *autels à sacrifices qui étaient
à Jérusalem, ainsi que tous les
autels à *encens, et ils les jetèrent
dans le ravin du Cédron.

Ezékias célèbre la Pâque

15 Ils immolèrent la *Pâque au
quatorzième jour du second mois.
Les prêtres et les *lévites, pris de
honte, s'étaient *sanctifiés et
avaient amené les holocaustes[1]
pour la Maison du Seigneur.
16 Ils se tenaient à leur poste, selon leur règlement, en conformité
avec la Loi de Moïse, l'homme de
Dieu : les prêtres versaient le sang
reçu de la main des lévites. 17 En
effet, comme beaucoup de gens
dans l'assemblée ne s'étaient pas
sanctifiés, les lévites se chargeaient de l'immolation des victimes pascales à la place de tous
ceux qui n'étaient pas *purs pour
accomplir un acte sacré envers le
Seigneur. 18 Car beaucoup de
gens, surtout d'Ephraïm, de Manassé, d'Issakar et de Zabulon, ne
s'étaient pas purifiés, en sorte
qu'ils mangèrent la Pâque en
contradiction avec ce qui est
écrit; mais Ezékias intercéda pour
eux en disant : « Que le Seigneur,
qui est bon, pardonne à 19 tous

ceux qui ont appliqué leur *coeur
à rechercher Dieu, le Seigneur, le
Dieu de leurs pères[1], même si ce
n'est pas avec la pureté requise
pour les choses *saintes ! » 20 Le
Seigneur exauça Ezékias et n'affligea pas le peuple.

21 Les fils d'Israël[2] qui se trouvaient à Jérusalem célébrèrent la
fête des *pains sans levain pendant sept jours avec une grande
joie, alors que les lévites et les
prêtres louaient le Seigneur
chaque jour avec de puissants instruments en l'honneur du Seigneur. 22 Les paroles d'Ezékias
touchèrent le coeur de tous les
lévites animés d'heureuses dispositions envers le Seigneur et ils
poursuivirent[3] la solennité pendant sept jours, offrant des *sacrifices de paix et rendant grâce
au Seigneur, le Dieu de leurs
pères. 23 Puis toute l'assemblée fut
d'avis de la prolonger pendant
sept autres jours, et ils célébrèrent
encore sept jours dans la joie.
24 En effet le roi de Juda Ezékias
avait prélevé pour l'assemblée
mille taureaux et 7.000 têtes de
petit bétail, et les dignitaires
avaient prélevé pour elle mille
taureaux et 10.000 têtes de petit
bétail. Des prêtres en grand
nombre s'étaient sanctifiés.
25 Toute l'assemblée de Juda fut
dans la joie, ainsi que les prêtres,
les lévites, toute l'assemblée venue
d'Israël, les habitants venus du
pays d'Israël et séjournant en
Juda. 26 La joie fut grande à Jérusalem, car depuis les jours de
Salomon, fils de David, roi d'Israël, il n'y avait rien eu de tel à

---

1. Ils immolèrent la Pâque : voir Esd 6.20 et la
note — holocaustes : voir au glossaire
SACRIFICES.

1. leurs pères ou leurs ancêtres.
2. fils d'Israël ou Israélites.
3. ils poursuivirent : d'après l'ancienne version
grecque; hébreu : ils mangèrent.

Jérusalem. 27 Puis les prêtres lévites se levèrent et bénirent le peuple : leur voix fut entendue et leur prière parvint aux *cieux, le séjour de sa *sainteté.

Ezékias organise le service du Temple

31 1 Quand tout cela fut terminé, tous les Israélites qui se trouvaient là partirent dans les villes de Juda pour briser les stèles, couper les poteaux sacrés, démolir les *hauts lieux et les *autels, jusqu'à totale disparition, dans tout Juda et Benjamin, ainsi qu'en Ephraïm et Manassé. Puis tous les fils d'Israël[1] s'en retournèrent dans leurs villes, chacun chez soi.

2 Ezékias établit les classes des prêtres et des *lévites; en plus de leurs classes, il assigna à chacun sa fonction; aux prêtres et aux lévites les holocaustes, les sacrifices de paix, le service, l'action de grâces et la louange, aux portes des camps[2] du Seigneur. 3 Le roi prenait une part sur ses revenus pour les holocaustes, ceux du matin et du soir, ceux des *sabbats, des *néoménies et des fêtes, comme il est écrit dans la Loi du Seigneur[3]. 4 Et il dit au peuple Yimna à Jérusalem de donner la part des prêtres et des lévites, afin qu'ils s'affermissent

dans la Loi du Seigneur. 5 Après la promulgation de ces paroles, les fils d'Israël fournirent abondamment les *prémices du froment, du vin, de l'huile, du miel et de tous les produits des champs et ils apportèrent en abondance la dîme de tout. 6 Et les fils d'Israël et de Juda habitant dans les villes de Juda apportèrent, eux aussi, la dîme du gros et du petit bétail et celle des offrandes consacrées au Seigneur, leur Dieu; ils en firent des tas et des tas. 7 Au troisième mois, on commença à former les tas et on termina au septième mois[1]. 8 Ezékias et les dignitaires vinrent voir ces tas et ils bénirent le Seigneur et son peuple Israël. 9 Ezékias interrogea les prêtres et les lévites au sujet de ces tas 10 et le grand prêtre Azaryahou, de la maison de Sadoq[2], lui répondit : « Depuis qu'on a commencé d'apporter le prélèvement à la Maison du Seigneur, nous avons eu beau manger à satiété, nous avons laissé des surplus en quantité, car le Seigneur a béni son peuple, et le surplus forme ces monceaux. » 11 Ezékias ordonna de préparer des celliers dans la Maison du Seigneur, et on les prépara. 12 On y apporta fidèlement les prélèvements, les dîmes et les offrandes. Le lévite Konanyahou en fut l'intendant, avec son frère Shiméï pour adjoint. 13 Yehiël, Azazyahou, Nahath, Asahel, Yerimoth, Yozavad, Eliël, Yismakyahou, Mahath et Benayahou étaient

---

1. *stèles :* voir 1 R 14.23 et la note; *poteaux sacrés :* voir 1 R 14.15 et la note — *fils d'Israël* ou *Israélites.*

2. *holocaustes :* voir au glossaire SACRIFICES — *des camps :* le mot évoque le séjour d'Israël au désert, lorsque le peuple campait en plusieurs groupes autour de la *tente de la rencontre; voir Nb 2.

3. *comme il est écrit ... :* voir Nb 28-29, où pourtant cette participation du roi n'est pas mentionnée. Seul Ez 45.22-24 mentionne une telle participation.

1. *troisième mois :* mai-juin; *septième mois :* septembre-octobre. Il s'agit donc de la période des récoltes.

2. *maison de Sadoq* ou *famille de Sadoq;* Sadoq était prêtre au temps du roi David (2 S 8.17; 20.25).

surveillants, sous les ordres de Konanyahou et de son frère Shiméï, par disposition du roi Ezékias et de l'intendant de la Maison de Dieu, Azaryahou. 14 Le lévite Qoré, fils de Yimna, gardien de la porte de l'orient, s'occupait des offrandes faites à Dieu et distribuait ce qui était prélevé pour le Seigneur, ainsi que les choses très *saintes. 15 Sous ses ordres, Eden, Minyamîn, Yéshoua, Shemayahou, Amaryahou et Shekanyahou, dans les villes sacerdotales[1], devaient fidèlement faire les distributions à leurs frères, selon leurs classes, sans différence entre le grand et le petit : 16 en plus des hommes déjà inscrits, depuis l'âge de trois ans et au-dessus, tous ceux qui venaient à la Maison du Seigneur recevaient chaque jour quelque chose pour leur fonction dans leurs groupes selon leurs classes. 17 L'inscription des prêtres se faisait selon leur maison paternelle, et celle des lévites, depuis l'âge de vingt ans et au-dessus, par groupes et par classes. 18 L'inscription valait pour toute la famille : femmes, garçons et filles; elle valait pour toute assemblée, à condition qu'ils se soient fidèlement mis en état de sainteté, 19 et pour les prêtres, fils d'Aaron, vivant à la campagne sur le territoire de chacune de leur ville. Des gens désignés nommément distribuaient des parts à tous les hommes parmi les prêtres et à tous les inscrits parmi les lévites. 20 Ezékias agit ainsi en tout Juda et il fit ce qui est bon, droit et fidèle devant le Seigneur, son

Dieu. 21 Dans toutes les oeuvres qu'il entreprit pour le service de la Maison de Dieu, pour la Loi et pour les commandements, il agit en cherchant son Dieu de tout son coeur, et il réussit.

Sennakérib envahit le royaume de Juda

(2 R 18.13; Es 36.1)

32 1 Après ces événements et ces actes de fidélité, le roi d'Assyrie Sennakérib vint en Juda et il campa contre les villes fortifiées de Juda, qu'il se proposait de démanteler. 2 Quand Ezékias vit arriver Sennakérib avec l'intention d'attaquer Jérusalem, 3 il se concerta avec ses dignitaires et ses officiers pour obturer l'accès à l'eau des sources situées en dehors de la ville. Ceux-ci l'aidèrent 4 et un peuple nombreux se rassembla pour obturer toutes les sources et le ruisseau coulant à l'intérieur de la terre, en disant : « Pourquoi les rois[1] d'Assyrie, à leur arrivée, trouveraient-ils de l'eau en abondance ? » 5 Ezékias se mit courageusement à reconstruire tout le rempart démoli, en y édifiant des tours et une autre à l'extérieur du rempart, en réparant le Millo[2] dans la *Cité de David et en fabriquant quantité de javelots et de boucliers. 6 Il mit des chefs militaires à la tête du peuple, les rassembla près de lui sur la place

---

1. *villes sacerdotales* (appelées aussi *villes lévitiques*) : voir Nb 35.1-8; Jos 21.1-42.

1. *le ruisseau coulant à l'intérieur de la terre* : il s'agit de la source de Guihôn dont l'eau s'écoulait dans le Cédron (voir 1 R 1.33 et la note). Ezékias fit obturer cet écoulement naturel et amener l'eau dans la ville par un canal souterrain (voir v. 30, ainsi que 2 R 20.20 et la note) — *les rois* : voir 28.16 et la note.

2. *Millo* : voir 1 R 9.15 et la note.

de la porte de la ville[1] et leur parla en s'adressant à leur coeur : 7 « Soyez forts et courageux ! N'ayez ni crainte ni peur devant le roi d'Assyrie et devant toute la multitude qui est avec lui, car avec nous il y a un plus grand qu'avec lui : 8 Avec lui, il n'y a qu'une force humaine; mais avec nous, il y a le Seigneur, notre Dieu, pour nous secourir et pour combattre dans nos combats ! » Le peuple fut réconforté par les paroles du roi de Juda, Ezékias.

Messages de Sennakérib aux gens de Jérusalem

(*2 R 18.17-37; 19.9-19; Es 36.2-22; 37.9-20*)

9 Après cela, le roi d'Assyrie Sennakérib, alors qu'il restait à Lakish[2] avec toutes ses forces, envoya ses serviteurs à Jérusalem vers le roi de Juda, Ezékias, et vers tous les hommes de Juda qui étaient à Jérusalem, pour leur dire : 10 « Ainsi parle Sennakérib, roi d'Assyrie : En quoi placez-vous votre confiance pour séjourner dans la forteresse de Jérusalem ? 11 Ezékias n'est-il pas en train de vous duper, pour vous faire mourir de faim et de soif, en vous disant : Le Seigneur notre Dieu nous délivrera de la main du roi d'Assyrie ? 12 N'est-ce pas lui, Ezékias, qui a supprimé ses *hauts lieux et ses *autels et qui a dit à Juda et à Jérusalem de ne se prosterner que devant un seul autel et de ne brûler de l'*encens que sur lui ? 13 Ne savez-vous pas ce que j'ai fait, moi et mes pères[3],

à tous les peuples du monde ? Les dieux des nations du monde ont-ils vraiment pu délivrer leurs pays de ma main ? 14 Lequel, parmi tous les dieux de ces nations exterminées par mes pères, a-t-il pu délivrer son peuple de ma main, pour que votre Dieu puisse vous délivrer de ma main ? 15 Maintenant, qu'Ezékias ne vous abuse pas et ne vous dupe pas comme cela ! Ne le croyez pas, car aucun dieu d'aucune nation ou d'aucun royaume n'est capable de délivrer son peuple de ma main et de la main de mes pères. À plus forte raison, vos dieux[1] ne vous délivreront-ils pas de ma main ! » 16 Les serviteurs de Sennakérib continuèrent à déblatérer contre le Seigneur Dieu et contre Ezékias son serviteur, 17 puis Sennakérib écrivit des lettres pour défier le Seigneur, le Dieu d'Israël, et pour dauber sur lui en ces termes : « Tout comme les dieux des nations du monde, qui n'ont pas délivré leur peuple de ma main, le Dieu d'ezékias ne délivrera pas son peuple de ma main. » 18 Les serviteurs de Sennakérib criaient d'une voix forte, en langue judéenne[2], au peuple de Jérusalem qui était sur le rempart, pour l'effrayer et l'épouvanter, de façon à s'emparer de la ville. 19 Ils parlaient du Dieu de Jérusalem comme des dieux des peuples du monde, ouvrages des mains de l'homme.

---

1. *la porte de la ville* : l'ancienne version grecque précise qu'il s'agit de la *porte de la Vallée* (voir Ne 2.13 et la note).

2. *Lakish* : voir 2 R 14.19 et la note.

3. *mes pères* ou *mes ancêtres*.

1. *vos dieux* : d'après les v. 11, 14 et 17, Sennakérib sait que les Israélites ont un seul Dieu; le pluriel peut s'expliquer ici par le fait que presque tous les peuples de l'époque adoraient plusieurs divinités. (Les versions anciennes ont le singulier.).

2. *en langue judéenne* : voir 2 R 18.26 et la note.

Dieu délivre Jérusalem
(2 R 19.1, 35-37; Es 37.1, 36-38)

20 Le roi Ezékias et le *prophète Esaïe, fils d'Amoç, prièrent à ce sujet et crièrent vers les *cieux. 21 Et le Seigneur envoya un *ange, qui fit disparaître tous les vaillants guerriers, les officiers et les dignitaires dans le camp du roi d'Assyrie. Il dut retourner dans son pays la face couverte de honte et, quand il pénétra dans la Maison de son dieu, ses propres fils l'abattirent par l'épée. 22 Ainsi le Seigneur sauva Ezékias et les habitants de Jérusalem de la main du roi d'Assyrie Sennakérib et de la main de tous ses ennemis, puis il leur assura la paix[1] tout autour. 23 Beaucoup de gens apportaient à Jérusalem des offrandes pour le Seigneur et des présents pour le roi de Juda Ezékias, qui depuis cela était en haute estime aux yeux de toutes les nations.

Fin du règne d'Ezékias
(2 R 20.1-21; Es 38.1-8; 39)

24 En ces jours-là, Ezékias tomba malade à en mourir; il pria le Seigneur et il lui dit[2] ...

le Seigneur réalisa pour lui un prodige. 25 Mais Ezékias ne répondit pas au bienfait reçu, et, à cause de l'orgueil de son coeur, il attira le courroux sur lui, sur Juda et Jérusalem. 26 Mais Ezékias, malgré cet orgueil de son coeur, s'humilia, lui et les habitants de Jérusalem, aussi le courroux du Seigneur ne vint pas sur eux pendant sa vie. 27 Ezékias eut en très grande abondance la richesse et la gloire; il se constitua des réserves d'argent, d'or, de pierres précieuses, d'aromates[1], de boucliers et de toutes sortes d'objets de valeur, 28 ainsi que des entrepôts pour ses provisions de blé, de vin et d'huile, des étables pour toutes sortes de bétail et des parcs pour les troupeaux[2]. 29 Il se fit bâtir des villes et il posséda en quantité du petit et du gros bétail, car Dieu lui donna de très grands biens. 30 C'est lui, Ezékias, qui obtura la sortie supérieure des eaux de Guihôn et les fit se diriger plus bas vers l'ouest de la *Cité de David[3]. Ezékias réussit dans toutes ses entreprises. 31 Ainsi lors de la visite des dignitaires babyloniens envoyés vers lui pour s'informer sur le prodige réalisé dans le pays[4], Dieu l'abandonna et le mit à l'épreuve pour savoir tout ce qu'il avait dans le *coeur.

32 Le reste des actes d'Ezékias et ses oeuvres de piété sont écrits dans la vision du *prophète Esaïe[5], fils d'Amoç, et dans le livre des rois de Juda et d'Israël. 33 Ezékias se coucha avec ses pères et on l'ensevelit près de la voie qui monte aux tombeaux des

---

1. *il leur assura la paix* : d'après les anciennes versions grecques et latine; hébreu : *il les conduisit.*
2. *En ces jours-là* : voir *2 R 20.1* et la note — *et il lui dit ...* : le message du Seigneur ne figure plus dans le texte hébreu; mais on pourrait aussi traduire *il pria le Seigneur, qui lui parla et qui réalisa pour lui un prodige.*

1. *aromates* : voir *1 R 10.2* et la note.
2. *des parcs pour les troupeaux* : d'après les anciennes versions grecque et latine; hébreu : *des troupeaux pour des parcs.*
3. A propos de cette oeuvre d'Ezékias, voir v. 4 et la note.
4. *le prodige réalisé dans le pays* : allusion probable à la délivrance racontée aux v. 20-21.
5. Le livre d'Esaïe commence en effet par les mots *vision d'Esaïe* (Es 1.1).

fils[1] de David; à sa mort, tout
Juda et les habitants de Jérusalem lui rendirent les honneurs.

Son fils Manassé régna à sa
place.

Règne de Manassé

(2 R 21.1-18)

33 [1] Manassé avait douze ans
lorsqu'il devint roi et il régna 55 ans à Jérusalem. [2] Il fit ce
qui est mal aux yeux du Seigneur,
imitant les abominations des nations que le Seigneur avait dépossédées devant les fils d'Israël[2]. [3] Il
rebâtit les *hauts lieux qu'avait
démoli son père Ezékias, il érigea
des *autels aux *Baals, il fit des
poteaux sacrés, il se prosterna devant toute l'armée des cieux[3] et il
lui rendit un culte. [4] Il bâtit des
autels dans la Maison du Seigneur, au sujet de laquelle le Seigneur avait dit : « À Jérusalem
sera mon *nom pour toujours. »

[5] Il bâtit des autels à toute l'armée des cieux dans les deux *parvis de la Maison du Seigneur.
[6] Lui-même, il fit passer par le
feu ses fils dans la vallée de
Ben-Hinnôm; il pratiqua incanta-
tions, magie et sorcellerie; il établit des nécromanciens[4] et des devins; il offensa le Seigneur à
force de faire ce qui est mal à ses

yeux. [7] Il installa dans la Maison
de Dieu l'idole sculptée qu'il avait
faite; pourtant Dieu avait dit à
David et à son fils Salomon :
« Dans cette Maison, ainsi que
dans Jérusalem, que j'ai choisie
parmi toutes les tribus d'Israël, je
mettrai mon nom pour toujours.
[8] Aussi je n'éloignerai plus les pas
d'Israël de la terre que j'ai accordée à leurs pères, pourvu qu'ils
veillent à pratiquer tout ce que je
leur ai prescrit par l'intermédiaire
de Moïse : toute la Loi, les décrets
et les décisions[1]. » [9] Manassé
égara Juda et les habitants de
Jérusalem, au point qu'ils firent le
mal plus que les nations exterminées par le Seigneur devant les
fils d'Israël. [10] Le Seigneur parla
à Manassé et à son peuple, mais
ils ne firent pas attention. [11] Le
Seigneur fit venir contre eux les
chefs de l'armée du roi d'Assyrie :
ils capturèrent Manassé avec des
harpons[2], l'attachèrent avec une
double chaîne de bronze et l'emmenèrent à Babylone. [12] Quand il
fut dans la détresse, il apaisa la
face du Seigneur[3] son Dieu, il
s'humilia profondément devant le
Dieu de se pères [13] et il l'implora.
Celui-ci se laissa fléchir, entendit
sa supplication et le fit revenir à
Jérusalem pour y continuer son
règne. Alors Manassé reconnut
que le Seigneur est Dieu.

[14] Après cela, il construisit à
l'extérieur de la *Cité de David
un rempart qui passait à l'ouest
de Guihôn, dans la vallée, qui al-

---

1. *se coucha avec ses pères* : voir 1 R 1.21 et la
note — *des fils ou des descendants.*
2. *fils d'Israël* ou *Israélites.*
3. *poteaux sacrés* : voir 1 R 14.15 et la note
— *armée des cieux* : voir 2 R 17.16 et la note.
4. *fit passer par le feu ses fils* : voir 2 R 16.3 et la note
— *vallée de Ben-Hinnôm* : voir Jos 15.8; Jr 2.23 et
les notes — *nécromanciens* : voir 2 R 21.6 et la
note.

1. *leurs pères* (ou *leurs ancêtres*) : d'après les
versions anciennes; hébreu : *ses pères* — Les v. 7-8
ne citent pas un texte précis de l'A. T., mais
reprennent l'essentiel de passages comme 2 S
7.8-16; 1 R 2.2-4.
2. *harpons* : autres traductions *crocs* ou *crochets.*
3. *il apaisa la face du Seigneur* : voir 2 R 13.4 et
la note.

lait jusqu'à la porte des Poissons et qui entourait l'Ofel[1]; il lui donna une très grande hauteur. Il mit aussi des chefs militaires dans toutes les villes fortifiées de Juda. 15 Il retira de la Maison du Seigneur les dieux étrangers et l'idole, et il jeta hors de la ville tous les autels qu'il avait construits sur la montagne de la Maison du Seigneur et dans Jérusalem. 16 Il rétablit l'autel du Seigneur, il y offrit des *sacrifices de paix et de louange et il prescrivit à Juda de servir le Seigneur, le Dieu d'Israël. 17 Pourtant le peuple sacrifiait encore dans les hauts lieux, mais seulement en l'honneur du Seigneur son Dieu.

18 Le reste des actes de Manassé, sa prière[2] à son Dieu et les paroles des voyants qui lui parlaient au nom du Seigneur, le Dieu d'Israël, se trouvent dans les actes des rois d'Israël. 19 Sa prière et son retour en grâce, tout son péché et son infidélité, avec les endroits où, avant son humiliation, il avait construit des hauts lieux et placé des poteaux sacrés et des statues, sont écrits dans les Actes de Hozaï[3].

20 Manassé se coucha avec ses pères et on l'ensevelit dans sa maison[1].

Son fils Amôn régna à sa place.

Règne d'Amôn
(2 R 21.19-26)

21 Amôn avait 22 ans lorsqu'il devint roi et il régna deux ans à Jérusalem. 22 Il fit ce qui est mal aux yeux du Seigneur, comme Manassé son père. Amôn offrit des sacrifices et rendit un culte à toutes les statues qu'avait faites Manassé son père. 23 Mais il ne s'humilia pas devant le Seigneur comme s'était humilié son père Manassé; au contraire, lui, Amôn, il commit encore plus de fautes. 24 Ses serviteurs conspirèrent contre lui et le mirent à mort dans sa maison. 25 La population du pays frappa tous ceux qui avaient conspiré contre le roi Amôn et elle établit roi à sa place son fils Josias.

Règne de Josias. Réforme religieuse
(2 R 22.1-2; 23.4-20)

34 1 Josias avait huit ans lorsqu'il devint roi et il régna 31 ans à Jérusalem. 2 Il fit ce qui est droit aux yeux du Seigneur et il suivit les voies de David, son père[2], sans dévier ni à droite ni à gauche.

---

1. Sur *Guihôn*, voir 1 R 1.33 et la note; sur la *porte des Poissons*, voir Ne 3.3; sur l'*Ofel*, voir Es 32.14 et la note.
2. *sa prière* : on connaît un écrit ancien, intitulé « Prière de Manassé », mais qui ne fait pas partie des livres sacrés, ni pour les Juifs, ni pour les Chrétiens — *voyants* : voir 1 S 9.9.
3. *Actes de Hozaï* : le personnage est inconnu et l'ouvrage perdu.

1. *se coucha avec ses pères* : voir 1 R 1.21 et la note — *dans sa maison* : ou bien le mot *maison* est employé ici dans un sens très inhabituel (*tombeau*, comparer Qo 12.5), ou bien il faut compléter le texte d'après l'ancienne version grecque et le récit parallèle de 2 R 21.18 : *dans le jardin de sa maison*.
2. *son père* ou *son ancêtre*.

Josias renouvelle l'alliance avec Dieu

(2 R 23.1-3)

29 Le roi envoya dire à tous les *anciens de Juda et de Jérusalem de se réunir. 30 Puis il monta à la Maison du Seigneur, avec tous les hommes de Juda, les habitants de Jérusalem, les prêtres, les *lévites et tout le peuple, du plus grand au plus petit. Il leur fit à haute voix la lecture de toutes les paroles du livre de l'*alliance trouvé dans la Maison du Seigneur. 31 Le roi, debout à sa place, conclut devant le Seigneur l'alliance qui oblige à suivre le Seigneur, à garder de tout son coeur et de toute son âme ses commandements, ses stipulations et ses décrets, en pratiquant les paroles de l'alliance qui sont écrites dans ce livre.

32 Il fit s'engager tous ceux qui se trouvaient à Jérusalem et en Benjamin, aussi les habitants de Jérusalem agirent-ils selon l'alliance de Dieu, le Dieu de leurs pères[1]. 33 Puis Josias supprima toutes les abominations dans tous les pays appartenant aux fils d'Israël[2] et il obligea tous ceux qui se trouvaient en Israël à servir le Seigneur leur Dieu. Pendant toute sa vie, ils ne se détournèrent pas du Seigneur, le Dieu de leurs pères.

Josias célèbre la fête de la Pâque

(2 R 23.21-23)

35 1 Josias célébra la *Pâque du Seigneur à Jérusalem et on immola la Pâque au quatorzième jour du premier mois. 2 Il stimula les prêtres dans leurs fonctions et il les encouragea au service de la Maison du Seigneur.

3 Il dit aux *lévites chargés d'instruire tout Israël, à ceux qui étaient *saints pour le Seigneur : « Si vous aviez à mettre l'*arche sainte dans la Maison qu'a construite le roi d'Israël Salomon, fils de David, ce ne serait pas un fardeau pour vos épaules. Maintenant, servez le Seigneur votre Dieu et son peuple Israël. 4 Organisez-vous par clans familiaux selon vos fonctions, d'après les documents du roi d'Israël David[1] et de son fils Salomon. 5 Tenez-vous dans le *sanctuaire selon les divisions des clans familiaux de vos frères, les gens du peuple, et selon la répartition des clans familiaux des lévites. 6 Immolez la Pâque[2], sanctifiez-vous et prêtez main-forte à vos frères pour mettre en pratique la parole du Seigneur donnée par Moïse. »

7 Josias procura aux gens du peuple du petit bétail, agneaux ou chevreaux; le total des sacrifices de la Pâque pour tous ceux qui se trouvaient là atteignit le nombre de 30.000, plus 3.000 boeufs, en provenance des propriétés royales. 8 Ses dignitaires en procurèrent généreusement au peuple, aux prêtres et aux lévites : Hilqiya, Zekaryahou et Yehiël, préfets de la Maison de Dieu, donnèrent aux prêtres pour les sacrifices de la Pâque 2.600 agneaux et 300 boeufs. 9 Konanyahou et ses frères Shemayahou

---

1. *leurs pères* ou *leurs ancêtres.*
2. *abominations* : voir Dt 18.9-14 — *fils d'Israël* ou *Israélites.*

1. *les documents du roi David* : allusion à 1 Ch 23-26.
2. *Immolez la Pâque* : voir Esd 6.20 et la note.

et Netanel, Hashavyahou, yéiël et Yozavad, chefs des lévites, procurèrent aux lévites pour les sacrifices de la Pâque 5.000 agneaux et 500 boeufs. 10 Le service fut ainsi organisé : les prêtres se tenaient à leur poste et les lévites à leurs fonctions, selon l'ordre du roi. 11 On immola la Pâque, les prêtres reçurent et versèrent le sang et les lévites firent le dépeçage. 12 Lorsqu'ils donnaient leur part aux gens du peuple, selon les divisions des clans familiaux, ils mettaient de côté la part à offrir au Seigneur en holocauste[1], comme il est écrit dans le livre de Moïse. De même pour les boeufs. 13 Ils firent cuire sur le feu l'agneau pascal, selon la règle, tandis qu'ils firent cuire les autres mets sacrés dans des pots, des casseroles ou des marmites, et ils coururent en porter à tous les gens du peuple. 14 Ensuite ils firent les préparatifs pour eux et pour les prêtres, car les prêtres, fils d'Aaron, furent occupés par l'offrande des holocaustes et des graisses jusqu'à la nuit; aussi les lévites firent-ils les préparatifs pour eux et pour les prêtres, fils d'Aaron. 15 Les chanteurs, fils d'Asaf, restèrent à leur poste, selon la prescription de David, d'Asaf, de Hémân et de Yedoutoun, le voyant du roi; de même les portiers restèrent à chaque porte. Ils n'eurent pas à interrompre leur service, puisque les lévites leurs frères faisaient pour eux les préparatifs. 16 Tout le service du Seigneur fut organisé en ce jour-là de façon à célébrer la Pâque et à offrir les holocaustes sur l'*autel du Seigneur, selon la prescription du roi Josias. 17 Ainsi les fils d'Israël[1] qui étaient présents célébrèrent la Pâque à cette date-là et la fête des *pains sans levain pendant sept jours. 18 Une Pâque semblable n'avait pas été célébrée en Israël depuis le temps du *prophète Samuel, et aucun roi d'Israël ne fit une Pâque comme celle que firent Josias, les prêtres, les lévites, tous les Judéens et Israélites présents et les habitants de Jérusalem. 19 C'est dans la dix-huitième année du règne de Josias que fut célébrée cette Pâque.

Fin du règne de Josias

(2 R 23.28-30)

20 Après tout cela, quand Josias eut remis en état la Maison[2], le roi d'Egypte Néko monta livrer bataille à Karkémish, sur l'Euphrate, et Josias partit à sa rencontre. 21 Néko envoya des messagers pour lui dire : «Qu'y a-t-il entre nous, roi de Juda ? Ce n'est pas contre toi que je viens aujourd'hui, mais contre mon ennemi habituel[3]. Dieu m'a dit de me dépêcher. Ne t'oppose pas au Dieu qui est avec moi, sinon il te détruira. » 22 Pourtant Josias ne changea pas d'avis, car il cherchait une occasion de se battre contre lui. Il n'écouta donc pas les paroles de Néko, inspirées par Dieu, et il vint livrer bataille dans

---

1. *holocauste :* voir au glossaire SACRIFICES.

1. *fils d'Israël* ou *Israélites.*
2. *La Maison* ou *le Temple.*
3. *je viens :* d'après les anciennes versions; hébreu : *toi — contre mon ennemi habituel :* texte hébreu obscur et traduction incertaine.

la passe de Meguiddo[1]. 23 Les archers tirèrent sur le roi Josias et il dit à ses serviteurs : « Emportez-moi, car je suis grièvement blessé. » 24 Ses serviteurs l'emportèrent hors de son char de combat, le mirent dans son second char et le conduisirent à Jérusalem. Il mourut et fut enseveli dans les tombes de ses pères[2], et tout Juda et Jérusalem se mirent en deuil pour Josias. 25 Jérémie composa une complainte sur Josias[3]; tous les chanteurs et les chanteuses ont parlé de Josias dans leurs complaintes jusqu'à ce jour; on établit cette pratique en Israël et on inséra ces chants parmi les complaintes.

26 Le reste des actes de Josias et ses actes de piété conformes à la Loi du Seigneur, 27 donc ses actes, des premiers aux derniers, sont écrits dans le livre des rois d'Israël et de Juda.

Règnes de Yoakhaz, Yoyaqîm et Yoyakîn

(*2 R 23.30-24.17*)

36 1 La population du pays prit Yoakhaz, le fils de Josias, et le fit régner à Jérusalem à la place de son père. 2 Yoakhaz avait 23 ans lorsqu'il devint roi et il régna trois mois à Jérusalem. 3 Le roi d'Egypte le destitua à Jérusalem et il imposa au pays un tribut de cent talents d'argent et talents d'or[1]. 4 Le roi d'Egypte établit comme roi son frère Elyaqîm sur Juda et Jérusalem et il changea son nom en Yoyaqîm. Néko prit son frère Yoakhaz et l'emmena en Egypte.

5 Yoyaqîm avait 25 ans lorsqu'il devint roi et il régna onze ans à Jérusalem. Il fit ce qui est mal aux yeux du Seigneur, son Dieu. 6 Le roi de Babylone Nabuchodonosor monta contre lui. Il l'attacha avec une double chaîne de bronze pour l'emmener à Babylone. 7 Nabuchodonosor emporta à Babylone divers objets de la Maison du Seigneur et les mit dans son palais[2] à Babylone.

8 Le reste des actes de Yoyaqîm, les abominations qu'il commit et ce qui lui est arrivé, sont écrits dans le livre des rois d'Israël et de Juda.

Son fils Yoyakîn régna à sa place. 9 Yoyakîn avait huit ans[3] lorsqu'il devint roi et il régna trois mois et dix jours à Jérusalem. Il fit ce qui est mal aux yeux du Seigneur.

10 Au tournant de l'année, le roi Nabuchodonosor envoya une expédition pour l'emmener à Babylone avec les objets précieux de la Maison du Seigneur et il établit

---

1. *il cherchait une occasion de :* autre traduction *il se déguisa pour — Meguiddo :* voir 2 R 9.27 et la note.
2. *dans la tombe de ses pères* ou *dans le tombeau où étaient ses ancêtres.*
3. La *complainte de Jérémie sur Josias* est perdue; Jr 22.10 ne fait qu'une allusion très discrète à la mort de Josias.

1. *talents :* voir au glossaire POIDS ET MESURES — *et talents d'or* ou *et un talent d'or.* D'anciennes versions grecque et latine portent *et dix talents d'or.*
2. *son palais* ou *son temple* (*le temple de son dieu*).
3. *huit ans :* d'après 2 R 24.8, Yoyakîn avait *dix-huit ans.*

roi sur Juda et Jérusalem son frère[1] Sédécias.

Règne de sédécias. Prise de Jérusalem
(*2 R 24.18-25.21; Jr 39.1-10; 52.1-27*)

11 Sédécias avait 21 ans lorsqu'il devint roi et il régna onze ans à Jérusalem. 12 Il fit ce qui est mal aux yeux du Seigneur, son Dieu.

Il ne s'humilia pas devant le *prophète Jérémie, qui parlait de la part du Seigneur. 13 Il se révolta même contre le roi Nabuchodonosor, qui lui avait fait prêter serment par Dieu. Il raidit son cou[2] et il endurcit son *coeur plutôt que de revenir vers le Seigneur, le Dieu d'Israël. 14 De même tous les chefs des prêtres et du peuple multiplièrent leurs prévarications[3] selon toutes les abominables pratiques des nations et ils souillèrent la Maison que le Seigneur s'était consacrée à Jérusalem. 15 Le Seigneur, Dieu de leurs pères[4], leur envoya des avertissements opportuns et fréquents par l'intermédiaire de ses messagers, car il avait pitié de son peuple et de sa propre *demeure, 16 mais ils bafouaient les messagers de Dieu, ils méprisaient ses paroles et ils narguaient ses prophètes, jusqu'à ce que la fureur du Seigneur contre son peuple atteigne un point irrémédiable. 17 Aussi fit-il monter contre eux

le roi des Chaldéens[1], qui tua par l'épée leurs jeunes gens dans leur *sanctuaire, sans avoir pitié du jeune homme ou de la jeune fille, du vieillard ou de l'homme d'âge : il livra tout entre ses mains. 18 Tous les objets, grands ou petits, de la Maison de Dieu, les trésors de la Maison du Seigneur et les trésors du roi et de ses dignitaires, il emporta tout à Babylone. 19 Ils incendièrent la Maison de Dieu, ils démolirent le rempart de Jérusalem, ils mirent le feu à tous ses palais et tous les objets précieux furent voués à la destruction. 20 Puis il déporta à Babylone ceux que l'épée avait épargnés, pour qu'ils deviennent pour lui et ses fils des esclaves, jusqu'à l'avènement de la royauté des Perses. 21 Ainsi fut accomplie la parole du Seigneur transmise par la bouche de Jérémie[2] :

> « Jusqu'à ce que le pays ait accompli ses *sabbats,
> qu'il ait pratiqué le sabbat pendant tous ses jours de désolation,
> pour un total de 70 ans. »

Cyrus autorise la reconstruction du Temple
(*Esd 1.1-3*)

22 Or la première année[3] du roi de Perse Cyrus, pour accomplir la parole du Seigneur, sortie de la

---

1. *Chaldéens* : autre nom des Babyloniens.
2. La citation combine des éléments tirés de Lv 26.34-35 et de Jr 25.11.
3. Les deux derniers versets de 2 Chroniques se retrouvent au début du livre d'Esdras (1.1-3); voir les notes à cet endroit — Malgré l'ordre dans lequel les livres de l'A. T. sont présentés (en hébreu comme ici), les livres d'Esdras et de Néhémie constituent la suite de l'oeuvre commencée dans les deux livres des Chroniques.

---

1. *Au tournant de l'année* : voir 24.23 et la note — *son frère* : en fait Sédécias était un *frère* de Yoyaqîm, donc un oncle de Yoyakîn, voir 2 R 24.17.
2. *Il raidit son cou* (ou *sa nuque*) : voir Ex 32.9 et la note.
3. *prévarications* ou *infidélités*.
4. *leurs pères* ou *leurs ancêtres*.

bouche de Jérémie, le Seigneur éveilla l'esprit de Cyrus, roi de Perse, afin que dans tout son royaume il fît publier une proclamation, et même un écrit, pour dire :

23 « Ainsi parle Cyrus, roi de Perse : Tous les royaumes de la terre, le Seigneur, le Dieu des cieux, me les a donnés et il m'a chargé lui-même de lui bâtir une Maison à Jérusalem, qui est en Juda. Lequel d'entre vous provient de tout son peuple ? Que le Seigneur son Dieu soit avec lui et qu'il monte »... »

LES LIVRES

DEUTÉROCANONIQUES

ESTHER (GREC)

Le songe de Mardochée[1]

A 1 La deuxième année du règne d'Artaxerxès le Grand, le premier jour de Nisan, Mardochée eut un songe. Descendant de Jaïros, de Séméias, de Kisaïas, issu de la tribu de Benjamin[2], 2 Mardochée était un Juif résidant à Suse[3]; c'était un personnage important qui servait à la Cour du Roi. 3 Or il faisait partie de ceux que Nabuchodonosor, roi de Babylone, avait déportés de Jérusalem avec Jékhonias, le roi de Judée[4].

4 Mardochée eut ce songe[5]:
Voici clameurs et tumulte,
grondements et séisme,
bouleversement sur la terre.

5 Voici deux grands dragons[6], ils s'avancent, prêts tous deux à lutter. Ils poussent un grand cri; 6 à leur cri, chaque nation s'apprête au combat, de façon à faire la guerre à une nation de justes.

7 Voici jour de ténèbres et d'obscurité,
détresse et anxiété,
oppression et grand bouleversement sur la terre.

8 Elle est bouleversée, la nation juste tout entière, épouvantée de ses malheurs; on s'apprête à être anéanti, 9 on crie vers Dieu. Or, de ce cri, sort, comme d'une petite source, un fleuve large, une eau abondante. 10 Une lumière[1] se lève en plus du soleil. Alors les humbles sont élevés et dévorent les nobles.

11 Une fois éveillé, Mardochée, qui avait vu ce songe et ce que Dieu avait décidé de faire, garda cela dans son *coeur et, jusqu'à la nuit, il eut le désir de le comprendre par tous les moyens.

Mardochée dénonce un complot au roi
(cf. Est 2.21-23; Est grec 2.21-23)

12 Puis Mardochée se tint au repos à la Cour en compagnie de Gabatha et de Tharra, les deux *eunuques royaux qui gardaient la cour. 13 Il les entendit alors parler de leurs machinations et chercha à savoir de quoi ils s'oc-

---

1. Les chapitres qui ne se trouvent pas dans le texte hébreu d'Esther — comme c'est le cas de ce chapitre initial — sont désignés par une lettre majuscule — Les renvois à la traduction du texte hébreu d'Esther sont indiqués simplement par Est

2. Artaxerxès le grand: sans doute Artaxerxès Ier qui succéda à Xerxès Ier (voir Esd 4.6-7 et les notes). Les textes hébreu et grec divergent sur l'identification du roi; comparer Est 1.1 — Nisan: voir au glossaire CALENDRIER — Jaïros, Séméias, Kisaïas: les noms juifs sont ici hellénisés (comparer Est 2.5).

3. Une des capitales de l'empire perse, qui servait de résidence d'hiver au roi.

4. Voir Est 2.6 et la note.

5. L'interprétation du songe de Mardochée est donnée en F.1-10.

6. Les deux dragons symbolisent le bien et le mal, représentés en Est grec par Mardochée et Haman; voir F.4.

1. La lumière est ici symbole de salut.

cupaient ; il apprit qu'ils s'apprêtaient à porter la main sur le roi Artaxerxès. Il les dénonça au roi. 14 Le roi interrogea les deux eunuques qui, après avoir avoué, furent arrêtés. 15 Le roi fit mettre ces faits par écrit pour qu'on en garde mémoire ; Mardochée aussi les mit par écrit. 16 Puis le roi donna ordre à Mardochée de rester au service de la Cour et il le gratifia de cadeaux pour ce qu'il venait d'accomplir.

17 Il y avait aussi Haman le Bougaïos[1], fils de Hamadathos, noble du roi. Pour l'affaire des deux eunuques royaux, celui-ci chercha à nuire à Mardochée et à son peuple.

Le banquet du roi Artaxerxès

1 1 C'était au temps d'Artaxerxès[2]. Cet Artaxerxès régna sur 127 provinces depuis l'Inde. 2 À cette époque-là, lorsque le roi Artaxerxès vint prendre place sur son trône de la ville de Suse, 3 la troisième année de son règne, il organisa un banquet pour ses amis, pour toutes les autres nations, pour les nobles parmi les Perses et les Mèdes[3], et pour les super-préfets. 4 Puis, 180 jours durant, il leur montra la richesse de son royaume et la splendeur de ses riches plaisirs. 5 Après la période de noce, le roi organisa pendant six jours, pour les nations qui se trouvaient dans la ville, un festin dans la cour du palais royal. 6 La cour avait été décorée de lin et de mousseline tendus sur des cordelières de lin et d'écarlate, sur des chevilles d'or et d'argent, sur des colonnes de marbre et d'albâtre ; il y avait des divans d'or et d'argent[1] sur un pavement d'émeraude, de nacre et de marbre ; puis des couvertures aux broderies chatoyantes, que les roses parsemées à la ronde, 7 des coupes d'or et d'argent, une timbale garnie d'escarboucles évaluée à 30.000 talents[2]. Il y avait du bon vin à profusion, que le roi lui-même buvait. 8 Ce festin fut sans restriction : ainsi l'avait voulu le roi et il avait ordonné aux maîtres d'hôtel d'agir selon son désir et celui de chacun.

9 Astîn, la reine, avait également organisé un festin pour les femmes dans le palais royal, là où était le roi Artaxerxès.

Disgrâce de la reine Astîn

10 Le septième jour, le roi était gai ; il dit alors à Hamân, Bazân, Tharra, Bôrazè, Zatholtha, Abataza et Tharaba — les sept *eunuques au service du roi Artaxerxès — 11 de faire venir la reine devant lui pour la faire trôner, la ceindre du diadème et montrer aux ministres et aux nations sa beauté ; c'est qu'elle était belle ! 12 Mais la reine Astîn refusa de venir avec les eunuques. Alors, vexé, le roi se mit en colère. 13 Il dit à ses amis[3] : « C'est ainsi qu'a

---

1. le Bougaïos : il s'agit d'un surnom qui pourrait signifier « le Vantard. »

2. Voir A.1 et la note — Les caractères italiques sont utilisés pour les passages communs à Esther hébreu et à Esther grec.

3. toutes les autres nations ou des gens de toutes les autres nationalités (en dehors de la nationalité perse) — Sur l'expression les Perses et les Mèdes voir Est 1.3 et la note.

1. des divans d'or et d'argent : les convives mangeaient étendus sur des divans (voir Am 6.4).

2. Voir au glossaire MONNAIES.

3. Titre honorifique (voir 3.1 et 1 M 2.18 et la note).

répondu Astîn ? Eh bien ! Statuez et jugez sur ce cas. »

14 Puis s'approchèrent *de lui* Arkésaïos, Sarsathaïos et Malèséar, *ministres des Perses et des Mèdes,* qui se tenaient près du *roi, siégeant en premier aux côtés du roi.* 15 Ils lui indiquèrent, *d'après les lois, ce qu'il fallait faire à la reine Astîn, attendu qu'elle n'avait pas exécuté les décisions du roi transmises par les eunuques.* 16 Moukhaïos *prit alors la parole en présence du roi et des ministres :* « *Ce n'est pas seulement le roi que la reine Astîn a bafoué, mais aussi tous les ministres et tous les gouverneurs royaux.* 17 — Le roi leur avait en effet rapporté les paroles de la reine et la manière dont elle lui avait répliqué —. De la même façon qu'elle a répliqué au roi Artaxerxès, 18 c'est ainsi que toutes les autres dames *des ministres perses et mèdes,* dès qu'elles auront appris sa réponse au roi, oseront infliger un semblable déshonneur à leurs maris. 19 *S'il plaît au roi,* qu'il produise une *ordonnance royale qui sera inscrite dans les lois des Mèdes et des Perses.* Qu'il n'y ait pas d'autre procédure ! Et que la reine ne s'approche *plus* du *roi, qui donnera son titre de reine à une femme meilleure qu'elle !* 20 Et que *retentisse la loi* établie par *le roi,* qu'il fera appliquer *dans son royaume.* Ainsi, *toutes les femmes entoureront d'égards leurs maris, du plus pauvre au plus riche.* » 21 La *chose plut au roi et aux ministres. Aussi le roi agit-il suivant les propos de Moukhaïos.* 22 *Il envoya des lettres dans tout le royaume suivant chaque province selon sa langue,* de sorte que les gens avaient peur dans leurs maisons.

Esther devient reine

2 1 *Après ces événements,* une fois sa fureur calmée, *le roi* ne fit plus mention d'Astîn[1], gardant en mémoire ses déclaration et la manière dont il l'avait condamnée. 2 *Les* officiels *à son service dirent alors :* « *Qu'on cherche pour le roi des jeunes filles, vierges et belles à regarder.* 3 *Que le roi* institue des commissaires *dans toutes les provinces de son royaume et qu'ils choisissent des jeunes filles vierges et belles à regarder,* pour les amener dans la ville de *Suse au harem.* Qu'elles soient alors confiées à *l'*eunuque royal, gardien des femmes. Qu'on donne des crèmes de beauté et qu'on pourvoie à leurs autres soins. 4 *La femme qui plaira au roi régnera à la place d'Astîn.* » *La chose plut au roi qui agit de la sorte.*

5 *Il y avait dans la ville de Suse un Juif nommé Mardochée, descendant de Jaïros, de Séméias, de Kisaïas,* issu de la tribu de *Benjamin*[2]; 6 c'était *un déporté, il venait de Jérusalem que Nabuchodonosor,* roi de Babylone, avait *emmenée en déportation*[3]. 7 *Or il était tuteur d'une enfant, une fille de son oncle Aminadab;* elle se nommait *Esther.* Elle avait perdu ses parents et Mardochée l'avait élevée pour en faire sa femme. *La jeune fille était belle à regarder.*

---

1. *C'est-à-dire, le roi ne fit plus appeler Astîn auprès de lui; voir 2.14.*
2. Voir A.1 et la note.
3. Voir la note sur Est 2.6.

8 *Après la proclamation de l'ordonnance du roi*, on rassembla de nombreuses jeunes filles dans la ville de *Suse sous l'autorité de* Gaï. *Esther fut* donc *amenée à* Gaï, *le gardien des femmes.* 9 *La jeune fille lui plut et gagna sa faveur. Il se dépêcha de lui donner les crèmes de beauté et son régime, ainsi que les sept filles les plus remarquables venant* pour elle *du palais. Il la traita bien, elle et ses demoiselles d'honneur, dans le harem*[1]. 10 *Esther n'avait révélé ni sa race ni sa patrie; car Mardochée lui avait interdit de le faire.* 11 D'ailleurs, *chaque jour, Mardochée se promenait* près de *la cour* des femmes, guettant ce qui arriverait à *Esther.*

12 Au terme de *douze mois,* le moment était venu pour *une jeune fille de s'approcher du roi. La période des préparatifs se déroulait ainsi : pendant six mois,* elle se frottait *avec de l'huile de myrrhe, puis pendant six mois avec des baumes et des crèmes de beauté féminines.* 13 Elle *allait alors près du roi.* Celui qu'il avait mandaté permettait à la jeune fille de l'accompagner depuis le harem jusqu'aux appartements royaux. 14 *Le soir, elle allait; le matin,* elle se retirait *dans le second harem dont* Gaï, *l'eunuque royal,* était *le gardien. Elle n'allait plus alors près du roi, à moins qu'elle ne soit appelée* nommément.

15 *Quand Esther, la fille d'Ami-nadab l'oncle de Mardochée,* eut rempli les délais pour s'approcher

du roi, elle n'avait refusé aucun des ordres de l'eunuque gardien des femmes. De fait, *Esther ga-gnait la faveur de tous ceux qui la voyaient.* 16 Esther *s'approcha donc du roi Artaxerxès le dou-zième mois, c'est-à-dire en Adar*[1]*, la septième année du règne.* 17 Et le roi tomba amoureux d'Esther qui gagna sa faveur plus que toutes les jeunes filles. *Il lui mit alors le diadème* de son épouse. 18 *Puis pour tous ses amis et tous les puissants, le roi organisa un festin pendant sept jours et il cé-lébra ses noces avec Esther. Il accorda un dégrèvement*[2] à tous les sujets de son royaume.

19 *Mardochée servait à la Cour.* 20 *Esther n'avait pas révélé sa patrie; c'est que Mardochée lui avait fait cette recommandation :* craindre Dieu et accomplir ses commandements — *comme lors-qu'elle était* avec lui. Esther ne changea pas de conduite.

Mardochée découvre un complot

21 Les *deux *eunuques royaux* qui étaient chefs des gardes du corps avaient pris ombrage de l'avancement de Mardochée *et ils cherchaient* à tuer *le roi Artaxerxès.* 22 Mais l'affaire fut connue de Mardochée; il en informa *Esther qui* découvrit *au roi* les éléments de la conspiration. 23 Le roi interrogea les deux eunuques, *qui furent pendus.* En éloge, le roi ordonna *d'enregistrer* ces faits

---

1. Ces *sept filles* appelées les *demoiselles d'hon-neur* d'Esther sont à son service un peu comme des dames de compagnie.

1. Voir au glossaire CALENDRIER.
2. Voir la note sur Est 2.18.

dans la Bibliothèque *Royale*[1] pour garder le souvenir des bons offices de Mardochée.

Conflit entre Haman et Mardochée

3 [1] *Après ces événements, le roi* Artaxerxès *donna une haute situation à Haman le Bougaïos, fils de Hamadathos; il l'éleva et le fit siéger au premier rang de ses amis*[2]. [2] *Tous les courtisans*[3] *se prosternaient devant lui, comme le roi l'avait en effet commandé. Mais Mardochée ne se prosternait pas devant Haman.* [3] *Les courtisans du roi dirent alors à Mardochée :* «*Pourquoi ne tiens-tu pas compte de ce qui a été dit par le roi ?*» [4] *Chaque jour, ils lui en parlaient, mais lui ne les écoutait pas. Alors ils informèrent Haman que Mardochée s'opposait à ce qu'avait dit le roi. Mardochée leur avait révélé qu'il était juif.* [5] *Lorsqu'il apprit que Mardochée ne se prosternait pas devant lui, Haman fut rempli de fureur* [6] *et il résolut de faire disparaître tous les Juifs du royaume d'Artaxerxès.* [7] *Il prit un décret la douzième année du règne d'Artaxerxès et il tira au sort le jour, puis le mois, de façon à anéantir en une seule journée la race de Mardochée. Le sort tomba sur le quatorzième jour du mois d'Adar*[4].

Haman prépare l'extermination des Juifs

[8] *Alors Haman dit au roi Artaxerxès :* «*Il y a une nation dispersée au milieu des nations dans tout ton royaume. Leurs lois sont fort différentes de celles de toutes les nations et ils ne tiennent pas compte des lois royales. Le roi n'a pas intérêt à les laisser tranquilles.* [9] *S'il plaît au roi,* qu'il décide *de les anéantir. Quant à moi, j'inscrirai sur le compte du Trésor royal une somme de 10.000 talents d'argent*[1].» [10] *Alors le roi ôta sa bague*[2] *et la mit dans la main de Haman pour qu'il appose le sceau sur les lettres contre les Juifs.* [11] *Puis le roi dit à Haman :* «*Garde l'argent ! Et traite cette nation à ton gré.*»

[12] *Les secrétaires royaux furent alors convoqués le treize du premier mois et ils écrivirent suivant les ordres de Haman aux généraux et aux ministres de chaque province depuis l'Inde jusqu'à l'Éthiopie, aux 127 provinces et aux chefs des nations, selon leur langue, au nom du roi* Artaxerxès. [13] *Puis on envoya des porteurs de dépêches dans le royaume d'Artaxerxès pour faire disparaître la race juive en un seul jour du douzième mois, c'est-à-dire Adar*[3], *et pour piller leurs biens.*

Le décret d'extermination des Juifs

B [1] De cette lettre, voici la copie : «Le Grand Roi Ar-

---

1. Voir la note sur Est 2.23.
2. *le Bougaïos :* voir A.17 et la note — *ses amis :* voir 1.13 et la note.
3. *les courtisans* sont des hommes au service du roi (comparer Est 3.2).
4. *Le décret* concerne sans doute le tirage au sort qui suit — *Le tirage au sort* était utilisé pour fixer une date; comparer 3.7 — *Adar :* voir au glossaire CALENDRIER.

1. Voir la note sur Est 3.9 — *talents :* voir au glossaire MONNAIES.
2. *sa bague* ou *son anneau :* voir la note sur Est 3.10.
3. Voir 3.7.

taxerxès, aux ministres et préfets subalternes des 127 provinces depuis l'Inde jusqu'à l'Ethiopie, écrit ce qui suit :

2 Moi qui étends mon empire sur nombre de nations et ma puissance sur la terre entière, j'ai voulu — sans me laisser griser par l'orgueil du pouvoir, mais au contraire en gouvernant toujours avec bienveillance et assez de modération — maintenir en tout temps sans remous la vie de mes sujets, rendre le royaume civilisé et praticable[1] jusqu'aux frontières, restaurer la paix à laquelle tous les hommes aspirent.

3 Lorsque j'ai consulté mes conseillers pour savoir comment atteindre ces objectifs, celui qui, parmi nous, s'est distingué par la sagesse, qui a constamment donné la preuve de ses bons offices et d'une fidélité sûre, qui a obtenu le titre de second personnage du royaume, Haman, 4 nous a montré que, parmi toutes les tribus répandues sur la terre, se trouve mêlée une espèce de peuple malveillant, opposé par ses lois à toute nation, des gens qui rejettent continuellement les ordonnances royales pour que ne s'établisse pas le gouvernement commun que nous dirigeons avec droiture et de façon irréprochable.

5 Ayant donc saisi que cette nation est la seule à se placer en une continuelle opposition à tout homme; qu'elle se met à part en se conduisant selon des lois étrangères; et que, hostile à nos affaires, elle commet les pires méfaits — et cela, afin que le royaume ne trouve pas de stabilité — : 6 en conséquence, nous ordonnons que ceux que vous signale par écrit Haman, préposé aux affaires et pour nous un second père, que tous ceux-là soient anéantis radicalement, y compris femmes et enfants, par l'épée de leurs ennemis sans aucune pitié ni ménagement, le quatorzième jour du douzième mois (Adar) de la présente année[1], 7 de façon que les opposants d'hier et d'aujourd'hui, précipités violemment aux Enfers[2], en un seul jour, nous assurent pour le temps à venir des affaires définitivement stables et sans bouleversement. »

3   14 Les *copies des* lettres furent *promulguées dans chaque province, et* ordre fut donné *à toutes les* nations *de se tenir prêtes au jour dit.* 15 L'affaire fut menée *bon train,* même *à Suse.* Et tandis que *le roi et Haman* s'enivraient, *la ville* était bouleversée.

Mardochée demande à Esther d'intervenir

4   1 *Apprenant les faits, Mardochée *déchira ses habits, se revêtit d'un *sac,* répandit sur lui *de la cendre et,* se précipitant à travers la grand-rue de la ville, *il criait d'une voix forte :* « On supprime une nation innocente ! » 2 *Puis il alla jusqu'à la porte royale* et il se tint là; *car il ne* lui était *pas* permis d'*entrer dans la cour,* couvert *d'un sac et* de cendre.

---

1. *praticable,* c'est-à-dire où l'on puisse circuler librement et en toute sécurité.

1. *un second père,* c'est-à-dire le second personnage du royaume; voir B.3 et comparer Gn 45.8 et la note — *(Adar) :* voir au glossaire CALENDRIER.
2. *aux Enfers* ou dans le **séjour des morts.*

3 *Or en chaque province où les lettres avaient été* promulguées, *c'était des lamentations,* des coups sur la poitrine, *un grand deuil pour les Juifs, qui s'étendirent sur le sac et la cendre.*

4 Les demoiselles d'honneur[1] et les *eunuques de la reine *vinrent la mettre au courant.* En entendant ce qui se passait, elle fut bouleversée. *Puis elle envoya des vêtements pour que Mardochée s'habille et enlève son sac. Mais il n'y a consenti pas.* 5 Alors *Esther appela* Hakhrathaïos, son eunuque qui se tenait à sa disposition, *et elle l'envoya prendre pour elle des informations exactes auprès de Mardochée*[2].

7 *Alors Mardochée lui révéla ce qui était arrivé et la promesse que* Haman *avait faite au roi, concernant les* 10.000 *talents pour le Trésor, afin d'anéantir les Juifs*[3]. 8 *Il lui remit aussi une copie de ce qu'on avait* promulgué *à Suse pour leur* anéantissement, *afin qu'il la montre à Esther. De plus, il lui déclara qu'il commandait à Esther d'aller chez le roi, de lui demander grâce et de le supplier pour son peuple.* — « Rappelle-toi les jours de ton humble condition, comment tu as été nourrie de ma main; car Haman qui est le second personnage[4], a parlé au roi contre nous pour nous faire mourir. Invoque le Seigneur ! Parle au roi à notre sujet ! Arrache-nous à la mort ! »

9 Hakhrathaïos *vint* rapporter à *Esther* toutes ces *paroles.* 10 *Alors Esther dit à* Hakhrathaïos : « *Va dire à Mardochée :* 11 Toutes les nations du royaume savent bien que quiconque, homme ou femme, va près du roi *dans la cour intérieure sans être appelé,* n'a aucune chance de salut — *sauf celui à qui le roi tend le sceptre d'or :* celui-là sera sauvé. *Quant à moi, cela fait 30 jours que je n'ai pas été appelée à m'approcher du roi ... »* 12 Hakhrathaïos *mit Mardochée au courant de toutes les paroles d'Esther.*

13 *Mardochée répondit alors à* Hakhrathaïos : « *Va lui dire, à Esther : Ne te dis pas que,* seule *dans le royaume, à la différence de tous les Juifs, tu en réchapperas.* 14 *Car si en cette occasion tu fais la sourde oreille, c'est d'un autre endroit qu'il y aura secours et protection pour les Juifs, tandis que toi et ta famille vous serez anéantis. Or qui sait ? si c'était pour une occasion comme celle-ci que tu es arrivée à la royauté*[1] *... ? »* 15 *Esther* renvoya celui qui était venu auprès d'elle et elle fit *dire à Mardochée :* 16 « *Va réunir les Juifs qui se trouvent à Suse et *jeûnez pour moi : ne mangez pas, ne buvez pas, pendant trois jours, ni jour ni nuit. Moi de même, avec mes demoiselles d'honneur, je me priverai de nourriture. Sur ce, en dépit de la loi, j'irai près du roi, même si je dois être anéantie. »* 17 *Mardochée* s'en alla *faire tout ce qu'Esther lui avait* commandé.

1. Voir 2.9 et la note.
2. Le verset 6 manque dans le texte grec; comparer Est 4.6.
3. *talents* : voir au glossaire MONNAIES — Sur les faits rapportés dans ce verset voir 3.9.
4. *le second personnage* sous-entendu *du royaume*; voir B.3.

1. Voir la note sur Est 4.14.

Prière de Mardochée

C 1 Il pria le Seigneur, en rappelant toutes les oeuvres du Seigneur, 2 et il dit :

« Seigneur, Seigneur, Roi Tout-Puissant :
Puisque l'univers est en ton pouvoir,
alors tu n'as pas d'opposant
quand tu désires sauver Israël;
3 puisque c'est toi qui as fait le ciel et la terre
et toutes les merveilles qu'elle contient sous le ciel,
4 alors tu es le Seigneur de tout
et il n'y a personne qui te résistera
à toi, le Seigneur.

5 Toi, tu connais tout.
Toi, tu sais bien, Seigneur,
que ce n'est ni par démesure
ni par orgueil ni par ambition
que j'ai fait cela :
ne pas me prosterner devant Haman l'orgueilleux.
6 Car je consentirais à lui lécher les pieds
pour le salut d'Israël.
7 Mais j'ai fait cela
pour ne pas mettre la gloire d'un homme
au-dessus de la gloire de Dieu;
je ne me prosternerai devant personne
sauf devant toi, mon Seigneur;
et ce ne sera pas par orgueil.
8 Et maintenant, Seigneur Dieu, Roi, Dieu d'Abraham,
épargne ton peuple,
car on jette les yeux sur nous pour nous détruire,
ils ont mis leur ardeur à anéantir

ce qui est ton héritage depuis les origines[1].
9 Ne méprise pas ton lot, que tu as racheté
pour toi du pays d'Egypte.
10 Prête l'oreille à ma prière.
Sois favorable à ce qui est de ton ressort
et change notre deuil en réjouissance
afin que, vivants, nous chantions des hymnes
à ton nom, Seigneur,
et ne fais pas disparaître
ceux dont la bouche te loue. »

11 Tout Israël criait de toutes ses forces, parce qu'ils voyaient qu'ils allaient mourir.

Prière d'Esther

12 Esther la reine, en proie à un combat mortel[2], chercha refuge auprès du Seigneur. 13 Après avoir enlevé ses habits d'apparat, elle revêtit des habits de détresse et de deuil; à la place des parfums de luxe, elle se couvrit la tête de cendre et de saletés; elle humilia durement son corps et, tout ce qu'elle parait joyeusement, elle le recouvrit de ses cheveux emmêlés[3]. 14 Elle priait le Seigneur Dieu d'Israël en disant :

« Mon Seigneur, notre Roi,
toi, tu es le Seul ! Porte-moi secours,

1. *on* et *ils* renvoient aux populations païennes du royaume perse qui ont des sentiments antijuifs — *ce qui est ton héritage* : c'est-à-dire le peuple qui t'appartient.
2. Esther livre un combat intérieur pour se décider à risquer la mort en allant parler au roi.
3. *tout ce qu'elle parait joyeusement*, c'est-à-dire les endroits de son corps qu'elle était heureuse auparavant de recouvrir de parures — Tous les gestes décrits dans ce verset sont des signes de douleur morale et de deuil; comparer 4.1.

à moi qui suis seule et n'ai
d'autre secours que toi;
15 car je vais jouer avec le danger.
16 Moi, dès ma naissance, j'ai entendu dire dans la tribu de mes
pères
que toi, Seigneur, tu as pris
Israël d'entre toutes les nations
et nos pères d'entre tous leurs
ancêtres
pour qu'ils deviennent un héritage perpétuel[1],
que tu as réalisé aussi pour eux
tout ce que tu avais dit.

17 Et maintenant, nous avons péché devant toi
et tu nous as livrés aux mains
de nos ennemis
18 parce que nous avons glorifié
leurs dieux[2].
Tu es juste, Seigneur !

19 Mais maintenant, l'âpreté de
notre esclavage ne leur a pas
suffi;
au contraire, ils ont fait un
pacte avec leurs idoles[3]
20 pour abolir ce que ta bouche a
décrété,
faire disparaître ton héritage,
fermer la bouche de ceux qui
te louent,
éteindre la gloire de ta Maison
ainsi que ton *Autel,
21 ouvrir la bouche des nations
pour vanter du vide[4]
et admirer à perpétuité un roi
mortel.

22 Ne livre pas ton sceptre, Seigneur, à ceux qui n'existent
pas;
qu'ils ne se moquent pas de
notre chute.
Mais retourne contre eux leur
projet
et, celui qui a pris la tête des
opérations contre nous,
inflige-lui un châtiment exemplaire[1].

23 Rappelle-toi, Seigneur;
fais-toi connaître au moment
de notre détresse.
Quant à moi, donne-moi du
courage,
Roi des dieux et Maître de
toute autorité.

24 Mets dans ma bouche un langage mélodieux en présence du
lion[2]
et change son coeur
pour qu'il déteste celui qui
nous fait la guerre,
pour qu'il achève celui-ci ainsi
que ses partisans.
25 Arrache-nous à eux par ta
main et porte-moi secours,
moi qui suis seule et qui n'ai
que toi, Seigneur.

Tu as connaissance de tout :
26 tu sais que j'ai détesté la gloire
des sans-Loi[3],
que je lit des païens et de tout
étranger me dégoûte.
27 Toi, tu sais la contrainte que je
subis :

---

1. *héritage perpétuel* : comparer C.8 et la note.
2. Allusion à la participation des Juifs à des
cultes païens.
3. *leur, ils* ... renvoient aux ennemis nommés en
C.17.
4. *des nations* ou *des peuples païens* – *du vide* :
cette expression désigne les faux dieux.

1. *Ne livre pas ton sceptre* ou *N'abandonne pas
ton pouvoir* — *celui qui* ..., c'est-à-dire Haman;
voir 3.5-11.
2. *Le lion* désigne ici de façon symbolique le roi
Artaxerxès.
3. Les *sans-Loi* sont les païens qui n'observent
pas la loi de Moïse.

il me dégoûte, l'insigne orgueilleux[1]
que j'ai sur la tête les jours où
je suis en représentation;
il me dégoûte comme une ser-
viette périodique
et je ne le porte pas les jours
où je suis au repos.

28 Ta servante n'a pas mangé à la
table de Haman
et je n'ai pas honoré le banquet du roi,
ni bu le vin des libations.

29 Ta servante n'a pas trouvé le
bonheur
depuis que j'ai changé de
condition jusqu'à maintenant,
sauf auprès de toi, Seigneur,
Dieu d'Abraham.

30 Dieu, qui as puissance sur tous,
écoute la voix des désespérés,
arrache-nous à la main des
pervers
et arrache-moi à ma peur. »

Démarche d'Esther auprès du roi

D 1 *Au bout de trois jours,
voici ce qui arriva :*
Lorsqu'elle eut cessé de prier,
elle enleva ses habits de pénitente
pour se draper dans sa gloire[2].
2 Puis, dans tout son éclat solen-
nel, après avoir invoqué Dieu qui
voit tout et qui sauve, elle prit
avec elle les deux demoiselles
d'honneur[3].
3 Sur l'une, elle s'appuyait
comme alanguie, 4 tandis que
l'autre suivait en portant sa
traîne. 5 Elle était toute rougis-
sante, au comble de sa beauté,
elle avait la mine souriante
comme une amoureuse, mais le
coeur serré par la peur.

6 Après avoir franchi toutes les
portes, elle se tint devant le roi.
Lui, *il était assis sur son trône
royal,* revêtu de tous les atours de
ses solennelles apparitions, tout
couvert d'or et de pierres précieuses; il inspirait une grande
terreur. 7 Il leva alors son visage
que la gloire enflammait, et, au
comble de la fureur, il jeta un
regard. La reine s'effondra; dans
son état de faiblesse, elle changea
de couleur et inclina sa tête sur
celle de la demoiselle d'honneur
qui la précédait.

8 Or Dieu changea l'esprit du
roi pour l'amener à la douceur.
Inquiet, celui-ci bondit de son
trône et la prit dans ses bras jusqu'à ce qu'elle se remît. Il la réconfortait par des paroles apai-
santes : 9 « Qu'y a-t-il, Esther ? Je
suis ton frère[1] : aie confiance ! lui
dit-il. 10 Tu ne mourras pas; notre
ordonnance[2] concerne le commun. 11 Approche ! » 12 Il leva
alors *le sceptre d'or*[3], le lui posa
sur le cou, puis il l'embrassa et
dit : « Parle-moi. » 13 Elle lui répondit : « Je t'ai vu, Seigneur, tel
un ange de Dieu, et mon coeur a
été bouleversé de peur par ta
gloire; 14 car tu es admirable, Seigneur, et ton visage est plein de
grâces. » 15 Mais, tandis qu'elle
parlait, elle s'effondra de fai-

---

1. *l'insigne orgueilleux,* c'est-à-dire le diadème
de reine; voir 1.11 et 2.17.
2. Le chapitre D développe longuement les versets 1 et 2 du chapitre 5 du texte hébreu — *elle :*
Esther — *ses habits de pénitence :* voir C.13.
3. Voir 2.9 et la note.

1. *ton frère,* c'est-à-dire celui qui t'aime et te
protège.
2. Il s'agit du règlement royal qui oblige à faire
mourir quiconque s'approche du roi sans être appelé; voir 4.11.
3. Sur le sens de ce geste voir 4.11.

blesse. 16 Le roi était bouleversé
et toute sa suite la réconfortait.

5 3 *Alors le roi lui dit :* « Que
désires-tu, Esther ? Quelle
est ta demande ? Jusqu'à la moitié de mon royaume, tu l'auras. »
4 *Mais Esther répondit :* « Pour
moi, aujourd'hui, c'est un grand
jour. S'il plaît au roi, qu'il vienne,
lui avec Haman, au banquet que
j'organiserai aujourd'hui. » 5 *Alors
le roi dit :* « Faites presser Haman,
pour que nous obéissions à l'invitation d'Esther ! » Tous deux furent présents *au banquet* auquel
Esther les avait invités. 6 *Or à la
fin du festin, le roi s'adressa à
Esther :* « Qu'y a-t-il, reine Esther ? Tout ce que tu demanderas,
tu l'auras. » 7 Elle *répondit :* « Ma
requête ... ? Ma demande ... ? 8 Si
j'ai gagnée gagné la faveur du
roi, qu'il vienne encore demain
avec Haman au banquet que je
vais organiser pour eux, et demain j'agirai de même. »

Haman prépare un gibet pour Mardochée

9 *Haman était sorti* de chez le
roi, très heureux, bien content.
Mais lorsque Haman vit Mardochée le Juif dans la cour, il *fut
rempli d'une grande fureur.*
10 *Rentré chez lui, il appela ses
amis et Zôsara sa femme;* 11 *il
leur montra sa richesse et la
gloire dont le roi l'avait entouré,
et comment il l'avait* fait Premier
Ministre et comment il lui avait
confié la direction du royaume.
12 *Puis Haman ajouta :* « Au banquet, la reine n'a convié que moi
avec le roi. Je suis convié aussi
pour demain. 13 Mais cela ne me

plaît pas, chaque fois que je vois
Mardochée le Juif dans la cour. »
14 *Alors Zôsara sa femme et ses
amis lui dirent :* « Qu'on abatte
pour toi un tronc haut de 25 mètres[1]; et demain matin, dis au roi
qu'on pende Mardochée à ce gibet. Quant à toi, va au banquet
avec le roi et amuse-toi bien ! »
La chose plut à Haman, et le
gibet fut préparé.

Haman est obligé d'honorer Mardochée

6 1 *Cette nuit-là,* le Seigneur
éloigna du *roi le sommeil;
celui-ci dit alors* à son précepteur
de lui *apporter le livre des « Mémoires des Jours*[2] » pour lui en
donner lecture. 2 *Il trouva le texte
écrit à propos de Mardochée*[3] :
comment celui-ci *avait fait au roi
des révélations, concernant les
deux* *eunuques royaux, lorsque,
pendant leur service de garde, ils
avaient cherché à porter la main
sur* Artaxerxès. 3 « *Quel honneur,
dit le roi, ou quelle faveur avons-
nous* décerné à *Mardo-
chée ? » Les officiels à son service
répondirent :* « Tu ne lui as rien
décerné. »

4 *Or,* tandis que le roi s'infor-
mait des bons offices de Mardochée, voici *Haman dans la cour.
Le roi dit alors :* « Qui est dans la
cour ? » *Haman était venu* pour
dire au roi de pendre *Mardochée
au gibet qu'il avait fait préparer.*
5 *Les officiels au service du roi
dirent :* « C'est Haman qui se tient
dans la cour. » *Le roi déclara :*
« Appelez-le ! » 6 Puis le roi dit à

---

1. Voir la note sur Est 5.14.
2. le livre des « *Mémoires des Jours* » désigne les
Annales royales, voir la note sur Est 2.23.
3. Voir A.15 et 2.23.

Haman : «*Que* vais-je faire à quelqu'un que je désire honorer ?» Haman se dit alors : «*Qui le roi désire-t-il honorer*, sinon *moi* ?» 7 Il répondit donc au roi : «*Quelqu'un que le roi désire honorer* ? 8 Que les valets royaux apportent un *vêtement* de lin dont s'enveloppe *le roi*, et un cheval que monte *le roi*. 9 Qu'il les remette à l'un des amis nobles du roi et que celui-ci revête l'homme que le roi préfère. Qu'il le fasse monter sur le cheval et proclame à travers *la grand-rue de la ville* : Ainsi en sera-t-il pour tout homme que le roi honore[1] !»

10 *Alors le roi dit* à Haman : «*Tu as bien parlé. Fais ainsi pour Mardochée, le juif qui sert* à la cour. *Que rien ne soit négligé de ce que tu as proposé* !» 11 Haman prit *le vêtement et le cheval*; il revêtit *Mardochée* et le fit monter sur *le cheval*. Puis il circula à travers *la grand-rue de la ville* en proclamant : «Ainsi en sera-t-il pour tout homme que le roi désire honorer !»

12 *Mardochée* retourna à la Cour, tandis que *Haman* revenait chez lui, abattu, la tête basse. 13 *Haman raconta* à Zôsara sa femme *et à ses amis ce qui lui était arrivé*. *Ses amis et sa femme lui dirent* : «Si *Mardochée* est de la race des Juifs, c'est le commencement de *ton* humiliation *devant lui*; tu vas sûrement continuer de déchoir. Tu ne pourras absolument *pas le repousser*, car il y a un Dieu vivant avec lui.»

14 *Ils parlaient encore quand se présentèrent les eunuques*, pressant *Haman* pour le festin préparé par Esther.

Disgrâce et mort de Haman

7 1 *Le roi et Haman vinrent festoyer avec la reine.* 2 En ce second jour, à la fin du festin, *le roi dit à Esther* : «*Qu'y a-t-il, reine Esther ? Quelle est ta requête ? Quelle est ta demande ? Que soit à toi jusqu'à la moitié de mon royaume.*» 3 En réponse, elle déclara : «*Si j'ai gagné la faveur du roi, que me soient accordées ma propre vie* — telle est ma requête — *et celle de mon peuple* — telle est ma demande —. 4 En effet *nous avons été vendus, moi et mon peuple pour l'anéantissement, le pillage, l'esclavage*, nous et nos enfants pour devenir valets et servantes; mais j'avais fait la sourde oreille, car un tel calomniateur[1] n'est pas digne de la Cour *royale*.»

5 *Le roi dit* alors : «*Qui est-ce qui a osé faire cette chose-là* ? 6 *Esther répondit* : «Un ennemi ! Haman, *ce pervers* !» Haman fut alors bouleversé en face du roi et de la reine.

7 *Le roi* quitta le festin pour aller dans *le jardin*. Haman se mit à implorer *la reine*, car il se voyait dans une *mauvaise* situation.

8 *Quand le roi revint du jardin* Haman était effondré sur le divan, en train de supplier la reine. *Du coup le roi dit* : «*Tu veux*

---

1. *un des amis* : voir 1.13 et la note — Porter *un vêtement du roi* et monter *son cheval* font participer à sa dignité.

1. Allusion à Haman et à ses arguments pour l'extermination des Juifs; voir 3.8, 9; B.3-5 et comparer E.13-16.

donc *en plus violer ma femme dans ma maison* !» Haman comprit et détourna la tête par confusion. 9 Or Bougathân, *l'un des* *eunuques, dit au *roi* : «*Il y a justement ce gibet que Haman a fait préparer pour Mardochée, qui a parlé en ce qui concerne le roi*; c'est un gibet *haut de 25 mètres qui se dresse chez Haman*[1] !» Le roi dit : «*Qu'il y soit crucifié* !» 10 *Et Haman* fut *pendu au gibet préparé pour Mardochée*. À ce moment-là, *la fureur du roi se calma.*

8 1 *Le jour même, le roi Artaxerxès fit* don *à Esther de toutes les possessions de Haman* le calomniateur. *De plus Mardochée fut appelé par* le roi, *car Esther avait révélé* qu'il avait *des liens de* parenté *avec* elle. 2 Prenant la bague *qu'il avait enlevée à Haman, le roi la donna à Mardochée*[2]. Et Esther établit Mardochée sur toutes les possessions de Haman.

Décret royal en faveur des Juifs

3 *À nouveau, Esther parla au roi*; elle tomba à ses pieds, lui demandant *d'écarter le malheur voulu par Haman* et tout ce qu'il avait fait contre les Juifs. 4 *Le roi tendit à Esther le sceptre d'or*[3]; alors Esther se releva et se tint debout près *du roi*. 5 «*S'il te plaît*

et si j'ai gagné ta faveur, dit-elle, *qu'on envoie* révoquer les lettres expédiées par *Haman*, celles qui ont été *écrites pour anéantir les Juifs* de ton royaume[1]. 6 *Comment pourrai-je en effet supporter la vue du malheur de mon peuple ? Comment pourrai-je* être *sauvée quand sera anéantie* ma parenté *?»* 7 *Le roi répondit à Esther :* «*Si je* t'ai donné tous les biens de Haman, si j'ai cherché à te faire plaisir et si je *l'ai fait pendre au gibet parce qu'il avait porté la main sur les Juifs*, que désires-tu obtenir encore ? 8 *À votre tour, écrivez en* mon nom, comme bon vous semble, et cachetez avec ma bague[2]. *Car tout ce qui a été écrit sur ordre du roi et cacheté avec ma bague, il est impossible de le* contester.*»*

9 *Les secrétaires furent donc convoqués le 23 du premier* mois *— c'est-à-dire Nisan*[3] *—* de la même année. *Aux Juifs, on écrivit les ordres donnés aux intendants et aux super-préfets, depuis l'Inde jusqu'à l'Ethiopie, pour les 127 régions, à chaque province selon sa langue.* 10 *On écrivit au nom du roi et on cacheta avec sa bague; puis ils expédièrent les lettres par des porteurs de dépêches* : 11 il prescrivait aux Juifs de *suivre leurs propres lois en chaque ville*, aussi bien pour se porter secours que pour traiter leurs adversaires et leurs opposants à leur gré, 12 *en un seul jour dans tout* le royaume d'Artaxe-

---

1. Voir 5.14.
2. Par ce geste le roi transmet à Mardochée les pouvoirs qu'il avait précédemment donnés à Haman, voir 3.10 et la note sur Est 3.10.
3. Voir 4.11 et comparer D.12.

1. Voir 3.12-13; B.1-7 et 3.14-15.
2. avec ma bague ou avec mon anneau; voir 3.10 et la note sur Est 3.10.
3. Voir au glossaire CALENDRIER.

rxès, *le treize du douzième mois
c'est-à-dire Adar*[1].

Lettre de réhabilitation des Juifs

E [1] Le texte ci-dessous est une copie de la lettre :

« Le Grand Roi Artaxerxès aux ministres de provinces des 127 régions depuis l'Inde jusqu'à l'Éthiopie, à tous nos[2] partisans, salut !

[2] Bien des gens, trop souvent honorés par l'extrême générosité de leurs bienfaiteurs, ont nourri trop d'ambition[3]; [3] non seulement ils cherchent à nuire à nos sujets, mais, incapables de supporter ce qui devrait les contenter, ils entreprennent de comploter contre leurs propres bienfaiteurs. [4] Non seulement ils suppriment la reconnaissance du milieu des hommes, mais de plus, exaltés par les fanfaronnades de ceux qui n'ont aucune expérience du bien, ils se figurent qu'ils échapperont à une justice ennemie du mal, celle de Dieu qui, sans cesse, discerne tout.

[5] En de nombreux cas aussi, nombre de gens placés au pouvoir, sous la pression d'amis en qui ils avaient mis leur confiance pour la prise en main des affaires, ont été rendus complices du sang innocent et entraînés dans des catastrophes irrémédia-

bles[1] : [6] c'est que ces amis, par les fourberies mensongères de la malice, avaient trompé l'entière bonne foi des souverains.

[7] Or il est possible de constater, sans remonter aux récits assez anciens que nous avons transmis, en examinant ce qui se passe sous nos yeux, toutes les profanations commises par des individus véreux qui exercent indignement leur pouvoir.

[8] À l'avenir, nous nous efforcerons d'amener le royaume à la tranquillité dans l'intérêt de tous pacifiquement, [9] en effectuant les changements et en jugeant toujours les affaires qui seront soumises à notre examen, avec un abord suffisamment équitable.

[10] En effet c'est ainsi que Haman, fils de Hamadathos, un Macédonien[2], en réalité étranger au sang perse, bien éloigné de notre générosité, avait bénéficié de notre hospitalité; [11] il avait rencontré l'amitié que nous portons à toute nation, au point d'être proclamé notre père et de devenir la seconde personnalité du trône royal, devant laquelle tous se prosternaient[3]. [12] Mais il n'a pas contenu son orgueil, il s'est employé à nous priver du pouvoir et de la vie; [13] par un tissu de mensonges frauduleux, il a réclamé, pour les anéantir, notre propre sauveur et constant bienfaiteur[4],

---

1. C'est-à-dire un jour avant la date prévue pour l'extermination des Juifs; voir 3.7 et B.6 — *Adar* : voir au glossaire CALENDRIER.
2. Dans tout ce chapitre les pronoms à la première personne du pluriel désignent Artaxerxès (v. 3, 7, 8, 10, 13, 15). Il s'agit d'un pluriel de majesté.
3. Les versets 2 à 7 font allusion aux actions d'Haman contre les Juifs, qui sont maintenant interprétées de manière nouvelle par le roi; voir les v. 10 à 14.

1. *amis* : voir 1.13 et la note — *complices du sang innocent*, c'est-à-dire complices de l'effusion du sang innocent.
2. Voir E.14 et la note.
3. *à toute nation*, c'est-à-dire à tous les membres d'un peuple autre que celui des Perses — *notre « père »* : voir B.6 et la note.
4. *notre propre sauveur et constant bienfaiteur* : allusion aux événements rapportés en A.12-17 et 2.21-23.

Mardochée, et Esther, l'irréprochable compagne de notre royauté, ainsi que leur nation tout entière. 14 Par ces moyens, en effet, il s'est imaginé, en nous tenant isolé, faire passer aux Macédoniens l'empire des Perses[1]. 15 Mais nous, nous trouvons que les Juifs, livrés à la disparition par cette triple crapule, ne sont pas des malfaiteurs; au contraire, ils s'administrent par des lois très justes; 16 en outre, ils sont fils du Dieu vivant, le très-haut, le très-grand, qui gouverne le royauté avec droiture pour nous comme pour nos ancêtres dans les meilleures conditions.

17 Vous ferez donc bien de ne pas utiliser les lettres envoyées par Haman, le fils de Hamadathos, 18 attendu que leur auteur a été crucifié à l'entrée de Suse avec toute sa famille. Dieu, souverain de toutes choses, lui a rendu ainsi sans délai le verdict qu'il méritait. 19 Après publication de la copie de cette lettre en tout lieu, laissez la liberté aux Juifs de suivre leurs propres coutumes; 20 prêtez-leur main-forte afin que, ceux qui se seront attaqués à eux en un moment de détresse, ils les repoussent le treize du douzième mois (Adar[2]) le même jour. 21 Car Dieu qui exerce son pouvoir sur l'univers entier a transformé ce jour-là pour eux en jubilation au lieu de l'extermination de la race élue. 22 Vous donc aussi, parmi vos fêtes commémoratives, célébrez ce grand jour par des réjouissances de toute sorte, 23 afin que, maintenant et pour l'avenir, ce soit le salut pour nous et pour les partisans des Perses, mais pour ceux qui conspirent contre nous un rappel de l'anéantissement. 24 Toute ville ou province en général, qui n'agira pas conformément à ces prescriptions, sera furieusement ravagée par la lance et le feu; elle deviendra non seulement tabou pour les hommes, mais exécrable aussi pour les animaux sauvages et les oiseaux définitivement.

8 13 *Que les copies soient affichées bien en vue dans tout le royaume, pour qu'au jour dit tous les Juifs soient prêts à faire la guerre à leurs adversaires. »*

14 *Les cavaliers sortirent donc en toute hâte exécuter les ordres du roi; et le décret fut promulgué, même à Suse.*

15 *Mardochée sortit alors*[1], *vêtu du vêtement royal, portant une couronne d'or et un diadème de lin écarlate. Lorsqu'ils le virent, les habitants de Suse furent en joie. 16 Pour les Juifs, ce fut lumière et jubilation. 17 En chaque ville et en chaque province, là où était promulguée l'ordonnance, où était affiché l'édit, ce fut joie et jubilation pour les Juifs, ivresse et jubilation. Beaucoup de païens se soumettaient à la *circoncision et se faisaient Juifs par peur des Juifs.*

---

1. Alexandre le Grand, roi de Macédoine, mit fin à l'empire perse un siècle après le règne du roi Artaxerxès I mais peu après celui d'Artaxerxès III. La référence à des intrigues de la part des Macédoniens est sans doute ici un anachronisme dû à l'auteur du livre d'*Est grec*.
2. Voir au glossaire CALENDRIER.

1. *Sous-entendu de chez le roi; comparer Est 8.15.*

La vengeance des Juifs

9 ¹ En effet *le douzième mois, c'est-à-dire Adar*¹, le treize du mois, les lettres écrites par le roi étaient arrivées à destination. ² Le jour même, furent anéantis les adversaires des Juifs. *Personne ne tenait :* on avait peur d'eux. ³ Les super-préfets, les princes et les secrétaires royaux avaient des égards pour *les Juifs; car* leur peur *de Mardochée* les y poussait. ⁴ L'ordonnance royale avait eu pour effet de répandre son nom dans tout le royaume.

⁶ *Dans* la ville de *Suse, les Juifs tuèrent 500 hommes* ⁷ ainsi que Pharsannestaïn, Delphôn, Phasga, ⁸ Phardatha, Baréa, Sarbakha, ⁹ Marmasim, Arouphaïos, Arsaïos et Zabouthaïos, ¹⁰ *les dix fils de Haman* le Bougaïos², *fils de Ha-madathos*, l'ennemi *des Juifs*. Puis ils se livrèrent au pillage. *Le jour même*, ¹¹ on donna *au roi le nombre des tués dans Suse.*

¹² *Le roi dit alors à Esther : «À Suse, les Juifs ont tué 500 hommes.* Comment, à ton avis, ont-ils procédé aux alentours ? ... *que demandes-tu* donc *encore ? Tu l'auras aussi.»* ¹³ *Esther répondit* au roi : «*Qu'on accorde aux Juifs de procéder pareillement demain*, de façon à *pendre les dix fils de Haman*³.» ¹⁴ Il permit qu'*il en soit ainsi*, et, pour les Juifs de la ville, il *promulgua* un édit afin qu'ils *pendent les corps des fils de Haman.* ¹⁵ *Les Juifs de Suse se rassemblèrent donc le* quatorze *Adar*¹; ils tuèrent 300 hommes, sans se livrer à aucun pillage.

¹⁶ *Quant à tous les autres Juifs* du royaume, *ils se rassemblèrent,* se portant secours. *Ils obtinrent de leurs* attaquants *le repos*²; en effet ils avaient anéanti 15.000 personnes *le treize Adar,* sans se livrer à aucun pillage. ¹⁷ *Ils se reposèrent donc le* quatorze du même mois et passèrent ce *jour* de repos en *joie* et jubilation, ¹⁸ *tandis que les Juifs de la ville de Suse qui s'étaient rassemblés* aussi *le* quatorze, sans prendre de repos, passèrent alors *le quinze en joie* et jubilation. ¹⁹ — *C'est pourquoi les Juifs,* dispersés dans toutes les provinces à l'étranger, célèbrent donc *le quatorze Adar* comme *un jour* faste dans la jubilation, *en s'envoyant mutuellement des portions*³. Mais les habitants des métropoles célèbrent aussi le quinze Adar comme un jour faste et de jubilation, en s'envoyant des portions.

Institution d'une fête commémorative

²⁰ *Mardochée mit ces choses par écrit* dans un livre qu'*il envoya à tous les Juifs* qui se trouvaient dans le royaume d'Artaxerxès, *aux plus éloignés comme aux plus proches,* ²¹ afin d'*instituer la célébration de ces jours* fastes, *le quatorze* et *le quinze Adar* ²² — car en ces jours-là *les Juifs avaient obtenu de leurs ennemis le repos* — ainsi que de ce mois d'Adar *où la situation avait*

---

1. Voir au glossaire CALENDRIER.
2. Voir A.17 et la note.
3. Voir la note sur Est 9.13.

1. C'est la date qui avait été fixée pour l'extermination des Juifs; voir 3.7 et B.6.
2. Voir la note sur Est 9.16.
3. des portions ou des cadeaux (de fête).

été renversée en leur faveur, passant *du deuil à la joie et* du tourment *à un jour* faste; ce mois
serait célébré tout entier comme
jours fastes de noces *et* de jubilation, *avec envoi de portions aux*
amis *et aux pauvres*[1].

23 *Les Juifs acceptèrent* en
conformité avec *ce que Mardochée leur avait écrit :* 24 comment
le Macédonien[2] *Haman, fils de*
Hamadathos, *leur* avait fait la
guerre, comment il avait posé un
décret et *tiré au sort pour les*
faire disparaître, 25 comment il
était venu chez le roi pour lui dire
de faire pendre Mardochée; *mais*
tous les *malheurs* qu'il avait entrepris d'amener *sur les Juifs,* c'est
sur lui qu'ils s'étaient produits et
il avait été *pendu lui et ses* enfants.

26 *C'est pourquoi ces jours-là*
ont été appelés « Destinées[3] *» :* à
cause des sorts (car dans leur dia-
lecte, on les appelle des *« destinées »*), *vu les termes de cette*
lettre, du fait de tout *ce qu'ils*
avaient souffert pour cette raison
et de tout *ce qui leur était arrivé.*
27 Mardochée *a fait une institution et les Juifs ont accepté*
*pour eux-mêmes, pour leur des-
cendance et pour leurs adeptes.*
Sans aucun doute, ils ne procéde-
ront pas autrement. *Ces jours*
seront un *rappel* accompli *de génération en génération, en chaque*
*ville, chaque famille, chaque pro-
vince.* 28 *Ces Jours des Destinées*
seront célébrés tout au long des
temps. Surtout, que *le rappel ne*
s'en efface pas de la postérité !

29 *Esther, la reine, la fille*
d'Aminadab, *et Mardochée, le*
Juif, mirent par écrit tous leurs
actes ainsi que la *confirmation* de
la lettre *des Destinées.*

31 *Mardochée et Esther, la*
reine, avaient fait une institution
pour eux en ce qui les concerne,
faisant aussi alors de leur résolution une institution en vue de leur
propre santé[1]. 32 *Par sa parole,*
Esther en a fait une institution
perpétuelle; puis on l'a *mise par*
écrit pour qu'on en garde mémoire.

Interprétation du songe de Mar-dochée
(*cf. Est grec 1.1-11*)

10 1 *Le roi* légiférait pour le
royaume, *sur terre et sur*
mer. 2 *Sa puissance et sa vaillance,* la richesse et la gloire de
son royaume, voilà qu'*on les mettait par écrit dans le livre des rois
de Perse et de Médie*[2], pour qu'on
en garde mémoire. 3 *Or Mardochée* succéda *au roi* Artaxerxès.
C'était *un grand homme* dans le
royaume *et il était glorifié par les*
Juifs. Bien-aimé de toute sa nation, il leur racontait quelle avait
été sa conduite.

F 1 Et Mardochée disait :
« C'est de Dieu que ces événements sont venus. 2 Je me rappelle en effet le songe que j'ai vu
à ce sujet; et, de fait, rien n'en a
été omis :

---

1. *les Juifs avaient obtenu … le repos :* voir 9.16
— Dans la bible le thème des *noces* exprime souvent l'alliance entre Dieu et son peuple.
2. Voir E.10 et la note sur E.14.
3. Voir la note sur 9.26.

1. Le sens du texte grec est incertain. On peut
aussi comprendre *contre leur propre santé* en référence au jeûne observé par Esther et les Juifs de
Suse pour obtenir de Dieu la délivrance de leur
peuple (voir 4.16).
2. Voir les notes sur Est 2.23 et Est 1.3.

3 La petite source, qui est devenue fleuve; puis il y a eu une
lumière en plus du soleil, et une
eau abondante. Le fleuve, c'est
Esther, que le roi a épousée et
faite reine. 4 Les deux dragons,
c'est Haman et moi. 5 Les nations
sont celles qui se sont rassemblées
pour anéantir le nom des Juifs.
6 La nation qui est la mienne,
c'est Israël, ceux qui ont crié vers
Dieu et qui ont été sauvés. Le
Seigneur a sauvé son peuple ! Le
Seigneur nous a arrachés à tous
ces malheurs-là ! Dieu a accompli
des signes et des prodiges magnifiques, qui ne se sont pas produits
chez les païens ! 7 C'est pourquoi
il a fait deux sorts, un pour le
peuple de Dieu, un autre pour
tous les païens. 8 Or ces deux
sorts sont advenus à l'heure, au
temps et au jour du jugement devant Dieu et pour tous les païens.
9 Dieu s'est rappelé son peuple et
a rendu justice à son propre héri-

tage[1]. 10 Donc ces jours, au mois
d'Adar[2], le quatorze et le quinze
du même mois, comporteront
pour eux une assemblée, des ma-
nifestations de joie et jubilation
devant Dieu, à chaque génération,
pour toujours, chez son peuple,
Israël. »

Remarque finale

11 La quatrième année du
règne de Ptolémée et de Cléopâtre, Dosithos, se déclarant
prêtre et *lévite, ainsi que son fils
Ptolémée apportèrent la lettre
ci-dessus. Ils affirmaient que
celle-ci était la lettre des Destinées et qu'elle avait été traduite
par Lysimaque, fils de Ptolémée,
de ceux de Jérusalem[3].

1. Voir C.8 et la note.
2. Voir au glossaire CALENDRIER.
3. *Ptolémée et Cléopâtre* : il peut s'agir soit de
Ptolémée VIII, soit de Ptolémée XII, souverains
macédoniens qui régnèrent en Egypte respectivement en 114-113 et 48-47 conjointement avec une
Cléopâtre. En outre le nom de *Ptolémée* désigne
trois personnages différents dans ce verset.

JUDITH

Victoire de Nabuchodonosor sur Arphaxad

1 1 C'était la douzième année du règne de Nabuchodonosor, qui régna sur les Assyriens à Ninive, la grande ville, aux jours d'Arphaxad, qui régna sur les Mèdes à Ecbatane[1]. 2 Ce dernier avait bâti à l'entour d'Ecbatane des remparts en pierres de taille, d'une largeur de trois coudées[2] et d'une longueur de six; il avait porté la hauteur du rempart à 70 coudées et sa largeur à 50 coudées. 3 Aux portes il avait placé des tours de cent coudées et posé des fondations d'une largeur de 60 coudées. 4 Il lui avait fait des portes, portes s'élevant à une hauteur de 70 coudées et d'une longueur de 40 coudées, en vue des sorties de l'armée de ses guerriers et des formations de ses fantassins.

5 En ces jours, le roi Nabuchodonosor fit la guerre au roi Arphaxad dans la grande plaine, c'est la plaine dans le territoire de Ragau[1]. 6 Vers lui convergèrent tous ceux qui habitaient la région montagneuse, tous ceux qui habitaient sur l'Euphrate et le Tigre et l'Hydaspe et dans les plaines d'Ariokh, roi des Elyméens; et de nombreuses nations se rassemblèrent pour la bataille des fils de Khéléoud[2]. 7 Nabuchodonosor, roi des Assyriens, envoya des messagers à tous ceux qui habitaient la Perse et à tous ceux qui habitaient à l'Occident, ceux qui habitaient la Cilicie et Damas, le Liban et l'Antiliban, tous ceux qui habitaient sur la côte[3], 8 ceux qui faisaient partie des peuples du Carmel, de Galaad, de la Galilée supérieure et de la grande plaine d'Esdrelon, 9 tous ceux de la Samarie et de ses villes et au-delà du Jourdain jusqu'à Jérusalem, Batanée, Khélous, Cadès, le fleuve d'Egypte, Taphnès, Ramsès et toute la terre de Guésem, 10 jusqu'au-delà de Tanis et de Memphis, et tous ceux qui habitaient l'Egypte jusqu'aux confins

---

1. *qui régna sur les Assyriens à Ninive* : historiquement, *Nabuchodonosor* fut roi de Babylone (voir 2 R 24.1; Dn 1.1). C'est sur le débris de l'empire assyrien qu'il édifia son propre empire, *Ninive* ayant été détruite en 612 av. J. C., huit ans avant le début de son règne (604) — *Arphaxad* est inconnu de l'histoire — *Ecbatane* : ancienne capitale des Mèdes, aujourd'hui Hamadan en Iran.
2. Voir au glossaire POIDS ET MESURES.

1. Probablement *Raguès*, localité située à environ 160 km au nord-est d'Ecbatane.
2. Les *Elyméens* sont sans doute les habitants de l'Elymaïde ou Elymaïs (voir *1 M* 6.1 et la note) — Les *fils de Khéléoud* sont peut-être les Chaldéens ou Babyloniens.
3. *à l'Occident*, c'est-à-dire à l'ouest de l'Euphrate — *la côte* : il s'agit de la côte est de la Méditerranée.

de l'Ethiopie. 11 Tous les habitants de toute la terre méprisèrent la parole de Nabuchodonosor, roi des Assyriens, et ne se rassemblèrent pas avec lui pour la guerre, parce qu'ils ne le craignaient pas, mais ils lui résistèrent comme un seul homme[1] et ils renvoyèrent ses messagers les mains vides, la honte au visage. 12 Nabuchodonosor fut très irrité contre toute cette terre et jura par son trône et son royaume de se venger de tous les confins de la Cilicie, de la Damascène et de la Syrie, de faire périr aussi par son épée tous les habitants de Moab, les fils d'Ammon, toute la Judée et tous ceux d'Egypte jusqu'aux confins des deux mers[2]. 13 Il se rangea en bataille avec son armée contre le roi Arphaxad en la dix-septième année, il l'emporta dans la guerre et mit en déroute toute l'armée d'Arphaxad, toute sa cavalerie et tous ses chars; 14 il se rendit maître de ses villes, arriva jusqu'à Ecbatane, s'empara de ses tours, pilla ses places et changea sa splendeur en opprobre. 15 Il prit Arphaxad dans les montagnes de Ragau, le perça de ses javelots et l'extermina pour toujours. 16 Il revint avec eux[3] jusqu'à Ninive, lui et sa smala, une multitude d'hommes de guerre en très grand nombre; il resta là, se reposant et banquetant lui et son armée, pendant 120 jours.

Holopherne chargé d'une expédition punitive

2 1 En la dix-huitième année, le vingt-deuxième jour du premier mois, il fut question dans la maison de Nabuchodonosor, roi des assyriens, de se venger de toute la terre, comme il l'avait dit[1]. 2 Il convoqua tous ses officiers et tous ses grands, tint avec eux son conseil secret et décida de sa propre bouche tout le châtiment de la terre. 3 Ils jugèrent bon de perdre toute chair, tous ceux qui n'avaient pas suivi la parole de sa bouche[2]. 4 Alors, quand il eut terminé son conseil, Nabuchodonosor, roi des Assyriens, appela Holopherne, général en chef de son armée et le second après lui, et lui dit : 5 « Ainsi parle le grand roi, le seigneur de toute la terre : Voici : tu sortiras de ma présence et tu prendras avec toi des hommes sûrs de leur force, jusqu'à 120.000 fantassins et une multitude de chevaux avec 12.000 cavaliers. 6 Tu sortiras à l'attaque de toute la terre à l'Occident[3], parce qu'ils ne m'ont désobéi à la parole de ma bouche. 7 Tu leur demanderas de préparer terre et eau[4], parce que je sortirai contre eux dans ma fureur, je couvrirai toute la face de la terre avec les pieds de mon armée et je les lui livrerai pour le pillage. 8 Leurs blessés rempliront les ravins; tous les torrents et les fleuves seront remplis à déborder de leurs

---

1. *de toute la terre* ou *de toutes ces contrées* — mais *ils lui résistèrent comme un seul homme* : d'après les anciennes versions latines; autre traduction, d'après le grec, *car il était à leurs yeux comme un homme seul.*

2. *Moab, les fils d'Ammon* : voir Gn 19.37-38 et les notes — *jusqu'aux confins des deux mers* : le sens de cette expression est incertain; les *deux mers* peuvent être la mer Rouge et la Méditerranée.

3. *avec eux*, c'est-à-dire *avec ses troupes.*

1. *comme il l'avait dit* : voir 1.12.

2. *de perdre toute chair ... la parole de sa bouche* ou *de faire périr quiconque n'avait pas répondu à l'appel du roi.*

3. *à l'Occident* : voir 1.7 et la note.

4. *préparer terre et eau* : formule d'origine perse équivalant à *se soumettre.*

morts. 9 J'emmènerai leurs captifs jusqu'au bout de la terre entière.

10 Quant à toi, pars occuper pour moi tous leurs territoires; ils se rendront à toi et tu me les réserveras pour le jour de leur accusation. 11 Quant aux insoumis, ton oeil ne les épargnera pas, les livrant au massacre et au pillage dans toute la terre[1]. 12 Car, par ma vie et par la force de ma royauté, j'ai parlé et j'exécuterai cela de ma main. 13 Quant à toi, tu ne transgresseras pas une seule des paroles de ton seigneur; mais tu les accompliras sans faute comme je te l'ai prescrit et tu ne différeras pas de les exécuter. »

14 Holopherne sortit de la présence de son seigneur et il appela tous les princes, les généraux et les officiers de l'armée d'Assour[2]. 15 Il dénombra les hommes d'élite pour la bataille, comme le lui avait ordonné son seigneur, jusqu'à douze myriades et 12.000 archers montés. 16 Il les disposa comme on range une troupe de guerre. 17 Il prit des chameaux, des ânes et des mulets pour leurs bagages en très grande quantité, des moutons, des boeufs et des chèvres innombrables pour leur ravitaillement, 18 de l'approvisionnement pour chaque homme en quantité, de l'or et de l'argent de la maison du roi en grande abondance. 19 Il partit en expédition, lui et toute son armée, pour précéder le roi Nabuchodonosor et couvrir toute la face de la terre vers l'Occident[3] avec leurs chars, leurs cavaliers et leurs fantassins d'élite. 20 Avec eux partit une masse nombreuse comme des sauterelles et comme le sable de la terre, car on ne pouvait les compter à cause de leur multitude. 21 Ils s'éloignèrent de Ninive et marchèrent trois jours en direction de la plaine de Bektileth; et de Bektileth ils allèrent bivouaquer près de la montagne qui est à gauche de la Haute-Cilicie[1]. 22 Il prit toute son armée, ses fantassins, ses cavaliers et ses chars et il s'éloigna de là vers la région montagneuse. 23 Il battit Phoud et Loud et il razzia tous les fils de Rassis et les fils d'Ismaël[2], qui sont en face du désert au sud de Khéléôn. 24 Il passa l'Euphrate, traversa la Mésopotamie et rasa les villes fortifiées qui sont sur le torrent de l'Abrona, jusqu'auprès de la mer. 25 Il occupa les territoires de Cilicie, mit en pièces ceux qui lui résistaient et vint jusqu'aux territoires de Japhet, qui sont au sud en face de l'Arabie. 26 Il encercla tous les fils de Madiân[3], brûla leurs campements et razzia leurs bercails. 27 Il descendit dans la plaine de Damas aux jours de la moisson des blés et brûla tous leurs champs; il livra leurs troupeaux de moutons et de boeufs à la destruction, pilla leurs villes, ravagea leurs plaines et frappa tous les jeunes gens du tranchant de l'épée. 28 Crainte et tremblements tombèrent sur les habitants de la côte[4], qui étaient

---

1. *dans toute ta terre* ou *dans tout territoire où tu passeras.*
2. *d'Assour* ou *d'Assyrie.*
3. *vers l'Occident :* voir 1.7 et la note.

1. L'itinéraire présenté dans les versets 21-28 comporte un certain nombre de noms de lieux qui nous sont inconnus, comme *Bektileth* ici — *à gauche* ou *au nord.*
2. *Phoud* (ou *Pouth*) *et Loud :* voir Es 66.19 et la note — *fils d'Ismaël* ou *Ismaélites :* tribus nomades du nord de l'Arabie.
3. *les fils de Madiân* ou *les Madianites* (voir Ex 2.15 et la note).
4. *la côte :* voir 1.7 et la note.

à Sidon et à Tyr, les habitants de Sour et d'Okina et tous ceux de Jamnia ; les habitants d'Azot et d'Ascalon furent très effrayés.

Holopherne aux portes de la Judée

3 1 Ils[1] lui envoyèrent des messagers avec des paroles de paix : 2 « Nous voici en ta présence, nous les serviteurs de Nabuchodonosor, le grand roi. Traite-nous selon ton bon plaisir. 3 Voici que nos parcs à bestiaux, tout notre sol et tous nos champs de blé, nos troupeaux de petit et gros bétail, et tous les bercails de nos campements sont devant toi[2]. Traite-les comme il te plaira. 4 Voici que nos villes et leurs habitants sont tes esclaves ; viens, fais-y ton entrée, comme bon te semble. » 5 Ces hommes arrivèrent auprès d'Holopherne et lui parlèrent de la sorte.

6 Il descendit sur la côte[3], lui et son armée, mit une garde dans les villes fortes et y leva des hommes d'élite comme auxiliaires. 7 On l'accueillit là et dans toute la contrée d'alentour avec des couronnes[4] et des danses, au son des tambourins. 8 Il dévasta tout leur territoire, coupa leurs bois sacrés, car c'était pour lui chose résolue que d'exterminer tous les dieux de la terre afin que toutes les nations adorent Nabuchodonosor et lui seul et que toutes les langues

1. C'est-à-dire *les habitants de la côte* (2.28).
2. *devant toi* ou *à ta disposition*.
3. *la côte* : voir 1.7 et la note.
4. Les *couronnes* sont ici des ornements de fête portés par le peuple et non des présents offerts à Holopherne.

et les races[1] l'invoquent comme dieu. 9 Il arriva en face d'Esdrelon, près de Dotaïm, qui est en avant de la grande sierra de Judée[2]. 10 Ils bivouaquèrent entre Guébaï et Scythopolis[3] et il resta là pendant un mois pour rassembler tous les bagages de son armée.

Les Juifs se préparent à résister

4 1 Les fils d'Israël habitant en Judée apprirent tout ce qu'Holopherne, général en chef de Nabuchodonosor, roi des Assyriens, avait fait aux nations et la manière dont il avait pillé leurs *sanctuaires et les avait livrés à la destruction. 2 Ils furent extrêmement effrayés à cause de lui et angoissés pour Jérusalem et pour le temple de leur Dieu. 3 Car récemment ils étaient remontés de leur captivité, depuis peu tout le peuple de Judée avait été rassemblé et les ustensiles, l'*autel et la maison de Dieu avaient été consacrés après leur profanation[4]. 4 Ils envoyèrent des messagers dans tout le territoire de Samarie, de Kona, de Béthoron, d'Abelmaïm, de Jéricho et jusqu'à Khoba, Aïsor et la plaine de Salem. 5 Ils occupèrent tous les som-

1. *c'était pour lui chose résolue que d'exterminer* : d'après quelques manuscrits ; autre traduction, d'après les principaux manuscrits, *il lui avait été donné comme mission d'exterminer* — *toutes les langues et les races* ou *les hommes de toute langue et de toute race*.
2. *Esdrelon* est le nom grec d'*Izréel* (voir Jos 19.18 et la note) — *Dotaïm*, nom grec de *Dotân* (voir Gn 37.17 et la note) — *la grande sierra* ou *la grande chaîne de montagnes*.
3. *Scythopolis* est le nom grec de *Beth-Shéân* (voir 1 S 31.10 et la note).
4. Le récit, rédigé tardivement, fait allusion ici au retour d'exil, qui eut lieu à partir de 538 av. J. C. (voir Esd 1.1-4), et peut-être aussi à la dédicace du Temple après la persécution d'Antiochus IV, en 164 av. J. C. (voir *1 M* 4.36-61).

mets des hautes montagnes, fortifièrent tous les bourgs qui s'y trouvaient et firent des réserves pour l'approvisionnement et les préparatifs de guerre, car leurs champs avaient été récemment moissonnés. 6 Joakim, qui était en ces jours-là le grand prêtre de Jérusalem, écrivit aux habitants de Béthulie et de Béthomestaïm, en face d'Esdrelon, vis-à-vis de la plaine proche de Dotaïm[1]. 7 Il leur disait de tenir les pentes de la région montagneuse, parce qu'elles donnaient accès à la Judée et qu'il était facile d'arrêter ceux qui passaient deux par deux, tant le passage était étroit. 8 Les fils d'Israël firent comme le leur avaient ordonné le grand prêtre Joakim et le conseil des *anciens de tout le peuple d'Israël, qui siégeaient à Jérusalem.

Les Juifs supplient Dieu de les secourir

9 Tous les hommes d'Israël crièrent vers Dieu avec une grande ardeur et ils *jeûnèrent avec une grande ardeur, 10 eux, leurs femmes, leurs petits enfants et leurs troupeaux; et tous les étrangers en séjour, leurs salariés et leurs esclaves mirent des *sacs sur leurs reins. 11 Tous les hommes d'Israël, les femmes et les enfants, habitant à Jérusalem, se prosternèrent devant le temple, couvrirent leurs têtes de cendre[2] et déployèrent leurs sacs devant le Seigneur. 12 Ils entourèrent l'*autel d'un sac et crièrent vers le Seigneur avec une ardeur una-

nime, pour qu'il ne livrât pas leurs petits enfants au pillage, leurs femmes au rapt, les villes de leur héritage à la destruction et le lieu saint[1] à la profanation et à l'outrage triomphant des nations. 13 Le Seigneur entendit leur voix et regarda leur détresse[2]. Le peuple continuait à jeûner bien des jours dans toute la Judée et à Jérusalem devant le lieu saint du Seigneur tout-puissant. 14 Le grand prêtre Joakim, tous les prêtres se tenant devant le Seigneur et les ministres du Seigneur, les reins ceints de sacs, offraient l'holocauste perpétuel, les offrandes[3] votives et les dons volontaires du peuple. 15 Leurs turbans étaient couverts de cendre et ils criaient vers le Seigneur de toute leur force pour qu'il visitât pour son bien toute la maison d'Israël[4].

Holopherne tient conseil

5 1 On annonça à Holopherne, général en chef de l'armée d'Assour[5], que les fils d'Israël se préparaient à la guerre, qu'ils avaient fermé les passages de la région montagneuse, qu'ils avaient fortifié tous les sommets des hautes montagnes et qu'ils avaient placé des embûches dans leurs plaines. 2 Il s'irrita avec une violente fureur et appela tous les chefs de Moab, les généraux d'Ammon et tous les satrapes de

---

1. *Béthulie* et *Béthomestaïm* : localités inconnues — *Esdrelon, Dotaïm* : voir 3.9 et sa note.
2. *couvrirent leurs têtes de cendre* : voir la note sur Es 61.3.

1. *Ils entourèrent l'autel d'un sac* : cette pratique n'est attestée nulle part ailleurs dans la Bible — *de leur héritage*, c'est-à-dire du pays qu'ils avaient reçu de Dieu — *le lieu saint* ou *le Temple*.
2. *regarda leur détresse* ou *les prit en pitié*.
3. *holocauste, offrandes* : voir au glossaire SACRIFICES.
4. *pour qu'il visitât pour son bien* ou *pour qu'il intervienne en faveur de* — *toute la maison d'Israël* ou *tout le peuple d'Israël*.
5. *d'Assour* ou *d'Assyrie*.

la côte[1]. 3 Et il leur dit : « Informez-moi donc, fils de Canaan[2], qui est ce peuple qui réside dans la région montagneuse ? Quelles sont les villes qu'ils habitent ? Quel est le nombre de leur armée ? En quoi consistent leur force et leur vigueur ? Qui est le roi à leur tête pour commander leurs troupes ? 4 Et pourquoi ont-ils dédaigné de venir à ma rencontre à la différence de tous les habitants de l'Occident[3] ? »

Le discours d'Akhior

5 Akhior, commandant de tous les fils d'Ammon, lui dit : « Que mon seigneur écoute donc une parole de la bouche de son serviteur[4] et je t'informerai de la vérité sur le peuple qui habite cette région montagneuse et demeure auprès de toi. Il ne sortira pas de mensonge de la bouche de ton serviteur. 6 Ce peuple est un descendant des Chaldéens[5]. 7 Ils séjournèrent d'abord en Mésopotamie, parce qu'ils ne voulaient pas suivre les dieux de leurs pères[6], qui étaient dans la terre des Chaldéens. 8 Ils s'écartèrent de la voie

de leurs ancêtres et adorèrent le Dieu du ciel, le Dieu qu'ils avaient connu. On les chassa loin de la face de leurs dieux, ils se réfugièrent en Mésopotamie et y séjournèrent de longs jours. 9 Leur Dieu leur dit de sortir du lieu de leur séjour et d'aller dans la terre de Canaan. Ils y habitèrent et ils y accrurent beaucoup leur or, leur argent et leurs nombreux troupeaux. 10 Ils descendirent en Egypte, car une famine avait recouvert la face de la terre de Canaan, et ils séjournèrent là-bas si bien qu'ils furent maintenus en vie, qu'ils devinrent là une grande multitude et que leur race fut innombrable. 11 Le roi d'Egypte se dressa contre eux et usa envers eux d'une habile politique avec le travail de la brique[1] ; il les humilia et les transforma en esclaves. 12 Ils crièrent vers leur Dieu, qui frappa toute la terre d'Egypte de coups sans remède[2] et les Egyptiens les chassèrent hors de leur présence. 13 Dieu dessécha la mer Rouge devant eux 14 et les conduisit sur la route du Sinaï et de Cadès-Barné. Ils chassèrent tous ceux qui habitaient dans le désert. 15 Ils s'établirent dans la terre des *Amorites et exterminèrent tous les Heshbonites[3] dans leur vigueur. Après avoir traversé le Jourdain, ils prirent possession de toute la région montagneuse. 16 Ils chassèrent de leur présence le Cananéen, le Perizzite et le Jébusite, Sichem et tous les Guirgashites[4] et ils habi-

---

1. *Moab, Ammon* : voir Gn 19.37-38 et les notes — *les satrapes* ou *les gouverneurs* — *la côte* : voir 1.7 et la note.

2. *fils de Canaan* ou *Cananéens* : par cette expression qui désignait primitivement les anciens habitants de la Palestine, Holopherne interpelle les chefs des pays voisins d'Israël.

3. Voir 1.7 et la note.

4. *les fils d'Ammon* : voir Gn 19.38 et la note — *une parole de la bouche de ton serviteur*, c'est-à-dire *les paroles que je vais prononcer*.

5. Les versets 6 à 19 sont un résumé de l'histoire d'Israël, à partir d'Abraham jusqu'au retour de l'exil — *Chaldéens* : allusion à l'origine d'Abraham (voir Gn 11.27-28 et la note).

6. *en Mésopotamie*, c'est-à-dire à Harrân en Haute-Mésopotamie (voir Gn 11.31 et la note) — *ils ne voulaient pas suivre les dieux de leurs pères* (ou *de leurs ancêtres*, voir v. 8) : cette affirmation est empruntée à des traditions juives que ne connaît pas le récit de la Genèse.

1. *le travail de la brique* : voir Ex 1.10-14.

2. *coups sans remède* : il s'agit des plaies ou fléaux d'Egypte (voir Ex 7.14-12.42).

3. Habitants de la ville de *Heshbôn*, voir Nb 21.25-30 et la note sur Es 15.4.

4. *Cananéen ... Guirgashites* : voir au glossaire AMORITES.

tèrent là de longs jours. 17 Tant
qu'ils ne péchèrent pas devant
leur Dieu, le bonheur était avec
eux, car ils ont avec eux un Dieu
qui hait l'injustice. 18 Mais quand
ils s'éloignèrent de la voie qu'il
leur avait établie, ils furent très
gravement exterminés dans de
nombreuses guerres et furent emmenés en captivité dans une terre
étrangère. Le temple de leur Dieu
fut rasé et leurs villes furent
conquises par leurs adversaires.
19 Et maintenant, après être revenus vers leur Dieu, ils sont remontés de la dispersion où ils
avaient été dispersés[1], ils ont occupé Jérusalem où est leur *sanctuaire et ils se sont établis dans la
région montagneuse, car elle était
déserte.   20 Maintenant   donc,
maître et seigneur, s'il y a un
manquement dans ce peuple, s'ils
pèchent contre leur Dieu et que
nous observions chez eux cette
cause de chute, nous monterons
leur faire la guerre. 21 Mais s'il
n'y a pas d'injustice dans leur nation, que mon seigneur passe
outre, de peur que leur Seigneur
et leur Dieu ne les protège. Et
nous serions livrés à l'outrage devant toute la terre[2]. »

Akhior est condamné et livré aux Israélites

22 Alors, quand Akhior eut fini
de parler ainsi, tout le peuple qui
entourait la tente et se trouvait en
cercle murmura; les grands officiers d'Holopherne et tous les ha-

bitants de la côte et de Moab[1]
parlèrent de le rouer de coups.
23 « Car nous ne serons pas effrayés par les fils d'Israël. Car
voici un peuple qui n'a ni puissance, ni force pour une bataille
violente. 24 Nous monterons donc
et ils seront une pâture pour
toutes tes troupes, maître Holopherne. »

6 1 Quand cessa le tumulte
des hommes qui entou-
raient le conseil, Holopherne, général en chef de l'armée d'Assour
dit à Akhior en présence de tout
le peuple des étrangers[2] et à tous
les   fils   de   Moab: 2 « Qui
êtes-vous donc, toi Akhior et
vous, vendus à Ephraïm[3], pour
nous avoir fait une prophétie
comme aujourd'hui et nous avoir
dit de ne pas combattre la race
d'Israël, parce que leur Dieu les
protégera ? Qui est dieu sinon
Nabuchodonosor ? C'est lui qui
enverra sa force et les extermi-
nera de la face de la terre et leur
Dieu ne les délivrera pas. 3 Mais
nous, ses serviteurs, nous les frap-
perons comme un seul homme et
ils ne soutiendront pas la force de
nos chevaux. 4 Car nous les brûle-
rons pêle-mêle; leurs montagnes
s'enivreront de leur sang et leurs
plaines seront remplies de leurs
morts. La plante de leurs pieds ne
résistera pas devant nous[4], mais
ils mourront de male mort, dit le
roi Nabuchodonosor, le seigneur
de toute la terre; car il a dit et ses

---

1. *la côte :* voir 1.7 et la note — *Moab :* voir Gn
19.37 et la note.
2. *d'Assour ou d'Assyrie — le peuple des étrangers :* l'expression s'applique ici aux habitants de la
côte (5.22).
3. Ce nom d'une des principales tribus d'Israël
désigne ici le peuple d'Israël dans son ensemble
(voir aussi la note sur Es 7.17).
4. *La plante de leurs pieds ... devant nous* ou *Ils
ne pourront pas tenir devant nous.*

---

1. *ils sont remontés de la dispersion où ils
avaient été dispersés* ou *ils sont revenus des pays
où ils avaient été dispersés :* allusion à l'exil (voir la
note sur 4.3).
2. *nous serions livrés à l'outrage ...* ou *tous les
peuples de la terre se moqueraient de nous.*

discours ne seront pas de vains mots. 5 Et toi, Akhior, mercenaire d'Ammon, qui as proféré ces discours au jour de ta révolte, tu ne verras plus mon visage à partir de ce jour, jusqu'à ce que je me sois vengé de cette race évadée d'Egypte[1]. 6 Alors le fer de mes troupes et la lance[2] de mes officiers te transperceront les côtes et tu tomberas parmi les blessés, quand je reviendrai. 7 Mes serviteurs t'emmèneront à la région montagneuse et te déposeront dans une ville de ses pentes. 8 Tu ne mourras pas avant d'être exterminé avec eux. 9 Puisque tu espères en ton coeur qu'ils ne seront pas capturés, que ton visage ne soit pas abattu. J'ai parlé et aucune de mes paroles ne sera sans effet. »

10 Holopherne ordonna à ses serviteurs qui se tenaient dans sa tente de saisir Akhior, de l'emmener à Béthulie[3] et de le livrer aux mains des fils d'Israël. 11 Ses serviteurs le saisirent et le conduisirent hors du camp vers la plaine; ils s'éloignèrent des parties basses vers la région montagneuse et arrivèrent près des sources qui étaient en dessous de Béthulie. 12 Quand ils les virent, les hommes de la ville située sur le sommet de la montagne prirent leurs armes et sortirent de la ville située sur le sommet de la montagne; tous les hommes armés de frondes les empêchèrent de monter et lançaient des pierres sur eux. 13 Se glissant au bas de la montagne, ceux-ci[1] lièrent Akhior, le laissèrent gisant à la base de la montagne et partirent vers leur seigneur. 14 Mais les fils d'Israël descendant de leur ville arrivèrent à lui; l'ayant délié, ils l'emmenèrent à Béthulie et le présentèrent aux chefs de leur ville. 15 C'étaient en ces jours-là Ozias, fils de Mikha, de la tribu de Siméon[2], khabris, fils d'Othoniel, et Kharmis, fils de Melkhiel. 16 Ils convoquèrent tous les anciens *de la ville; tous les jeunes gens et les femmes accoururent à l'assemblée. Ils placèrent Akhior au milieu de tout le peuple et Ozias lui demanda ce qui était arrivé.

17 Dans sa réponse il leur rapporta les paroles du conseil d'Holopherne, toutes les paroles qu'il avait prononcées au milieu des chefs des fils d'Assour[3] et toutes les grandes déclarations d'Holopherne contre la maison d'israël.

18 Prosterné, le peuple adora Dieu et cria : 19 « Seigneur, Dieu du ciel, regarde leurs insolences; aie pitié de l'abaissement de notre race et regarde en ce jour le visage de ceux qui te sont consacrés[4]. » 20 Ils consolèrent Akhior et le félicitèrent vivement.

21 Ozias l'emmena de l'assemblée dans sa maison et fit un banquet pour les anciens. Ils appelèrent le Dieu d'Israël au secours pendant toute la nuit.

---

1. *Ammon* : voir 5.5, ainsi que Gn 19.38 et la note — *cette race évadée d'Egypte* : Holopherne se sert d'une expression méprisante pour désigner Israël.

2. *la lance* : d'après les versions anciennes; grec : *le peuple.*

3. Voir 4.6 et la note.

1. C'est-à-dire les serviteurs d'Holopherne.

2. *Ozias* appartient à *la tribu de Siméon* comme Judith (voir 9.2). L'auteur du livre semble avoir porté un intérêt particulier à cette tribu qui n'a joué qu'un rôle effacé dans l'histoire d'Israël (voir la note sur Gn 49.7).

3. *des fils d'Assour* ou *des Assyriens.*

4. *ceux qui te sont consacrés*, c'est-à-dire le peuple d'Israël, mis à part pour servir Dieu (voir aussi au glossaire SAINT).

L'armée d'Holopherne assiège Béthulie

7 1 Le lendemain Holopherne prescrivit à toutes ses troupes et à tout le peuple qui était venu lui prêter main-forte de se mettre en marche vers Béthulie, d'occuper les pentes de la région montagneuse et de faire la guerre aux fils d'Israël[1]. 2 En ce jour-là tout homme valide se mit en marche. L'armée des hommes de guerre était de 170.000 fantassins et de 12.000 cavaliers, sans compter l'intendance et les hommes à pied qui s'y trouvaient, une multitude très nombreuse. 3 Ils campèrent dans la plaine proche de Béthulie, près de la source et ils se déployèrent en profondeur depuis Dotaïm jusqu'à Belbaïm et en longueur de Béthulie à Kyamôn, qui est en face d'Esdrelon[2].

4 Les fils d'Israël, en voyant leur multitude, furent très angoissés et se dire l'un à l'autre : « Maintenant ils brouteront[3] la surface de la terre entière. Ni les hautes montagnes, ni les ravins, ni les collines ne supporteront leur poids. » 5 Après avoir pris chacun leur équipement de combat et allumé des feux sur leurs tours, ils restèrent à monter la garde toute cette nuit-là. 6 Le second jour, Holopherne fit sortir toute sa cavalerie en face des fils d'Israël qui étaient à Béthulie. 7 Il inspecta les pentes montant à leur ville et fit le tour de leurs points d'eau ; il les occupa, y plaça des postes d'hommes de guerre et lui-même retourna vers son peuple. 8 Tous les chefs des fils d'Esaü et les commandants du peuple de Moab et les généraux de la côte[1] s'approchèrent pour lui dire : 9 « Que notre maître écoute une parole, afin qu'il n'y ait pas de victime dans ton armée. 10 Car ce peuple des fils d'Israël ne compte pas sur ses lances, mais sur les hauteurs des montagnes où ils résident ; car il n'est pas facile d'accéder aux sommets de leurs montagnes. 11 Maintenant donc, maître, ne te bats pas contre eux comme on fait dans une bataille rangée, et il ne tombera pas un homme de ton peuple. 12 Reste dans ton camp en gardant tous les hommes de ton armée et que tes serviteurs contrôlent le point d'eau qui sort de la base de la montagne. 13 Car c'est de là que tirent l'eau les habitants de Béthulie. La soif les détruira et ils rendront leur ville. Nous et notre peuple nous monterons sur les proches sommets des montagnes et nous y camperons en avant-postes pour que personne ne sorte de la ville. 14 Ils se consumeront de faim, eux, leurs femmes et leurs enfants et, avant que l'épée ne les atteigne, ils seront terrassés dans les places de leur résidence. 15 Tu leur paieras un salaire terrible, parce qu'ils se sont révoltés[2] et qu'ils ne sont pas venus à ta rencontre pacifiquement. »

---

1. *fils d'Israël* ou *Israélites*.
2. *Dotaïm, Esdrelon* : voir 3.9 et la note.
3. *ils brouteront* : la même image est développée dans Nb 22.4.

1. *fils d'Esaü* : les Edomites ou habitants du pays d'*Edom* (voir Gn 25.29-30 et la note sur Gn 32.4) — *Moab* : voir Gn 19.37 et la note — *la côte* : voir 1.7 et la note.
2. *Tu leur paieras un salaire terrible ... révoltés* ou *Tu leur feras payer cher de s'être révoltés.*

16 Leurs paroles plurent aux yeux d'Holopherne et de tous ses officiers et il ordonna de faire comme ils avaient dit. 17 Le camp des fils d'Ammon se déplaça et avec eux 5.000 des fils d'Assour[1]; ils campèrent dans la vallée et occupèrent les points d'eau et les sources des fils d'Israël. 18 Les fils d'Esaü et les fils d'Ammon montèrent, campèrent dans la région montagneuse en face de Dotaïm et envoyèrent certains d'entre eux vers le midi et le levant en face d'Egrebel, qui est près de Khous, sur le torrent de Mokhmour. Le reste des troupes assyriennes campa dans la plaine et couvrit toute la face de la terre[2]. Leurs tentes et leurs bagages bivouaquèrent en une masse compacte; ils étaient une très nombreuse multitude. 19 Les fils d'Israël crièrent vers le Seigneur, leur Dieu, car leur esprit était découragé parce que tous leurs ennemis les avaient encerclés et qu'ils ne pouvaient s'échapper du milieu d'eux. 20 Tout le camp d'Assour, leurs fantassins, leurs chars, leurs cavaliers, restèrent autour d'eux pendant 34 jours.

Ozias veut rendre courage aux assiégés

Tous les habitants de Béthulie virent s'épuiser tous leurs récipients d'eau. 21 Les citernes se vidèrent et ils n'avaient plus d'eau pour boire leur content un seul jour, car on rationnait la boisson. 22 Leurs tout-petits étaient abattus, les femmes et les jeunes gens étaient épuisés de soif et tombaient sur les places de la ville et dans les passages des portes; ils n'avaient plus aucun réconfort. 23 Tout le peuple, jeunes gens, femmes et enfants, se rassembla près d'Ozias et des chefs de la ville[1]; ils crièrent d'une voix forte et dirent devant les *anciens : 24 « Que Dieu juge entre vous et nous. Car en ces jours-ci vous nous avez fait un grand tort en ne tenant pas des paroles de paix avec les fils d'Assour[2]. 25 Et maintenant il n'y a personne pour nous secourir, mais Dieu nous a vendus[3] entre leurs mains pour que nous soyons terrassés devant eux par la soif et une grande misère. 26 Maintenant donc appelez-les et livrez la ville entière pour le pillage au peuple d'Holopherne et à toute son armée. 27 Car mieux vaut pour nous devenir leur proie que de mourir de soif[4]. Nous deviendrons esclaves, mais nous vivrons et nous ne verrons pas mourir nos tout-petits, ni nos femmes et nos enfants rendre l'âme. 28 Nous vous adjurons au nom du ciel et de la terre, ainsi que de notre Dieu, Seigneur de nos pères, qui se venge de nous selon nos fautes et selon les péchés de nos pères, d'agir aujourd'hui selon ces paroles[5]. 29 Il y eut un grand gémissement de tous à la fois, au milieu de l'assemblée; ils crièrent vers le Seigneur d'une voix forte. 30 Ozias leur dit :

---

1. *Ozias ... chefs de la ville* : voir 6.14-15.
2. *les fils d'Assour* ou *les Assyriens*.
3. *nous a vendus* ou *nous a livrés*.
4. *que de mourir de soif* : ces mots ne figurent pas dans quelques manuscrits.
5. *d'agir ... selon ces paroles*, c'est-à-dire selon la proposition de reddition formulée au v. 26. Mais quelques-uns des principaux manuscrits grecs ont *de ne pas agir*, et alors les *paroles* seraient celles appelant à la résistance évoquée au v. 24.

---

1. *fils d'Ammon* : voir Gn 19.38 et la note — *fils d'Assour* ou *Assyriens*.
2. *toute la face de la terre* ou *toute la surface du pays*.

« Courage, frères. Tenons encore cinq jours au cours desquels le Seigneur, notre Dieu, tournera sa miséricorde vers nous; car il ne nous abandonnera pas jusqu'au bout. 31 Mais si ces jours passent et que le secours ne nous vienne pas, je ferai comme vous dites. » 32 Il dispersa le peuple à ses postes de guerre; ils partirent pour les remparts et les tours de leur ville; et ils renvoyèrent les femmes et les enfants dans leurs maisons. On était en ville dans une grande dépression.

Présentation de Judith

8 1 En ces jours, le bruit en parvint à Judith. C'était la fille de Merari, fils d'Ox, fils de Joseph, fils d'Oziel, fils d'Helkia, fils d'Ananie, fils de Gédéon, fils de Raphaïn, fils d'Akhitob, fils d'Elie, fils de Khelkias, fils d'Eliab, fils de Nathanaël, fils de Salamiel, fils de Sarasadaï, fils d'Israël[1]. 2 Son mari était Manassé, de sa tribu et de sa famille, qui était mort aux jours de la moisson des orges. 3 Il surveillait en effet les lieurs de gerbes dans la plaine; la chaleur brûlante du soleil vint sur sa tête; il se mit au lit et mourut à Béthulie, sa ville. On l'enterra avec ses pères dans le champ situé entre Dotaïm[2] et Balamon. 4 Judith vivait chez elle dans le veuvage depuis trois ans et quatre mois. 5 Elle s'était fait un pavillon sur le toit de sa mai-

son[1]; elle mettait un *sac sur ses reins et elle portait ses vêtements de veuve. 6 Elle *jeûnait tous les jours de son veuvage, excepté les *sabbats et leurs veilles, les nouvelles lunes et leurs veilles, les fêtes et les jours de réjouissances de la maison d'Israël[2]. 7 Elle était de fort belle apparence et de très gracieux aspect. Manassé, son mari, lui avait laissé or et argent, serviteurs et servantes, bestiaux et champs et elle demeurait dans ses propriétés. 8 Il n'y avait personne à colporter sur elle de mauvais propos, car elle avait une grande crainte[3] de Dieu. 9 Le bruit des mauvais propos du peuple contre le chef lui parvint, car ils étaient découragés à cause du manque d'eau. Le bruit parvint aussi à Judith de toutes les paroles que leur avait adressées Ozias, quand il leur avait juré de livrer la ville aux Assyriens au bout de cinq jours. 10 Envoyant sa suivante qui était préposée à tous ses biens, elle fit inviter Ozias, Khabris et kharmis[4], les *anciens de sa ville.

L'intervention de Judith

11 Ils vinrent chez elle et elle leur dit : « Ecoutez-moi, chefs des habitants de Béthulie, car elle n'est pas droite la parole que vous avez prononcée[5] devant le peuple en ce jour, quand vous

1. Après *Sarasadaï*, quelques manuscrits grecs et latins ajoutent *fils de Siméon* (comparer avec 9.2) — *fils d'Israël* ou *fils de Jacob*.
2. *ses pères* ou *ses ancêtres* — *Dotaïm* : voir 3.9 et la note.

1. *un pavillon sur le toit de sa maison* : voir la note sur 1 R 17.19. Judith s'est fait construire ce *pavillon* probablement pour avoir un endroit propice au recueillement.
2. *nouvelles lunes* : voir au glossaire NÉOMÉNIE — *de la maison d'Israël* ou *du peuple d'Israël*.
3. *une grande crainte* ou *un grand respect*.
4. *Ozias, Khabris et Kharmis* : voir 6.15. *Ozias* est omis par quelques manuscrits grecs et latins.
5. *elle n'est pas droite la parole que vous avez prononcée* ou *vous avez eu tort de parler comme vous l'avez fait*.

avez prêté ce serment prononcé entre Dieu et vous et que vous avez parlé de rendre la ville à nos ennemis, si en ces cinq jours le Seigneur ne vous envoie du secours. 12 Et maintenant qui êtes-vous, vous qui avez tenté Dieu aujourd'hui et qui vous tenez à la place de Dieu au milieu des fils des hommes[1] ? 13 Maintenant, vous mettez le Seigneur tout-puissant à l'épreuve, mais vous ne connaîtrez rien à tout jamais. 14 Car vous ne découvrirez pas les profondeurs du *coeur de l'homme et vous ne saisirez pas les raisonnements de son intelligence. Comment donc sonderez-vous le Dieu qui a fait tout cela, connaîtrez-vous sa pensée et comprendrez-vous son dessein ? Non, mes frères n'irritez pas le Seigneur notre Dieu. 15 Car s'il n'a pas l'intention de nous secourir dans les cinq jours, il a le pouvoir de nous défendre dans les jours qu'il veut ou bien de nous exterminer devant nos ennemis. 16 Mais vous, ne prenez pas de gages contre les desseins du Seigneur notre Dieu, car Dieu n'est pas comme un homme pour être menacé, ni comme un fils d'homme pour être soumis à un arbitre[2]. 17 C'est pourquoi en attendant le salut de sa part, appelons-le à notre secours et il entendra notre voix, si c'est son bon plaisir. 18 Car il n'a pas surgi pendant nos générations[3] et il n'y a

pas aujourd'hui de tribu, de famille, de clan ou de ville parmi nous qui adore des dieux faits de main d'homme, comme cela arriva aux jours d'autrefois. 19 À cause de cela, nos pères[1] furent livrés à l'épée et au pillage et ils subirent une grande défaite devant nos ennemis. 20 Mais nous, nous n'avons pas connu d'autre dieu en dehors de lui. Aussi espérons-nous qu'il ne nous dédaignera pas et ne détournera pas sa miséricorde et son salut[2] de notre race. 21 Car, si nous sommes pris, toute la Judée sera prise aussi, notre lieu saint sera pillé et Dieu dans le *sang demandera compte de sa profanation[3]. 22 Il fera retomber sur notre tête parmi les nations où nous serons esclaves le meurtre de nos frères, la captivité du pays et la désolation de notre héritage[4]. Nous serons un objet de scandale et d'opprobre devant nos conquérants. 23 Car notre asservissement ne gagnera pas la faveur de nos maîtres, mais le Seigneur Dieu en fera un déshonneur.

24 Maintenant donc, frères, montrons à nos frères que leur vie dépend de nous, que le lieu saint, la maison de Dieu et l'*autel reposent sur nous. 25 Outre cela, rendons grâces au Seigneur notre Dieu, qui nous éprouve comme nos pères. 26 Rappelez-vous tout ce qu'il a fait avec Ab-

---

1. *tenté* ou *défié* — *qui vous tenez à la place de Dieu* : en décidant à sa place ou en préjugeant de ses intentions — *fils des hommes* ou *humains*.
2. *gages* : fixer à Dieu un délai de cinq jours revient à exiger de lui un gage l'obligeant à intervenir — *pour être soumis à un arbitre* ou *pour être amené à conciliation*.
3. *pendant nos générations* : les générations qui nous ont immédiatement précédés et celle dont nous faisons partie.

1. *nos pères* ou *nos ancêtres*.
2. *détournera sa miséricorde et son salut* : ces mots ne figurent que dans quelques manuscrits grecs et latins.
3. *notre lieu saint* : le Temple — *Dieu dans le sang ... profanation* ou *notre vie devra répondre devant Dieu de sa profanation.*
4. *Il fera retomber sur notre tête ... le meurtre*, c'est-à-dire qu'il nous fera subir les conséquences du meurtre, etc. — *de notre héritage* ou *du pays que nous avons reçu de lui.*

raham et combien il a éprouvé Isaac et tout ce qui arriva à Jacob en Mésopotamie de Syrie[1], quand il gardait les brebis de Laban, le frère de sa mère. 27 Car de même qu'il les a passés au feu[2] pour scruter leur coeur, de même il ne tire pas vengeance de nous. Mais c'est pour les avertir que le Seigneur flagelle ceux qui s'approchent de lui. »

28 Ozias lui dit : « Dans tout ce que tu as dit tu as parlé avec un coeur excellent et il n'y a personne qui s'opposera à tes paroles. 29 Car ce n'est pas d'aujourd'hui que ta sagesse est manifeste; mais dès le début de ta vie, tout le peuple a reconnu ton intelligence et la bonté des penchants de ton coeur.

30 Mais le peuple a eu grand-soif et ils nous ont contraints à agir comme nous leur avons dit et à nous lier par un serment que nous ne transgresserons pas. 31 Maintenant donc, prie pour nous, car tu es une femme pieuse; le Seigneur enverra la pluie pour remplir nos citernes et nous ne serons plus épuisés. » 32 Judith leur dit : « Ecoutez-moi : je ferai une action qui parviendra aux fils de notre race jusqu'à des générations de générations[3]. 33 Vous vous tiendrez à la porte cette nuit; je sortirai avec ma suivante et avant les jours où vous avez parlé de livrer la ville à nos ennemis, le Seigneur visitera Israël[1] par mon entremise. 34 Mais vous, vous ne vous enquerrez pas de mes agissements, car je ne vous dirai rien jusqu'à ce que soit achevé ce que je fais. » 35 Ozias et les chefs lui dirent : « Va en paix et que le Seigneur Dieu soit devant toi pour tirer vengeance de nos ennemis. » 36 Et quittant le pavillon[2], ils allèrent à leurs postes.

Prière de Judith

9 1 Judith tomba sur sa face, se couvrit la tête de cendre[3] et découvrit le *sac dont elle était revêtue, au moment même où à Jérusalem on offrait l'*encens de ce soir-là dans la maison de Dieu. Elle cria vers le Seigneur d'une voix forte en disant : 2 « Seigneur, Dieu de mon père Siméon, dans la main de qui tu as mis une épée pour se venger d'étrangers[4] qui avaient attenté au sein d'une vierge par sa souillure, découvert sa cuisse pour sa honte et profané son sein pour son déshonneur ! Tu avais dit, en effet : Il n'en sera pas ainsi, mais ils le firent. 3 C'est pourquoi tu as livré leurs chefs à la tuerie et leur lit, honteux de leur tromperie, à une tromperie sanglante[5]. Tu as frappé les esclaves à côté des

---

1. *la porte* : de la ville — *visitera Israël* ou *interviendra en faveur d'Israël*.

2. *le pavillon* : voir v. 5 et la note.

3. *se couvrir la tête de cendre* : voir la note sur Es 61.3.

4. *mon père* ou *mon ancêtre* — *Siméon* : voir la note sur 6.15 — *venger d'étrangers* ... les versets 2 à 4 évoquent l'histoire de Dina, fille de Jacob, et du massacre des habitants de Sichem (Gn 34).

5. *leur lit ... à une tromperie sanglante* : c'est sur un lit que Sichem a commis sa faute et c'est leur *lit* que les Sichémites ont été massacrés grâce à la ruse des frères de Dina (Gn 34.13-15, 24-25).

---

1. *en Mésopotamie de Syrie*, c'est-à-dire en Haute-Mésopotamie.

2. *de même qu'il les a passés au feu* : autre traduction, d'après certains manuscrits, *il ne nous a pas fait passer au feu comme ceux-là* — Le feu est ici le symbole des épreuves qui ont atteint les patriarches.

3. *jusqu'à des générations de générations* ou *jusqu'aux plus lointaines générations*.

puissants et les puissants sur leurs trônes. 4 Tu as livré leurs femmes au pillage, leurs filles à la captivité et toutes leurs dépouilles au partage entre tes fils bien-aimés, jalousement zélés pour toi, qui avaient eu horreur de la souillure de leur sang[1] et t'avaient appelé à l'aide. O Dieu, mon Dieu, exauce-moi, moi qui suis veuve. 5 Car tu as fait les événements d'autrefois, de maintenant et du futur; tu as médité le présent et l'avenir et ce que tu avais dans l'esprit est venu à l'existence. 6 Les événements que tu avais décidés se présentèrent et dirent : Nous voici. Car toutes tes voies sont prêtes et ton jugement porté avec prévoyance[2]. 7 Voici que les Assyriens sont venus en force, ils se sont exaltés au sujet de leurs chevaux et de leurs cavaliers, ils se sont enorgueillis du bras[3] de leurs fantassins, ils ont mis leur espoir dans le bouclier, le javelot, l'arc et la fronde; ils ont méconnu que tu es le Seigneur qui brise les guerres.

8 Ton nom est Seigneur. Romps leur vigueur par ta puissance et abats leur force par ton courroux; car ils ont projeté de profaner tes lieux saints, de souiller la tente où repose ton *nom glorieux et de renverser par le fer la corne de ton *autel[4]. 9 Regarde leur orgueil, envoie ta colère sur leurs têtes, donne à ma main de veuve la force que j'ai méditée. 10 Frappe par mes lèvres trom-

peuses[1] l'esclave à côté du chef et le chef à côté de son serviteur; broie leur haute taille par une main de femme. 11 Car ta force n'est pas dans le nombre, ni ta puissance dans les forts, mais tu es le Dieu des humbles, le secours des petits, le défenseur des faibles, le protecteur des abandonnés, le sauveur des désespérés. 12 Oui, oui, Dieu de mon père, Dieu de l'héritage d'Israël[2], maître des cieux et de la terre, créateur des eaux, roi de toute la création, exauce ma prière 13 et fais que ma parole trompeuse blesse et meurtrisse ceux qui ont faits de durs projets contre ton *alliance, ta maison *sanctifiée, le sommet de *Sion et la maison possédée par tes fils. 14 Fais connaître à toute nation et à toute tribu que tu es le Dieu de toute puissance et de toute force et que nul autre que toi ne veille sur la race d'Israël. »

Judith se rend dans le camp ennemi

10 1 Alors, après avoir cessé de crier vers le Dieu d'Israël et achevé toutes ces paroles, 2 elle se releva de sa prosternation, appela sa suivante et descendit dans la maison où elle passait les jours de *sabbat et de fêtes; 3 elle enleva le *sac dont elle était revêtue, elle quitta ses habits de veuve, elle lava son corps avec de l'eau et l'oignit d'une épaisse huile parfumée; elle peigna les cheveux de sa tête, elle y mit un bandeau et revêtit ses

---

1. *de leur sang*, c'est-à-dire de leur propre sœur ou de leur propre famille.

2. *ton jugement porté avec prévoyance* ou *tu prévois le jugement que tu porteras*.

3. *du bras* ou *de la force*.

4. *la tente* : il s'agit ici du Temple. Voir aussi au glossaire TENTE DE LA RENCONTRE — *la corne de ton autel* : voir Ex 27.2 et la note.

---

1. *par mes lèvres trompeuses* ou *par la ruse de mes paroles* (voir v. 13).

2. *Dieu de l'héritage d'Israël* ou *Dieu qui as donné à Israël le pays qu'il possède*.

habits de fête dont elle se couvrait aux jours où vivait son mari,
Manassé; 4 elle prit des sandales
aux pieds, elle mit ses colliers, ses
bracelets, ses bagues, ses boucles
d'oreilles et toutes ses parures et
se fit très élégante pour séduire
les yeux des hommes qui la ver-
raient. 5 Elle donna à sa suivante
une outre de vin et une cruche
d'huile; elle remplit une besace
avec de la farine d'orge, un gâteau de fruits secs, des pains et du
fromage[1]; elle empaqueta soigneusement tous ses récipients et
en chargea sa suivante. 6 Elles
sortirent vers la porte de Béthulie
et y trouvèrent Ozias et les *anciens de la ville, Khabris et Kharmis qui s'y tenaient. 7 Quand ils
virent son visage transformé et sa
robe changée, ils eurent la plus
grande admiration pour sa
beauté et lui dirent : 8 « Que le
Dieu de nos pères[2] te donne de
trouver grâce et d'accomplir tes
entreprises pour l'orgueil des fils
d'Israël et pour l'exaltation de Jérusalem ! » 9 Elle adora Dieu et
leur dit : « Ordonnez que l'on
m'ouvre la porte de la ville et je
sortirai pour accomplir ce dont
vous avez parlé avec moi »; ils
donnèrent l'ordre aux jeunes gens
de lui ouvrir comme elle l'avait
dit. 10 Ils firent ainsi et Judith
sortit avec sa servante. Les
hommes de la ville la regardèrent
jusqu'à ce qu'elle eût descendu la
montagne et traversé le vallon,
puis ils ne la virent plus.

11 Elles marchèrent tout droit
dans le vallon et un avant-poste
des Assyriens vint à sa rencontre.

12 Ils la saisirent et l'interrogè-
rent : « De quel côté es-tu ? D'où
viens-tu ? Où vas-tu ? » Elle répondit : « Je suis une fille des Hébreux et je m'enfuis de chez eux
parce qu'ils sont sur le point de
vous être livrés en pâture. 13 Pour
moi, je viens voir Holopherne, le
général en chef de votre armée,
pour lui apporter des paroles de
vérité[1] et je lui montrerai devant
lui le chemin qu'il doit suivre
pour devenir le maître de toute la
région montagneuse, sans que
manque à l'appel ni homme, ni
âme qui vive. » 14 Ayant écouté
ses paroles et observé son visage
— et il leur paraissait admirable
de beauté —, les hommes lui dirent : 15 « Tu as sauvé ta vie en te
hâtant de descendre te présenter
à notre seigneur. Maintenant,
viens à sa tente; certains parmi
nous te mèneront jusqu'à ce qu'ils
t'aient remise entre ses mains.
16 Quand tu te tiendras devant
lui, n'aie pas peur en ton coeur,
mais répète tes paroles et il te
fera du bien. » 17 Ils choisirent
parmi eux cent hommes qui se
joignirent à elle et à sa suivante
et ils la conduisirent jusqu'à la
tente d'Holopherne; 18 il se produisit un attroupement à travers
tout le camp, car on avait proclamé son arrivée parmi les
tentes; on venait former un cercle
autour d'elle, tandis qu'elle se tenait à l'extérieur de la tente d'Holopherne en attendant qu'on l'eût
informé à son sujet. 19 On admirait sa beauté et on admirait les
fils d'Israël à cause d'elle, et chacun disait à l'autre : « Qui mépriserait ce peuple qui a en lui des

---

1. *des pains et du fromage* : d'après plusieurs
manuscrits grecs et latins; les autres manuscrits
grecs ont *des pains purs*.
2. *nos pères* ou *nos ancêtres*.

1. *des paroles de vérité* ou *des renseignements
exacts*.

femmes pareilles ? Il ne serait pas bien d'en laisser subsister un seul homme; les survivants seraient capables de duper toute la terre !» 20 Ceux qui dormaient auprès d'Holopherne[1] sortirent ainsi que tous ses officiers et ils introduisirent Judith sous la tente. 21 Holopherne se reposait sur son lit sous sa moustiquaire faite de pourpre[2], d'or, d'émeraude et de pierres précieuses serties. 22 On l'informa à son sujet et il alla à l'entrée de sa tente précédé de flambeaux d'argent. 23 Quand Judith arriva devant lui et ses officiers, tous admirèrent la beauté de son visage. Elle tomba sur sa face et se prosterna devant lui, et ses serviteurs la relevèrent.

Judith devant Holopherne

11 1 Holopherne lui dit : «Aie confiance, femme; ne crains rien en ton coeur car je n'ai fait de mal à aucun homme qui a choisi de servir Nabuchodonosor, le roi de toute la terre. 2 Et maintenant, si ton peuple qui habite la région montagneuse ne m'avait pas méprisé, je n'aurais pas levé ma lance contre eux. Mais ils se sont fait cela en eux-mêmes. 3 Maintenant dis-moi pourquoi tu t'es enfuie de chez eux et tu es venue à nous. En effet, tu es venue pour ton salut. Aie confiance, cette nuit tu vivras ainsi qu'à l'avenir. 4 Personne ne te fera de tort; au contraire, on te traitera bien, comme il advient aux serviteurs de mon seigneur, le roi Nabuchodonosor.»

5 Judith lui dit : «Accepte les paroles de ton esclave, que ta servante parle devant toi et je n'annoncerai aucun mensonge à mon seigneur cette nuit. 6 Si tu suis les paroles de ta servante, Dieu accomplira sa tâche avec toi et mon seigneur ne connaîtra pas d'échec dans ses entreprises. 7 Par la vie de Nabuchodonosor, le roi de toute la terre, et par sa puissance à lui qui t'a envoyé pour le redressement de toute âme vivante[1], grâce à toi non seulement les hommes le servent, mais les bêtes sauvages, le bétail et les oiseaux du ciel vivront par ta vigueur pour Nabuchodonosor et toute sa maison. 8 Car nous avons entendu parler de ta sagesse et de l'habileté de ton âme et l'on rapporte par toute la terre que toi seul es bon dans tout le royaume, puissant par le savoir et admirable dans les expéditions de guerre. 9 Quant au discours qu'a prononcé Akhior[2] dans ton conseil, nous en avons entendu les paroles, parce que les hommes de Béthulie l'ont sauvé et qu'il leur a rapporté tout ce qu'il avait dit devant toi. 10 C'est pourquoi, maître et seigneur, ne néglige pas son discours, mais garde-le dans ton *coeur, car il est vrai. Car notre race n'est pas punie, l'épée ne prévaut pas contre eux, à moins qu'ils n'aient péché contre leur Dieu. 11 Et maintenant, afin que mon seigneur ne soit pas repoussé et impuissant, la mort va fondre sur eux, le péché s'est emparé d'eux, par lequel ils mettent en colère leur Dieu, chaque fois

---

1. *Ceux qui dormaient auprès d'Holopherne :* autre traduction *Les gardes du corps d'Holopherne.*

2. *pourpre :* voir la note sur Ex 25.4.

1. pour le redressement de toute âme vivante ou pour remettre tout être vivant dans le droit chemin.

2. *Akhior* et son *discours :* voir 5.5-21.

qu'ils font un écart. 12 Puisque la nourriture leur manque et que toute l'eau est devenue rare, ils ont projeté de mettre la main sur leurs troupeaux, et tout ce que Dieu par ses lois leur a enjoint de ne pas manger[1], ils ont résolu de s'en servir. 13 Les *prémices du blé, les dîmes du vin et de l'huile qu'ils avaient gardées avec soin, les consacrant aux prêtres qui se tiennent à Jérusalem devant la face de notre Dieu, ils ont décidé de les consommer[2], alors que personne parmi le peuple n'a le droit de les toucher de ses mains. 14 Ils ont envoyé à Jérusalem — car même ceux qui habitent là-bas ont fait cela — des gens devant leur transmettre l'autorisation de la part du conseil des *anciens. 15 Il arrivera que, lorsque celle-ci leur aura été notifiée et qu'ils auront fait cela, ce jour-là ils te seront livrés pour leur perte. 16 C'est pourquoi moi, ton esclave, sachant tout cela, je me suis enfuie de chez eux et Dieu m'a envoyée réaliser avec toi des affaires dont toute la terre sera stupéfaite, tous ceux qui en entendront parler. 17 Car ton esclave est pieuse, elle sert nuit et jour le Dieu du *ciel. Désormais je resterai auprès de toi, mon seigneur, ton esclave sortira la nuit dans le ravin et je prierai Dieu qui me dira quand ils auront commis leurs péchés. 18 Je viendrai te le rapporter et tu sortiras avec toute ton armée et personne parmi eux ne te résistera. 19 Et je te condui-

rai à travers la Judée jusqu'à ce que tu arrives devant Jérusalem; je placerai ton trône en son milieu et tu les conduiras comme des brebis sans *berger, sans qu'un chien gronde contre toi[1]. Car cela m'a été dit et annoncé selon ma prescience et j'ai été envoyée pour te le rapporter. »

20 Ses paroles plurent à Holopherne et à tous ses officiers; ils admirèrent sa sagesse et dirent: 21 « Il n'y a pas de femme pareille d'une extrémité de la terre à l'autre pour la beauté du visage et l'intelligence des paroles. » 22 Holopherne lui dit: « Dieu a bien fait de t'envoyer au-devant du peuple[2], afin de mettre la force en mes mains et la perdition en ceux qui ont méprisé mon seigneur. 23 Quant à toi, tu es jolie d'aspect et habile dans tes paroles. Si tu fais comme tu l'as dit, ton Dieu sera mon Dieu; toi-même tu demeureras dans la maison du roi Nabuchodonosor et tu seras renommée par toute la terre. »

Judith séjourne dans le camp ennemi

12 1 Il ordonna de l'introduire là où était placée sa vaisselle d'argent et il commanda qu'on lui serve de ses mets et de son vin. 2 Mais Judith dit: « Je n'en mangerai pas de peur que ce ne soit une occasion de chute[3], mais ce que j'ai apporté m'approvisionnera. » 3 Holopherne lui dit:

---

1. *tout ce que Dieu par ses lois leur a enjoint de ne pas manger* : voir Lv 11; Dt 14.3-21.
2. *les dîmes* : voir Gn 14.20 et la note — *ils ont décidé de les consommer* : seuls les prêtres avaient le droit de manger les produits *consacrés* (comparer Lv 22.10).

1. *sans qu'un chien gronde contre toi* : l'expression suggère une absence totale d'opposition (comparer Ex 11.7 et la note; Jos 10.21).
2. *au-devant du peuple* ou *en avant du peuple*.
3. *une occasion de chute* : par la transgression de prescriptions alimentaires (comparer Dn 1.8; *Est* grec C.28).

«Quand les aliments que tu as avec toi seront épuisés, où nous en procurerons-nous de semblables pour te les donner ? Car il n'y a personne de ta race avec nous. » 4 Judith lui dit : « Par ta vie, mon seigneur, ton esclave ne consommera pas ce que j'ai avec moi avant que le Seigneur fasse par ma main ce qu'il a projeté. » 5 Les officiers d'Holopherne la conduisirent à la tente et elle dormit jusqu'au milieu de la nuit. Elle se leva vers la veille de l'aurore[1]. 6 Elle envoya dire à Holopherne : « Que mon seigneur commande de laisser ton esclave sortir pour la prière. » 7 Et Holopherne prescrivit à ses gardes du corps de ne pas l'empêcher. Elle resta dans le camp trois jours. Elle se rendait la nuit au ravin de Béthulie et elle se baignait dans le camp à la source d'eau. 8 Quand elle remontait, elle priait le Seigneur Dieu d'Israël de diriger sa voie[2] pour le relèvement des fils de son peuple. 9 Une fois rentrée pure[3], elle restait dans la tente, jusqu'à ce qu'on lui présentât sa nourriture vers le soir.

Le banquet d'Holopherne

10 Or, le quatrième jour[4], Holopherne fit un banquet pour ses serviteurs seuls et il n'envoya d'invitation à aucun de ses fonctionnaires. 11 Il dit à Bagoas, l'*eunuque préposé à toutes ses affaires : « Va persuader cette femme hébraïque qui est chez toi de venir auprès de nous et de manger et boire avec nous. 12 Car pour nous ce serait perdre la face de laisser de côté une femme pareille sans avoir eu de relations avec elle. Car, si nous ne l'attirons pas, elle se moquera de nous[1]. »

13 Bagoas sortit de devant Holopherne, il entra chez elle et dit : « Que cette belle servante n'hésite pas à venir vers mon seigneur pour être honorée devant lui, boire avec nous du vin dans la joie et devenir aujourd'hui comme l'une des filles des fils d'Assour[2] qui se tiennent dans la maison de Nabuchodonosor. » 14 Judith lui dit : « Qui suis-je pour contredire mon seigneur ? Tout ce qui est agréable à ses yeux je me hâterai de le faire et ce me sera une joie jusqu'au jour de ma mort. » 15 Elle se leva, se para de ses vêtements et de toutes ses parures féminines ; son esclave entra et étendit pour elle, par terre et vis-à-vis d'Holopherne, les toisons qu'elle avait reçues de Bagoas pour son usage quotidien, afin de manger allongée dessus. 16 Judith entra et s'étendit à terre ; le cœur d'Holopherne fut transporté par elle et son âme fut agitée. Il fut saisi du désir très fort de s'unir à elle. Il épiait le moment favorable pour la séduire depuis le jour où il l'avait vue. 17 Holopherne lui dit : « Bois et sois dans la joie avec nous. » 18 Judith lui dit : « Je boirai donc, seigneur, parce que ma vie est honorée aujourd'hui plus qu'en aucun autre jour depuis ma naissance. » 19 Ayant pris ce que son

---

1. *la veille de l'aurore* ou *la veille du matin* : voir Ex 14.24 et la note.
2. *sa voie* ou *son entreprise*.
3. *une fois rentrée pure* : c'est ici le contact avec des païens qui oblige Judith à se purifier rituellement (v. 7).
4. *le quatrième jour* : voir v. 7.

1. *elle se moquera de nous* ou *on se moquera de nous*.
2. *fils d'Assour* ou *Assyriens*.

esclave avait préparé[1], elle mangea et but vis-à-vis de lui. 20 Holopherne était en joie à cause d'elle et il but énormément de vin, plus qu'il n'en avait jamais bu en un seul jour depuis qu'il était né.

Judith décapite Holopherne

13 [1] Quand il se fit tard, ses serviteurs se pressèrent de partir. Bagoas ferma la tente du dehors; il écarta les assistants de la présence de son seigneur et ils allèrent se coucher. Tous en effet étaient fatigués, parce qu'ils avaient trop bu. 2 Judith seule fut laissée dans la tente avec Holopherne effondré sur son lit, car il était noyé dans le vin. 3 Judith dit à son esclave de se tenir à l'extérieur de la chambre à coucher et de surveiller sa sortie comme chaque jour; elle dit qu'en effet elle sortirait pour sa prière[2]. Elle parla de la même manière à Bagoas.

4 Tous se retirèrent de sa présence et personne, du plus petit au plus grand, ne resta dans la chambre à coucher. Judith, debout près du lit d'Holopherne, dit en son coeur : « Seigneur, Dieu de toute puissance, jette un regard en cette heure sur les oeuvres de mes mains[3] pour l'exaltation de Jérusalem. 5 Car c'est maintenant le moment de prendre soin de ton héritage[4] et de réaliser mon entreprise pour broyer les ennemis qui se sont levés contre nous. » 6 Alors, s'avançant vers la barre du lit qui était près de la tête d'Holopherne, elle en retira son cimeterre[1] 7 et, s'approchant du lit, elle saisit la chevelure de sa tête et dit : « Fortifie-moi en ce jour, Seigneur Dieu d'Israël. »

8 Elle frappa deux fois sur son cou de toute sa vigueur et elle lui ôta la tête. 9 Puis elle fit rouler son corps hors de la couche et enleva la moustiquaire des colonnes; peu après, elle sortit et remit la tête d'Holopherne à sa suivante, 10 qui la mit dans sa besace à provisions. Elles sortirent les deux ensemble, comme à l'accoutumée, pour aller à la prière. Elles traversèrent le camp, contournèrent le ravin, montèrent à la montagne de Béthulie et arrivèrent à ses portes.

L'entrée de Judith à Béthulie

11 Judith dit de loin à ceux qui faisaient la garde aux portes : « Ouvrez, ouvrez la porte. Dieu, notre Dieu est avec nous pour manifester sa vigueur en Israël et sa force contre les ennemis, comme il l'a fait aujourd'hui. »

12 Alors, quand les hommes de sa ville eurent entendu sa voix, ils se hâtèrent de descendre vers la porte de leur ville; ils convoquèrent les *anciens de la ville. 13 Et tous accoururent, du plus petit jusqu'au plus grand, parce que son arrivée leur paraissait incroyable; ils ouvrirent la porte, les reçurent[2], allumèrent un feu pour éclairer et les entourèrent.

---

1. *ce que son esclave avait préparé* : voir 10.5 et 12.2.
2. *elle sortirait pour sa prière* : voir 12.5-7.
3. *jette un regard ... sur les oeuvres de mes mains*, c'est-à-dire fait réussir ce que je vais entreprendre.
4. *de ton héritage* ou *de ton peuple*.

1. *son cimeterre* : celui d'Holopherne.
2. *les reçurent* : Judith et sa suivante.

14 Elle leur dit d'une voix forte :
« Louez Dieu. Louez-le. Louez
Dieu qui n'a pas retiré sa miséricorde de la maison d'Israël, mais
qui a broyé nos ennemis par ma
main cette nuit. » 15 Puis, ayant
tiré la tête de la besace, elle la
leur montra et leur dit : « Voici la
tête d'Holopherne, le général en
chef des armées d'Assour[1], et
voici la moustiquaire sous laquelle il était étendu pendant son
ivresse. Le Seigneur l'a frappé par
la main d'une femme. 16 Par la
vie du Seigneur qui m'a protégée
sur la voie que je suivais, mon
visage l'a séduit pour sa perte
sans qu'il commette le péché avec
moi pour ma souillure et ma
honte. » 17 Tout le peuple fut absolument stupéfait ; s'étant incli-
nés, ils adorèrent Dieu et dirent
unanimement : « Tu es béni, ô
notre Dieu, toi qui as anéanti aujourd'hui les ennemis de ton
peuple. » 18 Ozias lui dit : « Bénie
sois-tu, ma fille, par le Dieu très
haut, plus que toutes les femmes
qui sont sur la terre, et béni soit
le Seigneur Dieu, lui qui a créé les
cieux et la terre, lui qui t'a
conduite pour blesser à la tête le
chef de nos ennemis. 19 En effet,
ton espérance ne quittera pas le
cœur des hommes qui se souviendront de la vigueur de Dieu pour
toujours. 20 Que Dieu fasse que tu
sois exaltée perpétuellement et visi-
tée par ses bienfaits, parce que
tu n'as pas épargné ta vie à cause
de l'humiliation de notre race,
mais tu t'es opposée à notre chute
en marchant droit au but devant
notre Dieu. » Et tout le peuple
dit : « Ainsi soit-il. Ainsi soit-il. »

Akhior adopte la foi d'Israël

14 1 Judith leur dit : « Ecoutez-moi, frères. Prenez
cette tête et suspendez-la au cré-
neau de notre rempart. 2 Alors,
quand l'aurore brillera et que le
soleil sortira sur la terre, vous
prendrez chacun vos armes ; tous
les hommes valides, vous sortirez
de la ville. Vous vous donnerez
un chef comme si vous alliez descendre vers la plaine en direction
des avant-postes des fils d'Assour[1], mais vous ne descendrez
pas. 3 Ceux-ci, prenant leurs équi-
pements, iront vers leur camp ; ils
réveilleront les généraux de l'armée d'Assour ; ces derniers courront à la tente d'Holopherne et
ne le trouveront pas. La crainte
tombera sur eux et ils fuiront loin
de votre face. 4 En les poursui-
vant, vous et tous ceux qui habitent tout le territoire d'Israël,
vous les abattrez sur leurs chemins. 5 Mais avant de faire cela,
appelez-moi Akhior l'Ammonite,
pour qu'il voie et reconnaisse celui qui a méprisé la maison d'Israël et qui l'a envoyé vers nous
comme à la mort[2]. » 6 Ils appelèrent Akhior de la maison d'Ozias.
Quand il arriva et qu'il vit la tête
d'Holopherne dans la main d'un
homme de l'assemblée du peuple,
il tomba sur sa face et son esprit
défaillit[3]. 7 Quand on l'eut relevé,
il se jeta aux pieds de Judith, se
prosterna devant elle et dit : « Bénie sois-tu dans toutes les tentes
de Juda et dans toutes les nations

---

1. *d'Assour ou d'Assyrie.*

1. *des fils d'Assour ou des Assyriens.*
2. *Akhior :* voir 5.5 — *l'Ammonite :* voir la note
sur Gn 19.38 — *la maison d'Israël ou le peuple
d'Israël* — qui *l'a envoyé vers nous comme à la
mort :* voir 6.10-13.
3. *son esprit défaillit ou il s'évanouit.*

qui seront troublées[1] en entendant ton nom. 8 Maintenant, raconte-moi tout ce que tu as fait ces jours-ci. » Judith lui rapporta au milieu du peuple tout ce qu'elle avait fait depuis le jour où elle était sortie[2] jusqu'à celui-ci où elle leur parlait. 9 Quand elle eut fini de parler, le peuple acclama à grands cris et fit résonner la ville de cris joyeux. 10 Voyant tout ce qu'avait fait le Dieu d'Israël, Akhior crut fermement en Dieu, se fit *circoncire en sa chair et s'agrégea à la maison d'Israël jusqu'à ce jour[3].

Bagoas découvre la mort d'Holopherne

11 Quand l'aurore se leva, on suspendit la tête d'Holopherne au rempart. Chaque homme prit ses armes et tous sortirent par sections sur les pentes de la montagne. 12 Les fils d'Assour[4], quand ils les virent, envoyèrent prévenir leurs officiers; ceux-ci allèrent prévenir leurs généraux, leurs chefs de mille et leurs commandants. 13 Ils allèrent à la tente d'Holopherne et dirent à celui qui était préposé à toutes ses affaires : « Eveille donc notre seigneur, car les esclaves[5] ont osé descendre au combat contre nous pour se faire exterminer jusqu'au

dernier. » 14 Bagoas entra et frappa au rideau de la tente, car il supposait qu'Holopherne dormait avec Judith. 15 Mais comme personne n'avait entendu, il écarta le rideau et entra dans la chambre à coucher et le trouva jeté mort sur l'escabeau[1], la tête enlevée du corps. 16 Bagoas cria d'une voix forte avec des lamentations, des gémissements et des cris violents et il *déchira ses vêtements. 17 Il entra dans la tente où Judith logeait et ne la trouva pas. Il se précipita vers le peuple[2] en criant : 18 « Les esclaves se sont révoltés; une seule femme des Hébreux a mis la honte dans la maison du roi Nabuchodonosor. Car voici qu'Holopherne est à terre et il n'a plus de tête. » 19 Quand ils entendirent ces mots, les chefs de l'armée d'Assour déchirèrent leurs tuniques; leur âme fut extrêmement troublée, leur clameur et leur grand cri s'élevèrent au milieu du camp.

La déroute des assiégeants

15 1 en entendant, ceux qui étaient dans les tentes furent stupéfaits de ce qui était arrivé. 2 Tremblement et crainte tombèrent sur eux; aucun homme ne resta plus à côté d'un autre; mais se répandant tous en même temps, ils s'enfuirent par tous les chemins de la plaine et de la région montagneuse. 3 Ceux qui campaient dans la région montagneuse autour de Béthulie prirent aussi la fuite. Alors les fils d'Is-

---

1. *toutes les tentes* ou *toutes les demeures* – *dans toutes les nations* ou *qui seront troublées* ou *dans toutes les nations, lesquelles seront remplies d'effroi.*
2. *elle était sortie* : sous-entendu *de Béthulie.*
3. L'*agrégation* d'un Ammonite à *Israël* est un fait exceptionnel (comparer Dt 23.4-5) – *jusqu'à ce jour* : l'expression indique le caractère définitif de cette agrégation.
4. *Les fils d'Assour* ou *Les Assyriens.*
5. *celui qui était préposé à toutes ses affaires* : Bagoas (voir v. 14 et 12.11) — *les esclaves* : terme de mépris pour désigner les Israélites.

1. *comme personne n'avait entendu* ou *comme personne ne semblait avoir entendu* — *l'escabeau* ou *le seuil*. Le sens du terme grec correspondant est incertain.
2. *le peuple* ou *les troupes.*

raël[1], tous les hommes capables de combattre parmi eux, se répandirent sur eux. 4 Ozias envoya à Béthomestaïm, à Bébaï, à Khoba, à Kola[2] et dans tout le territoire d'Israël des gens pour annoncer ce qui était arrivé et demander que tous se répandent sur leurs ennemis pour les anéantir. 5 En entendant cela, les fils d'Israël tombèrent sur eux, tous en même temps, et les battirent jusqu'à Khoba. Les habitants de Jérusalem survinrent également, ainsi que ceux de toute la région montagneuse, car on leur avait annoncé ce qui s'était passé au camp de leurs ennemis. Ceux de Galaad[3] et de Galilée attaquèrent de flanc à grands coups jusqu'à Damas et son territoire. 6 Le reste des habitants de Béthulie tomba sur le camp d'Assour[4], le pilla et s'enrichit beaucoup. 7 Les fils d'Israël, revenus du carnage, s'emparèrent de ce qui restait; les villages et les fermes de la région montagneuse et de la plaine se saisirent de beaucoup de butin, car il y en avait une énorme quantité.

Cortège de victoire des Israélites

8 Joakim, le grand prêtre, et le conseil des *anciens des fils d'Israël qui habitaient à Jérusalem, vinrent pour regarder le bien que le Seigneur avait fait à Israël, pour voir Judith et pour la saluer. 9 Quand ils entrèrent chez elle, ils la bénirent tous ensemble et lui dirent : «Tu es l'exaltation de Jé-

rusalem, le grand orgueil d'Israël, la grande fierté de notre race. 10 Tu as fait tout cela de ta main, tu as fait du bien à Israël et Dieu s'y est plu. Bénie sois-tu par le Seigneur tout-puissant à perpétuité.» Et tout le peuple dit : «Ainsi soit-il.»

11 Tout le peuple pilla le camp pendant 30 jours. Ils donnèrent à Judith la tente d'Holopherne, toute son argenterie, ses lits, ses récipients et toutes ses affaires. Elle le prit[1], le chargea sur sa mule, attela ses chariots et l'y entassa. 12 Toutes les femmes d'Israël accoururent pour la voir et elles la bénirent. Certaines d'entre elles firent un choeur pour elle. Elle prit des thyrses[2] dans ses mains et en donna aux femmes qui étaient avec elle. 13 Elles se couronnèrent d'oliviers, elle-même et celles qui étaient avec elle, et elle s'avança en tête de tout le peuple, conduisant le choeur de toutes les femmes. Tous les hommes d'Israël suivaient en armes et couronnés[3], des hymnes à la bouche. 14 Alors Judith entonna cette action de grâces parmi tout Israël et tout le peuple fit retentir très haut cette louange :

Cantique de Judith

16 1 Judith dit : «Entonnez un cantique pour mon Dieu avec des tambourins,
   chantez le Seigneur sur les cymbales, composez pour lui un psaume de louange,
   exaltez et invoquez son *nom.

---

1. *les fils d'Israël* ou *les Israélites*.
2. Les diverses localités mentionnées dans ce verset sont inconnues.
3. Région située à l'est du Jourdain.
4. *d'Assour* ou *des Assyriens*.

---

1. *Elle le prit* ou *Elle prit le tout*.
2. Voir *2 M* 10.7 et la note.
3. Il s'agit de couronnes de verdure, comme au début du verset.

2 Car c'est un Dieu qui brise les
guerres que le Seigneur,
lui qui place ses camps[1] au milieu du peuple,
il m'a arraché à la main de
ceux qui me poursuivaient.

3 Assour[2] vint des montagnes du
Septentrion,
il vint avec les myriades de son
armée;
leur multitude obstrua les torrents
et leur cavalerie recouvrit les
collines.

4 Il parla d'incendier mon territoire,
d'anéantir mes jeunes gens par
l'épée,
de jeter à terre mes nourrissons,
de faire de mes petits enfants
une proie et d'enlever mes
vierges.

5 Le Seigneur tout-puissant les a
contrés par la main d'une
femme.

6 Leur champion n'a pas succombé sous de jeunes gens,
les fils des Titans[3] ne l'ont pas
frappé, des géants à la haute
taille ne l'ont pas attaqué,
mais Judith, la fille de Merari,
l'a défait par la beauté de son
visage.

7 Elle enleva sa robe de veuve[4]
pour relever les affligés d'Israël.
Elle oignit son visage de parfums,

8 elle ceignit ses cheveux d'un
bandeau
et mit une robe de lin pour le
séduire.

9 Sa sandale ravit ses yeux
et sa beauté captiva son âme.
Le cimeterre trancha son cou[1],

10 les Perses frissonnèrent de son
audace et les Mèdes[2] furent
troublés de sa hardiesse.

11 Alors mes humbles poussèrent
le cri de guerre et eux furent
effrayés,
mes débiles crièrent[3] et eux furent terrifiés;
ils élevèrent leur voix et eux
furent bouleversés.

12 Comme des fils de femmelettes, ils les transpercèrent
et comme des enfants de transfuges[4], ils les blessèrent.
Ils périrent dans une bataille
de mon Seigneur.

13 Je chanterai pour mon Dieu
un hymne nouveau,
Seigneur, tu es grand et glorieux,
admirable de vigueur, insur-
passable.

14 Que toutes tes créatures te servent,
car tu as dit et elles ont existé.
Tu as envoyé ton esprit et il les
a construites;
il n'y a personne qui résiste à
ta voix.

---

1. Voir 13.6-8.
2. Habitants de la *Médie* (voir la note sur Est 1.3).
3. *mes débiles* ou *mes faibles — crièrent*: adjonction par rapport au texte grec peu clair à cet
endroit. Cette adjonction permet d'ailleurs de rétablir un parallélisme satisfaisant entre les trois sti-
ques du verset.
4. Les expressions *fils de femmelettes* et *enfants
de transfuges* désignent les ennemis d'Israël — *enfants de transfuges* ou *de déserteurs*, c'est-à-dire
des lâches.

---

1. *Car c'est un Dieu ... que le Seigneur* ou *Car le
Seigneur est un Dieu qui brise les guerres — lui
qui place ses camps*: d'après les versions anciennes; le grec a *car dans ses camps*.
2. *Assour* ou *l'envahisseur assyrien.*
3. *Leur champion*: Holopherne — *Titans*:
dieux de la mythologie grecque qui luttèrent
contre Zeus.
4. *Elle enleva sa robe de veuve*: voir 10.3.

15 Les montagnes seront ébranlées hors de leurs fondements
et mélangées avec les eaux,
les rochers fondront comme de
la cire devant ta face.
Mais à ceux qui te craignent[1],
tu restes propice.
16 Car tout sacrifice est trop petit
pour être d'odeur agréable,
et toute leur graisse est trop
infime pour t'être offerte en
holocauste[2].
Mais qui craint le Seigneur est
toujours grand.
17 Malheur aux nations qui se
dressent contre ma race.
Le Seigneur tout-puissant s'en
vengera au *jour du jugement,
en mettant le feu et les vers
dans leurs chairs,
et ils pleureront de douleur
éternellement. »
18 Quand ils arrivèrent à Jérusalem, ils adorèrent Dieu et,
quand le peuple fut *purifié, ils
offrirent leurs holocaustes,
leurs oblations volontaires[3] et
leurs dons. 19 Judith dédia
toutes les affaires d'Holopherne que le peuple lui avait
données. Quant à la moustiquaire qu'elle avait prise pour
elle dans sa chambre à coucher,
elle l'offrit à Dieu en
anathème[4]. 20 Tout le peuple se
rejouit à Jérusalem devant le
lieu saint[1] pendant trois mois
et Judith resta avec eux.

Fin de la vie de Judith

21 Après ces jours-là, chacun retourna dans son héritage[2]. Judith partit pour Béthulie et y
resta dans sa propriété. Elle
devint célèbre en son temps
dans tout le pays. 22 Beaucoup
la désirèrent, mais aucun
homme ne la connut tous les
jours de sa vie depuis le jour
où était mort son mari Manassé et où il avait été réuni à
son peuple[3]. 23 Elle s'avança en
âge avec une grande gloire et
elle vieillit dans la maison de
son mari jusqu'à 105 ans. Elle
renvoya libre sa suivante et
mourut à Béthulie. On l'enterra
dans le sépulcre de son mari
Manassé. 24 La maison d'Israël[4] mena son deuil pendant
sept jours. Avant de mourir
elle avait partagé ses biens
entre tous les proches de son
mari Manassé et les proches de
sa famille. 25 Il n'y eut plus
personne pour effrayer les fils
d'Israël[5] pendant les jours de
Judith et pendant de nom-
breux jours après sa mort.

1. *qui te craignent* ou *qui te respectent.*
2. *holocauste :* voir au glossaire SACRIFICES.
3. *oblations volontaires* ou *offrandes volontaires :* voir au glossaire SACRIFICES.
4. *dédia :* sous-entendu *à Dieu — elle l'offrit ...
en anathème* ou *elle le voua à Dieu par l'interdit :*
voir Dt 2.34 et la note.

1. *le lieu saint* ou *le Temple.*
2. *dans son héritage* ou *chez soi.*
3. *ne la connut :* tournure hébraïque signifiant
*n'eut de relations sexuelles avec elle — réuni à son
peuple* ou *réuni aux siens :* voir Gn 25.8 et la note.
4. *la maison d'Israël* ou *le peuple d'Israël.*
5. *les fils d'Israël* ou *les Israélites.*

TOBIT

1 1 Livre des actes de Tobit, fils de Tobiel, fils d'Ananiel, fils d'Adouël, fils de Gabaël, fils de Raphaël, fils de Ragouël, de la descendance d'Ariel, de la tribu de Nephtali[1], 2 qui, au temps de Salmanasar, roi d'Assyrie, fut déporté de Thisbé, laquelle se trouve au sud de Kydios de Nephtali, en Haute-Galilée, au-dessus d'Aser[2], en retrait vers l'ouest, au nord de Phogor.

Fidélité de Tobit à la loi de Dieu

3 Moi[3], Tobit, j'ai suivi les chemins de la vérité et pratiqué les bonnes oeuvres tous les jours de ma vie ; j'ai fait beaucoup d'aumônes à mes frères et aux gens de ma nation venus avec moi en déportation au pays d'Assyrie, à Ninive.

4 Quand j'étais dans mon pays, la terre d'Israël, au temps de ma jeunesse, toute la tribu de Nephtali, mon ancêtre, s'était détachée de la maison de David et de Jérusalem[1], la ville choisie parmi toutes les tribus d'Israël pour leur servir de lieu de *sacrifice, là où le Temple, la demeure de Dieu, avait été consacré et construit pour toutes les générations à venir. 5 Tous mes frères et la maison de Nephtali, mon ancêtre, sacrifiaient, eux, sur toutes les montagnes de Galilée, au veau que Jéroboam, roi d'Israël, avait fait à Dan. 6 Et moi, bien souvent, je me trouvais tout seul pour aller à Jérusalem au moment des fêtes, selon ce qui est prescrit dans tout Israël par un décret perpétuel. J'accourais à Jérusalem avec les *prémices, les premiers-nés, la dîme du bétail et la première tonte des brebis 7 et je les donnais aux prêtres, fils d'Aaron, pour l'*autel. Je donnais aussi la dîme du blé, du vin, des olives, des grenades, des figues et des autres fruits aux fils de Lévi[2] en service à Jérusalem ; la deuxième dîme, je la prélevais en argent et j'allais la dépenser chaque année à Jérusalem. 8 Je donnais la troisième aux orphelins, aux veuves et aux étrangers résidant avec les fils d'Israël ; je l'apportais et la leur donnais tous les trois ans, et nous la mangions selon la prescription faite à ce sujet dans la Loi de

---

1. *Livre des actes* ou *Histoire* — *Nephtali* : voir Jos 19.32 et la note.
2. *Salmanasar V* fut *roi d'Assyrie* en 726-722 av. J. C. D'après 2 R 15.29, ce fut son prédécesseur, Tiglath-Piléser III, qui déporta les habitants de Nephtali en Assyrie — *Kydios de Nephtali*, c'est-à-dire *Qédesh-Nephtali* — *Aser*, c'est-à-dire Haçor.
3. Le récit est mis dans la bouche de Tobit lui-même jusqu'en 3.6.

1. *s'était détachée ...* : les versets 4 et 5 évoquent le récit rapporté en 1 R 12 et particulièrement la fin de ce chapitre, v. 26 à 33.
2. *fils d'Aaron* ou *descendants d'Aaron* — *fils de Lévi* ou *lévites*.

Moïse[1] et les instructions données par Débora, la mère d'Ananiel, notre père — car mon père m'avait laissé orphelin, il était mort —. 9 Parvenu à l'âge d'homme, je pris une femme de la descendance de nos pères et d'elle j'engendrai un fils à qui je donnai le nom de Tobias.

10 Après la déportation en Assyrie, alors que j'étais moi-même déporté, je vins à Ninive. Tous mes frères et les gens de ma race mangeaient de la nourriture des païens, 11 mais moi, je me gardai bien de manger de la nourriture des païens[2]. 12 Et puisque je me souvenais de mon Dieu de tout mon être, 13 le Très-Haut me donna de plaire à Salmanasar[3] et j'achetais pour lui tout ce dont il avait besoin; 14 je voyageais en Médie où je fis pour lui des achats jusqu'à sa mort. C'est ainsi que je déposai chez Gabaël, le frère de Gabri, au pays de Médie, dix talents[4] d'argent en sacs. 15 À la mort de Salmanasar, son fils Sennakérib régna à sa place[5]; les routes de Médie se trouvèrent en état d'insurrection et il ne me fut plus possible d'aller en Médie.

16 Au temps de Salmanasar, j'avais fait beaucoup d'aumônes à mes frères de race; 17 je donnais mon pain à ceux qui avaient faim et des vêtements à ceux qui étaient nus. Si je voyais le cadavre d'un de mes compatriotes jeté derrière le rempart de Ninive, je l'enterrais[1]. 18 Et tous ceux que tua Sennakérib, lorsqu'il revint de Judée en déroute[2], au temps du châtiment que lui infligea le Roi du *ciel pour tous les *blasphèmes qu'il avait proférés, c'est moi qui les enterrai — car dans sa fureur il tua beaucoup de fils d'Israël, mais je dérobai leurs corps pour les enterrer —; Sennakérib les fit chercher, mais en vain. 19 Un des habitants de Ninive alla dire au roi que c'était moi qui les enterrais, alors je me cachai; puis quand je sus que le roi était au courant de mon affaire et que j'étais recherché pour être mis à mort, je pris peur et je m'enfuis. 20 On saisit tous mes biens, il ne me resta rien qui ne fût confisqué pour le trésor royal; on ne me laissa que ma femme Anna et mon fils Tobias. 21 40 jours ne s'étaient pas écoulés que le roi fut tué par ses deux fils qui s'enfuirent dans les monts Ararat[3]. Son fils Asarhaddon lui succéda, il chargea Ahikar, le fils de mon frère Anaël, de toutes les finances de son royaume, et celui-ci eut donc la haute main sur toute l'administration. 22 Alors Ahikar intercéda pour moi et je pus redescendre à Ninive — Ahikar, en effet, avait été grand échanson[4], garde du sceau, chef de l'administration et des finances sous Sennakérib, roi d'Assyrie, et Asarhaddon l'avait reconduit dans ses fonctions; de plus

---

1. La pratique de trois dîmes, mentionnée aux versets 6 à 8, s'inspire de la réglementation de Dt 14.22-29. Voir aussi la note sur Gn 14.20.

2. *je me gardai de manger ...* : voir *Jdt* 12.1-2 et la note.

3. Voir v. 2 et la note.

4. *Médie* : pays situé à l'est de l'Assyrie et au sud de la mer Caspienne — *talents* : voir au glossaire POIDS ET MESURES.

5. Historiquement, le successeur de *Salmanasar V* fut Sargon II (722-705 av. J. C.), qui fut le prédécesseur de *Sennakérib* (704-681).

1. *Si je voyais le cadavre ... je l'enterrais* : voir la note sur Jr 8.2.

2. Voir 2 R 19.35-36.

3. Voir 2 R 19.37 et la note.

4. *échanson* : voir Ne 1.11 et la note.

c'était mon neveu, il était de ma parenté.

Tobit devient aveugle

2 1 Sous le règne d'Asarhaddon, je rentrai donc chez moi et ma femme Anna et mon fils Tobias me furent rendus. À notre fête de la Pentecôte, c'est-à-dire la sainte fête des Semaines[1], on me fit un bon dîner. Je m'installai pour dîner, 2 on m'apporta la table, on m'apporta quantité de plats fins, et je dis alors à mon fils Tobias : «Va, mon enfant, tâche de trouver parmi nos frères déportés à Ninive quelque pauvre qui se souvienne du Seigneur de tout son coeur, amène-le pour partager mon repas; je vais donc attendre, mon enfant, jusqu'à ce que tu reviennes.» 3 Tobias partit à la recherche d'un pauvre parmi nos frères, mais il revint en disant : «Père !» Je lui dis : «Eh bien, mon enfant ?» Il me répondit : «Père, il y a quelqu'un de notre nation qui a été assassiné, on l'a jeté sur la grand-place, et il y est encore, étranglé.» 4 Je me précipitai, en laissant mon dîner avant d'y avoir touché, pour enlever l'homme de la place, et je le déposai dans une des dépendances en attendant le coucher du soleil pour l'enterrer[2]. 5 Rentré chez moi, je pris un bain[3] et je mangeai mon pain dans le deuil, 6 en me souvenant de la parole du *prophète Amos proférée contre Béthel :

> *Vos fêtes tourneront en deuil et tous vos chemins en lamentation*[1].

Et je me mis à pleurer. 7 Puis, quand le soleil fut couché, je partis, je creusai une fosse et je l'enterrai. 8 Mes voisins se moquaient en disant : «Il n'a plus peur ! On l'a déjà recherché pour le mettre à mort à cause de ce genre d'affaire, et il s'est enfui; et de nouveau, le voici qui enterre les morts.»

9 Cette nuit-là, je pris un bain, je sortis dans ma cour et je me couchai le long du mur de la cour, le visage découvert à cause de la chaleur. 10 Je ne savais pas qu'il y avait des moineaux dans le mur, au-dessus de moi; leur fiente me tomba dans les yeux, toute chaude, et elle provoqua des leucomes. J'allai bien me faire soigner chez les médecins, mais plus ils m'appliquaient d'onguents, plus j'avais les yeux aveuglés par les leucomes, et je finis par être tout à fait aveugle. Je restai privé de la vue pendant quatre ans. Tous mes frères étaient consternés pour moi, et Ahikar pourvut à mes besoins durant deux ans, avant son départ pour l'Elymaïde[2].

11 En ce moment-là, ma femme Anna avait pris du travail d'ouvrière; 12 elle livrait à ses maîtres et ceux-ci lui payaient son dû. Or le sept du mois de Dystros[3], elle

---

1. *fête des Semaines* : voir au glossaire CALENDRIER b 2).

2. Le *coucher du soleil* marque le début d'une nouvelle journée pour les Juifs. Tobit attend ce moment-là pour *enterrer* le mort afin de ne pas profaner la fête des Semaines (voir Lv 23.21).

3. Il s'agit d'une *purification rituelle, car le contact avec un cadavre était une cause d'impureté pour les Juifs (voir Nb 19.11-13).

1. Citation d'Am 8.10, qui a *chants* au lieu de *chemins*.

2. *leucomes* : tâches blanches sur la cornée transparente de l'oeil, qui peuvent entraîner la cécité — *Elymaïde* ou *Elymaïs* : voir *1 M* 6.1 et la note.

3. *mois de Dystros* : voir au glossaire CALENDRIER.

termina une pièce et la livra à ses maîtres, qui lui donnèrent tout son dû et la gratifièrent d'un chevreau pour la table. 13 En approchant de moi, le chevreau se mit à bêler; j'appelai ma femme et lui dis : « D'où sort ce petit chevreau ? Et s'il avait été volé ? Rends-le à ses maîtres ! Nous n'avons pas le droit, nous, de manger quoi que ce soit de volé. »

14 Elle me dit : « Mais c'est un cadeau qu'on m'a fait en plus de ce qu'on me devait ! » Pourtant je continuais à ne pas la croire et à lui dire de le rendre à ses maîtres. Et à cause de lui je m'indignais contre elle. Alors elle me répliqua : « Où sont-elles tes aumônes ? Où sont-elles tes bonnes oeuvres ? Tout ce qui t'arrive est bien clair[1]. »

La prière de Tobit

3 1.Plein d'une grande tristesse, je me mis à gémir et à pleurer, puis je commençai à prier avec des gémissements :

2 « Tu es juste, Seigneur,
et toutes tes oeuvres sont justes.
Tous tes chemins sont fidélité et vérité, c'est toi qui juges le monde.

3 Alors, Seigneur, souviens-toi de moi,
regarde et ne me punis pas pour mes péchés
ni pour mes manquements,

ni pour ceux que mes pères[1] ont commis devant toi.

4 Ils ont désobéi à tes commandements,
c'est pourquoi tu nous as livrés au pillage,
à la déportation et à la mort,
voués à être la fable, la risée,
l'objet d'insulte de toutes les nations
parmi lesquelles tu nous as dispersés.

5 Oui, tous tes jugements sont véridiques, quand tu me traites selon mes péchés et ceux de mes pères,
car nous n'avons pas observé tes commandements
ni marché dans la vérité devant toi.

6 Et maintenant, traite-moi comme il te plaira,
ordonne que me soit repris mon souffle,
que je sois délivré de la face de la terre
pour redevenir terre.
Mieux vaut pour moi mourir que vivre,
car je me suis entendu insulter à tort
et j'ai en moi une immense tristesse.
Ordonne, Seigneur, que je sois délivré de cette détresse,
laisse-moi partir au séjour éternel
et ne détourne pas ta face de moi, Seigneur.
Oui, mieux vaut pour moi mourir
que de connaître une telle détresse toute ma vie
et que de m'entendre insulter. »

---

1. Pour Anna, le malheur arrivé à Tobit prouve qu'il est rejeté par Dieu et que ses *bonnes oeuvres* ont été inutiles.

1. *mes pères* ou *mes ancêtres.*

Sara insultée par sa servante

7 Le même jour, il advint que Sara, la fille de Ragouël d'Ecbatane[1] en Médie, s'entendit elle aussi insulter par l'une des servantes de son père. 8 La raison en était qu'elle avait été donnée sept fois en mariage, et qu'Asmodée[2], le démon mauvais, avait tué chaque fois ses maris avant qu'ils ne se soient unis à elle, selon le devoir qu'on a envers une épouse. La servante lui dit donc : « C'est toi qui tues tes maris ! En voilà déjà sept à qui tu as été donnée, et tu n'as pas porté le nom d'un seul ! 9 Pourquoi nous maltraites-tu sous prétexte que tes maris sont morts ? Va les rejoindre, et qu'on ne voie jamais de toi ni fils ni fille ! » 10 Ce jour-là, pleine de tristesse, elle se mit à pleurer et monta dans la chambre haute[3] de son père avec l'intention de se pendre; mais, à la réflexion, elle se dit : « Ne va-t-on pas insulter mon père et lui dire : Tu n'avais qu'une fille chérie, et elle s'est pendue à cause de ses malheurs ! Je ferais descendre la vieillesse de mon père dans la tristesse au *séjour des morts. Je ferais mieux de ne pas me pendre, mais de supplier le Seigneur de me faire mourir pour que je ne m'entende plus insulter toute ma vie. »

La prière de Sara

11 À l'instant même, elle étendit les mains du côté de la fenêtre[1] et fit cette prière :
Béni sois-tu, ô Dieu compatissant !
Béni soit ton *Nom pour les siècles !
Que toutes tes oeuvres te bénissent à jamais !
12 À présent, c'est vers toi que je lève le visage
et que je tourne les yeux.
13 Fais que je sois délivrée de cette terre
et que je ne m'entende jamais plus insulter.
14 Tu le sais, Maître, je suis restée pure
de tout acte impur avec un homme.
15 Je n'ai sali ni mon nom ni le nom de mon père
sur la terre où je suis déportée.
Je suis la fille unique de mon père,
il n'a pas d'autre enfant pour hériter de lui;
il n'a non plus ni frère auprès de lui, ni parent
pour lequel je devrais me garder comme épouse[2].
J'ai déjà perdu sept maris :
pourquoi devrais-je vivre encore ?
Mais s'il ne te plaît pas de me faire mourir,
alors, Seigneur, prête l'oreille à l'insulte qui m'est faite. »

---

1. C'est maintenant un narrateur anonyme qui poursuit le récit et non plus Tobit (voir 1.3 et la note) — *Ecbatane* : voir Jdt 1.1 et la note.
2. Le nom d'*Asmodée* évoque un mot hébreu signifiant *celui qui fait périr*.
3. *chambre haute* : pièce supplémentaire construite sur le toit plat d'une maison.

1. *du côté de la fenêtre* : le texte suggère probablement que cette fenêtre était orientée vers Jérusalem (voir Dn 6.11 et la note).
2. *pour lequel ... comme épouse* : cette déclaration de Sara peut être comprise à la lumière de Nb 36.6-9, qui faisait une obligation aux filles héritières de se marier dans le clan de leur père, afin que l'héritage ne passe pas à une autre tribu.

Raphaël chargé de secourir Tobit et Sara

16 Dans l'instant même, leur prière à tous les deux fut entendue en présence de la gloire de Dieu[1] 17 et Raphaël fut envoyé pour les guérir tous deux : Tobit, en faisant partir les leucomes de ses yeux, afin qu'il voie de ses yeux la lumière de Dieu; Sara, la fille de Ragouël, en la donnant pour femme à Tobias, le fils de Tobit, et en expulsant d'elle Asmodée, le démon mauvais — c'est à Tobias, en effet, qu'il revenait de l'obtenir avant tous les autres prétendants.

À cet instant, Tobit rentra de sa cour dans sa maison et Sara, la fille de Ragouël, descendit quant à elle de la chambre haute[2].

Instructions données par Tobit à son fils

4 1 Ce jour-là, Tobit se souvint de l'argent qu'il avait déposé chez Gabaël, à Raguès[3] de Médie 2 et il se dit en lui-même : « Voici que j'ai demandé la mort; je ferais bien d'appeler mon fils Tobias pour lui révéler l'existence de cet argent avant de mourir. » 3 Il appela son fils Tobias, qui vint auprès de lui, et il lui dit :

« Enterre-moi comme il convient. Honore ta mère. Ne l'abandonne à aucun jour de sa vie.

Fais tout ce qui lui est agréable. Ne contriste en rien son esprit. 4 Souviens-toi, mon enfant, de tous les risques qu'elle a courus pour toi quand tu étais dans son sein. Et quand elle mourra, enterre-la auprès de moi dans un même tombeau.

5 Tout au long de tes jours, mon enfant, fais mémoire du Seigneur[1], ne consens pas à pécher ni à transgresser ses commandements. Accomplis des oeuvres de justice tous les jours de ta vie et ne suis pas les chemins de l'injustice, 6 car ceux qui font la vérité[2] réussiront dans leurs entreprises. 7 Tous ceux qui pratiquent la justice, fais-leur l'aumône sur tes biens. Que ton regard soit sans regrets quand tu fais l'aumône. Ne détourne jamais ta face d'un pauvre, et la face de Dieu ne se détournera pas de toi. 8 Fais l'aumône suivant ce que tu as, selon l'importance de tes biens. Si tu as peu, ne crains pas de faire l'aumône selon le peu que tu as : 9 c'est un beau trésor que tu te constitues pour le jour de la détresse, 10 parce que l'aumône délivre de la mort et empêche d'aller dans les ténèbres; 11 en effet, pour ceux qui la font, l'aumône est une belle offrande aux yeux du Très-Haut.

12 Garde-toi, mon enfant, de toute union illégale, et en premier lieu prends une femme de la race de tes pères. Ne prends pas une femme étrangère, qui ne serait pas de la tribu de ton père, parce que nous sommes fils des *prophètes. Souviens-toi, mon enfant, de Noé, d'Abraham, d'Isaac, de

---

1. *fut entendue en présence de la gloire de Dieu*, c'est-à-dire que Dieu lui-même a entendu leur prière.
2. *Raphaël* : le nom de cet *ange (voir 5.4) signifie *Dieu guérit* — *leucomes* : voir 2.10 et la note — *Asmodée* : voir 3.8 et la note — *chambre haute* : voir 3.10 et la note.
3. *l'argent qu'il avait déposé* ... : voir 1.14 — *Raguès* : voir la note sur Jdt 1.5.

---

1. *fais mémoire du Seigneur* ou *souviens-toi du Seigneur*.
2. *font la vérité* ou *agissent selon la vérité*.

Jacob, nos pères : dès les temps anciens ils ont tous pris une femme chez leurs frères[1], aussi ont-ils été bénis dans leurs enfants et leur race aura la terre en héritage. 13 Ainsi donc, mon enfant, préfère tes frères; ne fais pas l'orgueilleux face ia tes frères, aux fils et aux filles de ton peuple, ne dédaigne pas de prendre une femme parmi eux, parce que, dans l'orgueil, il y a bien des ruines et des bouleversements et, dans l'incurie, décadence et misère extrêmes, car l'incurie est mère de la famine.

14 Ne garde pas jusqu'au lendemain le salaire d'un travailleur, mais paie-le tout de suite, et si tu sers Dieu, tu seras payé de retour. Prends garde à toi, mon enfant, dans toutes tes actions et fais preuve de maturité dans toute ta conduite. 15 Ce que tu n'aimes pas, ne le fais à personne. Ne bois pas de vin jusqu'à t'enivrer et que l'ivresse ne t'accompagne pas sur ton chemin. 16 Donne de ton pain à celui qui a faim et de tes vêtements à ceux qui sont nus. Avec tout ton superflu, fais l'aumône. Que ton regard soit sans regrets quand tu fais l'aumône. 17 Prodigue ton pain sur le tombeau des justes[2], mais ne donne pas pour les pécheurs.

18 Prends conseil de toute personne avisée et ne méprise pas un bon conseil. 19 En toute occasion, bénis le Seigneur ton Dieu et demande-lui de rendre droits tes chemins et de faire aboutir toutes tes démarches et tous tes projets, car aucun peuple ne détient la perspicacité, mais c'est le Seigneur lui-même qui donne tout bien, il abaisse qui il veut jusqu'au fond du *séjour des morts.

Et maintenant, mon enfant, garde en mémoire ces instructions et qu'elles ne s'effacent pas de ton coeur. 20 À présent, mon enfant, je dois t'apprendre que j'ai déposé dix talents[1] d'argent chez Gabaël, le fils de Gabri, à Raguès de Médie. 21 N'aie pas de crainte, mon enfant, si nous sommes devenus pauvres; tu possèdes une grande richesse, si tu crains Dieu[2], si tu fuis toute espèce de péché et si tu fais ce qui est bien aux yeux du Seigneur ton Dieu. »

Tobias part en Médie avec Raphaël

5 1 Alors Tobias répondit à son père Tobit : « Je ferai, père, tout ce que tu m'as ordonné. 2 Mais comment pourrai-je lui reprendre cet argent, alors que ni lui ni moi ne nous connaissons ? Quel signe lui donner pour qu'il me reconnaisse, qu'il me fasse confiance et me donne l'argent ? Et puis je ne connais pas les chemins à prendre pour aller en Médie[3] ! » 3 Tobit répondit alors à son fils Tobias : « Il m'a signé un acte, je l'ai contresigné, je l'ai par-

1. *de toute union illégale* : au sens des prescriptions de Lv 18.6-18. Autre traduction *de toute immoralité* — *tes pères* ou *tes ancêtres* — *fils des prophètes* ou *descendants des prophètes*, le terme *prophètes* est pris ici au sens large et désigne des hommes qui, tel *Abraham*, ont eu une relation privilégiée avec Dieu — *chez leurs frères* ou *dans leur parenté.*
2. Tobit ne recommande sûrement pas à son fils d'apporter des offrandes alimentaires sur la tombe des morts, ce qui était une coutume païenne. Il faut voir ici une allusion soit à la nourriture de consolation apportée aux parents des défunts (comparer Jr 16.7; Ez 24.17), soit à des aumônes faites en l'honneur des défunts.

1. *talents* : voir au glossaire POIDS ET MESURES.
2. *si tu crains Dieu* ou *si tu respectes Dieu.*
3. Voir 1.14 et la note.

tagé en deux pour que nous en ayons chacun une moitié et j'ai mis la sienne avec l'argent. Et voilà maintenant vingt ans que j'ai mis cet argent en dépôt! À présent, mon enfant, cherche-toi quelqu'un de sûr pour t'accompagner; nous lui paierons un salaire jusqu'à ton retour. Va donc reprendre cet argent chez Gabaël. »

4 Tobias sortit à la recherche de quelqu'un qui pourrait l'accompagner en Médie et qui connaîtrait bien le chemin. Dehors, il trouva l'*ange Raphaël debout devant lui mais il ne se douta pas que c'était un ange de Dieu. 5 Il lui dit : « D'où es-tu, ami ? » L'ange lui dit : « Je suis un fils d'Israël[1], l'un de tes frères, et je suis venu par ici pour travailler. » Tobias lui dit : « Connais-tu le chemin pour aller en Médie ? 6 L'ange lui dit : « Oui, j'ai été très souvent là-bas, je connais tous les chemins par cœur. Je suis allé bien des fois en Médie et je logeais chez Gabaël, notre frère, qui habite à Raguès de Médie. Il y a deux jours de marche normale d'Ecbatane[2] à Raguès, car ce sont deux villes situées dans la montagne. » 7 Tobias lui dit : « Attends-moi, ami, le temps que j'aille prévenir mon père, car j'ai besoin que tu viennes avec moi, je te paierai ton salaire. » 8 L'autre dit : « Bon, je reste là, seulement ne t'attarde pas. »

9 Tobias rentra prévenir son père Tobit et lui dit : « Voilà, j'ai trouvé quelqu'un; il est de nos frères, les fils d'Israël. » Tobit lui dit : « Appelle-le moi, que je sache de quel clan et de quelle tribu il

est et si on peut compter sur lui pour t'accompagner, mon enfant. » 10 Tobias sortit l'appeler et lui dit : « Ami, mon père t'appelle. »

L'ange entra dans la maison et Tobit le salua le premier. L'autre répondit : « Je te souhaite du bonheur en abondance. » Tobit reprit : « Quel bonheur puis-je encore avoir ? Je suis un homme privé de la vue, je ne vois plus la lumière du ciel, mais je gis dans les ténèbres comme les morts qui ne contemplent plus la lumière. Vivant, j'habite parmi les morts; j'entends la voix des gens, mais je ne les vois pas. » L'ange lui dit : « Courage, Dieu ne tardera pas à te guérir, courage. » Tobit lui dit : « Mon fils Tobias a l'intention d'aller en Médie. Pourrais-tu l'accompagner et lui servir de guide ? Je te paierai ton salaire, frère[1]. » Il lui dit : « Je suis en mesure de l'accompagner, je connais tous les chemins, je suis souvent allé en Médie, j'en ai parcouru toutes les plaines et les montagnes et j'en sais tous les chemins. » 11 Tobit lui dit : « Frère, de quelle famille es-tu et de quelle tribu ? Apprends-le moi, frère. » 12 L'autre dit : « Que t'importe ma tribu ? » Tobit lui dit : « Je veux savoir vraiment, frère, de qui tu es le fils et quel est ton nom. » 13 Il lui répondit : « Je suis Azarias, fils d'Ananias le Grand, l'un de tes frères. » 14 Tobit lui dit : « Sois le bienvenu, frère. Ne m'en veuille pas, frère, de ce que j'ai voulu savoir la vérité sur ta famille. Il

1. *fils d'Israël* ou *Israélites*.
2. *Raguès* : voir la note sur *Jdt* 1.5 — *Ecbatane* : voir *jdt* 1.1 et la note.

1. Le livre de Tobit fait un usage fréquent des termes traduits par *frère* ou *sœur*, pour désigner les coreligionnaires ou membres du peuple d'Israël (1.3; 5.10), les proches (4.12; 6.19) ou les époux (5.22).

se trouve que tu es un frère et que tu es d'excellente origine. Je connaissais bien Ananias et Nathan, les deux fils de Sémélias le Grand. Ils venaient avec moi à Jérusalem et y adoraient avec moi. Ils ne se sont pas fourvoyés[1]. Tes frères sont des gens de bien, tu es de bonne souche. Je te souhaite le bonjour. »

15 Et il poursuivit : « Je te donne un salaire d'une drachme[2] par jour et, en ce qui concerne ton entretien, la même chose qu'à mon fils. 16 Accompagne donc mon fils, et j'ajouterai encore quelque chose à ton salaire. » 17 L'ange dit : « Oui, je vais l'accompagner, ne crains rien. Tout se passera bien pour nous à notre départ comme à notre retour vers toi, car la route est sûre. » Tobit lui dit : « Sois béni, frère[3] ! » Puis il appela son fils et lui dit : « Mon enfant, prépare ce qu'il te faut pour le voyage et pars avec ton frère. Que le Dieu qui est au ciel vous ait là-bas en sa sauvegarde et qu'il vous ramène sains et saufs auprès de moi ! Et que son ange fasse route avec vous pour vous garder, mon enfant ! »

Tobias sortit pour se mettre en route, il embrassa son père et sa mère et Tobit lui dit : « Bon voyage ! » 18 Sa mère se mit à pleurer et elle dit à Tobit : « Pourquoi donc as-tu fait partir mon enfant ? N'est-ce pas lui le bâton de notre main[4], lui qui va et vient devant nous ? 19 Que l'argent ne s'ajoute pas à l'argent, mais qu'il

compte pour rien en regard de notre enfant[1]. 20 Le genre de vie que le Seigneur nous a donné nous suffisait bien. » 21 Mais il lui dit : « Ne te tracasse pas : tout se passera bien pour notre enfant à son départ comme à son retour vers nous, et tes yeux verront le jour où il reviendra vers toi sain et sauf. 22 Ne te tracasse pas, cesse de craindre pour eux, ma soeur[2] : un bon ange l'accompagnera, son voyage réussira et il reviendra sain et sauf. » 23 Et elle s'arrêta de pleurer.

Le gros poisson

6 1 Le garçon partit, et l'*ange avec lui ; le chien[3] aussi partit avec lui et les accompagna. Ils firent donc route tous les deux. Quand arriva la première nuit, ils campèrent au bord du Tigre. 2 Le garçon descendit se laver les pieds dans le Tigre. Alors un gros poisson sauta hors de l'eau et voulut lui avaler le pied. Le garçon cria. 3 L'ange lui dit : « Attrape-le et maîtrise-le ! » Le garçon se rendit maître du poisson et le tira à terre. 4 L'ange lui dit : « Ouvre-le, enlève-lui le fiel, le coeur et le foie, mets-les de côté, puis jette les entrailles ; en effet, ce fiel, ce coeur et ce foie sont très utiles comme remèdes. » 5 Le garçon ouvrit le poisson, recueillit le fiel, le coeur et le foie,

---

1. *Ils ne se sont pas fourvoyés,* sous-entendu *en abandonnant la fidélité à Dieu.*
2. Voir au glossaire MONNAIES.
3. *Sois béni, frère !* : cette formule sert ici à donner congé.
4. *le bâton de notre main,* c'est-à-dire *notre soutien.*

1. L'interprétaion du texte grec de ce verset est difficile. Le sens général est probablement le suivant : il vaut mieux renoncer à récupérer de l'argent que d'exposer la vie d'un fils.
2. Voir la note sur 5.10.
3. La mention de ce chien est inattendue, car ailleurs dans la Bible le chien est considéré comme un animal méprisable (voir Qo 9.4 et la note). Ce détail situe donc bien le récit hors de Palestine, pays où l'on ne connaissait guère le chien domestique aux temps bibliques.

puis il fit griller un peu du reste, qu'il mangea, et il en mit à saler. 6 Ils poursuivirent tous les deux leur route ensemble jusqu'aux approches de la Médie[1]. 7 Alors le garçon posa à l'ange cette question : « Azarias, mon frère, quel remède y a-t-il donc dans le coeur et le foie du poisson, et dans son fiel ? » 8 Il lui répondit : « Le coeur et le foie du poisson, tu en fais monter la fumée devant l'homme ou la femme qu'attaque un démon ou un esprit mauvais : toute attaque sera écartée, on sera débarrassé pour toujours. 9 Quant au fiel, tu en enduis les yeux de celui qui a des leucomes[2], tu souffles sur les leucomes et ils guérissent. »

Raphaël conseille à Tobias d'épouser Sara

10 Ils avaient pénétré en Médie et ils approchaient déjà d'Ecbatane[3], 11 quand Raphaël dit au garçon : « Tobias, mon frère ! » Il lui répondit : « Qu'y a-t-il ? » L'ange lui dit : « C'est chez Ragouël qu'il nous faut passer la nuit qui vient. C'est un parent à toi. Il a une fille du nom de Sara. 12 À part cette seule Sara, il n'a ni garçon ni fille ; tu es pour elle le plus proche parent et c'est à toi de l'obtenir en priorité, de même que tu as droit à hériter de la fortune de son père[4]. C'est une jeune fille réfléchie, courageuse, qui a beaucoup de charme et son père est un homme de bien. » 13 Et il ajouta : « Tu es en droit de

l'épouser. Ecoute-moi, frère, je vais dès ce soir parler de la jeune fille à son père pour que nous te l'obtenions comme fiancée ; et quand nous reviendrons de Raguès, nous ferons ses noces. Je sais que Ragouël ne peut absolument pas te la refuser ni la fiancer à un autre, car il encourrait la mort selon le verdict du livre de Moïse[1], du moment qu'il saurait qu'il te revient en priorité d'obtenir sa fille en mariage. Ainsi donc, écoute-moi, frère, nous allons dès ce soir parler de la jeune fille et la demander pour toi en mariage ; et quand nous reviendrons de Raguès, nous la prendrons et l'emmènerons avec nous dans ta maison. »

14 Tobias répondit alors à Raphaël : « Azarias, mon frère, j'ai entendu dire qu'elle a déjà été donnée sept fois en mariage et que tous ses maris sont morts dans la chambre des noces ; la nuit même où ils entraient auprès d'elle, ils mouraient. J'ai entendu dire par certains que c'était un démon qui les tuait, 15 si bien qu'à présent j'ai peur. Elle, il ne lui fait pas de mal, mais dès que quelqu'un veut s'approcher d'elle, il le tue. Je suis le fils unique de mon père. Que je vienne à mourir, je ferais descendre dans la tombe la vie de mon père et de ma mère, pleins de douleur à cause de moi. Et ils n'ont pas d'autre fils pour les enterrer. » 16 Raphaël lui dit : « As-tu oublié les instructions de ton père, comment il t'a ordonné de prendre une femme de la mai-

---

1. *Médie* : voir 1.14 et la note.
2. Voir 2.10 et la note.
3. *Ecbatane* : voir *Jdt* 1.1 et la note.
4. Comparer le début de ce verset avec 3.15 et la note.

1. *Raguès* : voir la note sur *Jdt* 1.5 — *selon le verdict du livre de Moïse* : on ne connaît pas de texte biblique prévoyant la peine de *mort* dans un tel cas.

son de ton père[1] ? Allons, écoute-moi, frère, ne te tracasse pas pour ce démon et épouse-la. Je sais d'ailleurs que ce soir même on te la donnera pour femme. 17 Mais quand tu seras entré dans la chambre des noces, prends un morceau du foie du poisson ainsi que le coeur et mets-les sur la braise du brûle-parfums. L'odeur se répandra, le démon la sentira, il s'enfuira et jamais plus on ne le reverra autour d'elle. 18 Quand tu seras sur le point de t'unir à elle, levez-vous d'abord tous les deux, priez et suppliez le Seigneur du ciel de vous accorder miséricorde et salut. Ne crains pas, car c'est à toi qu'elle a été destinée depuis toujours et c'est toi qui dois la sauver. Elle te suivra, et je gage que tu auras d'elle des enfants qui te seront comme des frères. Ne te tracasse pas. »

19 Lorsque Tobias eut entendu les paroles de Raphaël et qu'il eut appris qu'elle était pour lui une soeur, de la race et de la maison de son père, il l'aima passionnément et son coeur s'attacha à elle.

Ragouël accorde sa fille Sara à Tobias

7 1 En entrant à Ecbatane, Tobias dit : « Azarias, mon frère, conduis-moi tout droit chez notre frère Ragouël. » L'*ange le conduisit à la maison de Ragouël. Ils le trouvèrent assis devant la porte de la cour et ils le saluèrent les premiers. Il leur dit : « Je vous salue bien, frères[2], vous êtes les

bienvenus », et il les fit entrer dans sa maison. 2 Il dit à sa femme Edna : « Comme ce jeune homme ressemble à mon frère Tobit ! » 3 Edna les interrogea et leur dit : « D'où êtes-vous, frères ? » Ils lui dirent : « De chez les fils de Nephtali[1] déportés à Ninive. » 4 Elle leur dit : « Connaissez-vous notre frère Tobit ? » Ils lui dirent : « Oui, nous le connaissons. » 5 Elle leur dit : « Comment va-t-il ? » Ils lui dirent : « Il va bien, il est toujours en vie. » Et Tobias ajouta : « C'est mon père. » 6 Ragouël se leva d'un bond, l'embrassa tendrement et se mit à pleurer. Puis il parla et lui dit : « Sois béni, mon enfant ! Tu as un père excellent. Quel grand malheur qu'un homme si juste, qui faisait tant d'aumônes, soit devenu aveugle ! » Et se jetant au cou de son frère Tobias, il se remit à pleurer. 7 Sa femme Edna pleura de même sur Tobit, et leur fille Sara se mit à pleurer, elle aussi. 8 Puis il tua un bélier du troupeau et les reçut chaleureusement.

9 Une fois lavés et baignés, quand ils se furent mis à table, Tobias dit à Raphaël : « Azarias, mon frère, demande à Ragouël de me donner ma soeur Sara. »

10 Ragouël entendit cette parole et dit au jeune homme : « Mange, bois et profite de la soirée, car il ne revient à personne sinon à toi, mon frère, d'épouser ma fille

---

1. *de la maison de ton père,* c'est-à-dire *de la famille* ou *de la tribu de ton père* (voir 4.12).
2. *Ecbatane :* voir *Jdt* 1.1 et la note — *frères :* voir la note sur 5.10.

1. *les fils de Nephtali,* c'est-à-dire les membres de la tribu de Nephtali.

Sara, et moi de même, je n'ai pas pouvoir de la donner à un autre que toi, puisque tu es mon plus proche parent[1]. Cependant, mon enfant, je vais te dire toute la vérité. 11 Je l'ai déjà donnée à sept hommes d'entre nos frères, et tous sont morts la nuit où ils allaient vers elle. Mais à présent, mon enfant, mange et bois et le Seigneur interviendra en votre faveur. » 12 Mais Tobias dit : « Je ne mangerai ni ne boirai rien ici tant que tu n'auras tranché la chose. » Ragouël lui dit : « Eh bien ! je vais le faire. Puisqu'elle t'est donnée selon la décision du livre de Moïse, c'est le *Ciel qui décide qu'on te la donne. Reçois donc ta soeur. À partir de maintenant, tu es son frère et elle est ta soeur. Elle t'est donnée à partir d'aujourd'hui et pour toujours. Le Seigneur du ciel fera que cette nuit se passe bien pour vous, mon enfant. Qu'il vous manifeste sa miséricorde et sa paix ! » 13 Ragouël appela alors sa fille Sara, et elle vint vers lui. La prenant par la main, il la remit à Tobias en disant : « Reçois-la selon la Loi et selon la décision consignée dans la livre de Moïse, qui te la donnent pour femme. Prends-la et emmène-la sans encombre chez ton père. Que le Dieu du ciel vous conduise dans la paix ! » 14 Puis il appela la mère de Sara et lui dit d'apporter de quoi écrire. Il rédigea le libellé du contrat de mariage, comme quoi il la lui donnait pour femme selon la décision de la Loi de Moïse. Alors seulement ils commencèrent à manger et à boire.

La nuit de noces

15 Ragouël appela sa femme Edna et lui dit : « Ma soeur[1], prépare l'autre chambre et conduis-y Sara. » 16 Elle s'en alla préparer un lit dans la chambre, comme il le lui avait dit. Elle y mena sa fille et se mit à pleurer sur elle, puis elle essuya ses larmes et lui dit : 17 « Courage, ma fille, que le Seigneur du ciel change ton affliction en joie, courage, ma fille. » Et elle sortit.

8 1 Quand ils eurent fini de manger et de boire, ils voulurent se coucher. On emmena le jeune homme et on le fit entrer dans la chambre. 2 Tobias se souvint des paroles de Raphaël[2] : il tira de son sac le foie et le coeur du poisson et les mit sur la braise du brûle-parfums. 3 L'odeur du poisson arrêta le démon qui s'enfuit par les airs dans les contrées d'Egypte. Raphaël s'y rendit l'entrava et l'enchaîna sur-le-champ. 4 Puis on laissa Tobias et on ferma la porte de la chambre. Il se leva du lit et dit à Sara : « Lève-toi, ma soeur, prions et supplions notre Seigneur de nous manifester sa miséricorde et son salut. » 5 Elle se leva et ils se mirent à prier et à supplier, pour que leur soit accordé le salut. Et il se mit à dire :

« Béni sois-tu, Dieu de nos pères[3] !
Béni soit ton *Nom dans toutes les générations à venir !
Que te bénissent les cieux et toute la création dans tous les siècles !

6 C'est toi qui as fait Adam,

---

1. *puisque tu es mon plus proche parent* : voir 6.12 et la note sur 3.15.

1. *Ma soeur* : voir la note sur 5.10.
2. Voir 6.17.
3. *de nos pères* ou *de nos ancêtres*.

c'est toi qui as fait pour lui une
aide et un soutien, sa femme
Eve,
et de tous deux est née la race
des hommes.
C'est toi qui as dit :
*Il n'est pas bon que l'homme
soit seul,*
*faisons-lui une aide semblable
à lui*[1].

7 À présent donc, ce n'est pas un
désir illégitime
qui me fait épouser ma soeur
que voici,
mais le souci de la vérité[2].
Ordonne qu'il nous soit fait
miséricorde, à elle et à moi,
et que nous parvenions ensemble à la vieillesse. »

8 Puis ils dirent d'une seule voix :
« Amen, amen ! », 9 et ils se
couchèrent pour la nuit.

10 Or Ragouël se leva et rassembla ses serviteurs. Ils s'en allèrent creuser une tombe. Ragouël
s'était dit en effet : « Il se pourrait
qu'il meure ; ne serions-nous pas
objet de risée et d'insulte ? »
11 Quand ils eurent fini de creuser
la tombe, Ragouël revint à la
maison et appela sa femme. 12 Il
lui dit : « Envoie une des servantes dans la chambre voir s'il
est vivant : de cette façon, s'il est
mort, nous pourrions l'enterrer
sans que personne n'en sache
rien. » 13 Ils avertirent la servante,
allumèrent la lampe et ouvrirent
la porte ; elle entra et les trouva
qui dormaient ensemble d'un profond sommeil. 14 Elle ressortit les
prévenir : « Il est vivant, tout va
bien. » 15 Alors ils bénirent le

Dieu du ciel en disant :
« Béni sois-tu, ô Dieu, de toute
bénédiction pure !
Qu'on te bénisse dans tous les
siècles ! »
16 Béni sois-tu de m'avoir comblé
de joie !
Car il n'en a pas été comme je
me l'imaginais,
mais tu nous a traités selon ta
grande miséricorde !
17 Béni sois-tu d'avoir pris en pitié deux enfants uniques !
Manifeste-leur, Maître, ta miséricorde et ton salut
et fais que leur vie s'écoule
dans la joie et la grâce. »
18 Et il ordonna à ses serviteurs
de combler la tombe avant le lever du jour.

Le festin de noces

19 Ragouël dit à sa femme de
faire du pain en quantité, puis,
allant au troupeau, il en ramena
deux boeufs et quatre béliers et
les fit apprêter. Et on commença
les préparatifs. 20 Il appela Tobias et lui déclara : « Pendant
quatorze jours[1], tu ne bougeras
pas d'ici, mais tu resteras là à
manger et à boire chez moi et tu
remettras la joie au coeur de ma
fille, qui est encore sous le coup
de ses malheurs. 21 Prends dès
maintenant la moitié de tous mes
biens, et tu retourneras sans encombre auprès de ton père.
L'autre moitié sera à vous quand
nous serons morts, ma femme et
moi. Courage, mon enfant, je suis
ton père et Edna est ta mère.
Nous sommes auprès de toi et de

1. Citation de Gn 2.18.
2. *mais le souci de la vérité* : il s'agit du souci de
répondre à la volonté de Dieu rappelée dans le
verset précédent, ou bien de prendre ses responsa-
bilités de plus proche parent de Sara (7.10).

1. *lui déclara :* d'autres manuscrits grecs ajoutent *avec serment* (voir 9.3-4) — *Pendant quatorze
jours :* les noces duraient normalement sept jours
(voir Gn 29.27 ; Jg 14.10-12).

ta sœur[1], à partir de maintenant et pour toujours, courage, mon enfant. »

Raphaël à Raguès

9 1 Alors Tobias appela Raphaël et lui dit : 2 « Azarias, mon frère, emmène avec toi quatre serviteurs et deux chameaux ; va à Raguès, rends-toi chez Gabaël, donne-lui l'acte de dépôt[2] et recouvre l'argent, puis ramène Gabaël avec toi pour les noces. 4 Tu sais bien que mon père ne cesse de compter les jours. Si je tarde un seul jour, je lui causerai beaucoup de peine. D'autre part, tu vois ce que Ragouël a juré : je ne peux pas passer outre à son serment[3]. » 5 Raphaël partit avec les quatre serviteurs et les deux chameaux à Raguès de Médie et ils passèrent la nuit chez Gabaël. Il lui remit l'acte et lui apprit que Tobias, le fils de Tobit, avait pris femme et l'invitait aux noces. Gabaël lui compta aussitôt les sacs, munis de leur sceau et ils les chargèrent[4]. 6 Puis ils partirent ensemble de bon matin et allèrent aux noces. Ils entrèrent chez Ragouël et trouvèrent Tobias à table. Celui-ci se leva d'un bond et salua Gabaël, qui se mit à pleurer et qui le bénit en ces termes : « Fils excellent d'un homme excellent, juste et charitable ! Que le Seigneur te donne la bénédiction du *Ciel, à toi, à ta femme, au père et à la mère de ta femme ! Béni soit Dieu, car c'est mon cousin Tobit en personne que j'ai vu. »

L'angoisse de Tobit et Anna

10 1 Cependant, jour après jour, Tobit faisait le compte des jours nécessaires pour l'aller et le retour. Quand tous les jours se furent écoulés, son fils n'était toujours pas là. 2 Il se dit : « Aurait-il été retenu là-bas ? Gabaël est peut-être mort et il n'y a personne pour lui donner l'argent. » 3 Et il commença à se tourmenter. 4 Sa femme Anna disait : « Mon enfant a péri, il n'est plus parmi les vivants. » Elle commença à pleurer et à se lamenter sur son fils en disant : 5 « Malheur à moi, mon fils : je t'ai laissé partir, toi, la lumière de mes yeux ! » 6 Et Tobit lui disait : « Tais-toi, ne te tracasse pas, ma sœur[1], il va bien ; c'est sûrement un contre-temps qu'ils ont eu là-bas, car celui qui l'accompagne est un homme sûr, c'est l'un de nos frères. Ne te tourmente pas pour lui, ma sœur, il sera bientôt ici. » 7 Mais elle lui répondit : « Ne me dis plus rien, cesse de me mentir : mon fils a péri ! » Et chaque jour, elle sortait au plus vite pour surveiller le chemin par où son fils était parti, car elle ne se fiait à personne. Après le coucher du soleil, elle rentrait pour se lamenter et pleurer toute la nuit sans trouver le sommeil.

---

1. *ta sœur* : voir la note sur 5.10.
2. *à Raguès* : voir 4.20 et la note sur *Jdt* 1.5 — *l'acte de dépôt* : voir 5.3.
3. *compter les jours* : voir 10.1 — *son serment* : voir 8.20 et la note.
4. *et ils les chargèrent* : sous-entendu *sur les chameaux*.

---

1. *ma sœur* : voir la note sur 5.10.

Tobias désire retourner chez son père

8 Quand se furent écoulés les quatorze jours de noces que Ragouël avait juré[1] de faire pour sa fille, Tobias vint lui dire : «Laisse-moi partir, car je sais bien que mon père et ma mère n'ont plus l'espoir de me revoir. C'est pourquoi, je t'en prie, père, laisse-moi partir et retourner chez mon père; je t'ai déjà expliqué dans quelle situation je l'ai laissé.» 9 Mais Ragouël dit à Tobias : «Reste, mon enfant, reste avec moi. Je vais envoyer des messagers à ton père Tobit et ils lui donneront de tes nouvelles.» Tobias lui dit : «Non, vraiment, je t'en prie, laisse-moi m'en retourner chez mon père.» 10 Aussitôt Ragouël lui remit Sara, sa femme, ainsi que la moitié de tous ses biens : serviteurs et servantes, bœufs et brebis, ânes et chameaux, vêtements, argent et objets divers. 11 Il les laissa partir tout heureux. Il salua Tobias en ces termes : «Porte-toi bien, mon enfant, et bon voyage! Que le Seigneur du ciel vous guide, toi et ta femme Sara, et que je puisse voir vos enfants avant de mourir!» 12 Il dit à sa fille Sara : «Va chez ton beau-père, puisque désormais ce sont tes parents comme ceux qui t'ont donné la vie. Va en paix, ma fille, et que je puisse entendre dire du bien de toi tant que je vivrai!» Puis il les salua et les laissa partir. 13 À son tour, Edna dit à Tobias : «Fils et frère très cher, que le Seigneur te ramène, et que je puisse vivre assez pour voir tes enfants et ceux de ma fille Sara avant de mourir! En présence du Seigneur, je confie ma fille à ta garde. Ne la contriste à aucun jour de ta vie. Mon enfant, va en paix! Désormais je suis ta mère et Sara est ta sœur. Puissions-nous tous connaître un égal bonheur tous les jours de notre vie!» Puis elle les embrassa tous les deux et les laissa partir tout heureux. 14 Ainsi Tobias partit de chez Ragouël heureux et joyeux, en bénissant le Seigneur du ciel et de la terre, le Roi de l'univers, d'avoir fait réussir son voyage. Ragouël lui dit : «Puisses-tu avoir le bonheur d'honorer tes parents tous les jours de leur vie!»

La guérison de Tobit

11 1 Comme ils approchaient de Kaserîn[1], en face de Ninive, Raphaël dit : 2 «Tu sais dans quelle situation nous avons laissé ton père. 3 Prenons de l'avance sur ta femme pour préparer la maison pendant que les autres[2] arrivent.» 4 Ils partirent tous les deux ensemble — Raphaël avait dit à Tobias : «Garde le fiel à portée de la main.» — Le chien[3] suivit derrière eux. 5 Or Anna était assise, en train de surveiller le chemin d'où viendrait son fils. 6 Elle l'aperçut qui venait et elle dit à son père : «Voici ton fils qui arrive avec l'homme qui l'a accompagné.» 7 Raphaël dit à Tobias, avant qu'il ne soit auprès de son père : «Je sais que ses yeux s'ouvriront. 8 Applique-lui le fiel du poisson sur les yeux : le re-

---

1. Voir 8.20 et la note.

1. Localité inconnue.
2. *les autres* : voir 10.10.
3. *le fiel* : voir 6.4, 9 — *le chien* : voir 6.1 et la note.

mède fera se craqueler et s'écailler les leucomes[1] de ses yeux; alors ton père recouvrera la vue et verra la lumière. »

9 Anna courut se jeter au cou de son fils et lui dit : « Je te revois, mon enfant; désormais je peux mourir ! » Et elle se mit à pleurer. 10 Tobit se leva et, tout en trébuchant, il sortit par la porte de la cour. 11 Tobias marcha à sa rencontre, le fiel du poisson à la main, il lui souffla dans les yeux et lui dit, en le tenant bien : « Courage, père ! » Il lui appliqua le remède et le maintint[2]. 12 Puis de ses deux mains il fit s'écailler les leucomes aux coins de ses yeux. 13 Alors Tobit se jeta à son cou et se mit à pleurer, en lui disant : « Je te revois, mon fils, lumière de mes yeux ! » 14 Et il dit :

« Béni soit Dieu !
Béni soit son grand *Nom !
Bénis soient tous ses saints *anges !
Que son grand Nom soit sur nous !
Bénis soient tous les anges dans tous les siècles !
Car le Seigneur m'avait frappé, et voici que je vois mon fils Tobias. »

15 Tobias entra, joyeux et bénissant Dieu à pleine voix. Il expliqua à son père que son voyage avait bien réussi, qu'il rapportait l'argent et aussi comment il avait pris pour femme Sara, la fille de Ragouël; et il ajouta : « Voici qu'elle arrive, elle est tout près de la porte de Ninive. »

16 Tobit, tout joyeux et bénissant Dieu, partit à la rencontre de sa belle-fille vers la porte de Ninive. Quand les gens de Ninive le virent marcher et circuler en pleine santé, sans que personne le guide, ils furent émerveillés. Tobit proclamait devant eux que Dieu avait eu pitié de lui et lui avait ouvert les yeux. 17 Il arriva près de Sara, la femme de son fils Tobias et il la bénit en ces termes : « Sois la bienvenue, ma fille ! Béni soit ton Dieu qui t'a fait venir chez nous, ma fille ! Béni soit ton père ! Béni soit mon fils Tobias et bénie sois-tu, ma fille ! Entre dans ta maison, sois la bienvenue, à toi bénédiction et joie, entre, ma fille ! » 18 En ce jour-là, il y eut de la joie parmi tous les Juifs de Ninive. 19 Ahikar et Nadan, les neveux de Tobit, vinrent aussi chez lui, pleins de joie.

Raphaël révèle qui il est

12 1 Quand les noces furent terminées, Tobit appela son fils Tobias et lui dit : « Mon enfant, veille à payer le salaire de ton compagnon de route, en y ajoutant quelque chose[1]. » 2 Il lui dit : « Père, combien vais-je lui donner ? Même en lui donnant la moitié des biens qu'il a rapportés avec moi, je ne suis pas lésé. 3 Il me ramène sain et sauf, il a guéri ma femme, il a rapporté l'argent avec moi, il t'a guéri : combien lui donner après tout cela ? » 4 Tobit lui dit : « Mon enfant, il est juste qu'il prenne la moitié de tout ce qu'il a rapporté. » 5 Tobias l'appela et lui dit : « Prends pour sa-

1. Voir 2.10 et la note.
2. *maintint* : le verbe grec correspondant est peu clair et la traduction est incertaine.

1. Voir 5.15-16.

laire la moitié de tout ce que tu as rapporté et va en paix ! »

6 Alors Raphaël les prit tous les deux à part et leur dit : « Bénissez Dieu et célébrez-le devant tous les vivants pour ce qu'il a fait pour vous ! Il est bon de bénir et de chanter son *Nom. Faites connaître à tous les hommes les actions de Dieu comme elles le méritent. Ne soyez pas lents à le célébrer. 7 Il est bon de tenir caché le secret du roi, mais les oeuvres de Dieu, il faut les célébrer et les révéler. Célébrez-les comme elles le méritent.

Faites le bien, et le mal ne vous atteindra pas. 8 Mieux vaut la prière avec la vérité et l'aumône avec la justice que la richesse avec l'injustice. Mieux vaut faire l'aumône que d'amasser de l'or. 9 L'aumône délivre de la mort et elle purifie de tout péché. Ceux qui font l'aumône seront rassasiés de vie ; 10 ceux qui font le péché et l'injustice sont ennemis d'eux-mêmes.

11 À présent, je vais vous apprendre toute la vérité, sans rien vous cacher. Je viens de vous apprendre ceci : Il est bon de cacher le secret du roi et de révéler avec éclat les oeuvres de Dieu. 12 Eh bien ! lorsque tu as prié, ainsi que Sara, c'est moi qui ai présenté le mémorial[1] de votre prière en présence de la gloire du Seigneur, et de même lorsque tu enterrais les morts. 13 Quand tu n'as pas hésité à te lever et à laisser ton dîner pour aller ensevelir le mort, c'est alors que j'ai été envoyé vers toi pour te mettre à l'épreuve[1]. 14 Mais dans le même temps Dieu m'a envoyé pour te guérir, ainsi que ta belle-fille Sara. 15 Je suis Raphaël l'un des sept *anges qui se tiennent devant la gloire du Seigneur et pénètrent en sa présence. »

16 Tous deux furent bouleversés, ils tombèrent face contre terre et furent saisis de crainte. 17 Mais il leur dit : « Ne craignez rien ! La paix soit avec vous ! Bénissez Dieu à tout jamais ! 18 Quand j'étais avec vous, ce n'était pas par un effet de ma bienveillance que j'étais avec vous, mais par la volonté de Dieu. C'est lui que vous devez bénir tout au long des jours, c'est lui que vous devez chanter. 19 Vous voyez maintenant que je ne mangeais rien, mais que vous aviez une vision[2]. 20 Bénissez donc le Seigneur sur cette terre et célébrez Dieu. Voici que je remonte vers celui qui m'a envoyé. Mettez par écrit tout ce qui vous est arrivé. » Et il s'éleva. 21 Ils se redressèrent, mais ils ne pouvaient plus le voir. 22 Ils bénissaient et chantaient Dieu, et le célébraient pour toutes les grandes oeuvres qu'il avait faites là : un ange de Dieu leur était apparu !

Cantique de Tobit

13 1 Et Tobit dit :
2 « Béni soit à jamais le Dieu vivant !
   Béni soit son règne !
   C'est lui qui châtie et qui prend en pitié.

---

1. Le terme *mémorial* évoque la part de l'offrande qui était brûlée sur l'*autel pour rappeler l'offrant au *souvenir* de Dieu (voir Lv 2.2 et la note).

1. Cette *épreuve* était la cécité de Tobit (voir 2.9-10).
2. L'ange donnait l'impression de *manger*, mais ce n'était qu'une apparence.

Il fait descendre jusqu'au *séjour des morts,
dans les profondeurs de la
terre,
puis il fait remonter de la
grande perdition.
Il n'y a rien qui échappe à sa
main.

3 Célébrez-le, fils d'Israël[1], face
aux nations,
parmi lesquelles il vous a dispersés;

4 là, il vous a fait voir sa grandeur.
Exaltez-le face à tous les vivants,
car il est notre Seigneur, notre
Dieu, notre Père,
il est Dieu dans tous les siècles.

5 Il vous châtie à cause de vos
iniquités,
mais il vous prendra tous en
pitié
en vous tirant de toutes les nations
où vous avez été dispersés.

6 Le jour où vous reviendrez à
lui,
de tout votre coeur et de tout
votre être,
pour faire la vérité[2] devant lui,
alors il reviendra à vous et ne
vous cachera plus sa face.

7 Et maintenant considérez ce
qu'il a fait pour vous
et célébrez-le à pleine voix.
Bénissez le Seigneur de justice
et exaltez le Roi des siècles.

8 Pour moi, je célèbre sur la
terre où je suis déporté.
Je montre sa force et sa grandeur à une nation pécheresse[3].

Revenez, pécheurs, pratiquez la
justice devant lui :
qui sait ? peut-être vous
sera-t-il favorable
et vous fera-t-il miséricorde ?

9 J'exalte mon Dieu
et j'exulte de joie dans le Roi
du ciel.

10 Que tous proclament sa grandeur
et le célèbrent dans Jérusalem !
Jérusalem, ville *sainte,
Dieu te châtie à cause des oeuvres de tes fils,
mais de nouveau il prendra pitié des fils des justes[1].

11 Célèbre le Seigneur avec éclat
et bénis le roi des siècles
pour que sa *Tente soit reconstruite en toi dans la joie.

12 Qu'il réjouisse en toi tous les
déportés,
qu'il aime en toi tous les malheureux
pour toutes les générations à
venir.

13 Une vive lumière brillera jusqu'aux confins de la terre.
Des nations lointaines en
grand nombre et des habitants
de toutes les extrémités de la
terre
viendront vers ton saint *Nom,
les mains pleines d'offrandes
pour le Roi du ciel.
Des générations de générations
te donneront de l'allégresse,
et le nom de l'Elue[2] restera
pour les générations à venir.

14 Maudits soient tous ceux qui
te parleront durement !

---

1. *fils d'Israël* ou *Israélites*.
2. *faire la vérité* ou *agir selon la vérité*.
3. *sur la terre où je suis déporté*, c'est-à-dire à
Ninive — *une nation pécheresse* : il s'agit ici du
peuple d'Israël.

1. *de tes fils* ou *de tes habitants* — *des fils des
justes*, c'est-à-dire *des fils des Israélites*.
2. *d'offrandes* ou *de présents* — *Des générations
de générations* ou *De très nombreuses générations*
— *l'Elue*, c'est-à-dire *Jérusalem*.

Maudits soient tous ceux qui
te détruiront et renverseront
tes murs,

tous ceux qui abattront tes
tours et brûleront tes maisons !
Mais bénis soient à jamais
tous ceux qui te craindront[1] !

15 Va, exulte à cause des fils des
justes,

car ils seront tous rassemblés
et ils béniront le Seigneur des
siècles.

Heureux ceux qui t'aiment !
Heureux ceux qui se réjouiront
de ta paix !

16 Heureux tous ceux qui s'affli-
geront sur toi,

à cause de tous tes châtiments !
car en toi ils se réjouiront et ils
verront toute ta joie à jamais.
Oui, je bénis le Seigneur, le
grand Roi,

17 parce qu'on reconstruira Jérusalem

et, dans la ville, sa Maison
pour tous les siècles.

Heureux serai-je, si le reste de
ma race voit ta gloire et célèbre le Roi du ciel.

Les portes de Jérusalem seront
bâties en saphir et en émeraude ;

en pierres précieuses seront
tous tes murs.

Les tours de Jérusalem seront
bâties en or

et leurs défenses en or pur.
Les rues de Jérusalem seront
pavées d'escarboucles et de
pierres d'Ofir[2].

18 Les portes de Jérusalem chanteront des hymnes d'allégresse
et toutes ses maisons chanteront :

Alléluia[1] ! béni soit le Dieu
d'Israël !

Et les élus béniront le Saint
Nom à tout jamais. »

14 [1] Ainsi s'achevèrent les paroles d'action de grâces de
Tobit.

La mort de Tobit

2 Tobit mourut en paix à l'âge
de 112 ans et il fut enterré avec
magnificence à Ninive. Il avait 62
ans quand il perdit la vue ; après
l'avoir recouvrée, il vécut dans l'a-
bondance et fit l'aumône, en
continuant toujours de bénir Dieu
et de célébrer sa grandeur.

3 Sur le point de mourir, il appela son fils Tobias et lui donna
les instructions que voici : « Mon
enfant, emmène tes enfants,
4 pars vite en Médie ; car je crois
à la parole de Dieu proférée par
Nahoum contre Ninive : tout se
réalisera et s'abattra sur Assour et
Ninive ; tout ce qu'ont dit les
*prophètes d'Israël, que Dieu a
envoyés, tout cela arrivera. Rien
ne sera retranché de toutes leurs
paroles, toutes se produiront en
leur temps. En Médie, on sera
plus en sécurité qu'en Assyrie et à
Babylone. Car je sais et je crois
que tout ce que Dieu a dit s'accomplira et se réalisera : il ne
tombera pas une parole des prophéties[2]. Nos frères qui habitent
en terre d'Israël seront tous recensés et déportés loin de cette
terre heureuse. Toute la terre d'Israël sera déserte, Samarie et Jéru-

---

1. *qui te craindront* ou *qui te respecteront.*
2. *sa Maison* ou *son Temple* — *Ofir :* voir 1 R
9.28 ; Jb 22.24 et les notes.

1. Voir Ps 104.35 et la note.
2. *Médie :* voir 1.4 et la note — *la parole ...
proférée par Nahoum contre Ninive :* allusion au
livre du prophète Nahoum — *Assour* ou *l'Assyrie*
— *il ne tombera pas une parole des prophéties,*
c'est-à-dire que ces prophéties s'accompliront
intégralement.

salem seront désertes et la Maison de Dieu sera désolée et brûlée pour un temps. 5 Mais de nouveau Dieu les prendra en pitié et les fera revenir sur la terre d'Israël. De nouveau ils construiront sa Maison, mais pas comme la première, jusqu'au moment où s'accompliront les temps fixés. Après cela, ils reviendront tous de leur déportation et ils reconstruiront magnifiquement Jérusalem. La Maison de Dieu y sera reconstruite selon ce qu'ont dit d'elle les prophètes d'Israël. 6 Tous, dans toutes les nations de la terre entière, reviendront¹ et craindront Dieu¹ en toute vérité. Tous abandonneront leurs idoles trompeuses qui les faisaient s'égarer dans leur erreur et ils béniront le Dieu des siècles dans la justice. 7 Tous les fils d'Israël² qui seront sauvés en ces jours-là, pour s'être souvenu de Dieu en vérité, se rassembleront et viendront à Jérusalem. Ils habiteront pour toujours en sûreté sur la terre d'Abraham, qui leur sera donnée. Ceux qui aiment Dieu en vérité seront dans la joie, mais ceux qui commettent le péché et l'iniquité disparaîtront de la terre.

9 Et maintenant, mes enfants, voici mes instructions : servez Dieu en vérité et faites ce qui lui est agréable. Qu'il soit ordonné à vos enfants de pratiquer la justice et l'aumône, de se souvenir de Dieu et de bénir son *Nom en toute occasion, en vérité et de toute leur force. Quant à toi, mon enfant, quitte Ninive, ne reste pas ici. Lorsque tu auras enterré ta mère auprès de moi, ne passe pas une nuit de plus sur le territoire de cette ville. Car je le vois, il y a en elle beaucoup d'iniquité et il s'y commet mainte perfidie, sans que personne n'ait honte. 10 Vois, mon enfant, tout ce que Nadan a fait à son père adoptif Ahikar : ne l'a-t-il pas fait descendre vivant, au coeur de la terre ? Mais Dieu a rendu l'infamie sous les yeux de la victime : Ahikar est ressorti à la lumière tandis que Nadan est entré dans les ténèbres éternelles, car il avait cherché à tuer Ahikar. Parce qu'il avait fait l'aumône, Ahikar est sorti du piège mortel que lui avait tendu Nadan, mais Nadan est tombé dans le filet mortel qui a causé sa perte¹. 11 Ainsi donc, mes enfants, voyez ce que produit l'aumône et ce que produit l'iniquité — celle-ci produit la mort —. Mais voici que la vie m'abandonne. » Ils le mirent sur son lit, et il mourut. Et il fut enterré avec magnificence.

Fin de la vie de Tobias

12 Quand sa mère mourut, Tobias l'enterra avec son père. Puis il partit avec sa femme en Médie et il habita à Ecbatane auprès de son beau-père Ragouël². 13 Il entoura d'égards ses beaux-parents dans leur vieillesse. Il les enterra à Ecbatane de Médie, puis il hérita du patrimoine de Ragouël,

---

1. *reviendront et craindront Dieu* ou *se convertiront et respecteront Dieu.*

2. *les fils d'Israël* ou *les Israélites.*

1. Ce verset fait allusion à une oeuvre littéraire très connue dans le monde antique. Par ses calomnies, *Nadan* réussit à faire jeter dans un cachot (*au coeur de la terre*) son oncle et père adoptif, *Ahikar.* Ahikar est finalement réhabilité et Nadan jeté à son tour en prison (*entré dans les ténèbres éternelles*). Voir aussi 1.21-22, où *Ahikar* est présenté comme ministre des rois d'Assyrie Sennakérib et Asarhaddon.

2. *Ecbatane* : voir Jdt 1.1 et la note — *auprès de son beau-père Ragouël* : voir 3.7.

comme de celui de son père Tobit. 14 Il mourut considéré à l'âge de 117 ans. 15 Il apprit avant de mourir la ruine de Ninive et il vit arriver en Médie les Ninivites déportés par Cyaxare, roi de Médie. Il bénit Dieu pour tout ce qu'il avait fait aux gens de Ninive et d'Assour[1]. Il se réjouit avant de mourir du sort de Ninive, et il bénit le Seigneur Dieu pour les siècles des siècles. *Amen.

1. *Cyaxare :* le texte grec a *Akhiakar,* qui doit désigner *Cyaxare.* En effet, ce furent le Mède cyaxare et le Babylonien Nabopolassar qui détruisirent Ninive en 612 av. J. C. — *d'Assour* ou *d'Assyrie.*

PREMIER LIVRE DES MACCABÉES

Le règne d'Alexandre le Grand

1 1 Après qu'Alexandre, fils de Philippe, Macédonien sorti du pays des Kettiim, eut battu Darius, roi des Perses et des Mèdes, et fut devenu roi à sa place, tout d'abord sur l'Hellade[1],

2 il entreprit de nombreuses guerres, enleva mainte place forte et mit à mort les rois de la région.

3 Il poussa jusqu'au bout du monde et prit les dépouilles d'une multitude de nations. La terre se tut devant lui. Son coeur s'exalta et s'enfla d'orgueil; 4 il rassembla une armée très puissante et soumit provinces, nations et dynastes, qui durent lui payer tribut.

5 Après cela, il s'alita et comprit qu'il allait mourir. 6 Il convoqua ses officiers nobles, ceux qui avaient été élevés avec lui depuis sa jeunesse et partagea entre eux son royaume avant de mourir.

7 Alexandre avait régné douze ans quand il mourut. 8 Ses officiers nobles prirent le pouvoir chacun dans son fief[1]. 9 Tous ceignirent le diadème[2] après sa mort et leurs fils après eux durant de longues années. Ils multiplièrent les maux sur la terre.

Des Juifs adoptent les coutumes grecques
(2 M 4.7-17)

10 Il sortit d'eux un rejeton impie : Antiochus Epiphane, fils du roi Antiochus, qui, après avoir été otage à Rome, devint roi en l'an 137 de la royauté des Grecs[3]. 11 En ces jours-là des vauriens surgirent d'Israël, et ils séduisirent beaucoup de gens en disant : « Allons, faisons alliance avec les nations qui nous entourent car, depuis que nous sommes séparés d'elles, bien des maux nous ont atteints. » 12 Ce discours leur plut, 13 et plusieurs parmi le peuple s'empressèrent de se rendre auprès du roi qui leur donna l'auto-

---

1. *Kettiim* (ou *Kitiens*, voir 8.5, en hébreu *Kittim*) : ce terme désignait d'abord les habitants de Chypre (voir Gn 10.4), puis les îles et rivages de la mer Egée (voir aussi Jr 2.10 et la note); ici, il désigne les Macédoniens (voir 8.5) — *Hellade* : la Grèce proprement dite, mais aussi les côtes d'Asie Mineure colonisées par les Grecs.

1. Après la mort d'Alexandre le Grand, ses officiers se partagèrent les restes de son empire. En Asie (Syrie, Mésopotamie, Iran), le pouvoir fut pris par la famille des Séleucides (Séleucus et ses successeurs); en Egypte, il fut pris par les Lagides (Ptolémée, fils de Lagos, et ses successeurs). La Palestine, attribuée d'abord aux Lagides, resta disputée par les deux dynasties. En 198 av. J. C., elle passa sous la domination des Séleucides.
2. *diadème* : emblème de la fonction royale.
3. *otage à Rome* : il faisait partie des otages que son père, Antiochus III, dut livrer selon le traité d'Apamée (188 av. J. C.), voir *2 M* 8.10 et la note. Son neveu Démétrius le remplaça en 176 av. J. C. — *L'an cent trente-sept de la royauté des Grecs* : en 175 av. J. C. Le Livre des Maccabées compte les années à partir du début du règne de Séleucus I, c'est-à-dire à partir d'octobre 312 av. J. C.

risation[1] d'observer les pratiques des nations, 14 selon les usages de celles-ci. Ils bâtirent donc un gymnase[2] à Jérusalem, 15 ils se refirent le prépuce[3], firent défection à l'*alliance sainte, pour s'associer aux païens et se vendirent pour faire le mal.

Le roi Antiochus IV pille le Temple
(2 M 5.11-21)

16 Quand il vit son règne affermi, Antiochus projeta de devenir roi d'Egypte afin de régner sur les deux royaumes[4]. 17 Entré en Egypte[5] avec une armée imposante, avec des chars, des éléphants et une grande flotte, 18 il engagea le combat contre Ptolémée, roi d'Egypte, qui battit en retraite devant lui et s'enfuit en laissant de nombreux blessés. 19 Les villes fortes égyptiennes furent prises et Antiochus s'empara des dépouilles de l'Egypte. 20 Ayant vaincu l'Egypte, il revint en l'an 143[6] et il monta contre Israël et Jérusalem avec une armée imposante. 21 Entré dans le sanctuaire avec arrogance, il prit l'autel d'or, le candélabre de lumière et tous ses accessoires, 22 la table d'obla-

tion, les vases à libations, les coupes, les cassolettes d'or[1], le voile et les couronnes; quant à la décoration d'or sur la façade du temple, il l'enleva en entier. 23 Il prit aussi l'argent, l'or, les objets précieux, et fit main basse sur les trésors cachés qu'il trouva. 24 Ayant tout pris, il s'en alla dans son pays. Il avait fait un carnage et avait proféré des paroles d'une extrême arrogance.

25 Il y eut grand deuil sur Israël partout dans le pays.
26 Chefs et anciens gémirent, jeunes gens et jeunes filles dépérirent, et la beauté des femmes s'altéra.
27 Le nouveau marié entonna une lamentation et l'épouse assise dans sa chambre fut en deuil.
28 La terre trembla à cause de ses habitants, et toute la maison de Jacob fut revêtue de honte.

Construction de la citadelle de Jérusalem
(2 M 5.24-26)

29 Deux ans après, le roi envoya un percepteur[2] dans les villes de Juda; il vint à Jérusalem avec une armée imposante. 30 Il adressa aux habitants de fausses paroles de paix et on le crut. Puis il se jeta sur la ville à l'improviste, lui porta un grand coup, et fit

1. Il fallait l'autorisation du roi pour cesser d'être soumis aux lois particulières de la nation à laquelle on appartenait (voir 2 M 4.9 et, en sens contraire 11.24).
2. gymnase : emplacement réservé aux exercices sportifs, que l'on pratiquait nu.
3. se refirent le prépuce : il s'agit d'une opération qui cherchait à faire disparaître les marques de la circoncision (voir 1 Co 7.18).
4. les deux royaumes : Antiochus voudrait rétablir à son profit l'unité de l'empire d'Alexandre (voir 1.6; 1.8 et la note).
5. Il s'agit de la première campagne d'Egypte, en 169 av. J. C. La deuxième, en 168, est mentionnée par 2 M 5.1.
6. cent quarante-trois : en automne 169 av. J. C.; voir la note sur 1.10.

1. vases, coupes, etc. : voir 1 R 7.48-49.
2. deux ans après : voir 1.20 et la note; mais le calcul est approximatif : c'est au printemps 167 av. J. C. que l'armée fut envoyée d'Antioche —'percepteur : c'est la traduction du grec; mais le texte hébreu original devait porter «chef des Mysiens» voir 2 M 5.24. Les deux expressions sont très semblables en hébreu. Il s'agirait donc d'Appollonius (voir 1 M 3.10-12).

périr beaucoup de gens en Israël. 31 Il pilla la ville, l'incendia, détruisit les maisons et l'enceinte. 32 Ils réduisirent en captivité les femmes et les enfants et s'approprièrent le bétail, 33 puis ils rebâtirent la ville de David avec un rempart élevé et fort, de puissantes tours, et ce fut leur citadelle[1]. 34 Ils y installèrent une engeance perverse, des gens sans foi ni loi, et ils s'y fortifièrent. 35 Ils emmagasinèrent des armes et des vivres, y déposèrent les dépouilles de Jérusalem qu'ils avaient rassemblées et ils en firent un grand piège.

36 Cela devint une embuscade
  pour le *sanctuaire
  et un adversaire maléfique
  pour Israël en tout temps.
37 Ils répandirent du *sang innocent autour du sanctuaire
  et ils souillèrent le lieu saint.
38 Les habitants de Jérusalem s'enfuirent à cause d'eux
  et la ville devint une colonie d'étrangers,
  elle devint étrangère à sa progéniture
  et ses propres enfants l'abandonnèrent.
39 Son sanctuaire fut dévasté comme un désert,
  ses fêtes se changèrent en deuil,
  ses *sabbats en dérision,
  son honneur en mépris.
40 À la mesure de sa gloire fut son déshonneur

et sa grandeur fit place au deuil.

Antiochus interdit la religion juive
(2 M 6.1-11)

41 Le roi ordonna que, dans tout son royaume, tous ses peuples n'en forment qu'un et renoncent chacun à ses coutumes; 42 toutes les nations se conformèrent aux prescriptions du roi. 43 Beaucoup d'Israélites acquiescèrent volontiers à son culte[1], sacrifiant aux idoles et profanant le sabbat. 44 Le roi envoya aussi à Jérusalem et aux villes de Juda des lettres par messagers, leur prescrivant de suivre des coutumes étrangères au pays, 45 de bannir du *sanctuaire holocaustes, *sacrifices et libations, de profaner *sabbats et fêtes, 46 de souiller le sanctuaire et les choses saintes, 47 d'élever *autels, sanctuaires et temples d'idoles, de sacrifier des porcs[2] et des animaux *impurs, 48 de laisser leurs fils *incirconcis et de se rendre abominables par toutes sortes d'impuretés et de profanations, 49 oubliant ainsi la Loi et altérant toutes les pratiques. 50 Quiconque n'agira pas selon l'ordre du roi sera mis à mort. 51 C'est en ces termes que le roi écrivit à tous ses sujets. Il créa des inspecteurs pour tout le peuple et ordonna aux villes de Juda d'offrir des sacrifices dans chaque ville. 52 Beaucoup de gens du peuple — entendons tous ceux qui aban-

---

1. A l'époque hellénistique, l'expression *Ville* ou *Cité de David* désigne la ville haute, bâtie par les rois de Juda sur la colline occidentale; elle est distincte de la ville ancienne bâtie sur la colline orientale (voir 2 S 5.7, 9). Cette *citadelle* abrita la garnison syrienne pendant 26 ans, v. 34.

1. Il s'agit surtout du *culte* de Zeus Olympien, voir *2 M* 6.2, dieu personnel du roi. Celui-ci espérait hâter l'unification politique de son empire en imposant l'unité religieuse.

2. *porcs* : voir la note sur *2 M* 6.18.

donnaient la Loi —, se rallièrent à eux. Ils firent du mal dans le pays 53 et contraignirent Israël à se cacher dans tous ses lieux de refuge.

54 Le quinzième jour de Kisleu en l'an 145, le roi construisit l'abomination de la désolation sur l'autel des holocaustes, et dans les villes de Juda alentour on éleva des autels[1]. 55 Aux portes des maisons et sur les places, on brûlait de l'*encens. 56 Les livres de la Loi qu'ils trouvaient étaient déchirés, puis jetés au feu. 57 S'ils parvenaient à découvrir chez quelqu'un un livre de l'alliance[2], et si quelqu'un se conformait à la Loi, le décret du roi causait sa perte. 58 Ils sévissaient chaque mois contre ceux d'Israël qui avaient été pris en infraction. 59 Le 25 du mois[3], on sacrifiait sur l'autel des holocaustes. 60 Les femmes qui avaient circoncis leur enfant, étaient — conformément au décret — mises à mort, 61 leurs nourrissons pendus au cou, ainsi que leurs proches et ceux qui avaient opéré la circoncision. 62 Toutefois, plusieurs en Israël restèrent fermes et eurent la force de ne pas manger de choses impures. 63 Ils acceptèrent de mourir plutôt que de consommer des mets impurs et de profaner l'alliance sainte et ils moururent.

64 Ce furent des jours de grande colère sur Israël.

Lamentation du prêtre Matthias

2 1 En ces jours-là, se leva Mattathias, fils de Jean, fils de Siméon, prêtre d'entre les fils de Ioarib; il quitta Jérusalem pour s'établir à Modîn[1]. 2 Il avait cinq fils : Jean surnommé Gaddi, 3 Siméon appelé Thassi, 4 Judas appelé Maccabée[2], 5 Eléazar appelé Awarân, Jonathan appelé Apphous. 6 Il vit les sacrilèges qui étaient commis en Juda et à Jérusalem 7 et il dit :

« Malheur à moi ! Suis-je né pour voir la ruine de mon peuple et la destruction de la ville sainte
et rester assis là alors que la ville est livrée aux mains des ennemis
et que le *sanctuaire est livré aux mains des étrangers ?
8 Son Temple est devenu comme un homme sans gloire,
9 les objets qui reflètent sa gloire ont été emmenés captifs,
sur ses places on massacrait ses petits enfants
et ses jeunes gens tombaient sous l'épée de l'ennemi.
10 Quelle nation n'a pas hérité d'une part de sa royauté
et ne s'est emparée de ses dépouilles ?

---

1. *Kisleu en l'an cent quarante-cinq :* fin décembre 167 av. J.-C. — *L'abomination de la désolation,* dont parle aussi Daniel (Dn 9.27), est l'autel de Zeus Olympien (voir v. 43 et la note) — *autels :* voir la note sur *2 M* 10.2.
2. *Le Livre de l'alliance* ou *les livres de la Loi* (v. 56) : c'est-à-dire le Pentateuque.
3. *le vingt-cinq du mois* était le jour où l'on fêtait la naissance du roi (voir *2 M* 6.7). Judas Maccabée choisira cette date pour la dédicace du nouvel autel (voir 4.52-53; *2 M* 10.5).

1. *Ioarib :* chef de la première classe des prêtres descendants de Lévi (voir 1 Ch 24.7) — *Modîn :* ville située à 10 km environ à l'est de Lydda (Lod).
2. *Maccabées :* on a longtemps cru que le sens de ce surnom était « marteau » et qu'il faisait allusion à la façon dont Judas avait frappé ses ennemis; mais les surnoms étaient donnés dès la naissance. Le sens de celui-ci, comme de ceux des frères de Judas, reste donc obscur.

11 Toute sa parure lui a été ôtée,
de libre, la voilà esclave.

12 Et voici que le lieu saint, notre
beauté et notre gloire, est réduit en désert
et les nations l'ont profané.

13 À quoi bon vivre encore ? »

14 Mattathias et ses fils *déchirèrent leurs vêtements, s'enveloppèrent de *sacs et menèrent un
grand deuil.

Mattathias déclenche l'insurrec-tion à Modîn

15 Les envoyés du roi, chargés
d'imposer l'apostasie, vinrent à
Modîn   pour   les   sacrifices[1].
16 Beaucoup d'Israélites vinrent à
eux, mais Mattathias et ses fils
restèrent tous ensemble à part.
17 Les envoyés du roi prirent la
parole et dirent à Mattathias :
« Tu es chef illustre et grand dans
cette ville, appuyé par des fils et
des frères. 18 Avance donc le premier pour accomplir ce qui a été
décrété par le roi, comme l'ont
fait   toutes   les   nations,   les
hommes de Juda et ceux qui ont
été laissés à Jérusalem. Tu seras,
toi et tes fils, parmi les amis du
roi[2], vous serez honorés de dons
en argent et en or et de nombreux cadeaux. » 19 Mattathias répondit d'une voix forte : « Si
toutes les nations de l'empire du

roi l'écoutent, s'éloignant chacune
du culte de ses pères et se confor-
mant à ses ordonnances, 20 moi,
mes fils et mes frères, nous mar-
cherons dans l'*alliance de nos
pères[1]. 21 Qu'il[2] nous accorde la
grâce de ne pas abandonner la
Loi et les observances. 22 Nous
n'écouterons pas les ordres du roi
pour dévier de notre culte à
droite ou à gauche. »

23 Comme il terminait ce discours, un Juif s'avança aux yeux
de tous pour sacrifier sur l'*autel
de Modîn, selon l'ordre du roi.
24 À sa vue, le zèle de Mattathias
s'enflamma et ses reins frémirent;
une juste colère monta en lui, il
courut et l'égorgea sur l'autel.
25 Quant à l'homme du roi, qui
obligeait à sacrifier, il le tua
sur-le-champ, et renversa l'autel.
26 Il fut embrasé de zèle pour la
Loi comme l'avait été Pinhas envers Zimri fils de Salou. 27 Puis
Mattathias se mit à crier d'une
voix forte à travers la ville : « Que
tous ceux qui ont le zèle de la Loi
et qui soutiennent l'alliance me
suivent. » 28 Lui-même et ses fils
s'enfuirent dans les montagnes[3],
abandonnant tout ce qu'ils possédaient dans la ville.

Les Juifs fidèles organisent la résistance

29 Alors beaucoup de gens qui
recherchaient la justice et l'équité
descendirent au désert pour s'y
établir, 30 eux, leurs fils, leurs
femmes et leur bétail, parce que
le malheur s'était appesanti sur
eux. 31 On annonça aux hommes

---

1. *envoyés du roi* : il s'agit sans doute de Philippe, préposé à Jérusalem (voir *2 M* 5.22), et de
ses acolytes (voir 1.51) — *chargés d'imposer l'a-
postasie* ou *chargés de contraindre les Juifs à
renier leur foi* — *Modîn* : voir la note sur 2.1
— *les sacrifices* : le texte sous-entend : *aux divinités païennes*.

2. *ami du roi* : tout comme *parent*, *père* ou *frère
du roi* (voir 11.31-32; *2 M* 3.32; 10.89; 11.1, 22),
c'est là un titre honorifique d'origine perse que
recevaient les familiers du roi, associés au pouvoir
(voir 6.14; 7.8). On distinguait les *amis* (10.65) et
les *premiers amis* (*2 M* 8.9).

1. *nos pères* ou *nos ancêtres*.

2. *Qu'il* : Dieu, voir 3.18 et la note.

3. *montagnes* : probablement les collines de Judée, à l'est de Modîn.

du roi et aux forces qui étaient stationnées à Jérusalem, dans la cité de David, que des gens ayant rejeté l'ordonnance du roi étaient descendus vers les retraites cachées du désert[1]. 32 Une forte troupe courut à leur poursuite et, les ayant attrapés, dressa le camp en face d'eux, et se disposa à les attaquer le jour du *sabbat. 33 On leur dit : « En voilà assez ! sortez, obéissez à l'ordre du roi et vous aurez la vie sauve. » 34 — « Nous ne sortirons pas, dirent-ils, et nous n'observerons pas l'ordre, donné par le roi, d'enfreindre le jour du sabbat[2]. » 35 Aussitôt assaillis, 36 ils s'abstinrent de riposter, de lancer des pierres, de barricader leurs retraites. 37 « Mourons tous dans notre droiture, disaient-ils ; le *ciel et la terre nous sont témoins que vous nous faites périr injustement. » 38 On leur donna l'assaut en plein sabbat, et ils périrent[3], eux, leurs femmes, leurs enfants et leur bétail, en tout un millier de personnes.

39 Lorsqu'ils l'apprirent, Mattathias et ses amis les pleurèrent amèrement 40 et se dirent les uns aux autres : « Si nous faisons tous comme ont fait nos frères, si nous ne luttons pas contre les nations pour notre vie et nos observances, ils auront tôt fait de nous exterminer de la terre. » 41 Ce même jour, ils prirent cette décision : « Tout homme qui viendrait nous attaquer le jour du sabbat,

combattons-le et nous ne mourrons donc pas tous comme sont morts nos frères dans leurs retraites. »

42 Alors se joignit à eux le groupe des Assidéens[1], hommes vaillants en Israël et tout ce qu'il y avait de dévoué à la Loi. 43 Tous ceux qui voulaient échapper à ces maux vinrent augmenter leur nombre et leur force. 44 Ils rassemblèrent une armée, frappèrent les pécheurs[2] dans leur colère et les impies dans leur fureur. Le reste se sauva chez les nations. 45 Mattathias et ses amis firent une tournée pour renverser les *autels 46 et ils circoncirent de force les enfants incirconcis qu'ils trouvèrent sur le territoire d'Israël. 47 Ils chassèrent les fils d'arrogance[3] et l'entreprise réussit entre leurs mains. 48 Ils arrachèrent la Loi de la main des nations et des rois et ne laissèrent pas l'avantage au pécheur[4].

Testament et mort de Mattathias

49 Les jours de Mattathias approchaient de leur fin, et il dit à ses fils :

Voici maintenant le règne de l'arrogance et de l'outrage,

---

1. *Cité de David :* voir 1.33 et la note — *Les retraites cachées* sont les grottes du désert de Juda, à l'ouest de la mer Morte.
2. D'après Ex 16.29, il est interdit de sortir de chez soi le jour du sabbat. Les Juifs cachés dans le désert ne pouvaient donc obéir au roi sans *enfreindre le jour du sabbat.*
3. L'historien juif Josèphe précise qu'ils furent brûlés, cf. *2 M* 6.11 qui attribue cet acte à Philippe (voir la note sur 2.15).

1. *Assidéens :* forme grecque d'un mot hébreu qui signifie « les (hommes) pieux ». Ce groupe de Juifs très attachés à la Loi et aux traditions rejoignit le gros des troupes de Judas Maccabée (voir *2 M* 14.6), mais en restant indépendants de sa politique (voir *1 M* 7.13 et la note).
2. *les pécheurs :* désignation méprisante des Juifs qui n'observent pas la Loi de Dieu.
3. *fils d'arrogance :* tournure hébraïque pour désigner les arrogants.
4. Le pécheur est sans doute le roi Antiochus, cf. v. 62.

le temps du bouleversement et
l'explosion de la colère[1].

50 À vous maintenant, mes enfants, d'avoir le zèle de la Loi,
et de donner vos vies pour
l'*alliance de nos pères[2].

51 Souvenez-vous des actions ac-
complies par nos pères en leur
temps,
et vous gagnerez une grande
gloire et une renommée éternelle.

52 Abraham n'a-t-il pas été fidèle
dans l'épreuve,
et cela ne lui a-t-il pas été
compté comme justice ?

53 Joseph, au moment de sa détresse, observa la Loi
et devint seigneur de l'Égypte.

54 Pinhas, notre Père[3], par son
zèle ardent
a reçu l'alliance d'un sacerdoce
éternel.

55 Josué pour avoir accompli sa
mission
devint juge en Israël.

56 Caleb pour son témoignage
véridique
reçut de l'assemblée une terre
en héritage.

57 David pour sa piété
hérita d'un trône royal pour les
siècles.

58 Élie pour avoir brûlé du zèle
de la Loi
fut enlevé au ciel.

59 Ananias, azarias, Misaël pour
leur confiance en Dieu
échappèrent aux flammes.

60 Daniel pour sa droiture
fut sauvé de la gueule des
lions.

61 Comprenez que, de génération
en génération,
tous ceux qui espèrent en Lui
ne faibliront pas.

62 Ne craignez pas les menaces
de l'homme pécheur,
car sa gloire s'en va vers la
pourriture et les vers[1].

63 Aujourd'hui il s'élève
et demain on ne le trouvera
plus,
car il sera retourné à sa poussière
et ses projets seront anéantis.

64 Mes enfants, soyez des
hommes et tenez fermement la
Loi,
parce que c'est elle qui vous
comblera de gloire.

65 Voici Siméon votre frère, je
sais qu'il est de bon conseil, écou-
tez-le toujours, et il sera pour
vous un père. 66 Judas Maccabée,
vaillant dès sa jeunesse, sera le
chef de votre armée et mènera la
guerre contre les peuples.
67 Quant à vous, groupez autour
de vous tous ceux qui observent
la Loi et assurez la vengeance de
votre peuple. 68 Rendez aux
païens le mal qu'ils vous ont fait
et attachez-vous aux préceptes de
la Loi. » 69 Puis il les bénit et fut
réuni à ses pères[2]. 70 Il mourut en
l'an 146 et fut enseveli dans le
tombeau de famille à Modîn[3] et
tout Israël mena sur lui un grand
deuil.

---

1. *la colère* : le texte sous-entend de Dieu contre
son peuple.
2. *nos pères* ou *nos ancêtres*.
3. *Pinhas* : petit-fils d'Aaron (voir Nb 25.7) est
l'ancêtre des prêtres d'Israël.

1. *l'homme pécheur* : voir v. 48 et la note — *la
pourriture et les vers* : allusion à la mort d'Antiochus (voir *2 M* 9.9).
2. *fut réuni à ses pères* : expression traditionnelle qui désigne à la fois la mort et l'ensevelisse-
ment dans le tombeau de famille.
3. *l'an cent quarante-six* : au printemps 166 av.
J. C. (voir la note sur 1.10) — *Modîn* : voir la note
sur 2.1.

Judas Maccabée chef des partisans juifs

3 1 Son fils Judas, appelé Maccabée[1], se leva à sa place; 2 tous ses frères et tous les partisans de son père lui prêtèrent secours et combattirent pour Israël avec joie.

3 Il étendit le renom glorieux de son peuple,
revêtit la cuirasse comme un géant,
ceignit ses armes de guerre
et engagea des combats,
protégeant le camp de son glaive.

4 Tel un lion en action,
un lionceau rugissant vers sa proie,

5 il pourchassait les impies qu'il dépistait,
il livrait au feu les perturbateurs de son peuple.

6 Les impies furent réduits par la crainte qu'il inspirait,
tous les agents de l'impiété furent pris de panique
et la libération dans sa main fut menée à bonne fin.

7 Il rendit la vie amère à bien des rois,
ses exploits réjouirent Jacob[2]
et son souvenir sera une louange éternelle.

8 Il sillonna les villes de Juda et en extermina les impies.
Il détourna d'Israël la colère[3],

9 il fut renommé jusqu'aux extrémités de la terre

et il rassembla ceux qui étaient perdus[1].

Judas remporte deux victoires

10 Apollonius[2] mobilisa des païens et un fort contingent de Samarie pour combattre Israël. 11 Judas en fut informé, sortit à sa rencontre, le battit et le tua. Beaucoup tombèrent blessés à mort et les survivants s'enfuirent. 12 On ramassa leurs dépouilles, Judas s'empara de l'épée d'Apollonius et s'en servit tous les jours au combat. 13 Séron, commandant de l'armée de Syrie, apprit que Judas avait regroupé autour de lui une troupe de gens de guerre et une assemblée de fidèles 14 et il se dit : « Je me ferai un nom et je me couvrirai de gloire dans le royaume, je combattrai Judas et ses hommes qui méprisent l'ordre du roi. » 15 Il partit donc à son tour et, avec lui, monta un fort contingent d'impies pour tirer vengeance des fils d'Israël. 16 Il s'approcha de la montée de Béthoron[3] et Judas sortit à sa rencontre avec une poignée d'hommes. 17 À la vue de l'armée qui montait à leur rencontre, ils dirent à Judas : « Comment pourrons-nous, étant si peu nombreux, lutter contre une multitude si forte ? Nous sommes exténués et à jeun. » 18 Judas répondit : « Il arrive facilement qu'une multitude tombe aux mains d'un

---

1. *appelé Maccabée* : voir 2.4 et la note.
2. *bien des rois* : Antiochus IV (v. 27), Antiochus V (6.28) et Démétrius I (7.26) — *Jacob* : voir Os 12.3 et la note.
3. *colère* : voir 2.49 et la note.

1. *il rassembla ... perdus* : c'est peut-être une allusion au rapatriement des Juifs de Galilée et de Galaad (voir 5.9-36, 45-54).
2. D'après l'historien juif Josèphe, Appollonius était stratège de Samarie (voir la note sur *2 M* 3.5).
3. *la montée* (ou *la descente*, v. 24) *de Béthoron* se trouve sur le chemin menant de la plaine maritime au plateau judéen, à une vingtaine de km au nord-ouest de Jérusalem. Cf. Jos 10.10-11.

petit nombre, et il importe peu au *Ciel[1] d'opérer le salut au moyen de beaucoup ou de peu d'hommes. 19 Car la victoire au combat ne tient pas à l'importance de l'armée, mais à la force qui vient du Ciel. 20 Ceux-ci viennent contre nous, débordant d'orgueil et d'impiété, pour nous faire périr, nous, nos femmes, nos enfants, et nous dépouiller. 21 Mais nous, nous combattons pour nos vies et pour nos lois 22 et Lui les brisera devant nous. Quant à vous, ne les craignez donc pas. »

23 Dès qu'il eut fini de parler, il se rua sur eux à l'improviste. Séron et son armée furent écrasés devant lui. 24 Ils les poursuivirent dans la descente de Béthoron jusqu'à la plaine. 800 hommes environ tombèrent, et le reste s'enfuit au pays des Philistins[2]. 25 Judas et ses frères commencèrent à inspirer de la crainte et à faire trembler les nations alentour. 26 Son renom parvint jusqu'au roi et chaque nation commentait les batailles de Judas.

Le roi charge Lysias de détruire Israël

27 Lorsqu'il entendit ces récits, Antiochus fut pris d'une grande colère et il fit rassembler toutes les forces de son royaume, une armée très puissante. 28 Il ouvrit son trésor, distribua un an de solde aux troupes et leur enjoignit de se tenir prêtes à toute éventualité. 29 Il s'aperçut alors que l'argent manquait[1] dans ses coffres et que le produit des impôts de la province était maigre, à cause des dissensions et du malheur qu'il avait provoqués dans le pays en abrogeant les lois qui existaient depuis toujours. 30 Il craignit de ne pas être à même de pourvoir aux dépenses et aux largesses qu'il faisait auparavant d'une main généreuse, surpassant en cela ses prédécesseurs. 31 L'anxiété s'empara de son âme, et il décida d'aller en Perse pour lever les impôts des provinces, et ramasser beaucoup d'argent. 32 Il laissa Lysias, homme illustre et de parenté royale, à la tête de ses affaires[2], depuis l'Euphrate jusqu'aux confins de l'Egypte, 33 et il le chargea de l'éducation de son fils Antiochus[3], jusqu'à son retour. 34 Il lui confia la moitié des troupes et les éléphants[4] et lui donna des instructions au sujet de toutes ses décisions; pour ce qui est des habitants de la Judée et de Jérusalem, 35 il devait envoyer contre eux une armée pour détruire la force d'Israël et le petit reste de Jérusalem et pour effacer leur souvenir de ce lieu. 36 Il devait installer des fils d'étrangers sur tout leur territoire et lotir leur

1. Par respect, l'auteur de *1 M* évite de nommer Dieu et parle le plus souvent du *Ciel* (voir v. 50; 4.40, etc. Voir aussi *2 M* 3.15, 34; 7.11), ou bien il utilise un pronom indéfini, voir 2.21; 4.11.
2. La Philistie n'existait plus comme nation indépendante depuis le huitième siècle av. J.-C., mais l'auteur emploie la plaine côtière *pays des Philistins* pour rapprocher les exploits de Judas de ceux de Jonathan et David (voir 1 S 14; 17; 2 S 5).

1. *l'argent manquait* : à cause des largesses du roi (voir v. 30; cf. *2 M* 3.3 et la note) et du lourd tribut dû aux Romains (voir *2 M* 3.7 et la note).
2. *Lysias* : personnage influent du royaume (voir *2 M* 10.11; 11.1; 13.2) — *de parenté royale* : titre honorifique le plus élevé à la cour séleucide (voir 2.18 et la note; 10.89) — *à la tête des affaires* : voir *2 M* 3.7 et la note.
3. *Antiochus* : le futur Antiochus V Eupator (voir 6.17).
4. Il s'agit des *éléphants de combat* (voir 1.17; 6.34-37; *2 M* 11.4).

pays[1]. 37 Le roi prit avec lui la moitié des troupes restantes et partit d'Antioche, capitale de son royaume, en l'an 147; il franchit l'Euphrate et passa par les provinces d'en-haut[2].

L'armée de Lysias envahit la Judée
(*2 M 8.8-15*)

38 Lysias choisit Ptolémée, fils de Dorymène, Nikanor et Gorgias, personnages puissants parmi les amis du roi[3]. 39 Il envoya avec eux 40.000 hommes et 7.000 cavaliers pour aller au pays de Juda et le dévaster selon l'ordre du roi. 40 Partis avec toute leur armée, ils arrivèrent près d'Emmaüs[4] et ils établirent leur cantonnement dans la plaine. 41 Les marchands de la région l'apprirent par la renommée, ils se munirent d'or et d'argent en grande quantité, ainsi que d'entraves et ils vinrent au camp pour emmener les fils d'Israël comme esclaves. Un contingent de Syrie et du pays des Philistins[5] se joignit à eux. 42 Judas et ses frères virent que le malheur s'aggravait, et que des armées campaient sur leur territoire. Ils apprirent aussi la décision du roi ordonnant de livrer le peuple à une destruction radicale. 43 Ils se dirent les uns aux autres : « Relevons notre peuple de sa ruine et combattons pour lui et pour notre *saint lieu. » 44 On convoqua la communauté[1] pour se préparer à la guerre, pour prier et pour implorer pitié et miséricorde.

45 Jérusalem était déserte,
   de ses fils, nul n'entrait ni ne sortait,
   le *sanctuaire était piétiné,
   l'étranger occupait la Citadelle,
   le païen s'y est installé.
   En Jacob[2] les cris de joie se sont tus,
   le son des flûtes et des lyres s'est éteint.

Les Juifs se préparent pour la guerre
(*2 M 8.16-23*)

46 Ils se rassemblèrent et vinrent à Maspha[3], en face de Jérusalem, car il y avait eu jadis à Maspha un lieu de prière pour Israël. 47 Ils jeûnèrent ce jour-là, s'enveloppèrent de *sacs et, la tête couverte de cendre, ils *déchirèrent leurs vêtements. 48 Ils déroulèrent le livre de la Loi, pour y lire[4] ce que les païens demandaient aux simulacres de leurs faux dieux. 49 Ils apportèrent les

---

1. *fils d'étranger* ou *étranger* — Selon l'usage séleucide (voir 1.8), les Juifs rebelles devaient être tués ou vendus comme esclaves (v. 41) et leurs terres concédées par lots à des colons étrangers (cf. Dn 11.39).
2. *l'an cent quarante-sept* : en 165 av. J. C. (voir la note sur 1.10) — *les provinces d'en-haut* : voir *2 M 9.23* et la note.
3. *amis du roi* : voir la note sur 2.18.
4. *Emmaüs*, à une vingtaine de km au nord-ouest de Jérusalem, occupait une position stratégique qui commandait l'accès à la ville sainte.
5. *entraves* : d'après l'ancienne version syriaque et l'historien Josèphe; grec : *enfants*. Ces entraves étaient destinées aux prisonniers juifs qu'on espérait vendre comme esclaves — *Syrie* vient sans doute d'une mauvaise lecture de l'original hébreu *Edom*, lu *Aram* (selon une erreur très fréquente); il s'agirait donc de troupes d'Idumée — *pays des Philistins* voir la note sur le v. 24.

1. *communauté* : c'est l'assemblée du peuple (voir par exemple 4.59; 5.16), ancienne institution remise en vigueur par les Maccabées.
2. *Citadelle* : voir la note sur 1.33 — *Jacob* : voir la note sur Os 12.3.
3. *Maspha* : l'ancienne Miçpa, lieu traditionnel de rassemblement pour Israël (voir Jg 20.1; 1 S 7.5; 1 R 15.22; Jr 40-41).
4. *déroulèrent* : voir la note sur Jr 30.2 — On prenait une phrase au hasard dans la Loi pour y trouver un mot d'ordre (voir *2 M 8.23*).

habits sacerdotaux, les *prémices et les dîmes, ils firent paraître les naziréens[1] qui avaient accompli les jours de leur vœu. 50 Ils élevèrent la voix vers le *Ciel en disant : « Que faire de ces gens-là et où les emmener[2] ? 51 Ton lieu *saint a été piétiné et profané, tes prêtres sont dans le deuil et l'humiliation 52 et voici que les nations se sont liguées contre nous afin de nous faire disparaître. Toi tu connais leurs desseins à notre égard. 53 Comment pourrons-nous résister en face d'elles, si tu ne viens pas à notre secours ? » 54 Ils sonnèrent ensuite de la trompette et poussèrent de grands cris.

55 Après cela, Judas établit des chefs du peuple, chefs de milliers, de centaines, de cinquantaines et de dizaines. 56 À ceux qui bâtissaient leur maison ou qui venaient de se fiancer, de planter une vigne, ou qui avaient peur, il dit de s'en retourner chez eux, conformément à la Loi[3]. 57 L'armée se mit alors en marche et vint camper au sud d'Emmaüs[4]. 58 « Equipez-vous, dit Judas, comportez-vous en braves et tenez-vous prêts à combattre demain ces nations rassemblées pour notre ruine et celle de notre *sanctuaire, 59 car il vaut mieux pour nous mourir au combat que de voir les malheurs de notre na-

tion et de notre lieu saint. 60 La volonté céleste sera accomplie. »

Judas remporte une victoire à Emmaüs

(2 M 8.23-29, 34-36)

4 1 Gorgias[1] prit avec lui 5.000 fantassins et mille cavaliers d'élite, et ce détachement partit de nuit, 2 afin de faire irruption dans le camp des Juifs et de fondre sur eux à l'improviste. Les gens de la Citadelle[2] lui servaient de guide. 3 Judas l'apprit et partit avec ses braves pour battre l'armée royale qui se trouvait à Emmaüs[3], 4 pendant que ses effectifs étaient encore dispersés à l'extérieur du camp. 5 Gorgias arriva de nuit au camp de Judas, n'y trouva personne et se mit à chercher les Juifs dans les montagnes, car, disait-il : « Ils fuient devant nous. »

6 Au lever du jour, Judas parut dans la plaine avec 3.000 hommes, mais ceux-ci n'avaient ni les armures ni les épées qu'ils auraient voulues. 7 Ils apercevaient le camp des païens, puissant et fortifié, les cavaliers qui l'entouraient, tous gens experts, exercés au combat. 8 Judas dit à ses hommes : « Ne craignez pas cette multitude et ne redoutez pas leur assaut. 9 Souvenez-vous comment nos pères[4] furent sauvés à la mer Rouge quand *Pharaon les poursuivait avec son armée 10 et maintenant, crions vers le *Ciel; s'il veut de nous, il se souviendra de l'*alliance des pères et il écrasera aujourd'hui devant nous

---

1. *naziréens* (ou *nazirs*) : voir Nb 6.2; Jr 7.29 et les notes.

2. *que faire ... ou les emmener ?* : Les Israélites ne savent plus où porter les *prémices* ni où accomplir les cérémonies marquant la fin du vœu de naziréat, puisque le Temple est encore aux mains des païens.

3. *conformément à la Loi* : voir Dt 50.59 — Ces exemptions témoignent de l'influence des Assidéens, voir la note sur 2.42.

4. *Emmaüs* : voir la note sur le v. 40.

---

1. *Gorgias* : voir 3.38; 2 M 8.9.

2. *Citadelle* : voir la note sur 1.33.

3. *Emmaüs* : voir la note sur 3.40.

4. *nos pères* ou *nos ancêtres*.

cette armée-là, 11 et toutes les nations sauront qu'il y a quelqu'un[1] qui rachète et sauve Israël. » 12 Les étrangers levèrent les yeux; voyant les Juifs marcher contre eux, 13 ils sortirent du camp pour livrer bataille. Les gens de Judas sonnèrent de la trompette 14 et engagèrent le combat. Les nations furent écrasées et elles s'enfuirent vers la plaine, 15 mais ceux qui étaient à l'arrière tombèrent tous sous l'épée. La poursuite atteignit Gazara et les plaines de l'Idumée, d'Azôtos et de Jamnia[2] : 3.000 hommes environ y tombèrent.

16 Revenu de la poursuite avec sa troupe, Judas dit au peuple : 17 « Ne soyez pas avides de butin, car un autre combat nous attend, 18 Gorgias et son détachement sont dans la montagne non loin de nous. Maintenant, tenez tête à nos ennemis et combattez-les; après cela, vous ramasserez le butin en toute sécurité. » 19 Judas achevait à peine sa phrase qu'on aperçut au sommet de la montagne un détachement en train de guetter. 20 Ils virent que les leurs avaient été mis en déroute et que le camp était en flammes. La fumée encore visible révélait ce qui était arrivé. 21 Voyant cela, ils furent remplis d'effroi. Voyant aussi l'armée de Judas dans la plaine, prête au combat, 22 ils s'enfuirent tous au pays des Philistins[3]. 23 Judas revint alors pour le pillage du camp; on emporta beaucoup d'or et d'argent liquide, des étoffes de pourpre violette et de pourpre marine[1], ainsi que de grandes richesses. 24 Au retour, on louait et on bénissait le Ciel, *car il est bon et son amour est éternel.* 25 Ce jour-là il y eut une grande délivrance en Israël.

26 Ceux des étrangers qui s'étaient sauvés vinrent annoncer à Lysias[2] tout ce qui était arrivé. 27 Ces nouvelles le bouleversèrent et lui firent perdre courage, car les choses ne s'étaient pas passées pour Israël comme il le voulait et le résultat était le contraire de ce que lui avait ordonné le roi.

Judas remporte une victoire à Bethsour
(2 M 11.1-12)

28 L'année suivante[3], il rassembla 60.000 hommes d'élite et 5.000 cavaliers pour combattre les Juifs. 29 Ils vinrent en Idumée et campèrent à Bethsour[4]; Judas se porta à leur rencontre avec 10.000 hommes. 30 Quand il vit cette armée puissante, il pria ainsi : « Tu es béni, sauveur d'Israël, toi qui as brisé l'élan du puissant guerrier par la main de ton serviteur David et qui as livré le camp des Philistins aux mains de Jonathan fils de Saül et de son écuyer. 31 Enferme de même cette armée entre les mains de ton

---

1. *quelqu'un* : voir la note sur 3.18.
2. *Gazara* : l'ancienne Guèzèr (voir Jos 10.33), à 30 km environ au nord-ouest de Jérusalem — *Idumée* : voir la note sur *2 M 10.5* — *Azôtos* (ou *Ashdod*, voir Jos 11.22) et *Jamnia* (ou *Yavné*, 2 Ch 26.6, ou encore *Yavnéel*, Jos 15.11) font partie de la Zone Maritime.
3. *pays des Philistins* : voir la note sur 3.24.

1. *pourpre* : teinture produite par un coquillage; elle était violette ou rouge foncé. C'est cette dernière, fabriquée à Tyr, qu'on appelait *pourpre marine* (cf. Ex 25.4; 2 Ch 2.6 et les notes; voir aussi la note sur *2 M 4.38*).
2. *Lysias* : voir la note sur 3.32.
3. *l'année suivante* : début 164 av. J. C. (voir 3.37 et la note).
4. *Idumée* : voir la note sur *2 M 10.15* — *Bethsour* occupait une position stratégique à la limite sud de la Judée (voir v. 61). Lysias a contourné la Judée par l'ouest et le sud.

peuple Israël et qu'ils aient honte de leur infanterie et de leur cavalerie. 32 Mets en eux la peur, fais fondre leur force impudente, et qu'ils soient ébranlés par leur défaite. 33 Fais-les tomber sous l'épée de ceux qui t'aiment, et que tous ceux qui connaissent ton nom te célèbrent par des hymnes. » 34 Le combat s'engagea et, dans le corps à corps, l'armée de Lysias perdit près de 5.000 hommes. 35 Voyant la déroute de son armée et l'intrépidité qu'avait acquise l'armée de Judas, voyant aussi comment ces derniers étaient prêts à vivre ou à mourir courageusement, Lysias partit pour Antioche[1] où il recruta des étrangers, en vue d'un retour en force en Judée.

Purification du Temple et dédicace

36 Judas et ses frères dirent alors : « Voici, nos ennemis sont écrasés, montons *purifier le *sanctuaire et faire la dédicace[2]. » 37 Toute l'armée se rassembla et ils montèrent au mont *Sion. 38 Ils virent le sanctuaire déserté, l'*autel profané, les portes consumées; dans les *parvis, la végétation avait poussé comme dans un bois ou sur une montagne, et les salles étaient détruites. 39 Ils *déchirèrent leurs vêtements, menèrent grand deuil et répandirent de la cendre sur leur tête. 40 Ils tombèrent la face contre terre et, au signal donné par la trompette, ils poussèrent des cris vers le *ciel.

41 Judas donna l'ordre à certains de ses hommes de combattre ceux qui étaient dans la Citadelle[1], jusqu'à ce qu'il eût purifié le sanctuaire, 42 puis il choisit des prêtres sans souillure et zélés pour la Loi, 43 qui purifièrent le sanctuaire et reléguèrent en un lieu impur les pierres de souillure[2]. 44 On se demanda ce qu'on devait faire de l'autel des holocaustes[3] qui avait été profané 45 et on eut la bonne idée de le démolir, de peur qu'il ne devienne pour eux un objet de honte, puisque les païens l'avaient souillé. Ils le démolirent 46 et déposèrent les pierres sur la montagne de la *Demeure, en un lieu convenable, en attendant la venue d'un *prophète qui se prononcerait à leur sujet. 47 Selon la Loi, ils prirent des pierres non taillées et bâtirent un autel nouveau sur le modèle du précédent. 48 Ils restaurèrent le sanctuaire et l'intérieur de la Demeure, ils sanctifièrent aussi les cours. 49 Ayant fabriqué de nouveaux ustensiles[4] sacrés, ils introduisirent dans le Temple le chandelier, l'autel des parfums et la table. 50 Ils firent fumer l'*encens sur l'autel, allumèrent les lampes du chandelier qui brillèrent dans le Temple. 51 Ils déposèrent les pains sur la table, tendirent les rideaux et achevèrent tous les travaux entrepris.

---

1. *Antioche* : voir 3.37.
2. *faire la dédicace* : c'est-à-dire consacrer de nouveau à Dieu le Temple qui avait été souillé (1.21-23, 46; cf. *2 M* 1.8-9, 18).

1. *Citadelle* : voir la note sur 1.33.
2. *pierres de souillure* : sans doute les pierres qui proviennent de l'autel bâti par Antiochus IV sur l'autel des holocaustes (voir 1.54).
3. *holocaustes* : voir au glossaire SACRIFICES.
4. *nouveaux ustensiles* : les anciens avaient été volés par Antiochus Epiphane (voir 1.21-24).

52 Le 25 du neuvième mois, nommé Kisleu, en l'an 148[1], ils se levèrent de bon matin 53 et ils offrirent, conformément à la Loi, un *sacrifice sur le nouvel autel des holocaustes qu'ils avaient édifié. 54 L'autel fut inauguré avec des cantiques, au son des cithares, des lyres et des cymbales, à la même époque de l'année et le même jour que les païens l'avaient profané. 55 Tout le peuple tomba la face contre terre pour adorer, puis il fit monter la louange vers le Ciel qui l'avait conduit au succès. 56 Ils célébrèrent la dédicace de l'autel pendant huit jours et ils offrirent des holocaustes avec une grande joie, ainsi que des sacrifices de communion et d'action de grâce. 57 Ils ornèrent la façade du Temple de couronnes d'or et d'écussons[2] et ils remirent à neuf les entrées ainsi que les salles, qu'ils munirent de portes. 58 Une grande joie régna parmi le peuple, et la honte infligée par les païens fut effacée. 59 Judas, ses frères et toute l'assemblée d'Israël décidèrent que les jours de la dédicace de l'autel seraient célébrés en leur temps, chaque année pendant huit jours, à partir du 25 Kisleu, avec joie et gaîté.

60 En ce temps-là, on bâtit tout autour du mont Sion des murailles élevées et de puissantes tours, de peur que les païens ne vinssent piétiner ces lieux comme auparavant. 61 Judas établit une garnison pour le garder. Il forti-

fia Bethsour, pour que le peuple eût une forteresse face à l'Idumée[1].

Judas combat les nations voisines
(2 M 10.14-33)

5 1 Lorsque les nations d'alentour apprirent que l'*autel avait été rebâti et le *sanctuaire restauré dans son état antérieur, 2 elles en furent très irritées et décidèrent de supprimer les descendants de Jacob[2] qui étaient au milieu d'elles; elles se mirent à tuer et à exterminer parmi le peuple. 3 Judas combattit les fils d'Esaü en Idumée et Akrabattène[3], parce qu'ils cernaient Israël. Il leur porta un grand coup, les refoula et s'empara de leurs dépouilles.

4 Il se souvint ensuite de la méchanceté des fils de Baïan[4]; ils étaient pour le peuple un piège et un obstacle, en leur dressant des embuscades sur les chemins. 5 Il les enferma dans leurs tours, les assiégea et les voua à l'anathème[5]; il incendia leurs tours avec tous ceux qui étaient dedans. 6 Puis il passa chez les fils d'Am-

---

1. *Kisleu* (ou *Kislew*) : voir au glossaire CALENDRIER — On est en décembre 164 av. J.-C., exactement 3 ans après la profanation du sanctuaire (v. 54; voir 1.54, 59; *2 M* 6.7).
2. Ce sont les motifs ornementaux qui avaient été arrachés de la façade du Temple (voir 1.22).

1. *Bethsour* : voir la note sur le v. 29 – *Idumée* : voir la note sur *2 M* 10.15.
2. *les descendants de Jacob* : c'est-à-dire les Israélites (voir Gn 32.39). La formule est archaïque, comme celle de *fils d'Esaü* (v. 3). Voir la note sur le v. 5.
3. *les fils d'Esaü* : les Edomites (voir Gn 36.8) – *Idumée* : voir la note sur *2 M* 10.15 – *Akrabattène* : sans doute la région d'Aqrabeh, à 12 km au sud-est de Sichem.
4. *fils de Baïan* : probablement une tribu arabe semi-nomade.
5. *à l'anathème* ou *à la destruction complète* : pratique de la guerre sainte qui remonte au temps de la conquête de Canaan (voir Dt 2.34 et la note) — En imitant le style des récits anciens (voir aussi v. 2-4; 5.42; 9.37, 73), l'auteur cherche à rapprocher Judas Maccabée des héros d'autrefois comme Josué.

mon, où il trouva une forte troupe et un peuple nombreux que commandait Timothée[1]. 7 Il leur livra de nombreux combats, ils furent écrasés devant lui et il les battit. 8 Il enleva Iazér[2] ainsi que les villages de son ressort, et revint en Judée.

Des Israélites appellent Judas au secours

9 Les nations de Galaad se coalisèrent contre les Israélites établis sur leur territoire, afin de les faire disparaître, et ceux-ci se réfugièrent dans la forteresse de Dathéma[3]. 10 Ils envoyèrent à Judas et à ses frères des messages ainsi libellés : « Les nations sont rassemblées contre nous pour nous faire disparaître. 11 Elles se préparent à investir la forteresse où nous sommes réfugiés, et c'est Timothée[4] qui commande leur armée. 12 Viens donc maintenant nous arracher de leurs mains, car beaucoup d'entre nous sont tombés. 13 Tous nos frères du pays de Tobie[5] ont été mis à mort, leurs femmes ont été emmenées en captivité ainsi que leurs enfants, leurs biens ont été confisqués et près

1. *fils d'Ammon* ou *Ammonites* — Timothée était stratège (*2 M* 12.2; voir la note sur *2 M* 3.5) et contrôlait l'ensemble de la Transjordanie — Ce raid est probablement une réplique au massacre dont parle le v. 13.
2. *Iazér* : ville de Moab, voir Es 16.8.
3. *Galaad* était à l'origine la région située au sud du Yabboq, affluent oriental du Jourdain; mais à l'époque hellénistique, la province ou « *stratégie* » de *Galaaditide* (voir v. 17) s'étendait vers le nord jusqu'au plateau syrien; cette région comportait de nombreuses colonies juives — *Dathéma* : site non identifié qui devait se trouver à proximité de Bosora (voir v. 25-29).
4. *Timothée* : voir la note sur le v. 6.
5. *le pays de Tobie* est la région comprise entre Amman et le Jourdain; il était gouverné par l'ancienne famille juive des Tobiades (voir Ne 2.19; *2 M* 3.11; 12.17 et la note).

d'un millier d'hommes ont péri en ces lieux. » 14 On lisait encore ces lettres, que d'autres messagers arrivaient de Galilée, les vêtements *déchirés, apportant les mêmes nouvelles. 15 « De Ptolémaïs, de Tyr et de Sidon, on s'est coalisé contre nous avec toute la Galilée des Etrangers[1], pour nous exterminer. » 16 Lorsque Judas et le peuple eurent pris connaissance de ces faits ils réunirent une grande assemblée pour délibérer sur ce qu'il convenait de faire en faveur de leurs frères en butte à l'oppression et aux attaques. 17 Judas dit à son frère Simon : « Choisis-toi des hommes et va délivrer tes frères qui sont en Galilée; moi et Jonathan mon frère, nous irons en Galaaditide. » 18 Il laissa en Judée Joseph fils de Zacharie et Azarias chef du peuple, avec le reste de l'armée. 19 Il leur donna cet ordre : « Gouvernez le peuple et n'engagez pas de combat avec les païens jusqu'à notre retour. » 20 3.000 hommes furent assignés à Simon pour aller en Galilée et 8.000 hommes furent assignés à Judas pour aller en Galaaditide.

Judas prend plusieurs villes de Galaad

(2 M 12.10-31)

21 Etant allé en Galilée, Simon livra plusieurs combats aux païens qui furent balayés devant lui. 22 Il les poursuivit jusqu'à la porte de Ptolémaïs[2]. Environ

1. *Ptolémaïs* : nom donné par le roi Ptolémée II à Akko (ou plus tard Saint-Jean d'Acre) — *Tyr* et *Sidon* : villes de la côte syrienne — *Galilée des étrangers* ou *Galilée des Nations* (cf. Es 8.23) : terme méprisant pour désigner cette région très ouverte aux influences païennes.
2. *Ptolémaïs* : voir la note sur le v. 15.

3.000 païens tombèrent et il prit leurs dépouilles. 23 Il prit avec lui les Juifs de Galilée et d'Arbatta[1], avec leurs femmes, leurs enfants et tout leur avoir, et les emmena en Judée avec allégresse.

24 Judas le Maccabée[2] et Jonathan son frère franchirent le Jourdain et marchèrent trois jours dans le désert. 25 Ils rencontrèrent les Nabatéens qui les abordèrent pacifiquement et leur racontèrent tout ce qui était arrivé à leurs frères en Galaaditide[3] et aussi 26 que beaucoup d'entre eux étaient assiégés à Bosora, Aléma, Khaspho, Maked et Karnaïn[4] qui sont toutes de fortes et grandes villes, 27 qu'il y en avait d'enfermés dans les autres villes de Galaaditide et que leurs ennemis avaient décidé de donner l'assaut le lendemain à ces forteresses, de s'en emparer et de faire disparaître en un jour tous ceux qui s'y trouvaient. 28 Aussitôt, Judas et son armée prirent à travers le désert la direction de Bosora. Il s'empara de la ville et passa tous les mâles au fil de l'épée[5], ramassa tout le butin et incendia la ville.

29 On repartit de nuit et on marcha jusqu'aux abords de la forteresse[6]. 30 Le jour parut et, le-vant les yeux, ils virent une troupe nombreuse, innombrable, dressant des échelles et des machines[1] pour s'emparer de la ville; le combat était déjà engagé. 31 Voyant que le combat était commencé, et que la clameur de la ville s'élevait jusqu'au ciel, au son de trompettes et de hurlements, 32 Judas dit aux hommes de son armée : « Combattez aujourd'hui pour nos frères. » 33 Il fit progresser son armée, divisée en trois corps, vers les arrières de l'ennemi. Ils sonnèrent de la trompette et entonnèrent l'invocation. 34 L'armée de Timothée[2], reconnaissant que c'était Maccabée, prit la fuite à son approche. Il leur infligea une cuisante défaite et en ce jour environ 8.000 hommes tombèrent au combat. 35 Il se tourna ensuite vers Aléma, l'attaqua, s'en empara, tua toute la population mâle, ramassa le butin et incendia la ville. 36 De là, il alla s'emparer de Khaspho, Maked, Bosor et des autres villes de Galaaditide.

Autres victoires de Judas en Galaad

37 Après ces événements, Timothée rassembla une autre armée et prit position en face de Raphôn[3], sur l'autre rive du torrent. 38 Judas envoya reconnaître le camp, et on lui fit ce rapport : « Toutes les nations qui nous entourent sont rassemblées autour

---

1. *Arbatta* : probablement la région comprise entre la Galilée et la Samarie; l'historien juif Josèphe la nomme Narbatène.
2. *Maccabée* : voir la note sur 2.4.
3. Les *Nabatéens* (ou *Arabes*, cf. 2 M 5.8 et la note; 12.10) sont des caravaniers qui sillonnaient tout le plateau transjordanien, du Haurân à la mer Rouge, en faisant du commerce — *Galaaditide* : voir la note sur le v. 9.
4. *Bosora — Karnaïn* : villes du plateau du Haurân; on a pu les identifier car leurs noms se retrouvent aujourd'hui, à peine modifiés.
5. *passèrent ... épée* : expression qui évoque l'anathème (voir la note sur le v. 5. Cf. Jos 6.21).
6. *la forteresse* : il s'agit de Dathéma, voir v. 9 et la note.

1. *machines* : il s'agit probablement ici de tours en bois qu'on roulait au pied des remparts (voir 13.43. Cf. 9.64, 67; Ez 4.2).
2. *Timothée* : voir la note sur le v. 6.
3. *Raphôn* : aujourd'hui Er-Rafeh, à une soixantaine de km au sud de Damas, près du nahr El-Ehreir (le *torrent*, voir la fin du v.), affluent du Yarmouk.

de Timothée, formant une armée très nombreuse, 39 des Arabes ont été recrutés comme supplétifs et ils campent sur l'autre rive du torrent, prêts à déferler sur toi pour le combat. » Judas se porta à leur rencontre 40 et, avec son armée, il s'approcha de l'eau. Timothée dit alors aux chefs de son armée : « S'il traverse le premier, nous ne pourrons lui résister, car il aura un grand avantage sur nous. 41 Mais s'il a peur et stationne de l'autre côté du torrent, nous traverserons et nous l'emporterons sur lui. » 42 Lorsqu'il arriva au bord du cours d'eau, Judas posta les scribes du peuple[1] au bord du torrent et leur donna cette consigne : « Ne laissez personne camper, mais que tous aillent au combat. » 43 Il traversa le premier vers l'ennemi, et tout le peuple le suivit. Il écrasa devant lui les païens, ils jetèrent leurs armes et s'enfuirent vers le sanctuaire de Karnaïn[2]. 44 Les hommes de Judas s'emparèrent d'abord de la ville, puis incendièrent le sanctuaire et ceux qui s'y trouvaient. Karnaïn fut renversée, et dès lors il devint impossible de résister face à Judas.

45 Ce dernier rassembla tous les Israélites de Galaaditide, du plus petit jusqu'au plus grand, avec leurs femmes, leurs enfants et leurs biens; c'était une troupe fort grande, qui se dirigeait vers le pays de Juda. 46 Ils arrivèrent à

Ephrôn[1], ville importante et puissante, qui se trouvait sur leur chemin; on ne pouvait la contourner à droite ou à gauche, il fallait la traverser. 47 Les gens de la ville leur refusèrent le passage et barricadèrent les portes avec des blocs de pierre. 48 Judas leur fit faire cette proposition pacifique : « Nous allons traverser votre pays pour aller dans le nôtre, personne ne vous fera de mal, nous ne ferons que passer en piétons. » Ils refusèrent de lui ouvrir. 49 Judas fit alors passer dans l'armée l'ordre que chacun se mette en position là où il était. 50 Les soldats prirent position et Judas assaillit la ville, tout ce jour-là et toute la nuit, et la ville tomba entre leurs mains. 51 Il fit passer tous les mâles au fil de l'épée, détruisit la ville de fond en comble, prit ses dépouilles et traversa la ville sur les corps des tués. 52 Ils franchirent le Jourdain vers la Grande Plaine, en face de Bethsân[2]. 53 Judas allait et venait, regroupant les traînards et encourageant le peuple tout le long du chemin, jusqu'à son arrivée au pays de Juda. 54 Ils gravirent le mont *Sion tout remplis de joie et ils offrirent des holocaustes[3], parce qu'ils étaient retournés en paix sans perdre aucun des leurs.

Défaite de Joseph et Azarias
(2 M 12.32-45)

55 Pendant les jours où Judas et Jonathan étaient au pays de Galaad et Simon son frère en Ga-

---

1. *les scribes du peuple* : c'est-à-dire ici les officiers d'administration de l'armée (cf. Ex 5.6; Dt 20.5, 8-9). La formule est archaïque (voir les notes sur les v. 2 et 5).

2. *Karnaïn* (ou *Karnion* selon *2 M* 12.21) signifie « les deux cornes »; ce *sanctuaire* est celui d'Astarté, qu'on représentait avec ses deux petites cornes. Cette déesse était identifiée avec la grande déesse grecque Aphrodite.

1. *Ephrôn* : aujourd'hui Et-Taybé, à 30 km au sud-est du lac de Kinnéreth.

2. *Bethsân* ou *Scythopolis* : voir la note sur *2 M* 12.29.

3. *holocaustes* : voir au glossaire SACRIFICES

lilée devant Ptolémaïs[1], 56 Joseph, fils de Zacharie, et Azarias, chefs de l'armée, apprirent leurs prouesses et les combats qu'ils avaient livrés, 57 et ils se dirent : « Faisons-nous aussi un nom et allons combattre les nations qui sont autour de nous. » 58 Ils donnèrent des ordres aux forces qu'ils commandaient et marchèrent sur Jamnia[2]. 59 Gorgias[3] sortit de la ville avec ses hommes pour engager le combat, 60 Joseph et Azarias furent mis en déroute et on les poursuivit jusqu'aux confins de la Judée. Environ 2.000 hommes du peuple d'Israël tombèrent en ce jour-là. 61 Ce fut une grande déroute pour le peuple parce qu'ils n'avaient pas écouté Judas et ses frères, imaginant qu'ils feraient eux aussi des prouesses. 62 Mais ils n'étaient pas de la race de ces hommes auxquels il était donné de sauver Israël.

Judas en Idumée et en Philistie

63 Le preux Judas et ses frères connurent une grande gloire devant tout Israël et toutes les nations où l'on entendait prononcer leur nom. 64 On se pressait autour d'eux pour les féliciter. 65 Judas avec ses frères partit en guerre contre les fils d'Esaü dans la région du Sud. Il s'empara d'Hébron[4] et des villages de son ressort, démolit ses fortifications et incendia les tours de son enceinte. 66 Puis il se mit en marche vers le pays des Philistins et il traversa Marisa[1]. 67 Ce jour-là, tombèrent au combat des prêtres qui voulaient faire acte de bravoure en allant au combat de façon téméraire. 68 Judas se tourna ensuite vers Azôtos, district des Philistins, il renversa leurs *autels, fit brûler les images taillées[2] de leurs dieux, prit les dépouilles des villes et revint au pays de Juda.

Maladie et mort du roi Antiochus

(*2 M 1.11-17; 9; 10.9-11*)

6 1 Le roi Antiochus parcourait les provinces d'enhaut, et il apprit qu'il y avait en Perse Elymaïs[3], ville fameuse par ses richesses, son argent et son or, 2 avec un *sanctuaire[4] très riche, renfermant des pièces d'armure en or, des cuirasses et des armes, laissées par Alexandre, fils de Philippe, roi de Macédoine, qui régna le premier sur les Grecs. 3 Il s'y rendit et chercha à s'emparer de la ville pour la piller, mais il ne put y parvenir, parce que les gens de la ville eurent vent de la chose 4 et se dressèrent contre lui pour le com-

1. *Galaad :* voir la note sur le v. 9 — *Ptolémaïs :* voir la note sur le v. 15.
2. *Jamnia :* ville du littoral, au sud de Joppé (Jaffa).
3. *Gorgias* était donc à la fois stratège de la Zone Maritime et stratège d'Idumée (voir *2 M* 10.14; 12.32 et la note sur *2 M* 3.5).
4. *fils d'Esaü :* voir la note sur le v. 3 — Après l'exil, les Juifs ne s'étaient pas réinstallés dans la région d'*Hébron* qui était devenue iduméenne (voir la note sur *2 M* 10.15).

1. *le pays des Philistins :* voir la note sur 3.24 — *Marisa :* principale ville d'Idumée, au nord-ouest d'Hébron, donc sur le chemin du *pays des Philistins*.
2. *Azôtos :* ce nom d'une ville macédonienne fut donné à Ashdod, ancienne ville philistine située sur la côte, au sud de Jamnia — *images taillées :* les idoles des temples païens (voir *2 M* 12.40 et la note), mais il ne s'agit plus de divinités philistines (voir 3.24 et la note).
3. *Le roi Antiochus :* voir 1.10 — *provinces d'en-haut :* voir la note sur *2 M* 9.23 — *Elymaïs :* on ne connaît aucune ville de ce nom, mais seulement une région, proche de Suse, capitale de la Perse.
4. Ce *sanctuaire* est le Nanéon, dédié à Nanéa-Artémis (voir *2 M* 1.13, 15 et les notes).

battre. Battant en retraite, il quitta les lieux, fort vexé, pour regagner Babylone. 5 On vint lui annoncer en Perse la défaite des troupes qui s'étaient rendues dans le pays de Juda. 6 Lysias s'y étant rendu avec une armée puissante avait été battu à plate couture devant les Juifs. Ceux-ci s'étaient renforcés en armes, en ressources et par l'abondant butin pris aux armées qu'ils avaient taillées en pièces. 7 Ils avaient aussi renversé l'abomination qu'Antiochus avait édifiée sur l'*autel à Jérusalem et ils avaient entouré leur lieu saint de murailles élevées, comme auparavant, ainsi que Bethsour, ville appartenant au roi[1]. 8 À ces nouvelles, le roi, frappé de stupeur et bouleversé, s'effondra sur son lit. Il tomba malade de langueur, parce que les choses ne s'étaient pas passées comme il le désirait. 9 Il demeura là plusieurs jours, retombant sans cesse dans une profonde prostration. Lorsqu'il pensa qu'il allait mourir, 10 il convoqua tous ses amis et leur dit : « Le sommeil s'est éloigné de mes yeux et le souci m'accable. 11 Je me suis dit à moi-même : À quel degré d'affliction suis-je parvenu, et en quelle tempête me voilà pris ! Pourtant j'étais heureux et aimé au temps de ma puissance ! 12 Mais maintenant, je me souviens des mauvaises actions que j'ai commises à Jérusalem; j'ai pris tous les objets d'or et d'argent qui s'y trouvaient, et j'ai envoyé exterminer sans motif les habitants de Juda. 13 Je reconnais

que c'est à cause de cela que ces maux m'ont atteint et voici que je me meurs de langueur sur une terre étrangère. » 14 Il fit appeler Philippe, l'un de ses amis[1], et l'établit sur tout le royaume. 15 Il lui donna son diadème, sa robe et son sceau[2], le chargeant d'éduquer son fils Antiochus et de l'élever en vue de la royauté. 16 Le roi Antiochus mourut en ce lieu en l'an 149[3]. 17 Apprenant sa mort, Lysias établit comme roi son fils Antiochus qu'il avait élevé depuis l'enfance et qu'il surnomma Eupator[4].

Judas assiège la citadelle de Jérusalem

18 Les gens de la Citadelle[5] bloquaient Israël autour du *sanctuaire et s'ingéniaient à lui faire du mal en toute occasion et à renforcer les païens. 19 Décidé à les exterminer, Judas convoqua tout le peuple pour les assiéger. 20 On se rassembla et on mit le siège devant la Citadelle en l'an 150. On construisit des balistes et d'autres machines[6]. 21 Mais certains des assiégés parvinrent à rompre le blocus et, accompagnés par quelques Israélites impies, 22 se rendirent chez le roi et lui dirent : « Jusques à quand attendras-tu pour faire justice et ven-

---

1. *abomination* : voir la note sur 1.54 — *lieu saint* : voir au glossaire SANCTUAIRE — *Bethsour ... au roi* : toutes les forteresses de l'empire relevaient directement de l'autorité du roi qui y plaçait ses propres garnisons.

1. Ce *Philippe*, rival de Lysias (voir 5.5), familier du roi (voir *2 M* 9.29) ne doit pas être confondu avec Philippe le Phrygien (voir *2 M* 5.22) — *amis* : voir la note sur 2.18.
2. *sceau* ou *anneau à cacheter* : voir Ag 2.23.
3. *l'an cent quarante-neuf* : en septembre-octobre 164 av. J. C. (voir la note sur 1.10).
4. *Lysias* : voir 3.22 et la note — *Eupator* : ce nom signifie (« fils d'un) noble père. »
5. *Citadelle* : voir la note sur 1.33.
6. *l'an cent-cinquante* : en 163-162 av. J. C. — *machines* : ce sont peut-être des arbalètes, voir v. 51.

ger nos frères ? 23 Nous, nous avons consenti à servir ton père, à nous conduire selon ses ordres et à observer ses édits. 24 À cause de cela, nos concitoyens ont assiégé la Citadelle et nous ont traités en étrangers. Bien plus, ils ont tué ceux d'entre nous qu'ils pouvaient trouver et ils ont pillé nos biens. 25 Et ce n'est pas sur nous seulement qu'ils ont porté la main, mais aussi sur tous tes territoires. 26 Voici qu'ils investissent aujourd'hui la Citadelle de Jérusalem pour s'en rendre maîtres et qu'ils ont fortifié le sanctuaire et Bethsour[1]. 27 Si tu ne les prends pas de court immédiatement, ils en feront encore davantage et tu ne pourras plus les contenir. »

Le roi Antiochus V envahit la Judée
(2 M 13.1-17)

28 En entendant cela, le roi se mit en colère, et il réunit tous ses amis[2], le chef de son infanterie et ceux du train. 29 Des royaumes étrangers et des îles de la mer, vinrent des troupes mercenaires. 30 Ses forces s'élevaient à 100.000 fantassins, 20.000 cavaliers et 32 éléphants de combat. 31 Ils vinrent par l'Idumée et assiégèrent Bethsour qu'ils combattirent longtemps à l'aide de machines[3], mais les assiégés opérant des sorties y mettaient le feu et luttaient vaillamment. 32 Alors, Judas partit de la Citadelle et prit position à Bethzakharia[1] en face du camp royal. 33 Le roi se leva de grand matin, et lança son armée d'un seul élan sur le chemin de Bethzakharia; les troupes se rangeaient en ordre de bataille et on sonna des trompettes. 34 On présenta aux éléphants du jus de raisin et de mûres pour les exciter au combat. 35 Les bêtes furent réparties entre les phalanges[2]. Près de chacune, on rangea mille hommes cuirassés de cottes de mailles et coiffés d'un casque de bronze et 500 cavaliers d'élite étaient affectés à chaque bête. 36 Ceux-ci prévenaient tous les mouvements de la bête et l'accompagnaient partout sans jamais s'en éloigner. 37 Sur chaque bête, une solide tour de bois, fixée par des sangles, formait abri, et dans chaque tour, se trouvaient les trois guerriers combattant sur les bêtes ainsi que leur cornac[3]. 38 Le roi disposa le reste de la cavalerie sur les deux flancs de l'armée pour faire du harcèlement et couvrir les phalanges. 39 Quand le soleil illumina les boucliers d'or et de bronze[4], les montagnes en furent illuminées et brillèrent comme des flambeaux allumés. 40 Une partie de l'armée royale se

---

1. *Bethsour* : voir 4.29 et la note.
2. *tous ses amis* : voir la note sur 2.18.
3. *ils vinrent par l'Idumée ... :* l'armée suit probablement le même itinéraire que lors de la première campagne de Lysias (voir 4.29 et la note). En outre, il y aura un léger accrochage à Modîn (voir *2 M* 13.14) — *machines* : voir la note sur 5.30.

1. *La citadelle* : celle de Jérusalem (voir la note sur 1.33) que les Juifs assiégeaient (voir les v. 18-20) — *Bethzakharia* : à 9 km au nord de Bethsour, et donc à une vingtaine de km au sud-est de Jérusalem.
2. Les *phalanges* étaient les unités d'infanterie des armées grecques; les hommes, armés d'une longue lance et protégés par leur bouclier, formaient un groupe compact. Placés *entre les phalanges*, les éléphants se trouvaient protégés sur leurs flancs.
3. *cornac* : littéralement *hindou*; cette façon habituelle de désigner le cornac est une indication sur l'origine des éléphants.
4. Les boucliers étaient renforcés par des pièces de bronze et pouvaient être incrustés d'or. L'auteur veut sans doute aussi faire allusion à l'histoire ancienne (voir 1 R 10.16; cf. la note sur *1 M* 5.5).

déploya sur les hauts de la montagne et une autre en contre-bas; ils avançaient avec assurance et en bon ordre. 41 Tous étaient inquiets en entendant la rumeur de cette multitude, le bruit de sa marche et le cliquetis des armes entrechoquées; cette armée était vraiment immense et puissante.

42 Juda et son armée s'avancèrent pour engager le combat : de l'armée du roi, 600 hommes tombèrent. 43 Eléazar, surnommé Awarân[1], vit l'une des bêtes caparaçonnée d'un harnais royal et surpassant toutes les autres par la taille. Il pensa que le roi était dessus 44 et il se sacrifia pour sauver son peuple et acquérir un nom immortel. 45 Il se précipita avec audace vers la bête au milieu de la phalange, tuant à droite et à gauche, si bien que les ennemis s'en écartèrent de part et d'autre.

46 Il se glissa sous l'éléphant et par en dessous lui porta un coup mortel : il s'écroula sur Eléazar qui mourut sur place. 47 Les Juifs, constatant la force impétueuse des troupes royales, rompirent le contact.

Le roi assiège le mont Sion
(2 M 13.18-23)

48 L'armée royale monta vers Jérusalem pour les rencontrer. Le roi assiégea la Judée et le mont *Sion. 49 Il fit la paix avec ceux de Bethsour, qui évacuèrent la ville, car ils n'avaient pas de vivres pour être à même de soutenir un siège, c'était en effet l'année

1. Eléazar est le frère cadet de Judas (voir 2.5).

sabbatique[1]. 50 Le roi prit Bethsour et y établit une garnison. 51 Il assiégea le sanctuaire pendant de nombreux jours et il installa batteries et machines, lance-flammes et balistes, scorpions, lance-flèches et frondes[2]. 52 À ces machines, les assiégés en opposèrent d'autres et ils combattirent pendant de nombreux jours. 53 Mais il n'y avait pas de provisions dans les dépôts, car c'était la septième année et les Israélites ramenés en Judée du milieu des païens avaient consommé les dernières réserves. 54 On ne laissa donc que peu d'hommes dans le lieu saint[3], parce qu'on était en proie à la famine. Les autres se dispersèrent chacun de son côté.

Le roi accorde aux Juifs la liberté religieuse
(2 M 13.23-26; 11.22-26)

55 Lysias apprit que Philippe[4], choisi de son vivant par le roi Antiochus pour élever son fils Antiochus en vue du trône, 56 était revenu de Perse et de Médie avec les troupes qui avaient accompagné le roi, et qu'il cherchait à se mettre à la tête des

1. *Bethsour* : voir la note sur 4.29 — *année sabbatique* : tous les sept ans, les Juifs devaient laisser reposer la terre sans la cultiver, en même temps qu'ils devaient libérer les esclaves et remettre les dettes (voir Lv 25.1-7). Cette année-là (164-163 av. J. C.), la situation était donc particulièrement difficile (voir v. 53).
2. Le terme *sanctuaire* est employé ici dans son sens le plus large : tout l'ensemble du colline du Temple (voir v. 62) — *batteries* ou *plates-formes de tir*; les *machines* doivent être ici des arbalètes : comme les *balistes, scorpions, lance-flèches* et *frondes*, ces armes servaient à lancer diverses sortes de projectiles contre les soldats postés sur les remparts.
3. *lieu saint* : l'ensemble du Temple.
4. *Lysias* : voir 3.32 et la note — *Philippe* : voir 6.14 et la note.

affaires. 57 À cette nouvelle, Lysias se prépara en hâte à partir. Il dit au roi, aux généraux de l'armée et aux hommes : « Nous nous affaiblissons chaque jour davantage, notre ration se fait maigre, la place que nous assiégeons est bien fortifiée, et les affaires du royaume reposent sur nous.

58 Tendons maintenant la main droite[1] à ces hommes, faisons la paix avec eux et avec toute leur nation. 59 Permettons-leur de se conduire selon leurs coutumes comme auparavant, car s'ils se sont irrités et ont fait tout cela, c'est à cause de leurs coutumes que nous avons abolies. » 60 Ce discours plut au roi et aux chefs; il envoya aux Juifs des propositions de paix, qu'ils acceptèrent.

61 Le roi et les chefs les ratifièrent par serment; sur quoi ils sortirent de la forteresse. 62 Le roi entra au mont *Sion et, voyant les fortifications de la place, viola son serment et ordonna de démanteler toute l'enceinte. 63 Puis il partit en hâte et retourna à Antioche, où il trouva Philippe maître de la ville. Il lui livra bataille et s'empara de la ville par la force.

Démétrius I s'empare de la royauté

(*2 M 14.1-10*)

7 1 En l'an 151, Démétrius, fils de Séleucus, s'échappa de Rome et se dirigea avec une poignée d'hommes vers une ville du littoral où il inaugura son

règne[1]. 2 Comme il pénétrait dans la maison royale de ses pères, l'armée se saisit d'Antiochus et de Lysias[2] pour les lui amener. 3 Il en fut informé : « Ne me faites pas voir leur visage », dit-il. 4 Et l'armée les tua et Démétrius s'assit sur son trône royal. 5 Alors vinrent à lui tout ce qu'Israël comptait d'hommes sans foi ni loi, conduits par Alkime qui convoitait la charge de grand prêtre[3]. 6 Ils accusèrent le peuple devant le roi en disant : « Judas et ses frères ont fait périr tous tes amis et nous ont dispersés hors de notre pays. 7 Envoie donc maintenant un homme de confiance pour qu'il aille voir tous les ravages dont Judas s'est rendu coupable parmi nous et dans le domaine du roi, qu'on les punisse, eux et tous leurs auxiliaires. »

Bakkhidès et Alkime sévissent en Judée

8 Le roi choisit Bakkhidès, un des amis du roi, qui gouvernait la Transeuphratène[4], grand du royaume et fidèle au roi. 9 Il l'en-

---

1. *tendre la main droite :* geste de réconciliation (cf. 11.50, 62; 13.45).

1. *l'an cent cinquante et un :* en 161 av. J. C. — *s'échappa de Rome :* voir 1.10 et la note — *ville du littoral :* Tripoli (voir *2 M* 14.1) — *Démétrius* sera reconnu roi par les dirigeants romains l'année suivante, sous le nom de Démétrius I Sôter (« Sauveur »).
2. *Antiochus* et *Lysias :* voir 3.32-33 et la note.
3. *Alkime :* forme grecque correspondant au nom hébreu d'Elyaqîm. Alkime descendait peut-être de Yaqîm, chef de la douzième classe sacerdotale (voir 1 Ch 24.12) — *la charge de grand prêtre :* voir *2 M* 14.3 et la note. A l'époque hellénistique, les grands prêtres étaient nommés par le roi (cf. 10.20; *2 M* 4.7, 10, 24), mais ils devaient nécessairement être choisis parmi les membres des familles sacerdotales.
4. *ami du roi :* voir la note sur 2.18 — *Transeuphratène :* terme emprunté au perse, désignant la moitié ouest de l'empire séleucide (voir la note sur 1.8).

voya avec l'impie Alkime. À ce dernier, il conféra le sacerdoce, et le chargea de tirer vengeance des fils d'Israël[1]. 10 Ils partirent avec une nombreuse armée et arrivèrent au pays de Juda. Ils envoyèrent à Judas et à ses frères des messagers porteurs de propositions perfidement pacifiques. 11 Les Juifs, voyant qu'ils étaient venus avec une forte armée, n'accordèrent aucun crédit à leurs discours. 12 Une commission formée de scribes se réunit toutefois chez Alkime et Bakkhidès, pour rechercher une solution équitable. 13 Parmi les Israélites, les premiers à solliciter la paix étaient les Assidéens[2]. 14 Ils disaient en effet : « C'est un prêtre de la race d'Aaron qui est venu avec les troupes, il ne commettra pas d'injustice envers nous. » 15 Il[3] leur tint des discours pacifiés et leur assura avec serment : « Nous ne chercherons à vous faire aucun mal, pas plus qu'à vos amis. » 16 Ils le crurent, et pourtant il fit appréhender 60 d'entre eux et les fit périr en un seul jour, selon qu'il est écrit : 17 *La chair de tes saints et leur sang, ils ont répandu autour de Jérusalem, et il n'y avait personne pour les ensevelir.* 18 Alors, la crainte et la terreur s'emparèrent de tout le peuple : « Il n'y a chez ces gens, disait-on, ni vérité ni justice, car ils ont violé le pacte et le serment qu'ils avaient faits. » 19 Bakkhidès partit de Jérusalem et dressa le camp à Bethzeth[1]. Il envoya arrêter de nombreux hommes qui s'étaient ralliés à lui, ainsi que quelques-uns du peuple ; il les égorgea et les jeta dans le grand puits. 20 Il remit la province à Alkime, et laissa avec lui une armée pour le soutenir, puis Bakkhidès revint auprès du roi. 21 Alkime lutta pour se faire admettre comme grand prêtre, 22 et tous ceux qui semaient la confusion parmi le peuple se groupèrent autour de lui ; ils se rendirent maîtres du pays de Juda et portèrent un grand coup à Israël. 23 Voyant que la malfaisance d'Alkime et de ses partisans contre les fils d'Israël surpassait celle des païens, 24 Judas parcourut à la ronde tous les territoires judéens. Il tira vengeance des renégats et les empêcha de circuler dans le pays.

Le roi envoie Nikanor contre Judas

(2 M 14.5-36)

25 Voyant que Judas et ses compagnons étaient devenus plus forts et reconnaissant qu'il ne pouvait leur résister, Alkime retourna chez le roi et les accusa de grands maux. 26 Le roi envoya Nikanor[2], un de ses généraux faisant partie des illustres, qui manifestait de la haine et de l'hostilité à Israël, avec ordre d'exterminer le peuple. 27 Nikanor vint à Jérusalem avec une armée nombreuse et adressa à Judas ainsi qu'à ses frères des paroles perfidement pacifiques : 28 « Qu'il n'y ait pas

---

1. *fils d'Israël* ou *Israélites.*
2. Les *Assidéens* (voir la note sur 2.42), ralliés à Judas dès le début de la révolte, l'abandonnèrent dès que la liberté religieuse leur sembla suffisamment assurée.
3. Alkime.

1. *Bethzeth* : aujourd'hui Beit Zeita, à 6 km au nord de Bethsour (voir la note sur 4.29). On y a retrouvé un *grand puits.*
2. *Nikanor* avait déjà été battu par Judas (voir 3.38 ; 4.12-15).

de combat entre moi et vous; je viendrai avec une petite escorte, pour une entrevue pacifique. » 29 Il arriva chez Judas, et ils se saluèrent amicalement, mais les ennemis étaient prêts à enlever Judas. 30 S'apercevant que Nikanor était venu chez lui avec des intentions perfides, Judas redouta sa présence et refusa l'entrevue. 31 Nikanor, comprenant que sa ruse était éventée, se porta à la rencontre de Judas pour le combattre près de Khapharsalama[1]. 32 Du côté de Nikanor, tombèrent environ 500 hommes et les autres s'enfuirent dans la Cité de David[2].

33 Après ces événements, Nikanor monta au mont *Sion et des prêtres sortirent du lieu saint avec des *anciens du peuple pour le saluer pacifiquement et lui montrer l'holocauste[3] qu'on offrait pour le roi. 34 Mais il les tourna en dérision, il les outragea et proféra des paroles arrogantes. 35 Il jura avec colère, disant : « Si Judas n'est pas cette fois livré entre mes mains, avec son armée, et que je revienne une fois la paix rétablie, je mettrai le feu à cette maison[4]. » Et il sortit furieux. 36 Les prêtres rentrèrent et, s'arrêtant en face de l'*autel et du Temple, ils dirent en larmes : 37 « C'est toi, ô Dieu, qui as choisi cette Maison pour que ton *nom soit invoqué sur elle, afin qu'elle soit une maison de prière et de supplication. 38 Exerce ta vengeance contre cet homme et

contre son armée et qu'ils tombent sous l'épée. Souviens-toi de leurs *blasphèmes et ne leur accorde pas de sursis. »

Défaite et mort de Nikanor
(2 M 15.1-36)

39 Nikanor sortit de Jérusalem et dressa le camp à Béthoron[1] où une armée de Syrie vint le rejoindre. 40 Judas dressa le camp à Adasa[2] avec 3.000 hommes. Judas fit alors cette prière : 41 « Lorsque les messagers du roi[3] eurent *blasphémé, ton *ange sortit et frappa 185.000 d'entre eux; 42 écrase de même aujourd'hui devant nous cette armée et que les autres sachent qu'il a mal parlé contre ton lieu saint, juge-le selon sa méchanceté. » 43 Les armées engagèrent le combat le treize Adar[4], celle de Nikanor fut écrasée, et lui-même fut tué le tout premier au combat. 44 Lorsqu'ils virent qu'il était tombé, les soldats de Nikanor jetèrent leurs armes et s'enfuirent. 45 Les Juifs les poursuivirent sur un parcours d'une journée, depuis Adasa jusqu'aux bords de Gazara[5], et ils firent résonner la sonnerie de la poursuite. 46 De tous les villages judéens alentour, on sortait pour les cerner et les rabattre. Tous tombèrent par l'épée et pas un seul n'en réchappa. 47 On ramassa les dépouilles et le butin, on coupa la tête de Nikanor et sa

---

1. Khapharsalama : aujourd'hui Khirbet Selma, à 4 km de Adasa (voir la note sur le v. 40).
2. La Cité de David ou Citadelle (voir 1.33 et la note) était alors aux mains des païens.
3. lieu saint : ici l'ensemble du Temple — holocauste : voir au glossaire SACRIFICES.
4. cette maison : le Temple.

1. Nikanor : voir v. 26 et la note — Bethoron : voir la note sur 3.16.
2. Adasa (ou Hadasha, Jos 15.37, ou Dessau, 2 M 14.16) se trouve à 8 km au nord de Jérusalem, sur la route de Bethoron.
3. Le roi dont on parle ici est Sennachérib, voir 2 R 19.35.
4. le treize Adar : aux environs du 28 mars 160 av. J.-C. Voir au glossaire CALENDRIER.
5. Gazara : voir la note sur 4.15.

main droite, qu'il avait étendue de façon arrogante[1], on les emporta et on les exposa en vue de Jérusalem. 48 Le peuple fut en liesse et fêta ce jour-là comme un grand jour d'allégresse. 49 On décréta la célébration annuelle de ce jour-là, le treize Adar. 50 Le pays de Juda fut en repos pendant un peu de temps[2].

Eloge des Romains

8 1 Le renom des Romains parvint aux oreilles de Judas : c'étaient de vaillants guerriers, bienveillants envers tous ceux qui se rangeaient à leurs côtés, accordant leur amitié à tous ceux qui venaient à eux[3] — et c'étaient de vaillants guerriers. 2 On lui raconta leurs guerres, et les exploits qu'ils avaient accomplis chez les Galates[4], qu'ils les avaient vaincus et les avaient soumis au tribut 3 et tout ce qu'ils avaient fait dans la province d'Espagne[5] pour s'emparer des mines d'argent et d'or qui s'y trouvaient, 4 comment ils s'étaient emparés de ce pays grâce à leur habileté et à leur persévérance — en effet, l'endroit était fort

éloigné de chez eux — ; il en avait été de même des rois venus des extrémités de la terre pour les attaquer, ils les avaient écrasés, leur infligeant un grand désastre, tandis que les autres leur payaient un tribut annuel ; 5 enfin, ils avaient battu Philippe, Persée, roi des Kitiens[1], ainsi que ceux qui s'étaient dressés contre eux, et ils les avaient soumis.

6 Antiochus le Grand, roi de l'Asie, qui s'était avancé contre eux pour les combattre avec 120 éléphants, de la cavalerie, des chars et une armée très nombreuses, avait été défait par eux[2] 7 et, capturé vivant, il lui avait été imposé, à lui et à ses successeurs, le paiement à termes fixes d'un lourd tribut et la livraison d'otages[3]. 8 On lui enleva le pays indien, la Médie, la Lydie et quelques-unes de ses plus belles provinces au profit du roi Eumène[4]. 9 Ceux de la Grèce décidèrent d'aller les exterminer. 10 Les Romains ayant su la chose envoyèrent contre eux un seul général, leur firent la guerre, et il tomba parmi les Grecs un grand nombre de victimes, leurs femmes et leurs enfants furent emmenés en captivité ; les Romains pillèrent leurs biens, soumirent leur pays, dé-

---

1. *sa main droite qu'il avait étendue ... :* c'est une application de la loi du talion (voir Ex 21.25 et la note). Comparer *2 M* 4.38 ; 5.10 ; 10.28.

2. C'est avec le récit de ces événements que se termine le deuxième livre des Maccabées.

3. *ceux qui venaient à eux :* cette expression désigne les groupes rebelles que Rome soutenait volontiers pour affaiblir les monarchies hellénistiques.

4. Le nom de *Galates* désigne probablement ici les tribus gauloises d'Italie du nord, que Rome avait soumises au début du DEUXIÈME siècle avant J. C.

5. *tout ce qu'ils avaient fait ... Espagne :* allusion aux campagnes de Scipion, 218-206 av. J. C.

1. *Philippe, Persée :* c'est Philippe V roi de Macédoine et son fils, qui furent battus par les Romains, l'un en 197 et l'autre en 168 av. J. C. — *Kitiens :* voir la note sur 1.1.

2. *Antiochus le grand :* Antiochus III — *défait par eux :* à Magnésie du Sipyle, en 189 av. J. C.

3. *paiement d'un lourd tribut :* selon les clauses du traité d'Apamée, voir la note sur *2 M* 8.10 — *otages :* voir la note sur 1.10.

4. *pays indien et Médie :* l'auteur désigne ainsi l'Ionie et la Mysie, ces régions d'Asie Mineure voisines de la *Lydie* furent données au roi *Eumène II* de Pergame (ville de la côte d'Asie Mineure, capitale d'un petit royaume).

mantelèrent leurs forteresses et les réduisirent à une servitude qui dure jusqu'à ce jour[1].

11 Ils avaient aussi détruit et asservi les autres royaumes et les îles qui leur avaient résisté, 12 mais à leurs amis et à ceux qui se reposent sur eux, ils ont gardé leur amitié. Ils ont soumis les rois proches ou lointains et tous ceux qui entendent leur nom les redoutent. 13 Ceux-là règnent, qu'ils estiment dignes de régner et de recevoir leur concours, mais les autres, ils les déposent. Ils sont à l'apogée de leur puissance.

14 Malgré tout cela, aucun d'entre eux n'a ceint le diadème, ni revêtu la pourpre[2] pour s'élever par elle. 15 Ils se sont donné un sénat où tiennent conseil chaque jour 320 membres qui délibèrent en permanence des affaires du peuple, afin d'en assurer le bon ordre. 16 Ils confient chaque année à un seul homme[3] la charge de les gouverner et la domination sur tout leur empire, et tous lui obéissent, à lui seul, sans aucune envie ni jalousie.

Alliance des Juifs avec les Romains

17 Judas choisit Eupolème, fils de Jean, fils d'Akkôs, et Jason, fils d'Eléazar[1], et les envoya à Rome,, pour conclure amitié et alliance 18 et faire ôter leur *joug, car ils voyaient que le royaume des Grecs réduisait Israël en servitude. 19 Ils partirent pour Rome — le chemin était très long — et, entrés au Sénat, ils prirent la parole et dirent : 20 « Judas Maccabée, ses frères et le peuple juif nous ont envoyés vers vous pour conclure avec vous alliance et paix et pour être inscrits au nombre de vos alliés et de vos amis. » 21 La chose leur plut. 22 Voici la copie de la lettre qu'ils gravèrent sur des tables de bronze et qu'ils envoyèrent à Jérusalem pour y être un mémorial de paix et d'alliance.

23 « Prospérité aux Romains et à la nation des Juifs, sur mer, sur terre à perpétuité ! Loin d'eux l'épée et l'ennemi. 24 Mais si une guerre menace Rome la première ou l'un de ses alliés dans n'importe quel lieu où s'exerce sa domination, 25 la nation juive combattra avec elle de tout cœur, selon ce que lui dicteront les exigences du moment. 26 Comme Rome en a décidé, ni blé, ni armes, ni argent, ni vaisseaux ne seront donnés ou prêtés aux belligérants et ils tiendront leurs engagements sans rien recevoir en retour. 27 De même, si une guerre touche d'abord la nation des Juifs, les Romains combattront avec elle de toute leur âme, selon ce que leur dicteront les exigences du moment. 28 Il ne sera donné à

---

1. La réduction de la Grèce en province romaine date de 146 av. J. C. L'auteur dépasse donc le cadre de l'histoire de Judas (mort en 160 av. J. C., voir 9.3 et la note).
2. *diadème* et *pourpre* sont les signes de la puissance impériale ou royale.
3. *un seul homme* : le pouvoir était aux mains de deux consuls, mais l'auteur de *1 M* ne connaissait sans doute l'existence que du consul chargé des affaires d'Orient.

---

1. *Eupolème* est peut-être l'auteur d'une Histoire des rois de Judée, citée par l'historien juif Josèphe — La famille sacerdotale d'*Akkôs* est connue par 1 Ch 24.10 — *Eléazar* est un nom trop courant pour qu'on puisse dire s'il s'agit du même personnage qu'en *2 M* 6.18.

leurs adversaires ni blé, ni armes, ni argent, ni vaisseaux, comme Rome en a décidé, mais ils tiendront leurs engagements loyalement. 29 C'est en ces termes que les Romains ont fait un pacte avec le peuple juif. 30 Si, dans l'avenir, les uns ou les autres décident d'ajouter ou de retrancher quelque chose, ils le feront à leur gré et toute addition ou suppression sera valable de plein droit. 31 Au sujet des maux dont le roi Démétrius les a accablés, nous lui avons écrit en ces termes : « Pourquoi as-tu fait peser ton joug sur les Juifs, nos amis et alliés ? 32 Si donc ils t'accusent encore, nous soutiendrons leur cause et nous te combattrons sur mer et sur terre. »

Judas est vaincu et tué à Béerzeth

9 1 Démétrius ayant appris que Nikanor avait succombé avec son armée dans la bataille envoya de nouveau au pays de Juda Bakkhidès et Alkime[1] avec l'aile droite de l'armée. 2 Ceux-ci prirent le chemin de la Galilée, ils assiégèrent Mésaloth dans le territoire d'Arbèles[2], ils s'en emparèrent et y tuèrent un grand nombre d'hommes. 3 Le premier mois de l'an 152[3], ils dressèrent le camp devant Jérusalem. 4 Puis ils partirent et se dirigèrent vers Béerzeth[4] avec 20.000 fantassins et 2.000 cavaliers.

5 Quant à Judas, il avait établi son camp à Elasa[1], ayant avec lui 3.000 guerriers d'élite. 6 À la vue du grand nombre de forces ennemies, ils furent pris de frayeur, beaucoup désertèrent, et il ne resta plus que 800 hommes. 7 Judas vit que son armée s'était évanouie alors que le combat le pressait ; il eut le coeur brisé parce qu'il n'avait plus le temps de rassembler les siens. 8 Désemparé, il dit à ceux qui étaient restés : « Debout ! Montons contre nos adversaires, au cas où nous pourrions les combattre. » 9 Eux l'en dissuadaient en disant : « Pour l'instant nous ne pouvons rien, sinon sauver nos vies. Nous reviendrons avec nos frères pour reprendre la lutte ; pour nous, nous sommes trop peu nombreux. » 10 Judas répliqua : « Il ne sera pas dit que j'ai choisi la fuite. Si notre heure est arrivée, mourons bravement pour nos frères et ne laissons pas ternir notre gloire. »

11 L'armée ennemie sortit du camp et leur fit face. Leur cavalerie était partagée en deux corps, les frondeurs et les archers marchaient en avant de l'armée, ainsi que la troupe de choc — tous les braves —, 12 Bakkhidès étant à l'aile droite. La phalange[2] s'avança des deux côtés au son des trompettes. Les hommes de Judas sonnèrent eux aussi des trompettes 13 et la terre fut ébranlée par le vacarme des armées ; le combat s'engagea au matin et se prolongea jusqu'au soir. 14 Judas

---

1. *Nikanor* : voir 3.38 : 7.26 — *Bakkhidès* : voir 7.8-9 — *Alkime* : voir 7.5 et la note. Le chap. 9 reprend la suite du récit interrompu en 7.50.
2. *Arbèles* : ville située à 5 km environ à l'ouest du lac de Kinnéreth.
3. *le premier mois de l'an cent cinquante-deux* : avril-mai 160 av. J. C. (voir la note sur 1.10).
4. *Béerzeth* : à 20 km au nord de Jérusalem.

1. *Elasa* : peut-être le Khirbet Il'asa, près de Bethoron (voir la note sur 3.16), mais le camp de Judas paraît trop éloigné du camp de Bakkhidès (une quinzaine de km). Le texte veut peut-être parler de la base arrière de Judas.
2. *la phalange* : voir la note sur 6.35.

vit que Bakkhidès et le fort de l'armée se tenaient sur la droite. Autour de Judas se groupèrent tous ceux qui étaient enflammés de courage. 15 Ils culbutèrent l'aile droite et la poursuivirent jusqu'aux monts Azara[1]. 16 Voyant la déroute de l'aile droite, ceux de l'aile gauche se rabattirent sur les pas de Judas et des siens et ils le talonnèrent. 17 Le combat devint acharné et il y eut beaucoup de victimes de part et d'autre. 18 Judas succomba lui aussi et les autres s'enfuirent. 19 Jonathan et Simon enlevèrent leur frère Judas et l'ensevelirent dans le tombeau de ses pères à Modîn[2]. 20 Tout Israël le pleura et mena sur lui un grand deuil; ils se lamentèrent pendant plusieurs jours : 21 « *Comment est-il tombé, le héros qui sauvait Israël ?* » 22 Le reste des actions de Judas, de ses combats, des exploits qu'il accomplit, de ses titres de gloire, n'a pas été écrit, il y en avait trop.

Jonathan succède à son frère Judas

23 Après la mort de Judas, les impies reparurent sur tout le territoire d'Israël et les artisans d'iniquité[3] relevèrent la tête. 24 Comme il y avait alors une fa-mine particulièrement grave, le pays se rallia à eux. 25 Bakkhidès fit son choix parmi les hommes impies, pour régenter le pays. 26 Ils débusquaient les amis de Judas et les interrogeaient, puis ils les amenaient à Bakkhidès[1] qui les punissait et les tournait en dérision. 27 Ce fut en Israël une oppression comme il n'y en avait pas eu depuis la fin des temps des prophètes. 28 Alors tous les amis de Judas se rassemblèrent et dirent à Jonathan : 29 « Depuis la mort de ton frère Judas, il n'y a plus d'homme comme lui pour marcher contre l'ennemi, contre Bakkhidès et contre tous ceux qui sont hostiles à notre nation. 30 Nous te choisissons donc aujourd'hui à sa place comme chef et comme guide, pour mener notre combat. » 31 Jonathan reçut à cet instant le commandement et succéda à son frère Judas.

Jonathan venge la mort de son frère Jean

32 Bakkhidès, l'ayant appris, cherchait à le faire périr. 33 Jonathan et Simon son frère en furent informés, ainsi que tous ceux qui accompagnaient Jonathan. Ils s'enfuirent au désert de Thékoé et ils campèrent près de l'eau de la citerne Asfar[2]. 34 Bakkhidès l'apprit le jour du *sabbat et il vint, lui et toute son armée, au-delà du

---

1. *monts Azara* : d'après l'historien juif Josèphe; c'est la transcription grecque du nom araméen de Baal Haçor (voir 2 S 13.23; Ne 11.33), à 8 km environ à l'est de Béerzeth. Le texte porte *monts d'Azôtos*, mais il n'y a pas de montagne dans la région d'Azôtos.
2. *Modîn* : voir la note sur 2.1.
3. *Les* impies *et les* artisans d'iniquité *sont les* Juifs partisans des Séleucides.

1. *Bakkhidès* : voir 7.8-9.
2. *Thékoé* (ou *Teqoa*) : patrie du prophète Amos (voir Am 1.1), à 18 km au sud-est de Jérusalem — La *citerne Asfar* est peut-être l'actuel Sheikh Ahmad Abou Safar, à 6 km au sud de Thékoé.

Jourdain. 35 Jonathan envoya son frère qui commandait à la troupe demander à ses amis les Nabatéens[1] l'autorisation de mettre en dépôt chez eux ses bagages qui étaient considérables. 36 Mais les fils de Jambri, ceux de Madaba[2], firent une incursion, s'emparèrent de Jean et de tout ce qu'il avait et partirent avec leur butin. 37 Après ces événements, on annonça à Jonathan et à Simon son frère que les fils de Jambri célébraient un grand mariage; ils amenaient en grande pompe de Nabatha la fiancée. C'était la fille d'un grand personnage de Canaan[3]. 38 Ils se souvinrent de la mort sanglante de Jean leur frère et ils montèrent se cacher à l'abri d'un repli de la montagne. 39 Levant les yeux, ils virent le fiancé, ses amis et ses frères qui s'avançaient vers eux avec des tambourins, des musiciens et un riche équipement guerrier au milieu d'un cortège bruyant et de tous les bagages. 40 De leur embuscade, ils s'élancèrent sur eux et les massacrèrent; beaucoup tombèrent, blessés à mort et les survivants s'enfuirent vers la montagne. Ils emportèrent toutes leurs dépouilles. 41 Ainsi *les noces se changèrent en deuil et les accents musicaux en lamentations.* 42 Ils tirèrent ainsi vengeance du sang de leur frère et

regagnèrent les marais du Jourdain[1].

Combat indécis au bord du Jourdain

43 Bakkhidès[2] en fut informé et il vint le jour du *sabbat jusqu'aux berges du Jourdain, avec une nombreuse armée. 44 Jonathan dit alors à ses gens : « Debout ! Combattons pour sauver nos vies, car aujourd'hui ce n'est pas comme hier et avant-hier. 45 Voici que le combat est devant nous; d'un côté l'eau du Jourdain, de l'autre côté le marais et le fourré : nulle part où battre en retraite. 46 Maintenant donc, criez vers le *Ciel, afin que vous échappiez aux mains de vos ennemis. » 47 Le combat s'engagea, et Jonathan étendit la main pour frapper Bakkhidès, mais celui-ci esquiva le coup en se rejetant en arrière. 48 Jonathan et les siens sautèrent dans le Jourdain et atteignirent l'autre rive à la nage, mais les ennemis ne franchirent pas le Jourdain à leurs trousses[3]. 49 En ce jour, il tomba environ mille hommes parmi ceux qui entouraient Bakkhidès.

Bakkhidès en Judée. Mort d'Alkime

50 Celui-ci retourna à Jérusalem. Il bâtit des villes fortes en Judée, la forteresse qui est à Jéricho, Emmaüs, Béthoron, Béthel,

---

1. *Nabatéens* : voir 5.25 et la note.
2. *fils de Jambri* (ou de *Amraï*) : c'est probablement une tribu arabe dont une des branches devait habiter *Madaba*; cette ville du plateau transjordanien se trouvait à une douzaine de km à l'est de la mer Morte.
3. *Nabatha* : place forte proche du mont Nébo (d'où elle tire son nom). *Canaan* : ce terme archaïque (voir les notes sur 5.2 et 5.5) désigne ici le plateau de Moab.

---

1. *les marais du Jourdain* : il s'agit du lit même du fleuve; souvent fangeux, rempli d'arbustes épineux, il était d'un accès difficile (voir v. 45) mais pouvait servir de refuge.
2. *Bakkhidès* : voir 7.8.
3. Le combat a dû avoir lieu sur la rive ouest du Jourdain. Bakkhidès refoule donc Jonathan et ses troupes sur la rive orientale.

Tamnatha, Pharathôn et Téphôn avec des remparts élevés, des portes et des verrous[1]. 51 Puis il établit en chacune d'elles une garnison pour harceler Israël. 52 Il fortifia la ville de Bethsour, Gazara et la Citadelle[2]. Il y plaça des troupes et des réserves de vivres. 53 Il prit comme otages les fils des chefs du pays et les emprisonna dans la citadelle de Jérusalem.

54 En l'année 153, le second mois, Alkime ordonna d'abattre le mur de la cour intérieur du lieu saint, détruisant ainsi l'oeuvre des *prophètes[3], et il fit commencer la démolition. 55 Sur quoi, Alkime eut une attaque et les travaux furent arrêtés. Sa bouche se ferma et resta paralysée, l'empêchant de prononcer dès lors une seule parole et de donner des ordres au sujet de sa maison[4]. 56 Alkime mourut à cette époque en proie à de vives souffrances. 57 Voyant qu'Alkime était mort, Bakkhidès s'en retourna auprès

du roi, et le pays de Juda fut en repos pendant deux ans.

Echec et départ de Bakkhidès

58 Tous les impies tinrent conseil : « Voici, dirent-ils, que Jonathan et ses partisans vivent tranquilles et sans méfiance. Nous allons donc faire venir Bakkhidès[1] maintenant, et il les arrêtera tous dans la même nuit. » 59 Ils allèrent en délibérer avec lui. 60 Bakkhidès se mit en route avec une troupe nombreuse, écrivant secrètement à tous ses alliés de Judée pour leur demander de s'emparer de Jonathan et de ses compagnons. Mais leur dessein fut éventé, et ils ne purent réussir. 61 En revanche, une cinquantaine des instigateurs locaux de ce méfait furent pris et mis à mort. 62 Puis Jonathan, Simon et leurs partisans se retirèrent dans le désert à Bethbasi[2]; ils en relevèrent les ruines et la fortifièrent. 63 Bakkhidès l'apprit, rassembla toute sa troupe et manda aussi ses partisans de Judée. 64 Il vint prendre position en face de Bethbasi, l'attaqua durant de nombreux jours et fit construire des machines[3]. 65 Laissant son frère Simon dans la ville, Jonathan, avec un petit détachement, opéra une sortie dans le pays. 66 Il battit Odomera et ses frères, ainsi que les fils de Phasirôn[4] dans leur

---

1. *Jéricho* : dans la vallée du Jourdain, à 25 km au nord-est de Jérusalem. *Emmaüs* : voir 3.40 et la note. *Béthoron* : voir 3.6 et la note. *Béthel* : à 18 km au nord de Jérusalem. *Tamnatha* (ou *Timna*, voir Jos 19.50) : à une quinzaine de km au nord-ouest de Béthel. *Pharathôn* (ou *Piréatôn*, voir Jg 12.15) : à 25 km au nord de Tamnatha, non loin de *Tephôn* (ou *Tappouah*, voir Jos 12.17), en Samarie — Les *verrous* sont les barres transversales qui servaient à bloquer les portes.

2. *Bethsour* : voir la note sur 4.29. *Gazara* : voir la note sur 4.15 *la Citadelle* : il s'agit de celle de Jérusalem, voir la note sur 1.33.

3. *En l'année cent cinquante-trois, le second mois* : en avril-mai 159 av. J.-C. — *Alkime* : voir 7.5 et la note — *le mur* : sans doute celui qui séparait, dans l'enceinte du Temple, la cour (ou « parvis ») réservée aux Juifs de la cour où pouvaient entrer les païens — *l'oeuvre des prophètes* : allusion au rôle joué par Aggée et Zacharie dans la reconstruction du Temple après l'Exil.

4. *donner des ordres au sujet de sa maison* : expression traditionnelle (cf. 2 R 20.1 et voir la note sur *1 M* 5.5) pour désigner la rédaction d'un testament ou l'expression des dernières volontés.

---

1. *impies* : voir 9.23 et la note — *Bakkhidès* : voir 7.8.

2. *Bethbasi* : aujourd'hui Baçça, entre Bethléem et Thékoé (voir la note sur le v. 33).

3. *machines* (de siège) : voir 5.30 et la note.

4. *Odomera* et les *fils de Phasirôn* sont sans doute deux tribus arabes qui s'étaient alliées à Bakkhidès — Cette attaque de diversion rendait possible la sortie de Simon avec le gros des troupes (v. 67).

campement. Ils commencèrent à attaquer et ils montèrent parmi les troupes. 67 Simon et ses hommes firent alors une sortie et incendièrent les machines. 68 Ils combattirent Bakkhidès : complètement défait, il fut profondément accablé par l'échec de son plan d'attaque. 69 Rempli d'un violent ressentiment contre les hommes impies qui l'avaient fait venir dans la région, il en tua beaucoup et décida de rentrer chez lui. 70 Quand Jonathan apprit la nouvelle, il lui envoya des messagers pour conclure la paix et régler la restitution des prisonniers. 71 Il accepta et agit selon la requête de Jonathan, jurant pour la vie de ne plus chercher à lui nuire. 72 Il lui rendit ceux qu'il avait fait prisonniers au pays de Juda, puis s'en retourna dans son pays. 73 En Israël, l'épée fut mise au repos et Jonathan s'installa à Makhmas. Là, il se mit à juger le peuple[1] et fit disparaître les impies du milieu d'Israël.

Rivalité d'Alexandre Balas et de Démétrius

10 1 En l'an 160, Alexandre Epiphane, fils d'Antiochus, débarqua et s'empara de Ptolémaïs[2]. Il fut accueilli et c'est là qu'il commença son règne. 2 Apprenant cela, le roi Démétrius[1] rassembla une très forte armée et marcha contre lui pour le combattre. 3 Il écrivit à Jonathan[2] une lettre très pacifique, pleine de promesses pour lui. 4 Il se disait en effet : « Hâtons-nous de conclure la paix avec eux avant qu'ils ne la fassent avec Alexandre contre nous, 5 car alors il se souviendra encore à ce moment-là des maux que nous lui avons fait endurer, ainsi qu'à ses frères et à sa nation. » 6 Il l'autorisa même à lever des troupes, à fabriquer des armes et à se dire son allié. Il ordonna de lui remettre les otages de la Citadelle[3]. 7 Jonathan vint à Jérusalem et lut le message devant tout le peuple et devant ceux qui étaient dans la Citadelle : 8 ils furent pris d'une grande crainte en entendant que le roi donnait à Jonathan l'autorisation de lever des troupes. 9 Les gens de la Citadelle remirent les otages à Jonathan et celui-ci les rendit à leurs familles. 10 Jonathan habita Jérusalem et se mit à bâtir et à restaurer la ville. 11 Il ordonna aux entrepreneurs des travaux de bâtir les remparts et d'entourer le mont Sion[4] d'une muraille de pierres de taille, ce qui fut exécuté. 12 Les étrangers qui demeuraient dans les forteresses construites par Bakkhidès prirent la fuite. 13 Chacun abandonna son poste pour retourner dans son pays. 14 À Bethsour seulement, on laissa quelques-uns de

---

1. *Makhmas* (ou *Mikmas*, voir 1 S 13.2) : à une douzaine de km au nord de Jérusalem. Cette ville était restée célèbre pour l'exploit de Jonathan, le fils de Saül (voir 1 S 14) — *Juger le peuple* : Jonathan est assimilé à un des anciens juges d'Israël (voir Jg 3.10 et la note sur 2.16. Cf. *1 M* 5.5 et la note).
2. *l'an cent soixante* : en septembre-octobre 152 av. J. C. (voir la note sur 1.10) — *Alexandre Epiphane*, plus souvent appelé *Alexandre Balas*, se prétendait le fils d'Antiochus Epiphane (voir 1.10) en exploitant sa ressemblance avec lui — *Ptolémaïs* : voir la note sur 5.15.

1. *Le roi Démétrius* : Démétrius I, voir 7.1-4 et la note sur 7.1.
2. *Jonathan* : voir 9.28-31.
3. *la Citadelle* : voir la note sur 1.33.
4. *le mont Sion* : la colline du Temple.

ceux qui avaient abandonné la Loi et les préceptes : car c'était un lieu de refuge[1].

15 Le roi Alexandre apprit les promesses envoyées par Démétrius à Jonathan. On lui raconta aussi les combats et les actes d'héroïsme que ses frères et lui-même avaient accompli et les peines qu'ils avaient endurées. 16 «Trouverons-nous jamais un homme pareil !» S'exclama-t-il. « Il nous faut en faire dès maintenant un ami et un allié. » 17 Il lui écrivit donc une lettre rédigée en ces termes :

18 « Le roi Alexandre à son frère Jonathan, salut. 19 Nous avons appris à ton sujet que tu es un homme vaillant et que tu mérites d'être notre ami. 20 C'est pourquoi, à dater de ce jour, nous t'établissons grand prêtre de ta nation et te donnons le titre d'ami du roi — il l'honora donc de la pourpre et d'une couronne d'or[2] — afin que tu embrasses notre parti et que tu nous gardes ton amitié. »

21 Jonathan revêtit les ornements sacrés le septième mois de l'an 160, à l'occasion de la fête des Tentes[3]; il rassembla des troupes et fabriqua beaucoup d'armes.

Démétrius offre des privilèges aux Juifs

22 Apprenant cela, Démétrius fut contrarié et il dit : 23 «Qu'avons-nous fait pour qu'Alexandre capte avant nous l'amitié des Juifs pour s'en faire un appui ? 24 Je vais leur écrire moi aussi en termes engageants, avec des offres de situation élevée et de subventions, afin qu'ils me réservent leur appui.» 25 Il leur écrivit en ces termes :

« Le roi Démétrius à la nation des Juifs, salut. 26 Vous avez toujours reconnu la validité des conventions passées entre nous, vous êtes demeurés nos amis. Vous n'êtes point passés du côté de nos ennemis. Nous avons appris tout cela et nous nous en sommes réjouis. 27 Continuez à nous garder votre fidélité et nous récompenserons votre attitude par des bienfaits : 28 nous vous accorderons de nombreux allègements fiscaux et nous vous ferons des faveurs. 29 D'ores et déjà, je vous libère, je décharge tous les Juifs des contributions, de la gabelle et des couronnes[1]. 30 D'autre part, à compter de ce jour, je fais remise à perpétuité du tiers des produits du sol et de la moitié des fruits des arbres qui me reviennent, au bénéfice du pays de Juda et des trois nomes de la Samaritide et Galilée qui lui sont an-

---

1. *Bethsour :* voir la note sur 4.29 — *lieu de refuge :* l'auteur pense peut-être aux villes de refuge pour les meurtriers, prévues par la Loi (voir Ex 21.13; Jos 20.1-6).

2. *nous t'établissons grand prêtre :* c'était un des droits du roi que de nommer les grands prêtres (cf. *2 M* 4.10) et Jonathan était de famille sacerdotale (voir *1 M* 2.1, 54 et les notes) — *ami du roi :* voir la note sur 2.18 — *pourpre :* voir la note sur *2 M* 4.38 — *une couronne d'or :* comme celles que portaient les prêtres des cultes hellénistiques.

3. *le septième mois ... :* au mois d'octobre 152 av. J.-C. — *fête des Tentes :* voir au glossaire CALENDRIER.

---

1. *la gabelle* ou *taxe sur le sel :* le sel de la mer Morte ou des marais salants (voir 11.35), considérés comme la propriété du roi — *les couronnes,* comme les *palmes* ou les *rameaux d'olivier* en or (voir 13.37; *2 M* 14.4), étaient, à l'origine, des dons occasionnels faits au roi sous la forme d'une couronne de feuillage en or. Ils devinrent vite une redevance régulière payée en pièces d'or.

nexés[1]. 31 Jérusalem sera *sainte et exempte, ainsi que son territoire, de dîmes et de droits[2]. 32 Je renonce aussi à la Citadelle[3] de Jérusalem et je la cède au grand prêtre, qui pourra y établir une garde choisie par ses soins. 33 À tout Juif qui, du pays de Juda, aurait été amené captif n'importe où dans mon royaume, je rends la liberté, sans exiger de rançon. Que tous soient exempts d'impôts, même pour leur cheptel. 34 Toutes les fêtes, les *sabbats et les *néoménies, les fêtes prescrites, avec les trois jours qui précèdent et les trois jours qui suivent, seront tous des jours d'immunité et de rémission[4] pour tous les Juifs de mon royaume. 35 Personne n'aura autorité pour exiger d'eux un paiement ou pour inquiéter quelqu'un d'entre eux au sujet de n'importe quelle affaire. 36 Des Juifs seront enrôlés dans l'armée royale jusqu'à concurrence de 30.000 soldats et ils toucheront la même solde que toutes les troupes du royaume. 37 Certains seront affectés aux forteresses royales importantes. Des Juifs seront nommés aux postes de confiance du royaume. Leurs

préposés et leurs chefs seront choisis dans leurs rangs et se comporteront selon leurs lois, comme le roi l'a ordonné pour le pays de Juda. 38 Quant aux trois nomes ajoutés à la Judée aux dépens de la province de Samarie, qu'ils soient annexés à la Judée et qu'ils soient considérés comme relevant d'un seul et n'obéissant à nulle autre autorité qu'à celle du grand prêtre.

39 Je fais don de Ptolémaïs[1], et du territoire qui s'y rattache, au *sanctuaire de Jérusalem, pour couvrir les dépenses du culte. 40 Quant à moi, je donne chaque année 15.000 sicles[2] d'argent sur les revenus royaux, à prélever dans les endroits qui s'y prêtent. 41 À titre d'arriéré, les fonctionnaires affecteront désormais aux travaux du Temple tout le surplus qu'ils n'ont pas versé, comme ils le faisaient les années précédentes. 42 En outre, les 5.000 sicles d'argent que l'on prélevait sur l'avoir du sanctuaire, au chapitre de ses revenus annuels, seront attribués aux prêtres en exercice. 43 Quiconque se sera réfugié dans le Temple de Jérusalem et dans ses limites, à cause d'un dû au fisc royal ou pour toute autre affaire, sera libre avec tous les biens qu'il possède dans mon royaume.

44 Les frais de travaux de construction et de restauration du sanctuaire se feront au compte du roi. 45 Les frais occasionnés par la

---

1. *produits du sol ... qui me reviennent* : il s'agit de l'impôt foncier qui était calculé d'après les récoltes. Il est probable que Démétrius rétablit ici l'ancien tribut, moins lourd que l'impôt foncier (voir 11.28 et la note), mais le texte ne le précise pas — *nomes* : terme qui désignait un district ou une province de l'Egypte (voir 11.34) — *annexés* : le roi reconnaît donc les droits de la Judée sur les territoires conquis par Judas Maccabée (cf. 11.34).

2. *sera sainte* : ce privilège comprend le droit d'asile, limité à la ville même (voir v. 43); en revanche, l'exemption d'impôts (*exempte ... droits*, voir aussi la note précédente) s'étend à toute la Judée.

3. *la Citadelle* : voir la note sur 1.33.

4. *immunité et rémission* : le roi généralise la coutume de suspendre pendant les pèlerinages les dettes et le paiement de droits d'octroi à l'entrée des villes.

1. *Ptolémaïs* : voir les notes sur 5.15 et *2 M* 6.8. Démétrius encourage ainsi les Juifs à aller attaquer cette ville, territoire de son rival, Alexandre Balas (voir 10.1).

2. *sicles* : il s'agit ici de pièces d'argent correspondant au tétradrachme grec (4 drachmes, voir au glossaire MONNAIES) — Sur cette générosité, voir *2 M* 3.3 et la note.

reconstruction des murs et la for-
tification de l'enceinte de Jérusalem et par la construction des
remparts ailleurs en Judée seront
également au compte du roi. »

Mort du roi Démétrius I

46 Quand Jonathan et le peuple
entendirent ces paroles, ils refusèrent d'y croire et de les prendre
en considération, parce qu'ils
avaient encore en mémoire tout le
mal que Démétrius avait fait en
Israël et l'oppression qu'il avait
fait peser sur eux. 47 Ils se décidèrent en faveur d'Alexandre parce
qu'à leurs yeux il tenait des propos pacifiques, et ils furent constamment ses alliés. 48 Le roi
Alexandre rassembla de grandes
forces et s'avança contre Démétrius. 49 Les deux rois ayant engagé le combat, l'armée d'A-
lexandre prit la fuite. Démétrius
se mit à sa poursuite et l'emporta
sur ses soldats. 50 Il mena fortement le combat jusqu'au coucher
du soleil. Mais Démétrius succomba ce jour-là.

Alexandre Balas s'allie à Jona-than

51 Alexandre envoya à Ptolémée[1], roi d'Egypte, des ambassadeurs avec ce message :
52 « Nous voici revenus dans
notre royaume et assis sur le
trône de nos pères ; nous avons
pris le pouvoir, nous avons écrasé
Démétrius et nous nous sommes
emparés de notre pays. 53 En effet, nous lui avons livré bataille,
nous l'avons complètement défait,
lui et son armée, et nous avons

occupé son trône royal. 54 Maintenant, devenons donc amis, et
dès aujourd'hui, donne-moi ta
fille en mariage : je serai ton
gendre et je te ferai, ainsi qu'à
elle, des présents dignes de toi. »
55 Le roi Ptolémée répondit en
ces termes : « Heureux le jour où
tu es rentré dans le pays de tes
pères et où tu t'es assis sur leur
trône royal. 56 Et maintenant, je
ferai pour toi ce que tu as écrit,
mais viens à ma rencontre à Ptolémaïs[1] afin que nous ayons une
entrevue, et je serai ton beau-père
comme tu l'as dit. »

57 Ptolémée partit d'Egypte
avec Cléopâtre sa fille, et vint à
Ptolémaïs en l'an 162[2]. 58 Le roi
Alexandre vint au-devant de Ptolémée ; celui-ci lui donna sa fille
Cléopâtre et célébra le mariage à
Ptolémaïs en grande pompe,
comme il convient à des rois.
59 Le roi Alexandre écrivit à Jonathan de venir le rencontrer.
60 Celui-ci se rendit à Ptolémaïs
en grand apparat et rencontra les
deux rois ; il leur donna, ainsi qu'à
leurs amis, de l'argent et de l'or et
de nombreux présents et trouva
grâce à leurs yeux. 61 Alors des
gens sans foi ni loi, la peste d'Israël, se liguèrent contre lui. Ils
l'accusèrent devant le roi, qui ne
leur prêta aucune attention. 62 Il
ordonna même d'ôter à Jonathan
ses habits et de le revêtir de
pourpre[3], ce qui fut fait. 63 Le roi
le fit asseoir auprès de lui et dit à
ses dignitaires : « Sortez avec lui
au centre de la ville et faites proclamer que personne ne doit déposer de plainte contre lui, pour

1. *Ptolémée* VI Philométor (180-145 av. J. C).

1. *Ptolémaïs* : voir la note sur 5.15.
2. *l'an cent soixante-deux* : en automne 150 av.
J. C. (voir la note sur 1.10).
3. *revêtir de pourpre* : voir la note sur *2 M* 4.38.

aucun motif, et que personne ne l'inquiète sous aucun prétexte. » 64 Quand les calomniateurs virent les honneurs qu'on lui rendait, selon la proclamation royale, et la pourpre sur ses épaules, ils prirent tous la fuite. 65 Le roi lui fit l'honneur de l'inscrire parmi ses premiers amis, et l'institua stratège et gouverneur[1]. 66 Jonathan revint à Jérusalem en paix et dans la joie.

Victoire de Jonathan sur Appollonius

67 En l'an 165, Démétrius fils de Démétrius vint de Crète dans le pays de ses pères[2]. 68 En l'apprenant, le roi Alexandre, très contrarié, s'en retourna à Antioche[3]. 69 Démétrius confirma Apollonius comme gouverneur de Coelé-Syrie; celui-ci rassembla une grande armée, vint camper près de Jamnia[4] et envoya dire au grand prêtre Jonathan :

70 « Tu es vraiment le seul à te dresser contre nous et, à cause de toi, me voici devenu un objet de dérision et de honte. Pourquoi exercer ton autorité contre nous dans les montagnes ? 71 Si tu as confiance dans tes troupes, descends donc maintenant vers nous dans la plaine et là, mesu-

rons-nous l'un à l'autre, car la force des villes est avec moi. 72 Informe-toi et apprends qui je suis et qui sont ceux qui nous prêtent leur concours. Ceux-là disent que vous ne pouvez tenir pied face à nos lignes, puisque par deux fois déjà tes pères ont été mis en déroute dans leur propre pays. 73 Tu ne pourras pas résister à la cavalerie et à une aussi grande armée, dans la plaine où il n'y a ni terrain accidenté, ni caillasse, ni d'endroit où fuir. »

74 Lorsque Jonathan entendit les paroles d'Apollonius, il en fut tout ébranlé. Il fit choix de 10.000 hommes et partit de Jérusalem; son frère Simon le rejoignit pour lui prêter main forte. 75 Il dressa le camp devant Joppé[1]. Les habitants fermèrent les portes, car il y avait là une garnison d'Apollonius. Ils commencèrent l'attaque. 76 Pris de peur, les habitants de la ville ouvrirent les portes, et Jonathan se rendit maître de Joppé. 77 En apprenant la chose, Apolllonius mit en ligne 3.000 cavaliers et une grande armée, et il se dirigea vers Azôtos[2] comme pour traverser le pays, tandis qu'en même temps il s'enfonçait dans la plaine, confiant dans sa nombreuse cavalerie. 78 Jonathan le poursuivit du côté d'Azôtos et les armées engagèrent le combat. 79 Apollonius avait laissé mille cavaliers dissimulés derrière eux. 80 Jonathan eut vent de ce projet d'embuscade sur ses arrières. Les cavaliers cernèrent son armée et lancèrent leurs traits sur la troupe depuis le

---

1. *premiers amis* : voir la note sur 2.18 — *stratège* : voir la note sur *2 M* 3.5 — *gouverneur* : littéralement *chef d'une méride*, c'est-à-dire d'un district plus grand qu'une stratégie, ici la Judée plus les trois nomes (voir v. 30 et la note).
2. *En l'an cent soixante-cinq* : en 147 av. J. C. — *Démétrius* : Démétrius II Nikator (voir 11.19 et la note), fils de Démétrius I (tué en combattant Alexandre, v. 50) — *ses pères* ou *ses ancêtres*.
3. *Antioche* : voir 3.37.
4. C'est sans doute le même *Apollonius* dont l'historien grec Polybe raconte qu'il aida Démétrius I à s'évader de Rome (voir 7.1 et la note sur 1.10) — *gouverneur de Coelé-Syrie* : voir *2 M* 3.5 et la note — *Jamnia* : voir la note sur 5.58.

1. *Joppé* : voir la note sur *2 M* 12.3.
2. *Azôtos* (ou *Azot*, v. 83-84) : voir la note sur 5.68.

matin jusqu'au soir. 81 Ceux-ci tinrent bon selon la consigne de Jonathan et les chevaux se fatiguèrent. 82 C'est alors que Simon, entraînant ses troupes, attaqua la phalange[1] : la cavalerie s'épuisa, les ennemis furent écrasés par Simon et s'enfuirent. 83 La cavalerie se dispersa dans la plaine. Les fuyards arrivèrent à Azot et entrèrent dans le « Temple de Dagôn[2] », le sanctuaire de leur idole, pour y trouver le salut. 84 Jonathan incendia Azot et les villes alentour. Il les dépouilla et livra aux flammes le sanctuaire de Dagôn et ceux qui s'y étaient réfugiés. 85 Au total 8.000 hommes périrent par l'épée ou par le feu. 86 Jonathan partit de là, et prit position près d'Ascalon[3]. Les habitants sortirent à sa rencontre en grande pompe. 87 Jonathan et les siens revinrent alors à Jérusalem, chargés d'un grand butin. 88 Le roi Alexandre, apprenant tout cela, accorda de nouveaux honneurs à Jonathan. 89 Il lui envoya une agrafe d'or comme c'est l'usage de l'accorder aux parents du roi. Il lui donna en propriété Akkarôn[4] et tout son territoire.

Campagne du roi Ptolémée contre Alexandre

11 1 Le roi d'Egypte rassembla une armée nombreuse comme le sable au bord de la mer, ainsi qu'une grande flotte, et

il chercha à s'emparer par ruse du royaume d'Alexandre[1], pour l'ajouter à son royaume. 2 Il se rendit en Syrie avec des paroles de paix. Les gens des villes lui ouvraient leurs portes, allaient à sa rencontre et le recevaient, car l'ordre du roi Alexandre était de recevoir son beau-père. 3 Or, à peine entré dans une ville, Ptolémée y laissait des troupes en garnison. 4 Comme il approchait d'Azôtos, on lui montra le sanctuaire de Dagôn[2] incendié, Azôtos et ses environs détruits, les cadavres jetés çà et là et les restes de ceux qui avaient été brûlés pendant le combat, car on les avait entassés là où le roi devait passer. 5 On rapporta au roi les actions de Jonathan, pour susciter sa réprobation, mais il garda le silence. 6 Jonathan vint à la rencontre du roi à Joppé[3] en grande pompe; ils se saluèrent mutuellement et passèrent la nuit en ce lieu. 7 Jonathan accompagna le roi jusqu'au fleuve appelé Eleuthère[4], puis il revint à Jérusalem.

8 Le roi Ptolémée se rendit maître des villes côtières jusqu'à Séleucie maritime[5], et il projetait de mauvais desseins contre Alexandre. 9 Il envoya des ambassadeurs auprès du roi Démétrius[6] pour lui dire : « Viens, concluons ensemble un traité, je te donnerai

---

1. *la phalange* : voir la note sur 6.35.
2. *Dagôn* : dieu des Philistins (voir Jg 16.23).
3. *Ascalon* : ville du littoral, au sud d'Azot.
4. *l'agrafe d'or*, qui servait à attacher la cape de pourpre (voir la note sur *2 M* 4.38), était l'insigne du titre de *parent du roi* (voir la note sur 2.18) — *Akkarôn* (ou *Eqrôn*, Jos 13.3) : ancienne cité philistine située à 7 km environ à l'est de Jamnia (voir la note sur 5.58).

1. *Alexandre* Balas, voir 10.1 et la note.
2. *Azôtos* voir la note sur 5.68 — *Dagôn* : voir la note sur 10.83.
3. *Joppé* : voir la note sur *2 M* 12.3.
4. *Eleuthère* : aujourd'hui le nahr el Kebir, qui marque la frontière entre le nord du Liban et la Syrie.
5. *Séleucie maritime* : ville située à l'embouchure de l'Oronte et qui servait de port à la capitale, Antioche, distante d'environ 30 km.
6. *Démétrius* II, voir 10.67 et la note.

ma fille qui est la femme d'A-
lexandre, et tu régneras sur le
royaume de ton père. 10 Je me
repens en effet de lui avoir donné
ma fille, car il a cherché à me
tuer. » 11 Il le blâmait de la sorte,
parce qu'il convoitait son
royaume. 12 Lui ayant enlevé sa
fille, il la donna à Démétrius,
changea d'attitude envers
Alexandre et leur inimitié devint
manifeste. 13 Ptolémée fit son entrée à Antioche et ceignit le diadème d'Asie[1], unissant ainsi sur
son front deux diadèmes, celui
d'Egypte et celui d'Asie. 14 Le roi
Alexandre se trouvait en ce
temps-là en Cilicie, parce que les
habitants de cette région s'étaient
révoltés. 15 Apprenant ce qui s'é-
tait passé, Alexandre marcha
contre Ptolémée pour le combattre. Ce dernier se mit en mouvement avec une puissante armée
et le mit en déroute. 16 Alexandre
s'enfuit en Arabie et le roi Ptolémée triompha. 17 Zabdiel[2] l'Arabe
décapita Alexandre et envoya sa
tête à Ptolémée. 18 Quant au roi
Ptolémée, il mourut le surlende-
main, et les garnisons de ses
places fortes furent massacrées
par les habitants. 19 Démétrius
devint roi en l'an 167[3].

Démétrius II fait un accord avec les Juifs

20 En ces jours-là Jonathan
rassembla ceux de la Judée pour
attaquer la Citadelle qui est à
Jérusalem, et ils dressèrent contre
elle de nombreuses machines de
guerre[1]. 21 Alors des gens sans foi
ni loi, qui haïssaient leur nation,
allèrent trouver le roi pour lui
annoncer que Jonathan assiégeait
la Citadelle. 22 À ces paroles, Démétrius se mit en colère et se
rendit aussitôt à Ptolémaïs. Il
écrivit à Jonathan de lever le
siège et de venir au plus vite s'entretenir avec lui à Ptolémaïs[2].

23 Apprenant cela, Jonathan ordonna de continuer le siège, il
choisit quelques *anciens d'Israël
et quelques prêtres et s'exposa
lui-même au danger. 24 Prenant
en effet avec lui de l'argent, de
l'or, des vêtements et d'autres présents en abondance, il se rendit
auprès du roi à Ptolémaïs, et
trouva grâce à ses yeux. 25 Quelques impies de sa nation essayè-
rent bien de l'accuser, 26 mais le
roi agit envers lui à l'instar de ses
prédécesseurs et il l'éleva devant
tous ses amis. 27 Il lui confirma le
pontificat et toutes ses dignités
antérieures et il le fit mettre au
nombre de ses premiers amis[3].

28 Jonathan demanda au roi
d'exempter d'impôts la Judée et
les trois toparchies de la Samaritide, en lui promettant en retour

---

1. *diadème* : voir la note sur 8.14 — *Asie* : en
fait, Ptolémée garde seulement la Coelé-Syrie (voir
la note sur *2 M* 3.5).
2. D'après l'historien grec Diodore, c'est à ce
Zabdiel qu'Alexandre avait confié son fils, le futur
Antiochus VI (voir v. 39 et la note).
3. *l'an cent soixante-sept* : en août-septembre
145 av. J. C. (voir la note sur 1.10) — Démétrius II
régna de 145 à 125 av. J. C., avec une interruption
de 138 à 129, pendant sa captivité chez les
Parthes.

1. *Citadelle* : voir la note sur 1.33. Démétrius I y
avait renoncé (voir 10.32); Jonathan veut rendre
cette cession effective — *machines de guerre* : voir
la note sur 5.30.
2. voir la note sur 5.15.
3. *le pontificat* (ou la charge de grand prêtre) :
cette fonction avait été accordée à Jonathan par
Alexandre Balas (voir 10.20 et la note) — *premiers
amis* : voir la note sur 1.28.

300 talents[1]. 29 Le roi y consentit et il écrivit comme suit à Jonathan :

30 « Le roi Démétrius à Jonathan son frère[2] et à la nation des Juifs, salut. 31 Une copie de la lettre que nous avons écrite à notre parent Lasthène[3] vous est adressée pour information. 32 Le roi Démétrius à Lasthène son père, salut. 33 À cause de leurs bons sentiments à notre égard, nous avons décidé de faire du bien à la nation des Juifs qui sont nos amis et se conduisent envers nous avec droiture. 34 Nous leur confirmons la possession de la Judée et des trois nomes d'Aphéréma, de Lydda et de Ramathaïm. Ils ont été détachés de la Samaritide au profit de la Judée, avec toutes leurs dépendances, en faveur de tous ceux qui sacrifient à Jérusalem, en échange des droits régaliens annuels que le roi percevait auparavant sur les produits de leur terre et de leurs arbres[4]. 35 Quant à ce qui nous re-

vient encore sur les dîmes, quant aux droits divers qui nous sont dus, y compris ceux des marais salants et des couronnes[1], il y a dorénavant remise totale. 36 Dès maintenant et à perpétuité, ces dispositions ne souffriront aucune dérogation. 37 Ayez donc soin de faire exécuter une copie de cette lettre et qu'elle soit donnée à Jonathan pour être placée sur la montagne sainte[2] bien en vue. »

Jonathan secourt Démétrius II à Antioche

38 Le roi Démétrius qui voyait le pays en repos sous sa direction, et qui ne sentait plus aucune résistance à son autorité, démobilisa toute son armée et renvoya chacun dans ses foyers, à l'exception des troupes étrangères qu'il avait recrutées dans les îles des nations[3]. Pour cette raison s'attira la haine de toutes les troupes qu'il tenait de ses pères. 39 Or Tryphon, qui avait fait partie des gens d'Alexandre, constatant les récriminations unanimes de l'armée contre Démétrius, se rendit chez Iamlikos l'Arabe[4] qui élevait Antiochus, le jeune fils d'Alexandre. 40 Il le pressait de lui livrer l'enfant pour qu'il règne à

1. *exempter d'impôts* – il s'agit d'accorder à la Judée et aux trois *toparchies* (ou *nomes*, voir 10.30 et la note) le régime du tribut, qui était traditionnellement de trois cents talents, et de supprimer l'impôt foncier, comme l'avait fait Démétrius I (voir 10.30 et la note) — *talents* : voir au glossaire MONNAIES.

2. *frère* (du roi) : voir la note sur 2.18. Démétrius reconnaît à Jonathan tous les titres que lui avaient conférés Alexandre Balas.

3. *Lasthène* : haut dignitaire de la cour séleucide (voir la note sur 1.8) ; il était originaire de Crète, où il avait recruté des mercenaires qui permirent à Démétrius II de s'emparer du trône (voir 10.67).

4. *nomes* : voir la note sur 10.30 — *Aphéréma* (ou *Ofra*, Jos 18.23, ou *Ephraïm*, 2 S 13.23 ; Jn 11.54) : aujourd'hui Tayibeh, à une vingtaine de km au nord-est de Jérusalem. *Lydda* (ou *Lod*, 1 Ch 8.11) : ville située à une vingtaine de km à l'est de Joppé (voir la note sur *2 M* 12.3). *Ramathaïm* ou *Rama* (voir 1 S 1.1 et la note) ou encore *Arimathée* (Mt 27.57) — *droits régaliens* (ou *droits du roi*) : les impôts sur les récoltes des trois nomes sont donc maintenus, contrairement à ce que demandait Jonathan (voir v. 28 et la note) et à ce qu'avait accordé Démétrius I (voir 10.30-31 et les notes).

1. *marais salants* et *couronnes* : voir la note sur 10.29 — Démétrius II ne confirme pas tous les avantages promis par son père : il n'est pas question ici de rendre la Citadelle (voir v. 20 et la note).

2. *montagne sainte* : Jérusalem.

3. *îles des nations* : expression hébraïque (cf. Gn 10.5) qui désigne ici la Crète (voir 10.67 ; 11.31 et la note).

4. *Tryphon* : surnom de Diodote, général de Démétrius I qui était passé au service d'Alexandre Balas ; il nous est connu grâce à l'historien grec Diodore. *Iamlikos l'Arabe* : peut-être le fils de Zabdiel (voir v. 17 et la note). Il résidait sans doute à Chalcis, au sud-ouest d'Alep.

la place de son père et il l'informa de tout ce qu'avait ordonné Démétrius et combien les troupes le haïssaient. Il resta là de longs jours.

41 Jonathan fit demander au roi Démétrius de faire sortir ses garnisons de la Citadelle de Jérusalem et des autres forteresses, car elles étaient toujours en état de guerre avec Israël. 42 Démétrius fit répondre à Jonathan : « Non seulement je ferai cela pour toi et pour ta nation, mais je te couvrirai d'honneur, toi et ta nation, à la première occasion. 43 Pour l'instant, tu ferais bien de m'envoyer des hommes pour combattre à mes côtés, car toutes mes troupes ont fait défection. » 44 Jonathan lui envoya à Antioche 3.000 vaillants guerriers dont l'arrivée réjouit le roi. 45 Les gens de la ville se rassemblèrent dans le centre, au nombre d'environ 120.000, avec le dessein de faire périr le roi. 46 Celui-ci se réfugia dans le palais, tandis que les gens de la ville envahissaient les rues, et les combats commencèrent. 47 Le roi appela les Juifs à la rescousse ; ils se rassemblèrent tous auprès de lui, puis, se répandant dans la ville, ils tuèrent en ce jour-là environ 100.000 personnes. 48 Ils incendièrent ce jour-là la ville tout en amassant un abondant butin, et le roi fut sauvé. 49 Voyant que les Juifs s'étaient rendus maîtres de la ville comme ils voulaient, la détermination des habitants fut ébranlée et ils crièrent vers le roi, le suppliant ainsi : 50 « Donne-nous la main droite[1], et que les Juifs cessent de combattre contre nous et

contre la ville. » 51 Ils jetèrent les armes et firent la paix. Les Juifs furent couverts de gloire en présence du roi et aux yeux de tous ceux de son royaume. S'y étant ainsi fait un nom, les Juifs regagnèrent Jérusalem, chargés d'un butin considérable. 52 Le roi Démétrius s'affermit sur le trône royal, et le pays fut en repos sous sa direction. 53 C'est alors qu'il manqua à toutes ses promesses et qu'il devint tout autre à l'égard de Jonathan. Il ne reconnut plus les services rendus et lui infligea mille vexations.

Jonathan prend parti pour Antiochus VI

54 Après cela, Tryphon revint avec Antiochus, tout jeune enfant qui devint roi et saisit le diadème[1]. 55 Toutes les troupes congédiées par Démétrius se rassemblèrent autour de Tryphon et combattirent Démétrius qui prit la fuite et fut mis en déroute. 56 Tryphon prit les éléphants et s'empara d'Antioche.

57 Le jeune Antiochus écrivit à Jonathan en ces termes : « Je te confirme dans la charge de grand prêtre, je t'établis à la tête des quatre nomes et je te compte parmi les amis du roi[2]. » 58 Il lui envoya aussi des vases d'or et un service de table, en lui donnant l'autorisation de boire dans les coupes d'or, de porter la pourpre

---

1. *Tryphon* : voir la note sur le v. 39 — *Antiochus VI dionysos*, fils d'Alexandre Balas, régna depuis l'été 144 jusqu'à son assassinat par Tryphon en 142 av. J.-C. (voir 13.31) — *diadème* : voir la note sur 8.14.

2. *quatre nomes* : voir la note sur 10.30 ; on parle généralement des *trois nomes* (voir 11.34), le quatrième est celui d'Akrabatta (voir la note sur 5.3) — *amis du roi* : voir la note sur 2.18.

---

1. *la main droite* : voir la note sur 6.58.

et l'agrafe d'or[1]. 59 Il nomma Simon son frère stratège depuis les Echelles de Tyr jusqu'à la frontière d'Egypte[2]. 60 Jonathan partit et parcourut la Transeuphratène, y comprit les villes. Toutes les troupes de Syrie se rangèrent auprès de lui pour combattre à ses côtés. Il vint à Ascalon[3] et les habitants le reçurent en grande pompe. 61 De là, il partit pour Gaza[4], mais les portes de la ville se fermèrent. Il l'assiégea, incendia les environs et se livra au pillage. 62 Les gens de Gaza supplièrent Jonathan : il leur tendit la main droite[5], mais prit comme otages les fils de leurs chefs qu'il envoya à Jérusalem. Il parcourut ensuite la région jusqu'à Damas.

63 Jonathan apprit que les généraux de Démétrius se trouvaient près de Kédès[6] de Galilée avec une nombreuse armée, afin de le démettre de ses fonctions. 64 Il se porta à leur rencontre ; il avait laissé son frère Simon dans le pays. 65 Ce dernier prit position devant Bethsour[7] et le combattit pendant de longs jours, lui imposant le blocus. 66 Les habitants lui demandèrent d'accepter leur main droite, ce qu'il fit. Toutefois, leur ayant fait évacuer la ville, il occupa les lieux et y plaça une garnison. 67 Quant à Jonathan et à son armée, ils avaient pris position au-dessus des eaux de Gennésar et, de bon matin, ils arrivèrent dans la plaine d'Asôr[1]. 68 Et voici que l'armée des étrangers s'avançait à leur rencontre dans la plaine, mais ils avaient embusqué un détachement dans les collines. 69 D'en face, Jonathan fit mouvement. L'embuscade surgit alors de sa position et le combat s'engagea. 70 Tous les soldats de Jonathan prirent la fuite, pas un ne resta, à l'exception de deux chefs de ses troupes, Mattathias fils d'Absalom et Judas fils de Khalphi. 71 Jonathan *déchira ses vêtements, répandit de la terre sur sa tête et pria. 72 Puis il engagea le combat contre eux, il les mit en déroute et ils s'enfuirent. 73 Voyant cela, les fuyards de son camp se rallièrent et ils firent la poursuite avec lui jusqu'à Kédès, jusqu'au camp ennemi et ils campèrent là. 74 En ce jour-là, parmi les étrangers, 3.000 hommes environ tombèrent et Jonathan retourna à Jérusalem.

Jonathan renouvelle l'alliance avec Rome

12 1 Jonathan, voyant que la conjoncture lui était favorable, choisit des hommes qu'il envoya à Rome pour confirmer et renouveler l'amitié avec les Ro-

---

1. *pourpre* et *agrafe d'or* : voir la note sur 10.89. Antiochus VI renouvelle à Jonathan les faveurs déjà concédées par son père Alexandre Balas et par Démétrius II (cf. 11.30 et la note).
2. *stratège* : voir la note sur *2 M* 3.5 — *Echelles de Tyr* : nom traditionnel de deux escarpements qui forment comme un escalier à une dizaine de km au sud de Tyr — *depuis ... frontière d'Egypte* : ce sont les limites de la Zone Maritime ou province du *Littoral* (voir 15.38), dont la capitale était Jamnia.
3. *Transeuphratène* : voir la note sur 7.8. Ici ce terme désigne plus précisément la Coelé-Syrie (voir la note sur *2 M* 3.5) — *Ascalon* : voir la note sur 10.86.
4. *Gaza* : ancienne cité Philistine (voir *1 S* 6.17), qui était devenue un centre hellénistique particulièrement hostile aux Juifs.
5. *il tendit la main droite* : voir la note sur 6.58.
6. *Kédès* : l'ancienne Qadesh de Nephtali (voir *Jos* 12.22), à 36 km au sud-est de Tyr.
7. *Bethsour* : voir la note sur 4.29.

---

1. *les eaux de Gennésar* (ou *Gennésareth*, voir *Lc* 5.1) : le lac de Kinnéreth, appelé aussi mer de Galilée ou lac de Tibériade (voir *Jn* 6.1) — *Asôr* (ou *Haçor*, voir *Jos* 11.10) : importante forteresse située à une dizaine de km au nord du lac.

mains. 2 Il adressa encore des lettres analogues à Sparte et ailleurs[1]. 3 Ils allèrent donc à Rome, furent introduits au Sénat où ils s'exprimèrent en ces termes : « Jonathan, le grand prêtre, et la nation des Juifs nous ont envoyés renouveler l'amitié et l'alliance avec eux comme elle existait antérieurement. » 4 Le Sénat leur donna des lettres pour les autorités de chaque pays, afin qu'ils soient acheminés en paix vers le pays de Juda.

5 Voici la copie de la lettre de Jonathan aux Spartiates :

6 « Jonathan, grand prêtre, le Sénat de la nation[2], les prêtres et le reste du peuple juif, aux Spartiates leurs frères, salut. 7 Autrefois déjà, une lettre fut envoyée au grand prêtre Onias de la part d'Aréios[3] qui régnait sur vous, attestant que vous êtes nos frères, comme en témoigne la copie ci-dessous. 8 Onias reçut l'émissaire avec honneur et prit la lettre où il était clairement question d'alliance et amitié. 9 Ainsi nous, quoique n'ayant pas besoin de ces choses — les livres saints qui sont entre nos mains sont en effet notre consolation —, 10 nous avons tenté d'envoyer quelqu'un renouveler l'alliance et l'amitié, avant que nous ne devenions des étrangers pour vous, car beaucoup d'années ont passé depuis que vous nous avez envoyé une délégation. 11 Nous ne cessons, en tout temps, de nous souvenir de vous, aux fêtes et aux autres jours fériés, dans les *sacrifices et les prières, ainsi qu'il est juste et convenable à l'égard de frères. 12 Nous nous réjouissons de votre gloire. 13 Quant à nous, nous avons été assaillis d'épreuves et de guerres, et les rois d'alentour nous ont combattus. 14 Nous n'avons pas voulu vous importuner, vous et nos autres alliés et amis, à propos de ces guerres. 15 Pour nous aider, nous avons en effet un secours qui nous vient du *Ciel et nous avons été délivrés de nos ennemis et ceux-ci ont été humiliés. 16 Nous avons donc choisi Numénius, fils d'Antiochus, et Antipater, fils de Jason, et nous les avons envoyés auprès des Romains pour renouveler avec eux notre amitié et notre alliance antérieures. 17 Nous leur avons aussi enjoint d'aller chez vous, de vous saluer et de vous remettre notre lettre au sujet du renouvellement de l'alliance et de nos liens de fraternité. 18 Veuillez donc nous répondre à ce sujet. »

19 Voici la copie de la lettre envoyée à Onias : 20 « Aréios, roi des Spartiates, à Onias, grand prêtre, salut. 21 On a découvert dans un texte sur les Spartiates et les Juifs qu'ils sont frères et qu'ils sont de la race d'Abraham[1]. 22 Maintenant que nous savons cela, il serait bon de nous écrire au sujet de votre prospérité. 23 Nous vous répondons quant à

---

1. La ville de *Sparte*, dans le Péloponèse, était en train de reprendre une certaine importance politique — *ailleurs* : les autres missions auront lieu après la mission à Rome (cf. 15.15), sur le chemin du retour.

2. *le Sénat de la nation* : il s'agit de la traditionnelle assemblée des *anciens (voir v. 35; 13.36; 14.20, 28), mais Jonathan parle à des Grecs et emploient les termes qui correspondent à leurs institutions.

3. La lettre aurait été envoyée par *Aréios* I, le plus connu des rois de Sparte (309-265), au premier *Onias*, fondateur de la famille sacerdotale des Oniades; mais on n'en connaît pas d'autre témoignage (voir la note sur v. 21).

1. Le *texte sur les Spartiates et les Juifs* peut venir de la colonie juive de Sparte — *qu'ils sont frères ... d'Abraham* : voir la note sur *2 M* 5.9.

nous : vos troupeaux et vos biens sont à nous et les nôtres seront les vôtres. En conséquence, nous ordonnons que cela vous soit annoncé. »

L'armée de Démétrius fuit devant Jonathan

24 Jonathan apprit que les généraux de Démétrius étaient réapparus avec des troupes plus nombreuses qu'auparavant pour le combattre. 25 Il partit pour Jérusalem et se porta à leur rencontre vers le pays de Hamath[1], car il ne leur donna pas le loisir de pénétrer dans son pays. 26 Il envoya des espions dans leur camp; ceux-ci revinrent et l'informèrent que les ennemis s'apprêtaient à fondre sur eux de nuit. 27 Au coucher du soleil, Jonathan ordonna aux siens de veiller et de garder les armes à portée de la main, prêts au combat pendant toute la nuit. Il disposa aussi des avant-postes tout autour du camp. 28 Apprenant que Jonathan et les siens étaient prêts au combat, les adversaires eurent peur, et le coeur plein d'effroi, allumèrent des feux dans leur camp. 29 Mais Jonathan et les siens ne s'aperçurent de leur départ qu'au matin, car ils voyaient les feux. 30 Jonathan se lança à leur poursuite sans les atteindre, car ils avaient franchi le fleuve Eleuthère[2].

31 Jonathan se tourna alors contre les Arabes appelés Zabadéens[1]. Il les battit et s'empara de leurs dépouilles. 32 Ayant levé le camp, il vint à Damas et parcourut toute la région. 33 Simon, lui aussi, se mit en marche et s'avança jusqu'à Ascalon et aux places fortes voisines. Il se rabattit ensuite vers Joppé[2] et l'occupa à titre préventif. 34 Il avait appris en effet que les habitants voulaient livrer la forteresse aux gens de Démétrius. Il y installa une garnison pour la garder.

Jonathan fortifie Jérusalem

35 À son retour, Jonathan réunit les *anciens du peuple et décida avec eux de bâtir des forteresses en Judée, 36 de surélever les remparts de Jérusalem, d'élever une séparation entre la Citadelle[3] et la ville, afin de l'isoler et pour que les gens de Démétrius ne puissent ni acheter ni vendre. 37 Ils se rassemblèrent pour rebâtir la ville, car une partie du rempart du torrent à l'est de la ville était tombée; on remit aussi en état le quartier appelé Khaphenatha[4]. 38 Simon rebâtit Adida[5] dans le *Bas-Pays, il la fortifia et

1. *le pays de Hamath*, ou district d'Apamène, se trouvait à la limite nord-est de la Coelé-Syrie (voir la note sur *2 M* 3.5).
2. *Eleuthère* : voir la note sur 11.7.

1. *Arabes Zabadéens* : tribu habitant la région comprise entre l'Anti-Liban et Damas, où se trouve encore aujourd'hui la ville de Zebdani.
2. *Ascalon* : voir la note sur 11.86 — *Joppé* : voir la note sur *2 M* 12.3.
3. La *Citadelle* (voir la note sur 1.33) était toujours aux mains des partisans de Démétrius II (voir 11.20 et la note).
4. *le mur du torrent* : celui qui surplombe le Cédron — *Khaphénatha* : terme araméen qui désigne probablement le *nouveau quartier* (voir 2 R 22.14) ou *ville neuve* (voir So 1.10), au nord-ouest du Temple.
5. *Adida* (ou *Hadîd*, voir Esd 2.33) : à 6 km au nord-est de Lydda (voir la note sur 11.34), à la limite est de la plaine côtière (voir 13.13) ou *Bas-Pays*.

la dota de portes munies de verrous.

Tryphon prend Jonathan en otage

39 Tryphon cherchait à régner sur l'Asie, à ceindre le diadème et à porter la main contre le roi Antiochus[1]. 40 Craignant que Jonathan ne le laisse pas faire et ne l'attaque, il cherchait le moyen de se saisir de lui et de le faire périr. Il partit et vint à Bethsân[2]. 41 Accompagné de 40.000 hommes d'élite, Jonathan se porta à sa rencontre et vint à Bethsân. 42 Voyant qu'il était venu avec une armée nombreuse, Tryphon se garda de mettre la main sur lui. 43 Il le reçut avec honneur, le présenta à tous ses amis, lui offrit des présents et ordonna à tous ses amis et à ses troupes d'obéir à Jonathan comme à lui-même. 44 Il dit à Jonathan : « Pourquoi avoir imposé des fatigues à tous ces gens, alors qu'aucune guerre ne nous menace ? 45 Renvoie-les donc dans leurs foyers, choisis quelques hommes pour t'escorter et viens avec moi à Ptolémaïs[3], je te livrerai cette ville et les autres forteresses, le reste des troupes et tous les fonctionnaires, puis je m'en retournerai, car c'est pour cela que je suis ici. » 46 Se fiant à lui, Jonathan agit comme il avait dit : il renvoya son armée qui repartit pour le pays de Juda. 47 Il garda avec lui 3.000 hommes dont il détacha 2.000 en Galilée ;

les mille autres l'accompagnèrent. 48 Mais quand Jonathan fut entré dans Ptolémaïs, les habitants fermèrent les portes, se saisirent de lui et tuèrent par l'épée tous ceux qui étaient entrés avec lui. 49 Tryphon envoya des troupes et de la cavalerie en Galilée et dans la Grande Plaine[1], pour faire périr tous les partisans de Jonathan. 50 Ceux-ci comprirent qu'il avait été appréhendé et qu'il était perdu ainsi que ses compagnons. Ils s'encouragèrent mutuellement et s'avancèrent en rangs serrés, prêts au combat. 51 Leurs poursuivants, voyant qu'ils luttaient pour leur vie, s'en retournèrent. 52 Ils arrivèrent tous en paix[2] en Judée, ils pleurèrent Jonathan et ses compagnons et ils éprouvèrent une grande crainte. Tout Israël mena un grand deuil. 53 Toutes les nations d'alentour cherchèrent à les anéantir. « Ils n'ont ni chef ni soutien, disaient-ils, attaquons-les donc maintenant, et nous effacerons d'entre les hommes leur souvenir. »

Simon succède à Jonathan

13 1 Simon apprit que Tryphon[3] avait réuni une grande armée pour se rendre au pays de Juda et le ravager. 2 Voyant le peuple tremblant de peur, il monta à Jérusalem, rassembla le peuple 3 et le rassura en leur disant : « Vous savez bien tout ce que moi, mes frères et la maison de mon père, avons ac-

---

1. *Tryphon* : voir la note sur 11.39 — *Asie* : ici, le royaume séleucide (voir la note sur 1.8) — *diadème* : voir la note sur 8.14 — *Antiochus* VI, fils d'Alexandre Balas.
2. *Bethsân* : voir la note sur *2 M* 12.29.
3. *Ptolémaïs* : voir la note sur 5.15.

1. *la Grande Plaine* : située entre Bethsân et le Jourdain (voir 5.52).
2. *en paix* : hébraïsme signifiant sain et sauf.
3. *Simon* : frère aîné de Jonathan (voir 2.1-5) — *Tryphon* : voir la note sur 11.39.

compli pour les lois et le *sanctuaire ainsi que les combats et les
détresses que nous avons connus.
4 C'est pour cela que tous mes
frères sont morts pour Israël, et
moi je suis resté seul. 5 Loin de
moi la pensée de sauver ma vie,
quel que soit ce temps de détresse. Je ne suis pas meilleur que
mes frères. 6 Mais plutôt, je ven-
gerai ma nation, le sanctuaire, vos
femmes et vos enfants, parce que
toutes les nations, poussées par la
haine, se sont coalisées pour nous
anéantir.» 7 En entendant ces paroles, l'esprit du peuple se ranima,
8 et ils répondirent d'une voix
forte : «Tu es notre chef à la
place de Judas et de Jonathan
ton frère. 9 Dirige notre combat,
et nous ferons tout ce que tu nous
diras.» 10 Il rassembla tous les
hommes de guerre, il se hâta d'a-
chever les murailles de Jérusalem
et la fortifia tout autour. 11 Il envoya à Joppé Jonathan, fils d'Absalom[1], accompagné d'une troupe
importante. Celui-ci en chassa les
habitants et s'y établit.

Tryphon trompe Simon et tue Jonathan

12 Tryphon quitta Ptolémaïs[2]
avec une armée nombreuse pour
pénétrer dans le pays de Juda,
emmenant avec lui Jonathan captif. 13 Simon vint établir son
camp à Adida[3], en face de la
plaine. 14 Apprenant que Simon
avait pris la relève de son frère et
qu'il s'apprêtait à lui livrer bataille, Tryphon lui envoya des
messagers pour lui dire : 15 «C'est
à cause de l'argent dû au trésor
royal par ton frère Jonathan, en
raison des fonctions qu'il exerçait,
que nous le détenons. 16 Envoie
maintenant cent talents[1] d'argent
et deux de ses fils comme otages,
de peur que, une fois relâché, il
ne fasse défection. En suite de
quoi, nous le relâcherons.»
17 Tout en connaissant la perfidie
de ces paroles, Simon envoya
chercher l'argent et les enfants, de
peur de s'attirer une grande hostilité de la part du peuple. 18 «C'est
parce que je ne lui ai pas envoyé
l'argent et les enfants — au-
raient-ils dit — que Jonathan a
péri.» 19 Il envoya donc les enfants et les cent talents mais Tryphon le trompa et ne relâcha pas
Jonathan. 20 Après cela, Tryphon
se mit en marche pour envahir la
région et la ravager. Il fit un détour par le chemin d'Adôra[2], mais
Simon et son armée ne cessaient
de le talonner. 21 Cependant, ceux
de la Citadelle[3] envoyèrent à Tryphon des messagers, le pressant
de les rejoindre par le désert et de
leur envoyer des vivres. 22 Tryphon prépara alors toute sa cavalerie pour s'y rendre, mais il
tomba cette nuit-là une neige
abondante, et il ne put y aller. Il
partit et se dirigea vers le pays de

---

1. *Joppé* (voir la note sur *2 M* 12.3) avait été
prise par Simon (voir 12.33-34) — *Jonathan fils
d'Absalom* : sans doute le frère du Mattathias
mentionné au ch. 11 (voir 11.70).
2. *Tryphon* : voir la note sur 11.39 — *Ptolémaïs* : voir la note 5.15.
3. *Adida* : voir la note sur 12.38.

1. *talents* : voir au glossaire MONNAIES.
2. *Adôra* (ou *Adoraïm*, voir 2 Ch 11.9) : aujourd'hui *Dûra*, à 8 km à l'est d'Hébron. Tryphon
suit le même itinéraire que Lysias (voir 4.29; 6.31
et les notes).
3. *ceux de la Citadelle* : voir les notes sur 1.33 et
12.36.

Galaad[1]. 23 Il tua Jonathan aux approches de Baskama[2], et on l'y enterra. 24 Puis Tryphon s'en retourna dans son pays.

25 Simon envoya recueillir les ossements de Jonathan son frère et les déposa dans le tombeau de Modîn, ville de ses pères[3]. 26 Tout Israël mena sur lui un grand deuil et se lamenta pendant de longs jours. 27 Simon suréleva le tombeau de son père et de ses frères pour qu'il soit visible de loin — l'appareil, tant par derrière qu'en façade, était en pierre polie — 28 et il dressa sept pyramides l'une à côté de l'autre[4], pour son père, pour sa mère et pour ses quatre frères. 29 Il les entoura d'un ouvrage fait de hautes colonnes et, par dessus, en souvenir éternel, des panoplies flanquées de navires sculptés en relief, pour être vus de tous ceux qui naviguent sur la mer. 30 Tel est, jusqu'à ce jour, ce mausolée qu'il fit à Modîn.

Démétrius II confirme l'accord avec les Juifs

31 Or Tryphon, agissant perfidement à l'égard du jeune roi Antiochus[5], le tua. 32 Il régna à sa

place, ceignit le diadème de l'Asie[1] et infligea de grands maux au pays. 33 Simon rebâtit les forteresses de Judée, les entoura de hautes tours, de remparts imposants, munis de portes et de verrous. Dans ces forteresses, il entreposa des vivres. 34 Ensuite Simon envoya demander au roi Démétrius une remise d'impôts pour le pays, parce que Tryphon n'avait fait que piller. 35 Le roi Démétrius lui fit tenir une réponse conforme à ces paroles et lui écrivit la lettre suivante :

36 « Le roi Démétrius à Simon, grand prêtre et ami des rois[2], aux *anciens et à la nation des Juifs, salut. 37 Nous avons reçu la couronne d'or et la palme[3] que vous nous avez envoyées, et nous sommes disposés à conclure avec vous une paix complète, et à prescrire aux fonctionnaires de vous consentir des abattements. 38 Tout ce que nous avons décidé à votre égard est confirmé, et les forteresses que vous avez bâties vous appartiennent. 39 Nous vous faisons grâce des erreurs et des délits commis jusqu'à ce jour, ainsi que de la couronne que vous devez et, si quelque autre droit était perçu à Jérusalem, qu'il ne soit plus exigé. 40 Si quelques-uns d'entre vous sont aptes à s'enrôler dans notre garde du corps, qu'ils se fassent inscrire et qu'il y ait la paix entre nous. »

41 L'an 170[4], le *joug des nations fut ôté d'Israël 42 et le

---

1. *neige* : cet épisode doit se situer au début de l'hiver 143-142 av. J. C. — *Galaad* est très probablement une erreur de transcription : il faudrait lire *Galilée* à cause de la mention de *Baskama* (voir v. 23 et la note).

2. *Baskama* est la contraction de Beth-Seqma (« la maison du sycomore »), aujourd'hui tell Es-Semak, à la pointe du Carmel. Tryphon a sans doute exécuté Jonathan juste avant de se rembarquer.

3. *Modîn* : voir 2.1 et la note — *de ses pères* ou *de ses ancêtres*.

4. Ces *pyramides* bâties sur un socle couronnaient le mausolée ; elles sont caractéristiques de l'art funéraire de l'époque, de même que les *colonnes* et les frises *sculptées* (v. 29).

5. *Tryphon* : voir la note sur 11.39 — *Antiochus* VI, fils d'Alexandre Balas (voir 11.39).

---

1. *diadème* : voir la note sur 8.14 — *l'Asie* : voir la note sur 12.39.

2. *amis des rois* : voir la note sur 2.18.

3. *couronne d'or et palme* : voir la note sur 10.29.

4. *l'an cent soixante-dix* : en 142 av. J. C. (voir la note sur 1.10).

peuple commença à dater les
actes et les contrats de « l'an un
de Simon, grand prêtre, stratège[1]
et chef des Juifs. »

Simon prend Gazara et la Citadelle

43 En ces jours-là Simon mit le
siège devant Gazara[2] et, l'investissant de tous côtés, il construisit
une tour roulante, l'amena contre
la ville, pilonna une des tours et
s'en empara. 44 Les gens sautèrent
depuis la tour dans la place, ce
qui répandit la panique. 45 Les
habitants de la ville, leurs femmes
et leurs enfants montèrent sur le
rempart, *déchirant leurs vêtements et demandant à Simon de
leur tendre la main droite[3].
46 « Ne nous traite pas, disaient-ils, selon notre méchanceté,
mais selon ta miséricorde. » 47 Simon fit un arrangement avec eux
et ne les combattit pas. Mais il les
chassa de la ville, *purifia les
maisons qui contenaient des
idoles et alors il fit son entrée au
chant des hymnes et des bénédictions. 48 Il en bannit toute impureté, il y établit des hommes qui
pratiquaient la Loi. Il la fortifia
et s'y fit construire une résidence.
49 Ceux de la Citadelle[4] de Jérusalem, empêchés d'aller et venir
dans la région pour acheter et
vendre, souffrirent beaucoup de
la faim, et la famine fit des victimes. 50 Ils crièrent à Simon d'accepter leur main droite, ce qu'il
fit. Il les chassa de ce lieu et
purifia la Citadelle de ses souillures. 51 Ils y entrèrent le 23 du

deuxième mois de l'an 171[1] avec
des acclamations et des palmes,
au son des lyres et des cymbales,
des cithares, des hymnes et des
chants, car un grand ennemi
avait été extirpé d'Israël. 52 Simon
ordonna de célébrer chaque année ce jour-là avec allégresse. Il
fortifia la montagne du sanctuaire face à la Citadelle[2] et il
habita là avec les siens. 53 Simon
vit que Jean son fils était vraiment un homme. Il l'établit chef
de toutes les troupes; il résidait à
Gazara.

Eloge de Simon

14 1 En l'an 172, le roi Démétrius rassembla son armée
et partit pour la Médie chercher
de l'aide pour pouvoir combattre
Tryphon[3]. 2 Ayant appris que Démétrius avait pénétré sur son territoire, Arsace[4], roi de Perse et de
Médie, envoya l'un de ses généraux pour le prendre vivant. 3 Celui-ci partit, battit l'armée de Démétrius, le captura et l'amena à
Arsace qui le mit en prison.
4 Le pays fut en repos durant
tout le règne de Simon
et il cherchait le bien de la
nation.

---

1. *stratège* : voir la note sur *2 M* 3.5.
2. *Gazara* : voir la note sur 4.15.
3. *tendre la main droite* : voir la note sur 6.58.
4. *Citadelle* : voir les notes sur 1.33 et 12.36.

1. C'est-à-dire le 4 juin 141 av. J.-C. L'occupation de la Citadelle de Jérusalem par une garnison
séleucide avait duré 26 ans.
2. *la montagne du sanctuaire, face à la Citadelle* : c'est-à-dire la partie occidentale de la colline qui porte le Temple.
3. *l'an cent soixante-douze* : d'octobre 141 à septembre 140 av. J.-C. (voir la note sur 1.10) — La
Médie, ainsi que la *Perse* (v. 2), avaient fait partie de l'Empire d'Alexandre le Grand, mais Démétrius les avait perdues — *Tryphon* : voir la note sur 11.39.
4. *Arsace* VI, connu aussi sous le nom de Mithridate I, est le fondateur de l'Empire Parthe.
C'est en 139 av. J.-C. qu'il captura Démétrius II.

Son autorité fut agréée des
siens
et sa magnificence durant tous
ses jours.

5 Il ajouta à sa gloire la prise de
Joppé;
il en fit son port et s'ouvrit une
voie vers les îles[1].

6 Il élargit les frontières de sa
nation,
tint fermement le pays

7 et regroupa de nombreux captifs.
Il se rendit maître de Gazara,
de Bethsour et de la Citadelle
et en extirpa toute impureté[2].
Et personne ne put lui résister.

8 On cultivait sa terre en paix,
le sol donnait ses produits
et les arbres des plaines leurs
fruits.

9 Les *anciens, assis sur les
places,
ne parlaient que prospérité.
Les jeunes gens revêtaient habits de parade et splendides
armures.

10 Il approvisionna les villes
et les munit d'ouvrages forti-
fiés :
ainsi son nom glorieux fut
nommé jusqu'aux extrémités
de la terre.

11 Il fit la paix dans le pays
et grande fut la joie d'Israël.

12 Chacun s'assit sous sa vigne et
son figuier
et il n'y avait personne pour
les effrayer.

13 Tout agresseur disparut de leur
terre
et les rois furent écrasés en ces
jours.

14 Il affermit tous les humbles de
son peuple.
Il observa la Loi et supprima
tout impie et tout méchant.

15 Il couvrit de gloire le *sanctuaire
et l'enrichit de vases nombreux.

Les Spartiates envoient une lettre à Simon

16 On apprit à Rome et jusqu'à
Sparte[1] que Jonathan était mort
et on en fut très affligé. 17 Mais
lorsqu'ils surent que son frère Simon était devenu grand prêtre à
sa place, qu'il était maître de la
campagne et des villes, 18 ils firent graver sur des tablettes de
bronze le renouvellement de l'amitié et de l'alliance conclues jadis avec Judas et Jonathan ses
frères[2]. 19 Lecture en fut donnée
devant l'assemblée à Jérusalem.
20 Voici la copie de la lettre
qu'envoyèrent les Spartiates :

« Les magistrats et la ville de
Sparte à Simon, grand prêtre, et
aux *anciens, aux prêtres, et au
reste du peuple des Juifs, leurs
frères, salut. 21 Les ambassadeurs
envoyés auprès de notre peuple
nous ont appris votre gloire et
votre prestige et nous nous
sommes réjouis de leur venue.
22 Nous avons enregistré leurs déclarations parmi les décisions du
peuple : Numénius, fils d'Antio-

---

1. *Joppé* : voir la note sur *2 M* 12.3 — Les *îles* :
c'est-à-dire ici, de façon générale, les pays lointains
(cf. Es 40.15 et la note).
2. *captifs* : il s'agit des Juifs isolés à l'étranger
(cf. 3.9 et la note) — *Gazara* : voir la note sur 4.15;
Bethsour : voir la note sur 4.29; *la Citadelle* : voir
la note sur 1.33. Ce sont les trois principales
forteresses séleucides du pays — *impureté* : ce
terme désigne ici les idoles ou les traces des cultes
païens.

1. *Sparte* : voir 12.2 et la note.
2. Ce renouvellement d'alliance a dû être sollicité par Simon, par l'intermédiaire de Numénius
(voir v. 22, 24). Il date de 142 av. J. C. (voir 15.16
et la note).

chus, et Antipater, fils de Jason, ambassadeur des Juifs, sont venus chez nous pour renouveler l'amitié avec nous. 23 Il a plu au peuple de recevoir ces hommes avec honneur et de déposer la copie de leur discours aux archives publiques, afin que le peuple de Sparte en garde le souvenir. D'autre part, une copie a été exécutée à l'intention de Simon le grand prêtre. »

24 Après cela, Simon envoya Numénius à Rome avec un grand bouclier d'or pesant mille mines[1], pour confirmer l'alliance avec eux.

Simon grand prêtre et chef national juif

25 Apprenant ces événements, le peuple dit : « Quel témoignage de reconnaissance donnerons-nous à Simon et à ses fils, 26 car lui et ses frères et toute la maison de son père se sont montrés fermes. Il repoussa par les armes les ennemis d'Israël et fit accéder le peuple à la liberté. » Ils gravèrent une inscription sur des tables de bronze qu'ils scellèrent sur des stèles au mont Sion[2]. 27 Voici la copie du texte :

« Le dix-huit Eloul de l'an 172, qui est la troisième année de Simon, grand prêtre éminent en Asaramel[1], 28 en la grande assemblée des prêtres, du peuple, des chefs de la nation et des *anciens du pays, on nous a notifié ceci : 29 Pendant les guerres fréquentes survenues dans la région, Simon, fils de Mattathias, descendant des fils de Ioarib[2], et ses frères se sont exposés au danger et se sont dressés contre les ennemis de leur nation, afin que soient maintenus leur *sanctuaire et la Loi, et ils ont ainsi couvert leur nation d'une grande gloire. 30 Jonathan rassembla sa nation et devint leur grand prêtre, puis il alla rejoindre son peuple[3]. 31 Les ennemis des Juifs voulurent envahir leur pays pour le ravager et porter la main sur leur sanctuaire. 32 Alors Simon se leva et combattit pour sa nation. Il dépensa une grande partie de ses biens, il équipa les hommes de l'armée nationale et pourvut à leur solde. 33 Il fortifia les villes de Judée et Bethsour[4], ville frontière qui était auparavant l'arsenal ennemi; il y mit une garnison de guerriers juifs. 34 Il fortifia Joppé sur la mer, Gazara aux confins d'Azot[5], habitée autrefois par les ennemis; il y installa des Juifs et y entreposa tout ce qui était nécessaire à leur entretien. 35 Le peuple vit la fidélité de Simon et la gloire qu'il avait décidé de donner à sa na-

---

1. Après cela ... : en fait, l'ambassade de Numénius à Rome est probablement antérieure aux lettres des Romains et des Spartiates (voir v. 18; 15.16 et les notes) — mille mines (voir au glossaire MONNAIES) : il s'agit ici non du poids du bouclier (ce qui ferait environ 500 kg) mais de sa valeur calculée en mines d'argent (voir 15.18 et la note).

2. au mont Sion : la colline du Temple. Les stèles étaient dressées dans le *parvis du Temple (voir v. 48).

1. Le dix-huit Eloul de l'an cent soixante-douze (Eloul : voir au glossaire CALENDRIER) : le 13 septembre 140 av. J.-C. — Asaramel : transcription d'une expression hébraïque qui signifie « le parvis du peuple de Dieu »; ce terme désigne la cour extérieure du sanctuaire (voir v. 48; 9.54).

2. Ioarib : voir la note sur 2.1.

3. rejoindre son peuple : expression archaïque signifiant mourir (cf. Gn 25.8 et la note; 49.29).

4. Bethsour : voir la note sur 4.29.

5. Joppé : voir la note sur 2 M 12.3 — Gazara : voir la note sur 4.15 — Azot (ou Azôtos, voir 5.68 et la note) désigne ici le district de la Zone Maritime.

tion; ils l'établirent leur chef et grand prêtre à cause de tout ce qu'il avait fait, de la justice et de la foi qu'il garda envers sa nation, et parce que l'élévation de son peuple fut sa préoccupation constante. 36 Pendant les jours de Simon, celui-ci réussit à extirper les païens du territoire ainsi que ceux qui étaient dans la Cité de David[1] à Jérusalem, où ils s'étaient fait une citadelle; de là, ils opéraient des sorties pour souiller les abords du sanctuaire et attenter gravement à sa sainteté. 37 Il installa en ce lieu des soldats juifs et le fortifia pour la sécurité du pays et de la ville, et il suréleva les murailles de Jérusalem.

38 À la suite de cela, le roi Démétrius lui confirma le pontificat[2], 39 il le mit au nombre de ses amis[3] et le couvrit d'honneurs. 40 Il avait appris en effet que les Romains traitaient les Juifs d'amis, d'alliés et de frères, qu'ils avaient reçu avec honneur les ambassadeurs de Simon 41 et que les Juifs et les prêtres avaient jugé bon de nommer Simon chef et grand prêtre à perpétuité jusqu'à ce que se lève un *prophète fidèle, 42 de le nommer stratège[4] et responsable du sanctuaire, chargé de nommer les chefs de travaux, les préposés à l'administration du pays et les responsables de l'armement et des forts, 43 – responsable du sanctuaire –, devant être obéi de tous, promulguant que tous les actes du pays fussent rédigés en son nom, qu'il fût revêtu de la pourpre

et d'insignes d'or[1]. 44 Personne parmi le peuple et parmi les prêtres ne doit contrevenir à aucune de ces dispositions, ni contredire ses ordres, ni tenir une réunion dans le pays sans son autorisation, ni revêtir la pourpre ou porter une agrafe d'or. 45 Tout contrevenant à ces dispositions sera passible de sanction. 46 Tout le peuple fut d'avis d'accorder à Simon ces prérogatives. 47 Simon accepta et consentit à exercer le pontificat, à être stratège et ethnarque[2] des Juifs et des prêtres, et à être à la tête de tous.

48 Ils décidèrent que ce texte serait gravé sur des tables de bronze, qu'il serait placé en évidence dans l'enceinte du sanctuaire, 49 et que des copies seraient déposées dans le trésor[3], à la disposition de Simon et de ses fils. »

Le roi Antiochus VII écrit à Simon

15 1 Antiochus, fils du roi Démétrius, envoya une lettre depuis les îles à Simon, prêtre et ethnarque[4] des Juifs, et à toute la nation. 2 Elle était rédigée en ces termes :

« Le roi Antiochus à Simon, grand prêtre, ethnarque, et à la nation des Juifs, salut. 3 Puisque des gens pernicieux se sont emparés du royaume de mes pères, j'ai

---

1. *Cité de David* : voir la note sur 1.33.
2. *pontificat* : dignité de grand prêtre.
3. *amis* (du roi) : voir la note sur 2.18.
4. *stratège* : voir la note sur *2 M* 3.5.

1. *pourpre* : voir la note sur *2 M* 4.38 — *insignes d'or* : en particulier l'agrafe d'or (v. 44), voir 10.89 et la note.
2. *ethnarque* : titre courant à cette époque pour désigner un chef national (cf. 13.42).
3. *trésor* : c'est-à-dire la salle du trésor du Temple.
4. *Antiochus* VIII Sidétès (138-129 av. J. C.), fils de Démétrius I et frère de Démétrius II (voir 14.1-3) — *les îles* (cf. 11.38; 14.5 et les notes) : ici *Rhodes* — *ethnarque* : voir la note sur 14.47.

revendiqué le royaume pour le rétablir tel qu'il était auparavant. À cet effet, j'ai recruté des troupes nombreuses et j'ai armé des bateaux de guerre 4 dans le but d'opérer un débarquement dans le pays et de poursuivre ceux qui ont ruiné notre pays et dévasté beaucoup de villes de mon royaume. 5 Maintenant, je te confirme toutes les remises consenties par les rois mes prédécesseurs et la dispense de tous les autres dons qu'ils t'ont accordée. 6 Je te concède le privilège de frapper ta monnaie, ayant cours dans ton pays; 7 Jérusalem et le *sanctuaire sont libres. Toutes les armes dont tu t'es muni, les forteresses que tu as bâties et que tu occupes, demeurent ta propriété. 8 Toutes tes dettes présentes et futures envers le trésor royal te sont remises dès maintenant et pour toujours. 9 Quand nous aurons rétabli notre royauté, nous te décernerons, ainsi qu'à ton peuple et au sanctuaire, de tels honneurs que votre gloire deviendra manifeste au monde entier. »

Antiochus VII assiège Tryphon à Dôra

10 L'an 174 Antiochus partit pour le pays de ses pères, et toutes les troupes se rallièrent à lui, si bien qu'il ne resta peu de monde avec Tryphon[1]. 11 Antiochus se mit à sa poursuite et Tryphon s'enfuit à Dôra[2] qui est sur la mer, 12 car il se rendait bien

compte que les malheurs s'accumulaient et que ses troupes l'avaient abandonné. 13 Antiochus vint camper devant Dôra avec 120.000 combattants et 8.000 cavaliers. 14 Il cerna la ville et les bateaux se concentrèrent devant elle, ce blocus terrestre et maritime ne laissant personne entrer ou sortir.

Renouvellement de l'alliance avec Rome

15 Numénius et ses compagnons s'en vinrent de Rome[1], porteurs des lettres adressées aux rois et aux pays et libellées en ces termes : 16 « Lucius, consul des Romains, au roi Ptolémée[2], salut. 17 Les ambassadeurs des Juifs envoyés par le grand prêtre Simon et le peuple des Juifs sont venus chez nous comme amis et alliés pour renouveler l'amitié et l'alliance de jadis. 18 Ils ont apporté un bouclier d'or de mille mines[3]. 19 C'est pourquoi il nous a plu d'écrire aux rois et aux pays de ne pas leur chercher noise, de ne pas les combattre, eux, leurs villes ou leur pays, et de ne pas s'allier à ceux qui les combattraient. 20 Nous avons aussi décidé d'accepter de leur part le bouclier. 21 Si donc des éléments pernicieux ont fui leur pays pour se rendre auprès de vous, livrez-les au grand prêtre Simon, pour qu'il les châtie selon leur loi. »

---

1. Ce v. reprend la suite du récit interrompu en 14.24.

2. *Lucius* Metellus fut consul en 142 av. J. C., de sorte que cette lettre se situe avant les événements rapportés au début du ch. (voir v. 10; 14.18, 24 et les notes) — *Ptolémée* VII Physcon, roi d'Égypte.

3. *un bouclier d'or de mille mines* : un bouclier valant mille mines (d'argent), ce qui équivaut à un poids d'or de 44 kg (voir 14.24 et la note).

---

1. *l'an cent soixante-quatorze* : en 139 av. J. C., à l'automne — *le pays de ses pères* : c'est-à-dire la région d'Antioche, capitale de l'Empire séleucide (voir la note sur 1.8) — *Tryphon* : voir la note sur 11.39.

2. *Dôra* (ou *Dor*, voir Jos 11.2) : au sud du Carmel.

22 La même lettre fut adressée au roi Démétrius, à Attale, à Ariarathe, à Arsace[1] 23 et à tous les pays, à Sampsamé, aux Spartiates, à Délos, à Myndos, à Sicyone, à la Carie, à Samos, à la Pamphylie, à la Lycie, à Halicarnasse, à Rhodes, à Phasélis, à Cos, à Sidé, à Arados, à Gortyne, à Cnide, à Chypre et à Cyrène[2]. 24 Une copie fut rédigée à l'intention de Simon le grand prêtre.

Antiochus VII annule son accord avec Simon

25 Or, le roi Antiochus campait à Dôra dans le faubourg, faisant avancer sans cesse contre elle des détachements et construisant des machines. Son blocus contre Tryphon[3] empêchait quiconque d'entrer ou de sortir. 26 Simon lui envoya 2.000 hommes d'élite pour combattre à ses côtés, ainsi que de l'argent, de l'or et un important matériel. 27 Non seulement il refusa de les recevoir, mais il révoqua tout ce qu'il avait convenu auparavant avec Simon et il devint tout autre avec lui. 28 Il lui envoya Athénobius, l'un de ses amis pour conférer avec lui en ces

termes : «Vous occupez Joppé, Gazara et la Citadelle[1] de Jérusalem, villes de mon royaume. 29 Vous avez transformé leur territoire en désert, vous avez fait beaucoup de mal au pays et vous vous êtes rendus maîtres de plusieurs localités de mon royaume[2]. 30 Rendez donc maintenant les villes que vous avez prises et payez les redevances des lieux dont vous vous êtes emparés hors des frontières de Judée. 31 Sinon donnez 500 talents[3] d'argent en leur lieu et place, plus 500 autres talents pour vos destructions et pour les redevances de ces villes; ou alors, nous allons venir et ce sera la guerre.»

32 Athénobius, ami du roi, une fois arrivé à Jérusalem, vit la magnificence de Simon, le buffet garni d'or et d'argent, un grand apparat. Il en fut stupéfait et transmit à Simon les paroles du roi. 33 Simon lui fit cette réponse : «C'est l'héritage de nos pères[4], injustement accaparé par nos ennemis pendant un certain temps, que nous avons conquis, et non pas une terre étrangère ou le bien d'autrui. 34 Nous avons simplement profité d'une occasion favorable pour recouvrer l'héritage de nos pères. 35 Quant à Joppé et à

1. *Démétrius II* était prisonnier des Parthes (voir 14.2) mais le consul l'ignorait — *Attale II* : roi de Pergame (petit royaume de la côte occidentale d'Asie Mineure), 159-138 av. J. C. — *Ariarathe V* : roi de Cappadoce — *Arsace* : voir la note sur 14.2.
2. Cette liste, quoique donnée sans ordre apparent, reflète bien l'état politique du Proche-Orient au deuxième siècle av. J. C. : quelques grands royaumes comme l'Égypte (l'île de *Chypre* et *Cyrène*), le Pont (*Sampsamé*, sur la mer Noire) ou Pergame (*Myndos*), mais les liens n'étaient pas toujours très clairs. Plusieurs de ces villes ou régions abritaient des colonies juives (voir v. 19).
3. *Dôra* : voir la note sur le v. 11 — *machines* : voir les notes sur 5.30 et 6.20 — *Tryphon* : voir la note sur 11.39.

1. *ami (du roi,* voir v. 32) : voir la note sur 2.18 — *Joppé* : voir la note sur *2 M* 12.3 — *Gazara* : voir la note sur 4.15 — *la Citadelle* : voir la note sur 1.33 et cf. 14.5, 7 et la note.
2. *plusieurs localités de mon royaume* : allusion probable aux quatre nomes (voir 11.57 et la note).
3. *cinq cents talents* (voir au glossaire MONNAIES) : somme supérieure au montant habituel du tribut qui est de 300 talents (voir 11.28). Antiochus reprend ici ce qu'il avait promis peu de temps avant (voir v. 8), mais cette exigence correspond à la charte de son père, Démétrius II, qui n'avait exempté que Jérusalem (voir 13.39).
4. *nos pères* ou *nos ancêtres*.

Gazara, que tu revendiques, ces villes faisaient beaucoup de mal au peuple et à notre pays. Pour elles, nous donnerons cent talents. »

L'autre ne souffla mot, 36 il s'en retourna furieux chez le roi et lui rapporta ces paroles et tout ce qu'il avait vu de la gloire de Simon, et le roi se mit dans une grande colère.

Le gouverneur Kendébée attaque la Judée

37 Tryphon s'embarqua et s'enfuit à Orthosia[1]. 38 Le roi nomma Kendébée épistratège du Littoral[2], lui confiant une troupe de fantassins et de cavaliers, 39 avec pour consigne de camper en face de la Judée, de rebâtir Kédrôn, de renforcer ses portes et de guerroyer contre le peuple. Le roi se lança à la poursuite de Tryphon[3]. 40 Kendébée se rendit à Jamnia et multiplia les provocations contre le peuple, faisant des incursions en Judée, ramenant des prisonniers et se livrant à des massacres. 41 Il rebâtit Kédrôn et y cantonna des cavaliers et des fantassins pour opérer des sorties et patrouiller sur les routes de Judée, comme le roi le lui avait commandé.

1. *Tryphon* : voir la note sur 11.39 — *Orthosia* : ville située entre Tripoli et l'embouchure du fleuve Eleuthère (voir la note sur 11.7).

2. *Épistratège* : c'est-à-dire « celui qui est au-dessus du stratège » ; sorte du super-préfet — *Littoral* : voir 11.59 et la note.

3. *Kédrôn* : aujourd'hui Qatra, à 6 km au sud-est de Jamnia — *à la poursuite de Tryphon* : assiégé dans sa ville natale, Apamée, sur l'Oronte, il fut mis à mort (ou se donna la mort).

Les fils de Simon chassent Kendébée

16 [1] Jean monta de Gazara[1] et informa son père Simon des actes de Kendébée. 2 Simon convoqua ses deux fils les plus âgés, Judas et Jean, et leur dit : « Mes frères et moi, ainsi que la maison de mon père, nous avons combattu les ennemis d'Israël depuis notre jeunesse jusqu'à aujourd'hui et, à maintes reprises, il nous a été donné de sauver Israël. 3 Maintenant, je suis vieux et, par la miséricorde du *Ciel, vous voilà dans la force de l'âge. Prenez donc ma place et celle de mon frère, partez combattre pour notre nation, et que le secours du Ciel soit avec vous. » 4 Il choisit dans le pays 20.000 hommes de guerre et des cavaliers, et ils marchèrent contre Kendébée; ils passèrent la nuit à Modîn[2]. 5 Puis, s'étant levés de bon matin, ils s'avancèrent dans la plaine et voici, une armée nombreuse de fantassins et de cavaliers venait à leur rencontre; un torrent[3] les séparait encore. 6 Jean et les siens prirent position en face d'eux. Se rendant compte que ses gens craignaient de traverser le torrent, Jean traversa le premier. Voyant cela, ses hommes le traversèrent à sa suite. 7 Il divisa sa troupe en mettant la cavalerie au milieu de l'infanterie, car la cavalerie adverse était très nombreuse. 8 Il fit sonner les trompettes et Kendébée fut défait avec son armée; beaucoup tombèrent mortellement blessés et ceux

1. *Gazara* : voir la note sur 4.15. C'est là que résidait Jean (voir 15.53).

2. *Modîn* : à 25 km de Kédrôn, où s'est installé Kendébée (voir 15.41).

3. *un torrent* : le wadi Qatra.

qui restaient s'enfuirent vers la forteresse[1]. 9 Alors fut blessé Judas, le frère de Jean qui, lui, les poursuivit jusqu'à Kédrôn que Kendébée avait rebâtie. 10 Les fuyards allèrent jusqu'aux tours qui sont dans la campagne d'Azôtos[2]; Jean les incendia et ils perdirent 2.000 hommes. Jean retourna en paix en Judée.

Simon assassiné. Son fils Jean lui succède

11 Ptolémée, fils d'Aboubas, avait été nommé stratège de la plaine de Jéricho[3]. Il possédait beaucoup d'argent et d'or, 12 car il était le gendre du grand prêtre. 13 Son cœur s'exalta, il voulut devenir le maître du pays et il conçut le dessein perfide de supprimer Simon et ses fils. 14 Or Simon, préoccupé de leur administration, parcourait les villes du pays. Il descendit à Jéricho, avec Mattathias et Judas, ses fils, en l'an 177, au onzième mois, qui est le mois de Shebat[4]. 15 Le fils d'Aboubas les reçut perfidement dans une petite forteresse, appelée Dôk[5], qu'il avait fait construire; il leur prépara un grand repas, mais il cacha des hommes dans le fort. 16 Quand Simon et ses fils furent ivres, Ptolémée et ses hommes se levèrent, prirent leurs armes, se précipitèrent sur Simon dans la salle du festin et le tuèrent ainsi que ses deux fils et quelques-uns de ses serviteurs. 17 Il commit ainsi une grande trahison et rendit le mal pour le bien.

18 Ptolémée rendit compte au roi par écrit de ce qu'il avait fait, demandant que des troupes de secours lui soient envoyées, afin de lui livrer villes et campagnes. 19 Il dépêcha d'autres émissaires à Gazara pour supprimer Jean[1] et il envoya une lettre aux commandants, les invitant à se rendre auprès de lui afin qu'il leur distribuât de l'argent, de l'or et des présents. 20 Il en envoya d'autres pour prendre possession de Jérusalem et de la montagne du *sanctuaire. 21 Mais quelqu'un prit les devants et se rendit à Gazara pour annoncer à Jean la mort de son père et de ses frères; il ajouta : « Il a envoyé quelqu'un pour te tuer toi aussi. » 22 À cette nouvelle, Jean fut complètement bouleversé; il se saisit des hommes venus le tuer et les exécuta, car il avait appris qu'ils cherchaient à le faire mourir.

23 Le reste des actions de Jean, ses combats, les exploits qu'il accomplit, les remparts qu'il fit construire[2] et ses autres entreprises, 24 voici que tout cela est

---

1. *la forteresse* : Kédrôn (voir 15.39 et 41).

2. *Azôtos* : voir la note sur 5.68.

3. *nommé* : peut-être par Simon (voir v. 17) — *stratège de la plaine de Jéricho* (voir la note sur *2 M* 3.5) : en fait, cette « stratégie » dépendait de la Judée dont elle n'était qu'une partie.

4. *cent soixante-dix-sept* : en février 134 av. J.-C. — *Shebat* (ou *Shevat*) : voir au glossaire CALENDRIER.

5. *Dôk* : cette petite *forteresse* se dressait au sommet du mont appelé aujourd'hui mont de la Quarantaine, qui domine Jéricho

1. *à Gazara* : voir la note sur 4.15 — *Jean* : un des fils de Simon (voir 13.53).

2. *les remparts qu'il fit reconstruire* : ceux de Jérusalem, détruits par Antiochus VII après la reddition de la ville.

écrit dans le livre des Annales de son pontificat[1], à partir du moment où il devint grand prêtre à la place de son père.

---

1. *Livre des Annales :* des extraits de ce livre ont été reproduits par l'historien juif Josèphe — La formule rappelle volontairement une formule fréquente dans le livre des Rois (cf. 1 R 11.41; 14.29; 15.31. Voir aussi la note sur *1 M* 5.5) — *pontificat :* voir la note sur 14.38.

DEUXIÈME LIVRE DES MACCABÉES

Première lettre aux Juifs d'Egypte

1 1 À leurs frères les Juifs d'Egypte[1], salut ! Leurs frères les Juifs de Jérusalem et ceux du pays de Judée (leur souhaitent) paix et prospérité ! 2 Que Dieu vous comble de bienfaits et se souvienne de son *alliance avec Abraham, Isaac et Jacob, ses fidèles serviteurs. 3 Qu'il vous donne à tous un coeur pour l'adorer et faire ses volontés généreusement et de plein gré. 4 Qu'il ouvre votre *coeur à sa Loi et à ses préceptes et qu'il fasse régner la paix. 5 Qu'il exauce vos prières, se réconcilie avec vous et ne vous abandonne pas au temps du malheur. 6 C'est la prière qu'ici même nous lui adressons en ce moment pour vous. 7 Sous le règne de Démétrius, l'an 169, nous, les Juifs, nous vous avons écrit : « Dans la détresse et la crise qui fondirent sur nous en ces années, depuis que Jason[1] et ses partisans firent défection de la terre sainte et du royaume, 8 ils allèrent jusqu'à mettre le feu à la grande porte du Temple et à verser le sang inno-

1. Les Juifs d'Egypte : des communautés juives s'étaient installées en Egypte au moins depuis l'époque de Jérémie (voir Jr 43.3-7).

1. Démétrius : il s'agit de Démétrius II, roi séleucide (voir la note sur 1 M 1.8) qui régna de 145 à 138 puis de 129 à 125 av. J.-C. — L'an cent-soixante neuf de l'ère séleucide correspond à l'année 143-142 av. J.-C. (voir la note sur 1 M 1.10) — Jason : voir 2 M 4.7-20.

cent; alors nous avons prié le Seigneur, nous avons été exaucés, nous avons offert un *sacrifice et de la fleur de farine, nous avons allumé les lampes et exposé les pains. » 9 Et maintenant, nous vous écrivons pour vous inviter à célébrer la fête des Tentes du mois de Kisleu[1], 10 l'an 188[2].

Deuxième lettre : les Juifs louent le Seigneur pour la mort d'Antiochus

Ceux de Jérusalem et ceux de Judée, le conseil des *anciens et Judas, à Aristobule, conseiller du roi Ptolémée et issu de la race des prêtres consacrés par l'*onction, ainsi qu'aux Juifs d'Egypte[3], joie et santé ! 11 Sauvés par Dieu de grands périls, nous le remercions grandement de nous assister contre le roi[4]; 12 car il a lui-même expulsé ceux qui ont marché en armes contre la ville sainte. 13 S'étant en effet rendu en Perse, leur chef, ainsi que son armée qui paraissait invincible, furent massacrés dans le temple de Nanéa[5] grâce à un stratagème dont usèrent les prêtres de Nanéa. 14 En

effet, sous prétexte d'épouser la déesse, Antiochus[1], accompagné de ses amis, se rendit en ce lieu dans l'intention d'en recevoir les richesses considérables à titre de dot. 15 Les prêtres du Nanéon les exposèrent, et le roi avança avec quelques personnes de sa suite dans l'enceinte du temple. Mais ils fermèrent le sanctuaire[2] dès qu'Antiochus y fut entré, 16 ouvrirent la porte dissimulée dans les lambris du plafond et foudroyèrent le chef en lançant des pierres. Ils coupèrent aux intrus les membres et la tête qu'ils jetèrent à ceux qui étaient dehors.

17 Loué soit en toutes choses notre Dieu qui a livré à la mort ceux qui ont commis un sacrilège !

Le miracle du feu de l'autel

18 Comme nous allons célébrer le 25 Kisleu la purification du Temple, nous avons jugé de notre devoir de vous en informer, pour que vous aussi la célébriez à la manière de la fête des Tentes[3] et du feu qui apparut quand Néhémie, qui avait construit le Temple et l'*autel, offrit des *sacrifices.

19 Car lorsque nos pères furent

---

1. *La fête des Tentes* était célébrée au mois de Tishri (septembre-octobre); la mention du *mois de Kisleu* (novembre-décembre) montre qu'il s'agit ici en réalité de la fête de la Dédicace (cf. 10.5-6). Voir au glossaire CALENDRIER.
2. C'est-à-dire en 124 av. J.-C.
3. *Judas* : Judas Maccabée, fils du prêtre Mattathias (voir *1 M* 2.4 et la note), chef des révoltés juifs (voir 5.27; 8, etc.) — *Aristobule* : Juif d'Alexandrie — *Ptolémée* : Ptolémée VI Philométor, roi lagide d'Egypte (voir la note sur *1 M* 1.18) — *Juifs d'Egypte* : voir la note sur le v. 1.
4. Antiochus, voir v. 13 (*leur chef*); v. 14 et la note.
5. *Nanéa* : déesse Mésopotamienne, identifiée avec Artémis.

1. *Antiochus* : Antiochus IV Epiphane (voir *1 M* 1.10). Sa mort est racontée de façon différente en 9.28 et *1 M* 6.1-13.
2. *Nanéon* : le temple de la déesse Nanéa, désigné aussi comme *le sanctuaire*.
3. *Kisleu*, (fête de la) *purification* : voir au glossaire CALENDRIER — *fête des Tentes* : voir la note sur le v. 9.

emmenés en Perse[1], les pieux prêtres d'alors, ayant pris du feu de
l'autel, le cachèrent secrètement
dans une cavité ressemblant à un
puits desséché et l'y abritèrent de
manière que l'endroit fût ignoré
de tous. 20 Un assez grand
nombre d'années s'étant écoulées,
quand Dieu le jugea à propos,
Néhémie, envoyé par le roi de
Perse, manda à la recherche du
feu les descendants des prêtres
qui l'avaient caché. Mais comme
ils expliquèrent qu'ils avaient
trouvé non pas du feu, mais un
liquide épais, il leur ordonna d'en
puiser   pour   en   rapporter.
21 Quand on eût tout préparé
pour les sacrifices, Néhémie ordonna aux prêtres de répandre ce
liquide sur le bois et sur les offrandes placées dessus. 22 Ceci
fait, lorsque après quelque temps
le soleil, d'abord voilé par des
nuages, se mit à briller, un grand
brasier s'alluma au grand étonnement de tous. 23 Pendant que le
sacrifice se consumait, les prêtres
prononçaient une prière, et avec
les prêtres tous les présents, Jonathan[2] conduisant le choeur et
les autres répondant avec Néhémie. 24 Or cette prière était ainsi
conçue :

« Seigneur, Seigneur Dieu, créateur de toutes choses, redoutable,
fort, juste, miséricordieux, seul
roi, seul bon, 25 seul libéral, seul
juste, tout-puissant et éternel, qui
sauves Israël de tout mal, qui as

fait de nos pères tes élus et les as
*sanctifiés, 26 agrée ce sacrifice
pour tout ton peuple d'Israël,
conserve ton héritage[1] et sancti-
fie-le. 27 Rassemble ceux d'entre
nous qui sont dispersés; délivre
ceux qui sont en esclavage parmi
les nations, regarde favorable-
ment ceux qui sont méprisés et
objets d'abomination, afin que les
nations reconnaissent que tu es
notre Dieu. 28 Châtie ceux qui
nous tyrannisent et nous outragent insolemment. 29 Implante
ton peuple dans ton saint lieu[2],
comme l'a dit Moïse. »

30 Les prêtres exécutaient des
hymnes. 31 Quand les matières du
sacrifice furent consumées, Néhémie ordonna aussi de verser le
reste du liquide sur de grandes
pierres. 32 Cela fait, une flamme
s'alluma, qui fut absorbée par la
lumière rayonnée par l'autel en
face. 33 Lorsque l'événement eut
été divulgué et qu'on eut raconté
au roi des Perses qu'à l'endroit où
les prêtres déportés avaient caché
le feu, un liquide avait paru avec
lequel Néhémie et ses compagnons avaient sanctifié les matières du sacrifice, 34 le roi fit en-
clore cet endroit et le rendit sacré
après avoir vérifié l'événement.
35 À ceux auxquels le roi le
concédait, il donnait une part des
grands revenus qu'il en retirait.
36 Néhémie et son entourage appelèrent ce liquide nephtar, ce
qu'on traduit par purification,

---

1. *emmenés en Perse :* il s'agit de l'exil à Babylone; la *Perse* désigne ici tout le pays situé à l'est
de l'Euphrate.
2. Ce *Jonathan* est peut-être le même personnage que le grand prêtre Yonatan (ou Yohanân)
de Ne 12.11.

1. L'héritage de Dieu : c'est-à-dire le peuple (dt
4.20; 9.29) ou le pays d'Israël (2.4; Jr 2.7; 16.18).
2. *saint lieu :* désignation du temple de Jérusalem et, par extension, de Jérusalem et même de
toute la Judée.

mais le commun le nomme naphte[1].

Jérémie a caché le matériel du culte

2 1 On trouve, dans les écrits[2], que le *prophète Jérémie ordonna à ceux qui partaient pour la déportation de prendre du feu, comme on l'a indiqué, 2 et que le prophète recommanda à ceux qu'on emmenait, après leur avoir donné la Loi[3], de ne pas oublier les préceptes du Seigneur et de ne pas s'égarer dans leurs pensées en voyant des statues d'or et d'argent et les ornements dont elles étaient revêtues. 3 Parmi d'autres conseils du même genre, il les exhorta à ne pas laisser la Loi s'éloigner de leur coeur. 4 Dans cet écrit, il était raconté que le prophète, averti par un oracle, se fit accompagner par la *tente et l'*arche, qu'il se rendit à la montagne où Moïse était monté et d'où il avait contemplé l'héritage de Dieu[4] 5 et que, arrivé là, Jérémie trouva une habitation en forme de grotte, y introduisit la tente, l'arche et l'*autel des parfums, après quoi il en obstrua l'entrée. 6 Quelques-uns de ses compagnons voulurent s'y rendre pour marquer le chemin par des signes, mais ils ne purent le retrouver. 7 Ayant ap-

pris cela, Jérémie les blâma en leur disant : « Ce lieu restera inconnu jusqu'à ce que Dieu ait accompli le rassemblement de son peuple et lui ait manifesté sa miséricorde. 8 Alors le Seigneur montrera de nouveau ces objets, et la gloire du Seigneur apparaîtra avec la Nuée, comme elle se montra au temps de Moïse et lorsque Salomon pria pour que le saint lieu[1] fût glorieusement consacré. » 9 On racontait en outre comment, doué de sagesse, il offrit le *sacrifice de la dédicace[2] et de l'achèvement du *sanctuaire. 10 De même que Moïse avait prié le Seigneur et qu'alors le feu était descendu du ciel et avait consumé les matières du sacrifice, ainsi Salomon pria, et le feu descendu consuma les holocaustes[3]. 11 Moïse avait dit que c'est parce qu'il n'avait pas été mangé que le sacrifice pour le péché a été consumé. 12 Pareillement aussi Salomon célébra les huit jours de fête.

Judas a rassemblé les livres anciens

13 Dans ces écrits et dans les mémoires de Néhémie[4], il était raconté, en plus de ces mêmes faits, que Néhémie, fondant une bibliothèque, y réunit les livres concernant les rois et les *prophètes, ceux de David et des lettres de rois au sujet des offrandes. 14 De la même manière, Judas a rassemblé tous les livres dispersés à

---

1. Les propriétés du *naphte*, ou pétrole brut, étaient connues depuis longtemps; l'auteur de ce récit sait également qu'il y avait un culte du feu chez les Perses (voir v. 34).

2. Les *écrits* : sans doute un texte apocryphe aujourd'hui perdu. Les v. 4 à 9 n'ont pas de parallèle dans la Bible; pour les v. 1 à 3 voir *Lt-Jr* 3.

3. *donné la Loi* : c'est-à-dire le livre contenant la loi de Dieu.

4. *la montagne* : il s'agit du mont Nébo (voir *Dt* 34.1) — Sur l'*héritage de Dieu*, voir la note sur 1.26.

---

1. *La Nuée* : voir *Ez* 13.21 et la note — *saint lieu* : le Temple de Jérusalem.

2. *sacrifice de la dédicace* : pour consacrer au Seigneur le Temple de Jérusalem; voir *1 R* 8.62-63.

3. *holocaustes* : voir au glossaire SACRIFICES.

4. Ces *mémoires de Néhémie* sont un livre apocryphe aujourd'hui perdu; cf. 2.1 et la note.

cause de la guerre qu'on nous a faite, et ils sont entre nos mains. 15 Si donc vous en avez besoin, envoyez-nous des gens qui vous les rapporteront.

Invitation à célébrer la purification du Temple

16 Nous vous avons écrit cette lettre étant sur le point de célébrer la purification[1] du Temple; vous ferez donc bien d'en célébrer les jours. 17 Le Dieu qui a sauvé tout son peuple et qui a conféré à tous l'héritage, la royauté, le sacerdoce et la *sanctification, 18 comme il l'avait promis par la Loi, ce Dieu, nous l'espérons, aura bientôt pitié de nous et nous rassemblera des régions qui sont sous le ciel dans le saint lieu[2], car il nous a arraché à de grands maux et a purifié le saint lieu.

L'auteur explique ce qu'il a voulu faire

19 Quant à l'histoire de Judas Maccabée et de ses frères, la purification du très grand *sanctuaire, la dédicace[3] de l'*autel, 20 ainsi que les guerres contre Antiochus Epiphane et son fils Eupator[4], 21 et les apparitions célestes produites en faveur des braves qui luttèrent généreusement pour le judaïsme, au point que malgré leur petit nombre, ils pillèrent toute la région et poursuivirent la foule des barbares,

22 qu'ils reconquirent le sanctuaire célèbre dans tout l'univers, délivrèrent la ville et rétablirent les lois menacées d'abolition[1], le Seigneur leur ayant été propice de toute sa mansuétude, 23 tous ces faits ayant été développés en cinq livres par Jason de Cyrène[2], nous essaierons de les résumer en un seul ouvrage. 24 Considérant, en effet, le flot des chiffres et la difficulté qu'éprouvent ceux qui désirent se plonger dans les récits de l'histoire, à cause de l'abondance de la matière, 25 nous avons eu le souci d'offrir un agrément à ceux qui se contentent d'une simple lecture, une commodité à ceux qui se plaisent à confier les faits à leur mémoire, de l'utilité à tous ceux qui rencontreront ces pages. 26 Pour nous, qui avons pris sur nous le pénible labeur de ce résumé, c'était là non une tâche facile, mais une affaire de sueurs et de veilles, 27 comparable au travail difficile de l'ordonnateur d'un festin qui recherche la satisfaction des autres. De même, pour rendre service à beaucoup de gens, nous supporterons volontiers un dur travail, 28 laissant à l'écrivain[3] le soin d'entrer dans les détails de chaque événement, pour nous efforcer de tracer les contours d'un résumé. 29 Car de même qu'il incombe à l'architecte d'une maison neuve de s'occuper de l'ensemble de la construction, alors que celui qui se charge de la décorer de peintures à l'encaustique doit re-

---

1. *purification* : voir au glossaire CALENDRIER.
2. *saint lieu* : le Temple de Jérusalem.
3. *purification, dédicace* : voir au glossaire CALENDRIER.
4. *Antiochus Epiphane* : voir *1 M* 1.10 — *Eupator* : surnom d'Antiochus V, dont il est question à partir de 10.10.

---

1. Sur les *lois menacées d'abolition*, voir 6.6-11; *1 M* 1.41-53.
2. *Jason de Cyrène* : écrivain appartenant à la communauté juive de Cyrénaïque (au nord de la Libye). Son ouvrage nous est inconnu par ailleurs.
3. *l'écrivain* : Jason de Cyrène, voir la note sur le v. 23.

chercher ce qui est nécessaire à l'ornementation, ainsi en est-il, me semble-t-il, pour nous. 30 Pénétrer dans le sujet, en faire le tour, en examiner avec curiosité le détail appartient à celui qui compose l'histoire, 31 mais s'appliquer à la recherche de la concision et renoncer à l'exposé complet des faits est une concession qu'il convient de faire à l'auteur d'une adaptation.

32 Commençons donc ici notre relation sans rien ajouter de plus à ce qui vient d'être dit; car il serait sot d'être abondant dans ce qui précède l'histoire et de raccourcir l'histoire elle-même.

Héliodore vient confisquer le trésor du Temple

3 1 Alors que les habitants de la ville sainte jouissaient d'une paix entière, et qu'on y observait au mieux les lois grâce à la piété du grand prêtre Onias[1] et à son horreur du mal, 2 il arrivait que les rois eux-mêmes honoraient le saint lieu et faisaient au *sanctuaire les dons les plus magnifiques, 3 si bien que Séleucus le roi d'Asie couvrait de ses revenus personnels toutes les dépenses exigées par le service des *sacrifices[2]. 4 Mais un certain Simon, de la tribu de Bilga, institué prévôt du Temple, se trouva en dés-

accord avec le grand prêtre au sujet de l'agoranomie[1] de la ville. 5 Comme il ne pouvait l'emporter sur Onias, il alla trouver Apollonius, fils de Thraséas, stratège à cette époque de Coelé-Syrie et de Phénicie[2]. 6 Il dénonça le trésor de Jérusalem, disant qu'il regorgeait de richesses inouïes au point que la quantité des sommes était incalculable, et sans aucun rapport avec le compte exigé par les sacrifices, et ajoutant qu'il était possible de les faire tomber en la possession du roi. 7 Au cours d'une audience chez le roi, Apollonius mit celui-ci au courant de la dénonciation qui lui avait été faite au sujet de ces richesses. Ayant choisi Héliodore qui était à la tête des affaires[3], le roi l'envoya avec l'ordre de procéder à la confiscation des richesses indiquées. 8 Aussitôt Héliodore se mettait en route, en apparence pour inspecter les villes de Coelé-Syrie et de Phénicie, en réalité pour exécuter les intentions du roi. 9 Arrivé à Jérusalem et reçu amicalement par le grand prêtre et par la ville, il fit part de la révélation qu'on avait faite et expliqua la raison de sa présence; mais il demandait si cette accusation répondait à la vérité. 10 Le grand prêtre lui représenta que le trésor se composait des dépôts des veuves et des orphelins[4], 11 en

1. Onias III, fils de Simon II (voir Si 50), descendant de Sadoq (voir la note sur Ez 40.46). Il est l'«oint» ou le «chef d'alliance» dont parle Dn 9.26; 11.22.
2. Séleucus IV, surnommé Philopator, souverain séleucide (voir la note sur 1 M 1.8) de 187 à 175 av. J. C. — Ces rois ont eu souvent pour politique d'encourager les cultes locaux pour se concilier les populations voisines; pour cela, ils faisaient des donations aux temples, ce qui ne les empêchait pas de les piller en cas de besoin (voir 1.14; 3.7; 1 M 10.40).

1. La tribu de Bilga était une des vingt-quatre classes de prêtres (voir 1 Ch 24.14) — Le prévôt du Temple était chargé de son administration financière — agoranomie : ou police des marchés.
2. Le stratège est soit un chef militaire de haut rang, soit le chef d'une province comme c'est le cas ici — La province de Coelé-Syrie (ou «Syrie creuse») et Phénicie couvrait toute la Palestine, le Liban et le sud de la Syrie.
3. à la tête des affaires : expression désignant le premier ministre; voir par exemple 10.11.
4. Les veuves et les orphelins étaient particulièrement protégés par la loi (voir Dt 27.19).

partie aussi de ceux d'Hyrcan, fils de Tobie, personnage occupant une très haute situation, et que, contrairement aux indications calomnieuses de l'impie Simon, il y avait en tout 400 talents d'argent et 200 talents d'or[1]; 12 qu'au reste il était absolument impossible de léser ceux qui avaient fait confiance à la sainteté du lieu, à la majesté et à l'inviolabilité d'un Temple vénéré dans le monde entier.

La ville est bouleversée

13 Mais Héliodore, en vertu des ordres du roi, soutenait absolument que ces richesses devaient être confisquées pour le trésor royal. 14 Au jour fixé par lui, il entrait pour dresser l'inventaire de ces richesses; une très vive inquiétude se répandit alors dans toute la ville. 15 Les prêtres, revêtus de leurs habits sacerdotaux, se prosternaient devant l'*autel et invoquaient le *Ciel, auteur de la Loi sur les dépôts, le priant de conserver intacts ces biens à ceux qui les avaient posés. 16 À voir l'aspect du grand prêtre, on ne pouvait manquer de sentir une blessure dans le coeur, tant son air et l'altération de son teint faisaient apparaître l'angoisse de son âme. 17 La frayeur et le tremblement dont cet homme était saisi dans tout son corps rendaient visible à ceux qui le regardaient la souffrance qui lui étreignait le coeur. 18 Des gens sortaient par groupes des maisons pour prier en commun afin de détourner du saint lieu[1] l'opprobre dont il était menacé. 19 Les femmes ceintes de *sacs au-dessous des seins remplissaient les rues; les jeunes filles, encore tenues à la maison, couraient les unes vers les portes, les autres sur les murs, certaines se penchaient aux fenêtres : 20 toutes, les mains tendues vers le ciel, clamaient leur supplication. 21 C'était pitié de voir la prostration confuse de la foule et l'attente du grand prêtre agité d'une grande angoisse. 22 Tandis qu'on suppliait le Seigneur tout-puissant de garder intacts, en toute sûreté, les dépôts à ceux qui les avaient confiés, 23 Héliodore, lui, exécutait ce qui avait été décidé.

Dieu punit Héliodore

24 Il était déjà, avec sa garde, près du Trésor, quand le Souverain des Esprits[2] et de toute puissance fit une grande apparition, de sorte que ceux qui avaient osé venir là furent frappés par la force de Dieu et en perdirent vigueur et courage. 25 Il leur apparut, en effet, un cheval, monté par un cavalier terrifiant, et richement caparaçonné; s'élançant avec impétuosité, il agita contre Héliodore ses sabots de devant. L'homme qui le montait paraissait porter une armure d'or. 26 En même temps, deux autres jeunes

---

1. *Hyrcan* appartenait à la famille des Tobiades qui gouvernaient l'Ammanitide (région d'Amman, en Transjordanie, voir *1 M* 5.13 et la note) — *quatre cents talents … d'or* : voir au glossaire MONNAIES. Ce chiffre est surprenant s'il représente environ 10.000 kilos d'argent et 5.000 kilos d'or. Comparer le montant du tribut annuel versé par la Judée (*1 M* 11.28).

1. *le saint lieu* : le Temple.
2. *Souverain des Esprits* : titre rare donné à Dieu.

hommes apparurent à Héliodore, d'une force remarquable et d'une très grande beauté, habillés de vêtements magnifiques; s'étant placés de part et d'autre, ils le fustigeaient sans relâche, lui assénant une grêle de coups. 27 Héliodore tomba d'un coup à terre et fut enveloppé d'épaisses ténèbres. On le ramassa pour le mettre dans une litière, 28 et cet homme, qui venait d'entrer dans le trésor susdit avec une nombreuse suite et toute sa garde, fut emporté, désormais incapable de s'aider lui-même, par des gens qui reconnaissaient ouvertement la souveraineté de Dieu. 29 Par l'effet de la puissance divine, cet homme gisait donc sans voix, privé de tout espoir et de tout secours. 30 Quant aux autres, ils bénissaient le Seigneur qui avait miraculeusement glorifié son saint lieu, et le *sanctuaire qui, peu de temps avant, était rempli de frayeur et de trouble, débordait de joie et d'allégresse grâce à la manifestation du Seigneur tout-puissant. 31 Certains des compagnons d'Héliodore s'empressèrent de demander à Onias qu'il priât le Très-Haut et accordât la vie à l'homme qui gisait là et en était à son dernier souffle. 32 Dans la crainte que le roi ne conçût le soupçon qu'un mauvais tour avait été joué à Héliodore par les Juifs, le grand prêtre offrit un *sacrifice pour le retour de cet homme à la vie. 33 Pendant que le grand prêtre offrait le sacrifice d'expiation, les mêmes jeunes hommes apparurent de nouveau à Héliodore, revêtus des mêmes habits; debout près de lui, ils lui dirent : « Rends de grandes

actions de grâce à Onias, le grand prêtre, car c'est grâce à lui que le Seigneur t'accorde la vie sauve; 34 quant à toi, fustigé du *Ciel, va annoncer à tous la grande force de Dieu. » Ayant prononcé ces paroles, ils disparurent.

Conversion d'Héliodore

35 Héliodore, ayant offert un *sacrifice au Seigneur et adressé de ferventes prières à celui qui lui avait conservé la vie, prit amicalement congé d'Onias et revint avec son armée auprès du roi. 36 Il rendait témoignage à tous des oeuvres du Dieu très grand, qu'il avait contemplées de ses yeux. 37 Le roi lui demandant quel homme était indiqué pour être envoyé une nouvelle fois à Jérusalem, Héliodore répondit : 38 « Si tu as quelque ennemi ou conspirateur contre ton gouvernement, envoie-le là-bas, et tu le recevras roué de coups, si toutefois il en réchappe, car une puissance divine entoure vraiment ce lieu. 39 Car celui qui a sa demeure dans le Ciel veille sur ce lieu et le protège, et ceux qui y viennent avec de mauvais desseins, il les frappe et les fait périr. » 40 C'est ainsi que se passèrent les événements concernant Héliodore et la conservation du trésor.

Simon calomnie le grand prêtre Onias

4 1 Le susdit Simon[1], devenu ainsi dénonciateur du trésor et de la patrie, continuait à calomnier Onias, disant que c'é-

1. *le susdit Simon* : le prévôt du Temple, voir 3.4 et la note.

tait lui qui avait assailli Héliodore et ourdi ces maux. 2 Le bienfaiteur de la cité, le protecteur de
ses frères de race, le zélé observa-
teur des lois, il osait le présenter
comme un conspirateur contre le
gouvernement.   3 Cette   haine
grandissait au point que des
meurtres furent commis par des
hommes recrutés par Simon.
4 Onias,   considérant   combien
cette rivalité était fâcheuse et
voyant qu'Apollonius, fils de Ménesthée, stratège de Coelé-Syrie
et de Phénicie[1], accroissait encore
la méchanceté de Simon, 5 se rendit chez le roi, non comme accusateur de ses concitoyens, mais
ayant en vue l'intérêt général et
particulier de tout le peuple. 6 Il
voyait en effet que, sans une décision royale, il était impossible désormais de faire régner la paix
dans l'administration et que Simon ne mettrait pas un terme à
sa folie.

Le grand prêtre Jason introduit des usages païens

(*1 M 1.10-15*)

   7 Séleucus ayant quitté cette vie
et Antiochus surnommé Epiphane lui ayant succédé sur le
trône, Jason, frère d'Onias,
usurpa le pontificat[2], 8 ayant promis au roi, au cours d'une entrevue, 360 talents[3] d'argent et 80

talents à prélever sur quelque
autre revenu. 9 Il s'engageait en
outre à faire transcrire à son
compte 150 autres talents s'il lui
donnait   pouvoir   d'établir   un
gymnase et une éphébie et de
faire le recensement des Antiochiens de Jérusalem[1]. 10 Le roi
ayant consenti, Jason, dès qu'il
eut saisi le pouvoir, amena ses
frères de race à échanger leur façon de vivre contre celle des
Grecs. 11 Il supprima les franchises[2] que les rois, par humanité,
avaient garanties aux Juifs grâce
à l'entremise de Jean, père de cet
Eupolème qui sera envoyé en ambassade pour conclure un traité
d'amitié et d'alliance avec les Romains; il détruisit les institutions
légitimes et inaugura des usages
contraires à la Loi. 12 Il se fit en
effet un plaisir de faire construire
un gymnase au pied même de
l'Acropole et il conduisit les meilleurs des éphèbes sous le pétase[3].
13 L'hellénisme et la pénétration
étrangère atteignirent un tel degré par suite de l'excessive perversité de Jason, un impie et non
un grand prêtre, 14 que les prêtres
ne montraient plus aucun em-

---

1. *stratège ... de Phénicie* : voir la note sur 3.5.
2. *Antiochus surnommé Epiphane* succéda à son frère, Séleucus, assassiné par Héliodore (voir chap. 3) en 175 av. J. C. Il fut le principal persécuteur des Juifs (voir 5.12-16, 23-26; 6.1-11) — En prenant le nom de *Jason* (transposition grecque du nom juif Josué ou Jésus), le nouveau grand prêtre montrait ses sympathies pour la civilisation hellénistique.
3. *talents* : voir au glossaire POIDS ET ME-
SURES, MONNAIES.

---

1. *éphébie* : institution grecque qui assurait aux jeunes gens de 18 à 20 ans, une formation physi-
que et intellectuelle — L'expression *Antiochiens de Jérusalem* témoigne de la transformation de la ville sainte en cité grecque, sous le nom d'Antioche (en l'honneur du roi Antiochus IV).
2. Les *franchises* sont les exemptions de tributs et redevances que les rois consentaient parfois à une province, une ville ou un temple (voir *1 M* 10.29-30) — Sur *Eupolème* et l'ambassade à Rome, voir *1 M* 8.17-30.
3. *L'acropole*, siège de la garnison syrienne, domi-
nait le Temple au nord-ouest. Le *gymnase* se trouvait donc à côté du sanctuaire — Le *pétase* était le chapeau porté par les *éphèbes*, membres d'une *éphébie* (voir la note sur le v. 9); c'était le symbole d'Hermès, la divinité grecque des compé-
titions sportives. L'expression *conduire sous le pé-
tase* signifie donc « amener aux exercices du gymnase ».

pressement pour le service de l'*autel, mais que, méprisant le Temple et négligeant les *sacrifices, ils se hâtaient de participer dans la palestre aux distributions d'huile[1], prohibées par la Loi, dès que l'appel du gong avait sonné. 15 Ils ne faisaient aucun cas des honneurs de leur patrie, et ils estimaient au plus haut point les gloires helléniques. 16 Aussi est-ce pour ces raisons qu'ils se trouvèrent ensuite dans une situation pénible et qu'en ceux-là mêmes dont ils cherchaient à copier les façons de vivre et auxquels ils voulaient ressembler en tout, ils rencontrèrent des ennemis et des bourreaux. 17 On ne viole pas sans inconvénient les lois divines, c'est ce que la période qui suit va montrer.

18 Comme on célébrait à Tyr les jeux quadriennaux[2] en présence du roi, 19 l'*impur Jason envoya des représentants des Antiochiens de Jérusalem, portant avec eux 300 drachmes[3] d'argent pour le sacrifice à Héraclès. Mais ceux-là mêmes qui les portaient jurèrent qu'il ne convenait pas de les affecter à ce sacrifice et qu'elles seraient réservées à une autre dépense. 20 L'argent destiné au sacrifice d'Héraclès par celui qui l'avait envoyé fut donc employé, par l'initiative de ceux qui l'apportaient, à la construction des trirèmes[4].

Antiochus Epiphane acclamé à Jérusalem

21 Apollonius, fils de Ménesthée, ayant été envoyé en Egypte pour assister aux noces du roi Philométor, Antiochus apprit que ce dernier était devenu hostile à sa politique et songea à sa propre sécurité[1]. Cette préoccupation l'amena à Joppé, d'où il se rendit à Jérusalem. 22 Grandement reçu par Jason et par la ville, il fut introduit à la lumière des flambeaux et au milieu des acclamations. À la suite de quoi, il emmena son armée camper en Phénicie.

Ménélas devient grand prêtre

23 Au bout de trois ans, Jason envoya Ménélas, frère du Simon signalé plus haut, porter l'argent au roi et mener à bien la négociation[2] des affaires urgentes. 24 Ménélas ayant été présenté au roi et l'ayant abordé avec les manières d'un personnage important, se fit attribuer le pontificat à lui-même, évinçant Jason en offrant 300 talents[3] de plus que lui. 25 Il revint, muni des lettres royales d'investiture, sans rien à son actif qui fût digne du pontificat et n'ayant à faire valoir que les fureurs d'un tyran cruel et la rage d'une bête sauvage. 26 Ainsi Jason, qui avait supplanté son propre frère, fut supplanté à son tour par un autre et dut s'exiler en Ammanitide[4].

1. La *palestre* est le lieu où se déroulaient jeux et concours — L'*huile* est celle dont se frottaient les athlètes.
2. *jeux quadriennaux* : jeux qui se déroulaient tous les quatre ans en l'honneur du dieu phénicien Melqart, Héraclès pour les Grecs (voir v. 19).
3. *drachmes* : voir au glossaire MONNAIES.
4. *trirèmes* : navires de guerre, à trois rangées de rameurs superposées.

1. Le roi d'Egypte Ptolémée VI, *Philométor*, neveu d'Antiochus Epiphane, épousa vers 174 sa propre soeur Cléopâtre II. A ce moment-là, l'Egypte se préparait à reconquérir la Coelé-Syrie (voir la note sur 3.5).
2. *au bout de trois ans* : fin 172 ou début 171 av. J. C. (voir la note sur *1 M* 1.10) — *Jason* : voir la note sur 4.7 — *Simon* : voir 3.4-6 — *négociations* : traduction incertaine d'un texte peu clair.
3. *talents* : voir au glossaire MONNAIES.
4. *Ammanitide* : voir la note sur 3.11.

27 Quant à Ménélas, il possédait bien le pouvoir, mais il ne payait rien au roi de l'argent qu'il lui avait promis. 28 Cependant Sostrate, commandant de l'Acropole[1], lui présentait des réclamations, puisque c'est à lui que revenait la perception des impôts. Aussi bien tous les deux furent-ils convoqués par le roi. 29 Ménélas laissa pour le remplacer comme grand prêtre son frère Lysimaque, et Sostrate laissa Cratès, le chef des Chypriotes[2].

Onias est assassiné et son meurtrier puni

30 Sur ces entrefaites, il arriva que les habitants de Tarse et de Mallos[3] se révoltèrent, parce que leurs villes avaient été données comme cadeau à Antiokhis, la concubine du roi. 31 Le roi partit donc en hâte pour régler cette affaire, laissant pour le remplacer Andronique, un des grands dignitaires. 32 Convaincu de saisir un moment favorable, Ménélas déroba quelques objets d'or du *sanctuaire, en fit présent à Andronique et réussit à en vendre d'autres à Tyr et aux villes voisines. 33 Ayant eu des renseignements précis sur ce méfait, Onias lui adressa des reproches après s'être retiré dans le lieu inviolable de Daphné près d'Antioche[4].

34 En conséquence, Ménélas prenant à part Andronique, le pressait de supprimer Onias. Andronique alla donc trouver Onias; se fiant à la ruse, il lui tendit la main droite avec serment et le décida, bien qu'il gardât quelque doute, à sortir de son asile, sur quoi il le mit à mort sur le champ, sans égard pour la justice.

35 Pour cette raison, non seulement les Juifs, mais aussi beaucoup de gens parmi les autres nations furent indignés et choqués du meurtre injuste de cet homme.

36 Lorsque le roi fut rentré des cités de Cilicie, les Juifs de la ville et les Grecs qui partageaient leur haine du mal vinrent le trouver au sujet du meurtre injustifié d'Onias. 37 Affligé jusqu'au fond de l'âme et touché de compassion, Antiochus versa des larmes au souvenir de la sagesse et de la grande modération du défunt.

38 Enflammé d'indignation, il dépouilla immédiatement Andronique de la pourpre[1] et *déchira ses vêtements, puis l'ayant fait mener par toute la ville jusqu'à l'endroit même où il avait exercé son impiété sur Onias, il y envoya le meurtrier hors de ce monde, le Seigneur frappant ainsi Andronique d'un juste châtiment.

---

1. *commandant* : c'est-à-dire préfet militaire — l'*Acropole* : voir la note sur 4.12.
2. des *Chypriotes* étaient engagés comme mercenaires dans les armées séleucides (voir 12.2 et la note; *1 M* 1.29).
3. *Tarse* (qui sera la patrie de l'apôtre Paul) et *Mallos* étaient deux cités grecques de Cilicie.
4. *Onias* : voir la note sur 3.1 — *Daphné*, à 8 km d'*Antioche*, était célèbre pour son sanctuaire d'Apollon; il avait été fondé par Séleucus I (successeur immédiat d'Alexandre le Grand, voir la note sur *1 M* 1.8) et jouissait du droit d'asile.

1. La *pourpre* (étoffe teinte de couleur rouge, voir *1 M* 4.25 et la note) n'était portée que par les grands personnages; elle était donc devenue le symbole de la dignité du fonctionnaire de haut rang.

Mort de Lysimaque, frère de Ménélas

39 Or un grand nombre de vols sacrilèges ayant été commis dans la ville par Lysimaque[1] avec la complicité de Ménélas, et le bruit s'en étant répandu au dehors, le peuple s'ameuta contre Lysimaque, alors que beaucoup d'objets d'or avaient déjà été dispersés. 40 Comme la multitude se soulevait, débordante de colère, Lysimaque arma près de 3.000 hommes et lança d'injustes attaques sous le commandement d'un certain Auranos, homme avancé en âge, mais non moins en folie. 41 S'apercevant que cette agression venait, elle aussi, de Lysimaque, les uns se saisissaient de pierres, d'autres de gourdins; certains puisaient à pleines mains dans la cendre[2] qui se trouvait là, et assaillirent en une mêlée confuse les gens de Lysimaque. 42 Aussi leur firent-ils beaucoup de blessés et quelques morts; ils mirent le reste en fuite et massacrèrent le sacrilège lui-même près du trésor.

Ménélas gagne injustement un procès

43 Sur ces faits un procès fut intenté à Ménélas. 44 Lorsque le roi vint à Tyr, les trois hommes envoyés par le Conseil des *Anciens plaidèrent leur cause en sa présence. 45 Voyant déjà la partie perdue, Ménélas promit des sommes importantes à Ptolémée, fils de Dorymène[3], pour qu'il gagnât le roi à sa cause. 46 Aussi Ptolémée, ayant emmené le roi sous le péristyle[1], sous prétexte de lui faire prendre le frais, le fit changer d'avis. 47 Ainsi cet homme qui fut l'auteur de tout le mal, Ménélas, le roi le renvoya absous de toutes les accusations, tandis qu'il condamna à mort des malheureux qui, s'ils avaient plaidé leur cause même devant des Scythes[2], eussent été renvoyés acquittés. 48 Ils subirent donc sans délai cette peine injuste, ceux qui avaient pris la défense de la ville, des bourgs et des vases sacrés. 49 Aussi vit-on même des Tyriens, outrés de cette méchanceté, pourvoir magnifiquement à leur sépulture. 50 Quant à Ménélas, grâce à la cupidité des puissants, il se maintint au pouvoir, croissant en malice et se posant en grand ennemi de ses concitoyens.

Jason attaque Jérusalem mais doit s'enfuir

5 1 Vers ce temps-là, Antiochus se mit à préparer sa seconde attaque contre l'Egypte[3]. 2 Or il arriva que dans toute la ville[4], pendant près de 40 jours, apparurent, courant dans les airs, des cavaliers vêtus de manteaux brodés d'or, des troupes armées disposées en cohortes, 3 des escadrons de cavalerie rangés en

1. *Lysimaque* : frère du grand prêtre Ménélas, voir 4.29.
2. La *cendre* des sacrifices entassée près de l'autel. La révolte a donc lieu dans l'enceinte du Temple (voir la mention du trésor, v. 42).
3. Ce *Ptolémée* (voir 8.8; *1 M* 3.38) est le chef de la province de Coelé-Syrie et de Phénicie (voir la note sur 3.5); c'est donc un très haut fonctionnaire, proche du roi.

1. *péristyle* : galerie à colonnade que comportaient souvent les bâtiments publics grecs.
2. *Scythes* : peuplade du nord de la mer Noire, dont la cruauté était proverbiale.
3. Cette *seconde attaque contre l'Egypte* eut lieu en 168 av. J. C., un an après la première (voir *1 M* 1.16).
4. *dans toute la ville* : Jérusalem.

ordre de bataille, des attaques et des charges lancées de part et d'autre, des boucliers agités, des forêts de piques, des épées tirées, des lancements de traits, des scintillements d'armures d'or et des cuirasses de tout genre. 4 Aussi tous priaient pour que cette apparition fût de bon augure.

5 Or, la fausse rumeur de la mort d'Antiochus s'étant répandue, Jason, ne prenant pas moins d'un millier d'hommes avec lui, dirigea à l'improviste une attaque contre la ville. La muraille forcée et la ville finalement prise, Ménélas se réfugia dans l'Acropole[1]. 6 Jason se livrait sans ménagement au massacre de ses propres concitoyens, sans songer que le succès remporté sur ses frères de race était le plus grand des revers, s'imaginant remporter des trophées[2] sur des ennemis et non sur des compatriotes. 7 D'un côté il ne réussit pas à s'emparer du pouvoir, et, de l'autre, il finit par se couvrir de honte à cause de sa trahison, et se retira de nouveau dans son exil en Ammanitide[3]. 8 Sa conduite criminelle trouva donc un terme : enfermé chez Arétas, tyran des Arabes, fuyant la ville[4], poursuivi par tous, détesté comme renégat des lois, exécré comme le bourreau de sa patrie et de ses concitoyens, il échoua en Egypte. 9 Cet homme,

qui avait banni de leur patrie un grand nombre de personnes, périt sur une terre étrangère, s'étant rendu à Lacédémone dans l'espoir d'y trouver un refuge en considération d'une commune origine[1]. 10 Lui, qui avait jeté tant d'hommes sur le sol sans sépulture, nul ne le pleura ni ne lui rendit les derniers devoirs, et il n'eut aucune place dans le tombeau de ses pères[2].

Antiochus pille le temple de Jérusalem
(1 M 1.21-24)

11 Lorsque ces événements furent arrivés à la connaissance du roi, il en conclut que la Judée faisait défection. Il quitta donc l'Egypte, furieux comme une bête sauvage, et prit la ville[3] à main armée. 12 Il ordonna ensuite aux soldats d'abattre sans pitié tous ceux qui leur tomberaient entre les mains et d'égorger ceux qui monteraient dans les maisons. 13 On extermina jeunes et vieux, on supprima femmes et enfants, on égorgea vierges et nourrissons. 14 Il y eut 80.000 victimes en ces trois jours; 40.000 tombèrent sous les coups, et le nombre de ceux qui furent vendus comme esclaves ne fut pas moindre.

15 Non content de cela, il osa pénétrer dans le *sanctuaire le plus saint de toute la terre, ayant pour guide Ménélas, devenu traître envers les lois et envers sa

---

1. *Jason* : voir la note sur 4.7 — *Acropole* : voir la note sur 4.12.

2. Les *trophées* sont les dépouilles de l'ennemi vaincu (cf. 8.27), dont on faisait une sorte de monument (voir 15.5). L'expression *remporter des trophées* a souvent simplement le sens de remporter la victoire.

3. *Ammanitide* : voir la note sur 3.11.

4. *la ville*, d'après les meilleurs manuscrits latins (*de ville en ville* d'après le grec) : il s'agit de Pétra, capitale des Nabatéens (voir *1 M* 5.25); on connaît plusieurs rois (ou *tyrans*) nabatéens du nom d'*Arétas*. .

---

1. L'idée d'une *commune origine* entre le peuple de Sparte (*Lacédémone*) et les Juifs (voir *1 M* 12.21), vient peut-être d'un parallèle établi entre Moïse et Lycurgue, législateur de Sparte.

2. Etre exclu du tombeau de sa famille était considéré comme une terrible punition (voir 1 R 13.22).

3. *la ville* : Jérusalem.

patrie. 16 Il prit de ses mains *impures les vases sacrés, et les offrandes que les autres rois avaient déposées pour le développement, la gloire et la dignité du saint lieu, il les rafla de ses mains profanes. 17 Antiochus s'exaltait en pensée, ne voyant pas que c'était à cause des péchés des habitants de la ville que le souverain Maître était irrité pour peu de temps, et que c'était là la raison de son indifférence apparente envers le lieu saint. 18 S'ils n'avaient pas été plongés dans une multitude de péchés, lui aussi, à l'instar d'Héliodore envoyé par Séleucus pour inspecter le trésor, il aurait été, dès son arrivée, flagellé et détourné ainsi de son audacieuse entreprise. 19 Mais le Seigneur a choisi non pas le peuple à cause du saint lieu, mais le saint lieu à cause du peuple. 20 C'est pourquoi le lieu lui-même, après avoir participé aux malheurs arrivés au peuple, a eu part, dans la suite, aux bienfaits; abandonné au moment de la colère du Tout-Puissant, il a été de nouveau, en vertu de la réconciliation avec le souverain Maître, restauré dans toute sa gloire.

21 Antiochus donc, après avoir enlevé au Temple 1.800 talents, se hâta de se rendre à Antioche, croyant dans sa superbe[1] et l'exaltation de son coeur, avoir rendu navigable la terre ferme et la mer praticable à la marche. 22 Mais il laissa des préposés pour faire du mal à la nation; à Jérusalem, Philippe, phrygien[2] de race, de caractère plus barbare encore que celui qui l'avait institué; 23 sur le mont Garizim[1], Andronique, et en plus ceux-ci Ménélas, qui s'élevait avec plus de méchanceté que les autres au-dessus de ses concitoyens.

L'envoyé du roi massacre les Juifs

Nourrissant à l'égard des Juifs une hostilité foncière, 24 le roi envoya le Mysarque[2] Apollonius à la tête d'une armée de 22.000 hommes avec ordre d'égorger tous ceux qui étaient dans la force de l'âge et de vendre les femmes et les enfants. 25 Arrivé en conséquence à Jérusalem et jouant le personnage pacifique, Apollonius attendit jusqu'au saint jour du *sabbat où, profitant du chômage des Juifs, il commanda à ses subordonnés une prise d'armes. 26 Tous ceux qui étaient sortis pour assister au spectacle, il les fit massacrer et, envahissant la ville avec ses soldats en armes, il abattit un grand nombre de personnes.

27 Or Judas le Maccabée[3], avec une dizaine d'autres, se retira dans le désert; lui et ses compagnons vivaient à la manière des bêtes sur les montagnes, ne mangeant jamais que des herbes pour éviter souillure.

---

1. *talents* : voir au glossaire MONNAIES. Même s'il s'agit d'argent et non pas d'or, cela représente une somme énorme (cf. 3.10 et la note) — *sa superbe* ou *son orgueil*.
2. Ces *préposés* sont des délégués du roi, munis de pouvoirs civils étendus et peut-être aussi de pouvoirs militaires — *Philippe* (voir 6.11 et 8.8) est un personnage différent de l'« ami du roi » dont il est question en 9.29 ; *1 M* 6.14, 55 — *Phrygien* : originaire de Phrygie, en Asie Mineure, pays qui n'appartenait plus à l'empire séleucide mais où l'on recrutait probablement des soldats.

1. *sur le mont Garizim* : c'est-à-dire probablement à Sichem, ville construite au pied du Garizim.
2. *mysarque* : chef des mercenaires de Mysie, région du nord-ouest de l'Asie Mineure.
3. *Judas le Maccabée* : voir la note sur *1 M* 2.4.

Le Temple profané et les Juifs persécutés

(1 M 1.41-64)

6 1 Peu de temps après, le roi envoya Géronte l'Athénien pour forcer les Juifs à s'éloigner des lois de leurs pères et à cesser de régler leur vie sur les lois de Dieu, 2 pour profaner le Temple de Jérusalem et le dédier à Zeus Olympien et pour dédier à Zeus Hospitalier celui du mont Garizim, comme le demandaient les habitants du lieu. 3 L'invasion de ces maux, même pour la masse, était pénible et intolérable. 4 Le Temple était en effet rempli de débauches et d'orgies : des païens se divertissaient avec des courtisanes, avaient commerce avec des femmes dans les *parvis sacrés et y apportaient des choses défendues. 5 L'*autel était couvert des victimes *impures, interdites par les lois. 6 Il n'était pas permis de célébrer le *sabbat ni d'observer les fêtes de nos pères, ni simplement de confesser qu'on était juif. 7 On était conduit par une amère contrainte à participer tous les mois à un repas rituel, le jour de la naissance du roi, et quand arrivaient les fêtes dionysiaques, on était forcé d'accompagner, couronné de lierre, le cortège de Dionysos[1]. 8 Un décret fut rendu, à l'instigation des habitants de Ptolémaïs[2], pour que dans les villes grecques du voisinage on tînt la même conduite à l'égard des Juifs et que ceux-ci prissent part au repas rituel, 9 avec ordre d'égorger ceux qui ne se décideraient pas à adopter les coutumes grecques. On pouvait prévoir dès lors la calamité imminente. 10 Ainsi deux femmes furent déférées en justice pour avoir fait *circoncire leurs enfants. On leur fit faire en public le tour de la ville, leurs enfants suspendus aux mamelles, avant de les précipiter du haut des remparts. 11 D'autres s'étaient rendus ensemble dans les cavernes voisines pour y célébrer en cachette le jour du sabbat. Dénoncés à Philippe[1], ils furent brûlés ensemble parce qu'ils renonçaient à se défendre eux-mêmes par respect pour la sainteté du jour.

La persécution, signe de la miséricorde de Dieu

12 Je recommande donc à ceux qui auront ce livre entre les mains de ne pas se laisser décourager à cause de ces calamités, mais de penser que ces persécutions ont eu lieu, non pas pour la ruine, mais pour l'éducation de notre race. 13 Quand les impies ne sont pas laissés longtemps à eux-mêmes, mais que les châtiments les atteignent promptement, c'est un signe de grande bonté. 14 Pour châtier les autres nations, le souverain Maître attend en effet avec longanimité qu'elles arrivent à combler la mesure de leurs iniquités ; mais ce n'est pas ainsi

---

1. *le jour de la naissance du roi* : le 25 de chaque mois (voir *1 M* 1.59) — *Les fêtes dyonisiaques*, en l'honneur de Dionysos, dieu de la vigne et du vin, donnaient traditionnellement lieu à des festins et à des réjouissances.

2. *des habitants de Ptolémaïs* : traduit d'après le syriaque ; le texte grec est obscur. Sur cette ville, voir les notes sur 13.24 et 25.

1. *Philippe* : voir 5.22 et la note.

qu'il a jugé juste d'agir avec nous, 15 afin qu'il n'ait pas à nous punir à la dernière extrémité, à un moment où nos péchés auraient atteint leur terme. 16 Aussi ne retire-t-il jamais de nous sa miséricorde : en le formant par l'adversité, il n'abandonne pas son peuple. 17 Qu'il nous suffise d'avoir rappelé cette vérité; après ces quelques mots, il nous faut revenir à notre récit.

Le martyre d'Eléazar

18 Eléazar, un des premiers docteurs de la Loi, homme déjà avancé en âge et du plus noble extérieur, était contraint tandis qu'on lui ouvrait la bouche de force, de manger de la chair de porc[1]. 19 Mais préférant une mort glorieuse à une vie infâme, il avançait volontairement vers le supplice de la roue[2]. 20 Il cracha ce qu'il avait dans la bouche, comme doivent le faire ceux qui ont le courage de repousser ce qu'il n'est pas permis de manger par amour de la vie. 21 Ceux qui présidaient à ce repas rituel interdit par la Loi prirent Eléazar à part, parce que cet homme était pour eux une connaissance de vieille date, et l'engagèrent à se faire apporter des viandes dont il lui était permis de faire usage et préparées par lui, mais à feindre de manger la portion des chairs de la victime prescrite par le roi : 22 en agissant ainsi, il serait préservé de la mort et profiterait de l'humanité due à sa vieille amitié pour eux. 23 Mais lui, voulant agir dans l'honneur, de façon digne de son âge, de l'autorité de sa vieillesse et de ses vénérables cheveux blanchis dans le labeur, digne d'une conduite parfaite depuis l'enfance, mais surtout de la sainte législation établie par Dieu, répondit en conséquence qu'on l'envoyât sans tarder au *séjour des morts. 24 Et il ajouta : « À notre âge, il est indigne de feindre; autrement beaucoup de jeunes gens, croyant qu'Eléazar a embrassé à 90 ans le genre de vie des étrangers, 25 s'égareraient eux aussi à cause d'une dissimulation qui ne me ferait gagner, bien mal à propos, qu'un petit reste de vie. Je ne ferais qu'attirer sur ma vieillesse souillure et déshonneur, 26 et quand même je me soustrairais pour le présent au châtiment des hommes, je n'échapperais, ni vivant ni mort, aux mains du Tout-Puissant. 27 En quittant donc maintenant la vie avec courage, je me montrerai digne de ma vieillesse, 28 ayant laissé aux jeunes le noble exemple d'une belle mort, volontaire et généreuse, pour les vénérables et saintes lois. »

Ayant prononcé ces paroles, il alla tout droit au supplice de la roue. 29 Ceux qui l'y conduisaient changèrent en malveillance la bienveillance qu'ils avaient eue pour lui peu avant, parce que le discours qu'il venait de tenir était à leur point de vue de la folie. 30 Mais lui, sur le point de mourir sous les coups, dit en soupirant : « Au Seigneur qui possède la science sainte, il est manifeste que, pouvant échapper à la mort,

1. Le *porc* était considéré comme un animal impur et la loi interdisait d'en consommer la chair (voir Lv 11.7-8).

2. Le *supplice de la roue* consistait à attacher le condamné sur une roue horizontale fixée sur un poteau central; on le fouettait jusqu'au sang ou on lui brisait les membres.

j'endure dans mon corps des douleurs cruelles sous les fouets, mais qu'en mon âme je les souffre avec joie à cause de la crainte qu'il m'inspire. »

31 C'est ainsi que cet homme quitta la vie, laissant par sa mort, non seulement aux jeunes, mais à la grande majorité de la nation, un exemple de noble courage et un mémorial de vertu.

Le martyre des sept frères et de leur mère

7 1 Il arriva aussi que sept frères furent arrêtés avec leur mère et que le roi voulut les contraindre, en leur infligeant les fouets et les nerfs de boeufs, à toucher à la viande de porc[1] interdite par la Loi. 2 L'un d'eux, se faisant leur porte-parole, dit : « Que vas-tu demander et apprendre de nous ? Nous sommes prêts à mourir plutôt que de transgresser les lois de nos pères. » 3 Le roi, devenu furieux, fit mettre sur le feu des poêles et des chaudrons. 4 Dès qu'ils furent brûlants, il ordonna de couper la langue de celui qui avait été leur porte-parole, de lui enlever la peau de la tête et de lui trancher les extrémités sous les yeux de ses frères et de sa mère. 5 Lorsqu'il fut complètement mutilé, il commanda de l'approcher du brasier, respirant encore, et de le faire passer à la poêle. Tandis que la vapeur se répandait autour de la poêle, les autres avec leur mère s'exhortaient mutuellement à mourir courageusement; ils disaient : 6 « Le Seigneur Dieu voit, et en vérité il a compassion de nous, comme Moïse l'a annoncé par le cantique qui proteste ouvertement en ces termes : *Et il aura pitié de ses serviteurs*[1]. »

7 Quand le premier eut ainsi quitté la vie, on amena le second au supplice. Après lui avoir arraché la peau de la tête avec les cheveux, on lui demandait : « Mangeras-tu du porc plutôt que de subir la torture de ton corps, membre par membre ? » 8 Mais il répondit dans la langue de ses pères[2] : « Non ! » C'est pourquoi lui aussi subit les tortures l'une après l'autre. 9 Au moment de rendre le dernier soupir, il dit : « Scélérat que tu es, tu nous exclus de la vie présente, mais le roi du monde, parce que nous serons morts pour ses lois, nous ressuscitera pour une vie éternelle. »

10 Après lui, on supplicia le troisième. Il présenta aussitôt sa langue comme on le lui ordonnait et tendit ses mains avec intrépidité. 11 Il fit cette déclaration courageuse : « C'est du *ciel que je tiens ces membres, à cause de ses lois je les méprise, et c'est de lui que j'espère les recouvrer. » 12 Le roi lui-même et son entourage furent frappés de la grandeur d'âme de ce jeune homme qui comptait les souffrances pour rien. 13 Ce dernier une fois mort, on soumit le quatrième aux mêmes tortures cruelles. 14 Sur le point d'expirer, il dit : « Mieux vaut mourir de la main des hommes en attendant, selon les

---

1. *viande de porc* · voir la note sur 6.18.

1. Citation de Dt 32.36 où il est également question de participation aux repas rituels des païens.

2. L'expression *la langue de ses pères* désigne sans doute l'hébreu (voir 12.37 et la note), bien que la langue parlée couramment à cette époque fût l'araméen. En tout cas le roi ne comprend pas (voir v. 24 et 27).

promesses faites par Dieu, d'être ressuscité par lui, car pour toi il n'y aura pas de résurrection à la vie. » 15 On amena ensuite le cinquième et on le tortura. 16 Fixant les yeux sur le roi, il lui dit : « Tu es puissant parmi les hommes bien qu'étant corruptible. Tu fais ce que tu veux, mais ne crois pas que notre race soit abandonnée de Dieu. 17 Pour toi, prends patience et tu verras sa grande puissance, comme il te tourmentera, toi et ta descendance[1] » 18 après celui-ci, ils amenèrent le sixième : sur le point de mourir, il dit : « Ne te fais pas de vaines illusions, car c'est à cause de nous-mêmes que nous endurons ces souffrances, ayant péché envers notre Dieu; aussi nous est-il arrivé d'étranges calamités. 19 Mais toi, ne t'imagine pas que tu resteras impuni, toi qui as entrepris de faire la guerre à Dieu. »

20 Éminemment admirable et digne d'une excellente renommée fut la mère, qui voyait mourir ses sept fils en l'espace d'un seul jour et le supportait avec sérénité, parce qu'elle mettait son espérance dans le Seigneur. 21 Elle exhortait chacun d'eux dans la langue de ses pères. Remplie de nobles sentiments et animée d'un mâle courage, cette femme leur disait : 22 « Je ne sais comment vous avez apparu dans mes entrailles; ce n'est pas moi qui vous ai gratifiés de l'esprit et de la vie, et ce n'est pas moi qui ai organisé les éléments dont chacun de vous est composé. 23 Aussi bien le Créateur du monde, qui a formé l'homme à sa naissance et qui est à l'origine de toute chose, vous rendra-t-il dans sa miséricorde et l'esprit et la vie, parce que vous vous sacrifiez maintenant vous-mêmes pour l'amour de ses lois. »

24 Antiochus se crut méprisé et soupçonna un outrage dans ces paroles. Le plus jeune était encore en vie, et non seulement il lui parlait pour l'exhorter, mais il lui donnait avec serment l'assurance de le rendre riche et très heureux s'il abandonnait la tradition de ses pères, d'en faire son ami[1] et de lui confier de hauts emplois. 25 Mais le jeune homme ne prêtant aucune attention à ses paroles, le roi fit approcher la mère et l'exhorta à donner à l'adolescent des conseils pour sauver sa vie. 26 Lorsqu'il l'eut longuement exhortée, elle consentit à persuader son fils. 27 Elle se pencha donc vers lui et, mystifiant le tyran cruel, elle dit dans la langue de ses pères : « Mon fils, aie pitié de moi qui t'ai porté dans mon sein neuf mois, qui t'ai allaité trois ans, qui t'ai nourri et élevé jusqu'à l'âge où tu es — et qui ai pourvu à ton entretien. 28 Je te conjure, mon enfant, regarde le ciel et la terre, contemple tout ce qui est en eux et reconnais que Dieu les a créés de rien et que la race des hommes est faite de la même manière. 29 Ne crains pas ce bourreau, mais te montrant digne de tes frères, accepte la mort, afin que je te retrouve avec tes frères au temps de la miséricorde. »

30 À peine achevait-elle de par-

---

1. Allusion à la fin douloureuse d'Antiochus (voir ch. 9) et à la mort violente de ses fils et petits-fils (voir 14.2; *1 M* 11.17; 13.31).

1. *ami* (du roi) : titre officiel (voir 8.9; *1 M* 2.18 et la note).

ler que le jeune homme dit : « Qu'attendez-vous ? Je n'obéis pas aux ordres du roi, j'obéis aux ordres de la Loi qui a été donnée à nos pères par Moïse. 31 Et toi, l'inventeur de toute la calamité qui s'abat sur les Hébreux, tu n'échapperas pas aux mains de Dieu, 32 car si nous souffrons, nous autres, c'est à cause de nos propres péchés. 33 Si, pour notre châtiment et notre éducation, notre Seigneur, qui est vivant, s'est courroucé un moment contre nous, il se réconciliera de nouveau avec ses serviteurs. 34 Mais toi, ô impie et le plus infect de tous les hommes, ne t'élève pas vainement, te berçant d'espoirs incertains et levant la main contre ses serviteurs, 35 car tu n'as pas encore échappé au jugement du Dieu tout-puissant qui voit tout. 36 Car nos frères, après avoir enduré maintenant une douleur passagère en vue d'une vie intarissable, sont tombés pour l'*alliance de Dieu[1], tandis que toi, par le jugement de Dieu, tu porteras le juste châtiment de ton orgueil. 37 Pour moi, je livre comme mes frères mon corps et ma vie pour les lois de mes pères, en conjurant Dieu d'être bientôt clément pour notre nation et de t'amener par des épreuves et des fléaux à confesser qu'il est le seul Dieu. 38 Je prie enfin que sur moi et sur mes frères s'arrête la colère du Tout-Puissant justement déchaînée sur notre race ! »

39 Hors de lui, le roi sévit contre le dernier frère encore plus cruellement que contre les autres, le sarcasme lui étant amer. 40 Ce jeune homme mourut donc sans s'être souillé et avec une parfaite confiance dans le Seigneur. 41 Enfin la mère mourut la dernière, après ses fils. 42 Nous en resterons là sur la question des repas rituels et des tortures monstrueuses.

Judas Maccabée déclenche l'insurrection

8 1 Or Judas Maccabée[1] et ses compagnons, s'introduisant secrètement dans les villages, appelaient à eux leurs frères de race et, s'adjoignant ceux qui étaient restés fidèles au judaïsme, ils en rassemblèrent près de 6.000. 2 Ils suppliaient le Seigneur d'avoir les yeux sur le peuple que tout le monde accablait, d'avoir pitié du Temple profané par les impies, 3 d'avoir compassion de la ville qu'on détruisait et réduisait au niveau du sol, d'écouter le sang qui criait jusqu'à lui[2], 4 de se souvenir aussi du massacre inique des enfants innocents et enfin de déchaîner son indignation contre ceux qui avaient *blasphémé son *nom. 5 Dès qu'il fut à la tête d'un corps de troupe, Maccabée devint invincible aux nations, la colère du Seigneur s'étant changée en miséricorde. 6 Tombant à l'improviste sur des villes et des villages, il les brûlait et, occupant les positions favorables, il infligeait à l'ennemi des revers sans nombre. 7 Pour de telles attaques, il choisissait surtout la complicité de la

---

1. *en vue d'une vie intarissable, tombés pour l'alliance de Dieu* : traduction incertaine ; le texte grec est très obscur.

nuit, et la renommée de sa vaillance se répandait partout.

Judas remporte une victoire sur Nikanor

(1 M 3.38-4.27)

8 Voyant cet homme prendre petit à petit de l'importance et remporter des succès de plus en plus fréquents, Philippe écrivit à Ptolémée, stratège de Coelé-Syrie et de Phénicie[1], de venir au secours des affaires du roi. 9 Celui-ci, ayant à sa disposition Nikanor, fils de Patrocle, du rang des premiers amis, l'envoya aussitôt, à la tête d'une armée d'au moins 20.000 hommes de toutes nations, pour qu'il exterminât toute la race des Juifs[2]. Il lui adjoignit Gorgias, général de métier ayant l'expérience des choses de la guerre. 10 Or Nikanor envisageait d'acquitter le tribut de 2.000 talents dû par le roi aux Romains[3] au moyen de la vente des Juifs qu'on ferait prisonniers. 11 Il envoya aussitôt aux villes maritimes une invitation à venir acheter des esclaves juifs, promettant de leur en céder 90 pour un talent; il ne s'attendait pas à la sanction qui devait s'ensuivre pour lui de la part du Tout-Puissant.

12 La nouvelle de l'avance de Nikanor parvint à Judas. Quand il eut fait part aux siens de l'apparition imminente de l'armée ennemie, 13 les lâches et ceux qui manquaient de foi en la justice de Dieu prirent la fuite et gagnèrent d'autres lieux. 14 Les autres vendaient tout ce qui leur restait et priaient en même temps le Seigneur de sauver ceux qui avaient été vendus par l'impie Nikanor avant même que la rencontre eût lieu, 15 sinon à cause d'eux, du moins à cause des *alliances conclues avec leurs *pères et parce que sur eux a été invoqué son *nom auguste et plein de majesté. 16 Maccabée ayant donc rassemblé ses hommes au nombre de 6.000 les exhortait à ne pas s'effrayer devant les ennemis et à ne pas se préoccuper du grand nombre de païens qui les attaquaient injustement, mais de combattre avec vaillance, 17 en ayant devant les yeux l'outrage criminel commis par eux contre le saint lieu, le traitement indigne infligé à la ville bafouée, enfin la ruine de leurs traditions. 18 « Eux, ajouta-t-il, se fient aux armes et aux actes audacieux, tandis que nous, nous plaçons notre confiance en Dieu le tout-puissant, capable de renverser d'un seul signe de tête ceux qui marchent contre nous et avec eux le monde entier. » 19 Et il leur énuméra aussi les cas de protection dont leurs aïeux furent favorisés : sous Sennakérib, quand périrent 185.000 hommes, 20 en Babylonie dans une bataille contre les Galates[1], où le nombre total de ceux qui prenaient part à l'action s'éle-

---

1. *Philippe :* le Phrygien (voir 5.22 et la note), gouverneur de Jérusalem — *Stratège ... de Phénicie :* voir la note sur 3.5.

2. *premiers amis :* voir la note sur *1 M* 2.18 — La volonté d'Antiochus d'*exterminer la race des Juifs* (voir *1 M* 3.34-36) vient de l'échec de la politique d'assimilation qu'il avait d'abord tentée, en supprimant les lois et les coutumes religieuses propres aux Juifs.

3. *talents :* voir au glossaire MONNAIES. Cette grosse somme due aux Romains doit être le solde de la dette contractée par le père d'Antiochus Épiphane : en 188 av. J.-C., il avait été condamné par le traité d'Apamée à leur verser 12.000 talents en 12 ans.

---

1. Cette bataille contre les Galates n'est pas mentionnée ailleurs dans la bible.

vait à 8.000 hommes avec 4.000 Macédoniens et où, les Macédoniens mis en difficulté, les 8.000 anéantirent 120.000 ennemis, grâce au secours qui leur était venu du Ciel, et firent un grand butin.

21 Après les avoir remplis de courage par ces paroles et disposés à mourir pour les lois et pour la patrie — et ayant divisé son armée en quatre corps —, 22 il mit à la tête de chaque corps ses frères Simon, Joseph et Jonathan, plaçant sous les ordres de chacun d'eux 1.500 hommes. 23 De plus, il ordonna à Esdrias de lire le livre saint; après avoir donné pour mot d'ordre « secours de Dieu[1] », il prit la tête de la première cohorte et attaqua Nikanor. 24 Le Tout-Puissant étant devenu leur allié, ils massacrèrent plus de 9.000 ennemis, blessèrent et mutilèrent la plus grande partie des soldats de Nikanor et les mirent tous en fuite. 25 Ils mirent la main sur l'argent de ceux qui étaient venus pour les acheter. Après les avoir poursuivis assez loin, ils revinrent sur leurs pas, pressés par l'heure, 26 car on était la veille du *sabbat et pour ce motif ils ne s'attardèrent pas à les poursuivre. 27 Quand ils eurent ramassé les armes des ennemis et enlevé leurs dépouilles, ils se mirent à célébrer le sabbat, multipliant les bénédictions et louant le Seigneur de leur avoir réservé pour ce jour les premières gouttes de la rosée[2] de sa

miséricorde. 28 Après le sabbat, ils distribuèrent une part du butin aux victimes de la persécution, aux veuves et aux orphelins, et partagèrent le reste entre eux et leurs enfants. 29 Ayant disposé ainsi du butin, ils firent une supplication commune, priant le Seigneur miséricordieux de se réconcilier entièrement avec ses serviteurs.

Judas remporte une victoire sur Timothée

30 Au cours des campagnes contre les soldats de Timothée et de Bakkhidès[1], ils en tuèrent plus de 20.000 et s'emparèrent avec entrain de hautes forteresses. Ils divisèrent un butin encore plus important en deux parts égales, l'une pour eux-mêmes, l'autre pour les persécutés, les orphelins et les veuves, sans oublier les vieillards. 31 Ayant recueilli avec soin les armes ennemies, ils les entreposèrent en des lieux appropriés; quant au reste des dépouilles, ils les transportèrent à Jérusalem. 32 Ils supprimèrent le phylarque[2] de l'entourage de Timothée, homme très impie qui avait causé beaucoup de mal aux Juifs. 33 Pendant qu'ils célébraient les fêtes de la victoire dans leur patrie, ils brûlèrent ceux qui avaient incendié les portes saintes et s'étaient réfugiés avec Kallisthène[3]

---

1. *Esdrias* : d'après le latin; c'est sans doute le même personnage que le *Esdrias* de 12.36 et le *Azarias* de *1 M* 5.18, 56 — Les *mots d'ordre* pour les batailles étaient une tradition en vigueur chez les Grecs et les Romains. Ici le mot d'ordre est pris dans le *livre saint* (la Loi, cf. *1 M* 3.48).

2. *gouttes de rosée* : traduit d'après le latin et quelques manuscrits grecs.

1. Sur *Timothée*, voir *1 M* 5.6 — Sur Bakkhidès, voir *1 M* 7.8.

2. *phylarque* ou *chef de tribu* : c'est sans doute le chef des Arabes vaincus au cours de la campagne contre Timothée (voir 12.10-12).

3. L'incendie des *portes saintes* (celles du Temple, voir 1 R 6.33) a sans doute eu lieu lors de l'intervention violente racontée en *1 M* 1.29-35 — *Kallisthène* : personnage inconnu.

dans une même maisonnette, rece-
vant ainsi le digne salaire de leur
profanation.

Nikanor s'enfuit à Antioche

34 Le triple scélérat Nikanor[1],
qui avait amené les mille marchands pour la vente des Juifs,
35 humilié grâce à l'aide du Seigneur par les gens qu'il jugeait
être ce qu'il y avait de plus bas,
dépouillant son habit d'apparat,
fuyait à travers champs à la manière d'un esclave échappé. Délaissé de tous, il parvint à Antioche, favorisé par une chance
extraordinaire, alors que son armée était détruite. 36 Et celui qui
avait promis aux Romains de
constituer un tribut avec le prix
des captifs de Jérusalem proclamait que les Juifs avaient un défenseur, que les Juifs étaient in-
vulnérables pour la bonne raison
qu'ils suivaient les lois que leur
avait prescrites ce défenseur.

Antiochus Epiphane tombe gra-
vement malade
(*1 M 6.1-17; 2 M 1.11-17*)

9 1 Or vers ce temps-là, il se
trouvait qu'Antiochus était
revenu sans gloire des régions de
la Perse. 2 Il était en effet entré
dans la ville du nom de Persépolis[2] et y avait entrepris de piller le
temple et d'opprimer la ville.
Aussi bien, la foule se soulevant
recourut aux armes, et il arriva

qu'Antiochus, mis en fuite par les
habitants du pays, dut opérer une
retraite humiliante. 3 Comme il se
trouvait du côté d'Ecbatane[1], il
apprit ce qui était arrivé à Nikanor et aux gens de Timothée.
4 Transporté de fureur, il pensait
faire payer aux Juifs l'injure de
ceux qui l'avaient mis en fuite. Il
ordonna donc au conducteur de
pousser son char sans s'arrêter
pour hâter la fin du voyage, alors
qu'il était déjà sous le coup de la
sentence du Ciel. Il avait dit en
effet dans son orgueil : « Je ferai
de Jérusalem la fosse commune
des Juifs quand j'y serai arrivé. »
5 Mais le Seigneur qui voit tout, le
Dieu d'Israël, le frappa d'une
plaie incurable et invisible. À
peine avait-il achevé cette phrase
qu'une douleur d'entrailles sans
remède et une colique aiguë le
saisirent, 6 ce qui n'était que justice puisqu'il avait torturé les entrailles d'autres hommes par des
tourments nombreux et inédits.
7 Mais il ne rabattait rien de son
arrogance ; toujours rempli d'orgueil, il exhalait contre les Juifs le
feu de sa colère et commandait
d'accélérer le voyage. Soudain il
tomba du char qui roulait avec
fracas : entraînés dans une chute
malheureuse, tous les membres de
son corps furent tordus. 8 Et cet
homme qui tantôt croyait, dans
sa jactance surhumaine, pouvoir
commander aux vagues de la mer
et qui s'imaginait peser dans la
balance la hauteur des montagnes[2], gisait à terre et dut être
transporté dans une litière, rendant évidente aux yeux de tous la

---

1. *Nikanor :* voir 8.9.
2. *Persépolis :* ancienne capitale de l'empire
Perse, à 400 km au sud de Téhéran.

1. *Ecbatane :* l'actuelle ville de Hamadan, à 700
km au nord-ouest de Persépolis.
2. Façon imagée de dire qu'Antiochus s'égalait à
Dieu (v. 12 ; voir Es 40.12 ; 51.15).

puissance de Dieu. 9 C'était au point que les yeux de l'impie fourmillaient de vers, qu'avec d'atroces douleurs sa chair encore vive partait en lambeaux et que, à cause de la puanteur, toute l'armée avait le cœur soulevé par cette pourriture. 10 Celui qui peu avant pensait toucher aux astres du ciel, personne maintenant ne pouvait le transporter à cause de l'incommodité insupportable de cette odeur.

11 C'est enfin à ce moment qu'il commença, brisé, à dépouiller cet excès d'orgueil et à prendre conscience de sa situation sous le fouet divin, torturé par des crises douloureuses. 12 Comme il ne pouvait lui-même supporter l'odeur qu'il répandait, il avoua : « Il est juste de se soumettre à Dieu et, simple mortel, de renoncer à s'égaler à la divinité. » 13 Mais la prière de cet être abject allait vers un maître qui ne devait plus avoir pitié de lui : 14 il promettait de déclarer libre la ville sainte vers laquelle il s'était hâté pour la niveler et en faire une fosse commune, 15 de rendre égaux aux Athéniens ces Juifs qu'il avait jugé indignes même d'une sépulture et bons à servir de pâture aux oiseaux de proie ou à être jetés aux fauves avec leurs enfants, 16 d'orner des plus belles offrandes le saint Temple qu'il avait jadis pillé, de lui restituer au multiple tous les vases sacrés et de subvenir de ses propres revenus aux frais des *sacrifices[1]. 17 Il promettait de plus de devenir un Juif et de parcourir toutes les ré-

gions habitées en proclamant la puissance de Dieu. 18 Mais comme ses souffrances ne se calmaient d'aucune façon, car le jugement équitable de Dieu pesait sur lui, désespérant de son état, il écrivit aux Juifs la lettre transcrite ci-dessous, sous forme de supplique, et libellée ainsi :

La lettre d'Antiochus Epiphane aux Juifs

19 « Aux excellents Juifs, aux citoyens, Antiochus roi et préteur[1] : joie, santé et bonheur ! 20 Si vous vous portez bien ainsi que vos enfants, si vos affaires vont suivant vos désirs, nous en rendons de très grandes actions de grâce. 21 Quant à moi, je suis alité sans force depuis quelque temps, mais je garde de vous un affectueux souvenir. À mon retour des régions de la Perse, étant tombé dans une faiblesse inquiétante, j'estimai nécessaire de penser à la sécurité de tous. 22 Je ne désespère pas de mon état, j'ai au contraire le ferme espoir d'échapper à cette faiblesse, 23 mais considérant que mon père, à l'époque où il fit campagne contre les pays d'en-haut[2], désigna lui aussi son successeur, 24 afin qu'en cas d'un événement inattendu ou d'une nouvelle fâcheuse les habitants du pays n'en soient troublés, mais sachent à qui la succession

---

1. A propos de ces promesses d'Antiochus, voir la note sur 3.3.

---

1. A l'origine, cette lettre a probablement été adressée aux *citoyens* d'Antioche; ce pourrait être Jason de Cyrène (voir 2.23 et la note) qui a ajouté la mention des Juifs — *préteur* : magistrat des tribunaux romains. Ce titre s'explique par l'intérêt d'Antiochus pour tout ce qui était romain.

2. *pays d'en-haut,* satrapies d'en-haut (v. 25) ou *provinces d'en-haut* (*1 M* 3.37, 6.1) : provinces de l empire séleucide situées dans les hauts plateaux iraniens. Antiochus III ý fit campagne vers 210 av. J. C.

des affaires avait été laissée, 25 songeant en outre que les dynastes proches de nous et les voisins de notre royaume guettent le moment favorable et attendent les éventualités, j'ai désigné pour roi mon fils Antiochus, que souvent j'ai confié et recommandé à la plupart d'entre vous quand j'avais à monter en hâte vers les satrapies d'en-haut. Je lui ai adressé la lettre transcrite ci-dessous[1]. 26 Je vous prie donc et vous demande de vous souvenir des bienfaits que vous avez reçus de moi en public et en particulier et de conserver chacun la bienveillance que vous avez pour moi et pour mon fils. 27 Je suis en effet persuadé que, plein d'humanité, il suivra scrupuleusement mes intentions et s'entendra bien avec vous. »

28 Ainsi ce meurtrier et ce *blasphémateur, après avoir souffert d'horribles douleurs, comme il en avait infligé à d'autres, eut le sort, lamentable entre tous, de perdre la vie sur une terre étrangère, en pleine montagne. 29 Son corps fut ramené par Philippe, son ami intime, mais comme il se méfiait du fils d'Antiochus, il se retira en Egypte auprès de Ptolémée Philométor[2].

Judas purifie le Temple et restaure le culte

(*1 M* 4.36-61)

10 1 Maccabée, avec ses compagnons, recouvra sous la conduite du Seigneur le *sanctuaire et la ville[1]. 2 Il détruisit les autels[2] élevés sur la place publique par les étrangers ainsi que les lieux de culte. 3 Après avoir purifié le Temple, ils bâtirent un autre *autel; ils tirèrent des étincelles de pierres à feu[3], prirent du feu à cette source et offrirent un *sacrifice après deux ans d'interruption; ils firent fumer l'*encens, allumèrent les lampes et exposèrent les pains. 4 Ayant accompli ces rites, ils prièrent le Seigneur, prosternés sur le ventre, de ne plus les laisser tomber dans de tels maux, mais, s'il leur arrivait jamais de pécher, de les corriger avec mesure et de ne pas les livrer à des nations *blasphématrices et barbares. 5 Ce fut le jour même où le Temple avait été profané par des étrangers que tomba aussi le jour de la purification du Temple, le 25 du même mois, qui est Kisleu[4]. 6 Ils célébrèrent avec allégresse les huit jours à la manière des Tentes[5], se souvenant comment, il y a peu de temps, ils avaient passé les jours de la fête des Tentes en gîtant dans les montagnes et dans les grottes à la façon des bêtes sauvages. 7 C'est pourquoi, portant des thyrses[6],

---

1. *la ville* : Jérusalem.
2. Il s'agit probablement ici d'autels votifs, dédiés à des divinités grecques, et non à proprement parler de lieux de sacrifices.
3. Par ce procédé, on évitait d'utiliser un feu profane (voir 1.19-2.12).
4. fête des *purification, Kisleu* : voir au glossaire CALENDRIER.
5. fête des *Tentes* : voir au glossaire CALENDRIER.
6. *thyrses* : ce mot désigne normalement des bâtons garnis de lierre ou de feuilles de vigne qu'on portait dans les cortèges en l'honneur de Bacchus (ou Dionysos, voir 6.7 et la note). Ici il s'agit d'un bouquet de feuillage avec un cédrat (sorte de gros citron), qu'on portait à la fête des Tentes.

---

1. *dynastes* ou *souverains* : il s'agit de rois voisins qui convoitaient des parties de l'empire d'Antiochus — La deuxième *lettre* dont parle le roi n'a pas été reproduite par l'auteur.
2. *ami intime* : voir la note sur *1 M* 2.18 — Le séjour de Philippe en Egypte ne dura sans doute que peu de temps (voir 13.23; *1 M* 6.55) — Sur les relations d'*Antiochus* et de *Ptolémée Philométor*, voir 4.21 et la note.

des rameaux verts et des palmes, ils firent monter des hymnes vers celui qui avait mené à bien la purification de son lieu saint. 8 Ils décrétèrent par un édit public, confirmé par un vote, à l'adresse de toute la nation des Juifs, que chaque année ces jours seraient célébrés.

Antiochus Eupator succède à son père

9 Telles furent donc les circonstances de la mort d'Antiochus surnommé Epiphane. 10 Nous allons maintenant exposer les événements qui concernent Antiochus Eupator, fils de l'impie, en résumant les calamités liées aux guerres. 11 Ayant hérité du royaume, ce prince nomma en effet à la tête des affaires un certain Lysias, le stratège en chef de Coelé-Syrie et de Phénicie[1]. 12 Quant à Ptolémée, surnommé Makrôn[2], le premier à observer la justice à l'égard des Juifs à cause des torts qu'on leur avait infligés, il avait essayé de les administrer pacifiquement. 13 Accusé en conséquence par les amis du roi auprès d'Eupator, il s'entendait appeler t.aître à toute occasion pour avoir avandonné Chypre que lui avait confiée Philométor

et avoir passé du côté d'Antiochus Epiphane. N'ayant pas fait honneur à la noblesse de sa dignité, il quitta la vie en s'empoisonnant.

Judas attaque les forteresses d'Idumée
(1 M 5.1-8)

14 Gorgias, devenu stratège[1] de la région, entretenait des troupes mercenaires et saisissait toutes les occasions pour faire la guerre aux Juifs. 15 En même temps, les Iduméens[2], maîtres de forteresses bien placées, harcelaient les Juifs et, ayant accueilli les proscrits de Jérusalem, se mettaient à fomenter la guerre. 16 Mais Maccabée et ses soldats, après avoir fait des prières publiques et demandé à Dieu d'être leur allié, se mirent en marche contre les forteresses des Iduméens. 17 Après une attaque vigoureuse, ils s'emparèrent de ces positions et repoussèrent tous ceux qui combattaient sur les remparts; ils égorgeaient ceux qui tombaient entre leurs mains et n'en tuèrent pas moins de 20.000. 18 9.000 hommes au moins s'étant réfugiés dans deux tours particulièrement fortes, munies de tout ce qu'il faut pour soutenir un siège, 19 Maccabée laissa pour les assiéger Simon et Joseph avec Zachée[3] et les siens en nombre suffisant et partit lui-même pour des endroits où il y avait urgence. 20 Mais les gens de Simon, avides

---

1. *à la tête des affaires* : voir la note sur 3.7 — *Lysias* : voir *1 M* 3.32 et la note — *stratège ... de Phénicie* : voir la note sur 3.5.

2. *Ptolémée Makrôn* (ou « Longue-Tête ») était stratège de Chypre pour le compte du roi d'Egypte, Ptolémée Philométor. Il passa dans le camp des Séleucides (voir la note sur *1 M* 1.8) quand Antiochus Epiphane s'empara de Chypre, en 186 av. J.-C.; voir v. 13.

---

1. *Gorgias* : voir 8.9; *1 M* 5.59 — *stratège* : voir la note sur 3.5.

2. *Iduméens* : habitants de l'Idumée, partie de l'ancien territoire d'Edom située au sud de la Judée.

3. *Simon, Joseph, Zachée* : voir *1 M* 5.18-19 et la note. Le nom de Zachée est probablement un diminutif de Zacharie.

de richesses, se laissèrent gagner à prix d'argent par quelques-uns de ceux qui gardaient les tours et, pour une somme de 70.000 drachmes[1], ils en laissèrent s'échapper un certain nombre. 21 Quand on eut annoncé à Maccabée ce qui était arrivé, il réunit les chefs de la troupe et accusa les coupables d'avoir vendu leurs frères à prix d'argent en relâchant contre eux leurs ennemis. 22 Il les fit donc exécuter comme traîtres et s'empara aussitôt des deux tours. 23 Menant à bien toute l'expédition dirigée par lui, il anéantit dans ces deux forteresses plus de 20.000 hommes.

Judas remporte une grande victoire à Gazara

24 Or Timothée, qui avait été vaincu précédemment par les Juifs, ayant levé des forces étrangères en grand nombre et rassemblé quantité de chevaux venus d'Asie[2], parut en Judée avec l'intention de conquérir ce pays par les armes. 25 À son approche, Maccabée et ses hommes suppliaient Dieu, la tête saupoudrée de terre et les reins ceints d'un cilice[3]. 26 Prosternés contre le soubassement antérieur de l'*autel, ils demandaient à Dieu de leur être favorable, d'être l'ennemi de leurs ennemis et l'adversaire de leurs adversaires, d'après les claires ex-

pressions de la Loi[1]. 27 Au sortir de la prière, ils prirent les armes et avancèrent jusqu'à une assez grande distance de la ville; quand ils furent près de l'ennemi, ils s'arrêtèrent. 28 Au moment où se diffusait la clarté du soleil levant, ils attaquèrent de part et d'autre, les uns ayant pour gage du succès et de la victoire, avec leur vaillance, le recours au Seigneur, les autres prenant pour guide des batailles leur colère. 29 Pendant le violent combat qui s'engageait, apparurent du ciel aux ennemis, sur des chevaux aux freins d'or, cinq hommes magnifiques qui se mirent à la tête des Juifs. 30 Prenant Maccabée au milieu d'eux et le protégeant de leurs armures, ils le gardaient invulnérable, mais sur les adversaires ils lançaient des traits et la foudre, de façon que ceux-ci, bouleversés par l'éblouissement, se dispersèrent dans le plus grand désordre. 31 20.500 fantassins et 600 cavaliers furent égorgés. 32 Timothée lui-même s'enfuit dans une place forte très bien gardée, appelée Gazara, où commandait Khéréas. 33 Mais Maccabée et les siens l'assiégèrent pendant quatre jours avec une ardeur joyeuse. 34 Confiants dans la sécurité de la place, ceux qui se trouvaient à l'intérieur multipliaient les *blasphèmes et ne cessaient de proférer des paroles impies. 35 Le cinquième jour commençant à poindre, vingt jeunes gens des soldats de Maccabée, enflammés de colère par les blasphèmes, s'élancèrent sur la muraille, animés d'un mâle courage et d'une colère farouche, et ils massacrèrent quiconque tombait

1. *drachmes* : voir au glossaire MONNAIES.
2. Sur *Timothée*, voir *1 M* 5.6. La précédente défaite pourrait être celle qui est rapportée en 8.30; 9.3; mais ce peut-être aussi une allusion à la bataille du Karnion (voir 12.17-25). Le présent épisode, qui comporte le récit de la mort de Timothée (voir v. 37), ne semble pas tenir compte de l'ordre chronologique des événements — *chevaux d'Asie* : les chevaux élevés par les Parthes sur les plateaux d'Iran étaient réputés.
3. Gestes de deuil ou de tristesse.

1. Allusion à Ex 23.22.

entre leurs mains. 36 D'autres montèrent de la même manière contre les assiégés en les prenant à revers, incendièrent les tours et, allumant des bûchers, brûlèrent vifs les blasphémateurs. Quant aux premiers, ils brisèrent les portes, firent entrer le reste de l'armée et furent les premiers à occuper la ville. 37 Ils égorgèrent Timothée, qui s'était caché dans une citerne, et avec lui son frère Khéréas et Apollophane. 38 Après avoir accompli ces exploits, ils bénissaient avec des hymnes et des louanges le Seigneur qui accordait de grands bienfaits à Israël et qui leur donnait la victoire.

Judas est victorieux de Lysias
(1 M 4.26-35)

11 1 Très peu de temps après, Lysias, tuteur et parent du roi[1], à la tête des affaires du royaume[1], très affecté par les derniers événements, 2 rassembla environ 80.000 fantassins avec toute sa cavalerie et se mit en marche contre les Juifs, comptant faire de la ville une résidence pour les Grecs, 3 soumettre le *sanctuaire à un impôt à l'instar des autres temples des nations et mettre en vente tous les ans la dignité de grand prêtre, 4 sans tenir aucun compte de la puissance de Dieu, mettant une confiance arrogante dans ses myriades de fantassins, dans ses milliers de cavaliers et ses 80 éléphants.

5 Arrivé en Judée, il s'approcha de Bethsour, place forte distante de Jérusalem d'à peu près cinq

skhènes[1], et la pressa vivement. 6 Lorsque Maccabée et les siens apprirent que Lysias assiégeait les forteresses, ils supplièrent le Seigneur avec gémissements et larmes, de concert avec la foule, d'envoyer un bon ange à Israël pour le sauver. 7 Maccabée lui-même, prenant les armes le premier, exhorta les autres à s'exposer avec lui au danger pour secourir leurs frères. Ceux-là s'élancèrent, poussés par une ardeur commune; 8 alors qu'ils se trouvaient encore près de Jérusalem, un cavalier vêtu de blanc apparut à leur tête, agitant des armes d'or. 9 Tous à la fois bénirent alors le Dieu miséricordieux et se sentirent animés d'une grande force, prêts à transpercer non seulement des hommes, mais aussi les bêtes les plus sauvages et des murailles de fer. 10 Ils avancèrent en ordre de bataille, ayant un allié venu du Ciel, le Seigneur ayant eu pitié d'eux. 11 Fonçant sur les ennemis à la façon des lions, ils firent tomber 11.000 fantassins et 1.600 cavaliers et contraignirent toute l'armée des ennemis à fuir. 12 La plupart d'entre eux s'échappèrent blessés et sans armes, et Lysias lui-même se sauva par une fuite honteuse.

Lysias reconcilie les Juifs avec Antiochus
(1 M 6.57-61)

13 Mais Lysias, ne manquant pas de sens, réfléchit sur la défaite qu'il venait d'essuyer et, comprenant que les Hébreux

---

1. *Lysias* : voir *1 M 3.32* et la note — *parent du roi*, tout comme *frère* (v. 22) et un titre officiel; voir *1 M 2.18* et la note — *à la tête des affaires* : voir la note sur 3.7.

1. *skhène* : mesure de distance qui équivaut à 5,5 km environ.

étaient invincibles puisque le Dieu puissant était leur allié, il envoya des messagers 14 leur proposer la réconciliation sous toutes conditions équitables et promit d'obliger aussi le roi à devenir leur ami. 15 Maccabée consentit à tout ce que proposait Lysias par souci du bien public, et tout ce que Maccabée transmit par écrit à Lysias au sujet des Juifs, le roi l'accorda.

16 La lettre écrite aux Juifs par Lysias était ainsi libellée : « Lysias à l'ensemble des Juifs, salut ! 17 Jean et Absalom[1], vos émissaires, m'ayant remis l'acte transcrit ci-dessous, m'ont prié de ratifier les articles qu'il contient. 18 J'ai donc exposé au roi ce qui devait lui être soumis, après avoir moi-même accordé ce qui était possible. 19 Si donc vous conservez vos dispositions favorables envers l'Etat, je m'efforcerai aussi à l'avenir de travailler à votre bien. 20 Quant aux matières de détail, j'ai donné des ordres à vos émissaires et à mes gens pour en conférer avec vous. 21 Portez-vous bien. L'an 148, le 24 du mois de Dioscore[2]. »

22 La lettre du roi contenait ce qui suit : « Le roi Antiochus à son frère[3] Lysias, salut ! 23 Notre père ayant émigré vers les dieux[4], et

nous-même voulant que les habitants de notre royaume soient exempts de trouble pour s'appliquer au soin de leurs propres affaires, 24 ayant appris que les Juifs, ne consentant pas à l'adoption des moeurs grecques voulue par notre père, mais préférant leur manière de vivre particulière, demandent qu'on leur permette l'observation de leurs lois, 25 désirant donc que ce peuple soit lui aussi exempt de trouble, nous décidons que le Temple leur soit restitué et qu'ils puissent vivre en citoyens selon les coutumes de leurs ancêtres. 26 Tu feras donc bien d'envoyer quelqu'un vers eux et de leur tendre la main afin que, connaissant le parti adopté par nous, ils aient confiance et passent leur temps à gérer en toute sérénité leurs propres affaires. »

27 À l'adresse de la nation des Juifs, la lettre du roi était ainsi conçue : « Le roi Antiochus au sénat[1] des Juifs et aux autres Juifs, salut ! 28 Si vous allez bien, cela est conforme à nos voeux, et nous-même nous sommes en bonne santé. 29 Ménélas nous a fait connaître votre désir de retourner chez vous pour vaquer à vos affaires. 30 Tous ceux qui retourneront chez eux avant le 30 du mois de Xanthique obtiendront l'assurance de l'impunité. 31 Les Juifs pourront faire usage de leurs aliments particuliers et de leurs lois comme par le passé, et personne d'entre eux ne sera molesté d'aucune façon pour des

1. *Jean* : c'est le nom d'un des frères de Judas Maccabée (*1 M* 2.2), mais on ignore si c'est de lui qu'il s'agit ici — *Absalom* est un personnage important; deux de ses fils exerceront des commandements militaires (voir *1 M* 11.70; 13.11).

2. *L'an cent quarante-huit* : en 164 av. J. C. (voir la note sur *1 M* 1.10) — *Dioscore* : mois du calendrier crétois équivalent à Xanthique du calendrier séleucide, et à Adar du calendrier juif; voir au glossaire CALENDRIER.

3. *frère* : voir la note sur 11.1.

4. *notre père* : Antiochus Epiphane — *émigré vers les dieux* : cette façon de parler de la mort est traditionnelle chez les Séleucides qui avaient coutume de rendre un culte aux souverains défunts.

1. *sénat* ou *Assemblée des *Anciens* : voir *1 M* 12.35.

fautes commises par ignorance. 32 J'ai envoyé aussi Ménélas pour vous tranquilliser. 33 Portez-vous bien. L'an 148, le quinze du mois de Xanthique[1]. »

34 Les Romains de leur côté adressèrent aux Juifs une lettre de cette teneur : « Quintus Memmius, Titus Manilius et Manius Sergius, légats romains[2], au peuple des Juifs, salut ! 35 Les choses que Lysias, parent du roi[3], vous a accordées, nous vous les concédons aussi. 36 Quant à celles qu'il a jugé devoir soumettre au roi, envoyez-nous quelqu'un sans délai après les avoir examinées, afin que nous les exposions au roi d'une façon qui vous soit avantageuse, car nous nous rendons à Antioche. 37 Hâtez-vous donc de nous expédier des gens, afin que nous sachions, nous aussi, quelles sont vos intentions. 38 Portez-vous bien. L'an 148, le quinze du mois de Xanthique. »

Judas venge les gens de Joppé et de Jamnia

12 1 Ces traités conclus, Lysias revint chez le roi, et les Juifs s'appliquaient aux travaux des champs. 2 Mais parmi les stratèges en place, Timothée et Apollonius, fils de Gennéus, en plus Hiéronyme et Démophon, à qui s'ajoutait Nikanor le Cypriarque[4], ne laissaient goûter

aux Juifs ni repos ni tranquillité. 3 Les habitants de Joppé[1] commirent un acte particulièrement impie. Ils invitèrent les Juifs domiciliés chez eux à monter avec leurs femmes et leurs enfants sur des embarcations préparées par eux puisque, disaient-ils, il n'existait aucune inimitié à leur égard. 4 Sur l'assurance d'un décret[2] rendu par le peuple de la ville, les Juifs de leur côté acceptèrent leur proposition, pour marquer qu'ils désiraient la paix et qu'ils étaient sans défiance. Mais quand ils furent arrivés au large, on les envoya par le fond au nombre d'au moins 200.

5 Dès que Judas eut appris la cruauté commise contre les gens de sa nation, il fit savoir ses ordres à ses hommes 6 et, après avoir invoqué Dieu, le juge équitable, il marcha contre les meurtriers de ses frères. Il incendia le port pendant la nuit, brûla les vaisseaux et fit transpercer ceux qui y avaient cherché un refuge. 7 Mais la place ayant été fermée, il partit avec l'intention d'y revenir pour extirper aussi toute la cité des Joppites. 8 Averti que les habitants de Jamnia[3] voulaient jouer le même tour aux Juifs qui habitaient parmi eux, 9 il attaqua de nuit aussi les Jamnites, incendia le port avec la flotte, à tel point que les lueurs des flammes

---

1. *Xanthique* : voir la note sur 11.21.
2. *Titus ... Sergius* : traduction incertaine ; le texte grec omet les noms de Manilius et de Sergius, mais ces deux personnages sont connus. Quintus Memmius, lui, n'est pas connu ; mais un membre de sa famille avait été légat, c'est-à-dire envoyé officiel, en 170 av. J.-C.
3. *parent du roi* : voir la note sur 11.1.
4. *stratège* : voir la note sur 3.5 — *Timothée* contrôlait la Transjordanie (voir *1 M* 5.6, *2 M* 10.24 et les notes) — *Nikanor le Cypriarque* (différent du Nikanor de 8.9) commandait un corps de mercenaires chypriotes ; cf. le titre de *mysarque*, 5.24 — Les trois autres stratèges sont inconnus.

1. *Joppé* : l'actuelle Jaffa, qui était autrefois un port important ; sur la prise de cette ville, voir *1 M* 10.76 ; 13.11 ; 14.34.
2. *l'assurance d'un décret* : l'Assemblée de la ville avait sans doute voté des crédits pour une fête publique comportant une promenade en mer.
3. *Jamnia* : voir la note sur *1 M* 5.58.

furent aperçues jusqu'à Jérusalem à une distance de 240 stades[1].

Judas conquiert la ville de Kaspîn

(1 M 5.9-54)

10 Il s'était éloigné avec son armée à neuf stades de là, lors d'une marche contre Timothée, quand tombèrent sur lui des Arabes[2] au nombre d'au moins 5.000 hommes de pied et 500 cavaliers. 11 Un violent combat s'étant engagé et les soldats de Judas ayant été victorieux avec l'aide de Dieu, les nomades vaincus demandèrent à Judas de leur donner la main droite[3], promettant de lui fournir du bétail et de lui être utiles en toute autre circonstance. 12 Comprenant qu'ils pourraient réellement lui rendre beaucoup de services, Judas consentit à faire la paix avec eux, et après qu'on se fut donné la main, ils se retirèrent sous les tentes.

13 Judas attaqua aussi une certaine ville forte, entourée de remparts et habitée par un mélange de nations. Son nom était Kaspîn[4]. 14 Les assiégés, confiants dans la solidité de leurs murs et leurs dépôts de vivres, étaient grossiers à l'excès envers les soldats de Judas, joignant aux insultes les *blasphèmes et des propos qu'il n'est pas permis de tenir. 15 Mais Judas et ses soldats, ayant invoqué le grand Souverain du monde, celui qui sans béliers[1] ni machines de guerre renversa Jéricho au temps de Josué, assaillirent le mur avec fureur. 16 S'étant emparés de la ville par la volonté de Dieu, ils firent un carnage indescriptible, à tel point que l'étang voisin, d'une largeur de deux stades, paraissait rempli par le sang qui y avait coulé.

Judas remporte une victoire au Karnion

(1 M 5.37-44)

17 Après s'être éloignés de là de 750 stades, ils atteignirent le Kharax, du côté des Juifs appelés Toubiens[2]. 18 Quant à Timothée[3], ils ne le trouvèrent point en ces lieux car il s'en était éloigné sans avoir rien fait, mais non sans avoir laissé en un certain point une garnison vraiment très forte. 19 Dosithée et Sosipater, généraux de Maccabée, s'y rendirent et firent périr les hommes laissés par Timothée dans la forteresse, au nombre de plus de 10.000. 20 Maccabée de son côté, ayant groupé son armée en cohortes, nomma ceux qui seraient à leur tête et se mit en marche contre Timothée, qui avait autour de lui 120.000 fantassins et 2.500 cava-

---

1. *stades :* voir au glossaire POIDS ET MESURES.
2. *stades :* voir au glossaire POIDS ET MESURES — *Timothée :* voir la note sur *1 M* 5.6 — Les *Arabes* (appelés *nomades* v. 11), sont des Nabatéens (voir *1 M* 5.25 et la note).
3. *donner la main droite :* en signe d'armistice ou de paix.
4. *Kaspîn* ou *Khaspho,* voir *1 M* 5.26, 36.

1. *béliers :* voir la note sur *Ez* 4.2.
2. *stades :* voir au glossaire POIDS ET MESURES — *Kharax :* nom d'une place forte de Timothée, en Ammanitide (région d'Amman à l'est du Jourdain), où résidait le gouverneur de cette région — *Toubiens :* habitants du « pays de Tobie » (voir *1 M* 5.13), c'est-à-dire l'Ammanitide; ils étaient des cavaliers réputés, voir v. 35.
3. *Timothée :* voir les notes sur *1 M* 5.6, *2 M* 10.24.

liers. 21 Informé de l'approche de Judas, Timothée évacua les femmes et les enfants, avec le reste des bagages, au lieu dit le Karnion, car la place était inexpugnable et difficilement accessible à cause de l'étroitesse des passes[1] dans toute la région. 22 La cohorte de Judas parut la première : l'épouvante ayant saisi l'ennemi ainsi que la crainte que leur inspirait la manifestation de Celui qui voit tout, ils prirent la fuite dans toutes les directions, de sorte que souvent ils se blessaient entre eux et se transperçaient avec la pointe de leur épée. 23 Judas les poursuivit avec une énergie particulière, passant au fil de l'épée ces criminels dont il fit périr jusqu'à 30.000 hommes. 24 Timothée étant tombé lui-même aux mains des soldats de Dosithée et de Sosipater, leur demandait avec beaucoup d'astuce de le laisser partir sain et sauf, parce qu'il tenait en son pouvoir, disait-il, des parents et même des frères de beaucoup d'entre eux, à qui il arriverait d'être exécutés. 25 Quand il leur eut assuré par de longs discours qu'il leur restituerait ces hommes sains et saufs en vertu de l'engagement qu'il prenait, ils le relâchèrent pour sauver leurs frères.

26 S'étant rendu au Karnion et à l'Atargateion[2], Judas fit égorger 25.000 hommes.

Judas rentre victorieux à Jérusalem

(1 M 5.45-54)

27 Après la défaite et la destruction de ces ennemis, il conduisit aussi son armée contre Ephrôn, ville forte où habitait Lysanias. De robustes jeunes gens avaient pris position devant les murailles et combattaient avec vigueur; il y avait là de grandes quantités de machines et de projectiles en réserve. 28 Mais, ayant invoqué le Souverain qui brise par sa force la défense des ennemis, les Juifs se rendirent maîtres de la ville et couchèrent sur le sol[1] environ 25.000 hommes parmi ceux qui se trouvaient à l'intérieur des murs. 29 Ayant quitté ce lieu, ils marchèrent contre Scythopolis, à 600 stades[2] de Jérusalem. 30 Mais les Juifs qui y étaient établis ayant attesté la bienveillance que les Scythopolitains avaient eue pour eux et l'accueil courtois qu'ils leur avaient réservé au temps du malheur, 31 Judas et ses soldats remercièrent ces derniers et les exhortèrent à être bien disposés pour leur race encore à l'avenir. Ils arrivèrent à Jérusalem peu de temps avant la fête des Semaines[3].

Victoire de Judas sur les troupes de Gorgias

32 Après la fête dite de la Pentecôte, ils marchèrent contre Gor-

---

1. *Karnion* : sanctuaire de l'Astarté-aux-cornes (voir *1 M* 5.43) — *l'étroitesse des passes* : il s'agit sans doute des gorges creusées par le torrent qui coule non loin de là.
2. *Atargateion* : sanctuaire de la déesse syrienne Atargatis. Il s'agit sans doute du même sanctuaire que le Karnion (voir v. 21), Atargatis et Astarté étant souvent confondues.

1. *couchèrent sur le sol*, c'est-à-dire *tuèrent*.
2. *Scythopolis* : c'est l'ancienne ville de Beth-Shéân (voir Jg 1.27; 1 S 31.10) dans la vallée du Jourdain (voir *1 M* 5.52) — *stades* : voir au glossaire POIDS ET MESURES.
3. *fête des Semaines* : voir au glossaire CALENDRIER. On est entre le 14 et le 20 juin de l'année 163 av. J.-C.

gias, stratège de l'Idumée[1].
33 Gorgias sortit à la tête de 3.000
fantassins et 400 cavaliers.
34 Dans la bataille rangée qui
s'engageait, il arriva qu'un petit
nombre de Juifs tombèrent. 35 Un
certain Dosithée, du corps des
Toubiens, vaillant cavalier, s'était
déjà rendu maître de la personne
de Gorgias et, l'ayant saisi par la
chlamyde, il l'entraînait de force.
avec l'intention de capturer vivant ce maudit, mais un cavalier
thrace[2], fonçant sur Dosithée, lui
trancha l'épaule, et Gorgias s'é-
chappa et s'enfuit à Marisa.
36 Quant aux soldats d'Esdrias[3],
ils combattaient depuis longtemps et tombaient d'épuise-
ment : Judas supplia le Seigneur
de se montrer leur allié et leur
guide dans la guerre, 37 il entonna
dans la langue paternelle[4] le cri
de guerre avec des hymnes et mit
en déroute les gens de Gorgias.

Un sacrifice est offert pour les morts

38 Ayant rallié son armée, Judas la conduisit à la ville d'Odollam; mais le septième jour de la
semaine survenant, ils se purifièrent[5] selon la coutume et célébrè-

rent le *sabbat en ce lieu. 39 Le
lendemain, on vint trouver Judas
— au temps où la nécessité s'en
imposait — pour relever les corps
de ceux qui étaient tombés et les
inhumer avec leurs proches dans
le tombeau de leurs pères. 40 Or
ils trouvèrent sous la tunique de
chacun des morts des objets
consacrés aux idoles de Jamnia[1],
que la Loi interdit aux Juifs. Il
fut ainsi évident pour tous que
c'était là la raison pour laquelle
ces soldats étaient tombés.
41 Tous donc, bénissant la
conduite du Seigneur, juge équitable qui rend manifestes les
choses cachées, 42 se mirent en
prière en demandant que la faute
commise fût entièrement effacée,
et le valeureux Judas exhorta la
troupe à se garder pure de tout
péché, ayant sous les yeux ce qui
était arrivé à cause de la faute de
ceux qui étaient tombés peu
avant. 43 Ayant fait une collecte
par tête, il envoya jusqu'à 2.000
drachmes[2] à Jérusalem, afin
qu'on offrît un *sacrifice pour le
péché, agissant fort bien et noblement dans la pensée de la résurrection. 44 Si, en effet, il n'avait
pas espéré que les soldats tombés
ressusciteraient, il eût été superflu
et sot de prier pour des morts;
45 s'il envisageait qu'une très belle
récompense est réservée à ceux
qui s'endorment dans la piété, c'é-
tait là une pensée sainte et
pieuse; voilà pourquoi il fit faire

---

1. *fête de la Pentecôte* : voir au glossaire CA-
LENDRIER — *Gorgias, stratège d'Idumée* : voir
8.9; 10.14; *1 M* 5.59 et les notes sur *2 M* 3.5;
10.15.
2. *Dosithée* : c'est le général juif qui captura
Timothée, voir v. 25. *Toubiens* : voir la note sur
12.17 — *chlamyde* : pèlerine courte que portaient
les cavaliers — *Thrace* : région située entre la Macédoine et la mer Noire; les Séleucides y recru-
taient des mercenaires.
3. *Esdrias* : voir 8.23 et la note.
4. *La langue paternelle* est l'hébreu car les
hymnes guerriers avaient un caractère liturgique et
ne pouvaient donc être chantés que dans cette
langue (voir 7.8; 15.29).
5. *Odollam* : c'est l'ancienne ville forte d'Adul-
lam, dans le *Bas-Pays (voir 1 S 22.1; 2 Ch 11.7)
— ils *se *purifièrent* : les soldats avaient tué et
touché des morts, ce qui les rendaient *impurs
pour sept jours.

1. Ces *objets consacrés* sont des amulettes offertes aux idoles dans les temples de l'ancienne
Philistie (voir *1 M* 5.58, 68 et les notes). Ils auraient dû être brûlés (voir Dt 7.25; Jos 7).
2. *drachmes* : voir au glossaire MONNAIES.

pour les morts ce sacrifice expiatoire, afin qu'ils fussent absous de leur péché.

Antiochus fait mettre à mort Ménélas

13 1 L'an 149, la nouvelle parvint à Judas et à son armée qu'Antiochus Eupator marchait sur la Judée avec une troupe nombreuse[1], 2 et qu'il avait avec lui son tuteur Lysias, qui était à la tête des affaires[2]; il avait une armée grecque de 110.000 fantassins, 5.300 cavaliers, 22 éléphants et 300 chars armés de faux. 3 Ménélas se joignit à eux et se mit à circonvenir Antiochus avec beaucoup d'astuce, non pour le salut de la patrie, mais dans l'espoir de pouvoir rentrer dans sa dignité[3]. 4 Mais le Roi des rois éveilla contre ce scélérat la colère d'Antiochus et, quand Lysias eut démontré au roi que ce Ménélas était la cause de tous les maux, il ordonna de le conduire à Bérée[4] et de l'y mettre à mort, lui aussi, suivant la coutume du lieu. 5 Or il y a en ce lieu une tour de 50 coudées[5], pleine de cendres; cette tour était munie d'une machine tournante, inclinée de tous côtés vers la cendre. 6 C'est là qu'on fait

monter l'homme coupable de pillage sacrilège ou de quelque autre crime énorme et qu'on le précipite pour le faire périr. 7 Tel fut le supplice dont mourut ce prévaricateur et qui priva Ménélas même de l'inhumation[1]; 8 et cela en toute justice car, comme il avait commis beaucoup de péchés contre l'*autel, dont le feu et la cendre étaient *purs, c'est dans la cendre qu'il trouva la mort[2].

Victoire de Judas sur Antiochus à Modîn

9 L'esprit hanté de desseins barbares, le roi avançait donc pour faire voir aux Juifs les plus horribles des traitements que leur avait fait subir son père. 10 Judas, l'ayant appris, prescrivit à la foule d'invoquer le Seigneur nuit et jour pour que, cette fois surtout, il vînt au secours de ceux qui étaient menacés d'être privés de la Loi, de la patrie et du Temple saint 11 et qu'il ne laissât pas ce peuple, qui commençait à peine à reprendre haleine, tomber au pouvoir des nations insolentes. 12 Quand tous eurent fait de même et imploré le Seigneur miséricordieux avec des larmes et des *jeûnes, prosternés pendant trois jours sans interruption, Judas les exhorta et leur ordonna de se tenir auprès de lui. 13 Mais après un entretien particulier avec les *Anciens, il décida de se mettre en marche avant que l'armée du roi n'envahît la Judée et ne s'emparât de la ville, et de décider de toute l'affaire avec

---

1. *l'an cent quarante neuf* : compté selon le calendrier séleucide (voir la note sur *1 M* 1.10) soit en 163 av. J. C. — Cette campagne a pour cause le siège de la citadelle de Jérusalem par les troupes de Judas (voir *1 M* 6.18-19).
2. *Lysias* : voir *1 M* 3.32 et la note — *à la tête des affaires* : voir la note sur 3.7.
3. *rentrer dans sa dignité* : celle de grand prêtre (voir 4.24-25). Mais on ne nous rapporte pas quand il en a été écarté.
4. *Bérée* : ce nom d'une ville de Macédoine avait été donné à Alep, en Syrie, par Séleucus I Nikator, le fondateur de la dynastie séleucide (voir la note sur *1 M* 1.8).
5. *coudées* : voir au glossaire POIDS ET MESURES.

1. *privé ... d'inhumation* : voir la note sur Ez 29.5.
2. Application de la loi du talion (voir Ex 21.23-25; cf. *2 M* 8.33; 9.28).

l'assistance du Seigneur. 14 Ayant donc confié au Créateur du monde le soin de décider du différend, il exhorta les siens à combattre généreusement pour les lois, pour le *sanctuaire, la ville, la patrie et les institutions, et fit camper son armée aux environs de Modîn[1]. 15 Il donna à ses soldats comme mot d'ordre[2] « Victoire de Dieu », puis attaqua de nuit, avec une élite de jeunes braves, les quartiers du roi et anéantit environ 2.000 parmi les hommes du camp. Ses gens transpercèrent le plus grand des éléphants avec le cornac; 16 ils remplirent finalement le camp d'épouvante et de confusion, puis se retirèrent avec un plein succès. 17 Déjà le jour commençait à poindre, quand s'achevait cet exploit accompli grâce à la protection dont le Seigneur entourait Judas.

Antiochus se réconcilie avec les Juifs
(*1 M* 6.48-63)

18 Le roi ayant ainsi expérimenté la hardiesse des Juifs essaya d'attaquer les places au moyen d'artifices. 19 Il s'approchait de Bethsour[3], forteresse puissante des Juifs, mais il était repoussé, mis en échec, vaincu. 20 Aux assiégés, Judas fit passer ce qui était nécessaire.

21 Mais Rhodocus, de l'armée juive, dévoila les secrets aux ennemis; il fut filé, pris et exécuté. 22 Une seconde fois, le roi eut des pourparlers avec ceux de Bethsour; il leur tendit la main, prit la leur, se retira, 23 attaqua Judas et ses soldats et eut le dessous. À la nouvelle que Philippe, qu'il avait laissé à la tête des affaires, avait fait un coup de tête à Antioche, il fut bouleversé. Il se mit à traiter avec les Juifs et à composer avec eux, jura de garder toutes les conditions justes et se réconcilia avec eux. Il offrit un *sacrifice, honora le Temple et fut généreux à l'égard du saint lieu[1]. 24 Il fit bon accueil à Maccabée et laissa Hégémonide stratège depuis Ptolémaïs jusqu'au pays des Gerréniens[2]. 25 Il se rendit à Ptolémaïs; mais les habitants de cette ville, mécontents du traité, s'en indignaient[3] et voulurent en rejeter les conventions. 26 Alors Lysias monta à la tribune, défendit de son mieux ces conventions, persuada les esprits, les calma, les amena à la bienveillance et partit pour Antioche.

Tels sont les événements concernant l'expédition et la retraite du roi.

---

1. *Modîn* : ville natale des Maccabées dans le *Bas-Pays, à une trentaine de km au nord-ouest de Jérusalem (voir *1 M* 2.1-5).
2. *mot d'ordre* : voir 8.23 et la note.
3. *Bethsour* : à un peu plus de 25 km au sud de Jérusalem (voir 11.5).

1. *Philippe* : voir 9.29 et la note; *1 M* 6.14 — *à la tête des affaires* : voir la note sur 3.7 — *fut généreux … saint lieu* : voir la note sur 3.3.
2. *Il fit bon accueil à Maccabée* : à partir de ce moment (fin 163 av. J.-C.), Judas est donc reconnu par le roi qui ne nomme pas d'autre gouverneur à la Judée. Par contre, il nomme un *stratège* (voir la note sur 3.5) pour la région côtière : *de Ptolémaïs* (l'actuelle s. Jean d'Acre, au nord du pays) *jusqu'au pays des Gerréniens* (la région de Gerra, près de Péluse, au sud de l'ancienne Phénicie).
3. *les gens … s'en indignaient* : Ptolémaïs, cité grecque, était franchement hostile aux Juifs (voir 6.8-9).

Le grand prêtre Alkime calomnie Judas

(1 M 7.1-38)

14 1 après un intervalle de trois ans, Judas et les siens apprirent que Démétrius, fils de Séleucus, après avoir abordé au port de Tripoli[1] avec une forte armée et une flotte, 2 s'était emparé du pays et avait fait périr Antiochus et son tuteur Lysias. 3 Un certain Alkime, précédemment devenu grand prêtre mais qui s'était volontairement souillé[2] au temps de la révolte, comprenant qu'il n'y avait pour lui de salut en aucune façon, ni désormais d'accès possible au saint *autel, 4 se rendit chez le roi Démétrius vers l'an 151 et lui apporta une couronne d'or avec une palme et, de plus, des rameaux[3] dus selon l'usage par le *sanctuaire. Cependant il resta réservé ce jour-là.

5 Mais il saisit une occasion complice de sa démence quand Démétrius le convoqua à son Conseil et l'interrogea sur les dispositions et les desseins des Juifs. 6 Il répondit : « Ceux des Juifs qu'on appelle Assidéens[4], que dirige Judas Maccabée, fomentent la guerre et les séditions et ne laissent pas le royaume jouir du calme. 7 C'est pourquoi, ayant été dépouillé de ma dignité ancestrale, je veux dire du pontificat[1], je suis venu ici, 8 d'abord poussé par le souci sincère des intérêts du roi, ensuite en considération de nos concitoyens, car la témérité de ceux que je viens de nommer plonge toute notre race dans une grande infortune. 9 Toi donc, ô roi, quand tu auras pris connaissance de chacun de ces griefs, daigne pourvoir au salut de notre pays et de notre nation si exposée, avec cette bienveillance affable que tu prodigues à tous. 10 Car tant que Judas est en vie, il est impossible à l'Etat de jouir de la paix. » 11 Dès qu'il eut parlé ainsi, les autres amis du roi, hostiles à l'action de Judas, s'empressèrent d'enflammer Démétrius. 12 Ayant aussitôt choisi Nikanor, qui était devenu éléphantarque, il le nomma stratège de Judée[2] et le fit partir 13 avec l'ordre de supprimer Judas, de disperser ceux qui étaient avec lui et d'introniser Alkime grand prêtre du plus grand des sanctuaires. 14 Les païens de Judée qui avaient fui devant Judas se mêlèrent par troupes aux soldats de Nikanor, pensant que l'infortune et les malheurs des Juifs tourneraient à leur propre avantage.

---

1. *après un intervalle de trois ans* : c'est-à-dire en 161-160 av. J. C. (cf. 13.1 et la note) — *Démétrius fils de Séleucus* : voir *1 M* 7.2 et la note — *Tripoli* : port de Phénicie, à une centaine de km au nord de Beyrouth.

2. *Alkime ... grand prêtre* : D'après l'historien juif Josèphe, c'est Antiochus V qui l'aurait nommé. Cette charge lui fut reconnue par le nouveau roi (v. 13; *1 M* 7.9) — *s'était souillé* signifie ici qu'il avait accepté les coutumes grecques.

3. *l'an cent cinquante et un* : c'est-à-dire en 160 av. J. C. — *couronne d'or, palme, rameaux* : voir la note sur *1 M* 10.29.

4. *Assidéens* : voir la note sur *1 M* 2.42.

1. *le souverain pontificat* : la charge de grand prêtre (voir 4.7 et la note).

2. *Nikanor* : il s'agit du même personnage que le *fils de Patrocle* (voir 8.9; *1 M* 7.26; cf. *1 M* 8.34) — *éléphantarque* : responsable des éléphants de combat (voir 11.4; 15.20; *1 M* 6.34-37) — *stratège de Judée* : c'était normalement le grand prêtre qui en exerçait le pouvoir (voir la note sur 3.5) sans en avoir le titre, mais le roi veut priver les Juifs, y compris Alkime, de tout pouvoir politique.

Sympathie de Nikanor pour Judas

15 Informés de l'approche de Nikanor et de l'agression des païens, les Juifs répandirent sur eux de la poussière[1] et ils imploraient Celui qui avait installé son peuple pour toujours et qui ne cessait de secourir son héritage avec des signes manifestes. 16 Sur l'ordre de leur chef, ils partirent aussitôt du lieu où ils se trouvaient et en vinrent aux mains avec les ennemis près du bourg de Dessau[2]. 17 Simon, frère de Judas, avait engagé le combat avec Nikanor, mais à cause de l'arrivée subite des adversaires il avait essuyé un léger échec[3]. 18 Toutefois Nikanor, apprenant quelle était la valeur des soldats de Judas et leur assurance dans les combats livrés pour la patrie, se gardait bien de s'en remettre au jugement par le sang. 19 Aussi envoya-t-il Posidonius, Théodote et Mattathias pour tendre la main aux Juifs et recevoir la leur. 20 Après un examen approfondi des propositions, le chef les communiqua aux troupes et, les avis ayant paru unanimes, elles manifestèrent leur assentiment aux conventions. 21 On fixa un jour où les chefs se rencontreraient en particulier. De part et d'autre s'avança un véhicule, et on disposa des sièges d'honneur. 22 Judas avait disposé aux endroits favorables des hommes armés et prêts à intervenir en cas d'une perfidie soudaine de la part des ennemis. L'entretien aboutit à un accord. 23 Nikanor séjourna à Jérusalem sans y rien faire de déplacé; il congédia les foules qui, par bandes, s'étaient rassemblées autour de lui. 24 Il avait sans cesse Judas devant les yeux, éprouvant pour cet homme une inclination de cœur. 25 Il l'engagea à se marier et à procréer des enfants. Judas se maria, jouit de la tranquillité et prit part à la vie.

Intrigues d'Alkime contre Nikanor et Judas

26 Mais Alkime, voyant leur bonne entente et s'étant procuré une copie du traité conclu, vint chez Démétrius et lui dit que Nikanor avait des projets opposés au gouvernement, car l'adversaire même de son royaume, Judas, il l'avait promu diadoque[1]. 27 Le roi se mit en colère et, excité par les calomnies de ce misérable, il écrivit à Nikanor, lui déclarant qu'il était indigné desdites conventions et lui donnant l'ordre d'envoyer sans retard à Antioche Maccabée chargé de chaînes. 28 Au reçu de cette missive, Nikanor fut bouleversé et ne pouvait se faire à l'idée de violer les conventions avec un homme qui n'avait aucun tort. 29 Mais puisqu'il n'était pas possible d'agir à l'encontre du roi, il épiait l'occasion d'exécuter cet ordre par un stratagème. 30 De son côté Maccabée, remarquant que Nikanor se montrait plus froid à son égard et que son abord ordinaire se faisait moins affable, pensa que cette froideur ne signifiait rien de bon. Il ras-

---

1. *répandirent ... poussière* : voir 10.25 et la note.
2. *Dessau* ou *Adassa* (*1 M* 7.40) : ville située non loin de Jérusalem, vers le nord.
3. Le texte de ce v. est obscur et la traduction incertaine.

1. *diadoque* : c'est-à-dire « successeur », titre réservé aux « amis du roi » (voir la note sur *1 M* 2.18).

sembla donc un grand nombre de ses partisans et se dérobait à Nikanor. 31 Quand l'autre eut reconnu qu'il avait été proprement joué par cet homme, il se rendit au *sanctuaire très grand et saint au moment où les prêtres offraient les *sacrifices accoutumés et il commanda de lui livrer l'homme. 32 Comme ils affirmaient avec serment qu'ils ignoraient où était l'homme qu'il cherchait, 33 Nikanor étendit la main droite vers le Temple et proclama avec serment : « Si vous ne me livrez pas Judas enchaîné, je raserai au niveau du sol ce temple de Dieu, je détruirai l'*autel et j'élèverai à cette place à Dionysos[1] un sanctuaire splendide. » 34 Sur de telles paroles, il s'en alla; mais les prêtres tendirent les mains vers le *Ciel et imploraient celui qui a toujours combattu pour notre nation, en disant : 35 « Seigneur, ô toi qui n'as besoin de rien, il t'a plu d'avoir parmi nous le Temple où tu habites. 36 Maintenant donc, Seigneur saint de toute *sainteté, préserve pour jamais de la profanation cette maison qui vient d'être purifiée[2]. »

Mort de Razis

37 Or un homme du nom de Razis, un des *anciens de Jérusalem, fut dénoncé à Nikanor. C'était un homme zélé pour ses concitoyens, jouissant d'un excellent renom, appelé père des Juifs à cause de son affection pour eux. 38 Car il avait été inculpé de judaïsme[3] dans les temps anté-

rieurs de la révolte, et il avait alors exposé son corps et sa vie pour le judaïsme avec grande constance. 39 Voulant manifester la malveillance qu'il nourrissait à l'égard des Juifs, Nikanor envoya plus de 500 soldats pour l'arrêter, 40 car il s'imaginait que, s'il faisait disparaître cet homme, il porterait un grand coup aux Juifs. 41 Comme ses troupes étaient sur le point de s'emparer de la tour et forçaient le porche, avec l'ordre de mettre le feu et de brûler les portes, Razis, cerné de toutes parts, dirigea son épée contre lui-même, 42 aimant mieux mourir noblement que tomber entre les mains des criminels et subir des outrages indignes de sa noblesse. 43 Mais dans la précipitation du combat, il avait mal dirigé le coup et les troupes se ruaient à l'intérieur des portes. Il courut donc allègrement au haut de la muraille et se précipita avec intrépidité sur la foule. 44 Tous reculèrent au plus vite et il s'en vint choir au milieu de l'espace vide. 45 Respirant encore et enflammé d'ardeur, il se releva, ruisselant de sang et souffrant atrocement de ses blessures, et traversa la foule en courant. Se dressant sur une roche escarpée 46 et déjà tout à fait exsangue, il s'arracha les entrailles et, les prenant de ses deux mains, les lança sur la foule. Il pria le maître de la vie et de l'esprit de les lui rendre un jour, et c'est ainsi qu'il mourut.

Nikanor refuse de respecter le Sabbat

15 1 Or Nikanor, ayant appris que Judas et les siens se trouvaient dans la région de Samarie, décida de les attaquer sans

---

1. *Dionysos* : voir la note sur 6.7.
2. *qui vient d'être purifiée* : voir 10.1-8.
3. *inculpé de judaïsme* : c'est-à-dire accusé de continuer à se conformer à la loi et aux traditions religieuses juives, alors que cela était interdit; voir 6.1-11.

le moindre risque, le jour du repos[1]. 2 Les Juifs qui le suivaient par contrainte lui dirent : « Ne les fais pas périr d'une façon aussi sauvage et barbare, mais rends gloire au jour qui a été honoré et sanctifié de préférence par Celui qui veille sur toutes choses. » 3 Mais ce triple scélérat demanda s'il y avait au ciel un souverain qui eût prescrit de célébrer le jour du sabbat. 4 Comme ils lui expliquaient que « c'est le Seigneur vivant lui-même, souverain dans le ciel, qui a ordonné d'observer le septième jour », 5 l'autre reprit : « Et moi aussi, souverain sur la terre, je commande qu'on prenne les armes et qu'on fasse le service du roi. » Toutefois, il fut dans l'impuissance d'accomplir son cruel dessein.

Judas encourage ses compagnons

6 Nikanor, se redressant avec une extrême jactance, décidait d'ériger un trophée[2] commun avec les dépouilles de Judas et des siens. 7 Maccabée, de son côté, gardait une confiance inaltérable et avait tout espoir d'obtenir du secours de la part du Seigneur. 8 Il exhortait ceux qui étaient avec lui à ne pas redouter l'attaque des païens, mais à avoir présents à l'esprit les secours qui leur étaient venus du *Ciel dans le passé et à attendre avec

confiance, maintenant encore, la victoire qui leur viendrait du Tout-Puissant. 9 En les encourageant par la Loi et les Prophètes[1] et en leur rappelant aussi les combats qu'ils avaient déjà soutenus, il les remplit d'une nouvelle ardeur. 10 Ayant ainsi réveillé leur ardeur, il acheva de les exhorter en leur montrant la déloyauté des païens et la violation de leurs serments. 11 Quand il eut armé chacun d'eux, moins de la sécurité que donnent boucliers et lances que de l'assurance fondée sur de nobles paroles, il leur interpréta un songe digne de foi, une sorte de vision, par lequel il les réjouit tous. 12 Voici le spectacle qui lui avait été offert : Onias, jadis grand prêtre, cet homme de bien, d'un abord modeste et de mœurs douces, distingué dans son langage et adonné dès l'enfance à toutes les pratiques de la vertu, étendait les mains et priait pour toute la communauté des Juifs. 13 Ensuite était apparu à Judas, de la même manière, un homme aux cheveux blancs et très digne, admirable de prestance et environné de majesté. 14 Prenant la parole, Onias disait : « Cet homme est l'ami de ses frères, qui prie beaucoup pour le peuple et pour toute la ville sainte, Jérémie, le Prophète de Dieu. » 15 Jérémie tendit alors de la main droite une épée d'or à Judas et la lui remit avec ces paroles : 16 « Prends ce glaive saint, il est un don de Dieu, et avec lui tu briseras les ennemis. »

---

1. *le jour du repos* : voir au glossaire SABBAT — Nikanor ignore que les Juifs ont pris la décision de se défendre même le jour du sabbat, voir *1 M* 2.41.

2. *trophée* : voir la note sur 5.6.

1. *la Loi et les Prophètes* : voir au glossaire LOI.

Défaite et mort de Nikanor
(1 M 7.39-50)

17 Rassurés par les excellentes paroles de Judas, capables d'inspirer la vaillance et de donner aux jeunes une âme virile, les Juifs décidèrent de ne pas se retrancher dans un camp, mais de passer courageusement à l'attaque et, dans un corps à corps, de remettre la décision à la bonne fortune, puisque la ville, la religion[1] et le *sanctuaire étaient en péril; 18 car l'inquiétude au sujet des femmes et des enfants, des frères et des proches, comptait peu pour eux, alors que la plus grande et la première des craintes était pour le Temple consacré. 19 L'angoisse de ceux qui étaient enfermés dans la ville n'était pas moindre, inquiets qu'ils étaient de l'action en rase campagne. 20 Pendant que tous attendaient le dénouement prochain, les ennemis s'étaient déjà rassemblés et rangeaient leur armée en ordre de bataille. Les éléphants étaient amenés sur une position favorable et la cavalerie disposée sur les ailes. 21 Maccabée considéra les troupes présentes, l'appareil varié de leurs armes et l'aspect sauvage des éléphants. Il leva les mains vers le ciel[2] et invoqua le Seigneur qui opère les prodiges, parce qu'il savait que ce n'est pas par les armes, mais selon sa décision, qu'il accorde la victoire à ceux qui en sont dignes. 22 Dans son invocation, il disait : « O toi, Maître, tu as envoyé ton ange au temps d'Ezékias, roi de Judée, et il a exterminé 185.000 hommes de l'armée de Sennakérib. 23 Envoie aussi maintenant, ô souverain des cieux, un bon ange devant nous pour semer la crainte et l'effroi. 24 Que par la grandeur de ton bras soient frappés ceux qui sont venus, le *blasphème à la bouche, attaquer ton peuple saint ! » Et il termina sur ces mots.

25 Tandis que les soldats de Nikanor avançaient au son des trompettes et des chants de guerre, 26 les hommes de Judas en vinrent aux mains avec les ennemis en faisant des invocations et des prières. 27 Combattant de leurs mains et priant Dieu de leur coeur, ils firent tomber au moins 35.000 hommes et se réjouirent grandement de cette manifestation de Dieu. 28 Le travail terminé, ils rompaient les rangs avec joie, quand ils reconnurent le corps étendu de Nikanor, revêtu de son armure. 29 Au milieu des clameurs et de la confusion, ils bénissaient le souverain Maître dans la langue de leurs pères[1]. 30 Celui qui, au premier rang, s'était consacré corps et âme à ses concitoyens, qui avait conservé une tendre affection à ses compatriotes, ordonna de couper la tête de Nikanor et son bras jusqu'à l'épaule et de les porter à Jérusalem. 31 Il s'y rendit lui-même, convoqua ses compatriotes, disposa les prêtres devant l'*autel et

---

1. *religion* : traduction incertaine. L'expression grecque (littéralement « les choses saintes ») désigne ailleurs le sanctuaire, mais elle ne peut avoir ce sens ici.

2. *leva les mains ...* : c'est le geste de la prière (cf. v. 12. Voir Ps 28.2, note et références parallèles).

1. *langue de leurs pères* : voir les notes sur 7.8; 12.37.

envoya chercher les gens de la citadelle[1]. 32 Montrant la tête de l'abominable Nikanor et la main que cet infâme avait étendue avec insolence contre la sainte Maison du Tout-Puissant, 33 il coupa la langue de l'impie Nikanor et dit qu'on la donnât par morceaux aux oiseaux et qu'on suspendît en face du Temple le salaire de sa folie. 34 Tous alors firent monter vers le ciel des bénédictions au Seigneur glorieux en disant : « Béni Celui qui a gardé son saint lieu exempt de souillure ! »

35 Judas fit attacher la tête de Nikanor à la Citadelle comme un signe manifeste et visible à tous du secours du Seigneur. 36 Ils décrétèrent tous par un vote public de ne pas laisser passer ce jour sans le signaler, mais de célébrer le treizième jour du douzième mois, appelé Adar[2] en araméen, la veille du jour dit de Mardochée.

Remarques finales de l'auteur

37 C'est ainsi que se passèrent les événements concernant Nikanor; et, comme depuis ces temps la ville[3] demeura en possession des Hébreux, je finirai, moi aussi, mon ouvrage en cet endroit. 38 Si la composition est bonne et réussie, c'est aussi ce que j'ai voulu; si elle a peu de valeur et ne dépasse guère la médiocrité, c'est tout ce que j'ai pu faire. 39 Car de même qu'il est nuisible de boire du vin pur ou de l'eau pure, alors que le vin mêlé à l'eau est une boisson agréable qui produit une délicieuse jouissance, de même c'est l'art de disposer le récit qui charme l'entendement de ceux qui lisent l'ouvrage. C'est donc ici que je m'arrête.

1. *ceux de la citadelle :* voir *1 M* 1.33 et la note.
2. *Adar :* voir au glossaire CALENDRIER.

3. *la ville :* il s'agit ici de la partie de la ville où se trouve le Temple, ce que *1 M* appelle le mont Sion (voir *1 M* 4.37, 60; 10.11).

LA SAGESSE

Exhortation à pratiquer la justice

1 ¹ Aimez la justice, vous qui
gouvernez la terre,
entretenez de droites pensées
sur le Seigneur,
avec simplicité de coeur, cher-
chez-le.

2 Car il se laisse trouver par qui
ne le tente pas,
il se manifeste à qui ne
manque pas de foi en lui.

3 Les pensées tortueuses sépa-
rent de Dieu
et la Puissance¹ mise à l'é-
preuve confond les insensés.

4 Dans une âme malfaisante, la
Sagesse n'entre pas,
elle n'habite pas dans un corps
grevé par le péché.

5 Car le saint Esprit qui éduque
fuit la duplicité,
il s'écarte des pensées folles,
il est mis en échec quand survient l'injustice.

6 La Sagesse est un esprit bienveillant,
et elle ne laissera pas impuni
celui dont les lèvres médisent,
puisque Dieu est le témoin de
ses reins,
scrute son coeur selon la vérité

et se tient à l'écoute de sa
langue¹.

7 Oui, l'Esprit du Seigneur remplit la terre
et comme il contient l'univers²,
il a connaissance de chaque
son.

8 Aussi quiconque parle méchamment ne passe pas in-
aperçu
et la justice accusatrice ne le
manquera pas.

9 Sur les intentions de l'impie,
enquête sera faite,
le bruit de ses paroles ira jusqu'au Seigneur
comme preuve de ses forfaits.

10 Une oreille zélée écoute tout,
même le chuchotement des
murmures ne lui échappe pas.

11 Gardez-vous donc du murmure
inutile;
pour ne pas médire, retenez
votre langue,
car un mot dit en secret ne
reste pas sans conséquence
et la bouche qui calomnie tue
l'âme.

12 Ne recherchez pas la mort en
fourvoyant votre vie,
n'attirez pas à vous la ruine
par les oeuvres de vos mains.

13 Dieu, lui, n'a pas fait la mort
et il ne prend pas plaisir à la
perte des vivants.

---

1. *la Puissance* : il s'agit de la puissance de Dieu
qui est ici personnifiée – dans les versets 3-7
l'alternance des sujets *(Dieu, la Puissance, la Sagesse, l'Esprit)* renvoie à divers aspects de l'activité
de Dieu.

1. Sur la personnification de la *sagesse* voir Pr
1.20 et la note – *reins ... coeur* : voir la note sur Ps
7.10.

2. *il contient l'univers* ou *il maintient la cohé-
sion de l'univers.*

14 Car il a créé tous les êtres pour
   qu'ils subsistent
   et, dans le monde, les générations sont salutaires[1];
   en elles il n'y a pas de poison
   funeste
   et la domination de l'*Hadès
   ne s'exerce pas sur la terre,
15 car la justice est immortelle.

Attitude des impies vis-à-vis des justes

16 Mais les impies ont invité
   l'*Hadès du geste et de la voix,
   s'éprenant d'amitié pour lui, ils
   se sont pâmés,
   puis ils ont conclu un pacte
   avec lui.
   Aussi bien méritent-ils d'être
   de son parti.

2 1 Car ils se disent entre
     eux,
   avec de faux raisonnements :
   « Elle est courte et triste notre
   vie;
   il n'y a pas de remède quand
   l'homme touche à sa fin
   et personne, à notre connaissance, n'est revenu[2] de l'*Hadès.
2 Nous sommes nés à l'improviste
   et après, ce sera comme si nous
   n'avions pas existé.
   Le souffle dans nos narines
   n'est qu'une fumée,
   la pensée, une étincelle qui jaillit au battement de notre
   coeur.
3 Qu'elle s'éteigne, le corps se ré-
   soudra en cendre

et le souffle se dissipera
comme l'air fluide.
4 Notre nom sera oublié avec le
   temps
   et personne ne se rappellera
   nos actions.
   Notre vie aura passé comme
   un nuage,
   sans plus de traces,
   elle se dissipera telle la brume
   chassée par les rayons du soleil
   et abattue par sa chaleur.
5 Notre temps de vie ressemble
   au trajet de l'ombre
   et notre fin ne peut être ajour-
   née,
   car elle est scellée[1] et nul ne
   revient sur ses pas.
6 Eh bien, allons ! Jouissons des
   biens présents
   et profitons de la création
   comme du temps de la jeunesse, avec ardeur.
7 Du meilleur vin et de parfum
   enivrons-nous,
   ne laissons pas échapper les
   premières fleurs du printemps.
8 Couronnons-nous de boutons
   de roses
   avant qu'elles ne se fanent.
9 Qu'aucun de nous ne manque
   à notre fête provocante,
   laissons partout des signes de
   notre liesse,
   car c'est là notre part, c'est là
   notre lot.
10 Opprimons le pauvre, qui
   pourtant est juste,
   n'épargnons pas la veuve
   et n'ayons pas égard aux cheveux blancs du vieillard.
11 Mais que pour nous la force
   soit la norme du droit,
   car la faiblesse s'avère inutile.

---

1. *les générations sont salutaires* ou *la suite des
générations permet à la vie de continuer.*
2. *n'est revenu :* autre traduction *ne délivre.*

1. *elle est scellée,* c'est-à-dire *elle est irrévocable.*

12 Traquons le juste : il nous gêne,
   s'oppose à nos actions,
   nous reproche nos manquements à la Loi
   et nous accuse d'être infidèles à notre éducation.
13 Il déclare posséder la connaissance de Dieu
   et il se nomme enfant du Seigneur.
14 Il est devenu un reproche vivant pour nos pensées
   et sa seule vue nous est à charge.
15 Car sa vie ne ressemble pas à celle des autres
   et sa conduite est étrange.
16 Il nous considère comme une chose frelatée
   et il s'écarte de nos voies comme de souillures.
   Il proclame heureux le sort final des justes
   et se vante d'avoir Dieu pour père.
17 Voyons si ses paroles sont vraies
   et vérifions comment il finira.
18 Si le juste est fils de Dieu, alors celui-ci viendra à son secours
   et l'arrachera aux mains de ses adversaires.
19 Mettons-le à l'épreuve par l'outrage et la torture
   pour juger de sa sérénité
   et apprécier son endurance.
20 Condamnons-le à une mort honteuse,
   puisque, selon ses dires, une intervention divine aura lieu en sa faveur. »

L'erreur des impies

21 Ainsi raisonnent-ils, mais ils se trompent;

leur perversité les aveugle
22 et ils ne connaissent pas les secrets desseins de Dieu,
   ils n'espèrent pas de récompense pour la piété,
   ils n'apprécient pas l'honneur réservé aux âmes pures.
23 Or Dieu a créé l'homme pour qu'il soit incorruptible
   et il l'a fait image de ce qu'il possède en propre.
24 Mais par la jalousie du diable la mort est entrée dans le monde :
   ils la subissent ceux qui se rangent dans son parti[1].

Sort final des justes et des impies

3 1 Les âmes des justes, elles, sont dans la main de Dieu
   et nul tourment ne les atteindra plus.
2 Aux yeux des insensés, ils passèrent pour morts,
   et leur départ sembla un désastre,
3 leur éloignement[2], une catastrophe.
   Pourtant ils sont dans la paix.
4 Même si, selon les hommes, ils ont été châtiés,
   leur espérance était pleine d'immortalité.
5 Après de légères corrections, ils recevront de grands bienfaits.
   Dieu les a éprouvés
   et les a trouvés dignes de lui;
6 comme l'or au creuset, il les a épurés,
   comme l'offrande d'un holocauste[3], il les a accueillis.

---

1. *son parti*, c'est-à-dire *le parti du diable.*
2. les termes *départ* (v. 2) et *éloignement* sont des euphémismes qui désignent la mort.
3. Voir au glossaire SACRIFICES.

7 Au temps de l'intervention de
Dieu,
ils resplendiront,
ils courront comme des étincelles à travers le chaume[1].

8 Ils jugeront les nations et do-
mineront sur les peuples,
et le Seigneur sera leur roi
pour toujours.

9 Ceux qui se confient en lui
comprendront la vérité,
ceux qui restent fermes dans
l'amour demeureront auprès de
lui.
Car il y a grâce et miséricorde
pour ses élus[2].

10 Les impies, au contraire, recevront le châtiment que méritent leurs pensées,
pour avoir méprisé le juste et
abandonné le Seigneur.

11 Car ceux qui dédaignent la Sagesse
et sa discipline de vie sont des
misérables :
vide est leur espérance, inutiles
leurs efforts,
et leurs travaux ne servent à
rien;

12 leurs femmes sont insensées,
leurs enfants méchants,
leur descendance maudite.

Malheur aux enfants des impies

13 Heureuse plutôt la femme stérile, celle qui est sans tache
et n'a pas connu une union
interdite;

elle aura du fruit lors de l'inspection des âmes[1].

14 Heureux aussi l'*eunuque[2],
dont la main n'a pas fait de
mal
et qui n'a pas nourri des pensées mauvaises contre le Seigneur :
il recevra pour sa fidélité une
grâce de choix
et une part plus délicieuse dans
le Temple du Seigneur.

15 Car le fruit des efforts ver-
tueux est plein de gloire,
indéfectible, la racine de la sagesse.

16 Mais les enfants des adultères
ne s'épanouiront pas
et la descendance d'une union
illégitime disparaîtra.

17 Même s'ils vivent longtemps,
ils seront comptés pour rien
et, jusqu'à la fin, leur vieillesse
sera méprisée.

18 Et s'ils meurent tôt, ils n'auront ni espoir,
ni consolation au jour du verdict.

19 Pénible est la destinée d'une
race injuste !

4 1 Mieux vaut ne pas avoir
d'enfant et posséder la
vertu
qui laisse un souvenir riche
d'immortalité,
car elle est approuvée par Dieu
et par les hommes.

2 Présente, on l'imite,

---

1. *l'image du chaume* brûlé par le feu évoque le
jugement des impies avant l'établissement du
règne de Dieu.
2. *car il y a grâce et miséricorde pour ses élus* :
le texte grec est incertain; certains manuscrits portent *Car (il accorde) la grâce et la miséricorde à
ceux qui lui appartiennent et il interviendra pour
ses élus.*

1. *Heureuse ... la femme stérile* : dans l'ancien
Israël la stérilité était considérée comme une malédiction — *interdite* : sous-entendu *par la loi de
Dieu.* Il s'agit soit d'une union adultère soit du
mariage avec un païen (voir Dt 7.3) — *elle aura du
fruit ...* ou *Dieu la récompensera au moment du
jugement.*
2. Dans l'ancien Israël *l'eunuque* était exclu de
l'assemblée cultuelle (voir Dt 23.2).

absente, on la regrette;
dans le monde éternel, elle
triomphe, ceinte d'une couronne,
après avoir vaincu dans un
concours aux luttes sans souillures[1].

3 Mais la nombreuse progéniture des impies sera inutile;
issue de rejetons bâtards, elle
ne jettera pas de racines profondes
et elle n'établira pas une base
solide.
4 Même si, pour un temps, elle
pousse des branches,
mal assurée, elle sera ébranlée
par le vent
et déracinée par la bourrasque.
5 Ses rameaux seront brisés
avant terme,
leur fruit sera perdu, trop vert
pour être mangé
et bon à rien.
6 Car les enfants nés de sommeils coupables
témoignent, lors de l'enquête,
de la perversité des parents[2].

Sens de la mort prématurée du juste

7 Un juste, au contraire, même
s'il meurt avant l'âge, connaîtra le repos.
8 Car la vieillesse estimée n'est
pas celle du grand âge,
elle ne se mesure pas au
nombre des années.
9 La sagesse tient lieu de cheveux blancs pour l'homme,

l'âge de la vieillesse, c'est une
vie sans tache.
10 Devenu agréable à Dieu, il a
été aimé,
et, comme il vivait parmi les
pécheurs, il a été emporté ailleurs[1].
11 Il a été enlevé de peur que le
mal n'altère son jugement
ou que la ruse ne séduise son
âme.
12 Car la fascination de la frivo-
lité obscurcit les vraies valeurs
et le tournoiement du désir
ébranle un esprit sans malice.
13 Parvenu à la perfection en peu
de temps, il a atteint la plénitude d'une longue vie.
14 Son âme a plu au Seigneur
et c'est pourquoi elle s'est hâtée de sortir[2] d'un milieu pervers.
Les gens ont vu et n'ont pas
compris,
ils ne se sont pas mis dans
l'esprit ce mystère :
15 qu'il y a grâce et miséricorde
pour ses élus,
et qu'il interviendra en faveur
de ses *saints.
16 La mort du juste condamne la
survie des impies,
et la jeunesse tôt parachevée,
la longue vieillesse de l'injuste.
17 Ils verront[3] donc la mort du
sage,
sans comprendre ce qu'a voulu
pour lui le Seigneur
et pourquoi il l'a mis en sûreté.
18 Ils verront et n'auront que mépris,
mais le Seigneur se rira d'eux.

---

1. La deuxième partie du verset compare *la vertu* au vainqueur dans les Jeux grecs. Celui-ci faisait une entrée triomphale dans le stade, la tête ceinte d'une couronne.
2. *de sommeils coupables* ou *d'unions coupables* — *lors de l'enquête*, c'est-à-dire au jour du jugement de Dieu.

1. *il a été emporté ailleurs* et *il a été enlevé* (v. 11) se réfèrent à la mort du juste dans laquelle l'auteur voit une intervention de Dieu.
2. *elle s'est hâtée de sortir :* autre traduction *il (Dieu) s'est hâté de la faire sortir*.
3. *ils :* les impies (v. 16).

19 Ensuite ils deviendront un cadavre infâme,
un perpétuel objet de honte
parmi les morts;
il les précipitera, sans qu'ils
puissent dire mot, la tête la
première,
il les ébranlera jusqu'en leurs
fondements
et ils resteront en friche jusqu'à la fin;
ils seront dans la douleur
et leur souvenir périra.

Salut des justes et regrets des impies

20 Quand on fera le compte de
leurs péchés, ils viendront,
apeurés,
et leurs crimes se dresseront
contre eux pour les accuser.

5 1 Alors le juste se tiendra
debout,
avec une belle assurance,
face à ceux qui l'opprimèrent
et qui méprisaient ses efforts.
2 À sa vue, ils seront secoués
d'une peur terrible,
stupéfaits de le voir sauvé
contre toute attente.
3 Ils se diront entre eux, pleins
de remords
et gémissant, le souffle court :
4 « C'est lui que jadis nous tour-
nions en ridicule
et dont nous faisions un objet
de sarcasme.
Insensés, nous avons jugé sa
vie une pure folie
et sa mort déshonorante.
5 Comment donc a-t-il été admis
au nombre des fils de Dieu

et partage-t-il le sort des
saints[1] ?
6 Ainsi nous nous sommes égarés loin du chemin de la vérité,
la lumière de la justice ne nous
a pas éclairés
et le soleil ne s'est pas levé
pour nous.
7 Nous avons marché jusqu'au
dégoût
dans les sentiers de l'injustice
et de la perdition,
traversé des déserts sans pistes,
mais nous n'avons pas connu
la voie du Seigneur.
8 À quoi nous a servi notre arrogance ?
Que nous a rapporté la richesse dont nous nous van-
tions ?
9 Tout cela s'est évanoui comme
l'ombre,
comme un message porté en
courant.
10 Tel le navire qui fend l'onde
agitée
sans qu'on puisse retrouver la
trace de son passage
ou le sillage de sa carène dans
les flots;
11 tel encore l'oiseau qui vole à
travers les airs
et ne laisse de son trajet aucune marque perceptible,
car l'air léger, frappé à coups
de rémiges,
fendu par le puissant élan
des ailes qui battent, est traversé
sans qu'on y trouve ensuite
l'indice de son passage;
12 telle la flèche lancée vers le
but,
quand l'air déchiré revient aussitôt sur lui-même,

---

1. les *fils de Dieu* et les *saints* désignent ici
vraisemblablement les anges (voir Ps 89.6-8).

si bien qu'on ignore la trajec-
toire suivie;

13 ainsi nous-mêmes, à peine nés,
nous avons disparu
et n'avons pu montrer aucune
trace de vertu;
nous nous sommes consumés
dans le vice. »

14 Oui, l'espoir de l'impie est pareil à la balle emportée par le
vent,
ou à l'écume légère que chasse
l'ouragan;
il se dissipe comme fumée au
vent,
il s'évanouit comme le souvenir
de l'hôte d'un jour.

Gloire des justes, écrasement des impies

15 Mais les justes vivent pour
toujours;
leur salaire dépend du Seigneur
et le Très-Haut prend soin
d'eux.

16 Aussi recevront-ils la royauté
splendide
et le diadème magnifique de la
main du Seigneur.
Car, de sa droite[1], il va les
protéger,
et, de son bras, les couvrir.

17 Il prendra comme armure son
zèle vengeur
et il armera la création pour
châtier ses ennemis.

18 Comme cuirasse, il revêtira la
justice,
comme casque, il mettra le jugement sans appel.

19 Il prendra sa *sainteté invincible pour bouclier,

20 en guise d'épée, il affûtera sa
colère inflexible

et l'univers viendra combattre
avec lui contre les insensés.

21 Tels des traits bien ajustés, les
éclairs partiront
et depuis les nuages, comme
d'un arc fortement tendu, jail-
liront vers le but.

22 Une baliste lancera des grêlons
pleins de fureur,
les eaux de la mer se déchaîne-
ront contre eux
et les fleuves les submergeront
sans pitié.

23 Un souffle de puissance se lèvera contre eux
et comme un ouragan les dis-
persera.
L'iniquité aura fait de la terre
entière un désert,
la malfaisance aura renversé le
trône des puissants.

Les rois doivent rechercher la Sagesse

6 1 Or donc, rois, écoutez et
comprenez,
laissez-vous instruire, vous
dont la juridiction s'étend à
toute la terre.

2 Prêtez l'oreille, vous qui domi-
nez sur les foules
et qui êtes si fiers de la multitude de vos nations :

3 vous avez reçu du Seigneur
votre pouvoir,
du Très-Haut, votre souveraineté,
et c'est lui qui examinera vos
actes et scrutera vos desseins,

4 si vous, les ministres de sa
royauté, n'avez pas jugé selon
le droit,
ni respecté la loi,
ni agi selon la volonté de Dieu.

5 De façon terrible et soudaine il
surgira devant vous,

·1. C'est-à-dire *de sa main droite.*

car un jugement rigoureux
s'exerce contre les grands.

6 Le petit, lui, est excusable et
digne de pitié,
mais les puissants seront examinés avec vigueur.

7 Le souverain de tous ne recu-
lera devant personne
et ne tiendra pas compte de la
grandeur :
il a créé le petit comme le
grand
et sa providence est la même
pour tous.

8 Mais aux forts une dure enquête est réservée.

9 C'est donc à vous, ô princes,
que vont mes paroles,
afin que vous appreniez la Sagesse et ne trébuchiez pas.

10 Ceux qui auront observé sain-
tement
les saintes lois seront reconnus
*saints,
et ceux qui en auront été instruits trouveront une défense.

11 Alors soyez avides de mes paroles,
désirez-les ardemment et vous
serez éduqués.

La Sagesse se laisse trouver par l'homme

12 La Sagesse brille et ne se flétrit pas,
elle se laisse voir aisément par
ceux qui l'aiment
et trouver par ceux qui la cherchent.

13 Elle devance ceux qui la désirent, en se faisant connaître la
première.

14 Quiconque part tôt vers elle ne
se fatiguera pas :

il la trouvera assise à sa porte.

15 Se passionner pour elle, c'est la
perfection du discernement.
Et quiconque aura veillé à
cause d'elle sera bientôt sans
inquiétude,

16 car, de son côté, elle circule en
quête de ceux qui sont dignes
d'elle,
elle leur apparaît avec bienveillance sur leurs sentiers[1]
et, dans chacune de leurs pensées, elle vient à leur rencontre.

17 Le commencement de la Sagesse, c'est le désir vrai d'être
instruit par elle,

18 vouloir être instruit, c'est l'aimer,
l'aimer, c'est garder ses lois,
observer ses lois, c'est être assuré de l'incorruptibilité,

19 et l'incorruptibilité rend
proche de Dieu.

20 Ainsi le désir de la Sagesse
élève jusqu'à la royauté[2].

21 Si donc vous, princes des peuples,
prenez plaisir aux trônes et
aux sceptres,
rendez hommage à la Sagesse
et vous régnerez pour toujours.

Annonce d'une révélation sur la Sagesse

22 Mais qu'est-ce que la Sagesse
et quelle est son origine ? Je
vais l'annoncer,
sans vous cacher les mystères[3].

1. *sur leurs sentiers*, c'est-à-dire *dans toutes leurs occupations*.
2. *jusqu'à la royauté* : il s'agit ici de la royauté de Dieu à laquelle peuvent être associés les élus (voir 3.8).
3. Il y a ici peut-être une allusion aux religions à mystères très répandues à l'époque de l'auteur (premier siècle av. J. C.). Leurs doctrines étaient révélées seulement à un petit nombre d'initiés contrairement à ce qui est annoncé ici.

Je remonterai jusqu'au principe de son existence,
j'exposerai au grand jour la
connaissance de sa réalité;
je ne passerai certes pas à côté
de la vérité
23 ni ne cheminerai jamais avec
l'envie qui consume
car elle exclut toute participation à la Sagesse.
24 La multitude des sages, au
contraire, assure le salut du
monde,
et un roi avisé, le bien-être
d'un peuple.
25 Aussi laissez-vous instruire par
mes paroles et vous y trouverez profit.

Salomon n'était qu'un homme

7 1 Je suis moi aussi[1] un
homme mortel, égal à tous,
descendant du premier qui fut
modelé de terre.
Dans le ventre d'une mère, j'ai
été sculpté en chair,
2 durant dix mois[2], ayant pris
consistance dans le sang
à partir d'une semence
d'homme et du plaisir qui accompagne le sommeil.
3 Moi aussi, dès ma naissance,
j'ai aspiré l'air qui nous est
commun
et je suis tombé sur la terre où
l'on souffre pareillement :
comme pour tous, mon pre-
mier cri fut des pleurs.
4 J'ai été élevé dans les langes,
au milieu des soucis.

5 Aucun roi n'a débuté autrement dans l'existence.
6 Pour tous, il n'y a qu'une façon
d'entrer dans la vie comme
d'en sortir.

Amour de Salomon pour la Sagesse

7 Aussi ai-je prié et le discernement m'a été donné,
j'ai imploré et l'esprit de la Sagesse est venu en moi.
8 Je l'ai préférée aux sceptres et
aux trônes,
auprès d'elle, j'ai estimé néant
la richesse;
9 je ne l'ai pas comparée à la
pierre inestimable
car tout l'or du monde, face à
elle, ne serait qu'un peu de
sable
et l'argent, devant elle, paraî-
trait de la boue.
10 Plus que la santé et la beauté
je l'ai aimée,
et je décidai de l'avoir pour
lumière,
car sa clarté ne connaît pas de
déclin.
11 Mais avec elle, elle m'a apporté tous les biens à la fois,
elle tenait dans ses mains une
richesse incalculable.
12 J'ai profité de tous ces biens,
les sachant dirigés par la Sagesse;
j'ignorais pourtant
qu'elle-même en était l'auteur.
13 Ce que j'ai appris avec simplicité, j'en fais part sans réserve,
je ne tairai pas sa richesse.
14 Car elle est pour les hommes
un trésor inépuisable.
Ceux qui l'ont exploité se sont
concilié l'amitié de Dieu,

---

1. *Je suis moi aussi :* dans la suite du texte
l'auteur s'identifie au roi Salomon (voir 9.1-12).
Celui-ci était considéré comme le plus grand sage
d'Israël (voir 1 R 5.9-14).
2. *dix mois :* on considérait que la grossesse
durait dix mois parce que le début du dixième
mois était compté comme mois entier.

recommandés à lui par les dons provenant de l'éducation.

Dieu est la source de toute connaissance

15 Que Dieu m'accorde de parler avec intelligence
et de concevoir des pensées dignes des dons reçus,
car c'est lui qui guide la Sagesse
et dirige les sages.
16 Il tient en son pouvoir et nous-mêmes et nos paroles,
tout savoir et toute science des techniques.
17 Ainsi m'a-t-il donné une connaissance exacte du réel.
Il m'a appris la structure de l'univers et l'activité des élé-ments[1],
18 le commencement, la fin et le milieu des temps,
les alternances des solstices et les changements de saisons,
19 les cycles de l'année et les positions des astres,
20 les natures des animaux et les humeurs des bêtes sauvages,
les impulsions violentes des es-prits[2] et les pensées des hommes,
les variétés de plantes et les vertus des racines.
21 Toute la réalité cachée et apparente, je l'ai connue,
car l'artisane de l'univers, la Sagesse, m'a instruit.

Nature de la Sagesse

22 Car il y a en elle un esprit intelligent, *saint,
unique, multiple[1],
subtil, mobile,
distinct, sans tache,
clair, inaltérable,
aimant le bien, diligent,
23 indépendant, bienfaisant, ami de l'homme,
ferme, assuré, tranquille,
qui peut tout, surveille tout,
et pénètre tous les esprits,
les intelligents, les purs, les plus subtils.
24 Aussi la Sagesse est-elle plus mobile qu'aucun mouvement,
à cause de sa pureté, elle passe et pénètre à travers tout.
25 Elle est un effluve de la puissance de Dieu,
une pure irradiation de la gloire du Tout-Puissant;
c'est pourquoi nulle souillure ne se glisse en elle.
26 Elle est un reflet de la lumière éternelle
un miroir sans tache de l'activité de Dieu
et une image de sa bonté.
27 Comme elle est unique, elle peut tout; demeurant en elle-même, elle renouvelle l'univers
et, au long des âges, elle passe dans les âmes saintes
pour former des amis de Dieu et des *prophètes.
28 Car seuls sont aimés de Dieu ceux qui partagent l'intimité de la Sagesse.
29 Elle est plus radieuse que le soleil
et surpasse toute constellation.

1. *l'activité des éléments* : l'auteur évoque ainsi l'air, l'eau, le feu et la terre qui étaient, pour les savants grecs, les éléments constitutifs du monde.
2. les *esprits* nommés ici sont sans doute les puissances mystérieuses qui étaient censées agir dans l'univers ou dans l'homme.

1. *unique, multiple* : cet esprit est seul de son espèce mais il a des activités multiples.

Comparée à la lumière, sa supériorité éclate :
30 la nuit succède à la lumière,
mais le mal ne prévaut pas sur
la Sagesse.

8 1 Elle s'étend avec force
d'une extrémité du monde
à l'autre,
elle gouverne l'univers avec
bonté.

La sagesse, épouse idéale pour Salomon

2 C'est elle que j'ai aimée et re-
cherchée dès ma jeunesse,
j'ai cherché à en faire mon
épouse
et je suis devenu l'amant de sa
beauté.
3 Sa gloire éclipse la noblesse,
car elle partage la vie de Dieu
et le souverain de l'univers l'a
aimée.
4 Initiée à la science même de
Dieu,
elle décide de ses oeuvres.
5 Et si la richesse est un bien
désirable dans la vie,
quoi de plus riche que la Sagesse, l'auteur de toutes
choses ?
6 Si notre intelligence est efficace,
l'artisane des êtres ne l'est-elle
pas davantage ?
7 Aime-t-on la rectitude ?
Les vertus sont le fruit de ses
travaux,
car elle enseigne modération et
prudence,
justice et courage,

et il n'est rien de plus utile aux
hommes dans la vie.
8 Désire-t-on encore profiter
d'une longue expérience ?
Elle connaît le passé et conjecture l'avenir,
elle sait interpréter les sentences et résoudre les énigmes,
elle prévoit signes et prodiges,
les moments et les temps favorables[1].
9 Je résolus donc d'en faire la
compagne de ma vie
sachant qu'elle serait ma
conseillère pour le bien,
mon réconfort dans les soucis
et le chagrin.
10 Grâce à elle, me disais-je, j'aurai de la gloire auprès des
foules
et, bien que jeune, je jouirai de
la considération des vieillards.
11 On me trouvera pénétrant
dans l'excercice de la justice
et les princes, devant moi, seront émerveillés.
12 Si je me tais, ils attendront; si
je parle, ils se feront attentifs,
et si mon discours se prolonge,
ils mettront la main sur leur
bouche[2].
13 J'obtiendrai, grâce à elle, l'immortalité
et je laisserai à la postérité un
souvenir éternel.
14 Je gouvernerai les peuples, les
nations me seront soumises.
15 À mon seul nom des souverains redoutables prendront
peur;

---

1. *signes et prodiges* : cette expression se rapporte à des phénomènes naturels insolites (éclipses,
tremblements de terre ...) — *les moments et les
temps favorables* : sous-entendu *aux entreprises
des hommes.*
2. *ils mettront la main sur leur bouche* : ce geste
signifie que l'on se tait pour écouter d'autant plus
attentivement.

je me montrerai bon parmi la foule et courageux à la guerre.

16 Rentré chez moi, je me reposerai près d'elle,
car sa société ne cause point d'amertume,
ni son intimité de chagrin;
mais seulement de l'agrément et de la joie.

Salomon décide de demander la Sagesse

17 Ayant ainsi raisonné en moi-même et considéré en mon coeur
que la parenté avec la Sagesse assure l'immortalité,
18 que sa tendresse procure une noble jouissance,
les labeurs de ses mains, une richesse inépuisable,
sa fréquentation assidue, un jugement avisé,
et la communication de ses paroles, la célébrité,
j'allais de tous côtés cherchant comment la prendre pour épouse.
19 J'étais certes, un enfant bien né et j'avais reçu une âme bonne;
20 ou plutôt, étant bon, j'étais venu dans un corps sans souillure.
21 Pourtant je savais que je n'obtiendrais pas la sagesse autrement que par un don de Dieu
— et reconnaître de qui dépend un bienfait, c'était encore une preuve de discernement —,
je me tournai donc vers le Seigneur et le priai
en disant de tout mon cœur :

Prière pour obtenir la Sagesse
(cf. 1 R 3.6-9)

9 1 Dieu des pères[1] et Seigneur miséricordieux
qui as fait l'univers par ta parole,
2 formé l'homme par ta Sagesse
afin qu'il domine sur les créatures appelées par toi à l'existence,
3 qu'il gouverne le monde avec piété et justice,
et rende ses jugements avec droiture d'âme,
4 donne-moi la Sagesse qui partage ton trône
et ne m'exclus pas du nombre de tes enfants.
5 Vois, je suis ton serviteur et le fils de ta servante,
un homme faible et dont la vie est brève,
bien démuni dans l'intelligence du droit et des lois.
6 Du reste, quelqu'un fût-il parfait parmi les fils des hommes[2],
sans la Sagesse qui vient de toi, il sera compté pour rien.
7 C'est toi qui m'as préféré pour être roi de ton peuple,
juge de tes fils et des tes filles[3].
8 Tu m'as ordonné de bâtir un Temple sur ta sainte montagne
et un *autel dans la ville où tu as établi ta demeure,
à l'imitation de la tente sainte que tu avais préparée dès l'origine[4].

1. *Dieu des pères* ou *Dieu de nos ancêtres*.
2. *les fils des hommes* ou *les humains*.
3. *préféré* : il y a là sans doute une allusion à l'élimination, en faveur de Salomon, des autres fils de David (voir 1 R 1 et 1 Ch 28.5-6). — *tes fils et tes filles*, c'est-à-dire tous les membres du peuple de Dieu.
4. *ta sainte montagne* : il s'agit de la colline de Jérusalem — *la tente sainte* désigne la *tente de la rencontre.

9 Près de toi se tient la Sagesse
   qui connaît tes oeuvres,
   et qui était présente lorsque tu
   créais le monde.
   Elle sait ce qui est agréable à
   tes yeux,
   ce qui est droit selon tes commandements.
10 Fais-la descendre des cieux
   saints,
   du trône de ta gloire, daigne
   l'envoyer,
   pour qu'elle peine à mes côtés
   et que je connaisse ce qui te
   plaît.
11 Elle qui sait et comprend tout,
   elle me guidera dans ma
   conduite avec mesure
   et elle me protégera par sa
   gloire.
12 Ainsi mes actes pourront être
   agréés,
   je jugerai ton peuple avec
   équité
   et serai digne du trône de mon
   père.

La Sagesse est indispensable à l'homme

13 Quel homme pourrait
   connaître la volonté de Dieu ?
   Qui donc pourrait se faire une
   idée des intentions du Seigneur ?
14 Les pensées des mortels sont
   hésitantes,
   précaires, nos réflexions.
15 Le corps, soumis à la corruption, alourdit l'âme,
   l'enveloppe de terre est un fardeau pour l'esprit sollicité en
   tous sens.
16 Déjà nous avons peine à nous
   représenter les réalités terrestres,

même ce qui est à notre portée,
nous le découvrons avec effort.
Mais les réalités célestes, qui
les a explorées ?
17 Et ta volonté, qui donc l'aurait
   connue, si tu n'avais donné
   toi-même la Sagesse
   et envoyé d'en haut ton saint
   esprit ?
18 Ainsi furent rectifiés les sentiers[1] de la terre,
   les hommes furent instruits de
   ce qui te plaît
   et sauvés par la Sagesse.

La rôle de la Sagesse dans l'histoire

10 1 Par elle, le premier
   formé[2],
   père du monde,
   fut gardé avec soin après avoir
   été créé solitaire.
   Puis elle l'arracha à sa propre
   transgression
2 et lui donna la force de maîtri-
   ser tout[3].
3 Mais l'homme injuste[4] qui se
   détourna d'elle par sa colère
   périt dans sa rage fratricide.
4 La terre recouverte à cause de
   lui
   par le déluge fut encore sauvée
   par la Sagesse,
   qui pilota le juste[5] sur un bois
   vulgaire.
5 Et lorsque les nations, unanimes dans le mal, furent
   confondues,

---

1. *les sentiers* ou *les manières d'agir.*
2. *le premier formé* désigne Adam.
3. *tout,* c'est-à-dire toute la création.
4. *l'homme injuste* désigne Caïn (voir Gn 4.8).
5. *le juste* désigne Noé (voir Gn 6-8).

c'est elle qui reconnut le juste[1],
le garda irréprochable devant
Dieu
et lui permit d'être plus fort
que sa tendresse pour son enfant.

6 De même, alors que les impies
périssaient, elle délivra le juste[2]
fuyant devant le feu qui s'a-
battait sur les cinq villes.

7 En témoignage de leur perversité subsistent toujours
une terre aride et fumante,
des plantes aux fruits que les
saisons ne mûrissent pas,
et une colonne de sel dressée
en mémorial d'une âme incrédule[3].

8 Ceux qui ont dédaigné la Sagesse
non seulement sont devenus
incapables de connaître le
bien,
mais encore ont laissé à la postérité un souvenir de leur folie,
pour que, dans leurs fautes
mêmes, ils ne puissent rester
cachés.

9 Mais la Sagesse a délivré ses
serviteurs de leurs épreuves.

10 Le juste qui fuyait la colère de
son frère,
elle le guida par de droits sentiers; elle lui montra la royauté
de Dieu
et lui donna la connaissance
des réalités saintes;
elle le fit prospérer au milieu
de ses fatigues

et multiplia le fruit de ses labeurs[1];

11 elle l'assista contre la cupidité
des exploiteurs
et finit par l'enrichir;

12 elle le garda de ses ennemis
et le protégea contre les ten-
deurs de pièges;
elle arbitra même un dur combat en sa faveur
pour qu'il sache que la piété
est plus puissante que tout.

13 Elle n'abandonna pas non plus
le juste qui fut vendu[2],
mais elle l'arracha au péché;

14 elle descendit avec lui dans la
fosse
et ne l'abandonna pas dans ses
liens
avant de lui avoir procuré le
sceptre de la royauté
et l'autorité sur ceux qui
étaient ses maîtres;
par là elle convainquit de mensonges ses calomniateurs
et elle lui conféra une gloire
éternelle.

15 Par elle le peuple *saint, de
race irréprochable,
fut délivré d'une nation d'oppresseurs.

16 Elle entra dans l'âme d'un serviteur du Seigneur
et s'opposa à des rois redouta-

---

1. *le juste* désigne Abraham (voir Gn 12 et
22.1-19).
2. *le juste* désigne Loth (voir Gn 19.1-25).
3. *une âme incrédule* : il s'agit de la femme de
Loth (voir Gn 19.26).

1. *le juste qui fuyait* désigne Jacob (voir Gn
27.41-43) — *elle lui montra la royauté de Dieu* :
allusion au songe de Jacob (voir Gn 28.10-22)
— *la connaissance des réalités saintes* : l'expression peut se référer aux révélations faites à Jacob
pendant le songe (voir Gn 28.13-15) ou à la fondation de Béthel (voir Gn 28.16-22). Autre traduction
la connaissance des saints, c'est-à-dire des anges
(voir Gn 28.12) — *le fruit de ses labeurs* : allusion
au travail de Jacob chez Laban (voir Gn 31.38-42).
2. *le juste* désigne Joseph (voir Gn 37.12-36 et
39-41).

bles par des prodiges et des signes[1].

17 Elle remit aux saints le salaire de leurs durs travaux,
   elle les conduisit par une route étonnante
   et elle devint pour eux un abri durant le jour,
   un flamboiement d'étoiles pendant la nuit[2].

18 Elle leur fit traverser à pied la mer Rouge,
   elle les fit passer à travers des eaux abondantes.

19 Mais leurs ennemis, elle les engloutit,
   puis dans un bouillonnement les rejeta du fond de l'abîme;

20 c'est pourquoi les justes dépouillèrent les impies.
   Ils chantèrent, Seigneur, ton nom très saint
   et célébrèrent ensemble ta main qui les avait défendus[3].

21 Car la Sagesse ouvrit la bouche des muets
   et délia la langue des tout-petits.

11

1 Elle fit réussir leurs entreprises grâce à un saint prophète[4].

2 Ils traversèrent un désert inhabité
  et plantèrent leurs tentes en des lieux jamais foulés;

3 ils tinrent tête à des ennemis et repoussèrent des adversaires.

Israël et l'Egypte : l'épreuve de la soif

4 Ils souffrirent de la soif et ils t'invoquèrent;
  alors un rocher abrupt leur donna de l'eau,
  une pierre dure étancha leur soif[1].

5 Ainsi les réalités mêmes qui avaient servi à châtier leurs ennemis
  devinrent pour eux un bienfait dans leur détresse.

6 Au lieu du jaillissement continu d'un fleuve
  troublé par un sang bourbeux[2]

7 en châtiment du décret infanticide[3],
  tu leur as donné à eux, contre tout espoir, une eau abondante,

8 après leur avoir montré par la soif subie alors
  comment tu avais puni leurs adversaires.

9 En effet, par cette épreuve, bien que corrigés avec miséricorde,
  ils surent quels tourments subissaient les impies jugés avec colère.

10 Les tiens, tu les as mis à l'épreuve en père qui avertit,
   mais à ceux-là[4], tu as demandé des comptes en roi sévère qui condamné.

11 Loin comme près des tiens, ils souffraient pareillement :

---

1. *un serviteur du Seigneur* désigne Moïse — *des rois redoutables* : généralisation qui fait allusion au Pharaon d'Egypte — *des prodiges et des signes* : allusion aux fléaux d'Egypte (voir Ex 7.8-11.10).
2. *aux saints*, c'est-à-dire aux Israélites qui constituent le peuple de Dieu (voir v. 15) — *elle les conduisit* ... : la Sagesse est ici identifiée à la colonne de nuée (voir Ex 13.21-22 et 14.19-20).
3. *Ils chantèrent ... et célébrèrent* : allusion au cantique de Moïse rapporté en Ex 15.
4. *un saint prophète* : Moïse.

1. voir Ex 17.1-7.
2. allusion au premier fléau d'Egypte : le Nil changé en sang (voir Ex 7.14-25).
3. Il s'agit du décret du Pharaon ordonnant de tuer tout garçon nouveau-né (voir Ex 1.22).
4. *ceux-là* : les impies nommés au verset 9. Il s'agit des Egyptiens.

12 une double tristesse les saisit[1]
avec un gémissement au souvenir du passé,

13 car en apprenant que par l'instrument même de leur châtiment
les autres avaient été favorisés,
ils sentirent l'intervention du
Seigneur.

14 Celui qu'ils avaient rejeté jadis
en l'exposant, puis congédié
avec moquerie,
les remplit de stupeur au terme
des événements[2]
car ils avaient souffert de la
soif autrement que les justes.

Punition mesurée des Egyptiens

15 Et à cause des pensées stupides
inspirées par leur injustice,
qui les égarèrent jusqu'à leur
faire rendre un culte à des rep-
tiles sans raison et à des bêtes
viles,
tu leur envoyas en châtiment
une multitude d'animaux sans
raison[3],

16 pour qu'ils sachent qu'on est
puni par où l'on a péché.

17 Elle n'était pas embarrassée, ta
main toute-puissante,
elle qui a créé le monde à partir d'une matière informe,
pour envoyer contre eux une
multitude d'ours ou de lions
féroces,

18 ou des monstres inconnus créés
tout exprès, pleins de fureur

et pouvant exhaler un souffle
embrasé,
ou répandre une fumée infecte,
ou lancer de leurs yeux de terribles éclairs;

19 non seulement leur malfaisance aurait pu les anéantir
d'un seul coup,
mais leur vue aurait déjà suffi
à les faire périr d'effroi.

20 D'ailleurs, même sans ces bêtes,
ils pouvaient être renversés
d'un seul souffle,
poursuivis par la justice
et dispersés par le souffle de ta
puissance;
mais tu as tout disposé avec
mesure, nombre et poids.

Dieu épargne les hommes par amour

21 Ta grande force est toujours à
ta disposition,
et qui résistera à la vigueur de
ton bras?

22 Oui, le monde entier est devant
toi
comme le poids infime qui
déséquilibre une balance,
comme la goutte de rosée ma-
tinale qui descend vers le sol.

23 Mais tu as pitié de tous parce
que tu peux tout,
et tu détournes les yeux des
péchés des hommes pour les
amener au repentir.

24 Tu aimes tous les êtres
et ne détestes aucune de tes
oeuvres :
aurais-tu haï l'une d'elles, tu ne
l'aurais pas créée.

25 Et comment un être quelconque aurait-il subsisté si toi,
tu ne l'avais voulu,
ou aurait-il été conservé sans
avoir été appelé par toi.

---

1. Leur tristesse est *double* parce qu'ils se sou-
viennent de leurs épreuves passées (v. 12b et voir v.
6) et parce qu'ils ont la preuve de l'intervention de
Dieu contre eux et en faveur des Israélites (v. 13).

2. *Celui qu'ils avaient rejeté* : Moïse — *au terme
des événements,* c'est-à-dire sans doute lors du
miracle de l'eau au désert (voir v. 4).

3. *une multitude d'animaux sans raison* : référence aux animaux qui sont intervenus dans les
fléaux d'Egypte (voir Ex 8.1-10.15).

26 Tu les épargnes tous, car ils
    sont à toi, Maître qui aimes la
    vie,

12 1 et ton esprit incorruptible
    est dans tous les êtres.

Punition progressive des Cananéens

2 Aussi tu reprends progressivement les coupables
    et tu les avertis, leur rappelant
    en quoi ils pèchent,
    afin qu'ils renoncent au mal et
    qu'ils croient en toi, Seigneur.
3 Il en fut ainsi pour les anciens
    habitants[1] de la terre sainte
4 que tu avais pris en haine à
    cause de leurs pratiques détestables :
    oeuvres de magie, rites impies,
5 meurtres cruels d'enfants,
    festin de chair et de sang humains où l'on mange jusqu'aux
    entrailles;
    ces véritables initiés surpris en
    pleine orgie,
6 ces parents meurtriers d'êtres
    sans défense,
    tu avais voulu les faire périr
    par la main de nos pères,
7 afin qu'elle reçut une digne colonie d'enfants de Dieu,
    cette terre qui t'est chère entre
    toutes.
8 Pourtant, même ceux-là, tu les
    as épargnés parce qu'ils restaient des hommes
    et tu as envoyé comme
    avant-coureurs de ton armée
    des guêpes
    qui ne les extermineraient que
    peu à peu.

9 Certes, tu aurais pu dans une
    bataille livrer les impies aux
    mains des justes,
    ou encore les détruire en un
    instant par des bêtes redoutables ou par une parole tranchante.
10 Mais en exerçant progressivement ta justice tu offrais une
    occasion de repentir,
    sans ignorer pourtant que leur
    nature était viciée,
    leur perversité innée,
    et que leur mentalité ne changerait jamais;
11 car c'était une race maudite
    dès l'origine.
    Ce n'est pas davantage par
    peur de quelqu'un que tu leur
    avais offert l'impunité de leurs
    péchés.
12 Qui donc en effet osera te
    dire : Qu'as-tu fait ?
    Qui s'opposera à ta décision ?
    Qui encore te citera en justice
    pour la ruine de peuples que tu
    as toi-même créés ?
    Qui viendra déposer contre toi
    comme défenseur d'hommes
    injustes ?
13 Il n'y a pas de Dieu en dehors
    de toi, qui prenne soin de tout,
    auquel tu devrais prouver que
    tu n'as pas jugé injustement.
14 Il n'y a non plus ni roi ni souverain qui puisse te braver
    pour défendre ceux que tu as
    châtiés.

Dieu gouverne l'univers avec Justice

15 Parce que tu es juste, tu gouvernes l'univers avec justice,

1. *les anciens habitants* : voir la liste de Dt 7.1.
Ici il s'agit des Cananéens.

et condamner un homme ne méritant pas d'être châtié
te paraît incompatible avec ta puissance.

16 Car ta force est la source de ta justice
et ta maîtrise sur tous te fait user de clémence envers tous.

17 Il fait montre de sa force, celui dont le pouvoir absolu est mis en doute,
et il confond l'arrogance de ceux-là mêmes qui reconnaissent ce pouvoir[1].

18 Mais toi qui maîtrises ta force, tu juges avec sérénité,
et tu gouvernes avec tant de ménagements.
Le pouvoir d'agir est à ta disposition quand tu le veux.

Dieu éduque son peuple

19 En agissant ainsi tu as appris à ton peuple
que le juste doit être ami des hommes
et tu as rempli tes fils[2] d'espérance
puisque tu offres le repentir pour les péchés.

20 Si tu as puni les ennemis de tes enfants et des hommes voués à la mort avec un tel souci d'indulgence,
en leur donnant le temps et l'occasion de renoncer au mal,

21 avec combien plus de précautions as-tu jugé tes fils,

après avoir offert à leurs pères[1] des serments et des *alliances aux promesses magnifiques.

22 Ainsi, pour nous éduquer, tu flagelles nos ennemis avec modération,
afin que nous songions à ta bonté quand nous avons à juger,
et que nous comptions sur ta miséricorde quand tu nous juges.

Punition de ceux qui adorent les animaux

23 Voilà pourquoi ceux qui dans leur folie avaient mené une vie injuste,
tu les as tourmentés par leurs propres abominations.

24 En effet ils avaient erré au-delà des chemins de l'égarement :
ils considéraient comme des dieux les plus vils et les plus méprisables des animaux,
se laissant abuser comme de petits enfants privés de raison.

25 Alors comme à des enfants déraisonnables
tu leur as envoyé un châtiment pour te moquer.

26 Mais ceux qui n'ont pas compris ces punitions pour enfants subiront un digne jugement de Dieu.

27 Exaspérés par ces bêtes qui les faisaient souffrir
et se voyant châtiés par celles qu'ils prenaient pour des dieux,
ils reconnurent à l'expérience le Dieu véritable qu'ils refusaient jadis de connaître.

---

1. le texte grec est peu clair. L'auteur oppose peut-être le comportement d'un souverain dont le pouvoir est contesté (v. 17) à celui de Dieu qui est maître de sa force (v. 18).
2. *tes fils* : les membres du peuple de Dieu.

1. *leurs pères* ou *leurs ancêtres*.

Pour cette raison la condamnation suprême s'abattit sur eux[1].

La divinisation de la nature

13 [1] Vains sont tous ceux-là, des hommes par nature, chez qui l'ignorance de Dieu s'est installée :
à partir des biens visibles, ils n'ont pas été capables de connaître Celui qui est,
pas plus qu'ils n'ont reconnu l'Artisan[2] en considérant ses oeuvres.

2 Mais c'est le feu, le souffle ou l'air léger,
le cycle des astres ou l'eau impétueuse,
ou les luminaires du ciel réglant le cours du monde, qu'ils ont pris pour des dieux.

3 Sont-ils séduits par leur beauté quand ils les considèrent comme des dieux,
qu'ils sachent combien le Maître de ces choses leur est supérieur,
car Celui qui est à l'origine de la beauté les a créés.

4 Sont-ils frappés par leur puissance et leur efficacité,
qu'ils comprennent à partir de ces réalités combien est plus puissant Celui qui les a faites.

5 Car la grandeur et la beauté des créatures
conduisent par analogie à contempler leur Créateur.

6 Cependant ces hommes méritent un moindre blâme :
peut-être ne s'égarent-ils que dans leur façon de chercher Dieu et de vouloir le trouver.

7 Plongés dans ses oeuvres, ils scrutent
et ils cèdent alors à l'apparence, car il est beau le spectacle du monde !

8 Toutefois même eux ne sont pas excusables pour autant.

9 S'ils sont devenus assez savants pour pouvoir conjecturer le cours éternel des choses,
comment n'ont-ils pas découvert auparavant le Maître de celles-ci ?

Les idoles : l'exemple du bûcheron

10 Mais misérables, avec leur espérance placée en des objets sans vie,
ceux-là qui ont appelé dieux les oeuvres de mains humaines de l'or et de l'argent ouvragés avec art
et représentant des êtres vivants,
ou une pierre inutilisable travaillée par une main antique.

11 Tel encore ce bûcheron qui a scié un arbre facile à transporter.
Il en râcle toute l'écorce avec savoir-faire,
le traite comme il se doit
et fabrique un ustensile destiné aux besoins de la vie.

12 Quant aux rebuts de son travail,
il les fait brûler pour préparer sa nourriture, et il se rassasie;

13 reste un déchet qui ne peut servir à rien,

---

1. *ces bêtes :* voir 11.15 et la note — *la condamnation suprême :* manifestée par la mort des premiers-nés (voir Ex 12.29-36) et par l'engloutissement des Egyptiens dans la mer Rouge (voir Ex 14.24-29), comparer 18.5.
2. *l'Artisan :* titre donné au créateur de l'univers.

car c'est un bois tordu et
noueux :
il le prend, le sculpte pour occuper son loisir,
le taille avec la compétence des
moments de détente
et le fait représenter une image
d'homme
14 ou le rend semblable à un vil
animal,
après l'avoir enduit de vermil-
lon, fardé son teint de rouge
et recouvert toutes ses taches.
15 Il lui aménage une demeure
appropriée,
l'installe dans le mur et le fixe
avec du fer :
16 il a donc pris ses précautions
pour qu'il ne tombe pas,
le sachant incapable de s'aider
par lui-même
car c'est une image qui a besoin d'aide.
17 Mais quand il prie pour avoir
biens, mariages et enfants,
il ne rougit pas de s'adresser à
cet objet sans vie;
pour la santé il invoque ce qui
est sans force,
18 pour la vie il implore ce qui est
mort,
pour sa protection il supplie ce
qui n'est d'aucun secours,
pour ses voyages, ce qui est
incapable de faire un pas,
19 et pour ses moyens d'existence,
son travail et la réussite de ses
mains,
il demande une aide vigoureuse à des mains sans vigueur.

Autre exemple du culte des idoles

14 1 Cet autre va appareiller,
se disposant à parcourir les
flots cruels,

et il invoque un bois[1] plus vermoulu que le bateau qui l'emmène.
2 Car celui-ci a été conçu dans le
désir d'acquérir des ressources
et il a été construit par la sagesse artisane.
3 Mais c'est ta providence, ô
Père, qui tient la barre :
tu as tracé un chemin sur la
mer,
un sentier assuré parmi les
flots,
4 montrant par là que tu peux
sauver de tout danger,
même si l'on prend la mer sans
aucune compétence.
5 Tu ne veux pas que les oeuvres
de ta Sagesse demeurent im-
productives,
c'est pourquoi les hommes
confient leurs vies à un bois
infime[2]
et ont pu traverser la mer hou-
leuse
sur un radeau en échappant à
tout danger.
6 Ainsi, aux origines, lorsque périssaient les géants orgueilleux,
l'espoir du monde se réfugia
sur un radeau
et, dirigé par ta main, conserva
pour l'avenir une semence de
génération[3].
7 Béni est le bois devenu instrument de justice !
8 Mais maudite l'idole fabriquée,
elle et son auteur,
celui-ci pour l'avoir façonnée,
et elle,

1. *un bois*, c'est-à-dire une idole de bois probablement placée à la proue du bateau.
2. *un bois infime* décrit un *radeau* ou toute
autre embarcation légère.
3. *les géants orgueilleux* : allusion aux géants
mentionnés en Gn 6.1-4 — *l'espoir du monde* désigne Noé et *un radeau* l'arche qu'il construisit
(voir Gn 6.14-9.17).

une chose corruptible, pour avoir été nommée dieu.

9 Car Dieu déteste également l'impie et son impiété,

10 et l'oeuvre sera châtiée avec l'ouvrier.

11 Oui, l'intervention divine s'étendra aux idoles des nations, car elles sont devenues une abomination dans la création de Dieu,
un scandale pour les âmes des hommes,
un piège sous les pas des insensés.

Origine des idoles à forme humaine

12 À l'origine de cette prostitution[1], il y a l'idée de fabriquer des images,
et leur découverte a entraîné la corruption de la vie.

13 Elles n'existaient pas au commencement pas plus qu'elles ne subsisteront indéfiniment.

14 À cause du jugement superficiel des hommes elles ont fait leur entrée dans le monde,
aussi une prompte fin leur a-t-elle été assignée.

15 Affligé par un deuil prématuré, un père
a fait exécuter une image de son enfant enlevé à l'improviste,
et à ce qui n'était plus qu'un cadavre d'homme il rend maintenant des honneurs comme à un dieu
et transmet aux siens des mystères et des rites[2];

16 puis, fortifiée par le temps, cette coutume impie fut observée comme une loi.

De même encore, sur l'ordre des souverains, les images taillées devinrent l'objet d'un culte;

17 comme on ne pouvait honorer ceux-ci[1] en leur présence, à cause de la distance,
on reproduisit leur apparence vue de loin
et on fit faire une image visible du roi vénéré
afin de témoigner une adulation empressée à l'absent comme s'il était présent.

18 Même chez ceux qui ne le connaissaient pas, l'extension du culte
fut stimulée par l'ambition de l'artiste.

19 Celui-ci, voulant sans doute plaire au souverain,
força son art pour faire plus beau que ressemblant;

20 alors la foule fut séduite par le charme de l'oeuvre,
et cet homme auquel naguère on rendait des honneurs devint un objet d'adoration.

21 Ainsi la vie humaine se laissa prendre au piège
lorsque les hommes, victimes du malheur ou du pouvoir,
attribuèrent à la pierre et au bois le nom incommunicable[2].

Conséquences de l'idolâtrie

22 Ils ne se sont même pas contentés d' errer dans la connaissance de Dieu,

---

1. *cette prostitution*, c'est-à-dire l'idolâtrie décrite en 13.10 à 14.11 (voir Os 2.4 et la note).
2. *des mystères et des rites*, c'est-à-dire des cérémonies et des rites réservés à un cercle d'initiés.

1. *ceux-ci*, c'est-à-dire *les souverains* (v. 16).
2. En leur attribuant valeur de divinités les hommes ont donné à la pierre et au bois *le nom* qui n'appartient qu'à Dieu.

mais, vivant dans le vaste conflit qu'engendre l'ignorance,
ils osent donner à de tels fléaux[1] le nom de paix.

23 Avec leur rites infanticides, leurs mystères occultes[2]
ou leurs processions frénétiques aux coutumes extravagantes,

24 ils ne respectent plus ni les vies, ni la pureté des mariages,
mais l'un supprime l'autre traîtreusement ou l'afflige par l'adultère.

25 Tout est mêlé : sang et meurtre, vol et fourberie,
corruption, déloyauté, troubles, parjure,

26 confusion des valeurs, oubli des bienfaits,
souillure des âmes, inversion sexuelle,
anarchie des mariages, adultère et débauche.

27 Car le culte des idoles impersonnelles est le commencement, la cause et le comble de tout mal,

28 soit qu'on s'abandonne à une joie délirante ou qu'on profère de faux oracles,
soit qu'on vive dans l'injustice ou qu'on se parjure immédiatement.

29 Pour s'être fiés à des idoles inertes,
ils sont sûrs, après leurs serments malhonnêtes, de ne subir aucun dommage.

30 Mais un double châtiment les frappera,

parce qu'ils se sont mépris sur Dieu en recourant aux idoles et qu'ils ont fait avec ruse de faux serments par mépris de la *sainteté.

31 Ce n'est pas la puissance des objets pris à témoin,
mais la justice réagissant contre les pécheurs
qui sanctionne toujours la transgression des coupables.

La foi préserve Israël de l'idolâtrie

15 1 Mais toi, notre Dieu, tu es bon et fidèle,
tu es patient et gouvernes tous les êtres avec miséricorde.

2 Même si nous péchons, nous restons
à toi car nous reconnaissons ta souveraineté,
mais nous ne pécherons pas, sachant
que nous sommes comptés comme tiens.

3 Savoir qui tu es conduit à la justice parfaite
et reconnaître ta souveraineté est la racine de l'immortalité.

4 Elle ne nous a pas égarés, cette invention humaine d'un art mauvais[1],
ni le labeur stérile des peintres d'illusion,
qui produisent une forme barbouillée de couleurs variées

5 dont la vue finit par éveiller la passion des insensés
et leur fait désirer la forme inerte d'une image morte.

6 Amants du mal et dignes de pareils espoirs,

---

1. *de tels fléaux* : la méconnaissance de Dieu et les désordres causés par cette ignorance (début du verset) dont les conséquences sont décrites par la suite (v. 23-28).

2. *leurs rites infanticides* ou *leurs sacrifices rituels d'enfants — leurs mystères* : voir 6.22 ; 14.15 et les notes.

1. *un art mauvais* : il s'agit de la fabrication des idoles (voir 14.12).

tels sont ceux qui les fabriquent, les désirent ou les adorent !

Folie du potier qui fabrique des idoles

7 Ainsi ce potier qui pétrit labo-
rieusement de la terre molle
et qui façonne chacun de nos
objets domestiques.
Avec la même glaise il modèle
et les ustensiles destinés aux
emplois propres
et ceux qui servent à des
usages opposés, le tout pareillement;
mais quelle sera alors la fonction de chacun de ces objets,
c'est le potier qui en décide.
8 Puis, se livrant à un méchant
travail,
il utilise la même glaise pour
façonner un dieu illusoire,
alors que, tout juste né de la
terre,
il retournera bientôt à cette
terre d'où il a été tiré,
quand on lui demandera de
restituer son âme.
9 Au lieu de songer à sa mort
inéluctable
et à la brièveté de sa vie,
il rivalise avec les orfèvres et
les fondeurs d'argent,
imite ceux qui coulent le
bronze,
et se fait gloire de fabriquer du
faux.
10 Son coeur n'est que cendre, son
espérance est plus misérable
que la terre,
et sa vie plus méprisable que la
glaise.
11 Car il ignore Celui qui l'a façonné,

qui a soufflé en lui une âme
active
et insufflé un esprit qui fait
vivre[1].
12 À ses yeux, notre vie est un jeu,
l'existence, une foire d'em-
poigne :
il faut, dit-il, tirer profit de
tout, même du mal.
13 Cet homme-là sait mieux que
personne qu'il pèche
en fabriquant avec une matière
terreuse des vases fragiles et
des idoles.

L'idolâtrie insensée des Egyp-tiens

14 Mais ils se révèlent tous[2] complètement insensés et plus in-
fortunés qu'une âme infantile,
les ennemis et oppresseurs de
ton peuple.
15 Ils ont même pris pour dieux
toutes les idoles des nations,
qui n'ont ni l'usage de leurs
yeux pour voir,
ni des narines pour aspirer
l'air,
ni des oreilles pour écouter,
ni des doigts aux mains pour
palper,
et dont les pieds ne savent pas
marcher.
16 Car c'est un homme qui les a
faites,
un être au souffle d'emprunt[3]
qui les a façonnées,
or aucun homme ne peut façonner un dieu qui lui soit
semblable.

---

1. les expressions *une âme active* et *un esprit qui
fait vivre* sont pratiquement synonymes; elles rappellent l'haleine de vie dont parle Gn 2.7.
2. l'auteur revient maintenant au cas des
Egyptiens.
3. *un être au souffle d'emprunt*, c'est-à-dire un
être à qui Dieu a prêté le souffle de vie.

17 Mortel, il ne peut produire de
ses mains impies qu'une oeuvre
morte;
encore vaut-il mieux que les
objets de son adoration :
lui, il a reçu la vie, mais eux ne
l'auront jamais.

18 Et ils adorent aussi les bêtes
les plus odieuses;
en fait de stupidité, elles sont
les pires de toutes

19 et, à leur vue, on ne trouve rien
de cette beauté
qui peut séduire chez d'autres
animaux.
Elles ont échappé à l'approbation de Dieu et à sa bénédiction[1].

Israël nourri, ses ennemis affa-
més

16 [1] Voilà pourquoi ils furent
châtiés
à juste titre par des animaux
semblables
et tourmentés par une multitude de bêtes[2].

2 Au lieu de ce châtiment, tu as
accordé un bienfait à ton
peuple :
pour satisfaire l'ardeur de son
appétit,
c'est une nourriture à la saveur
merveilleuse,
des cailles, que tu lui as préparée.

3 Ainsi les premiers, malgré leur
besoin de nourriture,
écoeurés par les bêtes envoyées
contre eux,

perdraient toute envie de manger,
tandis que les seconds, après
une courte disette,
auraient en partage une saveur
merveilleuse[1].

4 Il fallait que les oppresseurs
voient s'abattre sur eux une disette implacable,
il suffisait aux autres de constater
comment leurs ennemis
avaient été tourmentés.

Les bêtes meurtrières et le Dieu
qui sauve

5 Et même quand la fureur terrible
des bêtes venimeuses se dé-
chaîna contre les tiens
et qu'ils périssaient sous la
morsure des serpents sinueux,
ta colère ne dura pas jusqu'au
bout[2].

6 En guise d'avertissement ils furent effrayés quelque temps,
tout en un gage de salut
qui leur rappelait le commandement de ta Loi.

7 En effet, quiconque se retour-
nait était sauvé, non par l'objet
regardé,
mais par toi le Sauveur de
tous.

8 Et ainsi tu as prouvé à nos
ennemis
que c'est toi qui délivres de
tout mal.

9 Eux périrent mordus par les
sauterelles et les mouches,

---

1. au moment de la création *l'approbation de
Dieu et sa bénédiction* s'étendaient à tous les êtres
vivants (voir Gn 1.20-30). Les animaux divinisés y
sont soustraits parce qu'ils sortent du rôle qui leur
a été attribué.
2. le pronom *ils* désigne les Egyptiens — *une
multitude de bêtes* : voir 11.15 et la note.

1. *les premiers*, c'est-à-dire les Egyptiens — *les
seconds*, c'est-à-dire les Israélites — *les bêtes envoyées contre eux* : probablement les grenouilles
mentionnées en Ex 7.26-8.10.
2. les versets 5-7 se réfèrent à l'épisode des
serpents brûlants (Nb 21.4-9).

sans qu'on trouvât de remède
pour préserver leur vie,
car ils méritaient d'être châtiés
par de telles bêtes.

10 Tes fils, en revanche, la dent
même des serpents venimeux
ne put les réduire,
car ta miséricorde vint à leur
rencontre et les guérit.

11 Pour qu'ils se rappellent tes
paroles, ils recevaient des
coups d'aiguillon,
mais ils étaient vite délivrés,
de peur que, tombés dans un
oubli profond,
ils ne soient soustraits à ton
action bienfaisante.

12 Et ni herbe ni pommade ne
vint les soulager,
mais ta Parole, Seigneur, elle
qui guérit tout.

13 Tu as pouvoir sur la vie et la
mort,
tu fais descendre aux portes de
l'*Hadès et en fais remonter;

14 l'homme, lui, peut tuer par méchanceté,
mais il ne fait pas revenir le
souffle qui est sorti
et ne délivre pas l'âme qui a
été recueillie[1].

La grêle et la manne

15 Il est impossible d'échapper à
ta main.

16 Les impies qui refusaient de te
connaître
furent fouettés par ton bras
vigoureux :
des pluies et des grêlons inha-
bituels,
des averses impitoyables s'a-
charnaient contre eux,
le feu les dévorait.

17 Fait extraordinaire, dans l'eau
qui éteint tout,
le feu gagnait en énergie,
car l'univers combat pour les
justes.

18 Tantôt la flamme se calmait
pour ne pas consumer les animaux[1] envoyés contre les impies,
mais pour qu'à ce spectacle ils
se sachent poursuivis par un
jugement de Dieu;

19 tantôt, au sein même de l'eau,
elle brûle au-delà de la puissance du feu,
afin de détruire les récoltes
d'une terre injuste.

20 À l'opposé, tu as distribué à
ton peuple une nourriture
d'anges,
tu lui as procuré du ciel, sans
effort de sa part, un pain tout
préparé,
ayant la capacité de toute saveur et adapté à tous les
goûts[2].

21 La substance que tu donnais
manifestait ta douceur pour
tes enfants,
mais elle se pliait au désir de
celui qui la consommait
en se modifiant au gré de chacun.

22 Neige et glace[3] résistaient au
feu et ne fondaient pas,
pour faire savoir que les récoltes des ennemis
avaient été détruites par le feu
qui flambait dans la grêle
et lançait des éclairs au milieu
de la pluie.

---

1. *qui a été recueillie* : le texte ne précise pas si
c'est *par Dieu* ou *dans l'Hadès.*

1. vraisemblablement les sauterelles (voir 9) qui
succèdent à la grêle (voir Ex 9.13-35 et 10.1-20).
2. *une nourriture d'anges* et *un pain tout préparé* : la manne dont Dieu a nourri les Israélites au
désert (voir Ex 16.13-21).
3. *neige et glace ...* : d'après Ex 16.14 la manne
ressemblait à du givre.

23 Ce même feu, en revanche,
pour permettre aux justes de
se nourrir,
oubliait même son pouvoir
propre.

24 La création, docile à te servir,
toi, son Auteur,
se tend pour châtiment des injustes,
mais se détend pour le bien de
ceux qui se sont confiés à toi.

25 Et c'est ainsi qu'en se prêtant à
tout changement,
elle était au service de ce don
venu de toi
et qui devenait toute nourriture
au gré de ceux qui le demandaient.

26 Par là, tes fils que tu as aimés,
Seigneur, devaient apprendre
que ce n'est pas la production
de fruits qui nourrit l'homme,
mais bien ta parole qui fait
subsister ceux qui croient en
toi.

27 Ce que le feu ne détruisait pas
fondait simplement à la chaleur d'un bref rayon de soleil[1],

28 pour qu'on sache qu'il faut de-
vancer le soleil pour te rendre
grâces
et te rencontrer au lever du
jour.

29 Mais l'espoir de l'ingrat fondra
comme le givre hivernal,
il s'écoulera comme une eau
inutilisable.

Les ténèbres et la colonne de feu

17 [1] Tes jugements sont
grands et difficiles à comprendre.

Aussi des âmes incultes se
sont-elles égarées.

2 Ces impies qui avaient voulu
asservir la nation sainte,
ils gisaient, prisonniers des ténèbres et enchaînés à une
longue nuit,
enfermés sous un toit, bannis
de la providence éternelle[1].

3 Alors qu'ils pensaient rester
cachés, avec leurs péchés secrets,
grâce au voile opaque de l'oubli,
ils furent dispersés, en proie à
une frayeur terrible
et bouleversés par des halluci-
nations.

4 L'antre qui les contenait[2] ne
les gardait nullement de la
peur,
des bruits fracassants réson-
naient autour d'eux
et ils voyaient apparaître des
spectres mornes à la face lugubre.

5 Le feu le plus puissant ne parvenait pas à faire jaillir de la
lumière
et la lueur étincelante des
étoiles
ne consentait pas à éclairer
cette nuit horrible.

6 Seul leur apparaissait
un brasier qui s'allumait de lui-
même et répandait l'épou-
vante;
lorsque cette vision disparais-
sait à leurs yeux, ils restaient
terrifiés
et ils estimaient pire encore ce
qu'ils voyaient.

---

1. *la nation sainte* ou *le peuple de Dieu* — le chapitre 17 fait allusion au neuvième fléau, celui des ténèbres (voir Ex 10.21-29).

2. c'est-à-dire sans doute les ténèbres dans lesquelles ils se trouvaient.

1. il s'agit de la manne (voir v. 22 et Ex 16.21).

7 Les artifices de la magie avaient été frappés d'impuissance
et sa prétention au savoir recevait un démenti humiliant.

8 Ceux qui se faisaient fort de chasser
d'une âme malade les frayeurs et les troubles
étaient eux-mêmes malades d'une crainte risible.

9 Et même s'il n'y avait rien de troublant pour leur faire peur,
le passage des bêtes et le sifflement des serpents suffisaient à les effrayer :

10 ils mouraient de peur,
refusant même de regarder cet air[1]
auquel il n'y avait pas moyen d'échapper.

11 La méchanceté témoigne de sa lâcheté
quand elle est condamnée par son propre témoin[2];
toujours elle ajoute aux difficultés lorsque la conscience l'oppresse.

12 Car la peur n'est rien d'autre que l'abandon des secours de la raison.

13 Moins on espère intérieurement de cette aide[3],
plus on ressent l'ignorance de ce qui provoque le tourment.

14 Mais eux, durant cette nuit vraiment insupportable
et sortie des profondeurs de l'insupportable *Hadès,
dormant du même sommeil,

15 ils étaient à la fois poursuivis par des fantômes monstrueux
et paralysés par la démission de leur âme;
une peur soudaine et inattendue s'était déversée en eux.

16 De même aussi, quiconque se trouvait là-bas[1], tombait
et était retenu enfermé dans une prison sans grilles.

17 Fût-il laboureur, berger ou employé à de durs travaux au désert,
saisi à l'improviste, il subissait la nécessité inéluctable,

18 car tous étaient liés par une même chaîne de ténèbres.
Le sifflement du vent,
le chant mélodieux des oiseaux dans les rameaux touffus,
la cadence de l'eau coulant avec violence,

19 le bruit sec des pierres qui dégringolent,
la course invisible d'animaux bondissants,
le rugissement des bêtes les plus sauvages
ou l'écho renvoyé par le creux des montagnes,
tout cela les paralysait de peur.

20 Car le monde entier était éclairé d'une lumière éclatante
et poursuivait sans entraves ses activités.

21 Sur eux seuls, une nuit pesante s'était étendue,
image des ténèbres destinées à les recevoir,
mais ils étaient pour eux-mêmes un poids plus lourd que les ténèbres.

18 1 Pour tes saints, au contraire,
il y avait une très grande lumière,

---

1. *cet air*, c'est-à-dire l'obscurité environnante.
2. *son propre témoin* ou *son propre témoignage* : les méchants sont lâches dans la mesure où ils sont coupables (voir v. 11b).
3. *cette aide* ou *l'aide de la raison*.

1. *là-bas* : en Egypte.

et les autres entendaient leur voix sans distinguer leur silhouette[1];

ils les proclamaient heureux de n'avoir pas eu aussi à souffrir,

2 ils les remerciaient de ne pas chercher à nuire après tous les torts subis

et ils demandaient pardon pour leur hostilité.

3 Mais au lieu des ténèbres, tu as donné aux tiens une colonne flamboyante,

guide pour un itinéraire inconnu

et soleil inoffensif pour une glorieuse migration.

4 Quant à ceux-là, ils méritaient d'être privés de lumière

et emprisonnés par les ténèbres,

pour avoir retenu captifs tes fils

par qui devait être donnée au monde la lumière incorruptible de la Loi.

Nuit tragique et nuit de délivrance

5 Ils avaient décidé de faire périr les nouveau-nés des saints,

et seul un enfant fut sauvé après avoir été exposé;

pour les châtier, tu leur as enlevé une multitude d'enfants

et tu les as détruits ensemble dans une eau tumultueuse[2].

6 Cette nuit-là fut connue à l'avance par nos pères

afin que, sachant à quels serments ils s'étaient fiés, ils puissent se réjouir en toute sûreté[1].

7 Elle fut attendue par ton peuple,

comme salut pour les justes et ruine pour les ennemis.

8 En effet, ce qui te servit à punir les adversaires

devint pour nous un titre de gloire, car tu nous appelais vers toi.

9 Dans le secret, les pieux descendants des justes[2] offraient des *sacrifices,

et ils convinrent ensemble de cette loi divine

que les saints partageraient également avantages et dangers;

et déjà ils entonnaient les cantiques des pères.

10 La clameur discordante des ennemis leur répondait

et la voix plaintive de ceux qui pleuraient leurs enfants se répandait au loin.

11 Esclave et maître étaient frappés d'une même peine,

l'homme du peuple souffrait comme le roi.

12 Tous à la fois, par le même genre de mort,

ils avaient des cadavres innombrables;

et les vivants ne suffisaient pas à les ensevelir

car leur descendance la plus précieuse avait été anéantie en un instant.

---

1. *tes saints* : les Israélites — *les autres* : les Égyptiens.
2. *faire périr les nouveau-nés ...* : voir la note sur 11.7 — *un enfant ... exposé* : Moïse — *détruits ... dans une eau tumultueuse* : allusion à l'engloutissement dans la mer Rouge (voir Ex 14.24-31).

1. *nos pères* ou *nos ancêtres*. Il s'agit sans doute des Israélites auxquels Moïse avait fait connaître à l'avance ce qui allait se passer (voir Ex 12.21-28) — *se réjouir en toute sûreté* : autre traduction *reprendre courage*.
2. *des justes*, c'est-à-dire des patriarches.

13 Eux qui étaient restés complètement incrédules en pensant à
   des maléfices,
   ils reconnurent, devant la perte
   de leurs premiers-nés, que ce
   peuple était fils de Dieu.

14 Un silence paisible enveloppait
   tous les êtres
   et la nuit était au milieu de sa
   course;
15 alors ta Parole toute-puissante,
   quittant les cieux et le trône
   royal,
   bondit comme un guerrier impitoyable au milieu du pays
   maudit,
16 avec, pour épée tranchante, ton
   décret irrévocable.
   Se redressant[1], elle sema partout la mort;
   elle touchait au ciel et foulait
   la terre.
17 Aussitôt les visions de songes
   terribles les bouleversèrent
   et des frayeurs inattendues les
   assaillirent.
18 Chacun était projeté ici ou là,
   à demi-mort
   en révélant la raison de sa
   mort,
19 car les rêves qui les avaient
   affolés l'indiquaient d'avance,
   afin qu'ils ne périssent pas en
   ignorant pourquoi ils subissaient cette peine.

L'intervention d'Aaron au désert

20 Certes l'expérience de la mort
   atteignit aussi les justes
   et une multitude fut massacrée
   au désert,

mais la colère ne dura pas
longtemps[1].

21 En effet un homme irréprochable[2] se hâta pour les protéger :
   muni des armes propres à son
   ministère,
   la prière et l'*encens qui
   apaise.
   Il affronta la fureur et mit fin
   à la calamité,
   montrant qu'il était bien ton
   serviteur.
22 Il triompha du courroux, non
   par la force physique
   ou l'efficacité des armes,
   mais c'est par la parole qu'il
   maîtrisa l'exécuteur du châtiment
   en rappelant les serments et les
   alliances patriarcales.
23 Alors que déjà les cadavres
   s'entassaient,
   il s'interposa, brisa l'assaut
   et lui barra le chemin qui menait aux vivants.
24 Sur la longue robe de l'éphod
   était figuré l'univers entier,
   les noms glorieux des pères
   étaient gravés sur les quatre
   rangées de pierres
   et ta majesté sur le diadème de
   sa tête[3].
25 À cette vue, l'Exterminateur
   recula et fut même saisi de
   peur.
   Ainsi la simple expérience de
   la colère avait suffi.

---

1. *les justes* : les Israélites — *la colère* : sous-entendu *de Dieu.*
2. *un homme irréprochable* désigne Aaron (voir
Nb 17.6-15).
3. sur la *robe de l'éphod* voir Ex 28.31-35 — *les
quatre rangées de pierres* : voir Ex 28.17-21 — *ta
majesté* : le diadème portait l'inscription «Consacré au Seigneur» (voir Ex 28.36).

---

1. autre traduction *S'arrêtant.*

Le passage de la mer Rouge

19 1 Mais contre les impies[1] sévit jusqu'à son terme un courroux sans pitié,
car Dieu savait d'avance ce qu'ils feraient encore :

2 après avoir donné congé au peuple et l'avoir renvoyé en hâte,
ils changeraient d'avis et le poursuivraient[2].

3 En effet, alors qu'ils célébraient encore leurs deuils
et se lamentaient sur les tombes des morts,
ils conçurent une autre idée, absurde :
ceux qu'ils avaient fait partir en les suppliant,
ils se mirent à les poursuivre comme des fugitifs.

4 La nécessité à juste titre[3], les poussait vers cet extrême
et provoquait l'oubli du passé,
afin qu'ils achèvent de recevoir le châtiment qui manquait à leurs tourments :

5 ton peuple ferait alors l'expérience d'une traversée extraordinaire,
eux, au contraire, trouveraient une mort étrange.

6 Car la création tout entière, selon chaque espèce, était modelée à nouveau,
obéissant à tes ordres,
afin que tes enfants soient gardés de tout mal.

7 On vit la nuée recouvrir le camp,
et la terre sèche surgir là où il y avait de l'eau[4];

la mer Rouge devint une route sans obstacle,
les flots impétueux une plaine verdoyante,

8 par où tout un peuple passa, protégé par ta main
et témoin de prodiges merveilleux.

9 Ils se répandirent comme des chevaux au pâturage,
ils bondirent comme des agneaux,
en te célébrant[1], Seigneur, toi qui les délivras.

10 Car ils se rappelaient encore les événements de leur exil,
comment la terre, remplaçant la génération animale, produisit des moustiques,
comment le Fleuve, se substituant aux animaux aquatiques, vomit une multitude de grenouilles[2].

11 Plus tard aussi ils virent une toute nouvelle génération d'oiseaux
lorsque, poussés par le désir, ils réclamèrent des mets délicats

12 et que, pour leur réconfort, des cailles montèrent de la mer[3].

Les Egyptiens et la haine de l'étranger

13 Et les châtiments s'abattirent sur les pécheurs
non sans avoir eu pour signes précurseurs des éclairs foudroyants.
C'est en toute justice qu'ils étaient punis à cause de leur méchanceté,

---

1. il s'agit de nouveau des Egyptiens.
2. voir Ex 12.31-33 et 14.5-6.
3. c'est-à-dire le destin qu'ils devaient nécessairement subir.
4. voir Ex 14.20-22.

1. voir 10.20 et la note.
2. ce verset fait allusion respectivement au troisième et au deuxième fléau (voir Ex 8.12-15 et Ex 7.26-8.11).
3. voir Nb 11.31.

car ils avaient manifesté pour
l'étranger[1] une haine particulièrement cruelle.

14 D'autres n'avaient pas accueilli
les inconnus qui venaient d'arriver.
Mais eux, ils réduisirent en esclavage des hôtes qui étaient
leurs bienfaiteurs[2].

15 Ce n'est pas tout : une inspection attend les premiers[3]
parce qu'ils recevaient avec
hostilité les étrangers.

16 Mais eux, après avoir fêté dans
la joie
la venue de ceux qui avaient
déjà part aux mêmes droits,
les accablèrent de travaux terribles[4].

17 Ils furent aussi frappés de cécité,
tout comme ceux-là à la porte
du juste[5]
lorsque, enveloppés de ténèbres
sans fond,
ils cherchaient tous le chemin
de leur porte.

Dieu crée une harmonie nou-
velle

18 Les éléments[1] permutaient
entre eux,
comme sur la harpe la varia-
tion des notes change la nature
du rythme,
en gardant toujours leur sono-
rité.
Ceci apparaît clairement
quand on examine ce qui s'é-
tait produit :

19 en effet des êtres terrestres de-
venaient aquatiques,
ceux qui nagent marchaient
sur la terre[2],

20 le feu dans l'eau redoublait de
puissance
et l'eau oubliait son pouvoir
d'éteindre[3];

21 en revanche les flammes ne
consumaient pas
les chairs des frêles animaux
qui allaient et venaient au milieu d'elles,
et elles ne faisaient pas fondre
cette sorte d'aliment divin, pareil à la glace qui fond facilement[4].

Louange finale

22 En tout, Seigneur, tu as exalté
et glorifié ton peuple,
tu n'as pas manqué de l'assister
à tout moment et en tout lieu.

---

1. *l'étranger* : terme collectif qui désigne ici les Israélites (voir Ex 1.8-14).

2. *d'autres* : les habitants de Sodome (voir Gn 19.1-29) — *leurs bienfaiteurs* : allusion aux services rendus par Joseph aux Egyptiens.

3. *inspection* : allusion au jugement de Dieu — *les premiers* : les habitants de Sodome (v. 14).

4. il s'agit des corvées que les Egyptiens imposèrent aux Israélites (voir Ex 1.8-14).

5. *frappés de cécité* : allusion probable au fléau des ténèbres (voir Ex 10.21-23) — *ceux-là* : les habitants de Sodome — *le juste* : Loth (voir Gn 19.11).

---

1. voir 7.17 et la note.

2. *des êtres terrestres* : sans doute les Israélites qui traversèrent la mer Rouge — *ceux qui nagent* : les grenouilles (voir 10).

3. rappel de 16.17, 19, 23.

4. *des frêles animaux* : voir 16.18 et la note — *l'aliment divin* : la manne (voir 16.22-23).

LE SIRACIDE

PRÉFACE DU TRADUCTEUR GREC

1 Beaucoup de grandes choses nous ont été transmises par la Loi, les Prophètes et ceux qui les ont suivis[1], et il faut, à leur sujet, louer Israël pour son instruction et sa sagesse. Mais il ne faut pas seulement acquérir la science par la lecture, 5 il faut aussi que les amis du savoir puissent être utiles à ceux du dehors, et par la parole et par l'écrit.

C'est pourquoi mon grand-père Jésus[2], qui s'était adonné par-dessus tout à la lecture de la Loi, des Prophètes 10 et des autres livres de nos pères[1], et qui y avait acquis une grande maîtrise, fut amené à écrire lui aussi sur l'instruction et la sagesse, afin que ceux qui aiment le savoir, s'étant familiarisés avec ces sujets, progressent encore davantage dans la vie selon la Loi. 15 Vous êtes donc invités à en faire la lecture avec bienveillance et attention, et à montrer de l'indulgence s'il vous semble que nous 20 avons échoué, malgré tous nos efforts, à rendre certaines expressions. Car les choses dites en hébreu dans ce livre n'ont pas la même valeur lorsqu'elles sont traduites[2] en une autre langue. D'ailleurs non seulement cet ouvrage, mais aussi la Loi, les Prophètes 25 et les autres livres présentent des divergences considérables quant à leur contenu.

C'est donc dans la trente-hui-

---

1. *la Loi, les Prophètes et ceux qui les ont suivis* désignent les trois catégories de livres qui composent la Bible hébraïque (voir l'introduction). C'est la plus ancienne utilisation connue de cette classification.
2. *ceux du dehors* : l'auteur désigne probablement *ceux qui n'ont pas étudié à l'école des scribes* (voir Jn 7.15) selon certains il viserait plutôt *ceux qui sont à l'étranger* (préface, ligne 34), c'est-à-dire les Juifs dispersés en dehors de la Palestine; ou bien *les païens*, c'est-à-dire ceux qui n'appartiennent pas à la communauté israélite — *mon grand-père Jésus* : l'auteur du livre; il est appelé Ben Sira (voir la note sur 51.30; voir aussi 50.27). Son petit-fils a écrit la préface du livre.

1. *nos pères* ou *nos ancêtres*.
2. *le livre du Siracide*, écrit en hébreu, a été traduit en grec par le petit-fils de l'auteur.

tième année du règne d'Evergète[1]
qu'étant arrivé en Egypte et y
ayant séjourné, j'ai trouvé un
exemplaire de cette importante
instruction; 30 j'ai jugé alors très

1. *Evergète* : surnom du roi d'Egypte Ptolémée
VII qui régna de 170 à 116 av. J. C. — *un exemplaire de cette importante instruction* : autre traduction *que l'instruction* (en Egypte) *était fort
différente* (de la nôtre).

nécessaire d'apporter moi-même
quelque soin et quelque peine à
traduire ce livre, et, après avoir
consacré beaucoup de veilles et
de science durant ce laps de
temps à mener à bien ce travail,
de le publier à l'intention de ceux
qui, à l'étranger, veulent être amis
du savoir 35 et conformer leurs
moeurs à la vie selon la Loi.

SECTION A

Le mystère de la sagesse

1 ¹Toute sagesse vient du
Seigneur,
avec lui elle demeure à jamais.
2 Le sable des mers, les gouttes
de la pluie,
les jours de l'éternité, qui les
dénombrera ?
3 La hauteur du ciel, la largeur
de la terre,
la profondeur de l'*abîme, qui
les explorera ?
4 Avant toutes choses fut créée
la sagesse,
de toute éternité l'intelligence
prudente[1].
6 La racine de la sagesse, à qui
fut-elle révélée ?
Ses accomplissements, qui les
connaît[2] ?
8 Un seul est sage, très redoutable,

celui qui siège sur son trône.
9 Le Seigneur lui-même l'a créée,
il l'a vue et mesurée,
il l'a répandue sur toutes ses
oeuvres,
10 en toute chair selon sa largesse,
il l'a accordée à ceux qui l'aiment, lui[1].

La crainte du Seigneur

11 La crainte[2] du Seigneur est
gloire et fierté,
joie et couronne d'allégresse.
12 La crainte du Seigneur réjouit
le coeur,
donne joie, gaîté et longue vie[3].
13 Pour qui craint le Seigneur,
tout ira bien à la fin,
au jour de sa mort, il sera
béni[4].

1. *en toute chair* ou *en tout homme* — À la fin
du verset quelques manuscrits grecs ajoutent *l'a-
mour du Seigneur est une sagesse glorieuse, il en
accorde une part à ceux qui le voient.*
2. *la crainte* ou *le respect.*
3. Quelques manuscrits grecs ajoutent *la crainte
du Seigneur est un don du Seigneur, c'est lui* (ou
elle) qui établit sur les sentiers de l'amour.
4. Il y a deux sens possibles : a) une fin de vie
heureuse sur la terre, b) une récompense au-delà de
la mort.

1. Quelques manuscrits grecs ajoutent : v. 5 *la
source de la sagesse, c'est la parole de Dieu dans
les cieux, ses chemins, ce sont les commandements
éternels.*
2. Quelques manuscrits grecs ajoutent : v. 7 *la
science de la sagesse, à qui a-t-elle été manifestée ?
Sa grande expérience, qui l'a comprise ?*

14 Le commencement de la sagesse, c'est la crainte du Seigneur,
pour les fidèles, elle a été créée avec eux dans le sein maternel.

15 Parmi les hommes elle a fait son nid, fondation d'éternité, avec leur descendance elle restera fidèlement[1].

16 La plénitude de la sagesse, c'est la crainte du Seigneur, elle enivre les hommes de ses fruits.

17 Leur maison tout entière, elle la remplit de ce qu'ils désirent et leurs greniers de ses produits.

18 La couronne de la sagesse, c'est la crainte du Seigneur qui fait fleurir la paix et la bonne santé[2].

19 Elle[3] fait pleuvoir la science et la connaissance intelligente, elle exalte la gloire de ceux qui la possèdent.

20 La racine de la sagesse, c'est la crainte du Seigneur, et ses rameaux sont une longue vie[4].

Patience et maîtrise de soi

22 Une irritation injuste ne pourra se justifier, car le mouvement de celui qui s'irrite l'entraîne à sa perte.

23 Jusqu'au bon moment l'homme patient tiendra bon et ensuite la joie lui sera rendue.

24 Jusqu'au bon moment il gardera pour lui ses pensées, les lèvres de la foule diront son intelligence.

Sagesse et droiture

25 Parmi les trésors de la sagesse sont les proverbes du savoir, mais la piété est un objet d'horreur pour le pécheur.

26 Toi qui désires la sagesse, observe les commandements, et le Seigneur te l'accordera.

27 Car la sagesse et l'instruction, c'est la crainte du Seigneur; son bon plaisir, c'est la fidélité et la douceur.

28 Ne sois pas indocile à la crainte du Seigneur, ne viens pas à lui avec un coeur double.

29 Ne sois pas hypocrite devant les hommes, mais veille sur tes lèvres[1].

30 Ne t'élève pas toi-même, de peur de tomber et d'attirer sur toi le déshonneur, car le Seigneur dévoilera tes secrets et t'humiliera au milieu de l'assemblée[2], parce que tu n'es pas venu à la crainte du Seigneur et que ton coeur est plein de ruse.

---

1. *avec leur descendance ... fidèlement :* autre traduction *on lui confiera leur descendance.*
2. Quelques manuscrits grecs ajoutent *L'une et l'autre sont des dons de Dieu en vue de la paix, la fierté met à l'aise* (autre texte : *il augmente la fierté de) ceux qui l'aiment.*
3. Quelques manuscrits font commencer le v. 19 par *Il l'a vue et mesurée* (voir v. 9).
4. Quelques manuscrits ajoutent v. 21 *la crainte du Seigneur ôte les péchés, là où elle demeure, elle (ou celui qui y persévère) détourne toute colère de Dieu.*

1. *sur tes lèvres* ou *sur tes paroles.*
2. *au milieu de l'assemblée :* sous-entendu *du peuple.*

Servir le Seigneur avec confiance

2 ¹ Mon fils, si tu aspires à
servir le Seigneur,
prépare ton âme à l'épreuve.

2 Fais-toi un *coeur droit et sois
résolu,
ne te trouble pas au moment
de la détresse.

3 Attache-toi à lui, ne t'en écarte
pas,
tu finiras tes jours dans la
prospérité.

4 Tout ce qui t'advient, ac-
cepte-le,
dans les revers de ton humiliation sois patient;

5 car c'est au feu qu'on éprouve
l'or,
et au four de l'humiliation,
ceux qui sont agréés de Dieu¹.

6 Aie confiance en Dieu et il te
viendra en aide,
suis une voie droite et espère
en lui.

7 Vous qui craignez le Seigneur,
comptez sur sa miséricorde,
ne vous détournez pas, de peur
de tomber².

8 Vous qui craignez le Seigneur,
ayez confiance en lui,
votre récompense ne vous fera
pas défaut.

9 Vous qui craignez le Seigneur,
comptez sur la prospérité,
la joie perpétuelle et la miséri-
corde³.

10 Regardez les générations passées et voyez :

Qui a mis sa confiance dans le
Seigneur et a été déçu ?
Qui a persévéré dans la crainte
du Seigneur et a été abandonné ?
Qui l'a invoqué et en a été
méprisé ?

11 Car le Seigneur est compatissant et miséricordieux,
il remet les péchés et sauve au
moment de la détresse.

12 Malheur aux coeurs lâches et
aux mains sans courage,
au pécheur qui chemine sur
deux routes¹.

13 Malheur au coeur sans courage, qui n'a pas confiance,
pour cela il ne sera pas protégé.

14 Malheur à vous qui avez perdu
la persévérance;
que ferez-vous quand le Seigneur vous examinera ?

15 Ceux qui craignent le Seigneur
ne désobéissent jamais à ses
paroles,
ceux qui l'aiment observent ses
voies.

16 Ceux qui craignent le Seigneur
recherchent son bon plaisir,
ceux qui l'aiment se nourris-
sent de sa loi.

17 Ceux qui craignent le Seigneur
ont toujours le coeur prêt,
devant lui ils s'humilient et disent :

18 « Nous tomberons² entre les
mains du Seigneur
et non entre les mains des
hommes;
car telle est sa grandeur,
telle aussi sa miséricorde. »

---

1. Quelques manuscrits grecs ajoutent *dans des
maladies et la pauvreté, sois confiant en lui.*
2. *tomber* : sous-entendu *dans le mal.*
3. Quelques manuscrits grecs ajoutent *car son
salaire est un don perpétuel et joyeux.*

1. *sur deux routes*, c'est-à-dire tantôt celle du
bien, tantôt celle du mal.
2. Autre traduction *nous nous jetterons.*

Devoirs envers les parents

3 ¹ Ecoutez, enfants, les conseils de¹ votre père, et agissez ainsi, afin d'être sauvés;

2 car le Seigneur glorifie le père dans ses enfants, il affermit le droit de la mère sur ses fils.

3 Celui qui honore son père expie ses péchés,

4 il amasse un trésor, celui qui glorifie sa mère.

5 Celui qui honore son père trouvera de la joie dans ses propres enfants, au jour de sa prière il sera exaucé.

6 Celui qui glorifie son père aura longue vie, celui qui obéit au Seigneur donnera satisfaction à sa mère²,

7 comme des maîtres, il sert ses parents.

8 En³ actes et en paroles, honore ton père, afin que sa bénédiction vienne sur toi;

9 car la bénédiction d'un père affermit la maison de ses enfants, mais la malédiction d'une mère en arrache les fondations⁴.

10 Ne te glorifie pas du déshonneur de ton père; ce n'est pas une gloire pour toi que le déshonneur de ton père;

11 car la gloire d'un homme vient de l'honneur de son père et c'est un opprobre pour ses enfants qu'une mère dans le déshonneur.

12 Mon fils, prends soin de ton père dans sa vieillesse et ne l'afflige pas durant sa vie.

13 Même s'il perd la raison, sois indulgent et ne l'insulte pas parce que tu es en pleine force.

14 Car ton aumône envers ton père ne sera pas oubliée, à la place de tes péchés, elle sera pour toi une maison nouvelle¹.

15 Au jour de ta détresse, on se souviendra de toi; comme givre au soleil, ainsi fondront tes péchés.

16 C'est un *blasphémateur, celui qui abandonne son père, il est maudit du Seigneur, celui qui irrite sa mère.

L'humilité

17 Mon fils, agis avec douceur en tout ce que tu fais et tu seras aimé de l'homme agréable à Dieu².

18 Plus tu es grand, plus il faut t'humilier, et devant le Seigneur tu trouveras grâce³.

20 Car grande est la puissance du Seigneur,

---

1. *les conseils de :* d'après l'ancienne version latine; grec *moi.*
2. Quelques manuscrits grecs ajoutent *Celui qui craint le Seigneur honorera son père.*
3. Ici commence l'un des manuscrits qui nous donnent des parties du texte hébreu. Nous en citerons les principales variantes par rapport à la version grecque que nous suivons.
4. Hébreu *la bénédiction d'un père enracine, la malédiction d'une mère arrache la plantation.*

1. la fin du verset est difficile et son sens incertain; hébreu *elle compensera ton péché.*
2. Hébreu *Mon fils, dans ta prospérité chemine avec humilité et tu seras plus aimé que celui qui fait des cadeaux.*
3. Quelques manuscrits grecs ajoutent : v. 19 *Beaucoup sont hautains et glorieux, mais c'est aux humbles que le Seigneur dévoile ses secrets.*

et il est glorifié par les humbles[1].

21 Ce qui est trop difficile pour
toi, ne le recherche pas,
ce qui est au-dessus de tes
forces, ne l'examine pas.

22 Réfléchis sur les commandements qui t'ont été donnés,
tu n'as pas besoin des choses
cachées.

23 Ne t'acharne pas à des oeuvres
qui te dépassent;
ce qui t'a déjà été montré est
plus que ne peut concevoir l'esprit humain.

24 Car beaucoup ont été égarés
par leurs spéculations[2],
leur imagination perverse a
faussé leurs pensées[3].

L'orgueil

26 Le *coeur endurci finira dans
le malheur,
celui qui aime le danger y
périra[4].

27 Le coeur endurci sera accablé
de peines,
le pécheur accumulera péché
sur péché.

28 A la détresse de l'orgueilleux il
n'est pas de remède;
car la plante de la perversité
est enracinée en lui[5].

29 L'homme intelligent médite les
proverbes dans son coeur,

une oreille attentive, voilà ce
que désire le sage[1].

L'aumône

30 Comme l'eau éteint le feu qui
flambe,
ainsi l'aumône efface les péchés.

31 Celui qui répond par des bienfaits pense à l'avenir,
s'il vient à chanceler, il trouvera un soutien.

4 1 Mon fils, ne prive pas le
pauvre de sa subsistance,
ne fais pas languir les yeux de
l'indigent.

2 Ne fais pas souffrir une âme
affamée,
n'irrite pas un homme dans le
dénuement.

3 N'ajoute pas au tourment d'un
coeur irrité[2],
ne fais pas attendre tes dons à
qui en a besoin.

4 Ne repousse pas le suppliant
dans la détresse,
ne détourne pas ton visage du
pauvre.

5 De l'indigent ne détourne pas
ton regard,
ne lui donne pas sujet de te
maudire.

6 Car s'il te maudit dans l'amertume de son âme,
son créateur entendra sa
prière.

7 Fais-toi bien voir de l'assemblée[3],
devant un grand, baisse la tête.

8 Incline ton oreille vers le
pauvre,
réponds-lui avec douceur des
paroles de paix.

---

1. Hébreu *Car grande est la miséricorde de
Dieu, aux humbles il dévoile son secret.*
2. Hébreu *car nombreuses sont les opinions des
hommes.*
3. Quelques manuscrits grecs ajoutent : v. 25 *Si
tu n'as pas de prunelles, tu manques de lumière, si
tu es dépourvu de science, n'en fais pas profession.*
4. Hébreu *Celui qui aime les plaisirs sera entraîné par eux.*
5. Hébreu *Ne cours pas guérir le mal de l'impie,
il n'y a pas de guérison pour lui, car son plant
provient d'un mauvais plant.*

1. Hébreu *L'oreille attentive à la sagesse sera
dans la joie.*
2. Hébreu *N'irrite pas le coeur du malheureux.*
3. *assemblée* : sous-entendu *du peuple.*

9 Délivre l'opprimé des mains de
   l'oppresseur,
   ne sois pas pusillanime quand
   tu rends la justice.
10 Sois pour les orphelins comme
   un père,
   et un mari pour leur mère :
   tu seras comme un fils du
   Très-Haut,
   il t'aimera plus que ta mère[1].

Pédagogie de la sagesse

11 La sagesse exalte[2] ses fils,
   et prend soin de ceux qui la
   recherchent.
12 L'aimer, c'est aimer la vie,
   ceux qui se lèvent de bon matin pour elle seront remplis de
   joie.
13 Celui qui la possède obtiendra
   la gloire en héritage,
   le lieu où il va, le Seigneur le
   bénit.
14 Ceux qui la servent rendent un
   culte au *Saint,
   ceux qui l'aiment, le Seigneur
   les aime.
15 Celui qui l'écoute jugera avec
   équité[3],
   celui qui s'attache à elle pourra
   demeurer en sécurité.
16 S'il lui fait confiance, il l'obtiendra en héritage,
   sa postérité en conservera la
   jouissance.
17 Elle l'accompagnera d'abord
   par des voies tortueuses,

elle amènera sur lui la crainte
et l'effroi,
elle le tourmentera par sa discipline
jusqu'à ce qu'elle ait confiance
en lui,
elle l'éprouvera par ses préceptes[1].
18 Puis elle reviendra tout droit
vers lui et le réjouira
et lui dévoilera ses secrets.
19 Mais s'il s'égare, elle l'abandonnera
et le livrera à sa perte.

Vraie et fausse honte

20 Observe les circonstances et
garde-toi du mal,
n'aie pas honte de toi-même[2].
21 Car il y a une honte qui
conduit au péché,
une autre qui est gloire et
grâce.
22 Ne te fais pas mauvais visage
à toi-même,
n'aie pas honte au point de
tomber[3].
23 Ne t'interdis pas de parler
quand il le faut[4].
24 Au discours on reconnaîtra la
sagesse,
l'instruction aux paroles de la
langue.
25 N'argue pas contre la vérité,
sois confus de ton ignorance.
26 N'aie pas honte d'avouer tes
péchés,

---

1. Hébreu *il te fera grâce et te sauvera de la destruction.*
2. Hébreu *instruit.*
3. *avec équité* : d'après l'hébreu; grec *les nations* — En hébreu, du v. 15 au v. 19 les pronoms sont à la première personne; c'est la sagesse qui parle : *celui qui m'écoute.*

1. Hébreu *Car je marche avec lui comme une étrangère, et d'abord je l'éprouve par des tentations jusqu'à ce que son *cœur soit plein de moi.*
2. *honte de toi-même* : allusion possible aux Juifs tentés de cacher leur foi en Dieu.
3. *tomber* : sous-entendu *dans le péché.*
4. le texte hébreu et quelques manuscrits grecs ajoutent *ne cache pas ta sagesse* : le grec ajoute encore *par vaine gloire.*

ne prétends pas t'opposer au
cours d'un fleuve[1].

27 Ne t'aplatis pas devant un insensé,
ne te laisse pas influencer par
le puissant[2].

28 Jusqu'à la mort lutte pour la
vérité
et le Seigneur Dieu combattra
pour toi[3].

29 Ne sois pas hardi dans tes propos
mais paresseux et indolent
dans tes actes.

30 Ne sois pas un lion dans ta
maison
et un poltron parmi tes serviteurs.

31 Que ta main ne soit pas ouverte pour prendre,
et fermée quand il s'agit de
rendre.

Eviter d'être présomptueux

5 ¹ Ne t'appuie pas sur tes
richesses et ne dis pas :
« Elles me suffisent[4] ! »

2 Ne te laisse pas entraîner par
ton instinct et ta force
à suivre les passions de ton
coeur[5].

3 Ne dis pas : « Qui aura pouvoir
sur moi ? »

Car le Seigneur à coup sûr te
punira[1].

4 Ne dis pas : « J'ai péché et rien
ne m'est arrivé ! »
En effet longue est la patience
du Seigneur[2].

5 Ne sois pas si assuré de ton
pardon
que tu entasses fautes sur
fautes.

6 Ne dis pas : « Sa miséricorde
est grande,
il me pardonnera la multitude
de mes péchés »,
car la pitié comme la colère lui
appartiennent
et sur les pécheurs s'abattra
son courroux.

7 Reviens au Seigneur sans délai
et ne remets pas de jour en
jour,
car elle surviendra soudain, la
colère du Seigneur
et tu seras anéanti au jour du
châtiment.

8 Ne t'appuie pas sur des richesses injustement acquises[3],
elles ne te serviront à rien au
jour de la détresse.

Parler avec sagesse

9 Ne vanne pas à tout vent
et ne t'engage pas dans n'importe quel sentier
ainsi que fait le pécheur à la
langue double[4].

---

1. *s'opposer au cours d'un fleuve*, c'est-à-dire entreprendre une chose impossible. Ici la chose impossible consisterait à nier l'existence de ses propres péchés.
2. L'hébreu a *Ne résiste pas en face des puissants* et ajoute *Ne siège pas avec un juge inique, car tu jugerais avec lui selon son bon plaisir.*
3. l'hébreu ajoute *Ne te fais pas traiter d'hypocrite; avec ta langue ne calomnie pas* (voir 5.14).
4. L'expression ne signifie pas ici qu'on se contente de ce qu'on a, mais qu'on s'intéresse exclusivement à la possession des richesses.
5. L'hébreu ajoute *Ne suis pas ton coeur et tes yeux pour te laisser entraîner par les mauvais désirs.*

1. Hébreu *car le Seigneur demande compte des choses passées*; autre traduction *car le Seigneur recherche (aime) les persécutés.*
2. *rien* : sous-entendu *de fâcheux* — L'hébreu *Ne dis pas : le Seigneur est miséricordieux, il effacera donc tous mes péchés.*
3. *injustement acquises* : autre traduction *trompeuses.*
4. *vanne* : pour nettoyer le grain, on le jette en l'air quand il y a du vent. Le vent emporte la bale, tandis que le grain retombe sur place — *langue double*, c'est-à-dire *menteuse.*

10 Reste ferme dans ton senti-
ment
et n'aie qu'une parole.
11 Sois prompt à écouter,
mais lent à donner ta réponse.
12 Si tu as une opinion, réponds à
ton prochain :
sinon, mets la main sur ta
bouche[1].
13 Gloire et déshonneur sont dans
la conversation[2]
et la langue de l'homme peut
devenir sa ruine.
14 Ne te fais pas une réputation
de médisant
et avec ta langue ne tends pas
de pièges,
car si la honte est sur le voleur,
une sévère condamnation
frappe la duplicité[3].
15 Evite les petites fautes aussi
bien que les grandes

6 1 et d'ami ne deviens pas
ennemi,
car un mauvais renom entraîne
honte et infamie;
tel est le sort du pécheur à la
langue double.
2 Ne t'exalte pas toi-même dans
le dessein de ton âme,
de peur que ta force ne soit
mise en pièces comme un taureau[4].
3 Tu dévoreras tes feuilles, tu dé-
truiras tes fruits,
tu ne laisseras de toi qu'un bois
sec.
4 Une passion mauvaise ruine
celui qui la possède,

1. C'est-à-dire *garde le silence.*
2. *dans la conversation;* hébreu *au pouvoir du
bavard.*
3. *ne tends pas de pièges :* hébreu *ne calomnie
pas — une sévère ... :* hébreu *le mépris de son
prochain est pour l'homme à la langue double*
(voir 5.9 et la note).
4. *Ne t'exalte ... âme,* c'est-à-dire *Ne t'énorgueil-
lis pas quand tu fais des projets;* hébreu *Ne tombe
pas au pouvoir de ta passion — de peur que ... un
taureau :* texte difficile au sens peu clair.

elle fait de lui la risée de ses
ennemis.

L'amitié

5 Des paroles aimables multiplient les amis,
une langue affable multiplie
les paroles courtoises.
6 Ceux qui te saluent[1], qu'ils
soient nombreux
mais tes conseillers, un entre
mille !
7 Si tu acquiers un ami, ac-
quiers-le en l'éprouvant,
ne te fie pas trop vite à lui.
8 Il y a l'homme qui est un ami à
son heure à lui
et qui ne le restera pas au jour
de la détresse.
9 Il y a l'ami qui se change en
ennemi,
qui va dévoiler votre querelle
pour ta confusion.
10 Il y a l'ami, compagnon de
table,
qui ne restera pas au jour de ta
détresse.
11 Dans ta prospérité il sera
comme toi-même,
il commandera avec assurance
à tes serviteurs.
12 Mais si tu es humilié, il sera
contre toi,
il se cachera de toi.
13 Eloigne-toi de tes ennemis,
garde-toi de tes amis.
14 Un ami fidèle est un abri sûr,
qui l'a trouvé a trouvé un trésor.
15 Un ami fidèle n'a pas de prix,
c'est un bien inestimable.
16 Un ami fidèle est un élixir de
vie,

1. Autre traduction *ceux qui te souhaitent la
paix.*

ceux qui craignent le Seigneur
le trouveront.

17 Qui craint le Seigneur dirige
bien son amitié,
car tel il est, tel sera son compagnon[1].

L'apprentissage de la sagesse

18 Mon fils, dès ta jeunesse ac-
cueille l'instruction,
jusqu'à tes cheveux blancs tu
trouveras la sagesse.

19 Comme le laboureur et le se-
meur, approche-toi d'elle
et attends ses fruits excellents.
Car, à la cultiver, tu peineras
quelque peu,
mais tu mangeras bientôt de
ses produits.

20 Que la sagesse est donc rude
aux ignorants,
il ne persévérera pas, l'homme
sans intelligence.

21 Comme une pierre, elle est un
poids qui teste sa force[2],
il ne tardera pas à la rejeter.

22 Car la sagesse mérite bien son
nom[3],
elle n'est visible qu'au petit
nombre.

23 Ecoute, mon fils, et reçois mon
avis,
ne rejette pas mon conseil.

24 Mets tes pieds dans ses entraves,
et ton cou dans son carcan[4].

25 Incline ton épaule pour la porter,

ne sois pas impatient de ses
liens.

26 Va à elle de toute ton âme,
et de toute ta force garde ses
voies.

27 Suis-la à la piste et recher-
che-la, elle se fera connaître de
toi;
quand tu l'auras saisie, ne la
lâche pas.

28 Car à la fin tu trouveras en
elle le repos,
elle se changera pour toi en
joie.

29 Alors ses entraves seront pour
toi une protection puissante,
et son carcan un vêtement glorieux.

30 Son *joug[1] est une parure d'or,
ses liens sont un ruban de
pourpre violette.

31 Comme d'un vêtement de
gloire tu t'en revêtiras,
comme d'une couronne d'allégresse[2] tu t'en ceindras.

32 Si tu le veux, mon fils, tu seras
instruit,
et si tu appliques ton âme, tu
deviendras habile.

33 Si tu aimes écouter, tu apprendras,
si tu prêtes l'oreille, tu deviendras sage.

34 Tiens-toi dans l'assemblée des
vieillards,
attache-toi à leur sagesse.

35 Tout discours divin, écoute-le
volontiers[3],
veille à ne laisser échapper aucun sage proverbe.

36 Si tu vois un homme intelligent, cours à lui dès le matin,

---

1. Hébreu *Car tel on est, tel est l'ami qu'on a et
telle sa réputation, telles ses oeuvres.*

2. Il existait des concours où on soulevait une
grosse *pierre.*

3. *sagesse* : hébreu *discipline*. Il existe deux homo-
nymes hébreux qui signifient l'un *discipline*,
l'autre *éloigné*. En jouant sur les mots, la discipline
mérite son nom hébraïque parce qu'elle est difficile à atteindre.

4. Les v. 23-24, 26 sont absents de l'hébreu.

---

1. *Son joug* : d'après l'hébreu; grec *Sur elle.*

2. Hébreu *d'honneur.*

3. *divin,* c'est-à-dire *inspiré par Dieu* — *Tout
discours … volontiers* : hébreu *Aie plaisir à er-
tendre parler de tout.*

que ton pied use les marches
de sa porte[1].

37 Réfléchis aux ordres du Seigneur[2],
applique-toi sans cesse à ses
commandements;
lui-même affermira ton *coeur
et la sagesse que tu désires te
sera donnée.

Mises en garde

7 1 Ne fais pas le mal et aucun mal ne t'arrivera.

2 Eloigne-toi de l'injustice, elle
s'écartera de toi.

3 Ne sème pas dans les sillons de
l'injustice,
de peur d'en récolter sept fois
plus.

4 Ne demande pas au Seigneur
le pouvoir,
ni au roi un siège glorieux.

5 Ne pose pas au juste devant le
Seigneur,
ni au sage devant le roi.

6 Ne cherche pas à devenir juge,
si tu n'es pas capable d'extirper l'injustice,
car tu pourrais être influencé
par la personne d'un prince
et compromettre ainsi ta
propre intégrité.

7 Ne pèche pas contre l'assemblée de la cité,
ne t'abaisse pas toi-même devant la foule[3].

8 Ne renouvelle pas deux fois
ton péché,
car le premier suffit à te
rendre coupable.

9 Ne dis pas : « Il regardera l'a-
bondance de mes offrandes;

quand je les présenterai au
Très-Haut, il les acceptera. »

10 Ne sois pas pusillanime dans
ta prière[1],
ne néglige pas de faire l'aumône.

11 Ne ris jamais de l'homme qui
est dans l'amertume,
car il est Quelqu'un qui humilie et qui élève.

12 Ne forge pas de mensonge
contre ton frère,
ne fais rien de semblable
contre ton ami[2].

13 Garde-toi du mensonge en
toute circonstance :
y persister ne conduit à rien de
bon[3].

14 Ne bavarde pas dans l'assemblée des *anciens,
ne répète pas tes paroles dans
ta prière.

15 Ne déteste pas le travail pénible,
ni le travail des champs créé
par le Très-Haut.

16 Ne te joins pas à l'assemblée
des pécheurs,
souviens-toi que la colère[4] ne
tarde pas.

17 Humilie fortement ton âme,
car la punition de l'impie, c'est
le feu et les vers[5].

Les amis, la famille

18 N'échange pas un ami pour de
l'argent,

---

1. Sous-entendu *à force d'aller chez lui.*
2. Hébreu *Apprends à connaître la crainte du Très-Haut.*
3. Le sens de cette ligne est incertain, tant dans le texte hébreu que dans la version grecque.

1. Autre traduction de l'hébreu *Ne sois pas bref dans ta prière* (voir au contraire 7.14b).
2. autre traduction *ne rends pas à un ami ce qu'il t'a fait* (sous-entendu *de mal*).
3. *y persister :* hébreu *son résultat.*
4. *Ne te joins pas ... pécheurs :* hébreu *Ne te compte pas parmi les hommes du peuple,* c'est-à-dire *Ne te donne pas de l'importance — colère :* sous-entendu *de Dieu.*
5. Hébreu *car l'espérance de l'homme ce sont les vers. Ne te hâte pas de dire : « Quel malheur ! » Tourne-toi vers Dieu et prends plaisir à ses voies.*

ni un vrai frère pour l'or d'Ofir[1].

19 Ne t'écarte pas d'une épouse sage et bonne,
car sa grâce vaut mieux que l'or.

20 Ne maltraite pas le serviteur qui travaille fidèlement,
ni le salarié qui a le coeur à l'ouvrage.

21 Que ton âme aime le serviteur intelligent,
ne lui refuse pas sa liberté[2].

22 As-tu des troupeaux ? Surveille-les.
Si tu en tires profit, conserve-les.

23 As-tu des enfants ? Eduque-les,
plie leur nuque[3] dès la jeunesse.

24 As-tu des filles ? Veille sur leur corps,
ne leur montre pas un visage joyeux.

25 Marie ta fille, et tu en auras terminé avec une grosse affaire[4],
mais donne-la à un homme intelligent.

26 As-tu une femme selon ton âme ? Ne la chasse pas.
Mais ne te fie pas à celle que tu ne peux aimer.

27 De tout ton coeur glorifie ton père,
et n'oublie pas les souffrances de ta mère.

28 Souviens-toi que tu leur dois la naissance,

comment leur rendras-tu ce qu'ils ont fait pour toi[1] ?

Les prêtres

29 De toute ton âme révère le Seigneur
et vénère ses prêtres.

30 De toute ta force aime celui qui t'a créé,
ne délaisse pas ses ministres.

31 Crains le Seigneur et honore le prêtre,
donne-lui sa part comme il t'a été prescrit,
*prémices, *sacrifices de réparation, offrande des épaules,
sacrifice de consécration et prémices des choses *saintes[2].

Les pauvres et les affligés

32 Tends la main au mendiant,
pour que tu sois pleinement béni.

33 Que la faveur de tes dons aille à tous les vivants,
au mort même ne refuse pas ta grâce[3].

34 Ne te détourne pas de ceux qui pleurent,
avec les affligés, afflige-toi.

35 N'hésite pas à visiter les malades ;
c'est pour de telles actions que tu seras aimé.

---

1. *l'or d'Ofir* : voir 1 R 9.28; Job 22.24 et les notes.

2. *Que ton âme aime* : hébreu *Aime comme toi-même* (Lv 19.18) — *liberté* : la Loi de Moïse prévoyait la libération des esclaves après six ans de service (Ex 21.2; Dt 15.1, 2-15).

3. *plie leur nuque* ou *fais-les obéir* ; hébreu *marie-les*.

4. *et tu en auras ... affaire* : hébreu *et tes soucis disparaîtront*.

1. Les v. 27-28 sont absents de l'hébreu.

2. *prémices ... choses saintes* : hébreu *viande des holocaustes, offrandes de la main, sacrifices de justice, offrandes de sainteté* — *offrande des épaules* : voir Nb 6.19; Dt 18.3 — le *sacrifice de consécration* désigne probablement l'offrande (Lv 2.1-16).

3. La *grâce* qu'il faut accorder au mort est une sépulture convenable.

36 Quoi que tu fasses, souviens-toi de ta fin[1]
et jamais tu ne pécheras.

La prudence dans les rapports avec autrui

8 1 Ne te dispute pas avec un homme puissant,
de peur de tomber dans ses mains.

2 Ne te querelle pas avec un homme riche,
de peur qu'il n'ait plus de poids que toi.
Car l'or en a perdu beaucoup,
il a fait dévier même le coeur des rois[2].

3 Ne te dispute pas avec un homme bavard,
ne mets pas du bois sur son feu.

4 Ne plaisante pas avec un homme mal élevé,
de peur de voir tes ancêtres insultés[3].

5 Ne fais pas de reproches à l'homme qui se repent de son péché;
souviens-toi que nous sommes tous coupables[4].

6 Ne méprise pas un homme parce qu'il est vieux,
car certains d'entre nous aussi vieillissent.

7 Ne te réjouis pas de ce qu'un autre soit mort;
souviens-toi que tous nous devons mourir.

8 Ne méprise pas les récits[1] des sages,
mais consacre-toi à l'étude de leurs maximes.
Car c'est d'eux que tu apprendras l'instruction,
et à remplir ton office auprès des grands.

9 Ne t'écarte pas des récits des vieillards,
car eux-mêmes les ont appris de leurs pères.
C'est auprès d'eux que tu apprendras à comprendre,
et à avoir une réponse prête lorsqu'il faut.

10 N'allume pas les charbons du pécheur[2],
de peur de brûler aux flammes de son feu.

11 Ne tiens pas tête[3] à l'homme insolent,
de peur qu'il ne cherche à te prendre au piège de tes propres paroles.

12 Ne prête pas d'argent à un homme plus puissant que toi,
et si tu prêtes, considère ton argent comme perdu.

13 Ne te porte pas caution[4] au-dessus de tes moyens,
et si tu le fais, attends-toi à devoir payer.

14 N'aie pas de procès avec un juge,
car on jugera en sa faveur à cause de sa position[5].

15 Ne fais pas route avec l'audacieux[6],

---

1. *tu fasses* : autre traduction *tu dises — ta fin* : hébreu *la fin* ou *la suite*.
2. *que toi* : l'hébreu ajoute *et que tu ne périsses* — il s'agit dans ce verset des juges qui se laissent acheter par les riches.
3. Hébreu *de peur qu'il ne méprise les nobles*.
4. *coupables* : d'après l'hébreu; grec *soumis aux châtiments*; autre traduction *parmi les privilégiés*.

1. Par leurs *récits* les sages transmettent leur expérience de la vie.
2. *les charbons du pécheur* désignent probablement ses passions qu'il ne faut pas exciter.
3. *Ne tiens pas tête* : autre traduction *Ne cède pas*; hébreu *Ne te retire pas devant*.
4. *caution* : voir la note sur Pr 6.1.
5. Autre traduction *car on le jugera d'après sa propre opinion*; hébreu *car il jugera d'après son bon plaisir*.
6. Hébreu *un homme fort* ou *un soldat*.

de peur qu'il ne t'accable de maux.

Car il se dirigera selon sa volonté,

et par sa folie tu périras avec lui.

16 N'entre pas en conflit avec le violent,

ne traverse pas avec lui le désert.

Car à ses yeux le sang versé compte pour rien,

là où tu ne pourras appeler à l'aide, il se jettera sur toi.

17 Ne tiens pas conseil avec l'insensé,

car il ne pourra dissimuler vos propos.

18 En présence d'un étranger ne fais rien de secret,

car tu ne sais pas ce qu'il pourrait en tirer.

19 Ne découvre pas ton *coeur à n'importe qui,

on ne t'en saurait aucun gré[1].

Attitude à l'égard des femmes

9 1 Ne sois pas jaloux de la femme que tu chéris,

de peur qu'elle n'apprenne à mal agir envers toi.

2 Ne te livre pas à une femme au point qu'elle domine sur toi.

3 Ne va pas au-devant d'une courtisane,

prends garde de tomber dans ses filets.

4 Ne t'attarde pas avec la joueuse de lyre,

de peur de te laisser prendre à ses artifices[2].

5 N'attache pas tes regards sur une jeune fille,

de peur d'être pris au piège dans sa condamnation[1].

6 Ne te livre pas aux prostituées, de peur de perdre ton héritage.

7 Ne regarde pas autour de toi par les rues de la ville,

ne t'égare pas dans ses coins déserts[2].

8 Détourne ton regard d'une jolie femme,

n'attache pas tes regards sur la beauté qui ne t'appartient pas.

Beaucoup ont été égarés par la beauté d'une femme,

l'amour s'y allume comme un feu.

9 Auprès d'une femme mariée ne t'assieds jamais,

ne festoie pas avec elle en buvant du vin,

de crainte que ton âme n'incline vers elle

et que dans ta passion[3] tu ne glisses à ta perte.

Comment choisir ses relations

10 Ne délaisse pas un vieil ami, car un ami de fraîche date ne le vaut pas.

Vin nouveau, ami nouveau : quand il aura vieilli, tu le boiras avec joie.

11 N'envie pas le succès du pécheur :

tu ne sais pas quelle triste fin l'attend.

12 N'approuve pas la réussite[4] des impies,

---

1. Hébreu *et ne détourne pas de toi le bonheur.*
2. *la joueuse de lyre :* voir Es 23.16 où la joueuse de harpe est une prostituée — *de peur ... artifices :* hébreu *de peur qu'elle ne te brûle avec sa bouche.*

1. *d'être pris ... condamnation* ou *d'être puni avec elle.*
2. *Ne regarde pas ... coins déserts :* hébreu *en passant pour fou à tes propres yeux et en convenant d'un prix derrière sa maison.*
3. *dans ta passion :* d'après la plupart des manuscrits grecs; autre texte (hébreu et quelques manuscrits grecs) *dans ton sang.*
4. *la réussite :* d'après l'hébreu; grec *le bon plaisir.*

souviens-toi qu'ils ne resteront
pas impunis jusqu'à la mort.
13 Tiens-toi éloigné de l'homme
qui a le pouvoir de tuer,
et tu n'éprouveras pas la
crainte de la mort.
Mais si tu viens à lui, évite tout
faux pas,
de peur qu'il ne t'enlève la vie.
Sache que tu marches au milieu des pièges
et que tu te promènes sur les
remparts[1] de la cité.
14 Autant que tu le peux recherche ton prochain,
tiens conseil avec les sages.
15 Converse avec les gens intelligents,
que tous tes discours portent
sur la Loi du Très-Haut.
16 Que les justes soient tes compagnons de table;
mets ta fierté dans la crainte[2]
du Seigneur.
17 Dans la main des artisans, c'est
l'ouvrage qu'on loue[3],
et pour le chef du peuple, la
sagesse de son discours.
18 Il est redouté dans sa cité,
l'homme bavard,
l'homme emporté se fait haïr
pour ses discours[4].

Le gouvernement

10 1 Le juge[5] sage instruit son
peuple,
l'autorité de l'homme intelligent est bien établie.

2 Tel le juge du peuple et tels ses
ministres,
tel celui qui dirige la cité et
tels ses habitants.
3 Un roi ignorant est la ruine de
son peuple,
une cité est fondée sur l'intelligence de ses princes.
4 Dans la main du Seigneur est
le gouvernement de la terre,
il y suscitera l'homme appro-
prié en temps voulu.
5 Dans la main du Seigneur est
le succès de l'homme,
sur la personne du *scribe[1] il
fera reposer sa gloire.

L'orgueil

6 D'aucune injustice ne garde
rancune[2] à ton prochain,
ne fais rien dans un mouvement de violence.
7 L'orgueil est détestable aux
yeux du Seigneur et des
hommes,
pour tous deux l'injustice est
une faute.
8 La royauté passe d'un peuple à
l'autre
à cause des injustices, des vio-
lences et de la cupidité[3].
9 Pourquoi s'enorgueillit-il, celui
qui est terre et cendre,
alors que de son vivant ses intestins sont pourriture[4]?
10 Une longue maladie défie le
médecin[5];

---

1. *sur les remparts* on est exposé aux flèches
tirées par l'ennemi.
2. *la crainte* ou *le respect*.
3. le sens du texte grec est incertain; hébreu
*chez les gens habiles de leurs mains, la droiture est
obscurcie*.
4. Hébreu *les reproches qui sortent de sa
bouche, on les déteste*.
5. Ce juge a pour fonction d'administrer la cité
(v. 2) plutôt que de présider un tribunal.

1. *sur la personne du scribe* : autre traduction
devant le scribe; hébreu *devant le législateur*.
2. Hébreu *Pour aucune injustice ne rends le mal*
(voir Rm 12.17 et les références parallèles).
3. *à cause ... la cupidité* : hébreu *à cause de la
violence de l'orgueil*. Certains manuscrits grecs
ajoutent *Rien n'est plus injuste que l'homme qui
aime l'argent, car même son âme est à vendre*.
4. *ses intestins sont pourriture* : traduction
conjecturale d'après l'hébreu; grec obscur.
5. Le sens du texte grec est incertain; l'hébreu
est différent, mais également obscur.

celui qui est roi aujourd'hui
mourra demain.

11 Lorsque l'homme est mort,
son héritage, ce sont les rep-
tiles, les bêtes et les vers.

12 Le commencement de l'orgueil
de l'homme, c'est de s'écarter
du Seigneur[1],
de révolter son *coeur contre
celui qui l'a créé.

13 Le commencement de l'orgueil,
c'est le péché,
et celui qui y persiste provoque
un déluge d'abomination.
C'est pourquoi le Seigneur a
rendu éclatantes leurs misères[2]
et les a renversés de fond en
comble.

14 Le Seigneur a culbuté les
trônes des princes,
il a établi les doux[3] à leur
place.

15 Le Seigneur a arraché les racines des nations,
il a planté les humbles à leur
place[4].

16 Le Seigneur a dévasté le territoire[5] des nations,
il les a détruites jusqu'aux fondements de la terre.

17 Il les a ôtées du milieu des
hommes et les a fait périr,
il a rayé leur souvenir de la
terre.

18 L'orgueil n'a pas été créé pour
les hommes,
ni l'emportement de la colère

pour ceux qui naissent des
femmes.

Ceux qui méritent d'être hono-
rés

19 Quelle race est digne d'honneur ? La race des hommes.
Quelle race est digne d'honneur ? Ceux qui craignent[1] le
Seigneur.
Quelle race est indigne d'honneur ? La race des hommes.
Quelle race est indigne d'honneur ?
Ceux qui transgressent les
commandements.

20 Au milieu de ses frères le chef
est honoré,
et ceux qui craignent le Seigneur le sont à ses yeux[2].

22 Le prosélyte, l'étranger, le
pauvre[3],
leur fierté, c'est la crainte du
Seigneur.

23 Il est injuste d'insulter le
pauvre intelligent[4],
et déplacé de glorifier le pécheur.

24 Le grand, le juge, le prince
sont glorifiés,
mais aucun d'eux n'est plus
grand que celui qui craint le
Seigneur.

25 Un serviteur sage aura des
hommes libres à son service,
l'homme avisé n'y trouvera pas
à redire.

---

1. *c'est de s'écarter du Seigneur;* hébreu *c'est un homme effronté.*

2. *celui qui y persiste :* hébreu *sa source* — a *rendu éclatantes leurs misères :* hébreu *a rempli son coeur de plaies.*

3. *princes :* hébreu *orgueilleux* — *les doux :* hé- breu *les humbles* (voir Mt 5.4).

4. Ce verset est absent de l'hébreu.

5. *a dévasté le territoire :* hébreu *a recouvert les traces.*

1. *qui craignent* ou *qui respectent.*

2. Quelques manuscrits grecs ajoutent : v. 21 *La crainte du Seigneur est le commencement de l'a- grément par Dieu,* mais le commencement du rejet, c'est l'endurcissement et l'orgueil.

3. *prosélyte :* voir la note sur Mt 23.15 — *Le prosélyte ... pauvre :* hébreu *Hôte ou étranger, im- migrant ou pauvre.*

4. *le pauvre intelligent* est un pauvre qui craint le Seigneur.

L'honneur qu'on mérite

26 Ne pose pas au sage en accom-
plissant ton ouvrage,
ne te glorifie pas au moment
de la gêne.

27 Mieux vaut celui qui travaille
et qui en tout a plus qu'il ne
faut,
que celui qui va se glorifiant et
manque de pain.

28 Mon fils, glorifie ton âme avec
douceur[1],
accorde-lui l'honneur qu'elle
mérite.

29 Celui qui pèche contre son
âme, qui le justifiera ?
Qui glorifiera celui qui déshonore sa propre vie ?

30 Un pauvre peut être honoré
pour sa science,
et un riche pour sa richesse.

31 Si quelqu'un est honoré dans la
pauvreté, combien plus le
sera-t-il dans la richesse ?
Mais s'il est méprisé dans la
richesse, combien plus dans la
pauvreté ?

Ne pas se fier aux apparences

11 1 La sagesse de l'humble lui
fait relever la tête,
elle le fait siéger au milieu des
grands.

2 Ne loue pas un homme pour sa
beauté,
ne prends personne en horreur
à son seul aspect.

3 L'abeille est petite parmi les
êtres ailés,
mais ce qu'elle produit est ce
qu'il y a de plus doux.

4 Ne te vante pas du manteau
que tu portes,

au jour de ta gloire ne t'élève
pas[1];
car les oeuvres du Seigneur
sont admirables,
mais cachées aux humains.

5 Bien des tyrans se sont assis
par terre,
et celui que l'on n'attendait pas
a porté le diadème[2].

6 Bien des princes ont été complètement déshonorés
et des hommes célèbres livrés à
la merci d'autrui.

7 Ne blâme pas avant de t'être
informé;
réfléchis d'abord et fais des reproches ensuite.

8 Ne réponds pas avant d'avoir
écouté,
n'interviens pas au milieu d'un
discours.

9 Ne te querelle pas pour une
affaire qui ne te concerne pas[3],
ne te mêle pas d'une dispute de
coquins.

Seule l'aide divine est efficace

10 Mon fils, que tes occupations
ne soient pas trop nombreuses,
si tu les multiplies, tu ne resteras pas indemne;
même si tu cours, tu n'arriveras
pas,
et tu ne t'échapperas pas par
la fuite[4].

11 Tel peine, se fatigue et se hâte,
et n'en est que plus dépourvu[5].

1. Ou *glorifie-toi avec modestie.*

1. *ne t'élève pas* : hébreu *ne te moque pas de
celui qui est mal vêtu, ne raille pas celui qui est en
un jour d'amertume.*
2. *Bien des tyrans ... par terre* : hébreu *Beaucoup
d'humiliés se sont assis sur un trône* — diadème :
sous-entendu *royal.*
3. Hébreu *Ne te querelle pas si tu n'es pas lésé.*
4. *même si tu cours ... par la fuite* : hébreu *mon
fils, si tu ne cours pas, tu n'atteindras pas le but et
si tu ne cherches pas, tu ne trouveras pas.*
5. *dépourvu* ou *distancé.*

12 Tel est faible et dépourvu de
   soutien,
   manquant de force et riche de
   dénuement;
   mais les yeux du Seigneur l'ont
   regardé avec bienveillance,
   il l'a redressé de son humiliation[1].
13 Il lui a relevé la tête[2]
   et beaucoup s'en sont étonnés.
14 Les biens et les maux, la vie et
   la mort,
   la pauvreté et la richesse viennent du Seigneur[3].
17 Les dons du Seigneur sont assurés aux hommes pieux,
   sa bienveillance les guidera à
   jamais.
18 Tel est riche à force d'attention et d'économie,
   mais voici quel sera son salaire :
19 Quand il se dit : « J'ai trouvé le
   repos,
   maintenant je vais manger de
   mes propres biens »,
   il ne sait pas combien de
   temps s'écoulera,
   puis il laissera ses biens à d'autres et il mourra.

La mort

20 Tiens-toi à ton alliance[4] et
   consacre — toi à elle,
   vieillis à ton ouvrage.
21 Ne t'étonne pas des oeuvres du
   pécheur,

fais confiance au Seigneur et
persévère dans ta besogne,
car il est facile aux yeux du
Seigneur
d'enrichir soudain le pauvre
d'un seul coup.
22 La bénédiction[1] du Seigneur
est la récompense de l'homme
pieux,
en un instant, il fait fleurir sa
bénédiction.
23 Ne dis pas : « De quoi ai-je besoin ?
Quels biens me manquent encore[2] ? »
24 Ne dis pas : « J'ai tout ce qu'il
me faut,
quel malheur pourrait désormais m'atteindre ? »
25 Au jour du bonheur on oublie
les maux,
au jour du malheur on oublie
le bonheur;
26 car il est aisé au Seigneur, au
jour de la mort,
de rendre à l'homme selon ses
voies[3].
27 Une mauvaise heure apporte
l'oubli du bien-être,
et la fin d'un homme dévoile
ses oeuvres.
28 Avant la mort ne proclame
personne heureux,
c'est à sa mort[4] qu'on reconnaît un homme.

---

1. *de son humiliation :* hébreu *de la poussière de la putréfaction.*
2. Hébreu ajoute *et l'a redressé.*
3. Quelques manuscrits grecs ajoutent : v. 15 *La sagesse, la science et la connaissance de la Loi* (hébreu *de la parole) viennent du Seigneur, l'amour* (hébreu *le péché) et la voie des bonnes oeuvres viennent de lui ;* v. 16 *La folie et l'obscurité ont été créés pour les pécheurs ; ceux qui se plaisent au mal vieillissent dans le mal.*
4. *ton alliance :* hébreu *ta tâche.*

1. *il fait fleurir sa bénédiction :* autre traduction d'après l'ancienne version latine sa *réussite fleurit.*
2. *De quoi ai-je besoin ?* hébreu *J'ai satisfait mon désir* — Le verset peut avoir deux sens oppo-sés : a) interrogation véritable : celui qui parle n'est pas satisfait de ce qu'il a. Il cherche à se procurer ce qui lui manque; b) interrogation factice : celui qui parle est satisfait dans son orgueil. Il considère que rien ne lui manque. Ce deuxième sens est parallèle à celui du v. 24.
3. les v. 25b-26 sont remplacés en hébreu par un texte qui fait double emploi avec le v. 27.
4. *à sa mort :* d'après l'hébreu; grec *c'est dans ses enfants qu'on reconnaît un homme.*

Se méfier des pièges du méchant

29 N'introduis pas n'importe qui
dans ta maison,
car nombreux sont les pièges
de l'homme rusé.

30 Une perdrix captive dans sa
cage, tel est le *cœur de l'orgueilleux;
comme un espion il guette ta
chute[1].

31 Changeant le bien en mal, il
tend ses pièges[2],
aux actes les plus purs il
trouve à redire.

32 Une étincelle allume un brasier,
les pièges du pécheur font couler le sang.

33 Prends garde au méchant, car
il complote le mal,
et peut à jamais ternir ta réputation[3].

34 Héberge l'étranger, et il te jettera dans les tracas,
il t'aliénera les tiens.

Accorder ses bienfaits avec discernement

12 1 Si tu fais le bien, sache à
qui tu le fais[4],
et on te saura gré de tes bienfaits.

2 Fais le bien à l'homme pieux,
et tu trouveras ta récompense,
sinon auprès de lui, du moins
auprès du Très-Haut.

3 Il n'y a pas de bonheur pour
celui qui persévère dans le mal,
et qui se refuse à faire l'aumône[1].

4 Donne à l'homme pieux, mais
ne viens jamais en aide au pécheur[2].

5 Fais du bien à l'humble et ne
donne rien à l'impie;
refuse-lui son pain et ne lui en
donne pas,
de peur que par là il n'ait pouvoir sur toi;
car tu serais payé en mal doublement[3]
pour chacun des bienfaits que
tu lui accorderais.

6 C'est que le Très-Haut déteste
les pécheurs,
et inflige aux impies le châtiment qu'ils méritent[4].

7 Donne à l'homme bon, mais ne
viens pas en aide au pécheur[5].

Vrais et faux amis

8 Ce n'est pas dans le bonheur
qu'on reconnaît l'ami[6],
mais dans le malheur l'ennemi
ne reste pas caché.

---

1. La *perdrix captive* attire les autres oiseaux qui se font prendre. Le *cœur de l'orgueilleux* fait tomber les autres dans les pièges du péché.

2. Hébreu *le calomniateur change le bien en mal*.

3. L'hébreu ajoute *Ne te lie pas avec le méchant, il ferait dévier ta route et il te détournerait de ton *alliance*.

4. *Si tu fais … tu le fais* : hébreu *Si tu fais du mal à l'homme bon, à qui feras-tu du bien ?* — Le Siracide écrit dans une période où la foi est mena-cée et où le judaïsme, pour survivre, doit refuser tout compromis.

1. Hébreu *il n'y a pas de profit à faire du bien au méchant, ce n'est même pas faire une bonne œuvre*.

2. Le v. 4 qui est semblable au v. 7 est absent de l'hébreu.

3. *refuse-lui … pouvoir sur toi* : hébreu *ne lui donne pas des armes de guerre, de peur qu'il ne les utilise contre toi* — *doublement* : l'hébreu ajoute *au temps de ta disette*.

4. Quelques manuscrits grecs ajoutent *il veille sur eux jusqu'au jour de leur châtiment*.

5. L'hébreu ajoute *Rafraîchis l'humble, mais ne donne rien à l'orgueilleux*.

6. Traduction d'après l'hébreu; grec obscur.

9 Quand un homme est heureux,
  ses ennemis sont dans l'affliction[1],
  mais dans ses malheurs, même
  son ami s'écarte de lui.

10 Ne te fie jamais à ton ennemi;
   car sa méchanceté est pareille
   au bronze qui s'altère[2].

11 Même s'il fait l'humble et chemine courbé,
   fais attention et prends garde
   à lui;
   sois pour lui comme un polis-
   seur de miroir,
   sache qu'il ne restera pas toujours taché de rouille[3].

12 Ne l'installe pas auprès de toi,
   de peur qu'il ne te renverse
   pour prendre ta place;
   ne l'assieds pas à ta droite,
   de peur qu'il ne convoite ton
   propre siège;
   tu comprendrais à la fin la justesse de mes discours,
   et tu te souviendrais avec regret de mes paroles[4].

13 Qui aura pitié du charmeur
   mordu par un serpent
   et de ceux qui s'approchent des
   bêtes fauves ?

14 tel est celui qui fréquente le
   pécheur
   et qui se laisse impliquer dans
   ses péchés[1].

15 Il reste une heure avec toi[2],
   mais si tu chancelles, il ne s'attarde pas.

16 L'ennemi a la douceur sur les
   lèvres,
   mais dans son *coeur il voudrait te précipiter dans une
   fosse.
   L'ennemi peut avoir les larmes
   aux yeux,
   mais s'il en trouve l'occasion, il
   sera insatiable de sang.

17 Si quelque malheur t'arrive, tu
   le trouveras là avant toi,
   et, sous prétexte de te secourir,
   il te saisira par le talon.

18 Il secouera la tête, il battra des
   mains,
   il déblatérera sans cesse et
   changera de visage[3].

Se méfier du riche orgueilleux

13 [1] Qui touche à la poix se
      salit,
   qui fréquente l'orgueilleux[4] devient semblable à lui.

2 Ne soulève pas un poids trop
  lourd pour toi,
  ne fréquente pas non plus un
  homme plus fort ou plus riche
  que toi.
  Comment le pot de terre et le
  pot de fer peuvent-ils aller ensemble ?

---

1. *ses ennemis sont dans l'affliction;* hébreu *même celui qui le hait est son ami.*
2. De même que la rouille finit toujours par attaquer un métal, la *méchanceté se manifestera.* Autre sens possible : comme le métal est dissimulé par la rouille, la *méchanceté est cachée* (voir v. 11).
3. *sois pour lui ... taché de rouille :* hébreu *agis avec lui comme avec celui qui révèle un secret, et il ne trouvera pas à te nuire;* sache les conséquences de la jalousie — *sache ... taché de rouille :* autre traduction *pour t'assurer qu'il ne continue pas de se ronger.*
4. *et tu te souviendrais ... mes paroles :* hébreu *et tu gémirais aussi fort que moi.*

1. *fréquente le pécheur :* hébreu *s'associe à une femme insolente* — *péchés :* l'hébreu ajoute *il ne passera pas sans que le feu le consume. Tant qu'il chemine avec toi, il ne se découvre pas à toi et, si tu tombes, il ne se baisse pas pour t'aider.*
2. Hébreu *Tant que tu restes debout, il ne montre pas ce qu'il est.*
3. *Secouer la tête, battre des mains :* gestes de moquerie; *changera de visage :* d'une apparente sympathie, il passera à la manifestation d'une joie mauvaise.
4. Hébreu *moqueur.*

S'ils se heurtent, le premier se brise[1].

3 Le riche commet une injustice et c'est lui qui se fâche[2], le pauvre subit l'injustice et doit en plus s'excuser.

4 Si tu es utile, il t'exploitera, si tu es dans le besoin, il te laissera tomber.

5 Si tu as du bien, il vivra avec toi, il te grugera sans remords.

6 A-t-il besoin de toi ? Il te dupera, il te sourira et te donnera de l'espoir; il te fera des compliments et dira : «Que puis-je faire pour toi ? »

7 Il t'humiliera dans ses festins, jusqu'à te dépouiller deux et trois fois, et à la fin il se moquera de toi; après quoi, s'il te voit, il te négligera et secouera la tête[3] à ton sujet.

8 Prends garde de te laisser duper, et d'être humilié par suite de ta folie[4].

Etre prudent avec les puissants

9 Quand un puissant t'invite, reste à l'écart et son invitation n'en sera que plus pressante.

10 Ne te précipite pas, de peur d'être repoussé, ne te tiens pas trop loin, de peur d'être oublié.

11 Ne t'avise pas de parler d'égal à égal avec lui, ne te fie pas à ses longs discours; car il te met à l'épreuve par son bavardage, et il te scrute même quand il te sourit.

12 Il est impitoyable, celui qui ne sait pas garder pour lui tes paroles, il ne t'épargne ni les coups ni les chaînes[1].

13 Sois réservé et prends bien garde, car tu chemines au bord de ta ruine[2].

Riche et pauvre

15 Tout être vivant aime son semblable, et tout homme son prochain.

16 Toute chair[3] s'unit selon son espèce, et l'homme s'attache à son semblable.

17 Quoi de commun entre le loup et l'agneau ? Tel est le pécheur en face de l'homme pieux.

18 Quelle paix peut régner entre l'hyène et le chien, et quelle paix entre le riche et le pauvre ?

1. l'hébreu ajoute *et pourquoi le riche se lierait-il au pauvre ?*
2. *c'est lui qui se fâche* : hébreu *il s'en vante – doit en plus s'excuser* : hébreu *gémit.*
3. *Il t'humiliera*, c'est-à-dire t'obligera à lui rendre ses invitations et ainsi à te ruiner – *Il t'humiliera ... jusqu'à te dépouiller* : hébreu *Tant qu'il en tire profit, il se joue de toi; il te montre de l'estime – secouer la tête* : geste de moquerie.
4. Hébreu *Prends garde de ne pas trop te troubler et de ne pas ressembler aux insensés.*

1. L'hébreu ajoute *Si un violent est nommé gouverneur, il n'aura pas de pitié et attentera à la vie de beaucoup.* Le sens du verset est incertain en grec comme en hébreu.
2. Hébreu *ne chemine pas avec les violents.* Quelques manuscrits grecs ajoutent : v. 14 *En entendant cela dans ton sommeil, réveille-toi, aime le Seigneur toute ta vie et invoque-le pour ton salut.*
3. *Toute chair* ou *Tout être vivant.*

19 Les onagres[1] dans le désert
   sont le gibier des lions;
   ainsi les pauvres sont la pâture
   des riches.

20 Une humble condition est en
   horreur à l'orgueilleux;
   ainsi le pauvre est en horreur
   au riche.

21 Le riche qui chancelle est soutenu par ses amis,
   mais l'humble qui tombe est
   repoussé par les siens[2].

22 Que le riche se trompe, beaucoup viennent à son secours,
   s'il profère des sottises, on lui
   donne raison.
   Mais si l'humble se trompe, on
   lui en fait reproche[3];
   s'il dit des choses sensées, on
   n'en fait aucun cas.

23 Qu'un riche parle, tous se tai-
   sent
   et portent aux nues son discours[4].
   Qu'un pauvre parle, et on dit :
   « Qui est-ce ? »
   Et s'il trébuche, on le pousse
   pour le faire culbuter.

24 La richesse est bonne quand
   elle est sans péché,
   mais la pauvreté est mauvaise
   aux dires de l'impie[5].

25 C'est le coeur de l'homme qui
   modèle son visage,
   que ce soit en bien ou en mal.

26 C'est l'indice d'un coeur bon
   qu'un visage joyeux,

mais l'invention des proverbes
exige une réflexion pénible[1].

Bonheur pour le juste

14 1 Heureux l'homme dont la
   bouche n'a pas failli[2]
   et qui n'est pas tourmenté par
   le regret de ses fautes.
2 Heureux celui que sa
   conscience n'accuse pas[3]
   et qui n'a jamais été déçu dans
   ses espoirs.

Envie et avarice

3 À l'homme chiche ne sied pas
   la richesse,
   pour l'homme envieux à quoi
   bon de grands biens ?
4 Celui qui amasse en se privant
   lui-même amasse pour autrui;
   avec ses biens d'autres vivront
   dans le luxe.
5 Celui qui est dur pour
   lui-même, pour qui serait-il
   bon ?
   Il ne jouira pas de ses trésors.
6 Il n'y a pas pire que celui qui
   se maltraite soi-même,
   c'est là la rançon de sa méchanceté.
7 Même s'il fait le bien, il le fait
   par mégarde,
   et finit par révéler sa méchanceté.
8 Il est mauvais, l'homme à l'oeil
   envieux,
   qui détourne le visage et méprise les gens[4].

1. *onagres* : ânes sauvages.
2. *est repoussé par les siens* : hébreu est renvoyé *d'un ami à l'autre.*
3. *Que le riche ... on lui donne raison* : hébreu *Quand le riche parle, on porte aux nues sa sagesse, ses discours répréhensibles sont trouvés beaux* — on lui fait reproche : hébreu on crie hou ! hou !
4. *Son discours* : hébreu sa sagesse.
5. *aux dires de l'impie* : hébreu dans la mesure où l'on est orgueilleux.

1. *mais l'invention ... réflexion pénible* : hébreu *un homme renfermé exprime des pensées tristes.* Texte obscur en grec et en hébreu.
2. *dont la bouche n'a pas failli* ou *qui n'a pas péché en paroles.*
3. *que sa conscience n'accuse pas* : hébreu *qui ne se prive pas.*
4. Les v. 7-8 manquent en hébreu.

9 L'oeil du cupide n'est pas satisfait de sa part,
une avidité mauvaise dessèche son âme[1].

10 L'avare est chiche de pain
et il manque à sa propre table[2].

Le bon usage des richesses

11 Mon fils, dans la mesure où tu le peux, traite-toi bien
et présente au Seigneur les offrandes qui lui sont dues[3].

12 Souviens-toi que la mort ne tardera pas
et que le pacte des enfers[4] ne t'a pas été révélé.

13 Avant de mourir, fais du bien à ton ami,
selon tes possibilités sois généreux et donne-lui.

14 Ne te prive pas du bonheur d'un jour,
ne laisse pas échapper ta part d'une légitime satisfaction[5].

15 Ne laisseras-tu pas à un autre le fruit de tes peines,
celui de tes fatigues au partage du sort ?

16 Donne, prends, et réjouis ton âme,
car il n'y a pas, aux enfers[6], à rechercher le plaisir.

17 Toute chair[1] vieillit comme un vêtement;
c'est la loi éternelle : « Tu dois mourir. »

18 Comme le feuillage verdoyant sur un arbre touffu
tantôt tombe et tantôt repousse,
ainsi les générations de chair et de sang :
l'une meurt et une autre apparaît.

19 Toute oeuvre corruptible disparaît,
et celui qui l'a produite s'en va avec elle[2].

A la recherche de la sagesse

20 Heureux l'homme qui s'applique à la sagesse
et qui exerce son intelligence à raisonner,

21 qui en médite les voies dans son *coeur et réfléchit sur ses secrets.

22 Il se lance à sa poursuite comme un chasseur,
il se tient aux aguets sur son passage.

23 Il regarde par sa fenêtre,
il écoute à sa porte.

24 Il campe près de sa maison,
il fixe le piquet de sa tente dans ses murs.

25 Il dresse sa tente auprès d'elle,
il campe au séjour du bonheur.

26 Il place ses enfants sous son abri[3],
sous ses rameaux il demeure.

---

1. *une avidité … son âme* : hébreu *qui prend la part de son prochain perd la sienne.*

2. Après *table* l'hébreu ajoute *Un homme généreux multiplie le pain et d'une source à sec fait jaillir l'eau sur la table.*

3. *présente … lui sont dues* : hébreu *engraisse-toi selon tes moyens.*

4. *le pacte des enfers* ou *la date de la mort.*

5. Hébreu *Lorsqu'on partage la marmite, ne t'en va pas, et ne nourris pas de désirs mauvais.*

6. *aux enfers* ou au *séjour des morts.* Selon la conception juive traditionnelle à l'époque du Siracide, l'âme descendue au séjour des morts ne connaît ni joie ni souffrance.

1. *Toute chair* ou *Tout homme.*

2. Hébreu *Toutes les actions de l'homme sont vouées à la corruption et l'oeuvre de ses mains le suivra.*

3. Hébreu *Il fait son nid entre ses branches.*

27 Il est abrité par elle de la cha-
    leur,
    il campe dans sa gloire[1].

15 [1]Celui qui craint le Sei-
    gneur agit en conséquence,
    celui qui est maître de la Loi[2]
    atteindra la sagesse.

2 Elle viendra à sa rencontre
    comme une mère,
    comme une épouse vierge[3], elle
    l'accueillera;

3 elle le nourrira du pain de l'in-
    telligence,
    elle l'abreuvera de l'eau de la
    sagesse.

4 Il s'appuiera sur elle et ne flé-
    chira pas,
    il s'attachera à elle et ne sera
    pas confondu;

5 elle l'élèvera au-dessus de ses
    proches,
    au milieu de l'assemblée elle lui
    ouvrira la bouche.

6 Il trouvera joie et couronne
    d'allégresse,
    il obtiendra un renom éternel.

7 Mais les insensés ne l'attein-
    dront pas,
    les pécheurs ne la verront pas.

8 Elle se tient loin de l'orgueil-
    leux[4],
    les menteurs ne se souvien-
    dront pas d'elle.

9 La louange est mal venue dans
    la bouche du pécheur
    parce qu'elle n'est pas envoyée
    par le Seigneur.

10 C'est la sagesse qui fait pro-
    noncer la louange,

c'est le Seigneur qui l'inspire[1].

Liberté et responsabilité de l'homme

11 Ne dis pas : «C'est à cause du
    Seigneur que je me suis
    écarté»,
    car ce qu'il déteste, il ne le fait
    pas.

12 Ne dis pas : «Lui-même m'a
    égaré»
    car il n'a que faire du pécheur.

13 Le Seigneur déteste toute abo-
    mination,
    on ne peut à la fois s'y aban-
    donner et le craindre[2].

14 Lui-même a créé l'homme au
    commencement[3]
    et l'a laissé à son propre
    conseil.

15 Si tu le veux, tu peux observer
    les commandements,
    rester fidèle dépend de ton bon
    vouloir[4].

16 Il a placé auprès de toi le feu
    et l'eau;
    selon ton choix tu peux
    étendre la main.

17 Aux hommes sont proposées la
    vie et la mort :
    à chacun sera donné selon son
    choix.

18 Car grande est la sagesse du
    Seigneur;
    il est fort et puissant et voit
    toutes choses,

---

*1. Hébreu *sous sa protection*. La *gloire* désigne
peut-être ici la nuée qui manifestait la présence du
Seigneur (voir Ex 13.21 et la note).

2. *maître de la Loi* : voir LÉGISTES au glossaire du N. T.

3. *une épouse vierge*, c'est-à-dire une épouse qui
se présente vierge au mariage.

4. Hébreu *des railleurs*.

1. Hébreu *Dans la bouche du sage est prononcée la louange et celui qui possède la sagesse
l'enseignera.*

2. *on ne peut ... le craindre* : hébreu *et il ne les
fait pas rencontrer à ceux qui le craignent* — *le
craindre* ou *le respecter*.

3. L'hébreu ajoute : *et l'a livré à son ennemi.*

4. *rester fidèle ... bon vouloir* : hébreu *et l'intelligence pour accomplir son bon vouloir : si tu as foi
en lui, toi aussi tu vivras.*

19 ses regards sont tournés vers
   ceux qui le craignent[1],
   lui-même connaît toutes les
   oeuvres des hommes.
20 Il n'a prescrit à personne d'être
   impie,
   il n'a accordé à personne li-
   cence de pécher[2].

Les impies vont à leur perte

16 1 Ne désire pas une foule
       d'enfants bons à rien,
   ne te réjouis pas de fils impies.
2 Si nombreux qu'ils soient, ne te
   réjouis pas à leur sujet
   s'ils ne possèdent pas la
   crainte[3] du Seigneur.
3 Ne mets pas ta confiance dans
   leur vie,
   ne t'appuie pas sur leur
   nombre;
   un seul[4] vaut mieux que mille,
   et mourir sans enfants vaut
   mieux que d'avoir des enfants
   impies.
4 Par un seul homme intelligent
   la ville sera peuplée,
   mais la race des impies sera
   anéantie[5].
5 J'ai vu de mes yeux bien des
   choses semblables
   et entendu de mes oreilles des
   exemples encore plus frap-
   pants.

6 Dans l'assemblée des pécheurs
   s'allume le feu,
   contre un peuple rebelle s'est
   allumée la colère[1].
7 Il n'a pas pardonné aux antiques géants[2],
   qui s'étaient révoltés à cause de
   leur force.
8 Il n'a pas épargné la ville de
   Loth,
   dont il avait l'orgueil en abomination[3].
9 Il n'a pas eu pitié du peuple de
   perdition,
   qui fut exterminé pour ses péchés[4],
10 ni de 600.000 fantassins
   qui s'étaient rassemblés dans la
   dureté de leur *coeur[5].
11 Même si un seul avait la nuque
   raide,
   ce serait merveille qu'il restât
   impuni;
   car la pitié et la colère sont en
   lui,
   il est puissant en pardon, mais
   il répand la colère[6].
12 Aussi grande que sa miséricorde est sa réprobation;
   il juge les hommes selon leurs
   oeuvres.
13 Le pécheur n'échappera pas
   avec son butin,
   la patience de l'homme pieux
   ne sera pas déçue[7].

---

1. *ceux qui le craignent* : hébreu *ses créatures.*
2. *il n'a accordé ... de pécher* : hébreu *et il n'a pas fortifié les menteurs. Il n'a pas de pitié pour qui fait des choses vaines, ni pour qui révèle un secret.*
3. *la crainte* ou *le respect.*
4. *leur vie,* c'est-à-dire la longueur de leur vie — après *nombre* quelques manuscrits grecs ajoutent *Car tu gémiras d'un chagrin prématuré et soudain tu apprendras leur fin* — *un seul* : l'hébreu ajoute *faisant le bon plaisir (de Dieu).*
5. *intelligent* : hébreu *sans enfants et craignant le Seigneur — mais ... sera anéantie* : hébreu *par la race des pervers (la ville) sera anéantie.*

---

1. *la colère* : sous-entendu *de Dieu.*
2. *géants* : hébreu *princes.*
3. *dont il avait ... abomination* : hébreu *qui s'attiraient la colère par leur orgueil.*
4. *peuple de perdition,* c'est-à-dire voué à la destruction. — Il s'agit des anciens habitants de Canaan — *péchés* : trois manuscrits grecs ajoutent : *tout cela il l'a fait aux peuples au coeur dur; il n'a pas été consolé par le nombre de ses *saints.*
5. Quelques manuscrits grecs ajoutent *flagellant, ayant pitié, frappant, guérissant, le Seigneur les a gardés dans la miséricorde et la discipline.*
6. *nuque raide* : voir Ex 32.9 et la note — *il répand la colère* : l'hébreu ajoute *contre les méchants.*
7. *déçue* : l'hébreu ajoute *éternellement.*

14 À toute aumône il fera une
   place[1],
   et chacun sera traité selon ses
   oeuvres[2].

Rien n'échappe à Dieu

17 Ne dis pas : « Je me cacherai
   du Seigneur,
   de là-haut qui se souviendra de
   moi ?
   Dans la foule nombreuse je ne
   suis pas reconnu,
   qui suis-je dans l'immense
   création ? »
18 Or le ciel et les cieux des cieux,
   l'*abîme et la terre sont ébranlés lors de sa visite[3].

19 Les montagnes et les fondements de la terre
   sont saisis de tremblement
   lorsqu'il les regarde.
20 Mais à tout cela on ne réfléchit pas ;
   qui donc fait attention à ses
   voies[1] ?
21 Comme la tempête qui survient à l'insu de l'homme,
   la plupart de ses oeuvres restent cachées[2].
22 « Les oeuvres de sa justice, qui
   les annonce ?
   Qui les attend ? Elle est bien
   loin, l'*alliance[3] ! »
23 Ainsi pense l'homme qui a
   perdu l'esprit :
   l'insensé, l'égaré, ne pense que
   folies.

1. Hébreu *Pour quiconque pratique la justice il
y a un salaire.*
2. Quelques manuscrits grecs ajoutent, en accord avec l'hébreu : v. 15 *le Seigneur a endurci
*Pharaon pour qu'il ne le reconnaisse pas, afin
que ses actions soient connues sous les cieux;* v. 16
*Sa miséricorde est manifeste à toute la création, il
a donné en partage sa lumière et l'obscurité à
Adam* (hébreu *et sa louange aux fils d'Adam*).
3. *les cieux des cieux* ou *le plus haut des cieux*
— *visite* : quelques manuscrits grecs ajoutent *L'univers entier a été créé et existe par sa volonté.*

1. *ses voies* ou *sa manière d'agir.*
2. Hébreu *Même à moi il ne fait pas attention.
Qui observera mes voies ? Si je pèche, nul oeil ne
me voit, si je mens en grand secret, qui le saura ?*
3. *L'alliance* peut désigner ici celle du Sinaï (Ex
19.5; Si 17.12), mais plus probablement le pacte où
Dieu intervient comme celui qui punit le péché.
Quelques manuscrits grecs ajoutent *et l'examen de
toutes choses aura lieu à la fin.*

SECTION B

La sagesse divine dans la créa-
tion

24 Ecoute-moi, mon fils, et acquiers le savoir,
   applique ton *coeur à mes discours.
25 Avec mesure je dévoilerai l'instruction,
   avec exactitude je proclamerai
   la connaissance.
26 Lorsque au commencement le
   Seigneur créa ses oeuvres,

en les faisant il en sépara les
parties[1]. 27 Il ordonna ses oeuvres[2] pour l'éternité,
depuis leur origine jusqu'à leur
avenir lointain.
Elles n'ont pas faim et ne se

1. *le Seigneur créa* : d'après l'hébreu; grec *par
décret du Seigneur* — après ce verset on ne possède plus le texte hébreu jusqu'à 25.8, exception
faite de quelques petits fragments.
2. *Les oeuvres*, aux v. 27-28, désignent les astres.

fatiguent pas,
elles n'abandonnent pas leur tâche.

28 Aucune ne heurte sa voisine,
elles ne désobéissent jamais à sa parole.

29 Puis le Seigneur a regardé vers la terre,
et il l'a comblée de ses bienfaits.

30 De toute espèce d'animaux il en a couvert la surface,
et c'est à elle qu'ils doivent retourner.

La création de l'homme

17 1 Le Seigneur a créé l'homme de la terre
et l'y fait à nouveau retourner.

2 Il a assigné aux hommes un nombre précis de jours et un temps déterminé,
il leur a donné pouvoir sur les choses de la terre.

3 Comme lui-même il les a revêtus de force,
il les a faits à son image.

4 Il les a fait redouter de tout être vivant,
pour qu'ils soient les maîtres des bêtes sauvages et des oiseaux[1].

6 Il leur a donné le jugement, la langue et les yeux,
les oreilles et le *coeur pour réfléchir.

7 Il les a remplis de savoir et d'intelligence,
il leur a montré le bien et le mal.

8 Il a établi sa crainte dans leurs coeurs

pour leur montrer la magnificence de ses oeuvres[1],

10 et ils loueront son *saint *nom,
afin de raconter la magnificence de ses oeuvres.

L'Alliance et la Loi

11 Il leur a accordé en plus le savoir,
il les a gratifiés de la loi de vie[2].

12 Il a conclu avec eux une *alliance éternelle,
il leur a montré ses jugements.

13 Leurs yeux ont vu la magnificence de sa gloire,
leurs oreilles ont entendu la gloire de sa voix.

14 Il leur a dit : « Gardez-vous de toute injustice »,
il leur a donné des commandements à chacun au sujet de son prochain.

Dieu voit toutes les actions des hommes

15 Leurs voies sont devant lui en tout temps,
elles n'échapperont pas à ses yeux[3].

17 À chaque peuple il a préposé un chef,

---

1. Quelques manuscrits grecs ajoutent : v. 5 *Ils reçurent l'usage des cinq opérations du Seigneur; comme sixième il leur donna l'intelligence en partage, comme septième la parole, interprète de ses opérations.*

1. *sa crainte* ou *son respect* : d'après quelques manuscrits; la plupart des manuscrits portent *son oeil*, manière imagée de désigner l'intelligence — quelques manuscrits grecs ajoutent : v. 9 *et il leur a donné de se glorifier, à travers les âges, de ses merveilles.*

2. Quelques manuscrits grecs ajoutent *afin qu'ils comprennent que maintenant ils sont mortels.*

3. *Leurs voies sont* ou *Leur conduite est* — *yeux* : quelques manuscrits grecs ajoutent : v. 16 *leurs voies, dès la jeunesse, s'en vont vers le mal, et ils ne sont pas capables de changer leur coeur de pierre en coeur de chair, car dans le partage des peuples de la terre ...*

mais Israël est la part du Seigneur[1].

19 Toutes leurs actions sont devant lui comme le soleil,
   ses regards observent continuellement leurs voies.

20 Leurs injustices ne lui échappent pas,
   tous leurs péchés sont devant le Seigneur[2].

22 L'aumône d'un homme est pour lui comme un sceau,
   il conserve un bienfait comme la prunelle de l'oeil[3].

23 À la fin il se lèvera et les rétribuera,
   il placera sur leur tête leur rétribution.

24 Mais à ceux qui se repentent il accorde la possibilité du retour,
   il console ceux qui manquent de persévérance.

Invitation à revenir au Seigneur

25 Retourne au Seigneur et quitte le péché,
   prie devant sa face et ainsi diminue ton offense.

26 Reviens au Très-Haut et détourne-toi de l'injustice[4],
   déteste vigoureusement l'abomination.

27 Qui louera le Très-Haut dans le *séjour des morts,

à la place des vivants qui lui rendent grâce ?

28 Quand un homme meurt et cesse d'être, disparaît l'action de grâce ;
   c'est quand il vit, en bonne santé, qu'il peut louer le Seigneur.

29 Qu'elle est grande, la miséricorde du Seigneur,
   son pardon pour ceux qui se tournent vers lui !

30 Car la capacité de tout faire n'appartient pas aux hommes,
   puisque le fils de l'homme n'est pas immortel.

31 Quoi de plus lumineux que le soleil ? Pourtant il subit des éclipses.
   Mais l'être de chair et de sang médite le mal.

32 Dieu[1] surveille l'armée des corps célestes,
   mais les hommes ne sont tous que terre et cendre.

Grandeur de Dieu

18 [1] Celui qui vit éternellement a créé toutes choses ensemble,

2 le Seigneur seul sera proclamé juste[2].

4 À personne il n'a donné d'annoncer ses oeuvres;
   qui donc découvrira ses grandeurs ?

5 La force de sa majesté, qui la calculera ?
   Qui entreprendra de raconter ses gestes de miséricorde ?

---

1. quelques manuscrits grecs ajoutent : v. 18 *son premier-né qu'il nourrit de l'instruction, auquel il dispense la lumière de l'amour sans l'abandonner.*

2. Quelques manuscrits grecs ajoutent : v. 21 *Mais le Seigneur est bon et connaît sa créature, il ne les délaisse ni ne les abandonne, mais les épargne.*

3. *comme un sceau*, c'est-à-dire comme une chose précieuse — *l'oeil* : quelques manuscrits grecs ajoutent *dispensant à ses fils et à ses filles le repentir.*

4. Quelques manuscrits grecs ajoutent *car lui-même te conduira des ténèbres à la lumière du salut.*

---

1. *Dieu* : autre interprétation *le soleil.* En grec le sujet de *surveille* n'est pas précisé.

2. Quelques manuscrits grecs ajoutent : *et il n'y en a pas d'autre que lui*; v. 3 *Il gouverne le monde avec la paume de sa main, tout obéit à sa volonté, car il est le roi de toutes choses par sa puissance, il sépare parmi elles les sacrées des profanes.*

6 On n'y peut rien retrancher ni ajouter,
   il n'est pas possible de découvrir les merveilles du Seigneur.

7 Quand un homme en a fini, c'est alors qu'il commence,
   et lorsqu'il s'arrête, sa perplexité demeure.

Petitesse de l'homme

8 Qu'est-ce que l'homme ? À quoi sert-il ?
   Que signifie le bien ou le mal qu'il fait ?

9 Le nombre de ses jours est grand s'il atteint cent ans[1].

10 Une goutte d'eau de la mer, un grain de sable,
   telles sont ces quelques années face à l'éternité.

11 C'est pourquoi le Seigneur est patient à l'égard des hommes
   et déverse sur eux sa pitié.

12 Il voit et il sait combien leur fin est misérable,
   c'est pourquoi il multiplie son pardon.

13 L'homme a pitié de son prochain,
   mais le Seigneur a pitié de toute créature;
   il reprend, il instruit, il enseigne,
   il ramène, tel le *berger, son troupeau.

14 Il a pitié de ceux qui acceptent l'instruction,
   et de ceux qui recherchent avec empressement ses jugements.

La manière de donner

15 Mon fils, fais le bien sans y joindre le blâme,
   ni mêler à tes dons des paroles chagrines.

16 La rosée ne repose-t-elle pas de la chaleur ?
   Ainsi une parole peut faire mieux qu'un cadeau.

17 Une parole ne vaut-elle pas mieux qu'un riche présent ?
   L'homme charitable joint l'une à l'autre.

18 L'insensé fait un reproche dépourvu de tact,
   le don de l'envieux brûle les yeux.

Le sage est prévoyant

19 Instruis-toi avant de parler,
   et soigne-toi avant d'être malade.

20 Examine-toi avant le jugement
   et à l'heure où on te demandera des comptes tu trouveras le pardon.

21 Humilie-toi avant d'être malade,
   à l'occasion de tes péchés montre ton repentir.

22 Que rien ne t'empêche d'accomplir ton voeu en temps voulu,
   n'attends pas jusqu'à la mort pour t'en acquitter.

23 Avant de faire un voeu, prépare-toi,
   ne sois pas comme un homme qui tente[1] le Seigneur.

24 Souviens-toi de la colère qui sévira aux jours de la fin[2],
   du châtiment quand Dieu détournera sa face.

---

1. Quelques manuscrits grecs ajoutent *Le temps du repos éternel est imprévisible pour chacun.*

1. Voir TENTER au glossaire du N. T.
2. La *colère* (de Dieu) et le *châtiment* envisagés ici concernent la vie terrestre du pécheur.

25 Souviens-toi des temps de famine dans les temps d'abondance,
   de la misère et des privations
   aux jours de richesse.
26 De l'aube jusqu'au soir le
   temps change,
   tout passe rapidement devant
   le Seigneur.
27 L'homme sage est sur ses
   gardes en toute chose,
   quand le péché sévit[1] il évite
   toute négligence.
28 Tout homme intelligent
   connaît la sagesse,
   il rend hommage à qui l'a
   trouvée.
29 Les hommes habiles en paroles
   montrent eux aussi leur sagesse,
   ils répandent comme une pluie
   les sentences bien trouvées[2].

Etre maître de soi

30 Ne te laisse pas entraîner par
   tes désirs,
   et réfrène tes convoitises.
31 Si tu t'accordes la satisfaction
   de tes désirs,
   cela fera de toi la risée de tes
   ennemis.
32 Ne mets pas ta joie dans une
   vie de plaisir,
   et ne t'oblige pas à en faire les
   frais[3].
33 Ne t'appauvris pas en fes-
   toyant avec de l'argent emprunté,

alors que tu n'as rien dans ta
bourse[1].

19

1 L'ouvrier buveur[2] ne s'enrichira pas,
   celui qui méprise les petites
   choses peu à peu tombera.
2 Le vin et les femmes égarent
   les hommes intelligents,
   celui qui fréquente les prostituées devient de plus en plus
   téméraire[3].
3 La putréfaction et les vers, tel
   sera son lot,
   et sa témérité causera sa perte.

Les dangers du bavardage

4 Celui qui donne trop vite sa
   confiance est une tête légère,
   celui qui pèche se fait tort à
   lui-même.
5 Celui qui prend plaisir au mal
   sera condamné[4],
6 celui qui hait le bavardage
   échappe au mal[5].
7 Ne répète jamais ce que l'on
   dit,
   et tu n'y perdras jamais rien.
8 Ne raconte rien, ni d'un ami, ni
   d'un ennemi;
   à moins que le silence ne te
   rende complice, ne révèle rien;
9 car il pourrait t'entendre et se
   méfier de toi,
   et le moment venu il te mon-
   trerait sa haine.

1. *Le grec est imprécis. Autre traduction* quand
il est attiré par le péché.
2. *Quelques manuscrits grecs ajoutent :* Mieux
vaut faire confiance au Maître unique qu'attacher
un coeur mort à un mort.
3. *Hébreu* Ne te réjouis pas d'un plaisir sans
valeur, qui te rendra deux fois plus pauvre.

1. *Ne t'appauvris ... emprunté :* hébreu *Ne sois ni
gourmand, ni ivrogne —* bourse *: quelques manuscrits grecs ajoutent :* ce serait te tendre un piège à
toi-même.
2. *L'ouvrier buveur :* hébreu *celui qui fait cela.*
3. *Hébreu* Le vin et les femmes rendent le coeur
insolent, un appétit démesuré ruine celui qui le
possède.
4. *Quelques manuscrits grecs ajoutent :* Celui
qui résiste aux plaisirs couronne sa propre vie,
celui qui tient sa langue vivra en paix.
5. *Autre traduction d'après l'ancienne version
syriaque et un des principaux manuscrits grecs*
Celui qui répète les paroles a perdu l'esprit.

10 Tu as entendu une affaire ?
   Sois un tombeau !
   Sois tranquille, tu ne risques
   pas d'éclater.
11 Pour une parole l'insensé est
   dans les douleurs,
   comme la femme en mal d'enfant.
12 Une flèche plantée dans la
   chair de la cuisse,
   telle est une parole dans le
   ventre du sot.

Vérifier ce qu'on entend dire

13 Interroge[1] ton ami : peut-être
   n'a-t-il rien fait,
   et s'il l'a fait, qu'il ne recommence plus.
14 Interroge ton prochain : peut-
   être n'a-t-il pas dit cela,
   et s'il l'a dit, qu'il ne le répète
   pas.
15 Interroge ton ami, car la calomnie est fréquente,
   ne te fie pas à tout ce qu'on
   dit.
16 Tel glisse sans mauvaise intention :
   qui donc n'a jamais péché en
   paroles ?
17 Interroge ton prochain avant
   de le menacer,
   et laisse la Loi du Très-Haut
   suivre son cours[2].

Vraie et fausse sagesse

20 Toute sagesse est crainte du
   Seigneur,

en toute sagesse il y a la pratique de la Loi[1].

22 Mais la science du mal n'est
   pas la sagesse,
   le conseil des pécheurs n'est
   pas la prudence.
23 Il y a une habileté qui est abomination,
   celui à qui manque la sagesse
   est insensé.
24 Mieux vaut un homme dénué
   d'intelligence, qui craint le Seigneur,
   qu'un homme très habile, qui
   transgresse la Loi.
25 Il y a une habileté minutieuse
   qui peut conduire à l'injustice,
   et tel agit frauduleusement
   pour établir son droit[2].
26 Tel malveillant se courbe sous
   l'effet du chagrin,
   mais ses entrailles sont pleines
   de ruse.
27 Il cache son visage et fait le
   sourd,
   et quand nul n'y prend garde,
   il l'emporte sur toi.
28 Tel ne s'abstient de pécher que
   par manque de force,
   et fera le mal dès qu'il en trouvera l'occasion.
29 À son aspect on reconnaît un
   homme,
   à l'air du visage, un homme
   sensé.
30 L'habillement d'un homme,
   son rire,
   sa démarche révèlent ce qu'il
   est.

1. *Interroge* : autre traduction *Fais des reproches à ton ami.*
2. Quelques manuscrits grecs ajoutent : v. 18 *La
crainte du Seigneur est le principe pour être bien
accueilli, mais la sagesse procure son amour* — v.
19 *La connaissance des commandements du Seigneur, c'est une instruction de vie; ceux qui font ce
qui lui plaît cueilleront les fruits de l'arbre
d'immortalité.*

1. *crainte* ou *respect* — *Loi* : quelques manuscrits grecs ajoutent : *et la connaissance de sa toute
puissance* — v. 21 *Le serviteur qui dit à son
maître : « Je ne ferai pas ce qui te plaît », même si
ensuite il le fait, irrite celui qui le nourrit.*
2. Quelques manuscrits grecs ajoutent : *et tel se
montre sage en justifiant le jugement.*

Savoir faire accepter des reproches

20 1 Il y a une réprimande intempestive,
et il y a un silence qui dénote l'homme sensé.

2 Mieux vaut reprendre que couver sa colère,

3 et celui qui reconnaît ses torts s'en tirera sans préjudice[1].

4 Tel un *eunuque qui brûle de déflorer une jeune fille,
tel celui qui veut par force établir la justice[2].

Savoir parler et savoir se taire

5 Tel se tait que l'on tient pour sage,
tel autre se rend odieux à force de bavarder.

6 Tel se tait parce qu'il n'a pas de réponse,
tel autre se tait parce qu'il sait le bon moment.

7 L'homme sage se tait jusqu'au bon moment,
mais le vantard et l'insensé le laissent passer.

8 Qui multiplie les paroles sera détesté
et qui abuse de sa position s'attire la haine[3].

Situations paradoxales

9 Un homme parfois tire profit de ses malheurs,
tandis qu'une aubaine peut tourner à son préjudice.

10 Il y a tel don qui ne te vaudra aucun avantage
et il y a tel don qui te revaudra le double.

11 De la gloire parfois provient l'abaissement
et tel, après l'humiliation, a relevé la tête.

12 Tel achète beaucoup de choses pour peu d'argent,
mais il les paie[1] sept fois leur prix.

13 Le sage en peu de paroles sait se faire aimer[2],
mais les amabilités des sots sont prodiguées en vain.

14 Le don d'un insensé ne te vaudra aucun avantage[3],
car ses yeux attendent bien plus en retour.

15 Il donne peu et fait beaucoup d'affronts,
il ouvre grande la bouche comme un crieur public.
Il prête aujourd'hui quelque chose et demain le réclame :
un tel homme est odieux !

16 Le sot déclare : « Je n'ai point d'ami
et de mes bienfaits nul ne me sait gré. »
Ceux qui mangent son[4] pain ont la langue mauvaise.

17 Que de gens bien des fois se gaussent de lui[5] !

---

1. Ancienne version syriaque : *Il n'y a aucun profit pour celui qui reprend le méchant* (voir v. 1).
2. Autre traduction *tel celui qui, sous la contrainte, pratique la justice.*
3. *abuse de sa position ou cherche à s'imposer* — *haine :* quelques manuscrits grecs ajoutent : *Qu'il est beau de voir se repentir celui que l'on reprend, car, de cette façon, tu échapperas à une faute volontaire.*

1. *mais il les paie :* autre traduction *un autre, au contraire les paie.*
2. Traduction d'après l'hébreu.
3. Quelques manuscrits grecs ajoutent : *il en va de même avec l'envieux qui donne malgré lui.*
4. *son :* d'après l'ancienne version latine; grec et autres versions *mon* (dans ce cas la dernière ligne du verset cite encore les paroles *du sot).*
5. Quelques manuscrits grecs ajoutent : *Car ce qu'il a, il ne l'a pas reçu avec un esprit droit et le fait de ne pas avoir lui est également indifférent.*

Eviter les paroles maladroites

18 Mieux vaut un faux pas sur le
   pavé qu'une incartade de langage;
      la chute des méchants arrive
      tout aussi soudainement[1].
19 L'homme sans manières est
   comme une histoire hors de
   propos
      qui se trouve continuellement
      dans la bouche des imbéciles[2].
20 De la bouche du sot on n'accepte pas le proverbe,
      car il ne le dit jamais au bon
      moment.
21 Il y en a que l'indigence préserve du péché,
      et qui, le repos venu, n'ont au-
      cun remords.
22 Il y en a qui perdent leur âme
   par respect humain,
      et qui la perdent en présence
      d'un insensé !
23 Il y en a qui par respect humain promettent à un ami,
      et qui s'en font un ennemi
      pour rien.

Le mensonge

24 C'est une tache honteuse sur
   un homme que le mensonge;
      il se trouve continuellement
      dans la bouche des imbéciles.
25 Mieux vaut le voleur que celui
   qui ment continuellement;
      mais tous deux vont au-devant
      de la ruine.
26 Le penchant du menteur[3]
   mène au déshonneur,

et sa honte est constamment
sur lui.

Avantages et obligations du sage

27 Il suffit de peu au sage[1] pour
   se pousser en avant,
      et un homme sensé gagne la
      faveur des grands.
28 Celui qui travaille la terre fait
   monter son tas de blé,
      et celui qui a la faveur des
      grands obtiendra le pardon de
      l'injustice[2].
29 Présents et cadeaux aveuglent
   les yeux des sages,
      et, comme une muselière sur la
      bouche, empêchent les repro-
      ches.
30 Sagesse cachée et trésor enfoui,
   à quoi servent l'un et l'autre ?
31 Mieux vaut l'homme qui tient
   cachée sa sottise,
      que l'homme qui cache sa sa-
      gesse[3].

Fuir le péché

21 1 Mon fils, as-tu péché ? Ne
      recommence plus
      et demande pardon pour tes
      fautes passées.
2 Comme devant un serpent, fuis
   devant le péché,
      car, si tu t'en approches, il te
      mordra;

---

1. Ancienne version syriaque : *Comme de l'eau
versée sur un pavement, ainsi la conversation de
l'impie au milieu des justes.*
2. Ancienne version syriaque : *Comme une
queue de mouton qu'on ne peut manger sans sel,
ainsi une parole qui n'est pas dite au bon moment.*
3. Autre traduction *L'habitude du mensonge.*

1. *Il suffit de peu au sage :* d'après l'ancienne
version syriaque; grec *Celui qui est sage en paroles
se pousse en avant* ou *Celui qui est sage se pousse
en avant par ses paroles.*
2. C'est-à-dire il pourra intervenir efficacement
au profit de celui qui subit une injustice; autre
traduction *se fait pardonner ses torts.*
3. Un manuscrit grec ajoute : v. 32 *Mieux vaut
une persévérance inébranlable dans la recherche
du Seigneur, que mener sa propre vie sans maître.*

ses dents sont des dents de lion
qui emportent la vie des
hommes.

3 Toute transgression[1] est
comme l'épée à deux tran-
chants,
la blessure qu'elle fait est sans
remède.

4 Intimidation et violence dissi-
pent une fortune;
ainsi sera extirpée[2] la maison
de l'orgueilleux.

5 La prière qui sort de la bouche
du pauvre arrive aux oreilles
de Dieu,
et, sans tarder, justice lui sera
faite[3].

6 Qui déteste la remontrance
suit les traces du pécheur;
mais qui craint le Seigneur se
repentira[4] dans son *coeur.

7 Le beau parleur est universel-
lement connu,
mais l'homme réfléchi est au
courant de ses bévues.

8 Celui qui bâtit sa maison avec
l'argent d'autrui,
c'est comme s'il ramassait les
pierres pour son propre tombeau[5].

9 Une assemblée d'impies est
comme de l'étoupe entassée,
ils finiront dans la flamme et
le feu.

10 La route des pécheurs est unie
et sans pierres[6],

mais au bout se trouve le
gouffre du *séjour des morts.

Portraits du sage et du sot

11 Celui qui observe la Loi reste
maître de sa pensée,
et la crainte[1] du Seigneur a
pour terme la sagesse.

12 Il n'arrivera pas à être éduqué,
celui qui manque d'habileté;
mais il y a une habileté qui
engendre beaucoup d'amer-
tume.

13 La science du sage grossit
comme un déluge[2]
et son conseil est comme une
source d'eau vive.

14 Le *coeur du sot est comme un
vase brisé;
il ne peut rien retenir de ce
qu'il apprend.

15 Si un homme instruit entend
une parole sage,
il l'approuve et renchérit.
Le débauché l'a-t-il entendue ?
Elle lui déplaît
et il la rejette derrière son dos.

16 Le discours du sot est comme
un fardeau sur la route;
mais sur les lèvres de l'intelligent on trouve de l'agrément.

17 Dans l'assemblée on cherche à
entendre l'homme sensé,
et dans le coeur on médite ses
paroles.

18 Une maison délabrée, telle est
la sagesse aux yeux du sot
et la science de l'homme inintelligent n'est que discours in-
cohérents[3].

1. Le texte sous-entend peut-être *de la Loi de Moïse.*
2. *Intimidation* : le sens du mot grec corespon-dant est incertain — *sera extirpée* : d'après l'an-cienne version latine; la plupart des manuscrits grecs *sera dévastée.*
3. *et, sans tarder, justice lui sera faite* : ancienne version syriaque *et monte jusqu'au juge de l'univers.*
4. *qui craint* ou *qui respecte* — *se repentira* : autre traduction *la prend à coeur.*
5. *pour son propre tombeau* : autre texte *pour l'hiver.*
6. *est unie et sans pierres* : autre traduction *bien pavée.*

1. *la crainte* ou *le respect.*
2. *Le déluge,* habituellement image de châtiment (voir Gn 7.17-18), symbolise ici l'abondance (voir 39.22).
3. Ancienne version syriaque : *Pour le sot, la sagesse est comme une prison et la science comme des charbons ardents pour l'insensé.*

19 Comme des entraves aux pieds, telle est l'instruction pour l'imbécile,
et comme des menottes à la main droite.

20 Le sot, quand il rit, le fait en élevant la voix;
l'homme avisé sourit à peine et discrètement.

21 Comme un ornement d'or, telle est l'instruction pour l'homme sensé,
et comme un bracelet à son bras droit.

22 Un sot se précipite pour mettre les pieds dans la maison,
mais l'homme d'expérience se présente avec modestie.

23 Dès l'entrée, l'insensé lorgne dans la maison,
mais un homme bien élevé se tient au-dehors.

24 Ecouter aux portes est le fait d'un homme sans éducation
et l'homme sensé s'estimerait chargé de honte.

25 Les lèvres des bavards répètent ce que d'autres ont dit[1],
les paroles des gens sensés sont pesées à la balance.

26 Dans la bouche des sots se trouve leur coeur,
dans le coeur des sages se trouve leur bouche[2].

27 Quand un impie maudit son adversaire[3],
c'est lui-même qu'il maudit.

28 Le médisant souille sa propre personne

et, dans son entourage, il se fait détester.

Le paresseux

22 [1] Le paresseux est comparable à une pierre crottée, tout le monde le conspue pour son infamie.

2 Le paresseux est comparable à une boule d'excréments :
quiconque l'a ramassée secoue sa main.

Les enfants dont on a honte

3 C'est une honte d'être le père d'un fils mal élevé,
et la naissance d'une fille signifie préjudice.

4 La fille sensée héritera d'un mari,
mais celle dont on a honte fait le chagrin de celui qui l'a engendrée.

5 L'insolente fait la honte du père et du mari
et par l'un et l'autre elle sera méprisée.

6 Un discours intempestif est une musique en plein deuil,
mais c'est sagesse d'user en tout temps de verges et de discipline[1].

Le sot est incorrigible

9 Enseigner un sot, c'est comme recoller des tessons,
ou comme réveiller un dormeur d'un profond sommeil[2].

---

1. Traduction d'après un seul manuscrit grec; le texte des autres manuscrits est obscur.

2. Le *sot* parle avant d'avoir réfléchi; le *sage* réfléchit d'abord et ne parle qu'ensuite.

3. *son adversaire*, c'est-à-dire l'homme pieux; autre traduction *Satan*, c'est-à-dire le principal adversaire de l'homme.

---

1. Quelques manuscrits grecs ajoutent : v. 7 *Des enfants qui ont de quoi se nourrir et mènent une vie honnête cachent la modeste origine de leurs parents* — v. 8 *Des enfants méprisants, mal élevés et pleins d'orgueil déshonorent la noblesse de leur famille.*

2. C'est-à-dire faire une chose utile.

10 C'est entretenir un homme as-
soupi que de s'adresser à un
sot :
à la fin il dira : « Qu'y a-t-il ? »

11 Pleure sur un mort, car il a
quitté la lumière,
pleure aussi sur un sot, il a
perdu l'intelligence.
Pleure moins amèrement sur
un mort, car il a trouvé le repos
tandis que la vie du sot est pire
que la mort.

12 Le deuil pour un mort dure
sept jours,
celui du sot et de l'impie tous
les jours de leur vie.

13 Avec un insensé ne multiplie
pas les paroles
et ne chemine pas avec
l'homme inintelligent[1];
garde-toi de lui pour n'avoir
pas d'ennuis
et n'être pas souillé quand il se
secoue.
Evite-le si tu veux trouver le
repos
et n'être pas dégoûté par ses
insanités.

14 Quelle chose est plus pesante
que le plomb ?
Quel est son nom si ce n'est : le
sot ?

15 Sable, sel et bloc de fer
sont plus aisés à supporter
qu'un homme inintelligent.

16 Comme une armature de bois
assemblée dans une construction
ne sera point disloquée par un
tremblement de terre,

ainsi un *coeur établi dans un
dessein mûrement réfléchi
ne perdra pas son assurance au
moment voulu.

17 Un coeur confirmé par une décision de l'intelligence
est comme un stuc[1] qui orne
un mur poli.

18 Des galets déposés[2] dans un
endroit surélevé
ne pourront jamais tenir face
au vent;
ainsi un coeur apeuré par de
sottes pensées
ne saurait tenir devant une
crainte quelconque.

Fidélité aux amis

19 Qui frappe un oeil en fait jaillir les larmes,
et qui frappe le coeur en révèle
les sentiments[3].

20 Celui qui lance une pierre
contre des oiseaux les fait fuir,
celui qui fait des reproches à
son ami détruira l'amitié.

21 Si tu as sorti l'épée contre un
ami,
ne désespère pas : il y a possibilité de retour.

22 Si tu as ouvert la bouche
contre un ami,
ne crains rien : une réconciliation est possible.
Mais outrage et arrogance, un
secret trahi, un coup déloyal,
voilà qui fera fuir n'importe
quel ami.

23 Gagne la confiance de ton
prochain   tandis qu'il   est
pauvre,

---

1. *et ne chemine pas avec l'homme inintelligent :*
ancienne version syriaque *et ne chemine pas avec
un porc,* qui s'accorde parfaitement avec la suite
du verset — Après *inintelligent* quelques manuscrits grecs ajoutent : *car sans s'en rendre compte il
te couvrira de mépris.*

1. *un stuc qui orne :* d'après l'ancienne version
syriaque; grec *un ornement de sable.* La solidité du
stuc dépend de celle du *mur* qui le supporte.
2. *Des galets déposés :* autre texte *Une palissade.*
3. *révèle les sentiments :* ancienne version syriaque *fait partir l'amitié* (voir v. 20).

pour que tu sois comblé avec
lui dans sa prospérité.
Au temps de l'épreuve, reste-lui
fidèle,
pour avoir ta part quand il
héritera[1].
24 Comme la vapeur de la fournaise et la fumée précèdent le
feu,
ainsi, avant le sang, arrivent les
insultes.
25 Je n'aurai pas honte de protéger un ami
et je ne me déroberai pas devant lui;
26 et s'il m'arrive du mal à cause
de lui,
tous ceux qui l'entendront se
garderont de lui[2].

Prière pour éviter de pécher

27 Qui placera une garde sur ma
bouche
et, sur mes lèvres, le sceau de la
discrétion,
pour les empêcher de causer
ma chute
et ma langue de me perdre[3] ?

23 1 Seigneur, Père et Maître
de ma vie,
ne m'abandonne pas à leur
penchant
et ne permets pas qu'elles me
fassent tomber.
2 Qui imposera les verges à mes
pensées
et, à mon *coeur, la discipline
de la sagesse,

sans les épargner dans mes
égarements
ni laisser passer leurs fautes ?
3 De peur que ne se multiplient
mes erreurs
et que mes péchés ne s'accumulent;
pour que je ne tombe pas devant mes adversaires
et que mon ennemi ne s'en félicite.
4 Ô Seigneur, Père et Dieu de
ma vie,
ne me donne point l'arrogance
des yeux
5 et détourne de moi la convoitise.
6 Que l'appétit sexuel et la
luxure n'aient pas de prise sur
moi,
ne me livre pas au désir impudique !

Les serments

7 Ecoutez, mes enfants, comment discipliner la bouche !
Celui qui observe cet enseignement ne sera jamais pris[1].
8 Le pécheur se laisse prendre
par ses propres lèvres[2],
le railleur et l'orgueilleux y
trouvent une occasion de
chute.
9 Que ta bouche ne s'accoutume
pas au serment
et ne te fais pas une habitude
de nommer le *Saint !
10 De même, en effet, qu'un domestique sans cesse surveillé de
près[3]
ne manquera pas de traces de
coups,

---

1. Quelques manuscrits grecs ajoutent : *Car on ne doit pas toujours mépriser l'apparence minable, pas plus qu'admirer un riche dépourvu de sens.*
2. Ancienne version syriaque : *Si ton ami t'a dévoilé un secret, ne le publie pas, de peur que celui qui t'entendra se méfie de toi et ne te considère comme malfaisant.*
3. L'interrogation de ce verset équivaut à un souhait.

1. *ne sera jamais pris* ou *ne sera jamais trouvé coupable.*
2. *lèvres* ou *paroles.*
3. *surveillé de près.:* autre traduction *mis à la question.*

ainsi celui qui jure et prononce le *Nom en toute circonstance ne sera jamais exempt de péché.

11 Un homme qui jure beaucoup accumule les manquements
et le fouet ne s'éloignera pas de sa maison.
S'il jure par mégarde, son péché retombera sur lui
et s'il le fait par légèreté, il pèche doublement.
S'il a juré en vain, il ne sera point justifié,
mais sa maison sera accablée de revers[1].

Les paroles déplacées

12 Il y a une manière de parler comparable à la mort :
puisse-t-elle ne jamais se rencontrer dans l'héritage de Jacob[2] !
Car les hommes pieux se tiennent à l'écart de pareilles choses
et ils ne se vautrent point dans les péchés.
13 N'habitue pas ta bouche aux grossièretés malséantes,
car elles font pécher en paroles.
14 Souviens-toi de ton père et de ta mère
quand tu sièges au milieu des grands,
de peur que tu ne t'oublies en leur présence
et que ton habitude ne te pousse à des insanités.

Tu voudrais alors n'être jamais né
et maudirais le jour de ta naissance.
15 Un homme accoutumé aux discours inconvenants
est incorrigible pour le restant de ses jours.

Les passions

16 Deux sortes de gens accumulent les péchés[1]
et la troisième s'attire la colère :
une passion ardente qui flambe comme du feu
— elle ne s'éteindra pas qu'elle ne soit consumée —,
l'homme qui livre à l'impureté la chair de son corps,
qui n'a de cesse que le feu ne le brûle
17 à l'homme impudique toute pâture est bonne,
il ne s'en lassera pas avant qu'il ne soit mort —,
18 l'homme infidèle à sa propre couche
et qui se dit en lui-même :
« Qui pourrait me voir ?
Il fait sombre autour de moi, les murs me cachent,
personne ne peut me voir.
Pourquoi me préoccuper ?
Le Très-Haut ne prendra point note de mes péchés. »
19 Les yeux des hommes, voilà ce qu'il redoute
et il ignore que les yeux du Seigneur
sont infiniment plus lumineux que le soleil,

---

1. Les trois cas de serment envisagés sont : le serment fait par erreur, de bonne foi; le serment prononcé pour s'assurer qu'il est légitime; le faux serment volontaire.
2. *l'héritage de Jacob* : le peuple d'Israël ou bien la Palestine.

1. *Deux sortes de gens accumulent les péchés* : ancienne version syriaque : *je déteste deux sortes de gens.*

qu'ils observent toutes les démarches des hommes
et pénètrent les plus secrets re-
coins.

20 Avant d'être créées, toutes
choses lui étaient connues,
et il en va de même après leur
achèvement.

21 Cet homme recevra son châtiment sur les places de la ville,
et il se fera prendre où il s'y
attendait le moins.

La femme adultère

22 Il en va de même pour la
femme qui, délaissant son
mari,
lui suscite un héritier de quelqu'un d'autre :

23 d'abord elle a désobéi à la Loi
du Très-Haut ;
ensuite elle a commis une faute
contre son mari ;
en troisième lieu, elle s'est
prostituée dans l'adultère

et a suscité des enfants d'un
autre homme.

24 Elle-même sera traînée devant
l'assemblée
et l'on fera une enquête au sujet de[1] ses enfants.

25 Ses enfants ne pourront
prendre racine
et ses rameaux ne porteront
pas de fruits.

26 Une malédiction s'attachera à
sa mémoire
et son infamie jamais ne sera
effacée.

27 Ceux qui restent sauront ainsi
que rien ne vaut la crainte du
Seigneur
et que rien n'est plus doux que
d'observer ses comman-
dements[2].

1. *l'on fera une enquête au sujet de* : autre traduction *les conséquences retomberont sur*.
2. *Ceux qui restent sauront ainsi* : ancienne version syriaque *et tous les habitants du pays reconnaîtront — commandements* : quelques manuscrits
grecs ajoutent *C'est une grande gloire de suivre le
Seigneur, c'est une longue vie pour toi d'être accueilli par lui*.

SECTION C

Eloge de la Sagesse[1]

24 [1] La sagesse proclame son
propre éloge,
au milieu de son peuple elle se
glorifie.

2 Dans l'assemblée du Très-
Haut[2] elle ouvre la bouche
et devant sa Puissance elle se
glorifie.

3 « Je suis sortie de la bouche du
Très-Haut

et comme une vapeur j'ai recouvert la terre.

4 J'habitais dans les hauteurs du
ciel
et mon trône reposait sur la
colonne de nuée[1].

5 Le cercle du ciel, je l'ai parcouru, moi seule,
et j'ai marché dans la profondeur des *abîmes.

1. Ce chapitre est le chapitre capital du livre.
Son titre est donné par les manuscrits.
2. *l'assemblée du Très-Haut* : Israël.

1. *colonne de nuée* : voir Ex 13.21 et la note.

6 Sur les vagues de la mer et sur
la terre entière,
sur tous les peuples et toutes
les nations s'étendait mon pouvoir.

7 Parmi eux tous j'ai cherché où
reposer :
en quel territoire pouvais-je
m'installer ?

8 Alors le créateur de toutes
choses m'a donné un ordre,
celui qui m'a créée a fixé ma
demeure.
Il m'a dit : En Jacob établis ta
demeure,
en Israël reçois ton héritage.

9 Avant que le temps ne commence, il m'a créée,
et pour les siècles je ne cesserai
pas d'exister.

10 Dans la *Demeure sainte j'ai
officié en sa présence,
et c'est ainsi qu'en *Sion je me
suis fixée.

11 Dans la ville bien-aimée il m'a
aussi fait reposer
et, dans Jérusalem, j'exerce
mon empire.

12 Je me suis enracinée dans un
peuple illustre,
dans la portion du Seigneur se
trouve mon héritage[1].

13 J'ai grandi comme un cèdre du
Liban
et comme un cyprès sur les
hauteurs de l'Hermon[2].

14 J'ai grandi comme un palmier
d'Ein-Guèdi,

comme des plants de lau-
rier-rose à Jéricho[1],
comme un bel olivier dans la
plaine,
et comme un platane j'ai
grandi.

15 Comme la cannelle et le
baume aromatique,
comme la myrrhe de choix j'ai
exhalé mon parfum,
comme du galbanum, de l'onyx
et du stacte[2],
comme une nuée d'*encens
dans la Demeure.

16 Comme un térébinthe j'ai déployé mes rameaux,
et mes rameaux sont pleins de
grâce et de majesté.

17 Comme une vigne j'ai produit
des pousses gracieuses,
et mes fleurs ont donné des
fruits de gloire et de richesse[3].

19 Venez à moi, vous qui me dési-
rez,
et rassasiez-vous de mes fruits.

20 Car mon souvenir l'emporte en
douceur sur le miel
et ma possession sur le rayon
de miel.

21 Ceux qui me mangent auront
encore faim
et ceux qui me boivent auront
encore soif.

22 Celui qui m'écoute ne connaîtra pas la honte
et ceux qui travaillent avec
moi ne pécheront point. »

La Sagesse et la Loi

23 Tout cela, c'est le livre de l'*al-

---

1. *mon héritage* : traduction conjecturale; grec
son héritage
2. *Liban, Hermon* : montagnes de Phénicie, au
nord de la Palestine.

1. *Ein-Guèdi* : oasis sur la rive ouest de la mer
Morte — *Jéricho* : voir la note sur Jos 2.1.
2. plantes aromatiques : cf. Ex 30.23, 34 (grec).
3. Quelques manuscrits grecs ajoutent : v. 18
*Moi, je suis la mère du bel amour, de la crainte,
de la science et de la sainte espérance. Moi, qui
demeure toujours, je suis donnée à tous mes enfants, ceux qui sont choisis par Lui.*

liance du Dieu Très-Haut,
la Loi que Moïse nous a prescrite
pour être l'héritage des assemblées de Jacob[1].

25 C'est elle qui fait déborder la
sagesse comme le Pishôn
et comme le Tigre[2] à la saison
des nouveaux fruits,

26 qui inonde d'intelligence
comme l'Euphrate
et comme le Jourdain aux
jours de la moisson,

27 qui répand à flots l'instruction
comme le Nil[3]
et comme le Guihôn aux jours
de la vendange.

28 Le premier n'a jamais fini de
la connaître,
tout comme le dernier[4] n'en
touchera jamais le fond.

29 Car sa pensée est plus vaste
que l'océan,
et ses desseins plus profonds
que le grand *abîme.

30 Et moi, j'étais comme un canal
qui dérive d'un fleuve,
comme un aqueduc entrant
dans un jardin.

31 Je me suis dit : « Je vais arroser
mon jardin,
je vais inonder mon parterre. »
Et voici que mon canal est devenu un fleuve
et que mon fleuve est devenu
une mer.

32 Je vais encore faire briller
l'instruction comme l'aurore,
et au loin diffuser sa lumière.

33 Je vais encore répandre l'enseignement comme une prophétie
et le léguer aux générations futures.

34 Voyez, ce n'est pas pour moi
seul que j'ai peiné,
mais pour tous ceux qui cherchent la sagesse.

Le bon et le mauvais mari

25 1 Il est trois choses que
mon âme désire passionné-
ment
et qui sont belles[1] aux yeux du
Seigneur et des hommes ;
la concorde entre frères, l'amitié entre voisins,
une femme et un homme en
parfait accord.

2 Il y a trois sortes de gens que
mon âme déteste,
dont le comportement m'irrite
infiniment :
le pauvre arrogant, le riche
menteur,
le vieillard adultère dénué d'intelligence.

3 Si tu n'as rien amassé pendant
ta jeunesse,
comment dans ta vieillesse
pourrais-tu trouver quelque
chose ?

4 Comme le jugement convient
aux cheveux blancs,
et aux anciens de savoir donner un conseil !

5 Comme la sagesse convient
aux vieillards
et aux gens honorés la réflexion et le conseil !

---

1. Quelques manuscrits grecs ajoutent : v. 24 *Ne cessez pas de vous fortifier, attachez-vous à lui afin qu'il vous affermisse. Le Seigneur tout-puissant est le Dieu unique et, en dehors de lui, il n'y a pas de sauveur.*

2. *Pishôn, Tigre* (v. 25), *Euphrate* (v. 26), *Guihôn* (v. 27) : voir Gn 2.11-14 et les notes.

3. *comme le Nil* : d'après l'ancienne version syriaque ; grec *comme la lumière.*

4. *Le premier ... le dernier* : c'est-à-dire tout le monde.

1. *que mon âme désire passionnément et qui sont belles* : d'après les anciennes versions syriaque et latine ; grec *dont je me pare, et je me présente belle.*

6 La couronne des vieillards est
 une grande expérience
 et leur fierté la crainte du Seigneur.
7 Il y a neuf choses qu'en
 moi-même j'estime heureuses,
 et ma langue peut en nommer
 une dixième :
 un homme qui peut trouver sa
 joie dans ses enfants,
 celui qui peut voir de son vivant la chute de ses ennemis.
8 Heureux celui qui vit avec une
 femme intelligente[1],
 celui que sa langue n'a jamais
 fait tomber
 et celui qui n'a pas servi un
 maître indigne de lui.
9 Heureux celui qui a trouvé la
 prudence[2]
 et celui qui peut tenir un discours à des oreilles attentives.
10 Qu'il est grand celui qui a
 trouvé la sagesse !
 Mais nul ne surpasse celui qui
 craint[3]
 le Seigneur.
11 La crainte du Seigneur surpasse toute chose :
 celui qui la possède, à qui
 peut-on le comparer[4] ?

La femme mauvaise

13 N'importe quelle blessure, sauf
 une blessure du coeur,

n'importe quelle méchanceté,
 sauf la méchanceté d'une
 femme !
14 N'importe quelle affliction,
 sauf l'affliction causée par la
 haine,
 n'importe quelle vengeance,
 sauf la vengeance des ennemis !
15 Il n'est pire venin que venin de
 serpent,
 ni colère pire qu'une colère de
 femme[1].
16 J'aimerais mieux habiter avec
 un lion ou un dragon
 que d'habiter avec une femme
 mauvaise.
17 La méchanceté d'une femme
 transforme son aspect,
 et son visage assombri lui
 donne l'air d'un ours[2].
18 Son mari prend place[3] au milieu de ses voisins
 et, malgré lui, gémit amèrement.
19 Toute malice est peu de chose
 près de la malice d'une femme;
 que le sort du pécheur lui
 échoie[4] !
20 Une montée de sable sous les
 pieds d'un vieil homme,
 telle est la femme bavarde
 pour un homme tranquille.
21 Ne te laisse pas entraîner par
 la beauté d'une femme
 et garde-toi de convoiter une

---

1. L'hébreu et le syriaque ajoutent ici *celui qui
ne laboure pas avec un boeuf et un âne* (voir Lv
19.19), image d'un couple mal assorti, qui complète
le nombre des dix béatitudes annoncées (v. 7).
2. *la prudence* : autres textes : ancienne version
syriaque *un ami*, ancienne version latine *un ami
véritable*.
3. *craint* ou *respecte*.
4. quelques manuscrits grecs ajoutent : v. 12 *La
crainte du Seigneur est le commencement de son
amour, mais c'est par la foi qu'on commence à
s'attacher à lui.*

1. *venin* : d'après l'ancienne version syriaque;
grec *tête*; les deux mots s'écrivent de la même
manière en hébreu — *une colère de femme* : autre
texte *la colère d'un ennemi*.
2. Hébreu *La méchanceté d'une femme assombrit l'aspect de son mari et lui rend la figure aussi
noire qu'un ours.*
3. *prend place* : on peut sous-entendre *à table*; le
texte signifie alors que le mari va manger ailleurs.
4. *que le sort du pécheur lui échoie* : autre traduction *que le sort fasse qu'elle appartienne à un
pécheur* (qui la maltraitera, ou bien en punition
des péchés qu'il a commis).

femme[1].

22 Qu'il s'attende à des éclats, des insolences et une grande honte, le mari que sa femme entretient.

23 Coeur abattu, visage renfrogné et plaie du coeur, voilà l'oeuvre d'une femme méchante.
Mains inertes et genoux paralysés,
voilà l'oeuvre de celle qui ne rend pas heureux son mari.

24 La femme est à l'origine du péché
et c'est à cause d'elle que tous nous mourons.

25 Ne laisse pas l'eau s'échapper, ne laisse pas non plus à une femme méchante la liberté de parole.

26 Si elle ne marche pas au doigt et à l'oeil[2],
sépare-toi d'elle et renvoie-la.

Bonheur de l'homme bien marié

26 [1] Femme bonne fait un mari heureux
et double le nombre de ses jours.

2 Femme vaillante fait la joie de son mari
qui passera dans la paix toutes ses années.

3 Femme bonne signifie un bon lot;
c'est la part accordée à ceux qui craignent[3] le Seigneur.

4 Pauvres ou riches, ils ont le coeur content
et, en toute occasion, le visage joyeux.

La femme mauvaise

5 Il y a trois choses que mon coeur appréhende
et, la quatrième, je crains de l'affronter :
racontars de la ville, attroupement de foule
et calomnie, toutes choses plus affreuses que la mort;

6 mais c'est un crève-coeur et une affliction qu'une femme jalouse d'une rivale,
et le fléau de la langue participe de tout cela[1].

7 Une femme méchante, c'est un *joug[2] de boeufs qui balotte; vouloir la prendre en main, c'est comme se saisir d'un scorpion.

8 Une femme qui s'enivre est un sujet de grande indignation, elle ne pourra tenir cachée son ignominie[3],

9 l'inconduite d'une femme se lit dans ses regards effrontés
et on la reconnaît à ses paupières[4].

10 Autour d'une fille[5] sans retenue, monte une garde renforcée;
qu'elle découvre une occasion, elle en tire profit.

---

1. *Ne te laisse pas entraîner :* autre traduction *Ne t'expose pas à tomber — convoiter une femme :* hébreu *ne tombe pas* (à cause de la beauté d'une femme) *et ne convoite pas ce qui lui appartient.*
2. *marche au doigt et à l'oeil* ou *se soumet à ton autorité.*
3. *craignent* ou *respectent.*

1. *le fléau de la langue participe de tout cela :* traduction incertaine d'un texte peu clair.
2. *Le joug qui ballotte* blesse le cou de l'animal.
3. *son ignominie,* c'est-à-dire soit *son déshonneur,* soit plutôt *sa nudité* (voir Ez 16.8).
4. Soit *ses paupières fardées* (voir Jr 4.30; Ez 23.40), soit ses *clins d'oeil* (voir Pr 6.25).
5. *fille* ou *femme.*

11 Sur son regard impudent,
exerce une surveillance[1],
et ne t'étonne point si elle
faute à tes dépens.
12 Comme le voyageur assoiffé
ouvre la bouche
et boit la première eau qu'il
trouve,
elle s'offre à toutes les étreintes
et à toutes les flèches ouvre
son carquois.

Louange de l'épouse parfaite

13 Le charme d'une femme fait la
joie du mari
et de son savoir-faire assure
son bien-être.
14 Une femme qui parle peu est
un don du Seigneur,
et rien ne vaut une personne
bien éduquée.
15 C'est la grâce des grâces
qu'une femme pudique
et rien qu'on puisse estimer davantage qu'une personne
chaste.
16 Semblable au soleil qui s'élève
dans les hauteurs du ciel
est la beauté d'une femme parfaite dans sa maison bien tenue.
17 Comme une lampe qui brille
sur le chandelier sacré[2],
tel apparaît un beau visage sur
un corps bien planté.
18 Des colonnes d'or sur une base
d'argent,

ainsi de belles jambes sur des
talons solides[1].

Maximes diverses

28 Il y a deux choses qui affligent
mon coeur
et une troisième qui me met en
colère :
un soldat[2] dans le besoin à
cause de sa pauvreté,
des hommes intelligents qu'on
rejette avec mépris,
celui qui délaisse la justice
pour le péché :
le Seigneur le destine à périr
par l'épée.
29 Difficilement le marchand évi-
tera les fautes,
et le commerçant ne restera
pas exempt de péché.

27

1 Beaucoup ont péché par
amour du gain,
et celui qui cherche à s'enrichir

---

1. Quelques manuscrits grecs et l'ancienne version syriaque ajoutent les v. 19-27 — 19 *Mon fils,
garde ta santé dans la fleur de ton âge et ne livre
pas ta force à des étrangers. 20 Après avoir cherché dans toute la plaine un lot de bonne terre,
sème ta propre semence et fais confiance à ta
noble origine. 21 Ainsi les rejetons que tu laisseras
après toi pourront être fiers d'afficher leur noblesse. 22 Une femme qu'on paie sera estimée
comme un crachat, une femme mariée comme une
tour qui tue celui qui la fréquente. 23 Une femme
impie sera donnée en partage au pécheur, une
femme pieuse à celui qui craint le Seigneur. 24
Une femme éhontée passe sa vie dans le déshonneur, mais une femme pudique est réservée, même
avec son mari. 25 Une femme effrontée sera estimée comme un chien, mais celle qui a de la pudeur
craindra le Seigneur. 26 Femme qui honore son
mari paraîtra sage aux yeux de tous, mais celle qui
le déshonore sera reconnue de tous comme orgueilleuse et impie. Heureux le mari d'une femme
bonne : le nombre de ses jours sera doublé. 27 La
femme criarde et bavarde est comme une trompette qui fait fuir l'ennemi. L'âme de son mari
passera sa vie dans les fracas de la guerre.*
2. *Soldat* ou, d'après l'ancienne version syriaque,
homme riche qui convient mieux. Les deux traductions correspondent à la même expression hébraïque « homme fort ».

---

1. Autre traduction *Garde-toi de suivre un regard impudent.*
2. *chandelier sacré :* allusion au chandelier d'or
du Temple de Jérusalem.

détourne son regard[1].

2 Comme un piquet s'enfonce
dans la jointure des pierres,
entre vente et achat s'intercale[2]
le péché.

3 Si quelqu'un ne s'attache pas
fermement à la crainte[3] du Seigneur,
bien vite sa maison tombera en
ruine.

4 Quand on secoue le crible, les
déchets demeurent,
de même les tares d'un homme
quand il discute.

5 Comme le four éprouve les
vases du potier,
ainsi l'épreuve de l'homme est
dans son raisonnement.

6 Le fruit de l'arbre révèle comment on l'a cultivé,
de même la discussion les pensées du *cœur de l'homme.

7 Ne loue personne avant de l'a-
voir entendu parler,
c'est là en effet que s'éprouvent les hommes.

La justice

8 Si tu poursuis la justice, tu l'atteindras
et tu t'en revêtiras comme d'un
manteau glorieux.

9 Les oiseaux de même espèce
vont nicher ensemble,
ainsi la vérité revient vers ceux
qui la pratiquent.

10 Le lion est à l'affût de sa proie,
ainsi le péché guette ceux qui
pratiquent l'injustice.

11 Le discours de l'homme pieux
est toujours sage,

tandis que l'insensé change
comme la lune.

12 Au milieu de gens ininintelli-
gents, mesure ton temps,
par contre attarde-toi dans la
compagnie des gens réfléchis.

13 Les discours des sots provoquent l'agacement
et leur rire est une débauche
coupable.

14 Le langage de celui qui jure
sans cesse fait dresser les cheveux,
ses querelles obligent à se bou-
cher les oreilles.

15 Querelle d'orgueilleux amène
l'effusion du sang
et leurs invectives sont pénibles
à entendre.

Les secrets

16 Qui dévoile des secrets ruine la
confiance
et ne pourra plus trouver d'ami
selon son cœur.

17 Aime ton ami et reste-lui fidèle;
mais si tu as dévoilé ses secrets
ne cours plus après lui.

18 Aussi bien, comme l'homme
qui a perdu l'un des siens qui
est mort[1],
ainsi as-tu perdu l'amitié de
ton prochain.

19 Comme un oiseau que tu lais-
serais échapper de ta main,
ainsi as-tu laissé partir ton
prochain, tu ne le rattraperas
plus.

20 Ne le poursuis pas, car il est
déjà trop loin;
comme une gazelle, il s'est
échappé du piège.

---

1. *détourne son regard* : sous-entendu *de ce qui
est honnête et juste.*
2. Traduction conjecturale d'après l'ancienne
version latine.
3. *à la crainte* ou au respect.

1. *a perdu l'un des siens qui est mort* : autre
traduction *a perdu celui qu'il a tué.* Autre texte
grec *a provoqué la perte de son ennemi.*

21 On peut bander une blessure,
   après des injures se réconcilier;
   mais aucun espoir pour qui a
   dévoilé des secrets.

L'hypocrisie

22 Celui qui cligne de l'oeil combine de mauvais coups;
   mais qui le connaît s'en tient à
   l'écart[1].

23 Sous tes yeux sa bouche est
   tout miel
   et il s'extasiera devant tes paroles;
   mais par derrière il change de
   langage
   et fait de tes paroles un objet
   de scandale[2].

24 Il y a beaucoup de choses que
   je déteste et lui par-dessus
   tout.
   Le Seigneur aussi l'aura en
   aversion[3].

25 Qui lance une pierre en l'air la
   lance sur sa tête;
   et un coup perfide entraîne des
   blessures en retour.

26 Qui creuse une fosse y tombera,
   qui tend un piège y sera attrapé.

27 Le mal qu'un homme fait se
   retourne contre lui,
   sans même qu'il sache d'où
   cela lui arrive.

28 Le sarcasme et l'insulte sont le
   fait de l'orgueilleux,
   mais la vengeance l'attend
   comme un lion aux aguets.

29 Ils seront pris au piège ceux
   qui se réjouissent de la chute
   des hommes pieux,
   la souffrance les consumera
   avant qu'ils ne meurent.

Rancune et pardon

30 Rancune et colère sont aussi
   des choses détestables,
   où l'homme pécheur est passé
   maître.

28 1 Celui qui se venge éprou-
       vera la vengeance du Sei-
   gneur
   qui de ses péchés tiendra un
   compte rigoureux.

2 Pardonne à ton prochain l'injustice commise;
   alors, quand tu prieras, tes péchés seront remis.

3 Si un homme nourrit de la colère contre un autre homme,
   comment peut-il demander au
   Seigneur la guérison[1] ?

4 Il n'a nulle pitié pour un
   homme, son semblable;
   comment peut-il prier pour ses
   propres péchés ?

5 Si lui qui n'est que chair[2] entretient sa rancune,
   qui lui obtiendra le pardon de
   ses propres péchés ?

6 Songe à la fin qui t'attend, et
   cesse de haïr,
   à la corruption et à la mort, et
   observe les commandements.

7 Souviens-toi des commandements, et ne garde pas rancune
   à ton prochain,
   de l'*alliance du Très-Haut, et
   passe par-dessus l'offense.

---

1. *qui le connaît s'en tient à l'écart;* autre texte
personne ne pourra l'en détourner.
2. *fait de tes paroles un objet de scandale :*
autres traductions *il se sert de tes paroles pour te
tendre un piège,* ou *sur tes paroles il jette le
discrédit.*
3. L'ancienne version syriaque ajoute *et le
maudira.*

---

1. Il s'agit de la *guérison* spirituelle par le pardon des péchés (voir v. 5).
2. *il n'est que chair :* voir Gn 6.3 et la note.

Les querelles

8 Reste à l'écart des querelles, tu
commettras moins de péchés;
car un homme emporté
échauffe la querelle.
9 Le pêcheur sème le trouble
entre amis,
et jette la discorde où l'entente
régnait.
10 Un feu continue à brûler selon
qu'on l'alimente,
et une querelle s'envenime
quand on s'y entête.
Un homme s'emporte, en pro-
portion de sa force,
et sa colère montera en raison
de sa fortune.
11 Un litige inopiné allume le feu
et une querelle soudaine fait
couler le sang.
12 Souffle sur une étincelle, elle
s'enflamme,
mais crache dessus, elle s'é-
teint;
l'un et l'autre résultat provient
de ta bouche.

Les mauvaises langues

13 Maudit soit le chuchoteur et le
fourbe!
Il a perdu bien des gens vivant
en bonne entente.
14 Les racontars d'un tiers en ont
ébranlé beaucoup,
les ont chassé de nation en nation;
ils ont démoli des villes fortes
et abattu les maisons des
grands.
15 Les racontars d'un tiers ont
fait répudier des femmes cou-
rageuses,
les privant du fruit de leur labeur.

16 Celui qui y prête attention ne
trouvera plus de repos,
il ne pourra plus demeurer
dans la tranquillité.
17 Un coup de fouet laisse une
meurtrissure,
mais un coup de langue brise
les os.
18 Beaucoup sont tombés sous le
tranchant de l'épée,
mais moins que ceux qui sont
tombés à cause de la langue.
19 Heureux celui qui est à l'abri
de ses atteintes,
celui qui n'a pas été exposé à
sa fureur,
celui qui n'a pas traîné son
*joug
et qui n'a pas été attaché par
ses liens.
20 Car son joug est un joug de fer
et ses chaînes des chaînes d'airain.
21 La mort qu'elle inflige est une
mort affreuse
et le royaume des ombres[1] lui
est préférable.
22 Elle n'aura pas d'emprise sur
les hommes pieux
et ils ne seront pas brûlés dans
ses flammes.
23 Ceux qui abandonnent le Seigneur tomberont sous ses
coups;
parmi eux[2] elle s'allumera sans
plus jamais s'éteindre.
Contre eux elle sera lancée
comme un lion
et, comme une panthère, elle
les déchirera.
24a Vois, tu entoures ton
domaine d'une haie d'épines:

1. *le royaume des ombres* ou *le* **séjour des
morts.*
2. *parmi eux* : autre traduction *en eux.*

25b fais aussi à ta bouche une
porte et un verrou[1].
24b Tu serres soigneusement ton
argent et ton or :
25a fais aussi une balance et des
poids pour tes paroles.
26 Prends garde que ta langue ne
te fasse trébucher,
si tu ne veux pas tomber aux
mains de celui qui te guette.

Le prêt

29 [1] Qui prête[2] à son prochain
fait oeuvre de miséricorde,
et qui lui vient en aide observe
les commandements.
2 Prête à ton prochain quand il
se trouve dans le besoin,
et restitue aussi à ton prochain
en temps voulu.
3 Maintiens ta parole et sois
loyal avec lui,
et, à tout moment, tu trouveras
ce dont tu as besoin.
4 Beaucoup considèrent un prêt
comme une bonne fortune[3]
et mettent en difficulté ceux
qui les ont secourus.
5 Avant d'avoir reçu, on baise la
main des gens,
on parle d'un ton modeste des
richesses du prochain.
Mais, au moment de rendre, on
traîne en longueur,
on s'acquitte en formules de
regret
et on accuse les circonstances[4].

6 Si l'on arrive à payer, à peine
le prêteur touchera-t-il la moitié,
et il l'estimera comme une
chance[1].
Sinon, on l'a dépouillé de son
avoir
et il s'est acquis un ennemi
pour rien,
lequel le remboursera en malédictions et en injures
et le paiera de mépris au lieu
de considération.
7 Beaucoup, sans méchanceté, se
refusent[2] à prêter,
par crainte de se voir dépouiller pour rien.

L'aumône

8 Cependant, avec le pauvre, use
de patience
et ne le laisse pas languir après
ton aumône.
9 À cause du commandement,
viens en aide à l'indigent
et, dans le besoin où il est, ne
le renvoie pas les mains vides.
10 Sois prêt à perdre de l'argent
pour un frère ou un ami,
plutôt que de le perdre en le
laissant rouiller sous une
pierre.
11 Dispose de ton trésor selon les
préceptes du Très-Haut[3] :
ainsi te sera-t-il plus profitable
que l'or.
12 Enferme tes aumônes dans tes
greniers;
ce sont elles qui te délivreront
de tout malheur.

---

1. Beaucoup de traducteurs déplacent comme
nous cette ligne.
2. Il s'agit ici de l'obligation de *prêter* imposée
par la Loi (Ex 22.24; Lv 25.35-36; Dt 15.7-11).
3. *comme une bonne fortune* ou *comme un objet trouvé,* qu'on n'est pas obligé de rendre.
4. *on parle d'un ton modeste :* ancienne version
syriaque *on élève la voix,* soit pour réclamer le
prêt, soit pour promettre de rendre — *on accuse
les circonstances :* autre traduction *on se plaint
d'un délai trop court;* ancienne version syriaque *on
restitue après un long délai.*

1. *comme une chance* ou *comme un objet
trouvé.*
2. *Beaucoup, sans méchanceté, se refusent :*
autre texte *A cause d'une telle malice, beaucoup se
refusent.*
3. *Dispose ... Très-Haut :* ancienne version syriaque *Mets de côté pour toi un trésor de bienveillance et d'amour* (voir Lc 12.33; 16.9).

13 Mieux qu'un bouclier solide,
mieux qu'une lance pesante,
en face de l'ennemi, elles combattront pour toi.

Le cautionnement

14 L'homme de bien se porte caution[1] pour son prochain,
mais celui qui a perdu toute
vergogne l'abandonne.
15 N'oublie pas les bienfaits de
ton garant :
aussi bien il s'est exposé en
personne pour toi.
16 Le pécheur dilapide les biens
de son garant
17 et l'ingrat de nature[2] abandonne celui qui l'a sauvé.
18 Une caution a perdu bien des
gens prospères[3]
et les a désemparés comme les
vagues de la mer.
Elle a contraint des gens puissants à s'expatrier
et les a fait errer parmi des
nations étrangères.
19 Quand un pécheur se précipite
pour cautionner,
s'il escompte un profit, il va
au-devant de poursuites[4].
20 Viens en aide[5] au prochain
dans la mesure de tes moyens,
mais prends garde à ne pas te
laisser prendre.

Ne pas dépendre des autres

21 Les premiers besoins de la vie
sont l'eau, le pain, le vêtement,
et une maison pour protéger
son intimité.
22 Mieux vaut une existence de
pauvre à l'abri de son propre
toit,
qu'une brillante chère dans la
maison d'autrui.
23 Que tu aies peu ou beaucoup,
sois satisfait,
et tu n'entendras pas le reproche d'être un étranger[1].
24 C'est une vie misérable que
d'aller de maison en maison,
et de ne pouvoir ouvrir la
bouche parce que tu es étranger.
25 Tu donnes à manger et à boire
sans qu'on t'en sache gré[2],
et là-dessus il te faut encore
entendre des paroles amères :
26 « Viens ici, étranger, prépare la
table,
si tu as quelque chose,
donne-moi à manger. »
27 — « Va-t'en, étranger, fais
place à plus digne !
Mon frère vient séjourner chez
moi, j'ai besoin de la maison. »
28 Ce sont choses pénibles pour
un homme lucide
que le grief d'être étranger et
les outrages d'un créancier.

L'éducation

30 1 Celui qui aime son fils lui
donne souvent le fouet,
afin de pouvoir finalement[3]
trouver sa joie en lui.
2 Celui qui élève bien son fils en
tirera satisfaction,

---

1. *caution* : voir la note sur Pr 6.1.
2. *l'ingrat de nature* ou *le cœur ingrat*.
3. *des gens prospères* : autre traduction *des gens honnêtes*.
4. *poursuites* : sous-entendu *judiciaires*.
5. *viens en aide* : ancienne version syriaque *donne en gage*.

1. *invitation à rester chez soi, dans sa condition plus ou moins prospère*.
2. *sans qu'on t'en sache gré* : autre traduction *et tu en as des désagréments*; ancienne version syriaque *tu es étranger et tu dois boire l'outrage* (voir Pr 26.6).
3. *finalement* ou *dans les derniers temps de sa vie*.

parmi ses connaissances, il sera
fier de lui.

3 Celui qui instruit son fils rendra jaloux son ennemi,
et, devant ses amis, il sera radieux à son sujet.

4 Si le père succombe, c'est
comme s'il n'était pas mort,
car il laisse après lui quelqu'un
qui lui ressemble.

5 Durant sa vie il s'est réjoui à le
voir
et, au moment de mourir, il n'a
pas eu de regrets.

6 Il laisse quelqu'un qui le vengera de ses ennemis,
et rendra aux amis la reconnaissance qu'il leur doit.

7 Celui qui gâte son fils devra
panser ses blessures[1], et, au
moindre cri, ses entrailles seront bouleversées.

8 Un cheval indompté devient
intraitable,
et un fils laissé à lui-même devient impossible.

9 Cajole un enfant, et il te causera des surprises[2],
joue avec lui, et il te contris-
tera.

10 Ne ris pas avec lui pour n'avoir
pas à souffrir avec lui;
tu finiras par t'en mordre les
doigts.

11 Ne lui laisse pas de liberté
pendant sa jeunesse[3].

12 Meurtris ses reins tant qu'il est
enfant;
sinon, devenu rétif, il ne t'o-
béira plus[4].

13 Eduque ton fils et travaille à le
former
pour n'avoir pas à subir l'affront d'une conduite honteuse[1].

La santé

14 Mieux vaut un pauvre en
bonne santé et de robuste
constitution
qu'un riche dont le coeur est
atteint.

15 Une robuste santé vaut mieux
que tout l'or du monde,
un esprit vigoureux mieux
qu'une immense fortune[2].

16 Nulle richesse n'est comparable à la santé du corps
et nul bonheur qui vaille la joie
du coeur.

17 Mieux vaut la mort qu'une vie
de misère
et le repos éternel qu'une maladie tenace.

18 De bonnes choses déversées
devant une bouche close
sont comme des offrandes de
nourriture posées sur une
tombe[3].

19 Que sert à l'idole l'oblation
qu'on lui fait,
puisqu'elle ne peut ni manger
ni sentir ?
Ainsi en va-t-il de celui que le
Seigneur tourmente[4] :

20 il regarde de ses yeux et soupire,

---

1. Le texte ne précise pas si les *blessures* sont
celles du père ou de son fils.
2. *surprises* : sous-entendu *mauvaises*.
3. Quelques manuscrits grecs ajoutent : *et ne
ferme pas les yeux sur ses fautes* v. 12 *fais-lui
ployer la nuque durant sa jeunesse.*
4. Quelques manuscrits grecs ajoutent : *et il te
causera bien des tourments.*

1. *d'une conduite honteuse* : autre traduction *de
son déshonneur* — hébreu *Corrige ton fils et ap-
pesantis son* *joug, de peur que, dans sa sottise, il
ne se dresse contre toi.*
2. *esprit* : d'après le texte hébreu; grec *corps*
— hébreu *Je préfère à l'or une bonne santé et aux
perles un esprit heureux.*
3. *une bouche close* : celle du malade sans appétit — *sont comme des offrandes ...* : hébreu *est
comme une offrande placée devant une idole* (voir
Dn 14.1-22).
4. *Ainsi ... tourmente* (allusion à la maladie) :
hébreu *Ainsi celui qui a de la fortune et ne peut en
profiter.*

comme soupire l'*eunuque qui enlace une vierge¹.

La joie

21 N'abandonne pas ton âme au chagrin
et ne te tourmente pas toi-même délibérément².

22 Un coeur joyeux maintient un homme en vie
et la gaîté prolonge la durée de ses jours.

23 Divertis³ ton âme, réconforte ton coeur et chasse loin de toi la tristesse;
car la tristesse a causé la perte de beaucoup
et l'on ne gagne rien à s'y abandonner.

24 Jalousie et colère font les jours moins nombreux,
et le souci entraîne une vieillesse prématurée⁴.

25 Un coeur réjoui favorise le bon appétit,
à ses aliments il fait grande attention⁵.

Les pièges de la richesse

31 1 L'insomnie que cause la richesse finit par décharner quelqu'un,

le souci qu'elle apporte éloigne le sommeil¹.

2 Les soucis du temps de veille empêchent même de s'assoupir, comme une grave maladie écarte le sommeil.

3 Le riche s'échine à amasser une fortune,
et, s'il se repose, c'est pour se rassasier de plaisirs.

4 Le pauvre s'échine pour vivre chichement,
et, s'il se repose, il tombe dans le besoin.

5 Celui qui aime l'or ne saurait rester juste
et celui qui poursuit le gain se laissera fourvoyer par lui.

6 Beaucoup ont été livrés à la ruine à cause de l'or
et leur perte est arrivée sur eux².

7 C'est un piège pour ceux qui en sont entichés³
et tous les insensés s'y laissent attraper.

8 Heureux l'homme riche qu'on trouve irréprochable
et qui n'a pas couru après l'or.

9 Qui est-il, que nous le félicitions ?
Car il s'est comporté de remarquable façon parmi son peuple⁴.

10 Qui a subi cette épreuve et s'en est bien tiré ?
Il a bien lieu d'en être fier.

---

1. L'hébreu et beaucoup de manuscrits grecs ajoutent : *ainsi celui qui veut par force établir la justice;* autre traduction *ainsi celui qui, sous la contrainte, pratique la justice.*

2. *délibérément :* autre traduction *par tes projets.*

3. *Divertis :* autre texte *Aime ton âme.*

4. tous les manuscrits grecs placent ici 33.16-36.10 avant 30.25-33.16. Les manuscrits hébreux, syriaques et latins suivent l'ordre primitif que nous adoptons.

5. Interprétation incertaine d'un texte grec obscur. Hébreu *Le sommeil d'un coeur content lui tient lieu d'aliments succulents.*

---

1. Interprétation incertaine. Hébreu *Le souci de la subsistance fait perdre le sommeil et, plus qu'une maladie grave, dissipe le sommeil.*

2. *et leur perte ... sur eux :* hébreu *et ceux qui ont mis leur confiance dans les perles.* L'hébreu ajoute *Ils n'ont pu échapper au malheur, ni se sauver au jour de la colère (de Dieu).*

3. *ceux qui en sont entichés :* autre texte *ceux qui lui sacrifient;* hébreu *le sot.*

4. *Car il s'est ... parmi son peuple :* autre traduction d'après l'hébreu *Car il a su de façon remarquable réprimer ses appétits.*

Qui a pu commettre une transgression et ne l'a pas commise,
faire le mal et ne l'a pas fait ?

11 Alors il sera confirmé dans sa
prospérité,
et l'assemblée énumérera ses
bienfaits.

Les banquets

12 Si tu te trouves assis à une
grande table,
ne va pas t'exclamer, la bouche
ouverte devant elle :
« Qu'elle est bien garnie ! »

13 Souviens-toi, c'est un vice que
d'avoir l'oeil avide,
qu'y a-t-il dans la création de
pire que l'oeil ?
C'est pourquoi il pleure à tout
propos[1].

14 N'étends pas la main vers tout
ce que tu vois[2],
pour ne pas te bousculer avec
ton voisin sur le plat.

15 Juge d'après toi-même de ce
que ton prochain ressent,
et comporte-toi toujours avec
réflexion[3].

16 Mange ce qu'on te présente,
comme un homme bien élevé,
et ne joue pas des mâchoires
au point d'en être odieux.

17 Sois le premier à t'arrêter par
bonne éducation,
ne te montre pas insatiable, de
crainte de choquer.

18 Si tu es assis en nombreuse
compagnie,
n'étends pas la main avant les
autres.

19 Qu'il suffit de peu à l'homme
bien élevé !
Aussi n'étouffe-t-il point, une
fois sur son lit :

20 Qui mange modérément jouit
d'un sommeil salutaire;
il se lève de bonne heure et se
sent bien dispos.
Les tourments de l'insomnie, la
nausée et les coliques sont le
lot de l'homme intempérant.

21 Si tu as été contraint de manger trop,
lève-toi, va vomir et tu seras
soulagé.

22 Ecoute-moi, mon fils, ne me
méprise pas
et à la fin tu comprendras mes
paroles.
En tout ce que tu fais, sois
raisonnable
et il ne t'arrivera aucune maladie.

23 Celui qui reçoit somptueuse-
ment, sa louange est sur toutes
les lèvres,
témoignage sûr de sa magnificence.

24 Celui qui lésine pour recevoir,
la ville en jasera,
témoignage exact de sa ladre-
rie.

Le vin

25 Avec le vin ne joue pas à
l'homme fort,
car le vin en a perdu beaucoup.

26 Comme la fournaise éprouve
la trempe de l'acier[1],
ainsi le vin éprouve les coeurs
quand des orgueilleux se battent.

---

1. *il pleure à tout propos :* hébreu *devant tout il
s'agite.*

2. *tu vois :* l'hébreu et un autre texte grec *il (ton
hôte) regarde.*

3. Hébreu *Regarde ton voisin comme toi-même
et réfléchis à tout ce que tu détestes.*

1. Hébreu *comme le creuset éprouve le travail
du forgeron.*

27 Pour les hommes, le vin est
   comme la vie,
   si on le boit avec modération.
   Quelle vie pour celui · qui
   manque de vin !
   Aussi bien fut-il créé aux origines[1] pour apporter la joie.
28 Le vin apporte allégresse du
   coeur et joie de l'âme,
   quand on le boit à propos et
   juste ce qu'il faut.
29 Le vin bu avec excès est l'a-
   mertume de l'âme,
   il entraîne provocations et af-
   frontements[2].
30 L'ivresse accroît la fureur de
   l'insensé, à ses dépens[3];
   elle diminue ses forces et lui
   vaut de mauvais coups.
31 Dans un banquet arrosé de vin,
   évite de t'en prendre à ton voisin
   et de le rabaisser au milieu de
   sa joie.
   Ne lui adresse pas de propos
   blessants
   et ne le harcèle pas de tes re-
   vendications.

Comment se comporter dans un banquet

32 1 Si l'on t'a choisi pour présider, ne va pas prendre de
grands airs,
   avec les autres comporte-toi
   comme l'un d'eux.
   Occupe-toi d'eux, et après seulement va t'asseoir.
2 Ayant rempli tous tes devoirs,
   prends ta place,

pour pouvoir jouir de leur satisfaction
et te voir couronné pour ton
parfait comportement[1].
3 Parle, vieillard, car cela te revient,
   dis exactement ce que tu sais :
   mais n'empêche pas la musique.
4 Pendant l'audition, ne te répands pas en discours,
   et ne fais pas, à contretemps,
   étalage de sagesse.
5 Un sceau d'escarboucle sur une
   garniture d'or,
   tel est un concert dans un banquet arrosé de vin.
6 Un sceau d'émeraude sur une
   monture d'or,
   tel est un air de musique sur
   un vin délicieux.
7 Parle, jeune homme, si tu dois
   le faire,
   mais deux fois au plus, et si
   l'on t'interroge[2].
8 Parle succinctement, dis beaucoup en peu de mots;
   sois comme l'homme au courant, qui pourtant ne dit rien.
9 En compagnie des grands, ne
   cherche pas à t'imposer,
   et, là où il y a des vieillards, ne
   pérore pas trop[3].
10 Comme l'éclair devance le tonnerre,
   ainsi la grâce[4] précède
   l'homme réservé.

---

1. *couronné* : on portait des couronnes de feuillage dans les banquets (voir Ex 28.1; Sg 2.8)
— *pour ton parfait comportement* : autres traductions *pour la belle ordonnance* ou *selon le bon
usage*.

2. *deux fois … l'on t'interroge* : autre traduction
seulement si deux fois on t'en a prié.

3. *ne cherche pas à t'imposer*; autre texte *ne
traite pas d'égal à égal — là où il y a des vieillards* : autre texte *si un autre parle* — hébreu *Au
milieu des vieillards ne te lève pas (pour parler) et
avec les princes ne multiplie pas les effusions.*

4. *tonnerre* : hébreu *Avant la grêle brille l'éclair
— la grâce ou la bienveillance.*

11 Le moment venu, lève-toi et ne
   reste pas en arrière;
   cours à la maison, sans lanter-
   ner en chemin.

12 Là, tu peux te divertir et faire
   tes fantaisies,

mais ne pèche pas en parlant
sans retenue[1].

13 Puis, pour tout cela, bénis celui
   qui t'a créé
   et qui te comble de ses biens.

1. *en parlant sans retenue : hébreu par une parole orgueilleuse.*

SECTION D

La crainte de Dieu

14 Celui qui craint le Seigneur ac-
   cueille l'instruction
   et ceux qui le cherchent dès
   l'aurore obtiennent sa faveur[1].

15 Celui qui scrute la Loi en sera
   rassasié,
   mais elle sera pour l'hypocrite
   une occasion de chute.

16 Ceux qui craignent le Seigneur
   reconnaîtront ce qui est juste,
   et, telle une lumière, feront
   briller leurs bonnes actions.

17 L'homme pécheur refuse d'être
   repris
   et trouve des excuses pour agir
   comme il l'entend[2].

18 Un homme de bon conseil n'o-
   met jamais de réfléchir;
   l'impie[3] et l'orgueilleux, nulle
   crainte ne les fait hésiter.

19 N'entreprends rien sans avoir
   réfléchi,
   et de ton action tu n'auras pas
   à te repentir[4].

20 Ne marche pas dans un chemin semé d'obstacles,
   pour ne pas buter aux endroits
   rocailleux[1].

21 Ne te fie pas à un chemin bien
   uni[2],

22 même avec tes enfants[3] reste
   sur tes gardes.

23 En tout ce que tu fais, sois
   fidèle[4] à toi-même;
   c'est là aussi observer les commandements.

24 Qui s'appuie sur la Loi s'applique à observer les commandements,
   et qui met sa confiance dans le
   Seigneur ne souffrira aucun
   dommage.

33 1 Celui qui craint le Sei-
     gneur ne connaîtra pas le
     malheur
     mais de l'épreuve il sera
     chaque fois délivré.

2 Un homme sage ne prend jamais la Loi en aversion;
  mais l'hypocrite à son égard

1. *qui craint ou qui respecte – sa faveur : hébreu une réponse.*
2. *et trouve … comme il l'entend : hébreu il
traîne la loi aux caprices de ses besoins.*
3. *l'impie : d'après l'hébreu; grec l'étranger.*
4. *et de ton action … : autre traduction et ne
change plus d'avis pendant ton action.*

1. *aux endroits rocailleux : hébreu deux fois
contre la pierre.*
2. *à un chemin bien uni : hébreu en chemin au
brigand.*
3. *même avec tes enfants : grec et un manuscrit
hébreu; autre texte hébreu et dans ta conduite.*
4. *sois fidèle : autre traduction fais-toi
confiance; hébreu garde-toi toi-même.*

est comme un vaisseau dans la tourmente.

3 À la parole l'homme intelligent s'abandonne,
   il accorde à la Loi autant de crédit qu'à l'oracle[1].

4 Prépare ce que tu dois dire, si tu veux qu'on t'écoute;
   rassemble ton savoir et ensuite réponds[2].

5 Les sentiments du sot sont comme une roue de char,
   et son raisonnement comme un essieu qui tourne.

6 L'ami moqueur est comme un étalon
   qui hennit sous tous ceux qui le montent.

Les inégalités

7 D'où vient qu'un jour est plus important qu'un autre,
   puisque tous les jours de l'année tiennent leur lumière du soleil ?

8 C'est qu'ils ont été distingués dans la pensée du Seigneur
   qui a établi diverses saisons et fêtes.

9 Il a élevé et consacré certains d'entre eux
   et placé certains autres au nombre des jours ordinaires.

10 Les hommes aussi sont tous tirés du sol
   et c'est de la terre qu'Adam fut créé.

11 Le Seigneur pourtant, dans sa grande sagesse, les a distingués
   et les a fait marcher dans des voies différentes.

12 Il a béni et exalté certains d'entre eux,

il a consacré certains autres et se les est attachés.
   Il en a maudit et abaissé d'autres,
   il les a renversés de leur position.

13 Comme l'argile qui se trouve dans la main du potier
   peut être façonnée[1] selon son bon plaisir,
   ainsi sont les hommes entre les mains de leur auteur
   qui les rétribuera selon son jugement.

14 En face du mal, il y a le bien,
   et en face de la mort, la vie :
   ainsi, face à l'homme pieux se trouve le pécheur[2].

15 Contemple donc toutes ·les oeuvres du Très-Haut,
   allant deux par deux, opposées l'une à l'autre.

16 Pour moi, je suis le dernier à prendre la relève[3],
   et comme celui qui grappille après les vendangeurs.

17 Grâce à la bénédiction du Seigneur, je me suis rattrapé,
   et, comme tout autre vendangeur, j'ai rempli mon pressoir.

18 Voyez, ce n'est pas pour moi, seulement que j'ai peiné,
   mais pour tous ceux qui recherchent l'instruction.

Comment gouverner ses biens et sa maison

19 Ecoutez-moi, grands du peuple,

---

1. *Parole* : d'après l'hébreu; grec *Loi* — *l'oracle* ou *la consultation de l'oracle* : il s'agit du Ourim et du Toummim (voir Ex 28.30 et la note).
2. *réponds* : hébreu *tu agiras.*

1. *peut être façonnée* : autre texte *et toute sa conduite est.*
2. *pécheur* : l'hébreu et le syriaque ajoutent *en face de la lumière les ténèbres.*
3. *à prendre la relève* ou *à rester éveillé.*

et vous, chefs de l'assemblée[1],
prêtez l'oreille !

20 À ton fils, ta femme, ton frère
ou ton ami,
ne donne pas pouvoir sur toi
pendant ta vie.
Ne fais pas à un autre dona-
tion de tes biens,
de peur que, pris de regret, tu
n'aies à les redemander.

21 Tant que tu es en vie et que tu
respires encore,
ne te laisse dominer par personne.

22 Mieux vaut en effet que tes
enfants te demandent,
que de dépendre toi-même du
vouloir de tes fils.

23 Dans toutes tes affaires, garde
la haute main
et ne laisse pas toucher[2] à ta
réputation.

24 Quand arrivera le dernier des
jours de ta vie
et l'heure de mourir, alors distribue ton héritage.

Les esclaves

25 Le fourrage, la trique et les
charges pour l'âne,
au serviteur, le pain, la correction et le travail.

26 Fais-le travailler avec discipline et tu trouveras le repos[3];
laisse-lui les mains libres, il re-
cherchera la liberté.

27 Avec le *joug et les lanières, on
fait plier la nuque,
le mauvais serviteur avec la
torture et la question.

28 Envoie-le au travail pour qu'il
ne reste pas oisif[1];

29 car l'oisiveté enseigne bien des
choses mauvaises.

30 Applique-le aux travaux qui
lui conviennent
et, s'il n'obéit pas, charge-le
d'entraves.
Mais ne commets d'excès envers personne,
et ne fais rien de contraire à la
justice[2].

31 Si tu n'as qu'un domestique,
qu'il soit comme un autre
toi-même,
puisque tu l'as acquis dans le
sang[3].
Si tu n'as qu'un domestique,
traite-le comme un frère,
puisqu'il t'est nécessaire
comme ton âme.

32 Si tu le maltraites, qu'il prenne
le large et s'enfuie,

33 par quelle voie partiras-tu à sa
recherche ?

Ne pas trop se fier aux songes

34 1 Les espérances trompent
l'homme sans intelligence
et les songes donnent des ailes
aux insensés.

2 C'est saisir une ombre et poursuivre le vent
que tenir compte des songes.

3 Un simple reflet, c'est ce qu'on
voit en songe :
en face d'un visage la repro-
duction de ce visage.

---

1. *l'assemblée :* soit la communauté en général,
soit une réunion comme il s'en tenait à la
synagogue.
2. *ne laisse pas toucher* ou *ne fais pas de tache.*
Fais travailler ton serviteur : hébreu *Fais travailler
ton serviteur pour qu'il ne cherche pas le repos.*
3. *Fais-le travailler avec discipline :* autre texte

1. *qu'il ne reste pas oisif :* hébreu *qu'il ne se
révolte pas.*
2. *qui lui conviennent :* soit en raison de sa
situation d'esclave, soit en raison de ses aptitudes
— *la justice,* c'est-à-dire le droit des esclaves précisé par la Loi ! Ex 21.1-6; Lv 25.46; Dt 15.12-18).
3. *dans le sang :* c'est-à-dire soit au prix de tes
fatigues, soit au risque de ta vie, s'il s'agit d'un
prisonnier de guerre (voir Nb 31.26; Dt 21.10), soit
peut-être allusion à la manière dont un esclave
était attaché pour toujours à son maître (Ex 21.6).

4 De l'impur que peut-il venir de
     *pur
     et donc du mensonge quelle
     part de vérité ?

5 Divinations, augures, songes,
     autant de balivernes,
     et pures fantaisies comme
     celles d'une femme en travail.

6 À moins qu'ils ne proviennent
     d'une intervention du Très-
     Haut,
     ne leur prête aucune attention;

7 car les songes ont égaré bien
     des gens
     et ils sont tombés, ceux qui
     mettaient en eux leur espé-
     rance.

8 La perfection de la Loi se
     passe de telles impostures[1]
     et la sagesse dans la bouche de
     l'homme fidèle, c'est la perfec-
     tion.

Utilité des voyages

9 Un homme qui a voyagé[2] a
     beaucoup appris
     et l'homme d'expérience s'ex-
     prime en connaissance de
     cause.

10 Qui n'a pas été mis à l'épreuve
     sait peu de choses,

11 mais celui qui a voyagé est
     plein de ressources.

12 J'ai beaucoup vu au cours de
     mes voyages
     et ce que j'ai compris surpasse
     ce que j'en pourrais dire.

13 Maintes fois j'ai couru des
     dangers mortels,
     mais j'ai été sauvé grâce à mon
     expérience[3].

La crainte de Dieu

14 Ceux qui craignent[1] le Sei-
     gneur auront longue vie,

15 car leur espérance repose sur
     celui qui peut les sauver.

16 Celui qui craint le Seigneur n'a
     rien à redouter,
     jamais il ne s'effraie, car c'est
     lui son espoir.

17 Heureuse l'âme de celui qui
     craint le Seigneur !

18 Sur qui s'appuie-t-il ? Qui est
     son soutien ?

19 Les regards de Dieu sont sur
     ceux qui l'aiment,
     bouclier puissant, soutien vi-
     goureux,
     abri contre le vent brûlant,
     ombrage contre les feux de
     midi,
     sauvegarde contre les obsta-
     cles, protection contre la chute.

20 Il élève l'âme et fait briller le
     regard,
     en procurant guérison, vie et
     bénédiction.

La religion qui plaît à Dieu

21 Offrir en *sacrifice le produit
     de l'injustice, c'est une of-
     frande défectueuse[2],

22 et les dons de ceux qui violent
     la loi ne sauraient être agréés.

23 Le Très-Haut ne prend pas
     plaisir aux offrandes des im-
     pies,
     et ce n'est pas d'après le
     nombre des victimes qu'il par-
     donne les péchés.

24 C'est immoler un fils en pré-
     sence de son père
     qu'offrir un sacrifice prélevé
     sur les biens des pauvres.

---

1. Traduction incertaine d'un texte peu clair.
2. *qui a voyagé* : autre texte *qui a été instruit.*
3. *grâce à mon expérience* : littéralement *grâce à cela* ; autre traduction *grâce à ce dont je vais parler*, si on rattache le v. 13 à ce qui suit.

1. *qui craignent* ou *qui respectent.*
2. Autre texte *offrir en sacrifice une offrande qui provient de l'injustice, c'est une moquerie.*

25 Le pain des indigents, c'est la
vie des pauvres,
celui qui les en prive est un
meurtrier.

26 C'est tuer son prochain que lui
ôter ses moyens de vivre

27 et c'est verser le sang que de
priver le salarié de son salaire.

28 L'un bâtit, l'autre détruit,
qu'ont-ils gagné sinon des tracas ?

29 L'un bénit[1], l'autre maudit,
de qui le Maître va-t-il écouter
la voix ?

30 Celui qui se *purifie du
contact d'un mort et de nouveau le touche,
à quoi lui a-t-il servi de
prendre un bain ?

31 Ainsi l'homme qui *jeûne pour
ses péchés
et s'en va refaire de nouveau
les mêmes choses.
Qui pourrait prêter l'oreille à
sa prière ?
À quoi lui a-t-il servi de se
priver[2] ?

35 1 Observer la Loi équivaut
à multiplier les offrandes,

2 s'attacher aux commandements, c'est offrir un sacrifice
de salut[3],

3 avoir de la reconnaissance[4],
c'est faire une offrande de
fleur de farine

4 et faire l'aumône, c'est offrir
un sacrifice de louange.

5 Ce qui plaît au Seigneur, c'est
qu'on se tienne loin du mal

et se tenir loin de l'injustice,
c'est un sacrifice d'expiation.

6 N'apparais pourtant pas devant le Seigneur les mains
vides,

7 accomplis tous ces sacrifices
car ils sont commandés.

8 L'offrande du juste est une offrande de graisse sur l'autel
et son parfum apaisant monte
en présence du Très-Haut.

9 Le sacrifice de l'homme juste
est agréé et son mémorial[1] ne
sera pas oublié.

10 Avec générosité glorifie le Seigneur
et ne lésine pas en offrant les
*prémices de ton labeur.

11 À chacune de tes offrandes
montre un visage joyeux
et avec joie consacre la dîme[2].

12 Donne au Très-Haut à la mesure de ses dons,
avec la générosité que te permettent tes moyens.

13 Car le Seigneur paie de retour
et il te le rendra au septuple[3].

14 N'essaie pas de le corrompre
par des dons, il ne les accepte-
rait pas.

15 Ne t'appuie pas sur un sacrifice injuste,
car le Seigneur est un juge
et il n'y a pas en lui considération de personne.

16 Il n'a pas de partialité contre
le pauvre,
il exauce la prière de celui
qu'on traite injustement.

17 Jamais il ne dédaigne la supplication de l'orphelin,
ni la veuve quand elle épanche
sa plainte.

---

1. *l'un bénit* : d'après l'ancienne version syriaque; grec *l'un prie.*
2. *de se priver ou d'humilier (son corps).*
3. *sacrifice de salut : sacrifice de paix* (voir Lv
3).
4. *avoir de la reconnaissance,* soit pour un bienfaiteur humain, soit pour Dieu. Le contexte ne
permet pas de préciser.

1. Voir Lv 2.2 et la note.
2. *dîme* : voir Gn 14.20 et la note.
3. Sept est le nombre indiquant la plénitude
(voir 7.3; 20.12; 40.8).

18 Est-ce que les larmes de la
veuve ne descendent pas sur sa
joue

19 et son cri n'accuse-t-il pas celui
qui les provoque ?

20 Celui qui sert le Seigneur selon
son bon plaisir[1] est agréé
et sa demande atteint jusqu'aux nues.

21 La prière de l'humble traverse
les nues
et il ne se console pas[2] tant
qu'elle n'a pas atteint son but,
il n'a de cesse que le Très-Haut
ne soit intervenu,

22 qu'il n'ait fait droit aux justes
et rendu justice.
Le Seigneur ne tardera pas,
il n'aura pas de patience avec
eux
jusqu'à ce qu'il ait brisé les
reins des hommes sans pitié.

23 Sur les nations il fera retomber
sa vengeance
jusqu'à ce qu'il ait supprimé la
foule des insolents[3]
et brisé le sceptre des injustes,

24 jusqu'à ce qu'il ait rendu à
l'homme selon ses actions
et rétribué les oeuvres des
hommes selon leurs intentions,

25 jusqu'à ce qu'il ait pris en main
la cause de son peuple
et qu'il l'ait réjoui par sa miséricorde.

26 Bienvenue est sa miséricorde
au temps de la détresse,
comme les nuages de pluie au
temps de la sécheresse.

Prière pour la délivrance d'Is-raël

36 1 Aie pitié de nous, Maître,
Dieu de l'univers,

2 répands ta crainte sur toutes
les nations.

3 Lève ta main contre les nations étrangères[1]
pour qu'elles voient ta puissance.

4 De même que tu leur as montré ta sainteté à l'oeuvre chez
nous,
ainsi montre-nous ta grandeur
à l'oeuvre chez elles.

5 Qu'elles te reconnaissent
comme nous avons
nous-mêmes reconnu
qu'il n'y a pas de Dieu en dehors de toi, Seigneur.

6 Renouvelle les signes et répète
les merveilles

7 glorifie ta main et ton bras
droit.

8 Excite ta fureur et déverse ta
colère.

9 Supprime l'adversaire et
anéantis l'ennemi.

10 Hâte le temps, souviens-toi du
moment fixé[2]
et qu'on raconte tes hauts faits.

11 Par un feu vengeur, que soit
dévoré le survivant
et que ceux qui maltraitent ton
peuple trouvent leur perte[3].

12 Brise les têtes des chefs ennemis[4]
qui disent : « Il n'y a personne
comme nous ! »

---

1. Le texte grec est imprécis. Le destinataire du
service peut être *le Seigneur* ou *le prochain*, et le
bon plaisir peut être celui du destinataire ou celui
de l'homme qui sert.

2. *il ne se console pas* : hébreu *elle ne se repose
pas.*

3. *la foule des insolents* : hébreu *le sceptre de
l'orgueil* (le pouvoir des orgueilleux) ou *la tribu
orgueilleuse.*

1. *les nations étrangères* : hébreu *le peuple
étranger* sans autre précision.

2. *souviens-toi du moment fixé* : autre texte *souviens-toi du serment*; hébreu *hâte la fin.*

3. *et qu'on raconte … trouvent leur perte* : hébreu
plus court *car qui dira* : « *Que fais-tu ?* »

4. *Des chefs ennemis* : hébreu *des chefs de
Moab.*

13 Rassemble toutes les tribus de
   Jacob[1].
16b Mets-les en possession de l'héritage[2] comme au début.
17 Aie pitié, Seigneur, du peuple
   qui porte ton nom
   et d'Israël que tu as traité en
   premier-né.
18 Aie compassion de la cité de
   ton *sanctuaire,
   Jérusalem, le lieu de ton repos.
19 Remplis *Sion du récit de tes
   exploits
   et ton Temple[3] de ta gloire.
20 Rends témoignage à ce que tu
   as créé au commencement,
   accomplis les prophéties prononcées en ton nom.
21 Donne leur récompense à ceux
   qui t'attendent
   et que tes prophètes soient
   trouvés véridiques.
22 Exauce, Seigneur, la prière de
   tes serviteurs
   selon ta bienveillance[4] à l'é-
   gard de ton peuple,
   et que tous ceux qui sont sur la
   terre reconnaissent
   que tu es le Seigneur, le Dieu
   des siècles.

Le discernement

23 Les entrailles absorbent toute
   sorte d'aliments,
   mais il y a des aliments meilleurs que d'autres.

24 Comme le palais reconnaît au
   goût les plats de gibier,
   ainsi un *coeur intelligent les
   paroles mensongères.
25 Un coeur tortueux provoque
   des contrariétés,
   un homme d'expérience le lui
   revaudra.

Bien choisir sa femme

26 Une femme acceptera n'importe quel homme pour mari,
   mais il y a des filles préférables à d'autres[1].
27 La beauté d'une femme rend le
   visage joyeux
   et dépasse tous les désirs de
   l'homme[2].
28 Si elle a sur sa langue bonté et
   douceur,
   son mari échappe à la condition ordinaire des hommes.
29 Celui qui acquiert une femme
   a le commencement[3] de la fortune,
   une aide semblable à lui et une
   colonne d'appui.
30 Là où il n'y a pas de clôture, le
   domaine est au pillage,
   là où il n'y a pas de femme,
   l'homme erre en se lamentant.
31 Qui donc fera confiance à un
   brigand dégourdi
   qui bondit de ville en ville ?
   De même à l'homme qui n'a
   pas de nid,
   qui fait halte là où le soir le
   surprend.

1. Avec ce verset s'achève le déplacement indiqué en 30.24. L'absence des numéros de versets
36.14, 15, 16a s'explique par une incohérence de la
numérotation. Elle ne correspond pas à une lacune
dans le texte que nous suivons.
2. *L'héritage* désigne la terre promise.
3. *Temple* : d'après l'hébreu; grec *peuple*.
4. *selon ta bienveillance* : autre texte *selon la
bénédiction d'Aaron*.

1. *préférables à d'autres* : hébreu *plus belles que
d'autres.*
2. *désirs de l'homme* : hébreu *désir des yeux.*
3. *le commencement* : autre traduction *le
sommet.*

Vrai et faux ami

37 ¹ Tout ami dit : « Je suis un ami, moi aussi »,
mais tel ami ne l'est que de nom.

2 Quel chagrin voisin de la mort¹,
quand un compagnon et ami se change en ennemi !

3 Ô mauvais penchant², d'où as-tu été modelé
pour couvrir la terre de tromperie ?

4 Un compagnon prend plaisir à la joie de son ami,
mais au temps de la détresse se dresse contre lui³.

5 Pour un repas le compagnon souffre avec son ami,
mais au moment du combat il saisit son bouclier⁴.

6 N'oublie pas un ami dans ton coeur
et ne perds pas son souvenir au milieu de tes richesses⁵.

Bon et mauvais conseiller

7 Tout conseiller prône son avis,
mais tel conseille dans son intérêt.

8 Prends garde au donneur de conseils;
sache d'abord de quoi il a besoin

— car c'est pour lui qu'il forme des projets —,
de peur qu'il ne tire au sort à ton sujet¹

9 et qu'il te dise : « Ta conduite est la bonne »,
puis il se tiendra à distance pour voir ce qui t'arrive.

10 Ne consulte pas celui qui te regarde en-dessous
et à ceux qui te jalousent cache ton projet.

11 Ne consulte pas une femme sur sa rivale,
un lâche sur la guerre,
un marchand sur une affaire,
un acheteur sur une vente,
un envieux sur la reconnaissance,
un homme dur sur la bonté,
un paresseux sur un travail quelconque,
un salarié à l'année sur l'achèvement d'une tâche,
un domestique fainéant sur un gros ouvrage.
Ne t'appuie sur ces gens pour aucun conseil².

12 Mais fréquente assidûment un homme pieux
que tu connais pour observer les commandements,
dont l'âme ressemble à la tienne³
et qui, si tu échoues, est prêt à pâtir avec toi.

13 Sache aussi t'en tenir au projet de ton *coeur,
car il n'y a personne qui te soit plus fidèle que lui :

---

1. *voisin de la mort* : autre traduction *qui fait approcher de la mort.*
2. *mauvais penchant* : autre traduction *mauvais dessein*; hébreu *malheur au méchant qui dit : Pourquoi ai-je été créé ?*
3. Hébreu *Combien est mauvais l'ami qui lorgne vers la table et, au temps de la détresse, se tient à l'écart !*
4. *Pour un repas ... son ami* : hébreu *Le bon ami combattra contre l'ennemi* — en grec la seconde ligne du verset décrit le faux ami qui pense seulement à se protéger.
5. *dans ton coeur* : hébreu *dans ton coeur ou au combat* — *et ne perds ... tes richesses* : hébreu *et ne l'abandonne pas au moment du butin.*

1. *de peur qu'... à ton sujet* : traduction incertaine d'un texte peu clair.
2. *un domestique ... aucun conseil* : ces deux lignes sont absentes de l'hébreu.
3. *Mais fréquente ... un homme pieux* : hébreu *mais consulte un homme qui craint toujours (Dieu)* — *dont l'âme ... la tienne* : autres traductions *dont les désirs sont comme les tiens ou dont le coeur répond à tes désirs.*

14 l'âme d'un homme l'avertit habituellement[1]
   mieux que sept guetteurs postés pour faire le guet sur une
   hauteur.
15 Mais par-dessus tout, demande
   au Très-Haut
   qu'il dirige ta route dans la
   vérité.

Vraie et fausse sagesse

16 Le début de toute entreprise,
   c'est la discussion,
   avant toute action il y a la
   réflexion.
17 La racine des pensées, c'est le
   *coeur[2].
18 Il fait pousser quatre rameaux :
   le bien et le mal, la vie et la
   mort,
   et celle qui constamment décide, c'est la langue.
19 Tel homme habile sert d'éducateur à beaucoup,
   mais pour lui-même il n'est
   bon à rien.
20 Tel qui est habile en discours
   se fait détester,
   il sera privé de toute nourriture[3].
21 En effet, la faveur du Seigneur
   ne lui a pas été accordée,
   parce qu'il était dépourvu de
   toute sagesse[4].
22 Tel est sage à son propre profit

et les fruits de son intelligence
sont pour son corps[1].
23 Un homme sage instruit son
   peuple
   et les fruits de son intelligence
   sont assurés[2].
24 Un homme sage est comblé de
   bénédictions
   et tous ceux qui le voient le
   proclament heureux.
25 Une vie d'homme, on en dénombre les jours,
   mais les jours d'Israël sont innombrables.
26 Le sage héritera la confiance[3]
   au milieu de son peuple
   et son nom vivra à jamais.

La tempérance

27 Mon fils, pendant ta vie
   éprouve-toi toi-même,
   vois ce qui est mauvais pour
   toi et ne te l'accorde pas,
28 car tout ne convient pas à tous
   et tous ne trouvent pas en tout
   leur agrément.
29 Ne sois pas insatiable de toute
   jouissance
   et ne te jette pas sur les aliments,
30 car l'abondance de nourriture
   est une cause de maladie
   et la goinfrerie est proche de la
   colique[4].
31 Beaucoup sont morts des suites
   de leur goinfrerie,

---

1. l'âme ... habituellement : traduction incertaine.
2. d'après l'hébreu; grec obscur.
3. nourriture : l'hébreu ajoute agréable.
4. la faveur ... accordée : autre interprétation la
faveur (sous-entendu auprès des autres) ne lui a
pas été accordée par le Seigneur — le verset
manque dans le texte hébreu et l'ancienne version
syriaque.

1. à son propre profit : autre interprétation à ses
propres yeux — sont pour son corps : d'après l'hébreu; grec et sa bouche sont dignes de foi; autre
traduction d'après ce qu'il dit sont assurés.
2. assurés ou dignes de foi.
3. confiance : hébreu et quelques manuscrits
grecs gloire.
4. colique : hébreu nausée.

mais celui qui fait attention
allonge sa vie.

Médecine et maladie

38 1 Honore le médecin pour
ses services,
car lui aussi le Seigneur l'a
créé.
2 C'est du Très-Haut en effet
que vient la guérison,
et du roi le médecin reçoit des
dons[1].
3 La science du médecin lui fait
relever la tête,
devant les grands il est admiré.
4 Le Seigneur a créé des remèdes
issus de la terre[2],
l'homme avisé ne les méprise
pas.
5 N'est-ce pas un bout de bois
qui a adouci l'eau
pour faire connaître sa vertu[3] ?
6 Il a donné aux hommes la
science
pour que ceux-ci le glorifient
de ses merveilles.
7 Par elles, il soigne et apaise la
douleur[4] ;
8 le pharmacien en fait de la
mixture,
de sorte que ses oeuvres n'ont
pas de fin,

et la santé vient de lui sur la
face de la terre[1].
9 Mon fils, dans la maladie ne
sois pas négligent[2],
mais prie le Seigneur et il te
guérira.
10 Renonce à tes fautes, que tes
mains agissent avec droiture,
de tout péché purifie ton
coeur.
11 Offre le parfum apaisant et le
mémorial de fleur de farine,
fais une libation d'huile sur ton
offrande selon tes moyens[3],
12 puis fais place au médecin, car
lui aussi le Seigneur l'a créé,
et qu'il ne s'écarte pas de toi,
car tu as besoin de lui.
13 Il y a un moment où ton réta-
blissement est entre leurs
mains,
14 car eux aussi ils prieront le
Seigneur
qu'il leur donne de réussir à
soulager[4]
et à trouver un remède pour
sauver une vie.
15 Celui qui pèche à la face de
celui qui l'a créé,
qu'il tombe aux mains du médecin[5] !

Le deuil

16 Mon fils, verse des larmes sur
celui qui est mort ;

1. *ses oeuvres* : soit probablement les oeuvres de Dieu qui développent leurs effets, soit le travail du pharmacien qui est très efficace — *de sorte que ... la face de la terre* : hébreu *afin que ne cesse pas son oeuvre et que le savoir-faire ne disparaisse pas d'entre les hommes.*
2. *ne sois pas négligent* : hébreu *ne t'emporte pas.*
3. *mémorial* : voir Lv 2.2 et la note — *libation, offrande* : voir au glossaire SACRIFICES — *fais une libation d'huile sur ton offrande* : autre traduction *fais une grosse offrande* — *selon tes moyens* : d'après l'hébreu ; grec obscur.
4. *de réussir à soulager* : hébreu *le diagnostic.*
5. *qu'il tombe aux mains du médecin*, c'est-à-dire *qu'il tombe malade* ; hébreu *il fait le brave devant le médecin* ou *il devra se montrer brave devant le médecin.*

1. *la guérison* : hébreu *la sagesse du médecin* — *le médecin* : autre interprétation *le malade* — En hébreu il s'agit d'un *roi* terrestre. Le texte grec peut avoir le même sens, mais peut aussi se référer à Dieu qui accorde au médecin le don de guérir, ou au malade la faveur d'être guéri.
2. Les *remèdes issus de la terre* : les plantes médicinales.
3. *sa vertu* (celle du bois) : autre traduction *sa puissance* (celle de Dieu). Allusion aux eaux amères adoucies par Moïse à Mara (Ex 15.23-25).
4. *il soigne* : c'est Dieu qui soigne ; hébreu *par ces merveilles le médecin apaise la douleur.*

comme un homme cruellement touché, entonne une complainte.
Donne à son corps la sépulture qui lui est due
et ne néglige pas sa tombe.

17 Lamente-toi amèrement, pleure à chaudes larmes,
fais le deuil qu'il mérite,
un jour ou deux pour éviter les médisances,
puis console-toi de ta peine[1].

18 Du chagrin en effet peut sortir la mort
et l'affliction du coeur mine les forces.

19 Dans la détresse, chagrin permanent,
et le coeur maudit une vie de pauvre[2].

20 N'abandonne pas ton coeur au chagrin,
écarte-le et souviens-toi de la fin[3].

21 N'oublie pas, il n'y a pas de retour[4],
tu ne seras d'aucune utilité au mort et tu te ferais du mal.

22 Souviens-toi que son sort sera aussi le tien :
moi hier[5], toi aujourd'hui.

23 Dès qu'un mort repose, cesse de songer à lui,
console-toi de lui dès qu'il a rendu l'âme.

Supériorité du scribe sur l'artisan

24 La sagesse du scribe s'acquiert à la faveur du loisir.

Celui qui a peu d'affaires à mener deviendra sage.

25 Comment deviendrait-il sage celui qui tient la charrue,
dont l'orgueil se borne à brandir l'aiguillon,
qui mène des boeufs, passe sa vie dans leurs travaux
et parle seulement de jeunes taureaux[1] ?

26 Il applique son coeur à tracer des sillons
et ses veilles se passent à donner le fourrage des génisses.

27 Ainsi en va-t-il de tout compagnon ou maître charpentier
qui de nuit comme de jour est occupé,
de celui qui grave des sceaux en intaille
et sans relâche varie les motifs;
il applique son coeur à reproduire le dessin
et ses veilles se passent à parfaire son oeuvre.

28 Ainsi en est-il du forgeron assis près de l'enclume,
l'attention fixée sur les travaux du fer.
La vapeur du feu fait fondre ses chairs
et dans la chaleur du four il se débat longuement.
Le bruit du marteau résonne sans cesse[2] à son oreille
et ses yeux sont fixés sur le modèle de l'objet;
il applique son coeur à parfaire ses travaux

---

1. *puis console-toi de ta peine* : autre traduction *pour éviter les conséquences fâcheuses.* Grec et hébreu peu clairs.
2. Ce verset manque dans le texte hébreu. Il s'adapte mal au contexte.
3. *souviens-toi de la fin* : hébreu *pense à l'avenir.*
4. *N'oublie pas ... retour* : hébreu *Ne pense plus à lui, car pour lui il n'y a plus d'espoir.*
5. *moi hier* : hébreu *lui hier.*

1. *parle seulement de jeunes taureaux* : autre traduction *et passe son temps avec de jeunes taureaux.*
2. *les travaux du fer* : autre texte *le fer non travaillé — résonne sans cesse* : traduction incertaine d'un texte peu sûr.

et ses veilles se passent à les
retoucher jusqu'à la perfection.

29 Ainsi en est-il du potier assis à
son travail
et faisant tourner le tour avec
ses pieds;
il est en perpétuel souci pour
son ouvrage
et toute son activité est comp-
tée[1].

30 Avec son bras il façonne l'argile
et avec ses pieds il fait fléchir
sa résistance.
Il applique son coeur à parfaire le vernissage
et ses veilles se passent à nettoyer le four.

31 Tous ceux-là ont fait
confiance à leurs mains
et chacun est habile dans son
propre métier.

32 Sans eux il ne se bâtit pas de
ville,
on n'y habiterait pas, on n'y
circulerait pas,
mais au conseil du peuple on
ne demandera pas leur avis

33 et dans l'assemblée ils n'accé-
deront pas aux places d'honneur.
Sur le siège du juge ils ne s'as-
siéront pas :
ils ne comprennent pas les dispositions du droit
et ils ne font briller ni l'instruction ni le droit.
On ne les trouvera pas occupés
par des proverbes[2].

34 Mais ils affermiront la création éternelle.

et leur prière concerne leur
métier.

Eloge du scribe

Il en va autrement de celui qui
s'applique
à réfléchir sur la loi du
Très-Haut,

39 [1] qui étudie la sagesse de
tous les anciens
et consacre ses loisirs aux
*prophéties.

2 Il conserve les récits des
hommes renommés
et pénètre dans les détours des
paraboles.

3 Il étudie le sens caché des proverbes,
il passe sa vie parmi les
énigmes des *paraboles.

4 Chez les grands il assure un
service
et il se fait voir parmi les
chefs.
Il voyage dans le pays des nations étrangères,
car il sait d'expérience[1] ce qui
est bien et mal chez les
hommes.

5 Il applique son coeur à aller de
bon matin
auprès du Seigneur qui l'a créé
et, en présence du Très-Haut[2],
il prie.
Il ouvre sa bouche pour prier
et, pour ses péchés, il supplie.

6 Si le Seigneur Grand le veut,
il sera rempli de l'esprit d'intelligence.
Il fera pleuvoir les paroles de
sa sagesse

---

1. C'est-à-dire probablement il tient un compte
précis de toutes les pièces qu'il fabrique.
2. *les dispositions du droit :* soit le droit en
général, soit la loi de Moïse — *occupés par des
proverbes :* autre traduction d'après l'ancienne version syriaque *parmi les chefs.*

1. *car il sait d'expérience :* ancienne version syriaque *car il veut faire l'expérience.*
2. *en présence du Très-Haut,* c'est-à-dire *dans le
Temple.*

et dans sa prière il louera le Seigneur.

7 Il possédera la rectitude du jugement et de la science
et il réfléchira sur les secrets de Dieu.

8 Il fera briller l'instruction qu'on lui a donnée
et dans la loi de l'*alliance du Seigneur il mettra son orgueil.

9 Beaucoup loueront son intelligence
et jamais elle ne sera effacée de leur mémoire.
Son souvenir ne disparaîtra pas
et son nom vivra de génération en génération.

10 Des nations parleront de sa sagesse,
et l'assemblée proclamera sa louange.

11 S'il vit longtemps, il laisse un nom plus glorieux que mille autres
et s'il meurt, cela lui suffit[1].

Louange de Dieu et de son oeuvre

12 Après avoir réfléchi, je veux parler encore,
car je suis rempli comme la lune en son plein.

13 Ecoutez-moi, fils *saints, et croissez
comme la rose qui pousse au bord d'un cours d'eau.

14 Comme l'*encens répandez une bonne odeur
et fleurissez comme le lis.
Elevez la voix, chantez ensemble[2]

et bénissez le Seigneur dans toutes ses oeuvres.

15 Proclamez la grandeur de son *nom
et publiez sa louange
par les chants de vos lèvres et sur vos cithares
et vous parlerez ainsi dans l'action de grâces :

16 Qu'elles sont belles, toutes les oeuvres du Seigneur,
et chacun de ses ordres se réalise en son temps.

17 Il n'y a pas lieu de dire : « Qu'est ceci, pourquoi cela ? »
Car toute chose aura sa solution en son temps.
À sa parole l'eau s'arrêtera comme un monceau,
par un mot de sa bouche il y eut des réservoirs d'eau[1].

18 Sur son ordre tout s'accomplit selon son bon plaisir
et il n'est personne pour contrecarrer[2] son oeuvre de salut.

19 Les oeuvres de tout être de chair sont devant lui
et il n'est pas possible de se dérober à ses yeux.

20 Depuis l'origine jusqu'à la fin des temps il observe
et rien n'est extraordinaire pour lui.

21 Il n'y a pas lieu de dire : « Qu'est ceci ? Pourquoi cela ? »
Car toute chose a été créée pour son utilité.

22 Sa bénédiction est comme un fleuve qui déborde

---

1. *comme un monceau :* allusion soit au passage de la mer Rouge (Ex 14.21-22) et à celui du Jourdain (Jos 3.16), soit à la séparation des eaux lors de la création (Gn 1.6-10). — *Les réservoirs d'eau :* probablement les masses d'eau ainsi constituées.

2. *contrecarrer :* d'après l'hébreu; grec *amoindrir.*

---

1. *cela lui suffit :* traduction conjecturale; grec obscur.

2. *Elevez la voix, chantez ensemble :* d'après l'ancienne version syriaque; grec *Donnez du parfum et chantez un cantique.*

et comme un déluge[1] qui
abreuve la terre.

23 De même sa colère sera le partage des nations
comme lorsqu'il changea l'eau
en saumure[2].

24 Pour les saints ses voies sont
droites,
mais pour les impies elles sont
pleines d'obstacles.

25 Les biens ont été créés pour les
bons dès le commencement,
ainsi que les maux pour les
pécheurs.

26 Ce qui est de première nécessité pour la vie de l'homme,
c'est l'eau, le feu, le fer, le sel,
la fleur de farine de froment,
le lait, le miel,
le sang de la grappe[3], l'huile, le
vêtement.

27 Tout cela est un bien pour les
hommes pieux,
mais tourne à mal pour les pécheurs.

28 Il y a des vents qui ont été
créés pour le châtiment
et dans leur déchaînement ils
ont aggravé[4] leurs fléaux.
Au temps de l'anéantissement
ils déversent leur violence
et ils apaisent le déchaînement
de leur créateur.

29 Feu, grêle, famine, mort,
tout cela a été créé pour le
châtiment.

30 Les crocs des bêtes féroces, les
scorpions, les vipères,
l'épée châtiant les impies pour
leur perte,

31 se réjouissent d'accomplir son
ordre.
Sur la terre ils sont prêts pour
les cas de besoin,
leur moment venu, ils ne trans-
gresseront pas sa parole.

32 C'est pourquoi j'étais fixé dès
le commencement;
après avoir réfléchi, je l'ai mis
par écrit:

33 « Les oeuvres du Seigneur sont
toutes bonnes;
il pourvoit à tout besoin quand
il se fait sentir.

34 Il n'y a pas lieu de dire : ceci
est pire que cela,
car toute chose, en son temps,
sera reconnue bonne.

35 Et maintenant, de tout coeur
et à pleine bouche, chantez
et bénissez le nom du Seigneur ! »

Misère de l'homme

40 ¹ De grands tracas ont été
créés pour tout homme
et un *joug pesant est sur les
fils d'Adam
depuis le jour où ils sortent du
sein de leur mère
jusqu'au jour où ils retournent
à la mère universelle[1].

2 L'objet de leurs réflexions et la
crainte de leur coeur,
c'est de ressasser ce qu'ils attendent :
le jour de la mort.

---

1. *un fleuve* : hébreu *le Nil*. En débordant
chaque année, le Nil rend fertile sa vallée — *un
déluge* : hébreu *un fleuve*, peut-être l'Euphrate
(voir Gn 2.14).
2. *sera le partage des nations* : grec et hébreu;
autre traduction de l'hébreu *déposséda les nations*
— *changea l'eau en saumure* : allusion à la destruction de Sodome et Gomorrhe (voir Gn
19.24-26).
3. *le sang de la grappe*, c'est-à-dire *le vin*.
4. Autre texte *en se déchaînant il* (Dieu) *a*
aggravé.

---

1. *les fils d'Adam* ou *les hommes* — *la mère*
universelle : la terre.

3 Depuis celui qui est assis sur
un trône illustre
jusqu'à celui qui est humilié
sur la terre et la cendre,

4 depuis celui qui porte la
pourpre et la couronne[1]
jusqu'à celui qui est vêtu de
toile grossière,

5 ce n'est que fureur, jalousie,
trouble et agitation,
crainte de la mort, ressentiment et discorde.
Et au moment où l'on repose
sur son lit,
le sommeil de la nuit ne fait
que varier les soucis[2].

6 Un peu, un rien de repos,
et aussitôt, dans ses rêves, il est
à la peine, tout comme en
plein jour,
troublé par les visions de son
*coeur,
il est comme un fuyard
échappé du combat.

7 Au moment de la délivrance il
s'éveille,
tout étonné de sa vaine peur.

8 Pour tout être de chair, de
l'homme à la bête,
mais pour les pécheurs sept
fois plus :

9 mort, sang, discorde, épée[3],
calamités, famine, destruction,
fléau.

10 Tout cela a été créé contre les
impies
et c'est à cause d'eux qu'est
venu le déluge.

11 Tout ce qui vient de la terre
retourne à la terre

et ce qui vient des eaux retourne à la mer[1].

Faux biens et biens véritables

12 Tout don corrupteur et toute
injustice seront supprimés,
mais la fidélité subsistera à jamais.

13 Les richesses des injustes tari-
ront comme un torrent
et passeront comme un grand
coup de tonnerre qui éclate
pendant l'averse[2].

14 Quand l'injustice ouvre les
mains, il se réjouit[3],
de même les transgresseurs disparaîtront complètement.

15 Les rejetons des impies ne
multiplieront pas leur rameaux
et les racines impures sont sur
un rocher abrupt[4].

16 Le roseau qui pousse sur la
bordure des eaux de n'importe
quel fleuve
se trouve arraché avant toute
herbe[5].

17 Mais un bienfait est un jardin
luxuriant
et l'aumône demeure à jamais.

La crainte de Dieu est le bien suprême

18 La vie de l'homme indépendant et de l'ouvrier est douce[6],

---

1. *pourpre* : voir Ex 25.4 et la note — *la pourpre et la couronne* : hébreu *le turban et le diadème* qui sont les ornements du grand prêtre (voir *Si* 45.12; Ex 28.36-38).

2. *le sommeil … les soucis* : traduction incertaine d'un texte peu clair.

3. *mort … épée* : hébreu *peste, sang, brûlures, sécheresse* (ou *épée*).

1. *ce qui vient des eaux retourne à la mer* : hébreu *tout ce qui vient d'en haut retourne en haut* (voir Qo 3.21; 12.7).

2. *et passeront … pendant l'averse* : hébreu *et comme un torrent puissant dans un nuage de tonnerre*.

3. Grec obscur; hébreu très incertain.

4. *racines impures* : hébreu *racines de violence* — Le rocher ne permet pas aux *racines* de se fixer solidement.

5. *herbe* : grec et ancienne version syriaque; hébreu *pluie*.

6. Hébreu *La vie avec du vin et des liqueurs est douce*; autre texte hébreu *La vie d'abondance et de gain (ou de boisson) est douce*.

mais plus heureux que l'un et
l'autre celui qui trouve un trésor.

19 Avoir des enfants et fonder
une ville affermit un nom,
mais plus que ces deux choses
on estime une femme irréprochable[1].

20 Le vin et la musique réjouissent le coeur,
mais plus que ces deux choses
l'amour de la sagesse[2].

21 La flûte et la harpe font une
agréable mélodie,
mais plus que ces deux choses
une langue agréable[3].

22 La grâce et la beauté, tel est le
désir de l'oeil,
mais plus que ces deux choses
la verdure des champs.

23 Ami et compagnon se rencontrent en temps voulu,
mais plus encore une femme et
son mari[4].

24 Les frères et les appuis inter-
viennent au temps de l'adversité,
mais bien davantage l'aumône
est libératrice.

25 L'or et l'argent donnent de
l'assurance,
mais plus qu'eux on appréciera
un conseil.

26 La richesse et la force donnent
confiance,
mais plus encore la crainte[5] du
Seigneur.

Avec la crainte du Seigneur
rien ne manque,
avec elle il n'y a plus à chercher de secours.

27 La crainte du Seigneur est
comme un jardin luxuriant
et mieux que toute gloire elle
protège.

La mendicité

28 Mon fils, ne mène pas une vie
de mendiant.
Mieux vaut mourir que men-
dier.

29 L'homme qui regarde vers la
table d'autrui,
sa vie ne saurait compter pour
une vie[1].
Il se souille la gorge de mets
étrangers,
alors qu'un homme instruit et
bien élevé s'en abstient.

30 À la bouche de l'impudent la
mendicité est douce,
mais dans ses entrailles un feu
brûlera.

La mort

41 1 Ô mort, que ton évocation est amère
à l'homme qui vit tranquille au
milieu de ses biens,
à l'homme qui n'a pas de soucis, à qui tout réussit
et encore assez vigoureux pour
s'adonner au plaisir[2].

2 Ô mort, ta sentence est bienvenue
pour l'homme dans le besoin,
dont les forces diminuent,

---

1. *affermit un nom* : beaucoup de villes portent
le nom de leur fondateur — *on estime une femme
irréprochable* : hébreu et ancienne version syriaque
vaut la découverte de la sagesse. Descendance (ou
bétail) et plantations font fleurir le nom.
2. *musique* : hébreu *boisson* — *l'amour de la
sagesse* : hébreu *l'amour des époux* ou *l'amitié des
amis*.
3. *agréable* : hébreu *sincère*.
4. *une femme et son mari* : hébreu *une femme
avisée*.
5. *la crainte* ou *le respect*.

---

1. *sa vie … une vie* : autre traduction fondée sur
l'autre sens du mot *vie* en hébreu *sa nourriture ne
saurait compter pour une nourriture*.
2. *ses biens* : autre traduction *sa maison* — *s'a-
donner au plaisir* : d'après l'hébreu et l'ancienne
version syriaque; grec *accepter la nourriture*.

dont l'extrême vieillesse est accablée de toutes sortes de soucis,
qui se révolte[1] et qui a perdu
la patience.

3 Ne crains pas la sentence de
mort, souviens-toi de ceux qui
t'ont précédé
et de ceux qui te suivront.

4 Telle est la sentence du Seigneur à l'égard de tout être de
chair.
Pourquoi discuter sur le bon
plaisir du Très-Haut ?
Que tu vives dix, cent ou mille
ans,
au *séjour des morts on ne te
⌐hicanera pas sur ta vie.

Le châtiment des impies

5 Les enfants des pécheurs deviennent des enfants abominables
qui fréquentent les maisons
des impies.

6 L'héritage des enfants des pécheurs va à la ruine[2].
À leur descendance s'attachera
sans cesse l'infamie.

7 Un père impie subira les reproches de ses enfants,
car c'est à lui qu'ils doivent
leur infamie.

8 Malheur à vous, hommes impies
qui avez abandonné la loi du
Très-Haut.

9 Si vous naissez, vous naissez
pour la malédiction,

et si vous mourez, vous avez en
partage la malédiction[1].

10 Tout ce qui vient de la terre
retournera à la terre,
ainsi les impies vont de la malédiction à la ruine[2].

La bonne renommée

11 Les hommes sont en deuil pour
leur corps,
mais le nom des pécheurs n'est
pas bon, il sera effacé[3].

12 Préoccupe-toi de ton nom car
il te survivra
plus que mille monceaux d'or[4].

13 Une vie heureuse ne dure qu'un
nombre limité de jours,
mais la bonne renommée demeure à jamais.

Vraie et fausse honte

14 Conservez l'instruction dans la
paix[5], mes enfants.
Sagesse cachée et trésor invisible,
quel profit peut-on tirer de
l'un et de l'autre ?

15 Mieux vaut l'homme qui dissimule sa folie
que l'homme qui dissimule sa
sagesse.

16 Je vais donc vous dire ce dont
vraiment il faut rougir,

1. Au début du verset quelques manuscrits grecs
ajoutent avec l'hébreu : *Car si vous vous multi-
pliez, c'est pour la ruine*. L'hébreu continue *si vous
engendrez, c'est pour l'affliction, si vous chancelez,
c'est pour la joie sans fin* (ancienne version syriaque *joie du peuple*), *et si vous mourez, c'est pour
être maudits*.

2. Hébreu *Tout ce qui vient du néant retourne
au néant, ainsi l'impie vient de rien et retourne à
rien*.

3. Hébreu *Le corps de l'homme est vanité, mais
un renom de piété* (ou *bonté*) *ne disparaîtra pas*.

4. *te survivra* : hébreu *s'en ira* — *d'or* : hébreu
précieux, autre texte hébreu *de sagesse*.

5. *conservez ... dans la paix* : hébreu *Écoutez
l'enseignement sur la honte*.

1. *qui se révolte* : grec et hébreu ; autre texte
hébreu *qui est privé de la vue*.

2. *L'héritage ... à la ruine* : un texte hébreu *A
cause du fils de l'impie le royaume va à la ruine*.

car il n'est pas bon d'entretenir
toute sorte de honte
et tous ne portent pas sur tout
une appréciation fidèle[1].

17 Ayez honte de l'inconduite devant père et mère,
du mensonge devant chef et puissant,

18 du délit devant juge et magistrat,
de la transgression devant l'assemblée et le peuple,
de la perfidie devant compagnon et ami,

19 du vol devant les gens du lieu où tu habites.
Aie honte devant la vérité de Dieu et devant l'*alliance,
d'appuyer le coude sur les pains,
de donner ou recevoir avec dédain[2],

20 de garder le silence devant ceux qui te saluent,
d'arrêter tes regards sur une prostituée,

21 de repousser un compatriote[3],
de soustraire à quelqu'un sa part ou ce qu'on lui a donné,
de regarder la femme d'un autre homme.

22 Ne sois pas trop entreprenant avec sa servante,
et ne t'approche pas de son lit.
Aie honte de faire affront à des amis par des paroles
— après avoir donné, ne fais pas affront —,

42 1 de répéter une parole que tu as entendue,
et de dévoiler les secrets.
Ainsi tu éprouveras la véritable honte
et tu seras bien vu de tout homme.
Des choses que voici n'aie pas honte
et n'en prends pas prétexte pour pécher[1] :

2 n'aie pas honte de la loi du Très-Haut et de l'alliance,
ni d'une sentence qui justifie l'impie[2],

3 ni de tenir des comptes avec un compagnon et des voyageurs,
ni de partager l'héritage avec d'autres[3],

4 ni de la justesse de la balance et des poids[4],
ni d'acquérir beaucoup ou peu,

5 ni du bénéfice que les marchands tirent de la vente,
ni de corriger fréquemment tes enfants,
ni de faire saigner les flancs d'un mauvais domestique[5].

6 Avec une femme curieuse le sceau est utile

1. *Je vais donc vous dire :* hébreu *Je porte donc un jugement sur ... — et tous ... appréciation fidèle :* autre traduction *ni d'approuver de confiance n'importe quoi :* hébreu *et toute honte n'est pas excellente.*

2. *devant la vérité ... l'alliance :* hébreu *de rompre un serment ou un pacte — de donner ... avec dédain :* hébreu *de refuser d'accorder ce qui est demandé.*

3. *un compatriote* ou *un parent.*

1. *n'en prends pas prétexte pour pécher :* autres traductions *ne te laisse influencer par personne au point de pécher* ou *ne pèche pas en étant partial.*
2. C'est-à-dire (*n'aie pas honte*) *de ta sentence, même si tu dois acquitter un impie* (innocent; voir Dt 1.17); autre interprétation (*n'aie pas honte*) *de rendre la justice, même si tu risques d'acquitter* (par erreur) *l'impie* (coupable). Peut-être *l'impie* désigne-t-il les non-Juifs.
3. *avec d'autres :* autre texte *avec des amis — de partager ... d'autres :* hébreu *des discussions concernant un héritage ou des biens.*
4. *la justesse ... des poids :* hébreu *la poussière de la balance et du peson.* On devait nettoyer balance et poids pour qu'ils soient justes — L'hébreu ajoute : *et du nettoyage de l'épha et du poids* (*épha :* voir au glossaire POIDS ET MESURES).
5. *ni de faire saigner ... domestique :* hébreu *et un serviteur mauvais qui boîte pour marcher;* autre traduction *et de donner au serviteur mauvais et boiteux des coups de bâton,*

et là où il y a beaucoup de
mains,
mets les choses sous clef.

7 Ce que tu mets en dépôt,
fais-le compter et peser;
ce que tu donnes, ce que tu
reçois, mets tout par écrit.

8 N'aie pas honte de corriger
l'imbécile et le sot
et le vieillard très âgé accusé
de débauche[1].
Tu montreras alors que tu es
véritablement instruit
et tu recevras l'approbation de
tout le monde.

Soucis d'un père pour sa fille

9 Une fille est pour son père une
cause secrète d'insomnie[2],
le souci qu'elle donne éloigne
le sommeil :
quand elle est jeune, parce
qu'elle risque de laisser passer
la fleur de l'âge,
une fois mariée, parce qu'elle
pourrait être détestée,

10 vierge, elle risque d'être déflo-
rée
et de devenir enceinte dans la
maison de son père;

alors qu'elle est unie à un mari,
elle risque d'être infidèle,
et dans la maison de son mari,
elle risque d'être stérile.

11 Autour d'une fille sans retenue
monte une garde renforcée,
de peur qu'elle ne fasse de toi
la risée de tes ennemis,
la fable de la ville et la cause
de l'attroupement du peuple
et qu'elle ne te couvre de honte
à l'assemblée plénière[1].

Se garder des femmes

12 Ne fixe tes regards sur la
beauté d'aucun être humain
et ne t'assieds pas au milieu
des femmes[2],

13 car des vêtements sort la
teigne
et d'une femme une méchanceté de femme.

14 Mieux vaut la méchanceté d'un
homme que la bonté d'une
femme;
une femme couvre de honte et
expose à l'insulte.

---

1. *très âgé ... débauche :* autre texte *très âgé qui
discute avec des jeunes;* texte hébreu *chancelant
préoccupé de débauche;* autre texte hébreu et
l'homme âgé qui prend conseil pour la débauche.
2. *une cause secrète d'insomnie :* hébreu *un trésor décevant.*

1. *et la cause de l'attroupement du peuple;* hébreu *et de l'assemblée du peuple;* autre texte hébreu *et l'objet de la malédiction du peuple* — l'assemblée plénière : hébreu *l'assemblée de la porte*
(de la ville), c'est-à-dire *le tribunal* — l'hébreu et
l'ancienne version syriaque ajoutent : *dans le lieu
où elle habite, qu'il n'y ait pas de fenêtre, ni de
pièce ayant vue sur les accès tout autour.*
2. Hébreu *A aucun homme qu'elle ne montre sa
beauté, et dans la maison des femmes qu'elle ne
converse pas.* En hébreu, jusqu'au v. 14, il s'agit
encore de la fille à surveiller et des dangers qu'elle
court en compagnie des femmes mariées.

SECTION E :

GRANDEUR ET SAGESSE DE DIEU

Dieu, créateur de l'univers

15 Je vais maintenant rappeler les oeuvres du Seigneur,
ce que j'ai vu, je vais le raconter.
Par les paroles du Seigneur, ses oeuvres existent[1] :

16 Le soleil qui brille regarde toutes choses
et l'oeuvre du Seigneur est pleine de sa gloire.

17 Il n'a pas été possible aux saints du Seigneur
de raconter toutes ses merveilles.
Celles que le Seigneur Tout-Puissant a solidement établies
pour que l'univers soit affermi dans sa gloire[2].

18 Il sonde l'*abîme et le *coeur,
il perce à jour leurs manoeuvres[3],
car le Très-Haut possède toute science,
il a le regard fixé sur les signes des temps.

19 Il annonce le passé et l'avenir
et révèle les indices des choses cachées.

20 Aucune pensée ne lui échappe,
pas une parole ne lui demeure cachée.

21 Il a disposé avec ordre les oeuvres grandioses de sa sagesse,
car il est[1] avant l'éternité et jusqu'à l'éternité.
Rien n'a été ajouté, rien n'a été ôté,
et il n'a eu besoin d'aucun conseiller.

22 Que toutes ses oeuvres sont désirables,
jusqu'à la plus petite étincelle qui se peut contempler[2].

23 Tout cela vit et demeure à jamais
pour tous les besoins, et tout obéit[3].

24 Toutes choses vont par deux, l'une correspond à l'autre
et il n'a rien créé d'imparfait.

25 L'une renforce le bien de l'autre.
Qui pourrait se rassasier de voir sa gloire[4] ?

Les astres

43 1 Quelle splendeur que les hauteurs du pur firmament,

---

1. *Par les paroles ... existent* : grec, hébreu; autre texte hébreu *Dans* (ou *Par*) *la parole de Dieu sa volonté s'exprime* (ou *s'accomplit*) — A la fin du verset quelques manuscrits grecs ajoutent : *et son décret s'est réalisé avec sa bénédiction;* hébreu *sa doctrine est une oeuvre de sa bienveillance* (ou *volonté*).

2. *saints* : ce mot désigne ici les anges — *dans sa gloire* (celle de l'univers); hébreu *devant sa gloire* (celle de Dieu).

3. *manoeuvres* : hébreu *secrets* — *les signes des temps* : peut-être les astres qui divisent et marquent le temps (voir 43.6; Gn 1.14); hébreu *ce qui doit arriver jusqu'à l'éternité.*

1. *car il est* : hébreu *car il est le même.*

2. *jusqu'à* : autre texte *comme* — hébreu *jusqu'à une étincelle et à une vision fugitive.*

3. *et tout obéit* : grec et un manuscrit hébreu; autre manuscrit hébreu *tout est gardé.*

4. *sa gloire* : hébreu *leur gloire.*

quel spectacle que le ciel
quand on voit sa gloire[1] !

2 Le soleil qui paraît proclame à
son lever
quelle chose admirable est
l'oeuvre du Très-Haut.

3 À son midi il dessèche la terre,
devant son ardeur qui peut tenir ?

4 On attise la fournaise pour les
travaux qui se font à chaud,
mais trois fois plus chaud est
le soleil qui brûle les monts.
Il exhale des vapeurs brûlantes[2]
et, dardant ses rayons, il
éblouit les yeux.

5 Il est grand, le Seigneur qui l'a
créé;
par ses paroles il dirige sa
course rapide[3].

6 La lune aussi, à sa date, fixe
l'indication des époques et le
signal du temps[4].

7 De la lune vient le signal de la
fête[5],
cet astre qui diminue sur la fin.

8 C'est d'elle que le mois reçoit
son nom;
elle a une croissance merveilleuse au cours de son changement[1],
fanal des armées qui campent
là-haut,
brillant au firmament du ciel.

9 La beauté du ciel, c'est la
gloire des astres[2],
ornement lumineux dans les
hauteurs du Seigneur[3].

10 À la parole du *Saint, ils se
tiennent selon son ordre,
ils ne se relâchent pas dans
leurs veilles[4].

Les merveilles de la nature

11 Vois l'arc-en-ciel et bénis celui
qui l'a fait,
il est si beau dans sa splendeur.

12 Il trace dans le ciel un cercle
de gloire,
les mains du Très-Haut l'ont
tendu.

13 Par son ordre il précipite la
neige,
il dépêche les éclairs exécuteurs de son jugement[5].

1. Le sens général des v. 1-5 est clair, mais l'interprétation des détails est incertaine, malgré l'accord global du texte hébreu et de sa traduction grecque.

2. *On attise ... à chaud* : un manuscrit hébreu *Le four est embrasé pour les ouvrages de fonte* — il exhale des vapeurs brûlantes : hébreu *une langue de l'astre consume la terre habitée.*

3. Hébreu *Car le Seigneur en a fait un signe et ses paroles dirigent (ou font briller) ses ministres* (ou *régulateurs*). Les astres sont qualifiés de *minis-tres de Dieu* ou *de régulateurs du monde et du calendrier*. Vers l'époque de Ben Sira, le soleil joue un grand rôle dans l'établissement d'un calendrier parallèle au calendrier officiel.

4. Hébreu *La lune aussi luira en des temps qui reviennent* (autre texte *La lune aussi guidera les temps*) pour présider aux époques et être un signe éternel.

5. *De la lune ... la fête* : grec et ancienne version syriaque; hébreu *Par elle sont fixées les fêtes et les dates légales.* Du temps de Ben Sira le calendrier officiel était fondé sur la lune. Les deux grandes fêtes de Pâque et des Tentes (voir au glossaire CALENDRIER) commençaient le jour de la pleine lune (Lv 23.5, 34).

1. *le mois reçoit son nom* : le nom hébreu de la lune sert aussi à désigner le mois — *elle a une croissance ... son changement* : hébreu *comme elle est admirable dans son retour* — *les armées qui campent là-haut* : les astres.

2. Hébreu *La beauté du ciel et sa gloire, c'est une étoile*; autre traduction *La beauté du ciel et la gloire d'une étoile ...* — En hébreu les v. 9-10 parlent d'une étoile. On peut y voir une comparai-son qui s'applique à la lune ou bien la désignation de Vénus, l'étoile du matin.

3. Hébreu *et sa lumière brille dans les hauteurs de Dieu;* autre texte *elle orne* (ou *elle se lève le matin*) *et fait resplendir les hauteurs de Dieu.*

4. Hébreu *Par la Parole de Dieu elle se tient à la place prescrite et ne se relâche pas dans leurs veilles* (probablement les veilles prescrites aux astres).

5. Hébreu *Sa puissance dessine l'éclair* (autre texte *la grêle*) *et fait briller les traits enflammés lors du jugement.*

14 C'est pourquoi s'ouvrent les réserves[1],
   et les nuages s'envolent comme des oiseaux.

15 Dans sa grandeur il durcit les nuages
   qui se pulvérisent en grêlons.

17a La voix de son tonnerre met la terre en travail,

16 à sa vue les montagnes sont ébranlées.
   À sa volonté souffle le vent du sud

17b ainsi que l'ouragan du nord et le tourbillon du vent.

   Comme des oiseaux qui descendent, il répand la neige,
   comme la sauterelle qui s'abat, elle tombe.

18 La beauté de sa blancheur émerveille[2] l'oeil,
   et quand elle tombe le coeur est ravi.

19 Comme du sel sur la terre il déverse le givre
   qui gèle et devient des pointes d'épines[3].

20 Le vent froid du nord souffle et gèle la glace à la surface de l'eau.
   Sur toute nappe d'eau il s'abat et comme d'une cuirasse la revêt.

21 Il dévore les montagnes et brûle le désert,
   il consume la verdure comme un feu.

22 À tout cela la brume humide apporte un prompt remède,
   la rosée qui survient après la canicule ramène la joie.

23 Selon son dessein il a dompté l'*abîme
   et il y a planté des îles.

24 Ceux qui naviguent sur la mer racontent ses dangers[1],
   et nous n'en croyons pas nos oreilles.

25 Il y a là des oeuvres étranges et merveilleuses,
   animaux de toute espèce et la race des monstres marins.

26 Par lui son messager réussit
   et par sa parole toutes choses s'arrangent[2].

27 Nous pourrions dire bien des choses sans arriver au bout,
   le point final de nos discours, c'est : il est le tout.

28 Où trouver la force de le glorifier ?
   Car il est le Grand, il dépasse toutes ses oeuvres.

29 Le Seigneur est redoutable et souverainement grand
   et merveilleuse est sa puissance.

30 Pour glorifier le Seigneur, exaltez-le
   autant que vous le pourrez, il sera encore au-dessus.
   À l'exalter mettez beaucoup de force,
   ne vous lassez pas, car vous n'arriverez pas au bout.

31 Qui l'a vu pour être capable de le décrire ?
   Qui le magnifiera à la mesure de ce qu'il est ?

32 Il y a bien des choses cachées plus grandes que celles-là,
   car nous n'avons vu que peu de ses oeuvres.

33 En effet c'est le Seigneur qui a tout fait

---

1. *les réserves*, c'est-à-dire les magasins où Dieu est censé tenir en réserve la foudre et les autres fléaux.

2. *émerveille* : hébreu *détourne*.

3. *qui gèle ... épines* : hébreu *qui forme des fleurs (ou des cristaux) semblables à du saphir* (autre texte *des épines*).

1. *ses dangers* : hébreu *ses limites*.

2. *réussit* : hébreu *fait bon voyage* — *toutes choses s'arrangent* : hébreu *il exécute sa volonté*.

et aux hommes pieux il a donné la sagesse.

Eloge des ancêtres[1]

44 1 Faisons donc l'éloge des hommes illustres,
de nos pères, dans leurs générations[2].

2 Le Seigneur a créé une gloire abondante,
sa grandeur depuis toujours[3] :

3 des hommes ont dominé dans leurs royaumes,
ont été renommés pour leur puissance,
conseillers grâce à leur intelligence,
annonciateurs de *prophéties[4],

4 chefs du peuple par leurs conseils,
leur intelligence dans l'instruction du peuple,
et les sages paroles de leur enseignement[5].

5 Ils inventaient des chants mélodieux,

1. Le titre est donné par les manuscrits grecs et hébreu.

2. *hommes illustres* : hébreu *hommes de bien* (voir 44.10) ou *hommes pieux*, c'est-à-dire dévoués à la Loi — *de nos pères dans leurs générations* : d'après l'hébreu; grec *et de nos pères qui nous ont engendrés*.

3. Grec peu clair; texte hébreu *La portion du Très-Haut* (désignation imagée d'Israël) *abonde en gloire, elle est sa grandeur depuis toujours.* Autre texte hébreu *Le Très-Haut leur a donné en partage une gloire abondante et ils ont été grands depuis toujours* — Les v. 2-9 peuvent s'appliquer soit aux non-juifs célèbres, soit aux ancêtres d'Israël. A partir du v. 10 il s'agit sûrement d'Israël.

4. *dans leurs royaumes* : autres traductions *par leur façon de régner* ou *pendant leur règne* — *annonciateurs de prophéties* : hébreu *visionnaires universels dans leurs prophéties.*

5. *leur intelligence dans l'instruction du peuple* : hébreu *princes grâce à leurs profondes pensées*; autre texte hébreu *princes grâce à leurs décrets* — *les sages paroles de leur enseignement* : hébreu *habiles à parler grâce à leur formation de scribe* — Après *enseignement* l'hébreu ajoute *et gouverneurs dans leurs fonctions*; autre traduction *et auteurs de proverbes grâce à leurs traditions.*

écrivaient des récits poétiques.

6 Hommes riches, dotés de puissance,
vivant en paix dans leurs demeures.

7 Tous ces gens-là ont été glorifiés par ceux de leur génération
et de leur vivant on les a vantés.

8 Certains parmi eux ont laissé un nom
qui fera raconter leurs louanges.

9 Il y en a aussi dont il ne reste pas de souvenir;
ils ont péri comme s'ils n'avaient pas existé,
ils sont comme s'ils n'avaient pas été,
ainsi que leurs enfants après eux.

10 Mais voici des hommes de bien dont les bonnes actions n'ont pas été oubliées[1].

11 À leur descendance passent leurs biens,
leur héritage à leurs rejetons[2].

12 Leur descendance remplit ses obligations
et leurs enfants à cause d'eux.

13 À jamais demeurera leur descendance
et leur gloire ne disparaîtra pas. 14 Leurs corps ont été ensevelis dans la paix
et leur nom vit pour les générations.

15 Des nations raconteront[3] leur sagesse

1. *hommes de bien* : voir la note sur 44.1 — *dont les bonnes actions n'ont pas été oubliées* : hébreu *et ce qu'ils espèrent ne finira pas.*

2. Traduction d'après l'hébreu; grec *Avec leur descendance demeure un bon héritage, leurs rejetons.*

3. *Des nations raconteront* : hébreu *La communauté répétera.*

et l'assemblée annoncera leur
louange.

Hénok, Noé

16 Hénok plut au Seigneur et fut
transféré;
c'est un exemple de conversion[1] pour les générations.

17 Noé fut trouvé parfait et juste;
au temps de la colère il assura
la relève.
À cause de lui il y eut un reste
pour la terre
quand arriva le déluge[2].

18 Des alliances éternelles furent
établies avec lui
pour que tout être de chair ne
fût plus détruit par un déluge.

Abraham, Isaac, Jacob

19 Le grand Abraham, ancêtre
d'une multitude de nations,
il ne s'est trouvé personne pour
l'égaler en gloire[3].

20 Il observa la loi du Très-Haut
et entra dans une *alliance
avec lui.
Dans sa chair il établit l'alliance
et dans l'épreuve il fut trouvé
fidèle.

21 C'est pourquoi Dieu lui assura
par serment
que les nations seraient bénies
en sa descendance,
qu'il le multiplierait comme la
poussière de la terre,
qu'il exalterait sa descendance
comme les étoiles
et qu'ils recevraient le pays en
héritage
de la mer jusqu'à la mer
et depuis le Fleuve jusqu'aux
extrémités de la terre[1].

22 À Isaac il donna la même assurance
à cause d'Abraham son père.

La bénédiction de tous les
hommes et l'alliance[2],

23 il les fit reposer sur la tête de
Jacob.
Il le confirma dans ses bénédictions[3]
et lui donna en héritage le
pays
qu'il divisa en lots
et partagea entre les douze tribus.

Moïse

Il fit sortir de lui un homme de
bien
qui trouva grâce aux yeux de
tous[4],

---

1. La mention d'*Hénok* fait double emploi avec celle de 49.14. Elle manque dans le plus ancien manuscrit hébreu et dans l'ancienne version syriaque — *exemple de conversion :* hébreu *signe de science.* Dans la littérature apocalyptique Hénok est l'inventeur de l'écriture et de l'astronomie; il possède la connaissance des secrets naturels et surnaturels.
2. *la colère,* sous-entendu *de Dieu* — *pour la terre quand arriva le déluge :* hébreu *et par son alliance cessa le déluge* (*l'alliance :* allusion à l'arc-en-ciel selon Gn 9.9-17).
3. *il ne s'est trouvé … en gloire :* hébreu *il ne mit aucune tache sur sa gloire.*

1. *qu'il le multiplierait … comme les étoiles :* absent de l'hébreu — *qu'il exalterait … comme les étoiles :* grec; ancienne version syriaque et *qu'il ferait dominer sa descendance au-dessus des na-tions — de la mer jusqu'à la mer :* de la mer Morte jusqu'à la Méditerranée — *le Fleuve : l'Euphrate.*
2. *il donna la même assurance :* hébreu *il suscita un fils* — *La bénédiction … et l'alliance :* hébreu *alliance pour tout ancêtre il l'établit.*
3. *dans ses bénédictions :* hébreu *dans ses droits de premier-né* (voir Gn 25.29-34; 27.19-33).
4. *homme de bien* ou *homme pieux* (voir la note sur 44.1) — *Il fit sortir … aux yeux de tous :* certains interprètes appliquent ces deux lignes à Joseph, fils de Jacob.

45 1 aimé de Dieu et des hommes,
Moïse dont la mémoire est en bénédiction.

2 Il lui donna une gloire égale à celle des *anges
et il le rendit grand par la crainte qu'il inspirait aux ennemis[1].

3 Par ses paroles il précipita les prodiges,
il le glorifia devant les rois[2],
il lui·donna des commandements pour son peuple
et il lui montra quelque chose de sa gloire.

4 À cause de sa fidélité et de sa douceur il le consacra,
il le choisit parmi tous les êtres de chair.

5 Il lui fit entendre sa voix
et l'introduisit dans la nuée.
Il lui donna face à face les commandements,
la loi de vie et d'intelligence pour enseigner à Jacob l'*alliance[3]
et ses décrets à Israël.

Aaron

6 Il éleva Aaron, un *saint semblable à Moïse,
son frère, de la tribu de Lévi.

7 Il l'établit par une règle perpétuelle
et lui donna le sacerdoce du peuple.

Il le rendit heureux par de beaux ornements[1]
et le ceignit d'une robe de gloire.

8 Il le revêtit de toute une superbe parure
et le couronna des insignes de sa puissance,
caleçons, longue tunique et éphod[2].

9 Il l'entoura de grenades,
de clochettes d'or, en grand nombre, tout autour,
qui retentissaient à chacun de ses pas
et faisaient entendre leur tintement dans le Temple,
en mémorial[3] pour les fils de son peuple,

10 et d'un vêtement sacré d'or, de pourpre violette
et de pourpre rouge, travail d'artiste;
du pectoral du jugement, de l'oracle de vérité[4],

11 de cramoisi retors, travail d'artisan,
de pierres précieuses gravées à la manière d'un sceau,
serties dans une monture d'or, travail de lapidaire,
avec une inscription gravée pour servir de mémorial,
selon le nombre des tribus d'Israël;

12 un diadème d'or par-dessus le turban,
portant gravée l'inscription de consécration,

---

1. *et il le rendit ... aux ennemis* : hébreu *il le fortifia dans les hauteurs*, c'est-à-dire sur le mont Sinaï (voir Ex 19).
2. *il précipita* ou *il hâta* : d'après l'hébreu; grec *il fit cesser* — *il le glorifia devant les rois* : hébreu *il le fortifia devant le roi*, c'est-à-dire devant le *Pharaon.
3. *la nuée* : voir Ex 13.21 et la note — *face à face* : hébreu *entre les mains* — *l'alliance* : hébreu *les prescriptions*.

1. *Il le rendit heureux par de beaux ornements* : hébreu *et il* (Aaron) *le* (Dieu) *servit dans sa gloire*.
2. *couronna* : d'après l'hébreu et l'ancienne version latine; grec *fortifia* — *éphod* : hébreu *manteau*.
3. *en mémorial* : soit pour rappeler à Dieu le souvenir de son peuple (voir Ex 28.12; Nb 31.54), soit pour aider Israël à ne pas oublier Dieu (voir Nb 17.5).
4. *l'oracle de vérité* : Ourim et Toummim (voir Nb 28.30).

insigne d'honneur, travail de
haute qualité,
délices des yeux, parfaitement
ornées.

13 Avant lui il n'y avait rien eu
d'aussi beau,
jamais un étranger ne les revêtit,
mais seulement ses fils
et ses descendants pour toujours.

14 Ses *sacrifices se consument
entièrement,
deux fois par jour, à perpétuité.

15 C'est Moïse qui lui conféra
l'investiture
et lui fit l'*onction d'huile
sainte.
Ce fut pour lui une *alliance
éternelle
ainsi que pour sa descendance,
tous les jours que durera le
ciel,
pour officier et en même
temps exercer le sacerdoce
et bénir son peuple par le
*Nom.

16 Il le choisit parmi tous les vivants
pour offrir l'holocauste[1] au
Seigneur,
l'*encens et le parfum en mémorial,
pour faire le rite d'absolution
sur le peuple.

17 Il lui donna dans ses commandements
pouvoir sur les prescriptions de
la loi,
pour enseigner à Jacob ses exigences
et illuminer Israël par sa loi.

18 Des étrangers[1] se dressèrent
contre lui
et le jalousèrent au désert,
les hommes de Datân et d'Abirâm
et la bande de Coré, dans une
furieuse colère.

19 Le Seigneur le vit et cela lui
déplut,
ils furent exterminés par la fureur de sa colère;
il fit contre eux des prodiges,
les dévorant par les flammes
de son feu.

20 Il ajouta encore à la gloire
d'Aaron
et lui donna un héritage :
il lui donna en partage les
*prémices des premiers fruits,
et lui assura d'abord le pain à
satiété,

21 car ils ont pour nourriture les
sacrifices du Seigneur;
il les lui a donnés ainsi qu'à sa
descendance.

22 Par contre, dans la terre du
peuple il n'a pas d'héritage
et il n'y a pas de part pour lui
au milieu du peuple, .
car *moi-même je suis ta part et
ton héritage.*

Pinhas

23 Pinhas fils d'Eléazar est le
troisième en gloire
pour son zèle dans la crainte[2]
du Seigneur
et pour sa fermeté lors de la
défection du peuple
dans le généreux courage de
son âme;

---

1. *holocauste* : voir au glossaire SACRIFICES.

1. *Datân, Abirâm, Coré* et leurs partisans étaient
étrangers à la famille d'Aaron (voir Nb
16.1-17.15).
2. *le troisième en gloire*, soit après Moïse et
Aaron, soit peut-être après Abraham (voir 44.19)
et Moïse (voir 45.2) — *la crainte* ou *le respect.*

il obtint ainsi le pardon pour Israël.

24 C'est pourquoi fut établie en sa faveur une *alliance de paix :
il serait le chef du *sanctuaire et de son peuple,
pour qu'à lui et à sa descendance appartienne
à jamais le souverain sacerdoce.

25 Il y eut aussi une alliance avec David fils de Jessé, de la tribu de Juda ;
l'héritage du roi passe d'un fils à un seul fils,
l'héritage d'Aaron passe à toute sa descendance.

26 Que le Seigneur mette la sagesse en votre *coeur
pour juger son peuple avec justice,
afin que leur prospérité ne disparaisse pas,
ni leur gloire dans les générations[1].

Josué et Caleb

46 1 Josué fils de Noun fut un vaillant guerrier.
Il succéda à Moïse dans la fonction *prophétique
et, conformément à son nom[2], devint grand pour sauver les élus du Seigneur,
pour châtier les ennemis dressés contre lui
et faire prendre possession à Israël de son héritage.

2 Quelle gloire il s'acquit quand il levait les mains

et brandissait l'épée contre les villes !

3 Qui donc avant lui avait été aussi ferme[1] ?
C'est lui en effet qui menait les combats du Seigneur.

4 N'est-ce pas par lui que le soleil fut arrêté
et qu'un seul jour en devint deux ?

5 Il invoqua le Très-Haut, le Puissant,
quand les ennemis le pressaient de toute part,
et le Seigneur Grand l'exauça en envoyant des grêlons d'une force énorme.

6 Il fondit sur la nation ennemie, il fit périr les adversaires qui dévalaient la pente,
afin que les nations connaissent toutes ses armes,
puisque c'est contre le Seigneur qu'elles faisaient la guerre[2].
En effet il marcha à la suite du Puissant

7 et aux jours de Moïse il agit avec fidélité,
ainsi que Caleb fils de Yefounné :
en résistant face à l'assemblée, ils empêchèrent le peuple de pécher
et firent cesser les murmures mauvais.

8 Aussi eux deux furent sauvés, seuls parmi 600 milliers de fantassins,
pour être introduits dans l'héritage,

---

1. *Que le Seigneur ... dans les générations* : prière en faveur des descendants d'Aaron — *juger* ou *gouverner*.

2. *Josué* signifie *le Seigneur sauve* (voir Mt 1.21 et la note).

---

1. Hébreu *Qui pouvait tenir devant lui ?*

2. *Ses armes* : les armes de Josué sont celles de Dieu — *afin que ... faisaient la guerre* : hébreu *afin que tous les peuples voués à l'interdit sachent que Dieu surveille leurs combats (interdit : voir Dt 2.34 et la note).*

dans une terre ruisselant de lait et de miel[1].

9 Et le Seigneur donna à Caleb la vigueur
qui lui resta jusque dans la vieillesse,
il lui fit gravir les hauteurs du pays[2]
que sa descendance devait garder en héritage,

10 afin que tous les fils d'Israël sachent
qu'il est bon de suivre le Seigneur.

Les Juges

11 Les juges aussi, chacun d'après sa renommée,
tous ceux dont le *coeur ne s'est pas prostitué[3]
et qui ne se sont pas détournés du Seigneur,
que leur souvenir soit en bénédiction !

12 Que leurs os refleurissent de leur tombe[4]
et que leur nom se renouvelle dans les fils de ces hommes illustres !

Samuel

13 Aimé par son Seigneur, Samuel,

*prophète du Seigneur, établit la royauté,
il oignit[1] des chefs sur son peuple.

14 D'après la loi du Seigneur il jugea[2] l'assemblée
et le Seigneur intervint en faveur de Jacob.

15 Par sa fidélité il se montra authentique prophète,
dans ses paroles il fut reconnu voyant véridique.

16 Il invoqua le Seigneur, le Puissant,
quand ses ennemis le pressaient de toute part,
en offrant un agneau de lait.

17 Le Seigneur tonna du ciel
et, avec un grand fracas, fit entendre sa voix.

18 Il extermina les chefs des Tyriens
et tous les princes des Philistins[3].

19 Avant le temps du sommeil éternel il témoigna
devant le Seigneur et son oint :
« Je n'ai jamais pris le bien de qui que ce soit,
pas même des sandales »,
et personne ne l'accusa[4].

20 Même après s'être endormi, il prophétisa encore
et annonça au roi sa fin;
du sein de la terre il éleva la voix

1. Voir Ex 3.8 et la note.
2. *les hauteurs du pays* : la région montagneuse d'Hébron, attribuée à Caleb (Jos 14.13-15).
3. *juges* : voir Jg 2.16 et la note — *d'après sa renommée* : autre traduction *nommément* — *prostitué* : voir Os 2.4 et la note.
4. *Que leurs os refleurissent de leur tombe* : ce souhait concerne probablement une postérité qui renouvellerait, du temps de Ben Sira, la fidélité des juges, plutôt qu'il n'exprime l'idée d'une résurrection — La ligne manque en hébreu.

1. Hébreu *Aimé de son peuple et agréable à son créateur, celui qui fut demandé dès le sein de sa mère, consacré au Seigneur dans la fonction prophétique, Samuel, juge et prêtre. Sur l'ordre de Dieu il établit la royauté — oignit* : voir au glossaire OINDRE.
2. *il jugea* ou *il gouverna*.
3. *il extermina* : hébreu *il soumit* (voir 1 S 7.13).
— *Tyriens* : hébreu *ennemi* — *Philistins* : voir Gn 26.1 et la note.
4. *L'oint* du Seigneur : *Saül — accusa* : l'hébreu ajoute *jusqu'au temps de sa fin il fut trouvé avisé aux yeux du Seigneur et aux yeux de tout vivant.*

en prophétisant pour effacer l'iniquité du peuple[1].

Natan et David

47 1 Après lui se leva Natan pour *prophétiser aux jours de David.

2 Comme la graisse qu'on prélève sur les *sacrifices du salut[2],
   ainsi David fut mis à part parmi les fils d'Israël.

3 Il se joua des lions comme de chevreaux
   et des ours comme de jeunes agneaux.

4 Dans sa jeunesse n'a-t-il pas tué le géant
   et supprimé la honte du peuple,
   quand il brandit la fronde avec une pierre
   et abattit l'arrogance de Goliath ?

5 en effet il invoqua le Seigneur, le Très-Haut,
   qui mit en sa droite la force
   pour supprimer un homme expert au combat
   et relever la puissance de son peuple.

6 Aussi lui a-t-on fait gloire de 10.000,
   on l'a loué dans les bénédictions du Seigneur

en lui offrant le diadème de gloire[1].

7 Car il extermine les ennemis alentour,
   il anéantit les Philistins ses adversaires[2],
   jusqu'à ce jour il brisa leur puissance.

8 En toutes ses oeuvres il rendit hommage
   au *Saint Très-Haut par des paroles de louange,
   de tout son coeur il chanta des hymnes[3]
   et il aima celui qui l'avait créé.

9 Il établit des chantres devant l'*autel
   où ils faisaient retentir de douces mélodies[4].

10 Il donna aux fêtes de la splendeur,
   un éclat parfait aux solennités[5]
   en leur faisant louer le saint nom du Seigneur,
   en faisant dès l'aurore résonner le *sanctuaire.

11 Le Seigneur lui enleva ses fautes
   et exalta pour toujours sa puissance,
   il lui donna une *alliance royale
   et un trône glorieux en Israël.

Salomon

12 Après lui se leva un fils plein de savoir

---

1. *il prophétisa encore* : allusion probable à l'annonce de la défaite d'Israël et de la mort de Saül (voir 1 S 28.19). On ne voit guère à quoi fait allusion la dernière ligne du verset; elle manque dans le texte hébreu.
2. Les parties grasses des victimes des sacrifices étaient considérées comme les meilleurs morceaux — *sacrifices de salut* : hébreu *sacrifices de paix*.

1. *dans les bénédictions* : autre traduction *pour les bénédictions* — Hébreu *Aussi les filles ont chanté pour lui et l'ont surnommé « Dix-mille. » Quand il eut ceint le diadème, il combattit.*
2. *Car il extermine … ses adversaires* : hébreu *Alentour il soumit l'ennemi, il établit des villes chez les Philistins.*
3. Les *hymnes* : les psaumes (voir 2 S 23.1).
4. Quelques manuscrits grecs ajoutent : *et chaque jour ils loueront par leurs chants.*
5. *un éclat parfait aux solennités* : autre traduction *il ordonna à la perfection les temps sacrés.*

qui, à cause de lui[1], vécut en
sécurité.

13 Salomon régna en un temps de
paix,
Dieu lui accorda le repos alentour
afin qu'il élève une Maison[2]
pour son *nom
et prépare un *sanctuaire pour
l'éternité.

14 Comme tu as été sage en ta
jeunesse,
rempli d'intelligence comme un
fleuve !

15 Ton esprit a recouvert la terre,
tu l'as remplie de *paraboles et
d'énigmes,

16 ton nom a atteint jusqu'aux
îles lointaines
et tu fus aimé pour ta paix[3].

17 Tes chants, tes proverbes, tes
paraboles
et tes interprétations ont fait
l'admiration du monde.

18 Au nom du Seigneur Dieu,
de celui qu'on appelle le Dieu
d'Israël[4],
tu as amassé l'or comme de
l'étain
et comme du plomb tu as accumulé l'argent.

19 Tu as livré tes flancs aux
femmes,
tu as été asservi dans ton
corps.

20 Tu as infligé une tache à ta
gloire,
tu as profané ta race
au point d'amener la colère sur
tes enfants

et de leur faire déplorer ta folie[1].

21 La souveraineté fut scindée en
deux
et d'Ephraïm il surgit un
royaume rebelle.

22 Mais le Seigneur ne renonça
pas à sa miséricorde
et ne laissa se perdre aucune
de ses paroles,
il ne fit pas disparaître les descendants de son élu[2]
et ne supprima point la postérité de celui qui l'avait aimé,
à Jacob il donna un reste
et à David une racine issue de
lui.

Roboam et Jéroboam

23 Puis Salomon se reposa avec
ses pères
et laissa après lui quelqu'un de
sa postérité,
le plus fou du peuple, dépourvu d'intelligence,
Roboam qui causa la révolte
du peuple par sa décision.
Jéroboam[3] fils de Nevath fit
pécher Israël
et indiqua à Ephraïm le chemin du péché.

24 Alors leurs péchés se multiplièrent tant
qu'ils furent déplacés de leur
pays.

---

1. *à cause de lui* : David.
2. *une Maison* : le Temple de Jérusalem.
3. *pour ta paix* : jeu de mots sur le nom de
Salomon qui a en hébreu la même racine que paix.
4. *Au nom ... le Dieu d'Israël* : hébreu *Tu fus
appelé du nom vénéré qu'on invoque sur Israël;*
allusion probable au premier nom porté par Salomon, « Yedidya », aimé du Seigneur (voir 2 S
12.25).

1. *la colère* : sous-entendu *de Dieu* — *et de leur
faire déplorer ta folie* : autre traduction *et de te
faire déplorer ta folie*; hébreu *et l'affliction sur tes
descendants*.
2. *ses paroles* : d'après l'hébreu; grec *ses oeuvres*
— *son élu* : hébreu *ses élus*.
3. *se reposa avec ses pères* : voir 1 R 1.21 et la
note — *le plus fou du peuple* : hébreu *à la grande
folie*. Dans le texte hébreu il y a un jeu de mots
entre le nom de *Roboam* et l'expression traduite ici
par *le plus fou du peuple* — en hébreu le nom de
Jéroboam, détesté entre tous, est précédé d'une
sorte de malédiction : *jusqu'au jour où se leva
(Qu'il n'y ait aucun souvenir de lui !) Jéroboam, fils
de Nevath.*

25 Ils se livrèrent à toutes sortes
   de méfaits
   jusqu'à la venue du châtiment.

Elie

48 ¹ Le *prophète Elie se leva
         comme un feu
   et sa parole brûlait comme une
   torche.
2 Il fit venir sur eux la famine
   et par son zèle les réduisit à un
   petit nombre.
3 Par la parole du Seigneur il
   ferma le ciel¹
   et en fit aussi, par trois fois,
   descendre le feu.
4 Quelle gloire tu t'es acquise,
   Elie, par tes prodiges²!
   Qui pourra s'enorgueillir de te
   ressembler?
5 Toi qui as fait lever un défunt
   de la mort
   et du *séjour des morts par la
   parole du Très-Haut³,
6 toi qui as précipité des rois
   dans la ruine
   et des personnages à bas de
   leur couche⁴,
7 toi qui entendis au Sinaï des
   reproches
   et à l'Horeb des sentences de
   châtiment,
8 toi qui oignis des rois⁵ pour
   exercer la rétribution
   et des prophètes pour être tes
   successeurs,
9 toi qui fus emporté dans un
   tourbillon de feu

sur un char aux chevaux de
feu¹,
10 toi qui fus désigné, dans les
   reproches pour les temps à venir,
   pour apaiser la colère² avant
   qu'elle ne se déchaîne,
   *ramener le coeur du père vers
   le fils*
   et rétablir les tribus de Jacob.
11 Heureux ceux qui t'ont vu
   et ceux qui se sont endormis
   dans l'amour,
   car nous aussi nous vivrons
   sûrement³.

Elisée

12 Lorsque Elie eut été caché
   dans le tourbillon,
   Elisée fut rempli de son esprit.
   Ses jours durant, il ne fut
   ébranlé par aucun chef
   et personne ne put lui en imposer.
13 Rien n'était trop difficile pour
   lui,
   même dans le sommeil de la
   mort son corps *prophétisa.
14 Pendant sa vie il fit des prodiges,
   même après sa mort ses oeuvres furent merveilleuses.

---

1. *il ferma le ciel* ou *il empêcha la pluie de tomber*.
2. *Quelle gloire ... tes prodiges* : hébreu *Que tu étais redoutable, Elie!*
3. *par la parole du Très-Haut* : hébreu *selon la volonté du Seigneur*.
4. *leur couche* : hébreu *leur royauté*.
5. *oignis* : voir au glossaire OINDRE — *des rois* : hébreu *des exécuteurs*.

1. *fus emporté* : l'hébreu et l'ancienne version syriaque ajoutent *en haut* — *chevaux de feu* : l'hébreu et l'ancienne version syriaque ajoutent : *au ciel*.
2. *toi qui fus ... les temps à venir* : hébreu *toi de qui il est écrit que tu es établi pour les temps à venir*. Ces temps sont probablement les temps messianiques, et les reproches concernant cet avenir sont des menaces — *la colère* : sous-entendu *de Dieu*.
3. *se sont endormis* ou *sont morts — Heureux ... sûrement* : il est difficile de préciser s'il s'agit de ceux qui ont vu Elie ou de ceux qui verront son retour. Ancienne version syriaque *Heureux celui qui t'a vu avant de mourir; en vérité il n'est pas mort, il vivra* (ou *nous vivrons*) *sûrement;* allusion probable à Elisée qui a vu Elie s'en aller (voir 2 R 2.10-12).

15 Malgré tout cela le peuple ne
se convertit pas,
ils ne s'éloignèrent pas de leurs
péchés,
jusqu'à ce qu'ils soient déportés de leur pays
et dispersés par toute la terre.
Il ne resta qu'un peuple très
peu nombreux
et un chef de la maison de
David[1].

16 Quelques-uns d'entre eux firent ce qui plaît à Dieu
mais d'autres multiplièrent les
péchés.

Ezékias et Esaïe

17 Ezékias fortifia sa ville[2]
et amena l'eau à l'intérieur.
Avec le fer il creusa le rocher
et construisit des réservoirs
pour les eaux.

18 De son temps monta Sennakérib,
il envoya Rabsakès; celui-ci
partit[3]
et leva la main contre *Sion,
il fut arrogant dans son orgueil.

19 Alors leurs coeurs[4] et leurs
mains tremblèrent
et ils éprouvèrent les douleurs
comme les femmes en travail.

20 Ils invoquèrent le Seigneur, le
Miséricordieux,
tendant les mains vers lui,
et du ciel le *Saint les exauça
promptement,

il les délivra par la main d'E-
saïe.

21 Il frappa le camp des Assyriens
et son ange les extermina[1],

22 car Ezékias fit ce qui plaît au
Seigneur;
il demeura ferme[2] dans les chemins de David son père
que lui avait prescrits le *prophète Esaïe,
grand et véridique en ses visions.

23 De son temps le soleil rétro-
grada
pour prolonger la vie du roi.

24 Sous une puissante inspiration
il vit la fin des temps
et consola les affligés de Sion[3].

25 Jusqu'à l'éternité il annonça
l'avenir
et les choses cachées avant
qu'elles n'arrivent.

Josias, les derniers rois de Juda, Jérémie

49 1 Le souvenir de Josias est
un mélange aromatique,
préparation due au travail du
parfumeur.
Dans toutes les bouches il est
comme du miel,
comme une musique dans un
banquet arrosé de vin.

2 Il suivit la voie droite en
convertissant le peuple
et il supprima les horreurs impies[4].

---

1. *de la maison de David* ou *de la famille de David.*
2. *sa ville : Jérusalem.*
3. *Rabsakès :* le grec traite comme un nom propre le titre de l'aide de camp (voir 2 R 8.17) — *celui-ci partit :* manque en hébreu et dans l'ancienne version syriaque; quelques manuscrits grecs ajoutent : *de Lakish* (voir la note sur 2 R 14.19).
4. *leurs coeurs :* ceux d'Ezékias et de Jérusalem.

1. *et son ange les extermina :* hébreu *et les bouleversa par un fléau.*
2. *il demeura ferme :* jeu de mots sur le nom d'*Ezékias* (le Seigneur affermit).
3. *consola les affligés de Sion :* allusion à Es 40-66.
4. *Il suivit ... le peuple :* autre traduction *Il réussit à convertir le peuple;* hébreu *Car il s'affligea de nos apostasies* — *il supprima les horreurs impies* ou *il supprima l'horrible culte des faux dieux* (voir 2 R 22-23).

3 Il dirigea son *coeur vers le
   Seigneur,
   en des jours impies il fortifia
   la piété.

4 Hormis David, Ezékias et Josias,
   tous ont accumulé les fautes,
   car ils ont abandonné la Loi
   du Très-Haut.
   Les rois de Juda disparurent[1],
5 car ils livrèrent leur vigueur à
   d'autres
   et leur gloire à une nation
   étrangère[2].
6 Les ennemis mirent le feu à la
   ville choisie, la ville du *sanctuaire,
   et rendirent désertes ses rues
7 à cause de Jérémie[3], car ils l'a-
   vaient maltraité,
   lui, consacré *prophète dès le
   sein de sa mère
   pour déraciner, détruire *et
   faire périr,* mais aussi *pour bâtir et planter.*

Ezéchiel et les Douze Prophètes

8 Ezéchiel eut une vision de la
   Gloire
   que Dieu lui montra sur le
   char des *chérubins[4],
9 car il se souvint des ennemis
   dans l'averse

et fit du bien à ceux qui suivent la voie droite[1].

10 Quant aux os des douze prophètes,
   qu'ils refleurissent de leur
   tombe,
   car ils ont encouragé[2] Jacob
   et ils l'ont délivré par la fidélité de l'espérance.

Zorobabel, Josué, Néhémie

11 Comment magnifier Zorobabel,
   lui qui fut comme un sceau à
   la main droite,
12 et de même Josué fils de Jo-
   sédek,
   eux qui, de leur temps, cons-
   truisirent la Maison[3]
   et élevèrent un *sanctuaire
   consacré au Seigneur,
   destiné à une gloire éternelle ?

13 De Néhémie aussi le souvenir
   est grand,
   lui qui releva nos remparts
   écroulés,
   rétablit portes et verrous
   et releva nos habitations.

Autres figures de patriarches

14 Nul sur la terre n'a été créé
   pareil à Hénok,
   car il fut, lui, emporté de la
   terre.

---

1. *Les rois ... disparurent* : hébreu *jusqu'à ce
qu'ils disparaissent.*
2. *car ils livrèrent leur vigueur* : c'est-à-dire qu'ils
firent alliance avec des nations étrangères, mani-
festant ainsi leur manque de foi en Dieu. Hébreu
*et Dieu livra leur vigueur à d'autres et leur gloire à
une nation folle et étrangère.*
3. *à cause de Jérémie* : autre traduction *selon la
prophétie de Jérémie.*
4. *que Dieu ... des chérubins* : hébreu *et il révéla
les aspects du char.*

1. *l'averse* : allusion très incertaine à Ez 38.22
— le texte hébreu et l'ancienne version syriaque *et
il évoqua aussi Job qui pratiqua toutes les voies de
la justice* (voir Ez 14.14, 20).
2. *douze prophètes* : l'auteur manifeste qu'à son
époque la collection des prophètes de la bible
hébraïque existe déjà — *ils ont encouragé* : hébreu
ils ont guéri.
3. *la Maison* ou *le Temple.*

15 Il n'y a pas eu non plus
d'homme comme Joseph,
chef de ses frères, soutien de
son peuple.
Ses ossements furent traités
avec respect.

16 Sem et Seth furent glorieux
parmi les hommes,
mais au-dessus de tout être vivant dans la création est
Adam[1].

Le grand prêtre Simon

50 1 C'est Simon fils d'Onias,
le grand prêtre,
qui pendant sa vie répara la
Maison[2]
et durant ses jours consolida le
*sanctuaire.

2 C'est par lui que furent posées
les fondations de la hauteur
double[3],
soubassement élevé de l'enceinte du *Temple.

3 Durant ses jours fut creusé le
réservoir des eaux,
un bassin dont le périmètre
était comme celui de la Mer[4].

4 Soucieux de préserver son
peuple de la ruine,
il fortifia la ville contre un
siège.

5 De quelle gloire il brillait
quand il faisait le tour du
sanctuaire,
quand il sortait de derrière le
voile[1] !

6 Comme l'étoile du matin au
milieu d'un nuage,
comme la lune aux jours où
elle est pleine[2],

7 comme le soleil resplendissant
sur le sanctuaire du
Très-Haut[3],
comme l'arc-en-ciel brillant
dans les nuages de gloire,

8 comme la fleur des rosiers aux
jours du printemps[4],
comme les lis près des sources
d'eau,
comme la végétation du Liban
aux jours de l'été,

9 comme l'*encens qui brûle sur
l'encensoir[5],
comme un vase d'or massif
orné de toutes sortes de pierres
précieuses,

10 comme l'olivier qui fait pousser des fruits,
comme le cyprès qui s'élève
jusqu'aux nues[6],

---

1. Hébreu *Sem, Seth et Enosh furent glorifiés,
mais au-dessus de tout être vivant il y a la gloire
d'Adam;* d'après l'ancienne version syriaque *Sem,
Seth et Enosh furent créés par l'homme (ou parmi
les hommes) et au-dessus de tout cela sont les
gloires d'Adam.*
2. *Simon* : Probablement Simon II, fils d'Onias
II et père d'Onias III qui fut le dernier grand
prêtre de la famille de Sadoq (Sadoq 2 S 20.25).
Simon mourut vers 195 av. J.-C. — en hébreu la
deuxième ligne de 49.15 est placée après le v. 16 et
s'applique à Simon *le plus grand parmi ses frères
et la gloire de son peuple — Onias :* hébreu *Yohanân — la Maison :* le bâtiment central du Temple,
qui avait souffert de la campagne égyptienne en
198 et qui fut réparé sur l'ordre d'Antiochus III.
3. *la hauteur double* : grec incertain et peu clair
— *C'est par lui ... du Temple:* hébreu *Durant ses
jours fut construit le mur, les angles d'habitation
dans le palais du roi.* L'hébreu place le v. 3 avant
le v. 2.
4. *le périmètre : hébreu la contenance; la Mer*
désigne ici le grand bassin de bronze placé dans le
Temple (1 R 7.23-26).

1. *quand il faisait le tour du sanctuaire :* autre
texte entouré par le peuple; hébreu *quand il regar-
dait depuis la *Tente — de derrière le voile :* désignation du lieu très saint du Temple (voir Ex
26.31-37). Le grand prêtre n'y pénétrait qu'à la
fête du Grand Pardon (voir Lv 16).
2. *d'un nuage :* hébreu et nombreux manuscrits
grecs *des nuages — comme la lune ... est pleine :*
hébreu *comme la pleine lune aux jours de la fête;*
la Pâque est célébrée à la pleine lune du mois de
nisan (voir Ex 12.6; Lv 23.5; Ez 45.21) et la fête
des Tentes est rattachée à la pleine lune d'automne
(Lv 23.34).
3. *sur le sanctuaire du Très-Haut :* autre traduction d'après l'hébreu *sur le palais du roi.*
4. *aux jours du printemps :* hébreu *aux jours de
la fête,* c'est-à-dire de la Pâque, au printemps.
5. *l'encensoir* hébreu *l'offrande.*
6. *comme le cyprès ... jusqu'aux nues :* hébreu
comme l'olivier qui gorge ses branches de sève.

11 quand il prenait la robe de
gloire
et revêtait toute sa superbe parure,
quand il montait au saint[1] *autel,
il remplissait de gloire l'enceinte
du sanctuaire;
12 quand il recevait les parts de la
main des prêtres,
debout lui-même près du foyer
de l'autel,
ses frères autour de lui formaient une couronne
comme des plants de cèdre sur
le Liban,
et l'entouraient comme des
troncs de palmiers[2],
13 tous les fils d'Aaron dans leur
gloire,
avec l'offrande[3] du Seigneur en
leurs mains,
devant toute l'assemblée d'Israël;
14 il remplissait les fonctions liturgiques à l'autel
et disposait l'offrande du
Très-Haut, Tout-Puissant;
15 il étendait la main sur la coupe
et versait la libation du sang
de la grappe,
il la répandait à la base de
l'autel,
parfum apaisant pour le Très-
Haut, Roi de l'univers[4].

16 Alors les fils d'Aaron poussaient des cris,
sonnaient de leur trompette de
métal battu
et faisaient entendre un grand
bruit,
en mémorial[1] devant le Très-
Haut.
17 Alors tout le peuple, avec ensemble, tout de suite,
tombait la face contre terre
pour adorer son Seigneur,
le Tout-Puissant, le Dieu Très-
Haut.
18 Et les chantres le louaient de
leurs voix;
dans une clameur immense la
mélodie se faisait douce.
19 Et le peuple suppliait le Seigneur Très-Haut,
en prière devant le Miséricordieux
jusqu'à ce que fût achevée la
cérémonie du Seigneur
et terminée sa liturgie[2].
20 Alors il redescendait et élevait
les mains
sur toute l'assemblée des fils
d'Israël,
pour donner de ses lèvres la
bénédiction du Seigneur
et avoir l'honneur de prononcer
son nom[3].
21 Et pour la seconde fois tous se
prosternaient
pour recevoir la bénédiction de
la part du Très-Haut.

Exhortation

22 Et maintenant bénissez le Dieu

---

1. *saint* : hébreu *majestueux.*
2. *les parts* : les morceaux de la victime destinés à être brûlés sur l'autel (voir Ex 29.17; Lv 1.8-9) — *des troncs de palmiers* : hébreu *des saules de torrent.*
3. *les fils d'Aaron : les prêtres — offrandes* : voir au glossaire SACRIFICES.
4. Ce verset qui existe dans les anciennes versions grecque et syriaque est absent de l'hébreu — *la libation* : voir au glossaire SACRIFICES — *sang de la grappe* ou *vin* — Les libations à la base de l'autel décrites dans Lv étaient des libations de sang. Une libation de vin accompagnait l'holocauste perpétuel (voir Ex 29.40), l'holocauste et l'offrande de la première gerbe (voir Lv 23.13) ainsi que diverses offrandes (voir Nb 15.1-12), mais cette libation se faisait au sommet de l'autel.

1. Voir Lv 2.2 et la note.
2. *et terminée sa liturgie* : hébreu *et qu'il eût apporté à Dieu ce qu'il lui devait.*
3. La formule de *bénédiction* : voir Nb 6.23-27 — A cette époque la fête du Grand Pardon (voir au glossaire CALENDRIER) était la seule circonstance où le grand prêtre était autorisé à prononcer le nom de YHWH.

lui qui fait partout de grandes
choses,
qui a exalté nos jours dès le
sein maternel
et agit avec nous selon sa miséricorde[1].

23 Qu'il nous donne la joie du
coeur
et fasse de nos jours arriver la
paix
en Israël pour les jours[2] de l'é-
ternité.

24 Que sa miséricorde demeure
fidèlement avec nous
et que, nos jours durant, elle
nous délivre[3].

Nations détestées

25 Il y a deux nations que mon
âme déteste
et la troisième n'est pas une
nation :

26 ceux qui sont établis dans la
montagne de Séïr[1], les Philistins
et le peuple fou qui habite à
Sichem.

Conclusions du livre

27 Une instruction d'intelligence
et de savoir
a été gravée en ce livre
par Jésus fils de Sirakh, fils
d'Eléazar, de Jérusalem[2],
qui a déversé comme une pluie
la sagesse de son *coeur.

28 Heureux celui qui reviendra
sans cesse sur ces propos !
Celui qui les mettra en son
coeur deviendra sage.

29 Car s'il les met en pratique, il
sera fort en toutes choses,
parce que la crainte du Seigneur est son sentier[3].

---

1. *nos jours* : hébreu *l'homme* — *selon sa miséricorde* : hébreu *selon sa volonté*.

2. *la joie* : hébreu *la sagesse* — *de nos jours* :
hébreu *entre vous* — *pour les jours de l'éternité* ou
dans l'avenir; autre traduction *dans le passé*.

3. *avec nous et ... nous délivre* : hébreu *avec
Simon et qu'il maintienne pour lui l'* *alliance de
Pinhas qui ne sera rompue ni pour lui ni pour sa
descendance tant que durera le ciel* (voir *Si* 45.24).

---

1. *la montagne de Séïr* : *Edom* (Gn 36), d'après
l'hébreu et l'ancienne version latine; grec *Samarie*,
mais Samarie fait double emploi avec Sichem qui
est ici le symbole des Samaritains.

2. *Jésus ... de Jérusalem* : d'après le grec et l'ancienne version syriaque; hébreu *Siméon, fils de
Jésus, fils d'Eléazar, fils de Sira*.

3. Hébreu *Car la crainte du Seigneur, c'est la vie*
— Quelques manuscrits grecs ajoutent : *et aux
hommes pieux il donne la sagesse. Béni soit le
Seigneur pour toujours. Amen. Amen.*

SUPPLÉMENTS

Prière de Jésus fils de Sirakh[1]

51 1 Je veux te rendre grâces,
Seigneur roi,
et te louer, Dieu mon sauveur[2].
Je rends grâces à ton *nom,
2 car *tu as été pour moi un protecteur et un secours*
et tu as délivré mon corps de
la perdition,
du piège de la langue calom-
nieuse,
des lèvres qui fabriquent le
mensonge[3].
En face de mes adversaires,
3 tu as été un secours et tu m'as
délivré,
selon la grandeur de ta miséricorde et de ton nom,
des morsures de ceux qui
étaient prêts à me dévorer[4],
de la main de ceux qui en voulaient à ma vie,
des multiples épreuves que j'ai
endurées,
4 d'un brasier suffocant qui
m'encerclait
et du milieu d'un feu que je
n'avais pas allumé,

5 des entrailles profondes du
*séjour des morts,
de la langue *impure et de la
parole mensongère[1],
6 et des flèches d'une langue inique[2].
Mon âme approchait du trépas
et ma vie touchait en bas au
séjour des morts.
7 Ils m'entouraient[3] de toutes
parts et personne pour me secourir !
J'escomptais le soutien des
hommes mais il n'y en avait
pas.
8 Alors je me suis souvenu de ta
miséricorde, Seigneur,
et de ta bienfaisance depuis
toujours,
que tu délivres ceux qui patiemment t'attendent[4]
et que tu les sauves de la main
des méchants.
9 Et je fis monter de la terre ma
supplication,
et j'implorai pour être préservé
de la mort[5].
10 J'invoquai le Seigneur, père de
mon seigneur,
pour qu'il ne m'abandonne pas
dans les jours de détresse,

---

1. Ce titre figure dans les manuscrits grecs.
2. *Seigneur roi* : hébreu *Dieu de mon salut* — *Dieu mon sauveur* : hébreu *Dieu de mon père*.
3. *car tu as été ... le mensonge* : hébreu *refuge de ma vie, car tu as délivré mon âme de la mort, tu as préservé ma chair de la *fosse, et de l'emprise du *séjour des morts tu as dégagé mon pied ; tu m'as arraché à la calomnie du peuple, au fléau de la calomnie de la langue et à la lèvre de ceux qui s'égarent dans le mensonge.*
4. *et de ton nom* : absent de l'hébreu — *des morsures ... prêts à me dévorer* : hébreu *du lacet de ceux qui guettent dans les rochers.*

---

1. *de la langue ... mensongère* : hébreu *des lèvres des gens rusés et des inventeurs de mensonge.*
2. *et des flèches ... inique* : d'après l'hébreu ; grec *auprès du roi, de la calomnie d'une langue inique.*
3. *Ils m'entouraient* : hébreu *Je me tournais.*
4. *ceux qui patiemment t'attendent* : hébreu *ceux qui cherchent refuge en lui.*
5. *et j'implorai ... de la mort* : hébreu *et mon cri depuis les portes du séjour des morts.*

au temps des orgueilleux, où je suis sans secours[1].

11 Je louerai sans cesse ton nom, je chanterai des hymnes d'action de grâces.
Et ma prière fut exaucée[2],

12 car tu m'as sauvé de la perdition
et arraché à ce temps de malheur[3].
C'est pourquoi je veux te rendre grâces
et te louer,
et je bénirai le nom du Seigneur.

Recherche passionnée de la Sagesse

13 Quand j'étais encore jeune, avant de vagabonder[4],
j'ai cherché la sagesse ouvertement dans ma prière.

14 Devant le *Temple, j'ai prié à son sujet
et jusqu'au bout je la rechercherai.

15 En sa fleur, comme la grappe qui mûrit,
elle a été la joie de mon coeur.
Mon pied a marché dans le droit chemin,
depuis ma jeunesse, j'ai suivi sa trace.

16 Pour peu que j'aie incliné l'oreille, je l'ai reçue

et j'ai trouvé pour moi une abondante instruction.

17 C'est grâce à elle que j'ai progressé;
à qui me donne la sagesse, je donnerai la gloire,

18 car j'ai résolu de la mettre en pratique,
j'ai été zélé pour le bien et jamais ne le regretterai.

19 Mon âme a lutté vaillamment avec elle
et dans la pratique de la Loi j'ai été minutieux.
J'ai étendu les mains vers le ciel[1]
et déploré mes manquements à son égard.

20 J'ai dirigé mon âme vers elle
et dans la *pureté[2] je l'ai trouvée.
Avec elle j'ai reçu l'intelligence dès le commencement;
c'est pourquoi jamais je ne connaîtrai l'abandon.

21 Mes entrailles se sont émues à sa recherche;
aussi ai-je fait une bonne acquisition.

22 Le Seigneur m'a donné la langue[3] pour ma récompense
et avec elle je veux le glorifier.

23 Venez à moi, gens sans instruction,
installez-vous à mon école.

24 Pourquoi plus longtemps en rester dépourvus,
tandis que vos âmes sont ardemment assoiffées?

25 J'ouvre la bouche et je proclame:

---

1. *J'invoquai ... sans secours:* hébreu *Je proclamai: Seigneur, c'est toi mon Père, car tu es le héros qui me sauva. Ne m'abandonne pas au jour de l'angoisse, au jour de la ruine et de la désolation.*

2. *je chanterai ... fut exaucée:* hébreu *je me souviendrai de toi dans la prière. Alors le Seigneur entendit ma voix et prêta l'oreille à ma supplication.*

3. *car tu m'as sauvé ... temps de malheur:* hébreu *il m'a sauvé de tout mal, il m'a délivré au jour de l'angoisse.*

4. *vagabonder:* soit au sens de *voyager* (voir 34.9-12), soit au sens d'*errer*.

1. *J'ai étendu les mains vers le ciel:* geste de la prière (voir Ps 28.2 et la note).

2. *dans la pureté:* soit en me gardant pur, quand elle était pure, c'est-à-dire dans une période où les relations sexuelles sont autorisées (voir Lv 15.19-33; 18.19; 20.18).

3. *la langue:* la facilité à m'exprimer.

faites-en pour vous l'acquisition sans argent,

26 soumettez votre nuque à son
*joug
et que votre âme reçoive l'instruction !
C'est tout près qu'on la peut
trouver[1].

27 Voyez de vos yeux combien
peu j'ai peiné
avant de trouver un profond
repos.

28 Participez à l'instruction au
prix de beaucoup d'argent,

aussi bien, grâce à elle vous
acquerrez beaucoup d'or[1].

29 Que votre âme se réjouisse
dans la miséricorde du Seigneur
et n'ayez pas honte de le louer.

30 Accomplissez votre oeuvre
avant le temps fixé
et il vous donnera votre récompense en son temps[2].

1. Acquérir la sagesse réclame des sacrifices,
mais le profit qu'on en tire dépasse tout ce qu'on
pouvait espérer.
2. Un assez grand nombre de manuscrits grecs
ajoutent la notice *Sagesse de Jésus, fils de Sirakh;*
l'hébreu ajoute : *Béni soit le Seigneur pour toujours et que son nom soit loué de génération en
génération. Jusqu'ici paroles de Siméon, fils de
Jésus, appelé Ben Sira; Sagesse de Jésus, fils d'Eléazar, fils de Sira. Que le nom du Seigneur soit
béni dès maintenant et pour toujours.*

1. *C'est tout près qu'on peut la trouver :* hébreu
*Elle est proche de ceux qui la cherchent et celui
qui y applique son âme la trouve.*

BARUCH

Occasion et but du livre de Baruch

1 1 Voici le contenu du livre que Baruch[1], fils de Nérias, fils de Maaséas, fils de Sédécias, fils de Hasadias, fils de Helkias, écrivit à Babylone, 2 la cinquième année, le septième jour du mois, à l'époque où les Chaldéens avaient pris Jérusalem et l'avaient ravagée par le feu[2].

3 Baruch donna lecture du contenu de ce livre en présence de Jékhonias[3], fils de Joakim, roi de Juda, et de tout le peuple qui était venu pour entendre le livre, 4 en présence des autorités, des fils des rois, des *anciens, bref en présence de tout le peuple — du plus petit jusqu'au plus grand — de tous ceux qui habitaient à Babylone aux bords du fleuve Soud[4]. 5 Les gens pleuraient, *jeûnaient, priaient devant le Seigneur. 6 Puis ils rassemblèrent de l'argent, chacun donnant selon ses moyens. 7 Et ils l'envoyèrent à Jérusalem au prêtre Joakim[1], fils de Helkias, fils de Salom, ainsi qu'aux autres prêtres et à tout le peuple qui se trouvait avec lui à Jérusalem. 8 Auparavant Baruch avait pris les objets de la Maison du Seigneur — ceux qui avaient été emportés hors du *sanctuaire — pour les faire revenir au pays de Juda, le dixième jour du mois de Siwân; il s'agissait des objets en argent qu'avait fait faire Sédécias[2], fils de Josias, roi de Juda, 9 après que Nabuchodonosor, roi de Babylone, eut déporté de Jérusalem Jékhonias et l'eut conduit à Babylone ainsi que les chefs, les prisonniers, les autorités et le peuple du pays.

10 Et ils dirent : Voici, nous vous avons envoyé de l'argent; avec cette somme, achetez des victimes en vue des holocaustes et des *sacrifices pour les péchés, achetez de l'*encens; faites des offrandes, présentez des sacrifices sur l'*autel du Seigneur notre Dieu, 11 et priez pour la vie de Nabuchodonosor, roi de Babylone et celle de son fils Baltasar, afin que leurs jours soient comme les jours du ciel sur la terre[3]. 12 Alors le Seigneur nous donnera

---

1. Le livre est attribué à Baruch, ami et secrétaire du prophète Jérémie (voir Jr 36.4; 45.1).
2. *la cinquième année* (après la prise de Jérusalem) : en 582 av. J. C. — *le septième jour du mois* : probablement du *cinquième* mois (voir 2 R 25.8), c'est la date anniversaire du pillage de Jérusalem — *les Chaldéens* : voir Jr 21.4 et la note.
3. *Jékhonias* : forme grecque de *Yekonya*, autre nom de *Yoyakîn* (voir Jr 22.24; 27.20 et les notes).
4. *fils des rois* : peut-être les princes de la famille royale de Juda, ou les familiers du roi — *le fleuve Soud*, inconnu par ailleurs, est probablement un des canaux passant à Babylone.

1. Le prêtre *Joakim* est inconnu par ailleurs.
2. Sur le pillage du Temple par les Babyloniens, voir 2 R 25.13-15 (et comparer 24.13) — *Siwân* : voir au glossaire CALENDRIER. — Sur *Sédécias*, dernier roi de Juda, voir 2 R 24.18-25.7.
3. *Baltasar* : forme grecque de *Belshassar*, nom du souverain mentionné en Dn 5.1 — *que leurs jours soient ...* : tournure empruntée à l'hébreu et signifiant *que leur vie dure autant que le ciel au-dessus de la terre* (voir Dt 11.21).

la force et illuminera nos yeux; nous vivrons à l'ombre de Nabuchodonosor, roi de Babylone, et à l'ombre de son fils Baltasar, nous les servirons pendant de nombreux jours et nous trouverons grâce devant eux. 13 Priez également le Seigneur notre Dieu pour nous, car nous avons péché contre le Seigneur notre Dieu, et jusqu'à ce jour la fureur et la colère du Seigneur ne se sont pas détournées de nous. 14 Enfin, vous donnerez lecture de ce livre que nous vous avons envoyé pour que l'on fasse confession des péchés dans la Maison du Seigneur, le jour de la Fête[1] et les jours où cela convient. 15 Vous direz :

Confession des péchés

Au Seigneur notre Dieu appartient la justice, mais à nous la honte au visage, comme on le voit aujourd'hui ! La honte pour l'homme de Juda et les habitants de Jérusalem, 16 pour nos rois, nos chefs, nos prêtres, nos *prophètes et nos pères. 17 Car nous avons péché contre le Seigneur, 18 nous ne lui avons pas été fidèles et nous n'avons pas écouté la voix du Seigneur notre Dieu qui nous disait de marcher selon les commandements qu'il a placés devant nous. 19 Depuis le jour où le Seigneur fit sortir nos pères[2] du pays d'Egypte jusqu'à ce jour, nous n'avons pas cessé d'être infidèles au Seigneur notre Dieu et nous avons agi à la légère en

n'écoutant pas sa voix. 20 Aussi, comme on le voit aujourd'hui, les malheurs se sont collés à nous, ainsi que la malédiction proférée sur l'ordre du Seigneur par son serviteur Moïse, le jour où il fit sortir nos pères du pays d'Egypte pour nous donner un pays ruisselant de lait et de miel. 21 Nous n'avons pas écouté la voix du Seigneur notre Dieu, selon toutes les paroles des prophètes qu'il nous a envoyés, 22 mais nous allions, chacun suivant le dessein de son coeur mauvais, servir d'autres dieux, faire ce qui est mal aux yeux du Seigneur notre Dieu.

2 1 Le Seigneur a donc mis à exécution la parole qu'il avait prononcée contre nous, contre nos juges qui gouvernèrent Israël, contre nos rois, contre nos chefs et contre les habitants d'Israël et de Juda[1] : 2 il n'a pas été fait sous tout le ciel de choses semblables à celles qu'il fit à Jérusalem, conformément à ce qui est écrit dans la Loi de Moïse; 3 c'est au point que nous en sommes arrivés à manger l'un la chair de son fils, l'autre la chair de sa fille. 4 Et le Seigneur les a livrés au pouvoir de tous les royaumes qui nous encerclent, pour subir outrage et désolation parmi tous les peuples d'alentour, là où il les a dispersés. 5 Ils ont été assujettis au lieu d'avoir le dessus, parce que nous avons péché contre le Seigneur notre Dieu en n'écoutant pas sa voix.

6 Au Seigneur notre Dieu appartient la justice, mais à nous et à nos pères la honte au visage, comme on le voit aujourd'hui ! 7 Tout ce que le Seigneur avait

---

1. *pour que l'on fasse confession des péchés* : autre traduction *pour la faire confession publiquement* — *la Fête* (sans aucune précision) désigne habituellement la fête des tentes (1 R 8.2, 65); voir au glossaire CALENDRIER.

2. *nos pères* ou *nos ancêtres*.

1. *Israël* et *Juda* : voir la note sur Jr 3.6.

annoncé contre nous, tous ces malheurs se sont abattus sur nous. 8 Et nous n'avons pas prié la face du Seigneur de détourner chacun de nous des pensées de son coeur mauvais. 9 Aussi le Seigneur a-t-il veillé sur ces malheurs[1] et il les a envoyés contre nous; car le Seigneur est juste en tout ce qu'il nous a ordonné de faire, 10 mais nous n'avons pas écouté sa voix qui nous disait de marcher selon les commandements que le Seigneur a placés devant nous.

Supplication

11 Et maintenant, Seigneur Dieu d'Israël, toi qui fis sortir ton peuple du pays d'Egypte par ta main forte, avec des signes et des prodiges, avec une grande puissance et par ton bras étendu, toi qui t'es fait un Nom comme on le voit aujourd'hui, 12 nous avons péché et nous avons agi en impies, nous avons commis l'injustice, Seigneur notre Dieu, à l'encontre de toutes tes prescriptions. 13 Que ta fureur se détourne de nous, car nous voici abandonnés, petit nombre parmi les nations où tu nous as dispersés.

14 Ecoute, Seigneur, notre prière et notre requête, épargne-nous à cause de toi et faisnous grâce devant ceux qui nous ont déportés, 15 afin que toute la terre sache que c'est toi le Seigneur notre Dieu, car ton *Nom a été invoqué sur Israël et sur sa race. 16 Seigneur, regarde du haut de ta sainte demeure et tiens

compte de nous; tends l'oreille, Seigneur, et écoute; 17 ouvre les yeux et vois : ce ne sont pas les morts dans l'*Hadès, eux dont le souffle fut retiré des entrailles, qui rendront gloire et justice au Seigneur, 18 mais c'est l'âme affligée à l'extrême, ce qui marche courbé et affaibli, c'est le regard qui vacille, et l'âme affamée qui te rendront gloire et justice, Seigneur !

19 Ainsi, ce n'est pas en nous appuyant sur les oeuvres de justice de nos pères[1] et de nos rois que nous déposons notre supplication devant ta face, Seigneur notre Dieu; 20 car tu as envoyé ta fureur et ta colère contre nous, comme tu l'avais annoncé par l'intermédiaire de tes serviteurs les *prophètes, en disant : 21 « Ainsi parle le Seigneur : *Courbez les épaules, servez le roi de Babylone,* et vous resterez dans le pays que j'ai donné à vos pères. 22 Mais si vous n'écoutez pas la voix du Seigneur qui vous dit de servir le roi de Babylone, 23 *je ferai en sorte que la voix de la joie et celle du plaisir, la voix du jeune marié et celle de la jeune épouse délaissent les villes de Juda et sortent de Jérusalem; tout le pays sera désolé,* vidé de ses habitants. » 24 Mais nous n'avons pas écouté ta voix qui nous disait de servir le roi de Babylone; aussi tu as mis à exécution les paroles que tu avais prononcées par la bouche de tes serviteurs les prophètes : on arracherait de leurs tombes les ossements de nos rois et les ossements de nos pères[2]

1. *le Seigneur a veillé sur ces malheurs* : expression condensée pour *le Seigneur a veillé à ce que ces malheurs arrivent comme il l'avait annoncé* (voir v. 20 et 24).

1. *les oeuvres de justice* ou *les mérites* — nos pères ou nos ancêtres.
2. Voir la note sur Jr 8.2.

25 Et les voici *jetés à la brûlure du jour et au gel de la nuit;* ils sont morts dans de cruelles souffrances, par la famine, l'épée et l'exil; 26 et la Maison sur laquelle ton Nom a été invoqué, tu l'as mise dans l'état où on la voit aujourd'hui, à cause de la méchanceté de la maison d'Israël et de la maison de Juda[1]. 27 Pourtant tu as agi envers nous, Seigneur, selon toute ton équité et toute ta grande compassion, 28 conformément à ce que tu avais annoncé par l'intermédiaire de ton serviteur Moïse, le jour où tu lui ordonnas d'écrire ta Loi devant les fils d'Israël[2] en disant : 29 « Si vous n'écoutez pas ma voix, eh bien, cette immense foule bruyante sera réduite à peu de chose parmi les nations où je les disperserai; 30 car je sais qu'ils ne m'écouteront pas, parce que c'est un peuple à la nuque raide. Mais ils rentreront en eux-mêmes dans le pays où ils auront été déportés, 31 et ils sauront que c'est moi, le Seigneur leur Dieu. Je leur donnerai un *coeur et des oreilles qui entendent, 32 ils me loueront dans le pays où ils ont été déportés et ils se souviendront de mon *Nom. 33 Ils renonceront à leur obstination et à leurs actions mauvaises, car ils se souviendront du chemin de leurs pères[3] qui péchèrent contre le Seigneur. 34 Et je les ferai revenir dans le pays que j'ai promis à leurs pères Abraham, Isaac et Jacob; ils s'en rendront maîtres; je les rendrai nombreux et, oui vraiment ! ils ne seront plus diminués. 35 J'établirai pour eux une *alliance éternelle, afin que je sois leur Dieu et qu'ils soient mon peuple; et je ne ferai plus sortir mon peuple Israël du pays que je leur ai donné. »

3 1 Seigneur tout-puissant, Dieu d'Israël, c'est une âme dans l'angoisse, c'est un esprit accablé qui crie vers toi. 2 Ecoute, Seigneur, et prends pitié, car nous avons péché contre toi; 3 toi, en effet, tu demeures pour toujours, mais nous, nous sommes perdus à jamais ! 4 Aussi, Seigneur tout-puissant, Dieu d'Israël, écoute la prière des morts d'Israël[1], des fils de ceux qui ont péché contre toi : ils n'ont pas écouté la voix du Seigneur leur Dieu, alors les malheurs se sont collés à nous. 5 N'aie pas souvenir des injustices de nos pères mais, en cette occasion, souviens-toi de ta main et de ton Nom, 6 car c'est toi le Seigneur notre Dieu, et nous te louerons, Seigneur ! 7 C'est pour cela que tu as inspiré ta crainte en nos coeurs[2] : pour que nous invoquions ton Nom. Nous te louerons dans notre exil, car nous avons détourné de nos coeurs toute l'injustice de nos pères qui péchèrent contre toi. 8 Nous voici aujourd'hui dans cet exil où tu nous as dispersés, en objets d'outrage et de malédiction et pour notre amendement, à cause de toutes les injustices de

---

1. *maison de Juda, maison d'Israël* : tournures empruntées à l'hébreu pour désigner les peuples de Juda et d'Israël en tant qu'ils forment chacun une communauté solidaire. Sur *Israël* par opposition à *Juda,* voir la note sur Jr 3.6.
2. *les fils d'Israël* : les Israélites.
3. *du chemin de leurs pères* ou *de la conduite de leurs pères* ou encore *de ce qui est arrivé à leurs pères.*

1. *les morts d'Israël* : l'expression est à prendre ici au sens figuré pour désigner les Israélites exilés; voir Es 59.10; Ez 37.11; Lm 3.6.
2. *tu as inspiré ta crainte en nos coeurs* ou *tu nous as amenés à te respecter.*

nos pères qui se sont détachés du
Seigneur notre Dieu.

Israël a délaissé la source de la Sagesse

9 Ecoute, Israël, les préceptes de
   vie,
      prêtez l'oreille pour apprendre
      à discerner.
10 Que se passe-t-il, Israël ? Pourquoi es-tu en pays ennemi ?
   Pourquoi as-tu vieilli en terre
   étrangère ?
11 Pourquoi t'es-tu souillé avec les
   morts[1]
      et pourquoi as-tu été mis au
      nombre de ceux qui vont dans
      l'*Hadès ?
12 C'est que tu as délaissé la
   source de la Sagesse.
13 Si tu avais suivi le chemin de
   Dieu,
      tu habiterais dans la paix pour
      toujours.
14 Apprends où est le discernement, où est la force, où est le
   savoir
      pour connaître en même temps
      où sont la longévité et la vie,
      où sont la lumière des yeux et
      la paix.

Personne ne peut découvrir la Sagesse

15 Qui a trouvé la résidence de la
   Sagesse

et qui est entré dans ses trésors ?

16 Où sont les chefs des nations,
   et ceux qui maîtrisent les bêtes
   sauvages de la terre[1] ?
17 Où sont ceux qui se jouent des
   oiseaux du ciel,
      ceux qui mettent en réserve
      l'argent et l'or,
      dans lesquels des hommes ont
      placé leur confiance,
      eux dont la fortune est sans
      limite ?
18 Où sont ceux qui travaillent
   l'argent et en font l'objet de
   leur souci,
      eux dont les oeuvres passent
      l'imagination ?
19 Ils ont été anéantis, ils sont
   descendus dans l'*Hadès,
      et d'autres se sont levés à leur
      place.
20 De plus jeunes virent la lumière et ont habité sur la terre;
      mais ils n'ont pas connu le
      chemin de la science[2],
21 ils n'ont pas fait attention à
   ses sentiers
      et ils ne se sont pas préoccupés
      d'elle;
      les fils se sont tenus à l'écart
      du chemin de leurs pères.

22 On ne l'a pas non plus entendue en Canaan
      ni vue à Témân[3];
23 même les fils d'Agar qui recherchaient le savoir sur la
   terre,

1. *ceux qui maîtrisent les bêtes sauvages* : allusion imagée aux chefs des nations (voir Jr 27.6;
Dn 2.38). Au v. 17 l'expression *ceux qui se jouent
des oiseaux du ciel* est à prendre dans le même
sens.
2. *la science* : ce terme est ici synonyme de
sagesse.
3. *Canaan* : ce nom désigne les populations qui
occupaient la Palestine à l'arrivée des Israélites
— *Témân* : voir Ab 8-9 et les notes.

1. *souillé avec les morts* : voir au glossaire PUR.
L'expression *les morts* désigne peut-être ici, au
sens figuré, les païens parmi lesquels les Israélites
ont été déportés.

les marchands de Merrân[1] et
de Témân,
les conteurs de fables et les
chercheurs de savoir,
ils n'ont pas connu le chemin
de la Sagesse
et ne se sont pas souvenus de
ses sentiers.

24 Ô Israël, comme elle est
grande la maison de Dieu,
comme il est vaste le domaine
qui lui appartient !

25 Il est grand et n'a pas de fin,
il est élevé et sans mesure !

26 C'est là que furent engendrés
les fameux géants, ceux du
commencement,
de haute stature et versés dans
l'art de la guerre.

27 Ce n'est pas eux que Dieu a
choisis,
ni à eux qu'il a indiqué le chemin de la science ;

28 et ils périrent, car ils n'avaient
pas de discernement ;
ils périrent à cause de leur irré-
flexion.

29 Qui est monté au ciel, qui s'est
emparé d'elle
pour la faire descendre des
nuées ?

30 Qui est allé au-delà de la mer,
qui l'a trouvée
pour l'emporter au prix d'un or
précieux ?

31 Il n'est personne qui en
connaisse le chemin,
personne même qui désire en
suivre le sentier.

Dieu seul donne la Sagesse à Israël

32 Mais Celui qui sait toutes
choses la connaît,

il l'a découverte par son intelligence ;
il a appareillé[1] la terre pour
l'éternité,
puis l'a peuplée de quadru-
pèdes ;

33 il envoie la lumière et elle chemine ;
il l'a appelée : elle lui obéit en
frémissant ;

34 les étoiles ont brillé en leurs
veilles[2] et se sont réjouies ;

35 il les a appelées, et elles ont
répondu : Nous voici !
Elles ont brillé avec allégresse
pour leur Créateur.

36 C'est lui notre Dieu,
et l'on n'en comptera pas
d'autre que lui.

37 Il a découvert tout le chemin
qui mène à la science[3]
et l'a indiqué à Jacob, son serviteur,
et à Israël, son bien-aimé.

38 Après cela on la vit sur la terre
et elle a vécu parmi les
hommes.

4 1 La Sagesse, c'est le livre
des commandements de
Dieu,
c'est la Loi qui existe pour toujours ;
tous ceux qui s'attachent à elle
iront à la vie,
mais ceux qui l'abandonnent
mourront.

Il faut saisir la Sagesse

2 Retourne-toi, Jacob[4], et sai-
sis-la ;

---

1. *il a appareillé* ou *il a mis en place* ou encore
il a organisé.
2. Les anciens divisaient la nuit en plusieurs
veilles (Jg 7.19 ; Lc 12.38).
3. Voir 3.20 et la note.
4. Voir Jr 30.10 et la note.

---

1. *fils d'Agar, marchands de Merrân* : populations d'Arabie ; voir Gn 25.12-15.

fais route vers la clarté, à la
rencontre de sa lumière.

3 Ne donne pas ta gloire[1] à un
autre,
ni tes privilèges, à une nation
étrangère.

4 Heureux sommes-nous, Israël,
car il nous est
possible de connaître
ce qui plaît à Dieu !

Encouragement pour les exilés

5 Courage, mon peuple, toi le
mémorial[2] d'Israël !

6 Vous avez été vendus aux nations,
mais ce n'est pas pour votre
destruction;
c'est parce que vous avez irrité
Dieu,
que vous avez été livrés aux
ennemis;

7 car vous avez exaspéré votre
Créateur
en sacrifiant à des *démons et
non à Dieu;

8 vous avez oublié le Dieu éternel qui vous a nourris,
vous avez affligé aussi celle qui
vous a élevés, Jérusalem.

9 Elle a vu s'abattre sur vous la
colère de Dieu
et elle a dit :

Jérusalem console ses enfants exilés

« Ecoutez, voisines de *Sion,
Dieu m'a infligé une grande
douleur;

10 car j'ai vu la captivité

que l'Eternel a infligée à mes
fils et à mes filles;

11 je les avais élevés avec joie,
mais je les ai laissés partir
dans la tristesse et la souffrance.

12 Que personne ne se réjouisse
si je suis veuve et abandonnée
de beaucoup.
J'ai été rendue déserte à cause
du péché de mes enfants,
parce qu'ils se sont écartés de
la Loi de Dieu;

13 ils n'ont pas connu ses prescriptions,
ils n'ont pas marché sur les
chemins des préceptes de Dieu
ni suivi les sentiers de l'éducation conforme à sa justice.

14 Qu'elles viennent, les voisines
de Sion !
Souvenez-vous de la captivité
que l'Eternel a infligée à mes
fils et mes filles !

15 Car il a lancé contre eux une
nation venue de loin,
une nation impudente et de
langue étrangère,
des gens qui n'eurent ni respect
du vieillard ni pitié de l'enfant,

16 qui emmenèrent les enfants
chéris de la veuve
et la réduisirent à la solitude
en la privant de ses filles.

17 Mais moi, comment puis-je venir à votre secours ?

18 C'est celui qui vous a infligé
ces calamités
qui vous arrachera aux mains
de vos ennemis.

19 Marchez, enfants, marchez !
Moi, me voici donc abandonnée et déserte;

20 j'ai quitté la robe de la paix,

---

1. *ta gloire* : expression condensée pour *ce qui
constitue ta gloire*, c'est-à-dire la faveur que Dieu
t'a faite de connaître la Sagesse.
2. *toi le mémorial d'Israël* ou *toi qui perpétues
le nom d'Israël.*

j'ai mis mon vêtement de suppliante[1];
je crierai vers l'Eternel tout au
long de mes jours.

21 Prenez courage, enfants ! Criez
vers Dieu
et il vous arrachera à la domination, aux mains de vos ennemis;

22 car moi, j'ai placé dans l'Eternel l'espérance de votre salut
et le *Saint m'a envoyé une
joie :
la miséricorde vous viendra
bientôt de la part de l'Eternel
votre sauveur.

23 Car je vous ai laissés partir
dans la souffrance et la tristesse,
mais Dieu vous rendra à moi
dans la joie et l'allégresse pour
toujours.

24 Comme les voisines de Sion
voient maintenant votre captivité,
ainsi elles verront bientôt le salut qui viendra de votre Dieu :
il vous arrivera avec la gloire
éclatante et la splendeur de
l'Eternel.

25 Enfants, supportez patiemment la colère qui vous est venue de Dieu;
l'ennemi t'a poursuivi, mais tu
verras bientôt sa destruction
et tu lui piétineras la nuque[2].

26 Mes tendres enfants ont parcouru des chemins rocailleux,
ils ont été enlevés comme du
bétail ravi de force par les ennemis.

27 Gardez courage, enfants, et
criez vers Dieu,

car celui qui vous a conduits là
se souviendra de vous.

28 Comme vous avez eu le dessein
de vous écarter de Dieu,
eh bien, une fois convertis, dé-
cuplez vos efforts à le chercher !

29 Car celui qui vous a infligé ces
calamités
vous amènera la joie éternelle
en même temps que votre salut. »

Espoir pour Jérusalem

30 Courage, Jérusalem ! Il te
consolera, celui qui t'a donné
ton nom.

31 Malheureux ceux qui t'ont
maltraitée et qui se sont réjouis de ta chute !

32 Malheureuses les villes dont les
enfants ont été les esclaves !
Malheureuse celle qui a reçu
tes fils[1] !

33 Car, comme elle s'est réjouie
de ta chute et s'est félicitée de
ta ruine,
ainsi sera-t-elle affligée de sa
propre dévastation;

34 je la priverai de la nombreuse
population qui fait sa joie,
et son insolence se changera en
souffrance,

35 car l'Eternel fera s'abattre un
feu sur elle pour de longs
jours,
et elle sera habitée par des démons pendant plus longtemps
encore.

36 Regarde vers l'Orient, Jérusalem, et vois la joie qui te vient
de Dieu.

---

1. *la robe de la paix* ou *la robe que je portais
quand tout allait bien* — *mon vêtement de suppliante :* voir au glossaire SAC, DÉCHIRER SES
VÊTEMENTS.
2. Voir Ios 10.24 et la note.

---

1. *celle qui a reçu tes fils :* allusion à Babylone,
personnifiée comme celle qui a retenu chez elle la
population déportée de Jérusalem.

37 Voici, ils viennent les fils que tu avais vus partir,
   ils viennent, rassemblés de l'Orient
   jusqu'à l'Occident par la parole du *Saint,
   en se réjouissant de la gloire de Dieu.

5 1 Jérusalem, quitte ta robe de souffrance et d'infortune
   et revêts pour toujours la belle parure de la gloire de Dieu.

2 Couvre-toi du manteau de la justice, celle qui vient de Dieu,
   et mets sur ta tête le diadème de la gloire de l'Eternel;

3 car Dieu va montrer ta splendeur à toute la terre qui est sous le ciel,

4 et il te donnera ce nom pour toujours :
   « Paix-de-Justice et Gloire-de-piété ».

5 Debout, Jérusalem, place-toi sur la hauteur et tourne ton regard vers l'Orient :
   Vois tes enfants, rassemblés du soleil couchant jusqu'au Levant par la parole du Saint;
   ils se réjouissent que Dieu se souvienne;

6 ils sortirent de tes portes à pied, poussés par des ennemis,
   mais Dieu les fait revenir vers toi,
   portés glorieusement comme un trône royal.

7 Car Dieu a ordonné que toute haute montagne soit abaissée,
   ainsi que les dunes sans fin;
   il a fait combler les ravins pour que la terre soit aplanie
   et qu'Israël puisse avancer d'un pas assuré, dans la gloire de Dieu.

8 Sur son ordre, les forêts aussi, et chaque arbre odoriférant,
   ont préparé leur ombrage pour Israël;

9 car Dieu guidera Israël, dans la joie, à la lumière de sa gloire,
   accompagné de la miséricorde et de la justice qui sont les siennes.

LA LETTRE DE JÉRÉMIE

Mise en garde contre les idoles

Copie de la lettre que Jérémie[1] envoya à ceux qui allaient être emmenés prisonniers à Babylone par le roi des Babyloniens, pour leur annoncer ce que Dieu lui avait prescrit.

1 A cause des péchés que vous avez commis contre Dieu, vous serez emmenés prisonniers à Babylone par Nabuchodonosor, roi des Babyloniens. 2 Une fois arrivés à Babylone, vous y serez pour de très nombreuses années, pour une longue période, jusqu'à sept générations; mais ensuite, je vous ferai partir de là en paix. 3 Désormais vous verrez à Babylone des dieux d'argent, d'or et de bois, que l'on hisse sur les épaules et qui inspirent la crainte aux nations. 4 Aussi, prenez garde à ne pas devenir à votre tour en tous points semblables aux étrangers; que la crainte de ces dieux n'aille pas s'emparer de vous 5 à la vue de la foule qui se prosterne devant et derrière eux! Mais dites en votre coeur : «C'est devant toi qu'il faut se prosterner, Maître!» 6 Car mon *ange est avec vous;

c'est lui qui prend soin de vos âmes[1].

Les idoles ne doivent pas faire illusion

7 En effet la langue de ces dieux a été taillée par un ouvrier; sans doute les idoles sont-elles plaquées d'or et d'argent, mais elles sont mensongères et ne peuvent parler. 8 Comme pour une jeune fille qui a le goût de la toilette, ces gens prennent de l'or 9 et en couronnent la tête de leurs dieux. Il arrive même que les prêtres leur dérobent de l'or et de l'argent pour leurs propres dépenses; 10 ils vont jusqu'à en donner aux prostituées de la terrasse[2]. Et ces dieux d'argent, d'or et de bois, on les habille avec des vêtements comme des hommes 11 mais ils ne sont pas à l'abri de la rouille et de l'altération. Une fois revêtus d'un vêtement de pourpre[3], 12 on nettoie leur visage de la poussière du temple qui s'accumule sur eux. 13 Alors qu'il ne peut faire mourir celui qui l'offense, ce dieu porte un sceptre, comme le juge d'une région. 14 Il tient un poignard dans la main droite et une hache, pourtant il ne se protège ni de la guerre ni

---

1. de vos âmes ou de vous.
2. prostituées de la terrasse : sans doute des prostituées sacrées de la religion babylonienne (comparer Os 1.2 et la note). Certains temples babyloniens avaient la forme d'une tour à étages et possédaient ainsi une ou plusieurs terrasses.
3. Voir Ct 3.10 et la note.

---

1. Cette lettre se présente comme rédigée par le prophète Jérémie à l'intention des déportés de 587 av. J. C. (voir 2 R 25.11). Elle veut compléter la lettre adressée par le même prophète aux déportés de 597 av. J. C. d'après Jr 29.

des bandits. C'est à cela qu'on reconnaît que ce ne sont pas des dieux; ne les craignez donc pas !

15 Comme la vaisselle cassée devient inutilisable, 16 tels sont leurs dieux une fois installés dans les temples; leurs yeux se couvrent de la poussière soulevée par les pas des gens qui entrent. 17 Comme on referme les portes sur quiconque a fait injure au roi, en vue de le conduire à la mort, ainsi les prêtres barricadent les temples avec des portes renforcées, des serrures, des verrous pour que ces dieux ne soient pas cambriolés par les bandits. 18 Ils allument des lampes, plus qu'ils n'en ont besoin pour eux-mêmes, alors que les dieux ne peuvent en voir aucune. 19 Ils sont comparables à l'une des poutres du temple, dont le cœur, dit-on, est atteint; la vermine qui sort de terre les dévore, eux et leur manteau : ils ne le sentent pas ! 20 Ils ont le visage noirci par la fumée du temple. 21 Au-dessus de leurs corps et de leur tête volent chauves-souris, hirondelles, oiseaux; il y a même des chats. 22 C'est à cela que vous saurez que ce ne sont pas des dieux; ne les craignez donc pas !

23 Quant à l'or dont on les a plaqués pour les embellir, si l'on n'en nettoie pas la ternissure, ils ne lui rendront pas son éclat; car lorsqu'on les a fondus, ils ne l'ont même pas senti. 24 On achète à n'importe quel prix ces objets qui n'ont pas le moindre souffle. 25 Comme ils n'ont pas de pieds, on les porte sur les épaules; ils manifestent ainsi leur propre indignité aux hommes; même ceux qui les servent éprouvent de la honte, 26 car si jamais une idole tombe à terre, ils ont à la ramasser; si on la met debout, elle ne se déplacera pas d'elle-même; si elle est couchée, elle ne se redressera pas davantage. Mais c'est comme à des morts qu'on leur offre des présents. 27 Les victimes offertes aux divinités, les prêtres les vendent pour en tirer profit, tout comme les femmes en mettent une partie au saloir au lieu de la distribuer au pauvre et à l'infirme; 28 la femme indisposée et l'accouchée[1] touchent aux victimes des sacrifices. Vous qui savez par ces exemples que ce ne sont pas des dieux, ne les craignez pas !

C'est à tort qu'on les appelle des dieux

29 D'où vient qu'on les appelle des dieux, alors que ce sont des femmes[2] qui servent ces dieux d'argent, d'or et de bois ? 30 Les prêtres conduisent des chars dans leurs temples; les vêtements déchirés, les cheveux et la barbe rasés, la tête nue, 31 ils poussent des hurlements et crient devant leurs dieux comme des gens qui prennent part à un repas funéraire. 32 Avec les vêtements qu'ils ont enlevés aux dieux, les prêtres habillent leurs femmes et leurs enfants. 33 Qu'on leur fasse du bien ou du mal, ces dieux ne pourront le rendre; ils ne peuvent ni introniser ni destituer un roi. 34 De même ils ne pourront donner ni richesse ni pièce de monnaie; si quelqu'un ne s'acquitte pas d'un

1. Voir au glossaire PUR; voir aussi Lv 12.4; 15.19.
2. En Israël la fonction sacerdotale était réservée aux hommes.

voeu qu'il leur a fait, ils ne lui en demanderont pas compte. 35 Ils ne sauveront pas un homme de la mort, et n'arracheront pas davantage le faible à l'emprise du puissant. 36 Ils ne feront pas retrouver la vue à un aveugle; l'homme qui est dans la détresse, ils ne l'en feront pas sortir. 37 Ils ne prendront pas pitié de la veuve, et ils ne seront pas les bienfaiteurs de l'orphelin. 38 C'est avec des pierres arrachées à la montagne que ressemblent ces objets de bois, plaqués d'or et d'argent; ceux qui les servent seront couverts de honte. 39 Comment donc peut-on considérer ou proclamer que ce sont des dieux ?

40 D'autant plus que les Chaldéens eux-mêmes les déshonorent : lorsqu'ils voient un homme qui ne peut parler, ils le conduisent auprès de Bel[1] et demandent que le muet parle, comme si le dieu était capable de comprendre; 41 et ces gens sont incapables de réfléchir assez pour abandonner ces dieux qui n'ont pas de compréhension. 42 Les femmes se ceignent de cordes et s'installent ensuite sur les chemins pour brûler du son[2]; 43 et quand l'une d' elles a couché avec le passant qui l'a invitée, elle se moque de sa voisine qui n'a pas été choisie comme elle, et dont la corde n'a pas été rompue. 44 Tout ce qui concerne ces dieux n'est que mensonge; alors, comment peut-on les considérer ou les proclamer comme des dieux ?

45 Ils ont été fabriqués par des ouvriers et des orfèvres; ils ne deviendront rien d'autre que ce que ces artisans veulent qu'ils deviennent. 46 Ceux-là mêmes qui les ont fabriqués ne vivront pas longtemps; 47 comment donc les objets de leur fabrication pourraient-ils être des dieux ? Ainsi ces hommes laissent à leur postérité mensonge et honte. 48 Quand une guerre et des calamités s'abattent sur ces idoles, les prêtres délibèrent entre eux pour savoir où se cacher avec elles. 49 Comment alors ne pas se rendre compte que ce ne sont pas des dieux, eux qui ne sont pas en mesure de se sauver eux-mêmes de la guerre et des calamités ? 50 Ce sont des objets de bois plaqués d'or et d'argent : on reconnaîtra, après cela, qu'ils ne sont que mensonge; pour toutes les nations et pour les rois, il sera évident que ce ne sont pas des dieux, mais des oeuvres faites de mains d'hommes, et qu'il n'y a en eux aucune oeuvre de Dieu. 51 Qui donc n'est pas obligé d'admettre que ce ne sont pas des dieux ?

52 Ils ne susciteront pas de roi à un pays ni ne donneront la pluie aux hommes. 53 Ils ne prendront pas de décisions sur les affaires les concernant, et ne porteront pas non plus secours à la victime d'une injustice : ils ne sont bons à rien; 54 ils sont comme des corneilles entre ciel et terre. Que le feu s'abatte sur le temple des dieux de bois plaqués d'or et d'argent, leurs prêtres s'enfuiront et s'en tireront sains et saufs, mais eux seront entièrement consumés comme des poutres au milieu du

---

1. *Chaldéens* : voir Jr 21.4 et la note — *Bel* : voir Jr 50.2 et la note.
2. *se ceignent de cordes* : peut-être allusion à des rites de prostitution sacrée pratiqués à Babylone (v. 43) — *brûler du son* : sans doute un rite magique destiné à faciliter la rencontre avec un *passant* (v. 43).

brasier. 55 Ils ne s'opposeront ni à un roi ni à des ennemis. 56 Comment donc admettre que ce sont des dieux ou les tenir pour tels ?

Impuissance des faux dieux

Les dieux de bois plaqués d'argent et d'or ne se garderont ni des voleurs ni des bandits; 57 que des gens leur arrachent brutalement l'or et l'argent et s'en aillent avec le vêtement dont ils étaient couverts, eh bien, ils seront incapables de se secourir eux-mêmes ! 58 Aussi, mieux vaut être un roi faisant preuve de bravoure ou un objet utile dans une maison, dont pourra se servir son propriétaire, que d'être ces dieux mensongers; ou bien, mieux vaut une porte de maison qui protège ce qui se trouve à l'intérieur plutôt que ces dieux mensongers; une colonne de bois dans un palais, que ces dieux mensongers. 59 Car le soleil, la lune et les étoiles qui brillent et ont mission de servir, se montrent dociles; 60 l'éclair aussi, quand il paraît, est facile à voir; il en va de même du vent qui souffle en toute région; 61 lorsque Dieu leur commande de parcourir toute la terre, les nuages accomplissent ce qui leur est assigné; 62 et le feu, envoyé d'en haut pour dévaster monts et forêts, fait ce qui lui est ordonné. Les idoles, elles, ne sont même pas faites à l'imitation des formes et des puissances de ces éléments. 63 De là il ressort qu'on ne doit ni considérer ni proclamer que ce sont des dieux, puisqu'ils ne sont pas en mesure de rendre un jugement ni de faire du bien aux hommes. 64 Vous savez donc que ce ne sont pas des dieux, ne les craignez pas !

65 En effet ils ne peuvent ni maudire ni bénir les rois; 66 ils sont incapables de montrer aux nations des signes dans le ciel, de briller comme le soleil ou d'éclairer comme la lune. 67 Les bêtes sauvages leur sont supérieures, elles qui peuvent, en fuyant vers un abri, se secourir elles-mêmes. 68 Donc, en aucune façon, il ne nous apparaît que ce sont des dieux; aussi, ne les craignez pas !

69 Comme un épouvantail dans un plant de concombres qui ne protège rien, ainsi en est-il de leurs dieux de bois plaqués d'or et d'argent. 70 Ou bien, c'est au buisson d'épines dans un jardin, sur lequel se posent tous les oiseaux, ou encore à un cadavre jeté dans l'obscurité, qu'ils sont comparables, leurs dieux de bois plaqués d'or et d'argent. 71 À voir leur pourpre[1] et leur éclat se gâter, vous comprendrez que ce ne sont pas des dieux. Finalement ces objets seront dévorés et seront la honte du pays. 72 Mieux vaut donc un homme juste qui n'a pas d'idoles : il sera à l'abri de la honte.

1. Voir Ct 3.10 et la note.

SUPPLÉMENTS GRECS
AU LIVRE DE DANIEL

La prière d'Azarya

3 24 Et ils marchaient au milieu de la flamme en célébrant Dieu et en bénissant le Seigneur[1]. 25 Azarya, debout, pria ainsi, et, ouvrant la bouche au milieu du feu, il dit :

26 « Béni et loué sois-tu, Seigneur, Dieu de nos pères et que ton *nom soit glorifié à jamais ! 27 Car tu es juste en tout ce que tu as fait; toutes tes œuvres sont vraies et tes voies, droites, et tous tes jugements sont vérité. 28 Tu as exécuté de justes sentences en tout ce que tu nous as infligé, à nous et à la ville *sainte de nos pères[2], Jérusalem. Car tu nous as infligé tout cela selon la vérité et le droit, à cause de nos péchés. 29 Car nous avons péché et agi en impies jusqu'à nous séparer de toi, et nous avons failli en toutes choses; 30 nous n'avons pas obéi à tes commandements, nous ne les avons ni observés ni accomplis, selon que tu nous l'avais commandé pour notre bien. 31 Et tout ce que tu nous as infligé et tout ce que tu nous as fait, tu l'as fait selon un juste jugement : 32 tu nous as livrés aux mains d'enne-mis impies et d'odieux rebelles, et à un roi injuste[1], le pire de toute la terre. 33 Et maintenant, nous n'avons plus à ouvrir la bouche; la honte et l'opprobre sont advenus à tes serviteurs et à tes adorateurs. 34 Ne nous livre pas jusqu'au bout, à cause de ton Nom ! Ne répudie pas ton *alliance 35 et ne nous retire pas ta miséricorde, à cause d'Abraham ton ami, d'Isaac ton serviteur et d'Israël ton saint, 36 eux à qui tu parlas en disant que tu multiplierais leur descendance comme les étoiles du ciel et comme le sable qui est au bord de la mer. 37 Car, ô Maître ! nous sommes devenus le plus petit de tous les peuples, et nous sommes humiliés aujourd'hui sur toute la terre à cause de nos péchés. 38 Il n'y a plus en ce temps-ci ni prince, ni *prophète, ni chef, ni holocauste, ni *sacrifice, ni oblation, ni encensement, ni lieu pour présenter les *prémices devant toi et trouver grâce. 39 Puissions-nous néanmoins, avec une âme brisée et un esprit humilié, être agréés comme avec un holocauste de béliers et de taureaux; 40 et comme avec des myriades d'agneaux gras, qu'ainsi notre sacrifice soit aujourd'hui en ta présence; et puissions-nous continuer à te suivre, car il n'est

---

1. *Daniel grec* 3.24-90 ne nous est connu que par deux anciennes versions grecques, qui insèrent ce texte entre les versets 23 et 24 du texte araméen. La présente traduction suit l'ancienne version grecque de Théodotion.

2. *nos pères* ou *nos ancêtres.*

1. *un roi injuste* : allusion immédiate à Nabuchodonosor, roi de Babylone (Dn 1.1; 2.1; 3.1); mais les contemporains de l'auteur pouvaient penser aussi à Antiochus IV Epiphane (voir la note sur Dn 7.24).

point de honte pour ceux qui se confient en toi ! 41 Et maintenant, nous te suivons de tout notre coeur, nous te craignons 42 et nous cherchons ta face. Ne nous déshonore pas, mais agis envers nous selon ton indulgence et selon l'abondance de ta miséricorde ! 43 Délivre-nous selon tes oeuvres merveilleuses, et donne gloire à ton Nom, Seigneur ! 44 Qu'ils soient confondus, tous ceux qui projettent du mal contre tes serviteurs ! Qu'ils soient déshonorés et privés de toute domination, et que leur force soit brisée ! 45 Qu'ils sachent que tu es l'unique Seigneur Dieu, glorieux sur toute la terre ! »

Le cantique des trois amis de Daniel

46 Or les serviteurs du roi qui les avaient jetés dans la fournaise ne cessaient de l'attiser avec du bitume, de la poix, de l'étoupe et des fagots. 47 La flamme s'élevait à 49 coudées[1] au-dessus de la fournaise. 48 Elle se déploya et brûla ceux des Chaldéens[2] qu'elle trouva autour de la fournaise. 49 Mais l'*Ange du Seigneur descendit dans la fournaise avec Azarya et ses compagnons, et il rejeta la flamme du feu hors de la fournaise; 50 il rendit le milieu de la fournaise comme un vent de rosée rafraîchissant : le feu ne les toucha pas du tout et il ne leur causa ni tort ni dommage. 51 Alors tous trois, d'une seule voix, se mirent à célébrer, à glorifier et à bénir Dieu dans la fournaise en disant:

1. Voir au glossaire POIDS ET MESURES.
2. Voir la note sur Dn 1.4.

52 « Béni sois-tu, Seigneur, Dieu de nos pères,
et loué et exalté à jamais !
Et béni soit le saint nom de ta gloire[1] :
loué est-il et exalté à Jamais !
53 Béni sois-tu dans le Temple de ta sainte gloire,
et célébré et glorifié à jamais !
54 Béni sois-tu, toi qui scrutes les *abîmes en siégeant sur les *chérubins,
et loué et exalté à jamais !
55 Béni sois-tu sur le trône de ta royauté,
et célébré et exalté à jamais !
56 Béni sois-tu dans le firmament du ciel,
et célébré et exalté à jamais !
57 Toutes les oeuvres du Seigneur, bénissez le Seigneur;
célébrez-le et exaltez-le à jamais !
58 Cieux, bénissez le Seigneur;
célébrez-le et exaltez-le à jamais !
59 Anges du Seigneur, bénissez le Seigneur;
célébrez-le et exaltez-le à jamais !
60 Toutes les eaux qui êtes au-dessus du ciel, bénissez le Seigneur;
célébrez-le et exaltez-le à jamais !
61 Toutes les armées du Seigneur, bénissez le Seigneur[2];
célébrez-le et exaltez-le à jamais !
62 Soleil et lune, bénissez le Seigneur;

1. *le saint nom de ta gloire* ou *ton saint — ton nom saint et glorieux.* De même au v. 53 *le Temple de ta sainte gloire* ou *ton Temple saint et glorieux.*
2. *les armées du Seigneur,* c'est-à-dire les nombreux êtres célestes au service du Seigneur.

célébrez-le et exaltez-le à jamais !

63 Étoiles du ciel, bénissez le Seigneur,
célébrez-le et exaltez-le à jamais !

64 Toute pluie et rosée, bénissez le Seigneur;
célébrez-le et exaltez-le à jamais !

65 Tous les vents, bénissez le Seigneur;
célébrez-le et exaltez-le à jamais !

66 Feu et brûlure, bénissez le Seigneur;
célébrez-le et exaltez-le à jamais !

67 Froidure et chaleur, bénissez le Seigneur;
célébrez-le et exaltez-le à jamais !

68 Rosées et giboulées, bénissez le Seigneur;
célébrez-le et exaltez-le à jamais !

69 Nuits et jours, bénissez le Seigneur;
célébrez-le et exaltez-le à jamais !

70 Lumière et ténèbres, bénissez le Seigneur;
célébrez-le et exaltez-le à jamais !

71 Gel et frimas, bénissez le Seigneur;
célébrez-le et exaltez-le à jamais !

72 Glaces et neiges, bénissez le Seigneur;
célébrez-le et exaltez-le à jamais !

73 Éclairs et nuées, bénissez le Seigneur;
célébrez-le et exaltez-le à jamais !

74 Que la terre bénisse le Seigneur;
qu'elle le célèbre et l'exalte à jamais !

75 Montagnes et collines, bénissez le Seigneur;
célébrez-le et exaltez-le à jamais !

76 Toutes les plantes de la terre, bénissez le Seigneur;
célébrez-le et exaltez-le à jamais !

77 Mers et fleuves, bénissez le Seigneur;
célébrez-le et exaltez-le à jamais !

78 Sources, bénissez le Seigneur;
célébrez-le et exaltez-le à jamais !

79 gros poissons et faune aquatique[1], bénissez le Seigneur;
célébrez-le et exaltez-le à jamais !

80 Tous les oiseaux du ciel, bénissez le Seigneur :
célébrez-le et exaltez-le à jamais !

81 Bêtes sauvages et bestiaux, bénissez le Seigneur;
célébrez-le et exaltez-le à jamais !

82 Fils des hommes, bénissez le Seigneur;
célébrez-le et exaltez-le à jamais !

83 Israël, bénissez le Seigneur;
célébrez-le et exaltez-le à jamais !

84 Prêtres, bénissez le Seigneur;
célébrez-le et exaltez-le à jamais !

85 Serviteurs du Seigneur, bénissez le Seigneur;
célébrez-le et exaltez-le à jamais !

1. *faune aquatique* ou *tout ce qui grouille dans les eaux.*

86 Esprits et âmes des justes, bénissez le Seigneur;
 célébrez-le et exaltez-le à jamais !

87 Saints et humbles de coeur, bénissez le Seigneur;
 célébrez-le et exaltez-le à jamais !

88 Hananya, Azarya et Mishaël, bénissez le Seigneur;
 célébrez-le et exaltez-le à jamais !
 Car il nous a délivrés des Enfers
 et sauvés de la main de la Mort;
 il nous a tirés du milieu de la fournaise de flamme ardente
 et tirés du milieu du feu.

89 Rendez grâces au Seigneur, car il est bon,
 car éternelle est sa miséricorde.

90 Tous les adorateurs du Seigneur, bénissez le Dieu des dieux;
 célébrez-le et rendez-lui grâces, car éternelle est sa miséricorde[1] ! »

Histoire de Susanne : les deux vieillards

13 [1] Il y avait un homme qui habitait à Babylone; son nom était Joakim[2]. 2 Il prit une femme nommée Susanne fille de Helkias, très belle et craignant le Seigneur. 3 Ses parents étaient justes, et ils avaient instruit leur fille selon la Loi de Moïse. 4 Joakim était très riche, et il avait un parc attenant à sa maison. Les juifs affluaient chez lui, parce qu'il était le plus illustre de tous.

5 On avait désigné comme juges, cette année-là, deux *anciens pris parmi le peuple, de ceux dont le Maître a dit[1] : « L'iniquité est venue de Babylone, d'anciens, de juges, qui passaient pour gouverner le peuple. » 6 Ils fréquentaient eux-mêmes la maison de Joakim, et tous les gens à juger venaient à eux. 7 Or, lorsque le peuple s'était retiré, au milieu du jour, Susanne entrait et se promenait dans le parc de son mari. 8 Les deux anciens la voyaient chaque jour entrer et se promener, et ils furent pris de désir pour elle : 9 ils pervertirent leur pensée et détournèrent leurs yeux, pour ne pas regarder vers le *Ciel ni se souvenir des justes jugements[2]. 10 Tous deux brûlaient de convoitise à cause d'elle; mais ils ne s'étaient pas exposé mutuellement leur tourment, 11 parce qu'ils avaient honte d'exposer leur désir, car ils voulaient avoir des rapports avec elle; 12 et chaque jour ils guettaient avidement pour la voir. 13 Ils se dirent l'un à l'autre : « Allons à la maison, car c'est l'heure du déjeuner »; puis, en sortant, ils se séparèrent. 14 Puis, ayant fait demi-tour, ils se retrouvèrent au même endroit. S'étant interrogés l'un l'autre sur la raison, ils s'avouèrent leur désir. Alors ils fixèrent d'un commun accord un moment où ils pourraient la trouver seule.

15 Or, tandis qu'ils guettaient un jour favorable, elle entra une fois comme la veille et l'avant-veille, avec seulement deux

---

1. Après le v. 90, le texte grec de Daniel continue comme Daniel 3.24 araméen.
2. *Joakim* : dans les chapitres 13 et 14 la traduction suit l'ancienne version grecque de Théodotion.

1. On ignore de quel livre cette citation est extraite et qui est *le Maître* qui a prononcé ces paroles.
2. *les justes jugements* : le texte sous-entend *de Dieu*.

jeunes filles, et elle eut le désir de se baigner dans le parc, car il faisait chaud. 16 Il n'y avait là personne, excepté les deux anciens qui étaient cachés et la guettaient. 17 Elle dit aux jeunes filles : « Apportez-moi de l'huile et des parfums, puis fermez les portes du parc, pour que je me baigne. » 18 Elles firent comme elle avait dit : elles fermèrent les portes du parc et sortirent par une porte latérale pour apporter ce qui leur était commandé; elles ne virent pas les anciens, car ils s'étaient cachés. 19 Or, dès que les jeunes filles furent sorties, les deux anciens se dressèrent, coururent vers elle 20 et dirent : « Voici que les portes du parc sont fermées, et personne ne nous voit. Nous sommes pris de désir pour toi; consens donc à avoir des rapports avec nous. 21 Sinon, nous témoignerons contre toi qu'un jeune homme était avec toi et que c'est pour cela que tu as congédié les jeunes filles. » 22 Susanne alors gémit et dit : « Je suis cernée de tous côtés. Si en effet je fais cela, c'est pour moi la mort[1]; et si je ne le fais pas, je n'échapperai pas à vos mains. 23 Mieux vaut pour moi tomber entre vos mains sans l'avoir fait, que de pécher en présence du Seigneur. » 24 Et Susanne cria d'une voix forte, tandis que les deux anciens criaient aussi contre elle. 25 L'un d'eux courut ouvrir les portes du parc. 26 Dès que les gens de la maison eurent entendu ces clameurs dans le parc, ils se précipitèrent par la porte latérale, pour voir ce qui lui était arrivé. 27 Lorsque les anciens

eurent dit leur histoire, les serviteurs furent tout honteux, car jamais pareille chose n'avait été dite de Susanne.

28 Or le lendemain, dès que le peuple se fut rassemblé chez son mari Joakim, les deux anciens arrivèrent, pleins d'une pensée criminelle contre Susanne, afin de la faire mourir. Et ils dirent en présence du peuple : 29 « Envoyez chercher Susanne fille de Helkias, femme de Joakim ! » On l'envoya chercher. 30 Elle vint, ainsi que ses parents, ses enfants et tous ses proches. 31 Susanne était très délicate et belle à voir. 32 Ces criminels ordonnèrent qu'on la dévoile — car elle était voilée —, afin de se rassasier de sa beauté. 33 Tous les siens pleuraient, ainsi que tous ceux qui la voyaient. 34 Les deux anciens, se levant au milieu du peuple, mirent leurs mains sur sa tête. 35 Quant à elle, en pleurant, elle leva les yeux au ciel, car son coeur avait confiance dans le Seigneur. 36 Les anciens dirent : « Nous nous promenions seuls dans le parc, lorsqu'elle est entrée avec deux servantes; elle a fermé les portes du parc et congédié les servantes. 37 Alors est venu vers elle un jeune homme qui s'était caché, et il a couché avec elle. 38 En voyant cette iniquité, du coin du parc où nous étions, nous sommes accourus vers eux, 39 et nous les avons vus avoir des rapports. Pour lui, nous n'avons pas pu nous en rendre maîtres, parce qu'il était plus fort que nous et qu'ayant ouvert les portes il s'était élancé dehors. 40 Mais elle, nous l'avons saisie et nous lui avons demandé quel était ce jeune homme; 41 et elle n'a pas

---

1. *c'est pour moi la mort* : dans l'ancien Israël, la femme adultère était considérée comme digne de mort. Voir Lv 20.10; Dt 22.22; et aussi Jn 8.4-5.

voulu nous le déclarer. De cela, nous sommes témoins. » L'assemblée les crut, en tant qu'anciens du peuple et juges, et ils la condamnèrent à mort. 42 Susanne alors cria d'une voix forte et dit : « Ô Dieu éternel ! Toi qui connais les secrets et sais toutes choses avant leur origine ! 43 Tu sais bien qu'ils ont porté un faux témoignage contre moi; et voici que je meurs sans avoir rien fait de ce qu'ils ont méchamment inventé contre moi. » 44 Le Seigneur entendit sa voix.

Daniel innocente Susanne

45 Tandis qu'on l'emmenait pour la faire périr, Dieu suscita l'esprit saint[1] d'un tout jeune garçon nommé Daniel. 46 Il cria d'une voix forte : « Je suis innocent du *sang de celle-ci ! » 47 Tout le peuple se tourna vers lui, et ils dirent : « Qu'est-ce que cette parole que tu as dite ? » 48 mais lui, debout au milieu d'eux, dit : « Etes-vous insensés à ce point, fils d'Israël ? Sans avoir fait d'enquête ni savoir ce qui est sûr, vous avez condamné une fille d'Israël. Retournez au tribunal, car ceux-ci ont porté un faux témoignage contre elle. » 49 Tout le peuple s'en retourna en hâte, et les *anciens[2] dirent à Daniel : « Viens siéger au milieu de nous et expose-nous ta pensée, car Dieu t'a donné le privilège des anciens. » 50 Daniel leur dit : « Séparez-les bien loin l'un de l'autre, et je vais les juger. » 51 Dès qu'ils

eurent été séparés l'un de l'autre, il appela l'un d'eux et lui dit : « Ô toi qui as vieilli dans le mal ! Ils sont là maintenant, les péchés que tu as commis précédemment : 52 tu rendais des jugements injustes, condamnant les innocents et absolvant les coupables, alors que le Seigneur a dit : Tu ne feras pas mourir l'innocent et le juste. 53 Maintenant donc, si réellement tu as vu cette femme, dis sous quel arbre tu les as vus avoir commerce ensemble. » Il dit : « Sous un lentisque. » 54 Daniel dit : « Vraiment tu as menti contre ta propre tête ! Car l'*Ange de Dieu, qui en a déjà reçu l'ordre de Dieu, te fendra par le milieu. » 55 L'ayant renvoyé, il ordonna d'amener l'autre, et il lui dit : « Race de Canaan et non de Juda ! La beauté t'a dupé et le désir a perverti ton coeur. 56 Ainsi agissiez-vous avec les filles d'Israël[1], et celles-ci, effrayées, avaient commerce avec vous; mais une fille de Juda n'a pas enduré votre iniquité. 57 Maintenant donc, dis-moi sous quel arbre les as-tu surpris ayant commerce ensemble ? » Il dit : « Sous un chêne vert. » 58 Daniel lui dit : « Vraiment tu as menti contre ta propre tête ! Car l'Ange de Dieu attend, sabre en main, pour te couper par le milieu, afin de vous exterminer. » 59 Toute l'assemblée d'Israël cria d'une voix forte, et ils bénirent Dieu qui sauve ceux qui espèrent en lui. 60 Puis ils se tournèrent contre les deux anciens, car Daniel, de leur propre bouche, les avait convaincus d'être de faux

---

1. Tournure condensée pour exprimer l'idée que Dieu met en action l'esprit de discernement qu'il donne à Daniel (voir Dn 5.12).

2. Il s'agit d'autres du tribunal que les deux anciens mentionnés aux v. 5 et 28.

---

1. *les filles d'Israël*, c'est-à-dire les femmes de l'ancien royaume d'Israël. Voir aussi la note sur Za 11.14.

témoins. Ils agirent envers eux de la façon qu'ils avaient méchamment imaginée contre leur prochain, 61 afin d'agir selon la Loi de Moïse : ils les tuèrent, et le sang innocent fut sauvé ce jour-là. 62 Quant à Helkias et sa femme, ils louèrent Dieu au sujet de leur fille Susanne, avec Joakim son mari et tous leurs proches, de ce qu'il ne s'était rien trouvé en elle d'inconvenant. 63 Et Daniel devint grand devant le peuple, à partir de ce jour-là et dans la suite.

Daniel et les prêtres de Bel

14 1 Le roi Astyage fut réuni à ses pères, et Cyrus le Perse reçut sa royauté. 2 Daniel était compagnon du roi et plus illustre que tous ses amis. 3 Or les Babyloniens avaient une idole, du nom de Bel, et ils dépensaient pour elle chaque jour douze artabes de farine, 40 brebis et six métrètes[1] de vin. 4 Le roi la vénérait, et il venait chaque jour l'adorer. Daniel, lui, adorait son Dieu. Le roi lui dit : « Pourquoi n'adores-tu pas Bel ? » 5 Il dit : « Parce que je ne vénère pas les idoles faites de main d'homme, mais le Dieu vivant, qui a créé le ciel et la terre et qui a la maîtrise de toute chair[2]. » 6 Le roi lui dit : « Estimes-tu que Bel ne soit pas un dieu vivant ? Ne vois-tu pas tout ce qu'il mange et boit chaque jour ? » 7 Daniel dit en riant : « Ne t'y trompe pas, ô roi ! Il est d'argile au-dedans, de bronze au-dehors, et il n'a jamais rien mangé

ni bu. » 8 Le roi, irrité, appela ses prêtres et leur dit : « Si vous ne me dites pas qui mange ces provisions, vous mourrez. 9 Mais si vous montrez que c'est Bel qui les mange, Daniel mourra, car il a *blasphémé contre Bel. » Daniel dit au roi : « Qu'il soit fait selon ta parole ! » Les prêtres de Bel étaient au nombre de 70, outre les femmes et les enfants. 10 Le roi vint donc avec Daniel à la maison de Bel. 11 Les prêtres de Bel dirent : « Voici que nous allons sortir. Quant à toi, ô roi, présente les aliments et mets le vin coupé, puis ferme la porte et scelle-la de ton anneau. 12 Si, en venant au matin, tu ne trouves pas le tout mangé par Bel, nous mourrons, ou bien c'est Daniel qui mourra, lui qui a menti contre nous. » 13 Ils affichaient leur mépris, car ils avaient fait sous la table une entrée dérobée, par laquelle ils s'introduisaient toujours et enlevaient les provisions.

14 Or, dès qu'ils furent sortis et que le roi eut présenté les aliments à Bel, Daniel donna des ordres à ses serviteurs qui apportèrent de la cendre et en saupoudrèrent tout le sanctuaire, en présence du roi seul. En sortant, ils fermèrent la porte et la scellèrent de l'anneau du roi, puis ils s'en allèrent. 15 Les prêtres vinrent durant la nuit, selon leur habitude, ainsi que leurs femmes et leurs enfants ; ils mangèrent et burent tout. 16 Le roi se leva de bon matin, et Daniel avec lui. 17 Il dit : « Les sceaux sont-ils intacts, Daniel ? » Celui-ci dit : « Intacts, ô roi ! » 18 Or, quand on eut ouvert les portes, le roi regarda la table, et il cria d'une voix forte : « Tu es

---

1. *artabes*, l'artabe est une mesure perse d'environ 56 litres — le *métrète* valait environ 39 litres.
2. *toute chair* ou *toute créature*.

grand, ô Bel ! et il n'y a en toi aucune fourberie ! » 19 Daniel rit; il empêcha le roi d'entrer à l'intérieur et il dit : « Vois donc le sol, et reconnais de qui sont ces traces. » 20 Le roi dit : « Je vois des traces d'hommes, de femmes et d'enfants. » 21 Le roi, en colère, fit alors appréhender les prêtres, leurs femmes et leurs enfants. Ils lui montrèrent les portes dérobées par lesquelles ils entraient pour consommer ce qu'il y avait sur la table. 22 Le roi les fit tuer, et il livra Bel à la discrétion de Daniel, qui le renversa ainsi que son temple.

Daniel et le Dragon

23 Il y avait aussi un grand Dragon[1], et les Babyloniens le vénéraient. 24 Le roi dit à Daniel : « Tu ne peux pas me dire qu'il n'est pas un dieu vivant. Adore-le donc ! » 25 Daniel dit : « C'est le Seigneur mon Dieu que j'adorerai, car lui seul est vivant. 26 Mais toi, ô roi ! Accorde-moi la permission, et je tuerai le Dragon sans épée ni bâton. » Le roi dit : « Je te l'accorde. » 27 Daniel prit de la poix, de la graisse et des poils; il fit tout bouillir ensemble, confectionna des boulettes et les mit dans la gueule du Dragon. Le Dragon mangea et creva. Et Daniel dit : « Voyez donc l'objet de votre vénération ! » 28 Or, quand les Babyloniens l'eurent appris, ils furent violemment indignés. Ils s'attroupèrent contre le roi et di-

rent : « Le roi est devenu Juif : il a abattu Bel, tué le Dragon et massacré les prêtres. » 29 Puis ils allèrent auprès du roi et dirent : « Livre-nous Daniel, sinon nous te tuerons, toi et ta maison. » 30 Le roi vit qu'ils le pressaient vivement; cédant à la nécessité, il leur livra Daniel. 31 Eux jetèrent Daniel dans la fosse aux lions, et il y fut six jours. 32 Il y avait dans la fosse sept lions. On leur donnait chaque jour deux corps et deux brebis; mais alors on ne leur donna rien, afin qu'ils mangent Daniel. 33 Le prophète Habaquq se trouvait en Judée. Il avait fait cuire une bouillie et émietté des pains dans un vase, et il partait dans la campagne pour porter cela aux moissonneurs. 34 L'*Ange du Seigneur dit à Habaquq : « Porte le repas que tu tiens à Babylone, à Daniel dans la fosse aux lions. » 35 Habaquq dit : « Seigneur ! Je n'ai jamais vu Babylone, et je ne connais pas la fosse. » 36 L'Ange du Seigneur le saisit par le sommet du crâne et, le portant par les cheveux de sa tête, il le déposa à Babylone au-dessus de la fosse, dans l'impétuosité de son souffle[1]. 37 Habaquq cria en disant : « Daniel ! Daniel ! Prends le repas que Dieu t'a envoyé ! » 38 Daniel dit : « Tu t'es souvenu de moi, ô Dieu ! Et tu n'as pas abandonné ceux qui t'aiment. » 39 Daniel se leva et mangea. L'Ange du Seigneur réinstalla aussitôt Habaquq chez lui. 40 Le septième jour, le roi vint

1. ou *un grand Serpent.*

1. Le mot traduit par souffle peut désigner soit le vent, soit l'Esprit de Dieu.

pleurer Daniel. Il vint à la fosse et regarda, et voici que Daniel était assis. 41 Criant d'une voix forte, il dit : « Tu es grand, Seigneur, Dieu de Daniel ! Et il n'y en a pas d'autre que toi. » 42 Il le retira de là. Quant aux responsables de sa perte il les fit jeter dans la fosse, et ils furent aussitôt dévorés en sa présence.

GLOSSAIRE

Abîme Au singulier ce terme désigne, dans l'A. T., une masse colossale d'eau douce que les anciens Israélites imaginaient située sous la terre et alimentant les sources (Ez 31.4; Ps 78.15).
Au pluriel il sert souvent à désigner de grandes quantités d'eau douce ou d'eau de mer (Ex 15.5), ou encore le fond de la mer (Es 63.13; Ps 106.9).

Alliance Terme technique qui désigne le *lien* que Dieu établit :
soit avec l'humanité tout entière en la personne de Noé (Gn 9.9-17),
soit avec un homme, comme Abraham (Gn 15.18), ou David (Ps 89.4-5),
soit avec le peuple d'Israël (Ex 19.5-6).
Cette alliance est toujours accompagnée d'une promesse, et souvent confirmée par un *sacrifice (Gn 15.9-17; Ex 24.3-8).
Les *prophètes annoncent que Dieu conclura une *alliance nouvelle* avec son peuple (Jr 31.31-34). Selon le N. T. la mort de Jésus établit cette alliance nouvelle et l'étend à tous les hommes (Lc 22.20; cf. 2 Co 3.6). En grec

le mot traduit par *alliance* peut avoir parfois aussi le sens de *testament* (He 9.16-17). L'expression *Ancien Testament* (2 Co 3.14) désigne les livres de l'ancienne alliance, de même que *Nouveau testament* désigne les livres bibliques de la nouvelle alliance.

Amen Mot hébreu conservé tel quel et signifiant : *c'est vrai, il en est bien ainsi* ou *qu'il en soit bien ainsi !*

Amorites L'A. T. désigne ainsi une des populations qui occupaient la Palestine et la Transjordanie avant l'arrivée des tribus israélites (Ex 23.23; Dt 2.24; 2 S 21.2; 1 R 21.26). Il n'est pas toujours facile de les distinguer des *Cananéens,* habitants du pays de Canaan (Gn 34.30).
A côté d'eux l'A. T. mentionne parfois d'autres peuplades vivant en Palestine à l'époque pré-israélite : les *Hittites* (installés depuis l'occupation de la Palestine par l'ancien empire Hittite); les *Perizites* et les *Hivvites* (populations occupant la partie centrale montagneuse) et les *Jébusites* (habitant l'ancienne Jérusalem et sa

région). A cette liste certains passages de l'A. T. ajoutent les *Guirgashites* (Dt 7.1; Jos 3.10; 24.11, etc.), parfois aussi les *Amalécites* (Nb 13.29) et quelques autres encore (Gn 15.19-21).

Anciens Dans l'Israël de l'époque biblique les *anciens* sont les chefs de familles ou de clans. Les *anciens* d'une même ville formaient un conseil responsable, qui dirigeait la cité (1 S 11.3) et rendaient la justice (Dt 21.19). Ils étaient les gardiens de la tradition.

Ange Dans l'A. T. les *anges* sont par excellence les *envoyés* ou les *messagers* de Dieu (Gn 28.12). Certains passages les présentent comme les *exécutants* des décisions prises par Dieu (Ps 103.20; *Dn grec* 13.54, 58). *L'ange du Seigneur* est une expression qui indique d'une manière indirecte une intervention de Dieu lui-même (comparer Jg 13.3 et 20.22).

Annales L'A. T. renvoie plusieurs fois le lecteur à des livres dont on ne connaît plus aujourd'hui que le titre. Parmi ceux-ci les *Annales de Salomon* (1 R 11.41), les *Annales des rois d'Israël* (1 R 14.19) et les *Annales des rois de Juda* (1 R 14.29). On y notait au fur et à mesure les décisions et les entreprises des rois.

Aram — Araméens Peuplade sémite à laquelle les Israélites se rattachent par les patriarches (Dt 26.5). Avant l'époque de David les Araméens formèrent plusieurs petits royaumes sur le territoire de l'actuelle Syrie (2 S 8.3-6; 10.6). A l'époque des royaumes d'Israël et de Juda les Araméens de Damas furent, pendant plus d'un siècle, les ennemis les plus dangereux du royaume d'Israël.

Arche L'hébreu a deux mots différents pour désigner :
a) l'arche de Noé, décrite en Gn 6.14-16;
b) l'*arche de l'alliance* (ou arche *de Dieu, du Seigneur,* ou arche *sainte* ou encore arche *de la* *charte).* Celle-ci était un coffre de bois décrit en Ex 25.10-22, que l'on pouvait porter à l'aide de barres glissées dans des anneaux fixés sur les côtés.
Le couvercle, appelé *propitiatoire,* servait pour certaines cérémonies de purification (Lv 16.12-15); il était surmonté de deux figures de *chérubins.*
L'arche contenait en particulier la *charte,* c'est-à-dire les deux tables de la Loi (Ex 25.16; 40.20; voir aussi 1 R 8.9; He 9.4). Pour les anciens Israélites elle représentait le *trône* ou le marchepied *de Dieu* sur la terre; elle était donc un symbole de sa présence (Nb 10.33-36; 1 S 4.3-8; Ps 132.8).

Autel L'*autel* est l'emplacement en forme de table où sont offerts les *sacrifices. Les *cornes* (Ex 27.2 et la note; Ap 9.13) situées aux quatre coins supérieurs de l'autel étaient considérées comme la partie la plus sacrée de celui-ci.

Au temple de Jérusalem on utilisait deux autels : *l'autel de l'holocauste* et *l'autel des parfums* (voir **Sacrifices**).

Baal Divinité de la religion cananéenne, qui était censée mourir comme la nature en hiver et renaître au printemps. On lui attribuait le pouvoir de rendre les champs fertiles et les troupeaux féconds. La pratique de la religion du *Baal* s'accompagnait de prostitution sacrée (Nb 25.1-3); celle-ci fut vigoureusement combattue par les *prophètes.
L'A. T. emploie parfois ce nom au pluriel (1 R 18.18; Jr 2.23). *Baal* signifie en effet *propriétaire*. On le considérait comme le maître local de telle montagne, telle source, tel bois, telle ville ... L'A. T. mentionne un grand nombre de noms de localités composés avec le nom de Baal.

Bas-Pays Au sens restreint cette appellation désigne la région de collines situées entre la plaine côtière de la mer Méditerranée et la montagne centrale de Juda (Jos 15.33). L'expression est parfois employée en un sens plus large, qui englobe la plaine côtière tout entière (Dt 1.7).

Berger Homme chargé de conduire un troupeau vers les pâturages et de veiller à la sécurité des moutons et des chèvres qui lui sont confiés.
Dans la bible ce terme sert souvent d'image pour désigner les dirigeants du peuple d'Israël (voir par exemple Es 56.11; Jr 50.6; Ez 37.24; Mt 9.36).

L'A. T. qualifie parfois *Dieu* de *berger,* soit comme guide et protecteur du fidèle (Ps 23.1), soit comme chef de son peuple (Ps 80.2).

Blasphémer — Blasphème — Blasphémateur
Comme les anciens Israélites, les Juifs contemporains de Jésus considéraient comme *blasphème* toute parole jugée insultante pour l'honneur de Dieu. En s'appuyant sur l'A. T. (Lv 24.11-16) ils réclamaient la peine de mort contre le *blasphémateur.*

Calendrier

A. — Les mois.
Dans l'ancien Israël l'année était divisée en 12 mois lunaires de 29 ou 30 jours, avec de temps en temps un mois complémentaire. Jusqu'à la mort du roi Josias on faisait commencer l'année en automne; les mois portaient alors des noms cananéens.
A partir du règne de Yoyaqîm on utilisa le calendrier babylonien, qui faisait commencer l'année au printemps. Les mois furent identifiés par leur numéro d'ordre, puis plus tard par leur nom babylonien.
Enfin sous l'occupation des rois séleucides (troisième siècle et début du deuxième siècle av. J. C.; voir la note sur *1 M* 1.8) les mois de l'année sont désignés par leur nom grec.

...oleau ci-dessous permet de
...rer les correspondances pour
... noms de mois cités dans l'A.
T.

B. — Les fêtes

1) La *Pâque,* fête qui remonte à l'époque où les Israélites étaient encore nomades ou semi-nomades, était célébrée au printemps (Ex 12.3-11).

La *fête des *pains sans levain* (Ex 12.17-20) avait lieu immédiatement après la Pâque. Elle correspondait au début de la moisson de l'orge.

L'A. T. présente souvent ces fêtes comme jumelées, et les interprète comme l'*anniversaire de la sortie d'Egypte.* En les célébrant le peuple de Dieu revivait la grande délivrance qui avait marqué le début de son histoire.

2) La *fête de la moisson* (Ex 23.16a) avait lieu à la fin de la moisson du blé, c'est-à-dire sept semaines après la fête des pains sans levain; d'où son autre appellation : la *fête des semaines* (Ex 34.22). Célébrée ainsi le cinquantième jour après la Pâque, elle a reçu plus tard, en grec, le nom de « Pentècostè » (le cinquantième), d'où l'appellation française de *Pentecôte;* c'est sous ce nom qu'elle est mentionnée dans le N. T.

Sur la manière dont elle était célébrée voir Lv 23.15-21. Fête d'offrande des prémices (Nb 28.26) elle était aussi une *commémoration de l'*Alliance.*

3) La *fête de la récolte* (Ex 23.16b) avait lieu à l'automne, après la vendange et la récolte des olives et des fruits. Elle était aussi nommée *fête des Tentes* (Lv 23.34; Dt 16.13) ou mieux *fête des Huttes,* car les Israélites la célébraient en logeant huit jours de suite sous des huttes de branchages. Les textes traditionnels du Judaïsme nous apprennent que cette fête était célébrée en partie la nuit.

Calendrier cananéen	Calendrier babylonien		Calendrier séleucide	Période correspondante de notre calendrier
Etanim (1)	7e mois			septembre-octobre
Boul	8e »			octobre-novembre
	9e »	Kislev		novembre-décembre
	10e »	Téveth		décembre-janvier
	11e »	Shevat	Dystros	janvier-février
	12e »	Adar	Xanthique	février-mars
Abib (2)	1er »	Nisan		mars-avril
Ziv	2e »			avril-mai
	3e »	Siwân		mai-juin
	4e »			juin-juillet
	5e »			juillet-août
	6e »	Eloul		août-septembre

(1) ruisseaux permanents.   (2) épis.

Les anciens Israélites la considéraient comme la plus importante des trois grandes *fêtes-pèlerinages* annuelles prescrites en Ex 23.14-16, au point que l'A. T. la nomme parfois *la fête du Seigneur* (Jg 21.19) ou même tout simplement *la fête* (1 R 8.2, 65). Dt 16.13-15 la décrit comme une fête joyeuse de reconnaissance envers Dieu. Lv 23.43 l'interprète comme la *commémoration du séjour d'Israël au désert*.

4) A côté de ces trois fêtes principales l'A. T. mentionne encore trois autres fêtes d'origine plus récente :
— le *jour du Grand Pardon* (Yôm Kippour) : voir Lv 23.27-32; Nb 29.7-11. La célébration est décrite en détail par Lv 16
— la *fête de la Dédicace* (voir Jn 10.22) commémorait la purification du temple de Jérusalem par Judas Maccabée (voir *1 M* 4.36-59; *2 M* 10.6; voir 1.9)
— la *fête des Pourim*, dont l'origine est expliquée en Est 9.20-32.

Charte C'est un des noms donnés à l'ensemble des deux tablettes de pierre sur lesquelles était gravé le *décalogue* (Ex 31.18). La *charte* représente ainsi le document officiel réglant la vie quotidienne du peuple d'Israël selon les principes de l'*Alliance. Voir Arche.

Chef de chœur L'expression traduite par *du chef de chœur* figure dans les notices placées en tête de 55 psaumes. Elle renvoie peut-être à un recueil de psaumes dont disposait le responsable du chant dans le temple de Jérusalem.

Chérubins Etres fabuleux souvent nommés dans l'A. T., personnifiant parfois les nuages d'orage (voir Ps 18.11). On en rencontre comme gardiens du jardin d'Eden (Gn 3.24) ou dans l'entourage de Dieu (Ps 18.11; Ez 10.4-7). Des figures de *chérubins* surmontaient l'*arche de l'alliance et formaient une sorte de trône pour le Seigneur, d'autres décoraient le temple de Jérusalem (1 R 6.23-29).

Christ, Messie Les rois d'Israël et les grands prêtres recevaient l'onction d'huile comme signe de leur nouvelle fonction (1 S 10.1; Lv 8.12). C'est pourquoi les rois portaient le titre d'*Oint* (en hébreu *Machia,* transcrit *Messie* en français; en grec *Christos,* transcrit *Christ).*
Par extension le titre de *Messie* peut être appliqué à quelqu'un que Dieu a *choisi* pour lui confier une mission (Es 61.1). C'est en ce sens qu'il est utilisé (exceptionnellement) pour le peuple d'Israël (Ps 105.15), et même pour un étranger comme le roi perse Cyrus (Es 45.1).
Après l'exil le titre de *Messie* a été transféré au roi sauveur dont les Juifs attendent la venue à la fin des temps. Le N. T. rapporte les témoignages de ceux qui ont reconnu ce *Messie (Christ)* en la personne de Jésus (Mt 16.16).

Ciel — Cieux — Céleste Dans l'A. T. le *ciel* est parfois considéré comme le lieu où Dieu réside (Ps 2.4; 11.4).

Par extension le *ciel* peut désigner les êtres qui peuplent ce domaine de Dieu (Ps 50.4) et parfois
Dieu lui-même (Ps 78.24; 105.40).

Circoncire — Circoncision La
circoncision est pratiquée par les
Juifs sur les garçons nouveau-nés
une semaine après leur naissance
(Gn 17.12; Lc 2.21). C'est une
opération rituelle qui consiste à
exciser le prépuce.
La circoncision est le signe par
excellence qu'un homme est
membre d'Israël, le peuple de
l'*Alliance (Gn 17.11; Jos 5.2-5).
D'où l'appellation de *circoncis*
pour désigner les Juifs.

Cité de David La *cité de David*
ou *ville de David* est le nom
donné à la forteresse de *Sion,
conquise par David sur les Jébusites (voir **Amorites**), selon 2 S
5.7-9. Elle est située sur la colline
qui sépare les vallées du Cédron
et du Tyropéon et constitue la
partie la plus ancienne de Jérusalem.

Coeur Les mots de l'hébreu et du
grec désignant le *coeur* sont assez
rarement employés au sens
propre dans la Bible. Les langues
bibliques par contre les utilisent
fréquemment en des sens figurés
assez différents de ceux qui correspondent au mot français
coeur.
1) Ils désignent ainsi souvent le
centre caché de l'homme, l'endroit
intérieur et secret où la personnalité de l'homme est, pour ainsi
dire, concentrée (1 S 16.7; Pr
24.12; Mt 12.34; 15.19; 1 Co 4.5;
Ep 1.18). Le *coeur* est alors le
résumé de l'homme tout entier, si

bien que que l'expression *dans le
coeur* est sensiblement équivalente à *au plus profond d'eux-
mêmes* (Rm 2.15).
2) Le *coeur* est parfois regardé
comme le siège des *sentiments* (1
S 1.8; Jn 16.6), mais aussi de la
pensée (1 R 3.9; Es 6.10, etc.; Mc
2.6, 8; 6.52; Lc 3.15, etc.) et de la
volonté (Ex 9.7; Dt 2.30; Rm
10.1; 2 Co 9.7).

Déchirer ses vêtements En signe
de deuil ou de tristesse, lors d'un
malheur ou en entendant prononcer une parole jugée scandaleuse,
les anciens Israélites et les Juifs
du premier siècle *déchiraient* parfois leurs vêtements (Gn 37.34; 2
S 13.19; Jr 36.24; Mt 26.65).
Quelquefois on se contentait de
déchirer symboliquement le col
du vêtement de dessus.
Lv 21.10 interdit cette pratique
au grand prêtre.
Autres gestes significatifs du
même genre : se revêtir d'un *sac,
répandre de la cendre ou de la
poussière sur sa tête (Jos 7.6), se
raser les cheveux ou la barbe, se
faire des incisions sur le corps (Jr
16.6; 41.5), etc.

Demeure Employé au sujet de
Dieu, ce terme désigne l'emplacement consacré à son habitation
sur terre auprès de son peuple.
C'est d'abord le *sanctuaire qu'Israël emmenait avec lui pendant la
période du désert (Ex 26.1-37) et
que certains passages nomment
la *tente de la rencontre.*
Après l'installation des tribus israélites en Palestine le terme est
utilisé pour désigner chacun des
sanctuaires où fut successivement
abritée l'*arche de l'alliance, par

exemple celui de Silo (Ps 78.60), et le plus souvent le *temple de Jérusalem* (Ps 74.7).

Démon Expressions synonymes : *esprit impur* ou, plus simplement *esprit*.

Diable voir **Satan**

Encens Résine précieuse que les anciens Israélites importaient de la région de Saba, en Arabie méridionale. L'encens entrait dans la composition du parfum spécial qu'on brûlait chaque jour en l'honneur de Dieu (Ex 30.7-8, 34-38; voir **Sacrifices** 9). La fumée de *l'encens* était symbole de prière (Ps 141.2; voir aussi la note sur Ex 13.21).

Eunuque Les termes de l'hébreu et du grec ainsi traduits désignent, au sens propre, un homme qui a subi la castration et auquel les rois orientaux confiaient la garde de leur harem. La Bible les emploie souvent en un sens figuré pour désigner un *homme de confiance du roi* (voir Gn 39.1), un *haut fonctionnaire* ou un *officier* (2 R 24.12).

Fils de David C'est un titre donné au *Messie attendu par les Juifs contemporains de Jésus. Il provient de la promesse faite jadis au roi David par l'intermédiaire du prophète Natan (2 S 7.12, 14-16; voir aussi Jr 23.5; 33.15, 17; Mi 5.1; Ps 89.30, 37; 132.11). Étant donné cette promesse le roi sauveur attendu devait être un *descendant de David*.

Fosse voir **Séjour des morts**.

Hadès C'est le nom grec du lieu que les Israélites nommaient le *séjour des morts. L'Apocalypse (6.8; 20.13-14) personnifie *l'Hadès* comme elle le fait aussi pour la puissance de la mort.

Hauts lieux Le terme hébreu ainsi traduit désigne des lieux de culte en plein air, situés en général sur une hauteur et le plus souvent à proximité d'une ville. A l'époque ancienne les Israélites y offraient des sacrifices à Dieu (1 S 9.12; 1 R 3.4). Mais la plupart des hauts lieux servaient à la religion cananéenne (voir **Baal** et Dt 12.2-7). Leur usage a donc été énergiquement combattu par les *prophètes (Os 4.13; Jr 19.5; Ez 16.25). Dans le royaume de Juda les rois Ezékias et Josias s'efforcèrent de les faire disparaître (2 R 18.4; 23.8-15).

Imposer les mains — Imposition des mains *L'imposition des mains* est un geste qui consiste à poser les mains sur la tête de quelqu'un.
Dans l'A. T. ce geste peut avoir diverses significations selon les cas :
1) Le fidèle qui offre un sacrifice pose *une main* sur la tête de la victime pour exprimer que ce sacrifice est bien présenté à Dieu de sa part (Lv 1.4; 4.4, etc.). Ce geste ne doit pas être confondu avec l'imposition des *deux mains* décrite en Lv 16.21 (voir la note).
2) Pratiquée sur une *personne,* l'imposition des mains peut être :
a) un geste de *consécration* pour le service de Dieu et de son peuple (Nb 8.10; 27.18-23; Dt 34.9),

b) un geste de *bénédiction* (Gn 48.14).

Impur — Impureté voir **Pur.**

Jeûne — Jeûner Le *jeûne* consiste à s'abstenir de manger et de boire pendant un temps déterminé. Comme les Israélites de l'A. T. les Juifs du temps de Jésus pratiquaient le jeûne pour des motifs religieux : on voulait ainsi accompagner la prière ou exprimer une humiliation devant Dieu (Dt 9.18; Jl 2.12, 15; Jon 3.5-9). Le jeûne était aussi pratiqué communautairement, par exemple au jour du Grand Pardon (Nb 29.7-11).

Joug Le *joug* est une pièce de bois assez pesante servant à atteler des boeufs à un chariot ou à une charrue; on l'attache sur la nuque des animaux.
L'A. T. mentionne souvent ce terme au sens figuré pour désigner la *dépendance* du peuple d'Israël à l'égard de Dieu (Jr 5.5), ou l'ensemble des *obligations* qui pèsent sur le peuple du fait soit de l'autorité royale (1 R 12.4), soit d'une puissance étrangère dominante (Es 14.25; Jr 27.8; 28.2, etc.).

Lèpre — Lépreux La Bible utilise le même terme pour désigner, à côté de la lèpre proprement dite, aussi d'autres maladies de peau (Lv 13.1-46), et même des taches de moisissure sur les vêtements (Lv 13.47-59) ou de salpêtre sur les murs (Lv 14.33-53). Tout homme déclaré *lépreux* était considéré comme *impur, c'est-à-dire qu'il était exclu de la vie communautaire; les lépreux devaient vivre hors des villes et des villages, à bonne distance des bien-portants (Lv 13.45-46; Jb 2.8 et la note; Lc 17.12). La loi juive exigeait que la guérison d'un lépreux soit constatée par un prêtre et suivie d'un *sacrifice (Lv 14.1-32; cf. Mt 8.4; Lc 17.14).

Levain C'est un ferment naturel qu'on mélange à la pâte à pain pour la faire lever. Voir **Pains sans levain.**

Lévites Comme leur nom le suggère, les *lévites* étaient considérés comme descendants de Lévi, troisième fils de Jacob (Gn 29.34). C'est à la tribu de Lévi que fut réservée la fonction sacerdotale (Dt 10.8-9). Aaron, frère de Moïse et ancêtre des prêtres proprement dits (Lv 8), appartenait à la tribu de Lévi (Ex 4.14).
Dans certains passages anciens de l'A. T. on ne peut guère reconnaître de différence de sens entre *prêtre* et *lévite* (voir Dt 17.9 et la note, et comparer Dt 31.9 et 25). Cependant dans des passages plus récents on trouve le terme *lévite* employé au sens restreint de *prêtre auxiliaire* ou d'*auxiliaire des prêtres* (voir Nb 3.5-9; 1 Ch 9.28-32).

Mer des Joncs La *mer des Joncs* est l'étendue d'eau (lagune, lac ou bras de mer) que les Israélites traversèrent sous la direction de Moïse aussitôt après leur sortie d'Egypte (Ex 13.18; 15.4). Sa localisation exacte reste discutée.
Dans des passages récents la *mer des Joncs* est identifiée à la *mer Rouge,* et plus particulièrement à

sa partie nord, les golfes de Suez et d'Akaba. Cette interprétation traditionnelle est reprise par le N. T. (Ac 7.36; He 11.29).

Messie voir **Christ, Messie.**

Monnaie Pendant longtemps les Israélites se contentèrent de *peser* l'argent et l'or pour *payer* les sommes importantes. Les prix étaient donc exprimés en *poids* d'or ou d'argent : *sicles, talents* (Gn 23.16); voir **Poids et mesures.**
Les monnaies proprement dites ne sont mentionnées que dans les livres les plus récents :
— la *darique* (monnaie perse) : Esd 8.27;
— la *drachme* (monnaie grecque) : Ne 7.69-71.
On ne sait si le *sicle* d'argent mentionné en Ne 5.15; 10.33 désigne un poids ou une monnaie. La *mine* d'argent mentionnée en Esd 2.69, etc., est en réalité une unité de poids.

Néoménie La *néoménie* était une fête d'importance secondaire, que les Israélites de l'époque biblique célébraient au moment de *la nouvelle lune*, c'est-à-dire au début de chaque mois de leur calendrier; voir Nb 28.11-15.

Nom Dans l'ancien Israël le *nom* d'une personne caractérisait et distinguait celle-ci entre toutes; il était considéré comme une partie intégrante de cette personne (1 S 25.25).
Par extension le *nom* d'une personne peut désigner cette personne elle-même (Nb 1.2). Cette particularité s'applique spéciale-

ment au *nom du Seigneur* (voir la note sur Ex 3.15) : ce nom désigne le Seigneur lui-même et évoque sa présence (Jr 14.9; Ps 20.2, 8). Ainsi le lieu *que le Seigneur a choisi pour y mettre son nom* (Dt 12.5; 2 R 23.27) ou *sur lequel son nom est invoqué* (1 R 8.43) désigne le temple qui a été *consacré au Seigneur.* Le même genre d'expression est appliqué parfois, dans le même sens, à Israël (Dt 28.10; Es 63.19; Jr 14.9), ou à des personnes (Jr 15.16), ou encore à Jérusalem (Jr 25.29).

Oindre — Onction Lors de la cérémonie antique d'*onction* (voir **Christ**) on versait de l'huile sainte sur la tête du nouveau roi — ou du nouveau grand prêtre. Ce personnage était désormais un *oint du Seigneur* ou un *messie* (voir 1 S 24.7; Ac 4.27, etc.).
En un sens dérivé le qualificatif *oint* ou *messie* peut donc être appliqué à l'homme que Dieu a choisi pour une mission de salut (Lc 4.18; cf. Es 61.1).

Pains sans levain Voir **Levain, calendrier B).** Au moment de la *Pâque les Juifs étaient tenus de faire disparaître de leurs maisons toute trace de pain levé et de ne consommer pendant une semaine que des pains non levés (Ex 12.15-20; 13.3-10).

Pâque *La Pâque* est l'une des plus grandes fêtes que les Juifs contemporains de Jésus venaient célébrer à Jérusalem. Elle avait lieu au printemps et commémorait la sortie d'Egypte (Dt 16.1-8).

La célébration de la Pâque était marquée par les *jours des *pains sans levain* (Ex 12.15-20; cf. Ac 12.3; 20.6) et par le repas familial au cours duquel était consommé *l'agneau pascal* (Ex 12.1-14).

Parvis Au sens premier le terme hébreu rendu par *parvis* désignait les diverses *cours* qui entouraient le bâtiment central du temple de Jérusalem (et déjà de la *tente de la rencontre).
Par extension les *parvis du Seigneur* peuvent désigner le *Temple* lui-même.

Pasteur voir **Berger**.

Pause La traduction du terme hébreu ainsi rendu est incertaine. On présume qu'il s'agit d'une indication d'ordre liturgique.

Pays des profondeurs voir **Séjour des morts**.

Pharaon C'était le titre des anciens rois d'Egypte. Le N. T. fait allusion au Pharaon contemporain de Joseph (Ac 7.10, 13; cf. Gn 39; 41-42; 45), soit au Pharaon du temps de Moïse (Ac 7.21; Rm 9.17; cf. Ex 2-14).

Poids et mesures

Unités de longueur :
— le *doigt* (Jr 52.21) : un peu moins de 2 cm;
— le *palme* (Ex 25.25) : la largeur de la main, soit 4 doigts, c'est-à-dire environ 7,5 cm;
— l'*empan* (Ex 28.16) : distance de l'extrémité du pouce à celle de l'auriculaire quand les doigts sont

écartés, soit 3 palmes, c'est-à-dire 22 ou 23 cm;
— la *coudée* (Gn 6.15; Ex 25.10) : distance du coude à l'extrémité des doigts, soit 2 empans. Les dimensions de la coudée semblent avoir varié selon les époques (voir 2 Ch 3.3; Ez 40.5), passant de 52 cm environ à 45 cm environ;
— l'unité nommée *gomed* en Jg 3.16 n'est citée nulle part ailleurs dans l'A. T. On ignore à quelle longueur elle correspond;
— *2 M* 11.5 estime une longue distance en *skènes,* ancienne mesure égyptienne valant 5 ou 6 km.

Unités de capacité :

Les mesures de capacité portent des noms différents selon qu'elles sont utilisées pour des matières sèches (MS) comme le grain, la farine, etc., ou pour les liquides (L). On reste incertain quant au volume exact qu'elles représentent :
— *homer* (MS) : *kor* (L) : environ 450 l.
— *épha* (MS) : *bath* (L) : environ 45 l.
(Le même terme est traduit *boisseau* en Dt 25.14 et Za 5.6-10)
— *sea* (MS) ou *mesure :* environ 15 l.
— *omer* (MS) : *dixième* (de l'épha) : environ 4,5 l.
— *qab* (L) : environ 2,5 l.
A ces mesures on peut ajouter quelques autres, plus rarement mentionnées :
— le *boisseau* ou *tiers* (mais on ignore de quelle unité) en Es 40.12
— le *hîn* (L) : setier : environ 7,5 l.
— le *log* (L) : un peu plus d'un demi-litre.

Unités de poids :
— l'unité de base du système des poids est le *sicle* (un peu plus de 11 g). Ses multiples sont :
— la *mine* (1 R 10.17), équivalant à 50 sicles, soit environ 570 g. La mine mentionnée par Ez 45.12 équivaut à 60 sicles, soit environ 680 g.
— le *talent* (Ex 25.39) équivaut à 3.000 sicles ou 60 mines (env. 34 kg).
Le sicle est divisé en unités plus petites :
— le *béqua* (Ex 38.26) équivaut à un demi-sicle, soit entre 5 et 6 g;
— le *guéra* (Ex 30.13; Ez 45.12), vingtième partie du sicle, soit environ un demi g.

Prémices Dans l'A. T. les *prémices* représentaient les *premiers produits* d'une récolte (Ex 34.26); on les offrait à Dieu en reconnaissance pour la *totalité* de cette récolte (Lv 2.12; Nb 15.20-21; cf. Rm 11.16).
La Bible emploie souvent ce terme au sens figuré pour exprimer l'idée qu'*une partie* est donnée ou acquise à l'avance comme *garantie de la totalité* (Dt 21.17).

Prophète — Prophétesse — Prophétiser — Prophétie

1) Dans les textes anciens le terme hébreu rendu par *prophète* désigne un homme inspiré, en général associé à d'autres pour former des *bandes de prophètes* (1 S 10.5).
2) Plus tard, par exemple à l'époque d'Elie et d'Elisée, ces hommes inspirés sont désignés par l'expression *fils de prophètes* (1 R 20.35); ils vivent en communauté (2 R 4.38); ils constituent

les milieux fidèles au Dieu d'Israël, par opposition à ceux qui s'étaient laissé séduire par la religion cananéenne.
3) En d'autres passages (1 R 22.5-6) le terme *prophète* est appliqué à des personnages officiels que l'on consulte pour connaître l'avis ou la volonté de Dieu; ce sont des prophètes professionnels.
4) L'A. T. désigne aussi parfois comme *prophète* des professionnels de la religion cananéenne (1 R 18.19).
5) Utilisé en général au singulier, le titre de *prophète* désigne alors un homme, dans la plupart de cas solitaire, qui se présente comme un *porte-parole de Dieu* (2 S 7.17) et sur qui l'on compte pour *intercéder* auprès de Dieu (Gn 20.7; Es 37.4; Jr 27.18; 37.3). c'est à ce double titre sans doute que Moïse apparaît comme le prophète modèle en Dt 18.15; 34.10. Le message de certains de ces prophètes a été conservé dans les livres bibliques qui portent leur nom (Esaïe, Jérémie, etc.). L'A. T. mentionne aussi quelques *prophétesses* (Ex 15.20; Jg 4.4; 2 R 22.14).
6) Enfin le même titre est parfois appliqué à de faux prophètes, c'est à dire à des hommes qui prétendent indûment apporter un message de la part de Dieu (Jr 28; Ne 6.14). Correspondant à ces divers sens possibles, le verbe hébreu généralement traduit par *prophétiser* (se conduire en prophète) peut prendre lui aussi divers sens selon les cas :
a) être exalté, tomber en extase (Nb 11.25; 1 S 10.5).
b) annoncer de la part du Seigneur (1 R 22.8; Jr 28.9, etc.).

Pur — Purifier Pour le Judaïsme contemporain de Jésus comme pour l'A. T. un homme doit être en état de *pureté* s'il veut être en communion avec Dieu et pouvoir, par exemple, participer au culte et prier.

Les causes d'*impureté* et de *souillures* étaient nombreuses : consommation d'aliments interdits (Lv 11), contact avec un mort (Nb 19.11-22) ou avec un païen (Ac 10.1-11.18), accouchement (Lv 12.2), maladies comme la lèpre (Lv 13.3), etc. On faisait disparaître l'impureté par des rites de purification (Lv 12.6-8; 14.1-32; Mc 7.1-5; Jn 2.6; etc.).

Sabbat C'est le *septième jour de la semaine juive,* caractérisé par une cessation complète de tout travail (Ex 20.8-11). Des règles minutieuses précisaient ce qu'il était interdit de faire ce jour-là.

Sac Le terme hébreu ainsi traduit désigne une sorte de pagne en tissu grossier que les anciens Israélites portaient autour de la taille, à même la peau (2 R 6.30), en signe de deuil (Gn 37.34) et de grande tristesse (Es 15.3).

Sacrifices — Sacrifier Contrairement au sens actuel du mot français, le *sacrifice,* dans le langage biblique, n'est pas un renoncement coûteux mais un *don* que l'on présente à Dieu. Le verbe signifiant *offrir un sacrifice* est parfois rendu par *sacrifier.*

Les anciens Israélites offraient ainsi des animaux, ou des produits des champs, ou du parfum. L'A. T. distingue plusieurs sortes de sacrifices :

1) Dans l'*holocauste,* l'animal offert était brûlé complètement sur l'*autel (Lv 1).

2) le *sacrifice pour le péché* (Lv 4.1-5.13) et le *sacrifice de réparation* (Lv 5.14-26), souvent difficiles à distinguer l'un de l'autre, étaient offerts en cas de faute involontaire. Par ce genre de sacrifice le coupable exprimait son désir d'être pardonné par Dieu.

3) Le *sacrifice de paix* ou *sacrifice de communion* (Lv 3) était suivi d'un repas. Au cours de celui-ci le fidèle, sa famille et ses amis consommaient une partie de la victime après que le prêtre ait prélevé la part qui revenait à Dieu (laquelle était brûlée sur l'autel) et celle qui lui revenait en propre.

4) Le *sacrifice de louange* (Jr 17.26) ou *de reconnaissance* (Am 4.5) ou encore *action de grâce* (Ps 100.1) était une variété de *sacrifice de paix* offerte pour remercier Dieu.

5) L'*offrande* désignait généralement un produit végétal, naturel ou préparé, dont une partie était brûlée sur l'autel (Lv 2).

6) La partie du sacrifice qui était brûlée sur l'autel était souvent appelée *le mets consumé.* Parfois cette expression désigne l'animal tout entier offert en sacrifice.

7) La *libation* était une offrande de boisson, habituellement de vin (Lv 23.13); elle accompagnait le plus souvent le sacrifice d'un animal (voir Ph 2.17 note, où l'expression est employée en un sens figuré).

8) Dans le lieu saint du temple on disposait sur une table d'or douze *pains d'offrande* (Ex 25.30; Lv 24.5-9) appelés parfois *pains*

consacrés (1 S 21.4-5); ils étaient renouvelés chaque sabbat.

9) Sur l'autel des parfums, situé à l'intérieur du temple proprement dit, on faisait brûler des *parfums* ou de l'**encens* (Ex 30.34-38).

Saint — Sainteté Les mots de l'hébreu et du grec traduits par *saint* n'expriment pas l'idée de perfection mais désignent essentiellement *ce qui appartient en propre à Dieu*. Selon que ces termes sont appliqués à Dieu lui-même ou à ses créatures, ils prennent les nuances suivantes :

1. *Dieu* est qualifié de *saint* pour indiquer qu'il est *à part*, c'est-à-dire qu'il est Dieu (Es 6.3; Jn 17.11; 1 P 1.15, etc.). Parfois ce terme est employé comme titre de Dieu (Es 1.4; Ps 22.4).
L'*Esprit* est aussi qualifié de *saint* pour préciser qu'il est l'esprit *de Dieu*.

2. La Bible applique encore le qualificatif *saint* :
a) à des *hommes*, pour exprimer qu'ils sont *mis à part pour servir Dieu* (Ex 19.6; Lv 19.2; Ac 3.21; 1 Co 7.34; Ep 1.4; 5.26).
b) à des **anges* (Ps 89.6, 8; Ac 10.22), pour exprimer l'idée qu'ils sont *au service de Dieu;*
c) à des *objets*, comme le Temple, pour exprimer l'idée que ces objets sont *réservés au service de Dieu* (Ex 29.37; Ps 65.5; Ac 6.13; 21.28; 1 Co 3.17, etc.).

La *sainteté* est la marque particulière de Dieu, son caractère divin (Ps 30.5; 97.12); elle est aussi la qualité d'une personne ou d'un objet qui appartiennent à Dieu (1 Th 3.13; 1 Tm 2.15, etc.).

Samarie — Samaritains Sur l'origine des Samaritains, voir 2 R 17.24-41.

Sanctifier — Sanctification Ces termes sont dérivés du mot **saint*, et leurs nuances sont étroitement apparentées à celles de ce mot.

L'A. T. applique le verbe *sanctifier* soit à Dieu, soit aux hommes, soit à des objets ou à des moments :
1) Quand *le Seigneur* lui-même est *sanctifié*, c'est qu'il est reconnu et honoré comme celui qui est **saint*, à part, c'est-à-dire comme Dieu (Es 29.23; voir ci-dessous N. T. 1).
2) Les hommes sont parfois appelés à se sanctifier eux-mêmes, c'est-à-dire à se mettre *en état de *pureté* (Ex 19.10, 22). *Etre sanctifié* équivaut alors à peu près à *être rendu pur* (Lv 6.11; 2 Ch 29.5).
3) Enfin des *choses* ou des *moments* peuvent être *sanctifiés*, c'est-à-dire *consacrés* à Dieu (par exemple le **sabbat*, Ne 13.22).

Sanctuaire Les deux mots hébreux traduits par *sanctuaire* désignent un emplacement sacré, réservé à une divinité (Es 16.12). Dans de nombreux cas ce terme désigne le temple de Dieu à Jérusalem (Ps 20.3). Il est parfois aussi utilisé, en un sens dérivé, pour désigner la demeure céleste de Dieu (Ps 102.20).
En un sens plus restreint le *sanctuaire* désigne la grande salle de la **tente* de la rencontre ou du

temple de Jérusalem, appelée parfois le *lieu saint* (Ex 26.33), où seuls les prêtres étaient autorisés à entrer pour officier (Ex 28.29, etc.).

Sang L'A. T. considère que « la vie d'une créature est dans le sang » (Lv 17.11). Ceci explique les divers emplois dérivés du mot qui désigne le *sang*.
1) Le *sang* (répandu) évoque la *mort violente* (Nb 35.33), *le meurtre* (Jg 9.24) ou encore la *guerre* (ez 5.18).
2) En cas d'homicide le *vengeur du sang* (2 S 14.11) est un proche parent de la victime; il doit exécuter lui-même le meurtrier.
— Les juges qui prononçaient une condamnation à mort exprimaient la culpabilité du condamné en déclarant « Que son sang retombe sur lui ! » (Lv 20.9, 11, etc.).
3) L'expression *verser le sang innocent* (2 R 21.16; 24.4; Es 59.7, etc.) évoque le meurtre d'un innocent.
4) Le *sang,* de même que la vie, est considéré comme appartenant à Dieu; c'est pourquoi les Israélites ne le consomment pas (Lv 17.12; cf. Ac 15.20, 29). Il constitue la partie la plus importante d'un *sacrifice (Ex 29.12; 30.10, etc.; He 9.7, 12-13), et peut désigner par extension, ce sacrifice lui-même.
5) L'expression figurée le *sang des raisins* (Gn 49.11; Dt 32.14; Si 39.26) désigne le *jus des raisins*, et plus particulièrement le vin.

Satan Nom commun d'origine hébraïque désignant l'accusateur auprès d'un tribunal (Ps 109.6; cf. Za 3.1-2; Jb 1.6). A la suite du Judaïsme le N. T. l'a repris comme nom propre personnifiant les forces du mal. C'est à la fois l'adversaire des hommes et l'adversaire de Dieu lui-même.

Séjour des morts Les anciens Israélites désignaient ainsi le lieu souterrain où tous les défunts de toutes les nations étaient rassemblés après leur mort (voir Ez 32.19-30; Jb 3.13-19; 30.23). Autre traduction parfois adoptée : *les enfers* (Ps 6.6). Autres appellations : *la fosse* (Ps 16.10), *le pays des profondeurs* (Ez 31.14), *le Monde d'en bas* (Pr 1.12; 5.5).

Signe Un *signe* est une indication qui permet de connaître ou de reconnaître quelque chose ou quelqu'un. L'A. T. désigne toujours les miracles comme des *signes,* parce qu'ils signalent une intervention de Dieu (Ex 4.8; 7.3; Dt 13.2; Es 66.19; Ps 65.9, etc.).

Sion A l'origine *Sion* désignait la plus ancienne partie de Jérusalem (voir **Cité de David**). Ce nom est devenu l'appellation poétique de Jérusalem, en particulier quand celle-ci est décrite comme la ville où Dieu a choisi d'installer son temple.
La *fille de Sion* (Za 9.9 cité en Jn 12.15) désigne la population de Jérusalem.

Souiller — Souillure voir **Pur.**

Tente de la rencontre A l'époque où Israël vivait encore au désert, la *tente (de la rencontre)* servait aux rendez-vous de Moïse et de Dieu (Ex 33.7-11). En certains passages cette *tente* est décrite comme la demeure de Dieu au milieu de son peuple (Ex 29.42-46). Elle est parfois nommée la *tente de la *charte* (Nb 9.15) ou la **demeure de la charte* (Ex 38.21). Par extension le terme de *tente* désigne parfois le *temple de Jéru-salem,* dans la mesure où celui-ci était considéré comme la demeure de Dieu (Ps 15.1; 27.5; 76.3).

TABLEAU CHRONOLOGIQUE

Les événements extérieurs à l'histoire d'Israël figurent à gauche de la colonne des dates, ceux de l'histoire d'Israël à droite. Dans les sections I à V, les dates indiquées peuvent n'être qu'approximatives. Les noms des prophètes sont en italique.

I. DES PATRIARCHES A JOSUÉ

	1800	Vers 1800 : première arrivée de clans patriarcaux en Canaan : Abraham, Isaac, Jacob (Gn 12–36).
	1700	Vers 1700 : Joseph, puis ses frères, en Égypte (Gn 37–50). Séjour en Égypte.
Égypte : règne de Ramsès II, 1304-1238.	1300	Moïse ; corvée imposée aux Hébreux pour construire Pi-Ramsès (Ex 1.11).
	1250	Après 1250 : sortie d'Égypte (Ex 12—15). Avant 1200 : pénétration des Israélites en Canaan, sous la conduite de Josué (Jos 1—11).

II. PÉRIODE DES JUGES ET DÉBUT DE LA ROYAUTÉ

	1200	Les Philistins s'installent sur la côte sud de Canaan.
Mésopotamie : prépondérance assyrienne. Vers 1075 : naissance des royaumes araméens (Damas, Çova, Hamath).	1100	1200-1030 environ : période des Juges.

	1050	Vers 1050 : victoire des Philistins à Afeq. Mort de Éli (1 S 4). Vers 1040 : Samuel, prophète et juge (1 S 3—25). 1030-1010 environ : règne de Saül (1 S 9—31).
	1000	1010-970 environ : règne de David, sur Juda, puis sur Israël et Juda (1 S 16—1 R 2).
Damas : règne de Rezôn (1 R 11.23-25).	950	970 env.-933 : règne de Salomon sur Juda et Israël (1 R 1—11). Construction du Temple (1 R 6).

III. DU SCHISME A LA FIN DU ROYAUME DU NORD : 933-722/721 (1 R 12 — 2 R 17)

		ROYAUME D'ISRAËL (ou DU NORD)	ROYAUME DE JUDA (ou DU SUD)
Égypte : Shéshonq Ier (= Shishaq, 1 R 11.40) fait campagne en Palestine (1 R 14.25-26).		933-911 : Jéroboam Ier, fondateur du royaume du Nord.	933-916 : Roboam ; il paie un tribut à Shéshonq.
			915-913 : Abiyam.
		911-910 : Nadab.	
Damas : Ben-Hadad Ier (1 R 15.16-22).	900	910-887 : Baésha.	912-871 : Asa ; il s'allie à Ben-Hadad contre Baésha.
		887-886 : Ela.	
		886 : Zimri (7 jours).	
		886-875 : Omri, constructeur de Samarie.	
Assyrie : Salmanasar III, 858-824.		875-853 : Akhab ; il participe à une coalition anti-assyrienne contre Salmanasar III.	870-846 : Josaphat ; il s'allie à Akhab.
Damas : Ben-Hadad II (1 R 20 ; 22).		*Élie* (1 R 17—2 R 2). 853-852 : Akhazias.	
Moab : Mésha (2 R 3.4).	850	852-841 : Yoram ; campagne contre Mésha de Moab.	848-841 : Yoram.

Damas : Hazaël as- sassine Ben-Hadad II (2 R 8.15).	*Élisée* jusque vers 800 (2 R 2—13).	841 : Akhazias.
	841-814 : Jéhu.	841-835 : Athalie.
Damas : Ben-Hadad III (2 R 13.1-9).		835-796 : Joas.
	820-803 : Yoakhaz.	
	803-787 : Joas.	811-782 : Amasias.
800		
	787-747 : Jéroboam II.	781-740 : Azarias (= Ozias).
750	*Amos* puis *Osée.*	750 : Yotam associé à la royauté d'Aza- rias.
	747 : Zacharie.	
Damas : Recîn (Es 8.6).	747-746 : Shalloum	
Assyrie : Tiglath- Piléser III (= Poul), 747-727 (2 R 15.19.29 ; 16.7).	746-737 : Menahem.	740-735 : Yotam.
	736-735 : Péqahya.	*Esaïe* et *Michée.*
	735-732 : Péqah ; il fait alliance avec Recîn de Damas contre Akhaz.	735-716 : Akhaz (Es 7).
Assyrie : Salmana- sar V, 726-722 (2 R 17.3 ; 18.9).	732-724 : Osée ; Sa- marie assiégée par les Assyriens.	Vers 728 : Ezékias associé à la royauté d'Akhaz.
Assyrie : Sargon II, 722-705 (Es 20.1).	722 ou 721 : prise de Samarie et dépor- tation des habitants. Fin du Royaume du Nord.	

IV. DE LA FIN DU ROYAUME DU NORD A LA PRISE DE JÉRUSALEM (2 R 18—25)

	ROYAUME DE JUDA
Babylone : Mérodak-Baladân (2 R 20.12-13). Égypte : Tirhaqa (2 R 19.9).	716-687 : Ezékias (inscription dans le canal de Siloé ; cf. 2 R 20.20).